Nach dem Tod ihrer Schwester fällt Joséphine in ein tiefes Loch. Schuldgefühle quälen sie, weil sie Iris nicht helfen konnte – und, weil sie deren Mann Paul immer noch über alles liebt. Gleichzeitig macht ihr Verleger Druck. Joséphine soll nach ihrem ersten Roman, der zum Bestseller wurde, endlich eine Fortsetzung liefern. Joséphines Töchter sind ihr in dieser Situation keine große Stütze, die beiden gehen immer mehr ihre eigenen Wege.
Wird Joséphine es schaffen, ein zweites großes Buch zu schreiben?
Wird sie den Mut finden, Paul ihre Liebe zu gestehen?
Und wird sie endlich ihren Platz im Leben finden?

Katherine Pancol wurde 1954 in Casablanca geboren und lebt seit ihrem fünften Lebensjahr in Frankreich. Nach ihrem Literaturstudium arbeitete sie als Lehrerin, Journalistin und Autorin. Ihr beispielloser Aufstieg zum »Phänomen Pancol« begann 2006 mit dem Erscheinen von *Die gelben Augen der Krokodile* (dem ersten Teil der Joséphine-Trilogie). 2010 dominierte Pancol die Bestsellerlisten mit ihrer Trilogie schließlich ganz. Sie hat zwei erwachsene Kinder und lebt in Paris.

Katherine Pancol bei btb
Die gelben Augen der Krokodile. Roman
Der langsame Walzer der Schildkröten. Roman

KATHERINE PANCOL

Montags sind die Eichhörnchen traurig

Roman

Aus dem Französischen
von Nathalie Lemmens

btb

Die Originalausgabe erschien 2010 unter dem Titel
Les écureuils de Central Park sont tristes le lundi
bei Éditions Albin Michel, Paris.

Verlagsgruppe Random House FSC® N001967
Das für dieses Buch verwendete FSC®-zertifizierte
Papier *Lux Cream* liefert Stora Enso, Finnland.

1. Auflage
Genehmigte Taschenbuchausgabe August 2015
btb Verlag in der Verlagsgruppe Random House GmbH, München

Umschlaggestaltung: semper smile, München, nach einem Entwurf von
buxdesign, München
Umschlagmotiv: © plainpicture/Hollandse Hoogte
Druck und Einband: CPI books GmbH, Leck
MP · Herstellung: sc
Printed in Germany
ISBN 978-3-442-74942-3

www.btb-verlag.de
www.facebook.com/btbverlag
Besuchen Sie auch unseren LiteraturBlog www.transatlantik.de

Für Roman und Jean-Marie …

»Es gibt doch ein Leben, das ich am Ende wirklich leben werde, oder?«

Bernard-Marie Koltès

Erster Teil

Hortense packte die Champagnerflasche beim Hals und steckte sie kopfüber in den Eiskübel. Die Flasche war voll, es gab ein merkwürdiges Geräusch. Das Klirren von Glas gegen Metall, das Knirschen zerdrückter Eiswürfel und dann ein Gluckern, gefolgt vom Prickeln der Bläschen, die an der Oberfläche in durchsichtigem Schaum zerplatzten.

Der junge Kellner, in weißer Jacke und schwarzer Fliege, zog eine Augenbraue hoch.

»Widerliches Zeug!«, schimpfte Hortense auf Französisch und schnippte gegen den Flaschenboden. »Bloß weil man sich keine erstklassige Marke leisten kann, braucht man seinen Gästen noch lange nicht eine zu servieren, von der sie Magenkrämpfe kriegen.«

Sie griff nach einer zweiten Flasche und wiederholte ihren Sabotageakt.

Das Gesicht des Kellners lief rot an. Fassungslos sah er zu, wie die Flasche langsam leer lief, und schien sich zu fragen, ob er Alarm schlagen solle. Er warf einen Blick in die Runde und suchte nach einem Zeugen für die Zerstörungswut dieses Mädchens, das fluchend die Flaschen auskippte. Er schwitzte, und der Schweiß betonte die eitrigen Pusteln, die sich über seine Stirn zogen. Noch so ein englischer Bauerntrampel, der beim Anblick der Traubenbrause ins Sabbern gerät, dachte Hortense, während sie sich eine widerspenstige Strähne hinters Ohr strich. Er ließ sie nicht aus den Augen, bereit, sie mit beiden Armen zu umklammern, sollte sie zur nächsten Flasche greifen.

»Was ist los? Willst du 'n Foto von mir?«

Heute Abend wollte sie Französisch sprechen. Heute Abend wollte sie Bomben zünden. Heute Abend wollte sie einen Unschuldigen massakrieren, und alles an diesem Jungen prädestinierte ihn zum Opfer. Es gibt solche Menschen, die man einfach nur kneifen, demütigen, quälen möchte. Er hatte bei der Geburt schlechte Karten zugeteilt bekommen. Pech für ihn.

»Wie kann man nur so hässlich sein? Von den roten Blinklichtern auf Ihrer Stirn kriegt man ja Augenschmerzen!«

Der Kellner schluckte, räusperte sich und fauchte zurück: »Hey, bist du immer so biestig, oder gibst du dir bei mir extra viel Mühe?«

»Sie sind Franzose?«

»Aus Montélimar.«

»Nugat ist schlecht für die Zähne … und für die Haut. Sie sollten lieber die Finger davon lassen, sonst explodieren Ihre Pestbeulen noch …«

»Du blöde Kuh! Was hast du denn eingeworfen, dass du so unausstehlich bist?«

Eine Beleidigung. Ich musste eine Beleidigung hinnehmen und habe mich immer noch nicht davon erholt. Wie konnte er es wagen? Vor meinen Augen. Als sei ich unsichtbar. Er hatte gesagt – was hatte er noch mal gesagt? … Und ich habe ihm geglaubt. Ich bin die hundert Meter in unter acht Sekunden gelaufen. Ich bin genauso bescheuert wie dieses knallrote Pickelgesicht mit seiner Nugatfresse.

»Normalerweise sind Leute fies zu anderen, weil sie selbst unglücklich sind …«

»Schon gut, Padre Pio, vergiss die Soutane und gib mir eine Cola.«

»Ich hoffe, der Kerl, der dich in diesen Zustand versetzt hat, lässt dich noch richtig schön leiden!«

»Meine Güte, auch noch ein Psychologe! Hältst du's eher mit Lacan oder mit Freud? Los, sag schon, dann wird die Unterhaltung mit dir endlich interessant!«

Sie nahm das Glas, das er ihr reichte, prostete ihm zu und entfernte sich mit wiegenden Hüften durch die Menge. Mein Gott, das ist wieder einmal typisch für mich! So viel Glück muss man erst mal haben! Ein Franzose! Abstoßend und verschwitzt. Obligatorisches Outfit: schwarze Hose, weißes Hemd, kein Schmuck, das Haar zurückgegelt. Fünf Pfund die Stunde, und dafür wird er behandelt wie ein räudiger Hund. Ein Student, der sich etwas dazuverdient, oder ein abgebrannter Typ, der irgendwann die Fünfunddreißig-Stunden-Woche hingeschmissen hat, um richtig Kohle zu scheffeln. Ich habe die Wahl. Das Problem ist nur, dass er mich nicht interessiert. Kein bisschen. Für den habe ich nicht dreihundert Euro in ein Paar Schuhe investiert! Nicht mal ein Paar Schnürsenkel würde ich für den kaufen!

Sie wäre beinahe ausgerutscht, konnte sich gerade noch abfangen, drehte ihren roten Krokopump um und bemerkte, dass ein rosa Kaugummi den lila Bakelitabsatz zierte.

»Das hat mir gerade noch gefehlt!«, schimpfte sie. »Meine nagelneuen Diors!«

Fünf Tage hatte sie gefastet, um sie sich leisten zu können. Und ein knappes Dutzend Knopflöcher für ihre Freundin Laura gezeichnet.

Schon kapiert, das ist heute einfach nicht mein Tag. Ich gehe lieber nach Hause und lege mich ins Bett, ehe jeder die Worte »dumme Nuss« auf meiner Stirn lesen kann. Was hatte er noch mal gesagt? Bist du am Samstagabend bei Sybil Garson? Das wird 'ne Riesenparty. Wir könnten uns da treffen. Sie hatte das Gesicht verzogen, sich jedoch das Datum und die Formulierung gemerkt. Sich treffen bedeutet, danach Arm in Arm wegzugehen. Es konnte ja nicht schaden, darüber nachzudenken. Und gehst du allein hin oder mit deiner blöden Ziege?, hätte sie beinahe gefragt. Doch sie hatte sich noch rechtzeitig zusammengerissen – auf keinen Fall die Existenz von Charlotte Bradsburry anerkennen, das Beste war, sie einfach zu ignorieren, ignorieren! Stattdessen hatte sie begonnen, die Möglichkeiten auszuloten, eine Einladung zu ergattern. Sybil Garson, Ikone der Boulevardblätter, Engländerin aus bestem Hause, von angeborener Eleganz und Arroganz, würde niemals eine banale Ausländerin einladen – erst recht keine Französin –, wenn sie nicht Charlotte Gainsbourg oder Juliette Binoche hieß oder den wunderschönen Johnny Depp im Schlepptau hatte. Ich, Hortense Cortès, eine Bürgerliche, unbekannt, arm und französisch, habe nicht die geringste Chance. Ich könnte höchstens die weiße Schürze einer Aushilfe anziehen und die Würstchen servieren. Eher sterbe ich!

Er hatte gesagt, wir treffen uns da. Dieses »wir« bedeutete doch er und ich, ich und er, ich, Hortense Cortès, und er, Gary Ward. Dieses »wir« implizierte, dass Miss Bradsburry nicht mehr aktuell war. Miss Charlotte Bradsburry war abserviert worden oder hatte sich aus dem Staub gemacht. Völlig egal! Eines jedenfalls schien sicher: Sie hatte freie Bahn. Sie war am Zug. Jetzt hatte sie, Hortense Cortès, die Chance auf die Londoner Partys, die Nachtclubs und die Museen, den Teesalon der

Tate Modern, den Tisch am Fenster des Design Museum mit freier Sicht auf den Tower, die Wochenenden in prunkvollen Herrenhäusern, die Corgis der Queen, die ihr im Schloss Windsor die Finger leckten, und den Rosinenscone mit Teemarmelade und *clotted cream*, den sie am Kamin unter einem etwas verblichenen Turner essen und dazu elegant ihre Teetasse heben würde… Und so einen englischen Scone aß man nicht einfach irgendwie! Man schnitt ihn in der Breite durch, bestrich ihn mit Sahne und hielt ihn zwischen Daumen und Zeigefinger. Alles andere entlarvte einen, Laura zufolge, als Bauerntrampel.

Ich verschaffe mir Zugang zu Sybil Garsons Wohnung, klimpere ein wenig mit den Wimpern, schleppe Gary ab und nehme Charlotte Bradsburrys Platz ein. Ich werde wichtig, berühmt, international, man behandelt mich mit Respekt, man reicht mir geprägte Visitenkarten, kleidet mich von Kopf bis Fuß ein, ich schubse die Paparazzi weg und wähle meine nächste beste Freundin aus. Ich bin nicht länger eine unbedeutende Französin, die sich abrackert, um sich einen Namen zu machen, ich nehme eine Abkürzung und werde eine arrogante Engländerin. Ich versauere schon viel zu lange in der Anonymität. Ich ertrage es nicht mehr, dass die Leute mich nicht für voll nehmen, sich an mir abputzen und mich mit einem Stück Plexiglas verwechseln. Ich will Respekt, Anerkennung, ein Profil und Macht, jawohl, Macht.

Und noch mehr Macht.

Aber bevor sie eine arrogante Engländerin werden konnte, musste sie sich etwas einfallen lassen, um auf diese private Party zu gelangen, zu der nur die *happy few* geladen waren, die sich in den Trashmagazinen der britischen Boulevardpresse tummeln. Noch hast du nicht gewonnen, Hortense Cortès, noch nicht. Vielleicht, wenn ich mich an Pete Doherty ranmache? Auch leichter gesagt, als getan… Ich versuche lieber, mich heimlich bei Sybil Garson einzuschleichen.

Und sie hatte es geschafft.

Vor dem Haus am Belgravia Square 3 hatte sie sich an zwei Engländer gehängt, die sich über Filme unterhielten und sich dabei die Nasen rieben. Sie war ihnen gefolgt, hatte so getan, als hinge sie an ihren Lippen, war hinter ihnen in die riesige Wohnung geschlüpft, deren Decke so hoch war wie die Kathedrale von Canterbury, und hatte drinnen weiter wie gebannt Stevens und Nicks Ansichten über *Bright Stars* von Jane

Campion gelauscht. Sie hatten den Film in einer Vorpremiere beim London Film Festival gesehen und berauschten sich an dem Wissen, zu den wenigen Auserwählten zu gehören, die bereits darüber reden konnten. *To belong or not to belong* schien die Devise aller feinen Engländer zu sein. Man musste einem oder mehreren Clubs angehören, einer bestimmten Familie, einer Schule, einem Familiensitz, einem eleganten Londoner Viertel, sonst war man ein Niemand.

Steven studierte an der Filmhochschule und sprach über Truffaut und Kusturica. Er trug eine enge schwarze Jeans, alte Vinylstiefel und eine schwarze Weste mit weißen Punkten über einem weißen Langarmshirt. Sein langes, fettiges Haar schwang bei jeder energischen Behauptung mit. Sein Freund Nick war sauber und rosig, eine bukolische, jüngere Version von Mick Jagger. Er nickte ständig und kratzte sich dabei am Kinn. Wahrscheinlich glaubte er, das ließe ihn wahnsinnig viel älter wirken.

Sie hatte sie ziehen lassen, nachdem sie ihren Mantel in einem großen Zimmer abgelegt hatte, das als Garderobe diente. Sie hatte ihn auf ein breites Bett geworfen, das mit Kunstpelzen, khakifarbenen Parkas und schwarzen Regenmänteln bedeckt war, hatte vor dem großen Kaminspiegel ihr Haar aufgeklopft und geflüstert, du bist perfekt, meine Liebe, einfach perfekt. Er wird dir wie ein hübscher Goldfisch ins Netz gehen. Ihre Dior-Pumps und das kleine Schwarze von Alaïa, das sie in einem Vintage Shop in der Brick Lane gekauft hatte, verwandelten sie in eine unnahbare Sexbombe. Sexbombe, wenn ich will, und unnahbar, wenn mir danach ist, flüsterte sie in den Spiegel und warf sich eine Kusshand zu. Ich habe noch nicht entschieden, ob ich ihn sofort erledige oder den Gnadenstoß noch ein bisschen hinauszögere … Wir werden sehen.

Und sie hatte es gesehen. Beim Verlassen des Zimmers entdeckte sie Gary am Arm der Bradsburry, die schallend auflachte, ihren elfenbeinweißen Hals zurückbog und vornehm eine Hand an ihre blassen Lippen legte, um ihren spontanen Heiterkeitsausbruch, dieses derart gewöhnliche Geräusch, zu unterdrücken. Gary zog sie an sich, einen Arm um ihre schmale, so schrecklich schmale Taille gelegt. Sein dunkler Kopf am Kopf der blöden Ziege … Hortense glaubte zu sterben.

Fast hätte sie auf dem Absatz kehrtgemacht, wäre zurück in die Garderobe marschiert, hätte den Spiegel beschimpft, ihren Mantel genommen und wäre gegangen.

Doch dann dachte sie daran, wie viel Mühe es sie gekostet hatte, überhaupt in diese Wohnung zu gelangen. Sie biss die Zähne zusammen und ging ans Büffet, wo sie ihre Wut an dem billigen Champagner und dem Kellner mit den rot leuchtenden Pickeln ausließ.

Und jetzt, fragte sie sich, was mache ich jetzt?

Mir den erstbesten genießbaren Mann angeln und an seinem Arm herumturteln? Schon tausendmal gemacht. Eine abgedroschene, jämmerliche, mitleiderregende Strategie. Wenn ich mich derart zur Schau stelle, wird Gary wissen, dass ich getroffen bin, und mir mit einem grausamen Lächeln signalisieren: »Versenkt!«

Und ich werde versinken.

Nein, nein! Ich setze die zufriedene Miene der Singlefrau auf, die keinen Mann findet, der ihr das Wasser reichen kann, weil sie allen überlegen ist… Presse die Lippen zu einem herablassenden Lächeln zusammen, tue überrascht, wenn ich auf das vermaledeite Paar treffe, und versuche, in der Menge ein, zwei Schnepfen zu finden, mit denen ich wenigstens so tun kann, als würde ich mich unterhalten, ehe ich nach Hause fahre… mit der U-Bahn.

Mary Dorsey kam ihr da gerade recht. Mary war Single, aber eine von der beklagenswerten Sorte. Eines jener Mädchen, die nur ein Ziel im Leben haben: einen Mann zu finden. Ganz gleich, wen, Hauptsache, er hielte es länger als achtundvierzig Stunden bei ihr aus. Ein ganzes Wochenende war der Beginn der Glückseligkeit. Die meisten Jungs, die Mary Dorsey in ihre Wohnung am Südufer der Themse mitnahm, verschwanden wieder, noch bevor sie Zeit gehabt hatte, sie nach ihrem Vornamen zu fragen. Als Hortense sie das letzte Mal getroffen hatte, auf dem Borough Market, wohin Nicholas sie mitgeschleppt hatte, da hatte Mary ihr zugeflüstert: »Gott, ist der süß! Überlässt du ihn mir, wenn du mit ihm fertig bist?«

»Hast du seinen Oberkörper gesehen? Viel zu lang!«, hatte Hortense protestiert.

»Mir doch egal. Am Oberkörper eines Mannes…«

Mary Dorsey war ein hoffnungsloser Fall. Sie hatte alles versucht:

Speed Dating, Slow Dating, Blind Dates, jüdisch, christlich, New Labour, Tory, *dirty*, Wikipedi, *kinky* ... Sie war zu jedem Risiko bereit, um abends nicht mehr allein zu Hause zu sitzen, Ben & Jerry's zu essen und schluchzend die letzte Szene von *Die große Liebe meines Lebens* anzuschauen, wenn Cary Grant endlich erkennt, dass Deborah Kerr unter der großen beigefarbenen Decke etwas vor ihm verbirgt. Ich will einen Mann, der meine Decke anhebt und mich in seinen Armen davonträgt!, jammerte Mary dann, allein, in einem ausgewaschenen Jogginganzug, ein wogendes Meer aus zerknüllten Papiertaschentüchern um sich herum. Und da sie nicht nur mehrere Becher Eis verschlungen, sondern auch eine ganze Flasche Drambuie geleert hatte, fügte sie mit von Tränen und Wimperntusche verschmiertem Gesicht hinzu: »Es gibt einfach keinen Cary Grant mehr auf der Welt, diese Zeiten sind vorbei, vorbei ... die echten Männer sterben aus«, ehe sie schluchzend vom Sofa zwischen ihre zerknüllten Taschentücher auf den Parkettboden rollte.

Sie liebte es, diese jämmerlichen Szenen zu schildern, die sie nicht gerade im besten Licht erscheinen ließen. Sie behauptete, man müsse erst ganz tief in seinen Selbstekel hinabtauchen, bevor man wieder auf die Beine kommen könne.

Die Erinnerung an diese Unterhaltung ließ Hortense, die gerade eine Hand auf Mary Dorseys Schulter hatte legen wollen, abdrehen. Stattdessen wandte sie sich einer blonden, bildschönen, erstaunlichen Gestalt zu ...

Und erkannte Agyness Deyn. Agyness Deyn persönlich. Das It-girl. *The girl*, kurz und bündig. Die Frau, die Kate Moss von den Laufstegen verdrängen würde. Die Muse von Burberry, Giorgio Armani, Jean-Paul Gaultier, die mit den Five O'Clock Heroes sang und auf unzähligen Covern von *Vogue*, *Elle* und *Grazia* abgebildet war. Da stand sie, sehr blond, sehr dünn, ein sehr marineblaues Tuch in ihrem sehr blonden, sehr kurz geschnittenen Haar, in einer sehr roten Strumpfhose und sehr weißen Sneakern, einem kurzen Kleid mit Spitzenrüschen und einer knappen ausgewaschenen Jeansjacke.

Göttlich!

Und mit wem redete Agyness Deyn da, mit einem strahlenden, wohlwollenden Lächeln, offensichtlich interessiert, auch wenn ihr Blick auf der Suche nach weiteren Gesprächspartnern durch den Raum glitt? Mit

Steven und Nick, den beiden Filmfans, die ihr als Eintrittskarte gedient hatten.

Hortense schob eine Hüfte vor und bahnte sich einen Weg durch die Menge. Sie erreichte die kleine Gruppe und mischte sich ins Gespräch.

Nick, der Ansehnlichere der beiden, erzählte gerade, wie er bei der Pariser Fashion Week für Hedi Slimane gelaufen war. Agyness Deyn fragte ihn, was er von Hedis Kollektion halte. Nick antwortete, dass er sich kaum noch an die Modenschau erinnere, eher an das Mädchen, dem er es unter der Treppe eines Pariser Nachtclubs besorgt habe.

Sie brachen in Gelächter aus. Hortense zwang sich, es ihnen gleichzutun. Dann zog Agyness einen Filzschreiber aus ihrer winzigen roten Handtasche und notierte den Namen des Clubs auf ihren weißen Sneakern. Hortense beobachtete sie fasziniert. Sie fragte sich, ob man von Weitem auch sah, dass sie zu der Gruppe gehörte, und trat noch etwas näher heran, um jeglichen Zweifel auszuräumen.

Ein weiteres Mädchen gesellte sich zu ihnen, schnappte sich Nicks Glas und leerte es in einem Zug. Dann lehnte es sich an Agyness' Schulter und faselte: »*I'm so pissed off!* Was für eine ätzende Party! Mann, übers Wochenende in London zu bleiben, ist echt nur was für Arme! Ich wäre besser raus aufs Land gefahren! Wer ist die denn?«, fragte sie und deutete mit einer rot lackierten Kralle auf Hortense.

Hortense stellte sich vor und bemühte sich, ihren französischen Akzent zu unterdrücken.

»*French?*«, keifte die neu Hinzugekommene und verzog das Gesicht zu einer Gorgonenfratze.

»Dann kennen Sie Hedi Slimane?«, fragte Nick mit weit aufgerissenen kohlschwarzen Augen.

Plötzlich erinnerte sich Hortense daran, dass sie sein Foto in der *Métro* gesehen hatte, wie er am Arm von Amy Winehouse mit einem Spuckbeutel auf dem Kopf einen Nachtclub verließ.

»Äh … nein!«, stotterte sie, vom bartlosen Nick eingeschüchtert.

»Oh«, entgegnete er enttäuscht.

»Was bringt es einem dann, Französin zu sein?«, bemerkte das Mädchen mit den roten Klauen achselzuckend. »*Anyway*, im Leben bringt einem sowieso nichts jemals etwas, man kann nur abwarten, dass die Zeit vergeht und irgendwann der Tod kommt … Hast du vor, noch lange hier zu bleiben, oder sollen wir uns woanders volllaufen lassen, *darling*?«, fragte sie die wundervolle Agyness und hielt sich gierig eine Bierflasche an den Mund.

Hortense fiel keine Antwort darauf ein, und wütend auf sich selbst beschloss sie, diesen in der Tat ätzenden Ort zu verlassen. Ich gehe nach Hause, ich habe genug eingesteckt, ich hasse Inseln, ich hasse Engländer, ich hasse England, ich hasse Scones, ich hasse Turner, Corgis und die *fucking queen*, ich hasse mein Leben als Hortense Nobody, ich will reich sein, berühmt, chic, ich will, dass die ganze Welt mich fürchtet und mich hasst.

Sie ging in das Garderobenzimmer und suchte ihren Mantel. Sie hob erst einen an, dann einen zweiten, einen dritten, spielte kurz mit dem Gedanken, einen Michael Kors mit champagnerfarbenem Pelzkragen zu klauen, zögerte, legte ihn zurück. Zu riskant … Bei deren Manie, überall Kameras aufzuhängen, würde sie sicher schon am Ausgang erwischt. In dieser Stadt wurde man Tag und Nacht gefilmt. Sie verlor die Geduld, wühlte ihre Hand tief in den Haufen abgelegter Klamotten und schrie auf. Sie hatte warmes Fleisch berührt. Einen lebendigen Körper, der sich knurrend regte. Unter den Mänteln lag ein Mann. Er musste ein Fass Guinness oder eine komplette Stange Joints intus haben. Samstagabend war der Abend der Besäufnisse und der endlosen Räusche. Die Mädchen torkelten mit hochgeschobenem Rock durch Bierbäche, während die Jungs versuchten, sie gegen eine Wand zu drücken, ohne dabei ihr Glas loszulassen, bevor sich beide einträchtig übergaben. Jämmerlich! *So crass!* Sie kniff in einen schwarzen Ärmel, und der Mann schrie auf. Überrascht hielt sie inne: Sie kannte diese Stimme. Sie grub tiefer und fand Gary Ward.

Er lag unter mehreren Schichten Mänteln, hatte Kopfhörer in den Ohren und lauschte mit geschlossenen Augen der Musik.

»Gary!«, brüllte sie. »Was machst du hier?«

Er nahm die Stöpsel aus den Ohren und schaute sie benommen an.

»Ich höre den grandiosen Glenn Gould … Das ist so schön, Hortense, so unglaublich schön. Wie er die Noten klingen lässt, als wären es beseelte Perlen, und …«

»Aber du bist hier nicht bei einem Konzert! Du bist auf einer Party!«

»Ich hasse Partys!«

»Aber du warst doch derjenige, der …«

»Ich dachte, du würdest kommen …«

»Ach, und wer steht hier vor dir? Mein Geist?«

»Ich habe dich gesucht, aber ich habe dich nirgends gesehen …«

»Und ich habe dich mit Miss Deren-Name-nicht-genannt-wird gesehen. Eng umschlungen, du als Beschützer. Grauenvoll …«

»Sie hatte zu viel getrunken, ich habe sie gestützt …«

»Seit wann bist du beim Roten Kreuz?«

»Glaub, was du willst, aber ich habe sie mit einem Arm gestützt und dabei nach dir Ausschau gehalten …«

»Tja, dann solltest du dir wohl lieber einen weißen Stock besorgen!«

»Und außerdem hast du dich mit zwei Trotteln unterhalten … Da habe ich mir gedacht, vergiss es. Du stehst ja auf Trottel.«

Er steckte sich die Kopfhörer zurück in die Ohren, zog die Mäntel über sich und versuchte wieder unter dieser dicken, schweren, weichen Schicht zu verschwinden, die ihn von der Welt abschottete.

»Gary!«, befahl Hortense. »Hör mir zu …«

Seine Hand schoss vor und zog sie hinunter. Sie tauchte ein in eine unendliche Tiefe aus rauen und weichen Wollstoffen, atmete verschiedene Parfüms ein, erkannte Hermès, Chanel, Armani, alles vermischte sich, sie sank durch seidene Futter und kratzige Ärmel, versuchte sich zu wehren, sich von dem Arm zu befreien, der sie immer tiefer zog, aber er presste sie an sich, hielt sie fest und zog die Mäntel über sie beide.

»Psst! Es darf uns niemand sehen!«

Ihre Nase landete an seinem Hals. Dann spürte sie einen Plastikknopf im Ohr und hörte Musik.

»Hör nur, wie schön das ist! *Das Wohltemperierte Klavier* …« Er rückte ein Stück von ihr weg und sah sie lächelnd an.

»Und weißt du, was das Schönste ist?«

»Gary! Wieso …«

»Psst! Hör zu … Glenn Gould löst die Töne voneinander, stellt sie sich vor, schafft sie neu, formt sie, damit das Klavier einen außergewöhnlichen Klang hervorbringt. Er braucht nicht einmal zu spielen, um Musik zu erschaffen! Es ist unglaublich körperlich, greifbar und ungreifbar zugleich …«

»Gary!«

»Sinnlich, zurückhaltend, ätherisch … So als … ich weiß auch nicht …«

»Als du mir gesagt hast, ich soll herkommen …«

»Am besten hört man einfach nur zu …«

»Ich würde gern wissen …«

»Kannst du denn nie den Mund halten?«

Die Zimmertür flog auf, und sie hörten eine laute Frauenstimme. Die raue, schwere, schleppende Stimme einer Frau, die zu viel getrunken hatte. Sie wankte in den Raum, stieß gegen den Kamin, fluchte und machte sich auf die Suche nach ihrem Mantel …

»Ich habe ihn nicht aufs Bett gelegt, sondern da an den Ständer gehängt. Immerhin ist es ein Balenciaga …«

Sie war nicht allein. Sie sprach zu einem Mann.

»Sind Sie sicher?«, fragte der Mann.

»Und ob ich sicher bin! Ein Balenciaga! Sie wissen doch hoffentlich, was das ist!«

»Das ist Charlotte«, flüsterte Gary. »Ich erkenne ihre Stimme. Mein Gott, ist die geladen! Dabei trinkt sie sonst nie!«

»Haben Sie zufällig Gary Ward gesehen?«, fragte sie. »Er sollte mich eigentlich nach Hause bringen … Aber auf einmal war er weg. Einfach verschwunden. In Luft aufgelöst! *I'm so fucked up. Can't even walk!*«

Sie ließ sich mit ihrem ganzen Gewicht auf das Bett fallen, und Gary zog hastig die Beine an, sodass sie zwischen die von Hortense gerieten. Er bedeutete ihr, still zu sein und sich nicht zu bewegen. Sie hörte das dumpfe Schlagen von Garys Herz und das dumpfe Schlagen ihres eigenen Herzens. Sie versuchte, sie im Gleichklang schlagen zu lassen, und lächelte.

Gary erriet, dass sie lächelte, und flüsterte: »Warum lachst du?«

»Ich lache nicht, ich lächle …«

Er zog sie an sich, und sie ließ ihn gewähren.

»Du bist meine Gefangene, du kannst dich nicht mehr rühren …«

»Ich bin deine Gefangene, weil ich mich nicht mehr rühren kann, aber warte nur einen Moment, dann …«

Er hielt ihr den Mund zu, und sie lächelte weiter in seine Handfläche.

»Haben Sie sich jetzt lange genug im Spiegel angeschaut?«, rief Charlotte mit verzerrter Stimme. »Ich glaube, in dem Bett liegt jemand … Da hat sich etwas bewegt …«

»Und ich glaube, Sie haben zu viel getrunken. Sie sollten nach Hause fahren und sich hinlegen … Sie scheinen mir nicht gerade in bester Verfassung zu sein«, antwortete der Mann, als redete er mit einem kranken Kind.

»Nein! Ich versichere Ihnen, das Bett bewegt sich!«

»Das sagen alle, die zu viel getrunken haben … Na los, gehen Sie nach Hause!«

»Und wie soll ich nach Hause kommen?«, jammerte Charlotte Bradsburry. »Oh, mein Gott! Ich war noch nie in einem derartigen Zustand … Was ist passiert? Haben Sie eine Ahnung? Und hören Sie endlich auf, sich im Spiegel zu bewundern! Sie glauben gar nicht, wie nervig das ist!«

»Ich bewundere mich nicht, ich frage mich, was mir fehlt … Etwas, das ich hatte, als ich hergekommen bin …«

»Überlegen Sie nicht länger! Ihnen fehlt etwas, was Sie niemals bekommen werden …«

»Ach ja?«

»Was knallt sie ihm denn noch alles an den Kopf?«, fragte Hortense seufzend. »Sie täte besser daran, sich zu verziehen, damit wir hier wieder rauskönnen …«

»Ich finde es hier sehr gemütlich«, entgegnete Gary … »Wir sollten das bei jeder Party machen, uns unter Mänteln verstecken und …« Er fuhr mit einem Finger über Hortenses Lippen und streichelte sie. »Ich möchte dich unheimlich gern küssen … und ich glaube, ich werde dich einfach küssen, Hortense Cortès.«

Hortense spürte seinen Atem wie feuchten Dunst auf ihren Lippen und antwortete, den Mund dicht an seinem: »Das ist zu einfach, Mister Gary Ward, viel zu einfach, das werde ich Ihnen heimzahlen.«

Behutsam zeichnete er den Umriss ihrer Lippen mit dem Zeigefinger nach.

»Wir machen es später komplizierter, ich habe da schon jede Menge Ideen …«

»Ich frage Sie jetzt nicht, was Sie damit meinen, denn ich fürchte, es ist eine Beleidigung«, antwortete der Mann gerade.

»Ich gehe nach Hause. Morgen muss ich früh raus …«

»Ha, jetzt weiß ich es wieder! Ich hatte einen roten Schal um!«

»Wie vulgär!«

»Jetzt reicht's aber …«

»Was für eine bescheuerte Kuh!«, schimpfte Hortense. »Der bringt sie doch nie im Leben nach Hause!«

»Psst!«, befahl Gary, und seine Finger zeichneten weiter ihre Lippen nach. »Weißt du eigentlich, dass deine Lippen rechts und links unterschiedlich geschwungen sind?«

Hortense wich zurück.

»Willst du damit sagen, ich sei nicht normal?«

»Ganz im Gegenteil … du bist schrecklich banal, wir alle haben einen asymmetrischen Mund.«

»Ich nicht. Ich bin perfekt.«

»Ich kann Sie zu Hause absetzen, wenn Sie wollen. Wo wohnen Sie?«, fragte der Mann.

»Ah! Das ist der erste interessante Satz, den Sie von sich geben …«

Charlotte Bradsburry versuchte aufzustehen, doch es gelang ihr nicht. Bei jedem Versuch sackte sie zurück aufs Bett, bis sie sich schließlich mit ihrem ganzen Gewicht fallen ließ.

»Ich sage Ihnen, da drunter ist jemand … Ich höre Stimmen …«

»Na los, geben Sie mir Ihren Arm, damit ich Sie von da hochziehen und Sie zu Hause absetzen kann!«

Charlotte Bradsburry brummte etwas, was weder Hortense noch Gary verstanden, und sie hörten, wie die beiden den Raum verließen, sie schwankend, der Mann sie stützend.

Gary beugte sich zu Hortense vor und betrachtete sie schweigend. In seinen braunen Augen schien ein Traum zu lodern, ein wildes Funkeln brach aus seinen verschatteten Augen. Es wäre so angenehm, unter Mänteln versteckt zu leben, wir würden Cookies essen und Kaffee durch einen langen Strohhalm trinken, und wir würden nie mehr aufstehen und hektisch herumrennen müssen wie das Kaninchen in *Alice im Wunderland*. Dieses dauergestresste Karnickel mit seiner Uhr konnte ich noch nie leiden. Am liebsten würde ich mein Leben lang nur Glenn Gould hören und dabei Hortense Cortès küssen, Hortense Cortès' Haar streicheln, an Hortense Cortès' Haut riechen, für sie Akkorde erfinden, E-F-G-A-H-C, und sie ihr leise ins Ohr singen.

Am liebsten würde ich, würde ich …

Er schloss die Augen und küsste Hortense Cortès.

Das also ist ein Kuss!, wunderte sich Hortense Cortès. Dieses sanfte Brennen, das in einem den Wunsch weckt, sich auf den anderen zu stürzen, ihn einzusaugen, an ihm zu lecken, ihn auf den Rücken zu werfen, in ihn einzutauchen, zu verschwinden …

Sich aufzulösen in einem tiefen See, bis der Mund, die Lippen, das Haar, der Nacken auf dem Wasser treiben …

Alles zu vergessen.

Zu einem Karamellbonbon zu werden, sich mit der Zungenspitze kosten zu lassen.

Und den anderen zu kosten und sich dabei Salz und Gewürze vorzustellen, Ambra und Kümmel, Leder und Sandelholz.

Das also ist es …

Bis jetzt hatte sie immer nur Jungs geküsst, die ihr nichts bedeuteten. Sie küsste zweckdienlich, sie küsste mondän, sie strich beim Küssen eine federnde Locke zurück und schaute über die Schulter ihres Gegenübers. Sie küsste bei vollkommen klarem Verstand, ärgerte sich über einen Zahnabdruck, über eine kannibalische Zunge, über sabbernden Speichel. Hin und wieder hatte sie auch aus Langeweile geküsst, zum Spaß, weil es draußen regnete oder weil sie immer wieder die kleinen Sprossenfenster gezählt hatte. Oder – es war ihr peinlich, daran zurückzudenken –, um von einem Mann eine Prada-Handtasche oder ein Chloé-Oberteil zu bekommen. Sie zog es vor, das zu vergessen. Es war lange her. Sie war noch ein junges Mädchen gewesen, und er hieß Chaval. Was für ein vulgärer, brutaler Kerl!

Sie kehrte zu Garys Mund zurück und seufzte.

Ein Kuss kann also tatsächlich Genuss bereiten.

Einen Genuss, der sich in den Körper schleicht, kleine Flammen aufzüngeln lässt, tausend Feuer entzündet, an Stellen, von denen sie niemals vermutet hätte, dass sie entflammbar seien.

Bis unter ihre Zähne …

Dieser Genuss … Wie wundervoll!

Und sofort machte sie sich eine geistige Notiz, dass sie sich vor diesem Genuss in Acht nehmen musste.

Später schlenderten sie zusammen durch die Dunkelheit.

Durch die weißen Straßen der vornehmen Viertel in Richtung Hyde Park. Durch Straßen, in denen sich die weißen Stufen zu braven Bogen fügten. Zu Garys Wohnung.

Sie gingen schweigend und hielten einander an der Hand. Besser gesagt, sie schwangen ihre Arme und Beine in einer Bewegung, im gleichen Takt, der linke Fuß des einen zusammen mit dem linken Fuß des anderen, der rechte Fuß des einen zusammen mit dem rechten Fuß des anderen. Mit demselben Ernst und derselben Konzentration wie ein pelzbemützter *horse guard* Ihrer Majestät. Hortense erinnerte sich an dieses Spiel: nicht den Fuß wechseln, nicht aus dem Takt geraten. Sie war fünf Jahre alt und gab ihrer Mutter auf dem Heimweg von der Denis-Papin-Schule die Hand. Sie wohnten in Courbevoie; sie mochte die Laternen entlang der großen Durchgangsstraße nicht. Sie mochte die große Durchgangsstraße nicht. Sie mochte das Haus nicht. Sie mochte seine Bewohner nicht. Sie hasste Courbevoie. Sie schob die Erinnerung von sich und wandte sich wieder der Gegenwart zu.

Drückte Garys Hand, um sich fest in dem zu verankern, was – davon war sie überzeugt – ihre Zukunft sein würde. Ihn nie wieder loslassen. Den Mann mit den dunklen Locken, der wechselnden Augenfarbe, mal grün, mal braun, mal braun, mal grün, den eleganten Raubtierzähnen, den Lippen, die Feuersbrünste entzündeten.

Das also ist ein Kuss …

»Das also ist ein Kuss«, sagte sie beinahe flüsternd.

Die Worte lösten sich in der dunklen Nacht auf.

Er erwiderte ihren Druck mit leichter, zärtlicher Hand. Und zitierte Verse, die den Moment in feierliche Schönheit kleideten.

Away with your fictions of flimsy romance,
Those tissues of falsehood which Folly has wove;
Give me the mild beam of the soul-breathing glance
*Or the rapture which dwells on the first kiss of love.**

»Lord Byron … *The first kiss of love.*«

Das Wort *love* durchbrach die Nacht wie ein bändergeschmückter Pflasterstein. Beinahe hätte Hortense ihn aufgehoben und in ihre Ta-

* Hinweg mit den Märchen und euern Gedichten, / Voll Falschheit und torheitgewob'nem Verdruß. / Laßt mich nicht auf seelvolle Blicke verzichten / und den himmlischen Reiz in der Lieb' erstem Kuß. (1806)

sche gesteckt. Was war bloß los mit ihr? Sie wurde so schrecklich sentimental.

»Du hättest dich nicht unter Mänteln verstecken können, wenn jetzt Juli wäre«, schimpfte sie, um sich aus diesem klebrigen Bonbonrosa zu befreien, in dem sie versank.

»Im Juli gehe ich nie auf Partys. Im Juli ziehe ich mich zurück…«

»Wie Aschenputtel nach Mitternacht? Keine besonders männliche Haltung!«

Er drückte sie gegen einen Baum, presste seine Hüften an die ihren und setzte seinen Kuss fort, ohne ihr die Gelegenheit zu lassen, etwas zu erwidern. Sie empfing seinen Mund, öffnete die Lippen, damit der Kuss sich entfalten konnte, legte eine Hand in seinen Nacken, streichelte das zarte Rechteck gleich hinter seinem Ohr, verharrte dort mit den Fingerspitzen und spürte, wie die tausend Glutnester unter Garys warmem Atem erneut aufflammten.

»Du solltest mich nicht provozieren, Hortense«, sagte er leise und legte jedes einzelne Wort auf zärtlichen, festen Lippen ab. »Ich könnte *self-control* und Geduld verlieren!«

»Was für einen englischen Gentleman…«

»…ungemein bedauerlich wäre.«

Sie brannte darauf, ihn zu fragen, wie seine Beziehung zu Charlotte Bradsburry geendet hatte. Und ob sie wirklich beendet war. Aus und vorbei, mit einem dicken Strich darunter? Oder vorbei mit der Verheißung auf Rückkehr, Versöhnung und Küsse, die einem in die Eingeweide fuhren? Aber Byron und der englische Gentleman riefen sie zur Ordnung, schnürten sie in das Korsett einer hochmütigen Verachtung für die andere. Reiß dich zusammen, meine Liebe, denk nicht mehr an die Schlampe. Hak die Sache ab. Das ist Vergangenheit. Er ist hier, neben dir, und ihr spaziert zusammen durch die englische Nacht. Warum diese wunderbar sanfte Stimmung stören?

»Ich frage mich immer, was die Eichhörnchen nachts machen«, sagte Gary mit einem Seufzen. »Schlafen sie im Stehen, im Liegen, zu einer Kugel zusammengerollt in einem Nest?«

»Antwort Nummer drei. Eichhörnchen schlafen in einem Nest, den Schwanz wie einen Fächer über den Kopf gebreitet. Das Nest besteht aus kleinen Zweigen, Blättern und Moos, es befindet sich in einem

Baum, auf maximal neun Meter Höhe, falls es vom Wind heruntergeblasen wird …«

»Hast du das gerade erfunden?«

»Nein. Das habe ich in einem *Spirou*-Heft gelesen … Und dabei an dich gedacht.«

»Haha! Du denkst an mich!«, rief er und reckte triumphierend einen Arm in die Höhe.

»Hin und wieder.«

»Und dann tust du so, als würdest du mich ignorieren! Du spielst die schöne Gleichgültige.«

»*Strategy of love, my dear!*«

»Was Strategien angeht, bist du unschlagbar, Hortense Cortès, nicht wahr?«

»Nur scharfsichtig …«

»Du tust mir leid. Du setzt dir selbst Grenzen, du legst dir Fesseln an, du engst dich ein … Du verweigerst dich jedem Risiko. Dabei ist Risiko das Einzige, was einem Gänsehaut zu bereiten vermag …«

»Ich schütze mich, das ist etwas anderes … Ich gehöre nicht zu denen, die glauben, Kummer und Schmerz seien die erste Stufe zum Glück!«

Der linke Fuß setzte einen Schritt aus, und der rechte Fuß zögerte, verharrte in der Luft, stockte. Hortenses Hand entschlüpfte der von Gary. Hortense blieb stehen und hob den Kopf, das Kinn stolz gereckt wie ein kleiner Soldat, der in den Krieg zieht. Auf ihren Zügen lag der ernste, feierliche, fast schon tragische Ausdruck einer Frau, die einen wichtigen Entschluss gefasst hat und gehört werden will.

»Niemand wird mich jemals leiden lassen. Kein Mann wird mich je weinen sehen. Ich weigere mich, Kummer zuzulassen, Schmerz, Zweifel, Eifersucht, quälendes Warten, geschwollene Augen, den fahlen Teint der vom Zweifel zerfressenen Liebenden, das Sitzengelassenwerden …«

»Du weigerst dich?«

»Ich will das alles nicht. Und ich fahre sehr gut damit.«

»Bist du sicher?«

»Wirke ich nicht vollkommen glücklich?«

»Vor allem heute Abend …«

Er rang sich ein Lachen ab und streckte die Hand aus, um ihr Haar zu zerzausen und der Situation ein wenig von ihrem Ernst zu nehmen. Sie stieß ihn zurück, als müssten sie, bevor ein weiterer Kuss sie fortriss, bevor sie für eine Weile den Verstand verlor, ein Abkommen schließen, das ihnen gegenseitigen Respekt und Wohlverhalten zusicherte.

Es war nicht der Moment für Scherze.

»Ich habe ein für alle Mal beschlossen, dass ich kostbar bin, einzigartig, wundervoll, außergewöhnlich, zum Niederknien schön, clever, kultiviert, originell, begabt, superbegabt … und was sonst noch?«

»Ich glaube, du hast nichts vergessen.«

»Danke. Schick mir eine Nachricht, falls ich eine meiner Vollkommenheiten ausgelassen haben sollte …«

»Darauf kannst du dich verlassen …«

Sie nahmen ihren Weg durch die Dunkelheit wieder auf, aber der rechte Fuß und der linke Fuß hatten ihre Verbundenheit aufgekündigt, und ihre Hände streiften einander, ohne zusammenzufinden. In der Ferne erkannte Hortense den Gitterzaun des Parks und die hohen Bäume, die sich sacht im Wind wiegten. Sie war durchaus bereit, sich von einem Kuss den Boden unter den Füßen wegziehen zu lassen, aber sie wollte sich nicht in Gefahr begeben. Das musste Gary wissen. Im Grunde war es nur ehrlich, ihn zu warnen. Ich will nicht leiden, ich will nicht leiden, wiederholte sie stumm und beschwor die Wipfel der hohen Bäume, ihr die gewöhnlichen Qualen der Liebe zu ersparen.

»Verrate mir eines, Hortense Cortès: Wo bleibt bei all dem das Herz? Du weißt schon, dieses Organ, das schlägt, Kriege verursacht, Attentate auslöst …«

Sie blieb stehen und wies mit triumphierendem Finger auf ihren Kopf.

»Das verschiebe ich an den einzigen Platz, den es einnehmen sollte, und zwar genau hierhin … in mein Gehirn … so habe ich es jederzeit absolut unter Kontrolle … Clever, was?«

»Erstaunlich … Auf den Gedanken bin ich noch nie gekommen …«, sagte Gary, und sein Rücken krümmte sich ein wenig.

Sie ließen nun etwas Abstand zwischen sich, um einander besser einschätzen zu können.

»Angesichts dieser bewundernswerten Kunstfertigkeit frage ich mich bloß, ob …«

Hortense Cortès' Blick ließ von den Baumwipfeln ab und richtete sich auf Gary Ward.

»Ob ich einer solchen Perfektion gewachsen sein werde …«

Hortense lächelte nachsichtig.

»Das ist reine Übungssache, weißt du … Ich habe sehr früh damit angefangen.«

»Und weil ich mir dessen nicht sicher bin, weil ich noch an ein paar Details feilen muss, die nicht ganz perfekt sind und die mich in deinen Augen unmöglich machen könnten, lasse ich dich, glaube ich, lieber allein nach Hause gehen, meine schöne Hortense … und ziehe mich in meine eigenen vier Wände zurück, um mich in der Kunst des Krieges zu vervollkommnen!«

Sie blieb stehen, legte eine Hand auf seinen Arm, lächelte zögerlich, wie um zu sagen, das ist doch ein Scherz, oder? Das meinst du nicht ernst … Sie drückte seinen Arm etwas fester … Und plötzlich spürte sie, wie sich ein Abgrund in ihrem Inneren auftat, wie diese ganze wundervolle Wärme hinausfloss, die unzähligen kleinen Flämmchen, das Kribbeln, die überschäumende Freude, die sie den rechten Fuß hatte aufsetzen lassen, wenn er den rechten Fuß aufsetzte, den linken Fuß, wenn er den linken aufsetzte, die sie fröhlich und unbeschwert durch die Nacht hatte gehen lassen …

Sie fiel zurück auf den grau-schwarzen Asphalt, und eine eisige Kälte raubte ihr den Atem.

Ohne ein weiteres Wort öffnete er die Eingangstür des Hauses, in dem er wohnte.

Drehte sich um und fragte, ob sie Geld für ein Taxi habe oder ob er ihr eines rufen solle.

»Denn ich bin ein Gentleman, und das vergesse ich nicht!«

»Ich … Ich … Ich brauche weder deinen Arm noch …«

Und als sie nicht mehr wusste, was sie sagen sollte, als ihr die verletzenden, die demütigenden, die mörderischen Worte, nach denen sie suchte, nicht einfielen, ballte sie die Fäuste, füllte ihre Lungen mit kaltem Zorn, ließ aus ihrem tiefsten Inneren einen Tornado aufsteigen und brüllte, brüllte durch die dunkle Londoner Nacht: »Fahr zur Hölle, Gary Ward, ich will dich nie wiedersehen! Nie wieder!«

… weil

Das war alles, was sie sagen konnte. Alles, was ihr auf der Zunge lag. Alles, was sie hervorbrachte, wenn man ihr Fragen stellte, die sie nicht beantworten konnte, weil sie sie nicht verstand.

Na, Madame Cortès, haben Sie nach »dem, was passiert ist«, nicht daran gedacht, umzuziehen? Wollen Sie wirklich in diesem Haus wohnen bleiben? In dieser Wohnung?

Die Stimmen wurden leiser, sie packten die Anführungszeichen aus, sie schlichen auf Zehenspitzen vorwärts, sie setzten eine begierige, verschwörerische Miene auf, als wären »sie« in alles eingeweiht ... Das ist doch nicht normal, so was ... Warum wollen Sie unbedingt bleiben? Warum ziehen Sie nicht um und versuchen, das alles zu vergessen? Na, Madame Cortès?

... weil

Sagte sie, kerzengerade stehend, den Blick in die Ferne gerichtet. In der Schlange im Supermarkt oder beim Bäcker. Musste nicht antworten. Musste nicht einmal so tun, als würde sie antworten.

Es scheint Ihnen nicht besonders gut zu gehen ... Glauben Sie nicht, Sie sollten sich Hilfe suchen, Madame Cortès? Ich weiß nicht, jemanden ... der ihnen helfen könnte ... So ein schrecklicher Verlust! Seine Schwester zu verlieren, ist schmerzhaft, das verkraftet man doch nicht allein ... jemand, der Ihnen helfen könnte, das zu verarbeiten ...

Zu verarbeiten ...

Erinnerungen verarbeiten?

Iris' Lächeln verarbeiten, Iris' große blaue Augen, Iris' langes schwarzes Haar, Iris' spitzes Kinn, die Traurigkeit und das Lachen in Iris' Blick, die Armreife, die an Iris' Handgelenken klirrten, das Tagebuch, das Iris in ihren letzten Tagen geführt hatte, das glückliche Martyrium in der Wohnung, wo sie gewartet hatte, gewartet auf ihren Henker, den Walzer im Wald, beschienen vom Licht der Autoscheinwerfer?

Eins, zwei, drei, eins, zwei, drei ... eins, zwei, drei.

Diesen langsamen, langsamen, langsamen Walzer ...

… Frieden finden, diese quälenden Erinnerungen vertreiben. Dann könnten Sie auch wieder besser schlafen, Sie hätten keine Albträume mehr, denn Sie haben doch Albträume, nicht wahr? Sie können es mir ruhig erzählen, das Leben war auch nicht immer gut zu mir, wissen Sie … Ich hatte auch mein Päckchen zu tragen …

Die Stimme wurde süßlich, widerlich süß, sie bettelte um Einzelheiten.

Warum, Madame Cortès?

… weil

… oder wieder anfangen zu arbeiten, schreiben Sie doch, einen Roman natürlich … das würde Sie ablenken, Ihre Gedanken beschäftigen, angeblich soll das sogar heilen, Schreiben sei eine Therapie, heißt es … dann würden Sie nicht die ganze Zeit daran denken, an … na ja, Sie wissen schon, an diesen … diesen schrecklichen … und die Stimme stockte, verklang im schamvollen Verschweigen dieses Ereignisses, das man nicht zu benennen wagte … Warum beschäftigen Sie sich nicht wieder mit dieser Zeit, die Sie so zu lieben scheinen? Dem zwölften Jahrhundert. Das war es doch, oder? Das zwölfte Jahrhundert ist Ihre Spezialität, nicht wahr? Was das zwölfte Jahrhundert angeht, da macht Ihnen so leicht keiner was vor! Alle Wetter! Man könnte Ihnen stundenlang zuhören. Erst neulich abends habe ich zu meinem Mann gesagt, diese Madame Cortès, wie gebildet die doch ist! Man fragt sich, wo sie das alles herhat! Warum denken Sie sich nicht noch so eine Geschichte aus wie die, die Ihnen Glück gebracht hat? Die gibt es doch sicher zuhauf!

… weil

Sie könnten eine Fortsetzung schreiben! Die Leute sind ganz wild darauf! Tausende, was sag ich da, Hunderttausende können es kaum erwarten! Genau wie ich. Was für einen tollen Erfolg Sie mit diesem Buch doch hatten! Wie hieß es noch gleich? *Die wunderschöne Königin*, ja? Nein … Was sagen Sie? Ach, natürlich! *Die demütige Königin*, ich habe es selbst nicht gelesen, ich hatte keine Zeit, wissen Sie, mit dem ganzen Haushalt, dem Bügeln, den Kindern … Aber meine Schwägerin fand es ganz großartig, und sie hat versprochen, es mir auszuleihen, sobald sie es zurückbekommt, denn im Moment hat sie es einer Freundin geliehen... Bücher sind ja so teuer. Es hat nicht jeder das Glück, so... Also, Madame Cortès, schreiben Sie doch eine kleine Fortsetzung... Ihnen fließt das doch aus den Fingern... Wenn ich Zeit hätte, würde ich auch schreiben, da können Sie Gift drauf nehmen... Ach! Wissen Sie was, wenn Sie wollen, erzähle ich Ihnen meine Lebensgeschichte, um Sie zu inspirieren! Sie würden sich nicht langweilen, das können Sie mir glauben!

Zufrieden verschränkten sich die Arme über der Brust. Der Blick funkelte, der Hals reckte sich, die Augenbrauen zogen sich zusammen... Eine Maske äffischer Nächstenliebe. So geziemend. Das ist meine gute Tat für heute, dachte sie sicherlich, ich helfe dieser armen Madame Cortès wieder zurück ins Leben, ich rüttele sie auf. Wenn sie wieder auf die Beine kommt, dann nur meinetwegen...

Joséphine lächelte. Höflich.
...weil

Sie wiederholte dieses Wort ununterbrochen.

Es diente ihr als Schutzwall. Es drängte die lauernd geschürzten, Fragen raunenden Münder zurück. Trug sie weit fort, sie hörte die Stimmen nicht mehr, sie las die Worte von den Lippen ab, und ein angewidertes Mitleid mit diesen Leuten erfüllte sie, die nicht anders konnten, als zu reden, als mit ihr kommunizieren zu wollen.

Sie schnitt ihnen das Wort ab, sie schnitt ihnen den Kopf ab, sie stellte den Ton ab.

...weil
...weil
...weil

Diese arme Madame Cortès, dachten sie sicher beim Weggehen. Sie hatte alles, und jetzt hat sie nichts mehr. Sitzt da und heult sich die Augen aus. Aber es ist ja auch wirklich nicht alltäglich, was ihr da zugestoßen ist. Normalerweise liest man so was nur in der Zeitung, man denkt gar nicht daran, dass es einem selbst passieren könnte. Anfangs habe ich es nicht geglaubt. Dabei kam es ja sogar im Fernsehen. In den

Nachrichten. Ja, ja … Und ich hab mir gedacht, das ist nicht möglich. Mittendrin in einer solchen Geschichte zu stecken. Das ist ja schon etwas Besonderes. Ach? Sie wissen gar nicht Bescheid? Sie kennen die Geschichte gar nicht? Ja sagen Sie bloß, wo waren Sie denn den ganzen Sommer über? Alle Zeitungen haben darüber berichtet! Es ist die Geschichte einer ganz normalen Frau, wirklich ganz normal, so wie Sie und ich, der die unglaublichsten Sachen passieren … Doch, doch, glauben Sie mir! Erst verlässt sie ihr Mann, um nach Kenia zu gehen und da Krokodile zu züchten! Jawohl, Krokodile in Kenia! Er glaubt, er könne damit ein Vermögen verdienen und die Sterne vom Himmel holen! Ein Aufschneider vor dem Herrn! Die Arme bleibt also mit zwei kleinen Töchtern und ohne einen Cent in der Tasche in Frankreich zurück. Ohne einen Cent, aber dafür mit mehreren tausend Euro Schulden. Sie weiß nicht mehr ein noch aus. Es kommt ihr vor, als brenne es an allen Ecken und Enden … Aber sie hat eine Schwester namens Iris … und da geht die Geschichte erst richtig los … Eine sehr reiche, sehr schöne, sehr prominente Schwester, die sich zu Tode langweilt. Obwohl diese Schwester alles hat: eine schöne Wohnung mit schicken Möbeln, einen attraktiven Mann, einen hübschen kleinen Sohn, der in der Schule fleißig lernt, eine Haushälterin und einen ganzen Schwung Kreditkarten. Keine Sorgen! Das süße Leben! Können Sie mir folgen? Und was glauben Sie … das genügt ihr nicht! Sie träumt davon, berühmt zu werden, im Fernsehen aufzutreten, in Zeitschriften abgebildet zu sein. Eines Abends verkündet sie bei einem Essen, dass sie ein Buch schreiben wird. Doch dann folgt das böse Erwachen! Alle warten auf das Buch. Man spricht sie darauf an, fragt sie, wie weit sie damit ist, ob es vorangeht und so weiter und so fort! Sie gerät in Panik, weiß nicht mehr, was sie antworten soll, sie hat höllische Migräne … Also bittet sie die arme Madame Cortès, das Buch für sie zu schreiben … Die Madame Cortès, die über die Geschichte des Mittelalters forscht und so komplizierte Sachen über das zwölfte Jahrhundert schreibt. Die Leute neigen ja dazu, diese Epoche zu vergessen, aber die hat es auch gegeben. Und sie verdient damit ihre Brötchen. Sie wird dafür bezahlt, dass sie sich mit dem zwölften Jahrhundert beschäftigt. Ja, ja, manche Leute erforschen Sachen, die schon lange tot und begraben sind! Man fragt sich schon, wozu das überhaupt gut sein soll, wenn Sie meine Meinung wissen wollen … Mit unseren Steuergeldern! Und dann wundert man sich … Aber ich schweife ab … Die Schwester bittet sie also, das Buch zu schreiben, und natürlich sagt die arme kleine Madame Cortès Ja … Sie braucht Geld, das kann man ja verstehen! Und außerdem hat sie immer zu allem Ja und Amen gesagt, was ihre Schwester von ihr wollte. Sie vergöttert sie, heißt es. Das ist keine Liebe mehr, das ist Anbetung. Seit sie klein waren, lässt sie sich von der anderen herumkommandieren, tyrannisieren, demütigen, herumscheuchen … Sie schreibt das Buch, irgendwas über das Mittelalter, anscheinend sehr gut, ich habe es nicht gelesen, keine Zeit für so was, ich habe anderes zu tun, als mir mit albernen Gefühlsduseleien die Augen zu verderben, auch wenn sie historisch sind … Jedenfalls erscheint das Buch und wird ein Riesenerfolg. Die Schwester stolziert durch die Medien, fängt an, ihnen weiß Gott was anzupreisen, ihren Apfelkuchen, ihre Blumensträuße, feste Schulbezirke, Wohltätigkeitssammlungen, das Wetter und alles Mögliche sonst noch! Wissen Sie, je mehr diese Schönen und Reichen haben, desto mehr wollen sie! Sie sind ganz besessen von sich selbst. Ständig müssen sie im Gespräch sein. Wehe, das Interesse lässt nach … Doch dann kommt es zum Skandal! Die Tochter von Madame Cortès, Hortense, die Ältere, ein kleines Biest, ganz im Vertrauen gesagt, geht ins Fernsehen und verrät alles! Live! Die hat Courage, das können Sie mir glauben! Die schöne Iris Dupin ist aufgeflogen, man zeigt mit dem Finger auf sie, spottet über sie. Sie wird damit nicht fertig und schließt sich monatelang in einer Privatklinik ein, aus der sie nicht geheilt wieder rauskommt, sondern vollkommen übergeschnappt, wenn Sie mich fragen … Vollgepumpt mit Drogen! Bis obenhin zugedröhnt mit Schlaftabletten! In der Zwischenzeit wurde der Mann … der Mann von Madame Cortès, der nach Kenia gegangen war … Also, dieser Mann wurde von einem Krokodil gefressen … Wenn ich es Ihnen doch sage! Fürchterlich, ganz fürchterlich, aber ich hatte Ihnen ja gesagt, das ist keine gewöhnliche Geschichte … und die arme Madame Cortès steht plötzlich als Witwe da, mit einer durchgeknallten, depressiven, alkoholsüchtigen Schwester, die Trost in den Armen eines Mörders sucht! Kaum zu fassen, das Ganze! Wenn Ihnen das jemand anders erzählt hätte, würden Sie es nicht glauben! Ein echter Traummann, sehr attraktiv, gut gekleidet, angesehen, wohlhabend, ein Banker, ganz oben auf der Karriereleiter, mit allem, was dazugehört, Smoking, Handkuss und so weiter! Aber in Wirklichkeit: ein Mörder … Ja doch! Ja doch! Wenn ich es Ihnen sage! Ein echter Killer! Und er hat nicht nur eine abgestochen! Nein, fast ein Dutzend! Nur Frauen natürlich! Das ist einfacher!

Die Lippen schürzen sich, die Augen leuchten auf, und die Herzen der Tratschweiber schlagen schneller, während sie nach dem preisgekrönten Baguette zu einem Euro zehn anstehen.

Die Sprecherin kommt sich wichtig vor, will ihr Publikum nicht mehr loslassen und fährt atemlos fort:

Ich habe ganz vergessen, Ihnen zu erzählen, dass er im selben Haus wohnte wie Madame Cortès. Sie war es sogar, die ihn ihrer Schwester vorgestellt hat, da können Sie sich ja denken, was sie sich für Vorwürfe macht! Wie sie nervös an ihren Fingernägeln knabbert und sich die Geschichte wieder und wieder vor Augen hält. Dass sie nachts kein Auge mehr zutut, weil sie das schlechte Gewissen so plagt … Also, wenn Sie mich fragen, sagt sie sich sogar, dass SIE SELBST ihre Schwester umgebracht hat! Ich kenne sie sehr gut, wissen Sie, ich habe die ganze Angelegenheit verfolgt, sie ist meine Nachbarin … nein, nein, nicht direkt meine Nachbarin, aber die Nachbarin einer Freundin meiner Schwägerin … Die hat dem Mörder sogar mal die Hand gegeben, ja, ja … Und ich bin mir ganz sicher, dass ich ihn einmal samstagsmorgens, als Markt war, beim Metzger gesehen habe … Wenn ich es Ihnen doch sage! Wir haben gemeinsam an der Kasse gewartet, er hatte ein Portemonnaie aus rotem Leder in der Hand, ein Designerportemonnaie, das habe ich genau gesehen … Und er war ja auch wirklich attraktiv, das muss man zugeben. Anscheinend sind die oft attraktiv … Klar, sie wickeln die Leute ja auch um die Finger. Wenn sie eine jämmerliche Figur abgäben, würde man sich von ihnen nicht einwickeln lassen, stimmt's? Dann läge man nicht irgendwann mit einem Messer im Herzen da wie diese arme Iris Dupin …

Joséphine hörte das alles.

Ohne die Ohren zu spitzen.

Sie las es von den Rücken ab, wenn sie im Supermarkt in der Schlange stand.

Sie fing verstohlene Blicke auf, die wie Spinnen über sie hinweghuschten.

Und sie wusste, dass das Geschwätz immer mit dem gleichen Satz endete … die Schwester, die war ja ganz anders. Eine sehr schöne Frau! Elegant, kultiviert, schön, so was von schön, blaue Augen, mit denen man ein Tintenfass hätte füllen können! Und diese Eleganz! Dieses Auftreten! Kein Vergleich mit dieser armen Madame Cortès. Ein Unterschied wie Tag und Nacht.

Sie blieb, was sie immer gewesen war.

Was sie immer sein würde.

Joséphine Cortès. Eine unscheinbare, gewöhnliche Frau.

Sogar Shirley stellte Fragen.

Sie rief fast täglich aus London an. Morgens früh. Behauptete, Informationen über einen bestimmten Camembert zu brauchen, ein bestimmtes Wort, eine Grammatikregel, einen Zugfahrplan. Ganz beiläufig begann sie und lauschte dabei auf Joséphines Stimme, alles klar, Jo? Hast du gut geschlafen? *Everything under control?* Sie erzählte eine Anekdote aus ihrem Kreuzzug gegen den Zucker, berichtete von ihrer Arbeit mit übergewichtigen Kindern, den Auswirkungen auf das Herz-Kreislauf-System, tat übertrieben empört, lauerte auf die Andeutung eines Lächelns, horchte auf die kleine Pause, die ihm vorausgehen würde, auf das Seufzen oder vergnügte Brummen, das aus Joséphines Kehle aufstieg …

Redete, erzählte, schweifte immer weiter ab …

Stellte jeden Tag die gleichen Fragen.

Und was ist mit deiner Habilitation? Wann ist die Prüfung? Bist du bereit? Soll ich kommen und dir die Hand halten? Du weißt doch, dass ich kommen würde … Ein Pieps, und ich bin da. Hast du nicht zu viel Lampenfieber? Siebentausend Seiten! *My God!* Du warst ja fleißig … Vier Stunden dauert die Präsentation! Und Zoé? Schon in der zehnten Klasse! Fast fünfzehn! Geht es ihr gut? Hat sie etwas von ihrem Freund gehört? Wie hieß er noch gleich? Ähm … Der Sohn von …? Gaétan? Er schreibt ihr Mails, er ruft sie an … Armer Junge! Der muss ja ganz schön traumatisiert sein! Und Iphigénie? Ist ihr Gauner von Mann wieder zurück? Immer noch nicht? Und die Kinder? Und was ist mit Monsieur Sandoz, hat er ihr seine Liebe endlich gestanden? Er traut sich nicht? Wenn das so weitergeht, komme ich rüber und verpasse ihm einen Tritt in den Hintern! Worauf wartet dieser Tollpatsch denn noch? Dass ihm Flechten in den Ohren wachsen?

Sie ließ ihre Stimme dröhnen, grollte die Verben, türmte Frage auf Frage, damit Jo aus ihrem Schweigen herausfand und in ein glockenhelles Lachen ausbrach.

Hast du Neuigkeiten von Marcel und Josiane? Ah … Er schickt dir Blumen, sie ruft dich an … Sie mögen dich sehr, weißt du? Du solltest dich mit ihnen treffen. Du hast keine Lust … Wieso nicht?

… weil

Und Garibaldi, der schöne Inspecteur, hast du den wiedergesehen? Immer noch auf seinem Posten? Dann bist du ja bestens bewacht! Und Pinarelli junior? Wohnt immer noch bei seiner Mama? Ist der womöglich schwul? Und der lüsterne Monsieur Merson? Und die kurvenreiche Madame Merson?

Und sag, die Wohnungen der beiden … äh … wohnt da schon wieder jemand? Kennst du die Neuen? Noch nicht … Ihr begegnet euch im Flur, aber du redest nicht mit ihnen … Die von … steht noch leer … Kein Wunder … Ich verstehe dich ja, meine Jo, aber du musst dich zwingen, vor die Tür zu gehen … Du kannst nicht dein Leben lang Winterschlaf halten … Warum kommst du mich nicht besuchen? Du kannst nicht wegen deiner Habilitation … Na gut … Aber danach? Komm für ein paar Tage nach London. Du triffst Hortense, du triffst Gary, wir gehen aus, ich nehme dich mit zum Schwimmen in den Hampstead Ponds, mitten in London, es ist fantastisch da, man fühlt sich ins neunzehnte Jahrhundert zurückversetzt, es gibt einen hölzernen Steg, Seerosen, und das Wasser ist eiskalt. Ich fahre jeden Morgen dorthin und fühle mich unglaublich fit … Hey, hörst du mir überhaupt zu?

Wahre Kaskaden von Fragen, um Joséphines schmerzliche Benommenheit zu durchbrechen und die einzige Frage zu verscheuchen, die sie unablässig verfolgte …

Warum?

Warum hat sie sich ins Maul dieses Mannes gestürzt? Dieses kaltblütig mordenden Verrückten, der Frau und Kinder drangsalierte und sie zu seiner Sklavin machte, ehe er ihr Herz durchbohrte?

Meine Schwester, meine große Schwester, mein Idol, meine Schöne, meine Liebste, meine Allerschönste, meine Allerklügste, dein Blut pocht in meinen Schläfen, pocht unter meiner Haut …

Warum, flehte Joséphine, warum?

… weil

antwortete eine Stimme, die sie nicht kannte.

… weil

Weil sie geglaubt hatte, in diesem Pakt ihr Glück zu finden. Sie gab sich ihm hin, ohne Berechnung, ohne Einschränkung, und er versprach ihr dafür alles Glück dieser Welt. Sie hatte daran geglaubt. Sie war glücklich gestorben, so glücklich …

Wie sie es nie zuvor gewesen war.

Warum?

Sie kam einfach nicht heraus aus diesem Wort, das nicht lockerließ, immer weitere glühende Fragen nach sich zog, hohe Wände errichtete, gegen die sie prallte.

Und warum bin ich noch am Leben?

Denn wie es scheint, bin ich ja noch am Leben …

Shirley gab nicht auf. Sie streckte ihre Arme, ihr Herz über die Themse, über den Ärmelkanal und schimpfte: »Du hörst mir gar nicht zu … Ich merke doch, dass du mir nicht zuhörst …«

»Ich habe keine Lust zu reden …«

»Du kannst doch nicht ewig so weitermachen. Dich einmauern …«

»Shirley …«

»Ich weiß, was dir durch den Kopf geht und dich nicht frei atmen lässt … Ich weiß es! Aber es ist nicht deine Schuld, Jo …«

»…«

»Und es ist auch nicht seine Schuld … Du kannst nichts dafür, und er kann nichts dafür. Warum weigerst du dich, das einzusehen? Warum reagierst du nicht auf seine Nachrichten?«

… weil

»Er hat gesagt, er würde warten, aber er wird nicht sein ganzes Leben lang warten, Jo! Du tust dir weh, du tust ihm weh, und wozu das alles? Ihr beide habt sie doch nicht …«

Und da fand Joséphine die Stimme wieder. Als hätte man ihr einen Luftröhrenschnitt verpasst, ihr die Kehle geöffnet, ihre Stimmbänder freigelegt, damit sie endlich schrie, und sie schrie, schrie ins Telefon, schrie ihre Freundin an, die sie jeden Tag anrief, die sagte, ich bin da, ich bin immer für dich da: »Mach schon, Shirley, los, raus damit, sag es …«

»Verdammt, Jo! Du kotzt mich an! Das bringt sie doch auch nicht wieder zurück! Also warum? Warum?«

… weil

Und solange sie auf dieses Wort keine Antwort fand, würde sie ihr Leben nicht wiederaufnehmen können. Sie würde reglos bleiben, starr und stumm, sie würde nie wieder lächeln, vor Freude und Lust schreien, sich in seine Arme fallen lassen.

In die Arme von Philippe Dupin. Dem Mann von Iris Dupin. Ihrer Schwester.

Dem Mann, zu dem sie nachts sprach, den Mund tief in ihr Kopfkissen vergraben.

Dem Mann, dessen Arme sie um sich zeichnete …

Dem Mann, den sie vergessen musste.

Sie war tot.

Iris hatte sie mitgerissen in ihren langsamen Walzer im Scheinwerferlicht, in das Messer mit der blanken Klinge. Eins, zwei, drei, eins, zwei, drei, komm mit mir, Jo, wir gehen fort … Du wirst sehen, es ist ganz leicht!

Ein neues Spiel, das Iris sich ausgedacht hatte. Wie damals, als sie noch klein waren.

Knick und Knock knackten den knurrigen Knuck, eh der sie knacken konnte …

Aber an jenem Tag auf der Lichtung hatte der knurrige Knuck gesiegt.

Er hatte Iris geknackt.

Er würde auch Joséphine knacken.

Denn Joséphine ging immer mit Iris mit.

»Das ist es doch, Jo«, bedrängte sie Shirley am Telefon, »das ist es, du willst ihr folgen … Du ziehst das Mindestprogramm durch, bist für Zoé und Hortense da, zahlst ihre Ausbildung, führst das Leben einer guten, anständigen Mutter und wirst dir alles andere versagen! Du hast nicht das Recht, eine Frau zu sein, weil *die* Frau fort ist… Du verbietest es dir! Aber ich bin deine Freundin, und ich finde das nicht richtig, also werde ich dir…«

Joséphine legte auf.

Shirley rief wieder an, und es waren immer die gleichen Worte, die aus ihrem wütenden Mund drangen. Ich verstehe das nicht, gleich nach Iris' Tod, da hast du mit ihm geschlafen, er war für dich da, du warst für ihn da. Und? Antworte mir, Jo, antworte mir!

Joséphine ließ den Hörer fallen, schloss die Augen, vergrub den Kopf zwischen den Ellbogen. Nicht an diese Zeit zurückdenken, vergessen, vergessen… Die Stimme im Telefon hallte wie der wütende Tanz eines kleinen Kobolds.

»Du lässt dich einsperren… stimmt's? Aber wodurch? Wodurch, Jo? Verdammt! Du hast nicht das Recht…«

Joséphine warf das Telefon gegen die Wand.

Sie wollte diese glücklichen Tage vergessen.

Diese Tage, in denen sie sich ihm hingegeben hatte, in ihm versunken war, sich in ihm vergessen hatte.

In denen sie sich an das Glück geklammert hatte, unter seiner Haut, in seinem Mund zu sein.

Wenn sie daran zurückdachte, legte sie die Finger auf ihre Lippen und flüsterte, Philippe… Philippe…

Doch das würde sie Shirley nicht erzählen.

Das würde sie niemandem erzählen.

Nur Du Guesclin wusste davon.

Du Guesclin, der keine Fragen stellte.

Du Guesclin, der sie seufzend ansah, wenn sie zu traurig wurde, wenn sie den Blick zu tief senkte, wenn der Schmerz sie überwältigte.

Er drehte sich im Kreis, und ein lang gezogenes Stöhnen, das sich zu einem Jaulen wandelte, drang aus seinem Maul. Er schüttelte den Kopf, er wollte sie nicht in diesem Zustand sehen…

Er holte seine Leine, die Leine, die sie ihm niemals anlegte, die neben den Schlüsseln in dem Korb im Flur vor sich hin rostete, ließ sie vor ihre Füße fallen und schien zu sagen, komm, wir gehen raus, das bringt dich auf andere Gedanken …

Sie ließ sich von diesem hässlichen Hund überzeugen.

Und sie gingen hinaus und joggten um den See im Bois de Boulogne.

Sie rannte voraus, er folgte ihr.

Lief hinter ihr her. Langsam, kraftvoll, gleichmäßig. Er zwang sie, nicht langsamer zu werden, nicht stehen zu bleiben, nicht die Stirn an die Rinde eines Baumes zu legen, um ein Schluchzen entweichen zu lassen, das zu drängend geworden war, um es noch länger mit sich herumzutragen.

Sie rannte eine Runde, zwei Runden, drei Runden. Sie rannte, bis ihre Arme starr wurden, bis ihr Nacken starr wurde, bis ihre Beine starr wurden, bis ihr Herz erstarrte.

Bis sie nicht mehr länger laufen konnte.

Dann ließ sie sich ins Gras fallen und fühlte Du Guesclins schweren Körper neben sich zu Boden sacken. Er schnaufte, er schüttelte sich, er sabberte. Er hielt den Kopf erhoben, damit nur ja niemand versuchte, sich ihnen zu nähern.

Eine große schwarze, narbenübersäte, übel zugerichtete, schweißbedeckte Dogge wachte über sie.

Sie schloss die Augen und ließ Tränen der Verzweiflung über ihr starres Gesicht laufen.

Shirley betrachtete die drei grünen Äpfel, die Mandarinen, die Mandeln, die Feigen und die Haselnüsse in der großen orangefarbenen Terrakottaschüssel auf dem Küchentisch und dachte an das Frühstück, das sie nach ihrer Rückkehr von den Hampstead Ponds zu sich nehmen würde.

Trotz der Kälte, des feinen Nieselregens und der frühen Stunde ging Shirley schwimmen.

Dann vergaß sie. Sie vergaß, dass sie bei Joséphines Kummer wieder einmal gegen eine Wand gelaufen war. Es war jeden Morgen das Gleiche: Sie lief gegen eine Wand.

Sie wartete den perfekten Zeitpunkt ab. Wenn Zoé zur Schule gegangen war und Joséphine allein, barfuß, ein altes Sweatshirt über den Schlafanzug gezogen, die Küche aufräumte.

Sie wählte Joséphines Nummer.

Sie redete, redete und legte unverrichteter Dinge wieder auf.

Sie wusste nicht mehr, was sie noch sagen, was sie noch tun sollte, was sie sich noch ausdenken sollte. Aus lauter Ratlosigkeit begann sie zu stammeln.

Und heute Morgen war sie schon wieder gescheitert.

Sie nahm ihre Mütze, ihre Handschuhe, ihren Mantel, ihre Schwimmtasche – Badeanzug, Handtuch, Schwimmbrille – und den Schlüssel ihres Fahrradschlosses.

Jeden Morgen sprang sie in das eisige Wasser der Hampstead Ponds.

Sie stellte den Wecker auf sieben Uhr, rollte sich aus dem Bett, stellte einen Fuß vor den anderen und schimpfte dabei: »Du blöde Kuh! Bist du masochistisch veranlagt oder was?«, schob den Kopf unter den Wasserhahn, machte sich eine Tasse heißen Tee, rief Joséphine an, versuchte sich in Tricks und Spitzfindigkeiten, scheiterte, legte wieder auf, zog einen Jogginganzug, dicke Wollsocken, einen dicken Pullover und noch einen zweiten dicken Pullover an, griff nach ihrer Tasche und ging hinaus in die Kälte und den Regen.

An diesem Morgen blieb sie vor dem Spiegel im Flur stehen.

Zog einen Lipgloss heraus. Legte eine dünne, leicht schimmernde rosa Schicht auf. Biss sich auf die Lippen, um sie zu verteilen. Fügte einen Hauch wasserfeste Wimperntusche und eine Spur Rouge hinzu, rollte ihre weiße Wollmütze mit Zopfmuster über ihr kurzes Haar, zog ein paar blonde Strähnen darunter hervor, drehte sie um den Finger, damit sie sich lockten, und zufrieden mit dieser dezenten weiblichen Note schlug sie die Tür hinter sich zu, ging nach unten und stieg auf ihr Fahrrad.

Ein altes Fahrrad. Verrostet. Quietschend. Laut. Ein Weihnachtsgeschenk ihres Vaters, noch in seiner Dienstwohnung im Buckingham Palace. Gary war zehn Jahre alt gewesen. Ein riesiger Weihnachtsbaum, funkelnde Kugeln, Schneeflocken aus Watte und ein rotes Fahrrad mit achtzehn Gängen und einer großen silbernen Schleife darum. Für sie.

Früher war es leuchtend rot gewesen, mit einem großspurigen Scheinwerfer und blitzenden Chromteilen. Jetzt war es …

Sie konnte es nicht wirklich beschreiben. Beschönigend pflegte sie zu sagen, dass es seinen alten Glanz eingebüßt hatte.

Sie trat in die Pedale. Wieder und wieder.

Sie wich den Autos und den Doppeldeckerbussen aus, die sie zu überfahren drohten, wenn sie in den Kurven von ihrer Spur abkamen. Bog nach rechts ab, bog nach links ab, ein einziges Ziel im Sinn: East Heath Road, Hampstead, North London. Begrüßte Oscar Wilde, folgte dem Fahrradweg bergauf und bergab. Ließ Belsize Park hinter sich, wo Byron und Keats spazieren gegangen waren, erblickte das goldene Gelb und flammende Rot der Blätter, schloss die Augen, öffnete sie wieder, fuhr an dem grässlichen Parkplatz vorbei und … tauchte ein in das grünliche Wasser des Teichs. Das dunkle Wasser mit den langen, braunen Algen, den ins Wasser hängenden, tropfenden Zweigen, den Schwänen und Enten, die sich unter lautem Protest davonmachten, wenn man ihnen zu nahe kam …

Vielleicht würde sie ihn ja sehen, bevor sie ins Wasser sprang.

Den Mann auf dem Fahrrad, der am frühen Morgen in den eiskalten Teichen schwamm. Sie waren einander in der Woche zuvor zum ersten Mal begegnet. Shirleys Bremsen hatten auf der abschüssigen Strecke vom Parliament Hill versagt, und sie war in vollem Tempo in ihn hineingefahren.

»Tut mir leid«, hatte sie gesagt und die Mütze hochgeschoben, die ihr die Sicht nahm.

Sie rieb sich das Kinn. Beim Zusammenstoß war ihr Gesicht auf die Schulter des Mannes geknallt.

Er hatte einen Fuß auf den Boden gestellt und ihr Fahrrad gemustert. Sie sah nur eine Mütze, die der ihren glich, einen breiten Rücken in einer rot karierten Lammfelljacke, der sich über das Vorderrad beugte, und zwei Beine in einer beigefarbenen Cordsamthose. Dicke beigefarbene, an den Knien etwas abgewetzte Rippen.

»Es sind Ihre Bremsen. Sie sind verschlissen und haben versagt … Ist Ihnen das vorher nie aufgefallen?«

»Das Rad ist schon alt … Ich sollte mir ein neues anschaffen!«

»Das wäre besser …«

Und er hatte sich wieder aufgerichtet.

Shirleys Blick war vom ausgefransten Bremskabel zum Gesicht des Mannes hochgewandert. Dieser Mann hatte ein gutes Gesicht. Ein gutes, warmherziges, freundliches Gesicht mit einer … einer … Sie zwang sich, die exakten Begriffe zu suchen, um den Wirbelsturm zu beruhigen, der sich in ihr erhob. Alarm! Alarm! Sturm der Windstärke sieben!, flüsterte eine leise Stimme. Ein sanftes, starkes Gesicht, erfüllt von einer inneren Kraft, einer offenkundigen Kraft, ohne jede Spielerei. Ein gutes Gesicht mit einem breiten Lächeln, einem kräftigen Kiefer und lachenden Augen. Dichtes, mittelbraunes Haar, das in wirren Strähnen unter der Mütze hervorquoll. Es gelang ihr nicht, den Blick vom Gesicht dieses Mannes abzuwenden. Er wirkte wie … wie … wie ein König, der eine für andere vollkommen wertlose, für ihn jedoch ungemein bedeutsame Beute in seinem Besitz hatte. Ja, das war's: Er wirkte wie ein bescheidener, heiterer König.

Sie blieb einfach stehen und starrte ihn an, und dabei musste sie wohl besonders einfältig aussehen, denn er lachte leise und fügte hinzu: »Wenn ich Sie wäre, würde ich zu Fuß nach Hause gehen … und das Fahrrad schieben. Sonst war das nicht Ihr letzter Unfall für heute …«

Und als sie nicht antwortete, als sie ihm weiter unverwandt in die Augen sah und versuchte, sich von diesem so sanften und gleichzeitig so starken Blick zu lösen, der sie vollkommen idiotisch, vollkommen stumm werden ließ, hatte er hinzugefügt: »Äh … kennen wir uns?«

»Ich glaube nicht.«

»Oliver Boone«, hatte er gesagt und ihr seine Hand entgegengestreckt. Lange, schmale, beinahe zarte Finger. Künstlerfinger.

Sie schämte sich, dass sie ihn gezwungen hatte, an ihrem Bremskabel herumzufummeln.

»Shirley Ward.«

Er hatte einen festen Händedruck, und um ein Haar hätte sie aufgeschrien.

Sie hatte gelacht. Das leise, dümmliche Lachen eines Mädchens, das sich verzweifelt bemühte, das Ansehen wiederzuerobern, das es innerhalb kürzester Zeit verspielt hatte.

»Tja … also dann, danke.«

»Keine Ursache. Aber passen Sie in Zukunft besser auf…«

»Versprochen.«

Sie war wieder auf ihr Fahrrad gestiegen und ganz langsam zum Teich geradelt, die Füße immer dicht über dem Boden, um im Notfall bremsen zu können.

Am Eingang zum Teich hing ein Schild mit der Aufschrift:

No dogs
No cycles
No radios
No drowning

Die letzte Zeile versetzte sie jedes Mal in Heiterkeit. Ertrinken verboten! Das war es, was ihr in ihrem französischen Exil womöglich am meisten gefehlt hatte: der englische Humor. Über die französischen Witze konnte sie einfach nicht lachen, und jedes Mal sagte sie sich, dass sie nun einmal definitiv Engländerin war.

Sie kettete ihr Fahrrad an den Holzzaun und drehte sich um.

Er war gerade dabei, das seine ein Stück weiter entfernt anzuschließen.

Sie saß in der Tinte.

Sie wollte nicht den Eindruck erwecken, ihn zu verfolgen, aber sie konnte nicht umhin, festzustellen, dass sie beide das gleiche Ziel hatten. Sie nahm ihre Badetasche, hielt sie in die Höhe und rief: »Gehen Sie auch schwimmen?«

»Ja. Früher ging ich immer zum Männerteich, aber… tja… Ich glaube, mir ist doch der lieber, wo Männer und Fr…«

Er verstummte. Fast hätte er gesagt, wo Männer und Frauen zusammenkommen, aber er hatte sich gerade noch zurückgehalten.

Aha!, dachte Shirley, er ist auch verlegen. Dann war er vorhin vielleicht genauso verwirrt wie ich. Gleichstand.

Sie fühlte sich erleichtert. Wie von einer Last befreit.

Sie zog sich die Mütze vom Kopf, zerstrubbelte ihr Haar und fragte: »Wollen wir?«

Danach waren sie geschwommen, geschwommen, geschwommen.

Nur sie beide, allein im Teich. Die Luft war kalt und schneidend. Wassertropfen brannten auf ihren Armen und Schultern. Am Ufer saßen ein paar Angler. Schwäne stolzierten umher. Ihre Köpfe ragten hinter dem hohen Gras hervor. Sie stießen leise, schrille Rufe aus, verfolgten einander mit schlagenden Flügeln, hieben mit ihren Schnäbeln nacheinander und zogen sich zornig watschelnd zurück.

Er schwamm in kraftvollem, schnellem, gleichmäßigem Kraulstil.

Eine Weile war es ihr gelungen, mit ihm mitzuhalten, doch dann hatte er sie mit einem kräftigen Schlag abgehängt.

Sie war weitergeschwommen, ohne noch länger auf ihn zu achten.

Als sie den Kopf aus dem Wasser gehoben hatte, war er fort gewesen.

Und sie hatte sich schrecklich allein gefühlt.

An diesem Morgen sah sie kein am Holzzaun angekettetes Fahrrad.

Sie lächelte nicht, als sie das Schild mit der Aufschrift »Ertrinken verboten« sah.

Ein schlechtes Zeichen, dachte sie bei sich.

Sie geriet in die Gefahrenzone.

Und das gefiel ihr überhaupt nicht.

Sie seufzte. Zog sich aus und ließ ihre Kleider auf den hölzernen Steg fallen.

Hob sie auf. Packte sie weg.

Drehte sich um und sah nach, ob er nicht doch noch angerannt kam …

Sprang kopfüber ins Wasser.

Spürte, wie eine Alge zwischen ihre Beine glitt.

Schrie auf.

Und begann, den Kopf unter Wasser, zu kraulen.

Noch war Zeit, ihn zu vergessen.

Und überhaupt wusste sie schon gar nicht mehr, wie er hieß.

Und überhaupt weigerte sie sich, sich derart aus der Fassung bringen zu lassen.

Eine karierte Lammfelljacke? Eine Wollmütze? Eine alte, abgewetzte Hose! Uhrmacherfinger! Vollkommener Blödsinn!

Sie war keine Romantikerin. Nein. Sie war eine alleinstehende Frau mit Träumen. Sie träumte davon, mit jemandem zusammen zu sein. Sie sehnte sich nach einer Schulter zum Anlehnen, einem Mund zum Küssen, einem Arm, in den sie sich einhängen konnte, um die Straße zu überqueren, wenn die Autos hupten, einem aufmerksamen Ohr, um ihm alberne Geständnisse zuzuflüstern, jemandem, mit dem sie *Eastenders* im Fernsehen schauen könnte. Die Art bescheuerte Serie, die man nur schaut, wenn man verliebt, also dumm ist.

Denn Liebe macht dumm, meine Gute, sagte sie sich, während sie energisch einen Arm nach dem anderen ins Wasser stieß, als skandierte sie eine offensichtliche Tatsache. Vergiss das nicht. Okay, du bist allein, okay, du hast das Alleinsein satt, okay, du hättest gerne eine Beziehung, einen schöne Liebesgeschichte, aber vergiss nicht: Liebe macht dumm. Punkt, aus, Ende. Und dich ganz besonders. Du hast beim besten Willen kein Händchen für die Liebe! Jedes Mal bist du nur knapp an einer Katastrophe vorbeigeschrammt. Du hast die Gabe, immer nur an nichtsnutzige Kerle zu geraten, würde mich nicht wundern, wenn dieser Typ mit seinem Engelsgesicht geradewegs aus dem Knast kommt!

Diese Feststellung tat ihr gut, und sie schwamm eine Dreiviertelstunde, ohne noch länger an etwas zu denken: weder an den Mann in der rot karierten Jacke noch an ihren letzten Freund, der per SMS mit ihr Schluss gemacht hatte. Das war die neueste Masche. Die Männer verdrückten sich stillschweigend, beinahe wortlos. Ihnen blieben bloß noch die Daumen, um Lebewohl zu sagen. Am liebsten noch in phonetischer Schreibweise: *Liv U. Sorry.*

Doch im Blick des Mannes mit der rot karierten Jacke hatte sie etwas anderes zu erkennen geglaubt: Aufmerksamkeit, Fürsorge, Wärme … Sein Blick war nicht über sie hinweggeglitten, er hatte sie angeschaut.

Anschauen: den Blick auf etwas richten, betrachten, in Betracht ziehen.

Ein Auge auf jemanden haben: an jemandem Gefallen finden.

Und was bedeutete dann, zwei Augen auf jemanden zu haben? Das bedeutete, sehr viel Gefallen an jemandem zu finden.

Ohne dabei anbiedernd oder lüstern zu sein. Ein eleganter, warmer Blick. Kein flüchtiger, hingeschluderter Blick. Ein Blick, der den anderen ernst nimmt, der ihn in einen gepolsterten Sessel setzt, ihm eine Tasse Tee anbietet, eine Wolke Milch, der ein Gespräch beginnt.

Es war dieser Beginn eines Gesprächs gewesen, der ihr ins Gesicht gestiegen war.

Diese Wärme, die sie seitdem im Stehen träumen ließ, die in ihr den Wunsch weckte, eins plus eins zu ergeben, ein Paar zu sein.

Das ist es! Ich habe es selbst gesagt, dachte sie, als sie sich aus dem Wasser zog und sich mit dem Handtuch trocken rubbelte. Ich möchte eins plus eins ergeben. Ich bin es leid, nur eine Eins zu sein. Eine einsame Eins, das gibt doch nach einer Weile bloß noch null, habe ich recht?

Mit wem ergab sie eins plus eins?

Mit ihrem Sohn? Immer weniger.

Und das ist auch gut so! Er hat sein Leben, seine Wohnung, seine Freunde, seine Freundin. Er hat noch keinen Beruf, aber das kommt noch … Wusste ich denn mit zwanzig schon, was ich werden wollte? Mit zwanzig stieg ich mit jedem dahergelaufenen Kerl ins Bett, trank Bier, kiffte, stolperte in die Gosse, trug schwarze Lederminis und zerrissene Strumpfhosen, steckte mir Ringe durch die Nase und … wurde schwanger!

Ich muss den Tatsachen ins Auge sehen: Ich bilde mit niemandem ein Paar. Seit dem Mann in Schwarz nicht mehr.

Lieber nicht an den denken. Noch so eine Beinahekatastrophe. Also beruhige dich, meine Liebe. Übe dich in heiterer Gelassenheit, Einsamkeit, Keuschheit …

Das letzte Wort hätte sie am liebsten wieder ausgespuckt.

Als sie nach ihrer Rückkehr das Fahrrad wegstellte, dachte sie an Joséphine.

Sie ist meine große Liebe. Ich liebe sie. Aber das ist nicht die Art von Liebe, bei der man dem anderen die Arme um den Hals schlingt und zusammen aufs Bett fällt. Ich würde in Sandalen den Himalaya besteigen, um zu ihr zu kommen. Und heute bin ich traurig, weil ich ihr nicht helfen kann. Wir sind wie ein altes Liebespaar. Ein altes Paar, das sich gegenseitig belauert, das sich wünscht, der andere möge lächeln, damit man mit ihm gemeinsam lächeln kann.

Wir sind gemeinsam gewachsen. Wir haben gemeinsam gelernt. Acht Jahre gemeinsames Leben.

Ich war vor dem Mann in Schwarz nach Courbevoie, Frankreich, geflohen. Er hatte von dem Geheimnis meiner Geburt erfahren und wollte mich erpressen.

Ich hatte diesen Ort zufällig ausgewählt, indem ich mit der Spitze eines Bleistifts aufs Geratewohl auf eine Karte der Region Paris gepiekt hatte. Courbevoie. Ein großer Wohnblock mit vor Rost triefenden Balkonen. Auf rostigen Balkonen würde er mich niemals suchen kommen.

Joséphine und Antoine Cortès. Hortense und Zoé. Meine Etagennachbarn. Eine sehr französische Familie. Gary verlernte sein Englisch. Ich backte Torten, Früchtebrot, Flans und Pizzas, die ich für Firmenfeiern, Hochzeiten und Bar-Mizwas verkaufte. Ich gab vor, damit meinen Lebensunterhalt zu verdienen. Ich behauptete, ich sei nach Frankreich gekommen, um England zu vergessen. Joséphine glaubte mir. Und dann, eines Tages, habe ich ihr alles erzählt: von der großen Liebe meines Vaters und wer meine Mutter ist … Wie ich in den roten Fluren von Buckingham Palace aufgewachsen war, Purzelbäume auf dem dichten Teppichboden geschlagen und mich vor der Königin, meiner Mutter, verneigt hatte. Dass ich ein uneheliches Kind war, ein Bastard, der sich in den oberen Stockwerken versteckte, aber ein Kind der Liebe, fügte ich hinzu und lachte, um die Rührung zu vertreiben, die meine Worte mit feinem Dunst umhüllte. Joséphine …

Unsere gemeinsame Vergangenheit ist wie ein Fotoalbum. Ein Album voller alter Ängste, Lachkrämpfe beim Friseur, verbrannter Kuchen, dem Waschbecken eines Luxushotels, Truthähnen mit Kastanienfüllung, Filmen, die wir schluchzend anschauen, Hoffnungen und Geständnissen am Rand des Swimmingpools. Ihr kann ich alles sagen. Sie hört mir zu. Und ihr Blick ist gut, sanft, stark.

Ein bisschen wie der Blick des Mannes in der rot karierten Lammfelljacke.

Sie versetzte sich selbst einen Klaps und ging die Treppe hinauf.

In der Küche wartete Gary auf sie.

Er hatte die Schlüssel zu ihrer Wohnung und kam und ging, wie es ihm beliebte.

Einmal hatte sie ihn gefragt, denkst du nie daran, dass ich vielleicht Herrenbesuch haben könnte? Überrascht hatte er sie angesehen. Äh … nein … Tja! Aber das könnte durchaus vorkommen! Einverstanden, nächstes Mal schleiche ich auf Zehenspitzen herein! Ich weiß nicht, ob das reichen wird! Ich besuche dich nie, ohne vorher anzurufen…

Er hatte amüsiert gelächelt, als wollte er sagen, du bist meine Mutter, du liegst doch nicht mit irgendwelchen Männern im Bett. Und mit einem Mal hatte sie sich sehr alt gefühlt. Ich bin erst einundvierzig, Gary! Na, das ist doch alt, oder nicht? Nicht wirklich! Man kann vögeln, bis man sechsundachtzig ist, und genau das habe ich auch vor! Hast du keine Angst, dir dabei etwas zu brechen?, hatte er gefragt und das durchaus ernst gemeint.

Er zog eine Augenbraue hoch, als sie ihre Mütze abnahm und ihr nasses Haar befreite.

»Kommst du gerade aus dem Schwimmbad?«

»Viel besser. Hampstead Ponds.«

»Willst du Spiegeleier mit Bacon, Pilze, ein Würstchen, eine Tomate und Kartoffeln? Ich spendiere dir ein Frühstück…«

»*Of course, my love!* Bist du schon lange da?«

»Ich muss mit dir reden! Ein Notfall!«

»Ernste Angelegenheit?«

»Mjaa…«

»Habe ich vorher noch Zeit zu duschen?«

»Mjaa…«

»Sag nicht immer mjaa, das klingt furchtbar unmelodisch…«

»Mjaa…«

Shirley versetzte ihrem Sohn einen Schlag mit der Mütze, dem dieser lachend auswich.

»Geh dich waschen, Maman, du stinkst nach Morast!«

»Oh! Tatsächlich?«

»Und das ist nicht sexy!«

Er streckte die Arme aus, um seine Mutter daran zu hindern, ihn windelweich zu prügeln, und sie rannte lachend unter die Dusche.

Ich liebe diesen Jungen, Gott, wie ich ihn liebe! Er ist meine Sonne, mein Polarlicht, mein König der Söhne, mein ganz persönliches Früchtebrot, mein Drahtseil, mein Blitzableiter… Sie sang diese Worte vor sich hin, während sie ihren Körper mit einer nach Zimt und Orange duftenden Seife von L'Occitane einseifte. Nach Morast stinken? Das kam nicht infrage! Nach Morast stinken! Wie eklig! Ihre seidenweiche Haut duftete, und sie dankte dem Himmel dafür, dass er sie groß, schlank und muskulös geschaffen hatte. Man dankt seinen Eltern nie genug für diese Geschenke der Geburt… Danke, Papa! Danke, Mutter! Sie hätte niemals gewagt, ihrer Mutter so etwas ins Gesicht zu sagen. Sie nannte sie Mutter, erzählte ihr weder von Herzensdingen noch von ihrem Körper und küsste sie zurückhaltend auf die Wange. Nur einmal. Zwei Küsse wären unangebracht. Es war eigenartig, stets eine solche Distanz zu ihrer Mutter zu wahren. Aber sie hatte sich daran gewöhnt. Sie hatte gelernt, die Zärtlichkeit hinter der aufrechten Haltung und den im Schoß ruhenden Händen zu entschlüsseln. Sie spürte sie in einem leisen, unvermittelten Hüsteln, einer hochgezogenen Schulter, dem sich aufmerksam nach vorn neigenden Hals, einem Funkeln im Blick, der Hand, die am Rocksaum kratzte. Sie hatte sich daran gewöhnt, aber manchmal vermisste sie es doch. Sich niemals gehen lassen zu können, in ihrer Gegenwart niemals fluchen zu dürfen, ihr niemals auf die Schulter zu klopfen, niemals ihre Jeans, ihren Lippenstift, ihren Lockenstab zu klauen. Einmal… es war zur Zeit des Mannes in Schwarz, als der Kummer sie zu überwältigen drohte, als sie nicht mehr wusste, wie… wie sie sich von diesem Mann befreien sollte, von der Gefahr, die dieser Mann bedeutete… da hatte sie um eine Audienz bei ihrer Mutter gebeten, sie hatte sie umarmt, und Mutter hatte es so reglos über sich ergehen lassen wie ein Stück Holz. Mit hängenden Armen und steifem Nacken, bemüht, einen schicklichen Abstand zwischen sich und ihrer Tochter zu wahren… Mutter hatte ihr zugehört und nichts gesagt, aber sie hatte gehandelt. Als Shirley erfahren hatte, was ihre Mutter für sie tat, nur für sie, hatte sie geweint. Dicke Tränen, die für all die Male flossen, als sie nicht hatte weinen können.

Ihre rebellische Pubertät hatte sich gegen ihren Vater gerichtet. Mutter hätte das nicht gutgeheißen. Mutter hatte die Stirn gerunzelt, als sie mit Gary auf dem Arm aus Schottland zurückgekehrt war. Damals war sie einundzwanzig gewesen. Mutter war leicht zurückgewichen, was *Shocking!* bedeutete, und hatte leise gesagt, dass ihr Verhalten sich nicht schickte. »Schickte«!

Mutter wusste sich auszudrücken und ließ sich niemals gehen.

In einem lavendelblauen Bademantel und mit einem weißen Handtuchturban auf dem Kopf kam sie aus der Dusche.

»Wow, der Großwesir persönlich!«, rief Gary.

»Du scheinst ja ausgezeichneter Laune zu sein ...«

»Das liegt an dem, worüber ich mit dir reden möchte ... aber vorher probier meine Eier und sag mir, was du davon hältst. Ich habe zum Abschluss einen Schuss Himbeeressig darübergegeben, den ich im Erdgeschoss von Harrods gekauft habe ...«

Gary war ein unübertrefflicher Koch. Diese Begabung hatte er von seinem Aufenthalt in Frankreich mitgebracht, aus jener Zeit, als er in der Küche saß und ihr zusah, wie sie mit einer großen weißen Schürze um die Taille, einem Holzlöffel im Mund und hochgezogenen Augenbrauen hantierte. Er brachte es fertig, quer durch ganz London zu fahren, um die spezielle Zutat zu besorgen, die er brauchte, den neuen Kochtopf oder den frisch eingetroffenen Käse.

Shirley probierte den kross gebratenen Speck, das Würstchen, die gebratenen Pilze, die Kartoffeln. Stach das Eigelb auf. Kostete. Gab frische Tomatensoße mit Basilikum über das Ganze.

»Bravo! Köstlich! Du musst ja schon im Morgengrauen damit angefangen haben!«

»Überhaupt nicht, ich bin erst vor knapp einer Stunde gekommen.«

»Bist du aus dem Bett gefallen? Dann muss es ja wirklich wichtig sein ...«

»Ja ... Findest du es wirklich gut? Und schmeckst du die Himbeeren heraus?«

»Es schmeckt einfach himmlisch!«

»Schön ... Das freut mich, aber ich bin nicht hergekommen, um mit dir übers Kochen zu reden!«

»Schade, ich mag es, wenn du kochst ...«

»Ich habe mit Großmutter gesprochen, und ...«

Er nannte sie Großmutter, nicht Oma.

»... sie ist endlich damit einverstanden, dass ich Musik studiere. Sie hat sich informiert, ihre Spürhunde auf die Fährte ›Musikstudium‹ angesetzt und hier in London einen Klavierlehrer für mich aufgetrieben, der mir Privatstunden geben und mich auf das erforderliche Niveau bringen wird, und danach eine sehr gute Musikhochschule in New York ... Wenn der Unterricht bei meinem Lehrer erfolgreich ist. Sie räumt mir einen Kreditrahmen ein, mit einem Wort, sie nimmt mich ernst!«

»Das macht sie alles? Für dich?«

»Unter ihrem Kettenhemd ist Großmutter eine hinreißende Person. Also, das ist der Plan: Ich spiele sechs Monate Klavier bei diesem Lehrer, dann fliege ich nach New York und melde mich an dieser berühmten Schule an, die ihr zufolge das absolute Nonplusultra ist.«

Gehen. Er würde fortgehen. Shirley atmete tief ein, um den Knoten zu lösen, der sie zu ersticken drohte. Sie mochte die Vorstellung, dass er frei war, unabhängig in seiner großen Wohnung am Hyde Park lebte, nicht weit von ihrer eigenen entfernt. Sie hörte gern, dass er der Schwarm aller Mädchen war, dass all diese raffinierten jungen Damen ihm hinterherliefen. Nach außen hin gab sie sich gleichmütig, aber innerlich warf sie sich in die Brust, und ihr Herz schlug schneller. Mein Sohn …, dachte sie genüsslich und stolz. Mein Sohn … Sie konnte es sich sogar erlauben, die Großzügige zu spielen, die tolerante, lockere Mutter … Aber es gefiel ihr nicht, zu hören, dass er bald weit, weit fortgehen würde, und das nicht, weil sie, seine Mutter, es ihm ermöglichte, sondern seine Großmutter. Sie war ein wenig gekränkt, ein wenig verletzt.

»Habe ich dazu auch noch etwas zu sagen?«, fragte sie und bemühte sich, den Zorn in ihrer Stimme zu unterdrücken.

»Natürlich, du bist meine Mutter!«

»Danke.«

»Aber ich finde, dass Großmutter die Dinge ausnahmsweise einmal richtig sieht …«, beharrte Gary.

»Kein Wunder, sie ist ja auch deiner Meinung!«

»Maman, ich bin zwanzig Jahre alt … Das ist nicht das Alter, um vernünftig zu sein! Lass mich Klavier spielen, ich möchte es so gern, ich brenne darauf, es zu versuchen, und sei es nur, um herauszufinden, ob ich Talent dazu habe oder nicht. Wenn nicht, gebe ich mich mit Würstchen und Bratkartoffeln zufrieden …«

»Und wer ist dieser Lehrer, den sie für dich gefunden hat?«

»Ein Pianist. Ich habe seinen Namen wieder vergessen, aber er ist der aufgehende Stern am Musikhimmel … Noch nicht berühmt, aber kurz davor … Ich treffe mich nächste Woche mit ihm.«

Dann war also schon alles entschieden. Er bat sie um ihre Meinung, weil er sie nicht kränken wollte, aber die Würfel waren bereits gefallen. Trotz allem wusste sie das Taktgefühl ihres Sohnes zu schätzen, sie war ihm dankbar dafür, und der Sturm in ihrem Kopf legte sich.

Sie streckte die Hand aus und streichelte seine Wange.

»Und ... bist du einverstanden?«

Er hatte beinahe geschrien.

»Unter einer Bedingung ... dass du ernsthaft Klavier studierst, Musik, Notenlehre, Harmonielehre ... Dass du hart arbeitest. Frag deine Großmutter, an welcher Musikhochschule du dich einschreiben kannst, bevor du nach New York gehst ... Das wird sie ja wohl auch wissen, wo sie sich schon um alles kümmert!«

»Du bist doch nicht etwa ...«

Er verstummte, um ihr nicht wehzutun.

»Eifersüchtig? Nein. Nur ein bisschen traurig, weil ihr mich außen vor gelassen habt ...«

Er wirkte enttäuscht, und sie zwang sich zu einem Lachen, um das Schmollen von Garys Lippen zu vertreiben.

»Nicht doch! Alles gut, alles gut ... Es ist nur so, dass du allmählich erwachsen wirst, und daran muss ich mich erst gewöhnen ...«

Ich muss meine Liebe zügeln.

Ihm nicht zur Last fallen. Ihn nicht ersticken.

Früher waren wir fast wie ein Paar. Ach, noch jemand, mit dem ich ein merkwürdiges Paar bilde. Joséphine, Gary, ich habe ein größeres Talent für heimliche Beziehungen als für offizielle. Ein größeres Talent für Vertrautheit und Zärtlichkeit als für den Ring am Finger und das ganze Drumherum.

»Aber ich werde immer da sein, Maman ... Das weißt du.«

»Ja, und es ist auch sehr gut so, wie es ist! Ich bin einfach nur eine alte Meckerliese ...«

Er lächelte, nahm einen grünen Apfel, biss herzhaft hinein, und sie verspürte einen Stich, als sie sah, wie erleichtert er wirkte. Darüber, dass die Botschaft angekommen war. Ich bin zwanzig Jahre alt, ich will frei und unabhängig sein. Aus meinem Leben machen, was ich will. Und vor allem will ich, dass du dich nicht mehr darin einmischst. Lass mich leben, mir Schrammen holen, mich abnutzen, mich formen, mich verformen, mich neu formen, lass mich die Positionen wechseln, ehe ich schließlich den Platz einnehme, der mir gefällt.

Das ist doch normal, sagte sie sich und griff ebenfalls nach einem Apfel, er möchte eigenständig sein. Ohne mich auskommen. Er braucht einen Mann in seinem Leben. Er hatte keinen Vater. Und wenn es dieser Klavierlehrer sein muss, dann soll es eben so sein! Ich ziehe mich zurück.

Gary war unter lauter Frauen aufgewachsen: seine Mutter, seine Großmutter, Joséphine, Zoé, Hortense. Er brauchte einen Mann. Einen Mann, mit dem er über Männerdinge reden konnte. Aber worüber reden Männer eigentlich, wenn sie unter sich sind? Reden sie überhaupt?

Sie verscheuchte diesen spöttischen Gedanken, indem sie in den Apfel biss.

Sie würde sich in eine unbeschwerte Mutter verwandeln. Eine Heißluftballonmutter.

Und sie würde die Liebe zu ihrem Sohn unter der Dusche besingen. Sie würde sie laut hinausgrölen, wie eine Liebe, die man niemandem eingestehen möchte.

Aber abgesehen davon würde kein Wort mehr über ihre Lippen kommen.

Sie hatten beide ihren Apfel aufgegessen und sahen sich lächelnd an.

Schweigen senkte sich auf diese beiden Lächeln herab, von denen das eine den Beginn einer Geschichte erzählte und das andere ihr Ende. Das Ende eines gemeinsamen Lebens. Sie konnte in dieser Stille beinahe hören, wie ihr Herz zersprang.

Shirley mochte diese Stille nicht.

Sie war wolkenverhangen.

Sie versuchte abzulenken, sprach von ihrer Stiftung, von den Siegen, die sie in ihrem Kampf gegen die Fettleibigkeit errungen hatte. Von ihrem nächsten Gefecht. Sie musste sich ein neues Anliegen suchen. Sie liebte es zu kämpfen. Nicht für wolkige Ideologien, auch nicht für aufgeregte Politiker, sondern für alltägliche Ziele. Ihre Mitmenschen gegen die alltäglichen Gefahren zu verteidigen, gegen versteckte Betrügereien wie die der Lebensmittelindustrie, die einen glauben machen will, sie senke die Preise, während sie einfach nur die Portionen verkleinert oder die Verpackung wechselt. Sie hatte die Ergebnisse einer Studie zu solchen Machenschaften gelesen, und seitdem brodelte ihr Zorn …

Gary hörte zu, ohne sie wirklich zu hören.

Er spielte mit zwei Mandarinen, die er zwischen einem Teller und einem Glas hin und her rollen ließ, nahm sie wieder in die Hand, schälte eine davon und hielt ihr eine Spalte hin.

»Und wie geht es Hortense?«, fragte Shirley seufzend angesichts Garys mangelnden Interesses.

»Hortense ist Hortense, und das wird sie auch immer bleiben …«, antwortete er achselzuckend.

»Und Charlotte?«

»Das ist vorbei. Glaube ich zumindest … Wir haben keine Anzeige in die Zeitung gesetzt, aber es sieht ganz danach aus …«

»Endgültig vorbei?«

Sie hasste sich dafür, aber es war stärker als sie: Sie musste das Schweigen zwischen ihnen brechen, indem sie ihn mit zahllosen idiotischen Fragen bestürmte.

»Maman! Hör auf! Du weißt ganz genau, dass ich es nicht leiden kann, wenn du …«

»Schon gut …«, sagte sie und stand auf. »Die Audienz ist beendet, ich räume auf!«

Sie begann den Tisch abzudecken und die Teller in die Spülmaschine zu räumen.

»Genug herumgesessen«, brummte sie, »ich habe noch viel zu erledigen … Danke für das Frühstück, es war köstlich …«

Jetzt ließ er die Feigen hin und her rollen. Mit seinen langen Fingern über den Holztisch. Ohne Hast. Langsam, gleichmäßig.

Als hätte er alle Zeit der Welt.

Als hätte er alle Zeit der Welt, um die Frage zu stellen, die ihn beschäftigte, die Frage, von der er wusste, dass er sie nicht stellen durfte, weil dann die Frau ihm gegenüber, diese Frau, die er zärtlich liebte, mit der er schon so lange ein Team bildete, mit der er so viele Drachen und Schlangen besiegt hatte, die Frau, die er um keinen Preis kränken oder verletzen wollte … weil diese Frau dann gekränkt und verletzt wäre. Seinetwegen. Weil er eine alte Wunde wieder aufriss.

Er musste es wissen.

Er musste sich mit diesem anderen messen. Mit diesem Unbekannten.

Sonst würde er niemals ein Ganzes sein.

Er würde immer nur eine Hälfte bleiben.

Ein halber Mann.

Sie stand über den Geschirrspüler gebeugt und räumte die Gabeln, die Löffel, die Messer in den Besteckkorb, als die Frage sie traf wie ein Schlag in den Nacken.

Feige.

»Maman, wer ist mein Vater?«

Wir neigen oft dazu, zu glauben, die Vergangenheit sei vergangen. Wir würden sie niemals wiedersehen. Als wäre sie auf eine magische Tafel geschrieben, und wir hätten sie einfach weggewischt. Wir glauben, mit den Jahren hätten wir all unsere Jugendsünden, unsere bedeutungslosen Liebschaften, unsere Fehlschläge, unsere Feigheiten, unsere Lügen, unsere kleinen Arrangements und unsere Treuebrüche in der Versenkung verschwinden lassen.

Wir sagen uns, dass wir alles gründlich weggewischt haben. Alles sorgfältig unter den Teppich gekehrt.

Wir sagen uns, dass die Vergangenheit ihren Namen zu Recht trägt: Sie ist vergangen.

Altmodisch, gestrig, überholt.

Begraben.

Wir haben eine neue Seite aufgeschlagen. Eine neue Seite, die den schönen Namen Zukunft trägt. Ein Leben, das wir für uns beanspruchen, auf das wir stolz sind, ein Leben, für das wir uns entschieden haben. Wohingegen wir in der Vergangenheit nicht immer selbst entschieden haben. Wir nahmen hin, wir wurden beeinflusst, wir wussten nicht, was wir denken sollten, wir suchten uns, wir sagten Ja, wir sagten Nein, wir sagten: Wetten, dass!, ohne zu wissen, warum. Und genau deshalb haben wir das Wort »Vergangenheit« erfunden: um alles hineinzupacken, was uns störte, uns erröten oder zittern ließ.

Und dann, eines Tages, holt sie uns ein.

Sie rammt die Gegenwart. Setzt sich fest. Verbreitet Gift.

Und verdunkelt letztlich sogar die Zukunft.

Shirley hatte geglaubt, die Vergangenheit hinter sich gelassen zu haben. Sie hatte geglaubt, sie würde nie wieder davon hören. Auch wenn sie hin und wieder noch daran dachte. Dann schüttelte sie den Kopf, kreuzte die Finger und flüsterte: Geh weg. Bleib, wo du bist. Sie wusste nicht genau, warum sie diese Worte aussprach, aber das war ihre Art, die Gefahr zu bannen. Sie zu ignorieren. Und jetzt kam sie einfach wieder. Durch den Menschen, den sie mehr liebte als alles andere auf der Welt, durch ihren Sohn.

An diesem Tag vor dem Geschirrspüler, über das Eigelb gebeugt, das sich in Zickzacklinien über die Teller zog, wusste Shirley, dass sie sich ihrer Vergangenheit stellen musste.

Sie würde nicht vor ihr fliehen können. Nicht diesmal. Sie war schon einmal geflohen.

Sie hatte einen Sohn aus dieser Vergangenheit.

Okay, sagte sie sich, während sie den weit geöffneten Geschirrspüler betrachtete, okay …

Leugnen bringt nichts. Gary wurde nicht durch Zutun des Heiligen Geistes gezeugt. Gary hat einen Vater. Gary will wissen, wer sein Vater ist. Das ist vollkommen normal, atme tief durch, zähle bis drei und stell dich der Vergangenheit.

Sie schaltete den Geschirrspüler ein, nahm ein Spültuch, trocknete sich die Hände ab, zählte bis drei und drehte sich zu ihrem Sohn um.

Sah ihm in die Augen und fragte: »Was genau willst du wissen?«

Sie hörte ihre Stimme, zu hoch, ein wenig zittrig, als wäre sie schuldig. Wieso schuldig?, rief sie sich zur Ordnung, was habe ich denn Schlimmes getan? Nichts. Also … mach nicht gleich den Rücken krumm, als hättest du ein Verbrechen begangen.

Sie verschränkte die Arme vor der Brust, und ihr ganzer Körper richtete sich auf. Ein Meter neunundsiebzig, bereit, den Schlag abzufangen. Sie redete sich gut zu, redete sich gut zu, um nicht zuzulassen, dass die Angst ihr die Beine wegriss. Ich habe schon ganz andere Sachen durchgestanden. Ich werde mich jetzt nicht von diesem Grünschnabel aus der Fassung bringen lassen, den ich an meinem Busen genährt habe.

»Ich will wissen, wer mein Vater ist, und ich will ihn kennenlernen.«

Er hatte jede Silbe klar artikuliert. Er hatte sich bemüht, so neutral wie möglich zu sprechen. Sie nicht anklagen, keine Rechenschaft fordern, nur Bescheid wissen.

Bis zu jenem bewussten Tag hatte er sich nie Fragen gestellt.

Wenn er Formulare für die Schule oder einen Reisepassantrag ausfüllte, schrieb er in das Feld mit dem Namen des Vaters stets »unbekannt«, als wäre das ganz selbstverständlich, als stammten alle Jungen dieser Welt von unbekannten Vätern ab, als wären sämtliche Männer unfruchtbar und würden niemals Kinder zeugen. Manchmal war er überrascht, welches Mitleid diese schlichte Tatsache in den Gesichtern gewisser Leute auslöste, vor allem in den Gesichtern der Lehrerinnen, die ihm seufzend durchs Haar strichen. Er lächelte innerlich und suchte vergeblich nach einem Grund, warum man ihn bemitleiden müsse.

Aber an jenem Tag, in seinem Squashclub, als er gerade eine Partie mit seinem Kumpel Simon beendet hatte und in Richtung Dusche stürmte, da hatte dieser beiläufig gefragt, was macht dein Vater noch mal? Ich habe es vergessen … Gary hatte mit den Schultern gezuckt, geantwortet: Ich habe keinen Vater, war unter die Dusche getreten und hatte das heiße Wasser aufgedreht. Wie … du hast keinen Vater? Jeder hat einen Vater! Tja, ich nicht!, hatte Gary erwidert und sich eingeseift, dass der Schaum ihm in die Ohren drang. Natürlich hast du einen Vater …, hatte Simon auf der anderen Seite der Zwischenwand beharrt.

Simon Murray war rothaarig, klein und zeigte bereits den Ansatz einer Glatze. Er probierte sämtliche Mittelchen aus, die ihm wenigstens ein paar Haare auf dem Kopf erhalten sollten. Simon Murray war Wissenschaftler. Er gehörte zu einem Laborteam, das die Vermehrung von Maden erforschte, um ein Antibiotikum auf der Grundlage von Seraticin zu entwickeln, einer Substanz, die aus den natürlichen Ausscheidungen der Goldfliegenlarve gewonnen wird und zur Bekämpfung von nosokomialen Infektionen eingesetzt werden könnte. Das einzige Problem ist, schränkte Simon ein, dass wir im Moment noch zwanzig Tassen Madensaft brauchen, um einen einzigen Tropfen Seraticin zu erzeugen! Tja, Kumpel, versetzte Gary lachend, da wird es wohl noch eine Weile dauern, bis du den Nobelpreis bekommst!

Aber an jenem Tag war es Simon Murray gewesen, der gelacht hatte.

»Hältst du dich für Jesus oder was?«, hatte er erwidert, während er aus seiner Duschkabine herauskam und sich energisch den Rücken trocken rubbelte. »Und deine Mutter ist die Jungfrau Maria? Das kannst du sonst wem erzählen, Alter! Wenn du nicht über deinen Vater reden willst, sag's einfach, dann werde ich dich nie wieder nach ihm fragen, aber behaupte nicht, du hättest keinen! Das ist vollkommen unmöglich.«

Der kategorische Ton seines Freundes hatte Gary verletzt. Er hatte nicht darauf geantwortet. Besser gesagt, er hatte *Not your business!* geknurrt, und Simon hatte verstanden, dass er das Thema lieber lassen sollte.

Als er später in seinem Schlafzimmer zum tausendsten Mal ein Stück aus dem *Wohltemperierten Klavier* gehört hatte, war ihm das Gespräch mit Simon wieder in den Sinn gekommen. Er hatte die Tüte mit den Bio-Chips weggelegt – die einzigen, die seine Mutter tolerierte – und laut gesagt: Stimmt doch! Er hat ja recht! Natürlich habe ich einen Vater! Und diese Erkenntnis hatte ihn erschüttert.

Wer war dieser Mann? Lebte er noch? Wo lebte er? Hatte er noch andere Kinder? Was machte er? Warum hatte er nie von sich hören lassen? Er hörte Glenn Goulds Klavierspiel nicht mehr. Er hatte sich vor den Spiegel gestellt und sich einen Mann mit seinem Haar vorgestellt, mit seinen Augen, seinem Lächeln, seinen Schultern, die er zu schmal fand, hatte den Rücken ein wenig gebeugt …

Ich habe einen Vater.

Und er war gleichzeitig zutiefst bestürzt, erfreut, neugierig, begierig, verwundert, ängstlich und zitterte vor Fragen.

Ich habe einen Vater.

Und wie heißt er überhaupt?

Als er noch klein war, hatte seine Mutter auf seine Frage, ob er einen Vater habe, immer geantwortet, sicher, aber ich erinnere mich nicht mehr an ihn … und als sie eines Tages in Paris unter dem Arc de Triomphe hindurchgegangen waren, hatte sie ihm das Grab des Unbekannten Soldaten gezeigt und hinzugefügt: »Unbekannt wie dein Vater.« Gary hatte die kleine Flamme betrachtet, die unter den hohen Bögen brannte, und hatte wiederholt: »Unbekannt.«

Er hatte nie wieder von seinem Vater gesprochen und ihn auf den Schulformularen und anderswo »Unbekannt« getauft.

Aber an diesem Morgen in der Küche seiner Mutter wollte er die Wahrheit wissen.

Und als seine Mutter seufzte und nicht antwortete, fügte er hinzu: »Ich will alles wissen. Selbst wenn es hart wird …«

»Jetzt? Hier? Sofort? Es könnte länger dauern …«

»Soll ich dich heute Abend zum Essen einladen? Hast du Zeit?«

»Nein, heute Abend findet die erste einer Reihe von Sitzungen meiner Gesellschaft statt. Wir beteiligen uns an einem Projekt, mit dem die frohe Botschaft in die Schulen getragen werden soll, und wir müssen uns darauf vorbereiten. Bis Samstag habe ich jeden Tag Termine …«

»Dann am Samstagabend. Bei mir.«

Shirley nickte.

»Ich koche für dich …«

Sie lächelte und sagte: »Da kann ich ja nicht Nein sagen …«

Er stand auf, ging auf sie zu, breitete die Arme aus, und sie stürzte sich hinein, wie um Zuflucht vor einem Sturm zu suchen.

Er streichelte ihr zärtlich über den Kopf und flüsterte: »Maman, ich werde niemals dein Feind sein. Niemals …«

Er küsste sie, nahm seine Sachen, drehte sich an der Tür noch einmal um, schaute sie lange an und ging hinaus.

Shirley ließ sich auf einen Stuhl fallen und zählte bis drei. Nur nicht in Panik geraten, eins, zwei, drei, die ganze Wahrheit sagen, nichts als die Wahrheit, auch wenn sie nicht gerade glanzvoll ist.

Sie betrachtete ihre zitternden Hände, ihre zitternden Beine und erkannte, dass sie Angst hatte. Angst vor dieser Vergangenheit, die wieder hochkam. Angst davor, dass ihr Sohn sie verurteilen würde. Angst davor, dass er ihr Vorwürfe machen würde. Angst davor, dass dieses unglaublich starke und schöne Band zwischen ihnen mit einem Schlag zerrissen würde. Und das, sagte sie sich, während sie sich bemühte, das Zittern ihrer Arme und Beine zu unterdrücken, das könnte ich nicht ertragen. Ich kann gegen Gauner kämpfen, mir ohne Betäubung einen Zahn ziehen lassen, eine klaffende Wunde nähen, mich von einem Mann in Schwarz misshandeln lassen, aber ihn will ich nicht eine einzige Minute aus den Augen verlieren. Das würde ich nicht überleben. Unnötig, mich groß aufzuspielen, ich würde Lust und Sprache verlieren, die Freude am Leben und die Kraft, mich zu wehren …

Es bringt nichts, seine Vergangenheit zu verleugnen, sie auf später zu verschieben, es ist besser, sich ihr zu stellen. Sonst lässt die Vergangenheit nicht locker, sie lässt einfach nicht locker, und jedes Mal wird die Rechnung höher, bis man irgendwann in die Knie geht und sagt, einverstanden, ich gebe auf, ich gestehe alles …

Und manchmal ist es dann zu spät …

Manchmal ist das Unglück dann schon geschehen …

Manchmal ist es zu spät, um die Wahrheit zu gestehen …

Die anderen glauben einem nicht mehr. Sie haben keine Lust mehr, einem zu glauben, einem zuzuhören, einem zu verzeihen.

Sie richtete sich auf, eins, zwei, drei, und nahm sich vor, ihm am Samstag alles zu sagen.

Es gibt alle möglichen unheilstiftenden Menschen.

Den gelegentlich Unheilstiftenden, den gedankenlos Unheilstiftenden, den aus Langeweile Unheilstiftenden, den beharrlich Unheilstiftenden, den arroganten Unheilstifter, den reuigen Unheilstifter, der erst zubeißt und sich einem anschließend zu Füßen wirft und um Gnade bettelt … Man darf diese unheilstiftenden Menschen niemals unterschätzen. Niemals glauben, man könne sie einfach mit dem Ärmel oder einem Lappen wegwischen.

Der unheilstiftende Mensch erweist sich als gefährlich, denn der Unheilstifter gleicht einer Kakerlake: Er ist unverwüstlich.

An diesem späten Vormittag, in seinem Büro, dessen hohe Fenster genau über dem Church's-Laden auf die Regent Street hinausgingen, nicht weit vom Restaurant Wolseley entfernt, wohin er fast jeden Mittag zum Essen ging, dachte Philippe bei sich, dass er sich bald gegen eine ganze Armee von Kakerlaken würde zur Wehr setzen müssen.

Alles hatte an diesem Morgen mit einem Anruf von Bérengère Clavert begonnen.

»Iris' beste Freundin«, wie sie sich gerne rühmte, und dabei schürzte sie die Lippen, um das ganze Ausmaß ihrer Zuneigung zu verdeutlichen.

Philippe hatte unwillkürlich das Gesicht verzogen, als er ihren Namen gehört hatte.

Beim letzten Mal, als er Bérengère Clavert getroffen hatte, hatte sie sich ihm an den Hals geworfen. Das lange Haar, das sie mit der flachen Hand anhob, die verstohlenen Blicke, die sie ihm unter gesenkten Wimpern zuwarf, das im Ausschnitt ihrer Bluse dargebotene Dekolleté. Er hatte sie kurz angebunden in die Schranken gewiesen und geglaubt, sie damit endgültig los zu sein.

»Was verschafft mir die Ehre?«, fragte er, während er gleichzeitig den Lautsprecher einschaltete und den Stapel Post entgegennahm, den Gwendoline, seine Sekretärin, ihm reichte.

»Ich komme nächste Woche nach London, und ich dachte, wir könnten uns vielleicht treffen …«

Und als er nicht antwortete, fügte sie hinzu: »Ganz ohne Hintergedanken natürlich …«

»Natürlich«, wiederholte er, während er seine Post sortierte und mit einem Auge einen Artikel in der *Financial Times* überflog: »Nichts wird je wieder so sein wie früher. In der City werden fast hunderttausend Arbeitsplätze wegfallen. Das bedeutet etwa ein Viertel aller Angestellten. Eine Ära geht zu Ende. Das goldene Zeitalter, in dem ein Durchschnittsbanker das Jahr mit einem Zweimillionenbonus abschließt, ist endgültig vorbei.« Darunter folgte ein fett gedruckter Absatz: »Die Frage lautet nicht mehr, wie viel Geld man verlieren wird, mittlerweile geht es ums nackte Überleben. Auf die totale Euphorie folgt die totale Krise.« Ein ehemaliger Angestellter von Lehman Brothers erklärte: »Es ist brutal. Die Insolvenzverwalter haben uns versprochen, dass wir noch bis zum Ende des Jahres bezahlt werden. Danach heißt es: Jeder für sich.«

Begriffe wie *leverage*, *credit rating*, *high yield* und *over-shooter* waren zu stinkenden Klumpen geworden, die man mit zugehaltener Nase in den Müll warf.

»… also habe ich mir gedacht«, sagte Bérengère Clavert gerade, »dass wir uns zum Mittagessen treffen können, damit ich dir das alles gebe …«

»Damit du mir was gibst?«, fragte Philippe und stellte die Zeitungslektüre ein.

»Iris' Tagebücher … Hörst du mir überhaupt zu, Philippe?«

»Und wie kommst du zu Iris' Tagebüchern?«

»Sie hatte Angst, dass du zufällig darauf stoßen könntest, darum hatte sie sie mir anvertraut… Sie sind voll von pikanten Geschichten!«

»Pikant«, noch so ein Wort, das ihn mit den Zähnen knirschen ließ.

»Wenn sie nicht wollte, dass ich sie lese, habe ich sie auch nicht zu lesen. Das scheint mir logisch. Es ist also vollkommen unnötig, dass wir uns sehen.«

Es folgte ein langes Schweigen. Philippe wollte schon auflegen, als er Bérengères zischende Stimme hörte.

»Du bist ein abscheulicher Rüpel, Philippe! Wenn ich bloß daran denke, dass ich dich jedes Mal verteidige, wenn andere über dich herziehen!«

Bei diesem letzten Halbsatz zuckte Philippe unwillkürlich zurück, aber er zog es vor, wortlos aufzulegen. Unheilstiftend und boshaft, dachte er und bat Gwendoline, die den Kopf zur Tür hereinsteckte, um einen starken Kaffee.

»Monsieur Rousseau aus Ihrem Büro in Paris wartet auf der anderen Leitung…«, flüsterte sie. »Seien Sie vorsichtig: Er tobt vor Wut.«

Raoul Rousseau. Sein Partner. Dem er seine Anteile verkauft und die Leitung der Anwaltskanzlei überlassen hatte, nachdem er beschlossen hatte, sich zurückzuziehen. Nicht mehr sein ganzes Leben damit zu verbringen, Paragrafen und Verträge zu studieren, Zahlen und Geschäftsessen aneinanderzureihen. Raoul Rousseau, genannt der Lurch. Er leitete das Pariser Büro und hatte die feuchte, wulstige Unterlippe eines unersättlichen Mannes. Philippe nahm an den Sitzungen des Verwaltungsrats teil und vermittelte ihm Klienten aus London, Mailand und New York. Er arbeitete nur noch halbtags, und das gefiel ihm ausnehmend gut.

Er nahm das Gespräch an.

»Raoul! Wie geht es dir?«

»Wie kannst du so blöd fragen!«, brauste der Lurch auf. »Das ist ein Tsunami! Ein regelrechter Tsunami! Alle fliegen auf die Fresse! Ich schwimme in Akten. Hier stapeln sich Verträge, die längst unterschrieben sein sollten, die Leute geraten in Panik und machen sich aus dem Staub, sie wollen Garantien, und die Banker schlottern vor Angst! Ich schufte wie ein Irrer.«

»Beruhige dich und atme einmal tief durch…«, versuchte Philippe ihn zu beschwichtigen.

»Du hast leicht reden! Du tust gerade so, als ginge dich das alles nichts an!«

»Wir sind alle betroffen, und wir werden es auch alle zu spüren bekommen. Aber hysterisches Herumfuchteln bringt niemandem etwas. Im Gegenteil … Wir müssen nach außen hin Ruhe bewahren!«

»Das ist ein Wettlauf gegen die Zeit, Alter. Wer nicht herumfuchtelt, stürzt ab … Die suchen alle nach einer falschen Formulierung im Vertrag, um nur ja nicht unterschreiben zu müssen, sich nicht festlegen zu müssen, und das Ende vom Lied ist: Hier steht alles still. So eine Scheiße, sag ich dir, so eine Scheiße! Das Handelsgericht wird überschwemmt mit Insolvenzen, und das ist nur der Anfang. Das wird alles noch viel schlimmer!«

»Wir machen solide Geschäfte, wir bleiben ruhig, wir lassen das Gewitter vorüberziehen, und danach investieren wir wieder …«

»Gerichtsschreiberjobs vielleicht, aber doch keine Geschäfte, die wirklich Geld bringen! Ich will weiter einträgliche Mandate betreuen, ich hab keine Lust, überall Löcher zu stopfen und hier und da ein paar Euro zusammenzukratzen, ich will das ganz große Los!«

»Die Zeit der großen Lose ist vorbei …«

»Sitzung nächste Woche in Paris! Bis dahin schicken wir die Leute in Kurzarbeit. Wann kannst du kommen? Mein Terminkalender!«, brüllte er seiner Sekretärin zu. »Bringen Sie mir meinen Terminkalender …«

Sie einigten sich auf ein Datum, und der Lurch legte mit einem gebrüllten »Und lass dir gefälligst etwas einfallen! Dafür wirst du schließlich bezahlt!« auf.

»Ich werde nicht bezahlt, Raoul. Ich bin nicht dein Angestellter, vergiss das nicht!«

Verärgert hängte Philippe ein. Was für eine Kakerlake. Ein widerliches Insekt, das er am liebsten mit dem Absatz zertreten hätte. Natürlich würde alles zusammenbrechen … aber es würde auch wieder aufwärtsgehen, und dann würden sie zu niedrigen Kursen Aktien kaufen, mit denen sie dann noch mehr Geld verdienen würden.

Oder er würde nicht kaufen.

Er würde alles so lassen, wie es war. In diesem erbärmlichen Zustand.

Er würde fortgehen.

In letzter Zeit fühlte er sich immer häufiger angewidert.

Von der Gier der Menschen, ihrem fehlenden Mut, ihrem Mangel an

Visionen. Ein Kunsthändler in Los Angeles hatte ihm erzählt, dass die Broker mittlerweile auf fallende Kurse wetteten. Je tiefer die Börsenkurse abstürzten, desto mehr verdienten sie. Und wenn die Kurse wieder steigen?, hatte Philippe gefragt. So schnell werden sie nicht steigen, die Leute hier glauben eher, dass alles den Bach runtergehen wird, zumindest bereiten sie sich darauf vor.

Die Zeiten würden sich ändern, und das missfiel ihm nicht. Die Welt quoll über von schmutzigen Leidenschaften. Gelblicher Schaum auf einem einstmals schillernden Gefühl.

Er verspürte den Drang, sich seiner Besitztümer zu entledigen.

Nachdem er an diesem Morgen aufgestanden war, hatte er seine Kleiderschränke geleert und Annie gebeten, alles zum Roten Kreuz zu bringen. Beim Gedanken, diese grauen Anzüge, diese weißen Hemden, diese gestreiften Krawatten nicht länger in seinen Schränken zu sehen, hatte er eine seltsame Freude verspürt.

Ich habe die Uniform abgestreift, hatte er gedacht, während er den Kleiderhaufen zu seinen Füßen betrachtete.

Als Philippe Dupin beschlossen hatte, sich aus seinen Geschäften zurückzuziehen, nach London zu ziehen und dort das Leben eines reichen Müßiggängers und Kunstsammlers zu führen, hatte der Zustand der Weltwirtschaft noch keinen Anlass zur Besorgnis gegeben. Natürlich hatte es schon Finanzskandale gegeben, Einzelkämpfer, die betrügerische Geschäfte tätigten, aber die Weltwirtschaft an sich schien nicht bedroht.

Mittlerweile hatte die berühmte Marke Woolworth Insolvenz angemeldet und würde schließen. Mehr als achthundert Geschäfte und dreißigtausend Angestellte waren betroffen. In der City waren beängstigende Gerüchte in Umlauf: Gewinnwarnungen bei Marks & Spencer, Debenhams, Home Retail Group und Next, Insolvenzanträge eines Dutzends sogenannter mittlerer Unternehmen – zwischen hundert und zweihundertfünfzig Ladengeschäfte –, die Schließung von vierhundertvierzig Firmen bis zum Ende des Jahres und zweihunderttausend zusätzliche Arbeitslose. Selbst die Hersteller von Luxusartikeln blieben nicht verschont. Entlassungen bei Chanel und Mulberry. Die schlechten Nachrichten rissen nicht ab. Arbeitslosigkeit, Kreditklemme, Anstieg der Lebensmittelpreise und der Preise im öffentlichen Nahverkehr,

Kurssturz des Pfunds. Die Worte klangen wie die langsamen Schritte der Sargträger, die die Weltwirtschaft zu Grabe trugen.

Diese Krise schien ernst zu sein. Die Welt würde sich verändern.

Sie musste sich verändern.

Und man würde sie nicht verändern, indem man die gleichen Fehler wiederholte. Im Moment traf die aktuelle Krise noch den Finanzsektor, aber bald würde sie auch die Straße erreichen, jene Passanten, die er von seinem Fenster aus sah. Um der Welt willen mussten die Menschen ihren Blick auf sie verändern. Sie mussten das Vertrauen in eine Wirtschaft wiedergewinnen, die in ihren Diensten stand. Die dafür sorgte, dass anständige Arbeit auch anständig bezahlt wurde. Die nicht nur für einige wenige Privilegierte da war, die sich auf ihre Kosten die Taschen füllten.

Diese Krise würde sich nicht mit zweitklassiger Politik lösen lassen. Die Zeiten erforderten Mut, Großzügigkeit und Risikobereitschaft, damit die Welt wieder menschlich würde.

Aber vor allem, das wusste er, musste Vertrauen wiedergewonnen werden.

Vertrauen, seufzte er und betrachtete das Foto von Alexandre auf seinem Schreibtisch.

Wir alle verspüren das Bedürfnis zu glauben, zu vertrauen, zu wissen, dass wir einem Vorhaben, einer Firma, einem Mann oder einer Frau unser ganzes Herz schenken können. Dann fühlen wir uns stark. Wir schlagen uns auf die Brust und nehmen es mit der ganzen Welt auf.

Aber wenn wir zweifeln …

Wenn wir zweifeln, haben wir Angst. Wir zögern, wir schwanken, wir stolpern.

Wenn wir zweifeln, wissen wir überhaupt nichts mehr. Alle Gewissheiten sind dahin.

Unversehens kommt es zu Notfällen, die gar keine Notfälle hätten sein sollen.

Fragen, die man sich niemals gestellt hätte und die man sich jetzt doch stellt.

Fragen, die plötzlich die Grundfesten unserer Existenz erschüttern.

Liebe ich Kunst oder spekuliere ich nur?, hatte er sich an diesem Morgen beim Rasieren gefragt, nachdem er im Radio gehört hatte, dass der einzige nennenswerte Rekord der letzten Auktionen in London die Zahl der unverkauften Kunstwerke gewesen war.

Er sammelte, seit er ein kleiner Junge gewesen war. Er hatte mit Briefmarken, Streichholzschachteln und Postkarten angefangen. Und dann hatte er eines Tages mit seinen Eltern eine Kirche in Rom besucht.

San Luigi dei Francesi.

Die Kirche war klein, dunkel, kalt. Die Kanten der Eingangsstufen waren abgestoßen, manche Steine hatten sich gelöst. Ein Bettler saß am Rand der Treppe und streckte eine ausgemergelte Hand aus.

Er hatte die Hand seiner Mutter losgelassen und war auf Zehenspitzen hineingegangen.

Als spürte er, dass ihn eine wunderbare Begegnung erwartete …

Dass er dazu allein sein musste.

In einer kleinen Kapelle auf der linken Seite hatte er ein Gemälde entdeckt. Er war näher herangegangen, und plötzlich hatte er nicht mehr gewusst, ob er in das Gemälde eindrang oder ob das Gemälde in seinen Kopf eindrang. Traum oder Wirklichkeit? Mit angehaltenem Atem war er wie angewurzelt stehen geblieben und hatte sich in die Schatten und die Farben dieser *Berufung des heiligen Matthäus* vertieft. Erschüttert von dem Licht, das aus dem Gemälde hervorsprang. Glücklich, so glücklich, dass er keinen Schritt zu gehen wagte, aus Angst, den Bann zu brechen.

Er wollte nicht mehr fort.

Nie wieder aus diesem Bild herauskommen.

Er streckte die Hand aus, um das Gesicht jeder einzelnen Figur zu streicheln, hob den Finger und hielt ihn in den Lichtstrahl, setzte sich auf den Hocker und schob sein Schwert auf die Seite, genau wie der Mann, der ihm den Rücken zuwandte.

Er hatte gefragt, ob er es kaufen könne. Sein Vater hatte gelacht. Irgendwann vielleicht … wenn du sehr reich wirst!

War er reich geworden, um die Ergriffenheit des kleinen Jungen angesichts eines Gemäldes in einer dunklen römischen Kirche wiederzufinden? Oder war er reich geworden und hatte darüber die Reinheit dieser ersten Gefühlsregungen vergessen und nur noch den Profit im Sinn gehabt?

»Madame Clavert ist wieder dran«, informierte ihn Gwendoline. »Auf Leitung eins … Und hier ist die Liste mit Ihren nächsten Terminen.«

Sie reichte ihm ein Blatt Papier, das er auf den Schreibtisch legte.

Er hob ab und fragte höflich: »Ja, Bérengère …?«

»Weißt du, Philippe, vielleicht solltest du diese Tagebücher doch lesen. Immerhin betreffen sie ja dich. Dich und jemanden, der dir sehr am Herzen liegt …«

»Wen meinst du?«

»Joséphine Cortès. Deine Schwägerin.«

»Was hat Joséphine denn damit zu tun?«

»Iris erwähnt sie gelegentlich, und das nicht nur beiläufig …«

»Kein Wunder, sie waren Schwestern!«

Warum rede ich überhaupt mit ihr? Diese Frau ist böse, diese Frau ist neidisch, diese Frau beschmutzt alles, was sie berührt.

»Anscheinend hat sie sich in einen Universitätsprofessor verliebt … Sie hat sich wohl Iris anvertraut, und die hat sich über ihre verklemmte kleine Schwester lustig gemacht … Ich dachte, das könnte dich interessieren … Ihr seid euch doch sehr nahegekommen, wie ich gehört habe …«

Sie lachte leise.

Philippe schwieg. Hin und her gerissen zwischen seiner Abneigung gegen Bérengère Clavert und dem Wunsch, mehr zu erfahren.

Schweigen senkte sich auf sie herab. Und Bérengère wusste, dass sie ins Schwarze getroffen hatte.

Gekränkt darüber, erneut zurückgewiesen worden zu sein, hatte sie beschlossen, noch einmal anzurufen und ihn ebenfalls zu verletzen. Für wen hielt sich dieser Mann eigentlich, der sie so rüde zurückstieß? Iris hatte ihr irgendwann erzählt, dass Philippe immer sagte: Bérengère ist ein nutzloses Wesen. Und unheilstiftend noch dazu!

Er behauptete also, sie stifte Unheil. Er würde noch sehen, wie recht er damit hatte.

Das Schweigen hielt an, und Bérengère frohlockte. Dann stimmte es also, was man ihr erzählt hatte: Philippe Dupin hatte sich in seine kleine Schwägerin verknallt. Sie sollten sogar schon vor Iris' Tod eine Affäre gehabt haben. Dreist fuhr sie in schmeichelndem Ton fort: »Offenbar hat sie ihn durch ihre Forschungen kennengelernt … Ein attraktiver Universitätsprofessor … Er lebt in Turin … Geschieden, zwei Kinder. Damals ist nichts zwischen ihnen gelaufen. Er war verheiratet. Und du kennst ja Joséphine, sie hat ihre Prinzipien, und an denen ist nicht zu rütteln. Aber jetzt ist er frei, und angeblich sind die beiden neulich zusammen in Paris gesehen worden. Sie schienen sehr vertraut miteinander umzugehen … Das hat mir eine Freundin erzählt. Sie arbeitet an der Sorbonne und kennt deine Schwägerin.«

Philippe dachte einen Moment an Luca, doch dann fiel ihm ein, dass Luca weder Professor noch verheiratet oder Vater war. Außerdem saß Luca seit September in einer geschlossenen Anstalt irgendwo in der Provinz.

»Ist das alles, was du mir zu sagen hast, Bérengère?«

»Er heißt Giuseppe … Mach's gut, Philippe … Oder besser gesagt: *Arrivederci*!«

Philippe steckte die Hände so tief in seine Taschen, als wollte er das Futter einreißen. Unmöglich, dachte er, unmöglich. Ich kenne Joséphine, sie hätte es mir gesagt. Das ist ja der Grund, warum ich sie liebe. Sie ist aufrecht wie eine Schwertklinge.

Es war ihm nie in den Sinn gekommen, dass Joséphine ein anderes Leben haben könnte.

Dass sie sich für einen anderen Mann interessieren könnte.

Sich ihm anvertrauen, mit ihm lachen, beim Gehen seinen Arm nehmen könnte …

Er fragte sich, warum er nie daran gedacht hatte.

Sein erster Gesprächspartner war da. Gwendoline fragte, ob er ihn empfangen könne.

»Noch eine Minute«, bat er.

Schon, aber …

Sie will mich nicht verletzen.

Sie weiß nicht, wie sie es mir sagen soll.

Seit Monaten reagiert sie weder auf meine Blumen noch auf meine Briefe und meine Mails.

Er ließ seinen Besucher hereinkommen.

Es war einer dieser Klienten, die reden und reden und einfach nur wollen, dass man ihnen zustimmt. Zur Beruhigung. Er trug ein beigefarbenes Tweedjackett und ein gelbes Hemd. Sein Krawattenknoten glich seiner Nase: krumm und schief.

Philippe nickte, und sein Blick ruhte auf Nase und Krawatte.

Der Mann sprach, er stimmte ihm zu, aber in seinem Kopf hörte er immer wieder die gleiche Frage: »Schon, aber was, wenn …«

Was, wenn Bérengère die Wahrheit sagte …?

Er hatte sich schon vor Iris' tragischem Tod von ihr getrennt.

Ihre Beziehung war in New York zerbrochen. Er hatte das Wort ENDE auf die weiße Decke eines Tischs im Waldorf Astoria geschrieben.

Als er von ihrem Tod erfahren hatte, war er schockiert und traurig gewesen. Was für eine Verschwendung!, hatte er sich gesagt. Er hatte an Alexandre gedacht. Das Foto von Lefloc-Pignel in den Zeitungen, seine feindselige, verstockte Miene, hatte ihn lange verfolgt. Dieser Mann hat also meine Frau getötet … Dieser Mann.

Dann waren die Züge des Fotos allmählich verschwommen. Und von Iris hatte er nur das Bild einer schönen, leeren Frau bewahrt.

Einer Frau, die einmal die seine gewesen war …

Heute Abend würde er Dottie anrufen und sie fragen, ob sie Zeit hatte, etwas mit ihm trinken zu gehen.

Dottie war seine Vertraute, seine Freundin. Dottie hatte sanfte Augen und blonde Wimpern. Knochige Hüften und babyweiches Haar.

Er schlief nicht mehr mit ihr. Er wollte sich nicht für sie verantwortlich fühlen.

Was willst du, hatte sie ihm eines Abends gestanden, als sie ein bisschen getrunken hatte, als sie ihre Zigarette so dicht an ihre Haare hielt, dass er fürchtete, sie werde sie anzünden, ich glaube, ich liebe dich. Oh, ich weiß, ich sollte dir das nicht sagen, aber so ist es nun mal, und ich habe keine Lust, dir etwas vorzuspielen … Ich entdecke die Liebe, aber ich verstehe nichts von den Strategien der Liebe … Ich weiß genau, dass ich dabei bin, mir mein Leben zu versauen. Aber das ist mir egal. Wenigstens liebe ich … und es ist schön, zu lieben. Es ist nicht schön, deswegen zu leiden, aber es ist schön, zu lieben. Das ist mir bisher noch nie passiert. Ich dachte, ich hätte schon vor dir geliebt, aber das war bloß Verliebtsein. Du beschließt nicht einfach, mit dem Lieben aufzuhören. Du liebst dein Leben lang … Und das ist der ganze Unterschied.

Der ganze Unterschied …

Er verstand. Manchmal nahm er Frauen für einen Abend mit. Für ein Wochenende.

An einer Straßenkreuzung in Chelsea fiel ihm eine runde Schulter auf, und er folgte ihr. Lud sie zum Essen ein, legte sich ein paar Nächte neben sie. Am frühen Morgen fragte sie, wirst du dich in einem Jahr noch an mich erinnern? Er antwortete nicht, und sie fügte hinzu: Mit wem wirst du in einem Jahr zusammen sein? Mit wem ich zusammen sein werde? Du hast mich doch wenigstens ein bisschen lieb, oder? Sein Mund war trocken, sein Lächeln starr. Siehst du … in einem Jahr wirst du mit einer anderen zusammen sein, und mich hast du dann vergessen …

Er protestierte vehement.

Aber er wusste, dass sie recht hatte.

Er hatte eine Nacht mit einer Brasilianerin verbracht, die sich rühmte, fünf Stunden pro Tag zu schreiben und genauso lange Gymnastik zu machen, damit Körper und Geist ins Gleichgewicht kamen. Nachdem er sich von ihr verabschiedet hatte, hatte er den Zettel zerrissen, auf dem sie ihre Telefonnummer notiert hatte, und den durch die Luft wirbelnden Konfettistückchen nachgeblickt.

Er war übers Wochenende mit einer Anwältin weggefahren, die ihre Akten mitgenommen und die ganze Zeit ihr Handy zwischen Kopf und Schulter geklemmt hatte. Er hatte die Hotelrechnung bezahlt, ihr eine kurze Nachricht hinterlassen und die Flucht ergriffen.

Während er auf der Rückfahrt im Stau stand, hatte er sich an seine Anfänge erinnert und an seinen Wunsch, die Welt zu erobern. An New York und seine erste Stelle in einer internationalen Anwaltskanzlei. Er war der einzige Franzose dort gewesen. Er hatte gelernt, auf die amerikanische Art zu arbeiten. Die Villa, die man in den Hamptons mieten musste, die Wohltätigkeitsveranstaltungen, bei denen er einen Smoking trug und mit einer verführerischen Frau am Arm herumstolzierte – jedes Mal einer anderen. Teure Anzüge, die er sich aus England kommen ließ, Hemden von Brooks Brothers, Mittagessen im Four Seasons. Er hatte sich beim Rasieren im Spiegel betrachtet, seinem Spiegelbild zugelächelt, sich die Zähne geputzt, einen Anzug herausgesucht, eine Krawatte, gedacht, es ist so einfach, Frauen rumzukriegen, wenn … und schamvoll innegehalten …

Wenn man das Gefühl hat, aus einem Film herauszukommen, in dem man selbst die strahlende Hauptrolle spielt.

Und dann war er Iris Plissonnier begegnet.

Sein Herz hatte zu klopfen begonnen. Eine Minute wurde zum Jahrhundert. Er kannte keine Gewissheiten mehr, der Film war gerissen. Oder doch … Einer einzigen Sache war er sich sicher: Sie war diejenige, welche. Keine andere. Mit der Gewandtheit eines Zauberers hatte er sich in ihr Leben geschlichen. Hatte acht Asse aus dem Ärmel gezogen und sie aus einer üblen Klemme befreit. Hatte sie überzeugt, ihn zu heiraten. Hatte er sie wirklich geliebt oder doch nur das schöne Bild, das sie von sich präsentierte? Das schöne Bild, das sie beide als Paar abgaben?

Er wusste es nicht mehr.

Er erkannte den Mann, der er einst gewesen war, nicht wieder.

Er fragte sich, ob er überhaupt noch derselbe war.

Nachdem er an diesem Morgen dem Mann mit der krummen Nase und der schiefen Krawatte zugehört und ihn anschließend zur Tür begleitet hatte, lehnte er sich gegen die lackierte Holztür, und sein Blick sank wieder hinab auf das Foto von Alexandre. Er seufzte. Was wissen wir schon von den Menschen, mit denen wir Seite an Seite leben? Wenn wir glauben, sie zu kennen, entziehen sie sich uns.

Seit dem Tod seiner Mutter entglitt ihm Alexandre zunehmend. Er verbarrikadierte sich hinter höflichem Schweigen, als wären die Fragen, die er sich selbst stellte, zu schwerwiegend, um sie seinem Vater zu stellen.

Jeden Morgen beim Frühstück wartete Philippe darauf, dass er redete. Eines Tages hatte er ihn beim Nacken gepackt und ihn gefragt, was hältst du davon, wenn du heute einfach die Schule schwänzt und wir zusammen spazieren gehen? Alexandre hatte höflich abgelehnt, ich schreibe heute eine Matheklausur, ich kann nicht.

Er geht mir aus dem Weg. Macht er mir vielleicht Vorwürfe, weil ich mich öffentlich mit Joséphine gezeigt habe? Oder ist es die Erinnerung an seine Mutter, die ihn wieder einholt?

Alexandre hatte auf dem Friedhof Père-Lachaise nicht geweint. Weder seine Lippen noch seine Stimme hatten während der Einäscherung gezittert. Machte er ihm Vorwürfe, weil er seine Mutter nicht hatte beschützen können?

In guten wie in schlechten Zeiten, in guten wie in schlechten Zeiten …

In den letzten Monaten war sein Sohn gewachsen, er war in den Stimmbruch gekommen, Barthaare und kleine rote Pickel sprossen auf seinem Kinn. Er hatte sich weiterentwickelt, sowohl körperlich als auch geistig. Er war nicht länger sein kleiner Junge. Er wurde zu einem Fremden …

Wie auch Iris zu einer Fremden geworden war.

Merkwürdig, sagte sich Philippe, man kann Seite an Seite leben und doch kaum etwas voneinander wissen. Einander aus den Augen verlieren, obwohl man jeden Tag miteinander redet. In meiner Ehe mit Iris war ich ein Gast. Ein Schatten, der durch die Flure ging, sich an den Tisch setzte und wieder zurück ins Büro fuhr. Abends schlief ich mit einer Maske über den Augen und Ohrstöpseln ein.

Bald wurde Alexandre fünfzehn, jenes Alter, in dem Eltern eine Quelle der Peinlichkeit sind. Manchmal ging er samstags abends weg. Philippe brachte ihn hin und holte ihn später wieder ab. Im Auto redeten sie kaum miteinander. Beide verhielten sich wie ein Einsiedler. Alexandre klopfte seine Taschen ab, um sich zu vergewissern, dass er auch seine Schlüssel, sein Handy und ein wenig Geld dabeihatte, wandte sich dann dem Fenster zu, legte die Stirn an die Scheibe und betrachtete die nassen Lichter der Stadt.

Philippe erkannte manche seiner eigenen Gesten wieder. Er lächelte, während er nach vorn auf die Straße sah.

Es war mittlerweile Ende November, und es herrschte eine seltsame schneidende, feuchte Kälte. Alexandre ging durch den Park nach Hause und schimpfte vor sich hin, weil man ihm schon wieder seine gefütterten Handschuhe geklaut hatte. Nur Diebe in dieser Schule! Wenn man seine Handschuhe oder seinen Schal auch nur eine Sekunde lang aus den Augen ließ, konnte man sicher sein, dass sie einem geklaut wurden. Ganz zu schweigen von Handys oder iPods, die versteckte man lieber ganz.

Er ging gern zu Fuß nach Hause.

Er durchquerte ein Stück des Hyde Park und sprang dann in einen Bus. Die 16, die 6 oder die 98. Er hatte die Wahl. Er stieg an der Haltestelle George Street in der Edgware Road aus und ging zu Fuß zum Montagu Square 48. Er mochte sein neues Viertel sehr. Sein Zimmer ging auf einen kleinen privaten Park hinaus, zu dem sein Vater den Schlüssel hatte. Einmal im Jahr öffneten die Anwohner den Park und organisierten ein Picknick. Sein Vater kümmerte sich um den Grill und das Braten des Fleischs.

In der U-Bahn lief er Gefahr, eine Viertelstunde in einem Tunnel stecken zu bleiben, und dann dachte er an seine Mutter. Sie erschien ihm immer in der U-Bahn, wenn der Zug stehen blieb …

Im Dunkel des Waldes im Scheinwerferstrahl tanzend, bevor sie sich ein Messer ins Herz rammen ließ. Er zog den Hals in den Mantelkragen ein und biss sich auf die Lippen.

Er verbot sich, »Maman, Maman …« zu sagen, sonst könnte er für nichts mehr garantieren.

Er ging durch den Park. Zu Fuß von South Kensington zum Marble Arch. Er trainierte, immer größere Schritte zu machen, als wäre er auf einen Zirkel montiert. Manchmal streckte er die Beine so weit, dass er Angst hatte, sie zu zerreißen.

Was ihn wirklich beschäftigte, seit die Schule wieder angefangen hatte, war das Abschiednehmen.

Er trainierte, von jeder Person, der er begegnete, Abschied zu nehmen, so, als sollte er sie niemals wiedersehen, als würde sie sterben, sobald sie an ihm vorbei war, und anschließend beobachtete er, welchen Schmerz ihm das bereitete. Er sagte dem Mädchen Lebewohl, das ihn bis zur Straßenecke begleitete. Sie hieß Annabelle, hatte eine lange Nase, schneefarbenes Haar, goldene Augen mit kleinen gelben Tupfen, und als er sie eines Abends geküsst hatte, hatte sie zu schielen begonnen. Ihm hatte der Atem gestockt.

Er hatte sich gefragt, ob er es gut gemacht hatte.

Er sagte der kleinen Alten Lebewohl, die die Straße überquerte und dabei jedem zulächelte … Lebewohl dem Baum mit den krummen Ästen, Lebewohl dem Vogel, der seinen Schnabel in ein schmutziges Stück Toastbrot stieß, Lebewohl dem Fahrradfahrer mit dem rot-goldenen Lederhelm, Lebewohl, Lebewohl …

Sie werden verschwinden, sie werden sterben, sobald ich mich abgewandt habe, und was fühle ich dabei?

Nichts …

Ich sollte üben, etwas zu empfinden, redete er sich zu, während er übers Gras ging statt auf dem harten Parkweg. Ich bin doch nicht normal. Wenn man einfach nichts fühlt, ist das wie ein großes Loch im Inneren, und das macht mich verrückt. Es kommt mir vor, als wäre ich gar nicht auf der Erde.

Manchmal war ihm, als schwebte er über der Welt, als sähe er die Menschen aus weiter, weiter Ferne.

Vielleicht würde ich etwas fühlen, wenn wir zu Hause miteinander redeten. Das wäre wie ein Training für mich, und am Ende schlösse sich dieses große Loch in meiner Brust, das mich das Leben aus weiter Ferne sehen lässt. Zu Hause redeten sie nicht über seine Mutter. Niemand sprach das Thema an. Als wäre sie gar nicht tot. Als hätte er recht damit, nichts zu fühlen.

Er versuchte, mit Annie darüber zu reden, aber sie schüttelte den Kopf und antwortete, was soll ich denn dazu sagen, mein armer Junge, ich habe deine Mutter doch gar nicht gekannt.

Zoé und Joséphine. Mit ihnen hätte er reden können. Besser gesagt, Joséphine hätte die richtigen Worte gefunden. Sie hätte etwas in ihm geweckt. Etwas, was eine Verbindung zwischen ihm und der Erde hergestellt hätte. Dann wäre er nicht länger ein gleichgültiger Flieger.

Seinem Vater konnte er sich nicht anvertrauen. Dazu war das Thema zu heikel. Ihm schien sogar, als wäre sein Vater der Letzte, mit dem er darüber reden wollte.

Im Kopf seines Vaters musste es kompliziert zugehen. Da war seine Mutter, und da war Joséphine. Er wusste nicht, wie er es schaffte, sich da zurechtzufinden.

Ihn hätte es verrückt gemacht, zwischen zwei Mädchen zu stehen und sie beide zu lieben. Schon allein der Gedanke an den Kuss mit Annabelle füllte seinen gesamten Kopf aus. Das erste Mal, als sie sich geküsst hatten, war Zufall gewesen. Sie waren gleichzeitig an der Ampel stehen geblieben, hatten gleichzeitig den Kopf gedreht, und – zack! – hatten sich ihre Lippen berührt, und es hatte geschmeckt wie ein leicht süßes, leicht klebriges Blatt Löschpapier, das man sich auf die Lippen drückte. Er hatte es beim nächsten Mal wieder versuchen wollen, aber es war nicht mehr das Gleiche gewesen.

Er war schon wieder ins Flugzeug gestiegen. Er hatte sich von oben gesehen, er hatte die Empfindung verloren.

In der Schule oder auf Partys war er oft allein, weil er eine Menge Zeit mit seinem »Abschiednehmen«-Spiel verbrachte. Und von diesem Spiel konnte er natürlich niemandem erzählen. Irgendwie war ihm das auch lieber so. Denn wenn man ihn fragte: Warum wirst du immer von deinem Vater abgeholt? Wo ist deine Mutter?, dann wusste er nicht so recht, was er antworten sollte. Wenn er sagte, sie ist tot, machten der Junge oder das Mädchen ein komisches Gesicht, als hätte man ihnen ein schweres, eklig stinkendes Ding in die Hand gedrückt. Da war es doch einfacher, mit niemandem zu reden. Und keine Freunde zu haben.

Jedenfalls keinen besten Freund.

An all das dachte er, während er durch den Park ging, Grasklumpen lostrat, grün auf der einen Seite und braun auf der anderen, und es gefiel ihm, von Grün zu Braun zu wechseln, von Braun zu Grün, als er plötzlich innehielt, weil etwas Merkwürdiges seine Aufmerksamkeit erregt hatte.

Zunächst dachte er, es sei eine Vogelscheuche, die dort mit den Armen fuchtelte und in eine dieser großen, zylinderförmigen Mülltonnen hinabtauchte, die mitten im Park aufgestellt waren. Dann sah er, wie der Lumpenhaufen sich wieder aufrichtete, ein paar Sachen aus dem Mülleimer zog und sie unter einen weiten Poncho steckte, der unter dem Kinn von einer Klammer zusammengehalten wurde.

Was ist das?, fragte er sich, während er versuchte hinzusehen, ohne allzu direkt hinzusehen, um nicht bemerkt zu werden.

Es war eine alte, in vergammelte Lumpen gehüllte Frau. Vergammelte Schuhe, ein vergammelter Umhang, vergammelte Handschuhe, schwarze Wollsocken mit Löchern, durch die man eine vergammelte Haut erkennen konnte, und eine Art Mütze, die sie tief in die Stirn gezogen hatte.

Von dort, wo er stand, konnte er die Farbe ihrer Augen nicht erkennen. Aber eines wusste er ganz genau: Das war eine Obdachlose.

Seine Mutter hatte Angst vor Obdachlosen gehabt. Sie überquerte die Straße, um ihnen auszuweichen, nahm ihn bei der Hand, und ihre

Hand zitterte in der seinen. Er fragte sich, wieso. Sie wirkten doch gar nicht böse.

Seine Mutter. Sie interessierte sich nur für ihn, wenn sie eine Lücke in ihrem Zeitplan hatte. Sie wandte sich ihm zu, als fiele ihr plötzlich wieder ein, dass es ihn gab. Sie rubbelte ihn ab, wiederholte immer wieder, mein Liebling, mein Liebling, du glaubst gar nicht, wie sehr ich dich liebe! Weißt du das, mein süßer kleiner Schatz?, als müsste sie sich selbst davon überzeugen. Er antwortete nicht. Schon als kleines Kind hatte er gelernt, dass er diesen Gefühlsüberschwang nicht erwidern durfte, denn sie würde ihn genauso schnell wieder fallen lassen, wie sie sich ihm zugewandt hatte. Wie einen Regenschirm. Er hegte Sympathie für diese Regenschirme, die immer und überall vergessen werden.

Die einzigen Momente, in denen seine Mutter aufrichtig wirkte, in denen sie nicht die wundervolle Iris Dupin spielte, waren, wenn sie einen Bettler auf der Straße erblickte. Dann beschleunigte sie ihre Schritte, sagte, nein, nein, schau nicht hin! Und wenn er fragte, warum sie denn so schnell vorbeigegangen sei, warum sie Angst habe, kniete sie nieder, nahm sein Kinn in die Hand und sagte, nein, nein, ich habe keine Angst, aber sie sind so hässlich, so schmutzig, so arm …

Sie zog ihn an sich, und er hörte ihr Herz schlagen wie verrückt.

An diesem Abend ging er an der Obdachlosen vorbei, ohne sie anzusehen oder gar stehen zu bleiben. Im Vorbeigehen bemerkte er lediglich, dass sie einen Rollstuhl hinter sich herzog, den sie an ihrer Taille festgebunden hatte.

Am nächsten Tag sah er sie wieder. Sie hatte ihr weißes, gewelltes Haar zurechtgemacht und auf beiden Seiten eine Spange hineingesteckt. Kleinmädchenspangen, ein blauer und ein rosafarbener Delfin. Sie saß in dem Rollstuhl, und ihre unglaublich schmutzigen, fast schwarzen Hände in den bunten Handschuhen lagen brav in ihrem Schoß. Sie sah zu, wie die Leute vorbeigingen, schaute ihnen nach und verdrehte dabei den Kopf, als wollte sie sich nichts von ihrem Anblick entgehen lassen. Sie lächelte still und hielt ihre faltigen Wangen einem Sonnenstrahl entgegen.

Er ging an ihr vorbei und spürte, dass sie ihn aufmerksam musterte.

Tags darauf war sie immer noch da, sie saß in ihrem Rollstuhl, und er ging ein wenig langsamer an ihr vorbei. Sie lächelte ihm freundlich zu, und er hatte gerade noch Zeit, ihr Lächeln zu erwidern, ehe er davonrannte.

Wieder einen Tag später ging er auf sie zu. Er hatte zwei Fünfzigpencemünzen vorbereitet, um sie ihr zu geben. Er wollte ihre Augen sehen. Das war wie eine fixe Idee, die ihn morgens gepackt hatte: Was, wenn sie blaue Augen hatte? Große, blaue Augen, flüssig wie die Tinte in einem Tintenfass.

Er ging auf sie zu. Blieb ein Stück von ihr entfernt stehen. Nickte. Stumm.

Sie betrachtete ihn lächelnd. Ohne sich zu rühren.

Er ging noch näher heran und warf die Münzen in ihren Schoß, wobei er darauf achtete, richtig zu zielen. Sie senkte den Blick auf die Münzen hinab, berührte sie mit ihren schwarzen Fingern mit den gesplissten Nägeln, legte sie in eine kleine, unter ihrem rechten Arm verborgene Dose und schaute ihn an.

Alexandre trat einen Schritt zurück.

Sie hatte zwei große blaue Augen. Zwei große Gletscherseen wie auf den Bildern in seinem Erdkundebuch.

»Hast du Angst vor mir, *luv*?«

Sie meinte *love*, aber sie sprach es *luv* aus, genau wie der Zeitungshändler neben ihrem Haus.

»Ein bisschen …«

Er hatte keine Lust, sie anzulügen. Das Großmaul zu spielen.

»Dabei habe ich dir doch gar nichts getan, *luv*.«

»Ich weiß …«

»Aber du hast trotzdem Angst vor mir … Das liegt daran, dass ich so schlecht angezogen bin …«

Die blauen Augen wirkten belustigt. Sie nahm etwas Tabak aus einer anderen Metalldose, die sie unter ihrem Arm versteckt hatte, und begann sich eine Zigarette zu drehen.

»Rauchst du, *luv*?«

Sie leckte das Zigarettenpapier an, ohne ihn aus den Augen zu lassen.

Sie waren blau, ihre Augen, aber auch verwaschen. Als wären es Secondhandaugen, Augen, die schon viel erlebt hatten.

»Bist du verliebt, *luv*?«

Er wurde rot.
»Du bist schon groß. Alt genug, um eine Freundin zu haben … Wie heißt sie?«
»…«
»Kennt deine Mama sie?«
»Die ist nicht mehr da.«
»Ist sie weggegangen?«
»Sie ist tot.«
Jetzt war es raus. Er hatte es gesagt. Zum ersten Mal. Am liebsten hätte er einen lauten Schrei ausgestoßen. Er hatte es gesagt.
»*I'm sorry, luv* …«
»Nein, schon gut. Das konnten Sie ja nicht wissen.«
»War sie lange krank?«
»Nein …«
»Ach so! Sie ist bei einem Unfall gestorben …«
»Ja, wenn Sie so wollen …«
»Willst du nicht darüber reden?«
»Nicht jetzt …«
»Vielleicht kommst du ja noch einmal vorbei und besuchst mich …«
»Sie hatte auch blaue Augen …«
»War sie traurig oder glücklich?«
»Ich weiß es nicht …«
»Ah … du weißt es nicht.«
»Eher traurig, glaube ich …«
Er suchte in seiner Tasche nach noch etwas Geld. Fand eine Fünfzigpencemünze und hielt sie ihr hin. Doch sie lehnte ab.
»Nein, *luv*, behalt sie … Es hat mich gefreut, mit dir zu reden.«
»Aber was werden Sie denn essen?«
»Lass das mal meine Sorge sein, *luv*.«
»Na gut, dann auf Wiedersehen!«
»Auf Wiedersehen, *luv* …«

Er ging davon. Sehr aufrecht, sehr steif. Er wollte unbedingt größer wirken. Okay, er hatte diesmal nicht sein bescheuertes Spiel gespielt, er hatte ihr nicht Lebewohl gesagt, nachdem er sich von ihr verabschiedet hatte, er hatte einfach nur Auf Wiedersehen gesagt, aber sie sollte auf keinen Fall glauben, dass er von jetzt an jeden Tag kommen und mit ihr reden würde. Man musste ja nicht gleich übertreiben. Er hatte mit ihr geredet, okay, aber er hatte nicht viel gesagt. Nur, dass seine Mutter tot war. Trotzdem … es war das erste Mal, dass ich darüber geredet habe. Er verspürte den Drang zu weinen, und er sagte sich, dass es ja wohl keine Schande sei, zu weinen, weil seine Mutter tot war. Das war sogar ein verdammt guter Grund.

Und da er den Blick der Alten in seinem Rücken spürte, drehte er sich um und winkte ihr zu. Sie muss einen Vornamen haben, sagte er sich, kurz bevor er in den Bus stieg. Sie muss einen Vornamen haben. Er ging am Fahrer vorbei, ohne seinen Fahrausweis zu zeigen, und wurde zurechtgewiesen. Er entschuldigte sich.

Der Fahrer war nicht zu Scherzen aufgelegt.

Es war nur so, als Alexandre den Fuß in den Bus setzte, hatte ihn plötzlich die Angst gepackt, sie niemals wiederzusehen.

Zoé warf ihre Schultasche aufs Bett und schaltete den Computer ein.

Zwei Nachrichten. Von Gaétan.

Du Guesclin kam hereingestürmt und drängte sich zwischen ihre Beine. Sie nahm seinen Kopf in die Hände, rubbelte und kraulte ihn. Ja doch, summte sie leise, ich weiß doch, mein Schwarzer, mein Hässlicher, ich weiß, dass ich dir gefehlt habe, aber du musst verstehen, Gaétan hat mir geschrieben, und ich kann mich nicht nur um dich kümmern … Ist Maman noch nicht zurück? Sie kommt sicher gleich, keine Sorge!

Du Guesclin lauschte mit geschlossenen Augen Zoés Melodie und schmiegte sich mit wiegendem Kopf an sie. Als sie verstummte, legte er sich neben ihren Schreibtisch und streckte die Pfoten aus, als hätte er sich für diesen Tag genug bewegt.

Zoé zog ihren Mantel und ihren Schal aus, stieg über Du Guesclin hinweg und setzte sich an den Computer. Um ihre Nachrichten zu lesen. Langsam. In aller Ruhe. Das war ihr tägliches Rendezvous, wenn sie aus der Schule kam.

Gaétan lebte in Rouen, seit die Schule wieder angefangen hatte. In einem kleinen Haus in Mont-Saint-Aignan, das seine Großeltern seiner Mutter zur Verfügung gestellt hatten. Er ging in die zehnte Klasse einer Privatschule. Er hatte keine Freunde. Ging nach der Schule keinen Kaffee trinken. Gehörte zu keiner Clique. Ging nicht auf Partys. War nicht bei Facebook. Er hatte seinen Nachnamen ändern müssen.

»Ich weiß nicht mal mehr, wie ich heiße. Ich schwör dir, beim Appell dauert es eine Stunde, bis ich merke, dass die mit ›Mangeain-Dupuy‹ mich meinen!«

Zoé fragte sich mittlerweile, ob es wirklich eine so gute Idee gewesen war, dass er seinen Namen geändert hatte. Okay, in den Zeitungen war viel über seinen Vater berichtet worden, aber nach einer Woche hatte sich das Interesse der Öffentlichkeit einer anderen, genauso schauerlichen Geschichte zugewandt.

Seine Großeltern hatten darauf bestanden. Gaétan war ein Mangeain-Dupuy geworden. Er trug nun den Namen der familieneigenen Bank.

Zoé stellte keine Verbindung her zwischen Gaétan und dem Mörder ihrer Tante Iris. Gaétan war Gaétan, ihr Freund, der ihr Herz anschwellen ließ. Jeden Abend schrieb sie in ihr Tagebuch: »Ich tanze und lache im Sonnenschein, das Leben ist süß wie ein Marzipanschwein …!«

Sie hatte mit Klebstreifen ein Foto von Gaétan an den Fuß der Lampe neben dem Computer geklebt und schaute es immer wieder an, während sie seine Mails las. Hin und zurück, hin und zurück. Es war wie ein Zeichentrickfilm.

Manchmal schien er traurig zu sein, manchmal wirkte er fröhlich. Manchmal lächelte er.

Sie öffnete die erste Mail.

»Zoé, da ist ein Kerl in Mamans Bett. Ich komme gerade aus der Schule, es ist fünf Uhr, und sie liegt mit einem Kerl im Bett! Sie hat Lärm im Flur gehört und gerufen: ›Ich bin nicht allein.‹ Das macht mich krank. Ich sitze hier unten wie ein Idiot. Domitille ist nie zu Hause. Ich frage mich, was sie treibt, und Charles-Henri lernt den ganzen Tag. Ich hab diesen Kerl nie gesehen, nur seine beschissenen Sportschuhe im Flur und seine Lederjacke auf dem Sofa. Und im ganzen Haus stinkt's nach Kippen. Ich halt das nicht mehr aus. Ich will weg von hier!«

Das war die erste Nachricht. Kurz darauf hatte er eine weitere geschickt:

»Ich kann ihn nicht leiden. Ich konnte ihn vom ersten Moment an nicht leiden. Er hat eine Glatze, er hat eine Brille, na gut, er ist groß, seine Klamotten sind nicht schlecht, und er ist nett, aber egal, ich kann ihn nicht leiden. Ich mache mir Sorgen um Maman, es ist schrecklich, und sie ist sauer auf mich, nach dem Motto: ›Ich bin dir keine Rechenschaft schuldig!‹ O doch! Natürlich ist sie mir Rechenschaft schuldig! Ich bin so was von sauer auf sie. Sie benimmt sich wie eine Fünfzehnjährige! Weißt du, wo sie den Glatzkopf kennengelernt hat? Im Internet, bei MEETIC!!! Er ist mindestens fünf Jahre jünger als sie. Ich hasse ihn. Ich glaub das nicht, echt, ich glaub das einfach nicht!«

Zoé atmete geräuschvoll aus. Wahnsinn!, dachte sie, Isabelle Mangeain-Dupuy vögelt mit einem Glatzkopf, den sie bei Meetic kennengelernt hat. Die müssen ihr ein neues Gehirn eingepflanzt haben, als sie ihren Namen geändert hat.

Zoé erinnerte sich an Gaétans Mutter: zerbrechlich, zart, eine im Morgenmantel zitternde, schattengleiche Gestalt, die hinter ihren Kindern herrannte, um ihnen einen Kuss zu geben, dann unvermittelt stehen blieb, als hätte sie vergessen, warum sie rannte, und oft unzusammenhängendes Zeug redete, du bist ja ein hübsches kleines Mädchen, isst du gerne Schmelzkäse?

Sie hatte sich total verändert. Das lag sicher daran, dass sie aufgehört hatte, Beruhigungsmittel zu nehmen. Aber musste man dann gleich Typen auf Meetic anbaggern? Ein paar Mädchen aus ihrer Klasse behaupteten, dass sei total klasse. Man verliert keine Zeit mit langem Reden, ich gefall dir, du gefällst mir, also springen wir zusammen in die Kiste und trinken Cuba Libre. Sie erzählten das sicher nur, um sich wichtigzumachen, aber trotzdem … Sie selbst würde vor Angst sterben, wenn sie mit einem Jungen ins Bett gehen müsste, den sie überhaupt nicht kannte. Sie und Gaétan hatten es noch nicht getan. Sie warteten.

Sie schlief mit dem alten Pullover, den er ihr dagelassen hatte. Aber sein Geruch war weg. Wie sehr sie auch ihre Nase in jede Masche grub, ihn zusammendrehte, ihn rieb, Knötchen abzupfte, er roch einfach nicht mehr. Wenn Gaétan nach Paris käme, würde sie ihn wieder aufladen.

Sie antwortete Gaétan. Schrieb ihm, dass sie ihn verstand, dass es nicht schön sei, herauszufinden, dass die eigene Mutter mit einem Glatzkopf vögelte, den sie bei Meetic aufgegabelt hatte, dass er nicht der Einzige war, der Probleme hatte, dass es in ihrer Klasse ein Mädchen gab, das zwei Mütter hatte, die beide zu den Elternversammlungen kommen wollten, und dass das Mädchen, Noémie hieß sie, zu Zoé gesagt hatte, dass sie nicht wolle, dass die ganze Schule wisse, dass sie zwei Mütter habe. Sie hatte Zoé ins Vertrauen gezogen, weil sie wusste, dass Zoé viel Ärger mit ihrem Vater gehabt hatte. Sie hatten sich vorgenommen, wenn sie irgendwann alt wären, so mit vierzig, zusammen Rosé zu trinken und sich zu sagen, dass sie nicht so geworden waren wie ihre Eltern. Dass sie durchgehalten hatten.

»Aber zwei Mütter sind schon blöd«, schrieb Zoé, »genau wie bei dir mit der Jacke und den Sportschuhen von dem Glatzkopf. Da fällt mir ein, als ich heute Abend von der Hausaufgabenbetreuung heimgekommen bin, habe ich die Neuen gesehen, die gerade in deine alte Wohnung einziehen. Es ist komisch, andere Leute bei dir zu sehen …«

Gaétan hatte sie nie zu sich eingeladen. Seine Eltern hatten ihren Kindern verboten, Freunde mitzubringen. Sie trafen sich im Keller von Paul Merson. Dort hatten sie sich zum ersten Mal geküsst.

Als sie die Leute vom Umzugsunternehmen in Gaétans Wohnung bemerkt hatte, hatte sie den Kopf durch die Tür gesteckt und zwei Männer gesehen, der eine so um die fünfunddreißig, der andere älter. Sie diskutierten darüber, wo die Möbel hinsollten. Sie schienen sich nicht einig zu sein, und ihre Stimmen wurden lauter. Aber wir hatten doch gesagt, das hier soll das Schlafzimmer werden, sagte der Jüngere, also kommt unser Bett jetzt auch hier rein, Ende der Diskussion!

Ihr Bett! Sie schliefen in einem Bett.

»…weißt du, wer jetzt bei dir wohnt? Ein Schwulenpärchen. Ein Alter und ein nicht ganz so Alter … Yves Léger und Manuel Lopez. Das steht unten an der Gegensprechanlage. Sie haben alles neu streichen lassen, alles verändert, der Ältere sagte was von seinem Arbeitszimmer, und der Jüngere erzählte von seinem Fitnessraum. Was glaubst du, was sie wohl arbeiten? Sollen wir Wetten abschließen?«

Sie wollte ihn um jeden Preis auf andere Gedanken bringen.

»…und die Wohnung der Van den Brocks ist ebenfalls verkauft worden. An ein ganz normales Paar, Monsieur und Madame Boisson. Aber eigentlich könnten sie auch Poisson heißen, sie haben total kalte Fischaugen. Sie haben zwei Söhne, die sie sonntags besuchen kommen. Zwei echte Intelligenzbestien, hat Iphigénie mir erzählt, die haben beide studiert. Und du solltest sehen, wie Iphigénie den Mund rund macht, wenn sie so etwas erzählt! Zwei Intelligenzbestien mit Brille, Hemd, Pullover mit V-Ausschnitt und glatt gekämmtem Haar. Immer gleich angezogen. Mit einem Regenschirm über dem Arm. Wenn sie die Treppe heraufkommen, heben sie die Knie ganz hoch. Sie sehen aus wie Schulze und Schultze. Sie nehmen nie den Aufzug. Der Vater scheint ziemlich streng zu sein, sein Mund sieht aus wie ein Reißverschluss, und die Mutter sieht aus, als hätte sie in ihrem ganzen Leben noch nicht gefurzt! Weißt du noch, wie man die Musik im ganzen Treppenhaus hörte, wenn Madame Van den Brock ihre Opern auflegte? Tja, das ist jetzt vorbei, es wird ruhiger zugehen, es sei denn, die beiden Schwulen tanzen Tango!«

Wenn sie ihm mit dieser Serie von Porträts kein Lächeln entlockte, würde sie die Literatur an den Nagel hängen. Sie liebte es, die kleinen Details des Lebens aufzuschreiben. Wie Victor Hugo. Sie liebte Victor Hugo. Und Alexandre Dumas. »Ha ha, sagte er auf Brasilianisch, einer Sprache, die er nicht beherrschte.« Über diesen Satz könnte sie sich jedes Mal totlachen. Sie hatte ihn Gaétan geschenkt, aber er hatte nicht gelacht.

Sie war enttäuscht gewesen.

Sie legte *When the Rain Begins To Fall* ein, drehte die Lautstärke voll auf und tanzte, wie immer, wenn sie etwas vergessen oder feiern wollte. Sie wiegte sich in den Hüften, sang beide Stimmen mit, war kurz darauf schon schweißgebadet, ihre Kleidung geriet durcheinander, und ihre Strumpfhose kratzte, weil sie so stark schwitzte. Sie ließ den Gummi schnippen, grölte dazu *You've got to have a dream to just hold on* und schickte Gaétan Luftküsse. Er war ihr *rainbow in the sky, the sunshine in her life! And I will catch you if you fall…*

Zum Abschluss ihrer Mail verabredete sie sich mit ihm auf MSN und fragte ihn, wann er nach Paris komme. Er könne bei ihr wohnen, kein Problem. Dann könne seine Mutter in aller Ruhe mit dem Glatzkopf rummachen. Sie bereute, das geschrieben zu haben, löschte den Satz und unterschrieb mit »In Liebe…«

Als sie gerade auf »Senden« klickte, hörte sie die Wohnungstür. Ihre Mutter kam nach Hause.

Du Guesclin sprang auf und stürmte auf Joséphine zu, die sich gegen die Wand lehnen musste, um nicht von den Beinen gerissen zu werden. Zoé brach in Gelächter aus.

»Mann, dieser Hund hat dich ja so was von lieb! Alles klar, Maman?«

»Ich habe die Nase voll davon, ständig in der Bibliothek herumzusitzen, dafür bin ich einfach zu alt! Und ich will dir noch etwas sagen: Ich habe die Nase voll vom zwölften Jahrhundert.«

»Aber du wirst doch trotzdem deine Habilitation einreichen...?«, fragte Zoé beunruhigt.

»Natürlich! Sei nicht albern! Hast du gesehen? Im Vierten sind Neue eingezogen!«

»Ja. Zwei Schwule.«

»Woher weißt du das denn?«

»Ich habe kurz in ihre Wohnung geguckt, und es gibt nur ein Bett!«

»Zwei Schwule in Lefloc-Pignels Wohnung! Das nennt man wohl Ironie des Schicksals!«

»Soll ich dir heute Abend Nudeln mit Lachs machen?«

»Ja, gern. Ich bin fix und fertig...«

»Ich hole nur schnell mein schwarzes Heft mit dem Rezept...«

»Kennst du es nicht auswendig?«

»Doch. Aber ich lese es gern noch einmal nach, damit ich auch sicher nichts vergesse... Was würde ich nur machen, wenn ich dieses Heft verlieren würde?« Sie seufzte und runzelte die Stirn. »Ich liebe es, Maman, da drin steckt mein ganzes Leben!«

Joséphine lächelte und dachte: Dein Leben fängt doch gerade erst an, mein Schatz.

Zoé notierte nicht nur Rezepte in ihrem Heft, sondern verzeichnete auch gewissenhaft, von wem und unter welchen Umständen sie sie bekommen hatte. Außerdem schrieb sie die meisten ihrer Gedanken und den Verlauf ihrer Stimmungen hinein. Das half ihr dabei, Bilanz zu ziehen, wenn sie traurig war.

Manche Dinge vertraute sie nur ihrem Heft an.

»Maman glaubt, dass sie es allein schaffen kann, weil sie es schon einmal geschafft hat, aber damals hatte sie ja auch keine andere Wahl. Trotzdem fehlt ihr jemand an ihrer Seite. Sie ist zu zerbrechlich. Ihr Leben war nicht gerade lustig … Das Leben hat ihrer Seele arg zugesetzt. Auch wenn ich nicht alles weiß, das weiß ich ganz sicher. Und ich muss das Unglück auffangen, um es von ihr abzuhalten …«

Es war ein großes schwarzes Heft. Vorne drauf hatte sie Fotos von ihrem Vater, ihrer Mutter, Hortense, Gaétan, ihrer Freundin Emma und von Du Guesclin geklebt, dazu Aufkleber, bunte Sticker, Perlen, Glimmerstückchen, hatte eine Sonne und einen lachenden Mond gemalt, ein Stück aus einer Postkarte vom Montblanc ausgeschnitten und ein weiteres Stück von einer tropischen Insel mit Palmen und Krebsen.

Zu dem Rezept »Tagliatelle mit Lachs« hatte sie notiert: »Das habe ich von Giuseppe, einem Freund von Maman. Er ist Mittelalterforscher, genau wie Maman. Er singt *Funiculi, funicula* und rollt dabei mit den Augen, bis man fast nur noch das Weiße sieht. Ich weiß nicht, wie er das anstellt, dass man nur noch das Weiße sieht. Er kann auch Zaubertricks. Er spricht sehr gut Französisch. Er sagt, er hätte gern eine Tochter wie mich, denn er selbst hat nur Söhne. Ich glaube, er ist in Maman verliebt, aber Maman behauptet, nein. Seit die Uni wieder angefangen hat, isst er mit uns zu Abend, wenn er in Paris ist. Und nachdem ich einmal überbackene Chicorées gemacht hatte, hat er mir zum Dank das Rezept für Nudeln mit Lachs gegeben, weil meine Chicorées so lecker waren. Er hat gesagt, es sei ein geheimes Familienrezept, das er von seiner Mama, Giuseppina, bekommen habe. Das heißt ›Joséphine‹ auf Italienisch, und als er das gesagt hat, hat er ganz intensiv zu Maman hinübergesehen. Er ist ein sehr attraktiver Mann, er trägt Hemden mit seinen Initialen und Kaschmirschals in allen möglichen Farben. Er hat sehr schöne graublaue Augen. Er ist Italiener, und das erkennt man sofort, es ist nicht zu übersehen. Er ist sehr pingelig, was die Kochzeit der Nudeln angeht; außerdem muss man sie die ganze Zeit umrühren, damit sie nicht zusammenkleben, und man darf nicht vergessen, Olivenöl und grobes Salz ins Wasser zu geben. Er sagt nicht ›Salz‹, sondern ›Sal-ze, *amore*‹. Als ich das Rezept zum ersten Mal kochen wollte, ist mir der Lachs auf den Boden gefallen und Du Guesclin hat alles aufgefressen! Ich war so was von sauer!«

Sie aßen gerade die Nudeln mit Lachs, als es an der Tür läutete.

Es war Iphigénie.

Völlig außer Atem setzte sie sich auf den Stuhl, den Joséphine ihr anbot, und strich mit einer Hand ihr Haar glatt – eine vollkommen überflüssige Geste, da sich die roten und dunkelblauen Büschel sofort wieder aufrichteten. Iphigénie wechselte ihre Haarfarbe sehr oft, und in letzter Zeit probierte sie immer gewagtere Tönungen aus.

»Ich bleibe nicht lange, Madame Cortès. Die Kinder sind allein unten in der Loge, und Sie sind ja gerade beim Essen … aber ich muss Ihnen unbedingt etwas erzählen … Ich habe einen Brief vom Hausverwalter bekommen. Er will mir meine Loge wegnehmen!«

»Wie, wegnehmen? Dazu hat er doch gar kein Recht! Gibst du mir bitte das Salz, Zoé …«

»Was? Ist es nicht genug gesalzen? Aber ich habe es genauso gemacht, wie Giuseppe gesagt hat …«

Iphigénie wurde ungeduldig.

»Doch, Madame Cortès, er hat das Recht dazu. Seit Sie mir alles wieder so schön hergerichtet haben, zieht meine Loge Neider an, und es gibt da eine, die sie haben will. Das weiß ich, ich habe ein bisschen rumgeschnüffelt und mich erkundigt. Anscheinend ist sie viel schicker als ich – sie trägt Twinsets und weiße Perlenketten –, und hier im Haus sollen sich einige darüber beschweren, dass ich nicht vornehm genug bin. Was erwarten die denn? Dass ich Griechisch und Latein spreche und Benimmkurse gebe? Ehrlich, Madame Cortès … Wieso sollte eine Concierge denn etwas Besseres sein?«

Sie schüttelte den Kopf und verlieh ihrer Missbilligung durch ein Schnauben Ausdruck, das an eine verstopfte Trompete erinnerte.

»Wissen Sie, von wem diese Vorwürfe kommen, Iphigénie?«

»Na, von allen, Madame Cortès! Die haben hier doch alle einen Besenstiel verschluckt … Neulich habe ich mit den Kindern gespielt, ich hatte mich als Obelix verkleidet, mit zwei Kissen in der Hose und einem Kochtopf auf dem Kopf, als Madame Pinarelli an die Tür geklopft hat. Es war neun Uhr abends, und es ist ja wohl meine Privatsache, was ich um neun Uhr abends mache! Ich habe ihr aufgemacht, und die alte Giftspritze hätte sich fast an ihrer Zunge verschluckt! Was für ein Anblick, Iphigénie, hat sie gesagt, ich bin erschüttert! Ich nenne sie doch auch nicht Éliane, ich nenne sie Madame Pinarelli! Und ich frage sie auch nicht, ob sie es normal findet, dass ihr Sohn mit über fünfzig noch bei ihr wohnt!«

»Na gut, ich rufe den Verwalter an … morgen, versprochen …«

»Und ich will Ihnen noch was verraten, Madame Cortès, der Verwalter … ich glaube, er hat was mit …«

Sie sah sie vielsagend an.

»Er hat was mit wem?«, fragte Joséphine.

»Mit der, die meine Loge haben will. Ich bin mir ganz sicher! Mein siebter Sinn blinkt wie verrückt. Und er sagt mir, dass ich in Gefahr bin, weil ich jemandem im Weg stehe.«

»Ich werde sehen, was ich tun kann, Iphigénie, und ich halte Sie auf dem Laufenden, versprochen!«

»Bei Ihnen wird er die Samthandschuhe anziehen, Madame Cortès. Ihnen muss er zuhören. Erstens weil Sie eine Berühmtheit sind, und zweitens wird er Sie schonen wollen, nach dem« – sie gab erneut dieses Schnauben von sich, das wie eine verstopfte Trompete klang –, »was mit Ihrer Schwester passiert ist.«

»Haben Sie Monsieur Sandoz davon erzählt?«, fragte Zoé, die Monsieur Sandoz und Iphigénie nur zu gern vor dem Traualtar gesehen hätte.

Der vergeblich schmachtende Monsieur Sandoz tat ihr leid. Sie begegnete ihm oft unten in der Eingangshalle. Oder in der Loge. Würdevoll und traurig in seinem weißen Regenmantel, den er immer trug, ob es regnete oder nicht. Mit leicht gräulichem Teint. Dieser Mann sieht aus wie ein erloschener Kamin, dachte Zoé. Es fehlt nur ein Streichholz, um in ihm neue Glut zu entfachen. Er hielt sich immer ein wenig gekrümmt, als versuchte er, durchsichtig zu werden. Unsichtbar.

»Nein. Warum sollte ich ihm davon erzählen? Was für ein komischer Gedanke!«

»Keine Ahnung. Zu zweit ist man stärker … außerdem hat er schon viel erlebt, wissen Sie! Er hat mir ein bisschen aus seinem Leben erzählt. Von früher, vor dieser schweren Prüfung, die ihn fast umgebracht hätte …«

»Aha!«, entgegnete Iphigénie, wenig interessiert an dem, was Zoé zu berichten hatte.

»Er hat sogar früher mal beim Film gearbeitet. Er kann Ihnen von ganz vielen Stars erzählen. Er hat sie alle kennengelernt … Er hat schon als Junge bei Filmdrehs angefangen, davon gab es damals in Paris jede Menge! Er arbeitete als Mädchen für alles. Vielleicht hat er noch Beziehungen.«

»Aber ich bin kein Star, ich bin Concierge. Und er versteht nichts von der Welt der Concierges!«

»Man kann nie wissen…«, seufzte Zoé geheimnisvoll.

»Ich bin immer allein zurechtgekommen, da werde ich mich bestimmt nicht jetzt mit jemandem zusammentun, um es leichter zu haben!«, zischte Iphigénie. »Und wisst ihr was: Er hat gelogen, was sein Alter angeht. Neulich abends sind ihm seine Papiere aus der Gesäßtasche gefallen, ich habe sie aufgehoben und dabei einen Blick auf seinen Ausweis geworfen. Na, was glaubt ihr? Er hat sich um fünf Jahre jünger gemacht! Er ist nicht sechzig Jahre alt, sondern schon fünfundsechzig! Wenn ich richtig gerechnet habe… Er will besser dastehen, sich interessant machen. Und außerdem machen Männer nur Probleme, glaub mir, meine kleine Zoé. Wenn du nur für einen Cent Verstand hast, gehst du ihnen besser aus dem Weg…«

»Aber geteiltes Leid ist halbes Leid…«, protestierte Zoé und dachte an Monsieur Sandoz, den erloschenen Kamin.

Iphigénie stand auf, hob einen Lippenstift und ein paar Bonbons auf, die ihr aus der Tasche gefallen waren, und ging mit ihrem leisen Trompetenschnauben hinaus. Verliebt, murmelte sie dabei vor sich hin, verliebt, als ob das die Lösung wäre!

Joséphine und Zoé hörten, wie die Tür hinter ihr zufiel.

»Jetzt spielst du ja schon wieder die Gute Samariterin«, bemerkte Zoé lächelnd.

»Die Gute Samariterin ist todmüde und wird sich morgen mit dem Problem befassen. Wann musst du aufstehen?«

Josiane betrat das Wohnzimmer, in dem sich ihr Sohn Junior aufhielt. Sie kam gerade von Monoprix zurück und zog einen Einkaufstrolley voll frischem Obst, glänzenden Fischen, chlorophyllgrünem Gemüse, einer Milchlammkeule, mehreren Rollen Küchenkrepp, Putzmitteln sowie Mineralwasser- und Orangensaftflaschen hinter sich her.

Sie blieb abrupt stehen und starrte ihren Sohn verzweifelt an. Er saß in einem Sessel und hatte ein Buch auf dem Schoß. Angezogen wie ein englischer Collegestudent, graue Flanellhose, marineblauer Blazer, weißes Hemd, grün-blau gestreifte Krawatte, schwarze Sportschuhe. Ein kleiner Herr. Er las und hob kaum den Blick, als sie eintrat.

»Junior …«

»Ja, Mutter …«

»Wo ist Gladys?«

Gladys war die neueste Haushaltshilfe, die sie eingestellt hatten. Eine junge Frau aus Mauritius, schlank und groß gewachsen, die mit dem Staubtuch über die Möbel fuhr und dabei ihre Hüften im Takt der CD wiegte, die sie in die Stereoanlage geschoben hatte. Eine langsames, unbekümmertes Dienstmädchen, das den Vorzug hatte, Kinder zu lieben. Und Gott. Sie hatte begonnen, Junior aus der Bibel vorzulesen, und klopfte ihm jedes Mal auf die Finger, wenn er vom kleinen Jesuskind sprach. Man sagt Großer Jesus! Jesus ist groß, Jesus ist Gott, Jesus ist dein Gott, und du musst ihn jeden Tag preisen. Halleluja! Gott ist unser Hirte, er führt uns auf die grünen Auen der Glückseligkeit. Junior war fasziniert von Gladys' Worten, und Josiane war erleichtert, dass sie endlich ein Kindermädchen gefunden hatte, das er zu akzeptieren schien.

»Weg …«

»Wie ›weg‹? Weg einkaufen, weg einen Brief einwerfen, weg Legosteine kaufen …?«

Bei dem Wort »Legosteine« zuckte Junior mit den Achseln.

»Für wen sollte sie denn Legosteine kaufen? Spielst du in deinem Alter noch mit so etwas?«

»JUNIOR!«, brüllte Josiane los. »Schluss damit! Hast du verstanden, Schluss mit diesem … diesem …«

»Spott. Ja, du hast recht, Mutter, ich habe es dir gegenüber am nötigen Respekt mangeln lassen … Ich bitte dich, mir zu verzeihen.«

»UND HÖR GEFÄLLIGST AUF, MICH MUTTER ZU NENNEN! Ich bin deine Mama, nicht deine Mutter …«

Er hatte sich schon wieder seinem Buch zugewandt, und Josiane ließ sich ihm gegenüber auf einen schwarzen Lederpuff fallen. Sie schwang die gefalteten Hände wie ein Weihrauchschiffchen, während sie zu begreifen versuchte. Mein Gott! Mein Gott! Was habe ich dir bloß getan, dass du mir diesen … diesen … Sie fand kein passendes Wort, um Junior zu beschreiben. Sie riss sich zusammen und fragte: »Wohin ist Gladys denn gegangen?«

»Sie hat gekündigt. Sie erträgt mich nicht mehr. Sie behauptet, sie könne nicht gleichzeitig putzen und mir La Bruyères *Charaktere* vorlesen. Außerdem behauptet sie, es sei das Buch eines Toten, einer Leiche, und die Toten dürfe man nicht stören, und wir sind über dieses Thema heftig aneinandergeraten.«

»Sie hat gekündigt …«, wiederholte Josiane und sackte auf ihrem Puff zusammen. »Das ist doch nicht möglich, Junior! Die sechste innerhalb von sechs Monaten!«

»Eine runde Zahl. Bemerkenswert. Wir haben also monatlich neue Angestellte.«

»Was hast du nur gemacht? Sie schien sich doch an dich gewöhnt zu haben …«

»Es ist der alte La Bruyère, der sie nervt. Sie behauptet, sie verstehe kein Wort, das sei doch kein Französisch, was er da schreibe. Und die wimmelnden Würmer aus seinem Leichnam kämen, um uns zu narren. Sie hat mich aufgefordert, wieder auf die Erde herunterzukommen, in meine Zeit, also wollte ich ihr eine Freude machen und sie beschäftigen und habe ihr vorgeschlagen, ein Paar Mokassins in meiner Größe aufzutreiben, weil diese Klettschuhe einen derart scheußlichen Kontrast zu meiner übrigen Kleidung bilden. Sie hat behauptet, das sei unmöglich, und als ich darauf bestand, ist sie schrecklich wütend geworden und hat ihre Schürze an den Nagel gehängt. Seitdem versuche ich, mir selbst das Lesen beizubringen, und ich glaube, ich habe es bald geschafft. Wenn man Laute und Silben zueinander in Verbindung setzt, also mit Binomen arbeitet, ist es gar nicht so schwer …«

»Mein Gott! Mein Gott!«, jammerte Josiane. »Was sollen wir bloß mit dir machen? Du bist erst zwei Jahre alt, Junior. Ist dir das klar? Nicht vierzehn!«

»Rechne doch einfach wie bei Hunden. Wenn du mein Alter mit sieben multiplizierst, bin ich vierzehn … Schließlich bin ich doch allemal so viel wert wie ein Hund.«

Angesichts seiner wie betäubt dasitzenden Mutter setzte er voller Mitgefühl hinzu: »Hab keine Angst, liebste Mutter, ich werde im Leben schon zurechtkommen, da mache ich mir gar keine Sorgen … Was hast du denn Schönes eingekauft? Es riecht nach frischem Gemüse und saftiger Mango.«

Josiane hörte ihn nicht. Sie brütete vor sich hin. Jahrelang habe ich mir ein Kind gewünscht, Monat um Monat habe ich gewartet, gehofft,

Spezialisten aufgesucht, und der Tag, an dem ich erfahren habe, dass ich endlich, endlich … ein Kind erwartete, dieser Tag war der schönste in meinem Leben …

Sie erinnerte sich daran, wie sie über den Hof von Marcels Firma zu ihrer Freundin Ginette gegangen war, um ihr die freudige Nachricht zu verkünden, welche Angst sie gehabt hatte, mit dem Fuß umzuknicken, auf die Pflastersteine zu fallen und so das Ei in ihrem Bauch zu zerbrechen, wie Marcel und sie andächtig vor dem Göttlichen Kind niedergekniet waren … Sie träumte von diesem Baby, sie träumte davon, ihm blaue Strampelanzüge anzuziehen, seine süßen Händchen zu küssen, zu sehen, wie es seine ersten Schritte machte, seine ersten Buchstaben zeichnete, seine ersten Wörter entzifferte, sie träumte von Muttertagskarten mit ungelenken, holprigen Sätzen, Sätzen, deren Unbeholfenheit einen vor Glück dahinschmelzen lassen, Sätzen, die in klecksigen Buntstiftwörtern »Herzlichen Glückwunsch zum Muttertag, Maman« stammeln …

Sie träumte.

Sie träumte davon, mit ihm in den Parc Monceau zu gehen, ihm eine kleine Giraffe auf Rädern ans Handgelenk zu binden und zuzusehen, wie er seine Giraffe über die weißen Kieswege unter dem großen Rotahorn rollen ließ. Sie träumte davon, dass er sich das Gesicht mit Schokoladenkeksen verschmierte, und sie träumte davon, ihm den Mund abzuwischen, dabei liebevoll zu schimpfen, was hast du denn da wieder gemacht, mein lieber, süßer, kleiner Schatz?, und ihn an sich zu drücken, glücklich, so glücklich, ihn schön warm an ihrem Busen zu halten und ihn in ihren Armen zu wiegen und dabei vor sich hin zu schimpfen, denn sie konnte nicht umarmen, ohne zu schimpfen. Sie träumte davon, ihn in die Vorschule zu bringen, ihn schniefend der Lehrerin zu übergeben, ihn durch die Scheibe zu beobachten und ihm verstohlen zuzuwinken, das wird schon, keine Angst, dabei wäre ihr genauso bange zumute wie ihm, der ihr laut weinend nachschauen würde, wenn sie davonging, sie träumte davon, ihm das Ausmalen beizubringen, das Schaukeln, mit ihm die Enten zu füttern, alberne Kinderreime zu singen, ene mene Mäusespeck, gleich ist Juniors Näschen weg, und sie würden beide lachen, weil er das Wort »Mäusespeck« nicht aussprechen konnte.

Sie träumte …

Sie träumte davon, die Dinge nacheinander anzugehen, langsam, bedächtig, mit ihm gemeinsam aufzuwachsen, ihn an der Hand zu halten, ihn auf dem langen Weg des Lebens zu begleiten …

Sie träumte davon, ein Kind zu haben, das so war wie alle anderen Kinder auch.

Und da stand sie nun mit einem Wunderknaben, der mit zwei Jahren lesen lernen wollte, indem er La Bruyères *Charaktere* entzifferte. Und was waren überhaupt Binome?

Sie hob den Blick und betrachtete ihren Sohn. Er hatte sein Buch zugeklappt und schaute sie wohlwollend an. Ach, Junior, seufzte sie und strich über den Porreestrunk, der aus ihrem Einkaufstrolley lugte.

»Lass uns eine traurige, für dich schmerzhafte Tatsache unumwunden aussprechen, liebste Mutter, ich bin kein gewöhnliches Kind, und was noch hinzukommt, ich weigere mich, mich wie diese Kretins aufzuführen, mit denen du mich im Park Umgang zu pflegen zwingst … Armselige Wichte, die auf ihren Hosenboden fallen und losbrüllen, wenn man ihnen ihren Schnuller wegnimmt.«

»Willst du dir nicht ein bisschen Mühe geben und versuchen, dich wenigstens in der Öffentlichkeit wie alle Jungen deines Alters zu benehmen?«

»Schämst du dich etwa für mich?«, fragte Junior und wurde tiefrot.

»Nein … ich schäme mich nicht, ich fühle mich unwohl … Ich wäre gern so wie alle anderen Mütter, und du tust nichts, um mir zu helfen. Als wir neulich rausgegangen sind, hast du der Concierge ›Hey, altes Haus‹ zugerufen, und sie hätte fast ihr Gebiss verschluckt!«

Junior lachte laut auf und kratzte sich an der Seite.

»Ich kann diese Frau nicht leiden, sie starrt mich immer so begehrlich an, das ist widerlich …«

»Schon, aber ich musste ihr sagen, dass sie sich verhört hätte, und du eigentlich nur ›Ist das kalt im Haus‹ genuschelt hättest. Sie hat dich ganz komisch angeguckt und gesagt, dass du für dein Alter schon ziemlich weit wärst …«

»Womit sie ja auch recht hat.«

»Mag sein, Junior … Trotzdem, wenn du mich wirklich lieb hättest, würdest du versuchen, dich so zu verhalten, dass mein Leben nicht ein einziger langer Angstschauer wäre bei dem Gedanken, was du wohl als Nächstes wieder von dir gibst!«

Junior versprach, sich Mühe zu geben.

Und Josiane seufzte mutlos.

An diesem Tag gingen sie in den Parc Monceau. Junior hatte eingewilligt, die Kleidung zu tragen, die seine Mutter vorgeschlagen hatte – eine seinem Alter absolut angemessene Kleidung: Latzhose und warme Daunenjacke –, es jedoch abgelehnt, den Buggy zu benutzen. Er bemühte sich, mit großen Schritten zu laufen, um seinen Musculus biceps femoris und seinen Musculus gastrocnemius zu trainieren. So nannte er die Beinmuskeln.

Sie betraten den Park auf vollkommen klassische Weise. Passierten das schwere, schwarze Gittertor Hand in Hand und glückselig lächelnd. Josiane setzte sich auf eine Bank und reichte Junior einen Ball. Er nahm ihn, ohne mit der Wimper zu zucken, ließ ihn fallen, und der Ball rollte zu einem kleinen Jungen in seinem Alter. Er hieß Émile, und Josiane sah ihn häufig mit seiner Mutter, einer netten Frau, die ihr jedes Mal freundlich zulächelte und mit der sie sich gerne angefreundet hätte.

Die beiden kleinen Jungen spielten eine Weile miteinander, aber Junior spielte … wie soll man sagen … mit einem gewissen Desinteresse. Man spürte genau, dass er seine Ungeduld zügelte. Er rollte den Ball zu Émile hinüber, der jedes zweite Mal bei dem Versuch, diesen aufzuhalten, stolperte und sich mühevoll wieder hochrappelte. So ein Trottel!, stieß Junior zwischen den Zähnen hervor. Émiles Mutter hörte ihn nicht. Sie betrachtete die beiden Kinder gerührt.

»Sind sie nicht süß? Sie spielen so schön zusammen …«

Josiane nickte, glücklich darüber, endlich eine normale Mutter mit einem normalen Sohn zu sein, der ganz normal mit einem Freund in seinem Alter spielte. Das Wetter war schön, die Säulen des griechischen Tempels strahlten in ätherischem Weiß, dem Weiß des von der Wintersonne aufgewärmten Steins, die Birken, die Buchen und die Walnussbäume wiegten sacht ihre dürren Zweige, denen der Raureif noch nicht die letzten Blätter geraubt hatte. Eine Libanonzeder mit flacher, ausladender Krone trotzte hoheitsvoll dem böigen Wind, und die sorgsam gestutzten Rasenflächen bildeten weite, grüne Flecken, auf denen das Auge ausruhen konnte.

Sie öffnete einen Knopf ihres Wollmantels und seufzte glücklich auf.

Bald wäre es Zeit für den Nachmittagsimbiss, und sie würde eine Packung Kekse und ein Fläschchen mit Orangensaft aus ihrer Tasche nehmen. Wie alle Mütter. Wie alle Mütter, wiederholte sie stumm und schob mit den Schuhspitzen den weißen Kies zusammen.

Und in diesem Moment fügte Émiles Mutter hinzu: »Was halten Sie davon, wenn Ihr kleiner Marcel nachmittags einmal zu uns nach Hause käme, um mit Émile zu spielen? Wir wohnen nicht weit von hier, und wir beide könnten in der Zeit Tee trinken und ein bisschen plaudern …«

Josiane fühlte sich auf den Gipfel der Seligkeit katapultiert. Sie schwebte und klammerte sich an das Rot des Ahorns, an das Grün des Rasens, um nicht vor Glück abzuheben. Endlich eine Freundin! Eine Mutter, mit der sie Rezepte austauschen könnte und Hausmittelchen gegen schmerzhaftes Zahnen, plötzliches Fieber und Hautausschlag, Informationen über Vorschulen, Krippen und Kindergärten. Sie seufzte wohlig. Endlich hatte sie eine Lösung für ihre mütterlichen Qualen gefunden: Sie würde Junior bitten, jeden Tag ein paar Stunden das Baby zu spielen, nur ein paar Stunden, in denen sie mit ihm spazieren gehen, ihn vorzeigen, ihm die Nase putzen, ihn verhätscheln würde, und in der übrigen Zeit würde sie ihn all die Bücher, Geschichtsbände und Mathematikabhandlungen studieren lassen, die er wollte. Im Grunde war es ja gar nicht so schwer, es genügte, dass jeder von ihnen ein paar Zugeständnisse machte.

Sie malte sich ausgedehnte Nachmittage aus, während derer ihre Einsamkeit nur noch ferne Erinnerung wäre, während derer die beiden kleinen Jungen miteinander plapperten und sie selbst in trauter Unterhaltung mit ihrer neuen Freundin dasaß. Und wer weiß, geriet sie immer mehr in Begeisterung, vielleicht können wir uns sogar gegenseitig zum Essen einladen. Zu viert ausgehen. Ins Theater, ins Kino. Vielleicht sogar zusammen Canasta spielen. Dann hätten wir neue Freunde. Davon haben Marcel und ich ja nicht gerade viele. Er arbeitet die ganze Zeit. Und das in seinem Alter! Er sollte sich langsam mal ein bisschen schonen … Fast neunundsechzig ist er! Wie unvernünftig, in dem Alter noch zu schuften wie ein Galeerensträfling, ohne sich jemals zu entspannen.

Junior hatte den Vorschlag von Émiles Mutter gehört. Er erstarrte in einer wenig vorteilhaften Haltung, den Hintern nach hinten weggestreckt, die Fäuste in die Hüften gestemmt. Beim Gedanken an die langen, qualvollen Stunden, die ihm drohten, lief sein Gesicht knallrot an, und er harrte der Antwort seiner Mutter, ohne auch nur eine Sekunde daran zu zweifeln, dass sie negativ ausfallen würde. Auf keinen Fall wollte er Zeit mit diesem Schwachkopf in seinen unförmigen Windeln verbringen, der bei jedem zweiten Versuch, auf den Ball zu zielen, hinfiel. So stand er da, leicht schwankend, mit zornrotem Gesicht, und ignorierte den Zwerg, der fest entschlossen war, den Ball zu ihm zurückzuschießen und stolpernd Anlauf nahm, um den Ballwechsel fortzusetzen. Als seine Mutter Ja antwortete, das wäre wunderbar, die beiden verstehen sich so gut, versetzte er dem Ball einen derartigen Tritt, dass er dem armen Émile mit voller Wucht an den Kopf knallte und dieser auf der Stelle umkippte.

Die Mutter sprang schreiend auf, nahm das Kind in ihre Arme, verfluchte Junior, beschimpfte ihn als Verbrecher, als hinterhältigen Perversen, als Mörder, als kleinen Nazi in kurzen Hosen und floh mit ihrem immer noch reglosen Émile vor dessen Henker.

An jenem Tag sammelte Josiane den Ball, die Giraffe auf Rädchen, die Packung Schokoladenkekse und das Fläschchen mit Orangensaft ein und verließ den Park mit einem letzten Blick auf den grünen Rasen, auf den kleinen steinernen Tempel, auf den Rotahorn und auf die weißen Wege, als nähme sie Abschied von einem verlorenen Paradies.

Sie sprach kein Wort mit ihrem Sohn und schritt aus wie eine gekränkte Königin.

Junior stapfte ihr wütend voraus und schimpfte vor sich hin, dass man auch wirklich niemandem vertrauen könne, dass er sich zu dieser Maskerade nur bereit erklärt habe, um seiner Mutter eine Freude zu machen, aber dass er auf keinen Fall einwilligen könne, ganze Nachmittage in Gesellschaft eines ungebildeten, aufdringlichen Schwachkopfs zu verbringen, der nicht einmal gemerkt habe, dass er störte. Ein gewitzterer Junge hätte erkannt, dass er nur dort war, um dem Schein Genüge zu tun. Er hätte nicht darauf beharrt, mit ihm zu spielen. Er hätte von sich aus von dem Ball abgelassen, damit Junior weiter seine köstliche Einsamkeit genießen konnte. Ich weiß, dass die Welt von Idioten bevölkert ist, seufzte Junior, und mit dieser schmerzlichen Tatsache muss man sich abfinden, aber dieser Émile ist einfach unerträglich. Warum findet sie kein Mathegenie oder keinen Raketenkonstrukteur für mich? Dann würde ich etwas über Quadratwurzeln und die Zentrifugalkraft lernen. Das alles habe ich ja früher schon einmal gewusst, ich muss nur meine Erinnerungen ein wenig auffrischen.

Sie waren schon fast zu Hause und schlugen gerade einen Bogen um den Zeitungskiosk, als Junior in der Auslage einen Kompass entdeckte, der zusammen mit einer Zeitschrift eingeschweißt war. Er blieb stehen und begann vor Freude zu sabbern. Ein Kompass! Er hätte nicht sagen können, wieso, aber dieser Gegenstand kam ihm vertraut vor. Wo hatte er schon einmal einen Kompass gesehen? In einem Bilderbuch? Auf dem Schreibtisch seines Vaters? Oder in seinem früheren Leben …

Er deutete mit dem Finger auf die Zeitschrift, die in ihrer Hülle den kostbaren Gegenstand barg, und befahl: »Das will ich haben!«

Josiane wandte den Kopf ab und bedeutete ihm weiterzugehen.

»Ich will einen Kompass … Ich will wissen, wie das funktioniert.«

»Du bekommst überhaupt nichts. Du hast dich abscheulich benommen. Du bist ein egoistischer, böser kleiner Junge.«

»Ich bin weder egoistisch noch böse. Ich bin neugierig, ich will lernen, ich weigere mich, so zu tun, als wäre ich ein normales Kleinkind, und ich will wissen, wie ein Kompass funktioniert …«

Josiane packte ihn bei der Hand und zerrte ihn auf die Eingangstür ihres Hauses zu. Junior versteifte sich, stemmte seine Sportschuhe in den Asphalt und versuchte, seine Mutter aufzuhalten, die ihn schließlich unter den Arm klemmte, ihn in den Aufzug stieß, ihm zwei Ohrfeigen verpasste, ihn in sein Zimmer steckte und die Tür abschloss.

Junior brüllte wie am Spieß und hämmerte mit aller Kraft gegen die Tür.

»Ich hasse Frauen. Sie sind dumme, selbstgefällige, eitle Wesen, die nichts als ihr Vergnügen im Kopf haben und die Männer benutzen! Wenn ich groß bin, werde ich homosexuell …«

Josiane hielt sich die Ohren zu und flüchtete in die Küche, um dort zu weinen.

Sie weinte lange, sie weinte bitterlich, sie weinte um ihren verlorenen Traum, eine glückliche Mutter zu sein. Sie tröstete sich mit dem Gedanken, dass es das Schicksal aller Mütter sei, sich ein perfektes Kind zu wünschen, ein Kind ganz und gar nach ihrem Herzen, und dann schickte der Himmel eines, mit dem man eben auskommen musste. Wenn man Glück hatte, bekam man einen kleinen Émile, und wenn nicht, fand man sich besser damit ab.

Sie ging zum Kinderzimmer, um ihren Sohn zu befreien, und öffnete die Tür.

Er lag in seinen zerknitterten Kleidern auf dem Teppich. Er hatte so sehr geschrien, so sehr getobt, so sehr mit den Fäusten gegen die Tür getrommelt, dass er vor Erschöpfung zusammengebrochen war und nun schlief wie ein wackerer Krieger, der drei Tage und drei Nächte mit dem Feind die Klingen gekreuzt hatte. Seine roten Locken waren zerwühlt, und er hatte violette Flecken am Hals, auf den Wangen und auf der Brust. Ein leises Schnarchen drang aus seinem Mund mit dem glühenden Zahnfleisch. Ein niedergestreckter Herkules, der fiebrig und heiß vor Zorn am Boden lag.

Sie ließ sich neben ihn sinken und beobachtete ihn beim Schlafen. Wenn er schläft, dachte sie, dann ist er ein Baby, dann ist er mein Baby, dann gehört er mir. Sie betrachtete ihn lange, hob ihn auf, nahm ihn zwischen die Beine wie ein Affenweibchen, das sein Junges laust, wiegte ihn sanft und sang dabei leise vor sich hin, Eia popeia, was raschelt im Stroh? Das sind die lieben Gänschen, die hab'n keine Schuh. Der Schuster hat Leder, kein'n Leisten dazu, drum geh'n die lieben Gänschen und hab'n keine Schuh …

Junior öffnete ein Auge und erklärte, das sei ein blödes Lied.

»Es liegt nicht am Schuster«, protestierte er, noch halb schlafend. »Gänse tragen nie Schuhe!«

»Schlaf, mein Baby, schlaf … Maman ist da, ich hab dich lieb und pass auf dich auf …«

Er seufzte vor Glück und bohrte seinen Kopf und seine Fäuste in den Bauch seiner Mutter, die ihn mit Tränen in den Augen in die Arme schloss und im dunklen Zimmer weiter vor sich hin sang.

»Maman …«

Josiane erschauerte, als sie das Kosewort hörte, und verstärkte ihre Umarmung.

»Maman, weißt du, warum La Bruyère die *Charaktere* geschrieben hat?«

»Nein, mein süßer kleiner Schatz, aber du wirst es mir sicher gleich verraten …«

Er kuschelte sich fester in ihren Schoß und erklärte leise: »Weißt du, er liebte ein junges Mädchen, dessen Vater Drucker war und Michallet hieß. Seine Liebe zu ihr war rein und unschuldig. Sie erfüllte seine Seele mit Schönheit. Eines Tages fragte er sich, mit was für einem Mann man die Kleine wohl verheiraten würde, denn sie hatte kaum eine Mitgift. Also ging er zu ihrem Vater, dem Sieur Michallet, und gab ihm das Manuskript der *Charaktere*, an dem er schon seit Jahren gearbeitet hatte. Und er sagte: ›Hier, guter Mann, druckt das, und wenn es Gewinn einbringt, dann soll er an Eure Tochter gehen und ihre Mitgift sein.‹ Genau das tat Michallet, und so fand Mademoiselle Michallet eine gute Partie … Ist das nicht wunderschön, Maman?«

»Ja, mein Schatz, das ist wunderschön. Erzähl mir noch mehr von La Bruyère. Er scheint ein anständiger Kerl gewesen zu sein …«

»Vor allem muss man ihn lesen, weißt du … Wenn ich endlich richtig lesen kann, lese ich dir daraus vor. Dann brauchen wir nicht mehr in den Park zu gehen, dann bleiben wir beide hier, und ich fülle deinen Kopf mit lauter schönen Dingen … Ich will nämlich auch Griechisch und Latein lernen, um Sophokles und Cicero im Original lesen zu können.«

Er runzelte die Stirn, schien zu überlegen und fügte dann hinzu: »Maman, warum warst du vorhin so zornig? Hast du nicht gesehen, dass dieser Émile dumm und unbeholfen war?«

Josiane nahm eine rote Locke in die Hand und wand sie abwechselnd um ihre Finger wie einen langen Faden, den man durch die Kettfäden eines Webstuhls führt.

»Ich wünsche mir so sehr, dass du wie die anderen wärst, wie alle Kinder in deinem Alter … Ich will kein Genie, ich will ein kleines Baby von zwei Jahren.«

Junior schwieg einen Moment, dann antwortete er: »Das verstehe ich nicht. Ich erspare dir so viele Sorgen, indem ich mich selbst erziehe … Ich dachte, du wärst stolz auf mich. Es tut mir weh, dass du mich nicht so akzeptierst, wie ich bin … Du siehst in mir nur mein Anderssein, aber erkennst du nicht auch, wie sehr ich dich liebe und welche Mühe ich mir gebe, dir zu gefallen? Du kannst mir doch nicht übel nehmen, dass ich anders bin …«

Josiane brach in Tränen aus und überhäufte ihn mit nassen Küssen.

»Es tut mir leid, mein Schatz, so leid … Lass uns versuchen, solche Momente wie diesen hier zu finden, Momente, in denen mir das Herz übergeht, in denen ich das Gefühl habe, dass du mir gehörst, und ich verspreche dir, dass ich dich nie wieder zwingen werde, Zeit mit einem dummen Émile zu verbringen.«

»Versprochen?«, fragte er gähnend.

»Versprochen«, flüsterte sie, und er sank zurück in tiefen Schlaf.

Als Marcel Grobz sich an diesem Abend ins eheliche Bett legte und seine dicken, rot behaarten Finger nach dem weichen Körper seiner Frau tasteten, schob Josiane ihn zurück und sagte: »Wir müssen reden ...«

»Worüber?«, fragte er und verzog missmutig das Gesicht.

Er hatte den ganzen Tag auf diesen magischen Moment gewartet, wenn er sich auf Josianes Körper legen und langsam und kraftvoll in sie eindringen und ihr dabei all jene Koseworte ins Ohr flüstern würde, die er zwischen unterschriftsreifen Dokumenten, einer defekten Löschwassersteigleitung, einem chinesischen Lieferanten und einem Küchenhersteller, der sich weigerte, seine Gewinnspanne zu senken, angesammelt hatte.

»Über deinen Sohn. Ich habe ihn heute dabei erwischt, wie er die *Charaktere* von La Bruyère gelesen hat.«

»Was für ein Teufelskerl, mein Filius! Du glaubst gar nicht, wie ich ihn liebe! Wie stolz ich auf ihn bin! Mein Sohn, mein Fleisch und Blut, mein Pontifex Maximus!«

»Und das ist noch nicht alles! Nachdem er mir La Bruyères Geschichte erzählt hatte, hat er gesagt, dass er auch Griechisch und Latein lernen wolle, um die Klassiker im Original lesen zu können ...«

Marcel Grobz kratzte sich frohlockend den Bauch.

»Kein Wunder! Er ist mein Sohn. Wenn man mich nur ein bisschen gefördert hätte, würde ich mich heute auch mit Latein, Griechisch, Literatur und Hypotenusen auskennen.«

»So ein Quatsch! Du warst ein normales Kind, ich war ein normales Kind, und wir haben ein Monster gezeugt!«

»Ach was, nicht doch ... Wir beide, Choupette, wir sind mit Ohrfeigen großgezogen worden, wir waren weniger wert als das übrig gebliebene Essen, und heute stehen wir da mit einem kleinen Genie ... Ist das Leben nicht wundervoll?«

»Bis auf die Tatsache, dass Gladys, du weißt schon, unser neues Hausmädchen ...«

Marcel dachte nach. In den letzten Monaten hatten sie einen wahren Reigen von Hausangestellten gehabt. Keine war geblieben. Dabei bezahlten sie gut, und die Arbeitsbedingungen waren angenehm. Josiane war eine respektvolle Arbeitgeberin, die nicht davor zurückschreckte, selbst die Hände ins Putzwasser zu stecken, und die jedem eine Ohrfeige verpasste, der es wagte, von seiner »Putze« zu sprechen. Dafür war sie selbst lange genug eine einfache Bedienstete gewesen.

»Sie hat ihre Sachen gepackt! Und weißt du, warum?«

Marcel krümmte sich in unterdrücktem Lachen.

»Nein«, brachte er, kurz vor dem Platzen, heraus.

»Wegen Junior. Er wollte, dass sie ihm vorliest, und sie wollte putzen!«

»Man sollte doch meinen, es sei weniger anstrengend, aus Büchern vorzulesen, als die Toilette zu schrubben …«

»Du sprichst schon genau wie er! Als ich dich kennengelernt habe, hast du noch ›Klo‹ gesagt wie jeder normale Mensch …«

»Ja, schon, Choupette … Aber ich lese ihm jeden Abend vor, ist doch klar, dass das auf mich abfärbt … Ich verstehe den Kleinen, er ist ein Nimmersatt, er ist neugierig, er will lernen und sich nicht langweilen, wenn man mit ihm redet. Ständig muss man ihm etwas beibringen. Eine einfache Maman genügt ihm nicht, er will Pico della Mirandola.«

»Wer ist das schon wieder? Ein Freund von dir?«

Marcel lachte laut auf und zerquetschte sie fast in seinen Armen.

»Hör auf, dir das Hirn zu zermartern, mein Täubchen. Wir drei sind doch so glücklich zusammen, mit deinen ganzen Fragen beschwörst du nur Unheil herauf …«

Josiane murrte ein paar unverständliche Worte, und Marcel nutzte die Gelegenheit, eine Hand auf ihre Brust zu schieben.

»Findest du nicht, dass er ziemlich rot im Gesicht ist?«, setzte Josiane erneut an und rückte von ihm weg. »Man könnte meinen, er wäre ständig wütend … Er ist rot vor Wut. Er macht mir Angst … Außerdem habe ich Angst, ihm bald nicht mehr folgen zu können, ich habe Angst davor, dass er mich irgendwann verachtet. Ich war an keiner Eliteuni!«

»Aber das ist Junior doch egal, über so was steht er drüber! Weißt du, was wir machen, Choupette? Wir engagieren einen Hauslehrer für ihn. Dieser Junge braucht kein Kindermädchen, er will mit frischem Wissen gefüttert werden, er will lernen, wie die Erdoberfläche aussieht, ihm muss man Griechisch und Latein beibringen, warum die Erde rund ist, warum sie sich dreht und warum sie in den Weiten des Universums nicht durchdreht. Er will, dass man ihm zeigt, wie man mit Zirkel und Lineal umgeht, dass man ihm den Dreisatz und die Quadratwurzeln erklärt …«

»Und warum heißt das überhaupt Quadratwurzel? Es sind weder Quadrate noch Wurzeln! Nein, mein dickes Bärchen, mit einem Hauslehrer werde ich mich noch einsamer fühlen. Noch ahnungsloser …«

»Nicht doch! Du wirst auch wundervolle neue Dinge lernen … Du wirst mit im Unterricht sitzen, vor Überraschung Ah und Oh rufen und ganz große Augen machen, weil das alles so schön ist und so weite Horizonte in deinem Kopf öffnen wird.«

»Mein armer Kopf!«, seufzte Josiane. »Er ist so mickrig eingerichtet. Mir hat nie jemand etwas beigebracht. Soll ich dir was sagen, mein Dickerchen? Die größte Ungerechtigkeit auf der Welt ist, dass man dieses wunderbare Wissen nicht gleich bei der Geburt aufgesaugt hat.«

»Das holst du alles auf! Und danach bist du diejenige, die herablassend mit mir redet, die ›armer Trottel‹ und ›ungebildeter Schluffkopf!‹ zu mir sagt, und ich werde jeden Abend bescheiden meine Lektionen noch mal durchgehen müssen. Glaub mir, meine Schöne, du bist nicht dümmer als dein Sohn, und dieses Kind hat uns der Himmel geschickt, um uns besser zu machen … Er ist anders. Na und? Dann soll er anders sein! Ist mir egal. Er ist mein Sohn! Und wenn er drei Beine und nur ein einziges Auge hätte, wäre er immer noch mein Sohn. Was hättest du denn lieber? Ein Kind, das in den Augen der anderen als normal gilt? Diese Norm hängt einem doch zum Hals raus! Sie erzeugt kleine Quadratesel, die nur noch nachplappern und nicht mehr selbst denken können. Dieser Norm gehört der Arsch versohlt, sie gehört in die Luft gejagt, umgestürzt! Zum Teufel mit all den Müttern, die normale Bälger mit sich herumschleppen! Sie wissen gar nicht, welchen Schatz wir hier haben, sie können es nicht wissen, sie tragen Scheuklappen. Wir hingegen … Welch laues Lüftchen! Welche Seligkeit! Welch himmlische Überraschung zu jeder Tageszeit! Na komm, rutsch her zu mir, mein Kullerchen, hör auf, dir das Hirn zu zermartern, ich versetze dich in einen Rausch, ich lass dich in den Himmel aufsteigen, mein Püppchen, mein Schnuckelchen, meine wundervolle Schönheit, meine Frau, mein Dach, meine Quadratwurzel, meine sinnliche Madame Pompadour …«

Und mit jedem Wort entspannte sich Choupette mehr, ihre Sorgenfalten glätteten sich, sie kicherte, ließ sich von ihrem rothaarigen Riesen umfangen, und unter wollüstigem, auf- und abschwellendem Stöhnen erklommen sie gemeinsam die hohe Leiter der Leidenschaft.

Als sie am nächsten Morgen beim Frühstück saßen, erhielten sie einen Anruf von Henriettes Anwalt. Henriette Grobz, verwitwete Plissonnier, Mutter von Iris und Joséphine Plissonnier, in zweiter Ehe verheiratet mit Monsieur Marcel Grobz, war bereit, die Scheidungspapiere zu unterschreiben. Sie beugte sich Marcels Argumenten und stellte nur eine einzige Forderung: ihren Namen zu behalten.

»Und warum will der Zahnstocher deinen Namen behalten?«, fragte Josiane argwöhnisch, noch ganz zerzaust von ihrer Liebesnacht. »Sie hat diesen Namen gehasst, sie musste sich davon übergeben. Das riecht nach Ärger, die versucht doch bloß, uns wieder auszutricksen, du wirst schon sehen …«

»Ach was, mein Herz! Sie gibt sich geschlagen, das ist das Wichtigste. Such doch nicht immer das Haar in der Hummersuppe! Das ist doch verrückt, jedes Mal, wenn wir vor Glück fast platzen, malst du gleich wieder den Teufel an die Wand.«

»Als würde die sich auf einmal in ein Lämmchen verwandeln! Das glaube ich keine Sekunde. Ein Wolf verliert vielleicht sein Fell, aber nicht seine Bösartigkeit. Und die hat so viel Bösartigkeit im Leib, dass sie noch welche verkaufen könnte …«

»Sie gibt sich geschlagen, sag ich dir. Ich hab sie Staub fressen und alle Fusseln einzeln schlucken lassen. Sie kriegt keine Luft mehr, sie winselt um Gnade …«

Marcel Grobz nieste, zog ein kariertes Taschentuch aus der Tasche und schnäuzte sich kräftig. Josiane rümpfte die Nase.

»Was ist mit den Papiertaschentüchern, die ich dir gegeben habe? Sind die im Altpapier gelandet?«

»Aber, Choupette, ich mag mein altes, kariertes Taschentuch …«

»Das ist das reinste Mikrobennest, eine Brutstätte für Viren! Und wie sieht das überhaupt aus? Wie ein Bauer in Holzpantoffeln.«

»Ich würde mich nicht dafür schämen, wenn ich ein Bauer wäre …«, versetzte Marcel und steckte das Taschentuch hastig zurück in die Tasche, bevor Josiane es ihm entreißen konnte.

Erst letzte Woche hatte sie ein Dutzend davon in den Müll geworfen.

»Und so was will seinem Sohn einen Hauslehrer spendieren! So was will Pico della Dingsbums spielen! Mit deinem Taschentuch und deinen Hosenträgern werden wir vor diesem Quell der Gelehrsamkeit ein schönes Bild abgeben!«

»Ich erkundige mich gleich heute danach, wo wir diesen Mann finden können«, antwortete Marcel, froh über diesen Themenwechsel.

»Und lass dir Referenzen geben! Ich will weder einen kleinen gepuderten Marquis noch einen bärtigen Marxisten. Und besorg mir ein gutes, altes Wörterbuch, damit ich auch was verstehe, wenn der zu quasseln anfängt …«

»Dann bist du also einverstanden …«

»Könnte man so sagen … Aber ich will ihn erst sehen, ehe ich mich entscheide. Nicht dass er noch ein Spitzel des Zahnstochers ist …«

Ist es wirklich notwendig, die Wahrheit zu sagen, die ganze Wahrheit?, fragte sich Shirley, während sie zusah, wie Gary den Tisch abräumte, die Lasagneschüssel auskratzte, warmes Wasser hineinlaufen ließ und einen Spritzer Spülmittel dazugab. Schafft man Glück, indem man die Wahrheit sagt? Ich bin mir dessen nicht so sicher … Ich werde reden, und nichts wird mehr so sein wie früher.

Hier sind wir beide, in dieser trauten Gewohnheit, ich weiß, wie er sich umdrehen, mit welchem Fuß er auftreten, welche Hand er als erste ausstrecken wird, wie er mir seinen Kopf zuwenden, eine Augenbraue hochziehen, eine Haarsträhne zurückschieben wird, ich weiß das alles, es ist mein vertrautes Terrain.

Wir haben gegessen, die Lasagne war köstlich, Glenn Gould begleitet uns. Aus tiefster Kehle seufzen wir genüsslich.

Aber in zweieinhalb Minuten …

Ich werde reden, einen Berg von Wörtern zwischen uns auftürmen, einen Fremden hereinlassen, und nichts wird mehr klar sein. Die Wahrheit mag dem nutzen, der sie hört, aber für den, der sie ausspricht, bedeutet sie eine harte Prüfung. Nachdem ich dem Mann in Schwarz »die Wahrheit« über meine Geburt erzählt hatte, hat er mich erpresst. Und erhielt im Austausch gegen sein Schweigen eine monatliche Rente.

Erst heute Morgen war sie auf dem Weg zu den Hampstead Ponds an einem großen Werbeplakat vorbeigekommen, das die Qualitäten einer Jeans mit folgendem Spruch bewarb: »Die Wahrheit eines Mannes liegt in dem, was er verbirgt.« Und gleich darunter stand: »Verstecken Sie Ihre Figur nicht länger, präsentieren Sie sie in dieser Jeans …« Sie hatte den Namen der Marke vergessen, nicht aber die Worte, die sie den Rest des Weges über verfolgt hatten, und als sie ihr Fahrrad an den Zaun um den Teich angeschlossen hatte, hätte sie beinahe den Mann mit der Mütze und der Cordhose übersehen, der gerade wieder ging.

Damned!

Sie hatten einander zugelächelt. Er hatte sich mit seinem dicken, gefütterten Lederhandschuh die Nase gerieben, ihr zugenickt und gesagt, Sie werden sehen, das Wasser ist herrlich. Sie war mit offenem Mund stehen geblieben und hatte in ihrem Kopf wieder den Werbespruch gehört: »Die Wahrheit eines Mannes liegt in dem, was er verbirgt.« Was verbarg dieser Mann mit dem gutmütigen Lächeln und den breiten Schultern? Dieser Mann, an dessen Brust sie so gern Zuflucht gesucht hätte. Vielleicht verbarg er überhaupt nichts, und vielleicht verspürte sie genau aus diesem Grund den Wunsch, sich in seine Arme zu stürzen …

Wenn er in diesem Moment die Hand nach ihr ausgestreckt hätte, wäre sie ihm gefolgt.

Sie seufzte und wischte mit dem Zeigefinger etwas Tomatensoße von der schönen Wachstuchtischdecke, die Gary aus Paris mitgebracht hatte.

Sie dachte an den Bericht, den sie tags zuvor abgegeben hatten: *Wie verbannen wir die Pestizide von unserem Teller?* Was nutzte es, Obst und Gemüse zu essen, wenn es sich als gesundheitsschädlich erwies? Auf Weintrauben, die innerhalb der Europäischen Union angebaut worden waren, hatte man sechzehn verschiedene giftige Substanzen entdeckt. Ich kämpfe gegen Windmühlen.

Sie hob den Kopf und sah Gary an. Er hatte die Teller im Spülbecken gestapelt. Das bedeutet, dass er nicht sofort spülen wird, das bedeutet, dass wir sofort reden werden.

Sie spürte einen Wattebausch in ihrer Kehle, der ihre Zunge, ihre Lunge, ihren Bauch austrocknete. Sie schluckte.

»Machst du mir einen Kräutertee?«

»Thymian, Rosmarin oder Pfefferminz?«

»Hast du kein Eisenkraut?«

Er sah sie niedergeschlagen an.

»Ich nenne dir die drei Sorten, die ich habe, und du verlangst eine vierte …«

Er wirkte ein wenig gereizt. Sogar angespannt.

»Okay, okay. Ich nehme Thymian …«

Er füllte den Wasserkocher, holte eine Teekanne heraus, einen Beutel Thymiantee, eine Tasse. Seine schroffen Gesten verrieten ihr, dass er es eilig hatte, sich ihr gegenüberzusetzen und seine Fragen zu stellen. Er war immerhin so höflich gewesen, sie in Ruhe essen zu lassen.

Von Postern an der Wand schauten Bob Dylan und Oscar Wilde auf sie herab. Bob wirkte ernst und müde, Oscars Lippen umspielte ein leises, zweideutiges Lächeln, das in ihr den Wunsch weckte, ihm ein paar Ohrfeigen zu verpassen.

»Hast du deinen Klavierlehrer schon getroffen?«, fragte sie.

»Ja, heute Nachmittag … netter Typ. Wir hatten uns bei ihm zu Hause verabredet, in Hampstead, nicht weit von da, wo du immer schwimmst. Er wohnt in einem dieser Künstlerateliers direkt am Teich … Aber ich glaube nicht, dass er morgens früh ins eiskalte Wasser springt! Das wäre nicht gut für seine Gelenke.«

»Während ich mir meine Hände ruhig kaputt machen kann …«

»Das habe ich nicht gesagt! Oh, Mann! Du kriegst aber auch alles in den falschen Hals … *Relax, mummy, relax* … Dein Gezicke kann einem langsam wirklich auf die Nerven gehen!«

Shirley entschied, das Wort »Gezicke« zu ignorieren. Wenn sie schon gleich zu Beginn wegen seiner Ausdrucksweise aneinandergerieten, würden sie es nie schaffen, miteinander zu reden. Aber sie nahm sich vor, ihn später daran zu erinnern, dieses Wort nie wieder in Bezug auf sie zu verwenden.

»Und wann fängst du an?«

»Montagmorgen.«

»So schnell …«

»Das Schuljahr hat längst begonnen, wenn ich also meinen Rückstand aufholen will … Jeden zweiten Tag habe ich Unterricht bei ihm, und in der übrigen Zeit übe ich mindestens fünf Stunden pro Tag zu Hause … Du siehst, ich nehme das Klavierstudium ernst.«

»Wie viel verlangt er denn pro Unterrichtsstunde?«

»Großmutter zahlt das.«

»Das gefällt mir nicht, Gary…«

»Ich bitte dich, sie ist meine Großmutter!«

»Ich habe das Gefühl, dass du mich aus deinem Leben ausschließt…«

»Sei doch nicht so empfindlich! Du bist nervös, weil du gleich mit mir reden sollst, und die geringste Kleinigkeit verletzt dich… *Relax*…«

Er legte eine Hand auf die ihre.

»Los, fang an… Je schneller du mir alles erzählst, desto schneller verfliegt die Anspannung.«

»Gut, einverstanden… Oh, es wird nicht lange dauern. Es tut mir leid, die Geschichte ist weder sehr romantisch noch außergewöhnlich.«

»Ich erwarte ja auch keinen Roman, ich erwarte Tatsachen.«

»Na gut… Aber eigentlich hätte ich ganz gern noch ein Glas Wein. Ist noch ein bisschen da?«

Sie hielt Gary ihr Glas hin, und er leerte die Flasche bis zum letzten Tropfen.

»Innerhalb eines Jahres bekommst du ein Baby oder wirst heiraten.«

»Weder das eine noch das andere«, brummte sie unwirsch.

Sie nahm einen Schluck Wein, ließ ihn ihre Kehle hinabrollen und begann: »Ich muss etwa sechzehn Jahre alt gewesen sein, als dein Großvater mich nach Schottland schickte. Erst auf ein sehr strenges Internat und anschließend auf die Universität in Edinburgh. Weil ich ihm in London das Leben ziemlich schwer gemacht hatte. Ich büxte nachts aus, kam etwas, na ja, sagen wir, angeschickert nach Hause, ich steckte mir Sicherheitsnadeln durch die Nase, trug Röcke, die nicht größer waren als ein Teedeckchen, und verpestete mit meinen Joints die ehrwürdigen Palastflure. Er schaffte es nicht länger, seine Aufgaben als Lord Chamberlain und Vater unter einen Hut zu bringen. Die Situation war umso heikler, als wir im Buckingham Palace lebten und ein möglicher Skandal auch auf die Königin zurückfallen würde. Also wurde ich nach Schottland geschickt. Dort habe ich weiter Party gemacht und trotzdem meine Prüfungen bestanden. Aber vor allem habe ich nach ungefähr einem Jahr einen Jungen kennengelernt, einen attraktiven Schotten, Duncan McCallum, Sohn einer adligen Familie mit Schloss, Bauernhöfen und Wäldern…«

»Eine alte schottische Familie?«

»Ich habe ihn nicht nach seinem Stammbaum gefragt. Wir legten damals keinen großen Wert auf Abstammung und Visitenkarten … Ein Blick, man gefiel sich, man verbrachte die Nacht zusammen, dann ging man auseinander, und wenn man sich zufällig wieder über den Weg lief, wiederholte man das Ganze oder auch nicht. Mit deinem Vater habe ich es mehrmals wiederholt …«

»Wie war er?«

»Nun … Sagen wir, du siehst ihm sehr ähnlich. Du würdest ihn sofort erkennen, wenn du vor ihm stündest … Groß, dunkler Typ, eine lange Nase, grüne oder braune Augen, das hing von seiner Stimmung ab, Schultern wie ein Rugbyspieler, ein Lächeln, mit dem er den Mond vom Himmel fallen lassen konnte, kurzum ein hübscher Kerl … Er hatte etwas Unwiderstehliches an sich. Du fragtest dich nicht, ob er intelligent, gütig oder tapfer war, du wolltest nur eines: dich in seine Arme werfen. Ich war nicht die Einzige … Alle Mädchen liefen ihm hinterher. Ach ja … er hatte eine lange, dünne Narbe auf der Wange, und er erzählte immer, die habe ihm ein betrunkener Russe bei einem Zweikampf in Moskau beigebracht … Ich weiß nicht, ob er überhaupt jemals in Moskau gewesen war, aber es machte großen Eindruck, die Mädchen waren hin und weg, und alle wollten seine Narbe berühren.«

»Und du bist sicher, dass Duncan McCallum mein Vater ist und niemand sonst?«

»Ich hatte mich in ihn verliebt – na ja, ich verbot mir, es so zu nennen! Ich hätte mir eher die Kehle aufschlitzen lassen, als dieses spießige Gefühl einzugestehen, aber was ich mit Sicherheit sagen kann, ist, dass ich mit keinem anderen Mann geschlafen habe, solange ich mich mit ihm traf …«

»Was für ein Glück!«

»Man kann sogar sagen, dass du ein Kind der Liebe bist … Zumindest von meiner Seite aus.«

»Seltsame Liebe«, seufzte Gary, »klingt ein bisschen übers Knie gebrochen …«

»Es war eine schwierige Zeit damals … Die Siebziger mit ihren Blumen im Haar und dem ›Wir haben uns alle lieb‹ waren vorbei, die Welt kehrte zurück in die Realität. Und diese Realität war nicht besonders lustig. Es war die Zeit von Margaret Thatcher, die Zeit der Punks, von

The Clash, die Zeit der großen Streiks und der allgegenwärtigen Verzweiflung. Man dachte und sang, dass die Welt scheiße sei. Und die Liebe auch.«

»Und er? Was hat er gesagt, als er davon erfahren hat?«

»Wir waren in einem Pub, es war Samstagabend, ich hatte ihn den ganzen Tag über gesucht, um mit ihm zu reden … Er stand da mit ein paar Freunden, hatte ein Bier in der Hand, ich ging auf ihn zu … ich zitterte ein wenig … Er beugte sich zu mir vor, legte einen Arm um meine Schultern, und ich dachte, uff! Ich muss das nicht allein durchstehen. Er wird mir helfen, wie auch immer wir uns entscheiden. Ich habe es ihm erzählt, und mit seinem schönen Lächeln, das den Mond vom Himmel holte, hat er mir eiskalt verkündet, das ist dein Problem, meine Liebe. Dann hat er sich wieder zu seinen Freunden umgedreht und mich einfach stehen lassen. Das fühlte sich an wie ein Schlag ins Gesicht.«

»Er wollte mich nicht einmal kennenlernen?«

»Er hat mich verlassen, bevor du auf die Welt kamst! Wenn wir uns über den Weg liefen, hat er mich nicht angesprochen. Nicht einmal, als mein Bauch schon so dick war wie ein Medizinball!«

»Aber warum denn nicht?«

»Aus einem einzigen Grund: einem Charakterzug, der sich Verantwortungsgefühl nennt und der ihm vollkommen abging …«

»Willst du damit sagen, er ist kein anständiger Kerl?«

»Ich sage überhaupt nichts, ich stelle fest …«

»Und du hast mich behalten …«

»Ich wusste, dass ich dich über alle Maßen lieben würde, und ich habe mich nicht getäuscht …«

»Und danach?«

»Ich habe dich allein zur Welt gebracht. Im Krankenhaus. Ich bin zu Fuß hingegangen, zu Fuß zurückgekommen. Ich habe dich unter meinem Namen angemeldet. Schon kurz danach bin ich wieder zur Uni gegangen. Dich habe ich allein in meinem kleinen Zimmer gelassen. Ich wohnte bei einer sehr netten Dame. Sie hat mir sehr geholfen, sie passte auf dich auf, wechselte deine Windeln, gab dir das Fläschchen und sang dir etwas vor, wenn ich zur Uni ging …«

»Wie hieß sie?«

»Mrs. Howell …«

»Mrs. Howell?«

»Ja. Sie mochte dich unglaublich gern. Sie hat geweint, als wir weggegangen sind … Sie muss damals um die vierzig gewesen sein, kein Mann, keine Kinder. Sie kannte deinen Vater, sie stammte aus der gleichen Gegend wie er, irgendwo auf dem Land. Ihre Mutter hatte im Schloss gearbeitet, ihre Großmutter auch. Sie sagte immer, er sei ein Taugenichts, er habe mich nicht verdient. Sie trank ein bisschen zu viel, aber sie war sehr freundlich … Du warst ein perfektes Baby. Du weintest nie und schliefst die ganze Zeit … Als dein Großvater mich in Schottland besuchte, traf ihn fast der Schlag. Ich hatte ihm nichts von dir erzählt. Er nahm uns beide mit zurück nach London … Da warst du drei Monate alt.«

»Und du hast nie wieder etwas gehört von meinem …?«

»Nie wieder.«

»Nicht einmal über diese Mrs. Howell?«

»Er hat dich nicht ein einziges Mal besucht und hat mich auch nicht nach meiner Adresse gefragt, als ich fortgegangen bin. So, jetzt weißt du alles. Es ist nichts, worauf ich besonders stolz bin, aber so war es nun mal …«

»Ich hatte mir irgendwie eine glorreichere Herkunft vorgestellt …«, murmelte Gary.

»Es tut mir leid … Jetzt liegt es an dir, dein Leben glorreich zu gestalten …«

Und nach zwanzig Jahren werde ich diesem unwürdigen Mann einen Sohn schenken. Einen Sohn, für den er nicht einen Tropfen Schweiß vergossen hat. Nicht eine Stunde Schlaf versäumt. Nicht einen Moment gezittert, während er das Fieberthermometer ablas. Nicht einen Cent gespart. Nicht ein Zeugnisheft gelesen. Dem er nicht ein einziges Mal beim Zahnarzt die Hand gehalten hat.

Einen Sohn, der bereit war, ihn zu lieben. »Mein Sohn!«, würde er sagen, wenn er ihn allen präsentierte.

Ich bin sein Vater. Ich bin seine Mutter. Ich bin sein Vater und seine Mutter.

Er war doch bloß ein Samenspender. Der seinen Spaß haben wollte und danach gar nicht schnell genug verschwinden konnte.

Hortense Cortès kannte keine Angst.
Hortense Cortès verachtete Angst.

Hortense Cortès ekelte sich vor diesem Gefühl. Angst, behauptete sie immer, ist wie Efeu im Kopf. Sie gräbt ihre Klauenwurzeln ein, lässt ihre Blätter sprießen, wächst, schlingt sich um unseren Hals und erstickt uns langsam, ganz langsam. Angst ist ein Unkraut, und Unkräuter reißt man aus oder ballert sie mit Pestiziden voll.

Hortense Cortès' Pestizid hieß Distanz. Wenn sie spürte, wie sich die Angst zu einer bedrohlichen Welle auftürmte, stieß sie die Gefahr weg, schob sie von sich, isolierte sie und … sah ihr ins Gesicht. Ich hab keine Angst, sagte sie dann. Ich hab keine Angst vor dir, du elendes Hälmchen, ich werde dich mitsamt deinen Wurzeln ausreißen.

Und das funktionierte.

Für Hortense Cortès.

Sie hatte als kleines Mädchen damit angefangen, indem sie sich zwang, im Dunkeln allein von der Schule nach Hause zu gehen. Sie verbot ihrer Mutter, sie abzuholen. Und schob eine Gabel in ihre Manteltasche. Mit dieser Gabel und erhobenem Kinn marschierte sie los, die Schultasche auf dem Rücken. Bereit, sich zu verteidigen. Ich hab keine Angst, wiederholte sie immer wieder, wenn die Nacht hereinbrach und die Schatten wie aufgerissene Wolfsschnauzen wirkten.

Dann hatte sie die Latte höher gelegt.

Hatte ihre Gabel gezückt, als der erste Junge sie gegen ihren Willen küssen wollte. Hatte sie in den Schenkel eines vierschrötigen Kerls gerammt, der ihr auf der Treppe den Weg verstellte und zwei Euro Zoll verlangte. Hatte sie dem Kerl ins Auge gerammt, der sie in den Keller zerren wollte.

Bald hatte sie keine Gabel mehr gebraucht.

Man kannte ihren Ruf.

Die einzige Frage, die sich Hortense bei dieser kunstvollen Zähmung der Angst stellte, war, wieso sie die Einzige war, die es so machte.

Es schien so einfach zu sein. So einfach.

Und doch …

Überall hörte sie nur: Ich habe Angst, ich habe Angst. Angst davor, zu versagen, Angst davor, nicht genug Geld zu haben, Angst, nicht zu gefallen, Angst davor, Ja zu sagen, Angst davor, Nein zu sagen, Angst vor

Schmerzen. Wenn man sich immer wieder einredete, Angst zu haben, dann passierte auch unweigerlich das Schlimmste. Warum zitterte ihre Mutter, eine Erwachsene, die sie doch eigentlich beschützen sollte, vor ihren Schulden, einem bedrohlich wirkenden Mann oder einem Blatt, das im Wind herumflog? Sie verstand es nicht. Und sie hatte beschlossen, sich keine Fragen mehr zu stellen, sondern vorwärtszugehen.

Vorankommen. Lernen. Erfolg haben. Sich nicht mit Gefühlen, Ängsten und Wünschen belasten, das sind doch bloß Parasiten. Als wäre ihre Zeit beschränkt. Als hätte sie nicht das Recht, sich auch einmal zu irren.

Nur eines war Hortenses Gabel entgangen: der Tod ihres Vaters, der in einem kenianischen Tümpel von einem Krokodil gefressen worden war. Wie oft sie auch wiederholte: Antoine, Krokodil, hab keine Angst, hin und wieder hatte sie doch Albträume, in denen sie von tausend Zähnen zermalmt wurde. Niemals!, sagte sie sich, wenn sie schweißgebadet aufwachte, niemals! Und sie schwor sich, ihren stählernen Panzer zu verstärken, um sich wehren zu können. Sich wehren. Es fiel ihr schwer, wieder einzuschlafen. Im Dunkel ihres Zimmers glaubte sie das gelbe Auge eines Krokodils zu erkennen, das sie lauernd ansah …

Nachdem Gary Ward sie mitten auf der Straße hatte stehen lassen, nachdem er ihr Herz und ihren Körper in dunklem Begehren hatte pochen lassen, nachdem er sie so geküsst hatte, dass sie jegliche Orientierung verlor, hatte Hortense Garys Bild isoliert, hatte es von sich geschoben, hatte es mit kühlem Herzen gemustert und entschieden, dass es das Klügste sei, abzuwarten. Er würde sie am nächsten Tag schon anrufen.

Er rief weder am nächsten Tag an noch am übernächsten oder an den Tagen darauf.

Sie strich ihn von ihrer Liste.

Ihr Leben hing nicht von Gary Ward ab. Ihr Leben hing nicht von Gary Wards Kuss ab, von dem wundervollen Gefühl, das Gary Wards Lippen an jenem Abend geweckt hatten. Ihr Leben hing allein von ihr ab, von Hortense Cortès, und niemandem sonst.

Sie brauchte ihre Wünsche, ihre Sehnsüchte nur klar und deutlich zu formulieren, dann würden sie durch die schiere Kraft ihres Willens in Erfüllung gehen.

Gary Ward war unmöglich, unberechenbar, abscheulich, nervig.

Gary Ward war perfekt.

Sie wollte ihn. Und sie würde ihn bekommen.

Später.

An diesem Tag las Hortense in der U-Bahn, in der schwarzen Northern Line, die sie von der Schule zurück zu dem großen Haus brachte, das sie mit vier männlichen Mitbewohnern teilte, ihr Horoskop im *London Paper*, das jemand auf dem Sitz hatte liegen lassen. In der Rubrik »Liebe« stand: »Da diese Beziehung Sie belastet, gönnen Sie ihr eine Auszeit. Sie können sich später wieder darum kümmern.«

Piffpaffpuff, sang sie vor sich hin, während sie die Zeitung zusammenfaltete. Ihre Entscheidung stand fest: Sie würde ihn vergessen.

Was Hortense Cortès, abgesehen von ihrer Entschlossenheit und der in ihrer Tasche versteckten Gabel, rettete, war ihre hohe Meinung von sich selbst. Eine Meinung, die sie angesichts ihrer Leistungen und der Anstrengungen, die sie auf sich nahm, durchaus gerechtfertigt fand. Ich bin keine Faulenzerin, ich lege nicht die Hände in den Schoß, ich kämpfe für das, was ich will, und es ist nur gerecht, dass ich dafür auch belohnt werde.

Manchmal fragte sie sich, ob sie auch angesichts von Rückschlägen so beharrlich geblieben wäre.

Sie war sich nicht sicher.

Sie brauchte Ergebnisse, um weiterzumachen. Und je heller ihr das Glück lachte, desto härter arbeitete sie. Eine Beziehung mit Gary hätte mich von meinem Ziel abgelenkt, dachte sie an jenem Abend, während sie die Menschen um sich herum in der U-Bahn betrachtete. Ich wäre vielleicht wie dieses Mädchen geworden, das unter dem Minirock seine roten Schenkel sehen lässt, oder wie die da, die Kaugummi kauend von ihrem Abend mit Andy erzählt. Da hat er zu mir gesagt... da hab ich zu ihm gesagt... da hat er mich geküsst... da haben wir... und dann hat er nicht zurückgerufen... was mach ich denn jetzt? Zwei Opfer, die albernes Liebesgeschwätz nachplapperten. Wenn ich kaum liebe, gehe ich kein Risiko ein und werde im Gegenzug selbst geliebt. So sind die Männer: Je mehr man sie liebt, desto weniger verzehren sie sich nach einem. Das ist ein altes Naturgesetz. Da ich niemanden liebe, habe ich unzählige Verehrer, und ich wähle denjenigen aus, der mir in einer bestimmten Situation am besten in den Kram passt.

Garys Kuss in der dunklen Londoner Nacht mit Blick auf die sanft erschauernden Parkbäume hatte sie aufgewühlt. Sie hatte den Halt verloren. Um ein Haar wäre ich eine verliebte Amöbe geworden. Ich bin keine Amöbe. Ich rauche nicht, ich trinke nicht, ich nehme keine Drogen, ich schmeiße mich nicht an Männer ran. Anfangs war es nur eine Attitüde, ich wollte nicht so sein wie die anderen, aber mittlerweile ist es eine bewusste Entscheidung, die mir viel Zeit erspart. Wenn ich mein Ziel erreicht habe – mein eigenes Label, meine eigene Kollektion –, dann kümmere ich mich um die anderen. Im Moment muss ich meine ganze Energie darauf konzentrieren, Erfolg zu haben. Meine eigene Firma gründen, notfalls über Leichen gehen, Coco Chanel werden, meine Vision von Mode durchsetzen, auch wenn ich, räumte sie in einem plötzlichen lichten Moment ein, noch viel zu lernen habe. Aber ich weiß, was ich will: extreme Eleganz, klassische Erhabenheit, aus dem Gleichgewicht gebracht durch ein, zwei nachlässige Details. Den Purismus vom Sockel stoßen. Ihn brechen. Ihm sakralen Charakter verleihen, indem ich meinen Namen daruntersetze. Ich muss Strichführung, Entwurf, Details lernen und dann alles durcheinanderwirbeln, indem ich das brave Bild zerstöre. Der Makellosigkeit einen Dolchstoß versetze.

Sie erschauerte und stieß einen Seufzer aus. Sie konnte es kaum erwarten, sich an die Arbeit zu machen. Überhaupt, dachte sie, ist das das Einzige, was mich begeistert … Verglichen mit meinen Plänen, erscheint mir menschliches Fleisch so unglaublich fade.

An der Station Angel stieg sie aus, wäre fast auf einer McDonald's-Verpackung ausgerutscht und fluchte. Sie kam an einem Laden der Sandwichkette Pret A Manger vorbei und zuckte mit den Schultern. Was für ein plumper Name! Spann die Geschichte ihres sozialen Aufstiegs weiter, während sie die letzten Meter zurücklegte, die sie noch vom Haus trennten. Sie war gerade bei dem wundervollen Moment angekommen, in dem sie, in Jacke und Sarouel-Hose aus rauchblauem Wollkrepp und mit Sandalen von Givenchy an den Füßen, die Journalisten aus aller Welt empfing, um über ihre Kollektion zu sprechen, als sie den Schlüssel ins Schloss steckte, hineinging und von Toms scharfer Stimme empfangen wurde.

»Hortense! Du bist ekelhaft!«

Hortense hob den Blick und musterte ihn kühl. Tom war ein blonder

Engländer mit spärlichem Bartwuchs, groß gewachsen und antriebslos, der sie normalerweise anschmachtete wie ein Basset einen außer Reichweite aufgestellten Futternapf.

»Was ist los, Tommy? Ich habe gerade zehn Stunden Unterricht hinter mir und keinen Nerv für dein Gejammer…«

Sie hängte ihren Mantel im Flur auf, löste den dicken weißen Schal, den sie sich mehrmals um den Hals geschlungen hatte, stellte ihre mit Ordnern und Büchern gefüllte Tasche ab und schüttelte vor den Augen dieses Jungen, der in ihren Augen nicht mehr als ein harmloser Trottel war, ihr schweres, kastanienbraunes Haar.

»Du hast deinen Tampon im Bad liegen lassen!«

»Oh! Tut mir leid. Ich muss in Gedanken gewesen sein, und…«

»Ist das alles, was du dazu zu sagen hast?«

»Tommy-Schätzchen, dann wusstest du also noch nicht, dass Frauen jeden Monat Blutungen haben, die man Periode nennt?«

»Du hast deine Tampons nicht im Bad rumliegen zu lassen!«

»Tut mir leid, es wird nicht wieder vorkommen… Wie oft soll ich das noch sagen, bis du zufrieden bist?«

Sie bedachte ihn mit einem zuckersüßen falschen Lächeln.

»Du bist eine miese Egoistin! Du hast nicht einen Gedanken daran verschwendet, dass in diesem Haus auch Männer wohnen!«

»Ich habe mich zweimal entschuldigt, das reicht doch wohl! Ich werde jetzt nicht Buße tun und mir Asche aufs Haupt streuen! Ich hätte das nicht tun sollen, das stimmt, was willst du denn noch? Dass ich dir zur Wiedergutmachung die Zunge in den Hals stecke? Das kannst du vergessen. Ich dachte, was das angeht, hätte ich mich deutlich ausgedrückt: Mit dir werde ich im Leben nicht intim. Wie war dein Tag? Jetzt, wo's an der Börse auf und ab geht, muss es im Büro doch ziemlich hart sein? Bist du noch nicht gefeuert worden? Oder doch… Lass mich raten: Sie haben dich gefeuert, und du lässt deine Wut an mir aus…«

Dem armen Jungen schien bei Hortenses Überheblichkeit für einen Moment die Luft wegzubleiben, doch dann nahm er seine Vorwürfe wieder auf, wobei in jedem Satz das Wort »Tampon« vorkam.

»Meine Güte, Tommy, hör auf! Wenn du so weitermachst, glaube ich noch, du hättest nicht gewusst, was ein Tampon ist, bevor du zufällig über meinen gestolpert bist… Daran wirst du dich gewöhnen müssen, wenn du irgendwann mal eine Beziehung mit einem Mädchen führen willst … Einem richtigen Mädchen, meine ich. Nicht so ein billiges Flittchen, das du am Samstagabend sturzbetrunken flachlegst …«

Er verstummte und drehte sich auf dem Absatz um.

»Was für ein schreckliches Weib!«, schimpfte er im Weggehen. »Eine elende Narzisstin! Ich war von Anfang an dagegen, ein Mädchen ins Haus zu holen! Und ich hatte recht!«

Hortense sah ihm nach und rief: »Wer sich nicht auf sich selbst konzentriert, wird es im Leben zu nichts bringen. Wenn ich mit zwanzig keine Narzisstin bin, ende ich mit vierzig einsam und vergessen, und das kommt nicht infrage! Du solltest dir lieber ein Beispiel an mir nehmen, statt mich zu kritisieren! Der Unterricht kostet fünfzig Pfund die Stunde, und wenn du gleich mehrere nimmst, kriegst du Rabatt!«

Und mit diesen Worten ging sie in die Küche, um sich einen Kaffee zu machen.

Sie hatte eine lange Nacht vor sich. Die Aufgabe, die sie einreichen musste, lautete: Zeichnen Sie eine komplette Garderobe, ausgehend von den drei Grundfarben Schwarz, Grau und Marineblau, inklusive Schuhe, Clutch, Handtasche, Brille, Schal und Accessoires.

Ihre drei übrigen Mitbewohner erwarteten sie neben der Kaffeemaschine.

Peter, Sam und Rupert.

Sam und Rupert arbeiteten in der City, und dort geriet alles ins Wanken. Sie kamen jeden Abend später nach Hause, tranken mit sorgengefurchter Stirn schwarzen Kaffee und berichteten, wie viele Kollegen an diesem Tag wieder entlassen worden waren. Morgens standen sie immer früher auf. Lasen die Stellenanzeigen, bissen die Zähne zusammen.

In der Küche herrschte ein Schweigen wie von bekümmerten Domherren. Fast hätte man das Klackern der Rosenkranzperlen hören können. Ihre griesgrämigen Mienen trugen einen schmerzlichen Ausdruck.

Hortense wählte eine schwarze Kapsel für einen starken Kaffee und schaltete die Maschine ein, ohne dass auch nur ein Wort über die Lippen der drei Domherren gekommen wäre. Dann öffnete sie den Kühlschrank und nahm ihren Magerquark und eine Scheibe Schinken heraus. Sie brauchte Proteine. Sie nahm einen Teller, schüttete den Quark darauf und schnitt den Schinken in schmale Streifen. Sie sahen ihr mit ihren tristen Domherrenmienen dabei zu.

»Was ist denn los?«, fragte sie schließlich. »Verdirbt euch der Gedanke an den Tampon den Appetit? Das braucht er nicht. So ein Tampon ist biologisch abbaubar und umweltfreundlich …«

Sie hatte witzig sein und die Stimmung etwas auflockern wollen.

Doch die drei zuckten bloß mit den Schultern und sahen sie weiter vorwurfsvoll an.

»Ich wusste nicht, dass ihr so empfindlich seid, Jungs … Ich muss auch mit euren dreckigen Unterhosen im Flur leben, mit euren stinkenden Socken, den Kondomen, die quer über den Mülleimern liegen, den Tellern im Spülbecken, euren Biergläsern, die überall Ringe hinterlassen! Und ich sage auch nichts dazu. Oder doch … ich sage mir, dass es nun mal in der Natur von Männern liegt, einen Saustall zu hinterlassen, wo immer sie auftauchen. Ich hatte keinen Bruder, aber seit ich mit euch zusammenwohne, habe ich eine leise Vorstellung davon, was das bedeutet, und ich kann mir vorstellen, dass …«

»Toms Schwester ist tot. Sie hat sich heute Morgen umgebracht …«, fiel ihr Rupert mit einem vernichtenden Blick ins Wort.

»Oh!«, entgegnete Hortense mit vollem Mund. »Deshalb ist er so auf mich losgegangen … Und ich dachte schon, seine Bank hätte ihn gefeuert … Und warum hat sie sich umgebracht? Liebeskummer oder Versagensängste?«

Schockiert sahen sie sie an. Sam und Rupert standen gleichzeitig auf und verließen die Küche, um ihre Missbilligung auszudrücken.

»Hortense! Du bist ein Monster!«, brach es aus Peter hervor.

»Ach was, ich kannte Toms Schwester doch gar nicht! Soll ich mir jetzt etwa das Gesicht zerkratzen und in Tränen ausbrechen?«

»Es wäre schön gewesen, wenn du ein bisschen Mitgefühl gezeigt hättest …«

»Ich hasse dieses Wort! Es stinkt! Haben wir keinen Zucker mehr? Wenn ich mich in diesem Haus nicht um alles kümmere, geht …«

»Hortense!«, schimpfte Peter und schlug mit der Hand auf den Tisch.

Peter war dunkelhaarig, mager und sehnig. Er war fünfundzwanzig Jahre alt, hatte eine von Aknenarben übersäte Haut und eingefallene Wangen. Er trug eine kleine, runde Nickelbrille und studierte Maschinen- und Gerätebau. Hortense hatte nie so recht verstanden, was das eigentlich beinhaltete. Nachdem sie irgendwann beschlossen hatte, dass es sich nicht lohnte, näher auf das Thema einzugehen, nickte sie nur noch, wenn er von seinen Skizzen, seinen Projekten, seinen Experimenten und den Motoren erzählte, die sie testeten. Sie hatte ihn irgendwann im Eurostar kennengelernt, als sie drei große Taschen bei sich hatte. Er hatte angeboten, ihr zu helfen, und sie hatte ihm die beiden schwersten Taschen hingehalten.

Peter hatte sie es zu verdanken, dass sie in das Haus hatte einziehen können. Er hatte kämpfen müssen, ehe seine Freunde die Anwesenheit eines Mädchens akzeptierten. Hortense hatte die Vorstellung gefallen, mit Männern zusammenzuwohnen. Ihre früheren Erfahrungen mit weiblichen Mitbewohnern waren allesamt unerfreulich verlaufen. Männer waren, wenn man einmal von ihrer Schlampigkeit und ihrer nachlässigen Art absah, sehr viel umgänglicher. Sie nannten sie Prinzessin und kümmerten sich um kaputte Heizungen und verstopfte Waschbecken. Und außerdem waren sie alle ein bisschen verliebt in sie … Zumindest bis heute Abend … Denn jetzt sieht es so aus, als müsste ich mich anstrengen, um wieder in ihrem Ansehen zu steigen, dachte sie. Und ich brauche sie. Ich brauche dieses Zimmer, und ich brauche Peters Unterstützung, wenn ich Probleme habe. Außerdem ist seine Schwester Kostümbildnerin an einem Theater und könnte mir irgendwann von Nutzen sein. Beruhige dich, meine Liebe, beruhige dich und zeige etwas Interesse am Schicksal dieses armen Mädchens.

»Na gut! Einverstanden. Das ist traurig. Wie alt war sie denn?«

»Und tu nicht so, als würde es dich interessieren, das klingt so aufgesetzt, dass du noch monströser wirkst!«

»Was soll ich denn sonst sagen?«, fragte Hortense und breitete die Arme aus, um ihre Ratlosigkeit zu verdeutlichen. »Ich habe dir doch gesagt, ich kannte sie nicht, ich bin ihr nie begegnet … Ich habe nicht mal ein Foto von ihr gesehen! Du möchtest, dass ich so tue als ob, und wenn ich so tue als ob, ist es auch nicht recht!«

»Es wäre schön gewesen, wenn du eine Sekunde lang ein bisschen Menschlichkeit gezeigt hättest, aber das ist offensichtlich zu viel verlangt …«

»Vielleicht. Ich habe schon vor langer Zeit aufgehört, mich mit dem Elend der Welt zu befassen. Es gibt zu viel davon, das überfordert mich. Nein, im Ernst, Peter, warum hat sie sich umgebracht?«

»Sie hat ihr ganzes Geld an der Börse verloren … und das einer ganzen Reihe anderer Leute, das sie verwaltet hat …«

»Aha …«

»Sie ist vom Dach ihres Hauses gesprungen…«

»War es hoch?«

Und als er sie erneut mit einem vernichtenden Blick bedachte, setzte sie hinzu: »Ich meine… War sie sofort tot?«

Sie erkannte, dass sie sich nur immer tiefer verstrickte, und beschloss, lieber den Mund zu halten.

Das kommt davon, wenn man anderen etwas vormacht: Man wirkt nicht überzeugt, und das spüren die Leute.

»Ja. So gut wie. Nach ein paar Zuckungen. Danke der Nachfrage.«

Wenigstens hat sie nicht gelitten, sagte sich Hortense. Vielleicht hat sie es auf den letzten Metern bereut… Hätte am liebsten kehrtgemacht, gebremst… Es muss schrecklich sein, als Knochenbrei zu sterben. Man ist nicht mehr präsentabel. Der Leichenbestatter verschließt den Sargdeckel, damit einen niemand sehen kann. Sie dachte an ihren Vater und schnitt eine Grimasse.

»Hortense, du musst dich unbedingt ändern…«

Er ließ eine Minute verstreichen und fügte dann hinzu: »Ich habe darum gekämpft, dass du hier einziehen durftest…«

»Ich weiß, ich weiß… aber so bin ich nun mal. Es fällt mir schwer, mich zu verstellen.«

»Kannst du nicht einfach mal nett sein? Nur ein ganz kleines bisschen?«

Bei dem Wort »nett« verzog Hortense angewidert das Gesicht. Sie hasste dieses Wort. Es stank ebenfalls. Sie dachte einen Moment nach, während Peter sie eindringlich und streng musterte.

Wie funktioniert denn »nett sein«? Das habe ich noch nie probiert. Es riecht nach Betrug, nach Umkrempeln der Seele, nach Verlust aller Energie und endlosem Gebibber.

Sie aß ihren Quark und ihren Schinken, trank ihren Kaffee. Hob den Kopf. Sah Peter an, der auf eine Antwort wartete, und sagte leise: »Meinetwegen, dann werde ich ab jetzt eben nett sein, aber ich will nicht, dass jemand etwas davon merkt… Okay?«

Und dann kam der Tag, an dem Joséphine ihre Habilitationsschrift präsentierte.

Der Tag, an dem sie nach jahrelangen Forschungen, nach Vorträgen, Seminaren und endlosen Sitzungen in der Bibliothek, nach dem Verfassen von akademischen Arbeiten, von Aufsätzen und von Büchern vor eine Kommission treten und ihre Arbeit verteidigen würde.

Ihr Habilitationsbetreuer hatte entschieden, dass sie bereit sei. Der Termin war festgelegt worden. Am 7. Dezember sollte es so weit sein. Sämtliche Mitglieder der Kommission hatten schon im September ein Exemplar von Joséphines Dossier erhalten, damit sie genug Zeit hatten, es zu lesen, zu prüfen und zu kommentieren.

Sie würde dreißig Minuten haben, um sich vorzustellen, ihren Werdegang und ihre Forschungen darzustellen, jede einzelne Etappe, jeden Autor, den sie studiert hatte, und dann noch einmal dreißig Minuten, um auf die Fragen der Kommissionsmitglieder zu antworten.

Die Prüfung würde von vierzehn Uhr bis achtzehn Uhr dauern, gefolgt vom Urteil der Kommission und einem kleinen Umtrunk, den die Kandidatin den Anwesenden offerierte.

So entsprach es dem Protokoll.

Joséphine hatte trainiert wie für einen Sportwettkampf. Hatte eine dreihundert Seiten lange Einleitung geschrieben. Hatte jedem Prüfer ein Exemplar ihres Dossiers geschickt. Und hatte eines bei der Fakultät eingereicht.

Die Verteidigung war öffentlich. Es würden etwa sechzig Zuhörer im Saal sein. Hauptsächlich Kollegen. Sie hatte niemanden eingeladen. Sie wollte allein sein. Allein im Angesicht der Habilitationskommission.

Die ganze Nacht hindurch hatte sie sich schlaflos im Bett gewälzt. Dreimal war sie aufgestanden, um sich zu vergewissern, dass das Dossier auch auf dem Couchtisch im Wohnzimmer lag. Sie hatte sich vergewissert, dass auch nicht ein Blatt weggeflogen war. Wieder und wieder hatte sie die einzelnen Bestandteile gezählt. Das Inhaltsverzeichnis durchgelesen. Die Kapitel durchgeblättert.

Alle Forschungslinien entwickelten sich harmonisch. »Quantität und Qualität«, hatte ihr Betreuer empfohlen.

Sie hatte die Hände flach auf das gewaltige Paket gelegt. Siebentausend Seiten. Siebeneinhalb Kilo. »Der Status der französischen Frau im zwölften Jahrhundert auf dem Land und in den Städten«. Fünfzehn Jahre Arbeit, Forschungen, Veröffentlichungen in Frankreich, England, Deutschland, Italien und in den Vereinigten Staaten. Vorträge und veröffentlichte Artikel. Sie nahm aufs Geratewohl einen davon in die Hand und blätterte darin. »…die Arbeit der Frauen in den Webstuben … Frauen arbeiteten genauso viel wie Männer … Hautelisse-Weberei« oder »die ökonomische Wende der Jahre 1070-1130 in Frankreich … die ersten Zeichen des städtischen Aufschwungs … das Vordringen des Geldes in ländliche Regionen … die zunehmende Zahl von Märkten in Europa … die ersten Kathedralen …« oder der letzte Aufsatz, ihre Schlussfolgerung, in der sie eine Parallele zwischen dem zwölften und dem einundzwanzigsten Jahrhundert zog … Das Geld, das allmächtig wird, den Tauschhandel verdrängt und nach und nach die Beziehungen zwischen den Menschen, zwischen den Geschlechtern verändert, die Dörfer, die sich leeren, während die Städte wachsen, Frankreich, das sich fremden Einflüssen öffnet, der Handel, der sich entwickelt, die Frau, die ihren Platz einnimmt, die Troubadoure inspiriert, Liebesromane schreibt, zum Zentrum der Aufmerksamkeit des Mannes wird, während dieser eine zunehmend kultiviertere Lebensart annimmt … Der Einfluss der Wirtschaft auf den Status der Frau. Verfeinert die Wirtschaft die Sitten oder macht sie die Menschen brutaler?

Das war das von ihr verfasste Kapitel eines schmalen, bei Picard erschienenen Buchs, das von mehreren Autoren gemeinsam geschrieben worden war und sich zweitausendmal verkauft hatte. Ein Erfolg für ein Fachbuch.

Es dort zu wissen, dieses bescheidene, kluge Bändchen, hatte sie beruhigt. Mit einem Blick auf die Leuchtanzeige ihres Weckers war sie endlich eingeschlafen: Es war acht Minuten nach vier.

Sie hatte Frühstück gemacht.

Hatte Zoé geweckt.

»Denk heute Nachmittag zwischen zwei und sechs an mich, Liebes, dann stehe ich vor der Prüfungskommission.«

»Wegen deiner Habilitation?«

Joséphine hatte genickt.

»Bist du nervös?«

»Ein bisschen …«

»Warum sollte es dir besser gehen als anderen«, hatte Zoé geantwortet und ihr einen Kuss gegeben. »Mach dir keine Sorgen, Maman, es wird alles gut gehen, du bist doch die Beste …«

Sie hatte Marmeladenreste auf der linken Wange.

Joséphine hatte einen Finger ausgestreckt, um das Waldbeerenrot abzuwischen, und ihr einen Kuss gegeben.

Gegen Mittag war sie bereit.

Sie vergewisserte sich ein letztes Mal, dass ihr Dossier vollständig war, zählte wieder und wieder die Seiten, die Bücher, die Artikel und knabberte dabei an den losen Häutchen an ihren Fingernägeln.

Sie schaltete das Radio ein, um sich zu zwingen, an etwas anderes zu denken, ein Lied mitzusummen, über einen Scherz zu lachen, die Nachrichten zu hören. Gerade lief eine Sendung über Resilienz. Ein Psychiater erklärte, dass misshandelte Kinder, die innerlich zerbrochen waren, Kinder, die man verbrannt, geschlagen, vergewaltigt oder gefoltert hatte, später als Erwachsene dazu neigten, sich selbst als Objekt zu sehen. Als ein Objekt, das es nicht wert sei, geliebt zu werden. Und dass sie zu allem bereit waren, um geliebt zu werden. Ein Rad zu schlagen, Spagat zu machen, den Hals zu strecken, bis er so lang war wie der einer Giraffe, die Streifen eines Zebras überzuziehen …

Sie betrachtete ihr Dossier in der großen bunten Supermarkttüte, nippte an der großen rosa Tasse …

Dezember und sein beinahe weißes Licht. Ein Strahl toten Lichts fiel quer durch die Küche auf das Tischbein. Die Staubkörner im kalten Lichtstrahl wie im Strahl der Autoscheinwerfer …

Fast vier Monate …

Vier Monate, seit Iris Walzer tanzend im Wald gestorben war …

Anfangs zählte ich die Tage und Wochen, jetzt zähle ich die Monate.

»Diese Kinder«, ließ die Stimme im Radio nicht locker, »werden zu Erwachsenen, die so sehr nach Liebe verlangen, dass sie zu allem bereit sind, damit man ihnen ein paar Krumen davon zuwirft. Sie sind bereit, sich selbst zu vergessen, sich in den Wunsch des anderen zu verwandeln, sich in ihn einzuschleichen … Um ihm zu gefallen, um akzeptiert und endlich geliebt zu werden … Diese Kinder«, sprach sie weiter, »sind die ersten Opfer von Sekten, Verrückten, Folterern und Perversen, oder aber es geschieht genau das Gegenteil und sie werden zu aufrechten, starken Menschen, die auf wundersame Weise alles überleben. Beides ist möglich.«

Joséphine lauschte den Worten aus dem Radio. Sie dachte ununterbrochen an ihre Schwester. Versuchte zu verstehen.

»Zu allem bereit, um geliebt zu werden …«, wiederholte der Mann. »Nicht selbstsicher genug, um eine eigene Meinung, einen Zweifel zu äußern, die Worte eines anderen infrage zu stellen, ihr Territorium zu verteidigen … Wer sich selbst liebt, der respektiert sich und kann sich wehren. Der lässt sich nicht alles gefallen. Aber wenn wir uns selbst nicht lieben, lassen wir alle möglichen Leute auf uns herumtrampeln …«

Sie hörte die Worte … Sie würden sich in ihrem Kopf einnisten, bereit zu wachsen, anzuschwellen. Um ihr eine Fährte zu weisen.

Sie versuchte, sie zu vertreiben. Nicht jetzt, nicht jetzt! Später … Ich muss im zwölften Jahrhundert bleiben … Im zwölften Jahrhundert gab es keine Psychiater. Man verbrannte die Hexen, die in die Köpfe der anderen eindrangen. Man glaubte nur an Gott. Der Glaube war so stark, dass der heilige Eligius seinem Pferd ein Bein abschnitt, um es besser beschlagen zu können, und zu Gott betete, dass er es sogleich wieder ankleben möge. Das Pferd wäre beinahe verblutet, und der heilige Eligius war höchst erstaunt!

Sie fuhr fort, monoton und konzentriert. Als spulte sie eine Multiplikationstabelle ab: »In das zwölfte Jahrhundert fällt die Errichtung von Kathedralen, Hospitälern und Universitäten … Im zwölften Jahrhundert entwickeln sich die ersten Ansätze einer höheren Bildung. In den aufstrebenden Städten wollen die Bürger, dass ihre Söhne lesen und rechnen lernen, an den Fürstenhöfen braucht man immer mehr professionelle Schreiber, Buchhalter, Archivare … Der junge Mann aus gutem Hause – und manchmal auch das junge Mädchen – muss Grammatik, Rhetorik, Logik, Arithmetik, Geometrie, Astronomie und Musik lernen … Der Unterricht wird auf Latein abgehalten … die Lehrer haben Schüler, die ihnen ein Gehalt bezahlen. Je besser sie sind, desto höher ist ihr Gehalt, und die Lehrer liefern sich einen erbitterten Wettstreit, da sie nach Leistung bezahlt werden. Die brillantesten unter ihnen, wie etwa Abélard, scharen unzählige Schüler um sich und sind bei ihren neidischen Kollegen verhasst. Aus dem zwölften Jahrhundert stammt das Sprichwort: ›Gott schuf die Professoren und der Teufel die Kollegen.‹«

Sie war bereit, sich den Professoren und den Kollegen zu stellen.

Sie wählte einen Glockenrock, der ihre Waden bedeckte, klemmte ihr Haare unter einen schwarzen Haarreif, nur ja nicht attraktiv wirken, lieber so nüchtern wie ein Grammatiklehrbuch. »Gott schuf die Professoren und der Teufel die Kollegen …« Sie hatte *Die demütige Königin* nicht in ihr Dossier aufgenommen. Sie wusste, dass es bei ihren Kollegen nicht sonderlich gut angekommen war, dass sie aus der Reihe getanzt war und damit auch noch einen derart großen Erfolg erzielt hatte. Sie tuschelten hinter ihrem Rücken, sie spotteten, sie bezeichneten ihr Buch als »Groschenroman« … Manche nannten es niveaulose Populärwissenschaft. Daher hatte sie darauf verzichtet, ihr Buch zu erwähnen. Sich der Farbe der Wände anpassen. Unauffällig bleiben. Vor allem nicht glänzen …

Ein blauer Ordner schaute aus dem Paket heraus. Joséphine klopfte gegen seinen Rücken, um ihn wieder zurückzuschieben. Als er sich nicht bewegte, zog sie ihn vorsichtig heraus. Es war ihr Kapitel über die Farben und ihre Bedeutung im Mittelalter. Die Farben und ihre Darstellung in den Häusern, bei Hochzeiten, Beerdigungen, in den von der Hausherrin zusammengestellten Menüs. Ich schlage ihn aufs Geratewohl auf und lese eine Minute, dachte sie bei sich. Nein, nein, nicht nötig, ich kenne es auswendig. Sie öffnete es und stieß auf den Regenbogen. *Iris*, wie er im Mittelalter genannt wurde. Nach dem lateinischen *iris, iridis*, dies wiederum übernommen aus dem Griechischen: *Iris, Iridos*, die Botin der Götter und Verkörperung des Regenbogens.

Verstört klappte sie den Ordner wieder zu.

Vielleicht war Iris als Kind zerbrochen worden …

Der Gedanke kehrte zurück, regte sich hier, regte sich dort, führte sie an den Ursprung jenes Schmerzes, den sie allein erlitten zu haben glaubte, jener Schmerz, von dem sie dachte, er habe Iris verschont.

Vielleicht hatte Iris ebenfalls darunter gelitten.

Vielleicht hatte sie am Ende geglaubt, sie sei ein Objekt, mit dem jeder machen könne, was er wolle, vielleicht hatte ein unbändiges Glück darüber in ihr gelodert, sich diesem Mann zum Geschenk zu machen, der … sie misshandelte. Sie fesselte. Ihr Befehle erteilte.

Ihr Tagebuch berichtete von diesem eigenartigen Glück, dieser Lust. Schilderte die Tage und Nächte, in denen sie zu diesem zerbrochenen Spielzeug geworden war … zu dieser Puppe … mit verrenkten Gliedern …

Iris also auch? Iris genau wie ich …
Beide zerbrochen.
Sie verscheuchte diesen Gedanken aus ihrem Kopf.
Nein! Nein! Iris war nicht zerbrochen. Iris war selbstsicher. Iris war hinreißend, stark, schön. Sie, Joséphine, war die Kleine, die Unsichere, deren Ohren bei jedem Nichts und wieder Nichts rot anliefen, die immer Angst hatte, zu stören, immer Angst hatte, hässlich zu sein, den Ansprüchen nicht zu genügen …
Nicht Iris.

Sie schloss die Tür hinter sich.
Sie nahm einen Métro-Fahrschein aus dem kleinen orangefarbenen Plüschportemonnaie, das Zoé ihr zum Muttertag geschenkt hatte.
Sie stieg in die Métro.
Ihr sieben Kilo schweres Dossier unter dem Arm.
Doch die leise Stimme wollte nicht verstummen. Und wenn sie beide als Kinder zerbrochen worden waren? Von derselben Mutter. Henriette Grobz, verwitwete Plissonnier.
An der Station Étoile stieg sie um. Nahm die Linie sechs in Richtung Nation.
Schaute auf ihre Uhr und …
Sie war pünktlich.
Der Vorsitzende der Prüfungskommission war ihr Habilitationsbetreuer. Die anderen Mitglieder der Kommission … sie kannte sie alle. Bereits habilitierte Kollegen, die sie taxierten wie einen dünnen Zweig. Und dann auch noch eine Frau! Sie lächelten verschwörerisch. Diese Männer, die, wenn sie sich vorstellten, immer ihre Verdienste herausstreichen mussten wie eine Visitenkarte, die sie sich ans Revers geheftet hätten. Bei meiner Antrittsvorlesung am Collège de France … als ich neulich aus dem Ministerium kam … bei meiner Rückkehr aus der Villa Medici … als ich in der Rue d'Ulm war … bei meinen Seminaren in der Casa Velázquez … Sie mussten immer betonen, wie bedeutend sie waren.
Aber Giuseppe würde da sein.
Ein gebildeter, charmanter Italiener, der sie zu Kolloquien in Turin, Florenz, Mailand und Padua einlud. Er würde sie aufmunternd anschauen und die Atmosphäre auflockern. Josefina, *bellissima*! Du aste Angst, *ma … perché*, isch bin da, Josefina …

Nur Mut, mein Mädchen, Mut, dachte Joséphine, heute Abend ist alles vorbei. Heute Abend wirst du es wissen … Das war schon immer dein Leben, lernen, arbeiten, Prüfungen ablegen. Also mach nicht solch ein Aufhebens darum. Zieh die Schultern hoch und stell dich dieser Kommission mit einem Lächeln.

An den Wänden der Métro-Station warben Plakate für Weihnachtsgeschenke.

Goldene Sterne, Zauberstäbe, der Weihnachtsmann, ein weißer Bart, eine rote Mütze, Schnee, Spielzeug, Videokonsolen, CDs, DVDs, Feuerwerke, Weihnachtsbäume, Puppen mit großen blauen Augen …

Henriette hatte Iris in eine Puppe verwandelt. Verhätschelt, verherrlicht, frisiert, angezogen wie eine Puppe. Haben Sie meine Tochter gesehen? Ist sie nicht schön? So wunderschön! Und ihre Augen! Haben Sie ihre langen Wimpern gesehen? Haben Sie gesehen, wie herrlich sie geschwungen sind?

Sie stellte sie zur Schau, ließ sie sich im Kreis drehen, korrigierte eine Falte ihres Kleids, den Sitz einer Haarsträhne. Sie hatte sie wie eine Puppe behandelt, aber sie hatte sie nicht geliebt.

Schon, aber … Iris ist diejenige, die Henriette aus dem Atlantik gerettet hat. Nicht ich! Sie hatte sie gerettet, wie man bei Feueralarm nach seiner Handtasche greift. Wie eine Schmuckkassette, eine Trophäe. Der kleine Satz aus dem Radio schwoll an, verzweigte sich, und Joséphine hörte zu …

Sie hörte zu, während sie in der Métro saß.

Sie hörte zu, als sie das Universitätsgebäude betrat und den Raum suchte, wo ihre Prüfung stattfinden sollte.

Es war wie zwei verschiedene Melodien in ihrem Kopf: der unscheinbare Satz, der seine Argumentation fortsetzte, und das zwölfte Jahrhundert, das sich zu entfalten versuchte und dagegenhielt, damit sie fest auf beiden Füßen stünde, wenn die Zeit der Prüfung und der Fragen käme.

Mit ihrer »Biobibliografie« beginnen, ihre Anfänge schildern, ihre Arbeitsweise. Dann die Fragen der einzelnen Kollegen beantworten.

Nicht an das Publikum denken, das hinter ihr sitzt.

Nicht auf das Geräusch der Stühle achten, die über den Boden scharren, die Geräusche der Zuhörer, die auf ihren Plätzen herumrutschen, flüstern, seufzen, aufstehen und hinausgehen … Sich auf die Antworten konzentrieren, die sie den Kommissionsmitgliedern geben muss, die dreißig Minuten Zeit haben, um zu sagen, was sie von ihrer Arbeit halten, was sie daran interessant oder uninteressant fanden, einen Dialog beginnen, zuhören, antworten, sich notfalls verteidigen, ohne sich aufzuregen oder aus dem Konzept zu geraten …

Sie rief sich die einzelnen Etappen dieser vierstündigen Prüfung in Erinnerung, die sie zu einer Universitätsprofessorin machen würde.

Ihr Gehalt würde von dreitausend auf fünftausend Euro steigen.

Oder auch nicht.

Denn es bestand immer die Gefahr, dass sie durchfiel. Oh! Sie war winzig, beinahe inexistent, aber …

Wenn alles vorbei war, würde sich die Kommission zur Beratung zurückziehen. Nach anderthalb Stunden würde sie zurückkommen und ihr Urteil verkünden: »Die Kandidatin hat mit Auszeichnung bestanden …«

Und Beifall würde losbrechen.

Oder: »Die Kandidatin hat mit Sehr gut bestanden.«

Man würde vereinzeltes Klatschen hören, die Kandidatin würde das Gesicht verziehen.

Oder: »Die Kandidatin hat mit Gut bestanden.«

Und im Saal würde ein betretenes Schweigen herrschen.

Die Kandidatin würde den Kopf hängen lassen und schamvoll auf ihrem Stuhl nach hinten rutschen.

In vier Stunden würde sie es wissen.

In vier Stunden würde ein neues Leben beginnen, von dem sie noch nicht wusste, wie es aussehen würde.

Joséphine atmete tief ein und öffnete die Tür, hinter der die Kommission sie bereits erwartete.

Jeden Morgen, wenn das erste Tageslicht hinter den Vorhängen aufschien, richtete sich Henriette Grobz in ihrem Bett auf, schaltete ihr kleines Radio ein, hörte die Schlusskurse der asiatischen Börsen und jammerte. Was für ein Unglück! Was für ein Unglück!, wiederholte sie immer wieder, während sie sich in ihrem langen Nachthemd krümmte. Ihre Ersparnisse schmolzen dahin wie Schnee in der Sonne, und sie sah sich wieder als Kind in der Küche des alten Bauernhofs im Département Jura, wie sie ihre groben Schuhe aneinanderrieb, um die vor Kälte tauben Füße aufzuwecken, während ihre Mutter sich die schrundigen Hände an einer grauen Schürze abtrocknete. Armut ist nur in verlogenen Büchern schön. Armut bedeutet armselige Kleider und verkrümmte Gelenke. Beim Anblick der verformten Hände ihrer Mutter hatte sie sich geschworen, niemals arm zu sein. Sie hatte Lucien Plissonnier geheiratet und danach Marcel Grobz. Der Erste hatte ihr einen ehrbaren Wohlstand beschert, der Zweite Reichtum. Sie hatte sich endgültig in Sicherheit gewähnt, doch dann hatte Josiane Lambert ihr den Mann gestohlen. Und selbst wenn Marcel Grobz sich bei der Scheidung als durchaus großzügig erwiesen hatte, änderte dies nichts an der Tatsache, dass man ihr alles genommen hatte. Der reinste Striptease.

Und jetzt brachen auch noch die Börsenkurse ein!

Sie würde barfuß und im Nachthemd auf der Straße enden. Ohne Geldbeutel, aus dem sie schöpfen könnte. Iris lebte nicht mehr – sie bekreuzigte sich hastig –, und Joséphine …

Joséphine … die vergaß sie besser.

Sie würde mittellos altern. Womit habe ich diese Strafe bloß verdient?, fragte sie sich, während sie die Hände faltete und zu dem Kruzifix über ihrem Bett aufblickte. Ich war eine vorbildliche Ehefrau, eine gute Mutter. Und trotzdem werde ich bestraft. Der Buchsbaumzweig am Kreuz war gelb und verdorrt. Seit wann hängt er da schon?, fragte sie sich und reckte ihr Kinn dem Messias entgegen. Seit jener Zeit, als ich noch morgens und abends Goldstaub atmete. Sofort sackte ihr Kopf wieder herunter, und sie jammerte umso heftiger weiter.

Sie kaufte alle Wirtschaftszeitungen. Hörte die Radiosendungen des Wirtschaftssenders BFM. Studierte wieder und wieder die Berichte angesehener Experten. Ging nach unten in die Loge der Concierge und bestach deren einzigen Sohn, Kevin, einen fetten, undankbaren Zwölfjährigen, damit er für sie bei Google die neuesten Trends und Entwicklungen der Finanzinstitute recherchierte. Er berechnete ihr einen Euro für die Verbindung, dazu einen Euro je zehn Minuten und zu guter Letzt noch zwanzig Cent pro ausgedruckter Seite … Ohne zu murren, unterwarf sie sich dem Gesetz dieses schwabbeligen Jungen, der sie nicht aus den Augen ließ, während er auf seinem Drehstuhl kreiste und einen Gummi zwischen Daumen und Zeigefinger schnalzen ließ. Das Geräusch klang wie eine singende Säge, die er mit den Zähnen spielte.

Henriette zwang sich zu lächeln, um das Gesicht zu wahren, doch im Stillen schmiedete sie finstere Rachepläne.

Wer hätte sagen können, was furchtbarer anzuschauen war: das Treiben des fetten, gierigen Kindes oder der kalte Zorn der knochigen Henriette? Auch wenn in diesem Duell nicht ein einziges Wort fiel, verriet es doch auf beiden Seiten offene Feindseligkeit und subtile Grausamkeit.

Henriette tastete auf ihrem Bett nach dem neuesten Artikel, den Kevin ihr ausgedruckt hatte. Dem alarmierenden Bericht eines europäischen Instituts. Mehreren Experten zufolge würde der Immobilienmarkt zusammenbrechen, der Ölpreis explodieren, genau wie die Preise für Gas, Wasser, Strom und Agrarrohstoffe, und Millionen Franzosen würden im Laufe der nächsten vier Jahre ruiniert werden. »Und Sie könnten dazugehören!«, schloss der Brief. Es gab nur eine einzige Fluchtwährung, dachte Henriette, Gold! Sie brauchte Gold. Eine ganze Goldmine.

Sie stöhnte leise unter ihren Decken. Wie sollte sie das anstellen? Wie bloß? Lieber Gott, hilf mir! Sie hustete, wimmerte, verfluchte Marcel Grobz und seine Gespielin, spulte ihre ewige Leier ab, dass er sie im Stich gelassen habe, sie ohne einen Cent habe sitzenlassen, sodass sie gezwungen sei, selbst zu sehen, wie sie zurechtkam, ohne bei der Wahl ihrer Mittel allzu zimperlich zu sein. Und dass ja niemand von ihr erwarte, Mitgefühl für die Not der anderen aufzubringen!

Um die Panik zu bekämpfen, die sie in sich aufsteigen fühlte, musste sie dem Tag im Stehen begegnen. Sie zog den Fransenschal fester um ihre mageren Schultern und schob zwei bleiche Beine unter dem Laken hervor.

Sie warf einen Blick aus dem Fenster, um zu sehen, ob der blinde Bettler, den sie regelmäßig bestahl, auf seinen Platz vor ihrem Haus zurückgekehrt war. Als sie ihn nirgends entdeckte, kam sie zu dem Schluss, dass er sich, angewidert von den kümmerlichen Einnahmen, die sich in seinem Hut sammelten, endgültig einen neuen Standort gesucht haben musste. Vielleicht hätte ich nicht so gierig sein und ihm etwas mehr lassen sollen, sagte sie sich, während sie ihre langen, knochigen Füße in die verblichenen Pantoffel schob.

Sie schlurfte in die Küche, schaltete das Gas ein und stellte Milch auf den Herd, um damit ihren löslichen Kaffee zuzubereiten, schnitt ein halbes Baguette auf und bestrich die Hälften mit Margarine und Marmelade aus einem der Döschen, die sie von den Wagen auf Hotelfluren stahl. Das war ihre neue Strategie: Sie schlich sich heimlich in Luxushotels, zu der Zeit, in der die Zimmer gereinigt wurden – wenn die Zimmermädchen die Türen weit offen stehen ließen, um ungehindert kommen und gehen zu können –, ging hinauf in die oberen Stockwerke, strich wie ein Schatten an den Wänden entlang und füllte ihre große Tasche mit den verschiedensten Dingen, von parfümierter Seife bis hin zu kleinen Honig- und Marmeladedöschen. Manchmal stibitzte sie auch übrig gebliebene Gänseleberpastete, halb aufgegessene Lammkoteletts, goldbraun gebackene Brötchen und Flaschen mit einem Rest Wein oder Champagner darin von den Tabletts, die vor den Zimmertüren auf dem Boden standen. Sie liebte diese verstohlenen Beutezüge, die ihr die Illusion vermittelten, ein gefährliches Leben zu führen, indem sie ein bisschen Luxus zusammenklaubte.

Mit glasigen Augen betrachtete sie den Milchtopf, und über ihr eingefallenes Gesicht legte sich ein nachdenklicher Schleier, der ihre Züge sanfter erscheinen ließ. Diese Frau musste früher einmal schön gewesen sein. Immer noch umgab sie ein Rest von Eleganz und Weiblichkeit, und es war eine berechtigte Frage, welches Übel sie innerlich zerfressen hatte, dass sie so hart und bitter geworden war. War es Geiz, Hochmut, Gier oder die schlichte Eitelkeit einer Frau gewesen, die sich auf dem Gipfel angekommen wähnt und darauf verzichtet, ihre Persönlichkeit mit bunten Bändern und Seelenregungen zu schmücken? Wozu sein Herz und Gesicht schminken, wenn man sich unangreifbar und allmächtig glaubt? Im Gegenteil! Man befiehlt, man verzieht missmutig das Gesicht, man wettert, man entscheidet, man demütigt, man verscheucht den aufdringlichen Zeitgenossen mit einem Wink. Man fürchtet niemanden, denn die Zukunft ist gesichert.

Bis zu dem Tag, an dem …

Die Karten neu gemischt werden und die kleine, gedemütigte Sekretärin die vier Asse ihrer Chefin in die Hand bekommt.

Nachdem Henriette an diesem Morgen ihr halbes Baguette gegessen hatte, beschloss sie, in eine Kirche zu gehen, um sich dort in der Stille zu besinnen und Bilanz zu ziehen. Die Welt mochte auf ihren Untergang zusteuern, sei's drum, sie hatte nicht vor, ihr zu folgen. Sie musste darüber nachdenken, wie sie sich am besten vor dem allgemeinen Konkurs schützen konnte.

Sie machte eine Katzenwäsche, kleisterte weißen Puder auf ihre langen, hageren Züge, bedeckte ihre schmalen Lippen mit einer dicken Schicht rotem Lippenstift, setzte einen großen Hut auf ihren mageren Haarknoten, steckte eine Nadel hindurch, damit er hielt, verzog das Gesicht, als sie sich im Spiegel betrachtete, sagte mehrmals, alt zu werden ist keine gute Sache, meine Liebe!, suchte ihre Ziegenlederhandschuhe, fand sie, verließ die Wohnung und schloss die Tür hinter sich ab.

Sie musste nachdenken. Sich etwas einfallen lassen. Listen ersinnen. Abwägen.

Und dazu gab es nichts Besseres als die Stille in der nahen Kirche Saint-Étienne. Sie mochte die andächtige Stimmung in Kirchen. Die nach kaltem Weihrauch duftende Luft der Marienkapelle auf der rechten Seite gleich hinter dem Eingang wirkte wie ein beruhigender Balsam auf ihr Gewissen und half ihr dabei, Böses zu tun und gleichzeitig Gott um Vergebung zu bitten. Sie kniete auf den kalten Steinplatten nieder, senkte den Kopf und murmelte ein Gebet. Danke, Jesus, für dein Erbarmen, danke, dass du verstehst, dass ich leben und überleben muss, segne meine Vorhaben und Pläne und vergib mir das Böse, das ich tun werde, denn es dient einer guten Sache. Meiner Sache.

Sie stand wieder auf und ließ sich auf der geflochtenen Sitzfläche eines Stuhls in der ersten Reihe nieder.

Inmitten der zitternden Flammen der Wachskerzen und in der nur selten von Schritten durchbrochenen Stille richtete sie den Blick auf den blauen Umhang der Jungfrau Maria und plante ihre nächste Racheaktion.

Sie hatte die Scheidungspapiere unterschrieben. Sei's drum. Marcel Grobz zeigte sich großmütig. Das war eine Tatsache. Sie behielt ihren Namen, die Wohnung und einen großzügigen monatlichen Unterhalt. Das gab sie zu … Aber was jeder andere mit den freundlichen Begriffen »Wohlwollen« und »Großzügigkeit« bedacht hätte, bezeichnete Henriette Grobz als Almosen, Elend, Schmach. Jedes Wort klang wie ein Affront. Sie murmelte leise vor sich hin, als würde sie beten. Auf dem unbequemen Stuhl, der unter ihrem Gewicht ächzte, sann sie unter grimmigen Halbsätzen – ich wohne in einer Dachkammer … er lässt es sich in seinem Palast gut gehen – über ihre Verbitterung nach und drückte dabei die Perlen ihres Rosenkranzes so fest, als wollte sie sie zerquetschen. Wenn sie an die sagenhaften Gewinne von Casamia dachte, jener Firma, die Marcel Grobz aus eigener Kraft aufgebaut hatte, vergrub sie das Gesicht in beiden Händen, um ihren Zorn zu unterdrücken. Die Beträge tanzten vor ihren Augen, und sie schäumte vor Wut darüber, dass sie keinen Anteil mehr daran hatte. Dabei habe ich so viel in diese Firma gesteckt! Ohne mich wäre er ein Nichts, ein Nichts! Ich habe ein Recht auf dieses Geld, es steht mir zu!

Sie hatte geglaubt, ihr Ziel mithilfe der schwarzen Magie von Chérubine zu erreichen. Und sie war auch tatsächlich kurz davor gewesen, doch sie musste zugeben, dass sie gescheitert war. Also galt es, sich eine neue Taktik auszudenken. Sie hatte keine Zeit mehr zu verlieren. Es gab eine Lösung, das wusste sie. Durch sein häusliches Glück abgelenkt, würde Marcel Grobz schon bald Fehler machen.

Meine Wut unterdrücken, eine Strategie ausarbeiten, mich unschuldig geben wie eine Erstkommunikantin, meinen Plan in die Tat umsetzen, zählte sie auf, während sie das Gemälde vor ihr betrachtete, auf dem der Verrat des Judas am Ölberg und die Gefangennahme Jesu dargestellt waren.

Jedes Mal, wenn sie in der Kapelle der Heiligen Jungfrau Platz nahm, hob Henriette Grobz früher oder später den Kopf und betrachtete das riesige Fresko, das die erste Szene der Passion Christi schilderte, jenen Moment, in dem Judas auf den Herrn zutritt, um seine Wange zu küssen. Hinter ihm: römische Soldaten, die gekommen sind, um Jesus gefangen zu nehmen. Jedes Mal, wenn Henriette diesen ersten Akt des Gründungsdramas des Christentums betrachtete, ergriff sie eine seltsame Mischung aus Mitleid, Schrecken und genießerischer Freude. Die schwarze Seele des Judas drang in ihre eigene ein und präsentierte ihr die Sünde wie eine reife, verlockende, leuchtend rote Frucht. Sie musterte das blonde, gütige, alles in allem recht nichtssagende Gesicht Jesu, dann wanderte ihr Blick zu Judas, seiner schmalen, langen Nase, seinem dunklen Blick, seinem üppigen Bart, seinem roten Gewand. Stolz und eindrucksvoll stand er da, und sie verdächtigte den Maler, die gleiche sündige Schwäche für diesen raffinierten, unheilvollen, verbrecherischen Mann gehegt zu haben wie sie selbst.

Tugend kann ja so langweilig sein …

Sie dachte an ihre Tochter Joséphine, die sie immer schon mit ihrem braven Nonnengetue auf die Palme gebracht hatte, und bedauerte erneut den Tod von Iris, ihrer wahren Tochter, ihrem Fleisch und Blut … Sie war eine echte Goldmine gewesen.

Sie küsste den Rosenkranz und betete für ihr Seelenheil.

Ich muss mir etwas einfallen lassen, flüsterte sie, während ihr Blick zärtlich über Judas' lange, schmale Füße strich, die unter dem roten Gewand hervorschauten. Hilf mir, dunkler Judas, hilf mir dabei, mir auch eine Börse voll Silberlinge zu holen. Du weißt, dass das Böse mehr Fantasie und Klugheit erfordert als die Tugend, die so dumm ist, dass es einem die Tränen in die Augen treibt, gib mir eine Idee, und ich werde für die Erlösung deiner Seele beten.

Sie hörte die Schritte des Pfarrers, der auf die Sakristei zuging, und bekreuzigte sich hastig, weil ihr bewusst war, dass sie einen bösen Gedanken gehegt hatte. Vielleicht hätte ich beichten sollen, dachte sie und biss sich auf die Lippen. Gott vergibt alle Sünden, und sicher versteht er meinen Zorn. Schließlich war er selbst auch kein Engel! Er hat seiner Mutter widersprochen und die Kaufleute im Tempel misshandelt. Ich bin von heiligem Zorn durchdrungen, das ist alles, Marcel hat mich bestohlen, mir alles genommen, und ich fordere Rache. Ich will mein Recht zurück. Lieber Gott, ich verspreche dir, dass ich mir nur wiederholen werde, was mir zusteht. Meine Rache wird nicht die Summe dessen übersteigen, was Marcel mir schuldig ist. Das ist doch nicht zu viel verlangt.

Die Besuche in dieser kleinen Kapelle beruhigten sie. Sie spürte, wie sie in der kalten Dunkelheit neue Zuversicht gewann. Bald würde ihr etwas einfallen. Von einem Tag auf den anderen könnte ein Plan ihre Situation verändern und aus ihr eine interessante Frau machen.

Als der Pfarrer vorbeikam, senkte sie den Kopf, setzte die kummervolle Miene einer Frau auf, die viel Leid zu ertragen hatte, und richtete den bewundernden Blick wieder auf Judas Ischariot. Seltsam, dachte sie, er erinnert mich an jemanden. Sollte das eine Ahnung sein? Eine subtile Botschaft, damit sich ein Name in meinem Kopf regt und mir einen Komplizen weist? Wo hatte sie dieses lange, schmale, dunkle Gesicht, diese gierige Raubvogelnase, dieses stolze Auftreten eines finsteren Hidalgo schon einmal gesehen? Sie legte den Kopf auf die Seite, um ihn genauer zu betrachten, nach links, nach rechts, aber ja doch, ich kenne diesen Mann, ich kenne ihn …

Sie ließ nicht locker, kehrte immer wieder zu diesem düsteren, langen Gesicht zurück, erregte sich, schnalzte mit der Zunge, hätte um ein Haar laut geflucht, das ist es, das ist es, ich soll nicht allein handeln, ich brauche einen Mann, der mir als Werkzeug dient, einen Judas, und ich muss ihn in Marcels Umfeld finden …

Einen Mann, der mir Zugang zu den Konten verschafft, zu den Computern, den Kundenbestellungen, der Korrespondenz mit den Fabriken und Lagern …

Einen Mann, dessen Dienste ich mir erkaufen werde …

Einen Mann, der mir ergeben ist.

Sie schlug ihre Handschuhe gegeneinander.

Ein warmer Strom weitete ihre magere Brust, und sie seufzte zufrieden.

Sie stand auf. Kniete flüchtig vor der Heiligen Jungfrau im blauen Umhang nieder. Bekreuzigte sich. Dankte dem Himmel für seine Unterstützung. Retter der Witwen und Waisen, mein Gott, mein Gott, du hast mir harte Prüfungen auferlegt, aber du wirst mich retten, nicht wahr?

Sie schob drei Zehncentstücke in den Opferstock der kleinen Kapelle. Das leise Geräusch rollender Münzen erklang. Eine zusammengesunken auf ihrem Stuhl sitzende Frömmlerin beobachtete sie. Henriette Grobz schenkte ihr das salbungsvolle Lächeln eines Gemeindemitglieds und rückte beim Hinausgehen den großen, flachen Hut auf ihrem Kopf zurecht.

Es gibt Menschen, mit denen man einen Großteil seines Lebens verbringt, ohne dass sie einem auch nur das Geringste geben. Menschen, die einen nicht erleuchten, einen nicht gedeihen lassen, einem keinen neuen Schwung schenken. Man kann von Glück reden, wenn sie einen nicht langsam zugrunde richten, indem sie sich einem an die Rockschöße hängen und einem das Blut aussaugen.

Und dann …

Dann gibt es solche, denen man nur flüchtig begegnet, die man kaum kennt, die ein Wort, einen Satz zu Ihnen sagen, Ihnen eine Minute, eine halbe Stunde schenken und dadurch den Lauf Ihres Leben verändern. Sie erwarteten nichts von ihnen, Sie kannten sie kaum, Sie sind unbeschwert zu dieser Verabredung gegangen, doch beim Abschied von diesen erstaunlichen Menschen stellen Sie fest, dass sie eine Tür in Ihnen aufgestoßen haben, einen Fallschirm geöffnet haben, jenen wundervollen inneren Antrieb in Ihnen geweckt haben, den ein neues Ziel mit sich bringt, einen Antrieb, der Sie weit über sich hinaustragen und Sie überraschen wird. Sie werden nie wieder eine schlichte Nudel in der Suppe sein, Sie werden über den Bürgersteig tanzen, Ihre Schritte werden Funken schlagen und Ihre Arme den Himmel berühren …

Eine solche Begegnung hatte auch Joséphine an diesem Tag.

Sie war mit ihrem Verleger, Gaston Serrurier, verabredet.

Sie kannte ihn kaum. Normalerweise telefonierten sie miteinander. Er schaltete den Lautsprecher ein, um mehrere Dinge gleichzeitig tun zu können; sie hörte, wie er Umschläge öffnete und Schubladen aufzog, während er mit ihr redete. Er nannte ihr ihre Verkaufszahlen, sprach von der Taschenbuchausgabe, dem Film, der immer noch nicht gedreht wurde. Die Amerikaner, schimpfte er, diese Amerikaner! Sie versprechen viel und liefern nichts. Man kann sich einfach nicht auf sie verlassen … Ich hingegen, ich bin immer für Sie da, Joséphine, und sie hörte seine Stimme nur noch undeutlich, er musste sich gebückt haben, um einen Stift oder eine Büroklammer aufzuheben, einen Vertrag oder einen Terminkalender.

Gaston Serrurier.

Ein Bekannter von Iris. Ihm gegenüber hatte Iris eines Tages bei einem jener Pariser Abendessen, bei denen sich jeder aufplustert und über andere spottet, behauptet, ich schreibe ein Buch … und Gaston Serrurier, im Gespräch lauernd, Gaston Serrurier, der mit einer ebenso schroffen wie geschmeidigen Distanziertheit dieses kleine Pariser Universum beobachtete, das im Kerzenschein dahinkümmert und dabei glaubt, das Leuchtfeuer der ganzen Welt zu sein, dieser Gaston Serrurier hatte den von Iris in den Ring geworfenen Handschuh aufgenommen und es sehen wollen …

Das Manuskript.

Sehen, ob das nicht bloß leeres Salongerede gewesen war, die Provokation einer leichtfertigen kleinen Marquise, die sich langweilt, während ihr reicher Mann die Haushaltskasse füllt.

Und so war *Die demütige Königin* entstanden. Das Manuskript, das Iris Gaston Serrurier überreicht hatte. Gelesen, angenommen, veröffentlicht und in mehreren hunderttausend Exemplaren verkauft. Ein erster Versuch, der sich gleich als Meisterstück erwiesen hatte.

Von einem Tag auf den anderen war Iris Dupin zur Königin der Salons, zur Königin der Fernsehsender, zur Königin der Zeitschriften geworden. Man feierte sie als neuen Stern am Literaturhimmel. Man befragte sie zu ihrer Frisur, zu den Marmeladen, die sie nicht kochte, zu ihren Lieblingsautoren, ihrer Tagescreme, ihrer Nachtcreme, ihrer ersten Liebe, und wo bleibt Gott bei alledem? Sie wurde zum Salon du Chocolat eingeladen, zur Automobilmesse, zu den Modeschauen von Christian Lacroix, zu exklusiven Kinopremieren.

Dann war es zum Skandal gekommen, die Usurpatorin war entlarvt, die schüchterne Schwester als wahre Autorin rehabilitiert worden.

Gaston Serrurier hatte die ganze Affäre mit dem kühlen Blick eines Kenners der Pariser Sitten verfolgt. Belustigt. Mäßig überrascht.

Als er von Iris Dupins brutaler Ermordung im Wald von Compiègne erfahren hatte, hatte er nicht mit der Wimper gezuckt. Wie weit manche Frauen um des Nervenkitzels willen doch gingen. Sie forderten das Schicksal heraus, wie man im Casino die Jetons auf das grüne Tuch wirft. Gähnend fantasierten sie sich eine Beziehung mit dem erstbesten Schönling zurecht, der ihr Blut in Wallung brachte.

Nein, was seine Neugier erregte, war die sanftmütige kleine Schwester …

Woraus speiste sich dieses Füllhorn an Fantasie? Nicht allein aus historischen Quellen. Das brauchte man ihm nicht zu erzählen. Es gab Liebesszenen in der *Demütigen Königin*, die den Tod der schönen Iris Dupin präzise vorwegnahmen. Wahre Schriftsteller haben tragische Vorahnungen. Wahre Schriftsteller sind dem Leben voraus. Und diese kleine, bescheidene Frau, diese Joséphine Cortès, war, ohne es zu wissen, eine wahre Schriftstellerin. Sie hatte das Schicksal ihrer Schwester vorausgeahnt. Und dieser Widerspruch zwischen der Frau und der Schriftstellerin war es, der im kalten, blasierten Blick von Gaston Serrurier einen Funken Interesse aufleuchten ließ.

Er hatte sich mit ihr in einem Fischrestaurant am Boulevard Raspail verabredet. Mögen Sie Fisch? Das trifft sich gut, denn da, wohin ich Sie ausführe, gibt es nur Fisch … Also gut, dann sagen wir Montag um Viertel nach eins.

Joséphine war um exakt dreizehn Uhr fünfzehn da. Sie war die Erste, teilte der Kellner ihr mit, ehe er sie zu einem großen Tisch mit weißer Tischdecke führte. Ein kleiner Anemonenstrauß verströmte einen Hauch von Bescheidenheit auf der elegant gedeckten Tafel.

Sie zog ihren Mantel aus. Nahm Platz und wartete.

Sie ließ den Blick schweifen und versuchte sich darin, die Stammgäste des Restaurants zu erkennen. Die Stammgäste nannten die Kellner beim Vornamen und erkundigten sich nach den Tagesempfehlungen, bevor sie sich setzten, die neuen Gäste gingen steif und gehemmt, ließen sich wortlos von den Kellnern zu ihrem Tisch bringen, und beim Auffalten fiel ihnen die Serviette auf den Boden. Die Stammgäste ließen sich mit ausgebreiteten Armen auf die Bank fallen, während die Neuen stumm und verkrampft dasaßen, eingeschüchtert von der Vielzahl an Geschirr und dem schwungvollen Auftreten des Personals.

Sie schaute mehrmals auf die Uhr und ertappte sich bei einem Seufzen. Du bist doch selbst schuld, sagte sie sich, in Paris kommen die Leute nie pünktlich, es gehört zum guten Ton, sich zu verspäten. Immer. Du benimmst dich wie eine dumme Gans.

Um Viertel vor zwei traf er endlich ein. Stürmte wie ein Wirbelwind ins Restaurant, das Handy noch am Ohr. Fragte sie, ob sie schon lange warte. Antwortete seinem Gesprächspartner, dass das nicht infrage komme. Sie stammelte, nein, nein, sie sei gerade erst gekommen, und er sagte, das sei ihm auch lieber so. Er hasse es, andere warten zu lassen, aber er sei von einem dieser lästigen Menschen aufgehalten worden, die man einfach nicht mehr loswerde. Er wedelte mit dem Arm, als wollte er den Störenfried abschütteln, und sie zwang sich zu einem Lächeln. Vielleicht bin ich eines Tages an der Stelle dieses Störenfrieds, dachte sie unwillkürlich, während ihr Blick der Bewegung seines Arms folgte.

Er schaltete sein Handy aus, warf einen raschen Blick in die Karte, die er auswendig kannte, und bestellte. Wie immer, fügte er hinzu. Joséphine hatte genügend Zeit gehabt, die Karte zu studieren, und bestellte mit leiser Stimme die Gerichte, für die sie sich entschieden hatte. Er gratulierte ihr zu ihrer Wahl, und sie wurde rot.

Dann faltete er seine Serviette auf, nahm sein Messer, ein Stück Baguette, ein wenig Butter und fragte: »Was machen Sie denn im Moment?«

»Ich habe mich gerade habilitiert … mit Auszeichnung …«

»Fantastisch! Und was genau …?«

»Die Habilitation ist der höchste akademische Grad, den man in Frankreich erlangen kann …«

»Ich bin beeindruckt«, sagte er und gab dem Kellner ein Zeichen, die Weinkarte zu bringen. »Sie trinken doch auch ein Glas Wein?«

Sie wagte nicht, abzulehnen.

Er diskutierte mit dem Kellner, empörte sich, weil es seinen gewohnten Wein nicht gab, bestellte einen 2005er Puligny-Montrachet, ein außergewöhnlicher Jahrgang, wie er mit einem Blick über seine Brillengläser hinweg betonte, klappte die Karte geräuschvoll wieder zu, seufzte, nahm die Halbbrille ab, streckte eine Hand nach der Butterschale aus und bestrich ein zweites Stück Brot. Dabei fragte er: »Und was haben Sie jetzt vor?«

»Es ist kompliziert … Ich …«

Sein Handy klingelte.

»Ich dachte doch, ich hätte es ausgeschaltet!«, rief er verärgert. »Erlauben Sie?«

Sie nickte. Seine Miene wurde sorgenvoll, er sagte ein paar Worte, beendete dann das Gespräch und vergewisserte sich, dass das Handy diesmal auch wirklich ausgeschaltet war.

»Sie sagten gerade …«

»… dass ich mich mit Auszeichnung habilitiert habe, und deshalb dachte ich, ich würde einen Lehrstuhl an der Universität bekommen … Oder eine Forschungsstelle am CNRS … Das würde ich sehr gern machen … Dafür habe ich mein Leben lang gearbeitet …«

»Aber es hat nicht geklappt?«

»Nun ja … nachdem die Kommission ihr Urteil verkündet hat, muss man noch einen schriftlichen Bericht abwarten, in dem die Prüfer alle Bemerkungen festhalten, die sie einem lieber nicht ins Gesicht sagen wollten …«

»Ideal für Heuchler also!«

Joséphine zog den Kopf ein.

»Und von diesem Bericht hängt Ihre Berufung an die Universität ab …«

Sie trocknete ihre feuchten Hände an der Serviette ab und spürte, wie ihre Ohren rot wurden.

»Und da habe ich erfahren … oh, nicht von ihnen selbst, nein … von einem Kollegen habe ich erfahren, dass ich nicht träumen solle, dass ich nicht befördert werden würde, weil ich ja weder einen prestigeträchtigen Posten noch eine Gehaltserhöhung brauche, und dass ich mein Leben lang eine einfache Forschungsbeauftragte bleiben würde …«

»Und warum?«, fragte Gaston Serrurier mit verwundert hochgezogener Augenbraue.

»Weil … sie haben es mir nicht so unverblümt gesagt, aber es lief aufs Gleiche hinaus … Weil ich mit meinem Roman viel Geld verdient habe … und sie haben beschlossen, dass es andere gibt, die einen Lehrstuhl eher verdient haben als ich … also stehe ich jetzt quasi wieder ganz am Anfang.«

»Und Sie sind unglaublich wütend, nehme ich an …«

»Vor allem bin ich verletzt … Ich dachte, ich wäre Teil einer großen Familie, ich dachte, ich hätte mich bewährt, und jetzt werde ich zurückgewiesen, weil ich zu großen Erfolg mit einem Thema hatte, das doch eigentlich …«

Sie seufzte, um die störenden Tränen zurückzudrängen.

»… eigentlich hätten sie doch froh sein sollen, dass sich das Publikum für Florines Geschichte begeistert … aber es war genau das Gegenteil.«

»Das ist perfekt! Einfach perfekt!«, rief Gaston Serrurier. »Richten Sie ihnen doch bitte meinen Dank aus!«

Joséphine sah ihn verblüfft an und legte diskret die Hände auf ihre Ohren, um ihr Brennen zu kühlen.

»Es ist das erste Mal, dass ich darüber rede, wissen Sie. Ich wollte nicht einmal daran denken. Ich habe es niemandem gesagt. Es hat so wehgetan, das zu hören … Die jahrelange Arbeit und dann … einfach beiseitegeschoben zu werden!«

Ihre Stimme hatte zu zittern begonnen, und sie biss sich auf die Oberlippe.

»Das ist perfekt, denn so können Sie für mich arbeiten! Und zwar nur für mich …«

»Ach«, entgegnete Joséphine überrascht, und sie fragte sich, ob er womöglich eine Abteilung für mittelalterliche Geschichte in seinem Verlag aufbauen wollte.

»Sie haben Gold in den Fingern …«

Sein Blick war nun fest, eindringlich. Der Kellner hatte einen Salat aus frittierten Tintenfischen und ein Carpaccio von Wolfsbarsch und

Lachs auf den Tisch gestellt. Serrurier betrachtete den Teller eine ganze Weile mit gereizter Miene und griff dann nach seinem Besteck.

»Reines Gold, wenn es darum geht, zu schreiben, Geschichten zu erfinden … Wenn es darum geht, etwas zu finden, was die Menschen interessieren wird, indem Sie sie selbst interessant machen, indem Sie ihnen unzählige Dinge beibringen, nicht nur Historisches. Sie haben Talent, das Problem ist bloß, dass Sie es nicht wissen, Sie haben nicht die leiseste Vorstellung davon, wie kostbar Sie sind.«

Sein auf sie gerichteter Blick hatte sie isoliert, ins Scheinwerferlicht gerückt, in einen Lichtkegel getaucht. Er war nicht länger der gehetzte Mann, der, die Kellner zur Seite schubsend, ins Restaurant gestürmt war, der Mann, der sich bei der Weinbestellung aufregte, der Mann, der vor sich hin schimpfend seine Serviette auffaltete, der Mann, der sich kaum dafür entschuldigt hatte, dass er sie hatte warten lassen …

Er betrachtete sie wie jemanden von großem Wert.

Und Joséphine vergaß alles.

Sie vergaß den Affront ihrer Kollegen, vergaß den Schmerz, der sie nicht mehr losließ, seit sie erfahren hatte, dass sie aufs Abstellgleis geschoben worden war, den Schmerz, der ihr alle Lust, alle Pläne raubte. Sie konnte kein Geschichtsbuch mehr aufschlagen, keine Zeile mehr über das zwölfte Jahrhundert schreiben, konnte sich nicht mehr vorstellen, stundenlang in der Bibliothek zu sitzen. Ihr ganzes Wesen verwahrte sich dagegen, die kleine, bescheidene, fleißige Forscherin zu bleiben, der andere ihren Platz zuwiesen. Und da gab ihr dieser Mann ihren Adelsbrief zurück. Dieser Mann sagte ihr, dass sie Talent habe. Sie richtete sich auf. Glücklich, ihm gegenüberzusitzen, glücklich, eine halbe Stunde gewartet zu haben, glücklich, dass er sie ansah und schätzte.

»Sie sagen ja gar nichts«, sagte er und verengte den Lichtkegel um sie.

»Es ist nur so, dass ich …«

»Sie sind es nicht gewöhnt, dass man Ihnen Komplimente macht, stimmt's?«

»Wissen Sie, in meinem akademischen Umfeld ist die Tatsache, dass ich dieses … hmm … Buch geschrieben habe, nicht sonderlich gut angekommen … Deshalb dachte ich …«

»Dass Ihr Buch schlecht sei?«

»Nein. Nicht wirklich … Ich dachte, es sei nur nicht besonders gut, ich hielt das alles für ein Missverständnis.«

»Ein Missverständnis, das über fünfhunderttausendmal verkauft wurde! Solche Missverständnisse hätte ich gern jedes Jahr … Der Tintenfischsalat war heute aber nichts Besonderes!«, sagte er zum Kellner, der die Teller austauschte. »Machen Sie sich jetzt schon über Ihre Gäste lustig? Das wird ja immer besser! An Ihrer Stelle würde ich mir Sorgen machen!«

Der Kellner ging mit hängenden Schultern davon.

Über Serruriers Gesicht huschte ein zufriedenes Lächeln, dann wandte er sich wieder Joséphine zu.

»Und Ihre Familie?«

»Ach, meine Familie …«

»Ist sie nicht stolz auf Sie?«

Sie lachte verlegen.

»Nicht besonders …«

Er rückte auf seinem Stuhl zurück und musterte sie aufmerksam.

»Wie schaffen Sie das dann?«

»Wie schaffe ich was?«

»Zu leben, einfach zu leben. Ich meine … wenn niemand Ihnen sagt, dass Sie wundervoll sind, woher nehmen Sie dann die Energie …?«

»Na ja … ich bin daran gewöhnt … Das war schon immer so …«

»Sie zählen einfach nicht.«

Verwundert schaute sie zu ihm auf, und ihre Miene fragte: Woher wissen Sie das?

»Und jetzt, nachdem Ihre Schwester tot ist, noch umso weniger … Sie sagen sich, dass Sie kein Recht hätten zu leben, kein Recht zu schreiben, kein Recht zu atmen … Dass Sie nichts wert seien und, wer weiß, vielleicht hat sie ja das Buch sogar wirklich selbst geschrieben!«

»O nein, das nicht! Ich weiß ganz genau, dass ich das war.«

Er betrachtete sie lächelnd.

»Hören Sie zu … Wissen Sie, was Sie jetzt tun werden?«

Joséphine schüttelte den Kopf.

»Sie werden schreiben … Ein neues Buch. Erstens weil Sie bald kein Geld mehr haben werden. Das Honorar für ein Buch reicht nicht ewig … Ich habe mir Ihre Konten nicht angesehen, bevor ich hergekommen bin, aber mir scheint, dass nicht mehr viel übrig ist … Die Wohnung, die Sie gekauft haben, war sehr teuer …«

Und plötzlich geriet alles ins Wanken. Der Tisch, der perfekte Rahmen, die weißen Tischdecken, die Anemonensträuße, die aufmerksamen Kellner, alles verschwand in einem weißen Blitz, und ihr wurde schwindlig. Allein auf einem Trümmerfeld. Sie spürte, wie ihre Haarwurzeln schwitzten, schwitzten … Von Panik erfüllt, sah sie Serrurier an.

»Nein, machen Sie sich keine Sorgen … Sie sitzen noch nicht völlig auf dem Trockenen, aber Ihr Guthaben bei uns ist ein wenig geschrumpft. Überprüfen Sie denn nie Ihre Konten?«

»Davon verstehe ich nicht viel …«

»Na gut … Lassen Sie uns beide einen Vertrag schließen: Sie schreiben ein Buch für mich, und im Gegenzug bezahle ich Ihre Rechnungen. Einverstanden?«

»Aber ich …«

»Sie verschleudern doch sicherlich kein Vermögen. Sie werden mich nicht teuer zu stehen kommen …«

»…«

»Sie wirken auf mich nicht wie eine Frau mit luxuriösen Vorlieben. Viel zu wenig sogar! Man muss sich aufspielen, wenn man respektiert werden will … Und Sie spielen sich überhaupt nicht auf. Sie gehören zweifellos zu den Menschen, die noch Angst davor haben, einen Schatten in den Schatten zu stellen …«

Der Kellner hüstelte leise, um die beiden Hauptgerichte auf den Tisch stellen zu können, die er auf dem Arm balancierte. Serrurier lehnte sich zurück und verlangte ein Mineralwasser.

»Sie werden doch nicht Ihr ganzes Leben lang auf sich herumtrampeln lassen! Haben Sie das nicht allmählich satt? Worauf warten Sie noch, um endlich Ihren Platz einzufordern?«

»Es liegt an Iris … Seit sie …«

»Tot ist. Ist es das?«

Joséphine wand sich auf ihrem Stuhl.

»Seit sie tot ist, verbringen Sie Ihre Zeit damit, sich zu geißeln, und verbieten sich zu leben?«

»…«

»Tja … Das ist ziemlich dämlich, wenn Sie mich fragen!«

Joséphine lächelte.

»Warum lächeln Sie? Sie sollten mich lieber beschimpfen, weil ich Sie als dämlich bezeichnet habe …«

»Nein, es ist nur, weil … Ich habe mich selbst lange so gesehen: als eine dämliche Trantüte … Aber ich habe mich gebessert, müssen Sie wissen, ich mache Fortschritte.«

»Das hoffe ich. Man braucht ein wenig Selbstachtung, um voranzukommen, und ich möchte, dass Sie mir ein Buch schreiben. Ein gutes Buch voller Leben … so wie Ihr erstes … aber Sie müssen dazu nicht unbedingt im zwölften Jahrhundert bleiben. Wechseln Sie lieber die Epoche, sonst sind Sie für alle Zeiten zum historischen Roman verdammt, und dann werden Sie sich zu Tode langweilen! Und das ist noch höflich ausgedrückt … Nein! Schreiben Sie mir einen Roman über die heutige Zeit, mit Frauen, Kindern, Ehemännern, die ihre Frauen betrügen und die selbst betrogen werden, mit Frauen, die weinen und lachen, einer schönen Liebesgeschichte, Verrat, dem prallen Leben eben! Die Zeiten sind schwer, und die Menschen wollen unterhalten werden … Sie können Geschichten erzählen. Der Roman über Florine war sehr gut, und für einen ersten Versuch: Respekt!«

»Ich habe das nicht absichtlich gemacht …«

Er bedachte sie mit einem vernichtenden Blick.

»Das ist genau das, was Sie von jetzt an nicht mehr sagen dürfen. Natürlich haben Sie das absichtlich gemacht! Das Buch ist doch nicht einfach so vom Himmel gefallen …«

Er schnippte dabei mit den Fingern.

»Sie haben hart gearbeitet, Sie haben eine Geschichte konstruiert, Dialoge geschrieben, Wendungen erfunden, das kam doch nicht von allein! Hören Sie auf, sich ständig zu entschuldigen! Damit gehen Sie einem auf die Nerven, wissen Sie … Am liebsten möchte man Sie packen und ordentlich durchschütteln.«

Er beruhigte sich wieder, bestellte zwei Kaffee, Sie trinken doch einen Kaffee, nicht wahr? Also, zwei Kaffee, einen davon schön stark! Dann zog er eine lange Zigarre aus der Tasche, schnupperte daran, rollte sie zwischen den Fingern, ehe er sie anzündete, und fuhr dann fort: »Ja, ich weiß, in Restaurants wird nicht mehr geraucht. Ich tu's trotzdem. Die können mir mit ihren Gesetzen den Buckel runterrutschen. Wissen Sie, Joséphine, im Gegensatz zu dem, was viele glauben, ist das Schreiben keine Therapie … es heilt nichts. Nicht das Geringste. Aber man revanchiert sich für sein Schicksal, und wenn ich mich nicht sehr täusche, haben Sie sich für eine ganze Menge zu revanchieren.«

»Ich weiß nicht …«

»Doch, natürlich, denken Sie nur einmal nach, dann fällt es Ihnen ein … Schreiben, das bedeutet seinen Schmerz in die Hand zu nehmen, ihm ins Gesicht zu sehen und ihn ans Kreuz zu nageln. Und danach ist es einem scheißegal, ob man geheilt ist oder nicht, man hatte seine Revanche … Man hat etwas aus all diesem Kummer gemacht, und zwar etwas, das es einem manchmal ermöglicht zu leben oder wieder aufzuleben, je nachdem …«

»Ich bin mir nicht sicher, ob ich verstehe, was Sie meinen …«

»Finden Sie ein Thema, das Sie inspiriert, und schreiben Sie. Öffnen Sie die Schleusen … Legen Sie all Ihren Kummer, all Ihren Schmerz hinein und nageln Sie sie ans Kreuz! Wagen Sie wieder zu atmen, wieder zu leben! Sie sind wie ein kleiner Vogel, der am Rand des Nests sitzt und mit den Flügeln schlägt, aber nicht loszufliegen wagt. Dabei haben Sie sich längst bewährt, was wollen Sie denn noch?«

Jeden Tag mit jemandem wie Ihnen zu Mittag essen, hätte Joséphine am liebsten gesagt, aber sie schwieg.

»Die Leute haben die Nase voll«, fuhr Serrurier fort. »Sie sind müde, erzählen Sie ihnen Geschichten … Geschichten, die ihnen Lust machen, morgens aufzustehen, die Métro zu nehmen und abends wieder nach Hause zurückzukehren. Erfinden Sie die alten Geschichten neu, die Geschichten aus *Tausendundeiner Nacht*. Na, los …«

»Aber ich habe keine Geschichten zu erzählen!«

»Das glauben Sie! Sie haben tausende Geschichten in Ihrem Kopf und wissen es nicht. Die Schüchternen, die Armen, die Verkannten haben immer tausende Geschichten im Kopf, weil sie sensibel sind, weil ihnen alles nahegeht, weil alles sie verletzt, und diese Kränkungen, diese Verletzungen verwandeln sie in Emotionen, Figuren, Situationen … Deshalb ist das ja auch kein Leben, Schriftsteller zu sein. Man leidet die ganze Zeit … Glauben Sie mir, das Verlegerdasein ist viel angenehmer!«

Er lächelte breit, seine Zigarre zwischen den Zähnen. Nahm den Kaffee entgegen, den der Kellner ihm reichte, und fragte ihn, wie er es schaffe, seine Stelle zu behalten, so ungeschickt wie er sei, ich habe noch nie einen derart trampeligen Kellner erlebt!

»Und was ist mit meinem Guthaben?«, fragte Joséphine, die spürte, wie erneut Panik von ihr Besitz ergriff.

»Vergessen Sie Ihr Guthaben und machen Sie sich an die Arbeit!

Um Ihr Geld kümmere ich mich … Sagen Sie sich, dass Sie von jetzt an nicht mehr allein sind mit Ihren Zweifeln und Ängsten, und entspannen Sie sich! Entspannen Sie sich! Sonst gehe ich Ihnen an die Gurgel!«

Joséphine verspürte den Drang, ihm um den Hals zu fallen, aber sie riss sich zusammen und atmete, ohne zu protestieren, eine Qualmwolke ein, die sie zum Husten brachte und das glückselige Lächeln aus ihrem Gesicht vertrieb.

An diesem Abend wartete Joséphine, bis Zoé ins Bett gegangen war, und setzte sich hinaus auf den Balkon. Sie hatte dicke Wollsocken angezogen, die sie auf Anweisung von Hortense bei Topshop gekauft hatte – die besten Socken der Welt, wie Hortense behauptete. Dicke, wollene Kniestrümpfe. Einen Schlafanzug, einen dicken Pullover, ihr Federbett.

Und einen Thymiantee mit einem Löffel voll Honig.

Sie setzte sich auf den Sternenbalkon.

Lauschte in die kalte Dezembernacht hinaus, hörte ein Mofa in der Ferne, das Rauschen des Windes, die Alarmanlage eines Autos, einen bellenden Hund …

Sie schaute zum Himmel auf. Fand den Kleinen und den Großen Wagen, das Haar der Berenike, den Pfeil und den Delfin, den Schwan und die Giraffe …

Sie hatte schon lange nicht mehr mit den Sternen gesprochen und begann damit, ihnen zu danken.

Sie dankte ihnen für das Essen mit Serrurier. Danke, danke. Ich habe nicht alles verstanden, ich habe nicht alles behalten, aber er hat in mir den Wunsch geweckt, die Kastanienbäume zu umarmen, auf Ampeln zu klettern, Stücke vom Himmel einzufangen.

Sie trank einen Schluck Thymiantee und schob sich ein Löffelchen Honig unter die Zunge. Was hat er noch einmal gesagt? Was hat er gesagt? Am liebsten hätte ich danach Siebenmeilenstiefel angezogen …

Hör zu, Papa, hör zu …

Er hat gesagt, dass ich Talent hätte, dass ich ein neues Buch schreiben solle.

Er hat gesagt, dass es mir gelingen würde, meinen Kummer ans Kreuz zu nageln und ihm ins Gesicht zu sehen.

Er hat gesagt, dass ich es wagen müsse. Vergessen müsse, dass meine

Schwester und meine Mutter mir die Flügel gestutzt haben. Mich aufs reine Existenzminimum reduziert haben.

Er hat gesagt, diese Zeiten seien vorbei.

Niemals, niemals wieder!, versprach sie, während sie zum ersten Mal seit langen Monaten wieder die Sterne betrachtete.

Ich bin eine Schriftstellerin, ich bin eine fantastische Schriftstellerin, und ich verdiene es, zu schreiben. Ich höre auf, zu glauben, alle anderen seien besser als ich, klüger als ich, brillanter als ich, ich höre auf zu glauben, ich sei bloß ein armseliges Ding … Ich werde ein neues Buch schreiben.

Ganz allein. So, wie ich *Die demütige Königin* geschrieben habe. Mit meinen Worten. Meinen alltäglichen Worten, die so einzigartig sind. Das hat er auch gesagt.

Sie hielt nach dem kleinen Stern Ausschau, ihrem kleinen Stern am Ende der Deichsel des Großen Wagens, um zu sehen, ob er zurückgekehrt war, ob er funkelte, um ihr mitzuteilen, dass er sie hörte und verstand.

Weil, verstehst du, Papa, wenn ich es nicht schaffe, stolz auf mich zu sein, wer soll es denn dann sein?

Niemand.

Wenn ich kein Vertrauen zu mir habe, wer soll dann Vertrauen zu mir haben?

Niemand.

Und ich werde mein Leben lang immer wieder auf die Nase fallen …

Und das ist doch wohl kein Lebensziel, immer wieder und wieder auf die Nase zu fallen.

Ich will nicht mehr als Trantüte bezeichnet werden, und ich will mich nicht länger für ein Nichts halten.

Ich will keinem Chef mehr gehorchen. Iris, Antoine, meinen Vorgesetzten beim CNRS, den Kollegen an der Uni.

Ich will mich ernst nehmen. Mir vertrauen.

Ich verspreche dir feierlich, aufrecht zu stehen und vorwärtszugehen.

Sie schaute lange zu den Sternen auf, aber keiner von ihnen funkelte.

Sie bat sie, ihr beim Einstieg in das Buch zu helfen.

Sie versprach, dass sie ihren Kopf, ihre Augen und ihre Ohren weit öffnen würde, um jede Anregung aufzuschnappen, die vorbeihuschte.

Hey, ihr Sterne, sagte sie noch, schickt mir, was ich brauche, um voranzukommen! Schickt mir das passende Werkzeug, und ich verspreche euch, es gut zu nutzen.

Sie betrachtete die Wohnungen hinter den Bäumen. In manchen Wohnzimmern hatten die Leute Weihnachtsbäume aufgestellt. Sie leuchteten wie bunte Taschenlampen. Sie fixierte die Lichter, bis sie zu zittern und Girlanden zu bilden begannen.

Die schrägen grauen Dächer, die hohen schwarzen Bäume, die regelmäßigen Fassaden, dies alles sagte ihr, ohne dass sie wusste, warum, dass sie in Paris lebte und glücklich darüber war. Es war wie eine unstillbare, heimliche Liebe.

Sie war an ihrem Platz, und sie war glücklich.

Und sie würde ein Buch schreiben.

Es fühlte sich an, als explodierte die Freude regelrecht in ihrem Inneren.

Es regnete Freude in ihrem Herzen. Wogen der Freude, Sturzbäche der Gelassenheit, Sintfluten der Kraft. Sie lachte in der Dunkelheit laut auf und zog das Federbett fester um sich, um sich vor den Spritzern zu schützen.

Da wusste sie, dass sie ihren Vater wiedergefunden hatte. Er funkelte nicht am Ende einer Wagendeichsel am Himmel, sondern schüttete ihr eimerweise Glück ins Herz.

Eine Flutwelle aus Glück.

Es war zwei Uhr morgens. Sie verspürte den Drang, Shirley anzurufen.

Und sie rief Shirley an.

»Wann kommst du nach London?«

»Morgen«, sagte Joséphine. »Ich komme morgen.«

Morgen war Freitag. Zoé würde eine Woche bei Emma verbringen, um dort zu lernen. Joséphine hatte vorgehabt, zu Hause zu bleiben, zu putzen und zu bügeln. Iphigénie hatte einen Korb voller Bügelwäsche zurückgelassen.

»Im Ernst?«, wunderte sich Shirley.

»Im Ernst … Du kannst dich darauf verlassen!«

Sie hatten beide je einen Becher Ben & Jerry's gegessen und rieben sich den Bauch, während sie in Shirleys Küche auf dem Boden lagen und jetzt schon all das Fett, all den Zucker, all die Haselnüsse, all das Karamell und all die Schokolade bereuten, die sie wieder würden abtrainieren müssen. Lachend stellten sie eine Liste mit köstlichen, aber gefährlichen Dingen auf, die sie nie wieder essen dürften, wenn sie nicht als zwei dicke Damen in Antibes enden wollten.

»Als dicke Dame in Antibes könnte ich keinen Bauchtanz mehr für Oliver aufführen, und das wäre doch schade …«

Oliver? Joséphine richtete sich auf, legte den Kopf in eine Hand und öffnete den Mund.

Shirley hielt sie auf, bevor sie die Frage stellen konnte.

»Sei still, sag nichts, hör zu und sprich mich nie wieder darauf an, nie wieder, versprochen? Warte ab, bis ich von mir aus davon erzähle …«

Joséphine nickte und legte einen Finger an die Lippen, kein Wort mehr.

»… ich habe einen Mann kennengelernt mit sanftem Lächeln, breitem Rücken und Cordsamthosen, einen Mann, der Fahrrad fährt und gefütterte Handschuhe trägt, und ich glaube, ich habe mich in ihn verliebt. Das ist sehr gut möglich. Denn seit ich ihn getroffen habe, fühlt es sich an wie flüchtiges Gas. Er ist in meinem Kopf, er ist in meinen Adern, er ist in meinem Herzen, in der Milz und in der Lunge, er dehnt sich in mir aus, und es fühlt sich gut an, so gut, und ich werde nie, niemals eine dicke Dame in Antibes werden, weil ich diesen Mann behalten will …«

Sie schloss die Augen, schlang die Arme um ihren Oberkörper und sagte leise: »So, genug der Geständnisse, jetzt wird gespielt.«

Sie spielten »Vermasselt und geschafft«, streckten dabei Arme und Beine, rollten auf die Seite und verschränkten ihre Köpfe und Schultern.

»Ich habe meine Beziehungen vermasselt, ich habe mein Studium vermasselt, ich vermassele regelmäßig mein Pot-au-feu, ich habe das letzte Konzert von Morcheeba verpasst«, zählte Shirley an ihren Fingern ab, »… aber ich habe eine gute Beziehung zu meinen Eltern hingekriegt, die meisten meiner Orgasmen, meinen Führerschein, die Erziehung meines Sohnes, meine Freundschaft mit dir …«

Joséphine schloss an: »Ich habe mein Liebesleben ganz furchtbar vermasselt, ich habe fast alle meine Orgasmen vermasselt, alle meine Diäten, meine Beziehung zu meiner Mutter, aber ich habe meine beiden wunderschönen Töchter geschafft, meine Habilitation, ich habe es geschafft, ein Buch zu schreiben, deine Freundin zu sein …«

»Ich habe immer das Grüne Leuchten verpasst«, sagte Shirley seufzend.

»Ich habe bis jetzt noch jede Mayonnaise vermasselt«, gestand Joséphine.

»Bei mir überlebt nicht mal eine Geranie …«

»Ich habe es noch nie geschafft, eine Libelle zu fangen …«

Dann gingen sie zu dem Spiel »Was ich am meisten an einem Mann hasse« über.

»Ich hasse Lügner«, sagte Shirley. »Sie sind feige, schlaffe Feuerquallen.«

»Und sie kriegen hier ganz schön ihr Fett weg!«, fügte Joséphine lachend hinzu.

»Auf sie treffen die Verse Chaucers zu:

Und die Orange fiel in den Teller des Verräters
Der das Vertrauen des Herrn verhöhnt hatte
Die bedächtige, starke Liebe des erleuchteten Mannes
Der ihn Jahr um Jahr, Stück für Stück,
Gelehrt hatte, ein Mann zu sein. Ein wahrer Mann,
Der sich niemals verleugnet, der die abscheuliche Lüge nicht kennt,
Die die Seele ebenso beschmutzt wie die Träume.
Nimm, Sohn, sagte der Herr und deutete auf die Orange,
Iss mit geröteter Stirn die Frucht deines Verrats,
Koste sie, Spalt für Spalt,
Iss, bis du am Mist deiner Schande verreckst
Denn gar niederträchtig ist das Kind, das seine Eltern belügt.«

»Da läuft es einem ja eiskalt den Rücken runter«, sagte Joséphine erschauernd.

»Das sind die Worte, die mein Vater sprach, als er erfuhr, dass ich einen Sohn zur Welt gebracht hatte, ohne ihm etwas davon zu sagen … Ich habe sie nie mehr vergessen. Sie wurden mit glühendem Eisen in mein Gedächtnis gebrannt …«

Joséphine zitterte. Sie wusste nicht, ob es an Chaucer lag oder an der defekten Heizung, aber es fühlte sich an, als legte sich ein eisiges Leichentuch um sie.

»Danach habe ich nie wieder gelogen. Du kannst dir nicht vorstellen, wie viel Zeit man dadurch gewinnt! Ohne diese Umwege kommt man viel schneller ans Ziel. Man wird endlich ein wahrer Mann, eine wahre Frau.«

»Ist die Heizung immer noch kaputt?«, fragte Joséphine.

»Du solltest wissen, meine Liebe, dass die Heizung in England immer kaputt ist ... Sie funktioniert nur jeden dritten Tag. Genau wie das Wasser und die U-Bahn ... und das ist auch sehr gut so. Je weniger man heizt, desto weniger verschmutzt man die Umwelt. Bald wird es kein Erdöl mehr geben, dann haben wir gar keine Heizungen mehr, also schadet es nicht, sich jetzt schon abzuhärten!«

»Da schläft man in deinem Land wohl lieber zu zweit!«

»Apropos, wie steht es mit dir und Philippe?«

»Überhaupt nicht. Und daran ist mein Gewissen schuld. Es verbietet mir herumzuschäkern und zwingt mich in einen Keuschheitsgürtel, zu dem ich den Schlüssel verloren habe ...«

»Dabei warst du ja schon vorher nicht der Typ, der in weit offene Betten gesprungen wäre ...«

»Und Alexandre? Weißt du, wie es ihm geht?

»Annie, sein Kindermädchen, erzählt mir hin und wieder von ihm. Es geht ihm, wie es einem Jungen eben so geht, dessen Mutter erstochen wurde ... Nicht besonders gut.«

»Vielleicht sollte ich ihn besuchen ...«

»Und seinen Vater auch ...«

Joséphine ging nicht auf den Wink ein. Sie dachte an Alexandre. Sie fragte sich, wie er sich wohl fühlte, wenn er abends das Licht ausmachte. Dachte er an Iris, allein im Wald mit ihren Mördern?

»Hast du manchmal Angst?«, fragte sie.

»Wovor?«

»Vor allem ...«

»Vor allem!«

»Ja ...«

»Es gibt nur eines, wovor du Angst haben darfst«, erklärte Shirley. »Angst um deine Kinder. Bei allem anderen, Geld, Arbeit, Steuern, Bungee-Jumping, sagst du dir einfach, ›Ich hab keine Angst‹, und springst kopfüber los ...«

»Und das funktioniert?«

»Und wie! Du sagst dir: ›Das will ich‹, und du bekommst es ... Aber du musst es von ganzem Herzen wollen. Du darfst nicht schummeln. Du denkst ganz fest … das will ich, das will ich, das will ich … Sollen wir es versuchen? Was willst du, jetzt und hier? Ohne nachzudenken.«

Joséphine schloss die Augen und sagte: »Philippe küssen.«

»Dann denke fest daran, ganz fest, und ich verspreche dir, hörst du, ich verspreche dir, dass es passieren wird …«

»Glaubst du wirklich?«

»… aber du musst all deine Kraft dafür einsetzen. Nicht so ängstlich sein wie sonst immer . Sag dir zum Beispiel, ich will …«

»… Philippe in die Arme fallen …«

»Ach, Quatsch, das funktioniert nicht!«

»Ich will, dass er mich ganz fest umarmt, dass er mich küsst, überall küsst …«

Shirley verzog missmutig das Gesicht.

»Da fehlt immer noch die rechte Überzeugung …«

»Ich will, dass er mich bespringt wie ein geiler Bock!«, schrie Joséphine und rollte über den kalten Küchenboden.

Shirley rückte von ihr ab und musterte sie amüsiert und überrascht.

»Also so was … ja, das wird ganz sicher klappen!«

Am nächsten Tag, einem Samstag, traf sich Joséphine mit Hortense zum Mittagessen.

Sie wohnte in Angel, einem Viertel, das an Montmartre erinnerte. Straßenlaternen, schmale, gewundene, durch Treppen miteinander verbundene Straßen, Secondhandboutiquen. Die Bistros trugen französische Namen. Sie gingen ins Sacré-Cœur an der Ecke Studd Street und Theberton. Bestellten zweimal geschmortes Rindfleisch mit Möhren und zwei Gläser Rotwein. Probierten das Brot und entschieden, dass es tatsächlich Baguette war, probierten die Butter, sie schmeckte nach echter gesalzener normannischer Butter.

Hortense eröffnete das Feuer.

»Geschafft! Jetzt bin ich endlich eine echte Engländerin!«

Sie hat einen englischen Freund, dachte Joséphine und betrachtete ihre Tochter entzückt. Hortense hat sich verliebt. Meine Tochter mit dem steinernen Herzen hat einem Engländer in Tweed ihren Panzer geöffnet. Ist er genauso alt wie sie, ist er älter? Hat er rosige Wangen und hängende Augenlider? Oder ein spitzes Kinn und sinnliche Augen? Spricht er durch die Nase? Spricht er Französisch? Wird er das Blanquette de veau mögen, das ich für ihn kochen werde? Die Gärten des Palais-Royal, die französischen Königinnen im Jardin du Luxembourg und die Place des Vosges bei Nacht? Den Pont des Arts oder die schmale Rue Férou, in der Hemingway sein Dasein fristete, als er kein Geld hatte? Sie schlenderte mit ihm durch Paris, stellte sich vor, wie er wohl aussah, krönte ihn mit dem Lorbeerkranz des Mannes, dem es gelungen war, die unbezähmbare Hortense zu bezwingen, und schaute ihre Tochter gerührt an.

»Wie heißt denn der schöne Engländer?«, fragte sie mit beschwingtem Herzen.

Hortense fiel auf ihrem Stuhl nach hinten und brach in Gelächter aus.

»Ach, Maman, du bist echt unverbesserlich! Du liegst aber so was von daneben! Ich habe am Samstagabend in einem Pub das Ende des Trimesters gefeiert und bin am Sonntagmorgen mit fürchterlichen Kopfschmerzen und einem fremden Engländer in meinem Bett aufgewacht. Du wirst lachen, er hieß Paris! *I spent the night in Paris.* Als ich ihm sagte, was für ein bescheuerter Name, hat er mich nach meinem gefragt und geantwortet, was für ein scheußlicher Name! Und dann sind wir ohne ein weiteres Wort auseinandergegangen.«

»Willst du damit sagen, du hattest so viel getrunken, dass du in einem Pub einen Jungen aufgegabelt und ihn mit in dein Bett genommen hast, ohne es überhaupt zu merken?«, fragte Joséphine entsetzt.

»Genau das, meine Güte, du kapierst ja wirklich schnell … Ich habe das getan, was alle Engländerinnen am Samstagabend tun.«

»O mein Gott, Hortense! Und ich nehme an, du warst zu betrunken, daran zu denken, ein …«

»… ein Kondom zu benutzen?«

Joséphine nickte schrecklich verlegen.

»Wir waren so fertig, dass wir überhaupt nichts mehr gemacht haben … Morgens früh hat er zwar versucht, sich an mich ranzumachen, aber meine Bemerkung über seinen Namen hat ihn schnell gebremst!«

Sie legte die Gabel zurück auf ihren Teller und schloss: »Trotzdem bin ich jetzt endlich eine echte Engländerin …«

»Und was ist mit Gary? Triffst du dich noch mit ihm?«

»Nein. Keine Zeit. Und beim letzten Mal hat er mich mitten in der Nacht auf der Straße stehen lassen …«

»Das sieht ihm überhaupt nicht ähnlich …«, widersprach Joséphine.
»Aber ich habe gehört, dass er ernsthaft mit dem Klavierstudium angefangen hat. Er hat wohl einen Lehrer gefunden, mit dem er sich total gut versteht und der für ihn auch so eine Art Vater, Mentor und Vorbild ist … Er verbringt seine ganze Zeit am Klavier und bei diesem Mann. Zwischen ihnen hat sich eine echte Männerfreundschaft entwickelt … Faszinierend! Anscheinend weigert er sich sogar, ihn seinen Freunden vorzustellen, weil er ihn ganz für sich allein haben möchte. Das ist komplett verrückt. Sobald die Leute lieben, werden sie eifersüchtig, besitzergreifend …«

»Ich freue mich für ihn. Es war nicht gut für ihn, dass er überhaupt kein männliches Vorbild hatte.«

Hortense warf ihr langes Haar zurück, als wollte sie damit die Themen Gary Ward und das Fehlen eines Vaters im Leben eines Jungen abhaken. Das war nicht ihr Problem. Nichts, was sie nicht unmittelbar betraf, war ihr Problem.

Joséphine dachte an Antoine. Hortense hatte ein sehr enges Verhältnis zu ihrem Vater gehabt, aber sie sprach nie über ihn. Sie fand es wohl überflüssig. Vergangenheit ist Vergangenheit, kümmern wir uns um die Gegenwart.

Sie wagte nicht, noch weiter in sie zu dringen, und zog es vor, sie zu fragen, ob ihr das Essen schmeckte.

Es war ihr letzter gemeinsamer Abend. Am darauf folgenden Tag würde Joséphine nach Paris zurückkehren.

»Was hältst du davon, ins Konzert zu gehen?«, schlug Shirley vor, als sie Joséphines Zimmer betrat. »Ich habe von einer Freundin Karten für zwei sehr gute Plätze bekommen … Ihr ist in letzter Minute etwas dazwischengekommen, ein Kind ist krank geworden …«

Joséphine antwortete, das sei eine gute Idee, und fragte, ob man sich dazu schick anziehen müsse.

»Mach dich hübsch«, erwiderte Shirley geheimnisvoll, »man kann ja nie wissen …«

Joséphine warf ihr einen besorgten Blick zu.

»Hast du irgendwas arrangiert?«

»Ich?«, rief Shirley in gespielter Empörung. »Überhaupt nicht! Was glaubst du denn?«

»Ich weiß nicht … Du hast so etwas Verschwörerisches an dir …«

»Ich habe etwas von einer Zauberflöte an mir … Ich gehe unheimlich gern ins Konzert …«

Ich musste nicht einmal lügen, dachte Shirley Ich habe ja nichts arrangiert. Ich weiß lediglich, dass Philippe heute Abend auch dort sein wird.

Sie hatte am Vormittag bei ihm angerufen, um sich nach Alexandre zu erkundigen, der schlecht gelaunt war und sich seit ein paar Tagen mit einer Grippe herumschlug. Sie hatte mit Annie, der Kinderfrau, gesprochen, einer robusten, gesunden, rundlichen Bretonin um die fünfzig. Sie hatte sie schätzen gelernt, und die Sympathie schien auf Gegenseitigkeit zu beruhen. In der heutigen Zeit erfüllt die Kinderfrau die Funktion der Zofe aus den Stücken von Racine. Sie weiß alles und offenbart ihre Geheimnisse, wenn man es versteht, sie zum Reden zu bringen. Annie war eine freundliche, gutmütige Frau, die gern plauderte. Sie hatte erklärt, dass es Alexandre wieder besser gehe und das Fieber gesunken sei. Shirley hatte gefragt, ob sie vorbeikommen und ihn besuchen könne. Natürlich, hatte Annie geantwortet, aber Monsieur Dupin wird nicht da sein, er geht heute Abend ins Konzert. In die Royal Albert Hall, hatte sie stolz hinzugefügt, sie spielen die Sonaten von Scarlatti, die Monsieur Dupin so gern mag. Annie konnte ihre Schwärmerei für ihren Arbeitgeber nur schwer verbergen.

Mit einem Plan im Kopf hatte Shirley aufgelegt. Ins Konzert gehen und dafür sorgen, dass Philippe und Jo sich während einer Pause an der Biegung einer Treppe begegnen. Im Krieg und in der Liebe ist alles erlaubt, und da diese beiden sich nun einmal darauf versteiften, die vom Schicksal verdammten Liebenden zu spielen, würde sie sich eben als Kupplerin betätigen.

Es nieselte, als sie in das Taxi stiegen, das sie zum Kensington Gore bringen sollte, und Shirley hüllte sich erschauernd in eine lange rosa Kaschmirstola.

»Ich hätte einen Mantel mitnehmen sollen«, sagte sie und nannte dem Fahrer die Adresse.

»Soll ich schnell hochlaufen und dir einen holen?«, bot Joséphine an.

»Nein, es wird schon gehen … Schlimmstenfalls huste ich mir die Lunge aus dem Leib und sterbe … Das wird sehr romantisch!«

Sie rannten vom Taxi zum Eingang der Konzerthalle und mischten sich unter die ins Innere strömende Menge. Shirley hielt die Karten in der Hand, bahnte sich einen Weg durch die Menschen und ermahnte Joséphine, sich nicht abhängen zu lassen.

Die Loge war geräumig und enthielt sechs mit rotem Samt bezogene Sessel, an deren Lehnen kleine Pompons hingen. Sie setzten sich und sahen zu, wie sich der Saal allmählich füllte. Shirley hatte ein Opernglas aus ihrer Handtasche gezogen. Es sieht fast so aus, als inspizierte sie ihre Truppen, dachte Joséphine, amüsiert über die ernste Miene ihrer Freundin. Dann dachte sie, morgen fahre ich zurück, ohne ihn gesehen zu haben, morgen fahre ich zurück, und er weiß nicht einmal, dass ich hier war … morgen fahre ich zurück, morgen fahre ich zurück … Sie fragte sich, wie sie es ertragen sollte, aus London fortzugehen und Philippe zurückzulassen, wie es ihr möglich sein würde, ihr Leben in Paris wiederaufzunehmen, nachdem sie eine Woche lang so dicht in seiner Nähe gewesen war … Sie hob den Blick zur gläsernen Kuppel, die den Konzertsaal überwölbte, um die Tränen zu verbergen, die ihr in die Augen stiegen.

Jemanden vergessen zu wollen bedeutet, ununterbrochen an ihn zu denken.

Sie zitterte vor Sehnsucht, einfach aufzuspringen und zu ihm zu laufen. Ich hätte nie nach London kommen dürfen, er ist hier überall, er könnte sogar heute Abend im Saal sein … Prüfend ließ sie den Blick über die Zuschauerreihen gleiten. Erschauerte. Und wenn er nicht allein war? Er war ganz bestimmt hier, in Begleitung …

Ich schließe die Augen, ich öffne sie wieder, und dann sehe ich ihn, dachte sie, senkte die Lider und konzentrierte sich.

Ich schließe die Augen, ich öffne sie wieder, und dann steht er vor mir, und er sagt Joséphine und …

Neben ihr strich Shirley mit ihrem Opernglas über die Reihen wie eine regelmäßige Besucherin, die nach Bekannten Ausschau hält. Joséphine spielte mit dem Gedanken, sich eine Ausrede einfallen zu lassen, aufzustehen und loszurennen, rennen, bis zu Philippes Wohnung … Sie stellte sich die Szene vor, er wäre zu Hause, las oder arbeitete, er würde die Tür öffnen, sie würde sich ihm in die Arme werfen, und sie würden sich küssen, sie würden sich küssen …

Shirley hatte in ihrer Bewegung innegehalten, und die Hand, die das Opernglas hielt, stellte die Schärfe nach. Nervös biss sie sich auf die Oberlippe.

»Hast du jemanden gesehen?«, fragte Joséphine, um etwas zu sagen.

Shirley antwortete nicht. Sie schien wie gebannt von etwas, was sie unten im Saal entdeckt hatte, und ihre schlanken Finger umklammerten das Opernglas. Dann legte sie es hin und sah Joséphine mit einem seltsamen Gesichtsausdruck an, als sähe sie sie gar nicht, als säße sie nicht direkt neben ihr. Dieser Blick machte Joséphine verlegen, sie rutschte unbehaglich auf ihrem Sitz hin und her und fragte sich, was bloß in ihre Freundin gefahren sein mochte.

»Sag mal, Jo …«, begann Shirley und suchte nach Worten … »Ist dir nicht warm?«

»Bist du verrückt? Der Saal ist kaum geheizt! Und vorhin bist du noch fast erfroren!«

Shirley nahm die Kaschmirstola von ihren Schultern und reichte sie Joséphine.

»Könntest du sie für mich zur Garderobe bringen … ich komme um vor Hitze!«

»Aber … du kannst sie doch einfach über die Rückenlehne legen.«

»Nein! Dann fällt sie bloß runter, ich trete drauf, und womöglich vergesse ich sie noch. Ich würde mir mein Leben lang Vorwürfe machen, sie ist ein Geschenk meiner Mutter.«

»Ach …«

»Macht es dir etwas aus?«

»Nein …«

»Ich würde ja selbst gehen, aber ich habe unten im Saal einen alten … Freund entdeckt, und ich würde ihn nur ungern aus den Augen verlieren …«

Ach so, dachte Joséphine, deswegen hat sie diesen eigenartigen Blick. Sie möchte ihn beobachten, ihn im Rund ihres Opernglases verfolgen, und es stört sie, dass ich Zeuge dieser Szene werde. Lieber schickt sie mich unter einem hirnrissigen Vorwand fort, selbst wenn das bedeutet, dass sie gleich erfrieren wird.

Sie stand auf, nahm die Stola und schenkte Shirley ein leises, verschwörerisches Lächeln. Ein Lächeln, das bedeutete, schon gut, ich habe verstanden! Ich lasse dich allein!

»Und geh zur Garderobe vorn beim Parkett«, befahl Shirley, als Joséphine schon auf dem Weg nach draußen war. »Bei den anderen ist immer zu viel los!«

Joséphine gehorchte und ging zur Garderobe im Erdgeschoss. Gehetzte Männer und Frauen mit roten Lippen drängten sich auf dem Weg in den Saal an ihr vorbei. Sie machte sich ganz schmal und hielt nach der Schlange vor der Garderobe Ausschau.

Es gab mehrere. Sie entschied sich für eine davon, gab Shirleys Stola ab, nahm den Beleg entgegen, den man ihr reichte, und machte kehrt.

Mit schleppenden Schritten. Über ihren Mangel an Entschlusskraft und Mut nachsinnend. Warum traue ich mich nicht? Warum? Ich habe Angst vor Iris' Geist. Ich habe Angst davor, Iris' Geist zu verletzen …

Sie blieb kurz stehen, dachte nach.

Sie hatte weder Tasche noch Mantel dabei. Sie würde in die Loge zurückgehen, Shirley alles erklären müssen …

Und in diesem Moment …

Sahen sie einander an der Biegung des Ganges.

Verblüfft blieben sie stehen.

Senkten den Kopf, als hätte sie jemand vor die Stirn geschlagen.

An die Wand gelehnt, mitten in der Geste erstarrt. Er hatte gerade seinen Mantel an der Garderobe abgegeben, sie hatte Shirleys Garderobenschein in die Tasche gesteckt.

Beide aus der fließenden, leichten Bewegung herausgerissen, die sie noch einen Moment zuvor getragen hatte.

Reglos standen sie im Schein der Kristalllüster der großen Eingangshalle. Wie zwei Fremde. Zwei Fremde, die sich kennen, aber einander nicht begegnen dürfen.

Sich einander nicht nähern dürfen. Einander nicht berühren dürfen.

Sie wussten es. Derselbe vom Verstand diktierte, hundertfach wiederholte Satz kreiste wie ein Blaulicht in ihrem Kopf.

Und ließ sie wie Schaufensterpuppen wirken, etwas steif, etwas dümmlich, etwas gehemmt.

Alles, was er in diesem Moment wollte, alles, wonach sie mit stummen Schreien verlangte, war, die Hand auszustecken und den anderen zu berühren.

Sie standen einander gegenüber.

Philippe und Joséphine.

Diesseits und jenseits des Stroms von Menschen, die an der Garderobe anstanden, laut redeten, laut lachten, Kaugummi kauten, im Programmheft blätterten, von dem fantastischen Pianisten sprachen, den Stücken, die er ausgewählt hatte …

Einander gegenüber.

Sie sahen einander in die Augen, liebkosten einander, sprachen stumm zueinander, lächelten einander an, erkannten einander, fragten, bist du es? Bist du es wirklich? Wenn du wüsstest … Sie ließen die Männer und Frauen, die Jungen und die weniger Jungen, die Ungeduldigen und die Gelassenen vorbei und standen, atemlos vor Überraschung, zu beiden Seiten des steten Stroms. Das Konzert würde gleich beginnen, schnell, schnell den Mantel abgeben, schnell, schnell den Beleg entgegennehmen, schnell, schnell zu seinem Platz …

Wenn du wüsstest, wie sehnsüchtig ich auf dich warte, sagte der eine mit glühendem Blick.

Wenn du wüsstest, wie sehr du mir fehlst, sagte die andere errötend, ohne den Blick zu senken, ohne den Kopf abzuwenden.

Und ich bin es leid, auf dich zu warten …

Ich bin es auch leid …

Sie sprachen miteinander, ohne die Lippen zu bewegen.

Die Schlange an der Garderobe hatte sich aufgelöst, und das anhaltende Läuten der Glocke verkündete, dass das Konzert gleich beginnen würde. Die Garderobenfrau hängte die letzten Mäntel auf, reichte die letzten Zettel über die Theke, räumte einen Pelz, einen Hut, eine Reisetasche weg, nahm ein Buch, setzte sich auf einen Hocker und wartete auf die erste Pause.

Die Glocke läutete immer noch, der Saal füllte sich.

Die letzten Verspäteten hasteten herein, suchten die Platzanweiserin, regten sich auf, fürchteten, die ersten Noten zu verpassen, nicht mehr hineingelassen zu werden. Man hörte Türen sich öffnen und schließen, das Geräusch von Sitzen, die heruntergeklappt wurden, Stimmengewirr, Husten, Räuspern …

Und dann hörten sie nichts mehr.

Philippe griff nach Joséphines Hand und zog sie in einen versteckten Winkel des alten Theaters, in dem es nach Staub und Jahrhunderten roch.

Er presste sie so fest an sich, dass sie beinahe keine Luft mehr bekam, beinahe aufschrie … Sie stöhnte vor Schmerz, doch gleich darauf seufzte sie vor Lust, die Nase an seinen Hals gedrückt, die Arme um seinen Nacken geschlungen.

Er drückte sie fest, ganz fest an sich, schloss die Arme um ihren Rücken, damit sie sich nicht mehr rühren, nicht entfliehen konnte.

Er küsste sie. Er küsste ihr Haar, er küsste ihren Hals, er öffnete ihre weiße Bluse und küsste ihre Schultern, sie ließ sich gegen ihn sinken, vergrub ihren Mund an seinen Hals. Knabberte an ihm, leckte ihn, schmeckte seine Haut, erkannte den Duft wieder, einen Duft nach indischen Gewürzen, schloss die Augen, um diesen Duft für alle Zeiten zu speichern, um ihn in den Flakon der Erinnerung abzufüllen, später daran riechen zu können, später …

Später … der Duft seiner Haut, der sich mit seinem Eau de Toilette vermischt, der Geschmack seines frisch gewaschenen, frisch gebügelten Hemdkragens, der kratzende Bartansatz, die kleine Hautfalte über dem Hemdkragen …

Philippe, fragte sie, während sie seine Haare streichelte, Philippe?

Joséphine … flüsterte er, ihre Haut streifend, die Zähne über ihr Ohrläppchen gleiten lassend …

Sie rückte von ihm ab, fragte, bist du es? Dann … bist du es also wirklich? Sie lehnte sich zurück, um ihn zu betrachten, sein Gesicht, seine Augen zu erkennen …

Er zog sie wieder an sich …

Im dunklen Winkel des Theaters stehend, auf dem knarzenden Parkett, unsichtbar im Halbdunkel, in der anonymen Dunkelheit …

Sie naschten aneinander, sie verschlangen einander, sie holten die verlorenen Stunden und Aberstunden und Wochen und Monate nach, sie verkeilten sich ineinander, wünschten sich zehntausend Münder, zehntausend Hände, zehntausend Arme, um sich nie wieder voneinander zu lösen, um nie wieder so ausgehungert zu sein.

Der Kuss zweier gefräßiger Hydras.

Unersättlich.

Warum? Warum?, fragte Philippe und strich Joséphine das Haar aus dem Gesicht, um ihren Blick zu erhaschen. Warum dieses Schweigen, warum keine Erklärung? Glaubst du, ich wüsste es nicht? Glaubst du, ich verstünde es nicht? Hältst du mich für so dumm?

Und seine Stimme wurde barsch, ungeduldig, gereizt. Und seine Hand packte Joséphines Haar, damit sie den Kopf hob …

Joséphine senkte den Blick, senkte den Kopf, vergrub ihre Nase an seiner Schulter, grub so tief, bis sie den Knochen spürte, und drückte, drückte noch fester, damit er endlich still war. Drückte mit der Stirn, drückte mit den Zähnen. Sei still, sei still, wenn du redest, wird der Geist wiederkommen, er wird uns trennen, es uns verbieten … man darf die Geister nicht heraufbeschwören, murmelte sie, während sie ihre Stirn, ihre Nase, ihren Mund an ihm rieb.

Sei still, flehte sie, während sie ein Bein zwischen seine Beine schob, während sie das andere Bein um seine Hüften schlang, während sie an ihm hinaufkletterte, sich an ihn hängte wie ein Kind, das einen zu hohen Baum erklimmt, einen gefährlichen Baum, einen verbotenen Baum. Sei still, stöhnte sie, sei still … Wir dürfen nicht reden.

Nur mein Mund an deinem Mund, deine Zähne, die mich auffressen, deine Zunge, die an mir leckt, mich einsaugt, und ich, die sich öffnet, gespalten wird, nur dieser gewaltige Lärm in unseren Körpern und diese Stille um uns herum, aber keine Worte, ich flehe dich an, Blut, Fleisch, Atem, Speichel, Seufzer, überströmende Leidenschaft, aber keine Worte. Worte töten, mein Geliebter, Worte töten … Wenn du auch nur ein einziges Wort über unsere Lippen kommen lässt, sich unter unseren Atem mischen lässt, werden wir verschwinden wie zwei kleine liebeskranke Elfen …

Joséphine, sagte er darauf, Joséphine, wenn du wüsstest … Und sie presste ihre Hand auf seinen Mund, knebelte ihn, und er biss in ihre Handfläche, kam wieder zu Atem und redete weiter, jeden Tag warte ich auf dich, jede Sekunde warte ich auf dich, jede Minute, jede Stunde sage ich mir, sie wird kommen, sie wird kommen und vor mir stehen, als sei gar nichts dabei, sie wird sich mir auf der Terrasse eines Cafés gegenübersetzen, wenn ich am wenigsten mit ihr rechne, die Finger voller Druckerschwärze, die Finger, die ich einen nach dem anderen säubern werde …

Und er leckte an ihren Fingern, einen nach dem anderen.

Und sie spürte, wie in ihrem Bauch eine Sonne explodierte, ihr fehlte die Kraft, sich auf den Beinen zu halten, sie schaffte es gerade noch, sich an ihn zu klammern …

Er hielt sie in seinen Armen, sie zog ihn an sich, sie atmete ihn ein, sie lernte ihn auswendig für die Zeit, die kommen und ihn von ihr fernhalten würde.

Mein Geliebter …

Die Worte entschlüpften ihr und schwebten in der Luft. Oh, rief sie, überrascht von der Lust, die in ihr aufflammte, und gleich darauf entschlüpften ihr diese Worte, mein Geliebter, mein Geliebter, mein Geliebter …

Er nahm sie auf wie das Geständnis einer erschöpften Komplizin und lächelte, er lächelte in ihrem Mund, und das Lächeln breitete sich aus, breitete sich aus, wurde zum Sternenbanner.

Und da hörte sie den Widerhall der Worte, die sie gesprochen hatte, sie zögerte, nahm sie wieder auf, wiederholte sie, wandelte sie ab, du bist mein Geliebter, du bist mein Geliebter für die kommenden Jahrhunderte und Aberjahrhunderte, sie küsste sein Ohr, als verschlösse sie einen Tresor, sank in eine Umarmung, die Frieden schuf, die Frieden brachte, und so verharrten sie eng umschlungen im Dunkeln, ohne sich zu rühren, schmeckten diese Worte, die sie ganz und gar erfüllten, verwandelten sie in Wegzehrung für die kommenden Tage, die Tage großer Einsamkeit, die Tage großen Zweifels, die Tage großer Trauer.

Mein Geliebter, meine Geliebte, sangen sie halblaut, während sie sich ineinander verwanden, sich immer tiefer in den Winkel des Theaters drängten, damit man sie nicht entdeckte, damit man sie nie wieder entdeckte. Mein Geliebter, den ich aufrecht und stolz liebe, meine Geliebte, die ich bis in alle Ewigkeit lieben werde, mein Geliebter, der meinen Leib mit glühendem Feuer versengt, meine Liebe ist größer als die ganze Welt, stärker als alle Wirbelstürme und Orkane, alle Schirokkos und Tramontanen, als alle Nordwinde und Ostwinde …

Sie feierten ihre Liebe, indem sie Worte erfanden, die sie dem anderen schenkten, immer noch größere Worte hinzufügten, Worte aus gesegnetem Brot, aus Tropenholz, aus Chinchillaschals, aus Weihrauchschwaden, Worte und Schwüre, beide in einem Winkel des alten Theaters unauflöslich ineinander verschlungen.

Sie küssten sich, und die Worte trugen sie hinweg, ketteten sie aneinander …

Dann legte sie beide Hände flach auf seinen Mund, damit er sich für alle Zeiten schließe und die Worte nicht verfliegen konnten …

Dann schob er einen Finger in ihren Mund und bestrich sie mit dem Speichel all jener Liebesworte, die sie gesprochen hatte, damit sie ihren Schwur niemals brechen möge ….

Ihre Handflächen auf seinem Mund …

Sein speichelnasser Finger, der auf ihre Lippen schrieb …

Das war ihr Schwur. Ihr Talisman.

Sie hörten, wie die Sitzflächen nach oben klappten, hörten Stimmen, hörten Schritte, die sich näherten …

Die Pause hatte begonnen.

Langsam, ganz langsam lösten sie sich voneinander, kehrten zurück vor die Treppe, er strich ihr mit einer Hand das Haar glatt, sie zog sein Jackett zurecht, sie wechselten einen letzten glühenden, triumphierenden Blick, ließen die Menschen vorbei, ihre beiden Körper bildeten ein Spalier, entfernten sich ganz langsam, widerstrebend nur, voneinander …

Von nun an würden sie keine Angst mehr haben. Sie waren der tapfere Ritter und seine Dame geworden, die sich trennten, um sich eines Tages wiederzufinden, auch wenn sie noch nicht wussten, wann und wie …

Sie gingen in unterschiedliche Richtungen davon, den Abdruck des anderen noch auf ihrem Körper.

Eine beginnende Liebe ist wundervoll, dachte Joséphine, und wir beginnen immer wieder aufs Neue …

So gingen sie, den Kopf einander zugewandt, um sich erst im allerletzten Moment aus den Augen zu verlieren …

Shirley wartete auf ihrem Platz. Sie sah Joséphines leuchtende Augen, ihre geröteten Wangen, und ein unmerkliches Lächeln huschte über ihre Lippen. Sie hielt es für besser, nichts zu sagen. Ein schelmisches Funkeln sprühte in ihrem Blick, in dem keine Frage lauerte.

Joséphine setzte sich. Drückte beide Hände fest auf die Armlehnen, als wollte sie sich wieder in der Realität verankern. Spielte mit den kleinen roten Pompons. Dachte nach. Nahm die Hand ihrer Freundin. Drückte sie.

»Danke, meine allerliebste Freundin. Danke.«

»*You're welcome, my dear!*«

Shirley nieste mehrmals.

»Ich erfriere ... Und du bist dann nicht mehr da, um mich gesund zu pflegen!«

Nicholas Bergson erwartete Hortense Cortès im Wolseley zum Mittagessen. Er wartete schon seit zwanzig Minuten und verlor allmählich die Geduld. Der leere Stuhl gegenüber schien ihn zu verspotten und ihm eine untergeordnete Position zuzuweisen. Schleimer, Kriecher, Speichellecker!, höhnte der Stuhl. Du vergisst, dass du DER Art Director von Liberty bist, und lässt dir von einem jungen Ding auf der Nase herumtanzen! *Shame on you!* Stimmt doch! Sie behandelt mich wie einen kleinen Jungen!, schimpfte er zähneknirschend, während er zum zehnten Mal die Speisekarte durchlas.

Weihnachten rückte näher, und mit den Feiertagen auch sein Gefolge aus Dekorationen, Lichtern, vor den U-Bahn-Ausgängen gesungenen Liedern und Sammelbüchsen in den Händen von Angehörigen der Heilsarmee. Durch das Restaurantfenster beobachtete er das Treiben auf der Straße, während er gleichzeitig nach Hortense Ausschau hielt. Er strich sein Hemd glatt, rückte seinen Krawattenknoten zurecht, schaute zum wiederholten Mal auf seine Uhr, nickte einem Geschäftsfreund zu, der an einem Nebentisch Platz nahm. Wie sieht das denn aus, wie ich hier sitze? Ganz schlecht für mein Image ... Dabei hab ich sie längst gevögelt! Diesen Sommer! Mit diesem Mädchen habe ich es komplett falsch angestellt. Bei der muss man die Trauben hoch hängen und sich nicht bücken ... Wenn man ihr den kleinen Finger reicht, schneidet sie einem den Schwanz ab.

Er dachte daran, einfach aufzustehen und zu gehen, zögerte, gab ihr noch fünf Minuten und nahm sich fest vor, ihr die kalte Schulter zu zeigen.

Seine Beziehung zu Hortense war kompliziert. Bald schmiegte sie sich mit verführerischer Miene an seine Seite, bald taxierte sie ihn mit kühler Ironie, als wollte sie sagen, wer sind Sie eigentlich, dass Sie sich mir gegenüber solche Vertraulichkeiten herausnehmen? Also bitte, hatte er eines Tages gereizt gesagt, darf ich dich daran erinnern, dass wir ein Paar sind? Ein Paar! Sie hatte ihn eisig gemustert, merkwürdig, wie sehr ich auch darüber nachdenke, ich kann mich nicht daran erinnern! Kein gutes Zeichen für dich, was?

Er hatte noch bei keinem Menschen ein solches Maß an Distanziertheit und Herablassung erlebt. Sie gehört zu den Mädchen, die Fallschirm springen könnten … und zwar ohne Fallschirm. Allerdings muss man zugeben, sagte er sich, während er erneut auf seine Uhr schaute, dass sie ausnahmslos jeden so behandelt: Für sie besteht die ganze Welt aus ihren Lakaien.

Er seufzte.

Und das Schlimmste ist, dass genau das wahrscheinlich der Grund ist, warum ich hier wie ein Trottel sitze und auf sie warte …

Gerade als er sich dafür entschieden hatte, aufzustehen und die Serviette auf den Tisch zu werfen, ließ sich Hortense auf den leeren Stuhl ihm gegenüber fallen. Ihr langes kastanienbraunes Haar, ihre blitzenden grünen Augen und ihr strahlendes Lächeln zeugten von einem derart intensiven Lebenshunger, einer solchen Lebensfreude, dass Nicholas Bergson gegen seinen Willen erst hingerissen und anschließend gerührt war. Wie schön sie war! Strahlend *and so chic*! Sie trug einen gegürteten Mantel aus schwarzem Wollstoff, dessen Ärmel sie hochgeschoben hatte, um die Oyster Rolex mit Edelstahlgehäuse an ihrem Handgelenk zu betonen, eine braun schimmernde Stretch-Jeans – eine neunhundertachtzig Pfund teure Balmain, wie er bemerkte –, einen Rollkragenpullover aus schwarzem Kaschmir und eine Kalbslederhandtasche von Hermès.

Erstaunt zog er eine Augenbraue hoch und fragte: »Woher stammt dieser Luxus?«

»Ich habe im Internet eine Seite gefunden, wo man alle möglichen Marken für einen Monat ausleihen kann. Ganz umsonst! Und du siehst, es wirkt, das ist das Erste, was dir auffällt. Du sagst nicht mal Hallo, in deinem kleinen Modediktatorenkopf denkst du gleich, wow, ist die schick! Du bist genau wie alle anderen, du lässt dich von Angeberei blenden …«

»Wie funktioniert das?«

»Du meldest dich an, hinterlegst eine bestimmte Summe als Kaution, und – zack! – leihst du aus, was du willst, und kleidest dich wie eine Prinzessin. Die Leute schauen dich an, sie respektieren dich, machen dir Komplimente! Hast du schon etwas ausgesucht?«, fragte sie, während sie die Karte überflog.

»Ich hatte ja genügend Zeit dazu«, erwiderte Nicholas spitz. »Ich kenne die Karte mittlerweile auswendig.«

»Und was nimmst du?«, fragte Hortense, ohne den frostigen Unterton zu beachten. »So, ich hab's! Ich weiß, was ich will … Kannst du den Kellner rufen? Ich sterbe vor Hunger …«

Sie hob den Kopf, sah ihn an und brach in Lachen aus.

»Sag mal, bist du neuerdings schwul oder was?«

Nicholas blieb die Luft weg.

»Hortense! Was erlaubst du dir?«

»Hast du gesehen, wie du angezogen bist? Orangefarbenes Hemd, rosa Krawatte, violettes Jackett! Ich habe nirgendwo gelesen, dass das der neueste Trend wäre. Es sei denn, du hättest das Ufer gewechselt …«

»Nein, noch nicht, aber das kann nicht mehr lange dauern, wenn ich mich noch weiter mit dir treffe. Du allein würdest ausreichen, um mir das weibliche Geschlecht für alle Zeiten zu verleiden …«

»Dann solltest du wissen, dass mich das ganz und gar nicht stören würde. Im Gegenteil. Dann hätte ich dich ganz für mich allein und bräuchte dich nicht mit irgendeiner blöden Tussi zu teilen. Ich fände es grauenvoll, dich mit einer blöden Tussi zu teilen. Also hast du die Wahl: Mönch oder schwul …«

»Meine liebe Hortense, um mich zu halten, müsstest du mich schon mit ein wenig mehr Respekt behandeln … Vielleicht hast du es nicht bemerkt, aber …«

»Wink den Kellner her, ich verhungere!«

»Und du fällst mir ins Wort!«

»Ich hasse es, wenn du so rumjammerst … Du rufst mich an, behauptest, du hättest eine wahnsinnig aufregende Neuigkeit für mich, ich leihe mir Luxusklamotten aus, brezele mich auf, übe vor dem Spiegel, rede mir ein, dass du mir Stella oder John vorstellen wirst … und dann treffe ich auf einen quietschbunten traurigen Clown, der einsam und allein am Tisch vor sich hin brütet! Nicht gerade sexy, so was!«

»Ich brüte vor mich hin, weil du fünfunddreißig Minuten zu spät kommst! Und ich bin allein, weil ich nicht mit Gott und der Welt zum Mittagessen verabredet bin, sondern mit dir!«, schäumte Nicholas Bergson, einem Nervenzusammenbruch nahe.

»Ach? Bin ich zu spät? Das ist möglich … aber kein Weltuntergang.

Du kannst dem Kellner ein Zeichen geben, ich sterbe vor Hunger. Ich glaube, das habe ich schon mal gesagt.«

Nicholas gehorchte. Sie bestellten.

Er blieb stumm.

»Schon gut, ich habe verstanden … Du kannst mit diesem Pictionary aufhören: Du bist sauer auf mich … Also werde ich dir jetzt Fragen stellen, und du antwortest nur mit Ja oder Nein, auf diese Weise kannst du weiterschmollen, und deine Ehre ist gerettet. Erste Frage: Betrifft deine wahnsinnig aufregende Neuigkeit dich selbst?«

Nicholas schüttelte den Kopf.

»Betrifft sie mich?«

Er nickte.

»Geht es um mein Studium?«

Er schüttelte den Kopf.

»Einen möglichen Job?«

Er nickte erneut.

»Einen fantastischen Job, der das Sprungbrett zu einer wundervollen Karriere sein könnte?«

Er nickte.

»Ich warne dich: Entweder du findest jetzt bald deine Sprache wieder, oder ich ramme dir vor allen Leuten eine Gabel ins Auge!«

Er ignorierte sie und begann, immer noch stumm, mit dem Griff seines Messers zu spielen.

»Na gut, meinetwegen … Ich entschuldige mich dafür, dass ich zu spät gekommen bin. Und ich würde dich sogar auf den Mund küssen, damit alle wissen, dass du nicht schwul bist, sondern ein durchaus passabler Liebhaber …«

»Passabel? Ist das alles?«

»Ganz ordentlich, und das ist mein letztes Wort … Also, diese Information, worum geht es?«

Nicholas seufzte geschlagen.

»Harrods. Die Schaufenster. Die berühmten Schaufenster … Zwei davon sind noch frei. Sie wissen noch nicht, wem sie sie geben werden, und man kann die Bewerbungsunterlagen noch bis heute Abend, siebzehn Uhr, bei einer gewissen Miss Farland abholen …«

Hortense starrte ihn mit offenem Mund an.

»Das ist Wahnsinn. Der absolute Wahnsinn … Und du glaubst, ich …«

»Ich gebe dir die Adresse von Miss Farlands Büro, du holst dir die Mappe ab und verkaufst dich, als hinge dein Seelenheil davon ab! Es liegt in deiner Hand.«

»Und wie kommt es, dass die Schaufenster bei Harrods noch frei sind?«, fragte Hortense, mit einem Mal misstrauisch. »Normalerweise werden sie Monate im Voraus vergeben …«

»Es handelt sich um die März-April-Fenster, die jungen Designern vorbehalten sind. Sie hatten sie Chloé Pinkerton gegeben …«

»… die gestern Morgen auf der Fahrt zurück aufs Land einen Autounfall hatte. Geschieht ihr recht! Das wird sie lehren, ein Snob zu sein und nicht in London wohnen zu wollen! Ich fand dieses Mädchen immer schon ziemlich überbewertet. Ich habe mich gefragt, wie sie es bloß geschafft hat … Um die ist es nicht schade!«

»Manchmal«, sagte Nicholas entsetzt, »frage ich mich, ob du überhaupt ein Mensch bist. Natürlich schließt der Begriff ›Mensch‹ das Schlimmste mit ein, aber er umfasst doch auch Sanftmut, Mitgefühl, Zuwendung, Großzügigkeit …«

»Glaubst du, ich kann sofort hingehen? Zu Miss Farland?«

»Das kommt überhaupt nicht infrage! Du musst wenigstens noch mit mir essen, nachdem du mich so lange hast warten lassen!«

»Na gut … aber wenn ich zu spät komme, werde ich nie wieder ein Wort mit dir reden! Außerdem habe ich gar keinen Hunger mehr, ich denke schon über meine Schaufenster nach …«

Nicholas seufzte und faltete seine Serviette auf.

»Was machst du über Weihnachten?«, fragte er, um das Gespräch wieder in Gang zu bringen.

»Paris, Maman, meine Schwester, Shirley, Gary und das übliche Brimborium! Maman wird einen Truthahn braten, ihn verbrennen lassen, dann wird sie sentimental und fängt an zu heulen, Zoé hat bescheuerte Geschenke gebastelt, als wäre sie bei den Pfadfindern, Shirley wird versuchen, die Stimmung zu retten, und Gary und ich werden uns stumm anstarren wie zwei Porzellanhunde …«

»Ach! Der schöne Gary Ward wird auch da sein …«

»Wie üblich …«

»Du hast sicher gehört, dass Charlotte Bradsburry ihre Trennung immer noch nicht verkraftet hat. Sie behauptet, er habe deinetwegen Schluss gemacht, und verbreitet in ganz London Gerüchte über dich …«

»Wenn sie allen von mir erzählt, werde ich noch berühmt!«

»Sie behauptet auch, dass sie dir bei deiner ersten Modenschau das Genick brechen wird…«

»Wunderbar! Besser, die Leute reden schlecht über einen als gar nicht!«

»Mit einem Wort, sie ist sehr traurig…«

»Das ist mir so was von egal. Ich pfeife auf den Herzschmerz von Miss Charlotte! Ich schnappe mir zwei Schaufenster bei Harrods. Zwei riesige Leinwände, auf denen ich mein Talent präsentiere! Und sechs Wochen lang wird die ganze Welt sehen, wozu ich fähig bin, die ganze Welt wird von Hortense Cortès hören… Und ratzfatz habe ich mir einen Namen gemacht, ich werde von allen vergöttert… und reich, reich, reich! Denn danach werde ich mit Verträgen überschüttet. Ich brauche einen guten Anwalt. Kennst du vielleicht einen?«

Sie verstummte und dachte eine Weile nach. Ernst. Konzentriert.

»Ich muss mir ein Motto einfallen lassen. Erinnerst du dich an meine Modenschau bei Saint Martins?«

»*Sex is about to be slow*…«

»Das war gut, was?«

»Perfekt. Aber da hatten wir noch keine Krise…«

»Wir pfeifen auf die Krise! Die Leute werden die Krise vergessen, wenn sie meine Schaufenster sehen… Sie werden fasziniert sein, sage ich dir!«

»Noch hast du sie nicht… Es gibt viele Bewerber…«

»Ich werde sie bekommen. Das schwöre ich dir! Und wenn ich Tag und Nacht, Nacht und Tag und noch länger dafür arbeiten muss, wenn ich mich Miss Farland zu Füßen werfen oder die anderen Bewerber mit einer Bombe in die Luft jagen muss…«

Sie winkte dem Kellner und bestellte einen frisch gepressten Zitronensaft.

»Du trinkst Zitronensaft?«, fragte Nicholas.

»Jeden Morgen nach dem Aufstehen. Das ist gut für die Haut, die Haare, die Leber, schützt vor Viren und Mikroben und macht fit. Heute Morgen habe ich ihn vergessen…«

Sie stützte das Kinn auf eine Hand.

»Ich brauche eine geniale Idee«, sagte sie, »eine absolut geniale Idee…«

»Und zwar schnell!«, ergänzte Nicholas.

»Sie gehören mir … Hortense Cortès! Ich werde diese verdammten Fenster bekommen!«

»Daran zweifle ich nicht eine Sekunde, meine Liebe … Der Frauen Wille ist Gottes Gesetz …«

Um vierzehn Uhr dreißig stand Hortense Cortès im achten Stock eines Gebäudes an der Bond Street in einer Schlange mit ungefähr fünfzig weiteren Bewerbern, die einander unfreundlich musterten. Alle standen sehr gerade und beobachteten jede Regung ihrer Konkurrenten. Ein Mädchen stürmte aus dem Besprechungszimmer und rief, ihr braucht euch nicht länger die Beine in den Bauch zu stehen, ich bin engagiert! Manche sahen sie entmutigt an und traten aus der Reihe. Hortense glaubte ihr kein Wort.

Zehn Minuten später kam ein gewisser Alistair Branstall heraus, der für seine exzentrische Brillenkollektion bekannt war, und versicherte, dass die Bewerbungsmappen niemals für alle reichen und die Letzten in der Schlange garantiert keine mehr abbekommen würden. Er stolzierte in einem grün-schwarz karierten Anzug vorbei, die Augen hinter einer giraffenförmigen Brille weit aufgerissen.

Hortense zuckte mit den Schultern.

Dann verkündete eine Assistentin von Miss Farland, dass nur noch zehn Bewerbungsmappen übrig seien. Hortense zählte hastig nach: Sie war die Vierzehnte.

Sie schimpfte stumm vor sich hin, bereute bitterlich den Montblanc, den sie zum Dessert gegessen hatte, und den zweiten Kaffee, verfluchte ihre Gefräßigkeit und Nicholas sowieso, zählte noch einmal. Die Bewerber verließen einer nach dem anderen den Raum. Sie beschloss zu bleiben.

Jetzt war sie nur noch die Elfte.

»Ich habe gesagt, es sind nur noch zehn Bewerbungsmappen übrig«, wiederholte die Assistentin mit einem Blick auf Hortense.

»Und ich habe beschlossen, dass ich nicht zählen kann«, erwiderte Hortense mit einem strahlenden Lächeln.

»Wie Sie wollen«, antwortete die Assistentin verkniffen und drehte sich auf dem Absatz um.

Als die letzte Bewerberin mit ihrer Mappe unter dem Arm verschwunden war, klopfte Hortense an die Tür von Miss Farland.

Die Assistentin öffnete ihr mit einem herablassenden Lächeln.

»Ich will eine Bewerbungsmappe …«, sagte Hortense.

»Ich hatte Ihnen schon gesagt, dass keine mehr da sind …«

»Dann will ich Miss Farland sprechen.«

Die Assistentin zuckte mit den Schultern, als wäre es überflüssig, weiter darauf zu drängen.

»Richten Sie ihr aus, dass ich mit Karl Lagerfeld zusammengearbeitet habe und ein von ihm unterschriebenes Empfehlungsschreiben habe …«

Die Assistentin zögerte. Ließ Hortense herein und forderte sie auf zu warten.

»Ich werde sehen, was ich tun kann …«

Sie kam zurück und bat Hortense, ihr zu folgen.

Miss Farland saß hinter einem langen ovalen Glasschreibtisch. Eine Frau wie ein Strich: dunkel, knochig, fahler Teint, eine riesige schwarze Brille, das rabenschwarze Haar zu einer Banane gerollt, grellroter Lippenstift und große goldene Ohrringe, die ihre Wangen umrahmten. Mager, so mager, dass man durch sie hindurchsah.

Sie bat ihre Assistentin, sie allein zu lassen, und streckte die Hand nach Karls Brief aus.

»Ich habe keinen Brief. Ich habe noch nie mit Monsieur Lagerfeld zusammengearbeitet. Ich habe geblufft«, sagte Hortense, ohne zu zittern. »Ich will diesen Job, er ist für mich. Ich werde Sie umhauen. Ich habe zwanzigtausend Ideen im Kopf. Ich arbeite hart, und ich habe vor nichts Angst.«

Miss Farland musterte sie überrascht.

»Und Sie glauben, mit Ihrem Geschwätz werden Sie Erfolg haben?«

»Ja. Ich bin noch keine zwanzig Jahre alt, ich bin Französin, und ich studiere im zweiten Jahr am Saint Martins College. Das erste Jahr bestehen nur siebzig Studenten von eintausend … Das Motto meiner Modenschau war *Sex is about to be slow*. Kate Moss hat eines meiner Modelle präsentiert … Das kann ich Ihnen auch beweisen, ich habe die DVD und die Zeitungsartikel hier … Und außerdem weiß ich, dass ich besser bin als die fünfzig anderen Bewerber.«

Miss Farland betrachtete den gegürteten schwarzen Mantel, die hochgeschobenen Ärmel, die Balmain-Jeans, den breiten Gürtel von Dolce & Gabbana, die Hermès-Tasche, die Rolex, und ihre schwarz behandschuhte Hand strich über den Stapel mit Bewerbungsmappen.

»Wir haben viel mehr als fünfzig Bewerber, es müssen ungefähr hundert sein … allein heute!«

»Dann bin ich eben besser als hundert andere Bewerber!«

Über Miss Farlands Züge huschte ein Lächeln, das freundlich gewesen wäre, wenn sie sich nicht zusammengerissen hätte.

»Dieser Job ist für mich bestimmt …«, wiederholte Hortense, die die Bresche sofort erkannt hatte.

»Die Übrigen wurden ausgewählt, weil sie gut sind, weil sie sich bereits bewährt haben …«

»Sie haben sich bewährt, weil ihnen jemand die Chance dazu gegeben hat. Eine erste Chance … Geben Sie mir meine erste Chance.«

»Sie haben schon Erfahrung …«

»Ich habe auch Erfahrung. Ich habe mit Vivienne Westwood und Jean-Paul Gaultier zusammengearbeitet. Die hatten keine Angst, mir zu vertrauen. Und ich habe auch meine ersten Modelle an meinem Teddybären ausprobiert, als ich sechs war!«

Miss Farland lächelte erneut und öffnete eine Schublade, um darin eine zusätzliche Bewerbungsmappe zu suchen.

»Sie werden es nicht bereuen …«, fuhr Hortense fort, die spürte, dass sie nicht lockerlassen durfte. »Eines Tages werden Sie sagen können, dass Sie die Erste waren, die mir eine Chance gegeben hat, dann werden die Leute kommen, um Sie zu interviewen, Sie werden Teil meiner Legende sein …«

Miss Farland wirkte ausgesprochen belustigt.

»Hier sind keine Mappen mehr, ich sehe kurz nach, ob meine Assistentin noch eine hat, Miss …«

»Cortès. Hortense Cortès. Wie der Conquistador. Merken Sie sich diesen Namen gut …«

Miss Farland ging zu ihrer Assistentin ins Nebenzimmer. Hortense hörte sie miteinander reden. Die Assistentin sagte, es gebe keine Mappen mehr, aber Miss Farland bestand darauf.

Sie blieb sitzen. Wippte mit übergeschlagenen Beinen. Musterte die Unordnung auf dem Schreibtisch. Den mit Terminen und Telefonnummern vollgekritzelten Kalender. Sah das Puderdöschen von Shiseido, den Lippenstift von Mac, den Flakon mit CHANCE von Chanel, Filzschreiber, Füllfederhalter, Kugelschreiber, Druckbleistifte, verchromte

Stifte, vergoldete Stifte und einen langen Federhalter in einem Tintenfässchen.

Es gab weder Fotos von Kindern noch von einem Ehemann. Sie würde die Feiertage allein verbringen. Das Gesicht ungeschminkt, die Lippen blass, die Haare in ungewaschenen Strähnen herabhängend, alte Pantoffeln an den Füßen, der Regen peitscht gegen die Fenster, das Telefon klingelt nicht, sie hebt es hoch, um zu prüfen, ob es funktioniert, sie zählt die Tage, bis sie wieder ins Büro zurückkann … Trauriges Weihnachten!

Ihr Blick glitt weiter über den Schreibtisch und traf auf den Stapel Bewerbungsmappen. Den dicken Stapel bereits ausgewählter Bewerber.

Wie füllt man so etwas überhaupt aus? So was habe ich noch nie gemacht.

Es reicht nicht, eine Bewerbungsmappe zu ergattern, man muss sie auch richtig ausfüllen … Genügend interessante Details mitliefern, damit das Formular nicht zusammengeknüllt im Papierkorb landet.

Sie sprang auf, öffnete ihre Handtasche und stopfte ein knappes Dutzend Mappen hinein. Sie würde sich von den Lebensläufen ihrer Konkurrenten inspirieren lassen, um ihren eigenen aufzupolstern und ihm mehr Pep zu verleihen, und obendrein auch gleich noch ein paar Rivalen eliminieren.

Sie schloss ihre Tasche, setzte sich hin, schlug das rechte Bein über das linke, nahm ihr sanftes Wippen wieder auf, zählte die Stifte auf dem Schreibtisch und atmete tief durch.

Als Miss Farland zurückkam, saß Hortense brav auf ihrem Stuhl, die Handtasche auf dem Schoß. Sie reichte ihr einen dicken Umschlag.

»Bis morgen ausgefüllt zurück … Allerspätestens bis siebzehn Uhr; wer danach kommt, hat Pech gehabt. Verstanden?«

»Verstanden.«

»Sie haben Mumm. Das gefällt mir …«

Miss Farland hatte ein schönes Lächeln.

Hortense studierte die gestohlenen Bewerbungsmappen, ehe sie ihr eigenes Formular ausfüllte.

Trug Informationen zusammen.

Ergänzte ihr Studium um einen humanitären Einsatz in Bangladesch und zwei Firmenpraktika, ließ sich von den Schilderungen einer Bühnenbildnerin beim Theater inspirieren, übernahm die Erfahrungen von jemandem, der als Assistent eines Fotografen arbeitete, erfand einen Werbedreh in Kroatien …

Sie trug ihre Adresse, ihre E-Mail-Adresse und ihre Handynummer ein.

Legte die Mappe um fünfzehn Uhr zehn auf Miss Farlands Schreibtisch.

Und fuhr zum Bahnhof, wo sie den Eurostar nahm, Richtung Ferien, Weihnachten und Paris.

In einen an Miss Farland adressierten Umschlag hatte sie einen Stift mit einem vergoldeten Eiffelturm geschoben, der im Dunkeln blinkte.

Zweiter Teil

Oftmals erlaubt sich das Leben einen Scherz.

Es schenkt uns einen Diamanten, verborgen unter einem Métrofahrschein oder in den Falten eines Vorhangs. Er lauert auf uns in einem Wort, einem Blick, einem etwas einfältigen Lächeln.

Details sind wichtig. Sie streuen kleine Steinchen auf unseren Weg, die uns leiten. Die Brutalen, die Hektischen, diejenigen, die Boxhandschuhe tragen oder den Kies aufspritzen lassen, achten nicht auf Details. Sie wollen alles schwer, eindrucksvoll, grell, sie wollen keine Minute daran verschwenden, sich nach einer Münze, einem Strohhalm, der Hand eines zitternden Menschen zu bücken.

Aber wenn man sich hinunterbeugt, wenn man die Zeit anhält, dann entdeckt man den Diamanten in einer ausgestreckten Hand …

Oder in einer Mülltonne.

Und genau das passierte auch Joséphine in dieser Nacht des 21. Dezember.

Der Abend hatte gut begonnen.

Hortense war aus England zurück, und mit einem Mal beschleunigte sich das Leben. Tausend Dinge gab es zu erzählen, tausend Pläne zu verwirklichen, tausend Lieder vor sich hin zu summen, tausend Kleidungsstücke zu waschen und diese völlig zerknitterte Bluse zu bügeln, tausend spannende Abenteuer, und erinnere mich daran, Marcel anzurufen und ihn zu fragen … und Handys und Listen und wusstest du, dass, und sag mal, wieso, und jenes wundervolle Abenteuer, von dem sie ihrer Mutter und ihrer Schwester in der Küche berichtete: die Schaufenster bei Harrods. Stell dir nur mal vor, Maman, stell dir nur mal vor, Zoélinchen, ich bekomme zwei Schaufenster, und mein Name wird riesengroß an der Brompton Road in Knightsbridge stehen! Zwei Schaufenster mit der Überschrift »Hortense Cortès« im meistbesuchten Kaufhaus von ganz London! Oh, meinetwegen nicht das eleganteste und auch nicht das exquisiteste, aber das, wo die meisten Touristen vorbeikommen, die meisten Milliardäre, die meisten Leute, die nach meinem einzigartigen, wundervollen Talent Ausschau halten!

Und sie breitete die Arme aus und wirbelte durch die Küche, wirbelte durch den Flur, wirbelte durch das Wohnzimmer, schnappte sich Du Guesclins Pfoten und drehte, drehte ihn im Kreis, und was war dieser große, tollpatschige Du Guesclin doch für ein komischer Anblick, der nicht wusste, ob er sich mitziehen lassen sollte, der Joséphine einen verwunderten Blick zuwarf, einen besorgten Blick, der Zustimmung heischte, und der sich schließlich an Hortenses Fersen heftete und mit lautem Gebell ihr Glück feierte.

»Aber«, fragte Joséphine, als Hortense sich atemlos wieder auf einen Stuhl fallen ließ, »bist du denn sicher, dass du den Wettbewerb gewonnen hast?«

»Nicht bloß sicher, Maman, mehr als sicher. Gar keine Frage! Ich habe meinen Lebenslauf mit Unmengen an originellen, eindrucksvollen Details gespickt. Zwei Ideen entwickelt, von denen ich eine wirklich genial finde: ›Was passiert im Winter mit der Jacke?‹ Soll man sie über einem dicken Pullover tragen, um die Schultern gelegt, als Strickjacke, lässig um die Taille gebunden, oder sie lieber aus grobem Wollstoff schneidern, um den Mantelcharakter zu betonen? Jacken sind im Winter ein echtes Problem! Trägt man nur eine Jacke, ist einem zu kalt, und zieht man einen Mantel darüber, ist es zu warm. Man muss sie komplett neu erfinden! Sie dicker gestalten, ohne die Silhouette zu beschweren, sie leichter machen, ohne eine Lungenentzündung zu riskieren. Ich habe die Idee ausgearbeitet, ich habe Skizzen angefertigt. Ich habe Miss Farland beeindruckt, ich werde ausgewählt … keine Sorge!«

»Und wann sagen sie dir Bescheid?«

»Am zweiten Januar … Am zweiten Januar wird mein Handy klingeln, und ich werde erfahren, dass die Wahl auf mich gefallen ist. Ihr könnt euch nicht vorstellen, wie aufgeregt ich bin! Ich habe noch zehn Tage Zeit, um mir etwas einfallen zu lassen, ich werde durch Paris laufen, an den Schaufenstern entlangbummeln, mir Gedanken machen, und dabei wird mir die Idee kommen, die eine, geniale Idee, die ich anschließend nur noch umzusetzen brauche … Piffpaffpuff! Ich bin die Königin von London!«

Und sie stand erneut auf und hüpfte verschmitzt auf der Stelle, um ihren Optimismus und ihre gute Laune zu unterstreichen.

»Zur Feier des Tages mache ich dir heute Abend einen Apfelcrumble!«, beschloss Zoé und zog das Joe-Cool-T-Shirt straff, das Hortense ihr mitgebracht hatte.

»Danke, Zoélinchen! Und gibst du mir dann auch das Rezept, damit ich es für die Jungs in der WG nachkochen kann? Ich habe bei ihnen einiges gutzumachen!«

»Ja! Ja!«, rief Zoé, die sich geschmeichelt fühlte, so hoch in Hortenses Gunst zu stehen und Teil ihres Londoner Lebens zu sein. »Aber du sagst ihnen dann auch, dass es von mir ist, ja? Du sagst ihnen, dass ich es dir gegeben habe …«

Und sie rannte in ihr Zimmer, um ihr kostbares schwarzes Heft zu holen und auf der Stelle mit dem Apfelcrumble zu beginnen.

»Oh, Maman, ich bin glücklich! So glücklich … Das kannst du dir gar nicht vorstellen!«

Hortense breitete die Arme aus und seufzte.

»Ich kann den zweiten Januar kaum abwarten!«

»Aber … Was, wenn du nicht gewinnst? Du solltest dich vielleicht nicht so sehr da hineinsteigern …«

Ein flüchtiges, herablassendes Lächeln, ein Achselzucken, verdrehte Augen und ein lang gezogener Seufzer.

»Wie, wenn ich nicht gewinne? Das ist unmöglich! Diese Frau war von mir begeistert, ich habe ihre Neugier geweckt, sie berührt, ich habe ihre Einsamkeit mit einem gewaltigen Traum ausgefüllt, sie hat sich selbst in mir gesehen, sie ist für einen kurzen Moment in ihre Jugend zurückgekehrt, hat ihre früheren Hoffnungen wiederbelebt … und ich habe eine fehlerfreie Bewerbungsmappe abgegeben. Sie kann nur mich auswählen! Ich verbiete dir jeden noch so flüchtigen negativen Gedanken, du könntest mich anstecken!«

Und sie schob ihren Stuhl zurück, um sich von ihrer Mutter fernzuhalten.

»Ich sagte das doch nur vorsichtshalber«, entschuldigte sich Joséphine.

»Ja, eben! Sag so etwas nie wieder, sonst bringst du mir noch Unglück! Wir beide sind total verschieden, Maman, vergiss das nicht, und ich möchte auf gar keinen Fall so sein wie du ... in dieser Hinsicht«, fügte sie hinzu, um die Heftigkeit ihrer Worte abzuschwächen.

Joséphine erbleichte. Sie hatte vergessen, wie entschlossen Hortense sein konnte. Wie sehr sie es verstand, das ganze Leben in ein überschäumendes Abenteuer zu verwandeln. Ihre Tochter marschierte mit einem Zauberstab in der Hand vorwärts, während sie selbst auf der Stelle trat wie eine arthritische Kröte.

»Du hast recht, Liebling, du wirst ausgewählt werden ... Ich habe nur ein bisschen Lampenfieber deinetwegen. Das ist bei Müttern so ...«

Hortense verzog das Gesicht und fragte, ob sie das Thema wechseln könnten. Das sei ihr lieber.

»Wie geht es Iphigénie?«, erkundigte sie sich und verschränkte die Arme vor der Brust.

»Sie sucht einen neuen Job.«

»Sie will gehen?«

»Sie hat eher Angst, dass sie gegangen wird«, entgegnete Joséphine, erfreut über ihr Wortspiel, auf das Hortense jedoch nicht einging.

»Ach ja, wieso das denn?«

»Sie behauptet, eine andere wolle ihre Stelle haben ... Morgen hat sie ein Vorstellungsgespräch in einer Arztpraxis. Sie soll dort Telefondienst machen, Termine vereinbaren, Aufgaben verteilen. Dafür ist sie wie geschaffen ...«

Hortense gähnte. Ihr Interesse an Iphigénie war schon wieder erloschen.

»Mal wieder was von Henriette gehört?«

Joséphine schüttelte den Kopf.

»Ist auch besser so ...«, sagte Hortense seufzend. »Da kommt ohnehin nichts Gutes bei raus!«

»Und du?«

»Nichts ... Sie muss wohl anderweitig beschäftigt sein ... Und sonst?«

»Ich habe einen Brief von Mylène bekommen. Sie ist immer noch in China und möchte zurück nach Frankreich ... Sie hat mich gefragt, ob ich ihr helfen könne ... Ich habe nicht verstanden, ob sie wollte, dass ich ihr einen Job besorge oder sie hier bei mir aufnehme ...«

»Die hat ja Nerven!«

»Ich habe ihr nicht geantwortet ... Ich wusste nicht, was ich ihr sagen sollte.«

»Das war auch richtig so! Soll sie doch in China bleiben und uns in Ruhe lassen!«

»Sie ist sicher einsam …«

»Das ist nicht dein Problem! Hast du vergessen, dass sie die Geliebte deines Mannes war? Du bist echt unglaublich!«

Hortense warf ihr einen gereizten Blick zu.

»Und die neuen Nachbarn, wie sind die?«

Joséphine wollte gerade anfangen, sie ihr zu beschreiben, als Zoé weinend in die Küche gestürmt kam.

»Maman, Maman! Ich kann mein Rezeptheft nicht finden!«

»Hast du auch überall gesucht?«

»Überall, M'man! Überall! Es ist weg …«

»Ach was … Du hast es sicher nur irgendwohin geräumt und weißt es nicht mehr.«

»Nein, ich habe überall gesucht und es nirgends gefunden! Ich hab's satt! Aber so was von satt! Ich räume auf, und Iphigénie bringt alles wieder durcheinander!«

In Zoés tränennassen Augen spiegelte sich eine Verzweiflung, die sich durch keine Worte der Welt lindern lassen würde.

»Wir werden es schon wiederfinden, mach dir keine Sorgen …«

»Nein, wir werden es nicht wiederfinden!«, kreischte Zoé mit immer schrillerer Stimme. »Ich weiß genau, dass sie es weggeschmissen hat, sie schmeißt alles weg! Ich habe ihr hundertmal gesagt, dass sie es nicht anfassen soll, aber sie hört ja nicht auf mich! Sie behandelt mich wie ein kleines Kind … Als wäre es ein blödes Kritzelheft! Oh, Maman, das ist so schrecklich, ich glaube, ich muss sterben.«

Joséphine stand auf und beschloss, sich selbst auf die Suche zu machen.

Doch obwohl sie die Matratze anhob, das Bett verrückte, den Kleiderschrank durchwühlte, den Schreibtisch verschob, die Schultasche ausleerte, die Unterhosen und Socken durch die Luft wirbeln ließ, das schwarze Heft blieb verschwunden.

Zoé saß weinend auf dem Teppich und zupfte an ihrem Joe-Cool-T-Shirt herum.

»Ich lege es immer da hin, auf meinen Schreibtisch. Außer wenn ich es mit in die Küche nehme … Aber danach lege ich es immer wieder zurück … Du weißt, wie viel es mir bedeutet, M'man! Und jetzt ist es weg, glaub mir doch, es ist weg. Iphigénie muss es beim Putzen weggeworfen haben …«

»Nein, nicht doch! Das ist unmöglich!«

»Doch, Maman, sie ist brutal! Sie will immer alles wegwerfen!«

Ihr Schluchzen verstärkte sich. Es klang wie das Stöhnen eines sterbenden Tiers, das keuchend auf das Ende wartet.

»Bitte, Zoé, wein doch nicht! Wir werden es ganz bestimmt wiederfinden …«

»Wir werden es nicht wiederfinden, und das weißt du auch ganz genau! Ich werde in meinem ganzen Leben nie wieder kochen!«, schrie Zoé und steigerte sich in einen weiteren Weinkrampf hinein. »Meine ganzen Erinnerungen sind weg, meine ganze Vergangenheit, alles stand in meinem Heft! Mein ganzes Leben!«

In dem Blick, mit dem Hortense diese Tränenflut bedachte, spiegelte sich entnervtes Mitleid.

Das Abendessen verlief trübsinnig.

Zoé weinte in ihren Teller, Joséphine seufzte, und Hortense schwieg, doch ihr vorwurfsvolles Schweigen verriet deutlich, dass ihrer Meinung nach in diesem Haus zu viel Theater um ein albernes Rezeptheft gemacht wurde.

Sie rührten das Coq au vin, das Joséphine bereits am Vortag in Erwartung von Hortenses Rückkehr zubereitet hatte, kaum an und gingen leise zu Bett, als kämen sie von einer Beerdigung.

Seit Joséphine mit Gaston Serrurier zu Mittag gegessen und er angedeutet hatte, dass ihre Tantiemen deutlich zurückgegangen waren, fiel es ihr schwer, abends einzuschlafen. Sie lag auf dem Rücken, suchte nach einer bequemen Lage, der günstigen Haltung für ihren rechten Arm, dann den linken, der passenden Ausrichtung ihrer Beine, doch währenddessen tanzten die Zahlen in ihrem Kopf einen wilden Cancan und trieben sie in den Ruin. Die Angst vor der Armut kehrte zurück. Die Angst vor einer kärglichen Existenz. Das nächtliche Herumrechnen im fahlen Schein der Lampe. Jene alte Gefährtin, die sie aus ihrem Leben verbannt zu haben glaubte und die nun wieder ihr panisches Holzschuhtrappeln hören ließ.

Die erste Woge der Angst erfasste sie.

Sie stand auf, ging an ihren Schreibtisch, nahm die Kontoauszüge heraus, rechnete wieder und wieder, addierte dreimal hintereinander die gleichen Beträge, geriet durcheinander, begann von Neuem, zog Posten ab, legte sich hin, stand wieder auf, um noch mehr abzuziehen, sie hatte die Wohnsteuer vergessen … Malte sich aus, wie sie die Wohnung verkaufen, sich eine günstigere Unterkunft suchen würde … Wenigstens gehörte ihr eine schöne Wohnung in einem guten Viertel. Das war etwas, was sie verkaufen könnte. Schon, aber es blieb immer noch der Kredit abzustottern … Und Hortenses Schulgeld, Hortenses Zimmer in London, Hortenses monatliche Unterstützung. Davon hatte sie Serrurier nichts erzählt. Das würde sie niemals wagen.

Sie hatte das Geld und seine Klauen vergessen. Doch bald würde sie erneut dasitzen und angsterfüllt vor sich hin rechnen.

Um Zoé machte sie sich niemals Sorgen. Hortense war es, die ihre Panik weckte. Ihr keine schönen Kleider mehr kaufen zu können, sie zu zwingen, in ein weniger teures Viertel umzuziehen, sie daran zu hindern, dieses oder jenes zu tun, Träume zu entwickeln, die irgendwann Wirklichkeit werden würden … Unmöglich! Sie bewunderte die Energie und den Ehrgeiz ihrer Tochter. Und sie fühlte sich für ihren luxuriösen Geschmack verantwortlich. Sie hatte nie den Mut aufgebracht, sich ihren Wünschen zu widersetzen. Es war nur gerecht, dass sie jetzt die Folgen trug.

Sie richtete sich auf, atmete tief ein und sagte sich: Ich brauche doch nur eine Idee für ein Buch, dann kann ich mich wieder an die Arbeit machen. Ich habe es schließlich schon einmal geschafft …

Doch dann brach eine neue Woge der Angst über sie herein und begrub sie unter sich. Ein glühender Schraubstock presste ihre Brust zusammen. Sie bekam keine Luft mehr. Sie drohte zu ersticken. Rieb sich die Rippen. Zählte, zählte, um sich zu beruhigen und wieder zu Atem zu kommen. Eins, zwei, drei, das schaffe ich nicht, sieben, acht, neun, das schaffe ich nie, ich habe geträumt, ich könnte es schaffen, zwei Jahre lang bin ich in trügerischer Ruhe eingeschlafen … zwölf, dreizehn, vierzehn, ich bin ein Bücherwurm, keine Schriftstellerin. Ein kleiner, emsiger Bücherwurm, der seine Brötchen zwischen grauen, mit Büchern und Staub bedeckten Regalen verdient. Serrurier hat behauptet, ich sei eine Schriftstellerin, damit ich mich wieder an die Arbeit mache, aber er glaubt doch selbst kein Wort davon. Das Gleiche erzählt er sicher jedem Autor, bei einem Mittagessen in diesem Restaurant, dessen Karte er mittlerweile auswendig kennt …

Sie stand auf.

Ging in die Küche und trank ein Glas Wasser. Die Angst erzeugte eine so große Leere in ihr, dass sie sich am Rand des Spülbeckens abstützen musste.

Sie sprach mit Du Guesclin, der sie besorgt ansah, ich schaffe das nicht, weißt du, beim letzten Mal habe ich es nur geschafft, weil Iris mich dazu gedrängt hat. Iris hatte genug Kraft für zwei, sie zweifelte nicht, sie stand nicht nachts auf, um Beträge zu addieren und zu subtrahieren, sie fehlt mir, Doug, sie fehlt mir so …

Du Guesclin seufzte. Wenn sie ihn Doug nannte, war die Lage ernst. Oder der Moment besonders bedeutsam. Und er legte den Kopf auf die rechte Seite, auf die linke Seite, um herauszufinden, ob es sich um ein großes Glück oder ein großes Unglück handelte … In seinem starren Blick lag eine solche Verzweiflung, dass sie neben ihm niederkniete, ihn in die Arme nahm und seinen großen, schwarzen Tapferer-Ritter-Kopf rubbelte.

Sie suchte Zuflucht auf dem Balkon und sah zu den Sternen auf. Ließ Kopf und Arme zwischen die Beine sinken und bat die Sterne, ihr Kraft und inneren Frieden zu schicken. Alles andere kriege ich schon hin … Schenkt mir Energie und Antrieb, dann lege ich auch wieder los, versprochen. Es ist so schwer, immer allein zu sein. Meinem Leben allein jeden Tag wieder aufs Neue den entscheidenden Anstoß zu geben.

Sie sprach ihr Gebet zu den Sternen, jenes Gebet, das schon so oft erhört worden war.

»Bitte, liebe Sterne, macht, dass ich nicht mehr allein bin, macht, dass ich nicht mehr arm bin, macht, dass man mir nicht länger so zusetzt, macht, dass ich nicht länger vor Angst zittere … Die Angst ist mein schlimmster Feind, die Angst lähmt mich. Schenkt mir inneren Frieden und Kraft, schenkt mir den Mann, auf den ich heimlich warte und dem ich mich nicht mehr nähern darf. Macht, dass wir uns wiederfinden und für immer zusammenbleiben. Denn die Liebe ist doch der größte Reichtum von allen, und ohne diesen Reichtum kann ich nicht sein …«

Sie betete mit erhobener Stimme und brachte dem Sternenhimmel das ganze Bündel ihrer Sorgen dar. Die Stille, der Duft der Nacht, das Murmeln des Windes in den Zweigen, all diese durch lange Gewohnheit vertrauten Bezugspunkte hüllten ihre Worte ein und besänftigten ihren erregten Geist. Ihre Ängste zerstreuten sich. Sie bekam wieder Luft, der glühende Schraubstock löste sich, sie spitzte die Ohren und horchte auf das Geräusch eines Taxis, das seine Fahrt verlangsamte und seinen Fahrgast aussteigen ließ, eine zuschlagende Tür, Frauenabsätze, die eine gepunktete Linie auf den Bürgersteig zeichneten, das Haus betraten, um die Zeit kommt sie erst nach Hause, lebt sie allein oder legt sie sich zu ihrem schlafenden Mann? Die Nacht nahm die Farben einer Unbekannten an. Wurde wieder vertraut. Die Nacht war nicht mehr bedrohlich.

Doch an diesem Abend sank vom Himmel kein Frieden herab.

Zoés Heft, wiederholte Joséphine unablässig, die Hände unter dem Federbett zu Fäusten geballt, Zoés Heft, und sie flehte den Himmel an, es wieder auftauchen zu lassen. Zoés Heft, Zoés Heft, diese Worte marterten ihren Kopf und bereiteten ihr Migräne. Zoé und das Kochen, Zoé und die Gewürze, die Soßen, die aufgehenden, zusammenfallenden Soufflés, der Eischnee, die schmelzende Schokolade, das sich goldgelb färbende Eigelb, die gemeinsam geschälten Äpfel, der Teig, der am Nudelholz klebt, der bräunende Karamell und der Ofen, der die Tarte verschlingt. Zoés ganzes Leben ist in diesem Heft enthalten: das Rezept für »poulet bicyclette«, das sie aus Kenia mit zurückgebracht hat, Antoines »einzig wahres« Kartoffelpüree, die Krabben nach skandinavischer Art ihrer Freundin Emma, der Crumble von Madame Astier, ihrer Geschichtslehrerin, die Lasagne von Mylène, Giuseppes Tagliatelle mit Lachs, ein Fondue aus Karamellbonbons und Krokant von Iphigénie … In diesen Rezepten zog ihr ganzes Leben vorbei, immer wieder unterbrochen von kurzen Schilderungen. Wie das Wetter war, welche Kleider sie gerade trug, was dieser oder jener gesagt und was sich daraus ergeben hatte, lauter Hinweise, die zusammen ihre Identität ergaben. Bitte, liebe Sterne, gebt ihr dieses Heft zurück, ihr braucht es doch nicht!

»Das wäre ein wundervolles Weihnachtsgeschenk«, fügte Joséphine mit suchend zum Himmel erhobenem Blick hinzu.

Doch die Sterne antworteten nicht.

Joséphine stand auf, zog das Federbett um ihre Schultern zurecht, ging wieder hinein, steckte den Kopf in Zoés Zimmer und betrachtete ihre schlafende Tochter. Sie hatte ein Bein von Nestor, ihrem Kuscheltier, im Mund … Obwohl sie mittlerweile fünfzehn war, gelang es Nestor immer noch, sie zu beruhigen.

Joséphine ging in ihr eigenes Zimmer und legte das Federbett aufs Bett. Wies Du Guesclin an, sich auf dem Teppich zusammenzurollen. Schlüpfte unter die dicke, warme Decke und schloss die Augen, während in ihrem Kopf immer noch die Worte Zoés Heft, Zoés Heft, Zoés Heft… widerhallten. Plötzlich durchzuckte sie ein Gedanke: die Mülltonnen! Zoé hatte recht. Was, wenn Iphigénie, die nicht die geringste Unordnung duldete, es tatsächlich in den Müll geworfen hatte?

Von freudiger Gewissheit erfüllt, sprang sie auf.

Die Mülltonnen! Die Mülltonnen!

Sie zog eine Jeans, einen dicken Pullover und Stiefel an, band ihr Haar zusammen, nahm ein Paar Gummihandschuhe und eine Taschenlampe, pfiff nach Du Guesclin und ging nach unten in den Hof.

Sie betrat den Raum, in dem, an Haken wie Fleischstücke im Kühlraum eines Metzgers, ein knappes Dutzend Fahrräder und zwei Dreiräder hingen, und erblickte die vier schwarzen, eindrucksvollen, von Abfällen überquellenden Mülltonnen. Roch den feuchten, schimmligen Geruch. Rümpfte die Nase. Dachte an Zoé und tauchte entschlossen zwei Arme in die erste Tonne.

Sie öffnete jede Plastiktüte und griff auf der Suche nach einem glatten, kartonierten Gegenstand in Schleimiges, Weiches, Spitzes, in Gemüseschalen, Osso-Bucco-Knochen, alte Schwämme, Kartonverpackungen und Flaschen – in diesem Haus trennt einfach niemand seinen Müll, schimpfte sie vor sich hin.

Ihre Finger betasteten die Abfälle mit der Hingabe einer Blinden.

Mehrmals hätte sie fast aufgegeben, so übel wurde ihr von dem betäubenden, stechenden Gestank.

Sie wandte den Kopf ab, da sie es vorzog, nicht zu sehen, woran sie da herumfingerte, und überließ es ihren Händen, das kostbare Heft zu identifizieren. Sie schob zur Seite, sie sortierte, hin und wieder stockte sie bei einem Rechteck, das an ein Heft erinnerte, und zog es in den Lichtstrahl ihrer Taschenlampe: Es war der Deckel eines Schuhkartons oder einer Konfektschachtel. Und schon tauchte sie erneut ein in die Berge von Unrat, drehte den Kopf zur Seite, um weniger übel riechende Luft zu atmen, machte sich wieder an die Suche.

In der dritten Tonne war sie kurz davor aufzugeben. Der Boden war glitschig, und sie hätte um ein Haar das Gleichgewicht verloren.

Sie zog die Hände zurück und seufzte entmutigt.

Wieso sollte Iphigénie das Heft weggeworfen haben?

Sie empfand höchsten Respekt vor allem, was mit Schule zu tun hatte, und verkündete jedem, der es hören wollte, das sei die einzige Hoffnung der armen Leute. Nur wer etwas lernt, kommt weiter, Madame Cortès, sehen Sie mich an, ich habe nie eine Ausbildung gemacht, und jetzt tut es mir leid … Jedes Jahr im September band sie sorgsam die Bücher ihrer Kinder ein, klebte hübsche Etiketten darauf, zeichnete hingebungsvoll in ihrer schönsten Schrift ihre Namen darauf und beendete ihr Werk, indem sie sie mit verschiedenfarbigen Stickern kennzeichnete, je nachdem ob es sich um ein Französischbuch, ein Mathematikbuch oder ein Erdkundebuch handelte. Sie hätte niemals ein Heft weggeworfen, in das jemand etwas hineingeschrieben hatte! Niemals! Sie hätte es aufgeschlagen, hätte es, sich auf beide Ellbogen abstützend, studiert.

Aber Zoés Kummer, ihr tränenreicher Ausbruch und ihre vor Verzweiflung hängenden Mundwinkel verboten ihr, die Suche aufzugeben.

Sie fasste neuen Mut. Presste die Ellbogen an ihre Taille, um neuen Schwung zu sammeln. Hob einen Deckel an, fand einen Lammknochen, den sie Du Guesclin hinhielt, und begann wieder zu graben.

Endlich traf ihre gummibehandschuhte Hand auf einen rechteckigen, harten Gegenstand. Ein Heft! Das Heft!

Glücklich und stolz hielt sie es in die Höhe.

Untersuchte es im Schein der Taschenlampe.

Es war tatsächlich ein Notizheft, ein schwarzes Notizheft, aber es war nicht Zoés Heft.

Auf dem Deckel sah sie weder Fotos noch Zeichnungen oder bunte, runde Sticker. Es war ein sehr altes Notizheft, dessen Bindung nur noch hielt, weil eine geschickte Hand sie im Laufe der Zeit mit mehreren Schichten Klebstreifen ausgebessert hatte.

Joséphine zog die Handschuhe aus, öffnete das schwarze Heft auf der ersten Seite und las im Licht der Taschenlampe.

»Heute, 17. November 1962, ist mein erster Arbeitstag, der erste Drehtag. Ich wurde als Laufbursche für die Dreharbeiten zum Film *Charade* von Stanley Donen in Paris engagiert. Ich hole Kaffee, besorge Zigaretten, erledige Anrufe. Ein Freund meines Vaters hat mir diese Stelle besorgt, als Belohnung dafür, dass ich mein Abitur mit Sehr gut bestanden habe. Ich bin nur freitagsabends und an den Wochenenden am Set, weil ich mich auf die Aufnahmeprüfung an der École Polytechnique vorbereite. Ich will nicht auf die École Polytechnique.

Heute wird sich mein Leben verändern. Ich betrete eine neue, eine berauschende Welt, die Welt des Films. Zu Hause ersticke ich. Ich ersticke. Es kommt mir vor, als wüsste ich jetzt schon, wie mein Leben aussehen wird. Als hätten meine Eltern alles für mich entschieden. Was ich tun werde, wen ich heiraten werde, wie viele Kinder ich haben werde, wo ich wohnen werde, was ich sonntags essen werde … Ich will keine Kinder, ich will keine Frau, ich will nicht auf eine Eliteuniversität. Ich will etwas anderes, aber ich weiß nicht, was … Wer weiß, was mir dieses Abenteuer bringen wird? Einen Beruf, eine Liebe, Freuden, Enttäuschungen? Ich weiß es nicht. Aber ich weiß, dass man mit siebzehn noch alles hoffen darf, also erhoffe ich mir alles und noch mehr.«

Die Schrift war steil und hoch, doch manche Wortenden zogen sich zusammen wie verkrüppelte Pfoten. Sie erinnerten an amputierte Stümpfe. Es tat beinahe weh beim Lesen. Das Papier war vergilbt und fleckig. Bei manchen Wörtern war die Tinte ausgebleicht, was das Entziffern schwierig machte. In der Mitte des Heftes waren ganze Seiten zu einem festen Block zusammengeklebt, und man konnte sie nicht aufschlagen, ohne Angst haben zu müssen, sie zu zerreißen. Man musste vorsichtig und langsam zu Werke gehen, wollte man nicht die Hälfte des Textes verlieren.

Als Joséphine die erste Seite umblätterte, um weiterzulesen, musste sie behutsam ziehen, denn die Blätter hafteten aneinander.

»Bis jetzt habe ich nicht gelebt. Ich habe gehorcht. Meinen Eltern, meinen Lehrern, dem, was sich zu tun gehört, was sich zu denken gehört. Bis jetzt war ich ein stummes, wohlerzogenes Spiegelbild. Niemals ich selbst. Ich weiß überhaupt nicht, wer ›ich‹ ist. Es ist, als wäre ich mit einem fertigen Anzug geboren, in den ich nur noch hineinschlüpfen musste … Dank dieses Nebenjobs werde ich vielleicht endlich herausfinden, wer ich bin und was ich vom Leben erwarte. Ich werde wissen, wozu ich fähig bin, wenn ich frei bin. Ich bin siebzehn Jahre alt. Also ist es mir herzlich egal, dass ich nicht dafür bezahlt werde. Ein Hoch auf das Leben! Ein Hoch auf mich! Zum ersten Mal erhebt sich in mir ein Gefühl der Hoffnung … und dieses Gefühl tut verdammt gut …«

Es war ein Tagebuch.

Wieso lag es in einer Mülltonne? Wem gehörte es? Jemandem aus dem Haus, sonst wäre es nicht dorthin gelangt. Und warum hatte dieser Jemand es weggeworfen?

Joséphine schaltete das Raumlicht ein und setzte sich auf den Boden. Ihre Hand rutschte über eine Kartoffelschale, die an ihrer Handfläche kleben blieb. Angewidert zog sie sie ab, wischte die Hand an ihrer Jeans sauber und las, mit dem Rücken gegen eine große Tonne gelehnt, weiter.

»28. November 1962. Ich bin ihm endlich begegnet. Cary Grant. Der zweite Hauptdarsteller des Films, neben Audrey Hepburn. Er ist so attraktiv! Und witzig. Und so vollkommen ohne Allüren. Wenn er einen Raum betritt, füllt er ihn vollständig aus. Um ihn herum nimmt man nichts anderes mehr wahr. Ich hatte dem Chefbeleuchter einen Kaffee gebracht, für den er sich nicht einmal bedankt hatte, und schaute bei der Szene zu, die gerade gedreht wurde. Sie drehen nicht in chronologischer Reihenfolge. Außerdem drehen sie nur eine oder zwei Minuten, dann sagt der Regisseur, Cut!, sie diskutieren über irgendwas, ein winzig kleines Detail, dann fangen sie wieder von vorn an, und das mehrmals hintereinander. Ich weiß nicht, wie sich die Schauspieler da noch zurechtfinden… Ständig müssen sie von einem Gefühl zum anderen wechseln oder die gleichen Gefühle auf unterschiedliche Weise darstellen. Und dabei auch noch natürlich wirken! Cary Grant war verärgert, weil er fand, dass seine Ohren im Gegenlicht so groß und rot aussähen! Sie mussten ihm blickdichtes Klebeband hinter die Ohren kleben, und wer sollte im Handumdrehen blickdichtes Klebeband auftreiben? Ich. Und als ich mit der Rolle in der erhobenen Hand zurückkam, ganz stolz, weil ich sie so schnell gefunden hatte, da hat er sich bei mir bedankt und hinzugefügt, wer würde meine Figur mit solch riesigen, roten Ohren schon attraktiv finden, was, *my boy*?

So nennt er mich. *My boy*. Als schaffe er eine Verbindung zwischen uns. Als er mich zum ersten Mal so genannt hat, bin ich zusammengezuckt, ich dachte, ich hätte mich verhört! Und dabei hat er mir auch noch direkt in die Augen geschaut, so freundlich und voller Interesse… Ich war völlig durcheinander.

Es braucht mindestens fünfhundert kleine Details, um einen guten

Eindruck zu machen, hat er hinzugefügt. Glaub mir, *my boy*, ich habe lange genug an diesen Details gearbeitet, und mit achtundfünfzig Jahren weiß ich, wovon ich rede ... Ich habe zugesehen, wie er die Szene spielte, und ich war wie erschüttert. Er schlüpft in die Rolle hinein und wieder heraus, als wäre sie eine Jacke. Nachdem er mit mir gesprochen hat, wird mein Leben nie wieder so sein wie zuvor. Es ist, als wäre er nicht länger Cary Grant, der Typ, dessen Foto ich so oft in *Paris Match* gesehen habe, sondern Cary ... Cary, nur für mich.

Anscheinend hat Audrey Hepburn nur unter der Bedingung eingewilligt, den Film zu drehen, dass er ihr Partner sein würde ... Sie vergöttert ihn! Es gibt eine sehr komische Szene in dem Film, in der sie zu ihm sagt:

›Wissen Sie, was ich an Ihnen vermisse?‹

Er sieht sie beunruhigt an, und sie antwortet mit einem strahlenden Lächeln: ›Nichts.‹

Und das stimmt, an ihm vermisst man überhaupt nichts ...

In dem Film spielt auch ein französischer Schauspieler mit. Er heißt Jacques Marin. Er spricht kein Englisch, oder nur sehr wenig, also schreiben sie ihm seine ganzen Dialoge in Lautschrift auf. Das ist unglaublich komisch, und alle müssen darüber lachen ...

8. Dezember 1962.

Es ist so weit! Wir sind Freunde geworden. Wenn ich am Set ankomme und er nicht gerade dreht oder sich mit jemandem unterhält, winkt er mir zu. Ein kleines Hallo, das mir sagt, hey, ich bin froh, dich zu sehen ... und ich werde knallrot.

Zwischen zwei Szenen kommt er zu mir und fragt mich nach meinem Leben aus. Er will alles wissen, aber ich habe nicht viel zu erzählen. Ich sage, dass ich in Mont-de-Marsan geboren bin, Mont-de-Marsan, darüber muss er lachen, dass mein Vater die staatliche Kohlefördergesellschaft leitet, dass er die École Polytechnique besucht hat, die angesehenste technische Universität des Landes, dass ich ein Einzelkind bin, dass ich gerade mein Abitur mit Sehr gut bestanden habe und dass ich siebzehn Jahre alt bin ...

Darauf erwidert er, dass er selbst mit siebzehn schon tausend Leben gelebt hatte ... Hat er ein Glück! Er hat mich gefragt, ob ich eine

Freundin habe, und ich bin schon wieder knallrot geworden! Aber er hat so getan, als bemerkte er es nicht. Er ist sehr taktvoll …

Er wäre erstaunt, wenn er wüsste, dass es da ein Mädchen gibt, die Tochter von Freunden meiner Eltern, die schon lange für mich ›bestimmt‹ ist. Sie ist mager, hat rotes Haar und feuchte Hände. Sie heißt Geneviève. Jedes Mal, wenn sie mit ihren Eltern zu Besuch kommt, bekommt sie am Tisch den Platz neben mir, und ich weiß nicht, worüber ich mit ihr reden soll. Sie hat einen Schnurrbart über der Oberlippe. Unsere Eltern beobachten uns und sagen, das ist normal, sie sind schüchtern, und am liebsten würde ich meine Serviette auf den Tisch werfen und in mein Zimmer flüchten. Sie ist so alt wie ich, aber sie könnte genauso gut doppelt so alt sein. Ich empfinde nicht das Geringste für sie. Sie verdient nicht die Bezeichnung ›Freundin‹.

Er selbst ist in eine Schauspielerin namens Dyan Cannon verliebt. Er hat mir ein Foto von ihr gezeigt. Ich finde sie zu stark geschminkt, außerdem hat sie zu viele Haare, zu viele Wimpern, zu viele Zähne, zu viel von allem … Er hat mich gefragt, wie sie mir gefällt, und ich habe nur gesagt, dass sie für meinen Geschmack ein bisschen zu viel Make-up trägt, und er hat geantwortet, das sehe er genauso. Er streitet mit ihr und versucht sie dazu zu bringen, natürlicher zu wirken. Er hasst Make-up, er selbst ist immer gebräunt und behauptet, das sei das beste Make-up der Welt. Anscheinend kommt sie über Weihnachten nach Paris. Sie wollen gemeinsam mit Audrey Hepburn und ihrem Mann Mel Ferrer in dem großen Haus feiern, das die beiden im Westen von Paris bewohnen. Audrey Hepburn ist sehr pingelig, was ihre Kleidung angeht. Sie besitzt von jedem Stück drei identische Exemplare, nur für den Notfall … Ein französischer Couturier entwirft alle ihre Kleider. Ohne Ausnahme.«

Das über eine Zeitschaltuhr gesteuerte Licht ging aus, und Joséphine fand sich im Dunkeln wieder. Sie stand auf, machte sich tastend auf die Suche nach dem Schalter, fand ihn schließlich und ließ für das nächste Mal vorsichtshalber ihre Taschenlampe brennen. Sie setzte sich wieder hin, wobei sie darauf achtete, nicht auf irgendwelchen Schalen auszurutschen.

»Er achtet auf jedes noch so kleine Detail. Er prüft alles ganz genau, die Kostüme – sogar die der Statisten –, die Kulissen, die Dialoge und lässt sie umarbeiten oder neu schreiben, wenn er nicht damit einverstanden ist. Das kostet die Produzenten ein Vermögen, und manche Leute schimpfen hinter seinem Rücken, dass er nicht so anspruchsvoll wäre, wenn er das alles selbst bezahlen müsste, womit sie andeuten wollen, dass er knauserig sei … Er ist nicht knauserig. Er hat mir ein sehr schönes Hemd von Charvet geschenkt, weil er fand, der Kragen meines eigenen Hemds sei zu kurz. Ich trage es ständig. Ich wasche es selbst am Becken mit Seife. Meine Eltern sagen, es gehöre sich nicht, Geschenke von Fremden anzunehmen, sie sagen, dieser Film verdrehe mir den Kopf, und es werde höchste Zeit, dass ich mich auf mein Studium konzentriere … Ich lerne Englisch, erwidere ich darauf, ich lerne Englisch, und das wird mir mein Leben lang nützlich sein. Sie sagen, sie könnten sich nicht vorstellen, inwiefern mir Englisch auf der École Polytechnique weiterhelfen könne.

Ich will nicht auf die École Polytechnique …

Ich will nicht heiraten. Ich will keine Kinder haben.

Ich will …

Ich weiß noch nicht, was ich sein will …

Er ist besessen von seinem Hals. Er lässt sich alle Hemden nach Maß anfertigen, und zwar mit einem besonders hohen Kragen, um seinen Hals zu verstecken, weil er ihn zu dick findet … Seine Anzüge werden in London geschneidert, und wenn er sie bekommt, nimmt er einen Zollstock und vergewissert sich, dass alle Maße stimmen!

Er hat mir erzählt, dass er bei seinen ersten Probeaufnahmen für ein großes Studio – den Namen weiß ich nicht mehr, ach doch, Paramount … – wegen seines Halses und seiner krummen Beine abgelehnt wurde! Und man fand ihn zu pausbackig! Wie peinlich! Das war unmittelbar vor dem Börsencrash von 1929. Die Theater in New York schlossen eines nach dem anderen, und er stand plötzlich auf der Straße. Gezwungen, als Sandwichmann auf Stelzen für ein chinesisches Restaurant Werbung zu laufen! Und abends arbeitete er, um Geld zu verdienen, als *escort boy*. Er begleitete alleinstehende Frauen und Männer auf Partys. So hat er sein elegantes Auftreten gelernt …

Während seiner Zeit in New York war er arm und einsam. Das änderte sich, als er mit achtundzwanzig nach Hollywood ging. Aber bis dahin, hat er lächelnd gesagt, waren es wirklich harte Zeiten … Zehn

Jahre lang nur kleine Jobs, Ablehnungen, ohne zu wissen, wo er schlafen und was er essen sollte. Du weißt nicht, wie das ist, *my boy*... was? Und ich schämte mich ein bisschen für mein geregeltes, durchorganisiertes Leben.

Nach und nach werde ich alles über sein Leben erfahren...

Er nennt mich immer noch *my boy*, und das gefällt mir sehr...

Es wundert mich, dass er sich für mich interessiert. Er sagt, er mag mich. Er sagt, ich sei anders als die amerikanischen Jungen. Er möchte, dass ich ihm von meiner Familie erzähle. Er sagt, dass man häufig Menschen heiratet, die den eigenen Eltern ähneln, und dass man das unbedingt vermeiden soll, weil sich die Geschichte sonst immer wiederholt und es niemals ein Ende nimmt.

15. Dezember.

Er erzählt mir oft von seinen ersten Jahren in New York, als er vor Hunger fast umkam und keine Freunde hatte.

Eines Tages traf er einen Bekannten, dem er sein Herz ausschüttete. Dieser Bekannte, er hieß Fred, nahm ihn mit auf die Spitze eines Wolkenkratzers. Es war ein regnerischer, kalter Tag, und man konnte keine zehn Meter weit sehen. Fred erklärte ihm, dass hinter diesem Nebel ganz sicher eine wunderbare Landschaft liege, und bloß, weil sie sie nicht sähen, bedeute das noch lange nicht, dass sie nicht existiere. Dem Leben zu vertrauen, fügte er hinzu, bedeutet, ganz fest daran zu glauben, dass sie existiert und dass irgendwo hinter dem Nebel ein Platz für dich ist. Im Moment denkst du, du seist ganz klein und bedeutungslos, aber irgendwo hinter all diesem Grau ist ein Platz für dich bestimmt, an dem du glücklich sein wirst... Also beurteile dein Leben nicht nach dem, was du heute bist, beurteile es mit Blick auf diesen Platz, den du irgendwann einnehmen wirst, wenn du ernsthaft und aufrichtig danach suchst...

Er hat mir gesagt, das solle ich mir gut merken.

Ich habe mich gefragt, wie das funktionieren soll. Man braucht bestimmt viel Willenskraft und Fantasie dazu. Und Selbstvertrauen. Alles andere verweigern, bis man seinen Platz findet. Aber das ist riskant... Falls ich die Zulassungsprüfung zur École Polytechnique bestehe, werde ich dann den Mut haben, einfach nicht hinzugehen und meinen Eltern die Geschichte vom Platz hinter dem Nebel zu erzählen? Ich bin mir nicht sicher. Ich wünschte so sehr, ich hätte Mut dazu.

Bei ihm ist das etwas anderes. Er hatte keine Wahl.

Mit neun Jahren hat er seine Mutter verloren … Er vergötterte seine Mutter. Das ist eine unglaubliche Geschichte. Er hat gesagt, dass er sie mir irgendwann einmal erzählen wird. Dass er mich abends auf ein Glas in seine Hotelsuite einladen wird. Da hat sich in meinem Kopf alles gedreht! Ich habe mir vorgestellt, mit ihm allein zu sein, und hatte plötzlich Angst. Große, sehr große Angst … Wenn wir uns am Set sehen, sind immer viele Leute in der Nähe, wir sind nie allein, und er ist derjenige, der die ganze Zeit redet.

Mir ist klar geworden, dass ich sehr gern mit ihm allein sein möchte. Ich glaube sogar, ich könnte mich einfach in eine Ecke setzen und ihn nur anschauen. Er ist so attraktiv, es gibt an ihm keinen einzigen Makel … Ich frage mich, wie sich das nennt, was ich für ihn empfinde. So etwas habe ich noch nie gefühlt. Diese Wärme, die meinen Körper durchströmt und in mir den Wunsch weckt, die ganze Zeit mit ihm zusammen zu sein. Ich denke ununterbrochen an ihn. Ich kann mich überhaupt nicht mehr auf meine Prüfungsvorbereitung konzentrieren.

Er wirkt immer sehr überrascht, wenn ich ihm erkläre, wie hart ich für mein Studium lerne. Er sagt, er wisse nicht, ob das wirklich zu etwas nütze sei. Dass er selbst gar keine Ausbildung genossen und alles in der Praxis gelernt habe. Er war ein kleiner, sich selbst überlassener Junge aus Bristol in England. Er machte lauter Dummheiten. Mit vierzehn hat er sich einer Art Wanderzirkus angeschlossen, dessen Tourneen ihn nach Amerika geführt haben, und als die Truppe wieder abreiste, hat er beschlossen, in New York zu bleiben. Mit achtzehn Jahren! Allein und ohne einen Cent in der Tasche. Er hatte nichts zu verlieren …

Er ließ alles hinter sich: seine Heimat England, seine Familie … Er gehörte zu nichts und niemandem. Er musste alles von Grund auf neu erfinden. Und so hat er Cary Grant erfunden! Denn anfangs, hat er mir erzählt, existierte Cary Grant gar nicht … Sein wirklicher Name ist Archibald Leach. Das ist komisch, denn er sieht überhaupt nicht aus wie ein Archibald.

Neulich habe ich zu ihm gesagt, dass ich gern so sein möchte wie er. Er hat laut gelacht und gesagt, jeder will Cary Grant sein, sogar ich! Es klang überhaupt nicht so, als wollte er prahlen, eher, als hätte er ein Problem mit dieser Figur, die er selbst geschaffen hat … Ich glaube, irgendwann bin ich zu der Figur geworden, die ich auf der Leinwand spielte, sagte er. Ich bin ›er‹ geworden. Oder er ist ›ich‹ geworden. Und ich wusste nicht mehr genau, wer ich war.

Ich war verwirrt. Und ich dachte bei mir, dass es schwer ist, jemand zu werden. Schwer, zu wissen, wer man ist.

Bei der Vorstellung, dass er irgendwann wieder weggehen wird, möchte ich am liebsten sterben. Was, wenn ich einfach mitginge?

Was würde ich meinen Eltern sagen? Papa, Maman, ich habe mich in einen achtundfünfzigjährigen Mann verliebt, einen amerikanischen Filmschauspieler … Sie würden in Ohnmacht fallen. Und der Rest der Familie auch. Denn das ist es … ich glaube, ich bin dabei, mich zu verlieben … Auch wenn das nicht das richtige Wort dafür ist. Kann man sich in einen Mann verlieben? Ich weiß, dass es so etwas gibt, aber … Gleichzeitig glaube ich, wenn er mir zu nahe käme, würde ich die Beine unter den Arm nehmen und Reißaus nehmen!

Ich will nicht heiraten, ich will keine Kinder haben, ich will nicht auf die École Polytechnique, das weiß ich … aber sonst weiß ich nichts.

Wenn er mich fragt, ob ich mit ihm gehen möchte, dann werde ich ihn begleiten …«

Das Licht ging erneut aus, und Joséphine stand auf, um es wieder einzuschalten. Der Schalter war klebrig und feucht, und der stechende Geruch der Mülltonnen ließ sie vor Ekel schlucken. Aber sie wollte weiterlesen …

»Ich kann es kaum erwarten, die Geschichte von seiner Mutter zu hören. Das scheint ihn ziemlich geprägt zu haben. Er sagt immer, das, was damals mit seiner Mutter passiert sei, habe ihn dazu gebracht, Frauen zu misstrauen. Anscheinend hat er Hitchcock davon erzählt, und der soll es in einem Film namens *Berüchtigt* mit Ingrid Bergman verwendet haben. In einem Dialog mit Ingrid Bergman sagt seine Filmfigur: Vor Frauen habe ich schon immer Angst gehabt, aber ich werd's noch schaffen.

Und das stimmt, *my boy*, das stimmt, aber ich habe daran gearbeitet. Er sagt, dass man an seinen Beziehungen zu anderen Menschen arbeiten muss, nicht immer die gleichen Schemata wiederholen darf. Ich, *my boy*, habe mich wegen der Geschichte mit meiner Mutter in Gesellschaft von Männern immer wohler gefühlt. Vertrauter. Ich lebte lieber mit Männern zusammen als mit einer Frau.

Das ist etwas wirklich Persönliches, habe ich mir gesagt. Etwas, was man nur einem Freund erzählt. Und ich war sehr glücklich darüber, dass er mir vertraut … Ich musste mit jemandem über ihn reden, also habe ich Geneviève von ihm erzählt. Ich habe ihr nicht alles erzählt, nur so ein paar Sachen. Sie wirkte nicht sonderlich beeindruckt. Ich glaube, sie ist ein bisschen eifersüchtig … und dabei weiß sie nicht einmal alles!

Am Set haben wir nicht viel Zeit zu reden, weil wir oft unterbrochen werden, aber wenn er mich in sein Hotel einlädt, werde ich ihm ganz viele Fragen stellen. Er versteht es, den Leuten ihr Unbehagen zu nehmen, und ich vergesse ganz, dass er ein berühmter Schauspieler ist. Ein echter Star.«

So ging es immer weiter, Seite um Seite.

Joséphine blätterte bis zum Schluss vor, um zu erfahren, wie die Geschichte ausging.

Sie hatte das Gefühl, einen Roman zu lesen.

Das Tagebuch endete mit einem Brief von Cary Grant an den Jungen, den sie im Stillen bereits den Kleinen Mann nannte. Er hatte ihn abgeschrieben, doch es stand kein Datum dabei. Er hatte lediglich dazugeschrieben »Letzter Brief vor seiner Abreise aus Paris«.

»Eines darfst du nie vergessen, *my boy*: Jeder ist für sein Leben selbst verantwortlich. Man darf die Schuld für seine Fehler nicht bei anderen suchen. Jeder ist seines Glückes Schmied, und manchmal ist man selbst das größte Hindernis auf dem Weg dahin. Du stehst am Anfang deines Lebens, ich beinahe am Ende des meinen, und ich kann dir nur einen Rat geben: Horch auf die leise Stimme in dir, ehe du deinen Weg einschlägst … Und an dem Tag, an dem du diese leise Stimme hörst, folge ihr blind … Lass dich von niemandem von deinem Weg abbringen. Hab niemals Angst, das einzufordern, was dir am Herzen liegt.

Das wird für dich das Schwerste sein, denn du bist so sehr davon überzeugt, nichts wert zu sein, dass du dir eine leuchtende Zukunft nicht vorstellen kannst, eine Zukunft, die von dir geprägt ist … du bist jung, du kannst dazulernen, du bist nicht gezwungen, das Schema deiner Eltern zu wiederholen …

Love you, my boy …«

Was war nach Abschluss der Dreharbeiten aus dem Kleinen Mann geworden?

War er Cary Grant gefolgt?

Und warum war dieses mit so vielen Hoffnungen angefüllte schwarze Notizbuch im Müll gelandet?

Joséphine wischte sich mit dem Handrücken über die Stirn, legte das Tagebuch zur Seite und machte sich wieder an die Suche nach Zoés Heft.

Es lag im letzten Abfallbehälter. In einer Mülltüte. Unter einem alten, durchlöcherten Pullover von Zoé, einem Knäuel von Du Guesclins Haaren, einer ausgewaschenen Socke und einigen zerrissenen Blättern. Iphigénie hatte es weggeworfen, ohne es zu bemerken. Sie musste das Heft zusammen mit den Papierfetzen von Zoés Schreibtisch genommen haben.

Wenn ich bei der letzten Tonne angefangen hätte, hätte ich es gleich gefunden, seufzte Joséphine und kratzte sich an der Nasenspitze. Ja, aber … dann wäre mir auch das Tagebuch nicht in die Hände gefallen!

Sie schloss die Tür des kleinen Raums und ging zurück in ihre Wohnung. Rieb Zoés schwarzes Heft sorgfältig ab. Wischte mit einem Schwamm darüber und legte es gut sichtbar auf den Küchentisch. Verstaute das Tagebuch in einer Schublade ihres Schreibtischs.

Und fiel ins Bett.

Um sieben Uhr morgens kam die Müllabfuhr und leerte die vier hohen Mülltonnen des Gebäudes.

Iphigénie rümpfte die Nase und schnitt eine fürchterliche Grimasse. Sie hatte einen Termin für ein Vorstellungsgespräch, und ihre Kehle war wie zugeschnürt. Sekretärin in einer Podologiepraxis, das gefiel ihr. So ein Doktor wird nie arbeitslos. Die Leute wissen nicht mehr, wie man mit seinen Füßen umgeht. Die laufen alle total schief. Und das wieder gerade zu rücken, macht eine Menge Arbeit! Sie haben alles vergessen und glauben, Elle und Speiche seien Teile ihres Fahrrads!

Ihr letztes Bewerbungsgespräch hatte sie absolviert, bevor sie dem Mann begegnet war, der sie ins Unglück gestürzt hatte und dessen Namen sie nicht nennen wollte, aus Angst, er könne zurückkehren und für neues Unheil sorgen. Damals war sie eingestellt worden. Sechs Jahre lang hatte sie für zwei Diabetologen und Ernährungsmediziner im neunzehnten Arrondissement gearbeitet. Sie hatte sie Doktor Dings und Doktor Bums getauft, weil sie einander so ähnlich sahen. Beige, glatt, kleine braune Augen, dünnes, wirres Haar, aber nett. Nach Claras Geburt hatte sie dort aufgehört. Zu viel Arbeit, keine Tagesmutter, zu viele schlaflose Nächte und ein Mann, der sie verprügelte. Sie wusste nicht mehr, wie sie den Patienten die Blutergüsse und Verletzungen erklären sollte. Doktor Dings hatte gesagt, dass es ihm furchtbar leidtue, aber sie hätten keine andere Wahl, als sich von ihr zu trennen, und Doktor Bums hatte hinzugefügt, diese ganzen verdächtigen Spuren würden ja langsam peinlich. Oder war es Doktor Bums gewesen, der als Erster … sie wusste es nicht mehr. Jedenfalls hatte sie gehen müssen. Der Mann, dessen Namen sie nicht nennen wollte, war einen Monat später verhaftet worden, weil er einen Polizisten zusammengeschlagen hatte. Und seitdem saß er im Knast. Umso besser, den war sie los! Sie hatte mit ihren beiden Kindern die Flucht ergriffen. Hatte eine Anstellung als Concierge in einem vornehmen Viertel von Paris gefunden. Sie freute sich jeden Tag aufs Neue darüber. Unterkunft, Strom, Heizung und Telefon gratis, fünf Wochen Urlaub, keine lokalen Steuern, und im Gegenzug musste sie fünf Stunden am Tag putzen und nachts für Notfälle anwesend sein. Eintausendzweihundertvierundfünfzig Euro im Monat, dazu noch das Geld fürs Putzen und Bügeln bei einigen Mietern. Das reinste Paradies!, posaunte sie laut, um der Luft einen Weg durch ihre zugeschnürte Kehle zu bahnen. Die Kinder auf guten Schulen und mit gutem Umgang, schöne, ordentliche Schulhefte und Lehrerinnen, die niemals streiken. Klar, die Reichen hatten auch ihre Fehler, aber es erleichterte einem das Leben doch ungemein!

Doch jetzt drohte ihr und ihrer Loge Gefahr.

Sie brauchte einen Plan B.

»Ich lasse mich nicht zur Schlachtbank führen wie das Osterlamm!«, rief sie einem idyllischen Gemälde an der Wand zu, auf dem ein Mutterschaf und ihr Junges grasten, während im Hintergrund ein Wolf lauerte. »Mich kriegt er nicht, der Wolf!«

Sie konnte laut reden, sie war allein im Raum.

Eine Frau öffnete die Tür und winkte sie in ein Büro, in dem jener Veilchengeruch in der Luft hing, den man gelegentlich in Arztpraxen antrifft. Ein schwerer, künstlicher Geruch. Sie hielt eine Teetasse in der

Hand, und bevor sie sie vorbeiließ, murmelte sie ihr zu: Vorsicht, er ist nicht besonders umgänglich.

Der Mann hinter dem Schreibtisch war weder attraktiv noch hässlich, weder dick noch dünn, weder jung noch alt, weder nachlässig noch überkorrekt. Noch so ein Beiger. Ein Doktor Dings oder ein Doktor Bums. Ist das lange, schwierige Medizinstudium schuld daran, dass sie im Laufe der Jahre ausbleichen?

Er musterte sie kühl von Kopf bis Fuß, und sie sah ihm stolz in die Augen, bis er den Blick abwandte. Für das Vorstellungsgespräch hatte sie eigens eine neue Spülung aufgetragen und ihre wilde Mähne gezähmt. Heute war sie weder rot noch blau oder gelb, sondern mittelbraun.

Er wandte sich seiner Arzthelferin zu und fragte mit hoher, etwas schriller Stimme: »Zieht der Tee schon lange, oder haben Sie den Beutel gerade erst reingetan?«

»Ich habe ihn gerade erst reingetan …«

»Dann nehmen Sie die Tasse wieder mit raus und bringen Sie sie mir, wenn der Tee lange genug gezogen hat.«

»Wieso das denn?«

»Weil ich danach nicht wissen werde, wohin mit dem Beutel!«

»Aber … deswegen habe ich doch eine Untertasse mitgebracht. Darauf können Sie den Beutel ablegen, wenn der Tee lange genug gezogen hat …«

»Ach so … Aber so ein nasser Teebeutel ist doch kein schöner Anblick! Daran hätten Sie auch selbst denken können!«

Er kniff die Lippen zusammen und zog eine Augenbraue hoch, erschöpft von dem Bewusstsein, dass alles auf seinen schwachen Schultern lastete: die Kunst der Teebereitung und das Gespräch mit einer Bewerberin, die er schon auf den ersten Blick eingeschätzt hatte.

Dann wandte er sich Iphigénie zu, nahm einen Kugelschreiber, schlug einen Block auf und fragte ohne weitere Einleitung: »Familienstand?«

»Geschieden, zwei Kinder.«

»Geschieden und alleinstehend oder geschieden und mit einem neuen Partner zusammenlebend?«

»Das geht Sie nichts an!«

Die Arzthelferin verdrehte die Augen zum Himmel, als hätte Iphigénie gerade ihr Todesurteil unterzeichnet.

»Geschieden und alleinstehend oder geschieden und mit einem neuen Partner zusammenlebend?«, wiederholte der Podologe, ohne von seinem Block aufzuschauen.

Iphigénie öffnete den Knopf an ihrem Mantel und seufzte. Wie oft würde er ihr die gleiche Frage noch stellen? Dieser Mann ist wie eine Schallplatte mit einem Sprung. Oder ist das seine Art, mir klarzumachen, dass ich bloß ein verängstigtes kleines Mäuschen bin, das diesen Job braucht, um über die Runden zu kommen. Dass ich von ihm und seinem Wohlwollen abhängig bin.

»Und wenn ich Ihnen sage, dass ich allein lebe?«, antwortete sie. »Ist Ihnen das recht?«

»Es wäre überraschend in Ihrem Alter!«

»Wieso das denn?«

»Sie sind süß, Sie wirken sympathisch. Ist mit Ihnen irgendwas nicht in Ordnung?«

Iphigénie starrte ihn mit offenem Mund an und zog es vor, nicht zu antworten. Wenn ich jetzt antworte, dachte sie, dann sage ich ihm, er soll sich zum Teufel scheren, stehe auf und gehe, und dann war's das mit meinem Plan B.

»Machen Sie morgens gleich das Bett, nachdem Sie aufgestanden sind?«, fuhr der Mann fort und kratzte sich mit dem Zeigefinger.

»Also bitte … was sind das denn für Fragen?«, protestierte Iphigénie.

»So etwas verrät eine Menge über Ihren Charakter. Wir werden viel Zeit miteinander verbringen, und deshalb will ich wissen, mit wem ich es zu tun habe.«

»Darauf werde ich nicht antworten. Diese Fragen sind vollkommen deplatziert.«

Madame Cortès hatte ihr dieses Wort beigebracht. Deplatzierte Fragen, das sagte nicht jeder. Dieses Wort verschaffte einem Ansehen, hüllte einen in würdevollen Glanz. Jetzt weiß er, mit wem er es zu tun hat, wenn ihm das solche Sorgen macht.

Der Mann kritzelte etwas auf seinen Block und fuhr fort, weitere, immer deplatziertere Fragen zu stellen.

Der letzte Film, den Sie gesehen haben? Das letzte Buch, das Sie gelesen haben? Können Sie es zusammenfassen? Der größte Erfolg in Ihrem Leben? Die größte Enttäuschung? Wie viele Punkte haben Sie auf Ihrem Führerscheinkonto? Welche Noten hatten Sie in der Grundschule im Diktat?

Iphigénie biss sich auf die Wange, um ihm nicht ihren Zorn entgegenzuschleudern. Die Arzthelferin schwieg, aber auf ihren Lippen lag ein leises Lächeln, das verriet, dass sie keine Gefahr lief, durch diese starrsinnige, patzige Frau ersetzt zu werden. Dann läutete das Telefon, und sie ging hinaus an ihren Schreibtisch, um abzuheben.

»Was sind das bloß für Fragen?«, wollte Iphigénie wissen. »Was hat das alles damit zu tun, ob ich Anrufe entgegennehmen, Unterlagen ausfüllen oder Termine organisieren kann?«

»Ich will wissen, was für ein Mensch Sie sind und ob Sie sich in unser Team einfügen können. Wir sind drei Spezialisten, wir haben Patienten aus gehobenen Kreisen, und ich möchte kein Risiko eingehen. Ich kann Ihnen jetzt schon sagen, dass Sie mir für das Leben in einer Gemeinschaft ein wenig zu unbeherrscht zu sein scheinen.«

»Aber Sie haben nicht das Recht, mir all diese Fragen zu stellen. Das ist mein Privatleben, das geht Sie einen feuchten Quark an!«

»Nachlässige Ausdrucksweise«, bemerkte der Mann und deutete mit einem Finger auf sie, »nachlässige Ausdrucksweise!«

Sein rechter Zeigefinger war von Tabak gelblich verfärbt, und er bemühte sich, seine Nikotinsucht zu verschleiern, indem er billigen Veilchenduft im Raum versprühte. Der parfümiert sich mit WC-Reiniger, damit keiner was von seinem Laster mitkriegt, dachte Iphigénie mit zusammengebissenen Zähnen.

»Nicht zu antworten, bringt Ihnen nur weitere Minuspunkte…«

»Frage ich Sie etwa, ob Sie Ihr Bett machen, auf welcher Seite Sie schlafen und ob Sie Milch in Ihrem Kaffee nehmen? Und warum Sie rauchen wie ein Schlot? Dabei werde ich doch auch mit Ihnen klarkommen müssen! Ich bewerbe mich nicht als Ihre Ehefrau, sondern als Ihre Sekretärin! Und ganz nebenbei bemerkt, Ihre arme Frau tut mir wirklich leid!«

Mit einem Schlag wich alle Spannung aus seinem Körper, sein Kinn erschlaffte, seine Lippen begannen zu zittern, er schien von einer Woge der Verzweiflung mitgerissen zu werden und sank in sich zusammen.

»Sie ist tot!«, sagte er. »Sie ist letzte Woche gestorben! An Krebs, es ging ganz schnell…«

Es folgte ein langes Schweigen. Iphigénie starrte auf die Füße des

Podologen, zwei schöne, blank polierte schwarze Schnürschuhe, und hoffte, die Arzthelferin möge zurückkommen. Eine neue Tasse mit einer neuen Untertasse und einem neuen Teebeutel bringen. Der Mann rang vergeblich um Fassung und tastete schniefend in seinen Schubladen nach etwas, das ihm als Taschentuch dienen könnte.

»Da sehen Sie, wohin es führt, Fragen zu stellen, die nichts mit einem Vorstellungsgespräch zu tun haben! Soll ich vielleicht kurz rausgehen, damit Sie sich wieder beruhigen können?«

Er schüttelte den Kopf, fand endlich ein Taschentuch, stürzte sich hinein und schnaubte wie ein Blasebalg.

Dann riss er sich zusammen und klammerte sich an seinen Block.

»Haben Sie schon einmal als Sekretärin in einer Arztpraxis gearbeitet?«

»Ah, das ist endlich mal eine anständige Frage«, ermunterte ihn Iphigénie.

Mit sanfter, mütterlicher Stimme erzählte sie ihm die Geschichte von Doktor Dings und Doktor Bums. Schilderte ihre Aufgaben in ihrer Praxis. Erwähnte ihre Fähigkeiten. Ihr Organisationstalent, ihr Geschick im Umgang mit den Patienten, ihr Mitgefühl... Erklärte, dass sie, falls erforderlich, auf altmodische Weise mit Stift und Papier arbeiten könne, aber auch mit einem Computer. Dass sie Patientenakten als Dateien oder auf Karteikarten anlegen oder auch für jeden Patienten einen Umschlag mit einem Blatt Papier darin anlegen könne, auf dem alle Informationen verzeichnet seien. Dass sie Diktate aufnehmen, den Terminkalender führen, Anrufe entgegennehmen könne. Sie fügte hinzu, dass sie sich mit der medizinischen Fachterminologie auskannte und sie auch fehlerfrei schreiben konnte. Sie verschwieg, dass sie keinerlei abgeschlossene Ausbildung hatte. Verschwieg auch die genauen Gründe für ihren Weggang bei Doktor Dings und Doktor Bums. Behauptete stattdessen, dass sie zum Wohl ihrer Kinder eine Stelle als Concierge im sechzehnten Arrondissement angenommen habe, weil sie zu Hause sein wollte, wenn sie aus der Schule kamen.

Er richtete sich in seinem steifen Anzug auf, wischte sich mit seinen kurzen, schlanken Fingern über die noch feuchten Augen. Steckte das Taschentuch in die Tasche. Versprach, sie Ende der Woche anzurufen und ihr seine Entscheidung mitzuteilen. Dann fragte er noch, ob sie damit einverstanden sei, dass er sich bei ihren früheren Arbeitgebern nach ihr erkundige. Iphigénie gab ihre Zustimmung und betete zum Himmel, dass diese ihm den wahren Grund für ihre Kündigung verschweigen würden.

Danach stellte er keine einzige Frage mehr und blieb sitzen, als sie den Raum verließ.

Sie hatte gerade die Tür hinter sich geschlossen, als sie hörte, wie er sie noch einmal zurückrief.

Sie steckte den Kopf durch die Türöffnung und fragte: »Ja?«

Der Mann hatte seine Selbstsicherheit wiedergefunden, warf sich in die Brust, um die Erinnerung an seinen tränenreichen Zusammenbruch auszulöschen, und hatte die Daumen in seinem Gürtel verhakt; das leise Lächeln, das seinen rechten Mundwinkel nach oben zog, stellte die frühere Hierarchie wieder her, auf die er so großen Wert legte.

»Wollen Sie mir immer noch nicht verraten, ob sie allein oder mit einem Partner zusammenleben?«

Zoé öffnete die Kekspackung, doch im gleichen Moment sagte sie sich, dass das keine gute Idee war. Falls Gaétan in den Weihnachtsferien nach Paris kam, musste sie schlank und pickelfrei sein. Aber Petits Écoliers waren das sicherste Mittel, um dick und picklig zu werden. Was macht den echten Petit Écolier so einzigartig?, fragte der Werbespruch auf der Packung. Dass er schlecht für die Haut ist und ungefähr drei Millionen Kalorien hat!, antwortete Zoé und bemühte sich zu widerstehen.

Es war Viertel nach fünf. Sie war mit Gaétan im Chat verabredet.

Er hatte schon eine Viertelstunde Verspätung, und allmählich wurde sie unruhig. Er hatte ein anderes Mädchen kennengelernt, er hatte sie vergessen, er war zu weit weg, sie war nicht nah genug, er war so schön, und sie war hässlich …

Um fünf Uhr fünfundzwanzig biss sie in einen Petit Écolier. Und das Problem mit Petits Écoliers ist, dass man nicht nur einen davon essen kann. Es bleibt einem gar nichts anderes übrig, als weiterzuessen. Ohne sich die Zeit zu nehmen, die einzelnen Kekse zu genießen. Man behält nicht einmal den leckeren Schokoladengeschmack im Mund. Und danach muss man auch gleich die nächste Packung öffnen.

Sie hatte sie schon fast vollständig geleert, als eine Nachricht von Gaétan aufleuchtete.

»Bist du da?«

Sie tippte »ja, alles klar bei dir?« und er antwortete »geht so!«.

»Soll ich dir was ganz Tolles erzählen?«

Er antwortete »wenn du willst…« mit einem mürrischen Smiley, und sie legte los. Sie erzählte ihm die Geschichte von dem schwarzen Notizheft, das ihre Mutter im Müll wiedergefunden hatte, und ließ ihrem Glück freien Lauf, damit er lächelte und sich mit ihr freute.

»Es ist ziemlich bescheuert, weißt du, aber in diesem Heft steht alles drin… Sogar das eine Mal, als wir im Wohnzimmerkamin Marshmallows gegrillt haben… Weißt du noch?«

»Du hast Glück, dass du eine Mutter hast, die sich um dich kümmert. Wenn ich an meine denke, krieg ich das Heulen. Sie hat einen Antiquitätenhändler kommen lassen, um die Möbel zu verkaufen, weil sie sagt, dass sie sie nicht mehr sehen kann, weil sie sie an ihr früheres Leben erinnern, aber ich weiß, es ist, weil sie kein Geld mehr hat. Sie hat die Stromrechnung nicht bezahlt, die Telefonrechnung nicht und auch den neuen Fernseher nicht, gar nichts. Sie zückt einfach ihre Kreditkarte, ohne Sinn und Verstand… Wenn Rechnungen kommen, legt sie sie in eine Schublade. Und wenn die Schublade voll ist, schmeißt sie alles weg, was darin ist… und fängt wieder von vorn an!«

»Das kommt schon wieder in Ordnung, deine Großeltern werden ihr helfen…«

»Die haben die Nase voll. Sie baut doch nur noch Mist… Weißt du, manchmal wünschte ich sogar, mein Vater wäre noch da…«

»Das kannst du doch nicht sagen… Du warst ständig sauer auf ihn…«

»Tja, und jetzt bin ich ständig sauer auf sie… Jetzt gerade hängt sie am Telefon und redet mit dem Glatzkopf… Du solltest mal hören, wie sie dabei lacht! So ein total gekünsteltes Lachen! Total anzüglich, das macht mich wahnsinnig, das kannst du dir nicht vorstellen! Und danach macht sie einen auf kleines Mädchen und schmollt.«

»Der Glatzkopf aus dem Internet? Trifft sie sich immer noch mit dem?«

»Sie sagt, er wär total toll und dass sie heiraten wollen. Ich fürchte das Schlimmste. Jedes Mal, wenn man glaubt, man hätte das Schlimmste hinter sich, fängt es wieder von vorn an, das kotzt mich so an, Zoé … Ich wünschte so sehr, ich hätte eine richtige Familie. Früher waren wir eine richtige Familie, aber jetzt …«

»Was machst du an Weihnachten?«

»Maman fährt mit dem Glatzkopf weg. Sie will uns allein zu Hause lassen. Sie sagt, sie will ein neues Leben anfangen, und es scheint, als wollte sie uns in diesem neuen Leben nicht dabeihaben. Sie schließt uns aus, aber dazu hat sie doch kein Recht! Ich habe gefragt, ob wir mitfahren können, und da hat sie gesagt, nein, ich will euch nicht dabeihaben. Ich will ganz von vorn anfangen. Und ganz von vorn anfangen heißt, ohne uns …«

»Das sagt sie doch nur, weil sie unglücklich ist. Die ganze Geschichte muss sie doch auch ziemlich mitgenommen haben … Vorher hat sie praktisch im Kloster gelebt, und jetzt ist sie plötzlich frei, kein Wunder, dass sie durcheinander ist.«

»… und dann erst mein Zimmer, es ist winzig, und Domitille benimmt sich unmöglich. Sie hängt nur noch mit irgendwelchen zwielichtigen Typen rum, das kann nicht lange gut gehen. Nachts klettert sie aufs Dach und raucht und telefoniert stundenlang mit ihrer Freundin Audrey. Die beiden haben Geld ohne Ende. Ich frage mich, wo das herkommt …«

»Komm doch über Weihnachten zu uns. Maman hat bestimmt nichts dagegen … und wenn deine Mutter sowieso nicht zu Hause ist …«

»An Heiligabend sind wir bei meinen Großeltern, sie fährt erst danach weg.«

»Dann kannst du doch danach kommen … Maman kann deine Großeltern anrufen, wenn du möchtest.«

»Lieber nicht… sie hat ihnen nämlich nicht gesagt, dass sie uns allein lässt. Sie hat gesagt, dass sie mit uns in Skiurlaub fährt, damit sie ihr Geld geben. Aber sie sind doch nicht bescheuert, natürlich kriegen sie das raus. Aber das ist ihr egal!«

»Und die anderen? Was sagen die dazu?«

»Charles-Henri sagt keinen Ton. Da kriegt man ja schon Angst, so stumm wie der ist! Und Domitille hat sich ›Audrey‹ ins Kreuz tätowieren lassen! Stell dir das mal vor! Wenn meine Großeltern das mitkriegen, sind wir tot! Sie stolziert nackt durchs Haus wie ein Hahn auf dem Mist, dabei ist sie nur ein elendes Teichhuhn, eine Gans ohne Schnabel, eine ekelhafte Pariser Straßentaube…«

»Mann, hast du ne Wut!«

»Und wenn sie gekifft hat, kriecht sie auf allen vieren herum und sagt Scheiße, muss das ein blödes Leben sein als behinderter Hund! Auf vier Pfoten rumzulaufen, ist ja schon schlimm genug, aber dann noch eine weniger, das ist echt übel! Die dreht total durch.«

»Komm mich besuchen, das bringt dich auf andere Gedanken…«

»Ich seh zu, was ich machen kann… Ich hab's satt, so satt! Hoffentlich hat das hier bald ein Ende! Aber ich wüsste nicht, wie das gut enden soll…«

»Sag das nicht… Und wie läuft's in der Schule?«

»Ganz okay. Das ist der einzige Ort, an dem ich meine Ruhe habe. Bloß dass Domitille die ganze Zeit auffallen muss. Die Lehrer sind total streng zu ihr, weil sie vor nichts und niemandem Respekt hat…«

»Und wissen die Leute Bescheid? Über euch?«

»Ich glaube nicht. Jedenfalls spricht mich keiner darauf an. Ist mir auch lieber so… Das hätte mir gerade noch gefehlt!«

»Versuch, in den Weihnachtsferien herzukommen. Ich frag Maman, und du siehst zu, dass du es hinkriegst…«

»Okay. Ich muss aufhören, sie hat aufgelegt und will gleich sicher wieder über meine Schulter mitlesen! Ciao!«

Kein liebes Wort. Kein verliebtes Wort. Kein Wort, das Blumen in ihrem Herzen aufblühen ließ. Er war so wütend, dass er nie mehr so schöne Dinge zu ihr sagte wie früher. Sie unternahmen keine gemeinsamen Fantasiereisen mehr. Sie sagten nicht mehr, wir fahren nach Verona und küssen uns unter dem Balkon der Capulets. Jeder blieb in seiner Ecke. Er mit seinen Sorgen, seiner Mutter, seiner Schwester und dem Glatzkopf und sie mit der großen Sehnsucht, er möge doch etwas über sie schreiben. Er möge ihr sagen, dass er sie schön fand, dass sie sexy war und so was alles.

Jemand musste ihm unbedingt diese ganzen Katastrophen aus dem Kopf vertreiben.

Er fühlte sich für seine Mutter verantwortlich, für seine Schwester, für die Rechnungen. Er steckte in einem neuen Leben fest, von dem er nichts verstand. Er hatte keinen Halt mehr.

Ich bin sein einziger Halt, seufzte Zoé.

Und sie fühlte sich mit einem Mal stark wie ein Kompass, der immer nach Norden weist.

Sie betrachtete die Petit-Écolier-Packung und drehte sie um. Ein Keks fiel heraus. Sie nahm ihn, führte ihn zum Mund, besann sich, rief Du Guesclin und hielt ihn ihm hin.

»Dir ist das egal, du darfst zunehmen… Und du bekommst auch keine Pickel… Stimmt doch, Hunde haben nie Pickel.«

Sie haben weder Pickel noch einen Freund, der sie traurig macht. Hunde macht man mit einem einzigen Petit Écolier glücklich. Sie lecken sich die Lefzen und wedeln mit dem Schwanz. Bloß dass Du Guesclin keinen Schwanz mehr hatte. Man wusste nie, ob er zufrieden war. Es sei denn, man las es in seinen Augen.

Sie sprang auf und rannte zu ihrer Mutter, um sie zu fragen, ob Gaétan sie an Weihnachten besuchen könne.

Iphigénie saß in der Küche und hatte ihre Sonntagshandtasche auf dem Schoß, eine schöne Tasche in Krokolederimitat mit einem nachgemachten Hermès-Verschluss. Man musste schon wirklich ganz nah rangehen, um zu sehen, dass es Plastik war. Ihre Haare hatten nur eine einzige Farbe, und Zoé erkannte sie nicht sofort. Nicht genug damit, dass ihre Haare nicht in fröhlich bunten Farben erstrahlten, sie waren auch ganz platt und hingen zu beiden Seiten ihres Gesichts herunter wie der Schleier einer antiken Witwe.

Sie war gerade dabei, Joséphine von ihrem Bewerbungsgespräch bei einem Podologen zu erzählen, und wirkte sehr aufgebracht.

»Muss man sich denn wie Vieh behandeln lassen, bloß weil man Arbeit sucht, Madame Cortès? Sagen Sie doch selbst …«

»Nein … Sie haben recht, Iphigénie. Es ist sehr wichtig, seine Würde zu bewahren.«

»Würde! Pah! Das ist ein Wort aus der Vergangenheit!«

»Eben nicht! Es gehört rehabilitiert … Sie haben sich nichts gefallen lassen, und das ist sehr gut so.«

»Ihre Würde ist ein teurer Spaß! Dem war ich garantiert nicht gefügig genug. Aber der hat mir ja auch Fragen gestellt! Ich konnte gar nicht anders, als ihm zu sagen, dass ihn das nichts angeht …«

Die beiden Frauen schwiegen. Iphigénie spielte mit dem Verschluss ihrer Plastikkrokotasche, und Joséphine biss sich auf die Lippen, während sie nach einem Weg suchte, Iphigénie zu retten. Aus dem Küchenradio klang eine Jazzmelodie, und Zoé erkannte die Trompete von Chet Baker. Sie spitzte die Ohren, um den Namen des Stücks zu hören und sich zu vergewissern, dass sie sich nicht getäuscht hatte, aber Iphigénies Stimme übertönte die des Moderators auf TSF Jazz: »Was machen wir denn jetzt, Madame Cortès?«

»Noch hat man Sie ja nicht vor die Tür gesetzt. Bis jetzt sind das alles nur Vermutungen …«

»Ich rieche Ärger … Wir müssen uns unbedingt etwas einfallen lassen, damit sie mich nicht rauswerfen können.«

»Ich hätte da vielleicht eine Idee …«

»Los, raus damit, Madame Cortès, sagen Sie schon …«

»Wir könnten eine Petition im Haus herumgehen lassen … Eine Petition, die alle unterschreiben und in der wir verlangen, dass Sie hierbleiben … Falls es dem Hausverwalter tatsächlich in den Sinn kommen sollte, Sie rauszuwerfen … Schließlich liegt die Entscheidung darüber immer noch bei den Eigentümern.«

»Das ist eine gute Idee, Madame Cortès. Eine verdammt gute Idee! Und verfassen Sie diese Petition dann auch?«

»Ich verfasse sie und lasse sie von jedem Bewohner des Hauses unterschreiben. Sie verstehen sich doch hoffentlich gut mit den Leuten, Iphigénie?«

»Ja. Nur die Bassonnière hat mir immer die kalte Schulter gezeigt, aber seit …«

Mit einem Krächzen imitierte sie das Stöhnen von Mademoiselle de Bassonnière, die im Mülltonnenraum erstochen worden war.

»… seit sie weg ist, habe ich mit niemandem mehr Ärger.«

»Sehr gut! Ich werde einen Brief aufsetzen, und falls der Verwalter irgendwann droht, Sie vor die Tür zu setzen, halten wir ihm die Liste unter die Nase und machen ihn damit mundtot …«

»Sie haben echt was auf dem Kasten, Madame Cortès!«

»Danke, Iphigénie. Das liegt daran, dass ich Sie nicht verlieren will. Sie sind eine hervorragende Concierge!«

Zoé glaubte schon, Iphigénie würde gleich anfangen zu weinen. Ihre Augen wurden feucht, und sie drängte die Tränen zurück, indem sie ihre schwarzen Augenbrauen zusammenzog.

»Das ist die Rührung, Madame Cortès. Mir hat noch nie jemand gesagt, dass ich meine Arbeit gut mache … Die Leute machen mir nie Komplimente. Für sie ist das alles selbstverständlich … Niemals ein ›Danke, Iphigénie!‹. Niemals ›Sie sind großartig!‹. Niemals ›Wie schön die Kupferkugel am Treppengeländer doch glänzt!‹. Nichts! Es scheint gerade so, als machte es überhaupt keinen Unterschied, ob ich mich anstrenge oder nicht!«

»Nicht doch, Iphigénie! Hören Sie auf, sich Sorgen zu machen … Sie werden Ihre Loge behalten, das verspreche ich Ihnen.«

Iphigénie schniefte geräuschvoll und riss sich zusammen. Sie gab ihr übliches trompetendes Schnauben von sich, um ihre Rührung zu unterdrücken, und schaute Joséphine in die Augen.

»Sagen Sie mal, Madame Cortès … Eines verstehe ich nicht. Wenn es um andere geht, da kämpfen Sie wie eine Löwin, aber bei Ihnen selbst könnte man meinen, Sie lassen alle auf sich herumtrampeln!«

»Ach! Finden Sie …«

»Ja, schon … Sie können sich nicht wehren …«

»Vielleicht sieht man bei anderen immer klarer als bei sich selbst.

Man weiß, was zu tun ist, um ihnen zu helfen, aber bei sich selbst weiß man es nicht…«

»Sie haben sicher recht… Aber warum sind wir so?«

»Ich weiß es nicht…«

»Glauben Sie, wir respektieren uns nicht genug? Wir halten uns selbst für nicht wichtig genug?«

»Möglich, Iphigénie… Ich finde immer alle Leute so klug und mich selbst so dumm. Das war schon immer so.«

»Sie kümmern sich doch um meinen Brief, Madame Cortès, ja?«

»Wir warten erst einmal die Feiertage ab, und wenn der Verwalter angreift, schreiten wir zur Tat…«

Iphigénie nickte, stand auf, klemmte die Krokotasche unter den Arm und knöpfte ihren Mantel zu.

»Ich weiß gar nicht, wie ich Ihnen für all das danken soll, was Sie für mich tun…«

Als Iphigénie fort war, baute sich Zoé vor ihrer Mutter auf und erklärte, dass sie ebenfalls ein Problem habe.

Joséphine lächelte und rieb sich die Nase.

»Bist du müde, Maman?«

»Nein… ich hoffe nur, dass es mir gelingt, das Versprechen, das ich Iphigénie gegeben habe, auch zu halten…«

»Wo ist Hortense?«

»Sie ist spazieren gegangen, um sich inspirieren zu lassen…«

»Wegen ihrer Schaufenster?«

»Ja… Was hast du denn für ein Problem, Liebes?«

»Es geht um Gaétan. Er ist unglücklich, und seine Mutter ist total gestört…«

Zoé atmete tief ein und platzte heraus: »Ich möchte, dass er uns in den Weihnachtsferien besuchen kommt…«

»Über Weihnachten? Zu uns? Aber das geht nicht! Shirley und Gary kommen doch!«

»Weihnachten feiert er mit seiner Familie, aber ich möchte, dass er danach kommt… außerdem ist die Wohnung groß, wir haben genug Platz.«

Joséphine sah ihre Tochter ernst an.

»Bist du sicher, dass er wirklich in dieses Haus zurückkommen möchte? Nach allem, was hier passiert ist? Habt ihr darüber gesprochen?«

»Nein«, räumte Zoé ein.

»Ich halte das für keine gute Idee…«

»Aber, Maman, das würde doch bedeuten, dass er nie wieder hierherkommen wird!«

»Vielleicht…«

»Aber das geht nicht!«, rief Zoé. »Wo sollen wir uns dann treffen?«

»Hör zu, Liebes, ich weiß es nicht… Und ich habe jetzt wirklich keinen Kopf für so etwas.«

»O nein!«, schrie Zoé und stampfte mit dem Fuß auf. »Ich will, dass er herkommt! Du hast Zeit für Iphigénie und findest eine Lösung für ihr Problem, und für mich bleibt nichts! Aber ich bin deine Tochter, ich bin wichtiger als Iphigénie!«

Joséphine hob den Kopf und sah zu Zoé auf. Glühende Wangen, aufstampfender Fuß, fünfzehn Jahre, ein Meter siebzig groß, wachsende Brüste, wachsende Füße und die ersten bitteren Vorwürfe einer Frau. Meine Tochter fordert ihr Recht auf einen Freund ein! Hilfe! Als ich fünfzehn war, beobachtete ich mit geröteten Wangen heimlich einen gutmütigen Tropf namens Patrick, und wenn sich unsere Blicke kreuzten, drohte mir das Herz aus der Brust zu springen. Bei der Vorstellung, ihn zu küssen, wäre ich ohnmächtig geworden, und auch nur seine Hand zu streifen, führte schnurstracks zu ehelicher Glückseligkeit.

Sie streckte die Hand nach ihrer Tochter aus und sagte: »Einverstanden. Wir fangen noch mal ganz von vorn an, ich höre…«

Zoé erzählt ihr von Gaétans unglücklicher Situation. Bei jedem Satz schlug sie mit der Faust gegen ihren Oberschenkel, um die dramatische Wirkung ihrer Worte zu steigern.

»Wo soll er denn schlafen, wenn er herkommt?«

»Na… in meinem Zimmer.«

»Du meinst, in deinem Bett…«

Zoé nickte errötend. Eine Haarsträhne hing ihr quer über die Augen und verlieh ihr einen Hauch von Wildheit.

»Nein, Zoé, nein. Du bist fünfzehn, du wirst nicht mit einem Jungen im selben Bett schlafen.«

»Aber, Maman! Alle Mädchen in meiner Klasse…«

»Bloß weil alle Mädchen in deiner Klasse etwas tun, bedeutet das noch lange nicht, dass du es auch tun musst ... Nein heißt nein!«

»Aber, Maman ...«

»Ich sagte Nein, Zoé, Ende der Diskussion ... Du bist noch zu jung dafür, basta.«

»Aber das ist doch lächerlich! Mit fünfzehn darf ich nicht, und mit sechzehn darf ich wohl?«

»Ich habe nicht gesagt, dass du es mit sechzehn darfst ...«

»Du bist total ätzend, Maman!«

»Sei doch mal ehrlich, Liebes, willst du wirklich in deinem Alter schon mit einem Jungen schlafen?«

Zoé wandte den Kopf ab und antwortete nicht.

»Zoé, schau mir in die Augen und sag mir, dass du unbedingt mit ihm schlafen willst ... So etwas ist ein sehr ernstes gegenseitiges Versprechen. Das macht man nicht einfach mal nebenbei, wie sich die Zähne zu putzen oder eine Jeans zu kaufen!«

Zoé wusste nicht, was sie darauf erwidern sollte. Sie wollte doch einfach nur, dass er da wäre, bei ihr, die ganze Zeit. Dass er sie in die Arme nähme, dass er ihr Worte ins Ohr flüsterte, dass er ihr Versprechen gab. Sie wollte seinen Duft richtig einatmen, nicht aus einem alten Pullover, der nach überhaupt nichts mehr roch. Mehr wusste sie nicht. Sie hatte ihn seit vier Monaten nicht gesehen. Vier Monate, in denen sie einander Mails geschrieben und auf MSN gechattet hatten. Manchmal hatten sie auch telefoniert, aber da hatte es immer lange Pausen im Gespräch gegeben. Sie kratzte sich mit einem Fuß am Schienbein, drehte eine Haarsträhne um den Finger, zog am Ärmel ihres Pullovers und stammelte: »Das ist nicht fair! Hortense durfte mit fünfzehn schon alles, und ich, ich darf überhaupt nichts!«

»Hortense hat damals auch nicht mit einem Jungen geschlafen!«

»Das glaubst du! Sie hat es hinter deinem Rücken gemacht, ohne dass du etwas davon wusstest ... Sie hat dich einfach nicht um Erlaubnis gefragt! Ich frage dich um Erlaubnis, und du sagst Nein, das ist nicht fair! Ich werde ihm sagen, er soll zu Emma gehen, und dann werde ich ihn bei ihr besuchen, ohne dass du etwas davon mitkriegst!«

»Und danach?«

»Ich hab's satt, ich hab's so satt! Ich hab's satt, dass mich alle wie ein kleines Kind behandeln ...«

»Schläft Emma denn schon mit einem Jungen?«

»Nein … Sie hat ja auch keinen Freund! Keinen richtigen Freund. Ich will Gaétan sehen, Maman!«

Ich will Gaétan sehen, ich will Gaétan sehen … Sie begann die Worte vor sich hin zu brummen wie ein alter Kirchendiener, der die Messe mitleiert, und zeichnete dabei mit dem linken Daumen Kreise auf den Tisch. Den rechten hatte sie halb in den Mund geschoben, sodass ihr vor unterdrücktem Zorn ein Speichelfaden aus dem Mund lief.

Joséphine betrachtete sie belustigt und gelassen. Sie hatte mit Hortense so viele heftige Auseinandersetzungen erlebt, dass sie auf Zoés Forderungen entspannt reagieren konnte.

»Du siehst aus wie ein großes Baby«, murmelte sie gerührt.

»Ich bin kein Baby mehr!«, schimpfte Zoé. »Und ich will Gaétan sehen …«

»Das habe ich verstanden … ich bin ja nicht schwachsinnig!«

»Manchmal bin ich mir da nicht so sicher …«

Joséphine zog sie an sich. Zoé sträubte sich zunächst, machte sich steif, doch als ihre Mutter ihr leise ins Ohr summte, ich habe eine Idee, eine Idee, die uns beiden gefallen wird … entspannte sie sich.

»Na los, sag schon«, entgegnete Zoé, den Daumen immer noch im Mund.

»Du lädst Gaétan ein, er schläft hier, in deinem Zimmer, aber …«

Zoé richtete sich auf. Besorgt, lauernd.

»… aber Hortense wird bei euch schlafen.«

»In MEINEM Zimmer?«

»Wir legen eine Matratze auf den Boden, und darauf schläft er, während ihr beide euch dein Bett teilt …«

»Das wird sie niemals tun!«

»Sie hat keine andere Wahl. Shirley und ich in meinem Zimmer, Gary in Hortenses Zimmer, und ihr drei in deinem Zimmer … Auf diese Weise seid ihr zusammen, aber ihr könnt nicht alles tun, was euch in den Sinn kommt!«

»Und wenn sie bei Gary schlafen will?«

»Shirley zufolge ist er nicht aktuell … Zwischen ihnen herrscht immer noch Funkstille.«

Zoé wollte einen Moment darüber nachdenken. Sie runzelte die Stirn. Joséphine konnte den Verlauf ihrer Gedanken an ihrer kraus gezogenen

Nase, ihren geschürzten Lippen und ihren Augen verfolgen, deren Blick ins Leere gerichtet war und das Für und Wider abwog. Sie kannte ihre Tochter in- und auswendig. Ihre rot schimmernden Locken, die braunen Augen, die strahlend weißen Zähne. Wenn sie lächelte, zeigte sich ein Grübchen auf der linken Wange. Zoé war keine Kämpferin, sie war eine zarte, immer noch in der Kindheit verhaftete Seele. Sie konnte die Worte beinahe in ihrem Kopf widerhallen hören, ich möchte so sein wie alle anderen, ich möchte in der Schule sagen können, dass ich mit Gaétan geschlafen habe, mich sogar vor Emma damit brüsten, endlich eine richtige Frau sein, aber ich habe ein bisschen Angst vor dem Rest. Was wird passieren? Werde ich es hinkriegen? Tut das weh? In Zoés Augen sah sie das gleiche bange Flehen wie an dem Tag, als sie ihren ersten BH von ihr gefordert hatte, obwohl sie noch so flach war wie ein Bügelbrett. Joséphine hatte nachgegeben. Einen hübschen BH in Größe 60. Zoé hatte ihn nur ein einziges Mal getragen. Hatte ihn mit Watte ausgestopft, um so zu tun, als ob. So tun, als ob, bloß nicht das Gesicht verlieren.

Zoé war in einem Alter, in dem der Schein wichtiger war als die Realität.

»Na?«, fragte Joséphine leise und versetzte ihr einen sanften Schubs mit der Schulter.

»Einverstanden«, seufzte Zoé. »Einverstanden, wenn es denn nicht anders geht.«

»Lass uns einen Pakt schließen: Ich vertraue dir und lasse euch beide in Ruhe … und im Gegenzug versprichst du mir, dass nichts passieren wird … Du hast alle Zeit der Welt, Zoé … Der erste Junge ist sehr wichtig … Du wirst dich dein ganzes Leben daran erinnern. Das willst du doch nicht einfach nur irgendwie hinter dich bringen … und stell dir bloß mal vor, du würdest schwanger.«

Zoé zuckte zurück, als hätte sie eine Schlange in die Ferse gebissen.

»Schwanger!«

»Das passiert nun mal, wenn man mit einem Jungen schläft.«

Es folgte ein langes Schweigen.

»An dem Tag, an dem du beschließt, dass das mit euch etwas Endgültiges ist, dass du ihn wirklich von ganzem Herzen liebst und dass er dich wirklich von ganzem Herzen liebt, dann reden wir noch einmal darüber, und du bekommst die Pille.«

»Daran hatte ich überhaupt nicht gedacht … Wie hat Hortense das denn gemacht?«

»Ich habe keine Ahnung …«

Und es ist mir auch lieber, dass ich nie etwas davon gemerkt habe, dachte Joséphine.

Und so kamen sie an Weihnachten wieder alle zusammen. Shirley, Gary, Hortense, Zoé und Joséphine. In fröhlichem Trubel wurde der Weihnachtsbaum aufgestellt und geschmückt, hast du an den Weihnachtsbaumsack gedacht? Und was ist mit den Kugeln, noch mehr rote oder lieber weiße? Weihnachtsmusik erklang, Menüs wurden zusammengestellt, Lieder wurden gegrölt, der Tisch gedeckt, offizielle Geschenke unter den Baum gelegt, andere, geheimnisvollere, unter dem Bett, in einem Schrank, hinter den Regenschirmen versteckt, Champagnerkorken knallten an die Decke, um ein gelungenes Baiser oder eine beantwortete Scherzfrage zu feiern.

»Warum trägt der Elefant im Zoo des Central Park grüne Socken?

Weil die blauen in der Wäsche sind …«

»Woran merkst du, dass ein Nilpferd in deinem Bett liegt?

Auf seinen Schlafanzug ist ein N aufgestickt …«

»Was ist der Unterschied zwischen einem Bäcker und einem Teppich?

Der Bäcker muss morgens um vier aufstehen, der Teppich kann liegen bleiben!«

Shirley hatte Cracker, Puddings, mit Süßigkeiten gefüllte Weihnachtsstrümpfe, Dosen voller Tee und eine Flasche alten Whisky mitgebracht, Gary CDs von Glenn Gould, denen sie in allergrößter Andacht lauschen mussten, und alte Zigarren, von denen er behauptete, es seien die Lieblingszigarren von Winston Churchill gewesen. Shirley lachte laut los, Joséphine riss verwundert die Augen auf, Zoé notierte konzentriert das Rezept für englischen Pudding, und Hortense spottete darüber, wie eifrig sich alle bemühten, die Bräuche jenes Festes zu befolgen, das sie schon so lange zusammen feierten. Sie bewegte sich keinen Schritt ohne ihr Handy, falls Miss Farland versuchen sollte, sie zu erreichen … und setzte jedes Mal, wenn es klingelte, eine geheimnisvolle Miene auf.

Gary lachte sie aus. Nannte sie die grässliche Geschäftsfrau. Versteckte das Handy im Kühlschrank in einem Bund Lauchstangen, unter einem Stapel Kissen oder unter Du Guesclins Decken. Hortense schrie ihn an, er solle gefälligst mit diesen Kindereien aufhören. Gary entfernte sich hüpfend wie ein Eichhörnchen, breitbeinig, die Hände vor der Brust angewinkelt.

»Das Eichhörnchen weiß, wo das Handy ist, es hat es als Wintervorrat versteckt, wenn es ganz allein, ohne Freunde, draußen im Wald ist... Das Eichhörnchen ist einsam, wenn es bitterkalt ist. Das Eichhörnchen ist traurig im großen Park... Vor allem montags, wenn die ganzen Leute vom Wochenende weg sind. Wenn niemand ihm mehr Erdnüsse oder Haselnüsse zuwirft, dann spuckt es in die Pfoten und wartet darauf, dass wieder Samstag wird... Oder Frühling...«

»Und der möchte, dass ich ihn für einen Märchenprinzen halte!«, spottete Hortense.

»Aber mein Sohn ist ein Märchenprinz!«, protestierte Shirley. »Du bist die Einzige, die das nicht merkt...«

»Gott bewahre mich vor Märchenprinzen und Hauseichhörnchen...«

Und sie machte sich schimpfend auf die Suche nach ihrem Handy.

Manchmal beugte sich Gary über sie, als wollte er sie küssen, und zeichnete ihr stattdessen einen Mousse-au-chocolat-Strich auf die Stirn. Sie ging ihm an die Gurgel. Er floh und rief Sie-hat-geglaubt-ich-würde-sie-küssen-die-sind-doch-alle-gleich-die-sind-doch-alle-gleich, und sie kreischte ich hasse ihn, ich hasse ihn. Oder er legte sich aufs Sofa, hörte *Das Wohltemperierte Klavier*, klopfte mit seinen langen, in löchrigen Socken steckenden Füßen den Takt und erklärte ihr die Kunst von Glenn Gould. Wenn du seiner Musik lauschst, hörst du kein Klavier mehr, sondern ein ganzes Orchester. Jedes Thema wird kanonartig weitergeführt, verschwindet aus der rechten Hand, um in der linken wieder aufzutauchen, wird durch die einzelnen Töne durchdekliniert, um plötzlich in einer neuen Melodie wieder hochzukommen. Pausen verleihen dem Werk Profil und halten einen in Atem. Sein Anschlag ist nicht *staccato*, noch weniger *legato*, sondern *non-le-ga-to*. Jede Note ist klar von den anderen abgesetzt, keine wird dem Zufall überlassen. Das ist Kunst, Hortense, große Kunst..., während Hortense inmitten von Buntstiften zu seinen Füßen saß und einen Schaufensterentwurf auf einen großen weißen Spiralblock zeichnete. Das waren ihre

Ruhepausen. Sie malte, radierte, zog einen Strich nach, erzählte von der Weihnachtsdekoration in den Schaufenstern von Hermès in der Rue du Faubourg Saint-Honoré, das hättest du sehen sollen, Gary, orientalische Farben, warm, sehr warm, nur wenige Gegenstände, Leder und Schwerter, Löwen, Tiger, Papageien, lange, drapierte Stoffbahnen, es war schön und so … einzigartig. Ich will auch etwas Schönes und Einzigartiges schaffen. Er streckte die Hand aus und streichelte ihr Haar, ich mag es, wenn du nachdenkst, sie biss auf ihrem Stift herum und bat, rede mit mir, sag einfach irgendwas, dann fällt mir etwas ein, dann fällt mir bestimmt etwas ein … Er rezitierte für sie Verse von Byron, und seine sanfte Stimme und die behutsam gesprochenen englischen Worte verschmolzen zu einer eigenen Partitur, einer Melodie, die jene von Bach begleitete, sich mit den Noten verflocht, eine Viertelpause ausfüllte, sich an einen Akkord schmiegte. Er schloss die Augen, seine Hand lag auf Hortenses Schulter, Hortenses Bleistiftmine zerbrach, sie brauste auf, schleuderte ihren Block von sich, sagte, mir fällt nichts ein, mir fällt einfach nichts ein, und die Zeit läuft mir davon … Dir wird schon etwas einfallen, versprochen. Gute Ideen kommen einem immer erst, wenn es dringend wird. Am Abend bevor die grässliche Miss Farland anruft, wird es dir einfallen. Du wirst ahnungslos zu Bett gehen und morgens mit einem Geistesblitz aufwachen, vertrau mir, vertrau dir … Ängstlich und erschöpft sah sie zu ihm auf.

»Glaubst du wirklich? Ach, ich weiß nicht mehr, Gary … Es ist so schrecklich, ich zweifle. Ich hasse dieses Wort! Ich hasse es, so zu sein … Was, wenn ich es nicht schaffe?«

»Das würde deinem Lebensmotto widersprechen …«

»Und was ist mein Lebensmotto?«

»Mir allein vertraue ich.«

»Das wäre mir neu …«

Sie saugte an der Bleistiftmine und wandte sich wieder ihrer Zeichnung zu. Strich sich mit einer Hand durch das zerzauste Haar und stöhnte. Er dozierte weiter über die Kunst des Klavierspiels, die Kunst, die einzelnen Noten voneinander abzusetzen, sie zu isolieren, sie kühl und ungerührt zu entkleiden …

»Das solltest du tun: deine Ideen eine nach der anderen entkleiden; in deinem Kopf schwirren einfach zu viele herum, und du kannst nicht mehr klar denken …«

»Das funktioniert vielleicht beim Klavierspielen, aber nicht bei mir…«

»Natürlich, überleg doch mal: eine Note, dann noch eine Note und noch eine Note und nicht ein Kilo Noten auf einmal… Das ist der Unterschied!«

»Ach was, ich verstehe kein Wort von dem, was du da redest! Glaubst du wirklich, so hilfst du mir weiter…?«

»Ich helfe dir, ohne dass es dir bewusst ist. Komm her und küss mich, dann geht dir ein Licht auf…«

»Ich brauche keinen Mann, ich brauche eine Idee!«

»Ich bin dein Mann und alle deine Ideen. Weißt du was, liebste Hortense? Ohne mich bist du bloß ein kümmerliches Fragment…«

Joséphine und Shirley beobachteten sie wortlos und lächelten. Dann liefen sie in die Küche, schlossen die Tür hinter sich und fielen einander in die Arme.

»Sie lieben sich, sie lieben sich, auch wenn sie es selbst nicht wissen«, versicherte Joséphine.

»Sie sind wie zwei verliebte, blinde Eselchen…«

»Das endet unter einem großen weißen Schleier«, sang Joséphine vor sich hin.

»Oder mit einer wilden Kissenschlacht im Bett!«, spöttelte Shirley.

»Und wir werden zwei schöne Großmütter sein!«

»Aber ich werde trotzdem weitervögeln!«, protestierte Shirley.

»Sie sind so schön, unsere beiden Kleinen.«

»Und sie haben beide den gleichen Dickschädel!«

»In ihrem Alter war ich so linkisch.«

»Und ich hatte schon ein Kind…«

»Glaubst du, Hortense nimmt die Pille?«, fragte Joséphine besorgt.

»Du bist ihre Mutter…«

»Vielleicht sollte ich sie fragen…«

»Wenn du mich fragst, wird sie dich zum Teufel jagen!«

»Du hast recht… Glaub mir, einen Sohn zu haben, ist viel entspannter als zwei Töchter.«

»Sollen wir heute Abend die Gänseleberpastete essen?«

»Mit Feigenmarmelade?«

»O ja!«

»Was hältst du davon, wenn wir uns jetzt schon eine kleine Kostprobe gönnen? Niemand wird etwas davon erfahren!«, schlug Shirley mit einem naschlustigen Funkeln in den Augen vor.

»Und dazu trinken wir Champagner und erzählen uns Blödsinn?«

Der Korken knallte, der Schaum sprudelte über, Shirley rief nach einem Glas, schnell, schnell, Joséphine fing den Schaum mit einem Finger auf und leckte ihn ab.

»Weißt du, was ich gefunden habe, als ich neulich Abend die Mülltonnen durchsucht habe? Ein schwarzes Notizheft, ein Tagebuch …«

»Hmm …«, schnurrte Shirley, nachdem sie den Champagner gekostet hatte, »köstlich! Und wem gehört es?«

»Das ist es ja gerade, ich weiß es nicht …«

»Glaubst du, es wurde absichtlich weggeworfen?«

»Es sieht ganz danach aus … Es muss jemand aus dem Haus sein. Das Tagebuch ist alt. Es trägt ein Datum: November 1962 … Der Unbekannte schreibt, dass er siebzehn Jahre alt ist und sein Leben jetzt anfangen wird.«

»Das heißt, er wäre jetzt … warte kurz … um die fünfundsechzig! Nicht gerade ein Jungspund, unser mysteriöser Schriftsteller … Hast du es gelesen?«

»Ich habe angefangen … Aber ich lese weiter, sobald ich wieder allein bin …«

»Gibt es viele Männer um die fünfundsechzig in eurem Haus?«

»Es müssen etwa fünf oder sechs sein … Plus Monsieur Sandoz, Iphigénies Verehrer, der ihr zufolge bei seinem Alter schummelt und auch um die fünfundsechzig ist … Ich werde Nachforschungen anstellen. In beiden Gebäudeteilen, Haus A und Haus B, denn die Mülltonnen werden gemeinsam genutzt.«

»Das ist doch wirklich komisch«, lachte Shirley, »der einzige Platz, an dem sich die Leute bei euch über den Weg laufen, ist der Müllraum!«

Ungeduldig sehnte Zoé den 26. Dezember herbei. Sie hatte die Tage in ihrem Kalender umkreist und sprang jeden Morgen aus dem Bett, um einen davon durchzustreichen. Ich bin gestresst wie eine Kuh, wenn's donnert! Noch zwei Tage! Eine Ewigkeit! Das halte ich niemals durch! Ich werde vorher sterben … Kann man innerhalb von zwei Tagen zweieinhalb Kilo abnehmen? Kann man einen Pickel ausradieren? Das

Schwitzen abstellen? Richtig gut küssen lernen? Und meine Haare? Soll ich sie mit Gel glätten oder nicht? Sie zusammenbinden oder nicht? Es gibt so vieles, bei dem ich mir gern sicher wäre.

Und was soll ich überhaupt anziehen, wenn er kommt? So etwas muss man sich doch im Voraus überlegen … Ich könnte Hortense fragen, aber Hortense hat im Moment anderes im Kopf.

Hortense hatte eingewilligt, nachts die Anstandsdame zu spielen. »Aber ich will nicht von Kopulationsgeräuschen geweckt werden! Kapiert, Zoé? Ich muss am 2. Januar fit sein. Frisch und rosig. Und das heißt: ungestört schlafen. Und nicht den Kerkermeister spielen! Also kein Gefummel oder wildes Rumwälzen, sonst schlag ich zu!«

Zoé errötete. Sie brannte darauf, Hortense zu fragen, wie wildes Rumwälzen funktionierte und ob das wehtat.

Am 26. Dezember gegen siebzehn Uhr würde Gaétan an der Tür klingeln. Sechzehn Uhr achtzehn an der Gare Saint-Lazare, siebzehn Uhr bei ihnen. Niemandem außer ihr wäre es gestattet, ihm zu öffnen, und niemand außer ihr durfte sich blicken lassen, wenn er ankam. Alle in eure Zimmer oder ganz raus aus der Wohnung, bis ich euch ein Zeichen gebe, dass ihr wieder zum Vorschein kommen dürft! Es würde ihn zu sehr verunsichern, wenn ihr alle dasteht und ihn anstarrt.

Sie hatten lange darüber geredet, ob es ihm unangenehm sein würde, in das Haus zurückzukehren, in dem er früher gewohnt hatte. Gaétan hatte behauptet, nein, es mache ihm nichts aus. Er habe reiflich nachgedacht und seinem Vater verziehen. Er bedauere ihn aufrichtig. Er sagte das mit einer derart ernsten Stimme, dass Zoé das Gefühl hatte, mit einem Fremden zu reden. Verstehst du, Zoé, wenn man weiß, was er als Kind erlebt hat, wie er verstoßen, misshandelt, benutzt und gequält wurde, da konnte man ja kaum erwarten, dass er normal sein würde … Er hat versucht, normal zu sein, aber er konnte es nicht. Es war, als wäre er mit einem Klumpfuß geboren, und man hätte von ihm verlangt, hundert Meter in neun Sekunden zu laufen! In ihm war alles vermischt: Liebe, Wut, Rachedurst, Zorn, Unschuld. Er wollte töten, und er wollte lieben, aber er wusste nicht, wie er es anstellen sollte. Ich bin traurig wegen deiner Tante, aber seinetwegen bin ich nicht traurig. Ich weiß nicht, warum … Auf seine Weise hat er uns geliebt. Ich schaffe es nicht, ihm böse zu sein. Er war verrückt, das ist alles. Und ich werde nicht verrückt, das weiß ich genau.

Das wiederholte er oft: Und ich werde nicht verrückt …

Sie wartete in ihrem Zimmer und bastelte dabei ihre Geschenke aus Draht, Karton, Wolle, Leim, Pailletten und Farbe. Die Zeit verging schneller, wenn ihr Geist und ihre Hände beschäftigt waren. Sie konzentrierte sich darauf, die passende Farbe auszuwählen, eine Zeichnung auszuschneiden, einen Wollfaden festzukleben. Sie schmeckte an dem Leim, der auf ihrem Zeigefinger trocknete, biss sich auf die Unterlippe, als naschte sie eine Leckerei. Sie hörte das Klavier im Wohnzimmer und verstand, warum Gary diese Musik so sehr liebte. Sie lauschte den Noten, sie drangen in ihren Kopf ein, und sie spürte, wie sie in ihrem Inneren aufblühten. Die Musik saugte sie auf, es war magisch. Sie würde Gary bitten, ihr die CDs zu kopieren, damit sie sie hören könnte, wenn Gaétan wieder fort wäre. Die Musik würde dafür sorgen, dass sie nicht ganz so traurig wäre …

Denn sie dachte bereits an den Tag, an dem er wieder wegfahren würde.

Sie kam nicht dagegen an. Sie bereitete sich auf den Kummer vor, der sie überkommen würde. Sie fand, es sei sinnvoller, sich auf den Kummer vorzubereiten als auf das große Glück. Großes Glück ist einfach, man braucht sich nur fallen zu lassen. Es ist, als würde man eine riesige Rutsche hinabgleiten. Aber Kummer bedeutet, zu Fuß eine sehr lange Rutsche wieder hinaufzuklettern.

Sie fragte sich, warum sie so war, und holte ihr Heft heraus, um ihre Gedanken festzuhalten. An der Spitze ihres Kulis saugend, las sie den letzten Text, den sie geschrieben hatte:

»War mit der Schule in einer Ausstellung moderner Kunst und habe nichts verstanden. Das ärgert mich. Ein aufblasbares rotes Planschbecken mit Gabeln unten im Wasser und halb aufgeblasene Spülhandschuhe, damit kann ich absolut nichts anfangen … Unser Lehrer war total geplättet, aber ich fand das einfach nur hässlich.

Beim Rauskommen haben wir eine Gruppe Obdachloser getroffen, die Bier aus Dosen getrunken haben, und einer von denen wollte sich mit unserem Lehrer prügeln … Aber der hat nicht mal mit der Wimper gezuckt, weil der Obdachlose so ein schmächtiges Kerlchen war und unser Lehrer ziemlich kräftig ist. Und mir hat der Obdachlose leidgetan, auch wenn er überhaupt nicht cool war. Und das hat mich deprimiert. Und unser Lehrer hat gesagt, dass man nicht die ganze Welt retten könne, aber das ist mir egal. Ich habe in der Schule schon zwei Ringe und Räucherstäbchen für die Dritte Welt gekauft. Und ich lächle die Penner auf der Straße auch weiter an und gebe ihnen Brötchen. So was macht mich einfach nur wütend.

Und dann hat der Lehrer gesagt, dass ich aufhören soll zu träumen und dass eine perfekte Welt nicht existiert. Und da hätte ich auf einmal am liebsten geweint. Oh, ich weiß, das ist superbescheuert, aber ich habe gespürt, wie meine Wangen anfingen zu brennen. Also habe ich mit Emma darüber gesprochen, und sie hat gesagt, hör auf, Zoé, der Lehrer hat recht, werd endlich erwachsen …

Ich will nicht erwachsen werden, wenn das bedeutet, dass ich so werden soll wie unser Lehrer, der Planschbecken mit Gabeln darin schön findet und sich weigert, die Welt zu retten. Das ist doch Quatsch! Ich will, dass man mich versteht. Ich fühle mich voll, und alle anderen sind leer, also fühle ich mich superallein. Ist das etwa das Leben? Leiden? Bedeutet das etwa erwachsen werden? Wenn man vorwärtskommen und alles auskosten will und gleichzeitig alles auskotzen und wieder von vorn anfangen möchte. Nein … ich will nicht so sein. Ich muss mit Gaétan darüber reden.«

Es folgte ein Rezept für Ölsardinen mit geraspelten Äpfeln, das sie von einem Mädchen bekommen hatte, das genau wie sie das Planschbecken mit den Gabeln total bescheuert gefunden hatte. Sie hieß Gertrude, und sie hatte keine Freundin, weil alle es so schrecklich fanden, Gertrude zu heißen. Sie redete gern mit Gertrude. Sie fand es unfair, dass sie ausgegrenzt wurde, bloß weil ihr Vorname nach Mottenkugeln roch.

Gertrude hatte viel Zeit nachzudenken, und manchmal sagte sie Sätze, die so wunderschön waren wie Morgentau. So hatte sie zum Beispiel beim Verlassen des Museums gesagt, weißt du, Zoé, das Leben ist schön, aber die Welt ist es nicht …

Und dieser Satz hatte sie bezaubert, denn er machte ihr Hoffnung, und sie hatte Hoffnung so dringend nötig.

»Beim Champagner vertraut man sich gegenseitig Geheimnisse an«, erklärte Joséphine. »Du schuldest mir mindestens zwei Geheimnisse … Weil wir schon zwei Gläser Champagner getrunken haben!«

»Und wir sind noch nicht fertig ...«

»Also? Das erste Geheimnis?«

»Ich glaube, ich bin verliebt ...«

»Einen Namen! Einen Namen!«

»Den Namen kennst du bereits: Er heißt Oliver. Oliver Boone ...«

»Der Mann vom Schwimmteich?«

»Der Mann vom Schwimmteich und ein großer Pianist ... Er wird allmählich richtig berühmt und gibt Konzerte auf der ganzen Welt. Zwischen zwei Konzerten lebt er in London, ganz in der Nähe meines Teichs ... Er schwimmt in den braunen Algen und fährt Fahrrad ...«

»Und siehst du ihn oft?«

»Pff! Es ist doch noch ganz frisch! Wir waren einmal abends im Pub, haben etwas getrunken, und ... und ... er hat mich geküsst, und ... mein Gott! Joséphine! Es ist so schön, wenn er mich küsst! Ich habe mich gefühlt wie ein kleines Mädchen. Er ist so ... ich weiß nicht, wie ich ihn beschreiben soll, aber ich weiß ganz sicher, dass ich mir nichts sehnlicher wünsche, als mit ihm zusammen zu sein ... und jede Menge bescheuerter Dinge zu tun, Enten füttern zum Beispiel, über die hochnäsigen Schwäne lachen, seinen Namen in Endlosschleife vor mich hin sagen und ihm dabei tief in die Augen sehen ... Bei ihm habe ich das merkwürdige Gefühl, dass ich mich nicht irre ...«

»Ich freue mich so für dich!«

»... dass ich meinen Platz gefunden habe ... Ich glaube, das ist es, was die wahre Liebe ausmacht: Man hat das Gefühl, mittendrin zu sein in seinem Leben und nicht irgendwo außerhalb. Am richtigen Platz zu sein. Sich nicht mehr zu etwas zwingen zu müssen, sich nicht mehr verbiegen zu müssen, um dem anderen zu gefallen, einfach so bleiben zu können, wie man ist.«

Joséphine dachte an Philippe. Bei ihm verspürte sie genau das gleiche Gefühl.

»Als wir uns im Pub getroffen haben«, fuhr Shirley fort, »habe ich ihm erzählt, dass ich nach Paris fahren würde, und da hat er mich mit seinem guten, warmen Blick angeschaut, diesem Blick, der einen einhüllt und hochhebt und bei dem ich ihm am liebsten sofort um den Hals fallen würde, und er hat gesagt, ich warte auf dich, wenn man wartet, wird es nur umso schöner ... und da hätte ich fast überhaupt nicht mehr gewartet! Weißt du was? Ich habe das Gefühl, dass ich überall glücklich sein werde. In meinem Kopf, in meinem Herzen, in meinem Körper, sogar in meinen Zehen!«

Joséphine dachte, dass sie ihre Freundin noch nie so strahlend und sanft erlebt hatte. Ihr blondes, kurz geschnittenes Haar lockte sich, und ihre Nasenspitze war vor Aufregung ganz rot geworden.

»Und Philippe? Was glaubst du, was er heute Abend macht?«, flüsterte Joséphine.

Sie hatte ihr Glas geleert, und ihre Wangen röteten sich.

»Hast du ihn nicht angerufen?«, fragte Shirley und schenkte ihr nach.

»Seit unserer letzten Begegnung in London? Nein ... Es ist, als müsste es geheim bleiben, als dürfte niemand davon wissen ...«

»Der Abend fängt gerade erst an ... Vielleicht steht er gleich mit Champagner vor der Tür. Wie letztes Jahr. Weißt du noch? Ihr habt euch in der Küche eingeschlossen, und der Truthahn ist verbrannt ...«

»Das scheint mir so fern ... was, wenn ich dabei bin, alles zu verderben?«

»Er zieht es vor, im Hintergrund zu bleiben. Er will dich nicht drängen. Er weiß, dass die Trauer um einen Menschen nicht leicht zu bewältigen ist. Nur die Zeit, die Tage und Wochen, die vergehen, können den Schmerz lindern ...«

»Ich weiß nicht, wo mein Platz ist. Sag, Shirley, woher weiß man das? Mein Platz zwischen Iris und ihm ... Wie kann ich davon reden, ihn zu lieben, wenn ich an Iris' Seite bleibe? Und wenn ich an seiner Seite bin, wie kann ich da reglos bleiben, mich nicht auf ihn stürzen ... Es ist so einfach, wenn er in meiner Nähe ist ... Und so kompliziert, wenn wir getrennt sind ...«

»Also, wenn ich dich recht verstehe, befinden wir uns alle, ohne es zu wissen, auf einem riesigen Schiff, das weder Kapitän noch Motor hat«, sagte Philippe zu seinem Freund Stanislas, der ihn angerufen hatte, um ihm frohe Weihnachten zu wünschen.

Stanislas Wezzer hatte Philippe geholfen, als dieser seine Kanzlei eröffnet hatte. Und er hatte ihn beraten, als er beschlossen hatte, seine Anteile zu verkaufen und sich aus dem Geschäft zurückzuziehen. Stanislas Wezzer war ein großer, gelassener, unabhängiger Mensch, den offenbar nichts aus dem Gleichgewicht bringen konnte. Seine Worte klangen düster und pessimistisch, und Philippe befürchtete stark, dass er recht hatte.

»Ein unkontrollierbares Schiff, das geradewegs auf eine Eiswand zusteuert … Die *Titanic* mit der ganzen Welt an Bord … Wir werden sinken, und das wird garantiert nicht lustig!«, antwortete Stanislas.

»Na dann … vielen Dank für diese guten Nachrichten, mein Freund, und fröhliche Weihnachten!«

Stanislas lachte am anderen Ende der Leitung, dann sprach er weiter: »Ich weiß, ich sollte heute Abend nicht darüber reden, aber ich habe die Nase voll von diesen ganzen Idioten, die behaupten, die Krise liege hinter uns, während sie gerade erst angefangen hat. Kurz von der Lehman-Pleite hat der Vorstandsvorsitzende der Deutschen Bank noch verlauten lassen, dass das Schlimmste überstanden sei und man das System retten würde, indem man den Banken und Versicherungen weitere Milliarden von Dollar in den Rachen schmeißt! Das, was uns bevorsteht, ist keine Krise, sondern der vollständige Zusammenbruch des Kapitalismus, ein Tsunami … und keiner dieser hohen Herren hat etwas kommen sehen! Sie haben nichts geahnt.«

»Und trotzdem hat man den Eindruck, dass das Leben weiter seinen Gang geht, dass niemand das wahre Ausmaß des Bankrotts erkennt …«

»Das ist ja gerade das Erstaunliche! Die Krise wird sich ausbreiten wie eine Flutwelle, und die Milliarden, die dieser virtuellen Wirtschaft zum Fraß vorgeworfen werden, führen nur dazu, dass das System früher oder später implodiert.«

»Aber die Leute erledigen einfach weiter ihre Weihnachtseinkäufe, braten ihre Truthähne und schmücken ihren Weihnachtsbaum«, bemerkte Philippe.

»Ja … Als wäre die Gewohnheit stärker als alles andere … als verbände sie uns die Augen. Als ließen wir uns von den Staus beruhigen, dem Schnee, den Radionachrichten am Morgen, dem Kaffee bei Starbucks an der Ecke, von der Zeitung, die wir aufschlagen, dem hübschen Mädchen, das vorbeigeht, dem Bus, der vorn an der Ecke abbiegt … All das bestärkt uns in dem Gedanken, dass die Krise über uns hinwegfliegen wird, ohne uns zu berühren. Mach dich auf eine dramatische Veränderung gefasst, Philippe! Und ich rede nicht einmal von den ganzen anderen Veränderungen, die uns noch bevorstehen: dem Klima, der Umwelt, den Energiequellen … Wir werden uns an den Ästen festklammern und unsere gesamte Lebensweise überdenken müssen.«

»Ich weiß, Stanislas … Ich glaube sogar, dass ich mich seit Langem darauf vorbereite … ohne es selbst zu wissen. Das ist ja gerade das Erstaunliche daran. Vor zwei Jahren hatte ich eine Art Vorahnung. Eine Ahnung dessen, was passieren würde. Ein langsam anwachsender Ekel … Ich ertrug die Welt, in der ich lebte, nicht mehr, die Art und Weise, wie ich lebte. Ich gab mein Pariser Büro auf, gab mein früheres Leben auf, trennte mich von Iris, zog hierher, und seitdem befinde ich mich gewissermaßen im Wartezustand … ich warte auf ein neues Leben. Wie wird es aussehen? Ich weiß es nicht … Manchmal versuche ich es mir vorzustellen.«

»Um dir das zu verraten, müsste man schon ein Hellseher sein! Wir tasten uns blind voran. Wenn du Zeit hast, können wir nach den Feiertagen mal zusammen essen … Dann führen wir diese düsteren Prognosen weiter aus! Bleibst du in London?«

»Heute Abend essen wir bei meinen Eltern. In South Kensington. Alexandre und ich verbringen den Heiligabend bei ihnen, und danach werden wir sehen, worauf wir Lust haben! Ich habe nichts geplant … Ich habe dir ja gesagt, ich lasse die Dinge auf mich zukommen und mache das Beste daraus.«

»Geht es Alex gut?«

»Ich weiß es nicht. Wir reden nicht mehr viel miteinander. Wir leben praktisch in einer WG, und das macht mich traurig … Ich hatte ihn gerade erst richtig kennengelernt, ich liebte unsere Gespräche, unsere Vertrautheit, aber das alles scheint sich in Luft aufgelöst zu haben …«

»Das liegt am Alter … Oder am Tod seiner Mutter. Redet ihr darüber?«

»Nie. Ich weiß nicht einmal, ob ich es versuchen sollte … es wäre mir lieber, wenn er den ersten Schritt machte.«

Stanislas Wezzer hatte weder Frau noch Kinder. Aber er war ein guter Ratgeber für Ehemänner und Väter.

»Hab Geduld, er wird zurückkommen … Ihr hattet ein Band zwischen euch geknüpft … Umarme ihn von mir, und wir sollten uns schnellstmöglich sehen! Du scheinst mir ziemlich einsam zu sein. Gefährlich einsam … Tu nichts Unüberlegtes, um diese Einsamkeit auszufüllen … Das ist die schlechteste aller Lösungen.«

»Wieso sagst du das?«

»Ich weiß es nicht. Vielleicht aus Erfahrung …«

Philippe wartete auf die Fortsetzung dieses angedeuteten Geständnisses, doch Stanislas blieb stumm. Philippe war es, der schließlich das Schweigen brach.

»Mach's gut, Stan! Und danke für deinen Anruf«, verabschiedete er sich.

Er legte auf und blickte noch eine Weile versonnen hinaus in den Schnee, der auf den kleinen Park fiel. Große, dichte, beinahe schon fette Flocken, die wie Wattebäusche langsam und majestätisch vom Himmel schwebten. Stanislas hatte zweifellos recht. Die Welt, die er gekannt hatte, würde verschwinden. Sie gefiel ihm nicht mehr. Er fragte sich lediglich, wie die Neue Welt aussehen würde.

Er ging ins Wohnzimmer, rief nach Annie.

Sie kam herein, aufrecht in ihrem langen, grauen Rock und ihren dicken schwarzen Schuhen – es schneit, Monsieur Philippe, Sie sollten nicht in Mokassins rausgehen, sonst rutschen Sie noch aus –, mit einer großen Blumenvase voller weißer Pomponrosen in der Hand, die sie auf dem Markt gekauft und mit hellgrünen Olivenzweigen arrangiert hatte.

»Diese Blumen sind wunderschön, Annie …«

»Danke, Monsieur. Ich dachte, das würde das Wohnzimmer etwas fröhlicher wirken lassen …«

»Haben Sie Alexandre gesehen?«

»Nein. Und darüber wollte ich mit Ihnen reden. Er verschwindet oft in letzter Zeit. Er kommt immer später aus der Schule, und auch wenn er keine Schule hat, bleibt er kaum noch zu Hause.«

»Vielleicht ist er verliebt. Er kommt jetzt in das Alter …«

Annie hüstelte und räusperte sich verlegen.

»Glauben Sie wirklich? Und was, wenn er in schlechte Gesellschaft geraten ist?«

»Hauptsache, er ist um sieben Uhr wieder hier. Meine Eltern essen sehr früh, sogar am Heiligabend … und sie können es nicht leiden, wenn wir zu spät kommen. Mein Vater verabscheut die Feiertage und das ganze Glöckchengeklingel. Ich wette, um Mitternacht liegen Sie bereits im Bett!«

»Es ist sehr freundlich von Ihnen, mich mitzunehmen. Dafür wollte ich mich noch bei Ihnen bedanken.«

»Ich bitte Sie, Annie! Sie werden doch wohl nicht den Heiligabend allein in Ihrem Zimmer verbringen, während alle anderen feiern!«

»Das bin ich gewöhnt, wissen Sie … es ist jedes Jahr das Gleiche. Ich suche mir ein gutes Buch aus, eine kleine Flasche Champagner, eine Scheibe Gänsestopfleber, ich toaste ein paar Scheiben Brot und lese. Ich zünde eine Kerze an, schalte Musik ein, ich höre so gern Harfe! Das ist sehr romantisch …«

»Und mit welchem Buch wollten Sie dieses Jahr den Heiligen Abend verbringen?«

»Alexandre Dumas. *Das Halsband der Königin.* Ein wunderschönes Buch!«

»Es ist lange her, seit ich Alexandre Dumas gelesen habe … vielleicht sollte ich ihn mir wieder einmal vornehmen …«

»Wenn Sie möchten, leihe ich Ihnen mein Exemplar, wenn ich es ausgelesen habe …«

»Sehr gern, danke, Annie! Jetzt gehen Sie und machen Sie sich fertig, wir fahren gleich los …«

Annie stellte die Vase auf den Couchtisch, trat ein paar Schritte zurück, um die Wirkung zu prüfen, trennte zwei ineinander verhakte Olivenzweige und eilte anschließend in ihr Zimmer, um sich umzuziehen.

Philippe sah ihr belustigt nach: In ihrer Hast verband sich die fiebrige Erregung eines jungen Mädchens, das sich für ein Rendezvous zurechtmacht, mit der unverkennbaren Schwerfälligkeit des Alters, die sie hemmte und verriet. Wie Annies geheimes Leben wohl aussieht?, überlegte er, als er sie im Flur verschwinden sah. Das habe ich mich noch nie gefragt …

Unter einer großen Eiche mit langen schwarzen, kahlen Ästen sahen Alexandre und Becca zu, wie der Schnee fiel. Alexandre streckte die Hand aus, um eine Flocke aufzufangen, und Becca lachte, weil die Flocke auf Alexandres Handfläche so schnell schmolz, dass er gar nicht dazu kam, sie genauer zu betrachten.

»Es heißt, wenn man Schneeflocken unter einer Lupe anschaut, sehen sie aus wie Seesterne!«

»Vielleicht solltest du allmählich nach Hause gehen, *luv* … Dein Vater macht sich sonst noch Sorgen.«

»Ich hab's nicht eilig … Wir essen heute Abend bei meinen Großeltern, das wird eine ziemlich trostlose Angelegenheit …«

»Wie sind sie denn so?«

»Steif und starr wie zwei alte Strohpuppen! Sie lachen nie, und wenn ich sie küsse, pieksen sie!«

»Alte Leute pieksen oft ...«

»Du piekst nicht. Du hast eine ganz weiche Haut ... Du bist gar keine richtige Alte, du schummelst!«

Becca lachte laut auf. Sie hob die in dicken, violett-gelben Handschuhen steckenden Hände ans Gesicht, als ließe dieses Kompliment sie erröten.

»Ich bin vierundsiebzig Jahre alt, und ich schummele nicht! Ich habe mittlerweile das Alter erreicht, in dem man das offen zugeben kann. Lange habe ich mich jünger gemacht, als ich war, ich wollte keine alte Schachtel werden ...«

»Du bist keine alte Schachtel! Du bist eine junge Schachtel!«

»Das ist mir doch egal, *luv* ... Alt zu sein ist sehr entspannend, weißt du, man braucht nicht mehr so zu tun, als ob, man braucht anderen nichts mehr vorzumachen, es ist einem völlig egal, was die Leute denken ...«

»Selbst wenn man kein Geld hat?«

»Denk doch mal nach, *luv*: Wenn ich Geld hätte, dann hätten wir beide uns niemals kennengelernt. Dann hätte ich nicht hier im Park in meinem Rollstuhl gesessen. Nein, dann wäre ich gemütlich zu Hause geblieben. Ganz allein. Niemand besucht die Alten. Alte Leute gehen allen nur auf die Nerven! Sie reden wirres Zeug, sie pieksen, sie riechen nicht gut, und sie behaupten die ganze Zeit, früher sei alles besser gewesen. Da ist es mir doch lieber, ohne Geld dazustehen und dafür dich kennengelernt zu haben ... Denn dank dir habe ich jetzt nie mehr Fliegen im Kopf.«

Jeden Abend nach der Schule ging Alexandre zu Becca. Ihr richtiger Name war Rebecca, aber alle nannten sie Becca. Wer sind denn alle?, hatte Alexandre gefragt. Hast du Freunde? Ja, natürlich ... bloß weil ich kein Haus habe, heißt das noch lange nicht, dass ich keine Freunde hätte. Es gibt viele wie mich. Dir fällt das nicht auf, weil du in einem Reichenviertel wohnst und es im Zentrum von London nicht viele Obdachlose gibt, sie vertreiben uns, sie jagen uns weit, weit weg. Wir sollen uns von den Touristen fernhalten, von den reichen Leuten, den schönen Autos, den schönen Frauen und den feinen Restaurants ... Aber soll ich dir was sagen, *luv*, es wird immer mehr Leute wie mich geben.

Schau dich nur mal in den Obdachlosenheimen um, dann wirst du sehen, wie die Schlangen immer länger werden. Und zwar mit allen möglichen Leuten! Nicht nur alte. Auch junge! Und gut gekleidete Herren halten da ihre Schüssel hin ... Neulich stand ich in der Schlange hinter einem ehemaligen Banker, der *Krieg und Frieden* las. Wir haben uns unterhalten. Er hatte seinen Job verloren und danach auch sein Haus, seine Frau und seine Kinder. Und ehe er sich's versah, stand er auf der Straße mit nichts als seinen Büchern und einem schicken Sessel. Einem schönen, mit himmelblauem Samt bezogenen Sessel, der hieß wie ein französischer König. Er lebt in der Nähe der Kirche in der Baker Street ... Wir waren uns gleich sympathisch, weil wir beide einen Sessel hatten. Wenn er weggeht, lässt er ihn in der Sakristei.«

»Ach so ...«, hatte Alexandre geantwortet. »Ich dachte, du lebst immer allein ... Und warum willst du dann nicht mit deinen Freunden in so ein Obdachlosenheim? Das wäre doch besser, als draußen zu schlafen ...«

»Ich habe dir doch schon einmal gesagt, solche Heime sind nichts für mich. Ich habe es ausprobiert ... Vor allem eins, von dem hatte ich nur Gutes gehört, in der Seven Sisters Road ... Aber da gehe ich nie wieder hin!«

»Warum denn nicht?«

»Weil es da Männer ohne Arme in grünen T-Shirts gibt, die einen zusammenschlagen!«

»Wie können sie einen zusammenschlagen, wenn sie keine Arme haben?«

»Sie treten mit Füßen und Knien und beißen mit ihren Zähnen! Sie sind wie wilde Tiere. Und außerdem muss man abends zu einer bestimmten Zeit wieder da sein, und man muss etwas bezahlen, auch wenn es nicht viel ist, und die klauen dir alles in solchen Heimen ... Da sind lauter große Schwarze mit Dreadlocks, die herumschreien, heimlich Bier trinken und überallhin pinkeln! Nein, nein! Da bin ich hier in meinem Rollstuhl besser aufgehoben ...«

»Aber wenn es friert oder schneit, Becca?«

»Dann gehe ich zum Intendanten der Königin! Da bist du platt, was?«

»Wer ist das denn?«

»Ein sehr netter Mann. Er lebt in einem kleinen roten Ziegelhaus im Park ... Ein Stück weiter in Richtung Serpentine. Er kümmert sich um die Gärten der Königin. Das ist eine offizielle Funktion, denn diese großen Parks gehören alle der königlichen Familie oder irgendwelchen Herzögen. Wenn es sehr kalt ist, gehe ich zu ihm und verkrieche mich im Gerätehäuschen. Er hat die Fenster abgedichtet und einen Ofen reingestellt, nur für mich. Er bringt mir Suppe, Brot und heißen Kaffee. Und ich schlafe zwischen den Rechen, den Eggen, den Schaufeln, den Rasenmähern und den Holzscheiten. Es riecht gut, nach Gras und Holz. Ich schließe die Augen, so gut riecht das… Ist das kein Luxus? Und wenn ich den Reif von dem kleinen Fenster kratze, sehe ich den Park, ich sehe die Eichhörnchen, die herankommen, ich sehe das Licht in seinem Wohnzimmer, ich sehe seine Frau, die fernsieht, während er liest und vor dem Umblättern seine Finger anfeuchtet… Das ist für mich wie Kino!«

»Du bist komisch, Becca! Du bist immer glücklich, obwohl du überhaupt keinen Grund dazu hast!«

»Was weißt du denn schon vom Leben?«

»Meine Mutter… Sie hatte alles, um glücklich zu sein… aber sie ist es nie gewesen. Sie hatte kurze Phasen, kleine Anfälle von Glück, in denen es schien, als wäre sie es, aber es war nie wirkliches Glück. Ich glaube sogar, dass sie die ganze Zeit über traurig war…«

Becca riss den Mund weit auf, wenn Alexandre von seiner Mutter erzählte. Sie schüttelte den Kopf, schlug ihre violett-gelben Handschuhe zusammen und rief, wenn das mal kein Unglück ist! Dann hob sie die Hände zum Himmel und sagte, wenn ich einen Jungen wie dich gehabt hätte! Wenn ich doch nur einen Jungen wie dich gehabt hätte! Sie schloss die Augen, und wenn sie sie wieder öffnete, waren sie feucht. Alexandre dachte bei sich, dass ihre Augen sicher deshalb so ausgewaschen waren, weil sie viel geweint hatte.

Er musste Beccas Augen immer wieder anschauen. Sie waren so blau, dass er das Gefühl hatte, den Boden unter den Füßen zu verlieren, wenn er in sie eintauchte; alles um ihn herum verschwamm. Becca hatte nichts von einer alten Schachtel. Sie war klein, zierlich, hielt ihren von flammend weißem Haar umgebenen Kopf sehr gerade, drehte ihn ein wenig zur Seite wie ein pickender Vogel, und wenn sie die Lumpen ablegte, in die sie sich einwickelte, enthüllte sie die Taille eines jungen Mädchens mit Korsett. Er fragte sich manchmal, ob sie schon lange arm war, denn für eine Frau ihres Alters war sie noch sehr gut in Form. Er hätte gern gewusst, wie sie in einen Rollstuhl im Park geraten war.

Er wagte nicht, sie danach zu fragen. Er spürte, dass dies ein gefährliches Terrain war, und man muss ziemlich hart im Nehmen sein, um das Unglück anderer Leute anzuhören. Also sagte er nur: »Das Leben ist nicht gerade sanft mit dir umgesprungen …«

»Das Leben tut, was es kann. Es kann nicht alle verwöhnen. Und außerdem ist das Glück nicht immer da, wo man es erwartet. Manchmal ist es da, wo niemand es sieht. Und was ist das überhaupt für eine Vorstellung, dass man die ganze Zeit glücklich sein soll?«

Sie geriet in Rage, rutschte in ihrem Rollstuhl hin und her, dass ihre zahlreichen Wollschichten herabglitten, und zog sie achtlos wieder hoch.

»Ist doch wahr! Man ist nicht verpflichtet, ständig glücklich zu sein oder auf die gleiche Weise wie alle anderen … Jeder erfindet sein Glück selbst, so, wie es zu einem passt, da gibt es keine allgemeingültige Regel. Glaubst du etwa, ein schönes Haus, ein großes Auto, zehn Handys, ein riesiger Flachbildfernseher und ein schönes, warmes Dach über dem Kopf, das macht die Leute glücklich? Ich habe beschlossen, auf meine Weise glücklich zu sein …«

»Und? Gelingt es dir?«

»Nicht jeden Tag, aber es geht. Und wenn ich wirklich jeden Tag glücklich wäre, dann wüsste ich doch gar nicht mehr, dass ich glücklich bin! Verstehst du das, *luv*? Verstehst du das?«

Er sagte Ja, um sie nicht zu verärgern, aber eigentlich verstand er das nicht so recht.

Danach beruhigte sie sich wieder. Sie wand sich in ihrem Stuhl, um das Ende ihres Schals zu erwischen und ihren Poncho und den verrutschten Haken unter ihrem Kinn zurechtzuziehen, rieb sich das Gesicht, als wollte sie ihren ganzen Ärger wegwischen, und sagte dann sehr sanft: »Weißt du, was man im Leben tun muss, *luv*?«

Alexandre schüttelte den Kopf.

»Man muss lieben. Mit all seiner Kraft. Alles geben, ohne etwas dafür zu erwarten. Und dann funktioniert es. Aber dieses Rezept klingt so simpel, dass niemand daran glaubt! Wenn du jemanden liebst, hast du keine Angst mehr vor dem Sterben, du hast vor überhaupt nichts mehr Angst … Seit wir uns treffen, zum Beispiel, seit ich weiß, dass ich dich jeden Tag nach der Schule sehen werde, dass du stehen bleiben oder mir auch einfach nur im Vorbeigehen zuwinken wirst, tja … seitdem bin ich glücklich. Für mich ist es schon ein Glück, dich nur zu sehen. Ich bekomme Lust, aufzustehen und herumzuhüpfen … Das ist mein ganz persönliches Glück. Aber wenn du dieses Glück einem reichen Bonzen schenkst, weiß er nichts damit anzufangen, er schaut es an wie einen dicken Hundehaufen und wirft es in den Müll …«

»Wenn ich nicht mehr käme, wärst du dann unglücklich?«

»Ich wäre mehr als unglücklich, ich würde alle Lust zu leben verlieren, und das ist das Allerschlimmste! Aber das ist nun mal das Risiko bei der Liebe. Denn es gibt immer ein Risiko, beim Geld, bei der Freundschaft, bei der Liebe, beim Pferderennen, beim Wetterbericht, immer … Ich gehe das Risiko immer ein, denn es ist das erste Zipfelchen des Glücks!«

Jemanden lieben …, überlegte Alexandre.

Er liebte seinen Vater. Er liebte Zoé, aber er sah sie nicht mehr. Er war in Annabelle verliebt, zumindest mochte er sie sehr gern.

»Ist verliebt sein das Gleiche wie lieben?«

»Nein, lieben gibt es nur ohne Vorsilbe, ohne Einschränkung …«

Also liebte er seinen Vater und Zoé. Und Becca. Das war etwas wenig. Er musste noch jemand anderen finden, den er lieben konnte.

»Kann man beschließen, jemanden zu lieben?«

»Nein, so etwas beschließt man nicht.«

»Kann man sich davon abhalten, jemanden zu lieben?«

»Ich glaube nicht … Aber es gibt sicher Menschen, denen es gelingt, indem sie sich einschließen …«

»Kann man aus Liebe sterben?«

»O ja!«, entgegnete Becca seufzend.

»Ist dir das schon mal passiert?«

»O ja …«, wiederholte sie.

»Aber du bist nicht tot!«

»Nein. Ich wäre fast gestorben. Ich habe mich in meinem Kummer vergraben und nicht mehr gekämpft … So bin ich in diesem Stuhl gelandet, und dann, eines Tages, habe ich mir gesagt: Meine liebe, alte Becca, du kannst noch lächeln, du kannst noch gehen, du bist gesund, du bist Herrin deiner Sinne. Es gibt noch so viel zu tun, so viele Menschen kennenzulernen, und da ist die Freude zu mir zurückgekehrt. Die Lebensfreude. Es war unerklärlich. Mit einem Mal verspürte ich wieder

Lust auf das Leben, und weißt du was? Zwei Tage später habe ich dich kennengelernt!«

»Und wenn ich sterben würde? Wenn ich von einem Bus überfahren oder von einer giftigen Spinne gebissen würde?«

»Red keinen Unsinn!«

»Ich will wissen, ob das mehrmals passieren kann, dass man aus Liebe stirbt …«

»Ich würde sicher wieder tief in meinen Kummer eintauchen, aber ich würde mich an das Glück erinnern, das du mir geschenkt hast, und ich würde von diesen Erinnerungen leben …«

»Weißt du, Becca … Seit ich dich kenne, spiele ich nicht mehr das Abschiednehmenspiel … ich stelle mir nicht mehr vor, dass die Leute sterben.«

Und das stimmte.

Sie wollte nicht mehr, dass er ihr Geld gab, also brachte er ihr Brot, Milch, Salzmandeln, getrocknete Aprikosen und Feigen mit. Er hatte irgendwo gelesen, dass diese Lebensmittel sehr nahrhaft seien. Aus dem Schrank, in dem sein Vater die Sachen seiner Mutter gelagert hatte, stibitzte er schöne Kaschmirpullover, Schals, Ohrringe, Lippenstift, Handschuhe, eine Handtasche und schenkte sie Becca. Er behauptete, auf ihrem Speicher stünden alte Koffer herum, die niemand mehr wolle, und es sei ihm lieber, dass sie das alte Zeug trage, als dass es der Heilsarmee gegeben werde.

Becca war schön geworden, elegant.

Eines Tages hatte er sie zum Friseur gebracht.

Er hatte Geld genommen, das auf dem Schreibtisch seines Vaters herumlag, und ab zum Friseur!

Er hatte draußen auf sie gewartet – er bewachte den Rollstuhl, damit er nicht geklaut wurde –, und als sie wieder herauskam, das Haar in federleichte Locken gelegt, die Nägel manikürt, da hatte er gepfiffen, da hatte er »Wow!« gerufen, da hatte er applaudiert. Danach waren sie zu Starbucks an der Ecke gegangen und hatten von dem restlichen Geld Doughnuts und Kaffee gekauft. Sie hatten mit ihrem Caffè Latte angestoßen. Hatten einen Schnurrbartwettbewerb veranstaltet. *Very chic! Very chic!*, hatte er gesagt.

Sie hatte so sehr gelacht, dass sie sich an einem Stück Doughnut verschluckte und keine Luft mehr bekam. Ein Herr war ihr zu Hilfe gekommen. Er hatte die Arme um sie gelegt, sie nach vorn gebeugt und ganz fest mit seinen Fäusten gedrückt, da hatte sie das Stück wieder ausgespuckt. Die Leute hatten sich um sie gedrängt, weil sie sehen wollten, wie die schöne alte Dame an einem Teigkringel erstickte.

Aber sie war nicht gestorben.

Sie hatte sich aufgerichtet, ihre Haarspangen zurechtgerückt und sehr würdevoll um ein Glas Wasser gebeten.

Arm in Arm waren sie hinausgegangen, und eine alte Dame hatte gesagt, dass Becca riesiges Glück hätte, einen so lieben Enkel zu haben.

Er schaute durch die dicht fallenden Flocken. Sie blinzelte. Es gefiel ihm nicht, Becca am Heiligabend allein zu lassen. Er wollte sie überzeugen, wenigstens für eine Nacht in eine Obdachlosenunterkunft zu gehen. Dort würde sicherlich eine Feier organisiert werden, es gäbe einen Weihnachtsbaum, Cracker und Malteser, Orangenlimo und gehäkelte viereckige Untersetzer, auf denen man sein Glas abstellen konnte.

Sie weigerte sich. Sie zog es vor, ganz allein im Gerätehäuschen des Intendanten der Königin zu bleiben. Er habe für sie die Tür einen Spalt offen gelassen und schon Holzscheite in den Ofen gelegt.

»Ganz allein?«

»*Yes, luv*…«

»Aber das ist zu traurig…«

»Ach was! Ich werde aus dem Fenster schauen und den Ausblick genießen.«

»Am liebsten würde ich dich mit zu mir nehmen… Aber ich kann nicht. Heute Abend essen wir bei meinen Großeltern, und außerdem habe ich meinem Vater noch nie von dir erzählt…«

»Hör auf, dich zu quälen, *luv*… Hab einen schönen Abend und komm morgen wieder her und erzähl mir davon…«

Philippe hatte richtig vermutet.

Sie trafen um halb neun bei seinen Eltern ein. Monsieur Dupin trug einen marineblauen Blazer und ein seidenes Halstuch. Madame Dupin ein dreireihiges Perlencollier und ein rosafarbenes Kostüm. Das ist normal, flüsterte Alexandre Annie zu, sie zieht immer die gleichen Farben an wie die Königin. Annie trug ein schwarzes Kleid mit Puffärmeln aus Gaze, die wie ein Paar Flügel anmuteten. Sie hielt sich sehr gerade und nickte zu allem aus Angst, einen Fehler zu machen und unangenehm aufzufallen.

Sie setzten sich zu Tisch, aßen gefüllten schottischen Wildlachs, gebratenen Truthahn und einen *Christmas pudding*, und Alexandre wurde »ein Fingerbreit Champagner« gestattet.

Der Großvater sprach abgehackt, runzelte dazu erbittert die Stirn und schob sein markantes, willensstarkes Kinn vor. Die Großmutter lächelte, neigte ihren langen, biegsamen Hals, und ihre gesenkten Wimpern schienen allem zuzustimmen, insbesondere ihrem Herrn und Gebieter.

Dann wurde es Zeit für die Geschenke …

Bänder wurden durchschnitten, Papier zerknüllt, Rufe erschallten, sie umarmten einander, bedankten sich, tauschten noch ein paar Belanglosigkeiten aus, Neuigkeiten über gemeinsame Bekannte, unterhielten sich lange über die Krise. Monsieur Dupin bat seinen Sohn um Rat. Madame Dupin und Annie räumten den Tisch ab.

Alexandre schaute aus dem Fenster in den dicht fallenden Schnee, der eine neue, unbekannte Stadt über die Stadt breitete. Was, wenn Becca mit ihrem Rollstuhl stecken geblieben war und es nicht in das Gerätehaus des Intendanten geschafft hatte? Was, wenn sie erfrieren würde, während er gemütlich im Warmen saß und sich Champagner und gebratenen Truthahn schmecken ließ?

Um zehn nach elf standen sie auf dem Treppenabsatz vor der Wohnung und umarmten einander zum Abschied.

Draußen auf der Straße waren die Autos schneebedeckt, und der Verkehr floss so langsam, dass man den Eindruck hatte, die Wagen kämen überhaupt nicht von der Stelle.

»Papa, kann ich mit dir reden?«, fragte Alexandre, als er im Fond des Wagens saß.

»Natürlich …«

»Also, es ist so …«

Er erzählte ihm von Becca, wie er sie kennengelernt hatte, von ihren Lebensumständen, davon, wie hübsch, sauber und ehrlich sie war, und betonte, dass sie nicht piekste. Er fügte hinzu, dass sie den Abend allein in einem Gerätehäuschen verbrachte und er nicht aufhören konnte, an sie zu denken, und dass ihm sogar der gebratene Truthahn, den er sonst so gern mochte, heute Abend im Hals stecken geblieben war.

»Es fühlt sich an, als hätte ich eine große Kugel da drin«, sagte er und deutete auf seinen Magen.

»Und was möchtest du jetzt tun?«, fragte Philippe und beobachtete seinen Sohn im Rückspiegel.

»Ich möchte, dass wir sie abholen und mit zu uns nach Hause nehmen.«

»Nach Hause?«

»Ja, klar … Sie ist ganz allein, es ist Heiligabend, und das tut mir weh. Es ist ungerecht …«

Philippe setzte den Blinker und fuhr los. Die Straße war so glatt, dass ihm um ein Haar das Lenkrad entglitten wäre, aber mit sanftem Gegenlenken brachte er die schwere Limousine wieder auf Kurs. Nachdenklich runzelte er die Stirn. Alexandre fasste dies als Ablehnung auf und ließ nicht locker: »Die Wohnung ist groß … Wir könnten ihr in der Wäschekammer Platz machen, nicht wahr, Annie?«

»Bist du sicher, dass es das ist, was du willst?«, hakte Philippe nach.

»Ja …«

»Wenn du sie mit nach Hause nimmst, bist du für sie verantwortlich. Dann kannst du sie nicht mehr einfach zurück auf die Straße schicken.«

Annie, die neben Philippe saß, schwieg. Sie schaute unverwandt geradeaus in das dichte Schneetreiben und wischte mit dem Rücken ihrer Handschuhe über die Windschutzscheibe, als könnte sie so die dichte Masse wegschieben, die sich draußen festsetzte.

»Sie wird ganz leise sein und Annie keine zusätzliche Arbeit machen, versprochen … Aber ich kann einfach nicht schlafen, wenn ich weiß, dass sie bei diesem Wetter draußen ist … Vertrau mir, Papa, ich kenne sie gut … du wirst es nicht bereuen … und außerdem«, fügte er wie ein Prediger von der Kanzel herab hinzu, »ist es unmenschlich, jemanden bei dieser Kälte draußen im Freien zu lassen!«

Philippe lächelte belustigt über die Empörung seines Sohnes.

»Einverstanden, wir fahren hin!«

»Oh, danke, Papa! Danke! Du wirst sehen, sie ist eine wunderbare Frau, die sich nie beklagt und …«

»Ist das der Grund, weshalb du abends immer später nach Hause kommst?«, fragte Philippe und warf seinem Sohn einen verschmitzten Blick zu.

»Ja. Das hast du gemerkt?«

»Ich dachte, du hättest eine Freundin …«

Alexandre antwortete nicht. Annabelle ging nur ihn etwas an. Er war bereit, mit Becca über sie zu reden, aber das war auch schon alles.

»Weißt du, wo genau das Haus des Intendanten liegt? Der Hyde Park ist groß …«

»Sie hat es mir einmal gezeigt. Es ist nicht weit von der Royal Albert Hall entfernt, du weißt schon, da, wo du immer ins Konzert gehst.«

Philippe wurde blass, und sein kurz zuvor noch fröhlicher Blick verdunkelte sich. Entsetzlich traurig, entsetzlich verlassen, spürte er, wie sich seine Kehle zusammenschnürte und sein Mund trocken wurde. Die Scarlatti-Sonaten, Joséphines Kuss, ihre Umarmung in dem alten, nach Wachs und Jahrzehnten riechenden Winkel, ihre heißen Lippen, das freie Stück Haut an ihrer Schulter, in einer köstlichen, schmerzhaften Woge kam alles wieder hoch. Er hatte nicht gewagt, sie heute Abend anzurufen. Er wollte ihren Heiligabend in Paris nicht stören. Vor allem aber wusste er nicht mehr, was er sagen, welchen Ton er ihr gegenüber anschlagen sollte. Er fand keine Worte.

Er wusste nicht mehr, wie er mit Joséphine umgehen sollte. Er fürchtete sich vor dem Tag, an dem es nichts mehr zu sagen, nichts mehr zu tun gäbe. Er hatte geglaubt, Geduld würde die Trauer lindern, die Erinnerungen verblassen lassen, aber er musste sich eingestehen, dass sich trotz ihrer Begegnung im Theater nichts geändert hatte und sie ihn ins Lager der Verlierer verwies.

Eine geheime Furcht erfüllte ihn, die er niemals deutlich zu benennen wagte: die Furcht, diese flüchtige, am Fuß einer Treppe gestohlene Umarmung könnte ihre letzte gewesen sein und er müsste sich endlich dazu durchringen, dieses Kapitel abzuschließen.

Vielleicht ist das das Ende meines alten Lebens und der Beginn eines neuen, dachte er, bevor er seine Aufmerksamkeit wieder Alexandre zuwandte, der ihm den Weg zum Gerätehäuschen des Intendanten der königlichen Gärten wies.

Sie fanden die Stelle. Ein kleines rotes Backsteinhäuschen gegenüber einem großen roten Backsteinhaus, das hell erleuchtet in der dunklen

Nacht erstrahlte. Philippe stellte den Wagen vor einem Tor ab, schob es auf und überließ es Alexandre, an die Tür zu klopfen.

»Becca! Becca!«, flüsterte Alexandre. »Ich bin's, Alexandre … Mach auf!«

Philippe hatte sich zu einem Sprossenfenster vorgebeugt und versuchte, ins Innere des Häuschens zu schauen. Er entdeckte eine brennende Kerze, einen runden Tisch, einen alten Ofen, dessen Glut im Dunkeln rot leuchtete, aber keine Becca.

»Vielleicht ist sie nicht da«, sagte er.

»Oder sie hat Angst, entdeckt zu werden, und öffnet deshalb nicht«, entgegnete Alexandre.

»Du solltest dich am Fenster zeigen und dort klopfen …«

Alexandre stellte sich vor die Scheibe, klopfte und wiederholte immer lauter Becca, Becca, ich bin's, Alexandre.

Sie hörten ein Geräusch im Inneren, dann Schritte, und die Tür wurde geöffnet.

Es war Becca. Eine kleine Frau mit weißen Haaren, eingehüllt in Schals und Wolltücher. Sie musterte sie beide, dann richtete sich ihr erstaunter Blick auf Alexandre.

»Hallo, *luv*, was machst du denn hier?«

»Ich komme dich abholen. Ich will, dass du zu uns kommst, nach Hause. Das ist mein Vater …«

Philippe verbeugte sich. Er blinzelte, als er einen langen himmelblauen Kaschmirschal mit beigefarbener Kante erkannte, den er einmal Iris geschenkt hatte, als diese sich beklagte, dass sie in Megève erfriere, und bedauerte, über die Feiertage nicht in Paris geblieben zu sein.

»Guten Abend, Madam«, sagte er, während er sich verneigte.

»Guten Abend, Sir«, antwortete Becca und betrachtete ihn, eine Hand an die halb offene Tür gelegt.

Ihr weißes Haar war sorgfältig gescheitelt und wurde von zwei delfinförmigen Spangen zurückgehalten: einer rosafarbenen und einer blauen.

»Alexandre hatte eine ausgezeichnete Idee«, fuhr Philippe fort, »er möchte, dass Sie Weihnachten bei uns verbringen …«

»Wir würden dich in der Wäschekammer unterbringen. Da steht schon ein Bett, und es ist warm, und du könntest da essen und schlafen, solange …«

»Solange Sie bei uns bleiben möchten«, unterbrach ihn Philippe.

»Nichts ist endgültig, Sie können tun und lassen, was Ihnen beliebt, und wenn Sie morgen wieder gehen wollen, dann werden wir das akzeptieren und Sie nicht drängen zu bleiben.«

Becca strich sich mit einer Hand übers Haar und glättete es mit den Fingerspitzen. Zog ihren Schal zurecht, klopfte die Falten in ihrem Rock glatt und suchte im fiebrigen Lauf ihrer Finger eine Antwort auf das Angebot dieses Mannes und dieses Jungen, die respektvoll, ohne sie zu drängen, auf der Schwelle warteten, als verstünden sie, dass dies ein wichtiger Augenblick war und sie in gewisser Weise ihr ganzes Leben auf den Kopf stellten. Sie fragte, ob sie darüber nachdenken könne, erklärte ihnen, dass ihre Einladung sie zu einem Zeitpunkt überrasche, in dem sie gerade ihren Frieden mit der Nacht gemacht habe, ihren Frieden mit der Kälte, ihren Frieden mit dem Hunger, ihren Frieden mit diesem Leben, das sie führte, und sie verstünden doch sicher, dass sie besser allein nachdenken könne, mit dem Rücken gegen die Tür gelehnt. Sie wolle nicht, dass man sie für eine Bettlerin hielt, die im Elend lebte und Wohltätigkeit erflehte, sie wolle frei entscheiden, und dazu brauche sie ein paar Minuten des Alleinseins und des Nachdenkens. Es sei ein seltsames Leben, das sie führe, das wisse sie, aber sie habe es sich so ausgesucht. Na ja, vielleicht nicht gerade ausgesucht, aber sie habe es mit einem gewissen Mut und einer gewissen Reinheit angenommen, und auf diese Wahl lege sie großen Wert, denn nur so wahre sie ihre Freiheit.

Philippe nickte, und die Tür schloss sich langsam vor dem verblüfften Alexandre.

»Warum hat sie das gesagt? Ich habe nichts davon verstanden.«

»Weil sie eine gute Frau ist. Mit einem edlen Charakter …«

»Aha«, entgegnete Alexandre, der verwirrt die Tür anstarrte. »Glaubst du, sie will nicht mitkommen?«

»Ich glaube, wir verlangen etwas Gewaltiges von ihr, das ihr gesamtes Leben durcheinanderbringen könnte, und sie zögert … Ich kann sie verstehen.«

Ein paar Minuten lang begnügte sich Alexandre mit dieser Antwort, dann nahm er seine besorgten Fragen wieder auf.

»Und wenn sie nicht mitkommen will, lassen wir sie dann hier?«

»Ja, Alexandre.«

»Du willst doch nur nicht, dass sie kommt! Weil sie eine Pennerin ist, weil du dich schämst, sie bei dir aufzunehmen!«

»Aber nein! Das hat überhaupt nichts mit mir zu tun. Die Entscheidung liegt allein bei ihr. Sie ist eine eigenständige Person, Alexandre, eine freie Frau …«

»Trotzdem wärst du verdammt erleichtert!«

»Ich verbiete dir, so etwas zu sagen, Alex! Hast du verstanden? Ich verbiete es dir.«

»Meinetwegen, aber wenn sie nicht kommt, dann bleibe ich auch hier … Ich lasse sie am Heiligabend nicht allein!«

»Das wirst du nicht tun! Ich packe dich beim Hintern und schleife dich eigenhändig nach Hause … Weißt du was? Du hast eine Freundin wie Becca gar nicht verdient. Du hast nicht verstanden, wer sie ist …«

Alexandre schwieg verletzt, und sie warteten beide, ohne noch ein Wort zu sagen.

Endlich öffnete sich die Tür des Häuschens, und Becca stand mit ihren zahllosen Plastiktüten in der Hand auf der Schwelle.

»Ich komme mit«, sagte sie, »aber kann ich meinen Rollstuhl mitnehmen? Ich hätte zu große Angst, dass er wegkommt, wenn ich ihn hier lasse …«

Philippe war gerade dabei, Beccas Rollstuhl zusammenzuklappen, um ihn in den Kofferraum zu legen, als sein Handy klingelte. Er nahm das Telefon und klemmte es zwischen Schulter und Ohr, während er den gefalteten Rollstuhl zwischen den Beinen hielt. Es war Dottie. Sie sprach hastig und schluchzte dabei so heftig, dass Philippe kein Wort verstand.

»Dottie … Beruhige dich. Atme tief durch und sag mir, was los ist.«

Er hörte, wie sie das Handy von ihrem Gesicht weghielt und tief einatmete, bevor sie im gleichen abgehackten Ton fortfuhr: »Ich war mit meiner Freundin Alicia essen, sie war auch allein heute Abend, und sie war schlecht drauf und ich auch, weil ich heute Nachmittag gefeuert worden bin. Kurz vor Feierabend, ich war gerade dabei, alles aufzuräumen, alles schön sauber zu machen, damit ich am Montag gleich mit der Arbeit weitermachen kann, da kam mein Chef rein und sagte, wir müssen erhebliche Kürzungen beim Personal vornehmen, und Sie gehören dazu! Genau so … Kein Wort mehr oder weniger! Also sind Alicia und ich in einen Pub gegangen, wir haben geredet, wir haben getrunken, nur ein bisschen, ich schwör's dir, nicht zu viel, und da waren zwei Typen, die uns angebaggert haben, und wir haben sie abblitzen lassen, und da sind sie sauer geworden, und sie sind uns gefolgt, als wir gegangen sind … Und dann hat Alicia ein Taxi genommen, weil sie weit weg wohnt, und ich bin zu Fuß nach Hause gegangen, und unten vor meinem Haus haben sie mich in die Ecke gedrängt und haben mich … ich hab die Schnauze voll! So was von voll! Das Leben ist zu hart, und ich will nicht mehr nach Hause, ich will nicht mehr allein in meiner Wohnung sein, ich hab viel zu viel Angst, dass die noch mal zurückkommen …«

»Was genau haben sie mit dir gemacht?«

»Sie haben mich zusammengeschlagen, meine Lippe ist aufgeplatzt, und ich kriege ein Auge nicht mehr zu! Ich hab's so satt, Philippe! Ich bin doch ein anständiges Mädchen. Ich tue niemandem was Böses, und was hab ich davon? Ich werde gefeuert und von zwei hirnlosen Idioten verprügelt …«

Sie begann wieder zu schluchzen. Philippe beschwor sie, sich zu beruhigen, während er überlegte, was am besten zu tun sei.

»Wo bist du, Dottie?«

»Wieder im Pub, ich will nicht allein bleiben … ich hab viel zu viel Angst. Mann, das ist doch keine Art, Weihnachten zu feiern!«

Ihre Stimme brach, und sie schrie, dass sie es satthabe.

»Okay«, beschloss Philippe, »rühr dich nicht vom Fleck. Ich komme …«

»Oh, danke! Du bist lieb … Ich warte drinnen auf dich, ich hab zu große Angst, um rauszugehen, nicht mal raus auf den Bürgersteig …«

Philippe kämpfte noch eine Weile mit dem Rollstuhl, klemmte sich einen Finger zwischen zwei Federn ein, fluchte, schimpfte und schloss schließlich mit einem erleichterten Seufzen den Kofferraum. Becca klappte ihren Rollstuhl garantiert nicht oft zusammen!

Um ein Uhr morgens parkte er endlich vor seiner Haustür. Zwischen zwei Schneehaufen. Annie stieg als Erste aus dem Wagen und tastete im Dunkeln nach einer Stelle, an der sie ihre Füße aufsetzen könnte, ohne auszurutschen, ein wenig verschlafen und beunruhigt bei dem Gedanken, den ganzen Haushalt umorganisieren und Betten aufstellen zu müssen. Aber wo soll Mademoiselle Dottie denn schlafen, Monsieur Philippe? Bei mir, Annie, und das ist nicht das erste Mal!

»Um wie viel Uhr kommen unsere Gäste?«, fragte Junior, während er schwarze Schuhcreme auf die neuen Mokassins rieb, die er in einem hübschen Karton zu Weihnachten bekommen hatte. Endlich besaß er Schuhe, die zu seinen eleganten Kleidern passten. Er ertrug die Sportschuhe mit Klettverschluss nicht mehr. Sie ruinierten das Gesamtbild. Diese Mokassins hatte er auf dem Heimweg vom Park im Schaufenster eines Ladens für Kinderschuhe, *Six pieds trois pouces*, entdeckt. Sie standen ganz vorn in der Auslage. In allen Farben. Das Modell hieß Ignace, und der Preis war durchaus akzeptabel: zweiundfünfzig Euro. Er hatte mit dem Finger darauf gedeutet und verkündet, die wünsche ich mir zu Weihnachten, Schuhe, für die ich mich nicht schämen muss … Josiane hatte ihre Schritte verlangsamt, die Schuhe ausgiebig betrachtet und geantwortet, ich denke darüber nach. In welcher Farbe hättest du sie denn gern?, hatte sie hinzugefügt. In allen Farben, hätte er beinahe geantwortet … aber er hatte sich zurückgehalten. Er kannte seine Mutter, ihre Sparsamkeit, ihre Erziehungsgrundsätze, und so hatte er sich für eine klassische Farbe entschieden: Schwarz. Sie hatte genickt. Der Buggy hatte sich wieder in Bewegung gesetzt, und Junior hatte sich zufrieden in seine Daunenjacke gekuschelt. In seinen Augen war die Sache geritzt.

»Ich glaube, sie kommen um halb eins«, antwortete Josiane, die, noch im Nachthemd, Emmentaler rieb.

In einem Topf schmolzen auf kleiner Flamme Butter und Mehl. Ein Stück weiter ruhten in einem Weidenkorb schöne, frische Eier, gelegt von Hühnern, die den ganzen Tag über an der frischen Luft gackerten.

»Dann brechen sie also gegen zwölf Uhr zu Hause auf«, rechnete Junior, während er hingebungsvoll die schwarze Creme auf dem Leder verteilte.

»Das ist anzunehmen«, entgegnete Josiane argwöhnisch. Sie misstraute den Fragen ihres Sohnes, die sie häufig in schwindelerregende Höhen führten.

»Wenn sie um halb eins an unserer Tür klingeln, wie spät ist es dann auf der Uhr in ihrer Wohnung, die sie eine halbe Stunde früher verlassen haben?«, erkundigte sich Junior, während er sorgfältig mit einem Lappen über den Rand der Mokassins fuhr.

»Na … halb eins, natürlich!«, rief Josiane, schüttete den geriebenen Käse in eine Schüssel und stellte ihn beiseite.

Zufrieden wie eine Schülerin, der es gelungen war, eine Fangfrage des Prüfers zu beantworten, rührte sie die Mischung auf dem Herd zusammen, goss schwungvoll die kalte Milch dazu und rührte weiter, bis die Soße andickte und eine schöne Konsistenz bekam.

»Nein«, korrigierte sie Junior. »Es wird halb eins in absoluter Zeit sein, da hast du recht, aber nicht halb eins Ortszeit, denn du hast bei deiner Berechnung der Zeit die Geschwindigkeit des Lichts und des Signals, welches durch das Licht übertragen wird, außer Acht gelassen … Die Zeit kann nicht auf absolute Weise definiert werden, und es besteht eine unauflösliche Verbindung zwischen der Zeit und der Geschwindigkeit der Signale, die diese Zeit messen. Was du Zeit nennst, wenn du dich zum Beispiel auf die von einer Uhr angezeigte Zeit beziehst, ist nichts anderes als die Ortszeit. Die absolute Zeit ist eine Zeit, die unabhängig ist von den Zwängen der realen Zeit. Eine Uhr, die sich in Bewegung befindet, schlägt nicht im gleichen Rhythmus wie eine ruhende Uhr. Du machst die gleichen Fehler wie Leibniz und Poincaré! Ich wusste es!«

Josiane schwitzte, wischte sich über die Stirn, wobei sie darauf achtete, keine Béchamelsoße auf ihre Arbeitsplatte zu vergießen, und bat um Gnade.

»Junior! Ich flehe dich an, hör auf! Es ist Weihnachten, an diesem Tag ruhen die Waffen! Fang nicht schon wieder an, mir auf den Geist zu gehen! Ich habe keine ruhige Minute mehr! Hast du dir heute Morgen die Zähne geputzt?«

»Die listige Frau lenkt von dem Thema ab, das sie nicht versteht! Geschickt lässt sie einen heimtückischen Angriff in ihre Worte einfließen, um das Gesicht zu wahren und weiter die Oberhand zu behalten«, deklamierte Junior und schob energisch eine Hand in die Öffnung des Schuhs, um zu prüfen, ob die Creme auch überall verteilt und in das Leder eingezogen war.

»Was nutzt einem ein prall gefülltes Hirn, wenn man fauligen Atem hat?«, spottete Josiane. »Glaubst du etwa, du wirst die Mädchen später mit deinen gelehrten Reden verführen? Nein! Du wirst sie mit einem schönen Lächeln verführen, einem perfekten Gebiss und einem Atem, der nach grünem Chlorophyll duftet …«

»Pleonasmus, liebste Mutter, Pleonasmus!«

»Junior! Hör auf, oder ich demütige dich beim Essen vor all unseren Gästen, indem ich dir ein Lätzchen um den Hals binde und dich mit Brei füttere!«

»Kleinliche Rache! ›Die Kinder der Götter sind gleichsam den Regeln der Natur entzogen und bilden ihre Ausnahme. Sie erwarten fast nichts von der Zeit und von den Jahren. Das Verdienst eilt bei ihnen dem Alter voraus. Wenn sie geboren werden, sind sie schon unterrichtet und sind eher fertige Menschen, als die gemeinen Menschen die Kindheit verlassen.‹ La Bruyère, allerliebste Mutter. Er sprach von mir, ohne es zu wissen …«

Josiane drehte sich um, starrte ihn verblüfft an und wies mit der Spitze ihres Holzlöffels auf ihn.

»Aber … Junior! Kannst du etwa schon lesen? Wenn du La Bruyère zitierst, heißt das doch, dass du lesen gelernt hast?«

»Ja, Mutter, und ich wollte dich zu Weihnachten damit überraschen …«

»Mein Gott …«, stöhnte Josiane und schlug sich mit ihrem soßentriefenden Holzlöffel an die Brust. »Das ist eine Katastrophe! Du entwickelst dich zu schnell, mein Liebling, viel zu schnell … Kein Lehrer wird dir jemals auch nur irgendetwas beibringen können … Sie werden alle überfordert sein, panisch, deprimiert. Sie werden sich für so dumm halten, dass sie genauso gut Stroh fressen könnten, und ich darf sie dann wieder aufpäppeln … Womöglich verpetzen sie dich sogar an die Medien, und du wirst zu einer Kirmesattraktion!«

»Gib mir Bücher, dann nehme ich meine Ausbildung selbst in die Hand. So spare ich euch viel Geld …«

Josiane stöhnte verzweifelt auf.

»Aber so funktioniert das doch nicht … Du musst mit einem Lehrer lernen … Nach einem Lehrplan, mit einem Lehrbuch, ich weiß auch nicht … Das alles muss doch seine Ordnung haben. Wissen ist heilig.«

»Das Wissen ist eine viel zu bedeutende Sache, um es Lehrern zu überlassen …«

»Du wirst einfach unerträglich werden … ein ekelhafter Besserwisser, und das schon in jungen Jahren!«

Dann fluchte sie ärgerlich: Sie wusste nicht mehr, wie viele Eier sie schon aufgeschlagen hatte. Sie brauchte sechs für ihr Soufflé, keins mehr und keins weniger.

»Junior! Ich verbiete dir, mit mir zu reden, wenn ich koche! Es sei denn, du liest mir ein Märchen vor … etwas, was mich beruhigt und nicht durcheinanderbringt.«

»Reg dich doch nicht auf! Zähle die Schalen, teile das Ergebnis durch zwei, und schon erhältst du die Anzahl deiner Eier, unkundige Frau! Und was diese Kindermärchen angeht, vergiss sie, die lähmen mein Gehirn, kitzeln nie mein göttliches Mark … Doch ich brauche diesen köstlichen Schauer, um zu spüren, dass ich lebe. Ich hungere nach neuem Wissen, Maman! Geschichten für Kinder meines Alters langweilen mich …«

»Und ich brauche Ruhe und Konzentration, wenn ich in der Küche stehe. Das ist für mich Entspannung, Junior, und ich will nicht, dass mich dabei jemand verrückt macht!«

»Ich kann dir helfen, wenn du möchtest … wenn ich meine Schuhe fertig poliert habe.«

»Nein, Junior. Ich möchte einen persönlichen Bereich für mich behalten. Einen Bereich, in dem ich mich auskenne und es genieße, zu schalten und zu walten, wie es mir beliebt. Untersteh dich, und komm meinem Herd zu nahe … Und noch etwas: Keine Monologe über die Relativität der Zeit oder La Bruyères *Charaktere*, wenn nachher unsere Gäste da sind. Vergiss nicht, du hast mir versprochen, dich wie ein Kind deines Alters zu benehmen, wenn wir in Gesellschaft von Fremden sind … ich verlasse mich auf dich.«

»Einverstanden, Mutter. Ich werde mich zusammenreißen … aber nur deinetwegen und um deine ausgezeichnete Kochkunst zu genießen.«

»Danke, mein Herz. Wasch dir die Hände, wenn du deine Schuhe fertig geputzt hast, sonst könntest du dich noch vergiften …«

»Und wärst du dann traurig?«

»Ob ich dann traurig wäre? Mir würden vor Kummer alle Zähne ausfallen, mein rothaariges Bärchen!«

»Ich hab dich lieb, meine herzallerliebste Maman …«

»Ich hab dich auch lieb, du bist das Licht meines Lebens, die Schwalbe, die meinen Frühling zurückbringt …«

Junior ließ seine Schuhe fallen, rannte zu Josiane und drückte einen stürmischen Kuss auf ihre Wange, woraufhin sie vor Freude laut aufseufzte und ihn mit beiden Armen umschlang. Es folgte ein hemmungsloses Zwitschern, ein Austausch feuchter Küsse, ein Aneinanderreiben von Nasen, Wangen, Augenbrauen, ein Gurren und Singen, Superlative der Zärtlichkeit, in denen beide alle Grenzen der dichterischen Freiheit überschritten, um ihre Fahnen auf dem Annapurna ihrer Liebe aufzupflanzen. Junior schob einen Finger in die Falten am Hals seiner Mutter und kitzelte sie, Josiane wehrte sich und knabberte an der Wange ihres rothaarigen Bärchens, und sie überschütteten einander inmitten von Schüsseln und Töpfen mit Liebkosungen, schmatzenden Küssen und süßen Worten. Eng umschlungen, zu einem festen Knäuel verwunden, brachen Mutter und Sohn in ein Gelächter aus, das die Mauern des Hauses erzittern ließ.

»Wie geht's meinen beiden Trollen?«, dröhnte Marcel, der in die Küche gerannt kam. »Ich saß gerade am Schreibtisch und habe meine Konten geprüft, als ich zu spüren glaubte, wie die Wände unseres Hauses wackelten. Haha, ich sehe, ihr seid fleißig beim Knuddeln, das freut mich. Das Leben ist schön heute, wir erwarten Gäste! Und zwar Gäste, die mir ganz besonders am Herzen liegen. Wir feiern Weihnachten, Christi Geburt, die verblüfften Hirten, die Jungfrau Maria, Joseph, die Kuh, den Esel und das Stroh, lest noch einmal eure Klassiker nach und singet das Lob dieses herrlichen Tags …«

»Amen!«, antwortete Josiane und lockerte die Arme, die sie um Junior geschlungen hatte.

»Komm, mein Sohn, lass uns den Wein zum Essen aussuchen … es wird Zeit, dass du dich mit dem Trank der Götter, den Jahrgängen und den Rebsorten vertraut machst. Dass du den samtigen Nektar in deiner Kehle rollen lässt und gurrend die tausend Aromen und Geschmäcker aufzählst!«

»Ich bitte dich, Marcel! Er ist noch viel zu klein, um ein Sommelier zu werden!«

»Wein ist eine Wissenschaft, Choupette. Eine Wissenschaft, die man sich erarbeitet, die Zeit, eine gute Nase und Demut erfordert …«

»Ich poliere nur noch schnell meine Schuhe, dann gehöre ich ganz dir, geliebter Erzeuger!«

Josiane sah ihnen nach, als sie Hand in Hand durch den Flur zu der klimatisierten Weinkammer gingen, die Marcel am hinteren Ende der Wohnung hatte einrichten lassen. Ein rothaariger Riese, über ein Bärenjunges mit knallrotem Gesicht gebeugt. Ihre beiden Weihnachtsbäume. Sanft und stark, entschlossen und zärtlich, sinnlich und gerissen. Sie waren anders als alle Männer, die sie bis dahin kennengelernt hatte. Marcel warf mit Adjektiven um sich, während Junior auf der Stelle hüpfte und forderte, mehr, mehr von diesen bizarren Begriffen. Der Inbegriff eines Glücks, das niemand gefährden durfte. Betreten verboten! Sie kratzte sich zwischen den Brüsten: Die Kugel war wieder zurück. Sie schüttelte den Kopf, um sie zu vertreiben. Ein schwacher Geruch von Verbranntem stieg ihr in die Nase. Sie schrie auf, ihre Béchamelsauce brannte an. Schimpfend griff sie nach dem Holzlöffel, rührte, rührte und betete, dass die Soße nicht bitter geworden sei, während sie gleichzeitig mit zögerlichem Finger eine Träne, eine einzige Träne nur, von der Spitze ihrer Wimpern tupfte, die in ihrem Herzen Alarm schlug. Lieber Gott, lass diese beiden in Ruhe! Lass sie in Ruhe, oder ich jage dir einen Nagel ins Kreuz! Sie spürte, wie das Blut in ihren Schläfen pochte, sie kniff die Augen zusammen und wiederholte, lass sie in Ruhe! Lass sie in Ruhe! Sie hörte das Telefon klingeln, zögerte und ging schließlich ran.

»Josiane? Ich bin's, Joséphine …«

»Hallo, Jo! Ich bin gerade beim Kochen …«

»Störe ich?«

»Nein, aber mach schnell … Meine Soße ist kurz davor zu kippen. Ihr kommt doch gleich? Sag jetzt nicht, ihr wollt absagen!«

»Nein, nein, wir kommen. Das ist nicht der Grund, warum ich anrufe …«

»Ist den Mädchen etwas passiert?«

»Nein, nicht doch … Ich wollte bloß mit dir über etwas reden, was ich nachher vor all den anderen nicht ansprechen kann …«

»Gut, warte einen Moment, ich drehe den Herd runter …«

Josiane stellte die Flamme klein, sehr klein und nahm das Telefon wieder zur Hand. Sie lehnte sich mit der Hüfte gegen die Arbeitsplatte und hörte zu.

»Also …«, begann Joséphine, »gestern habe ich in der Zeitung, in der Rubrik ›Persönlichkeiten von morgen‹, von zwei Kindern gelesen, die genauso hochbegabt sind wie Junior …«

»Wie Junior? Genau so?«

»Ganz genauso. Der eine ist ein Junge. Er lebt in Singapur und entwickelt, seit er neun Jahre alt ist, Programme für das iPhone, extrem komplizierte Programme, die vor ihm noch niemand erfunden hat … Anscheinend war er mit zwei schon unschlagbar, was Informatik angeht, und kannte alle Programmiersprachen. Er spricht sechs Sprachen und entwickelt Dutzende von Spielen, Anwendungen und Animationen, die er anschließend Apple anbietet…«

»Nicht möglich!«

»Und das andere, Josiane, das andere… ist ein kleines Mädchen, das mit sieben Jahren sein erstes Buch veröffentlich hat, dreihundert Seiten Erzählungen, Gedichte, persönliche Betrachtungen über die Welt, die Politik, die Religion, die Medien. Sie tippt achtzig bis hundertzwölf Wörter pro Minute, sie liest zwei bis drei Bücher pro Tag und unterrichtet Literatur… Hörst du das, Josiane, sie gibt Literaturkurse, Vorträge für Erwachsene zu dreihundert Dollar je fünfzig Minuten! Ihr Vater hat im Keller ihres Hauses ein Studio eingerichtet, in dem sie Sendungen aufnimmt, die an lokale Fernsehsender verkauft werden. Sie lebt in Amerika. Der Vater ist Ingenieur, und die Mutter wuchs während der Kulturrevolution in China auf. Seitdem ist sie gegen jegliche Form des Gruppenunterrichts allergisch, und deshalb unterrichtet sie ihre Tochter selbst. Sie schwört, dass sie ihre Tochter zu nichts drängt, sondern das Mädchen freiwillig jeden Abend bis Mitternacht arbeitet! Weißt du, was das bedeutet? Das bedeutet, dass du nicht die Einzige bist, die ein Genie zur Welt gebracht hat! Nicht die Einzige! Das ändert doch alles…«

»Wo genau hast du das gelesen?«, fragte Josiane, die argwöhnte, Joséphine könne ihr an diesem Weihnachtstag tröstliche Märchen erzählen wollen.

»Im *Courrier International*… Das war Hortense. Sie kauft alle möglichen Zeitungen auf der Suche nach einer Idee für ihre Schaufenster. Die Schaufenster bei Harrods… Davon weißt du noch nichts? Ich erzähle es dir bei Gelegenheit… Es gibt ihn noch am Kiosk. Lauf los, kauf ihn, schneid den Artikel aus und hör auf, dir Sorgen zu machen. Dein Junior ist vollkommener Durchschnitt in der Liga der kleinen Genies. Er ist normal!«

»Oh, meine liebe Jo. Wenn du wüsstest, welche Hoffnung du mir damit machst. Wie lieb von dir! Ich bin ganz glibberig vor Rührung…«

Seit Iris' Tod standen sich Josiane und Joséphine sehr nahe. Joséphine nahm Kochunterricht bei den Grobz'. Sie lernte Madeleines mit Zitrone oder Schokolade zu backen, richtig Eischnee zu schlagen, Kaninchen nach Jägerart zuzubereiten, Tajine mit Pflaumen, feines Karotten- und Lauchgemüse, pikante Kuchen, Früchtekuchen, Pasteten in Teig und Avocadoterrine mit Garnelen. Manchmal kam auch Zoé mit und machte sich in ihrem schwarzen Heft Notizen. Josiane hatte die passenden Worte gefunden, um Joséphine zu beruhigen. Sie drückte sie an ihr Herz, zog sie an ihren üppigen Busen, wiegte sie und strich ihr sacht übers Haar. Die Anspannung wich aus Joséphines Körper, und sie hörte, das geht vorbei, Jo, da, wo sie jetzt ist, geht es ihr besser, weißt du, sie ertrug sich selbst nicht mehr, sie hat ihr Ende selbst gewählt, sie ist glücklich gestorben … Joséphine hob die Nase und murmelte, das ist, als hätte ich eine Mutter, sag, ist das so, wenn man eine Mutter hat? Red keinen Unsinn, brummte Josiane, du bist nicht meine Tochter, und sowieso, eine Mutter hatte ich ja auch nie! Sie streichelte ihre Stirn, erfand leise Koseworte, lustige Worte, die auf und ab hüpften wie Diabolos, bis Joséphine schließlich zwischen Josianes fülligen Brüsten vor Lachen kaum noch Luft bekam.

»Danke, Jo, danke! Mir fällt ein Stein vom Herzen … Ich hatte schon wieder angefangen, mich wegen Junior verrückt zu machen … Soll ich dir das Neueste erzählen? Er hat sich ganz allein das Lesen beigebracht, er zitiert La Bruyère und studiert die Theorie der Zeit! Mir läuft es dabei eiskalt den Rücken runter …«

»Vielleicht gibt es ja viele Eltern mit genialen Kindern … Vielleicht laufen überall auf der Welt welche herum, aber sie werden versteckt, weil ihre Eltern genau wie du Angst davor haben, dass man ihnen wehtut. Es ist eine neue Rasse von Kindern. Sie wurden programmiert, um das Licht in die Welt zu bringen … Sie sind unsere Erlöser!«

»Du bist lieb!«, wiederholte Josiane und ließ beim Gedanken, dass ihr Kleiner normal sein könnte, ihren Tränen freien Lauf. Den Tränen der Freude, den Tränen der Erleichterung, den Tränen der Hoffnung.

Oh! Er war nicht normal wie alle anderen, aber normal wie eine Handvoll anderer Kinder. Kinder, auf die man nicht mit dem Finger zeigte, sondern über die man lobende Zeitungsartikel schrieb.

»Du musst dich damit abfinden, dein Kind ist nichts Außergewöhnliches …«

»Es ist nur so schwer, weißt du. Ich fühle mich ständig unsicher. Ich fürchte mich vor dem Blick der anderen. Fürchte mich davor, dass er im Bus auffällt, fürchte mich davor, dass man ihn mir wegnimmt, damit er Computer, Atomraketen, Chemiewaffenkriege oder ballistische Angriffe programmiert. Neulich in der Métro hat er Notenlinien gezeichnet und gesungen und gleichzeitig die Noten aufgeschrieben. Eine Frau hat ihrem Mann zugeflüstert, guck dir mal den Kleinen an, der schreibt die *Kleine Nachtmusik* auf! Sie muss Musiklehrerin gewesen sein und hat die Partitur wiedererkannt. Beim Antworten hat der Typ den Mund verzogen, damit ich ihn nicht höre, stimmt, du hast recht… der ist bestimmt nicht normal. Wir sind so schnell wie möglich ausgestiegen und den Rest des Weges zu Fuß gegangen…«

»Und das war genau die falsche Reaktion! Du hättest das Kinn recken und ihn wie eine Trophäe präsentieren sollen. Das hätte Mozarts Vater an deiner Stelle getan! Glaubst du etwa, der hätte sich für seinen Sohn geschämt? Nein! Mit vier Jahren stellte er ihn an allen europäischen Höfen zur Schau!«

»Tja… dann muss er mir wohl noch ein bisschen Mut einflößen, denn ich bin noch nicht bereit, Flagge zu zeigen!«

Erleichtert und glücklich legte sie auf. Wandte sich mit gezupfter, aber sicherer Braue wieder ihren Töpfen zu. Junior war normal, Junior war normal, er hatte jede Menge Freunde am anderen Ende der Welt. Nicht gerade praktisch für gemeinsame Spielnachmittage, aber etwas, woran sie sich festklammern könnte, sollte sie wieder in Panik geraten…

»Und jetzt, mein Sohn, suchen wir die Geschenke für unsere Gäste aus«, verkündete Marcel, als sie, die Arme voller süffiger Tropfen, die Weinkammer verließen. »Ich habe eine erste Auswahl aus den Preziosen getroffen, die ich für die Damen bereithalte, und für Gary, den *englishman*, den wir an unserer Tafel begrüßen werden, habe ich eine schöne Uhr.«

»Ich mag Gary«, erklärte Junior mit einem zufriedenen Blick auf seine glänzenden Mokassins, »er ist elegant, sieht gut aus und ist sich dessen überhaupt nicht bewusst. Die Mädchen müssen verrückt nach ihm sein. Manchmal, Papa, da wünsche ich mir, ich wäre weniger klug und hätte dafür ein ansprechenderes Gesicht. Der Zeitungsverkäufer nennt mich Rothaut, das schmerzt mich…«

»Dieser hinterhältige Quatschkopf!«, rief Marcel. »Wie kann er es wagen! Er ist doch bloß neidisch auf die Sonne in deinem Haar! Der mit seinem kahlen, fusseligen Schädel!«

»Joséphine, Shirley und Zoé mag ich auch. Sie haben einen schönen, liebenswürdigen Charakter. Aber Hortense macht mir Kummer. Sie nennt mich Zwerg und staucht mich zusammen…«

»Sie ist noch jung und grün hinter den Ohren, sie hat doch noch keine Ahnung vom Leben ... Mach dir nichts draus, mein Sohn, bald wird sie dir aus dem Händchen fressen.«

»Sie ist schön, furchtlos und hochmütig. Sie vereint beinahe alle Frauen in sich, bis auf die Liebende ... Ihr fehlt die liebevolle Hingabe, wie Maman sie ausstrahlt, wenn ihr abends ins Schlafzimmer geht und du ihre Taille umfängst. Ich kann förmlich spüren, wie in ihr die Lust aufsteigt ... Eine gefühllose Frau ist eine Frau, die noch nie geliebt hat. Hortense ist aus Eis, weil noch niemand ihren Panzer durchdrungen hat.«

»Da schau her, Junior, du hast die schöne Hortense ja gründlich beobachtet!«

Junior errötete und fuhr sich durch die roten Locken.

»Ich habe sie studiert wie den Lageplan eines Schlachtfelds. Ich wünschte, sie würde mich anders ansehen als mit diesem erstaunten, kalten Blick. Ich will sie verblüffen ... aber das wird schwierig: Maman hat mich gebeten, beim Essen das Baby zu spielen.«

Marcel wusste nicht, was er darauf erwidern sollte. Die Arme voller Flaschen, biss er sich nachdenklich auf die Lippen. Ihm war es zwar egal, dass er einen außergewöhnlichen Sohn hatte, aber er verstand die Sorge seiner Frau. Er wusste, wie sehnsüchtig sie auf dieses Kind gewartet hatte, wie sie es sich vorgestellt, im Voraus geliebt hatte, er wusste, wie viele Bücher sie gelesen, wie viele Ratschläge sie gesammelt, wie streng sie ihre Ernährungsvorschriften befolgt hatte, sie wollte die beste Mutter für das schönste Baby sein. Sie hatte nicht vorhergesehen, dass ihr Kind über den knisternden Verstand mehrerer Gelehrter verfügen würde.

»Hörst du mich, Vater?«

»Ja, und ich sitze in der Klemme. Wem der beiden sollst du gefallen? Deiner Mutter oder einem koketten jungen Ding? Es ist Weihnachten, tu deiner Mutter den Gefallen, du hast noch alle Zeit der Welt, Hortense zu beeindrucken.«

Junior senkte den Kopf und kratzte am Etikett der Flasche, die er ins Esszimmer tragen sollte. Kratzte weiter. Dann brummte er: »Ich werde mich bemühen, Vater, versprochen ... Aber, Gott, ist das lästig, ein Baby zu sein! Wie schaffen das die anderen bloß?«

»Ich erinnere mich nicht mehr genau daran«, lachte Marcel, »aber ich glaube, das war für mich nie ein Problem! Weißt du, Junior, ich bin nur ein einfacher Mann, der sich des Lebens freut und es Tag für Tag aufs Neue genießt …«

Junior schien über das Konzept des einfachen Mannes nachzusinnen, und Marcel fürchtete, er habe seinen Sohn enttäuscht. Ihm kam ein finsterer Gedanke: Was, wenn sein Sohn ihrer überdrüssig wurde? Wenn er sich irgendwann zwischen seinen beiden Eltern zu langweilen begann, weil sie nicht über jenes Wissen verfügten, das ihn zu begeistern schien und mit Riesenschritten voranschreiten ließ? Wenn er ganz blass und depressiv wurde? Das arme Kind würde verkümmern, und das würden er und Choupette niemals verkraften.

Er zuckte schwungvoll die Schultern, um diese traurige Vorstellung zu verscheuchen, und drückte energisch die Hand seines Sohnes.

Sie öffneten die Schatulle, in der Marcel die Schmuckstücke verwahrte, die er jedes Jahr beim Weihnachtsessen auf die Teller legte, um die Geburt des Messias in Galiläa und die Ankunft eines gelehrten rothaarigen Engelchens in seinem Heim zu feiern.

»Los, such etwas aus … und ich bringe dir die Namen der Edelsteine bei.«

Und so wanderten ein goldenes, mit Diamanten im Rosenschliff und Perlen besetztes Armband aus ovalen Gliedern für Zoé, eine goldene Savonnette-Taschenuhr für Gary, ein mit Brillanten besetzter herzförmiger Anhänger für Joséphine, ein Paar Ohrgehänge mit eingefassten blauen und gelben Saphiren für Shirley und ein goldener Armreif mit charakteristischem Schraubenkopfmotiv aus der Love-Serie von Cartier für Hortense unter die dicken weißen Damastservietten.

Vater und Sohn wechselten einen entzückten Blick und drückten einander die Hand.

»Möge das Fest beginnen!«, rief Marcel. »Wie schön es doch ist, unsere Gäste so zu verwöhnen! Mein Herz platzt fast vor Freude.«

»*Bonum vinum laetificat cor hominis!* Ein guter Wein erfreut das Herz des Menschen«, übersetzte Junior gnädig.

»Was? Sprichst du jetzt auch noch Latein?«, rief Marcel.

»Ach, das ist bloß ein Satz, auf den ich gestoßen bin, als ich einen alten Text gelesen habe.«

Donnerwetter noch eins!, dachte Marcel bei sich, Josiane hat recht: Das Kind entwickelt sich zu schnell, das kann gefährlich werden …

Die grammatikalische Klasse der Nomen umfasst Substantive und Adjektive, welche sich jeweils auf die beiden Genera und Numeri verteilen und ein ganzes Spektrum an teilweise gemeinsamen Funktionen aufweisen.

Innerhalb der Klasse der Nomen unterscheiden sich Substantiv und Adjektiv folgendermaßen voneinander:

a) hinsichtlich der Form: Adjektiv und Substantiv verteilen sich nicht auf die gleiche Weise auf die beiden Genera und Numeri. Unter normalen Umständen wird nur das Substantiv durch einen Artikel (oder eine seiner Entsprechungen) bestimmt. Nur das Adjektiv ist in der Lage, Vergleichsformen zu bilden.

b) hinsichtlich der Funktion: Nur das Substantiv kann in einem Satz als Subjekt, Objektergänzung und Agensergänzung fungieren …

Henriette Grobz klappte unwirsch die Grammatik zu und schlug mit der flachen Hand auf den grünen Einband. Genug!, brüllte sie. Genug von diesem Kauderwelsch! Wie will man denn den Geist eines Kindes formen, indem man ihm den Kopf mit diesen wolkigen Definitionen vollstopft! Gibt es denn keine einfache Methode, ihnen Französisch beizubringen? Zu meiner Zeit war alles klar: Subjekt, Verb, Objekt. Umstandsbestimmung des Ortes, der Zeit, der Art und Weise. Adverb, Adjektiv. Hauptsatz und Nebensatz. Und die wundern sich, dass sie am laufenden Band Schulversager produzieren! Sie empören sich darüber, dass die Kinder nicht mehr klar argumentieren können! Dabei verwirrt man sie, entmutigt sie, schwächt sie mit diesem aufgeblasenen Fachchinesisch! Diesem stinkenden Brei, mit dem man ihnen den Kopf füllt!

Unvermittelt verspürte sie ein von Ekel durchzogenes Mitgefühl für dieses Kind, das sie den Klauen des Grundschulunterrichts entreißen musste. Kevin Moreira dos Santos, der Sohn ihrer Concierge, den sie bestach, damit er für sie im Internet surfte. Nicht genug damit, dass er ihr bei jedem dieser Ausflüge etwa zehn Euro abknöpfte, beim letzten Mal hatte er sich sogar geweigert, seine Finger über die Tastatur wandern zu lassen, und behauptet, sie hielte ihn von den Hausaufgaben ab, und ihretwegen sei er nun der Letzte in seiner Klasse.

»Wie bitte? Ich soll schuld daran sein, dass du schlecht in der Schule bist?«, hatte die vertrocknete Henriette protestiert.

»In der Zeit, die ich mit dir verbringe, kann ich nicht lernen, darum hab ich so miese Noten …«

»Deine Noten sind doch noch nie über eine glatte Null hinausgekommen«, hatte sich Henriette kopfschüttelnd empört.

»Kein Wunder, du hängst ja auch die ganze Zeit hier rum, du alte, stinkende Ziege!«

»Ich verbiete dir, mich zu duzen und mir Tiernamen zu geben! Soweit ich weiß, haben wir beide nicht gemeinsam Schweine gehütet…«

Kevin Moreira dos Santos gluckste, dass das auch garantiert nicht mehr passieren werde, schließlich sei sie an die hundert und er jung und knackig.

»Ich duze dich, weil du mich auch duzt, und ich sage, dass du stinkst, weil ich dich riechen kann, wenn du näher kommst… Das ist keine Beleidigung, sondern eine Tatsache. Außerdem hab ich dich nicht gebeten, ständig hier rumzusitzen, du bestehst ja darauf, weil du unbedingt ins Netz willst. Mir ist das so was von egal! Außerdem nervst du mich total!«

Und er hielt ihr den ausgestreckten Mittelfinger vor die Nase, aufrecht und gerade und lange genug, dass sie Zeit hatte, die Bedeutung seiner Geste zu entschlüsseln. Er hatte nicht vor, mit dieser Alten Frieden zu schließen, die nicht nur aus dem Mund stank, sondern auch am Hals und an den Füßen, die sich das Gesicht mit einer weißen Gipsschicht zukleisterte und deren kleine, böse Augen so eng zusammenstanden, dass es aussah, als schielte sie.

»Du stinkst am ganzen Leib! Hast du kein Wasser da oben in deiner Wohnung, oder bist du einfach nur zu geizig?«

Henriette zuckte angesichts dieser unverblümten Beleidigung zurück und wechselte den Tonfall. Ihr war klar geworden, dass sie nicht in der Position war, zu verhandeln. Sie hatte keinen einzigen Trumpf im Ärmel. Sie war auf diesen ungebildeten Wabbelbauch angewiesen.

»Einverstanden, du ekliges Balg! Lass uns mit offenen Karten spielen. Ich verabscheue dich, du verabscheust mich, aber du kannst mir von Nutzen sein, und ich kann dir von Nutzen sein. Also schließen wir einen Pakt: Du lässt mich weiter im Internet surfen, und ich mache, zusätzlich zu dem Geld, das ich dir zahle, auch deine Hausaufgaben… Was hältst du davon?

Kevin Moreira dos Santos musterte sie nachdenklich, und in seinem rechten Auge glomm ein Funken Respekt auf. Die Alte war knallhart. Die ließ sich nicht so leicht aus der Fassung bringen. Und von nun an würde er sie nicht nur heimlich, still und leise ausnehmen können, nein, sie würde darüber hinaus auch noch seine ganzen bescheuerten Hausaufgaben übernehmen, von denen er nichts kapierte und die ihm von seiner Mutter heftigste Vorwürfe und von seinem Vater regelmäßig Ohrfeigen und die Drohung einbrachten, ihn im nächsten Jahr auf ein Internat zu schicken.

»Alle meine Hausaufgaben«, präzisierte er und klopfte auf die Leertaste seiner Tastatur. »Grammatik, Rechtschreibung, Geschichte, Mathe, Erdkunde und so weiter ...«

»Alles außer Blockflöte und bildende Kunst, darum kümmerst du dich gefälligst selbst.«

»Und du verpetzt mich nicht bei meinen Alten? Du beschwerst dich nicht darüber, dass ich unhöflich zu dir bin und dich respektlos behandle ...«

»Darauf pfeife ich! Es geht hier nicht um Zuneigung, sondern um einen Austausch von Fähigkeiten. Leistung und Gegenleistung ...«

Kevin Moreira dos Santos zögerte. Er fürchtete Ärger. Spielte mit der zu einem blassen Hahnenkamm hochgegelten Strähne auf seinem runden Kopf. Sein Verstand, der so träge war, wenn es darum ging, die Funktionen von Substantiv und Adjektiv oder die Teilung einer dreistelligen Zahl zu verstehen, wog rasend schnell das Für und Wider ab und kam zu dem Schluss, dass dieser Deal ihm nur Vorteile bringen würde.

»Okay, du alte Schreckschraube. Ich schieb dir heimlich meine Hausaufgaben rüber, und du bringst sie mir jeden Abend zurück und tust so, als würdest du mir Nachhilfe geben ... Meine Eltern werden dich super finden und nichts davon mitkriegen, und meine Noten kriegen wieder die Kurve! Aber glaub ja nicht, du kämst dafür jetzt gratis an den Computer!«

»Nicht einmal ein kleiner Nachlass?«, erkundigte sich Henriette, ein demütiges Flehen mimend. Ihre flach nach vorn geschobenen Lippen erinnerten an einen durchtriebenen Händler aus einem arabischen Souk.

»Das hättest du wohl gern! Zeig erst mal, was du draufhast, und wenn alles gut läuft, denk ich noch mal über meine Preise nach ... Aber vergiss nicht, ich bin der Boss, nicht du!«

Und so kam es, dass Henriette am Heiligen Abend im Schein einer Kerze über die Larousse-Grammatik mit dem grünen Einband und dem unverständlichen Inhalt gebeugt saß.

Wie soll ich diesem fettleibigen Trottel bloß etwas beibringen?, fragte sie sich, während sie versuchte, ein Haar auszureißen, das auf ihrem Leberfleck gewachsen war. Der Geist dieses Jungen ist eine Wüste … Nicht der kleinste Stamm, an dem man eine Hängematte festbinden könnte! Nicht das geringste Fundament, auf das ich aufbauen könnte. Ich muss von Grund auf neu anfangen! Dabei habe ich ja auch noch anderes zu tun …

Denn sie hatte einen Plan! Und was für einen Plan!

Wie eine Feuerzunge war er über ihrem Kopf aufgeflammt, als sie sich in der Kirche Saint-Étienne vor der Jungfrau Maria verneigt hatte.

Der verschlagene Judas war es, der sie auf den Gedanken gebracht hatte. Judas mit seinen nackten, schmalen, sehnigen Füßen in den Römersandalen, Judas in dem langen, roten Gewand, mit dem ausgezehrten Gesicht, Judas … das war Chaval! Deshalb konnte sie, als sie diese Szene der Passion Christi betrachtete, den Blick nicht vom düsteren Gesicht des Verräters abwenden. Chaval, der zynische, schneidige Chaval, der früher in Marcel Grobz' Firma gearbeitet und dann gekündigt hatte, um zu einem Konkurrenten zu gehen … Ikea, glaube ich, erinnerte sich Henriette. Chaval, der Cabrio fuhr, sich die Beine von Frauen um den Hals schlang, sie vögelte und sie dann auf der Motorhaube seines Wagens liegen ließ. Er verfügte über das nötige Format, die nötige Skrupellosigkeit, die nötigen Kenntnisse und die nötige Gier. Er kannte Marcels Geschäfte aus dem Effeff. Seine Tricks, seine Kunden, seine Rabatte, seine Geschäfte, sein weltweites Netz. Chaval! Natürlich! Ihre Miene hatte sich aufgehellt, und der Priester, der gerade vorbeikam, hatte geglaubt, ein Engel sei in die Kapelle der Heiligen Jungfrau herabgestiegen. Ein göttlicher Besucher?, hatte er ihr in der Sakristei fieberhaft zugeflüstert und dabei seine Stola zerknautscht. Eine Erscheinung in meinen Mauern! Das würde meiner Kirche wieder Aufschwung geben, aus der ganzen Welt würden die Leute herbeiströmen, wir kämen in die Nachrichten! Meine Opferstöcke sind leer. Sie haben recht, mein Vater, der Herrgott persönlich ist gekommen und hat zu mir gesprochen … Hastig hatte sie ihm ihren Obolus zugesteckt, damit er für das gute Gelingen ihres Unternehmens zwei Kerzen anzündete, war nach Hause geeilt und hatte im Telefonbuch in Kevins Computer die Nummer und Adresse von Bruno Chaval ausfindig gemacht. Er wird mein Verbündeter sein, mein Komplize, er wird mir dabei helfen, dieses Schwein Marcel in den Abgrund zu stoßen. Chaval! Chaval!, sang sie vor sich hin, während sie auf ihren knochigen Beinen dahineilte. Er war es, der mir zugezwinkert hat, als ich zum ersten Mal in der Kirche niedergekniet bin. Das ist ein Zeichen Gottes, eine Handreichung des Himmels. Danke, mein süßer Jesus! Ich werde zu deinen Ehren neun Novenen beten …

Sie telefonierte alle Chavals aus dem Telefonbuch durch. Fand ihn schließlich bei seiner Mutter, Madame Roger Chaval. Und war überrascht.

Bei seiner Mutter. In seinem Alter …

Im schneidenden Ton der früheren Chefin gab sie ihm zu verstehen, dass sie ihn sprechen wolle. Ohne zu zögern, willigte er ein.

Sie trafen sich in der Kirche Saint-Étienne. Sie bedeutete ihm, sich neben sie zu knien und leise zu sprechen.

»Wie geht es Ihnen, mein lieber Bruno? Wir haben uns schon so lange nicht mehr gesehen … Ich habe oft an Sie gedacht«, murmelte sie, den Kopf in den Händen vergraben, als betete sie.

»Oh, Madame, mit mir ist nicht mehr viel los, ich bin nur noch ein Schatten meiner selbst, ein flüchtiger Geist.«

Und dann sprach er das grauenvolle Wort aus: »Arbeitslos.«

Henriette erschauerte vor Entsetzen. Sie hatte sich auf die Auseinandersetzung mit einem Topmanager einer der führenden Aktiengesellschaften des Landes vorbereitet, einem *golden boy* der Wall Street, stattdessen traf sie auf diese ausgemergelte Jammergestalt. Sie drehte den Kopf, um ihn zu betrachten. Der Mann hatte Kraft und Feuer, Muskeln und Mumm verloren. Ein armseliger Wicht. Es gelang ihr, ihren Abscheu zu bezwingen, und freundlich beugte sie sich zu diesem menschlichen Wrack hinüber.

»Was ist denn nur passiert? Früher waren Sie doch so schneidig, so brillant, so gnadenlos …«

»Ich bin nicht mehr ich selbst, Madame. Ich bin dem Teufel persönlich begegnet!«

Henriette bekreuzigte sich und wies ihn an, diesen Namen an diesem geheiligten Ort nicht in den Mund zu nehmen.

»Außerdem existiert er doch überhaupt nicht! Das spielt sich alles nur in Ihrem Kopf ab!«

»O doch, Madame! Er existiert … Er trägt ein dünnes Kleid, hat zwei lange schlanke Beine, zierliche Handgelenke, zwei kleine feste Brüste und eine Zunge, die ständig die Lippen benetzt. Oh, diese Lippen, Madame, blutrote Lippen, die nach Vanille und Himbeeren schmecken, ein kleiner Bauch, zwei runde, anbetungswürdige Knie. Sie hat ein Feuer in meinen Lenden entfacht. Mir stockte der Atem, wenn ich sie anschaute, an ihr roch, ihr folgte, auf sie wartete … Ich betrachtete sie wie ein Verrückter ein hell leuchtendes Objekt, ein Objekt, das sich entfernt, wieder näher kommt und den armen Toren versengt, bis nichts mehr von ihm übrig ist. Ich war von unaussprechlicher Leidenschaft erfasst. Ich wurde zu einem von Halluzinationen geplagten Gnom, ich konnte nur noch an eines denken, und jetzt, Madame, werde ich grob, ich werde Sie schockieren, aber Sie müssen verstehen, in welchen Abgrund ich gestürzt bin, ich konnte nur noch an eines denken … meine Hand, meine Finger, meinen Mund auf ihren prallen, buschigen Hügel zu drücken, der fleischig ist wie eine Frucht, die man auspresst und deren Saft …«

Henriette stieß einen Schrei aus, der in der Kirche widerhallte. Chaval sah sie an und nickte langsam.

»Haben Sie jetzt verstanden? Haben Sie das ganze Ausmaß meines Unglücks erfasst?«

»Das ist doch nicht möglich! Man verliert doch nicht den Kopf wegen dem … dem …«

»Dem buschigen Hügel einer kapriziösen Lolita? Leider doch! Denn ich war der Erste, der in diese feuchte Grotte eindrang, welche mein Geschlecht mit der Raffinesse und Kraft einer alten, durchtriebenen Hure massierte … Sie zermalmte mich in ihrer Höhle, walkte mein Glied wie ein gieriger Mund, ein alles verschlingender saugender Blutegel, hielt inne, wenn ich zu sterben drohte, fixierte mich mit ihren großen, unschuldigen Augen, die den Grad des Wahnsinns prüften, in den sie mich gestürzt hatte; ich flehte sie an, es nicht zu tun, mit verdrehten Augen und hängender Zunge wie ein an Tollwut verendender Hund. Meine Kehle brannte, mein Schwanz war prall geschwollen … Sie musterte mich mit ihrem kalten, gleichgültigen, so ruhigen Blick und verlangte noch mehr Geld, noch ein Oberteil von Prada, noch eine Handtasche von Vuitton, und ich keuchte, alles, was du willst, mein Engel, alles, was du willst, damit sie dieses betörende Hin und Her wiederaufnahm, das meinen Penis umschloss, jeden einzelnen Tropfen Lust herauslockte, Madame, jeden einzelnen, als stünde sie in einem Glutofen und dies sei die einzige Quelle, an der sie ihren Durst stillen konnte. Mit ihrem Geschlecht übte sie langsamen, immer wiederkehrenden Druck auf das meine aus, welches es kaum noch aushielt und sich dennoch kneten, formen ließ, bis zu dem Moment, in dem sie alles bekommen hatte, was sie begehrte, und zum entscheidenden Angriff ansetzte, mich vor Lust in ihrem feuchten, zarten Fleisch kreuzigte, meine Seele zwang, ihr Leben auszuhauchen …«

»Sie wagen es, von Seele zu sprechen! Chaval, Sie sind gottlos!«

»Aber es war meine Seele, die sie quälte, Madame! Das kann ich Ihnen versichern«, flüsterte er und verlagerte sein Gewicht auf dem harten Holz des Betstuhls vom rechten Knie auf das linke. »Dieses Mädchen – denn sie war noch keine sechzehn Jahre alt –, dieses Mädchen hat mich in ihrem alles umschlingenden Organ Gott begegnen lassen, sie ließ mich den Himmel sehen samt seinen Engeln und Erzengeln. Ich war von Glückseligkeit durchdrungen, von Wollust durchtränkt, ich schwebte, ich war der König der Welt, ich troff vor Leidenschaft, und wenn ich in ihr explodierte, katapultierte sie mich geradewegs ins Paradies! Und danach … danach … wurde ich wieder zu einem gewöhnlichen Sterblichen. Mit einem Schlag fiel ich zurück in meine schlammigen Stiefel, streckte die Hand nach dem entschwindenden Himmel aus, und das zufriedene Mädchen musterte mich forschend und streckte die Hand aus, damit ich nur ja nicht ihre Kriegsbeute vergaß. Und vergaß ich doch etwas, ein Paar Ballerinas oder eine Clutch, dann zeigte sie mir die kalte Schulter und weigerte sich, mich wiederzusehen, bevor ich ihr sämtliche Trophäen zu Füßen legte … und sie forderte noch ein weiteres luxuriöses Extra, um mich dafür zu bestrafen, dass ich sie hatte warten lassen.«

»Wie entsetzlich! Dieses Mädchen ist ein verabscheuenswürdiges, liederliches Frauenzimmer. Sie werden beide in der Hölle schmoren!«

»O nein, Madame, das war ein unermessliches Glück … Mir wuchsen Flügel, ich war der glücklichste Mann der Welt, aber dieses Gefühl hielt leider nicht lange an. Sobald mein Glied wieder steif wurde und ich erneut Einlass erflehte, schnalzte sie mit ihrer kleinen, harten Zunge, hänselte mich mit ihren kalten Augen, fragte, was gibst du mir dafür?, und lackierte sich dabei einen Nagel oder schminkte ein wasserklares Auge mit grauem Eyeliner. Sie war unersättlich. So unersättlich, dass ich immer weniger und weniger arbeitete und stattdessen andere Wege suchte. Ich habe auf Pferde gewettet, Lotto gespielt, bin ins Casino gegangen, und da ich nie etwas gewann, habe ich Geld aus der Firmenkasse genommen. Schecktricksereien. Erst kleine Summen, dann immer größere … und so bin ich gefallen. Tief gefallen, denn ich habe nicht nur einen erstklassigen Job verloren, ich kann auch keine einzige Empfehlung mehr vorweisen … Mein Lebenslauf ist eine Katastrophe, den kann ich nur noch ins Klo spülen.«

»Aber sagen Sie mir, Sie armer Sünder, diese Delilah haben Sie doch hoffentlich nicht mehr wiedergesehen?«

»Nein. Aber das war nicht meine Entscheidung! Ich wäre auf allen vieren angekrochen gekommen, wenn sie es von mir verlangt hätte!«

Er ließ kläglich den Kopf hängen.

»Sie hatte genug von mir. Sie sagte, die körperliche Liebe werde maßlos überschätzt … Dass es ihr keinen Spaß mehr mache. Dass es immer das Gleiche sei, immer das gleiche Hin und Her, dass sie sich langweile. Bei mir hatte sie ihre ersten Erfahrungen gesammelt. Sich vergewissert, dass ›es‹ funktionierte. Für sie war unser Abenteuer nicht mehr als ein Labortest. Sie hat mich abserviert … angeblich war ich eine Klette. Das war ihr einziges Wort, und sie wiederholte es immer lauter: ›Klette.‹ Sie war ja auch noch sehr jung … Es nutzte nichts, dass ich ihr tausend Dinge versprach, den Einbruch des Jahrhunderts, Durchbrennen nach Venezuela, Diamanten, Smaragde, einen Privatjet, eine Hacienda, eine Wagenladung Prada-Klamotten … Wir beide am Strand eines türkisblauen Meers, bedient von Boys im Lendenschurz …«

Henriette zuckte mit den Schultern.

»Das sind doch alles Klischees!«

»Genau das hat sie auch gesagt«, antwortete Chaval und senkte den Kopf noch tiefer, als verneigte er sich vor der Erinnerung an sein Unglück. »Sie hat gesagt, ich solle mir etwas Neues überlegen, sie habe Besseres im Sinn. Sie hatte sich ganz nett amüsiert, hatte gelernt, einen Mann vor Lust vergehen zu lassen, hatte sich ihre Garderobe zusammengestellt, und jetzt ab an die Arbeit! Sie wollte Erfolg haben, allein, ›ohne den Schwanz eines Mannes, dieses jämmerliche Würstchen‹ …«

Henriette zuckte entsetzt zusammen.

»Und dabei war sie nicht einmal sechzehn Jahre alt …!«, seufzte Chaval kraftlos.

»Mein Gott! Es gibt keine Kinder mehr ...«

»Mit dreizehn wissen sie, wie man einen Mann um den kleinen Finger wickelt. Sie verschlingen das Kamasutra, machen Vaginalübungen, blasen, saugen, biegen und verrenken sich ... Sie stecken sich einen Bleistift zwischen die Schenkel und üben. Manche können auf diese Weise sogar eine Zigarette rauchen! Doch, doch, glauben Sie mir ...«

»Ich bitte Sie! Reißen Sie sich zusammen ... Sie vergessen, dass Sie mit einer anständigen Frau reden!«

»Ach, allein schon darüber zu reden ... sehen Sie nur!«

Und er klemmte seinen Penis zwischen seine Beine, indem er sie heftig übereinanderschlug.

»Ich hoffe, sie ist mittlerweile weit fort ...«, flüsterte Henriette.

»In London. Um Mode zu studieren. Sie will die neue Coco Chanel werden.«

Henriette erbleichte. Ihr großer Hut zuckte hoch. Ihr fiel alles wieder ein. Vier Jahre zuvor, Hortense, das Praktikum bei Casamia, Chaval keuchend und blass, Hortenses niedrige Absätze, klipp-klapp, klipp-klapp auf dem Firmenhof, die Jungen aus dem Lager, die ihr sabbernd hinterherrannten ... Das war es also! Dieser Mann war derart besessen, dass er ganz vergessen hatte, dass er von ihrer Enkelin sprach. Ihrer eigenen Enkelin! Er sah keine Verbindung mehr zwischen ihr und Hortense. Er hatte Hortense in den Rang einer Madonna erhoben, die man auf Knien anbetet, in den Rang einer Frau, die über allen anderen Frauen thront. Die Leidenschaft verwirrte ihm die Sinne. Sie beugte sich auf ihrem Betstuhl vor und verschränkte die Finger. In welcher Welt lebe ich nur! Mein Gott, in welcher Welt lebe ich? Meine Enkelin! Eine Hure, die Männern das Glied walkt und ihnen so das Geld aus der Tasche zieht! Mein eigen Fleisch und Blut! Meine Nachkommenschaft ...

Doch dann besann sie sich. Sie brauchte Chaval. Ohne einen schwarzen, treulosen Ritter wäre ihr ganzer Plan nichts wert. Was kümmerte es sie denn schon, dass ihre Enkelin eine Hure war? Jeder hat das Schicksal, das er verdient! Worte haben heutzutage keine Bedeutung mehr. Hämisches Gelächter ertönt, wenn von Integrität, Ehrlichkeit, Prinzipientreue, Moral und Anstand die Rede ist. Jetzt heißt es, jeder für sich. Und seien wir doch ehrlich, im Grunde habe ich dieses Mädchen immer geschätzt. Sie weiß zumindest, wie man sich Respekt verschafft ...

»Ich glaube, ich habe für heute genug gehört, Chaval ... Ich werde mich einen Moment besinnen, um mich zu reinigen. Für Ihr Seelenheil beten. Verlassen Sie diese Kirche, die Sie entweiht haben … und ich vereinbare in den nächsten Tagen mit Ihnen einen Termin, um über Geschäftliches zu reden. Ich habe Ihnen einen Vorschlag zu machen, der Ihnen neuen Wohlstand bringen könnte. Wir treffen uns im Café an der Ecke Rue de Courcelles und Avenue de Wagram. Aber vorher müssen Sie mir versichern, dass Sie kein ausschweifender Lüstling mehr sind. Dass Sie wieder alle fünf Sinne beisammenhaben. Denn für dieses Unterfangen brauche ich einen ganzen Mann, einen dynamischen, zupackenden Manager, nicht ein hormongesteuertes Wrack!«

»Sie ist mich teuer zu stehen gekommen. Ich bin am Ende, ausgequetscht, völlig fertig. Ich lebe von Sozialhilfe und der Rente meiner Mutter. Ich spiele Lotto, weil man die Hoffnung ja nie aufgeben darf, aber ich glaube selbst nicht mehr dran, wenn ich die Kreuzchen mache. Ich bin ein Junkie auf Entzug. Ich krieg nicht mal mehr einen hoch, Madame! Sie hat mir meine Libido geraubt! Wenn ich ein Mädchen sehe, habe ich solche Angst, dass ich den Schwanz zwischen die Beine klemme und mich aus dem Staub mache …«

»Perfekt. Behalten Sie ihn genau da, und versprechen Sie mir eines: Wenn ich Sie wieder auf die Beine bringe, finanziell gesehen, natürlich, versprechen Sie mir, clean zu bleiben, sexuell enthaltsam zu leben und sich nicht mehr von einer jungen, unkeuschen Vestalin um den Verstand bringen zu lassen?«

»Dann sollten sich unsere Wege lieber nicht mehr kreuzen, Madame. Denn wenn ich sie wiedersehe, werde ich wieder zum reißenden Wolf, das weiß ich genau …«

»Wenn sie in London lebt …«

»Das ist das einzige Risiko, Madame. Das einzige … Ich würde töten, um sie noch einmal zu besitzen! Um in diesen langen, engen, feuchten Korridor einzudringen … Diese himmlischen Zuckungen zu erleiden …«

Er stieß ein Knurren aus wie ein wildes Tier in der Dunkelheit, seine Halsmuskeln spannten sich an, sein Kiefer verkrampfte sich, seine Zähne knirschten, er knurrte erneut, fuhr mit einer Hand zwischen seine Beine, packte sein Geschlecht, drückte es, und seine Augen füllten sich mit köstlichem Schrecken.

Verblüfft sah Henriette zu, wie dieser früher so stolze, so kraftstrotzende Mann auf dem Betstuhl neben ihr sein Glied knetete. Danke, guter Jesus, dass du mir dieses Laster erspart hast, murmelte sie mit halb geschlossenen Lippen. Welch abscheuliches Treiben! Ich habe die Männer zu beherrschen gewusst. Ich habe sie mit harter, vornehmer, respektabler Hand geführt. Würdevoll. Eine eiserne Hand in einem eisernen Handschuh. Niemals habe ich mich dieses Werkzeugs der Frauen bedient, dieses Kiefers …

Ein grauenvolles Bild blitzte in ihrem Kopf auf. Eiserner Handschuh, stählerne Kiefer … Und sie betete zwei *Vaterunser* und zehn *Gegrüßet seist du, Maria*, während Chaval mit krummem Rücken schweigend die Kirche verließ und die rechte Hand in das Weihwasserbecken tauchte, um sich Mut zu machen.

Es war Weihnachten. Und sie saß allein vor einer Grammatik. Mit einem halben Liter Rotwein, einer Dose Ölsardinen, einem Stück Brie und einer tiefgefrorenen Bûche, in die sie drei kleine, fröhliche Zwerge gesteckt hatte, die sie ganz hinten in einer Schublade gefunden hatte. Andenken an frühere Zeiten, als die weiße Tischdecke und die roten Kerzen, die kostbaren Geschenke ihres Mannes unter jeder Serviette, die Blumensträuße von Lachaume, die Duftkerzen, die Kristallgläser und das Silberbesteck von der Freude und Fülle des Weihnachtsfestes kündeten.

Die Wachstuchdecke auf dem Küchentisch wies hier und dort Flecken auf, kreisrunde Abdrücke von hastig abgestellten Töpfen mit glühendem Griff, und ihr Festmahl hatte sie beim Discounter mitgehen lassen. Sie hatte ihre Taktik geändert. Als feine Dame gekleidet, trat sie nun an die Kasse, herausgeputzt mit ihren früheren Sachen, Handschuhe, Hut, eine Krokoledertasche am Handgelenk, und legte eine Packung Toastbrot und eine Flasche Mineralwasser auf das Band, während in den Tiefen ihrer Tasche die gestohlenen Lebensmittel ruhten. Beeilen Sie sich gefälligst, forderte sie lautstark, mein Fahrer wartet draußen in zweiter Reihe, während die Kassiererin einen Euro fünfundsiebzig eintippte und sich der Ungeduld der arroganten Matrone beugte.

So ist das Leben, murmelte sie, als sie die Packung Toastbrot aufriss. Ich habe bessere Zeiten gekannt, und ich werde auch wieder bessere Zeiten erleben. Ich darf die Hoffnung nicht aufgeben. Nur die Schwachen versagen im Angesicht des widrigen Geschicks. Erinnere dich, meine liebe Henriette, an den berühmten Satz aller Leidgeprüften: »Was einen nicht umbringt, macht einen stark.«

Sie seufzte, schenkte sich ein Glas Wein ein und klappte entschlossen die Grammatik auf. Versuchte, Interesse für das Thema aufzubringen. Zuckte mit den Schultern. Zwölf Jahre und immer noch in der fünften Klasse! Eine Niete. Er war einfach eine Niete. In Rechtschreibung, in Grammatik, in Mathematik, in Geschichte. Kein einziges Fach, in dem er glänzte. Er stieg Klasse um Klasse auf, weil seine Mutter drohte und sein Vater tobte, aber sein Zeugnis erzählte die traurige Geschichte seiner schulischen Laufbahn. Jämmerliche Noten und bissige Kommentare entmutigter Lehrer: »Schlimmer geht es nicht mehr«, »Unfassbare Ahnungslosigkeit«, »Wer kann, sollte diesem Schüler aus dem Weg gehen«, »Verdient einen Eintrag im Guinness-Buch der Rekorde in der Rubrik Schulversager …«, »Wenn er wenigstens leise schlafen würde!«

Kevin Moreira dos Santos hielt Dolmen für die Vorläufer von Bushaltestellen und Muhammad Ali für den Begründer des Islam. François I. war der Sohn von François O., Indianer lebten in Indien, und eine Senkrechte war eine verrückt gewordene Gerade, die ohne jede Vorwarnung plötzlich die Richtung änderte.

Sie dachte an Kevin. Sie dachte an Chaval. Dachte, dass Dummheit und Wollust die Welt regierten. Verfluchte ihr Jahrhundert, das nichts und niemanden mehr respektierte, leerte ihre halbe Flasche Wein, spielte mit einer dünnen, grauen Haarsträhne und machte sich daran, den Französischunterricht der fünften Klasse zu reformieren.

Am 26. Dezember um siebzehn Uhr zehn läutete Gaétan an der Tür der Familie Cortès.

Zoé beeilte sich, ihm zu öffnen.

Sie war allein in der Wohnung.

Joséphine und Shirley waren spazieren gegangen, einfach ziellos durch die Stadt, um sie allein zu lassen. Hortense und Gary liefen wie jeden Tag durch Paris, auf der Suche nach einer Idee für die Schaufenster bei Harrods.

Gary nahm seinen iPod oder seinen Fotoapparat mit, schlug seinen Jackenkragen hoch, schlang einen blauen Schal um seinen Hals und zog gefütterte Handschuhe an.

Hortense vergewisserte sich, dass sie ihren Zeichenblock und Buntstifte eingesteckt hatte.

Glücklich oder in gereizter Stimmung kamen sie zurück.

Saßen jeder schweigend in seiner Ecke oder fielen eng umschlungen aufs Sofa vor dem Fernseher, und man durfte sie nicht stören.

Zoé beobachtete sie und sagte sich, dass die Liebe kompliziert sei. Es wechselte ständig, man wusste nie, woran man war.

Nachdem Gaétan geklingelt hatte, stand sie etwas verlegen, etwas atemlos auf dem Treppenabsatz. Sie wusste nicht mehr, was sie sagen sollte. Sie fragte ihn, ob er seine Tasche in ihrem Zimmer abstellen oder etwas trinken wolle. Er sah sie lächelnd an. Fragte, ob sie noch einen dritten Vorschlag hätte. Sie wand sich, sagte, das ist nur, weil ich so nervös bin …

Er antwortete, ich auch, und ließ seine Tasche fallen.

So standen sie einander gegenüber, mit hängenden Armen, und schauten einander an.

Zoé fand, dass er gewachsen war. Seine Haare, sein Mund, seine Schultern. Vor allem seine Nase. Sie war länger. Und er wirkte düsterer. Gaétan fand, dass sie sich nicht verändert habe. Er sagte es ihr, und das beruhigte sie.

»Ich habe dir so viel zu erzählen«, sagte er, »dass ich gar nicht weiß, wo ich anfangen soll …«

Sie machte ein aufmerksames Gesicht, um ihn zu ermutigen.

»Du bist die Einzige, mit der ich reden kann …«

Und er nahm sie in die Arme, und sie dachte, dass sie schon so lange darauf gewartet hatte. Sie wusste nicht mehr genau, was sie machen sollte, und plötzlich hätte sie am liebsten geweint.

Dann senkte er zärtlich den Kopf zu ihr herab und küsste sie.

Da vergaß sie alles. Sie zog ihn in ihr Zimmer, und sie sanken aufs Bett, er nahm sie in die Arme, drückte sie ganz fest an sich und sagte ihr, dass er so lange auf diesen Moment gewartet habe, dass er nicht mehr wisse, was er machen solle, was er sagen solle, dass Rouen viel zu weit weg sei, dass seine Mutter die ganze Zeit weine, dass der Glatzkopf aus dem Internet abgehauen sei, aber dass ihm das total egal sei, weil sie da sei, und so sei es gut … Er redete weiter auf sie ein, mit leisen, zärtlichen Koseworten, Worten, die nur von ihr sprachen, und sie sagte sich, dass die Liebe eigentlich doch gar nicht so kompliziert war.

»Wo schlafe ich denn?«, fragte er.
»Na … hier, bei mir.«
»Was redest du da für einen Quatsch! Das soll deine Mutter erlaubt haben?«
»Ja schon, aber … Hortense und ich schlafen in meinem Bett und du auf einer Luftmatratze auf dem Boden …«
»Aha …«
Er hatte aufgehört, in ihren Nacken zu flüstern, und Zoé wurde kalt am Ohr.
»Das ist doch doof, findest du nicht?«
»Das war die einzige Möglichkeit, sonst hättest du nicht kommen dürfen …«
»Total bescheuert«, sagte er.
Er rückte von ihr ab und fand das wirklich bescheuert. Und er wirkte plötzlich so fern, dass sie das Gefühl hatte, einen Fremden vor sich zu haben. Er starrte auf einen Punkt gleich über dem Griff der Zimmertür und schwieg.
Und Zoé sagte sich, dass die Liebe doch kompliziert war.

Hortense hatte verkündet, dass die schönsten Prachtstraßen von Paris sternförmig vom Arc de Triomphe ausgingen. Und dass dort auch die schönsten Gebäude lagen. Und dass sie angesichts dieser edlen, ebenmäßigen Bauten ihre Idee finden würde. Sie hätte nicht erklären können, warum, aber sie wusste es. Sie ist da, behauptete sie, sie ist da, und wehe dem, der ihr widersprach.

Von morgens bis abends liefen Hortense und Gary die Avenue Hoche, die Avenue Mac-Mahon, die Avenue de Wagram, die Avenue de Friedland, die Avenue Marceau, die Avenue Kléber und die Avenue Victor Hugo auf und ab. Sorgsam mieden sie die Avenue de la Grande Armée und die Champs-Élysées. Hortense hatte sie aussortiert: Sie hatten ihre Seele verloren. Gesichtslose Läden, Leuchtreklamen, billige Effekthascherei und schnelle, geschmacklose Gastronomie hatten die einst von Baron Haussmann und seinem Architektenteam beabsichtigte architektonische Erhabenheit entstellt.
Hortense versicherte Gary, dass der helle Stein der Gebäude sie inspiriere. Der Geist wehe zwischen den Mauern von Paris, sagte sie. Jedes

Gebäude war anders, jedes Gebäude war ein eigenständiger Entwurf, und trotzdem wies jedes Gebäude die gleichen, genau vorgeschriebenen Charakteristika auf: Fassaden aus Quadersteinen, Steine mit Randschlag, Balkone im zweiten und fünften Stock, durchgängige, schmale Balkone mit schmiedeeisernem Geländer, die Höhe der Gebäude je nach Straßenbreite streng begrenzt. Aus dieser Gleichförmigkeit war ein Stil entstanden. Ein unnachahmlicher Stil, der Paris zur schönsten Stadt der Welt machte. Warum, fragte sie sich, warum?

Es lag etwas Geheimnisvolles darin, etwas Rätselhaftes, etwas Ewiges. Wie im Chanel-Kostüm. Dem Saint-Laurent-Anzug. Dem Hermès-Carré. Der Levi's-Jeans. Der Coca-Cola-Flasche. Der Vache-qui-rit-Schachtel. Der Ferrari-Motorhaube. Regeln, eine Linie, ein Aufriss, den man durchdekliniert, bis er zu einem weltweiten Klassiker wird.

Meine Schaufenster müssen dieses *gewisse Etwas* haben, das dafür sorgt, dass die Leute stehen bleiben, sich wundern, sich sagen, aber natürlich! Das ist Stil …

Nun musste sie nur noch dieses *gewisse Etwas* finden.

Sie griff nach Garys Kamera und fotografierte Balkone, Maskarone, steinerne Konsolen, Rundbogenfenster, hölzerne Türen. Sie skizzierte Gebäude, Fassaden und Profile. Mit gerunzelter Stirn versenkte sie sich in die Details jeder einzelnen Fassade, jeder einzelnen Tür. Gary folgte ihr, Melodien komponierend, Noten vor sich hin summend. Sein Klavierlehrer hatte ihn auf diese Idee gebracht: kurze Melodien komponieren über den Eingang zu einer Métro-Station, eine Taube mit gebrochenem Flügel oder die Schönheit eines Denkmals. Stets den Kopf voller Noten haben und sie ausbreiten. Er sollte ihm eine Postkarte aus Paris schicken. Um ihm zu sagen, dass er an ihn dachte, dass er glücklich war, ihm begegnet zu sein, dass er sich nicht mehr allein fühlte, seit er ihn kannte. Dass er sich wie ein Mann fühlte … Ein Mann mit Haaren auf der Brust, Problemen mit Mädchen, einem Bart, den man wachsen lässt oder auch nicht, einem Mädchen, das man flachlegt oder auch nicht. Es tat gut, diesen Mann in seinem Leben zu haben …

Er summte, summte vor sich hin.

Manchmal ging er Hortense auf die Nerven, manchmal lachte sie, manchmal bat sie ihn, still zu sein: Eine Idee war zum Greifen nah. Und dann atmete sie geräuschvoll aus: Die Idee war verflogen, und Gary umarmte sie und sagte, hör auf, dir Gedanken zu machen, dann kommt die

Idee wie von selbst. Lass los. Lass los und entspann dich. Du bist dermaßen verkrampft, dass du dir die Luft zum Atmen nimmst …

Es war immer das gleiche Zeremoniell. Sie schlenderten umher. Hortense blieb stehen, schloss die Augen, streichelte den hellen Stein eines Gebäudes, ließ ihre Finger über jede Ausbuchtung wandern, verlor sich in den Kuhlen und den weich polierten Oberflächen, hielt inne wie der Wünschelrutengänger, der seine Rute schwenkt.

Gary murmelte, es sei doch Wahnsinn, sich von Steinblöcken derart rühren zu lassen. Er zitierte Ernest Renan. Behauptete, die Île Grande in der Bretagne sei von der Landkarte getilgt worden, weil Baron Haussmann sie dem Erdboden gleichgemacht habe, indem er ihre Steinbrüche für die Errichtung der schönen Pariser Gebäude plünderte.

»Findest du das etwas in Ordnung? Eine ganze Insel dem Erdboden gleichzumachen, um eine Stadt zu erbauen?«

»Ich pfeif darauf, wenn das Ergebnis schön ist. Nach Paris kommen Besucher aus der ganzen Welt. Auf die Île Grande nicht …«

»Für dich ist alles Gold, was glänzt!«

»Für mich ist alles schön, was glänzt … Vor allem, wenn du von Paris redest.«

»Außerdem war er ein Blender. Der Typ war genauso wenig Baron wie ich eine Cancan-Tänzerin!«

»Das ist mir auch egal! Sei endlich still!«

»Küss mich …«

»Nicht mal im Traum, solange ich meine Idee nicht habe!«

Also pfiff er das Lied des entwurzelten Steines, die Klage des seinem Steinbruch entrissenen Steins, der sein Exil beweint, die Verschmutzung der Städte, die Tags und die Graffiti, den Hund, der das Bein hebt und ihn anpinkelt, den Zwang, zu einem behauenen, eingefassten, anonymen Mauerstein zu werden und nicht länger die Gischt seiner heimatlichen Insel atmen zu können.

Hortense ignorierte ihn. Oder schnauzte ihn an.

Manchmal verdrückte er sich. Er verschwand an der Ecke Rue Margueritte und Boulevard de Courcelles, betrat den Laden von Hédiard, kaufte Pralinen und Geleefrüchte, plauderte mit der kreolischen Verkäuferin, die ihre kandierte Ananas rühmte, oder setzte sich in der Rue du Faubourg Saint-Honoré 221, gegenüber der Salle Pleyel, an einen Flügel und ließ seine Finger und seine Fantasie schweifen.

Hortense grübelte vor sich hin.

Er floh erneut, überquerte die Straße, öffnete die Tür zum Laden der Gebrüder Mariage und betrat den geheiligten Tempel des Tees. Er schnupperte an schwarzem Tee, weißem Tee, grünem Tee in großen roten Dosen, die ihm ein junger Mann mit ernsten Zügen präsentierte. Er nickte überzeugt, wählte ein paar Sorten aus, überquerte die Avenue und sprang in die Maison du Chocolat, wo er in köstliche Träumereien versank.

Danach musste er rennen, um Hortense wieder einzuholen.

»Aber warum? Warum?«, fragte Gary und hielt seiner Schönen ein Praliné hin. »Warum versteifst du dich auf diese Quadersteingebäude? Das ist doch unsinnig! Geh lieber in die Museen und Gemäldegalerien oder schau dich bei den Bouquinisten um. Dort wirst du Ideen finden. Und zwar massenhaft!«

»Weil ich die Schönheit der Pariser Gebäude liebe, seit ich ganz klein war, und durch Paris zu spazieren, ist für mich, als würde ich ein Kunstwerk durchschreiten … Siehst du denn nicht die Schönheit an jeder Straßenecke?«

Gary zuckte mit den Schultern.

Hortenses Miene verdüsterte sich. Mit jedem Tag mehr.

Der 26. Dezember verstrich.

Dann der 27., der 28., der 29., der 30.

Sie liefen immer noch durch die Straßen auf der Suche nach einer Idee.

Gary summte nicht mehr vor sich hin. Er machte keine Fotos mehr von den himmlischen Fassaden. Kaufte kein mit Schokolade umhülltes Orangengelee, keine glasierten Maronen mehr. Er versuchte nicht mehr, sie zu küssen. Legte nicht mehr den Arm um ihre Schultern. Er verlangte eine Pause. Einen heißen Kakao und eine Erdbeermakrone bei Ladurée. Oder einen Paris-Brest mit einem Berg von Sahne in einer Brasserie.

Sie hielt sich die Ohren zu und setzte ihren wütenden Marsch fort.

»Niemand zwingt dich, mich zu begleiten«, zischte sie und vergrößerte ihre Schritte.

»Und was soll ich sonst tun? Auf den Seinequais irgendwelche Schlampen anbaggern, für Zoé und Gaétan den Anstandswauwau spielen, allein ins Kino gehen und Popcorn essen? Nein, danke … mit dir komme ich wenigstens an die frische Luft, ich sehe Busse, Kastanienbäume, Kreisverkehre, Wallace-Trinkwasserbrunnen, ich nasche hier eine Praline, streichle dort ein Klavier … und am Ende der Ferien kann ich von mir behaupten, dass ich Paris kenne. Zumindest das schöne Paris, das bürgerliche, wohlsituierte Paris … Nicht das sich windende, stinkende Paris …«

Hortense blieb stehen, betrachtete ihn lange, setzte ihr schönstes Lächeln auf und versprach: »Wenn ich meine Idee habe, sinke ich an deine Brust.«

»Meinst du das ernst?«, fragte Gary und zog misstrauisch eine Augenbraue hoch.

»Todernst«, sagte Hortense und trat so nah an ihn heran, dass er ihren warmen Atem auf seinen Lippen spürte.

»Aber«, sagte er und machte einen Satz zurück, »vielleicht will ich dann gar nicht mehr … Vielleicht habe ich bis dahin das Mädchen gefunden, das …«

»Ach, bitte, Gary! Fang nicht schon wieder damit an!«

»Das Begehren ist flüchtig, *my lovely one*, man muss es ergreifen, wenn es des Weges kommt. Ich weiß nicht, ob ich morgen noch zur Stelle bin …«

»Das bedeutet doch nur, dass dein Begehren zu schwach ist, und dann will ich es nicht!«

»Das Begehren ist flüchtig und unberechenbar, sonst wäre es kein Begehren mehr, sondern Alltag …«

Und er drehte sich mit einer weiteren Pirouette zur Seite und ging davon.

Am 31. Dezember kam ihr endlich die Erleuchtung.

Es war ein später Winternachmittag, wenn die Sonne unvermittelt hinter den Dächern versinkt, wenn die blaue, leuchtende Luft sich gräulich verfärbt, wenn die Kälte aufsteigt und die Schultern erschauern lässt …

Hortense hatte sich auf eine Bank gesetzt. Die Nase fast am Boden, die Unterlippe schmollend vorgeschoben.

»Nur noch vierundzwanzig Stunden, Gary, nur noch vierundzwanzig Stunden, wenn mir bis dahin nichts eingefallen ist, werde ich nur herumstottern, wenn Miss Farland mich anruft. Ich fühle mich wie ein fetter, gestrandeter Wal, der kaum noch Luft bekommt.«

»Ein stolzer Wal mit grau-grau-grauem Bauch, grau-grau-grauem Bauch, grau-grau-grauem Bauch, mit hübschen Zähnen, weiß und regenfrisch, weiß und regenfrisch, weiß und regenfrisch«, sang Gary nach der Melodie von *Yellow Submarine* und lief im Kreis um die Bank.

»Hör auf! Mir wird schwindlig!«

»Weiß und regenfrisch, weiß und regenfrisch!«

»Hör auf, sag ich! Findest du das etwa komisch ...?«

»Grau-grau-grauem Bauch, grau-grau-grauem Bauch!«

Hortense richtete sich auf und streckte einen Arm aus, um ihm den Mund zuzuhalten.

Ihr Arm erstarrte in der Waagrechten, und Gary glaubte schon, sie erweise seinen Gesangsübungen endlich die verdiente Ehre. Er verbeugte sich, um ihren Applaus entgegenzunehmen, tat, als schwinge er einen Musketierhut dreimal durch die Luft, sang, danke, danke, meine schöne Dame! Mein Herz hüpft vor Freude beim Gedanken, dass ... und wurde durch ein harsches »Hör auf, dich zum Idioten zu machen, da kommen Josiane und Junior« unterbrochen.

Er drehte sich um und erblickte in der Ferne das Kind und seine Mutter, die auf sie zukamen.

»Ah«, sagte er enttäuscht, »das war es also, und ich dachte schon, du ...«

»Scheiße! Jetzt muss ich mich auch noch mit der Feuerbohne rumschlagen!«

»Du übertreibst! Der Kleine ist echt niedlich ...«

Er ließ sich neben Hortense fallen und wartete, dass das Mutter-Sohn-Gespann sie erreichte.

»Wie blöd, ich habe meiner Mutter meine Kamera geliehen, sonst hätte ich ein Foto von ihnen gemacht ...«

»Eine dicke Frau mit ihrem Zwerg in den Straßen von Paris! Faszinierend!«

»Was ist denn los mit dir? Du bist unausstehlich! Ich schwöre dir, morgen kannst du allein spazieren gehen! Ich hab die Nase voll! Dein Schimpfen kann einem noch das schönste Paris verleiden!«

Mit diesen Worten wandte er ihr den Rücken zu und hielt nach einem hübschen Mädchen Ausschau, das er ansprechen könnte, um die aufbrausende Hortense zu reizen.

»Heute ist der Einunddreißigste, das ist los! Morgen ist der erste Januar, und mir ist immer noch nichts eingefallen! Und du erwartest, dass ich freudestrahlend ein Rad schlage und mit dir ein Duett pfeife!«

»Ich sage es dir schon die ganze Zeit, und ich sage es auch noch einmal: Lass los! Lass los und entspann dich! Aber du bestehst ja darauf, dir das Hirn zu zermartern!«

»Sei still, sie kommen! Lächle! Ich habe keine Lust, dass sie sieht, wie wir uns streiten!«

»Und eine Heuchlerin dazu noch!«

Josiane hatte sie bemerkt und näherte sich ihnen mit dem strahlenden Lächeln einer erfüllten, glücklichen Frau. Alles war gut. Ihr als Baby verkleideter Sohn nagte sabbernd an einem Keks, die Sonne lugte mit einem letzten rosafarbenen Strahl hinter einem Schieferdach hervor, die frische Luft rötete ihre Wangen, sie waren auf dem Weg nach Hause, sie würde Junior ein Bad einlassen, den Ellbogen ins Wasser tauchen, um die Temperatur zu prüfen, würde seinen Körper mit Haferseife für empfindliche Haut einseifen, sie würden plaudern, plaudern, er würde, ins warme Handtuch eingewickelt, freudig glucksen, würde ihr Küsse zuschmatzen, das Leben war schön, schön, schön …

»Hallo, ihr zwei!«, sagte sie und blockierte die Räder des Kinderwagens. »Was treibt euch denn in diese Gegend?«

»Ein idiotischer Zeitvertreib«, antwortete Gary. »Hortense sucht nach einer Idee, indem sie an den Mauern von Paris entlangbummelt, und ich leiste ihr dabei Gesellschaft. Na ja, ich versuche es zumindest …«

»Und was suchst du, meine Schöne?«, fragte Josiane, als sie Hortenses finstere Miene bemerkte.

»Sie braucht eine Idee. Aber ihr fällt nichts ein. Und deswegen könnte sie der ganzen Welt an die Gurgel gehen, pass lieber auf …«

Hortense wandte den Kopf ab, um nicht zu antworten.

»Wo suchst du denn deine Idee? In den Kastanienbäumen? In den Straßencafés?«

Hortense zuckte mit den Schultern.

»Nein«, erklärte Gary, »sie glaubt, die Idee wird ihr fix und fertig aus den Häuserzeilen entgegenspringen. Sie mustert den Stein, streichelt ihn, zeichnet ihn, lernt ihn auswendig. Vollkommen idiotisch!«

»Aha!«, entgegnete Josiane verwundert. »Eine Idee, die aus dem Stein kommt … Ich verstehe nicht ganz, aber ich bin ja auch nicht besonders klug …«

Komplett beschränkt!, dachte Hortense. Man braucht ja bloß zu sehen, wie sich diese Frau ausstaffiert! Eine billige Hausfrau, die Kitschromane liest und ihre Klamotten in der Abteilung für kräftige Damen kauft …

In diesem Moment ließ Junior seinen speichelgetränkten Keks fallen und verkündete: »Hortense hat recht. Diese Gebäude sind wunderschön … Und inspirierend. Ich betrachte sie jeden Tag, wenn wir in den Park gehen, und ich bekomme davon nie genug. Weil sie einander so ähnlich und gleichzeitig so verschieden sind …«

Hortense hob den Kopf und musterte die Feuerbohne.

»Wow, der Zwerg macht ja erstaunliche Fortschritte … Als wir Weihnachten bei euch zum Essen waren, hat er noch nicht so gesprochen …«

»Das liegt daran, dass ich Baby gespielt habe, um meiner Mutter eine Freude zu machen!«, erklärte Junior. »Sie platzt vor Glück, wenn ich unsinniges Zeug brabbele, und da ich sie mehr liebe als alles auf der Welt, bemühe ich mich, möglichst schwachsinnig zu erscheinen …«

»Ach«, antwortete Hortense fasziniert und ließ das Kind nicht mehr aus den Augen. »Und kennst du viele Wörter, die du vor uns geheim hältst?«

»Eine ganze Menge, gute Frau!«, verkündete Junior laut auflachend. »So kann ich dir zum Beispiel erklären, warum du diese Gebäude aus goldschimmerndem Stein so magst. Wenn du mich nett darum bittest, verrate ich es dir …«

Hortense gehorchte, neugierig auf die Theorie des Zwergs.

»Die Details sind es, die die Schönheit dieser Gebäude ausmachen«, erklärte Junior. »Keine zwei von ihnen sind identisch, und doch sind sie alle gleich. Das Detail war die Signatur des Architekten. Die Gleichförmigkeit konnte er nicht durchbrechen, also flüchtete er sich in Details, um sich auszudrücken. Und diese Details veränderten alles. Sie machten das Gebäude einzigartig. Die Details machen den Stil aus. *Intelligenti pauca. Fiat lux. Dixi …*«*

Hortense ließ sich neben dem Buggy auf den Boden fallen. Küsste die Mokassins des Kindes. Drückte seine Hand. Sprang wieder auf die Füße. Küsste Gary. Küsste Josiane. Wollte den Himmel küssen, und als sie ihn nicht erreichte, setzte sie zu einem Freudentanz an und skan-

* »Dem, der versteht, genügen wenige Worte. Es werde Licht. Ich habe gesprochen …«

dierte dazu: »Ein stolzer Wal mit grau-grau-grauem Bauch, grau-grau-grauem Bauch, grau-grau-grauem Bauch, mit hübschen Zähnen, weiß und regenfrisch, weiß und regenfrisch, weiß und regenfrisch.«

»Danke, Krümelchen! Danke! Du hast meine Idee gefunden! Du bist ein Genie!«

Junior gluckste vor Freude.

Er streckte die Beine aus, streckte die Arme aus, reckte seine Lippen der Frau entgegen, die ihn zu ihrem Märchenprinzen, ihrem weisen Prinzen, ihrem wundervollen Prinzen gemacht hatte.

Er war nicht länger der Zwerg, er war zum Krümelchen befördert worden.

»Was versteckst du denn da unter deinem Mantel?«, fragte Shirley Joséphine. »Das sieht aus wie ein dicker Höcker… sehr merkwürdig. Man könnte fast meinen, du wärst schwanger, aber nur auf einer Seite!«

Sie saßen in der Métro und waren unterwegs zu einem Schaufensterbummel im Village Suisse. In den Antiquitätenläden Möbel anschauen, über das Champ de Mars schlendern, die Touristen auslachen, die sich am Fuß des Eiffelturms drängten, die Japaner, Chinesen, Amerikaner, Engländer, Mexikaner und Papuas zählen, den Kopf heben und die Aussicht in Richtung Trocadéro bewundern, dann gemächlich durch die Rue de Passy zurückkommen und dabei die Schaufenster betrachten, das war das Ziel des Spaziergangs, den sie an diesem 31. Dezember unternahmen.

Um das Jahr in Schönheit zu beschließen.

Und Bilanz zu ziehen.

Über all das zu reden, wozu sie noch keine Zeit gehabt hatten. Letzte Geheimnisse, die man abzieht wie tote Haut, unter der das Herz schlägt. Das Geständnis, das zwischen einer vergoldeten Bronzefigur von Claude Galle, einem Louis-XV-Lesetischchen oder einem türkisblau nachgestrichenen Sofa aus vergoldetem Holz von Georges Jacob aufblühte. Wie schön, ach, wie schön, murmeln und dann mit leiser Stimme hinzufügen, und, weißt du, ich habe ganz vergessen, dir zu erzählen, dass… während die Freundin, die Vertraute, den Blick auf das kostbare Objekt gerichtet hält und nur einsilbig antwortet, damit das Geständnis fortgeführt und ernst genommen werden kann.

»Ich habe eine Flasche Wasser dabei…«

»Wozu das denn?«

»Falls wir Durst bekommen ...«

»Falls wir Durst bekommen? Dann gehen wir in ein Café! Was für eine merkwürdige Idee!«

»Ich habe mir gedacht, nach den Antiquitätenläden könnten wir noch kurz bei meiner Universität vorbeischauen ... ich muss noch ein paar Unterlagen abholen. Für einen Vortrag, den ich vorbereiten muss. Ich muss ja schließlich weiter für mein Geld arbeiten ...«

»Am 31. Dezember? Da ist doch alles abgeschlossen ...«

»Nein ... Es ist auch nicht weit vom Village Suisse entfernt, weißt du. Es liegt auf der gleichen Métro-Linie ...«

Shirley zuckte mit den Schultern und sagte, wieso nicht?

Joséphine wirkte erleichtert.

»Dann kann ich ja auch ein Foto von dem Gebäude machen, in dem du arbeitest!«, fügte Shirley lächelnd hinzu.

»Ach, das ist nicht besonders ansehnlich ...«

»Aber so habe ich wenigstens Beschäftigung, während du drinnen bist ... und außerdem hat Gary mir seine Kamera geliehen, da kann ich sie ja auch benutzen ...«

»Wartest du hier auf mich? Ich bin gleich wieder da ...«

»Kann ich nicht mit reinkommen?«

»Es wäre mir lieber, wenn nicht ...«

»Warum denn nicht?«

»Es wäre mir einfach lieber ...«

Neugierig geworden, trat Shirley zur Seite, ließ Joséphine gehen und sah ihr nach, wie sie durch die Eingangshalle des Fakultätsgebäudes ging, vorbei an zahllosen Schwarzen Brettern, großen Mülleimern, Tischen, Stühlen und Töpfen, in denen blasse Grünpflanzen bibberten. Joséphine drehte sich um und winkte ihr kurz zu, als wolle sie sie wegscheuchen. Shirley ging ein paar Schritte zurück und fotografierte die hohe Glasfassade. Dann kehrte sie zum Eingang zurück, schlüpfte in die Halle und hielt nach Joséphine Ausschau, doch sie konnte sie nirgends entdecken. Was treibt sie da bloß? Warum diese Geheimniskrämerei? Hat sie ein Rendezvous? Will sie nicht mit mir darüber reden?

Auf Zehenspitzen schlich sie durch die Eingangshalle und blieb abrupt stehen.

In einem Winkel hockte Joséphine, über eine Pflanze gebeugt. Eine kümmerliche Pflanze mit schwächlichen Blättern. Sie hatte einen Löffel aus der Tasche gezogen und grub einen kleinen Kanal rings um die Pflanze, während sie leise vor sich hin sprach. Shirley konnte nicht hören, was sie sagte, aber sie sah, wie sich ihre Lippen bewegten. Vorsichtig zupfte Joséphine ein paar abgestorbene Blätter ab, rückte die übrigen, noch grünen zurecht, wischte sie mit einem Taschentuch ab, richtete den Stab wieder auf, der der Pflanze als Halt diente, und drückte die Halterungen fester zusammen. Und die ganze Zeit über redete sie. Der vernachlässigte Zustand der Pflanze schien sie mit hausfraulicher Empörung zu erfüllen. Schließlich zog sie die Wasserflasche aus ihrer Manteltasche, goss sie langsam aus, wobei sie darauf achtete, dass die Erde das Wasser auch aufnahm und nichts überlief, und wartete, bis die letzten Bläschen zerplatzt waren und die Erde gesättigt zur Ruhe kam.

Joséphine richtete sich auf und rieb sich das Kreuz. Shirley glaubte, sie wolle wieder gehen, und zog sich hinter einen Betonpfeiler zurück. Aber Joséphine bückte sich erneut. Kratzte an der Oberfläche des Topfs. Stand wieder auf. Murmelte ein paar unhörbare Worte. Hockte sich erneut neben die Pflanze. Steckte einen Finger in die Erde, um sich zu vergewissern, dass sie auch vollständig durchtränkt war. Rückte den Topf ein Stückchen zur Seite, damit er ein wenig vom grauen Licht dieses letzten Dezembertags auffangen konnte. Betrachtete wohlwollend und zufrieden ihr Werk. Ihre Lippen umspielte das Lächeln einer Krankenschwester. Das glückliche Lächeln eines Menschen, der sich nützlich gemacht hat.

Shirley richtete die Kamera auf das Gesicht ihrer Freundin. Machte mehrere Bilder von diesem vagen, diffusen Lächeln, das ihre Züge erhellte und ihr den würdevollen Ernst eines Papstes verlieh. Dann zog sie sich zurück, ging durch die Halle ins Freie und wartete dort auf sie.

Als Joséphine wieder herauskam, waren ihre Hände leer und die Ausbuchtung unter ihrem Mantel verschwunden.

»Hast du deine Unterlagen nicht gefunden?«

»Nein …«

»Und deine Flasche hast du unterwegs verloren?«

»Oh!«, sagte Joséphine, wurde knallrot wie eine Begonie und strich den Mantel über ihren Hüften glatt, als suchte sie nach ihrer Flasche.

»Ich erfriere. Kennst du hier in der Nähe ein Café, wo wir einen heißen Tee und Gebäck bekommen können?«

»Wir können zu Carette an der Place du Trocadéro gehen. Sie haben den besten heißen Kakao der Welt und absolut himmlische Schweineöhrchen ... und außerdem gibt es da sehr hübsche kleine weiße Lampen, die beinahe Kerzenlicht verbreiten, ein glückliches Licht ...«

Sie überquerten das Champ de Mars, gingen über den Pont d'Iéna und die Place de Varsovie, dann schräg durch die Jardins du Trocadéro. Die in der Winterkälte trist daliegenden Rasenflächen bildeten große gelbe Flecken, die die energischen Sohlen gehetzter Touristen endgültig zertrampelten; Pappbecher, Getränkedosen und Zigarettenstummel sprenkelten die Kieswege, ein verlassener Pullover klammerte sich an die Kante einer Bank, und ein paar Kinder rannten unter Indianergeheul hintereinander her und schwenkten die Geschenke, die sie von Eltern bekommen hatten, welche darauf bedacht waren, sie bei Laune zu halten. Ihre Schreie hallten wie Echos hin und her, sie schubsten sich gegenseitig, brüllten, schnitten derbe Grimassen und versuchten, sich gegenseitig einzuschüchtern.

Shirley blieb vor einer Kaukasischen Flügelnuss, einer Baumhasel, einem Tulpenbaum, einer Sibirischen Ulme, einem Japanischen Schnurbaum und einer Rosskastanie stehen und fotografierte sie.

Joséphine betrachtete sie verblüfft.

»Woher kennst du die Namen dieser ganzen Bäume?«

»Von meinem Vater ... Als ich noch klein war, ging er mit mir immer in die Gärten und Parks und brachte mir die Namen der Bäume bei. Er erzählte mir von Hybriden, von Kreuzungen, von Ästen, Zweigen und Trieben, von Nebenwurzeln und von Schöpfen. Das habe ich nie vergessen ... Sobald Gary laufen konnte, habe ich ihn ebenfalls in die Londoner Parks mitgenommen. Ich habe ihm die Namen der Bäume beigebracht, ich habe ihm beigebracht, sie zu umarmen, um ihre Kraft in sich aufzunehmen, ich habe ihm gesagt, wenn er traurig sei, gebe es nichts Besseres als diese großen, uralten Bäume, um ihm zuzuhören, ihn zu trösten, ihm Mut zuzuflüstern und seine düsteren Gedanken zu verscheuchen ... Deshalb geht er auch so gern in Parks spazieren. Er ist zu einem echten Waldmenschen geworden ...«

Bei Carette setzten sie sich an einen Tisch vor zwei Tassen heißen

Kakao, Schweineöhrchen und kunterbunte Makronen, inmitten kleiner, weißer Lampen, die den gesamten Raum in sanftes Licht tauchten. Shirley legte den Fotoapparat auf den Tisch, stützte das Kinn auf eine Hand und folgte mit dem Blick den dürren, unwirschen Kellnerinnen, die durch den Raum gingen und die Bestellungen aufnahmen. Joséphine wollte die Fotos sehen, die Shirley gemacht hatte, und so gingen sie ihren Weg in umgekehrter Richtung zurück, kommentierten jedes Bild, stießen freudige Rufe aus und knufften sich gegenseitig mit dem Ellbogen, wenn sie ein neues Detail entdeckten.

»Und das? Was ist das?«, fragte Joséphine angesichts einer hockenden Frau, die von hinten zu sehen war.

»Das wirst du gleich sehen …«

Shirley klickte ein Bild zurück, dann zwei, dann drei.

Joséphine öffnete den Mund und wurde rot.

»Das bin ja ich …«

»Du, bei deinen Heimlichkeiten!«

»Oh, ich …«

»Hattest du Angst, ich würde das dusselig finden?«

»Ein bisschen …«

»Das ist so typisch für dich, Jo! Quer durch ganz Paris zu laufen, um eine arme Pflanze zu gießen!«

»Na ja … diese Pflanze wird von niemandem beachtet. Sie haben sie nicht zusammen mit den anderen in die Kübel gesetzt, sie kümmern sich nur um sie, wenn sie gerade daran denken, und manchmal vergessen sie sie völlig. Vor allem in den Ferien … Jedes Mal, wenn ich zur Uni gehe, schaue ich bei ihr vorbei, ehe ich nach oben gehe, und gieße sie …«

»Weißt du, Jo, ich glaube, genau solche Dinge sind der Grund, warum ich dich über alles liebe …«

»Puh! Ich hatte schon Angst, du würdest mich für schwachsinnig halten! Sehen wir uns auch noch die anderen Fotos an? Die von Gary und Hortense? Glaubst du, wir dürfen?«

»Es ist nicht gerade anständig, aber ich sterbe vor Neugier!«

Und dann zogen die Fotos von Gary vorbei, der Hortense durch die Straßen von Paris folgte. Hortense zeichnend auf einer Bank, Hortense mürrisch dreinblickend, Hortense, die der Kamera eine Nase drehte, ein wundervolles weiß lackiertes Klavier in einem Schaufenster, eine Pralinenauslage, eine Großaufnahme von einer Praline mit Pistazie darauf, eine Crème Chiboust mit Zitrone auf einer Schicht aus Haselnussplätzchen, eine Mousse au chocolat aus Milchschokolade, durchzogen von Florentinersprenkeln, aufgereihte schwarze Dosen, rote Dosen, ein Perlhuhn in Aspik, Gebäudefassaden, Details an Gebäudefassaden, schmiedeeiserne Balkongeländer, ein Glockenturm, steinerne Friese, weitere Gebäudefassaden und …

Das fröhliche Gesicht eines Mannes, der ein Pint Bier in der erhobenen Hand hielt.

Shirley ließ den Fotoapparat fallen, als wäre er ein zu schwerer Stein.

Joséphine musterte sie verblüfft.

»Was hast du denn?«

»Der Mann da … auf dem Foto …«

Joséphine nahm die Kamera in die Hand und betrachtete den Mann, der mit einem prächtigen Bierschaumschnurrbart in die Kamera lachte. Ein aufrechter, stolzer Mann, dazu geboren, anderen zu gefallen, ein Mann, der keine Angst zu kennen und das Leben mit beiden Armen umschlingen zu wollen schien. Ein wunderbarer Mann mit Arbeiterarmen und Künstlerhänden.

»Meine Güte, was für ein schöner Mann … Und er wirkt so … wie soll ich sagen … so mit sich zufrieden, in sich ruhend … Ist das ein Freund von Gary? Er sieht viel älter aus als er … Gibt es noch mehr Bilder von ihm?«

Wortlos betätigte Shirley die Kamera, und sie entdeckten weitere Fotos des Mannes mit dem Bierschnurrbart. In einem Supermarktgang … Der Mann hatte keinen Schnurrbart mehr. An seinem Arm hing ein Drahtkorb voller Gläser, Konservendosen, Joghurts, Milchpackungen, Äpfel, Orangen. Gary spielte den Clown, er hatte ein breites Lachen im Gesicht und schwenkte einen Kopf Brokkoli.

»Ist das ein Freund von Gary?«, wiederholte Joséphine, verwundert über Shirleys Reaktion, die kein Wort sagte und mechanisch auf den Knopf drückte.

»Schlimmer …«

»Ich verstehe nicht … Du tust gerade so, als wäre das das Ende der Welt.«

»Joséphine, dieser Mann da in der Kamera …«

»Ja …«

»Das ist sein Klavierlehrer!«

»Na und? Sie scheinen sich gut zu verstehen … Stört dich das?«

»Joséphine …«

»Wenn du nicht bald die Untertitel dazuschaltest, werde ich es nie verstehen!«

»Das ist Oliver. MEIN Oliver …«

»Der Mann, den du beim Schwimmen kennengelernt hast …«

»Ja. Genau der …«

»Und in den du dich verliebt hast?«

»Er ist Garys Klavierlehrer! Der, von dem er mir ständig erzählt, ohne jemals seinen Namen zu erwähnen, er sagt ›er‹, er sagt ›ihm‹, er sagt ›der Maestro‹ und lacht dabei … oder falls er ihn mir gesagt hat, habe ich es nicht gehört. Ich wollte es nicht hören. Es gibt hunderte Klavierlehrer in London, warum musste er ausgerechnet auf ihn stoßen?«

»Aber ihr verkehrt doch auf zwei völlig unterschiedlichen Ebenen mit ihm …«

»Gary hat mir nur sehr wenig über ihn erzählt, aber ich habe trotzdem begriffen, wie wichtig dieser Mann für ihn ist. Er hatte nie einen Vater, Jo, er braucht einen Mann in seinem Leben …«

Bei diesen Worten schwang in ihrer Stimme die schmerzliche Überraschung einer Frau mit, der zum ersten Mal bewusst wird, dass ihr ein Arm fehlt. Dass sie nicht alles machen kann. Dass das gewaltige Ausmaß ihrer Liebe an eine harte, kalte Grenze gestoßen ist, die sie wieder an ihren rechtmäßigen Platz verweist, den Platz einer einfachen Mutter.

»Es ist das erste Mal, dass er einen Mann zum Freund hat, keinen Jungen, einen Mann, in dessen Gegenwart er sich wohlfühlt, mit dem er reden kann, dem er sich anvertrauen kann, einen Mann, der ihm darüber hinaus noch das beibringt, was er liebt, das Klavierspielen. Ich habe ihm schon mehrmals gesagt, stell ihn mir doch einmal vor, aber er hat gesagt, nein, das ist mein Privatleben, ich will nicht, dass du dich da einmischst … Das ist sein Grund und Boden, Jo, sein Privatbesitz! Und ich wage mich einfach auf sein Territorium vor …«

»Das wusstest du doch nicht!«

»Aber jetzt weiß ich es … Und ich weiß auch, dass ich ihn nicht mehr wiedersehen darf. Nie wieder!«

Eines nach dem anderen ließ sie die Bilder von dem Mann in der rot karierten Jacke vorbeiziehen, und als sie die Kamera ausschaltete, war es, als schlüge sie einen schwarzen Witwenschleier über ihr verzweifeltes Gesicht.

»Es war so schön, und jetzt ist es schon vorbei …«

»Sag das nicht … Vielleicht versteht Gary es ja …«

»Nein. Gary ist nicht in dem Alter, in dem man versteht … Er ist im Alter der Ungeduld und Gier. Er will alles oder nichts. Er will nicht teilen. Oliver ist sein Freund, und er darf auf gar keinen Fall mein Freund sein. Er wird ihn nicht mit mir teilen wollen. Er nabelt sich gerade von mir ab, er geht die ersten Schritte in sein eigenes Leben. Das spüre ich, und das ist auch sehr gut so … Wir haben lange eng aufeinandergehockt. Wir lachten über dieselben Dinge, wir dachten dasselbe, ein Zwinkern genügte, um einander zu verstehen … Mit Oliver wird er jetzt selbstständig. Das braucht er wie die Luft zum Atmen, und ich will ihn nicht ersticken. Ich ziehe mich zurück. Basta.«

Sie schob ihren Teller mit Makronen zurück und schüttelte den Kopf.

»Aber …«, sagte Joséphine kläglich. »Glaubst du nicht, dass …«

»Es ist vorbei, Jo, lass uns nicht mehr darüber reden!«

Und plötzlich waren die kleinen weißen Lampen mit elfenbeinfarbenem Schirm bei Carette nicht mehr warm, sanft und zärtlich, sondern weiß und unheilvoll. Wie Shirleys aufgelöstes Gesicht.

Zoé war verliebt. Sie sang vor sich hin, schubste Du Guesclin herum, packte seine Schnauze und seine Ohren, zwitscherte, du weißt, dass ich dich liebe! Du weißt, dass ich dich liebe!, ließ ihn wieder los, lief durch die Wohnung, lachte, riss die Arme hoch, fiel ihrem Liebsten um den Hals, fragte, magst du lieber wildes Blau oder zärtliches Blau?, wartete die Antwort nicht ab, zog ein graues T-Shirt an, stahl ihm einen Kuss und tupfte sich abends mit geheimnisvoller Miene Parfüm hinters Ohr, als lege sie einen Talisman an, der ihr die ewige Liebe ihres Verehrers sicherte. Gaétan ließ sie nicht aus den Augen und versuchte, sich ihrer Stimmung anzupassen. Er war so viel Fröhlichkeit nicht gewöhnt, und manchmal stolperte sein lautes Lachen und fiel ins Leere. Er hörte, wie gekünstelt es klang, und verstummte, abrupt zum Schweigen gebracht von dem schneidenden Gefühl, sich lächerlich zu machen. Er sagte kein Wort mehr und hoffte, dadurch geziemenden Ernst und Würde wiederzufinden. Dabei wirkten sie wie in einer Zirkusnummer, der traurige

Clown und der fröhliche Clown, und Joséphine beobachtete den Überschwang ihrer Tochter und betete zum Himmel, dass sie ihre Illusionen nicht verlieren möge. Zu viel Fröhlichkeit beunruhigte sie.

Als sie an diesem Abend von Carette zurückkamen, wirbelte Zoé mit ausgebreiteten Armen durch die Wohnung, hielt vor einem Spiegel inne, prüfte den Sitz einer Haarsträhne, den Halt ihres Kragens, die Länge ihrer Jeans, setzte sich wieder in Bewegung und sang dazu »Das Leben ist schön! Das Leben ist fein, und ich bin verliebt wie ein Marzipanschwein«, während sich Gaétan, schweigend und von der Situation überfordert, bemühte, die verantwortungsvolle Haltung desjenigen einzunehmen, der der Grund für diese überschäumende Freude war.

»Wir waren im Kino, und als wir zurückgekommen sind, haben wir die Neuen aus dem Haus getroffen!«, rief Zoé und ließ sich auf eine Ecke des Sofas fallen. »Monsieur und Madame Boisson und ihre zwei Söhne mit dem verschlossenen Blick, und im Aufzug sind wir auch den beiden Männern begegnet. Sie waren auf dem Weg zu einer Silvesterparty, schick herausgeputzt und so stark parfümiert, dass wir fast erstickt wären! Stimmt doch, Gaétan, nicht wahr? Ich hab doch recht? Sag schon, dass es stimmt, sonst glaubt Maman mir nicht …«

»Ja, das stimmt«, murmelte Gaétan, getreu seiner Rolle, alles zu bestätigen, was sie sagte.

»Und während wir auf euch gewartet haben, haben wir schon mal das Essen vorbereitet!«

»Ihr habt gekocht?«, fragte Joséphine verwundert.

»Ich habe die Lammkeule auf ein Ofenblech gelegt, sie mit Thymian, Rosmarin, Butter und grobem Salz eingerieben, Knoblauchzehen in das rosa Fleisch gesteckt und grüne Bohnen und Kartoffeln gekocht. Du brauchst fast nichts mehr zu machen … und sag, Maman, den Knochen geben wir doch Du Guesclin, oder? Es gibt keinen Grund, warum er nicht auch das Ende des Jahres feiern sollte …«

»Wo ist der alte Doug eigentlich?«, erkundigte sich Joséphine, erstaunt, weil sich der Hund nicht wie sonst, Pfoten voraus, auf sie stürzte.

»Er hört in der Küche TSF Jazz, und es scheint ihm sehr zu gefallen!«

Joséphine öffnete die Küchentür.

Du Guesclin lag vor dem Radio, hörte *My favourite things* von John Coltrane und wackelte dazu mit den Ohren. Den Kopf auf die ausgestreckten Pfoten gelegt, drehte er sich nicht um und ignorierte den Eindringling.

»Nicht zu fassen, wie musikalisch dieser Hund ist«, sagte Joséphine, als sie die Tür wieder schloss.

»Kein Wunder, Maman, sein erster Besitzer war ja schließlich Komponist.«

»Und wo ist Hortense?«

»In ihrem Zimmer ... Mit Gary. Ihr ist die Idee für ihre Schaufenster gekommen, sie platzt fast vor Freude und küsst alles und jeden. Du solltest die Gelegenheit nutzen ...«

»Und was ist es?«

»Sie hat versprochen, es uns beim Abendessen zu erzählen ... Sollen wir den Tisch decken?«

»Du kannst ja überhaupt nicht stillsitzen, mein Schatz!«

»Das ist nur, weil ich feiern möchte, und es soll doch ein perfektes Fest werden, nicht wahr, Gaétan?«

Und Gaétan nickte erneut.

Im Flur beschloss Shirley zu lächeln. Durch Lächeln wird man fröhlich, redete sie sich bedrückt ein. Nicht mehr an die rot karierte Jacke denken, ihm keinen Namen mehr geben, nicht mehr seine warme Hand auf ihrer eigenen spüren, seinen Blick, der auf ihre Lippen schielt, seinen Mund, der sich nähert und ihren eigenen in Aufruhr versetzt, die Lippen, die sie knabbert, ehe sie sie küsst. Ein von jetzt an verbotenes Glück. Nur noch eine Erinnerung. Nichts mehr, nichts mehr, nichts mehr. Nie mehr ihrem Herzen freien Lauf lassen, nie mehr den Sekundenzeiger mit dem Finger voranschieben, weil die Zeit bis zum Treffen zu langsam verstreicht, nie mehr nach seinem Fahrrad Ausschau halten, nie mehr spüren, wie mir das Herz in die Kniekehlen sackt, mir nie mehr meine Hand auf seiner Schulter vorstellen, meine Hand, die seinen Rücken streichelt, hinauf in seine Haare wandert, sie mit gespreizten Fingern kämmt, um seine dichten Locken zu spüren.

Nie mehr ...

»Soll ich dir helfen?«, fragte Shirley Zoé.

»Wenn du möchtest ... Nehmen wir die grünen Teller? Und das Besteck mit den Perlmuttgriffen?«

Sie kreiste um den Tisch, warf dem mit Leichenbittermiene dastehenden Gaétan Kusshände zu, flatterte von einem Stuhl zum nächsten und stellte ein Wasserglas, ein Weinglas, eine Champagnerflöte auf den Tisch.

»Wir müssen Champagner trinken, sonst wäre es kein richtiges Fest!«

Shirley schüttelte den Kopf, um den mörderischen Bienenschwarm zu verscheuchen, der um ihre Ohren summte. Vergessen, vergessen, sich Gary gegenüber nichts anmerken lassen. Ihm den Platz überlassen. Den ganzen Platz.

»Literweise Champagner«, antwortete sie Zoé fröhlich, traf dabei in ihrer Hast jedoch eine falsche Note.

Gaétan hob den Kopf. Er hatte den falschen Klang gehört, den gleichen, der ihn selbst so oft verraten hatte, und seine Augen verdunkelten sich in einer einzigen Frage: Sie auch?

Shirley betrachtete diesen Jungen, der gezwungen war, erwachsen zu tun. Da saß er nun, im Wohnzimmer über der Wohnung, in der er früher mit seinem Vater gelebt hatte … In seinen Augen sah sie, dass er nicht aufhören konnte, daran zu denken, auf Schritte zu horchen, die nicht mehr erklangen. Er kennt die Räume, kann mit verbundenen Augen hindurchgehen. Er weiß, wo sein Kinderbett stand, in dem er so oft, seinen Vater verfluchend, eingeschlafen ist. Seinen Vater, der nicht mehr lebt und der ihm fehlt. Selbst kriminelle oder unwürdige Väter fehlen einem irgendwann. Deshalb lacht er zur falschen Zeit oder lächelt gezwungen. Er schwankt haltlos zwischen seinen Rollen als verstörter Sohn und Liebhaber. Er weiß nicht mehr, wie er aufrecht stehen soll. Er würde diesen lastenden Kummer gern von sich werfen, aber er ist noch nicht robust genug, um ihn mit einem Schulterzucken abzustreifen. Also lässt er seinen zögerlichen Blick durch das Wohnzimmer schweifen, seinen traurigen Blick, einen Blick, der sich nach innen kehrt und die Welt ignoriert.

All das begriff sie, während sie Gaétan beobachtete, der kerzengerade auf dem Sofa saß.

Sie fühlte sich wie sein Zwilling. Sie, die unerschrockene Frau, die immer in der Lage gewesen war, sich zu verteidigen und den Feind zurückzudrängen, und jetzt genügte ein einziger Schlag, um sie aus der Bahn zu werfen.

Sie legte die Messer und Gabeln mit dem Perlmuttgriff auf die weiße

Tischdecke, ging zu ihm hinüber, setzte sich neben ihn, nutzte die Gelegenheit, dass Zoé und Joséphine in der Küche die mit duftenden Kräutern eingeriebene Lammkeule in den Ofen schoben, nahm seine Hand und sagte, ich verstehe dich, ich verstehe, was in deinem Kopf vorgeht … Er sah sie mit schwankendem Blick an, sie streckte die Hand nach seiner Stirn aus, strich eine Haarsträhne zurück und fügte sanft hinzu, du kannst ruhig weinen, weißt du, das tut gut … Er schüttelte den Kopf, als wollte er sagen, nein, Jungen weinen nicht, und erst recht nicht, wenn sie eine Freundin haben! Aber danke, danke, dass Sie sich zu mir gesetzt haben … Eine lange Minute blieben sie aneinandergelehnt sitzen, Schmerz an Schmerz, sein Kopf an ihrem Kopf, Shirleys Arme um den schmalen Oberkörper des Jungen gelegt, der gezwungen war, einen Mann zu spielen. Sie stützten sich gegenseitig, teilten ihr Leid.

Als sie sich voneinander lösten, schwebte auf ihren Lippen der Anflug eines Lächelns. Gaétan stammelte, danke, jetzt geht es besser … Shirley zerstrubbelte ihm das Haar und sagte, ich danke dir auch. Er sah sie erstaunt an, und sie fügte hinzu, es tut gut zu teilen. Er verstand nicht recht, teilen, was teilen? Er ahnte, dass sie ihm ein Geheimnis anvertraute, und dieses Geheimnis bereicherte ihn, machte ihn zu etwas Besonderem, schenkte ihm Selbstachtung; sie hatte ihm etwas anvertraut, sie hatte ihm vertraut, und es war nicht schlimm, dass er nicht alles verstand. Er war nicht mehr allein, und dieser Gedanke löste den Knoten, der sich in seiner Kehle gebildet hatte, als er in dieses Haus zurückgekehrt war, als er die Eingangshalle und die Treppe wiedergesehen hatte, den Aufzug und die großen Spiegel im Eingang, und er lächelte erneut. Und diesmal zitterte sein Lächeln nicht. Es wurde offen, sicher. Er schüttelte sich, ein wenig verlegen nach diesem Moment verstohlener Intimität, nahm seinen Platz als tapferer Liebhaber wieder ein und sagte, sollen wir den Tisch fertig decken? Und sie sprang gleichzeitig mit ihm auf und brach in ein abruptes Lachen aus, das immer noch den Abschied von dem Mann mit dem Bierschaumschnurrbart beweinte.

Sie wussten, dass sie von nun an Freunde sein würden.

Hortense ließ sich auf ihren Stuhl fallen und knallte die Ellbogen so fest auf die Tischdecke, dass die Gläser und Teller zitterten.

»So, geschafft. Alles fertig. Ich habe einen Bärenhunger!«

Joséphine, die gerade die Lammkeule zerlegte, hob ihr Messer und fragte: »Dürfen wir es jetzt erfahren?«

»Also…«, begann Hortense, hielt ihren Teller in der ausgestreckten Hand und verlangte ein großes, schön blutiges Stück. »Der Titel meiner sich über zwei Schaufenster erstreckenden Show lautet *Rehab the detail*… Rehabilitiert das Detail. Auf Englisch klingt das einfach besser. Auf Französisch kommt man sich dabei vor wie in einer Drogenklinik!«

Sie stibitzte ein paar Bratkartöffelchen und grüne Bohnen, goss Soße darüber, leckte sich die Lippen, seufzte vor Vergnügen beim Blick auf den dampfenden Teller und führte dann weiter aus: »Ich bin von den gleichförmigen Häusern des Baron Haussmann ausgegangen. Gary kann das bezeugen…«

Gary, der mit Hortenses Handy und seinem eigenen spielte und sie wie zwei Dominosteine auf die weiße Tischdecke stellte, stöhnte auf.

»Wie viel Zeit wir damit vergeudet haben, uns diese verdammten Häuser anzuschauen«, brummte er. »Tolle Ferien, echt!«

»Also weiter… Diese Fassaden sind auf den ersten Blick alle gleich, und doch ist jede einzigartig. Warum? Weil der Architekt jede mit anderen Details versehen hat, kleinen, vollkommen unscheinbaren Details, die dem Ganzen seinen unnachahmlichen Stil verleihen… und für die Mode gilt genau das Gleiche. Das einzelne Kleidungsstück ist nichts. Das einzelne Kleidungsstück ist trist, es ist banal, es hebt sich nicht von den anderen ab ohne DAS Detail. Das Detail veredelt es, verleiht ihm einen Stempel, hebt es auf eine neue Ebene… Alles klar, Herr Kommissar?«

Fasziniert hörten sie zu. In ihr verband sich die subtile Weiblichkeit der Pariserin mit dem scharfen Blick des bärtigen Meisters, der in seinem Atelier den Kohlestrich zieht.

»Weiter… Erstes Schaufenster, linke Ecke: eine vorschriftsmäßig gekleidete Frau mit dem richtigen Mantel – schwarz, der Mantel –, den richtigen Schuhen – Stiefeletten mit einem kleinen Absatz, ebenfalls schwarz –, der richtigen Handtasche – königsblau –, der richtigen Strumpfhose – wiederum schwarz –, dem königsblauen Rock unter dem Mantel, das Haar offen, blasser Teint. Sie ist schön, gut gekleidet, okay. Aber sie IST nicht. Sie ist eine Gebäudefassade. Alles ist ordentlich, symmetrisch, langweilig, banal, trist… Man sieht sie nicht.«

Sie illustrierte ihre Worte mit den Gesten eines Regisseurs, während sie gleichzeitig einen Bissen Lammkeule und eine Bratkartoffel in den Mund schob.

»Rings um diese konventionelle, farblose Frau hänge ich einzelne Accessoires auf, als würden sie schweben, und sie drehen sich langsam wie die Einzelteile eines Mobiles von Calder. Sind Sie noch da, Herr Kommissar? Im Hintergrund auf einer riesigen Leinwand das Video von Amy Winehouse, die ihr Lied *Rehab* herausschreit... Das brave Mädchen ist noch brav. Nichts bewegt sich außer den Accessoires, den himmlischen Details. Nicht einmal ihr langes Haar... Und dann gehen wir zum zweiten Teil des Schaufensters über, zur rechten Ecke. Und da – piffpaffpuff! – ist aus dem braven Mädchen ein *fashion killer* geworden... Ihr Haar ist straff nach hinten gebunden, sie hat sich einen knallroten Mund in ihr sehr blasses Gesicht gemalt, hat einen riesigen, breiten Schal um ihren Hals gewickelt – je mehr Volumen um ihren Hals, desto schlanker wirkt sie... Ein schmaler, langer, sehr langer beigefarbener Gürtel ist mehrmals um den Mantel geschlungen, und der Mantel selbst ist kein Mantel mehr, er ist feminin, passt in keine Schublade... Die Handtasche? Sie trägt sie nicht mehr wie ein Accessoire, nicht am Ellbogen – das wirkt zu damenhaft –, auch nicht über der Schulter oder gar schräg umgehängt – Hilfe, eine Pfadfinderin! –, nein, sie packt sie mit beiden Händen. Und mit einem Schlag existiert sie. Sie ist schön, sie ist *it*, sie ist unerklärlich... Der Rock schaut zwei Zentimeter unter dem Mantel hervor, das sorgt für eine zusätzliche Schicht, und schließlich das Detail, das einen umhaut, das alle erstarren lässt, das sie unsterblich macht: die kurzen, grellen, neonlila Söckchen, die sie über der Strumpfhose trägt. Sie verheißen Farbe, Frühling, Sonne, das erwachende Murmeltier! Das Mädchen ist nicht mehr brav, die Fassade ist nicht mehr Fassade, durch die Details wurde sie einzigartig... Und das ist erst der Anfang, mir werden noch tausend andere Dinge einfallen, wartet's nur ab!«

Sie nahm einen weiteren Bissen von der Lammkeule, streckte ihr Weinglas aus, damit man ihr nachschenkte, und fuhr fort: »Und das Gleiche mache ich auch im zweiten Schaufenster: Bloß dass die Leute da das Prinzip mittlerweile verstanden haben. Ich präsentiere Models, deren Kleidung Details aufweisen, die alles verändern. Ein Mädchen in Jeans, schwarzer Jacke und T-Shirt... nur dass ich die Jeans zerreiße und ein Loch ins T-Shirt schneide, den Jackenkragen hochgeschlagen, die Ärmel aufgekrempelt, eine riesige Sicherheitsnadel mit Anhängern am Revers der Jacke, ein zu einem dicken Knoten geschlungenes Tuch um den Kopf, zu kurze Handschuhe, die das Handgelenk frei lassen, ein mit einem Schal verschlungenes Pashminatuch um den Hals … kurzum, Details, Details, Details! Ein anderes Mädchen mit einem zu großen Männerüberzieher, einer Männerweste, einem langen Hemd, einer Männerhose, einer Goldkette als Gürtel, einem Pelz um den Hals, Kunstpelz natürlich, sonst verwüsten sie mein Schaufenster! Und immer so weiter, ich dekliniere das Detail … Ich konjugiere das Konzept durch, ich setze einen Street Style durch, eine Kreation, die nach Asphalt und Badezimmerstar riecht. Ich erfinde, ich recycle, ich verrücke, ich respektiere die Krise, und ich verherrliche die Fantasie … ich bin genial, ich häufe Ideen auf, kleine Details, die alles zerzausen, und alle werden sie stehen bleiben, sich Notizen machen und mich kennenlernen wollen!«

Mit offenem Mund starrten sie sie an. Nicht sicher, alles verstanden zu haben, bis auf Zoé, die das Ganze total hammermäßig fand.

»Es ist ja so was von cool, dass du meine Schwester bist!«

»Danke, danke … Ich kann nicht mehr stillsitzen, ich möchte am liebsten laut grölen, tanzen, euch alle umarmen! Und ich verbiete euch, das zu denken, was ihr alle in diesem Moment denkt. Jedenfalls du, Maman! Die Königin des Stacheldrahts im Kopf!«

Joséphine senkte den Kopf über ihr Lamm und machte sich wieder ans Schneiden.

»Was, wenn meine Tochter den Wettbewerb nicht gewinnt? Das denkst du doch gerade, oder etwa nicht?«

»Aber nicht doch, Schatz!«, protestierte Joséphine, die genau das gedacht hatte.

»Doch, doch, ich höre dich zweifeln! Und ich antworte dir ein für alle Mal: Ich werde gewinnen … Wenn ich nicht dazu bestimmt wäre, zu gewinnen, wäre mir das alles nicht eingefallen. Ist doch einleuchtend, oder?«

»Wohl wahr …«

»Aha! Siehst du! Ich hatte recht. Du hast immer Angst, du malst dir das Schlimmste aus und versteckst dich in deinem Schützengraben, aber ich nicht, niemals! Und das Ergebnis: Dir passiert nie etwas oder so gut wie nie, und ich fliege zum Mond! Rom liegt mir zu Füßen, die Römer verheddern sich in ihrer Toga, um sich mir zu nähern … Apropos, wusstet ihr eigentlich, dass Junior Latein spricht?«

Nein, stotterten sie.

»O ja! Er spricht Latein, und ich kann euch versichern, dieser Knirps ist alles andere als ein Trottulus Albinus Rotfuchs … Den Knaben sollten wir öfter besuchen, der hat noch einige Überraschungen für uns in petto!«

Dann wandte sie sich Gary zu und rief: »Und was machen wir heute Abend, Gary? Wir werden doch nicht hier versauern … Sollen wir uns mit Peter und Rupert treffen, sie sind auch gerade in Paris? Wir feiern, wir lästern, wir machen kein Auge zu, wir trinken Johnny Gänger und rauchen Zigaretten, von denen einem der Kopf kreist. Denn ich bin nicht in Stimmung, ruhig sitzen zu bleiben! Um Mitternacht küssen wir unsere kleine Gesellschaft hier und dann gehen wir raus und ziehen um die Häuser, einverstanden?«

»Und ich möchte mit Gaétan runter in den Keller gehen, Maman. Wir würden eine Kerze und ein Glas Champagner mitnehmen und uns da küssen, wo alles angefangen hat«, verkündete Zoé, andächtig wie eine Nonne, die sich in stillem Gebet an einer Wallfahrtsstätte besinnen will.

»Gary? Hörst du mich?«, rief Hortense.

Gary hörte sie nicht. Gary hatte die Hände unter dem Tisch verborgen und tippte eine SMS in sein Handy.

»Gary? Was machst du da?«, fragte Hortense genervt. »Ich wette, du hast nicht mal zugehört, als ich meine geniale Idee erklärt habe!«

Sie redet mit meinem Sohn, als wäre er ihr Eigentum, dachte Shirley unwillkürlich. Lass dir das nicht gefallen, mein Sohn, sag ihr, dass du eine SMS von Charlotte Bradsburry bekommen hast, dass sie in Paris ist und du auf der Stelle zu ihr rennst.

Lächelnd hob Gary den Kopf. Vielleicht ist es Charlotte, hoffte Shirley. Es gefällt mir nicht, wenn jemand meinen Sohn als sein Eigentum betrachtet. Doch im gleichen Moment beschimpfte sie sich als besitzergreifende Glucke. Aber er ist doch alles, was mir geblieben ist!, wollte sie protestieren. Und sie schlug ihre großen Augen nieder, die gequälten Augen einer Frau, die spürt, dass sie sich auf einem erzwungenen Rückzug befindet, weil sie eine Liebe verloren hat, die sie mit all ihrer Kraft eines lebensgierigen Weibes herbeigesehnt hatte. Ich werde nie wieder ein lebensgieriges Weib sein, sagte sie sich und spornte sich mit Worten an, um ihre Würde wiederzufinden. Wehr dich, meine Liebe, wehr dich, aber werde nicht boshaft und lass diese beiden sich auf ihre eigene Weise lieben, das geht dich nichts an. Sie spürte, wie ihre Verzweiflung wuchs, und tastete nach einem Stück Tischdecke oder Serviette, das sie zusammenrollen konnte, um sich zu beruhigen.

»Der Maestro wünscht mir ein schönes neues Jahr«, sagte Gary schließlich und klappte sein Handy zu. »Er schreibt, dass es ein schönes Jahr werden wird. Er schreibt, dass er glücklich ist, dass er viele Pläne hat und dass er auf eine Frau wartet, die die Feiertage in Paris verbringt. Ich glaube, er ist verliebt …«

Nachdem Joséphine Shirley, ihre Töchter, Gaétan und Gary unter dem Mistelzweig geküsst, die schöne weiße Tischdecke in die Wäsche getan, das Besteck mit dem Perlmuttgriff weggeräumt, die Vorlegeplatten gespült und die Kerzen ausgeblasen hatte, nachdem sie ihre schmerzerfüllte Freundin umarmt hatte, die wie benommen nach Schlaf verlangte, um zu vergessen, ging sie hinaus auf den Balkon, um der bleichen Mondsichel ihre guten Wünsche zuzumurmeln.

Erster Januar. Der erste Tag des Jahres. Wo wird mich der letzte Tag des nächsten Dezembers antreffen? In London oder in Paris? Allein oder in Begleitung? Mit oder ohne Philippe, der nicht angerufen hat und jetzt sicher von seinem englischen Balkon aus die Mondsichel betrachtet?

Als sie das dicke Federbett hinaus auf den Balkon zog, hörte sie das Lachen einer Frau, gefolgt von der Stimme eines Mannes, Edwige, Edwige, murmelte er, dann hörte sie nichts mehr … Sie stellte sich einen Kuss vor, der in die Nacht aufstieg. Sah darin ein Zeichen und rannte hinein, um das Telefon zu holen und den Mann auf dem englischen Balkon anzurufen.

Mit zugeschnürter Kehle wählte sie die Nummer.

Wartete, während es mehrmals klingelte. Biss die Zähne zusammen und betete, dass er rangehen möge. Rieb sich die Schläfen. Er war ausgegangen. Fast hätte sie aufgelegt. Was soll ich ihm sagen? Frohes neues Jahr, ich denke an dich, du fehlst mir. Banale Worte, die weder etwas über mein panisches Herz noch über meine feuchten Hände verraten. Und was, wenn er mit Freunden zusammensaß und Champagner trank oder, schlimmer noch, mit einer lasziven Schönen, die ihm den Kopf zuwendet, die Stirn runzelt und leise fragt, wer ist das? … Dann bleibt mir nur noch die bleiche Mondsichel, um mich zu wärmen. Mit der Fingerspitze fuhr sie über die kalten Bodenplatten des Balkons, rieb ein wenig darüber, um sie aufzuwärmen, um sich Mut zu machen. Zeichnete eine Art Apfel mit Feenhaar, einer großen Nase, einem breiten, dümmlichen Lächeln. Er hat also keinen Anrufbeantworter, oder er hat ihn nicht eingeschaltet. Ich weiß noch, als er sich im Halbdunkel des Theaters über mich beugte, erschien mir sein Mund groß, so groß, und er nahm mein Gesicht in beide Hände, als wollte er es studieren … Ich weiß noch, wie weich sich der Stoff seines Jacketts anfühlte … Ich erinnere mich an seine warmen Hände, die meinen Hals umfingen, mich erschauern ließen, ich vergaß alles um mich herum …

Das sind keine belanglosen Gesten. Er denkt ganz sicher daran, wenn sich die erste Nacht des Jahres auf den kleinen Park vor seiner Wohnung herabsenkt. Er fragt sich, wo ich bin und warum ich nicht anrufe.

Geh ran, Philippe, geh ran. Sonst lege ich auf, und ich werde nicht noch einmal den Mut aufbringen, dich anzurufen. Nicht mehr den Mut haben, an dich zu denken, ohne den Kopf hängen zu lassen und über vergangene Freuden zu seufzen. Ich werde die folgsame Miene einer Frau aufsetzen, die sich damit abfindet, dass ihr das Glück durch die Finger gleitet. Ich kenne diese Rolle, ich habe sie oft gespielt, ich würde sie gern ändern in dieser ersten Nacht des Jahres. Wenn ich in dieser gesegneten Nacht nicht den Mut dazu aufbringe, dann werde ich ihn niemals aufbringen.

Niemals! Und allein schon beim Gedanken an dieses entsetzliche Wort, das jegliche Hoffnung zerstört, würde sie am liebsten auflegen, um noch ein wenig länger zu hoffen.

Aber auf der anderen Seite des Ärmelkanals unterbricht eine Hand das Lied des Telefons. Joséphine beugt sich über das Telefon, und schickt sich an, leise etwas zu sagen, als die Stimme ihr zuvorkommt.

»*Yes?*«

Es ist eine Frauenstimme.

Joséphine bleibt stumm.

Die Frau spricht weiter Englisch in die Nacht. Sie fragt, wer ist da? Sie sagt, ich verstehe nichts, hier ist zu viel Lärm! Sie ruft und schreit, fragt, wer ist da? Wer ist denn da? Antworten Sie doch …

Niemand, möchte Joséphine am liebsten erwidern. Hier ist niemand.

»Hallo, hallo …«, sagt die Frau mit ihrem englischen Akzent, der die Silben auffliegen lässt, sie weich macht, das »a« aus Hallo in ein »ä« verwandelt und das »o« in die Länge zieht.

»Dottie! Ich habe deine Uhr gefunden! Sie lag in eurem Zimmer auf Papas Nachttisch! Dottie! Komm mit uns auf den Balkon! Im Park gibt es ein Feuerwerk!«

Alexandres Stimme.

Jedes Wort ein Dolchstoß. Euer Zimmer, Papas Nachttisch, komm mit uns.

Dottie wohnt bei ihm. Dottie schläft mit ihm. Dottie verbringt Silvester mit ihm. Er küsst Dottie, um die erste Nacht des neuen Jahres zu feiern. Seine warmen Hände umfangen Dotties Hals, seine Lippen wandern an Dotties Hals hinab …

Der Schmerz erfasst sie wie eine Welle, die sie mit sich reißt, sie zurückwirft, sie freigibt und sie erneut packt. Ein paar Worte, die sie wie mit einem Messer zerfleischen … Ganz alltägliche Worte, Worte, die von einem Leben erzählen. Einem gemeinsamen Leben. Zimmer, Nachttisch, Balkon. Vollkommen belanglose Worte. Sie umklammert ihren Oberkörper und wiegt ihren Schmerz wie eine Sprengladung, die sie pulverisieren wird.

Schau zu den Sternen auf und frag, warum.

Warum?

»Bist du zufrieden? Hast du deine Uhr wiedergefunden?«, fragt Philippe, als er sich zu Dottie umdreht, die zu ihm hinaus auf den Balkon tritt.

»Es ist eine schöne Uhr. Du hast sie mir nach unserer ersten Nacht geschenkt«, antwortet Dottie und schmiegt sich in seine Arme. »Mir ist kalt …«

Er legt einen Arm um sie, geistesabwesend, als hielte er ihr die Tür eines Restaurants auf. Sie bemerkt es, und ihr Blick erlischt.

Was Joséphine wohl gerade macht?, fragt sich Philippe, während er eine rot-grüne Rakete betrachtet, die wie eine lange Raupe mit tausend behaarten Füßen am dunklen Himmel explodiert. Sie hat nicht angerufen. Sie hätte angerufen, wenn sie mit Shirley, Gary und den Mädchen zu Hause wäre. Also ist sie ausgegangen … In ein Restaurant … mit Giuseppe. Sie stoßen an und flüstern einander gute Wünsche zu. Er trägt einen marineblauen Blazer, ein blau-weiß gestreiftes Hemd mit eingestickten Initialen, hat braunes Haar, Augen, grün wie schlafendes Wasser, ein schräges Lächeln, er hat immer ein Lächeln auf den Lippen und redet mit ausgebreiteten Armen, er ruft »Maaaah!« und dreht dabei die Handflächen nach oben, um Erstaunen oder Ärger auszudrücken. Er hat ihr Pralinen von Gianduiotti geschenkt, die besten Pralinen von ganz Turin, weil er sie zu einer Naschkatze gemacht hat. Und er singt ihr die Verse von Guinizelli vor, dem Dichter und Troubadour aus dem dreizehnten Jahrhundert. Verse, die Joséphine so sehr liebte, dass sie sie eines Tages abgeschrieben und Iris nach Megève geschickt hatte. Kopfschüttelnd hatte Iris sie laut vorgelesen und gesagt, was ist meine Schwester doch für ein dummes Ding! In ihrem Alter noch Gedichte abzuschreiben, mein Gott, das ist doch wirklich albern!

Io voglio del ver la mia donna laudare,
ed assembrarli la rosa e lo giglio;
più che stella diana splende e pare,
*e ciò ch'è lassù bello a lei somiglio.**

Philippe hatte die Karte in seine Jacketttasche gesteckt. Auch er fand diese Verse sehr schön. Die Liebe singt so wunderschön auf Italienisch. Und dann hatte er sich gefragt, warum sie ihm so gut gefielen.

»Mir ist kalt, ich hole mir einen Pullover«, sagt Dottie und macht sich mit Tränen in den Augen los.

»Bist du traurig?«, fragt Alexandre seinen Vater.

»Nein. Wie kommst du darauf?«

»Du denkst an Maman … Sie liebte Feuerwerke. Weißt du, manchmal vermisse ich sie. Ich möchte ihr etwas erzählen, aber dann ist sie nicht mehr da …«

* »Ich will meine Dame wahrhaftig preisen,/sie mit Rose und Lilie vergleichen,/sie strahlt heller als der Morgenstern,/und was dort oben schön ist, setze ich mit ihr gleich.«

Philippe weiß nicht, was er darauf antworten soll. Sprachlos, überrascht. Und nicht sehr mutig. Reden bedeutet, Dinge in Worte zu fassen. Und wenn es unbeholfene Worte sind, wird sich Alexandre an diese Worte erinnern. Trotzdem sollte ich mit ihm reden …

»Und das ist komisch, weil wir doch nie viel miteinander gesprochen haben …«, fügt Alexandre hinzu.

»Ich weiß … Sie war verschlossen, zurückhaltend … Aber sie liebte dich. Sie legte sich zu dir in dein Zimmer, wenn du nicht schlafen konntest, sie nahm dich in die Arme, wiegte dich, und ich, ich war wütend deswegen!«

»Seit Becca und Dottie da sind, geht es besser«, sagt Alexandre. »Vorher war es ein bisschen traurig, nur wir beide …«

»Aha?«

»Mir gefällt es so, wie es jetzt ist …«

»Mir auch …«

Und das stimmt. Sie haben eine Woche Ferien zusammen verbracht. Jeder hat seinen Platz in der Wohnung gefunden. Becca in der zum Schlafzimmer umfunktionierten Wäschekammer, Dottie und er selbst in seinem Zimmer. Dotties federleichte Gegenwart, die nichts verlangt und vor unterdrücktem Glück erschauert, einem Glück, das sie nicht zeigen will, aus Angst, es könnte sich in Luft auflösen. Annie, die mit Becca schwatzt, ihr Postkarten aus ihrer Heimat, der Bretagne, zeigt. Brest. Das ist Brest, und das ist Quimper, wiederholt sie, Quimper … und Becca, die weder das »qu« noch das »r« aussprechen kann und, den Mund voll von englischem Brei, die Silben nachzubilden versucht.

»Ich bin glücklich, Papa.«

»Und ich bin glücklich, dass du glücklich bist …«

»Ich möchte nicht, dass sich etwas ändert.«

Becca ist um halb eins ins Bett gegangen. Seit ich ein Dach über dem Kopf habe, schlafe ich die ganze Zeit. Ich werde ein richtiges altes Muttchen. Bequemlichkeit macht schlaff. Draußen im Park war ich besser in Form. Sie sagt das mit einem Lächeln, aber man ahnt, dass sie es ernst meint und ihr diese Vorstellung nicht sonderlich gefällt.

»Ich glaube sogar, ich war noch niemals so glücklich …«, sagt Alexandre mit einem Seufzen.

Er schaut seinen Vater an. Mit einem strahlenden Lächeln. Einem Lächeln von Mann zu Mann.

»Ich bin glücklich«, wiederholt er, während er zusieht, wie die letzte Garbe den Park in ihr Licht taucht.

Zoé und Gaétan sind in den Keller hinuntergegangen. Mit einer Kerze, Streichhölzern, einem Rest Champagner in der Flasche und zwei Zahnputzbechern. Gaétan reißt das Streichholz an, und ein zitterndes Licht erfüllt den Kellerraum. Zoé zieht die Beine an, kauert sich an ihn und klagt über den harten, kalten Boden.

»Erinnerst du dich noch an das erste Mal ... im Keller mit Paul Merson?«

»Ich habe Paul gar nicht gesehen ...«

»Wahrscheinlich ist er in Skiurlaub gefahren ...«

Sie zieht ihren Mantel zusammen und vergräbt das Kinn in dem leicht kratzigen Kragen.

»In drei Tagen fährst du wieder weg«, sagt sie leise.

»Denk nicht daran. Das bringt doch nichts ...«

»Ich kann aber nicht anders.«

»Bist du so gern unglücklich?«

»Wirst du unglücklich sein?«, fragt sie und hebt die kleine, besorgte Nase einer argwöhnischen Frau.

Die Gegenwart dieses Jungen, der versucht, erwachsen zu wirken und das Leben zu beherrschen, bringt sie durcheinander. Sie hat alle Gewissheiten verloren. Das bedeutet Verliebtsein wohl auch. Keine Gewissheiten mehr zu kennen, zu zweifeln, Angst zu haben, sich immer das Schlimmste vorzustellen.

Er vergräbt die Nase in Zoés Haar und antwortet nicht.

Zoé seufzt. Die Liebe ist wie eine Achterbahn, mal geht es bergauf, mal geht es bergab, und ständig ändert sie die Richtung. Einmal bin ich mir sicher, dass er mich liebt, und tanze vor Freude, dann wieder bin ich mir nicht mehr sicher und möchte mich nur noch auf den Boden setzen und sterben.

»Warum wäschst du dir jeden Tag die Haare?«, fragt Gaétan und bewegt seine Nase in Zoés Haaren.

»Weil ich es nicht mag, wenn sie morgens riechen ... sie riechen nach Schlaf ...«

»Ich rieche gern morgens den Schlaf in deinen Haaren ...«

Da entspannt sich Zoés Körper, ihre Schultern sinken herab; sie schmiegt sich an ihn wie ein Tier, das die Wärme des anderen sucht, um einzuschlafen, und streckt ihm ihr Glas entgegen, damit er es mit Champagner füllt.

Joséphine schlüpft zu Shirley ins Bett. Sie schläft lang ausgestreckt, die Hände über der Brust gefaltet. Joséphine kommen die Grabfiguren des Mittelalters in den Sinn, jene bemerkenswerten Männer und Frauen, die auf einer Stein- oder Marmorplatte liegend dargestellt wurden. Sie haben mit meisterlicher Hand über eine Provinz, eine Abtei, eine Burg geherrscht, plündernden Banden widerstanden, Kriegsherren, Feuer, kochendem Pech, brutalen Soldaten, die Brüste und Nasen abschnitten und Frauen vergewaltigten. Wir sind zwei von den Männern ausgeplünderte Frauen, zwei Frauen, die sich in die eisige Einsamkeit einer Burg oder eines Klosters zurückziehen und Seite an Seite mit gefalteten Händen schlafen. Lang ausgestreckt, weil wir tot sind. Im Mittelalter schlief man im Sitzen. Im Sitzen, von Kissen umgeben, die Beine ausgestreckt, den Körper im rechten Winkel. Man fürchtete die Waagrechte. Sie bedeutete den Tod.

Du Guesclin schiebt die Zimmertür auf und rollt sich vor dem Bett zusammen. Joséphine lächelt im Dunkeln. Er ahnt ihr Lächeln, kommt heran und leckt ihr die Hand. Der Hund zu Füßen der liegenden Toten war ein Symbol der Treue. Doug hat recht, ich bin eine treue Frau, und sie beugt sich hinab, um ihn zu streicheln.

Ich bin eine treue Frau, und er schläft mit einer anderen.

In der Nacht erwacht Shirley und hört Joséphines leises Weinen.

»Warum weinst du? Man darf das Jahr nicht mit Weinen beginnen …«

»Es ist wegen Philippe«, stammelt Joséphine. »Ich habe ihn angerufen. Dottie ist rangegangen … und sie schläft mit ihm. Sie wohnt sogar bei ihm, in seinem Zimmer, und das tut weh … Sie hatte ihre Uhr verlegt, und sie lag auf seinem Nachttisch, und das schien ganz normal zu sein …«

»Hast du mit ihm gesprochen?«

»Nein … Ich habe aufgelegt. Ich konnte nicht mit ihm reden … ich habe Alexandre gehört, der mit Dottie geredet hat … Er sagte, ich habe deine Uhr gefunden, sie lag auf Papas Nachttisch …«

Shirley ist nicht sicher, ob sie alles richtig versteht. Was sie jedoch versteht, ist, dass Joséphine leidet und sie sie nicht um Erklärungen bitten darf.

»Das war heute nicht unser Tag, was?«

»Nein, das war überhaupt nicht unser Tag«, antwortet Joséphine, knüllt ein Stück Laken zusammen und beißt darauf herum. »Das Jahr fängt wirklich miserabel an ...«

»Aber dafür haben wir ein ganzes Jahr, um uns zu steigern!«

»Ich werde überhaupt nichts steigern. Ich werde enden wie Hildegard von Bingen. In einem Kloster ...«

»Übertreibst du da nicht? Die war eine echte Jungfrau ...«

»Ich entsage der Liebe ... Und überhaupt bin ich dafür mittlerweile zu alt! Ich werde fünfundvierzig ...«

»In einem Jahr!«

»Mein Leben ist vorbei. Ich habe meine Chance verpasst.«

Und sie beginnt wieder heftig zu schluchzen.

»Meine Güte, du bringst aber auch alles durcheinander, Jo! Okay, er verbringt den Silvesterabend mit Dottie, aber das ist ebenso gut deine eigene Schuld ... Du rührst dich nicht, du rufst ihn nicht an, du bleibst wie angewurzelt in Frankreich!«

»Wie soll ich mich denn rühren?«, protestiert Joséphine und richtet sich im Bett auf. »Er ist der Mann meiner Schwester! Dagegen kann ich nichts tun!«

»Deine Schwester ist tot!«

»Sie ist nicht mehr da, aber ich denke die ganze Zeit daran ...«

»Dann denk an etwas anderes! Denk an ihre Asche und werde wieder lebendig, sexy!«

»Ich bin nicht sexy, ich bin hässlich, alt und dumm ...«

»Genau wie ich dachte, du bist total durchgeknallt ... komm mal runter, Jo, dieser Mann ist wunderbar, und du hüllst dich in deine Witwenschleier und lässt ihn einfach ziehen ... Du bist diejenige, die ihn sitzen lässt, nicht umgekehrt!«

»Wie, ich lasse ihn sitzen?«, fragt Joséphine benommen.

»Natürlich ... Du knutschst leidenschaftlich mit ihm rum, und dann lässt du nichts mehr von dir hören!«

»Aber er hat doch auch leidenschaftlich mit mir rumgeknutscht, er könnte auch anrufen!«

»Er hat die Nase voll davon, dir Blumen, Mails und Süßigkeiten zu schicken, die du allesamt ignorierst oder in den Müll wirfst! Versetz dich doch mal in seine Lage! Man muss sich immer in die Lage des anderen versetzen, wenn man etwas verstehen will …«

»Und kannst du mir erklären, was da vor sich geht?«

»Das ist ganz einfach. So einfach, dass du nicht darauf gekommen bist! Er ist allein, es ist der einunddreißigste Dezember. Er hat ein paar Freunde eingeladen und hat Dottie gebeten, ihm zu helfen … Kannst du mir so weit folgen?«

Joséphine nickte.

»Dottie ist in festen Schuhen, einer dicken Hose, einem dicken Pullover, einem dicken Mantel gekommen, ich erinnere dich daran, dass es in London schneit, du brauchst nur den Wetterbericht zu schauen, wenn du mir nicht glaubst, also hat er ihr gesagt, sie soll alles mitbringen, um sich bei ihm umzuziehen, ein Kleid, Pumps, Lippenstift, Ohrringe, was weiß ich!«

Ihre Hand fliegt in Richtung Zimmerdecke, um zu unterstreichen, wie wenig sie weiß.

»Er hat ihr gesagt, dass sie sich in seinem Zimmer umziehen könne … Sie hat ihm geholfen, den Tisch zu decken, zu kochen, sie haben in der Küche gelacht und getrunken, sie sind Freunde, Jo, Freunde … wie du und ich, mehr nicht! Und danach ist sie unter die Dusche gegangen, hat im Vorbeigehen ihre Uhr auf seinem Nachttisch abgelegt, hat sich angezogen, sich hübsch gemacht, ist wieder hinaus zu Philippe, Alexandre und ihren Freunden ins Wohnzimmer gegangen und hat ihre Uhr im Schlafzimmer vergessen … Genau das ist passiert, mehr nicht … Und du machst gleich eine ganze Seifenoper daraus, legst Dottie in transparentem Negligé und mit dem Ring am Finger in Philippes Bett! Du hörst in deinem Kopf den Hochzeitsmarsch und heulst in deine Decken!«

Joséphine hat das Kinn in der Falte der Decke vergraben. Sie hört zu. Shirley hat recht. Shirley hat wieder einmal recht. Genau so war es … Sie will die Geschichte glauben, die ihr Shirley erzählt. Es ist eine schöne Geschichte. Und doch glaubt sie nicht daran. Als wäre diese Version etwas für Shirley und ihresgleichen, aber nicht für sie, Joséphine.

Sie spielt nie die Rolle der Heldin.

Man erfindet immer Geschichten, wenn man verliebt ist. Man erfindet Rivalinnen, man erfindet Rivalen. Man erfindet Komplotte, man erfindet gestohlene Küsse, Flugzeugabstürze, ein Schweigen, das unerklärt bleibt, Telefone, die nicht klingeln, man erfindet verpasste Züge, verloren gegangene Briefe, man ist niemals ruhig. Als wäre den Verliebten das Glück versagt … Als existiere dieses Glück nur in Büchern, Märchen oder Zeitschriften. Aber nicht im echten Leben. Und wenn doch, dann auf eine derart flüchtige Weise, dass es wie Wasser zwischen den Fingern einer Hand zerrinnt, die sich darüber wundert, dass sie nichts greift …

Die Kerze ist niedergebrannt, und die kleine Flamme zittert auf einem Sockel aus weichem Wachs.

Bald wird es im Keller dunkel sein. Zoé hat Angst. Sie spürt, wie die Kugel in ihrem Bauch immer größer und größer wird, und sie versucht, sie zu vertreiben, indem sie die Hände auf ihren Magen drückt.

Gaétan ist verstummt. Bestimmt spürt auch er die Gefahr.

Der erste Tag des Jahres. Sie beide allein im Keller. In drei Tagen fährt er weg. Und sie werden sich erst, erst … erst in sehr langer Zeit wiedersehen.

Heute Abend wird es passieren.

Die Gefahr …

Jetzt oder etwas später.

Es wird passieren.

Sie wagen einander nicht anzusehen.

Die Neonbeleuchtung des Kellers geht an, und sie hören Schritte im Flur.

In den Augen des anderen lesen sie die gleiche Angst.

Hören Schritte, die sich nähern, Stimmen von Menschen, die sich verlaufen haben, die die Tiefgarage suchen, hier geht es lang, sagen sie, nein, dort lang. Dann fällt eine Tür zu, die Stimmen entfernen sich, das Neonlicht flackert und erlischt.

Gaétan hält die Champagnerflasche kopfüber, um sich einen letzten Tropfen einzuschenken. Er will sich Mut machen, denkt Zoé, er hat genauso große Angst wie ich. Sie mustert ihn im Halbdunkel, eine dunkle, undeutliche Silhouette, er erscheint ihr wie eine vage Bedrohung. Ihr Herz klopft mit Tempo tausend. Am liebsten würde sie aufstehen und sagen, komm, wir gehen hoch. Sie weiß nicht genau. In ihrem Bauch und ihrem Kopf spielt alles verrückt. Überall hämmert es. Sie ist nicht sicher, ob sie sich auf den Beinen halten kann.

Er hat Zoés Mantel auf dem Boden ausgebreitet, ihr die Ballerinas ausgezogen, ihr die Strumpfhose ausgezogen. Er braucht eine Weile, bevor es ihm gelingt, ihren BH aufzuhaken, und Zoé bricht in ein Gelächter aus, das abrupt wieder verstummt. Sie weiß nicht mehr, ob sie lachen oder zittern soll. Sie lacht, und sie zittert. Sie zittert wie Espenlaub, und auch seine Hand, die in ihrem Rücken immer hektischer agiert, zittert wie Espenlaub. Es ist kalt im Keller, und ihr ist heiß. Das ist mein erstes Mal, sagt sie ganz leise ... Und er sagt, ich weiß, mach dir keine Sorgen ... und seine Stimme zittert nicht mehr, und er kommt ihr sehr erwachsen vor, sehr stark, sehr alt, viel älter als sie selbst, und sie fragt sich, ob er es schon einmal getan hat. Sie wagt nicht, ihn danach zu fragen. Sie möchte sich an ihn schmiegen, sich in seine Obhut geben, und sie hat keine Angst mehr. Er wird ihr nicht wehtun, das weiß sie jetzt.

Er zieht seine Sportschuhe aus, er öffnet seine Hose, zieht sie aus, hebt dabei die Beine, beinahe wäre er gestolpert, und sie lacht.

Er legt sich auf sie, und sie sagt, sprich zu mir mit dieser Stimme, die mich beruhigt ...

Er weiß nicht genau, was sie damit meint. Ich weiß, wiederholt er, ich weiß, hab keine Angst, ich bin da ... als lauerte noch eine andere Gefahr im Keller.

Und dann wird sie plötzlich wie schwerelos.

Und dann wird alles ganz einfach. Oder sie ist mit dem Kopf woanders, oder sie hat gar keinen Kopf mehr. Es gibt nur noch sie beide, und sie hat das Gefühl, als wären sie die einzigen Menschen in der ganzen Stadt. Als hätte das Herz der ganzen Stadt aufgehört zu schlagen. Als wäre die Nacht um sie herum dichter geworden, um sie zu beschützen. Ich liebe dich wie verrückt, sagt er mit der Stimme, die sie beruhigt, und er sagt auch, dass er ihr nicht wehtun wird, ich liebe dich so sehr, Zoé. Und dieses kleine Wort, dieses »Zoé« mitten in der Nacht, während sie nackt unter ihm liegt, während sie Angst hat, während sie die Arme über ihrer Brust verschränkt, dieser kleine Name, den alle ständig benutzen, in der Schule oder zu Hause, »Zo-é«, dieses kleine Wort entfaltet sich, wird einzigartig, wird riesig, beschützt sie, und sie hat überhaupt keine Angst mehr. Die Welt hört auf, sich zu drehen, die Welt hält den Atem an, und sie selbst hält den Atem an, als er in sie eindringt, ganz behutsam, ganz behutsam, ohne sie zu drängen, er nimmt sich Zeit, und sie lässt sich öffnen, denkt nicht mehr nach, hört nicht mehr, nur noch das ist wichtig, die Liebe, die sie in ihren Körpern haben, die Liebe, die ihren ganzen Körper ausfüllt. Sie gehört nur ihm, er gehört nur ihr, sie bilden einen kugelrunden Globus mit Flügeln, einen Globus mit Wurzeln, und sie reisen durch das Universum. Es dreht und dreht. Es hört überhaupt nicht mehr auf zu drehen, und sie weiß nicht, ob sie jemals wieder runterkommen werden …

Danach …

Rücken sie ein Stückchen zur Seite, er legt seinen Kopf nach links, sie legt ihren Kopf nach rechts, und sie betrachten einander, verwundert, benommen. Er singt leise das Lied von Cabrel, *Je t'aime à mourir, je t'aime à mourir*, und sie küsst ihn langsam, wie eine wissende Frau.

Sie wird nie wieder dieselbe sein. Sie hat es getan.

Sie gehen hoch zu Zoés großem Bett.

Wir nehmen nicht den Aufzug, sagt Gaétan, wir machen ein Wettrennen die Treppe hoch, und er läuft als Erster los, und sie schreit, dass er schummelt, er schummelt, er hat nicht gewartet, bevor er losgelaufen ist. Sie weiß nicht genau, ob sie rennen kann. Sie hat die Beine einer Frau, den Körper einer Frau. Die Brüste einer Frau. Sie fühlt sich wie zerschlagen, geht mit gespreizten Beinen. Sie hat das Gefühl, als wäre sie mit einem Schlag gewachsen und jeder könne es sehen. In ihrem Kopf spielt sie den Film immer wieder von Neuem ab und denkt dabei, dass sie sich das alles niemals, niemals wieder wird ausmalen können. Sie ist traurig. Ein bisschen. Und dann ist sie nicht mehr traurig, weil ihr der Film gefällt. Sehr gut gefällt. Sie fragt sich, ob Emma genauso viel Glück hatte wie sie. Und Gertrude, sie hat es auch schon getan. Und Pauline? Sie läuft die Treppen hoch. Er bleibt stehen, sie holt ihn ein, er wirbelt sie im Kreis herum, wie im Ballett, sie küssen sich auf jeder Etage. Sie haben keine Angst mehr. Sie haben keine Angst mehr. Sie haben es getan.

Sie hat ein etwas dümmliches Lächeln im Gesicht. Er hat das gleiche dümmliche Lächeln im Gesicht. Außer Atem lehnen sie sich gegen die Wohnungstür. Sie lassen den Kopf sinken, die Arme, die Schultern, sie nähern sich einander, ihre Stirne stoßen aneinander, ihre Lippen berühren sich …

»Wir verraten es niemandem«, sagt Gaétan.

»Wir verraten es niemandem. Das ist unser Geheimnis«, antwortet Zoé.

Auch wenn sie es am liebsten der ganzen Welt verkündet hätte.

Es ist zehn Uhr morgens, als Gary und Hortense das Show Case, den Nachtclub unter dem Pont Alexandre III, verlassen.

Sie warten auf Peter und Rupert, die auf das Mädchen an der Garderobe einreden. Sie wollen sie mitnehmen, sie wollen, dass sie noch eine Freundin auftreibt, damit zwei plus zwei vier ergeben, und das Mädchen lächelt, ohne zu antworten, und wischt mit einem Finger den grünen Lidschatten weg, der sich um ihre müden Augen gesammelt hat.

Hortense und Gary stützen sich auf der steinernen Balustrade über der Seine ab. Sie seufzen wie aus einem Mund, ach, wie ist Paris doch schön!, und stoßen sich einträchtig mit dem Ellbogen an.

Ein bleiches Licht, irgendwo zwischen gelb und grau, spiegelt sich im schwarzen, sich kräuselnden Wasser, ein Nebelschleier flattert wie ein langes Stoffband. Ein Schiff fährt vorbei, die auf dem Vorderdeck liegenden Passagiere brüllen Frohes neues Jahr und recken ihnen eine Flasche entgegen. Sie antworten mit einem matten Winken.

»Sie wird nicht mitkommen«, sagt Gary.

»Und warum nicht?«

»Weil sie noch nicht Feierabend hat, weil sie vor Müdigkeit umfällt, weil sie Tonnen von Mänteln aufgehängt hat, Tonnen von Garderobenscheinen ausgegeben hat, weil sie die Nase voll hat von Nachtschwärmern, die sie anbaggern … und es gibt nur noch eines, wovon sie träumt: ihrem Bett.«

»Monsieur ist ein scharfsinniger Psychologe«, sagt Hortense lächelnd und streichelt Garys Ärmel.

»Monsieur beobachtet die Menschen. Und Monsieur hat große Lust, Sie zu küssen …«

Sie scheint zu zögern, schwankt ein wenig, schließt die Augen und beugt sich über das Geländer, das sich über das bucklige Pflaster des Uferweges spannt. Ein Lächeln zieht ihre Lippen in die Breite, ein leises Lächeln, das nur für sie selbst bestimmt ist.

»*One penny for your thoughts*«, sagt Gary.

»Ich denke an meine Schaufenster. In vierundzwanzig Stunden weiß ich Bescheid ...«

»Du nervst.«

Peter und Rupert gesellen sich zu ihnen. Allein. Gary hatte recht, das Mädchen träumt von seinem Bett.

»Na, ihr Turteltäubchen? Feiert ihr den ersten Tag des Jahres?«, fragt Peter, während er seine Nickelbrille mit seinem Wollschal putzt, der überall Fusseln hinterlässt.

»Wir feiern gar nichts!«, erwidert Gary und löst sich demonstrativ von Hortense. »Und ich gehe jetzt nach Hause ...«

»Warte auf mich«, ruft Hortense, als er mit hochgeschlagenem Mantelkragen, die Hände tief in den Taschen vergraben, davongeht.

»Was hat er denn?«, fragt Peter.

»Er findet, ich sei nicht romantisch genug ...«

»Wenn er ein romantisches Mädchen will, sollte er sich anderswo umschauen«, sagt Peter.

Rupert lacht. Er trinkt Scotch aus einer Flasche, die er sich beim Verlassen des Clubs in die Tasche gesteckt hat.

»Wir haben gestern Abend bei Jean Onlinepoker gespielt, und ich habe eine Stripperin gewonnen«, sagt Rupert.

»Wo schlaft ihr?«, fragt Hortense und verwirft den Plan, Gary zu folgen.

»Bei Jeans Onkel ... Rue Lecourbe.«

»Wer ist Jean?«

»Vielleicht unser neuer Mitbewohner ...«

»Unser was?«

»Ach, haben wir dir das noch nicht gesagt? Wir müssen uns nach einem neuen Mitbewohner umsehen ...«

»Das hättet ihr mir ruhig mal erzählen können ...«

»Wir wissen nicht, ob wir uns die Miete noch lange leisten können«, erklärt Peter. »Sam ist kurz davor, seinen Job zu verlieren, er gibt sein Zimmer auf und zieht wieder zu seinen Eltern. Er hat keinen Penny mehr ...«

»Wir sind alle total pleite«, ergänzt Rupert. »Im Moment machen sich alle aus dem Staub, die City leert sich, die Banker landen als Pommesverkäufer bei McDonald's, es herrscht echt miese Stimmung. Darum sind wir nach Paris gekommen … Jean hat uns eingeladen. Zu seinem Onkel.«

»Ich bin vor zehn Tagen weggefahren, und ihr nutzt gleich die Gelegenheit, alles auf den Kopf zu stellen …«

»Wir haben noch nichts entschieden, aber Jean ist definitiv unser neuer Freund …«, sagen die beiden Jungen wie aus einem Mund.

»Ist er Franzose?«

»Ja. Franzose, und er ist ein cooler Typ. Sein Äußeres ist etwas unvorteilhaft, du wirst am Anfang wahrscheinlich ein paar Probleme mit ihm haben …«

»Na, super!«, entgegnet Hortense gähnend. »Das fängt ja gut an!«

»… er studiert an der LSE, Wirtschaft und Internationales Finanzwesen, er jobbt nebenbei, um seine Sandwiches und die Miete zu bezahlen. Du wirst nicht unbedingt scharf darauf sein, ihn zu verführen, denn er leidet unter einer fürchterlichen Akne, und wir kennen ja alle deine Vorliebe für glatte Haut und rosige Wangen, für saubere, gesunde, appetitliche Jungs!«

»Ich soll das Bad mit einem Pickelgesicht teilen …«

»Wir haben noch nichts entschieden, aber wir mögen ihn, so viel ist klar …«, sagt Peter.

Sie protestiert der Form halber. Sie weiß genau, dass das Leben für die Jungs mit jedem Tag schwieriger wird; diejenigen, die arbeiten, beten darum, ihren Job zu behalten, und die anderen sind auf ihre Eltern angewiesen, die ihrerseits darum beten, ihren Job zu behalten.

Und was sie ganz sicher nicht gewollt hätte, wäre, dass sie ein Mädchen in die WG aufnehmen.

Sie mag Mädchen nicht. Sie verabscheut gemeinsame Mädelsessen, das Kichern, die vertraulichen Geständnisse, die Shoppingtouren, die Eifersüchteleien hinter dem strahlenden Lächeln. Mit Mädchen muss man immer Kompromisse aushandeln, sich behutsam vorwärtstasten, auf Empfindsamkeiten und Empfindlichkeiten Rücksicht nehmen.

Sie kommt lieber gleich zur Sache. Man gewinnt viel Zeit, wenn man gleich zur Sache kommt. Und außerdem hat sie den meisten einfach nichts zu sagen.

»Entweder so, oder wir hätten alle unseren Mietanteil erhöhen müssen, und das gerade jetzt, wo die Kosten so schnell steigen, dass man dabei zusehen kann …«

»So schlimm?«, fragt Hortense skeptisch.

»Alles wird teurer. Tesco wird bald unerschwinglich! Der Johannisbeersaft von Ribena? Unerschwinglich! Walker-Essigchips? Unerschwinglich! Dark Chocolate von Cadbury? Unerschwinglich! Die köstlichen Cracker von Carr's? Unerschwinglich! Die ekelhaften Pork Sausages, nach denen wir ganz verrückt sind? Unerschwinglich! Worcestershire Sauce? Unerschwinglich! Und das U-Bahn-Ticket ist auch schon wieder teurer geworden!«

»Die Lage ist ernst, meine liebe Hortense …«

»Mir doch scheißegal«, sagt Hortense, »ich bekomme meine Schaufenster! Und selbst wenn ich auf dem Bürgersteig schlafen müsste, würde ich nachts aufstehen, um daran zu arbeiten, sie sollen ein Triumph werden …«

»Daran zweifeln wir doch gar nicht, daran zweifeln wir nicht eine Sekunde!«

Und nach diesen Worten verabschieden sie sich mit einer Verbeugung, leb wohl, du Schöne, leb wohl, du Schöne, und streiten sich um die Flasche Scotch.

Sie gehen über die Brücke zurück zur Wohnung von Jeans Onkel. Rue Lecourbe, Rue Lecourbe, liegt die nach rechts oder nach links …

»Auf jeden Fall in Frankreich«, grölen sie, im Zickzack laufend.

Hortense geht zu Fuß nach Hause. Sie muss nachdenken. Begleitet vom Klackern ihrer Absätze auf dem Pariser Asphalt. Paris, das sich dehnt und reckt nach einer durchfeierten Nacht … Bier- und Champagnerflaschen liegen auf den Bänken, in den Mülleimern, unter den Ampeln. Paris, schöne, schlafende Stadt, sinnliche Stadt, träge Stadt, verliebte Stadt. Ich habe meinen Liebsten verloren. Er ist in der grauen Morgendämmerung verschwunden, wütend, die Hände tief in den Taschen seines blauen Mantels vergraben … Das lange Nebelband über den grauen Dächern von Paris löst sich allmählich auf. Ich habe meinen Liebsten verloren, meinen Liebsten verloren, meinen Liebsten verloren, singt sie und springt über die mit durchsichtigem Eis bedeckten Rinnsteine.

Gary liegt quer über dem Bett und schläft. Vollständig angezogen.

Sie legt ihr Handy unter ihr Kopfkissen.

Falls Miss Farland die Urteilsverkündung vorziehen sollte.

Falls …

Sie legt sich neben ihn.

Sie kann nicht einschlafen. Morgen fährt sie zurück. Diese nächsten vierundzwanzig Stunden werden ein kurzer Traum sein, ein Traum, den sie mit Glück und Schönheit erfüllen muss. Sich mit ihm versöhnen. Den verstörenden Jubel des Kusses vor den Baumwipfeln des Hyde Park wiederfinden. Eines Tages werden wir uns unter den Bäumen des Central Park küssen, und die Eichhörnchen werden kommen und uns aus der Hand fressen. Sie sind nicht scheu, die Eichhörnchen im Central Park. Sie kommen für einen Dollar … Und was ist denn schon ein Eichhörnchen? Eine Ratte mit einer guten PR-Agentin. Mehr nicht. Nehmt ihm seinen buschigen Schwanz, und es bleibt eine haarige Ratte. Eine eklige haarige Ratte auf zwei Pfoten. Hortense kichert allein vor sich hin und reibt sich die Nase. Das eine lächelt man an, bei der anderen verzieht man das Gesicht. Da sieht man mal wieder, alles hängt von der Kleidung ab. Vom äußeren Schein. Ein Detail, ein simples Detail, und aus der Ratte wird ein Eichhörnchen. Die Passanten werfen ihm Erdnüsse zu, und die Kinder wünschen sich eins in einem Käfig.

Sie würde Gary gern wecken und ihm den Unterschied zwischen dem Eichhörnchen und der Ratte erklären.

Und weißt du, warum Delfine nur in Salzwasser schwimmen? Weil sie von Pfeffer niesen müssen!

Sie kann nicht einschlafen.

Sie möchte den Beginn des neuen Jahres mit einer glühenden Erinnerung prägen.

Sie fährt mit einem Finger über Garys Gesicht. Er ist so schön, wenn er schläft; seine langen schwarzen Wimpern bilden eine dunkle Barriere, sein halb geöffneter, vom Schlaf verquollener Mund, die teils weißen, teils rosigen Wangen, dieses leise Schnarchen eines Mannes, der spät zu Bett gegangen ist, Bartstoppeln, die unter ihrem Finger kratzen …

Heute Abend werden sie sich küssen.

Heute werden sie die Nacht gemeinsam verbringen. Ihre erste Nacht. Sie wird ihn dazu bringen, ihr zu verzeihen.

Er wird ihr nicht widerstehen können.

»Mein lieber Chaval, dass wir uns am ersten Tag des Jahres in diesem Café treffen, ist von hoher symbolischer Aussagekraft …«

Chaval saß aufrecht, aber ein wenig schräg auf seinem Stuhl. Er versteckte die Hände mit den abgekauten Fingernägeln unter dem Tisch. Um bei Henriette einen guten Eindruck zu machen, hatte er Jackett und Krawatte angezogen, sein rabenschwarzes Haar gegelt, seine Koteletten gestutzt und einen Viertelliter Vittel bestellt.

»Sie wissen sicherlich, dass Monsieur Grobz und ich uns getrennt haben …«

Chaval nickte ängstlich wie ein Hund, der reglos auf die unberechenbare Geste seines brutalen Herrchens lauert.

»Wir sind geschieden, aber mir wurde das Recht zugestanden, weiter seinen Namen zu tragen … Ich heiße also Grobz, genau wie er. Henriette Grobz. Können Sie mir folgen? Marcel Grobz, Henriette Grobz … Marcel, Henriette …«

Sie redete mit ihm wie mit einem etwas zurückgebliebenen Kind. Wiederholte, betonte. Sie erinnerte ihn an seine Grundschullehrerin.

»Ich unterschreibe meine Briefe mit einem H … das einem M sehr ähnlich sehen kann … H, M, H, M …«

Und Chaval kamen Hortenses Raubzüge bei H & M in den Sinn.

Sie betrat den Laden, griff mit hübscher, gieriger Hand nach Tuniken, Tops, Kleidern, Schals, Jeans, Mänteln, ließ die Bügel klirren, klingklang-kling-klang, hängte ab, häufte auf, hängte ab, häufte auf, schlüpfte in eine Kabine, probierte an, winkte nach der Verkäuferin und verlangte nach einer anderen Größe, einer anderen Farbe, einem anderen Modell, kam mit glühenden Wangen und Sturmfrisur wieder heraus und legte ihre Beute an die Kasse. Chaval präsentierte seine Kreditkarte, bezahlte. Trug die Tüten zum Auto. Hortense brauchte nur den geringsten Wunsch zu äußern, schon wurde er erfüllt. Im Gegenzug verlangte er nur das Recht, diesen wie von Sinnen begehrten Körper zu streicheln oder, wenn sie großzügig gestimmt war, den schmalen Tunnel zur Glückseligkeit zu durchschreiten.

»H & M …«, wiederholte er versonnen und reinigte unter dem Tisch seine Finger.

»Chaval!«, donnerte die Matrone und schlug mit dem langen Löffel, mit dem sie den Zucker in ihrem frisch gepressten Zitronensaft umrührte, gegen das Glas. »Wo sind Sie gerade?«

»Hier bei Ihnen, Madame, hier bei Ihnen …«

»Lügen Sie nicht! Ich hasse es, wenn man mich für dumm verkaufen will! Sie denken an sie, stimmt's?«

»Nein, ich versuchte, H und M zu verstehen …«

»Aber das ist doch klar wie Quellwasser, mein armer Junge.«

Sie bedachte den Mann, der ihr gegenübersaß, mit einem entnervten Blick. Er war spindeldürr. Er trug eine schwarze Jeans, ein Jackett, das aussah, als käme es gerade aus der Reinigung, verschlissene Cowboystiefel, und seine markanten, scharf gezeichneten Gesichtszüge wirkten beinahe durchsichtig, so sehr war alles Leben daraus gewichen. Ein bleicher, kastrierter Statist. Was sollte sie bloß mit einem derart nichtssagenden Partner ausrichten? Doch dann verscheuchte sie diese düsteren Gedanken und fuhr entschlossen fort: »Ob Sie mit einem H oder einem M unterschreiben, kann man leicht verwechseln … Ich kann also, ohne den geringsten Verdacht zu erregen, Bestellungen im Namen von Casamia aufgeben, die von Marcel Grobz unterschrieben sind, Marcel Grobz in Rechnung gestellt und von seinem Konto abgebucht werden. Dann kann ich die Waren umleiten und sie in ein Lager liefern lassen, von wo aus sie günstig an skrupellose Einrichtungsketten weiterverkauft werden, die sich vom Gewinn locken lassen und auf die Gelegenheit stürzen werden. Und an diesem Punkt kommen Sie ins Spiel. Sie stellen die Verbindung zwischen diesen Ketten und mir her. Sie kennen die Einkäufer, Sie kennen die Preise, die Margen, die Bestellmengen, Sie werden den gesamten kaufmännischen Part übernehmen, während ich mich um Organisation und Verwaltung kümmere …«

»Aber das ist kriminell, Madame Grobz!«, rief Chaval, der mit einem Schlag das gewaltige Ausmaß des Betrugs erfasste.

»Das ist nicht kriminell, ich hole mir nur zurück, was mir gehört! Ich wurde beraubt, Chaval, beraubt … Ich sollte die Hälfte der Firma erben, aber ich habe nichts bekommen. Nichts.«

Sie schnippte mit den Fingern, um die Unermesslichkeit dieses Raubs zu verdeutlichen.

»Finden Sie das etwa anständig?«

»Hören Sie … was zwischen Ihnen und Ihrem Mann vorgefallen ist, geht mich nichts an … Ich habe mit dieser Geschichte nichts zu tun. Ich wäre um ein Haar wegen Umbuchungen und finanzieller Luftnummern im Gefängnis gelandet … Das Schicksal war mir gnädig. Aber wenn ich mich ein zweites Mal erwischen lasse, gehe ich hinter Gitter, und zwar für eine ganze Weile …«

»Nicht einmal, wenn Sie dabei ebenfalls auf Ihre Kosten kommen und ich Sie großzügig entschädige? Ich übernehme alle Kosten und Risiken, ich miete das Lager an, ich unterschreibe die Bestellungen, Sie erscheinen auf keiner einzigen Abrechnung, in keinem Schreiben, nirgends … Sie dienen mir lediglich als Fassade. Und für diese Statistenrolle werden Sie sehr gut bezahlt!«

»Aber, Madame, in dieser Branche kennt jeder jeden, das fliegt doch in null Komma nichts auf! Die werden uns einkassieren wie zwei blutige Anfänger …«

Henriette entging nicht, dass er sich verraten hatte. Er hatte »uns einkassieren« gesagt. Also, schloss sie, und warf sich unter ihrem großen Hut in die Brust, hat er nichts gegen die Vorstellung, ein Komplott zu schmieden. Er will nur nicht ins Gefängnis. Was beweist, dass ihm doch noch ein paar funktionstüchtige Neuronen geblieben sind. Der Mann war nicht so sehr geschwächt, wie es den Anschein hatte. Seine Gier war zurückgekehrt.

Sie dachte eine Weile nach. Er hatte nicht unrecht. Die Möbelbranche war nicht sehr groß, man würde sie rasch bemerken. Es sei denn, sie verkauften nur in kleinen Mengen weiter. Und wer »kleine Mengen« sagt, meint kleine Gewinne. Das kam nicht infrage. Sie musste also einen anderen Weg finden, den alten Grobz zu ruinieren. Sie rührte in ihrem Zitronensaft und runzelte die Stirn.

»Haben Sie einen anderen Vorschlag?«, fragte sie, ohne den Blick von ihrem Glas zu heben.

»Nein«, antwortete Chaval, der beim Gedanken ans Gefängnis erschauerte. »Um die Wahrheit zu sagen, bevor Sie sich mit mir in Verbindung gesetzt haben, hatte ich mit dem Plan, reich zu werden, endgültig abgeschlossen … Abgesehen vom Lottospielen, natürlich.«

»Pfft!«, entgegnete Henriette achselzuckend. »Das ist ein Zeitvertreib für Waschlappen … Und im Übrigen gewinnen dabei auch immer die Waschlappen, niemals wohlhabende Menschen mit gutem Abschluss!«

»Weil es im Leben noch Gerechtigkeit gibt«, murmelte Chaval. »Lotto ist der Trost der Leidgeprüften.«

»Moral beim Lotto!«, schimpfte Henriette. »Wie absurd! Sie reden Unsinn! Sie suchen lediglich Ausreden für Ihre Faulheit!«

»Das ist alles, was mir geblieben ist«, entschuldigte sich Chaval erneut mit hängenden Schultern.

»Sie haben wirklich nicht den geringsten Ehrgeiz und keinen Mumm in den Knochen! Ich hatte Sie für gewiefter gehalten … Ich hatte große Hoffnungen in Sie gesetzt. Früher waren Sie zupackend und gerissen …«

»Ich sagte Ihnen doch, sie hat mich fertiggemacht, gebrochen …«

»Hören Sie endlich auf, von sich selbst in der Vergangenheitsform zu reden! Visualisieren Sie sich stattdessen als starken, mächtigen, reichen Mann. Sie sind nicht hässlich, Ihre Augen können noch blitzen, sie können immer noch Eindruck schinden. Es besteht die Chance, dass sie zu Ihnen zurückkommt. Wenn schon nicht aus Liebe, dann aus Eigennutz, der Abstand zwischen den beiden ist gering und das Ergebnis identisch!«

Als er zu ihr aufschaute, war sein Blick von irrwitziger Hoffnung erfüllt, einer Hoffnung, die er schon vor langer Zeit im Fundbüro abgegeben hatte.

»Glauben Sie, wenn ich reich werde, nimmt sie mich wieder zurück?«

Denn es war ihm immer noch lieber, ihretwegen zu leiden, als ohne jede Hoffnung auf weiteres Leiden dahinzuvegetieren.

»Ich habe keine Ahnung, aber ich bin mir sicher, dass sie es sich zumindest noch einmal überlegen würde. Ein reicher Mann ist zwangsläufig anziehend. Das ist eine Binsenweisheit. Mehr als offensichtlich. So funktioniert die Welt seit Anbeginn der Zeit … Denken Sie nur an Kleopatra. Sie hat ausschließlich mächtige Männer geliebt, Männer, die ihr Länder und Meere schenkten, Männer, die bereit waren, für sie zu töten, was sage ich da: die bereit waren, für sie ein Gemetzel anzurichten. Sie hat sich nicht mit Waschlappen abgegeben! Und Hortense hat sehr viel mehr von Kleopatra als von Isolde oder Julia!«

Er wagte nicht, sie zu fragen, wer die beiden anderen waren, aber er registrierte den Vergleich mit Kleopatra. Er hatte den Film eines Abends mit seiner Mutter zusammen gesehen, beide mit einem Thymiantee in der Hand, da sie beide ein bisschen Fieber hatten. Kleopatra hatte die violetten Augen von Elizabeth Taylor und einen großen, bebenden Busen. Er wusste nicht mehr, wohin er schauen sollte: in die großen, verstörenden, gebieterischen violetten Augen oder auf die milchigen Monde, die auf dem Bildschirm auf und ab wogten. Er war aufs Klo gegangen und hatte sich einen runtergeholt.

»Und was müsste ich tun, um reich zu werden?«, fragte er und setzte sich gerade hin, aufgerichtet von Kleopatras üppigem Busen.

»Wir müssen uns etwas einfallen lassen, einen unfehlbaren Plan… Und dann füllen wir uns mithilfe Ihrer Kenntnis der Firma und meiner Fantasie die Taschen. Ich werde keine Skrupel kennen! Ich gehe aufs Ganze…«

»Wenn ich sie nur zurückbekommen könnte… noch einmal in diese feuchte, warme Grotte eindringen könnte…«

»Chaval!«, brüllte Henriette und schlug auf den Tisch. »Ich will Sie nie wieder so über meine Enkelin reden hören! Haben Sie verstanden? Sonst zeige ich Sie an. Schließlich haben Sie selbst zugegeben, eine unsittliche Beziehung mit einem Mädchen unterhalten zu haben, das noch keine sechzehn Jahre alt war… Das bringt Sie geradewegs ins Gefängnis. Und wollen Sie wissen, was im Gefängnis mit Kinderschändern passiert?«

Chaval starrte sie entsetzt an, die Schultern von unwillkürlichem Zittern geschüttelt.

»O nein, Madame… nicht das, nicht das…«

»Also entwickeln Sie mir gefälligst einen Plan, einen brillanten Plan, um den alten Grobz auszuplündern. Sie haben eine Woche. Keinen Tag länger! In acht Tagen treffen wir uns wieder in der Kirche Saint-Étienne, in der kleinen Kapelle der Jungfrau Maria, jeder auf seinem Betstuhl, und dann verraten Sie mir Ihren Plan… sonst geht's ab ins Gefängnis!«

Chaval zitterte mittlerweile am ganzen Leib. Denn dazu war die Alte durchaus in der Lage! In ihrem Gesicht sah er die Entschlossenheit eines wilden Raubtiers, das bereit war, sein eigenes Junges zu fressen, um nicht zu verhungern.

»Ja, Madame…«

»Verschwinden Sie jetzt! Und setzen Sie Ihre grauen Zellen in Gang! So lange, wie die schon brachliegen, müssten sie ausgeruht sein… Na los, machen Sie schon!«

Er stand auf. Stammelte Auf Wiedersehen, Madame, und schlich in Richtung Ausgang wie ein entflohener Zuchthäusler, der nicht bemerkt werden will.

»Kellner! Die Rechnung«, befahl Henriette mit lauter Stimme und zog ihr Portemonnaie heraus, um die Getränke zu bezahlen.

Sie hatte noch die paar Münzen, die sie aus den Opferstöcken der Kirche gestohlen hatte. Die Schlösser waren wackelig. Man konnte sie ganz leicht aufbrechen und genauso leicht wieder verschließen. Ohne dass jemand etwas bemerkte. Man brauchte lediglich vor dem Priester da zu sein. Magere Ausbeute, brummte sie vor sich hin, nachdem sie die Münzen gezählt hatte, die Gemeindemitglieder werden knickerig. Oder dem Pfarrer ist etwas aufgefallen, und er leert die Opferstöcke jetzt öfter. Armer Jesus, arme Jungfrau Maria, armer heiliger Étienne! Die Frömmigkeit ist auch nicht mehr das, was sie einmal war, und ihr zahlt dafür die Zeche.

Sie begann über eine Zeit zu schimpfen, die weder alleinstehende Frauen noch mittellose Priester respektierte. Und dann wundert man sich, dass die reinen Seelen ins Verbrechen abgleiten, aber das ist nur gerecht, sagte sie sich, nur gerecht …

In der Wohnung der Familie Cortès bemühte sich am Abend des ersten Januar jeder, fröhlich zu wirken. Gestikulierte, redete laut, versuchte, die Qualen seines Herzens unter einer heiteren Miene und gezwungenem Lachen zu verbergen, aber alle spürten auch die Grenzen dieser künstlichen Ausgelassenheit.

Man hätte meinen können, man sei auf einem Maskenball für Rekonvaleszenten.

Joséphine lenkte sich mit Reden ab, um nicht an Dotties Uhr auf dem Nachttisch zu denken; sie wärmte ein Kaninchen in Senfsoße auf, rührte langsam mit einem Holzlöffel um und redete irgendwelchen Unsinn … Ihr Lachen klang falsch, ihre Worte klangen falsch, sie warf eine Milchflasche um, probierte ein Stück Butter, schob eine Scheibe Wurst in den Toaster.

Zoé lief mit gespreizten Beinen herum, und Gaétan legte mit selbstgewisser, von Besitzerstolz erfüllter Geste einen Arm um ihre Schultern. Hortense und Gary maßen einander mit Blicken, näherten sich einander, prallten aufeinander und lösten sich murrend wieder voneinander. Shirley beobachtete ihren Sohn, der dabei war, sie ganz langsam in eine erzwungene Kapitulation der Sinne und des Herzens zu treiben. Bedeutet es das, sein Kind über alles zu lieben?, fragte sie sich. Und warum habe ich das Gefühl, auf meine allerletzte Liebe zu verzichten? Mein Leben ist doch noch nicht zu Ende …

Nur Du Guesclin lief unbeschwert von einem zum anderen, bettelte um eine Streicheleinheit, etwas Soße auf einem Stück Brot, ein Stück Kandiszucker, das auf dem Tisch liegen geblieben war. Er wiegte sich auf seinen dicken, viereckigen Pfoten hin und her wie ein Hund, der ungeduldig auf seine Belohnung wartet, und lange Speichelfäden hingen von seinen Lefzen herab.

Jeder dachte an sich, während er vorgab, sich für die anderen zu interessieren.

Übermorgen fährt er zurück, und dann werde ich ihn ganz lange nicht mehr sehen, quälte sich Zoé, wird er mich danach noch genauso lieben wie jetzt? Und was, wenn ich schwanger bin?

Geschafft!, jubilierte Gaétan innerlich, ich habe es getan, ich habe es getan, jetzt bin ich ein Mann, ein echter Mann! Ich liebe sie, und sie liebt mich, sie liebt mich, und ich liebe sie.

Heute Nacht, rauschte es in Hortenses Kopf, während sie eine Hand in Garys Nacken legte, heute Nacht ist es so weit, ich werde so tun, als legte ich mich in Zoés Zimmer schlafen, und dann gehe ich zu ihm, ich schmiege mich an ihn, ich küsse ihn, ich drehe meine Zunge siebenmal in seinem Mund herum, und das wird gut, so gut …

Sie glaubt wohl, sie kriegt mich so einfach rum, aber nein, nein, das wäre zu einfach, dachte Gary mürrisch, während er sich einen Nachschlag Nudeln und Kaninchen in Senfsoße nahm. Kann ich auch ein Stück Baguette haben, oder wäre das zu viel verlangt?, fragte er Hortense, die ihm mit einem strahlenden, zuversichtlichen Lächeln das Brot reichte …

Wie soll ich ihm erklären, dass wir uns nicht mehr sehen dürfen?, überlegte Shirley, dass wir uns nie wieder sehen dürfen … Den wahren Grund kann ich ihm nicht verraten, den würde er mit einer Handbewegung beiseite wischen und behaupten, das sei doch nicht dramatisch, Gary sei erwachsen, und er müsse verstehen, dass seine Mutter auch das Recht auf ein Privatleben habe … Du tust ihm damit keinen Gefallen, du lässt ihn glauben, er sei allmächtig, er muss lernen, mit der Realität zurechtzukommen. Ihr beide müsst euch voneinander lösen, ihr habt zu lange in einer symbiotischen Beziehung gelebt. Sie kannte seine Worte schon im Voraus, sie hätte sie niederschreiben können, und sie hatte ihnen kein einziges Argument entgegenzusetzen, abgesehen davon, dass sie ihrem kleinen Jungen nicht wehtun wollte. Aber er ist zwanzig Jahre alt! Er ist nicht mehr dein kleiner Junge. Er wird immer mein kleiner Junge bleiben … *Bullshit!*, würde er genervt, in seine rote Karojacke gehüllt, antworten, *Bullshit!* Sie würden sich streiten und wütend auseinandergehen. Und ich werde nicht den Mut haben, wütend zu bleiben, ich würde noch einmal versuchen, ihm alles zu erklären, und dann würde ich ihm in die Arme sinken … Dann lieber fliehen, nichts sagen oder behaupten, ich hätte in Paris einen früheren Verehrer wiedergetroffen.

Und was, wenn Shirley unrecht hat?, dachte Joséphine, was, wenn Dottie tatsächlich bei Philippe lebt? Wenn sie jeden Abend ihre Uhr auf seinen Nachttisch legt, bevor er sie in die Arme nimmt … Er hat nie aufgehört, sich mit Dottie zu treffen. Sie ist jung, witzig, leicht, sanft; er erträgt es nicht mehr, allein zu sein. Es heißt, Männer mögen die Einsamkeit nicht, während Frauen sie ertragen. Und außerdem schläft er gern mit ihr, er ist es gewöhnt, jeder hat seine Seite im Bett …

Jeder von ihnen versenkte sich in seinen inneren Monolog, tunkte nebenbei die Senfsoße auf, schnitt ein Stück Ziegenkäse oder Brie ab, nahm ein Stück von der Zitronentarte, die Zoé gebacken hatte, deckte den Tisch ab, räumte die Spülmaschine ein, streckte sich, gähnte, erklärte, er sei müde, fix und fertig, und zog sich, ohne noch länger zu warten, in sein Zimmer zurück.

Hortense schminkte sich ab, bürstete hundertmal kopfüber ihre Haare, bis die langen rotbraunen Strähnen knisterten, tupfte einen Tropfen Parfüm hinter jedes Ohr, zog ihr Schlaf-T-Shirt an und stieg über die Matratze, auf der Gaétan bereits lag. Er las ein Donald-Duck-Heft und erzählte lachend, wie Dagobert Donald übers Ohr haute und ihn für sich schuften ließ, ohne auch nur einen Cent dafür zu zahlen. Dieser gute, alte Donald ist echt ein netter Kerl! Lässt sich ausbeuten, ohne ein Wort zu sagen … Und Dagobert könnte genauso gut der Chef von irgendeinem Börsenunternehmen sein … Er kriegt den Hals nicht voll und will immer noch mehr Geld.

Zoé hatte die Decke bis zum Kinn hochgezogen und fragte sich, wie sie Hortense dazu bringen sollte, sie in ihrer letzten gemeinsamen Nacht allein zu lassen. Wie sie ihr zu verstehen geben sollte, dass es ganz gut wäre, wenn sie irgendwo anders schliefe. Im Wohnzimmer zum Beispiel … Oder in der Küche weiter an ihren Schaufenstern arbeitete. Sie liebt es, nachts zu arbeiten, in der Küche. Ich könnte sie ganz direkt darum bitten oder sie bei den Gefühlen packen. Oder es mit weiblicher Solidarität versuchen. Nein, Solidarität zieht bei Hortense nicht. Sie dachte nach, dachte nach, ließ ihre Füße unter der Decke kreisen, um einen Satz zu finden, der Hortenses Herz öffnen würde, bis diese zu ihr ins Bett sprang und vorschlug: »Wir schalten das Licht aus, warten, bis Maman und Shirley schlafen, und dann laufe ich rüber zu Gary ... Kein Wort zu den Anstandsdamen! Die hätten nur wieder was zu tratschen, und darauf kann ich echt verzichten!«

»Einverstanden«, murmelte Zoé erleichtert. »Ich verrate nichts ...«

»Danke, Schwesterchen! Aber du benimmst dich! Ich will nicht in neun Monaten für ein kleines Balg verantwortlich sein!«

»Kein Problem!«, antwortete Zoé und wurde knallrot.

»Ich vertrau dir, alles klar?«

»Alles klar«, wiederholte Zoé.

Sie warteten, bis das Licht in Joséphines und Shirleys Zimmer erlosch. Warteten, bis erst Joséphines leises Schnarchen ertönte, dann das lautere von Shirley, hmm, hmm, bemerkte Hortense, die zwei Matronen haben zu viel gebechert, die machen ja einen Lärm wie ein Fabrikgebläse! Zoé kicherte nervös. Sie hatte kalte Füße und glühende Hände. Hortense stand auf, nahm ihr Handy und schlich auf Zehenspitzen aus dem Zimmer.

»Schlaf gut, Zoélinchen, und immer schön brav bleiben!«

»Versprochen!«, flüsterte Zoé und kreuzte die Finger unter der Decke.

Gaétan sprang auf und legte sich neben sie.

»Eine ganze Nacht in einem richtigen Bett!«, frohlockte er und zog sie an sich. »Was für ein Luxus!«

Behutsam legte er eine Hand auf Zoés Brust, und sie stöhnte auf ...

Heute Nacht würde erneut die ganze Stadt den Atem anhalten ...

Gary lag mit nacktem Oberkörper im Bett und las einen alten *Stups und Steppke*-Comic. Die Kopfhörer seines iPod fest in die Ohren geschraubt. Er sah sie hereinkommen und zog erstaunt eine Augenbraue hoch.

»Suchst du etwas?«, fragte er, ohne den Blick von seinem Comic zu heben.

»Ja. Dich.«

»Willst du mich etwas fragen?«

»Eigentlich nicht …«

Sie schlüpfte auf der ihm entgegengesetzten Seite ins Bett und zog die Decke über sich.

»So, jetzt können wir schlafen, wenn du willst …«

»Ich schlafe allein.«

»Meinetwegen … Dann schlafen wir eben nicht.«

»Geh zurück in dein Zimmer, Hortense.«

»Das hier ist mein Zimmer …«

»Dreh mir nicht die Worte im Mund um, du weißt genau, was ich meine …«

»Ich habe solche Lust, dich zu küssen …«

»Ich nicht!«

»Lügner! Ich möchte bei dem himmlischen Kuss vom Hyde Park weitermachen. Erinnerst du dich? Die Nacht, in der du mich einfach auf der Straße hast stehen lassen …«

»Hortense, du solltest wissen, dass man Leidenschaft nicht verordnen kann … Man stürmt nicht einfach ins Zimmer eines Jungen und befiehlt ihm, einen zu küssen.«

»Hätte ich vorher anklopfen sollen?«

Er zuckte mit den Schultern und wandte sich wieder seiner Lektüre zu.

»Ich weiß, dass du mich für dein Leben gern küssen würdest, genau wie ich dich für mein Leben gern küssen würde …«, fuhr Hortense unverzagt fort.

»Aha. Du würdest mich also für dein Leben gern küssen … sag das noch einmal. Ich kann das gar nicht oft genug hören … Mademoiselle Hortense ist scharf auf Sie. Bitte vögeln Sie sie auf der Stelle!«

»Du bist vulgär, mein Liebster.«

»Und du bist zu autoritär!«

»Ich möchte dich für mein Leben gern küssen, mich an dich schmiegen, dich überall küssen, am ganzen Körper … dich schmecken, an dir lecken …«

»Mit deinem Handy in der Hand? Das ist aber nicht sehr praktisch!«, erklärte er spöttisch und versuchte mit einem sarkastischen Lachen das Verlangen zu unterdrücken, das er in sich aufsteigen spürte.

Hortense blickte auf das Handy, das sie in der Hand hielt, und schob es unters Kopfkissen.

»Ich weigere mich, mit einem Handy im Bett zu schlafen«, wiederholte Gary, der sich wieder gefangen hatte.

»Aber, Gary … was, wenn Miss Farland anruft?«, protestierte Hortense und klammerte sich an ihr Telefon.

»Ich weigere mich, mit einem Handy im Bett zu schlafen … Basta!«

Er wandte sich wieder Stups und Steppke zu, verkündete, das sei ein fantastischer Comic, warum war die Reihe bloß in Vergessenheit geraten? Noch besser als Tim und Struppi! Zwei Helden zum Preis von einem! Und dieses wundervolle Einvernehmen, diese charmante Effizienz! Ein bisschen altmodisch vielleicht, aber damals stellten sich die Mädchen noch nicht vor die Jungen hin und hoben ihre Röcke. Sie wussten, was sich gehört … Andere Zeiten, andere Sitten, seufzte er, nostalgisch gestimmt. Ich mag keine weiblichen Soldaten. Ich mag feminine, weiche Frauen, die den Mann mit fester Hand das Gespann lenken lassen, die den Kopf an seine Schulter legen und sich schweigend ergeben.

»Weißt du überhaupt, was Zärtlichkeit ist, Hortense?«

Hortense wand sich. Das war eines dieser Wörter, deren Bedeutung sie nie so ganz begriff. Sie war kurz davor gewesen, den Sieg davonzutragen. Einen leichten Sieg noch dazu! Und jetzt schickte er sie wieder zurück auf Los. Auf das »Gute alte Freundin«-Feld.

Sie schob einen glatten, seidigen Fuß zwischen Garys Beine, einen Botschafter, der um Verzeihung bat für so viel Kühnheit, und murmelte: »Mir doch egal, ich gebe auf, ich habe viel zu große Lust, dich zu küssen … ich möchte es wirklich für mein Leben gern, Gary, und wenn du willst, werde ich prüde, zurückhaltend, unterwürfig und sanft sein wie eine verschreckte Jungfrau …«

Er lächelte über das Bild und bat sie, es weiter auszuführen. Er wollte sehen, wie weit sie sich demütigen würde.

Sie schwieg, dachte nach, sagte sich, dass Worte nicht genügen würden, und besann sich auf ihre alte Liebeskunst, die die Männer um den Verstand brachte.

Und verschwand unter den Decken.

Und der Ton wandelte sich.

Er weigerte sich nicht mehr, mit ihr zu schlafen, aber er stellte eine Bedingung.

Sie tauchte wieder auf und hörte zu.

»Du legst dein Handy weg…«, sagte Gary.

»Das kannst du nicht von mir verlangen. Das ist Erpressung. Du weißt genau, dass das zu wichtig für mich ist…«

»Ich kenne dich zu gut, meinst du wohl.«

Das Thema ihres Disputs verschob sich. Von der potenziellen Liebesnacht hin zum Verbleib des Handys im Bett.

»Gary«, flehte Hortense und schob ein Knie zwischen seine Oberschenkel.

»Ich schlafe nicht zu dritt! Und schon gar nicht mit Miss Farland!«

»Aber…«, protestierte Hortense. »Was, wenn sie anruft, und ich höre es nicht…?«

»Dann ruft sie eben noch einmal an.«

»Das kommt nicht infrage!«

»Dann verlässt du auf der Stelle dieses Zimmer und lässt mich mit Stups und Steppke allein…«

Er schien es ernst zu meinen. Hortense dachte hastig nach.

»Ich lege es dorthin, auf den Stuhl…«

Gary warf einen Blick auf den Stuhl, auf den er seine zusammengeknüllte Jeans, sein T-Shirt und seinen Pullover geworfen hatte. Zu nah, sagte er sich. Dann sehe ich es nachts leuchten und denke die ganze Zeit nur an Miss Farland.

»Und du schaltest es aus«, fügte er hinzu.

»Nein.«

»Dann gehst du.«

»Ich lege es auf meinen Schreibtisch, ein Stück weiter weg… Da siehst du es nicht mehr.«

Sie riss Gary den Comic aus den Händen, warf ihn auf den Boden, schmiegte sich an seinen nackten Oberkörper – Schläfst du immer nackt? –, hauchte zarte Küsse auf seine Schultern, seinen Mund, seinen Hals, legte den Kopf auf seinen Bauch…

»Das Handy… dahin!«, befahl Gary und wies zum Schreibtisch.

Hortense schimpfte, stand auf, legte das Handy auf den Schreibtisch. Vergewisserte sich, dass der Akku noch reichte, vergewisserte sich, dass es auch wirklich klingeln würde, stellte die Lautstärke höher. Rückte es vorsichtig an die Kante, damit es so nah wie möglich beim Bett lag, und legte sich wieder hin.

Legte sich dicht neben Gary, schloss die Augen, flüsterte, Oh! Gary! Bitte … Lass uns Frieden schließen. Ich will dich so sehr …

Ihr Mund glitt über seinen Körper …

Und er antwortete nicht mehr.

Es wurde eine Liebesnacht wie eine Sinfonie.

Sie waren nicht mehr nur ein Mann und eine Frau, die sich liebten, sondern alle Männer und alle Frauen aller Zeiten, der ganzen Welt, die beschlossen hatten, die Lust bis ins Letzte auszukosten. Als hätten sie zu lange gewartet, es sich zu häufig vorgestellt und schenkten einander nun ein Ballett aller Sinne.

Der Kuss des einen verlangte nach dem Kuss des anderen. Ließ Garys Mund anschwellen, um Hortenses Mund auszufüllen, die ihn ansaugte, ihn schmeckte, einen weiteren Kuss erfand, dann noch einen und noch einen, und Gary, verwundert, wehrlos, neu gestärkt, entzündete mit einem weiteren Kuss ein weiteres Feuer. Ein Reigen kleiner Irrwische, die sie mit sich rissen, sie aushungerten. Betört vergaß Hortense all ihre Listen, ihre Fallen, um die Männer beim Kragen zu packen, und ließ sich von der Leidenschaft verschlingen. Sie flüsterten, sie lächelten, sie schmiegten sich aneinander, verwanden ihre Körper ineinander, sie packten den anderen bei den Haaren, um kurz Luft zu holen, versanken erneut, griffen nach einander, lösten sich voneinander, seufzten, kehrten zu den begehrten Lippen zurück, kosteten sie erneut, lachten bezaubert, gruben ihre Zähne in das zarte Fleisch, bissen, knurrten, bissen wieder und warfen sich nach hinten, um einander herauszufordern und den nächsten Reigen anzugehen. Sie küssten sich nicht nur, sie fachten einander an, schürten das Feuer, warfen einander Flämmchen und Flammen zu, antworteten mit Kanonen, rückten voneinander ab, kehrten zueinander zurück, neigten sich weg, entzogen sich, fanden erneut zueinander. Schweigen und Seufzen, Glut und Küsse, Flammen und Erschauern. Jeder Kuss stand für sich, wie eine einzeln angespielte Note, jeder Kuss öffnete eine Tür zu neuer Sinnenlust.

Hortense wand sich, verlor den Kopf, verlor den Halt, verlor die Kontrolle, wiederholte unablässig, das ist es also, das ist es? Weiter, weiter, o Gary! Wenn du wüsstest … und er sagte, warte, warte, es ist so schön zu warten, dabei hielt er das Warten selbst nicht mehr aus … Also kniff er sie in die Brust, zärtlich erst, als liebte er sie respektvoll, erschauernd, beinahe andächtig, dann heftiger, als werde er sie mit einem einzigen Lendenstoß, einem einzigen Schwertstoß nehmen, und sie wölbte sich ihm entgegen, protestierte, er tue ihr weh, er hielt inne, fragte ernst, beinahe kühl, soll ich aufhören, soll ich aufhören? Und sie schrie, oh, nein! Oh, nein! Es ist nur … ich wusste nicht, ich wusste nicht … und er machte sich auf, seine Tonleitern anderswo auf diesem Körper zu spielen, der sich wie eine Schlange an ihn schmiegte und über den er seine Finger laufen ließ, auf dem er alle Noten, alle Akkorde, alle Variationen spielte, und die Musik stieg in ihm auf, er sang, während er seine Lippen, seine Hände über sie wandern ließ, bis sie die Waffen streckte und ihn anflehte, sie zu nehmen, jetzt, jetzt, sofort …

Er löste sich von ihr, fiel auf die Seite, musterte sie und sagte lediglich, nein, Hortense, meine Schöne, das ist zu einfach, zu einfach … Man muss die Leidenschaft in die Länge ziehen, sonst verfliegt sie, und man ist so traurig. Sie stieß ihn mit ihrem Becken an, sie versuchte, ihn mit dem Lasso ihrer Hüften einzufangen, nein, nein, sagte Gary und machte sich wieder an seine Tonleitern, C, D, E, F, G, A, H, C, ließ seine Lippen dabei über ihre Lippen wandern, benetzte sie, schob sie mit seiner Zunge auseinander, knabberte an ihnen, flüsterte ihnen Worte und Befehle zu, und sie vergaß alles.

Ihr Kopf fiel auf die Seite. Sie wollte schreien, doch er knebelte sie und befahl: Sei still. Und der Klang seiner Stimme, dieser harte, beinahe unpersönliche Ton, brachte sie dazu, sich noch mehr zu winden, und sie wusste nichts mehr von all den alten Rezepten, jenen Rezepten, die die Männer verrückt machten, ihnen den Kopf verdrehten, ihnen jeden Drang raubten, zu widerstehen, die sie als Gefangene in ihre Netze schleuderten.

Sie wurde wieder zu einer Novizin. Unschuldig und zitternd. Sie wurde zu einer Geisel. An Händen und Füßen gefesselt. Eine leise Stimme in ihrem Kopf wiederholte unablässig: Vorsicht, Gefahr, Vorsicht, Gefahr, du wirst dich in diesen Armen verlieren, doch sie brachte sie zum Schweigen, indem sie ihre Fingernägel in Garys Nacken grub, sie wäre lieber gestorben, als diesen Schauer nicht zu erleben, der geradewegs in den Himmel führte, oder in die Hölle, ganz egal! Aber genau hier will ich sein, in seinen Armen, in seinen Armen.

Und er verweigerte sich ihr immer noch.

Er wurde zum Imperator, wählerisch. Er begründete sein Reich, dehnte seine Grenzen immer weiter aus, er sandte seine Garnisonen aus, noch den kleinsten Quadratzentimeter Haut zu besetzen, er war der oberste Feldherr, dann kehrte er zu ihren Lippen zurück, streifte sie, verschlang sie, schmückte sie mit neuen Küssen … Das ist es also, das ist es?, fragte sie sich unablässig zwischen zwei Wogen der Lust.

Mit ausgestreckten Armen. Fest umschlungen. Dass sie beinahe den Verstand verlor.

Einander streifen, um sich aneinanderzuketten. Die Augen schließen unter der sengenden Glut. Einander verschlingen wie Besessene, Fanatiker, Rasende und sich, berauscht von Glück, in einem Nebel aus Lust treiben lassen, einander mit den Fingerspitzen berühren, die nach dem Ufer tasten, um sich dort festzuklammern …

Das ist es also … Das ist es also …

Und die Nacht hatte gerade erst begonnen.

Um vier Uhr morgens bekam Joséphine Durst und stand auf.

Im Flur hörte sie Geräusche, die aus Hortenses Zimmer drangen. Das Geräusch eines quietschenden Bettes, die Geräusche eines zärtlichen Kampfs, Stöhnen, Seufzen.

Wie erstarrt blieb sie in ihrem langen weißen Baumwollnachthemd stehen. Erschauerte.

Hortense und Gary …

Behutsam schob sie die Tür zu Zoés Zimmer auf.

Zoé und Gaétan schliefen, nackt und eng umschlungen.

Gaétans nackter Arm auf Zoés nackter Schulter …

Zoés glückliches, befriedigtes Lächeln.

Das Lächeln einer Frau …

»Jetzt bin ich endgültig überfordert«, sagte Joséphine zu Shirley, als sie ins Bett zurückkehrte.

Shirley rieb sich die Augen und sah sie an.

»Was machst du denn da? Wieso bist du mitten in der Nacht auf?«

»Ich kann dir verraten, dass dein Sohn und meine Tochter gerade miteinander im Bett sind, und bei den beiden scheint es ziemlich hoch herzugehen!«

»Na endlich …«, seufzte Shirley und knetete ihr Kopfkissen zurück in seine bauchige Form. »Das wurde ja auch langsam Zeit!«

»Zoé und Gaétan schlafen den Schlaf der Gerechten, und wenn du mich fragst, haben sie vorher auch miteinander geschlafen …«

»Ach? Zoé auch?«

»Mehr hast du dazu nicht zu sagen?«

»Ach, Jo, so ist das Leben … Sie liebt ihn, er liebt sie. Freu dich doch!«

»Sie ist fünfzehn! Das ist noch viel zu früh!«

»Ja, aber sie ist doch schon so lange in Gaétan verliebt. Das musste so kommen …«

»Sie hätten noch warten können … Was soll ich ihr denn jetzt sagen? Muss ich überhaupt etwas sagen, oder soll ich so tun, als wüsste ich nichts?«

»Lass es einfach auf dich zukommen. Wenn sie mit dir darüber reden will, wird sie von selbst davon anfangen …«

»Hoffentlich wird sie nicht schwanger!«

»Hoffentlich war es schön! Für einen perfekten Liebhaber scheint er mir ein bisschen jung zu sein …«

»Ich erinnere mich nicht, wann sie zum letzten Mal ihre Minütchen hatte …«

»Ihre was?«, fragte Shirley, die endlich die passende Delle in ihrem Kopfkissen gefunden hatte und ihre Wange hineinschmiegte.

»Zoé hat das Wort erfunden. Statt ›ihre Tage‹ sagt sie ›ihre Minütchen‹, ist doch süß, oder?«

»Sehr süß … die Kunst, etwas Unappetitliches in dekorativen Schnickschnack zu verwandeln!«

Immer noch nachdenklich, verschränkte Joséphine die Arme vor der Brust und sagte schließlich mit Grabesstimme: »Und jetzt sitzen wir hier in unserem Bett!«

»Zwei vertrocknete Nonnen! Finde dich damit ab, meine Schöne, wir reichen die Schlüssel der Leidenschaft an unseren Nachwuchs weiter, wir werden alt!«

Joséphine dachte nach. Alt, alt, alt. Sie hatte einen Vortrag über den Ursprung des Wortes »alt« gehalten. An der Universität Lumière Lyon II. Erstmalige Verwendung im *Alexiuslied*, dann 1080 im *Rolandslied*. Französisch *vieux*, aus dem lateinischen *vetus*, dann *vetulus*, über das altfranzösische *viez*, das sowohl die Bedeutung »etwas, was mit zunehmendem Alter besser wird, erprobt, erfahren« als auch »verbraucht« umfasst. Ab dem zwölften Jahrhundert Bedeutungsentwicklung hin zu

»verschlechtert, nicht mehr nutzbar, zu entsorgen«. Ab welchem Alter ist man reif für den Müll? Gibt es ein offizielles Verfallsdatum wie beim Joghurt? Wer entscheidet darüber? Der Blick der anderen, der einen zu einem runzligen Apfel zusammenschrumpeln lässt, oder das Begehren, das sich abwendet und zum Rückzug bläst? »Grünes Alter«, versicherte Rabelais, der Lebemann. »Greis«, sagte Corneille in Bezug auf Don Diego, der nicht mehr in der Lage war, seine Ehre zu verteidigen. Im zwölften Jahrhundert war man mit vierzig ein Greis. Altern. Welch seltsames Wort.

»Glaubst du, er schläft heute Abend mit Dottie?«

Dottie ist nicht alt. Dottie ist nicht verbraucht. Dottie ist ein noch nicht abgelaufener Joghurt.

»Hör auf, Jo! Ich sage dir, sie schläft in ihrer eigenen Wohnung, und er bläst alleine Trübsal … Er denkt an dich und tastet in seinem großen, leeren Bett herum. Genau wie er. Groß und leer.«

Shirley versetzte Joséphine einen freundschaftlichen Klaps und lachte laut auf. Dann schimpfte sie: Sie fand die Kuhle in ihrem Kopfkissen nicht mehr.

Joséphine lächelte nicht.

»Ich glaube nicht, dass er traurig ist … Ich glaube nicht, dass er in einem großen, leeren Bett schläft. Er schläft mit ihr, und er hat mich vergessen …«

Philippe wachte auf und zog seinen eingeschlafenen Arm unter Dotties Körper hervor.

Die erste Nacht des Jahres.

Ein bläuliches Licht sickerte durch die Vorhänge und tauchte das Zimmer in einen kalten Heiligenschein. Am Vorabend hatte Dottie ihre Handtasche auf der Kommode ausgeleert. Sie hatte ihr Feuerzeug gesucht. Sie rauchte, wenn sie traurig war. In letzter Zeit rauchte sie immer häufiger. Dottie rückte wieder näher und kuschelte sich an ihn. Er roch den Zigarettenrauch in ihren Haaren, einen kalten, beißenden Geruch, der ihn den Kopf abwenden ließ.

Sie öffnete ein Auge und fragte: »Du bist wach? Stimmt was nicht?«

Er streichelte ihr Haar, damit sie wieder einschlief.

»Nein, nein, alles in Ordnung … Ich habe nur Durst.«

»Soll ich dir ein Glas Wasser holen?«

»Nein!«, lehnte er gereizt ab. »Ich bin alt genug, um mir mein Wasser selbst zu holen. Schlaf weiter …«

»War ja nur ein Angebot …«

»Schlaf weiter …«

Er selbst hielt die Augen weit geöffnet.

Joséphine. Was machte Joséphine in diesem Moment?

Um zehn vor fünf morgens …

Um halb eins klingelte Hortenses Handy. Ein Lied von Massive Attack, *Teardrop* …

Sie schob ihre lange, verwuschelte Mähne zurück, schnitt eine Grimasse, fragte sich, wer das so früh sein konnte, sie waren doch gerade erst eingeschlafen. Ihr Gesicht legte sich in freudige Falten, als sie Gary erblickte, dessen langer Arm quer über ihrem Bauch lag, sie steckte den Kopf zurück unter das Kissen, sie wollte nichts hören … Schlafen, schlafen, wieder einschlafen … Sich an das unbeschreibliche Glück des vergangenen Abends erinnern, ihre Finger über die Haut ihres Geliebten wandern lassen. Mein Geliebter, mein wundervoller Geliebter. Sie krümmte sich zusammen, als sie sich daran erinnerte, wie er endlich, endlich … Das war es also, was die Welt sich drehen ließ … Und ich habe zwanzig Jahre gelebt, ohne das zu wissen! Mmmm, das wird sich ändern! Das wird sich ändern! Dieser schlafende Mann, den sie schon so lange zu kennen glaubte, hatte sie auf den Grund der Finsternis mitgerissen.

Und jetzt bin ich erschüttert wie ein unschuldiges junges Ding.

Das Handy ließ nicht locker, Sie schaute auf den Micky-Maus-Wecker, den ihr Vater ihr geschenkt hatte, als sie acht war … Halb eins!

Mit einem Ruck richtete sie sich auf. Halb eins in Paris, halb zwölf in London! Miss Farland!

Sie stürzte sich auf ihr Handy.

Murmelte ganz leise »Hallo? Hallo?«, während sie ihr T-Shirt anzog und darauf achtete, Gary nicht aufzuwecken.

Schlich auf Zehenspitzen aus dem Zimmer.

»Hortense Cortès?«, bellte die Stimme aus dem Telefon.

»*Yes* …«, flüsterte Hortense.

»*Paula Farland on the phone. You're in! You are the one! You won!*«

Hortense ließ sich im Flur auf die Fersen sinken. Gewonnen! Sie hatte gewonnen!

»*Are you sure?*«, fragte sie und schluckte mit zugeschnürter Kehle.

»*I want to see you at my office today, five o'clock sharp!*«

Punkt fünf Uhr in ihrem Büro in London?

Es war halb eins in Paris. Sie hatte gerade noch Zeit, ihre Tasche zu packen, in den Eurostar zu springen, in den achten Stock des Gebäudes an der Bond Street zu steigen, der Sekretärin eine lange Nase zu drehen, die Tür zu öffnen und, Trommelwirbel, *Here, I am!*

»*Okay, Miss Farland, five o'clock in your office!*«

»*Call me Paula!*«

Sie rannte in die Küche.

Shirley und Joséphine putzten Möhren, Porree, Sellerie, Rüben und Kartoffeln für eine Gemüsesuppe. Shirley erklärte Joséphine, dass die langen, dicken Kartoffeln ganz köstlich mit gesalzener Butter schmeckten, während die kurzen, runden sich eher für Pommes frites und Püree eigneten.

»Guten Morgen, Liebes«, sagte Jo und musterte ihre Tochter von Kopf bis Fuß. »Hast du gut geschlafen?«

»Maman! Maman! Ich habe meine Schaufenster! Ich habe sie! Miss Farland hat mich gerade angerufen, ich muss los! Ich habe um fünf Uhr einen Termin in ihrem Büro in London! Superklasse, genial, fantastisch, megahammergeil, superduper obercool, yipieahyeah, ich bin die Größte!«

»Du fährst nach London?«, wiederholten Shirley und Joséphine verdattert. »Aber …«

Aber was ist mit Gary?, hätten sie beinahe gefragt, doch sie bissen sich noch rechtzeitig auf die Zunge.

»… ist das nicht ein bisschen überstürzt?«, fragte Joséphine stattdessen.

»Maman! ICH HABE MEINE SCHAUFENSTER! Siehst du, ich hatte recht! Ich hatte recht! Kann ich den Rest Kaninchen für heute Abend mitnehmen? Ich werde keine Zeit haben, noch einzukaufen, und ich weiß nicht, ob die Jungs den Kühlschrank gefüllt haben, ehe sie weggefahren sind …«

Und sie kehrte in ihr Zimmer zurück, um leise zu packen.

»Sperr die Ohren auf! Das gibt Ärger!«, warnte Shirley.

»Sie kann nicht eine Sekunde stillhalten! Von wem hat sie das bloß?«, jammerte Joséphine. »Und er wird kreuzunglücklich sein …«

»Er war vorgewarnt. Er wusste genau, dass er sie nicht in eine brave kleine Hausfrau verwandeln würde …«

»Habe ich geträumt, oder hat gerade dein Handy geklingelt?«, fragte Gary, der, auf einen Ellbogen gestützt, im Bett lag.

Hortense schaute ihn an und dachte, er ist so schön, mein Gott, ist er schön! Und sie verspürte den Wunsch, die Nacht wieder von vorn beginnen zu lassen.

»Ah? Du bist wach?«, antwortete sie mit leiser, belegter Stimme.

»Oder ich schlafe mit offenen Augen«, spottete Gary.

Hortense hatte den Kleiderschrank geöffnet und häufte ihre Sachen in ihre Tasche.

»Was machst du denn da?«, fragte er und zog die Kopfkissen zu sich her.

»Ich packe. Ich fahre nach London …«

»Jetzt sofort?«

»Ich habe um Punkt fünf Uhr einen Termin bei Miss Farland. Oh, Verzeihung! Paula. Sie hat gesagt, ich soll sie ab jetzt Paula nennen …«

»Hast du die Ausschreibung gewonnen?«

»Ja.«

»Herzlichen Glückwunsch«, sagte er düster, legte sich wieder hin und wandte ihr den Rücken zu.

Hortense sah ihn verzagt an. O nein!, stöhnte sie stumm, o nein! Sei jetzt nicht sauer, tu mir das nicht an. Es fällt mir doch auch so schon schwer genug, jetzt wegzufahren …

Sie ging zum Bett, setzte sich hin und sprach zu dem Rücken.

»Versuch doch, mich zu verstehen. Das ist mein Traum, mein großer Traum, der Wirklichkeit wird …«

»Ich freue mich sehr für dich … es sieht vielleicht nicht danach aus, aber ich krieg mich kaum noch ein vor Begeisterung!«, brummte er, die Nase im Kissen vergraben.

»Gary … Bitte … Ich will etwas Großes aus meinem Leben machen, ich will weiterkommen, Erfolg haben, es bis ganz oben schaffen, das bedeutet alles für mich …«

»Alles?«, wiederholte er ironisch.

»Gary… diese Nacht war… wunderbar. Mehr als wunderbar. Ich hätte nie gedacht, dass… Ich dachte, ich würde den Verstand verlieren, vor Lust, vor Glück…«

»Vielen Dank, meine Liebe«, fiel ihr Gary ins Wort. »Es freut mich sehr, dass ich es geschafft habe, deinen Ansprüchen gerecht zu werden.«

»Ich habe so etwas noch nie erlebt, Gary, noch nie…«

»Und trotzdem fährst du nach London, und beim Packen hast du gehofft, ich würde nicht aufwachen…«

Sie redete immer noch mit einem Rücken. Einem schlecht gelaunten Rücken.

»Das ist eine unglaubliche Chance für mich, Gary. Und wenn ich nicht fahre…«

»Wenn du nicht vor Miss Farland strammstehst?«

»Wenn ich nicht hinfahre, klaut mir vielleicht jemand anderer meinen Platz!«

»Dann fahr doch, Hortense, lauf, flieg, spring in den Eurostar, wirf dich Miss Farland zu Füßen… Ich halte dich nicht auf. Ich verstehe sehr gut. Das ist logisch… Nein, ich sollte besser sagen, es entspricht deiner Logik.«

»Aber ich verlasse dich doch nicht für einen anderen!«

»Für zwei beschissene Schaufenster bei Harrods! Dem vulgärsten Kaufhaus in ganz London! Aber ich bin ja selbst schuld. Normalerweise habe ich bei Mädchen einen besseren Riecher…«

Wie gelähmt sah Hortense ihn an. Das konnte er doch nicht sagen! Sie auf eine Stufe mit den anderen stellen. Verbrachte er solche Nächte mit allen Mädchen? Unmöglich. Diese Nacht war einzigartig gewesen. Das konnte für ihn nicht anders gewesen sein. Unmöglich, unmöglich.

»Das heißt doch nicht, dass mir das, was wir beide heute Nacht erlebt haben, nichts bedeutet«, beharrte sie, mit besonderer Betonung auf »wir beide«.

»Wer ist das, ›wir beide‹?«, fragte er und drehte sich zu ihr um.

»Wir haben alle Zeit der Welt, Gary, alle Zeit der Welt.«

Er sah sie mit einem strahlenden Lächeln an.

»Ich halte dich doch nicht auf, Hortense. Fahr nur. Ich werde dir ohne Heulen und Zähneknirschen dabei zusehen, wie du deine Tasche packst, und wenn du etwas vergisst, erinnere ich dich daran. Du siehst, ich bin durchaus bereit, dir zu helfen …«

»Gary, hör auf!«, fiel ihm Hortense ungeduldig ins Wort. »Ich nehme mein Leben in die Hand. Jetzt. In diesem Moment. Das ist meine Leidenschaft, die sich endlich verwirklicht … Und das würde ich notfalls gegen alle Widerstände durchsetzen …«

»Das ist genau das, was ich sehe … eine Leidenschaft, die sich verwirklicht. Schön. So etwas habe ich vorher noch nie aus der Nähe gesehen. Ich klatsche Beifall!«

Er legte die Hände aneinander und applaudierte matt, als machte er sich über sie lustig.

»Das geht nicht gegen dich, Gary … Aber ich muss fahren! Komm doch mit mir.«

»Um deine Taschen zu tragen und deine Schaufenster zu dekorieren? Nein, danke! Ich habe Besseres zu tun.«

Und dann begann Hortense nachzudenken. Sie würde nicht vor ihm auf die Knie fallen. Er verstand sie nicht? Pech gehabt! Sie würde fahren. Allein. Sie war es gewöhnt, allein zu sein. Daran war sie nicht gestorben. Sie war zwanzig Jahre alt und hatte das ganze Leben vor sich.

»Meinetwegen! Dann bleib hier. Schmoll nur! Ich werde Harrods erobern, ich werde London erobern, ich werde Paris erobern, ich werde New York, Mailand, Tokio erobern … Und ich werde es ohne dich tun, weil du ja lieber die beleidigte Leberwurst spielst.«

Er klatschte immer noch, zunehmend ironisch.

»Du bist umwerfend, Hortense, einfach umwerfend! Ich verneige mich vor der großen Künstlerin …«

Plötzlich kam es ihr vor, als demütigte er sie, als verspottete er ihren Wunsch nach Erfolg, als steckte er sie in den gleichen Sack wie diese Opportunisten, diese Emporkömmlinge, diese dämlichen Hühner, die zu allem bereit waren, *I want to be a star, I want to be a star*, diejenigen, die von ihren fünfzehn Minuten Ruhm träumten, indem sie sich am Ende des Abends an einen angetrunkenen Promi klebten. Er stellte sie auf eine Stufe mit einer einfachen Arbeiterin und hob sich selbst auf die Ebene der wahren Künstler. Jener Künstler, die den Menschen hochhalten, die alles mit Großbuchstaben schreiben, die rechtschaffen durchs Leben gehen. Mit seiner Verachtung machte er sie klein. Ihr ganzes Wesen begehrte dagegen auf, das ertrug sie nicht.

»Du hast leicht reden, Mister Goldener Löffel im Arsch! Mister Enkel der Queen! Mister Ich brauche meinen Lebensunterhalt nicht zu verdienen, ich brauche nur beiläufig ein paar Tonleitern zu klimpern und mich für Glenn Gould zu halten! Das ist wirklich einfach!«

»Hortense! Ich verbiete dir, so etwas zu sagen, das geht unter die Gürtellinie … weit unter die Gürtellinie.« Gary war blass geworden.

»Ich sage, was ich denke! Das Leben ist zu bequem für dich, Gary! Du streckst eine Hand aus, und das Geld fällt hinein. Darum tust du jetzt so empört. Du musstest noch nie für etwas kämpfen! Niemals! Aber ich kämpfe, seit ich ganz klein war!«

»Armes kleines Mädchen!«

»Ganz genau: armes kleines Mädchen! Und ich bin stolz darauf!«

»Dann beiß nur weiter um dich! Darin bist du ganz groß!«

»Armes Schwein!«

»Auf das Niveau lasse ich mich nicht herab …«

»Ich hasse dich!«

»Und ich nicht mal das! Mädchen wie dich gibt es wie Sand am Meer. Die Straßen sind voll davon … Weißt du, wie man sie nennt?«

»Ich hasse dich!«

»Von Liebe zu Hass ist bei Ihnen nur ein kurzer Schritt, meine Teure!«, antwortete er mit einem kleinen Lächeln im Mundwinkel. »Bei Ihnen haben die Gefühle keine Zeit, Wurzeln zu fassen! Sie sind bloß künstliche Blumen, die ein Windstoß davonträgt … Ein kurzer Anruf von Miss Farland, und zack!, sind da keine Blumen mehr, sondern nur noch hässlicher Asphalt.«

In Hortenses schräg stehenden grünen Augen glomm ein düsteres Funkeln auf. Sie schleuderte ihm die Tasche ins Gesicht, die sie gerade geschlossen hatte.

Er lachte. Sie stürzte sich auf ihn. Schlug ihn, versuchte ihn zu beißen. Lachend stieß er sie zurück; sie fiel mit ihrem ganzen Gewicht auf den Boden. Auf dem Rücken liegend, deutete sie gedemütigt mit einem Finger auf ihn und schrie: »Versuch niemals, niemals mehr, mich wiederzusehen, Gary Ward!«

»Ach … da besteht keine Gefahr, Hortense, du hast es geschafft, dass ich auf absehbare Zeit genug von dir habe!«

Er zog seine Jeans und sein T-Shirt an und verließ das Zimmer ohne einen weiteren Blick auf die am Boden liegende Hortense.

Sie hörte die Tür zuschlagen.

Sie warf sich auf das Bett und begann zu schluchzen. Das geschah ihr recht. Sie war verrückt gewesen, zu glauben, man könne eins werden mit einem Jungen, mit ihm zu einer Kugel aus Liebe und Gefühlen verschmelzen, und sich gleichzeitig selbst verwirklichen! *Bullshit!* Sie hatte geglaubt, ihn zu lieben, sie hatte geglaubt, er liebe sie, sie hatte geglaubt, er würde ihr helfen, große, schöne Dinge zu vollbringen, es war grotesk. Sie lachte laut auf. Ich bin in die gleiche Falle getappt wie alle Mädchen, und es geschieht mir recht! Blöde Kuh! Was wäre denn schon aus mir geworden? Ein verliebtes Mädchen! Und man weiß ja, wie so was endet! Naive Gänse, die schluchzend auf dem Bett liegen. Ich bin keine naive Gans, die schluchzend auf einem Bett liegt. Ich bin Hortense Cortès, und ich werde ihm zeigen, dass ich Erfolg haben kann, ich schaffe es bis in den Himmel, ich werde den Himmel durchbrechen, ich werde die Wolken durchbrechen, und dann, dann … werde ich ihn keines Blickes würdigen, ich werde ihn ignorieren, ich werde ihn als verzweifelten Zwerg am Straßenrand zurücklassen und meines Weges gehen. Sie stellte sich einen verzweifelten Zwerg am Straßenrand vor, klebte ihm Garys Gesicht an und ging langsam, langsam an ihm vorbei, ohne auch nur den Blick zu senken. *Bye-bye*, verzweifelter Zwerg, bleib du nur auf deiner kleinen, tristen Landstraße, auf deinem schmalen, bis zum Ende vorgezeichneten Weg …

Ich fahre nach London, und ich werde dich nie, nie wiedersehen!

Sie stand auf, atmete tief durch und hob ihre Sachen auf.

Alle vierzig Minuten fuhr ein Eurostar.

Sie würde um Punkt fünf Uhr in Miss Farlands Büro in London sein.

Sie durfte bloß nicht den Stift vergessen, den sie im Pigalle-Viertel gekauft hatte. Eine Frau, die sich an- und auszog, wenn man ihn kippte.

Ein bisschen gewagt vielleicht.

Aber Paula würde er gefallen …

Dritter Teil

Es sollte ein wundervoller Abend werden, doch er endete in einem Fiasko.

Jedes Jahr luden Jacques und Bérengère Clavert am ersten Januarsonntag zu einem »zwanglosen Beisammensein«. Ohne Krawatte, Jackett oder Protokoll. Ein freundschaftliches Treffen mit Kinderpolonaisen, legeren Hosen, nachlässig um die Schultern geschlungenen Pullovern. »Feiert den Winter bei Jacques und Bérengère«, verhieß die Einladungskarte. Sie warben um die Gunst wichtiger Persönlichkeiten, indem sie sie mit Freunden und Verwandten mischten, schufen so dem Ganzen einen Anschein von Herzlichkeit und eine Stimmung, in der inmitten von Kindergeschrei und Weihnachtsmärchen Visitenkarten und vertrauliche Informationen ausgetauscht wurden. Auf diese Weise konnten Jacques und Bérengère Clavert den Grad ihrer Beliebtheit ermessen und sich vergewissern, dass sie immer noch zur High Society gehörten.

Dazu brauchten sie lediglich die tatsächlich erschienenen Geladenen abzuhaken und ihre Bedeutung zu gewichten. Ein Wirtschaftsboss wog drei von Bérengères Freundinnen auf, aber eine Freundin von Bérengère, die von ihrem Wirtschaftsbossehemann begleitet wurde, gab zusätzliche Punkte.

Und außerdem …

Und außerdem, sagte sich Bérengère, konnte es nicht schaden, diesem Jahresanfang eine etwas fröhlichere Note zu verleihen. Die Mienen waren düster, die Reden pessimistisch. Das ist ja fast schon eine gute Tat, dachte sie, während sie in ein schwarzes Etuikleid schlüpfte und sich zu ihrem flachen Bauch und ihren schmalen Hüften beglückwünschte. Nicht ein Gramm Cellulite oder auch nur ein Schwangerschaftsstreifen, und das trotz meiner vier Kinder! Ich habe noch schöne Tage vor mir. Falls ich den Mann finde, der …

Ihren letzten Versuch hatte sie rasch abgebrochen. Dabei war er attraktiv gewesen, dunkler Typ, Single, behaart. Seine gebräunten, schwarz behaarten Handgelenke hatten sie unglaublich angezogen. Der Mann bereiste die Wüsten der Welt, um im Auftrag einer amerikanischen Firma Bohrschächte einzurichten. Sie stellte sich vor, mit seinen braunen Locken zu spielen, an seiner muskulösen Brust zu liegen, sich an seinem starken, männlichen Geruch zu berauschen, dem Geruch eines Mannes, der um den Bohrturm streifende Raubtiere niederringt. Ihre Träume waren jäh zerplatzt, als die Rechnung kam und er eine Kreditkarte aus der Tasche gezogen hatte. Eine stinknormale Kreditkarte, nicht Gold, nicht Platin, nichts. Gibt es so etwas überhaupt noch?, hatte sie sich mit vor Verblüffung aufgerissenen Augen gefragt. Sie hatte gegähnt und den Schachtbauer gebeten, sie nach Hause zu fahren. Eine plötzliche Migräne. Eine schreckliche Mattigkeit. Sie war über das Alter hinaus, in dem man sich leichtfertig auf etwas einlässt. Eine simple Kreditkarte … das hatte sie an ihre Jugend erinnert, als sie den Erstbesten küsste, der es wagte, sich an ihrer Zahnspange zu reiben, und der nicht einmal genug Geld hatte, um ihr eine Cola zu spendieren. Jetzt bin ich achtundvierzig und muss investieren. Einen Ersatz mit Gold- oder Platinkarte finden, oder besser noch, mit schwarzer Infinite, falls Jacques mich verlassen sollte. Denn genau das steht mir bevor. Man braucht ja nur zu sehen, wie er jeden Abend später nach Hause kommt … Irgendwann wird er überhaupt nicht mehr nach Hause kommen, und dann gucke ich in die Röhre. Gestrandet im Regal der geschiedenen Frauen. In meinem Alter ist eine alleinstehende Frau allen Bedrohungen ausgesetzt.

Tische wurden aufgestellt, schöne weiße Tischdecken ausgebreitet, Duftkerzen und Blumensträuße verteilt, Champagnerkübel, Naschereien und farbenfrohe Sorbets hingestellt, doch das von allen mit Spannung erwartete Highlight waren die Pyramiden aus Windbeuteln, die Bérengère angeblich selbst herstellte, obwohl sie in Wirklichkeit von Jacques heimlich in einer Konditorei im fünfzehnten Arrondissement besorgt wurden. Bei einer gewissen Madame Keitel, einer jovialen Österreicherin, die weder Hals noch Kinn hatte, dafür aber ein unauslöschliches, in drei Fettringe gemeißeltes Lächeln.

Jacques Clavert widerstrebte dieser Botengang. Mit den Jahren fiel es ihm immer schwerer, sich an der Maskerade zu beteiligen. Widerwillig schlurfte er los, schimpfte über seine Frau, über alle Frauen, über ihre Heimtücke, ihre Falschheit, Zwerge sind wir Männer, murrte er, bemitleidenswerte Zwerge, denen sie auf der Nase herumtanzen. Beim Ausfahren aus der Garage rammte er eine Delle in den Kotflügel seines Wagens, er ritzte sich einen Finger an einem Windbeutelkarton, fluchte, spürte, wie sich der Stachel des Hasses in sein Fleisch bohrte, und verließ Madame Keitels Laden mit dem Vorsatz, dass dies endgültig das allerletzte Mal gewesen sei und er das Geheimnis lüften werde.

Und seine Seele retten.

»Ach, du hast eine Seele?«, fragte Bérengère achselzuckend.

»Spotte nur! Irgendwann werde ich dich auffliegen lassen …«

Lächelnd sprühte Bérengère Haarlack auf ihren braunen Pony und tippte gereizt mit dem Finger auf drei neue Fältchen neben ihren braunen Augen.

Ihr Ehemann drohte zwar, aber er setzte seine Drohungen nie in die Tat um.

Ihr Ehemann war ein Waschlappen.

Das wusste sie schon lange.

Bérengères Windbeutel waren der Höhepunkt des Abends.

Man redete vorher von ihnen, man redete nachher über sie, man dachte das ganze Jahr an sie, man wartete gespannt auf sie, und wenn sie aufgetragen wurden, betrachtete man sie, nahm sie in die Hand, kostete sie mit geschlossenen Augen, im Stehen, ernst und würdevoll, beinahe verzückt; und jede noch so raffinierte Frau, jeder noch so skrupellose Mann wurde für die Dauer eines Windbeutels wieder unschuldig und sanft. Um Zugang zu Bérengère Claverts Windbeuteln zu erhalten, versöhnten sich unversöhnliche Gegner, wurden beste Freundinnen wieder zu Freundinnen, fraßen böse Zungen Kreide. Man fragte sich zwar, wie Bérengère diese cremige, fluffige Konsistenz, diesen Hauch von Karamell hinbekam … aber man fragte es sich nicht sehr lange: Eine Woge der Begeisterung fegte alle kritischen Gedanken hinweg.

Während das Personal an diesem Abend mit den Vorbereitungen beschäftigt war, trat Bérengère Clavert in das eheliche Schlafzimmer und sah erstaunt, dass ihr Mann in Unterhose und schwarzen Socken auf dem Bett lag. Er las *Le Monde Magazine*, eine Zeitungsbeilage, die er jeden Freitag beiseitelegte, um sich am Sonntag damit die Zeit zu vertreiben. Sein größtes Bemühen galt dabei der Lösung des Sudokus in den Schwierigkeitsstufen »Experte« oder »sehr schwer«, welches die Zeitung auf den letzten Seiten veröffentlichte. Wenn es ihm gelang, stieß er ein Gebrüll aus wie ein wildes Tier, boxte in die Luft und schrie *I did it, I did it*, die einzigen englischen Worte, die er sich merken konnte.

»Holst du die Windbeutel nicht?«, fragte Bérengère und bemühte sich, den Zorn zu unterdrücken, der angesichts der saloppen Aufmachung ihres Mannes in ihr aufstieg.

»Ich werde die Windbeutel nie wieder holen«, antwortete Jacques Clavert, ohne den Kopf von seinem Sudoku zu heben.

»Aber …«

»Ich werde die Windbeutel nicht mehr holen …«, wiederholte er und schrieb eine 7 und eine 3 in ein Kästchen.

»Aber was werden denn unsere Freunde sagen?«, stammelte Bérengère. »Du weißt doch, wie sehr sie sich …«

»Sie werden furchtbar enttäuscht sein, und du wirst dir als Ausrede eine weitere Lüge ausdenken müssen!«

Er schaute zu ihr auf und fügte mit einem breiten Grinsen hinzu: »Und ich werde mich totlachen!«

Dann wandte er sich wieder dem Ausfüllen seines Sudokus zu.

»Ich bitte dich, Jacques! Du bist verrückt geworden!«

»Ganz und gar nicht. Im Gegenteil, ich bin endlich wieder bei klarem Verstand. Ich werde nie wieder deine Windbeutel holen, und morgen ziehe ich aus dieser Wohnung aus …«

»Und dürfte ich erfahren, wohin du gehst?«, fragte Bérengère, während ihr Herz zu rasen begann.

»Ich habe eine Einzimmerwohnung in der Rue des Martyrs gemietet; dorthin ziehe ich mich mit meinen Büchern, meiner Musik, meinen Filmen, meinen Akten und meinem Hund zurück. Die Kinder überlasse ich dir … Ich hole sie sonntagmorgens ab und bringe sie abends wieder zurück. Ich habe keinen Platz, um sie bei mir unterzubringen.«

Bérengère ließ sich auf die Bettkante sinken. Mit offenem Mund und hängenden Armen. Sie spürte, wie das Unglück nach und nach den ganzen Raum ausfüllte.

»Wann hast du das denn beschlossen?«

»Tu jetzt nicht so, als wäre das eine Überraschung für dich. Wir verstehen uns nicht mehr, wir ertragen einander nicht mehr, wir spielen nur noch Theater … Wir belügen einander, dass sich die Balken biegen. Das ist anstrengend und führt zu nichts. Ich habe noch ein paar schöne Jahre vor mir und du auch, also lass sie uns nutzen, statt uns gegenseitig das Leben zu vermiesen …«

Bei diesen Worten hatte er den Blick nicht von der Zeitung gehoben, seine Gedanken konzentrierten sich immer noch auf das Mysterium der japanischen Zahlen.

»Du bist abscheulich!«, presste Bérengère hervor.

»Erspar mir die großen Worte, das Heulen und Zähneklappern … Ich lasse dir die Kinder, die Wohnung, ich bezahle die laufenden Kosten, und Gott weiß, dass sie ihren Namen zu Recht tragen, denn sie galoppieren nur so dahin, dass ich kaum noch hinterherkomme! Ich will einfach nur meine Ruhe …«

»Das wird dich einiges kosten!«

»Es wird mich genau das kosten, was ich zu zahlen bereit bin. Ich habe Beweise für deine diversen Ehebrüche. Zwing mich nicht, sie zu verwenden … Um der Kinder willen.«

Bérengère hörte ihn kaum. Sie dachte an ihre Windbeutel. Ein Abend bei den Claverts ohne Windbeutel war ein misslungener Abend. Ihre Windbeutel waren weltberühmt. Es gab nicht genügend Adjektive, um sie zu preisen. Das reichte von »berückend« über »wundervoll« bis hin zu »nie gesehen«, »Mein Gott!«, »Oh! My God!«, »knock out«, »maravilloso«, »deliziosi«, »diviiiine«, »pyszny«, »heerlijk« und »miraculeux«. Eines Abends hatte ein russischer Geschäftsmann ein dröhnendes »kraputschowski« von sich gegeben, was, so hatte man es ihr übersetzt, auf Samowarisch »atemberaubend« bedeutete. Diese Windbeutel waren ihr Verdienstorden, ihr Universitätsdiplom, ihr Bauchtanz. Man hatte ihr viel Geld für das Rezept geboten. Sie hatte abgelehnt und behauptet, es werde in ihrer Familie seit Jahren von den Müttern an die Töchter weitergegeben und dürfe unter keinen Umständen einem Fremden verraten werden.

»Ich biete dir einen Deal an: Wir trennen uns im Guten, aber dafür holst du mir meine Windbeutel …«

»Ich werde nie wieder deine Windbeutel holen! Und es ist in deinem eigenen Interesse, dass wir uns im Guten trennen, meine Liebe. Darf ich dich daran erinnern, dass ich dich als Bérengère Goupillon geheiratet habe … Willst du in dieses Elend zurückkehren?«

Bérengère Goupillon. Sie hatte vergessen, dass sie früher einmal diesen Namen getragen hatte. Wie von einem Schlag getroffen, richtete sie sich auf. Goupillon! Er konnte verlangen, dass sie ihren Mädchennamen wieder annahm.

Sie senkte den Kopf und flüsterte: »Ich will nie wieder Goupillon heißen.«

»Ah, jetzt wirst du also vernünftig … Du darfst meinen Namen behalten, wenn du dich kooperativ verhältst«, verkündete er mit einer weit ausholenden Geste, wie einst Nero, der den von den Löwen zerfleischten Gladiator verschonte. »Und du kannst deine Windbeutel selbst holen … Ich nehme unsere Gäste in Empfang, sobald ich mein Sudoku gelöst habe.«

Das war undenkbar. Sie konnte nicht weg. Ihr Nagellack war noch nicht trocken, sie hatte weder ihren Eyeliner aufgetragen noch ihre Ohrringe ausgewählt. Sie brauchte einen loyalen Boten.

Hastig dachte sie nach.

Die Filipinos, die sie als Aushilfen engagiert hatte?

Denen würde sie nie, niemals die Schlüssel ihres Minis überlassen. Und auch nicht die von Jacques' Wagen. Außerdem könnten sie reden.

Ihre beste Freundin?

Sie hatte schon lange keine mehr …

Sie griff nach ihrem Handy. Ließ die Namen vorbeiziehen. Stieß auf Iris Dupin und bemerkte, dass sie sie nicht aus ihrem Adressbuch gelöscht hatte. Iris Dupin. Sie war diejenige gewesen, die einer »besten Freundin« noch am nächsten gekommen war. Etwas gehässig, natürlich, ja, man könnte sogar sagen, ein richtiges Biest … aber gut … Sie wäre niemals losgefahren, um die Windbeutel zu holen. Sie hätte die Arme vor der Brust verschränkt und zugesehen, wie sie unterging. Mit dem gleichen leisen, freudigen Lächeln wie Jacques, der in Strümpfen auf seinem Bett lag. Sie lachte nervös. Riss sich zusammen. Iris vielleicht nicht, aber ihre Schwester … Die gute Joséphine … Die Barmherzige Schwester der Armen und Aufgeschmissenen. Immer bereit, anderen einen Gefallen zu tun. Joséphine wird meine Windbeutel holen.

Sie rief sie an. Erklärte ihr, worum es ging. Beichtete ihr Vergehen.

Dir kann ich es ja gestehen, du bist eine gute Seele, eine wirklich gute Seele, aber die anderen ... wenn die das erfahren ... die werden nie wieder ein Wort mit mir reden ... Joséphine, bitte, würdest du meine Windbeutel bei Madame Keitel abholen? Ihr Laden ist gar nicht weit von deiner Wohnung entfernt ... Im Gedenken an Iris. Du weißt doch, wie eng wir beide befreundet waren ... Du würdest mir damit das Leben retten ... und Gott weiß, dass mein Leben kein Zuckerschlecken sein wird, wenn Jacques mich verlässt ... Denn er will mich verlassen! Das hat er mir gerade vor zweieinhalb Minuten eröffnet ...«

»Er will dich verlassen?«, wiederholte Joséphine und sah auf die Uhr. Zehn nach sechs ... Zoé war zu Emma gefahren. Eigentlich hatte sie eine Schale Suppe essen und sich mit einem guten Buch ins Bett legen wollen.

»Ich weiß nicht, wie ich das schaffen soll! Allein mit vier Kindern!«

»Das überlebt man, weißt du. Ich habe es ja auch überlebt ...«

»Du bist ja auch stark, Jo!«

»Nicht stärker als andere ...«

»Doch, du bist stark! Iris sagte immer: ›Unter ihrem butterweichen kleinen Herzen ist Jo ist eine echte Kämpferin‹ ...«

Sie musste sie um den Finger wickeln, sie mit Nettigkeiten überhäufen, mit Komplimenten erweichen. Damit sie schnell, schnell diese verdammten Windbeutel holte. In einer Stunde würden die ersten Gäste ihre Mäntel an der Garderobe ablegen ...

»Du würdest mir damit aus einem fürchterlichen Schlamassel heraushelfen, weißt du ...«

Und Joséphine erinnerte sich, dass Iris genau die gleichen Worte verwendet hatte, »ein fürchterlicher Schlamassel« ... Iris, die sie anflehte, das Buch für sie zu schreiben. Iris' große blaue Augen, Iris' Stimme, Iris' unwiderstehliches Lächeln, Knick und Knock knackten den knurrigen Knuck, eh der sie knacken konnte ...

Sie willigte ein. Wenn es dir hilft, Bérengère, dann hole ich die Windbeutel ... gib mir die Adresse.

Sie notierte die Adresse von Madame Keitel. Notierte, dass alles schon bezahlt war. Dass sie die Rechnung mitnehmen solle, damit Jacques die Windbeutel von der Steuer abziehen konnte, das ist wichtig, Joséphine, sehr wichtig, sonst flippt er aus! Die großen Schachteln nehmen. Sie schön flach auf den Rücksitz stellen, langsam fahren, damit die

Windbeutel nicht verrutschen, nicht zerquetscht werden, nicht auslaufen.

»Und noch etwas, Jo… Kannst du durch den Dienstboteneingang kommen? Es darf dich niemand sehen…«

»Kein Problem. Gibt es einen Türcode?«

Sie notierte sich den Code.

»Und danach bleibst du bei uns und feierst mit…«

»O nein! Ich fahre wieder nach Hause… Ich bin müde.«

»Ach was! Ein Glas wirst du doch wohl mit uns trinken!«

»Mal sehen«, sagte Joséphine, deren Widerstand bröckelte.

Die ersten Gäste kamen um zehn nach sieben.

Sie reichten ihren Mantel der kleinen Filipina, die sich um die Garderobe kümmerte.

Betraten das erste Wohnzimmer, breiteten die Arme aus und legten sie um Bérengère, ohne sie zu schließen. Fragten, wo Jacques sei. In seinem Zimmer, er macht sich fertig, antwortete Bérengère und betete, er möge sein Sudoku schnellstens lösen.

Um neunzehn Uhr dreißig kam Joséphine durch den Dienstboteneingang, stellte die schweren Schachteln mit den Windbeuteln auf den Küchentisch und bat, jemand möge Bérengère sagen, dass sie da sei.

Wie ein Wirbelwind fegte Bérengère zur Küche herein, dankte ihr und warf ihr von fern einen Kuss zu. Danke, danke, du hast mir das Leben gerettet! Du hast ja keine Ahnung! Ich war völlig verzweifelt, kurz davor, Harakiri zu begehen! Was kann denn an diesen Windbeuteln so wichtig sein?, fragte sich Joséphine und beobachtete Bérengère, die mit aufgelöster Miene wieder und wieder ihre Windbeutel zählte.

»Perfekt! Sie sind alle da. Ich wusste, dass ich mich auf dich verlassen kann! Und die Rechnung? Du hast sie doch hoffentlich nicht vergessen…«

Joséphine suchte danach. Fand sie nicht. Bérengère erklärte, im Grunde sei es ja auch egal. Da sie sich ohnehin scheiden lassen würden, war das nicht mehr ihr Problem. Sie begann sich bereits zu lösen.

Sie bat eine der Aushilfen, ihr zu helfen, die Windbeutel auf den Tabletts anzurichten, und sie dann auf den großen Tisch im zweiten Wohnzimmer zu stellen.

»Wie viele Wohnzimmer hast du denn?«, erkundigte sich Joséphine belustigt.

»Drei. Wenn ich bloß daran denke, dass er sich in eine Einzimmerwohnung verkriechen will. Er hat den Verstand verloren. Aber das ist nichts Neues. Ich habe hier schon eine ganze Weile das Gefühl, im falschen Film zu sein! Anfangs dachte ich, er hätte eine Geliebte ... Nicht einmal das! Er hat einfach nur die Nase voll. Wovon genau, weiß ich nicht. Und es ist mir auch egal ... Ich suche schon lange nach einem Ersatz für ihn.«

Sie sah Joséphine an und dachte an Philippe Dupin. Er wäre definitiv die ideale Beute gewesen. Reich, attraktiv, kultiviert. Sie hatte gehört, er habe eine Schwäche für Joséphine. Sie hätten sogar ...

»Ich habe eine ganze Weile an Philippe Dupin gedacht ... aber ich habe gehört, dass er seit Neuestem wieder mit einer Frau zusammenlebt ...«

»Ach ...«, sagte Joséphine und klammerte sich an der Tischkante fest. Ihre Beine begannen zu zittern, und sie war nicht sicher, ob sie sie noch lange tragen würden.

»Ich habe eine Freundin in London ... Sie hat mich gestern angerufen. Anscheinend lebt er mit einem jungen Mädchen zusammen. Wie hieß sie noch gleich? Debbie, Dolly ... Nein! Dottie. Sie ist mit Sack und Pack bei ihm eingezogen. Ohne ihn überhaupt zu fragen. Schade! Er hätte mir gefallen. Alles in Ordnung? Fühlst du dich nicht gut? Du bist ja ganz blass.«

»Nein, nein, alles in Ordnung«, murmelte Joséphine, die sich immer noch an den Tisch klammerte, um nicht umzufallen.

»Denn es hieß ja zwischenzeitlich, ihr stündet euch recht nahe ...«

»Tatsächlich?«, entgegnete Joséphine, und ihre Stimme klang fremd in ihren Ohren.

»Ach, die Leute reden viel. Wie gemein dir gegenüber. Es sähe dir überhaupt nicht ähnlich, deiner Schwester den Mann auszuspannen ...«

Sie wurden durch eine Frau unterbrochen, die in die Küche platzte, die Windbeutel entdeckte und sich mit »Himmlisch, einfach himmlisch«-Rufen auf das Tablett stürzte. Bérengère klopfte ihr auf die Finger, und die Naschkatze entschuldigte sich wie ein auf frischer Tat ertapptes Kind.

»Na los, ihr beiden!«, rief Bérengère. »Hopp, hopp, raus aus meiner

Küche … Ich richte meine Windbeutel an, und dann bin ich wieder ganz bei euch …«

Joséphine akzeptierte ein erstes Glas Champagner. Sie fühlte sich matt. Schwach, so schwach. Dann ein zweites, ein drittes. Eine seltsame Leichtigkeit erfasste ihren Körper. Ein genüssliches Prickeln. Sie ließ ihren Blick durch den Raum schweifen und betrachtete die Menschen um sie herum.

Es waren die gleichen.

Die gleichen wie früher bei Philippe und Iris, wenn sie Gäste empfingen.

Menschen, die sehr laut reden. Die alles wissen. Sie blättern in einem Buch? Sie haben es gelesen. Sie überfliegen eine Zeitungsnotiz zu einem Theaterstück? Sie haben es gesehen. Sie hören einen Namen? Das ist ihr bester Freund. Oder ihr schlimmster Feind, sie wissen es nicht mehr genau. Je länger sie lügen, desto mehr glauben sie ihre eigenen Lügen. An einem Abend vergöttern sie, am nächsten verabscheuen sie. Was ist passiert, dass sie ihre Meinung ändern? Sie wissen es nicht. Eine bissige Bemerkung, die sie bezaubert, eine wohlformulierte Meinung, die sie beeindruckt hat. Überzeugungen kennen sie nicht. Tiefgründige Analysen noch weniger. Dafür haben sie keine Zeit. Sie wiederholen, was sie gehört haben, manchmal erzählen sie es der Person, von der sie es selbst erfahren haben.

Sie kannte sie auswendig. Sie konnte die Augen schließen und sie beschreiben …

Sie haben keine eigenen Ideen, empören sich aber über alles und jeden. Schwingen große Reden, an denen sie sich berauschen, machen eine Pause, um ihre Wirkung zu prüfen, ziehen eine Augenbraue hoch, um den unverschämten Kerl zum Schweigen zu bringen, der es wagt, ihnen zu widersprechen, und setzen ihren Monolog vor einem faszinierten Publikum fort.

Das ist reiner Gedankennebel. Alle singen die gleiche Melodie. Man muss bloß so tun, als ob … und in den Chor einstimmen, will man nicht wie ein Trottel dastehen.

Joséphine dachte an Iris. Sie hatte sich in diesen Kreisen wohlgefühlt. Hatte ihre üblen Ausdünstungen eingeatmet wie eine große Schüssel reiner, frischer Luft.

Die Wohnung bestand aus einer Abfolge von Salons, Teppichen, Gemälden an den Wänden, tiefen Sofas, Kaminen, schweren Vorhängen. Philippinische Bedienstete trugen Tabletts, die größer waren als sie selbst, durch die Räume. Sie lächelten, entschuldigten sich für ihre schmächtige Gestalt.

Sie erkannte eine Schauspielerin, die früher häufig auf den Titelseiten der Zeitungen abgebildet gewesen war. Sie musste um die fünfzig Jahre alt sein. Kleidete sich wie ein Teenager in bauchfreiem Pulli, eng anliegender Jeans und Ballerinas, lachte ununterbrochen und drehte dabei braune Haarsträhnen um einen Finger, dies alles vor den Augen ihres zwölfjährigen Sohnes, der sie peinlich berührt beobachtete. Jemand musste ihr eingeredet haben, lautes Lachen sei ein Zeichen für Jugendlichkeit.

Ein Stück weiter erzählte eine einstige Schönheit, in deren langes blondes Haar sich graue Strähnen mischten und die für ihre drei Ehemänner berühmt war, von denen einer reicher gewesen war als der andere, dass sie allen Verführungen abgeschworen habe. Nunmehr pflege sie ihre Seele und wandele auf den Spuren des Dalai Lama. Sie trank warmes Wasser mit einer Zitronenscheibe, meditierte und suchte eine Babysitterin für ihren Ehemann, damit sie sich ihrem spirituellen Streben widmen konnte, ohne durch sexuelle Verpflichtungen aufgehalten zu werden. Sex! Wenn ich bloß daran denke, welchen Stellenwert man ihm in unserer Gesellschaft beimisst!, empörte sie sich und wedelte gereizt mit einer Hand.

Eine andere Frau krallte sich an den Arm ihres Mannes wie eine Blinde an das Geschirr ihres Hundes. Er tätschelte ihren Arm, sprach sanft auf sie ein und erzählte ihr detailreich von seiner letzten Gletscherabfahrt mit seinem Freund Fabrice. Seine Frau schien nicht mehr zu wissen, wer Fabrice war, und Speichel lief ihr aus dem Mund. Zärtlich wischte er ihr die Lippen ab.

Und dann dieser mit Botox vollgepumpte Mann! Iris hatte ihr erzählt, dass er Schuhgröße einundvierzig hatte, aber seine Schuhe in Größe sechsundvierzig kaufte und sie mit zusammengerollten Socken ausstopfte, um große Füße vorzuweisen und alle glauben zu machen, er habe einen gewaltigen Penis. Wenn er zeichnete – er war Innenarchitekt –, spitzte ein Assistent seine Bleistifte an und legte sie ihm in die Hand. Ein Friseur kam eigens einmal im Monat aus New York, um ihm die Haare zu schneiden und Strähnchen zu färben. Die Kosten dafür: dreitausend Euro. Flugticket inbegriffen, prahlte er. Alles in allem ist es gar nicht so teuer …

Joséphine erkannte sie alle.

Sie trank ein Glas Champagner nach dem anderen. In ihrem Kopf drehte sich alles.

Was mache ich hier überhaupt? Ich habe diesen ganzen Menschen nichts zu sagen.

Sie ließ sich auf ein Sofa fallen und betete zum Himmel, dass sie niemand ansprach. Ich werde unauffällig verschwinden, mich zurückziehen und hinausgehen.

Doch dann …

… kam der große Auftritt der Windbeutel. Auf silbernen Tabletts, die die Filipinos mit ausgestreckten Armen vor sich hertrugen. Rufe erschallten, Beifall brandete auf, gefolgt von einem allgemeinen Ansturm auf die Tische, auf denen sie abgestellt wurden.

Joséphine nutzte die Gelegenheit, um aufzustehen, griff nach ihrer Handtasche und wollte sich gerade davonschleichen, als Gaston Serrurier ihr in den Weg trat.

»Ach … Sie recherchieren bei den Reichen und Verderbten?«, fragte er in sarkastischem Ton.

Joséphine lief rot an.

»Dann habe ich also recht. Sie sind eine Spionin. Für wen arbeiten Sie? Für mich, hoffe ich … An Ihrem nächsten Roman …«

Joséphine stammelte nein, nein, sie recherchiere nicht.

»Das sollten Sie aber! Diese Gesellschaft ist eine wahre Fundgrube für Geschichten. Hier fänden Sie genug Material, um die Briefe der Madame de Sévigné zu schreiben, das wäre doch eine nette Abwechslung zum zwölften Jahrhundert. Und ich käme dabei auch auf meine Kosten. Nehmen Sie zum Beispiel dieses rührende Paar …«

Er deutete mit dem Kinn auf die Frau, die sich an den Arm ihres Mannes klammerte.

»Sie sind die Einzigen, die ich hier tatsächlich anrührend finde«, sagte Joséphine.

»Soll ich Ihnen ihre Geschichte erzählen?«

Er nahm sie beim Ellbogen und führte sie zu einem Sofa, wo sie sich nebeneinander niederließen.

»Hier sitzen wir doch gut, finden Sie nicht? Wie im Kino. Sehen Sie sie an. Alle stürzen sich auf Bérengères Windbeutel. Wie dicke, gefräßige Fliegen, Fliegen, die sich ganz leicht zum Narren halten lassen … Denn es ist nicht Bérengère, die diese köstlichen kleinen Windbeutel backt. Sie kommen von Madame Keitel, einer Konditorin aus dem fünfzehnten Arrondissement. Wussten Sie das?«

Joséphine gab sich schockiert über diese gemeine Unterstellung.

»Tss, tss«, zischte Serrurier. »Vergebliche Liebesmüh … Sie sind eine schlechte Lügnerin. Ich habe gesehen, wie Sie sich, tief gebeugt unter dem Gewicht der Windbeutel, durch den Dienstboteneingang hereingeschlichen haben; Sie haben sogar die Rechnung fallen lassen. Jacques wird nicht erfreut sein! Jetzt kann er die kleinen Windbeutel nicht als Bewirtungskosten von der Steuer absetzen …«

Er schob eine Hand in die Tasche, präsentierte die Rechnung und steckte sie dann sorgsam wieder zurück. Joséphine lachte auf und hob eine Hand vors Gesicht. Sie fühlte sich wieder besser und hatte Lust zu lachen.

»Deshalb hat sie Sie also eingeladen …«, fuhr Gaston Serrurier fort. »Ich fragte mich schon, was hat diese reizende, feinfühlige Frau bloß in dieser Gesellschaft zu suchen? Darauf hätte ich auch gleich kommen können! Jacques hat sich gedrückt, Bérengère hat Sie in letzter Minute angerufen, und Sie haben natürlich Ja gesagt … sobald es etwas zu erledigen gibt, ruft man nach Ihnen. Sie sollten die Kongregation der Kleinen Schwestern der Armen wiederbeleben oder eine Filiale der *Restos du Cœur* eröffnen …«

»Darüber denke ich oft nach … Allein mit dem, was heute Abend weggeworfen wird. Es macht mich ganz krank, wenn ich an diese Verschwendung denke.«

»Dachte ich es mir doch. Reizend und feinfühlig …«

»Sie sagen das so, als meinten Sie eigentlich dumm und albern …«

»Ganz und gar nicht! Ich kenne die Bedeutung der Worte sehr wohl, und ich bleibe bei meinem Urteil über Sie …«

»Bei Ihnen weiß man nie, ob Sie scherzen oder etwas ernst meinen …«

»Finden Sie das nicht besser? Es ist ungemein öde, mit einem durch und durch vorhersehbaren Menschen zu leben. Da muss einem sehr schnell langweilig werden. Und wenn es eines gibt, was ich im Leben verabscheue, dann ist es Langeweile … Aus Langeweile könnte ich töten. Oder beißen. Oder eine Bombe legen …«

Er strich sich mit der Hand durchs Haar und fuhr im Tonfall eines bestraften Kindes fort: »Und ich darf nicht einmal rauchen! Dazu müsste ich rausgehen, aber ich will viel lieber hier bei Ihnen bleiben … Stört es Sie, wenn ich Ihnen den Hof mache?«

Joséphine wusste nicht, was sie darauf erwidern sollte. Sie starrte auf ihre Schuhspitzen.

»Ich langweile Sie ganz offensichtlich.«

»Nein, nein!«, widersprach sie, erschreckt von der Vorstellung, sie könne ihn verletzt haben. »Aber Sie schweifen ab, Sie wollten mir die Geschichte dieses Paares erzählen, das ich so rührend finde …«

Ein grausames, wissendes Lächeln trat auf Gaston Serruriers Lippen, welches er bewusst ein wenig verweilen ließ.

»Warten Sie lieber ein bisschen, ehe Sie sich Ihrer Rührung hingeben … Lassen Sie sich nicht zu schnell hinreißen, es ist eine diabolische Geschichte …«

»Dann sind die beiden aber gute Schauspieler …«

»So kann man es ausdrücken.«

»Das klingt wie eine Erzählung aus den *Teuflischen*.«

»Absolut. Man sollte Barbey d'Aurevilly davon erzählen, dann würde er sie in seine Sammlung aufnehmen! Ich fasse zusammen: Sie stammt aus einer reichen, katholischen Provinzfamilie. Er hingegen aus sehr bescheidenen Verhältnissen, Urpariser Straßenjunge gewissermaßen. Er ist intelligent, gewandt, quirlig, charmant, hat ein sehr gutes Studium absolviert. Sie ist schüchtern, naiv, errötet leicht und hat nur mit Mühe ihr Abitur bestanden. Aber das war nicht weiter schlimm, ihr Vermögen machte alle fehlenden Diplome wett. Er hat sie in der Fahrschule kennengelernt, sie verführt und geheiratet, als sie noch sehr jung und sehr unschuldig war. Und sehr verliebt …«

»Das klingt wie ein Märchen!«, kicherte Joséphine, die sich in Gegenwart dieses Mannes zunehmend entspannte.

Alles, was er sagte, brachte sie zum Lachen. Sie fühlte sich nicht mehr so fremd in diesem Salon.

»Und es ist noch nicht zu Ende!«, sagte er und setzte, um die Spannung zu steigern, hinzu: »Ich weiß gar nicht, ob ich Ihnen das alles erzählen soll. Kann man Ihnen vertrauen?«

»Ich schwöre hoch und heilig, dass ich nichts weitererzählen werde … Ich wüsste überhaupt nicht, wen von den Leuten, die ich kenne, das interessieren sollte …«

»Stimmt auch wieder … Sie verkehren mit niemandem, gehen kaum aus dem Haus, es sei denn zur Messe. Mit einer langen Mantilla auf dem Kopf und dem Rosenkranz ums Handgelenk geschlungen …«

»So ungefähr«, antwortete Joséphine und lachte auf.

Sie hatte gelacht wie ein kleines Mädchen. Und mit einem Schlag leuchtete sie auf, wurde schön, strahlend. Ein Scheinwerfer hatte sie in sein Licht getaucht. Das Lachen hatte eine verborgene Schönheit freigesetzt, die ihre Augen, ihre Haut, ihr Lächeln funkeln ließ.

»Sie sollten häufiger lachen«, sagte Gaston Serrurier und sah sie ernst an.

Joséphine spürte, wie in diesem Moment eine Verbundenheit zwischen ihnen aufkeimte. Eine zärtliche Vertrautheit. Als hauchte er einen keuschen Kuss auf ihre gesenkten Lider, den sie schweigend entgegennahm. Sie schlossen einen Pakt. Sie akzeptierte seine großzügige Schroffheit, er erfreute sich an ihrer heiteren Unschuld. Er spornte sie an und brachte sie zum Lachen, sie überraschte ihn und rührte sein Herz. Wir werden ein schönes Freundespaar abgeben, dachte sie, als ihr zum ersten Mal seine lange, gerade Nase, sein gebräunter Teint und das schwarze, durch einzelne weiße Fäden aufgelockerte Haar eines spanischen Hidalgo auffiel.

»Na gut, also weiter … Eine schöne Hochzeit … Eine schöne Wohnung, die ihre Eltern ihnen geschenkt hatten, ein feudales Landhaus in der Bretagne, das ebenfalls den Schwiegereltern gehört. Kurzum, der Beginn eines schönen Lebens. Sehr schnell hat er sie geschwängert, sie bekam zwei hübsche Kinder … und danach hat er sie nie wieder angerührt. Sie hat sich darüber kaum gewundert, weil sie glaubte, so gehe es bei allen Paaren zu. Und dann, eines Tages, Jahre später, im Winterurlaub, hatte sie ihre Wollmütze in ihrem Zimmer vergessen – ihrem gemeinsamen Zimmer, sollte ich präzisieren –, sie ging also wieder nach oben und fand ihren Mann … im Bett … mit einem Freund. Seinem besten Freund. In voller Aktion. Es war ein fürchterlicher Schock. Seitdem lebt sie unter dem Einfluss von Prozac und klammert sich an den Arm des Mannes, der sie betrogen hat. Und jetzt wird die Geschichte wirklich bemerkenswert … denn er wandelte sich zum besten Ehemann der Welt. Aufmerksam, zärtlich, bemüht, geduldig. Man kann sogar behaupten, dass sie von diesem Moment an, seit dieser grausamen Enttäuschung, endlich ein richtiges Paar geworden sind … Erstaunlich, nicht?«

»Da haben Sie recht …«

Die Liebe ist erstaunlich. Philippe sagt, dass er mich liebt, und schläft mit einer anderen. Sie legt ihre Uhr auf seinen Nachttisch, ehe sie unter die Dusche geht, schmiegt sich zum Einschlafen in seine Arme …

»Und das ist nur eine Geschichte unter vielen. Keiner der hier Anwesenden, ich betone ausdrücklich, keiner, führt das Leben, das er zu führen vorgibt. Sie alle spielen Theater. Bei manchen ist es ein wahrer Spagat, bei anderen sind es bloß kleine Schlenker. Aber sie alle bewegen sich abseits der Pfade, denen sie zu folgen behaupten … Sie hingegen, Joséphine, Sie sind anders … Sie sind eine merkwürdige Frau.«

Er legte eine Hand auf ihr Knie. Sie wurde feuerrot. Er bemerkte es und legte einen Arm um ihre Schultern, um sie vollends in Verlegenheit zu bringen.

Diese Umarmung erregte die Aufmerksamkeit von Bérengère Clavert, die nicht weit von ihnen entfernt stand.

Ein paar Kinder hatten Windbeutel in eine Orangensaftkaraffe gefüllt, und die kleinen Meisterwerke schwammen an der Oberfläche. Wie unordentlich das aussah!

Sie wollte die Karaffe gerade in die Küche zurückbringen, als ihr zufällig Serruriers Geste ins Auge stach …

Was hat dieses Mädchen bloß so Außergewöhnliches an sich? Philippe Dupin, der italienische Mittelalterexperte, Serrurier! Muss sie sich denn alle unter den Nagel reißen?, dachte sie gereizt und stieß die Tür zur Küche auf.

Sie prallte mit einem Filipino zusammen, der ins Schwanken geriet, beinahe das Tablett in seinen Händen fallen ließ, sich mit einer Hand an der heißen Herdplatte abfing, aufschrie, sich gerade noch halten konnte und es schaffte, nichts zu Bruch gehen zu lassen. Bérengère zuckte mit den Achseln – Wie kann man nur so klein sein, man sieht ihn ja gar nicht unter seinem Tablett! – und wandte sich wieder ihrem ursprünglichen Gedanken zu: Joséphine Cortès. Sie ködert sie mit ihrem Nonnengetue. Muss man denn mittlerweile ein Keuschheitsgelübde ablegen, um die Männer zu betören?

Sie schalt eine der Aushilfen, die Orangengeleestäbchen einzeln auf einen Teller legte.

»Mein Gott, schütten Sie sie drauf! Wenn Sie so weitermachen, sind die Gäste weg, ehe Sie fertig sind!«

Die junge Frau starrte sie verwirrt an.

»Ach, ich vergaß! Die versteht ja gar kein Französisch! *You're too slow! Hurry up! And put them directly on the plate!*«

»Okay, Madame«, sagte das Mädchen mit einem breiten, törichten Lächeln.

Was bringt es, Aushilfen zu bezahlen, wenn man trotzdem alles selbst machen muss?, schimpfte Bérengère, als sie die Küche verließ und eine frische Karaffe Orangensaft ohne schwimmende Windbeutel darin auf den Tisch stellte.

Diesen Moment wählte Jacques Clavert, um das Schlafzimmer zu verlassen und seine Gäste zu begrüßen.

Einen Fuß vor den anderen setzend, kam er mit den weit ausgreifenden Schritten eines geübten Tangotänzers langsam und majestätisch die Treppe herunter, sodass die Leute alle Muße hatten, ihn dabei zu bewundern, wie er sich Stufe um Stufe zu ihnen herabbewegte. Auf der letzten Stufe blieb er stehen. Gab Bérengère ein Zeichen, sich zu ihm zu gesellen. Wartete, bis sie sich neben ihn gestellt hatte. Legte einen Arm um sie und zwickte sie dabei, damit sich ihre verkrampften Kiefer lockerten. Sie stieß ein leises, erstauntes Lachen aus und lehnte sich an ihn. Er räusperte sich und sprach die folgenden Worte: »Liebe Freunde, guten Abend! Ich wollte Ihnen dafür danken, dass Sie heute Abend gekommen sind … Und Ihnen für die Treue danken, mit der Sie uns jedes Jahr wieder aufs Neue beehren. Ich wollte Ihnen sagen, wie sehr es mich rührt, Sie alle um die kleinen Windbeutel unserer lieben Bérengère versammelt zu sehen …«

Er wandte sich seiner Frau zu und applaudierte ihr. Während sie sich verneigte, fragte sie sich im Stillen, was er noch hinzufügen würde.

»… jene winderbaren Windbeutel, bei deren Genuss wir uns vor Freude winden und uns gegenseitig das Beste windschen …«

Es gab vereinzeltes Gelächter, das Jacques Clavert voller Stolz genoss.

»Ich wollte meiner Frau für diese alljährliche Köstlichkeit danken … diese Meisterleistung einer hervorragenden Köchin … Aber ich habe

Ihnen auch eine traurige Mitteilung zu machen … Denn leider ist es den Windbeuteln nicht gelungen, uns auf Dauer zu verwinden. In gewisser Hinsicht haben sie uns eher gebeutelt … Unsere eheliche Zuneigung wurde vom Winde verweht. Und um bevorstehenden Streitigkeiten von vornherein den Wind aus den Segeln zu nehmen und nicht länger gegen Windmühlen zu kämpfen, haben wir beschlossen, uns zu entwinden. Ich muss Sie also davon in Kenntnis setzen, dass Bérengère und ich uns von nun an und in gegenseitigem Einvernehmen auf getrennten Wegen frischen Wind um die Nase wehen lassen werden … Doch ich kann Ihnen versichern, dass die Erinnerung an unser gemeinsames Leben in uns nur die lindesten Lüftchen heraufbeschwören …«

Ein Raunen ging durch die Schar der Gäste, die sich am Fuß der Treppe versammelt hatten. Kommentare wurden laut, er ist verrückt, er hat den Verstand verloren, hat er getrunken?

Jacques Clavert wartete, bis sich der Aufruhr gelegt hatte, und fuhr fort: »Sie brauchen sich keine Sorgen zu machen: Bérengère behält die Wohnung und wird hier mit den Kindern leben, während ich in eine Wohnung in der Rue des Martyrs ziehe, zurück in das Viertel meiner Kindheit, das häufig durch meine Erinnerungen weht … Es war mir wichtig, dies an der Seite von Bérengère zu verkünden, damit sich der Klatsch und die Lästereien, die in unseren Kreisen an der Tagesordnung sind, als heiße Luft entpuppen. Bérengère war mir in all diesen Jahren eine hervorragende Ehefrau, eine vorbildliche Mutter und eine perfekte Hausherrin …«

Er zwickte sie erneut in die Taille und zog sie an sich, damit sie jenes verkniffene Lächeln auf ihren Zügen bewahrte, das sein erstes Zwicken hervorgerufen hatte.

»Aber leider hat alles ein Ende! Mir genügt es, ihr genügt es, wir haben genug davon, uns miteinander zu vergnügen … Also ist es besser, uns damit zu begnügen und über unsere Freiheit zu verfügen, ehe das Erliegen des Vergnügens uns allzu sehr betrübt! Wir trennen uns in Harmonie, Würde und gegenseitigem Respekt. Und nun, liebe Freunde, wissen Sie alles, oder besser gesagt, fast alles … Der Rest ist eine windige Geschichte. Wie bei allen Trennungen. Danke, dass Sie mich angehört haben, und lassen Sie uns nun gemeinsam auf das neue Jahr anstoßen …«

Eisige Stille löste das vorausgegangene Stimmengewirr ab. Die Gäste warfen einander verlegene Blicke zu. Räusperten sich. Schauten auf die

Uhr, seufzten, es sei Zeit zu gehen. Auch die besten Partys haben ein Ende, und die Kinder müssen morgen zur Schule …

Alles drängte in Richtung Garderobe. Einer nach dem anderen verabschiedete sich mit einer Verneigung vor den Gastgebern. Bérengère nickte, als könnte sie den allgemeinen Wunsch, sich schnellstmöglich zurückzuziehen, nachfühlen. Jacques Clavert war hochzufrieden: Er hatte mit den Windbeuteln und seiner Frau abgerechnet.

Gaston Serrurier war der Letzte, der sich verabschiedete. An seiner Seite Joséphine Cortès.

Er beugte sich zu Bérengère vor und schob ihr ein zweimal gefaltetes Stück Papier in die Hand.

»Pass auf«, flüsterte er, »lass das nicht herumliegen, es könnte unangenehm werden, wenn es in falsche Hände geriete …«

Es war die Rechnung.

Draußen auf der Straße wandte er sich Joséphine zu und frage: »Sie sind mit dem Auto gekommen, nehme ich an …«

Sie nickte und strich sich mit dem Handrücken über die Stirn, um ihre hartnäckigen Kopfschmerzen zu vertreiben.

»Aber ich lasse es lieber stehen und komme es morgen holen. Ich glaube, ich habe ein bisschen zu viel getrunken.«

»Das sieht Ihnen gar nicht ähnlich …«

Sie lächelte ernst und nickte.

»Ich bin etwas beschwipst heute Abend. Ich habe viel getrunken, weil ich sehr traurig bin. Sie machen sich keine Vorstellung davon, wie traurig.«

»Traurig und beschwipst. Na, kommen Sie … lächeln Sie! Heute ist der erste Sonntag des Jahres.«

Sie versuchte, auf der Bordsteinkante zu gehen, ohne herunterzufallen. Breitete die Arme aus, um das Gleichgewicht zu halten. Schwankte. Er fing sie auf und führte sie zu seinem Wagen.

»Ich fahre Sie nach Hause …«

»Das ist sehr nett von Ihnen«, antwortete Joséphine. »Wissen Sie, ich glaube, ich mag Sie sehr. Doch, doch … Jedes Mal, wenn ich Sie sehe, machen Sie mir Mut. Ich fühle mich schön, stark, außergewöhnlich. Und das ist für mich … etwas Besonderes. Selbst wenn Sie mir Ihren stinkenden Qualm ins Gesicht blasen wie neulich im Restaurant … Ich habe eine Idee für ein Buch. Aber ich weiß nicht, ob ich Ihnen davon erzählen soll, denn es wechselt ständig. Ich habe Ideen, und dann lösen sie sich wieder in Luft auf. Ich erzähle Ihnen lieber erst davon, wenn ich mir sicher bin …«

Sie ließ sich auf den Beifahrersitz von Gaston Serruriers Wagen fallen.

Sie wünschte sich, er würde sie durch das nächtliche Paris fahren. Ohne festes Ziel. Wünschte sich, er würde an der Seine entlangfahren, dann könnte sie das schwarze Schimmern des Flusses sehen, das Funkeln des Eiffelturms, das weiße Scheinwerferlicht der Autos. Sie wünschte sich, dass er sein Radio einschaltete und eine Bach-Suite erklänge. Dann würde sie das Gleiche tun wie Catherine Deneuve in dem Film *Herzklopfen*. Sie würde die Scheibe herunterlassen, den Kopf hinausstecken, die Augen schließen, den Wind in ihrem Haar spielen lassen und …

Am nächsten Morgen erwachte sie mit einem Amboss, einem Hammer, einer ganzen fauchenden Schmiede in ihrem Kopf. Spürte jemanden neben sich. Es war Zoé.

Sie schaute auf die Uhr. Sechs Uhr morgens.

»Bist du krank?«, fragte Zoé mit leiser, besorgter Stimme.

»Nein«, murmelte Joséphine und richtete sich mühsam auf.

»Können wir reden?«

»Solltest du nicht bei Emma übernachten?«

»Wir haben uns gestritten … Oh, Maman, ich muss unbedingt mit dir reden … Ich habe etwas ganz, ganz Furchtbares getan …«

Mit einem Schlag war Joséphine wieder nüchtern. Sie schob sich zwei Kopfkissen in den Rücken, zwinkerte ein wenig, um das Licht der Nachttischlampe zu zähmen, spürte, wie sich Du Guesclin mit seinem ganzen Gewicht auf sie legte, kraulte ihn, rubbelte ihn, versicherte ihm, dass er der schönste Hund der ganzen Welt sei, schickte ihn dann zurück ans Fußende des Bettes und sagte: »Ich höre, Liebes. Aber hol mir erst noch ein Aspirin … Oder lieber zwei … Mir platzt gleich der Schädel.«

Während Zoé in die Küche rannte, versuchte sie sich daran zu erinnern, was am vergangenen Abend passiert war … errötete, rieb sich die Ohren, erinnerte sich undeutlich an Serrurier, der sie unten vor dem Haus abgesetzt und gewartet hatte, bis sie hineingegangen war, ehe er losfuhr. Mein Gott! Ich hatte zu viel getrunken. Das bin ich nicht gewöhnt. Ich trinke sonst nie. Das war nur wegen … Philippe und Dottie, Dottie und Philippe, dem Nachttisch, ihrem Schlafzimmer, dann stimmt es also, sie schlafen miteinander, sie ist mit Sack und Pack bei ihm eingezogen. Sie verzog das Gesicht und spürte, wie ihr die Tränen kamen.

»Hier, Maman!«

Zoé hielt ihr ein Glas und zwei Aspirin hin.

Joséphine schluckte die Tabletten. Schnitt eine Grimasse. Verschränkte die Arme. Verkündete, dass sie bereit sei, ihr zuzuhören, und bemühte sich, dabei so feierlich wie möglich zu klingen. Zoé sah sie an und biss auf ihren Fingern herum, als könnte sie nicht reden.

»Es wäre mir lieber, wenn du mir Fragen stellst … Das wäre einfacher. Ich weiß nicht, wo ich anfangen soll.«

Joséphine dachte nach.

»Ist es etwas Schlimmes?«

Zoé nickte.

»Für immer und ewig schlimm?«

Zoé bedeutete ihr, dass das keine gute Frage sei. Sie konnte sie nicht beantworten.

»Geht es um etwas, was du getan hast?«

»Ja …«

»Etwas, was ich nicht gutheißen werde?«

Zoé nickte wieder und ließ den Kopf hängen.

»Etwas Furchtbares?«

Zoé warf ihr einen verzweifelten Blick zu.

»Ist es furchtbar, oder kann es furchtbar werden? Zoé, du musst mir schon helfen …«

»Oh, Maman! Es ist furchtbar.«

Sie vergrub das Gesicht in beiden Händen.

»Ist zwischen dir und Emma etwas vorgefallen?«, fragte Joséphine und tastete nach Zoés Fuß, um ihn zu streicheln.

Es musste sich um einen vorübergehenden Streit handeln. Zoé zankte sich nie mit anderen. Sie versuchte immer, alle miteinander zu versöhnen.

»Du kannst gar nichts Furchtbares getan haben, mein Schatz. Das ist unmöglich …«

»O doch, Maman …«

Joséphine zog ihre Tochter an sich. Sie schnupperte an ihren Haaren, roch den Duft des Apfelshampoos, dachte, es war so einfach, als sie noch ein Baby war. Ich wiegte sie in meinen Armen, ich küsste sie, ich sang ihr ein Lied vor, und der Kummer verflog.

Und leise sang sie, Heile, heile Segen, sieben Tage Regen, sieben Tage Sonnenschein, wird alles wieder heile sein …

Zoé versteifte sich und protestierte.

»Ach, Maman … Ich bin doch kein Baby mehr!«

Dann platzte sie heraus: »Ich habe mit Gaétan geschlafen.«

Joséphine zuckte zusammen. Dann hatte sie also recht gehabt …

»Aber du hattest mir doch versprochen, dass …«

»Ich habe mit Gaétan geschlafen, und seitdem … seitdem ist er so komisch, Maman.«

Joséphine holte tief Luft und dachte nach.

»Langsam, Liebes … Was genau macht dir Kummer? Dass du dein Versprechen gebrochen und mit ihm geschlafen hast oder dass er seitdem so … ›komisch‹ ist, wie du sagst?«

»Beides, Maman! Und zu allem Überfluss sagt Emma jetzt auch noch, dass sie nicht mehr meine Freundin sein will …«

»Warum denn nicht?«

»Weil ich vorher nicht mit ihr darüber gesprochen habe … bevor ich es gemacht habe. Sie sagt, dass ich sie einfach außen vor gelassen hätte … Und ich sage, dass ich gar nicht anders konnte, weil ich doch vorher überhaupt nicht darüber nachgedacht habe, ich wusste nicht, dass es passieren würde …«

Der Amboss und der Hammer dröhnten erneut in Joséphines Kopf. Sie versuchte, sich zu beruhigen, und beschloss, die Probleme der Reihe nach anzugehen.

»Warum hast du denn mit ihm geschlafen, Liebes? Weißt du nicht mehr, was wir vereinbart hatten?«

»Aber ich hatte das nicht geplant, Maman. Wir waren im Keller und …«

Sie erzählte von der weißen Kerze, der Champagnerflasche, der Dunkelheit, den Schritten im Flur, der Angst und schließlich dem Verlangen …

»Es war ganz natürlich … Ich hatte nicht das Gefühl, etwas Unrechtes zu tun …«

»Ich glaube dir, Liebes …«

Erleichtert kuschelte sich Zoé an ihre Mutter. Rieb die Nase an ihrer Brust. Seufzte. Atmete geräuschvoll aus. Richtete sich auf und …

»Bist du mir nicht böse?«

»Nein, ich bin dir nicht böse. Es tut mir leid, dass du so überstürzt gehandelt hast …«

»Und warum ist er dann seitdem so komisch? Er ruft nie an, immer bin ich diejenige, die anruft, und er wirkt abwesend. Er antwortet, weil er muss, aber nicht ein liebes Wort, keine Kosenamen, nichts … Ich weiß nicht, was ich machen soll …«

Wenn ich ihr doch nur helfen könnte, dachte Joséphine, als sie sah, wie Zoé sich auf die Lippen biss, die Stirn runzelte und sich beherrschen musste, um nicht zu weinen.

»Vielleicht bin ich nicht für die Liebe geschaffen?«

»Wie kommst du denn darauf?«

»Ich habe Angst, Maman … Ich wünschte, die Zeit würde einfach vergehen, ohne dass ich etwas davon bemerkte … Ich wünschte, ich könnte für immer fünfzehn bleiben … Der Trick dabei ist, sich ständig einzureden, ich werde nicht älter, ich werde nicht älter …«

»Das darfst du nicht sagen, Zoé. Im Gegenteil, du musst dir sagen, dass das Leben ganz viele neue Dinge für dich bereithält, andere Dinge … die du noch nicht kennst, und deshalb hast du Angst. Man hat immer Angst vor dem Unbekannten …«

»Glaubst du, wenn Männer einen erst einmal gehabt haben, wollen sie einen nicht mehr?«

»Ach was! Außerdem hat Gaétan dich nicht ›gehabt‹ … Gaétan ist in dich verliebt.«

»Glaubst du wirklich?«

»Natürlich!«

»Ich liebe Gaétan, und ich will nicht, dass er ein gemeiner Mistkerl ist …«

»Aber er ist kein gemeiner Mistkerl, Liebes … Ich bin mir sicher, dass er ein Problem hat. Vielleicht geschieht ihm gerade etwas ganz Schreckliches, worüber er nicht einmal mit dir zu sprechen wagt. Er schämt sich dafür, er glaubt, du würdest ihn fallen lassen, wenn du davon erfährst … Frag ihn einfach. Sag ihm, ich weiß, dass dir etwas Schlimmes passiert ist, worüber du nicht mit mir reden willst … und du wirst sehen, dann erzählt er dir davon, und du bist beruhigt.«

»Weil, weißt du ... bevor ich mich mit Emma gestritten habe, sind wir mit ein paar Freunden in ein Café gegangen, und da ... da habe ich gehört, wie die Jungs über die Mädchen gesprochen haben. Und was sie gesagt haben, war einfach FÜRCHTERLICH! Sie haben über Freundinnen von uns gesprochen. Sie sagten, die, die ist ein billiges Flittchen, da darf jeder mal drüber. Und die hat zwar 'ne hässliche Fresse, aber sie fickt gut. Wir saßen direkt daneben, und sie sagten all diese grauenhaften Sachen! Und das Schlimmste ist, dass ich mich nicht getraut habe, etwas zu sagen. Emma und ich sind aufgestanden und zu ihr nach Hause gegangen. Und da habe ich an Gaétan gedacht, und ich habe mir gedacht, womöglich spricht er genauso über mich, womöglich hat er all seinen Freunden von unserer Nacht erzählt. Das ist gemein.«

»Aber nein! Wie kannst du nur glauben, er würde ...«

»Wir reden nie so über die Jungs! Ich schwöre dir, es war grauenhaft. Und in ihren Geschichten waren nicht sie die Mistkerle, nein, das waren die Mädchen. Sie waren alle billige Schlampen, Sexspielzeug! Da waren überhaupt keine Gefühle im Spiel, Maman, nichts! Ich habe mich so davor geekelt. Und darum habe ich Emma von Gaétan erzählt, und da hat sie gesagt, dass sie schwer beleidigt ist, weil ich ihr vorher nichts davon erzählt habe ... dass ich sie nicht als Freundin betrachte, nicht als richtige Freundin, und wir haben uns gestritten ... Maman, ich verstehe nichts von der Liebe, absolut gar nichts ...«

Und was ist mit mir?, dachte Joséphine. Ich bin ahnungslos wie ein dummes Landei. Es sollte einen Verhaltenskodex geben, Regeln, an die man sich halten kann. Für Zoé und mich wäre das ideal. Wir sind nicht gewappnet für die Verstrickungen und Strategien der Liebe. Wir möchten, dass alles geradeaus läuft, dass alles immer schön ist, schön und rein. Wir möchten alles geben und wünschen uns, dass der andere alles nimmt. Ohne Berechnung und Zweifel.

»Maman, was wollen die Männer?«

Joséphine fühlte sich entsetzlich hilflos. Ein Mann liebt einen nicht wegen der inneren Werte, ein Mann liebt einen nicht, weil man immer da ist, ein Mann liebt keine pflichtbewusste kleine Soldatin. Ein Mann liebt einen wegen einer Verabredung, zu der man nicht gekommen ist, wegen eines Kusses, den man ihm verweigert, wegen eines Wortes, das man nicht ausspricht. Serrurier hatte es erst gestern gesagt, man darf auf keinen Fall berechenbar sein.

»Ich weiß es nicht, Zoé … Es gibt dafür keine Regeln, weißt du …«
»Aber du musst das doch wissen, Maman! Du bist schließlich alt …«
»Danke, mein Schatz!«, sagte Joséphine lachend. »Jetzt fühle ich mich gleich viel besser!«
»Willst du damit sagen, dass man es nie weiß … Niemals?«
Joséphine nickte bekümmert.
»Aber das ist ja furchtbar! Hortense macht sich diese ganzen Gedanken nicht …«
»Hör auf, dich ständig mit Hortense zu vergleichen!«
»Sie leidet nicht! Sie hat nicht gezögert, als sie sich zwischen Gary und ihrem Job entscheiden musste. Sie hat ihre Sachen gepackt und ist gefahren. Sie ist stark, Maman, sie ist so verdammt stark …«
»Sie ist eben Hortense …«
»Und wir sind nicht wie sie …«
»Überhaupt nicht!«, sagte Joséphine, die die Situation mittlerweile recht komisch fand, lächelnd.
»Darf ich bei dir schlafen, bis der Wecker klingelt und ich zur Schule muss?«
Joséphine rückte zur Seite und machte ihr Platz. Zoé legte sich dicht neben sie. Wickelte eine Haarsträhne um ihren Daumen. Steckte den Daumen in den Mund und erklärte: »Ich hab's satt, dass die Jungs uns Mädchen nicht respektieren. Und das Schlimmste ist, dass ich nichts gesagt habe, ich blöde Kuh. Ich will so was nie wieder erleben! Die sind doch nichts Besseres als wir. Was zwischen den Beinen haben wir auch!«

Während Joséphine und Zoé in Paris Nase an Hals wieder einschliefen, stand Hortense in London auf. Schwarzer Kaffee, drei Stück Zucker, Vollkornbrot, Butter, Zitronensaft und ein Strecken wie von einer misstrauischen Katze. Sie hatte anderthalb Monate Zeit, um die beiden Schaufenster zu realisieren. Anderthalb Monate Zeit und das Budget einer ausgehungerten Kamelstute, die auf der Suche nach einem verdorrten Strauch durch die Wüste streift. Miss Farland hatte ihre Idee gefallen. Sie hatte den Stripperinnen-Kuli aus dem Pigalle-Viertel eingesteckt, mit ihren vampirrot lackierten Nägeln auf die Tischplatte geklopft und gesagt: Dreitausend Pfund, Sie haben dreitausend Pfund für Ihre Schaufenster …
»Dreitausend Pfund!«, hatte Hortense ausgerufen, die Lippen zu

einem zornigen O gerundet. »Aber das ist ja dreimal gar nichts! Ich muss einen Assistenten einstellen, die Dekoration gestalten, einen Lieferwagen mieten, um alles zu transportieren, ich brauche Models, Kleider, einen Fotografen, ich habe jede Menge Ideen, aber mit dreitausend Pfund werde ich überhaupt nichts ausrichten!«

»Wenn Sie nicht zufrieden sind, überlassen Sie Ihren Platz jemand anderem ... Ich habe eine Flut von Bewerbern!«

Mit einem Wink des Kinns hatte sie auf den Stapel Bewerbungen auf ihrem Schreibtisch gedeutet.

Hortense hatte ihren Ärger hinuntergeschluckt. War anmutig und mit einem strahlenden Lächeln aufgestanden und hatte mit betont ruhigen Schritten den Raum verlassen. Beim Hinausgehen hatte sie den spöttischen Blick der Sekretärin aufgefangen. Hatte ihn ignoriert, leise die Bürotür hinter sich geschlossen, tief eingeatmet und mit voller Wucht gegen die Innenverkleidung des Aufzugs getreten.

»Dreitausend Pfund«, seufzte sie jeden Morgen, wenn sie ihrer bereits langen Liste eine weitere Ausgabe hinzufügte.

Sie konnte sich einfach nicht beruhigen. Dreitausend Pfund, schimpfte sie unter der Dusche, dreitausend Pfund beim Zähneputzen, dreitausend Pfund, wenn sie ihre löchrige Jeans anzog, dreitausend Pfund, wenn sie sich die Nase puderte. Dreitausend Pfund, eine Frechheit. Ein Trinkgeld für die Klofrau. Seit ihrer Kindheit wusste sie, dass man ohne Geld ein Niemand war, mit Geld jedoch alles erreichte. Wie oft ihre Mutter ihr auch das Gegenteil predigte, von der Bedeutung des Herzens sprach, von Seele, Mitgefühl und Solidarität, von Großzügigkeit und dem ganzen Klimbim, sie glaubte ihr kein Wort.

Ohne Geld setzt man sich auf einen Stuhl und heult. Man kann nicht einfach Nein sagen, nicht wählerisch sein, nicht wollen. Ohne Geld ist man niemals frei. Mit Geld kauft man Freiheit wie Meterware. Und jeder Meter Freiheit hat seinen Preis. Ohne Freiheit senkt man den Kopf, man lässt das Leben auf sich herumtrampeln und sagt auch noch Danke schön. Was hätte Coco Chanel an ihrer Stelle getan? Sie hätte einen Mann gefunden, der sie finanziert. Nicht aus Liebe zum Geld, sondern aus Liebe zu ihrer Arbeit. Genau wie ich. Geben Sie mir Geld, dann werde ich Sie umhauen, ich werde wahre Wunder vollbringen. Zu wem konnte sie das sagen? Ich habe keinen reichen Geliebten. Boy Capel hatte Gestüte, Banken, Titel, große Häuser voller Blumen, Dienstboten und Kaschmirpullover, die nicht kratzten. Mein Geliebter ist der Enkel einer Königin, aber er trägt immer das gleiche T-Shirt, die gleiche abgetragene Jacke und ahmt die Eichhörnchen im Park nach.

Und außerdem haben wir uns gestritten.

Also erstellte sie Tabellen, um ihre Ausgaben zu berechnen. Die Models, die Miete für das Fotostudio, das Honorar des Fotografen, die Fotos, die in riesige Plakate umgewandelt werden mussten, die Kleider und Accessoires, die Dekoration, die Gebühren für die Nutzung des Videos von Amy Winehouse und so weiter. Vergeblich suchte sie nach einem Posten, den sie streichen konnte. Fand keinen. Alles kostete Geld. Und das soll ich ignorieren? Sie kehrte zur Hypothese des reichen Geliebten zurück. Nicholas? Er hatte Ideen, Beziehungen, aber er besaß keinen Cent und hatte die schwachen Arme eines typischen Städters. Er könnte ihr nicht mal als Möbelpacker dienen. Und die anderen, die früheren? Die hatte sie zu schlecht behandelt, um sie um einen Gefallen zu bitten. Sie war sich nicht einmal sicher, ob ihre Mitbewohner bereit wären, ihr zu helfen. Seit ihrer Bemerkung über den Selbstmord von Toms Schwester wahrten sie ihr gegenüber eine gewisse Distanz. Ich sollte wirklich lernen, nett zu sein, dachte sie.

Und verschluckte sich bei dem Gedanken.

Wer? Wen sollte sie aufsuchen und ihm sagen, vertrauen Sie mir, geben Sie mir Geld, ich werde es schaffen. Setzen Sie auf mich, Sie werden es nicht bereuen.

Wer würde sich das anhören, ohne sie als arrogante Zicke zu bezeichnen? Ich bin keine arrogante Zicke, ich bin Gabrielle, bevor sie zu Coco wurde, bald werde ich mein eigenes Label haben, meine Modenschauen, meine Fans, ich werde auf den Titelseiten aller Zeitungen abgebildet sein, und meine Sätze werden fett gedruckt vor den eigentlichen Text gesetzt. Ich habe schon alles fix und fertig vorbereitet. »Die Mode ist keine Phobie, keine Manie, keine frivole Verschwendung, sondern die Übersetzung eines aufrichtigen, tief empfundenen Gefühls, einer moralischen Verpflichtung, die den Frauen Selbstvertrauen und Anmut schenkt. Die Mode ist nicht oberflächlich, die Mode ist tief verwurzelt in der Welt und in den Seelen. Die Mode hat eine Bedeutung …« Die Journalisten werden sich vor Begeisterung nicht mehr einkriegen. Werden meine Worte wiederholen. Werden sie in ihren Zeitungen drucken. Dieses moralische Prestige, solch eine Form angeleiteter Textanalyse müsste sie einem leichtgläubigen Trottel verkaufen. Einem intelligenten, scharfsinnigen, kultivierten Trottel mit einem prall gefüllten Bankkonto.

Und die gab es nicht wie Sand am Meer.

Meine Idee mit den Details sollte dem kultivierten Trottel gefallen. Ich muss ihm erklären, dass Frauen ihre Schönheit finden, indem sie in einem Gesamtbild aufgehen UND sich gleichzeitig durch ein Detail davon abheben, ein winziges Detail, das sie auszeichnet. Ich muss ihm eine hübsche Geschichte verkaufen, ein überzeugendes Argument, das kulturellen Snobismus mit dem Ideal der Schönheit verknüpft. Er wird begeistert sein und sein Portemonnaie aufklappen.

Wenn sie so dachte, war sie zuversichtlich. Sie zog die Schultern hoch, reckte das Kinn, kniff die Augen zusammen und sah die Jobangebote auf sich einprasseln. Doch wenn sie einen Namen für diesen kultivierten Trottel mit dem prall gefüllten Bankkonto suchte, geriet sie in Panik… Wo sollte sie ihn finden? Auf welchem Londoner Bürgersteig trieb er sich herum? Stand er wenigstens im Telefonbuch?

Sie hatte keine Freunde. An Freundschaft hatte sie nie geglaubt. Hatte nie in dieses Gefühl investiert. Gab es eine Internetseite, auf der man für einen Monat Freunde mieten konnte, nur so lange, bis zwei Schaufenster fertiggestellt waren? Sie schuften lassen wie die Sklaven und sie dann mit einem Lächeln nach Hause schicken. Danke, Jungs, ihr könnt jetzt gehen… Freunde sind doch schließlich dazu da, einem ohne Gegenleistung Gefallen zu tun. Sie brauchte dringend Freunde.

Wieder dachte sie an ihre Mitbewohner. Sam war ausgezogen, aber Tom, Peter, Rupert… Nein, das war keine gute Idee. Sie würden sich niemals wie Sklaven herumscheuchen lassen. Und der Neue? Jean, das Pickelgesicht? Er würde sich geschmeichelt fühlen, dass sie ihn um einen Gefallen bat. Er war so hässlich. Beinahe entstellt. So, wie der aussah, konnte er ohne Weiteres einen Behindertenparkplatz benutzen.

Seit er eingezogen war, hatte er sich einen schmalen blonden Schnurrbart unter seiner Nagetiernase wachsen lassen. Irgendetwas störte sie an diesem Jungen. Sie hatte das Gefühl, ihm schon einmal begegnet zu sein. Eine vage Erinnerung an etwas Vergangenes, die nichts Gutes verhieß. Ein Hauch von Déjà-vu… Aber ich kenne ihn nicht. Unter dem

Vorwand, er wolle sein Englisch verbessern, weigerte er sich, mit ihr Französisch zu sprechen. Sein Akzent erinnerte sie an die Provence, genauer gesagt an Marseille.

»Wo kommst du her?«

»Aus Avignon …«

»Komisch, ich hätte dich eher an der Canebière vermutet …«

»Ganz falsch!«

Die Worte waren ihm auf Französisch entschlüpft. Waren in farbigen, dröhnenden Silben explodiert. Mit einem Mal hatte es im Haus nach Bouillabaisse und Pastis gerochen. Seine Stirn war rot angelaufen, und seine Pickel hatten geblinkt wie ein einarmiger Bandit im Spielcasino, der gerade den Jackpot ausspuckt. Sie wusste nicht, was ihr bekannt vorkam, die Pickel oder der Akzent. Vielleicht beides …

Er würde ganz bestimmt nicht in ihre Schaufenster investieren. Er besaß keinen Cent. Er jobbte nebenher, um sein Studium zu finanzieren: als Aushilfe bei Partys, Kehrer bei Starbucks, Spülhilfe bei McDonald's, Hundeausführer für reiche Leute. Er war der König der Nebenjobs, von denen er rotgesichtig, schwitzend und blinkend zurückkam.

Manchmal, wenn sie ihm den Rücken zuwandte, hatte sie das Gefühl, dass er sie anstarrte. Sie drehte sich abrupt um, aber er schaute in eine andere Richtung. Vielleicht liegt es ja auch an mir, dass ich mich in seiner Gegenwart unwohl fühle … Das Leben ist ungerecht. Warum kommen manche schön, charmant und lässig auf die Welt und andere dafür hässlich, hässlicher, am hässlichsten? Ich habe beim Geburtslotto das große Los gezogen. Piffpaffpuff, Sie bekommen eine schmale Taille, lange Beine, perlmutt schimmernde Haut, volles, glänzendes Haar, weiße Zähne und Augen, die die Jungen um den Verstand bringen … Abrakadabra, Sie bekommen fettiges Haar, Granattrichter im Gesicht, eine Nase wie ein Nagetier und Stummelzähne! Sie dankte der Vorsehung und manchmal, wenn sie sentimental gestimmt war, auch ihren Eltern. Vor allem ihrem Vater. Als sie noch klein war, hatte sie sich oft in seinem Kleiderschrank eingeschlossen und den Duft seiner Anzüge eingeatmet, die Länge seiner Ärmel inspiziert, das Revers eines Jacketts, den Abschluss der kleinen Brusttasche. Wie hatte er sich nur in eine derart unscheinbare Frau wie ihre Mutter verlieben können? Diese Frage stellte sie vor ein schier unlösbares Rätsel, von dem sie sich rasch wieder abwandte. Sie hatte keine Zeit zu verschwenden.

Dann wanderten ihre Gedanken zu Gary, zu Garys Charme, zu Garys Eleganz, und gedankenverloren massierte sie die kleine, angstvolle Kuhle, die sich auf Höhe ihres Magens bildete. Gary, Gary … Was macht er gerade? Wo ist er? Er hasste sie. Wollte sie niemals wiedersehen. Oder hatte er sie schon wieder vergessen? Es war ihr egal, dass er sie hasste, aber sie wollte nicht, dass er sie vergaß. Doch dann riss sie sich zusammen. Sie würde sich nicht von einem Jungen ihre gute Laune und ihre Energie vermiesen lassen. Nein, danke! Sie würde später über Gary nachdenken, wenn sie das Problem des Trottels mit dem dicken Portemonnaie gelöst hatte.

Sie wandte sich wieder ihrem Budget zu und kratzte sich ratlos am Kopf.

Nicholas. Mit ihm musste sie anfangen. Sie würde seine Hilfe brauchen. Seinen Rat. Schließlich war er nicht umsonst der Artdirector des berühmten Kaufhauses Liberty an der Oxford Street mit seiner wunderschönen Tudorfassade.

Sie rief ihn an und verabredete sich mit ihm in der Bar des Claridge. Bestellte zwei Gläser Roséchampagner. Er sah sie verwundert an. Heute lade ich dich ein, sagte sie, ich muss dich um einen Gefallen bitten, und schilderte ihm ihr Problem. Kam auf die Möglichkeit zu sprechen, dass er ihr Geld leihen könnte. Er unterbrach sie sofort.

»Ich habe nicht einen Penny, den ich in dein Unternehmen stecken könnte!«

Das war brutal, aber eindeutig.

Hortense schluckte die Ansage, dachte ein paar Minuten nach und ging wieder zum Angriff über.

»Du musst mir helfen, du bist mein Freund …«

»Auch nur, wenn es dir gerade passt … Sonst bin ich eine Art Fußabtreter, an dem du dir die Schuhe sauber wischst.«

»Stimmt nicht.«

»Stimmt wohl. Wir können gern darüber reden, wenn du magst … Lass uns über all die Male reden, bei denen du mich behandelt hast wie einen …«

»Ach, hör doch auf damit! Ich habe viel zu viele Probleme, um auch noch alte Rechnungen zu begleichen. Die interessieren mich nicht mehr. Ich brauche dich, Nicholas, du musst mir helfen.«

»Und was bekomme ich dafür?«, fragte er und hob das Champagnerglas an seine Lippen.

Hortense starrte ihn mit offenem Mund an.

»Nichts. Ich habe kein Geld, es ist schon schwer genug, mit dem auszukommen, was meine Mutter mir jeden Monat überweist, und …«

»Denk mal ein bisschen nach …«

»O nein!«, stöhnte sie. »Du willst doch nicht etwa, dass ich mit dir schlafe!«

»O doch. Und zwar in pädagogischer Absicht.«

»So nennst du das also?«

»Letztes Mal, als wir uns zum Mittagessen getroffen haben, hast du angedeutet, ich sei ein erotischer Blindgänger. Ich will wissen, wieso, und ich will, dass du mir zeigst, wie ich es besser machen kann. Du hast mich verletzt, Hortense …«

»Das war nicht meine Absicht …«

»Findest du wirklich, dass ich nicht besonders gut im Bett bin?«

»Klar …«

»Danke. Vielen Dank … Also machen wir jetzt einen Deal: Du verbringst ein paar Nächte mit mir und zeigst mir, wie man eine Frau glücklich macht, und ich öffne dir im Gegenzug die Türen zu meinen Ateliers, ich lasse dich Kleider und Mäntel, Schals und Stiefeletten ausleihen, ich bringe dich auf Ideen, und ich helfe dir. Kurz gesagt, wir werden wieder ein Paar, und wenn ich mich bessere, schaffe ich es auch, dich zu halten.«

»Aber so etwas lernt man doch nicht!«, erwiderte Hortense mit einem mutlosen Seufzen. »Man wird mit diesen Fähigkeiten geboren, mit dieser Neugier auf den Körper des anderen, diesem Hunger …«

»Und du behauptest, das habe ich nicht …«

»Willst du wirklich wissen, was ich denke? Aber ich warne dich, du wirst mich danach hassen …«

»Nein, dann lieber nicht … Behalte dein Urteil für dich.«

»Ich glaube, das ist auch besser so.«

»Wirst du es mir irgendwann sagen?«

»Versprochen. So spät wie möglich …«

Er erstarrte, richtete sich kerzengerade auf, bemühte sich, so zu tun, als machte ihm das gar nichts aus, gab auf, und sagte: »Einverstanden, ich helfe dir, öffne dir meine Lager und greife dir unter die Arme, aber wehe, du verrätst jemandem etwas davon … Bei Liberty sollte lieber niemand wissen, dass ich dir geholfen habe und die Hälfte ihrer Garderobe als Plakat in den Schaufenstern von Harrods hängt …«

Hortense fiel ihm um den Hals und überhäufte ihn mit Küssen. Ich liebe dich, flüsterte sie ihm ins Ohr, ich liebe dich auf meine Weise, und da ich sowieso niemanden liebe, kannst du dich glücklich schätzen … Er wehrte sich, versuchte, sie von sich zu schieben, doch sie umarmte ihn und schmiegte den Kopf an seine Schulter, bis er sich entspannte und einen Arm um sie legte.

»Bin ich denn wirklich ein so schlechter Liebhaber?«, fragte er.

»Ein bisschen unbeholfen … Ein bisschen langweilig … Es fühlt sich an, als würdest du mit einer Bedienungsanleitung in der Hand vögeln. Erstens: Ich berühre die rechte Brust, zweitens: die linke Brust, drittens: Ich zwicke, ich streichle und dann …«

»Ich glaube, ich habe verstanden … Aber du könntest mir doch sagen, was ich tun soll?«

»Theoretischer Unterricht, ohne praktische Übungen?«

Er nickte.

»Einverstanden. Also, Lektion eins, sehr wichtig: die Klitoris …«

Er wurde feuerrot.

»Nein. Nicht jetzt. Nicht hier … Irgendwann einmal, abends, wenn wir beide ein bisschen beschwipst sind oder zu müde, weil wir zu viel gearbeitet haben … Das wird uns entspannen!«

»Weißt du was, Nico, ich finde dich großartig!«

Sie bestellte zwei weitere Gläser Ruinart Rosé und seufzte, mein Gott, das wird mich ruinieren! Pech gehabt! Dann esse ich eben eine Woche lang nichts. Oder ich gehe zu Tesco an die automatischen Kassen, wo es keine Kassiererin gibt, die einen kontrolliert. Ich werde Fisch kaufen und Kartoffeln eintippen. Genauso bei Obst und Gemüse, Müsli und Eiern, ich tippe bei allem Kartoffeln ein! Piffpaffpuff, ich wirbele die Etiketten durcheinander!

Sie entwickelten einen Plan. Einen Schlachtplan, damit alles rechtzeitig fertig würde. Um einen Fotografen und Models aufzutreiben, die bereit wären, umsonst zu arbeiten. Dekorationen, Kleider, Plakate und Verpflegung mussten transportiert werden … Und du musst den Leuten, die umsonst für dich arbeiten, etwas zu essen geben, sagte Nicholas. Sie strichen alle unnötigen Ausgaben, und Nicholas kam auf die gleiche Summe wie Hortense: sechstausend Pfund. Es fehlten noch dreitausend.

»Siehst du«, murmelte Hortense niedergeschlagen, »ich hatte recht…«

»Und ich kann dir nicht helfen, ich habe weder reiche Eltern noch einen Erbonkel…«

»Bestellen wir noch eine Runde? Das ist jetzt auch schon egal…«

Und sie bestellten zum dritten Mal zwei Gläser Ruinart Rosé.

»Der Champagner trägt seinen Namen wirklich zu Recht«, schimpfte Hortense.

»Sag mal«, bemerkte Nicholas, während er noch einmal die Liste mit den unverzichtbaren Ausgaben überflog, »hattest du nicht einen reichen Onkel, der in London lebt? Du weißt schon, der Mann deiner Tante, die… ähm… damals im Wald…«

Hortense schlug mit beiden Händen auf den Tisch.

»Philippe? Aber natürlich! Mein Gott, bin ich blöd! Den hatte ich komplett vergessen!«

»Tja! Dann brauchst du ihn ja nur noch anzurufen…«

Und genau das tat sie am darauf folgenden Tag. Sie verabredeten sich im Wolseley, Piccadilly 160, zum Mittagessen.

Philippe war bereits da, als sie die Tür des Restaurants öffnete, in dem man in London zu Mittag essen musste, wenn man etwas galt. Er saß an einem Tisch und las Zeitung. Sie beobachtete ihn aus der Ferne: Er war wirklich ein ungemein attraktiver Mann. Sehr gut gekleidet. Dunkelgrünes Tweedsakko mit blauen Nadelstreifen, ein flaschengrünes Poloshirt von Lacoste mit langen Ärmeln und hochgeschlagenem Kragen, eine hellbraune Cordsamthose, eine schöne klassische Uhr… Sie war stolz darauf, seine Nichte zu sein.

Sie kam nicht gleich auf ihr Anliegen zu sprechen. Erst erkundigte sie sich nach Alexandre, nach der Schule, nach seinen Freunden, seinen Hobbys. Wie ging es ihrem Cousin? Gefiel es ihm auf der französischen Schule? Mochte er seine Lehrer? Redete er über seine Mutter? War er traurig? Alexandres Schicksal war ihr herzlich egal, aber sie glaubte, ihren Onkel dadurch milde zu stimmen und den Boden für ihre Bitte zu bereiten. Eltern lieben es, wenn man mit ihnen über ihre Sprösslinge redet. Sie plustern sich auf wie ein stolzes Huhn. Sie sind davon überzeugt, das schönste Ei auf der ganzen Welt gelegt zu haben, und hören es gern, wenn man sie darin bestätigt. Sie fügte, bla-bla-bla, hinzu, dass sie ihren Cousin sehr gern mochte, auch wenn sie sich nur selten sahen, dass er ein hübscher, intelligenter Junge sei und ganz anders als die anderen Kinder, viel reifer. Philippe hörte schweigend zu. Sie überlegte, ob das ein gutes Zeichen sei. Dann studierten sie die Speisekarte und bestellten zweimal das Tagesgericht, *roast landaise chicken with lyonnaise potatoes*. Philippe fragte sie, ob sie ein Glas Wein dazu wolle und was er für sie tun könne, denn er wisse ganz genau, dass sie ihn nicht angerufen habe, um über Alexandre zu reden, da sie an ihren Cousin für gewöhnlich keinen Gedanken verschwendete.

Hortense beschloss, auf diese Bemerkung nicht weiter einzugehen. Das würde sie nur von ihrem eigentlichen Ziel ablenken. Sie erzählte, wie sie aus Tausenden von Bewerbern ausgewählt worden sei, zwei Vitrinen bei Harrods zu gestalten, wie sie auf ihre Idee gekommen war und …

»… und jetzt habe ich das Gefühl, dass ich es nicht schaffen werde. Alles ist so kompliziert, so teuer! Ich habe so viele Ideen, aber ich kann sie nicht finanzieren. Das Schlimme am Geld ist, dass urplötzlich alles so furchtbar schwer wird. Auf den ersten Blick erscheint eine Idee absolut großartig, aber dann soll man ein Budget aufstellen, und plötzlich wiegt sie ein paar Tonnen. Um das Material zu transportieren, zum Beispiel, brauche ich ein Auto! Was sage ich, ein Auto! Einen Lieferwagen … Und außerdem muss ich alle mit Essen versorgen. Mein Vermieter hat ein indisches Restaurant, und ich werde ihn bitten, mir zum Freundschaftspreis einen großen Topf Curryhuhn zu machen, im Gegenzug nehme ich ihn in meine Dankesliste auf … Aber das erfordert alles so viel Arbeit, es gibt so viel zu organisieren.«

»Wie viel fehlt dir?«, fragte Philippe.

»Dreitausend Pfund«, entgegnete Hortense. »Und wenn ich viertausend haben könnte, wäre das gigantisch.«

Er sah sie lächelnd an. Was für ein merkwürdiges Geschöpf, dachte er, mutig, dreist, hübsch … Sie weiß, dass sie hübsch ist, aber sie schert sich keinen Deut darum. Sie nutzt ihre Schönheit wie ein Werkzeug. Ein Bulldozer, der die Schwierigkeiten des Lebens einfach platt walzt. Was schöne Frauen ins Unglück stürzt, was sie langweilig und manchmal sogar dumm werden lässt, ist die Tatsache, dass sie sich ihrer Schönheit bewusst sind. Sie machen es sich in ihrer Schönheit bequem wie in einem Liegestuhl. Iris hat es sich ihr ganzes Leben lang bequem gemacht. Und das war ihr Untergang. Hortense macht es sich nicht bequem. In ihren Zügen spiegeln sich Entschlossenheit, Selbstvertrauen, das Fehlen jeglichen Zweifels. Jenes so reizenden Zweifels, der die Schönheit zart erschauern lässt.

Hortense wartete verlegen. Sie hasste es, als Bittstellerin auftreten zu müssen. Es ist so demütigend, jemanden um etwas zu bitten. Auf sein Wohlwollen zu hoffen. Er sieht mich so prüfend an! Er wird mir eine Moralpredigt halten, genau wie meine Mutter. Anstrengung, Leistung, Beharrlichkeit, diese ganzen wunderbaren inneren Werte. Das Gerede kenne ich auswendig. Kein Wunder, dass er sich so gut mit Maman versteht. Wie steht es eigentlich um die beiden? Sehen sie sich noch, oder geißeln sie sich im Gedenken an Iris und predigen Keuschheit? So was Idiotisches sähe ihnen ähnlich. Die drehen eine Neuverfilmung des *Cid* in Technicolor. Ehre, Gewissen, Pflichterfüllung. Alteleuteliebe ist echt zum Kotzen. So gefühlsduselig und schmalzig. Am liebsten würde ich einfach gehen und ihn hier sitzen lassen … Was hat mich bloß geritten, dass ich mich darauf eingelassen habe? Was hat Salvador Dalí über die Eleganz gesagt? »Eine elegante Frau ist eine Frau, die einen verachtet und keine Haare unter den Achseln hat.« Ich liege bettelnd vor ihm auf den Knien und habe einen ganzen Porreestrunk unter jedem Arm! Wenn er nicht in zweieinhalb Sekunden den Mund aufmacht, stehe ich auf und sage ihm, dass das alles ein Irrtum war, ein schrecklicher Irrtum, dass es mir leidtut und dass ich nie, nie wieder …

»Ich werde dir dieses Geld nicht geben, Hortense.«

»Ah …«

»Ich werde dir keinen Gefallen tun. Wenn ich jetzt Ja sagen würde, wäre das zu bequem. Und man muss schon ein wirklich guter Mensch sein, um der Bequemlichkeit zu widerstehen.«

Müde und niedergeschlagen hörte Hortense ihm zu. Sie brachte nicht die Kraft auf, ihm zu antworten. Bla-bla-bla, jetzt ist er an der Reihe, mich vollzusülzen. Das geschieht mir recht! Ich wusste, dass es eine schlechte Idee war, weil sie nicht von mir kam. Man sollte immer seinem eigenen Urteil vertrauen und nicht auf andere hören. Nicht genug damit, dass er Nein sagt, jetzt hält er mir auch noch eine Predigt.

»Erspar mir dein Gelaber!«, brummte sie, ohne ihn anzusehen.

»Außerdem«, fuhr Philippe fort, ohne die Unmutsäußerung seiner Nichte zu beachten, »bin ich der festen Überzeugung, dass kleine Geschenke zwar die Freundschaft erhalten, große aber sie vergiften … Wenn ich dir dieses Geld gebe, wirst du dich verpflichtet fühlen, nett zu mir zu sein, mit mir über Alexandre zu reden, der dich in Wahrheit nicht die Bohne interessiert, dich vielleicht sogar mit ihm zu treffen, und damit fängt das Missverständnis an … Aber wenn du mir nichts schuldest, wenn du nicht gezwungen bist, mir etwas vorzumachen, dann bleibst du das bemerkenswerte kleine Biest, das ich sehr gern mag!«

Hortense saß kerzengerade auf ihrem Stuhl und bemühte sich, ihren Stolz wiederzufinden, ohne die Beherrschung zu verlieren.

»Ich verstehe, ich verstehe sehr gut … Du hast sicher recht. Aber ich brauche dieses Geld wirklich unbedingt. Und ich weiß nicht, an wen ich mich wenden soll. Ich kenne keinen Milliardär! Du hingegen … du schwimmst im Geld. Warum ist alles so einfach, wenn man alt ist, und so kompliziert, wenn man jung ist? Es sollte doch eigentlich umgekehrt sein! Man sollte alles tun, um die Jungen zu ermutigen …«

»Kannst du deine Schule nicht um ein Darlehen bitten? Oder einen Kredit bei einer Bank aufnehmen? Du hast ein überzeugendes Projekt …«

»Dafür habe ich keine Zeit. Ich bin in meinem Kopf alles schon tausendmal durchgegangen, aber ich finde keine Lösung …«

»Es gibt kein Problem ohne Lösung. So etwas existiert nicht.«

»Du hast leicht reden!«, brummte Hortense, der die Belehrungen allmählich zu viel wurden.

Sie betrachtete ihr gebratenes Hühnchen und dachte an die reiche Taube, die gerade davonflatterte. Er denkt jetzt garantiert an Iris. Sie hat ihn geliebt wie einen Blankoscheck. Für das Ego eines Mannes ist das nicht gerade gut.

»Denkst du an Iris, während du mich mit diesem Gewäsch vollaberst?«

»Das ist kein Gewäsch.«

»Aber ich bin nicht so wie sie! Ich arbeite hart! Und ich verlange von niemandem etwas. Nur von Maman, aber auch da nur das absolute Minimum …«

»Iris hat am Anfang auch hart gearbeitet. Auf der Columbia war sie eine der brillantesten Studentinnen in ihrer Gruppe, aber dann … wurde alles zu bequem. Sie glaubte, es reiche, zu lächeln und mit den Wimpern zu klimpern. Sie hörte auf zu arbeiten, eigene Ideen zu entwickeln. Sie begann zu manipulieren und zu täuschen … Am Ende betrog sie alle, sogar sich selbst! Mit zwanzig war sie noch genau wie du, aber dann …«

Wie schnell sich die Dinge doch ändern!, dachte Hortense. Als ich hereingekommen bin, war er ein schneidiger Mann, und jetzt wirkt er traurig. Iris' Name hat genügt, und schon ist seine ganze schöne Selbstgewissheit dahin, und er tastet sich zurück in die Vergangenheit.

»Und ich trug selbst die größte Schuld daran. Ich habe ihr geholfen, sich mit dem Leben zu arrangieren, ich habe ihre Illusionen gefördert. Ich hob sie auf ein Podest! Ich akzeptierte all ihre Lügen. Ich glaubte, sie zu lieben … Dabei habe ich ihr nur geschadet. Sie hätte ein wunderbarer Mensch sein können.«

Oberflächlich, so oberflächlich … murmelte er leise, wie im Selbstgespräch, vor sich hin.

»Das ist doch vorbei«, protestierte Hortense. »Das interessiert mich nicht. Was mich interessiert, ist die Gegenwart. Jetzt. Was ich in einer Stunde tun werde. An wen ich mich wende, wie ich das schaffen soll … Alles andere ist mir so was von egal! Es ist nicht mein Problem. Jeder ist für sein Leben selbst verantwortlich, Iris ist aus der Spur geraten, Pech für sie, aber ich muss jetzt dringend dreitausend Pfund auftreiben, sonst begehe ich Harakiri!«

Sie hat recht, dachte Philippe. Sie sollte nicht für die Oberflächlichkeit ihrer Tante bezahlen. Sie ist anders, aber ich möchte nicht indirekt für ihr Unglück verantwortlich sein.

Der Kellner erkundigte sich, ob sie einen Nachtisch wünschten. Hortense hörte ihn nicht. Sie hatte ihr gebratenes Hühnchen nicht angerührt. Angesichts ihrer verzagten Miene verscheuchte Philippe den Gedanken an Iris und kehrte in die Gegenwart zurück: »Ich sage dir, was du tun wirst …«

Hortense starrte ihn missmutig an.

»Du wirst mir eine Projektbeschreibung aufsetzen. Ordentlich strukturiert: kleines a, kleines b, kleines c … Erwähne Saint Martins, schildere deinen Werdegang, wie du dich gegen hunderte Mitbewerber durchgesetzt hast, wie du auf deine Idee gekommen bist, wie diese Idee im Einzelnen aussieht, wie du vorgehen willst, welches Budget du veranschlagt hast, und ich stelle anschließend den Kontakt zu einem Finanzier her, der dir unter Umständen dieses Darlehen oder auch diese Spende gewähren wird, je nachdem, wie gut du dich verkaufst ... Damit liegt dein Schicksal in deinen eigenen Händen, nicht in meinen, das ist doch aufregend, findest du nicht?«

Hortense nickte. Ein blasses Lächeln kehrte auf ihre Lippen zurück. Dann ein echtes Halloweenkürbislächeln. Sie entspannte sich, streckte sich. Die Herausforderung, vor die er sie stellte, weckte ihre Lebensgeister. Sie suchte nach ihrem Besteck, um sich über das Hühnchen herzumachen, und bemerkte, dass der Kellner Besteck und Teller bereits abgeräumt hatte. Sie wirkte überrascht, zuckte mit den Schultern, griff nach einem Grissino und biss herzhaft hinein. Sie hatte Hunger, und sie war jetzt sicher, die dreitausend Pfund zu bekommen, die ihr noch fehlten.

»Es tut mir leid, was ich vorhin über Iris gesagt habe, ich war vielleicht ein bisschen schroff ...«

»Kein Gewäsch mehr zwischen uns, einverstanden?«

»Okay ... kein Gewäsch mehr!«

»Du musst lediglich ein Argument finden, das dem Mäzen schmeichelt, das ihn glauben lässt, dank dir werde er ein Teil der Kunstwelt. Menschen mit viel Geld glauben gern, dass sie auch über genauso viel Geschmack und Kunstsinn verfügen. Präsentiere ihm deine Schaufenster eher als eine Art Ausstellung denn als ein simples Abbild von Mode ...«

»Ich weiß«, antwortete Hortense, »ich hatte schon eine komplette Argumentation für dich vorbereitet. Die serviere ich jetzt stattdessen ihm ...«

Er lächelte belustigt.

»Denn weißt du, Philippe, ich bin nicht oberflächlich, sondern schwerelos ... Scheinbar leicht, aber innen drin brennt mein Feuer! Nichts wird mich aufhalten!«

»Freut mich zu hören.«

Gleich im Anschluss ging sie zu Liberty und besuchte Nicholas. In der Geschäftigkeit seines Büros erschien er ihr attraktiver als sonst, einflussreicher, verführerischer. Beinahe geheimnisvoll. Erstaunt blieb sie stehen und sah ihn voller Zuneigung an.

Er war so aufgeregt, dass er es gar nicht bemerkte: Er hatte einen Fotografen aufgetrieben, der bereit war, umsonst zu arbeiten.

»Ist er so schlecht?«, fragte Hortense.

»Nein, aber er will sich eine Mappe aufbauen … Da er Chinese ist, hat er größte Mühe, sich Visa zu beschaffen, und kommt nie nach Mailand oder Paris, was ihn extrem behindert … Die Vorstellung, seinen Namen bei Harrods zu sehen und für eine Französin, noch dazu eine Saint-Martins-Studentin, zu arbeiten, motiviert ihn sehr, also sei nett zu ihm.«

»Ich werde ihn schon nicht beißen! Man könnte ja fast meinen, ich wäre ein Monster!«

»Er wartet draußen im Flur …«

Hortense zuckte zusammen.

»Was, dieser behaarte Zwerg, der gerade mal einen Meter zehn misst, und das auch nur, wenn er aufrecht auf einer Leiter steht?«

»Das ist genau das, was ich lieber nicht von dir gehört hätte! Er ist ein sehr guter Fotograf, der uns sehr schöne Fotos machen wird und keinen Cent dafür verlangt … Also sei gefälligst höflich zu ihm …«

Hortense musterte ihn argwöhnisch.

»Bist du sicher, dass er gut ist?«

Nicholas seufzte.

»Hortense, glaubst du wirklich, du hättest Zeit, über jede meiner Entscheidungen zu diskutieren? Nein. Also vertrau mir …«

Und er ließ Zhao Lu hereinkommen, der ihnen überschwänglich die Hände schüttelte, Hortense hingerissen anstarrte, dieses wunderschöne junge Fräulein, das ihn hochmütig ansah, mit Blicken verschlang und jeden ihrer Sätze mit *It's wonderful, it's wonderful* kommentierte.

Als Hortense an jenem Abend nach Hause kam, war sie erschöpft, aber glücklich. Es war ein erfolgreicher Tag gewesen, piff, Philippe würde ihr einen reichen Trottel vorstellen, paff, sie hatte einen Fotografen gefunden, puff, sie hatten zwei groß gewachsene, elegante Models ausgesucht, die bereit waren, allein für den Ruhm zu arbeiten. Piffpaffpuff, das Projekt nahm Gestalt an.

Jean das Pickelgesicht saß allein im halbdunklen Wohnzimmer. Er sah fern, die Füße auf den Couchtisch gelegt. Nein, stellte Hortense fest, er döste vor dem eingeschalteten Fernseher. Dieser Kerl schlief die ganze Zeit. Wie faul konnte man eigentlich sein?, schimpfte sie stumm, während sie ihn betrachtete.

Nachdem sie erfahren hatten, dass Sam ausziehen würde, hatten sie eine Anzeige auf gumtree.com geschaltet. Und die ersten Interessenten waren gekommen, um sich das Zimmer anzusehen. Zwei Lesbierinnen hatten sich vorgestellt, hallo, wir sind zwei coole Lesben, wir suchen eine nette WG, stört es euch, dass wir lesbisch sind? Nicht? Super. Außerdem sind wir nudistisch veranlagt. Wir laufen gerne nackt durchs Haus, und wir mögen es auch sehr, wenn ein Mann uns dabei zusieht, wie wir ... äh ... das schockiert euch doch nicht, oder? Vor allem, wenn er Inder ist. Ist einer von euch zufällig Inder?

Eine Jurastudentin in Sandalen und langem Faltenrock, die »Ist das dreckig! Ist das dreckig!« murmelnd durchs Haus gegangen war. Sie hatte ein Taschentuch genommen und die Türknäufe abgewischt, bevor sie sie anfasste.

Oder dieser andere Typ, der nicht mal persönlich gekommen war, sondern online auf die Anzeige geantwortet hatte.

»Es freut mich zu lesen, dass es in dem Zimmer einen großen Kleiderschrank gibt, aber den werde ich nicht brauchen, denn ich bin zu hundert Prozent schwul. Ich bin ganz verrückt nach Mode und werfe alle Klamotten weg, nachdem ich sie einmal getragen habe. Ihr schreibt in eurer Anzeige nicht, ob ihr schwul seid oder nicht, denn wenn einer von euch schwul wäre, käme mir das sehr gelegen. Ich bin fünfundzwanzig Jahre alt, komme aus Mali und lebe seit vier Jahren in London. Ich habe mich gerade von meinem Freund getrennt. Würde es euch stören, wenn ich Jungs mit nach Hause bringe? Ich werde nämlich wild rumvögeln müssen, um ihn zu vergessen. Ich habe sehr schöne rosafarbene Wandbehänge aus meiner Heimat, die wir im Wohnzimmer aufhängen könnten. Ich habe auch eine Sammlung von Pornoheften, die ich euch gerne ausleihen würde. Schreibt mir, wenn ihr interessiert seid, Jungs!«

Peter verzog das Gesicht. Er wischte seine Brillengläser sauber und erklärte, dass er das überhaupt nicht witzig finde. Sie sortierten auch die Bewerber aus, die mit Ratte, Wiesel, Pythonschlange oder Papagei einziehen wollten, die Vegetarier, ein Mädchen in Burka und ein anderes, das sich ausschließlich von Curry ernährte und sich nicht wusch.

Als Jean das Pickelgesicht vorstellig geworden war, hatten sie ihn sofort akzeptiert. Er rettete sie vor all den Irren, den exhibitionistisch veranlagten Mädchen und dem brünstigen Kerl aus Mali.

Hortense beschloss, dass sie weder Lust hatte, ihn zu wecken, noch, sich mit ihm zu unterhalten. Sie verzog sich in ihr Zimmer, um dort darüber nachzudenken, was sie noch alles zu erledigen hatte.

Sie musste ihre Zusammenfassung für Philippe schreiben …

Jean das Pickelgesicht hieß in Wirklichkeit Jean Martin.

Jean Martin schlief nicht. Jean Martin sah fern. Als Hortense hereingekommen war, hatte er die Augen geschlossen und sie wieder geöffnet, sobald sie ihm den Rücken zugewandt hatte.

Das Miststück.

Er würde sie fertigmachen. Er wusste noch nicht, wie, aber dieses Mädchen würde bezahlen.

Zunächst für ihre eigene Bosheit und danach für all jene, die ihn als wandelnde Pestbeule oder Streuselkuchen verhöhnten. Sein Martyrium hatte begonnen, als er vierzehn war: Damals war der erste eitrige Pickel aufgetaucht. Eine leichte, juckende Schwellung, dann ein roter Fleck, der sich ausbreitete, anschwoll, sich aufwölbte und zu einer weißen, eitergefüllten Blase wurde. Der Eiter trat aus, infizierte andere Hautflächen und überzog so nach und nach sein gesamtes Gesicht mit entzündeten Kratern. Bis zum Alter von vierzehn Jahren war er ein normaler Junge gewesen, den die Frauen in seiner Familie küssten, herzten und mit Zärtlichkeit überschütteten. Dem seine Cousine, die jüngere Nachbarin und die Mädchen in der Schule verstohlene Blicke zuwarfen. Nicht, dass er besonders schön gewesen wäre, er war sogar ein wenig »verbeult«, aber er war der einzige Sohn von Monsieur und Madame Martin, ihres Zeichens Nugatfabrikanten in Montélimar, ein Familienunternehmen, das seit 1773, jenem Jahr, in dem der Nugat zur Zierde der Stadt und zu einer weltweit geschätzten Spezialität geworden war, vom Vater auf den Sohn vererbt wurde. Montélimar, Stadt des Nugats, dreitausend Tonnen wurden dort jedes Jahr produziert. Jean Martin würde das Geschäft übernehmen, wie vor ihm schon sein Vater, sein Großvater und sein Urgroßvater, er würde einen Mercedes fahren, in dem prächtigen Haus wohnen und die Tochter eines angesehenen Bürgers der Stadt heiraten. Vielleicht eine Verbindung mit einer anderen Nugatfamilie? Jean Martin war eine gute Partie.

Dann war der erste Pickel aufgebrochen …

Niemand sah ihm mehr ins Gesicht, und er lernte, den Blick abzuwenden. Seine Mutter betrachtete ihn mitleidig und murmelte, mein armer Junge, mein armer Junge, wenn sie glaubte, er höre sie nicht. In seiner Familie wusste man nichts von Hautärzten. Man sagte sich, das werde schon wieder vorbeigehen, das sei das Alter, beim ersten Mädchen – sein Vater und dessen Freunde lachten anzüglich und stießen sich gegenseitig mit den Ellbogen an – werde sich das wieder legen, die Pickel würden sich wie durch Zauberhand zurückbilden. Aber kein Mädchen wird sich von einem Typen mit Pestbeulen küssen lassen, widersprach Jean stumm. Er schloss sich im Bad ein, stellte sich vor den Spiegel, folgte dem Verlauf der gelben Lava, dem Tupfenmuster der roten Pusteln und klagte. Wenn es zu sehr juckte, kratzte er sich bis aufs Blut, und das tat gut … aber es hinterließ auf seiner Haut Verletzungen, die zu unauslöschlichen Narben führten.

Also masturbierte er erbittert … Vergebens.

Er begann alles zu lesen, was ihm zum Thema Akne in die Hände fiel. Schmierte sich Schweinskopfsülze ins Gesicht, grüne Tonerde, Wasser aus dem Toten Meer, Benzoylperoxid, Salben mit schwarzem Blei oder gelbem Kupfer, pinselte sich mit jodhaltigem Alkohol ein, mit neunzigprozentigem Alkohol, schluckte Roaccutan, wovon ihm übel wurde …

Und masturbierte erneut.

Alle Jungen hatten eine Freundin, nur er nicht.

Alle Jungen gingen auf Partys, nur er nicht.

Alle Jungen zeigten sich mit nacktem Oberkörper, nur er nicht.

Alle Jungen rasierten sich und spritzten sich anschließend Aftershave ins Gesicht, nur er nicht. Aftershave brannte auf seiner Haut.

Sie schwoll an, sie wurde rot, sie glühte, sie bildete Krusten, sie schälte sich, und alles fing wieder von vorn an. Er hatte eitrige Wunden im Gesicht, auf der Brust, auf dem Rücken. Er ging nicht mehr aus dem Haus.

Er konzentrierte sich auf die Schule. Bestand sein Abitur mit Auszeichnung. Absolvierte ein Vorbereitungsjahr für die Aufnahmeprüfung am HEC, der besten Wirtschaftshochschule in ganz Frankreich. Erfreut über die schulischen Erfolge ihres Sohnes, schenkten ihm seine Eltern ein Motorrad, und er gewöhnte sich an, in halsbrecherischem Tempo durch die Gegend zu fahren und sein Gesicht in den Wind zu halten, um seine Pickel zu trocknen.

Abends sah er mit seiner Großmutter, einer regelmäßigen Zuschauerin der cineastischen Mitternachtsreihe auf France 3, fern. Ein Filmzyklus zum Thema »Das zeitgenössische englische Kino« schlug ihn in seinen Bann. Endlich sah er auf dem Bildschirm Jungen, wie er selbst einer war: hässlich, rot, mit Pickeln übersät. Die englischen Schauspieler hatten keinerlei Ähnlichkeit mit den amerikanischen Stars mit ihrer geschmeidigen, rosigen Haut, nein, sie glichen ihm, Jean Martin. Er beschloss, in England zu studieren. Seine Eltern waren empört: Er sollte in Montélimar bleiben und die Nugatfabrik übernehmen. Er war ihr einziger Sohn, wie sie ihm bei jeder Mahlzeit in Erinnerung riefen. Er musste das Geschäft erlernen.

Er wurde an der renommierten London School of Economics angenommen und brach alle Brücken hinter sich ab, als er ging. Ohne jeden Cent. Sein Leben würde sich ändern.

Und sein Leben änderte sich. Zumindest kam es ihm so vor, als hätte es sich geändert. Es wurde besser. Man schaute ihm ins Gesicht, man redete ganz normal mit ihm, man schlug ihm auf den Rücken. Er lernte, mit seinen schief stehenden Zähnen zu lachen. Er wurde sogar in den Pub eingeladen. Man lieh sich seine Unterrichtsnotizen aus, etwas Geld, sein U-Bahn-Ticket. Man klaute ihm Nugatriegel, die ihm seine Großmutter heimlich schickte. Er sagte nie Nein, er war glücklich, er hatte Freunde. Aber immer noch keine Freundin. Sobald er näher an ein Mädchen heranrückte und es zu küssen versuchte, entzog es sich ihm, wand sich, sagte, Nein, das ist unmöglich, ich habe einen Freund, er ist sehr eifersüchtig …

Er konzentrierte sich erneut auf sein Studium. Auf seine Nugatriegel und Scarlett Johansson. In sie war er verliebt. Sie war blond, schön, hatte einen zarten, rosigen Teint und ein strahlendes Lächeln. Irgendwann bin ich reich, sagte er sich, dann lasse ich mich von einem berühmten Dermatologen behandeln, und sie wird mich heiraten. Abends schlief er, an einem Nugatriegel nuckelnd, ein. Er betäubte sich mit Lernen und den zahlreichen Nebenjobs, mit denen er sein Studium, seine Miete, sein Essen, Telefon, Gas und Strom bezahlte. Er hatte keine Zeit mehr, an seine Hautprobleme zu denken, und masturbierte immer noch energisch.

Bis zu jenem Abend, an dem er Hortense begegnet war. Ein Empfang bei Mr. und Mrs. Garson für ihre Tochter Sybil. Er stand hinter der

Bar. Hortense war an die Theke getreten und hatte die Champagnerflaschen kopfüber in den Eiskübel gesteckt. Er hatte protestiert, und sie hatte ihn mit ihrem Abscheu niedergemetzelt. Sie hatte in einem Ton mit ihm gesprochen, wie man ihn nicht einmal seinem Hund gegenüber anschlägt. Jeder ihrer Sätze hatte sich angefühlt wie ein Kinnhaken.

Er hatte sich schon mit anderen Jungen in Montélimar geprügelt, er hatte wirklich üble Schläge eingesteckt, aber keiner davon hatte jemals so wehgetan wie Hortenses Worte. Worte, verstärkt durch ihren verächtlichen Blick, der von ihm abglitt, als wäre er Abfall, einen Blick, der ihm seinen menschlichen Status absprach. Er starrte sie an, brannte ihr Bild in sein Gedächtnis ein und schwor sich, sie niemals zu vergessen. Falls er dieses Miststück jemals wiedersehen sollte, würde er sich rächen. Der Graf von Monte Christo wäre ein Waisenknabe gegen ihn. Er würde sie nicht körperlich angreifen, o nein, ihretwegen wollte er nicht ins Gefängnis, aber er würde sie ruinieren, er würde sie zerstören, er würde sie moralisch zerstampfen.

Und trotzdem … Als er sie an jenem Abend gesehen hatte, bei der ersten umgedrehten Champagnerflasche, da hatte er seinen Augen nicht getraut: Dieses Mädchen war die Doppelgängerin von Scarlett Johansson. Seiner Scarlett. Wie versteinert hatte er sie angestarrt. Bereit, nichts zu sagen. Sie alle Champagnerflaschen leeren zu lassen. Scarlett höchstpersönlich, rotbraunes Haar mit kupferfarbenen Reflexen, mandelförmige grüne Augen und ein Katzenkillerlächeln. Die gleiche vorwitzige kleine Nase, die gleichen vollen Lippen, die nach Küssen schrien, die gleiche strahlende Haut, die gleiche königliche Haltung. Scarlett …

Sie hatte ihn beleidigt. Sein Traum hatte ihn beleidigt.

Als er sich das Haus in Angel zum ersten Mal angesehen hatte, war sie in Paris gewesen. Die anderen hatten sich für ihn entschieden. Sie waren sich einig geworden, *high five, low five*, und die Sache war geritzt. Siebenhundertfünfzig Euro für das Zimmer. Plus Nebenkosten.

Als er eines Abends von einem seiner Nebenjobs nach Hause gekommen war – er ging jeden Tag mit zwei entzückenden Jack-Russel-Terriern spazieren, die ihm jedes Mal, wenn er kam, um sie abzuholen und mit ihnen in den Park zu gehen, das Gesicht ableckten –, stand unversehens Hortense vor ihm. Er wäre beinahe in Ohnmacht gefallen.

Das Miststück!

Sie schien ihn nicht wiederzuerkennen.

Jetzt hatte er eine Verabredung mit seinem Schicksal. Wie Monte Christo. Und genau wie Monte Christo würde er sich Zeit lassen, um seiner Rache den letzten Schliff zu geben. Dieses Mädchen musste eine Schwäche haben. Eine geheime Stelle, in die er den Dolch stoßen musste, um sie zu erledigen. Sie blutleer und von Kummer entstellt zurückzulassen, und dann erst würde er die Maske abnehmen und ihr ins Gesicht spucken.

Bis zu jenem ersehnten Tag, jenem Tag, der seinem faden Alltag neue Würze verleihen würde, musste er unerkannt bleiben.

Als Erstes ließ er sich einen Schnurrbart wachsen. Behauptete, er komme aus Avignon, damit der Nugat aus Montélimar ihn nicht verriet, und beschloss, kein Wort Französisch zu sprechen, um seinen Akzent zu verbergen. Er würde so lange warten wie nötig. Es heißt, Rache müsse man kalt genießen. Er würde sie tiefkühlen und gefroren verspeisen.

Gary erkannte sein Leben nicht wieder. Es war, als verwandelte es sich in einen langen Drachen mit buntem Schweif, der hoch, sehr hoch in den Himmel stieg, während er hinter ihm herrannte. Als zählte alles, was früher einmal wichtig gewesen war, plötzlich nicht mehr. Oder verblasste. Er stand mit leeren Händen und sorgenvollem Herzen am Straßenrand, und zum ersten Mal seit Langem bestürmte ihn wieder die Angst, eine schreckliche Angst, die ihn keuchen, schwanken, fast in Tränen ausbrechen ließ.

Diese Angst hatte er früher gut gekannt. Als seine Mutter und er sich aneinanderklammerten und sie ihm zuflüsterte, dass sie ihn liebe, dass sie ihn mehr liebe als alles andere auf der Welt, und ihre Stimme war die einer Frau, die sich bedroht fühlt, die ganz leise redet, damit niemand sie hört. Sie wisse, fügte sie hinzu, dass er das Geheimnis erraten habe, das Geheimnis jener Frau, die er mit einer Königskrone auf dem Kopf auf Münzen und Scheinen sah, aber er dürfe niemals, niemals darüber reden, Geheimnisse dürfe man mit niemandem teilen, und insbesondere von diesem Geheimnis dürfe er niemandem jemals erzählen. Selbst die Worte, mit denen er darüber reden würde, seien gefährlich, und sie legte einen Finger auf seine Lippen und wiederholte: gefährlich. Sie beide gefangen in dem gleichen Geheimnis, der gleichen Gefahr. Aber vor allem, vor allem müsse er wissen, dass sie ihn immer lieben werde, dass sie ihn mit all ihrer Kraft beschützen werde, das dürfe er niemals, niemals vergessen, und sie zog ihn noch fester an sich, und seine Angst wurde noch größer. Er zitterte am ganzen Leib, sie umschlang ihn mit ihren Armen, um die Gefahr abzuwehren, presste ihn an sich, und sie waren nur noch eins, Auge in Auge mit der Angst. Er wusste nicht, wovor er Angst hatte, aber er spürte, wie die Gefahr ihn in ein großes weißes Laken hüllte, das ihn erstickte. Und Tränen traten ihm in die Augen. Die Emotion war zu groß, sie drohte ihn zu überwältigen, weil er sie nicht identifizieren, sie nicht mit Worten benennen konnte, um sie zurückzudrängen … Das große weiße Laken bedeckte alles und fesselte sie beide, Gefangene des Schweigens.

Die gleiche Angst hatte er wieder gespürt, wenn sie zu dem Mann in Schwarz ging, egal wo, egal wann, mitten in einem Satz, mitten in einem warmen Bad, einem gezuckerten Naturjoghurt, den sie ihm mit einem kleinen Löffel fütterte. Es brauchte nur das Telefon zu klingeln, sie hob ab, und ihre Stimme veränderte sich. Sie wurde schuldbewusst, ihre Stimme zitterte, sie sagte: Ja, ja, sie zog ihn hastig an, steckte ihn in einen langen Mantel, und sie liefen hinaus und schlugen die Tür hinter sich zu, manchmal vergaß sie sogar ihre Schlüssel drinnen. Sie kamen in ein Hotel, oft war es ein Luxushotel mit einem Pagen vor dem Eingang, einem Pagen auf einer Bank, einem Pagen vor dem Aufzug, einem Pagen in jedem Winkel, sie setzte ihn an die Rezeption, ohne den Herrn in Uniform hinter dem großen Schreibtisch anzusehen, der sie missbilligend musterte, sie gab ihm einen Prospekt zu lesen, den sie von einem Tisch nahm, sie sagte, hier, lerne lesen oder schau dir die Bilder an, ich komme gleich wieder, und du rührst dich hier nicht vom Fleck, einverstanden? Du gehst unter keinen Umständen hier weg, verstanden? Sie schlich davon wie eine Diebin, kam mit Tränen in den Augen zurück, und als redete sie mit sich selbst, als stritte sie mit ihrem Gewissen, beteuerte sie, ich liebe dich, weißt du, ich liebe dich wie verrückt, es ist nur … und zack! … war sie wieder fort. Der Herr in Uniform sah ihr kopfschüttelnd nach, warf ihm einen mitleidigen Blick zu, und er blieb sitzen und wartete. Ohne sich zu rühren. Mit der Angst im Bauch, sie könne nie wieder zurückkommen.

Sie kam zurück. Mit roten Wangen, erschöpft, voller Scham. Sie überhäufte ihn mit Küssen, nahm ihn in die Arme, und sie gingen zurück nach Hause. Manchmal gab sie ihm den Rest seines Joghurts, manchmal ließ sie ein warmes Bad ein und legte traurige Musik auf, und manchmal brachte sie ihn ins Bett, legte sich neben ihn und schlief ein, vollständig angezogen und eng an ihn geschmiegt.

Er war älter geworden, aber es blieb immer das Gleiche. Sie saßen zusammen vor dem Fernseher, schauten mit einem Tablett auf den Knien eine Sendung, lachten, beantworteten die Quizfragen, sangen Lieder, dann klingelte das Telefon, sie warf ihm seinen Mantel zu, sie fuhren quer durch London und betraten ein Hotel. Sie setzte ihn auf ein großes Sofa, gab ihm ihre Anweisungen, er nickte und wartete, bis sie fort war. Er blieb nicht mehr drinnen und las idiotische Prospekte, die von sonnigen Inseln erzählten. Er ging hinaus zu den Eichhörnchen im Park. Es gab immer einen Park in der Nähe des Hotels. Er setzte sich ins Gras. Er ließ sie näher kommen, gab ihnen Kekse, die er in seinen Manteltaschen verwahrte. Sie waren nicht scheu. Sie kamen und fraßen ihm aus der Hand. Oder sie nahmen das kleine Stück Keks und hüpften davon. Mit kleinen, wohlbemessenen Sätzen, mit kleinen, hohen, entschlossenen Sätzen, dabei schauten sie nach rechts und links, um sich zu vergewissern, dass auch ja kein Rivale ihnen ihr Keksstück stibitzen würde. Er lachte hell auf, während er ihnen nachschaute, wie sie wie geschickte Indianer die grauen Stämme hinaufkletterten und im Geäst verschwanden. Bald sah er sie nicht mehr, sie verschmolzen mit der Baumrinde. Dann ahmte er sie nach, sprang in seinem langen Mantel auf und ab, hüpfte mit angewinkelten Armen und schaute sich in sämtliche Richtungen um, als wollte man ihn angreifen. Um die Angst in seinem Bauch zu vergessen. Um die Frage zu vergessen, die wie wild in seinem Kopf herumkreiste: Was, wenn sie nicht mehr zurückkam? Und dann rannte er schnell, schnell zurück ins Hotel und griff wieder zu dem idiotischen Prospekt.

Sie kam jedes Mal wieder zurück. Aber er hatte jedes Mal Angst.

Irgendwann hatte der Mann in Schwarz aufgehört anzurufen. Oder sie waren nach Frankreich gezogen. Er erinnerte sich nicht mehr an die genaue Reihenfolge. Und es hatte nie wieder einen Anruf gegeben. Nie wieder einen zugeworfenen Mantel, einen überstürzten Aufbruch, einen angebrochenen Naturjoghurt mit Zucker auf dem Tisch. Sie blieb zu Hause, Tag und Nacht. Sie bereitete Kuchen, Pot-au-feus, Königinpastetchen, kleine Fleisch- oder Fischpasteten, pikante Kuchen und Obsttorten zu. Alle möglichen Köstlichkeiten, die sie für Veranstaltungen an

Feinkosthändler verkaufte. Sie behauptete, damit ihren Lebensunterhalt zu verdienen. Er wusste genau, dass sie log. Sie hatte sich schon immer mit der Wahrheit arrangiert.

Er ging in Frankreich zur Schule. Er sprach Französisch. Er hatte die überraschenden Anrufe vergessen, die verärgerten Concierges, die dämlichen Prospekte, die gezuckerten Naturjoghurts. Er liebte sein Leben in Frankreich. Und auch seine Mutter schien es zu lieben. Sie roch gut, sie war ganz rosig, sie hatte an der Musikschule von Puteaux wieder mit dem Klavierspielen angefangen. Sie schrie nicht mehr im Schlaf. Ihr Leben hatte sich beruhigt. Es glich dem Leben aller anderen.

Nur die Eichhörnchen fehlten ihm…

Und nun hatte er plötzlich wieder Angst.

Seit Hortense überstürzt ihre Sachen gepackt und nach ihrem Mantel gegriffen hatte und gegangen war, ohne sich noch einmal nach ihm umzusehen. Rühr dich nicht vom Fleck, warte hier auf mich, lies den Prospekt oder schau dir die Bilder an. Wir haben eine wundervolle Nacht zusammen verbracht, das stimmt, aber ich habe Besseres zu tun. Warte hier auf mich, rühr dich nicht vom Fleck. Er war wie gelähmt. Er konnte sich nicht mehr bewegen. Er spürte eine große Leere in seinem Inneren, eine bedrohliche Leere, die ihn verschlingen würde.

Und nichts kam, um die Leere auszufüllen, die er in sich anwachsen fühlte.

Seit Hortense weggefahren war…

Seit sie abrupt die Nacht beendet hatte, die doch gerade erst begonnen hatte. Ihre lange, gemeinsame Nacht, ihre rauschhafte Nacht… Sie rechnete damit, dass er brav auf sie warten und auf seinem weißen Klavier Tonleitern üben würde. Ich liebe dich, ich liebe dich, aber ich habe Wichtigeres zu tun.

Es sah, wie sich der bunte Schweif des Drachens am Himmel immer weiter von ihm entfernte. Er hatte den Faden verloren, die Schnur, mit der er die Farben, das Rot, das Blau, das Gelb, das Grün, das Lila, wieder zu sich heranziehen und sie in sein Leben zurückbringen könnte.

Sein Leben war vollkommen weiß geworden. Er wusste nichts mehr. Kannte keine Gewissheiten mehr. Er wusste nicht mehr, ob er wirklich Klavier spielen wollte. Und er fragte sich, ob er nicht geträumt hatte. Ob er nicht geträumt hatte, Pianist zu werden. Er fragte sich auch, ob er

Pianist hatte werden wollen, um Oliver zu gefallen. Um sich einen Vater zu erfinden, den er, das musste er sich eingestehen, schmerzlich vermisste. Er hätte nie gedacht, dass er einmal einen Vater brauchen würde, diese brutale Erkenntnis war ihm eines Tages unter der Dusche gekommen, kurz nachdem Simon ihn gefragt hatte, hältst du dich für Jesus oder was? Du hast einen Vater wie jeder andere auch.

Und er verspürte das schmerzhafte Bedürfnis nach einem Vater wie jeder andere auch.

Er rief Oliver an.

Er hörte eine Stimme auf dem Anrufbeantworter. »Hier ist Oliver Boone, ich bin im Moment nicht zu Hause. Bitte hinterlassen Sie eine Nachricht. In beruflichen Angelegenheiten wenden Sie sich bitte an meinen Agenten unter …«

Er legte auf.

Er brachte alles durcheinander. Dieses ganze Weiß in seinem Kopf. Alles, woran er niemals hatte denken wollen. Bedeutete das, erwachsen zu werden? Bedeutete das, die Kindheit, die Jugend hinter sich zu lassen? Nichts mehr über sich selbst zu wissen?

Nur noch Weiß im Kopf zu haben?

Dann sagte er sich, dass er Angst hatte, klar, aber dass er kein Feigling sein würde. Er war in der Vergangenheit feige gewesen. Feige, unbekümmert oder gedankenlos, er wusste es nicht genau. Er erinnerte sich an den Namen von Mrs. Howell, der Frau, bei der seine Mutter als Studentin gewohnt hatte, damals, als sie seinen Vater kennengelernt hatte. Er erinnerte sich daran, dass sie in der Altstadt von Edinburgh lebte.

Er würde nie wieder feige, unbekümmert oder gedankenlos sein.

Er informierte sich über die Fahrpläne der Züge nach Edinburgh, kaufte eine einfache Fahrkarte – er wusste nicht, ob er von dieser Reise zurückkehren würde – und fuhr eines frühen Nachmittags vom Bahnhof King's Cross los. Viereinhalb Stunden Fahrt. Viereinhalb Stunden, um sich darauf vorzubereiten, nicht mehr feige zu sein.

Im Zug rief er sich in Erinnerung, was seine Mutter über Mrs. Howell gesagt hatte. Es war recht wenig. Sie war vierzig Jahre alt, als er geboren wurde, sie trank etwas zu viel, hatte weder Mann noch Kinder, sie machte ihm sein Fläschchen, sang ihm etwas vor, ihre Mutter und ihre

Großmutter waren Dienstmädchen im Schloss seines Vaters gewesen. Er hatte im Internet nachgeschaut. Hatte den Namen, die Telefonnummer und die Adresse von Mrs. Howell herausgefunden. Johnston Terrace 17. Er hatte angerufen und gefragt, ob sie ein Zimmer frei habe. Mit angehaltenem Atem hatte er gewartet, sein Herzschlag pochte in seinen Ohren. Nein, hatte eine Frau mit zittriger Stimme geantwortet, es ist alles belegt. Ah, hatte er enttäuscht erwidert. Und dann, sehr schnell, in einem Atemzug, weil er befürchtete, seine Frage sonst nicht zu Ende zu bringen: »Sind Sie Mrs. Howell?«

»Ja, mein Junge. Kenne ich dich?«

»Ich heiße Gary Ward. Ich bin der Sohn von Shirley Ward und Duncan McCallum …«

Es war das erste Mal, dass er den Namen seines Vaters aussprach. Das erste Mal, dass er den Namen seines Vaters und den Namen seiner Mutter nebeneinanderstellte, und seine Kehle schnürte sich zu.

»Mrs. Howell? Sind sie noch da?«, hatte er mit heiserer Stimme gefragt.

»Ja. Es ist nur … bist du wirklich Gary?«

»Ja, Mrs. Howell, ich bin mittlerweile zwanzig Jahre alt. Und ich möchte meinen …«

»Komm her … komm schnell her.«

Und sie hatte aufgelegt.

Rechts und links der Bahngleise erstreckten sich Felder, so weit das Auge reichte, und Schafe bildeten weiße Flecken auf dem Grün der Weiden. Kleine, reglose weiße Flecken. Ihm schien, als würde der Zug ewig durch mit reglosen weißen Flecken übersätes Grün fahren. Dann erreichte der Zug das Meer. In einem schönen Bahnhof mit einer metallenen Dachkonstruktion las er den Namen der Stadt, Durham, und nachdem sie den Bahnhof verlassen hatten, erblickte er das Meer, von hohen weißen Klippen gesäumte Ufer, enge, gewundene Straßen. Aus Ziegeln gemauerte Burgen mit schmalen Schießscharten und hohen Befestigungsmauern und Schlösser aus grauem Stein mit großen Fenstern in der Vorderfront. Er fragte sich, wie das Schloss seines Vaters wohl aussah.

Denn er hatte einen Vater.

Wie alle Jungen. Er hatte einen Vater. War das nicht fantastisch?

Wie würde er ihn nennen? Vater, Papa, Duncan, Sir? Oder würde er ihn überhaupt nicht nennen ...

Warum hatte Mrs. Howell gesagt, er solle kommen, schnell kommen?

Was hatte seine Mutter wohl gedacht, als sie die Nachricht gehört hatte, die er auf ihrer Mailbox hinterlassen hatte? »Ich fahre nach Schottland, nach Edinburgh, zu Mrs. Howell, ich will meinen Vater kennenlernen ...« Er hatte absichtlich angerufen, als er wusste, dass sie nicht rangehen konnte, weil sie in einer jener Schulen war, wo sie den Kindern beibrachte, wie man sich »richtig« ernährte. Er war feige gewesen, das gab er zu, aber er hatte keine Lust, ihr zu erklären, warum er seinen Vater wiederfinden wollte. Sie hätte ihm zu viele Fragen gestellt. Sie gehörte zu den Frauen, die alles analysierten, die verstehen wollten, nicht aus perverser Neugier, sondern aus Liebe zur menschlichen Seele. Sie sagte oft, sie sei hingerissen von den Mechanismen der menschlichen Seele. Aber manchmal wurde es ihm zu viel. Manchmal hätte er lieber eine flatterhafte, egoistische, oberflächliche Mutter gehabt. Und außerdem, sagte er sich, während er versuchte, die weißen Schafe zu zählen, um seine Gedanken daran zu hindern, kreuz und quer zu laufen, hätte er niemals gewagt, ihr zu sagen, was er wirklich dachte: Ich brauche einen Vater, einen Mann mit Eiern und einem Schwanz, einen Mann, der Bier trinkt, flucht, gurgelnde Laute von sich gibt, im Fernsehen Rugby schaut, sich mit den Händen durchs Brusthaar fährt und lauthals über irgendwelchen Blödsinn lacht. Ich bin es leid, unter Frauen zu leben, es gibt zu viele Frauen in meiner Umgebung. Und es gibt zu viel von dir, ständig, ich bin es leid, so eng mit meiner Mutter verbunden zu sein, endgültig leid ... Ich will Haare auf der Brust und einen Schwanz. Und ein Pint Bier.

Nicht leicht, so etwas zu sagen ...

Er hatte Pullover, Unterhosen, T-Shirts, warme Socken und ein weißes Hemd in seine Reisetasche gepackt. Shampoo, eine Zahnbürste. Seinen iPod. Und eine Krawatte ... falls er mit mir in ein feines Restaurant gehen will. Habe ich überhaupt eine Krawatte? Ach ja! Die, die ich immer anziehe, wenn ich Großmutter besuche.

Weiß »mein Vater« eigentlich, dass ich der Enkel der Queen bin?

Er hatte auf der Internetseite genealogy/scotland.com »McCallum« eingegeben und die Geschichte der Familie McCallum gelesen. Eine finstere Geschichte. Sehr finster sogar. Das Schloss war auf dem Grund von Crichton, in der Nähe von Edinburgh, erbaut worden. Im sechzehnten Jahrhundert. Es hieß, es sei verflucht. Eine schaurige Geschichte von einem Mönch, der an einem Gewitterabend an das Schlosstor geklopft und um Obdach gebeten habe. Im Gegenzug habe er dem Schlossherrn ewigen Seelenfrieden versprochen. Angus McCallum hatte ihn mit seinem Dolch erstochen: Der Mönch störte ihn bei seinem Saufgelage nach einer anstrengenden Jagdpartie.

»Meine Seele ist mir egal, jetzt möchte mein Leib in Frieden ruhen«, hatte er dem Mönch zugerufen, als der vor seinen Augen zusammenbrach.

Bevor er starb, hatte der Mönch das Schloss und seine Besitzer für die nächsten fünfhundert Jahre verflucht: »Von den McCallums werden nur Ruinen und Asche bleiben, Leichen und an Bäumen baumelnde Tote, vom rechten Weg abgekommene Söhne und Bastarde.« Die Legende äußerte sich nicht eindeutig darüber, wann genau der Fluch enden solle. Es hieß, seit dieser verhängnisvollen Nacht wandle ein geisterhafter Mönch in schwarzem Kapuzenumhang durch die Gewölbegänge, setze sich beim Essen mit an den Tisch, verrücke die Teller und das Besteck, lösche die Kerzen und gebe ein finsteres, höhnisches Lachen von sich …

Der Wahlspruch der McCallums lautete: »Erst im Tode wandle ich mich.«

Man beschrieb sie als gewalttätige, reizbare, rauflustige, faule, hochmütige Gesellen. Die Geschichte vom Mord an Cameron Fraser, einem Vetter, der das benachbarte Schloss bewohnte, war dafür ein gutes Beispiel. Die adligen Grundherren der Grafschaft pflegten sich einmal im Monat zu treffen, um geschäftliche Angelegenheiten bezüglich ihrer Wälder, ihrer Ländereien und ihrer Bauern zu regeln. Diese Abende gestalteten sich als feuchtfröhliche Gelage, an denen auch die Mädchen der benachbarten Taverne teilhatten. Im Januar 1675 verlief die abendliche Versammlung in der üblichen Ausgelassenheit, der Alkohol floss in Strömen, und die Blusen der Mädchen waren weit geöffnet, als Cameron Fraser das Problem der Wilderer angesprochen hatte. Er rief dazu auf, ihnen mit Strenge entgegenzutreten. Murray McCallum hingegen erklärte, der beste Weg, sich mit ihnen zu befassen, sei, sie zu ignorieren. Was scheren uns denn die paar Tiere, die von diesen armen Teufeln gestohlen werden, während wir nicht mehr wissen, in welches Fleisch wir unsere Zähne zuerst schlagen sollen! Und um seine Worte zu illustrieren, hatte er die Brust eines Mädchens gepackt und ihm brutal die Brustwarze abgebissen! Cameron Fraser hatte ungerührt, aber mit einer gewissen Schärfe erwidert, sein Vetter McCallum könne nur deshalb so nachlässig sein, weil seine Nachbarn und er selbst sich darum kümmerten, die Wilderer zu bestrafen, und er es nur ihnen zu verdanken habe, dass überhaupt noch ein paar Hasen auf seinen Ländereien herumliefen. Sonst wäre er schon längst dazu verdammt, die Wurzeln seiner Eichen zu fressen! Die Anwesenden waren in schallendes Gelächter ausgebrochen. Außer sich vor Wut hatte Murray McCallum seinen Vetter aufgefordert, mit ihm in den Waffensaal zu gehen, wo er ihn zu einem brutalen Kampf provoziert und erwürgt hatte. »Um meine Ehre zu verteidigen, Mylord«, hatte er vor dem Richter erklärt. »Er hat den Namen der McCallums beleidigt.« Der Angeklagte war vom Vorwurf des Mordes freigesprochen und nur des Totschlags für schuldig befunden worden, was bedeutete, dass er nicht bestraft wurde …

Dieser Murray McCallum war ein bösartiger Mensch gewesen: Nachts schlich er sich hinaus, öffnete die Wehre der Bäche, um die Ernten seiner Nachbarn zu überschwemmen, und vergewaltigte die Mädchen des Dorfes. Es wurde gemunkelt, im Schloss gebe es nur alte, verwelkte, zahnlose Dienstmädchen oder Huren. Er wollte seinen Erben nichts hinterlassen und ließ alle Eichen im Park fällen und verkaufte sie, um seine Spielschulden zu begleichen, und nachdem er den Park vollständig abgeholzt hatte, machte er sich über den Wald her … Schließlich tötete er die zweitausendsiebenhundert Stück Damwild seines Besitzes und ließ sie während einer denkwürdigen Orgie braten, die zu zahlreichen Legenden Anlass gab, vor allem derjenigen vom kinderfressenden Riesen von Crichton. Er hatte ein sanftmütiges junges Mädchen geheiratet, das zurückgezogen in seinem Zimmer lebte. Ein Diener empfand Mitleid mit ihr und brachte ihr die Reste von der Tafel der Jagdgesellschaften ihres Gatten. Dieser erfuhr davon, verdächtigte seinen Diener, der Liebhaber seiner Frau zu sein, erschoss ihn mit seiner Pistole und legte den Leichnam ins Bett seiner Gemahlin. Er verurteilte sie dazu, dreißig Tage und Nächte neben ihrem Geliebten zu schlafen, bis sie bereue.

Er hatte einen Sohn, Alasdair, einen schüchternen, furchtsamen Mann, der vom Familiensitz floh und Fregattenkapitän wurde. Er war so ungeschickt, dass man ihn Alasdair den Sturm nannte; er brauchte nur einen Fuß auf ein Schiff zu setzen, damit dieses unterging, von den Wellen mitgerissen wurde oder einem Piratenangriff zum Opfer fiel. Sein Sohn, Fraser, blieb auf dem Schloss der Familie und sammelte eine Räuberbande um sich, mit der er vorbeiziehende Reisende überfiel. Damit ihn niemand verraten konnte, ließ er keinen am Leben. Als die Behörden die Dorfbewohner aufforderten, ihnen den Namen des Räuberhauptmanns zu nennen, wagte es aus Angst vor McCallums Rache niemand, ihn zu denunzieren. Fraser McCallum endete schließlich aufgeknüpft an einem Baum.

Es gab nicht einen einzigen McCallum, der sich auf ehrenhafte, tapfere Weise ausgezeichnet hätte. Sie schienen ausnahmslos reiche, faule Taugenichtse gewesen zu sein, die das Glück gehabt hatten, in einer Zeit zu leben, die einem Grundherrn alle Rechte gab. Einer der letzten McCallums hatte sogar eingeräumt, dass er gar nicht anders konnte, als Böses zu tun: »Ich weiß, dass ich auf dem Schafott enden werde, denn meine Hand hat böse Triebe …«

Mehrere Jahrhunderte lang überzogen die Herren von Crichton die Region und die Dörfer rings um das Schloss mit Angst und Schrecken. Die schottischen Balladen besangen die Taten dieser grausamen, attraktiven, zynischen Männer. Eine davon erzählt die Geschichte eines McCallum, den seine Frau abgöttisch liebte, während er selbst sich in eine andere vernarrt hatte. Er wurde zum Tode verurteilt, weil er fünf Waisenkinder getötet hatte, deren Erbe er in seinen Besitz bringen wollte. Am Tag der Hinrichtung trat seine Frau vor den König, flehte ihn um Gnade an und sang, um sein Herz zu erweichen, eine zärtliche Ballade, in der sie die Vorzüge ihres Gemahls und ihre Liebe zu ihm pries. Der König war so gerührt, dass er ihn begnadigte. Doch kaum freigelassen, machte sich der undankbare Ehemann auf einem Pferd aus dem Staub. »Ein Finger von der Hand der Dame, die ich liebe«, rief er seiner armen Frau zu, »ist mehr wert als Euer ganzer verliebter Körper …« Und als sie weinend klagte, er breche ihr das Herz, antwortete er: »Ein gebrochenes Herz ist nur ein Zeichen für schlechte Verdauung.«

Das waren seine Vorfahren, und auch wenn sie seit dem achtzehnten Jahrhundert durch die Krone gezwungen worden waren, sich an die Gesetze zu halten, bedeutete das noch lange nicht das Ende der gewaltsamen Todesfälle. Wenn sie nicht kämpften, raubten oder vergewaltigten, ertranken sie. Absichtlich oder auch nicht …

Das einzige Detail dieser fürchterlichen Familiengeschichte, das Gary berührte, war die Geschichte der Eichhörnchen von Crichton. Auf den Ländereien des Schlosses gab es Eichhörnchen, die ihr Nest in den Bäumen beim Teich bauten. Wunderschöne rote Eichhörnchen mit flammendem Schwanz, die dem Grund und Boden der McCallums Ehre machten. Auf keinem anderen Besitz gab es so schöne rote Eichhörnchen. Eine alte Redensart der Familie verlieh diesen Tieren prophetische Bedeutung:

Wenn das Eichhörnchen das Nest von Crichton verlässt
Wird sich der klare Himmel der Grafschaft verdunkeln
Und Ratten werden das Schloss einnehmen.

Seine Liebe zu Eichhörnchen war also kein Zufall. Das Blut der McCallums floss in seinen Adern …

Gary fragte sich, ob die Eichhörnchen schon fort waren oder kurz davor, aus Crichton zu verschwinden. Spürte Mrs. Howell ein dramatisches Ende heraufziehen, und hatte sie ihn deshalb aufgefordert, schnellstmöglich zu kommen?

»Komm her … komm schnell her.«

Er überlegte, welcher Grund seine Anwesenheit so dringend erforderlich machen könnte.

Er überlegte immer noch, als der Zug in den Bahnhof von Edinburgh einfuhr.

Dieser hieß Waverley Station in Erinnerung an den Roman von Walter Scott, der in Edinburgh geboren war und zu dessen Ehren die Stadt an der Princes Street ein gewaltiges Monument, eine Art steinernes Mausoleum, errichtet hatte. Edinburgh, die Hauptstadt Schottlands, war die Geburtsstadt zahlreicher Schriftsteller, Romanciers und Philosophen, David Humes etwa, Adam Smiths, Stevensons, Conan Doyles … Und des Erfinders des Telefons, Alexander Graham Bell. Er nahm seine Tasche und trat hinaus auf den Bahnsteig. Die Gleise verliefen unterhalb des Straßenniveaus, sodass man, um ins Freie zu gelangen, endlose steinerne Treppen emporsteigen musste.

Als er zu Füßen der Wallmauern auf die Princes Street trat, fühlte er sich in ein anderes Jahrhundert versetzt. Verblüfft rieb er sich die Augen: gewaltige Burgmauern in Ocker, Rot und Grau ragten vor ihm auf…

Dicht an dicht reckten sie sich in die Höhe. Sie erzählten die Geschichte Schottlands, seiner Könige und Königinnen, sie erzählten von Verschwörungen, Morden, Hochzeiten und Taufen. Sie muteten an wie eine Filmkulisse. Wenn er mit aller Kraft dagegenpusten würde, würden sie zusammenstürzen, und hinter den Mauern käme eine Geisterstadt zum Vorschein…

Er ging in das erste Hotel an der Princes Street und bat um ein Zimmer.

»Mit Blick auf das Schloss?«, fragte das Mädchen an der Rezeption.

»Ja«, antwortete Gary.

Er wollte beim Einschlafen die majestätische Schönheit dieser alten Steine sehen, die ihn in der Illusion wiegten, er sei ein Kind dieses Landes, das in seine Heimat zurückgekehrt sei.

Er wollte beim Einschlafen von Crichton Castle träumen und von dem Vater, der auf ihn wartete.

Glücklich schlief er ein.

Er hatte einen eigenartigen Traum: Der Mönch, der im Schloss spukte, setzte sich an den Tisch im Speisesaal, ließ seine schwarze Kapuze nach hinten gleiten, bekreuzigte sich, faltete die Hände und verkündete, der Fluch sei aufgehoben. Daraufhin betrat Duncan McCallum, ein Riese mit zerbeultem Gesicht und blutunterlaufenen Augen, den Raum, nahm ihn in die Arme, knuffte ihn in die Seite und nannte ihn »mein Sohn«.

Shirley hörte Garys Nachricht, als sie die Schule verließ, wo sie versuchte, mit Fett und zuckerhaltigen Lebensmitteln gemästeten Kindern beizubringen, sich »richtig zu ernähren«. Sie stand aufrecht da, ihre Unterlagen auf beide Arme verteilt, das Telefon in einer Hand, und glaubte, die Nachricht sei gar nicht für sie bestimmt. Ein Irrtum, das muss ein Irrtum sein. Sie hörte sie mehrmals ab, erkannte Garys Stimme und blieb reglos an der Bürgersteigkante stehen. Wie gelähmt. Sie betrachtete die vorbeifahrenden Autos und fragte sich, ob der Verkehrslärm womöglich die Worte durcheinandergewirbelt und sie so gezwungen hatte, diese unglaubliche Neuigkeit anzuhören: Ihr Sohn machte sich auf die Suche nach seinem Vater.

Aber wozu denn? Wieso muss er nach einem Kerl suchen, der nie auch nur das Geringste für ihn getan hat, während ich, seine Mutter, hier auf dem Bürgersteig stehe und mich bei dieser Vorstellung am liebsten vor die Autos werfen würde? Ich, seine Mutter, die ihn großgezogen, ernährt, erzogen, beschützt hat, ich, die ich alles für ihn getan habe, mich für ihn aufgeopf…

Sie hielt abrupt inne.

Nicht dieses Wort! Ich verbiete dir, dieses Wort zu benutzen! Dieses Wort, das alle besitzergreifenden, eifersüchtigen Mütter benutzen.

Ich rede Unsinn, rief sie sich zur Ordnung, hanebüchenen Unsinn, den ich gar nicht meine… Ich habe mich niemals für Gary aufgeopfert, ich habe ihn über alle Maßen geliebt. Und ich liebe ihn immer noch über alle Maßen, ich muss mich zusammenreißen…

»Hallo, Miss…«

Ein Junge aus der Klasse, die sie gerade verlassen hatte, blieb neben ihr stehen und fragte: »Alles in Ordnung, Miss, geht es Ihnen gut? Sie sind ja ganz blass…«

Sie lächelte ihn erschöpft an.

»Ja, alles in Ordnung, ich musste nur ein bisschen frische Luft schnappen…«

»Warum gehen Sie denn nicht rüber?«

»Ich habe nachgedacht…«

»Über Ihren Unterricht?«

»Äh… ja. Ich habe mich gefragt, ob ich überzeugend genug war…«

»Das war gut, was Sie über die Nuggets erzählt haben! Also, ich werde jedenfalls nie wieder welche essen…«

»Und was ist mit den anderen? Glaubst du, die habe ich auch überzeugt?«

Er lächelte sie beinahe nachsichtig an und antwortete nicht.

»Aber mein Slogan war nicht schlecht«, verteidigte sich Shirley. »Wer sich wie ein Schaf verhält, der endet als Kotelett!«

»Ich will Sie ja nicht entmutigen, aber wenn ich Sie wäre, würde ich lieber noch eine Schippe drauflegen. Die anderen stehen nämlich total auf Nuggets, und ein einfacher Vortrag wird sie bestimmt nicht davon abbringen!«

»Aha…«

»Bei uns passt meine Mutter auf, dass wir was Vernünftiges essen. Aber den anderen ist das ziemlich egal… Vor allem, wo es ziemlich teuer ist, sich gesund zu ernähren!«

»Ich weiß, ich weiß«, murrte Shirley. »Es ist ein Skandal, dass man auch noch bezahlen muss, um nicht vergiftet zu werden…«

»Aber lassen Sie sich davon nicht unterkriegen…«, sagte der Junge beunruhigt.

»Mach dir keine Sorgen… mir fällt schon noch etwas ein…«

»Etwas richtig Blutiges wäre gut… So wie in einem Horrorfilm.«

Shirley verzog zweifelnd das Gesicht.

»Horrorfilme sind nicht so ganz mein Genre…«

»Dann müssen Sie sich eben Mühe geben!«

»Sind Sie sicher, dass alles in Ordnung ist?«, wiederholte er. »Wollen Sie nicht mit mir rübergehen?« Als hätte er eine kleine Alte vor sich, die der ununterbrochene Strom von Autos in Angst und Schrecken versetzte.

Und da er nicht lockerließ, folgte sie ihm und landete auf der gegenüberliegenden Straßenseite in einem Coffee Shop, in dem Blumen, Süßigkeiten, Grillhähnchen, Glühbirnen und alles Mögliche sonst noch verkauft wurde. Lächelnd sah sie sich nach einem Eispickel oder einer Metallsäge um, mit der sie ihre Vorträge lebendiger gestalten könnte.

Etwas richtig Blutiges. Sie musste also ihre Präsentationen in ein *Kettensägenmassaker* verwandeln! Sie würde Gary fragen, ob er eine Idee hatte…

Sie stockte. Sie würde Gary nicht fragen. Sie würde lernen zu leben, ohne Gary etwas zu fragen.

Sie würde ihn bei seiner Suche nach seinem Vater nicht behelligen. Sie würde ihren Weg allein weitergehen. Auf einem Bein.

Ein Gefühl erbarmungsloser Einsamkeit verfestigte sich in ihrem Körper wie ein Eisblock. Sie erschauerte und bat den Pakistaner hinter seiner Registrierkasse um einen Caffè Latte und ein Päckchen Zigaretten. Rauchen tötet. Sie würde sich umbringen. Langsam, aber sicher. Einsamkeit tötet auch. Das sollten sie auf Zigarettenschachteln, Shampoos und Weinflaschen drucken. Allein, von jetzt an war sie allein. Früher war sie nie allein gewesen. Es war ihr egal, dass es keinen Mann in ihrem Leben gab. Sie hatte ihren Sohn.

Sie bestellte einen zweiten Caffè Latte und schielte begehrlich auf die Zigaretten.

Wie Duncan McCallum heute wohl aussah? Immer noch genauso attraktiv? Immer noch genauso streitlustig? Erzählte er immer noch jedem, der es hören wollte, wie er in den Straßen von Moskau mit dem betrunkenen Russen gekämpft und ihn mit einem Säbelhieb niedergestreckt hatte? Und präsentierte dabei als Beweis die Narbe auf seiner Wange ... Gary würde es gefallen, einen so gut aussehenden, so tapferen, so wagemutigen Vater zu haben. Er würde ihn in einen Glorienschein hüllen. Duncan McCallum würde zu einem Helden werden. Pfff ..., zischte Shirley verächtlich, eine Null ist er. Jawohl, eine Null. Doch da erklang die Stimme der Vernunft, hör auf, meine Liebe, hör auf, dir etwas vorzumachen Lass ihn sein Leben leben. Zieh dich zurück und kümmere dich lieber um dein eigenes ...

Ein schönes Leben habe ich da, dachte Shirley wütend. Es ist doch nichts mehr darin. Eine leere Schachtel mit einem armen verkrüppelten, humpelnden Maikäfer. Ich habe nicht einmal Streichhölzer, um mir eine verdammte Zigarette anzuzünden. Und wessen Schuld ist das?, fragte die leise Stimme der Vernunft. Wer hat den attraktiven Verehrer abserviert, der dir sein Herz zu Füßen legen wollte? Na? Da sagst du nichts mehr, was?

Oliver?, flüsterte Shirley. Oliver? Tja ... Der ist weg.

Wie, weg? Einfach weggezaubert vielleicht?

Nein, nicht direkt ...

Sie hatte nichts mehr von Oliver gehört.

Und sie würde auch so bald nichts mehr von ihm hören.

Nach ihrer Rückkehr aus Paris hatte er angerufen, fröhlich, entschlossen.

»Wann sehen wir uns? Ich habe zwei, drei Ideen ...«

»Wir werden uns nie mehr sehen.«

Und nachdem sie tief Luft geholt hatte, hatte sie hinzugefügt: »Ich habe mich in Paris verliebt ... Das war so nicht geplant.«

Er hatte zu scherzen versucht.

»Für einen Abend verliebt, oder ist es etwas Ernsteres?«

»Es ist etwas Ernsteres ...«, hatte sie geantwortet und sich auf die Lippen gebissen, um ihre Lüge nicht gleich wieder zurückzunehmen.

»Aha … Verstehe. Ich hätte dich niemals fahren lassen dürfen. Im Grunde bin ich ja selbst schuld … Manche Städte sind einfach so romantisch, dass man jedes Mal schwach wird. Nach Rom oder Paris sollte man Frauen nicht fahren lassen … Höchstens mit einer Anstandsdame. Einer alten Engländerin mit Haaren am Kinn.«

Er schien ihre Trennung leichtzunehmen. Sie war gekränkt gewesen.

Seitdem dachte sie ununterbrochen an ihn.

Seitdem fuhr sie nicht mehr zum Schwimmen an die eisigen Teiche von Hampstead.

Drei Wochen war es jetzt her. Sie zählte die Tage. Sie zählte die Nächte. Und ihr Herz krampfte sich so fest zusammen, dass sie aufschrie.

Und wie wäre es mit einem kleinen Ausflug zu den eisigen Teichen?, versuchte es die leise Stimme. Wozu?, brummte Shirley. Er hat mich längst vergessen … Na, mach schon! Los, nimm dein Fahrrad und tritt in die Pedale … Du antwortest nicht? Hast du etwa Angst? Ich? Angst?, fuhr Shirley auf. Weißt du, mit wem du da redest? Mit einer ehemaligen Agentin des MI5, des Geheimdiensts Ihrer Majestät. Ich kenne die Gefahr, ich weiß, wie ich sie ausschalte. Ich beherrsche alle nötigen Tricks, um Doppelagenten aufzuhalten oder Terroristen, die in den Straßen von London einen draufmachen. Also glaub ja nicht, ich hätte Angst vor einem Mann in lächerlichen, an den Knien abgewetzten Cordhosen! Oh, das klingt ja ziemlich großspurig … Nicht großspurig, sondern realistisch! Denn ich, Shirley Ward, kann zum Beispiel innerhalb von zwanzig Sekunden in einer Mikrowelle eine Bombe entschärfen … Und ich weiß, wie man die Handfläche eines Verdächtigen beim Handschlag heimlich mit einer magnetischen Substanz bestreicht, die es ermöglicht, ihm unbemerkt zu folgen! Ha, jetzt bist du still, was, leise Stimme der Vernunft? Mag sein, aber das ist nicht die Art von Angst, die ich meine! Ich spreche von einer diffuseren, intimeren Angst, der Angst vor einer Beziehung … Pfff … Ich habe vor nichts und niemandem Angst! Ich mache einen Mann von hinten mit einem Schlag zwischen die Schulterblätter bewegungsunfähig … Schwimm ein paar Runden im eisigen Wasser von Hampstead. Das erfordert mehr Mut, als einen Mann hinterrücks anzugreifen!

Shirley verzog das Gesicht. Sie würde darüber nachdenken. Sie war nicht sicher, ob das eine gute Idee war. Sie bezahlte ihre beiden Caffè Latte, musterte abwägend die Zigarettenschachtel auf dem Tisch und beschloss, sie liegen zu lassen.

Sie würde sich nicht sofort umbringen.

Die leise Stimme der Vernunft hatte sie wütend gemacht, und das tat ihr gut. Sie beschloss, nach Hause zu gehen und sich etwas auszudenken, das es mit dem *Kettensägenmassaker* aufnehmen konnte …

Wann weiß man, dass man seinen Platz im Leben gefunden hat?, fragte sich Philippe, während er mit Blick auf den kleinen Park gegenüber seinen Morgenkaffee trank.

Er wusste es nicht.

Aber er wusste, dass er glücklich war.

Lange war er ein Mann gewesen, der es »geschafft« hatte. Er besaß alle äußeren Merkmale des Glücks, aber wenn er mit sich allein war, wusste er, dass ihm etwas fehlte. Er dachte nie lange darüber nach, doch es war wie ein leiser Stich im Herzen, der den Moment verdarb.

Er hatte nichts mehr von Joséphine gehört. Er ließ die Zeit wirken. Und akzeptierte dieses Warten, das ihn ein paar Wochen zuvor noch verletzt hatte. Er litt nicht mehr unter ihrer Abwesenheit, er verstand sie, und manchmal hätte er ihr gern gesagt, dass das Glück so einfach sein konnte …

Das wusste er, weil er selbst ohne jeden ersichtlichen Grund glücklich war.

Er stand morgens vergnügt auf, frühstückte, hörte Alexandres fröhliche Stimme, wenn er sich zur Schule verabschiedete, tschüss, Papa, bis nachher, das Geräusch von Dotties Haarföhn aus dem Bad, Becca, die zu Opernmelodien ihre Gesangsübungen machte, und Annie, die sich jeden Morgen aus der Küche erkundigte, was wollen wir denn heute essen? Das einst leere, stille Haus summte von Schritten, Gelächter, Liedern, glücklichen Rufen. Er knabberte seinen Bacon, las seine Zeitung, ging ins Büro oder auch nicht, lächelte, wenn der Lurch ihn anrief und über die Einnahmeausfälle klagte. Ihm war das völlig egal. Er erwartete nichts.

Er brauchte auf nichts mehr zu warten.

Er erfreute sich an allem, was kam, kostete es aus, genoss.

Um fünf Uhr trank er mit Becca Tee. Einen chinesischen Tee aus einem leuchtend bunten Royal-Worcester-Service, dazu kleine Kressesandwiches. Sie plauderten über die Neuigkeiten des Tages, den bevorstehenden Abend, Alexandres neueste Bemerkungen, den Gesang eines Tenors auf einer alten Aufnahme verglichen sie mit einer anderen, Becca summte, er schloss die Augen.

Er hatte mit der Vergangenheit abgeschlossen. Hatte entschieden, dass er sie nicht ändern konnte, wohl aber die Art und Weise, wie er sie sah. Er konnte damit aufhören, dass sie ihn belastete, ihn verletzte, allen Raum beanspruchte und ihm die Luft zum Atmen nahm. Er spielte keine Rolle mehr. Er hatte immer eine Rolle gespielt. Der gute Sohn, der gute Schüler, der gute Ehemann, der gute Anwalt ... aber in keiner dieser Rollen war er wirklich er selbst gewesen. Wie merkwürdig das Leben doch ist! Ich habe über fünfzig Jahre gebraucht, um meinen Platz zu finden, damit aufzuhören, anderen das vorzuspielen, was sie von mir erwarteten. Und dazu bedurfte es lediglich des Auftauchens zweier Frauen. Becca und Dottie. Zwei Frauen, die keine Rolle spielen, nichts vortäuschen, nicht vorgeben, jemand zu sein, der sie nicht sind. Und schon wird das Leben einfach, schon strömt das Glück herein.

Er trinkt seinen morgendlichen Kaffee mit Blick auf den Park. Ein hübscher Strauß rosa Pfingstrosen steht auf dem Tisch neben dem Fenster, und ein Stück weiter, draußen auf dem Balkon, füllen zwei grüne Buchsbaumkugeln zwei große Steinschalen. In einer Ecke die metallene Gießkanne mit dem langen Hals, die Annie für die Pflanzen benutzt. Zwei steinerne Säulen zieren die Fassade des von Robert Adam, dem großen englischen Architekten des achtzehnten Jahrhunderts, erbauten Hauses. Auf den Dächern: vom Rauch geschwärzte rote Ziegelschornsteine und Fernsehantennen. Sprossenfenster, die man mit einem kräftigen Ruck hochschiebt. Mit schwarzem Schiefer gedeckte Dächer. Fallrohre, die sich an den Fassaden herabziehen.

Das Glück oder Bossuets Nageltheorie. Er liebte diese Passage aus der *Meditation über die Kürze des Lebens*: »Meine Laufbahn umfasst höchstens achtzig Jahre ... Was wird an deren Ende zählen? Die Zeit, in der ich einige Zufriedenheit gekannt habe, in der ich mir einige Ehre erworben habe? Aber wie spärlich verstreut ist diese Zeit doch in meinem Leben! Sie gleicht einer Reihe von Nägeln in einer langen Mauer; aus einiger Entfernung würdet Ihr behaupten, dass sie sehr viel Platz einnehmen; sammelt Ihr sie jedoch ein, reichen sie nicht, um Eure Hand zu füllen.«

Wie viele Nägel hielt er in seiner Hand?

Er hat ein Fenster geöffnet, und eine sanfte Feuchtigkeit dringt ins Zimmer. Er liebt diesen blauen, kalten Himmel, der sich erwärmt, sobald die Sonne durch die Wolken bricht, liebt die in der Luft zitternde Feuchtigkeit, die nach und nach vor der Wärme des aufsteigenden Tages zurückweicht… Er liebt London. London ist ein großes, vor Leben, Geschäften, Ideen summendes Dorf mit lärmenden Durchgangsstraßen, stillen Alleen und Parks.

Er betrachtet die Bäume draußen auf der Straße, die Parkuhren, an denen man per Handy bezahlt, indem man eine SMS verschickt, *Pay by phone*. Der rote Post-LKW bringt Briefe und Päckchen. Die Nachbarin fährt aufs Land, sie belädt gerade ihr Auto. Sie trägt eine rosa Bluse und hebt ein rotes Fahrrad in den Kofferraum. An jedem Laternenpfahl stehen mit dicken Ketten angeschlossene Fahrräder, bei denen das Vorderrad abgeschraubt wurde. Damit es nicht gestohlen wird. Die Vögel singen. Ein Mann in grauem Anzug parkt sein Auto auf dem frei gewordenen Platz der Nachbarin und studiert aufmerksam die Bedienungsanleitung der Parkuhr. Das muss ein Fremder sein, er ist mit dem Parken in der Stadt nicht vertraut. Er holt sein Handy heraus, um zu bezahlen. Dann schaut er zum Himmel auf und verzieht missmutig das Gesicht. Dieser Mann schaut bestimmt die ganze Zeit über missmutig drein. Seine Mundwinkel hängen herab. Er steigt wieder in sein Auto. Man hört Enten schnattern. Sie watscheln eine Weile über den Rasen der kleinen Parkanlage und fliegen wieder los. Der Mann sitzt hinter dem Steuer, die Hände auf die Knie gelegt. Er scheint zu meditieren.

»Ich gehe einkaufen, brauchen Sie etwas?«, fragt Annie.

»Nein, danke… Ich werde zum Mittagessen nicht da sein…«

Er trifft sich mit Hortense und einem Finanzier zum Mittagessen. Er hat den Text gelesen, den sie verfasst hat. Bemerkenswert. Klar und prägnant, mit einer Unverfrorenheit, die Lust darauf macht, Teil ihres Projekts zu sein…

»Ich putze dann, wenn ich zurückkomme…«

»Kein Problem, Annie. Das Haus blitzt wie ein neues Centstück!«

Glücklich wirft sie sich in die Brust und macht in ihrem langen grauen Klosterschülerinnenrock kehrt.

Neulich abends hat er sie dabei erwischt, wie sie aus voller Kehle gelacht hat. Tränen liefen ihr über die Wangen, und keuchend flehte sie Dottie und Becca an, hört auf, hört auf, sonst mache ich mir noch in die Hose! Leise hat er die Küchentür wieder geschlossen; es wäre ihr peinlich gewesen, wenn er sie so gesehen hätte.

Dottie huscht ins Wohnzimmer.

Philippe spürt ihre Gegenwart, doch er dreht sich nicht um.

Seit sie bei ihm wohnt, hat sie sich angewöhnt, sich lautlos zu bewegen, als dürfe sie von niemandem bemerkt werden. Diese Zurückgenommenheit in ihren Bewegungen ist rührend und entnervend zugleich. Ich bin glücklich, hier zu sein, Philippe, scheint sie auszudrücken, schick mich nicht weg. Und unterstreicht dadurch doch ungewollt die Tatsache, dass sich ihr Aufenthalt, der eigentlich nur als vorübergehende Lösung gedacht war, in die Länge zieht. Er würde sie gern daran erinnern, dass sich an seinen Gefühlen für sie nichts geändert hat, dass er sie zwar sehr gern mag, aber dass er sie nicht liebt. Das wäre es, was der alte Philippe getan hätte. In seinem früheren Leben herrschte Ordnung.

Jeden Abend, wenn sie beide allein im Schlafzimmer sind, wenn der einzige Moment kommt, in dem er mit ihr reden könnte, schmiegt sie sich mit einer solchen Hingabe, einem solchen Vertrauen an ihn, dass er eine offene Aussprache auf später verschiebt. Sie schläft wie ein Kind. Nicht einmal im Bett nimmt sie Platz weg. Mit dem Einzug in seine schöne Wohnung hat sie ihre loses Mundwerk verloren. Die schönen Möbel, das gute Essen, das Silberbesteck, die Kerzenleuchter, die Blumensträuße und der Geruch von Bohnerwachs haben ihre Londoner Straßengörenattitüde hinweggefegt; Stück für Stück verwandelt sie sich in eine andere Frau, die geprägt ist durch Zurückhaltung, Sanftmut, beständiges Erstaunen und die trotzige Miene derjenigen, die ihren Platz gefunden hat und nicht gewillt ist, ihn wieder aufzugeben.

Manchmal, wenn Philippe sie fragt, ob sie mit ihm ins Kino oder in die Oper gehen möchte, bricht abrupt und schüchtern zugleich ihre Freude hervor, sie springt auf, läuft los, um Mantel und Handtasche zu holen, und wartet kerzengerade im Flur, als wollte sie sagen, so, ich bin fertig, aus Angst, er könnte seine Meinung wieder ändern und sie doch nicht mitnehmen. Wenn das Telefon klingelt, wirft sie ihm verstohlene Blicke zu und versucht herauszufinden, mit wem er redet und ob die Worte »Paris«, »Frankreich«, »Eurostar« in dem Gespräch auftauchen. In ihren Augen erkennt er die Furcht, dass er wegfahren könne und bei seiner Rückkehr kein Platz mehr für sie wäre.

Er sieht diese Verzweiflung nicht gern, er fragt, soll ich dir helfen, einen Job zu finden? Nein, nein, wehrt sie ab, sie hat schon etwas in Aussicht. Sie sagt es hastig, stammelnd, und seine Stimme wird sanfter, lass dir Zeit, Dottie, antwortet er, nimm nicht irgendwas, und sie lächelt ihn mit dem kläglichen Lächeln eines Opfers an, das um Haaresbreite einer Katastrophe entronnen ist.

Natürlich bin ich nicht schön genug für ihn, nicht klug genug, nicht kultiviert genug, denkt Dottie, seit sie bei Philippe wohnt. Bescheidenheit, Sorge und Angst gehen oft mit Verliebtheit Hand in Hand, und auch Dottie entkommt dieser höchst ungerechten Regel nicht. Sie leidet stumm und lässt sich nichts anmerken. Sie bemüht sich, fröhlich und unbeschwert zu wirken, doch solche Stimmungen kann man nicht spielen, und es klingt falsch, wenn man sie vortäuscht.

Wenn Becca und Annie sie in ihre Plaudereien über die Zubereitung einer Ente oder über die Herstellung von Häkelspitze einbeziehen, lacht sie mit ihnen, hüllt sich ein in ihre sanfte Zärtlichkeit, aber wenn sie mit Philippe allein ist, wird sie wieder unbeholfen und zieht es vor, zu schweigen.

Und sich verstohlen, so verstohlen zu bewegen …

Wenn Philippe geistesabwesend den Blick auf sie richtet, ohne sie zu sehen, sinkt sie in sich zusammen, möchte am liebsten weinen. Und doch bringt sie nicht die Kraft auf zu gehen, sich ihre Unabhängigkeit und Verwegenheit zurückzuholen. Sie hofft immer noch … Sind sie fünf denn nicht glücklich hier in dieser schönen Wohnung am Montagu Square? Früher oder später muss er sich doch in diesem Glück verfangen, das sie so geduldig mit Becca und Annie zusammen webt.

Irgendwann muss er die andere doch vergessen …

Die in Paris lebt, mit beiden Füßen in Pfützen springt und an der Universität unterrichtet. Joséphine. Sie kennt ihren Vornamen, sie hat Alexandre ausgefragt. Und ihren Nachnamen. Ein Nachname wie ein Fanfarenstoß. Cortès. Joséphine Cortès. In ihrer Vorstellung ist sie schön, gebildet, stark. Sie verbindet mit ihr Pariser Charme und Eleganz, das Selbstbewusstsein jener Französinnen, die so unabhängig und frei erscheinen und das Herz eines Mannes im Sturm erobern können. Joséphine Cortès hat wissenschaftliche Arbeiten geschrieben, gelehrte Bücher, einen erfolgreichen Roman, der ins Englische übersetzt wurde. Sie wagt nicht, ihn zu lesen. Joséphine Cortès zieht ihre beiden Töchter allein groß, seit ihr Mann von einem Krokodil gefressen wurde. Alles an dieser Frau scheint groß und romanhaft. Im Vergleich zu ihr fühlt sich Dottie wie eine ungebildete Liliputanerin. Sie betrachtet sich im Spiegel und findet sich zu blond, zu blass, zu mager, zu dumm. Sie hätte gern die Haare der »anderen«, die Selbstsicherheit der »anderen«, ihr Auftreten, ihre Ungezwungenheit. Sie stattet Joséphine mit allen nur denkbaren Vorzügen aus und erschauert.

Manchmal glaubt sie in Philippes Augen den Widerschein der »anderen« zu entdecken.

Und wenn er dann ihren Blick auffängt, scheint für eine Sekunde Gereiztheit in seinen Augen aufzuflackern. Er reißt sich zusammen und fragt, wie geht es dir?, und sie weiß, dass er an Joséphine Cortès gedacht hat.

Sie fünf bilden eine merkwürdige Familie, aber trotz allem eine Familie.

Dottie stellt sich gern vor, dass sie eine Rolle in dieser Geschichte spielt. Eine kleine, vollkommen belanglose Rolle, aber immerhin eine Rolle. Und sie hat nicht gerade die größte Lust, sich einen neuen Job zu suchen.

Sie geht zu Bewerbungsgesprächen. Stellen als Buchhalterin gibt es zuhauf. Sie wartet, sagt sich, dass er sie vielleicht, vielleicht ja doch eines Tages bitten wird, für immer zu bleiben …

Zu Hause zu bleiben.

Wenn sie Arbeit fände, würde sie in ihre eigene Wohnung zurückgehen müssen, nicht wahr?

Jeder Tag, den sie hier verbringt, ist für sie gleichbedeutend mit einem Beinahe-Heiratsantrag. Eines Tages, sagt sie sich, eines Tages wird er sich umdrehen und den Arm ausstrecken, und wenn ich nicht da bin, wird er mich suchen. An diesem Tag wird er mich vermissen … Sie sehnt diesen Tag herbei wie ein verliebtes junges Mädchen ihr erstes Rendezvous.

Sie hat sich hinter ihn gestellt, legt zärtlich die Arme um seine Schultern. Sie sagt ihm, dass sie ausgeht, sie hat ein Bewerbungsgespräch für eine Stelle bei Berney's.

Philippe hört die Wohnungstür zufallen. Er bleibt allein. Dieses Jahr wird er weder nach Venedig noch nach Basel oder zur documenta in Kassel fahren ... Wozu soll es gut sein, immer mehr Kunstwerke anzuhäufen? Er weiß nicht, ob er dazu noch Lust hat.

Neulich hat Alexandre Becca im Internet ein Foto von *My lonesome cowboy* gezeigt, einem Werk des zeitgenössischen japanischen Künstlers Takashi Murakami. Als er ihr gesagt hat, wie viel die Skulptur wert ist – zwölf Millionen Dollar –, hat Becca ihren Tee umgestoßen und zweimal hintereinander Mein Gott! gemurmelt. Ihr in der Ferne verlorener Blick wirkte zornig.

Philippe wollte ihr erklären, warum diese lebensgroße Figur – eine junge, einem Manga nachempfundene Gestalt, die einen dünnen Spermafaden ejakuliert, der in die Höhe steigt und ein Lasso bildet – so wichtig ist, wie sie die Grenzen zwischen Museumskunst und populärer Kunst einreißt und inwiefern sie eine unverschämte Antwort auf die zeitgenössische westliche Kunst darstellt, aber er hat geschwiegen. Alexandre wirkte verlegen. Becca hat sich in sich selbst zurückgezogen, und niemand hat mehr ein Wort gesprochen.

Becca hat sich verändert, seit sie bei ihnen wohnt.

Er weiß immer noch nichts über ihr Leben. Er kennt ihren Namen nicht. Sie ist ganz einfach Becca. Ihr Alter kann er nicht einschätzen. Ihre Augen sind so jung, wenn sie lacht, wenn sie zuhört, wenn sie Fragen stellt.

Becca versteht sich auf die Kunst, glücklich zu sein. Wenn sie mit jemandem redet, erfasst sie ihn mit ihrem Blick, sie hüllt ihn in Licht, sie merkt sich seinen Namen und spricht diesen aufmerksam aus. Sie hält sich sehr gerade, und die Gesten, mit denen sie nach dem Brot greift, jemandem das Salz reicht oder eine Haarsträhne zurechtstreicht, sind anmutig. Gesten wie langsame, hoheitsvolle Arabesken, Gesten, die sie in ihrem Körper verankern, die sie im Leben verankern. Sie singt, sie kocht, sie kennt Geschichten über die französischen und englischen Könige, die Zaren und die großen türkischen Sultane. Sie hat die ganze Welt bereist und mehr Bücher gelesen, als nötig wären, um die Wände der Wohnung zu bedecken.

Sie trägt nicht mehr ihre kleinen rosafarbenen und blauen Haarspangen …

Sie musste von Kopf bis Fuß eingekleidet werden. Iris' Sachen kamen da gerade recht. Es ist seltsam, diese Kleider an einer anderen Frau zu sehen … Manchmal ertappt er sich dabei, wie er den Namen seiner Frau murmelt, wenn er Beccas Gestalt um eine Flurecke kommen sieht. Becca verfügt über die gleiche Anmut. Jene Anmut, die man nicht erlernen kann. Sie weiß, wie man eine Strickjacke zuknöpft, ein Halstuch umlegt, eine Kette auswählt … Neulich abends im Restaurant hat er gesehen, wie sie Iris' Birkin Bag öffnete, und es schien, als hätte sie ihr schon immer gehört.

Unter Beccas fadenscheinigen Lumpen ist ein graziler, leichter, muskulöser Körper zum Vorschein gekommen. Du hast ja eine Taille wie ein junges Mädchen!, hat Dottie überrascht ausgerufen. Dein Körper ist so straff wie der einer Tänzerin.

Und Beccas Blick ergriff die Flucht …

Woher kommt sie? Was ist in ihrem Leben vorgefallen, dass sie obdachlos wurde? Während ihrer Zeit auf der Straße hat sie sich einige Ausdrücke angewöhnt, aber sie benutzt sie nicht mehr … sie sagt nicht mehr *luv*, sondern Alexandre. Sie trinkt ihren Tee mit Stil und verfügt über gepflegte Tischmanieren. Ihr Wortschatz ist vielfältig und kultiviert. Und sie singt Opernarien.

In seinem früheren Leben hätte er es wissen wollen.

In seinem früheren Leben hätte er sie nicht bei sich aufgenommen …

In seinem früheren Leben lagen in der Hand seines Lebens nur wenige Nägel …

Subjekt, Verb, Objekt.

Subjekt, Verb, Objekt.

Das Subjekt führt die Handlung aus, das Verb bezeichnet die Handlung, das Objekt ist Gegenstand der Handlung.

So würde sie ihren Unterricht mit dem fetten Kevin beginnen. Diese unmissverständliche Präsentation der Grammatik würde wieder Ordnung in das vernebelte Hirn des Jungen bringen. Die weiteren Feinheiten kämen später dran.

Henriette erteilt Nachhilfeunterricht.

Kevin besitzt einen Computer.

Danach wäre immer noch Zeit, die Sache komplizierter zu gestalten und die adverbialen Bestimmungen des Ortes, der Zeit und der Art und Weise einzuführen. Die sie genauso einfach erklären würde. Die adverbiale Bestimmung des Ortes erfragt man mit den Fragen »Wo?«, »Wohin?« oder »Woher?« in Verbindung mit dem Verb. Die adverbiale Bestimmung der Zeit mit der Frage »Wann?« und die adverbiale Bestimmung der Art und Weise mit der Frage »Wie?«.

Diese Fragen und Antworten strukturieren den Geist. Und auch das Leben. Stopfen Sie einem Kind Brei in den Kopf, und es spuckt Ihnen Brei ins Gesicht.

Das ist doch klar wie Kloßbrühe.

Bei der Suche nach alten Kleidern war sie im Keller auf eine alte Grammatik aus ihrer eigenen Schulzeit gestoßen. Hatte darin geblättert, und – o Wunder – die Grammatik war wieder zu einer vollkommen verständlichen, beinahe verlockenden Wissenschaft geworden. »*Was man gut begreift, lässt deutlich sich ausdrücken, gar schnell die rechten Worte in den Sinn dir rücken.*« Der alte Boileau hatte verdammt recht gehabt!

Subjekt, Verb, Objekt.

Subjekt, Verb, Objekt.

Sie würde all diese wolkigen Begriffe streichen – »Nominalgruppe«, »Verbalgruppe«, »Funktion«, »Präpositionalobjekt« und so weiter –, und in die guten alten Zeiten zurückkehren, als man das Kind noch beim Namen nannte. In die Zeit ihrer eigenen Grammatik, die Zeit der Grundschullehrerin, die mit einem langen hölzernen Lineal auf das Pult schlug. Und auf die Finger der Schüler, wenn sie nicht lernten. In jene gesegneten Zeiten, als in den Schulen noch Disziplin herrschte. Eins plus eins ergab zwei, und ein Wort war ein Wort und kein Phonem. Man lernte die Namen der Départements und ihrer Hauptstädte. Und die grauen Schürzen standen auf, wenn Mademoiselle Collier den Klassenraum betrat.

Subjekt, Verb, Objekt. Ordnung und Disziplin kehren in die Schulen zurück. Frankreich richtet sich wieder auf. Die Kinder schwenken die Trikolore und sind stolz auf ihr Land. Wie zu Zeiten von General de Gaulle. Welch treffliches Vorbild an Grammatik und Bürgersinn. Henriette verehrte General de Gaulle. Ein Mann, dessen Französisch vollkommen frei war von Fehlern und Nachlässigkeiten. Wo Sprache sich mit aufrechtem Körper und aufrechtem Geist verbindet! Was sie vom trägen Verstand ihres Schülers leider nicht behaupten konnte …

Henriette Grobz nahm die Verbesserung der schulischen Leistungen von Kevin Moreira dos Santos sehr ernst. Sie hatte erkannt, dass in diesem Kind eine außergewöhnliche Ader schlummerte. Eine tief verwurzelte »Schlechtigkeit«, die sie zu ihrem Nutzen ausbeuten könnte. Er schien über eine besondere Begabung für das Verbrechen zu verfügen. Es fehlten ihm noch ein paar Werkzeuge, doch die würde sie ihm schnellstmöglich beschaffen. Er kannte keinerlei Skrupel, hatte nicht die geringsten Gewissensbisse bei dem Gedanken, Böses zu tun. Ohnehin kannte er nicht den Unterschied zwischen Gut und Böse. Er kannte nur seinen eigenen Vorteil. Was ihm nutzte, war gut, was ihn verdross, war böse. Er hatte tausend Ideen, wenn es darum ging, Schwierigkeiten zu umgehen, Anstrengungen zu vermeiden, seinen Nächsten auszunutzen und auf der Stelle das zu bekommen, wonach es ihn verlangte. Zwar reagierte er bei der Vorstellung, zu lernen, mehr als störrisch, doch galt es, sein tägliches Wohlbefinden zu steigern, wurde er ausgesprochen erfinderisch und konnte eine beeindruckende Energie an den Tag legen.

Und auch an diesem Tag enttäuschte er sie nicht.

Als sie sich zu ihrer wöchentlichen Nachhilfestunde einfand, knurrte Kevin etwas, was sie nicht verstand. Er sagte nie Guten Tag oder stand auf, wenn sie sein Zimmer betrat. Kaute während ihres Unterrichts ununterbrochen Kaugummi und spielte mit seinem zwischen den Zähnen eingespannten Gummi wie auf einer singenden Säge.

Als sie sich auf ihren üblichen Platz zwischen Kevins Ellbogen und der Wand setzen wollte, wirkte er verärgert und versuchte zu verbergen, was sich auf seinem Computerbildschirm tat.

»Du bist zu früh dran, du alte Gewitterziege … Komm nachher wieder, ich hab zu tun.«

»Ich bin hier, und ich bleibe hier … Ich hole meine Sachen raus und warte, bis du fertig bist …«

Sie nahm Kevins Hefte heraus, die Hausaufgaben, die sie ins Unreine geschrieben hatte, damit er sie abschreiben konnte, eine Grammatik und ein Erdkundebuch.

»Du sollst verschwinden, hab ich gesagt …«

»Was ist denn los, mein Engel? Störe ich dich?«

»Endlich hast du's kapiert, Alte … zisch ab!«

An die derbe Ausdrucksweise des Jungen gewöhnt, setzte Henriette sich hin und drehte den Kopf zur Seite.

»Das reicht nicht … ich will deinen Rücken sehen!«

Sie hörte die Finger des Jungen über die Tastatur laufen. Sie tat so, als beuge sie sich vor, um ein Buch aus der Schultasche neben Kevins Füßen zu nehmen, und wurde Augenzeugin eines Bankraubs. Kevin ging auf die Webseite der Bank seiner Mutter, tippte erst eine Reihe von Zahlen und dann einen Geheimcode ein, gelangte zum Konto von Madame Moreira dos Santos und sah nach, wie viel Geld darauf war.

»Und was machst du danach?«, fragte Henriette und hob abrupt den Kopf.

»Das geht dich nichts an …«

»Mag sein, aber deine Mutter geht es etwas an.«

Der Junge biss sich auf die Lippen. Erwischt, sie hatte ihn in flagranti erwischt.

»Es würde ihr bestimmt nicht gefallen, wenn ich ihr erzählte, was ich gerade gesehen habe …«, säuselte Henriette, um ihren Vorteil auszuspielen.

Er rutschte nervös auf seinem fetten Hintern herum. Der Stuhl quietschte.

»Was hast du gesehen?«

»Ich habe deinen Trick durchschaut … Und ich finde ihn brillant, wenn du die Wahrheit wissen willst … Betrachte mich nicht als Denunziantin, sondern als deine Verbündete … es sei denn, du zwingst mich dazu.«

Er musterte sie argwöhnisch.

»Komm schon … Du hast nichts zu verlieren, aber alles zu gewinnen … Wir könnten ins Geschäft kommen …«

»Ich brauch dich nicht, um Kohle zu verdienen …«

»Das nicht, aber du bist darauf angewiesen, dass ich schweige. Keine Leistung ohne Gegenleistung. Also: Du erklärst es mir, und ich verrate nichts … Oder …«

Seine Finger verhedderten sich in seinem Gummi, und er wusste zunächst nicht, was er darauf erwidern sollte.

»Und wenn ich es dir erkläre, hältst du die Klappe? Ich warne dich, wenn du ihr was steckst, brech ich dir ein Bein, wenn du wieder zu Fuß die Treppe runterkommst, um den Aufzug zu sparen … Oder ich verpetz dich, wenn du deinen Staubsauger in die Steckdose auf dem Treppenabsatz einsteckst …«

»Ich verrate nichts. Absolut nichts …«

»Du weißt, dass ich dazu fähig bin?«

»Das weiß ich.«

»Und es würde mir sogar Spaß machen …«

»Davon bin ich überzeugt …«, antwortete Henriette lächelnd. Sie wusste, dass sie gewonnen hatte und er sie mit Drohungen überschüttete, um sich das Geständnis zu versüßen, das er vor ihr würde ablegen müssen.

Du sitzt in der Falle, mein kleiner Kevin, dachte sie, von jetzt an habe ich dich in der Hand.

Und so erklärte er ihr seine Vorgehensweise.

Er kontrollierte regelmäßig das Konto seiner Mutter. Wenn auf diesem genug Geld war, stibitzte er ihr die Kreditkarte und erleichterte sie um zehn, zwanzig, dreißig Euro. Je nachdem, wie viel er brauchte. Wenn das Konto knapp am Limit war, rührte er es nicht an. Das ging schon lange so, und sie hatte noch nie etwas bemerkt.

»Einfach, was?«, sagte er, und ein Hauch Prahlerei schwang in seiner Stimme mit. »Ich filze ihr Konto, ohne dass sie was davon mitkriegt. Ich nehme kleine Summen.«

Subjekt, Verb, Objekt, dachte Henriette, die einfachsten Tricks sind doch immer noch die besten.

»Und wie bist du an die Zugangsdaten für das Online-Konto und ihre Kreditkarte gekommen? Bei einem Sohn wie dir ist sie doch sicher auf der Hut …«

»Das kannst du laut sagen! Die steckt ihr Portemonnaie zum Schlafen unters Kopfkissen!«

»Aber das kann dich doch nicht aufhalten! Du bist raffiniert …«

»Hör auf, dich einzuschleimen, du blöde Schreckschraube! Das zieht bei mir nicht …«

»Meinetwegen«, seufzte Henriette, »du hast also beschlossen, unfreundlich zu sein … Ich verrate ihr, was du so treibst, und du kommst nächstes Jahr aufs Internat. Dann hast du nicht einmal mehr die Gelegenheit, mir ein Bein zu brechen …«

Kevin Moreira dos Santos dachte nach. Er begann energisch auf seinem Kaugummi herumzukauen.

»Ich werde dich nicht verpetzen«, wiederholte Henriette mit sanfter Stimme. »Ich will dir etwas anvertrauen: Mich faszinieren Betrügereien und Betrüger, in meinen Augen sind das die findigsten Menschen der Welt …«

Kevin stolperte über das Wort »findig«. Misstrauisch starrte er sie an. Findig, was bedeutete das nun wieder? Eine Art Erfinder, so ein kaputter Typ, der erst jahrelang studiert und sich dann für andere abrackert?

»Nicht doch! Findig, das bedeutet clever, intelligent, einfallsreich … Also, sagst du mir jetzt, wie du es machst? Es bleibt dir nichts anderes übrig, du sitzt in der Falle. Ich habe dich in der Hand …«

»Okay, einverstanden«, flüsterte er und ließ die Schultern hängen.

Es war das erste Mal, dass er in ihrer Gegenwart die Schultern hängen ließ, und Henriette beglückwünschte sich dazu, eine Viertelstunde zu früh gekommen zu sein. Ihr Verhältnis würde sich ändern, bald würde sie vom Rang einer Ausgebeuteten in den einer Partnerin aufsteigen, und auch wenn in ihrer Beziehung noch lange kein Platz für salbungsvolle Reden war, verlor sie nicht die Hoffnung, sich eines Tages bei ihm Respekt zu verschaffen.

»Sie schließt die Unterlagen, an die keiner ran soll, in eine Kiste ein, deren Schlüssel sie immer bei sich trägt … In ihrem BH. Einmal habe ich mit ihr gekuschelt, das ist sie nicht gewöhnt, sie war fix und fertig, und da hab ich ihr den Schlüssel geklaut. Ich hab sie geknutscht, Küsschen hier, Küsschen da, ich hab sie gekitzelt, sie hat geheult vor Glück, hat sich total gehen lassen, da hab ich meinen Finger zwischen ihre Brüste gesteckt, hab im linken Körbchen gesucht, hab im rechten Körbchen gesucht … Und sie hat nichts davon mitgekriegt! Und dann ist eine Nachbarin gekommen und hat ihr was von Wasser im Keller erzählt. Die Alte also ab nach unten, und ich hab die PINs aus der Kiste geklaut … Sie ändert sie nie, weil sie Angst hat, sonst durcheinanderzukommen. Die hat ein Hirn wie eine Auster. Danach war es leicht, ihr die Karte zu klauen … Wenn sie morgens die Post verteilt, zum Beispiel, und ich keine Schule hab. Und der Geldautomat ist gleich links um die Ecke … Ich brauch höchstens zwei Minuten, außer wenn da 'ne Schlange steht!«

Er war ganz offensichtlich stolz auf seinen Trick und wirkte glücklich über die Gelegenheit, mit seinen Heldentaten zu prahlen. Was bringt einem eine solche Meisterleistung, wenn man nicht damit angeben kann? Die Hälfte des Vergnügens liegt in der Zurschaustellung seiner Macht und Intelligenz.

Henriette merkte sich alles. Subjekt, Verb, Objekt. Kevin umschmeichelt seine Mutter. Kevin entwendet den Schlüssel, die Geheimzahl, die Karte. Kevin bestiehlt seine Mutter. Ein Kinderspiel. Warum kompliziert, wenn es auch einfach geht?

Sie würde sich von Kevin inspirieren lassen, um Marcel auszunehmen. Chaval hatte recht: Ein groß angelegter Betrug würde rasch auffliegen. Da war ein guter alter, traditioneller Betrug schon sicherer.

Umschmeicheln, die Geheimzahlen entwenden, das Geld stehlen. Die von Marcels Konto gestohlenen Beträge auf ihr eigenes überweisen. Sie waren beide bei derselben Bank. Als sie Marcel Grobz geheiratet hatte, hatte er ihr ein eigenes Konto eingerichtet, falls … Falls er unerwartet sterben und sie keinen Zugriff auf das Erbe haben sollte. Jedes Quartal überwies er darauf eine ansehnliche Summe, die, klug angelegt, einträgliche Zinsen brachte. Bei ihrer Scheidung hatte er das Konto nicht aufgelöst. Er hatte es ihr gelassen, damit sie niemals Not leiden müsse. Dieser Trottel! Er konnte sich sein Mitleid sonst wohin stecken. Für wen hielt er sie eigentlich? Für ein schwaches Weib? Ein jämmerliches Muttchen, das reif fürs Altersheim war? Er hatte keine Ahnung, mit wem er es zu tun hatte … Das ist für ihre Rente, hatte er dem Richter erklärt, sie hat nie gearbeitet und keinen Anspruch auf irgendwelche Sozialleistungen. Der Richter hatte das gutgeheißen. Henriette behielt die Wohnung, Marcel zahlte ihr einen großzügigen Unterhalt, und sie bewahrte ihr Rentenkonto, das er auffüllen würde, falls dies nötig werden sollte. Dieses Konto stand auf der langen Liste von Marcel Grobzs Bankkonten. Hinter den Privatkonten und den Geschäftskonten. Ganz unten. Auf den Namen Henriette Grobz.

Es wäre ein Kinderspiel, Beträge von Marcels Privatkonto auf Henriettes schlafendes Konto zu überweisen.

Die Bankangestellten wussten, dass Marcel sehr großzügig war. Er stellte häufig Schecks aus, wenn eine Angestellte heiratete, ein Kind geboren wurde oder ein Elternteil starb. Danken Sie mir nicht, sagte er lächelnd, das ist doch nicht der Rede wert, das Leben hat mir so viel geschenkt, dass ich ein bisschen davon weitergeben möchte … Niemand würde sich über solche Überweisungen wundern. Und Marcel hatte anderes im Kopf, als seine Privatkonten zu überprüfen. Das überließ er seiner Buchhalterin, der treuen Denise Trompet, die seit zwanzig Jahren bei der Firma Grobz angestellt war. Henriette hatte sie wegen ihrer kleinen Stupsnase, dem Einzigen, was ihrem flachen, nichtssagenden Gesicht ein wenig Raffinesse verlieh, »die Trompete« getauft. Labbrig wie ein aus der Zellophanhülle genommener Keks, farblos und welk, kannte sie die Liebe nur aus den Kitschromanen, die sie in ihre Handtasche steckte, um sie in der Métro zu lesen. Sie träumte von dem Märchenprinzen, der sie entführen und ihr, auf ein Knie niedergesunken, mit glutvollen Augen und Hidalgolächeln seine Leidenschaft gestehen würde. Ihre Zähne waren gelb, ihr Mund faltig, und ihr spärliches Haar, das sie übertrieben stark toupierte, flatterte, sobald jemand ihre Bürotür öffnete … Mit zweiundfünfzig Jahren hatte sie nichts, was in einem Mann auch nur das geringste Gefühl wecken könnte, und ihr erschlafftes Gesicht schien sich mit diesem Umstand abgefunden zu haben.

Umschmeicheln. Das wäre Chavals Aufgabe. Er würde die Trompete umschmeicheln. Ihr Komplimente zuflüstern, mit ihr nach Montmartre hinauffahren, um den Mondschein zu genießen, ihr ein Glas Limonade spendieren, seine festen Lippen auf ihren zerknitterten Mund drücken … Er würde vollen Einsatz zeigen müssen. Sicher würde er sich sträuben, aber sie würde ihn schon überzeugen, indem sie seinen Träumen, Hortense wiederzugewinnen, neue Nahrung gab. Geld, Geld, Geld, würde sie ihm ins Ohr singen. Geld, jener Gott, der einen Mann allmächtig macht und junge Mädchen schwach werden lässt … Und er würde die Trompete verführen. Er würde ihr die Geheimzahlen entlocken, und sie, Henriette, würde Marcel ausplündern. Sie würde es geschickt anstellen. Und reich werden, sehr reich. Sie würde den Albtraum verjagen, der sie seit ihrer Kindheit verfolgte: arm zu sein.

Sie verjagt den Albtraum.

Subjekt, Verb, Objekt.

Völlig unbeabsichtigt hatte Kevin Moreira dos Santos die Lösung gefunden. Jetzt brauchte sie nur noch Chaval auf die Trompete anzusetzen.

»Hey, alte Schabracke, träumst du? Ich hab auch noch was anderes zu tun … Los, her mit meinen Hausaufgaben!«

Henriette zuckte zusammen und reichte Kevin die Hausaufgaben, die er nur noch abzuschreiben brauchte.

»Marcel… Ich glaube, ich werde depressiv«, sagte Josiane seufzend, als Marcel nach einem langen Arbeitstag die Wohnungstür öffnete. Er schüttelte sich, stellte seine alte, mit Akten vollgestopfte Tasche ab, richtete sich keuchend wieder auf – Mein Gott, ist die Erde weit unten! – und freute sich auf die bequemen Filzpantoffeln, in die er gleich schlüpfen, und den torfig schmeckenden Whisky, den er sich einschenken würde.

»Das ist jetzt wirklich nicht der richtige Moment dafür, Choupette.«

Es war ein harter Tag gewesen. Die Akten stapelten sich auf seinem Schreibtisch, alle abgestempelt mit dem roten Schriftzug »DRINGEND«. Wohin er auch blickte, leuchteten die roten Buchstaben, und Cécile Griffard, seine neue Sekretärin, legte unablässig weitere Nachrichten und Briefe dazu, mit dem ausdrücklichen Hinweis, dass eine Antwort innerhalb der nächsten Minuten erwartet werde. Erschöpft hatte er sich zum ersten Mal in seinem Leben gefragt, ob er nicht die Grenzen seiner Leistungsfähigkeit erreicht hatte. Der Spagat zwischen seinen Geschäften und Junior, der nicht nur Zeit, sondern auch einen immer höheren Wissensstand verlangte, überforderte ihn. Bevor er an diesem Abend sein Büro verlassen hatte, hatte er den Kopf in beide Hände gelegt, ihn auf den Schreibtisch sinken lassen und war lange so sitzen geblieben, ohne sich zu rühren. Sein Herz raste, und er wusste nicht mehr, mit welchem als »Dringend« gekennzeichneten Vorgang er anfangen sollte. Als er sich wieder aufgerichtet hatte, war ein Stück Klebstreifen an seiner Wange haften geblieben. Er hatte es abgezogen und lange betrachtet.

»Es ist nie der richtige Moment, um depressiv zu werden…«, beharrte Josiane.

»Sag nicht, dass es schon wieder losgeht, Choupette. Dass dieses Weib dir schon wieder etwas an den Hals gewünscht hat.«

»Der Zahnstocher? Nein, das ist es nicht… Es ist nicht die gleiche Schwermut, die gleiche grundlose Traurigkeit. Diesmal weiß ich, warum es in mir nicht rund läuft… Ich habe lange nachgedacht, weißt du, ich bin quasi Profi.«

»Dann sag es mir, mein Täubchen… sag mir, was mit dir nicht

stimmt … Ich bin Tarzan mit den behaarten Armen, vergiss das nicht! Ich schwinge mich von Ast zu Ast, um dein Röckchen zu erwischen.«

Er hatte seinen Mantel ausgezogen und breitete die Arme nach ihr aus.

Josiane lächelte nicht. Sie blieb, fern von ihm, zusammengesunken auf ihrem Stuhl sitzen.

»Ich habe kein Mark mehr in den Knochen, mein dicker, alter Bär … Ich fühle mich nutzlos, leer. Du hast dein Leben im Büro, du reist durch die Welt, machst große Geschäfte, Junior vergräbt sich in seinen Büchern … Wir müssen unbedingt einen Privatlehrer für ihn finden. Er langweilt sich mit mir. Er langweilt sich im Park, er langweilt sich in Gesellschaft von Kindern seines Alters … Er versucht es vor mir zu verbergen, weil er ein feinfühliger, guter Junge ist. Er bemüht sich, aber ich rieche seine Langeweile als wäre es Ammoniak, er schwitzt sie aus allen Poren aus, ich kann sie in seinen Augen sehen … Er versucht, mir Gesellschaft zu leisten, mir von den Dingen zu erzählen, die ihn interessieren, und sie so simpel wie möglich zu erklären, aber ich kann ihm einfach nicht mehr folgen … Es ist zu anstrengend, ich habe dafür nicht genügend Grips. Ich bin nun mal keine große Leuchte …«

»So ein Quatsch! Es stimmt, dass er vorwärtsgaloppiert und wir zwei ihm nachschauen wie zwei Eichhörnchen, wenn's donnert … Sieh mich an: Ich musste meine alten Schulbücher wieder rauskramen, um ihn zu verstehen, wenn er redet. Aber ich gebe mir Mühe … Ich lerne und lerne. Außerdem sag ich mir, dass er ein großes Herz hat, er liebt uns so, wie wir sind, ein bisschen beschränkt eben …«

»Ich weiß, dass er uns liebt, aber das reicht ihm nicht mehr. Er verkümmert, Marcel, er verkümmert, und bald kriegt er auch noch Depressionen …«

»Choupette, du weißt, dass ich alles für euch beide tun würde … Ich würde euch den Mond schenken, wenn ich groß genug wäre, um ihn vom Himmel zu holen!«

»Ich weiß, mein Dickerchen, ich weiß. Es ist nicht deine Schuld. Ich bin diejenige, in der's zugeht wie Kraut und Rüben. Ich finde mich in dieser Geschichte nicht mehr zurecht. Ich habe mir dieses Kind so sehr gewünscht, habe es herbeigesehnt, habe darum gebetet, habe so viele Kerzen angezündet, dass ich mir die Finger verbrannt habe … Ich wollte ihm alles Glück der Welt schenken, aber das Glück, so wie ich es verstehe, genügt ihm nicht … Kennst du seine neueste Marotte: Er will *english speaken*. Er hat eine Nachricht von Hortense bekommen, darin heißt es: ›Hallo, Krümel, meine Schaufenster nehmen Gestalt an, und ich möchte dich und deine Eltern einladen, sie euch anzuschauen, denn du warst mir eine verdammt große Hilfe. Pack deine Sachen und komm her. Ich erwarte dich mit allen deinem Rang gebührenden Ehren.‹ Er hat beschlossen, hinzufahren und bis dahin fließend Englisch zu sprechen, damit er vor Ort auch alles versteht! Jetzt ist er gerade dabei, seinen Aufenthalt zu planen. Er büffelt die Geschichte von Denkmälern, Königen und Königinnen, die U-Bahn- und die Buslinien, er will Hortense beeindrucken! Ich glaube tatsächlich, er ist in sie verliebt …«

Marcel lächelte, und seine Augen wurden feucht. Ich habe einen Riesen in die Welt gesetzt und vergessen, die Siebenmeilenstiefel anzuziehen.

»Ich liebe euch beide so sehr«, sagte er und sank in sich zusammen. »Wenn euch etwas zustoßen sollte, würde mich das umbringen …«

»Ich will nicht, dass dich etwas umbringt, mein großer, dicker Bär … Ich möchte, dass du mir zuhörst …«

»Ich höre dir zu, Choupette …«

»Als Erstes müssen wir uns um Junior kümmern. Einen Lehrer für ihn auftreiben, der sich den ganzen Tag über mit ihm beschäftigt. Wenn nicht sogar zwei oder drei, denn ihn interessiert einfach alles … Von mir aus! Jetzt, wo ich weiß, dass es in Singapur und Amerika noch andere Kinder wie ihn gibt, kann ich akzeptieren, dass er aus der Reihe tanzt. Ich akzeptiere es. Ich sage dem lieben Gott, der mir dieses Kind geschenkt hat …«

»Immer der liebe Gott«, knurrte Marcel. »Ich war ja wohl auch daran beteiligt …«

»Sei nicht albern, mein Knuddelbär … Was ich sagen will, ist, ich akzeptiere ihn so, wie er ist, und ich will ihn auf seinem Weg begleiten. Ihn in aller Ruhe Dinge lernen lassen, von denen ich nie etwas gehört habe … Ich weiß selbst, dass ich das Pulver nicht erfunden habe, also ziehe ich mich zurück. Ich liebe ihn mehr als mein Leben, ich beuge mich und schenke ihm die Freiheit … Aber ich, Marcel, ich … Ich will wieder arbeiten.«

Marcel entfuhr ein überraschter Ausruf. Jetzt werde die Sache ernst, erklärte er, da brauche er auf der Stelle einen Whisky. Er löste seinen Krawattenknoten, zog sein Jackett aus, sah sich nach seinen Filzpantoffeln um und schenkte sich ein Glas ein. Für das, was jetzt kam, musste er es bequem haben.

»Na gut, Choupette, ich bin stumm wie ein Fisch. Sag mir, was du auf dem Herzen hast …«

»Ich will wieder arbeiten. Bei dir oder anderswo. Bei dir wäre besser. Dann könnten wir uns arrangieren. Eine Halbtagsstelle zum Beispiel. Während Junior Unterricht bei seinem Privatpauker hat …«

»Privatlehrer, mein Augenstern …«

»Das ist doch gehupft wie gesprungen! Wenn er zum Beispiel nachmittags Unterricht hat, gehe ich ins Büro. Ich kann dir eine Menge abnehmen, ich bin zwar nicht so intelligent wie mein Sohn, aber als ich noch deine Sekretärin war, hat es dir immer gereicht …«

»Du warst perfekt, mein kleiner, blonder Himmelsstern, aber das ist eine Vollzeitstelle …«

»Dann eben bei Ginette und René im Lager. Ich hab keine Angst davor, mit anzupacken … Und außerdem vermisse ich die beiden, sie waren wie meine Familie. Wir sehen sie kaum noch, und wenn wir sie sehen, haben wir uns nicht mehr viel zu sagen. Ich sitze hier und dreh Däumchen wie eine spießige Bürgersfrau, und die zwei rackern sich in der Firma ab. Ich kenne mich jetzt mit gutem Wein aus, hab einen feinen Wortschatz und gute Manieren, und das schüchtert sie ein. Hast du gemerkt, wie viele Lücken es mittlerweile im Gespräch gibt, wenn wir vier zusammen sind? Man kann ja fast hören, wie sich die Fliegen die Beinchen reiben! Früher haben wir uns zusammen kringelig gelacht, wir haben getrunken, alte Lieder gesungen, von den Chaussettes Noires und Patricia Carli, wir haben unsere Haare zu Bananen gedreht, uns in Vichykleider gezwängt, uns gegenseitig in die Seite geknufft … Und jetzt essen wir mit angelegten Ellbogen und trinken den guten Wein, den du ausgesucht hast, aber die Stimmung ist nicht mehr die gleiche.«

»Wir werden älter, Choupette, das ist alles. Und die Firma ist immer größer geworden, da kann man nicht mehr so unbekümmert sein wie früher. Wir sind jetzt in der ganzen Welt aktiv! Von überall her treffen Container ein. Ich sitz auch nicht mehr mit René zusammen, so wie früher, wir trinken nicht mehr zusammen unser Glas Weißwein unter der Glyzinie, dazu fehlt uns die Zeit … Sogar Ginette beklagt sich, dass sie ihren Mann kaum noch zu Gesicht bekommt!«

»Und ich gehöre nicht mehr dazu … Ich gehöre nirgendwo mehr dazu. Weder in deine Welt noch in die von Junior, ich sitz hier in meiner schönen Wohnung und mach ein Gesicht wie sieben Tage Regenwetter. Soll ich dir was sagen? Ich langweile mich so sehr, dass ich die Putzfrau entlassen habe, um an ihrer Stelle zu schrubben. Das beruhigt meine Nerven. Ich verbringe meine Zeit damit, alles aufzuräumen und auf Hochglanz zu polieren. Ich überschwemme die Wohnung mit Javelwasser … Wenn das so weitergeht, Marcel, guck ich mir bald die Radieschen von unten an.«

»Oh! Mal den Teufel nicht an die Wand!«, protestierte Marcel. »Wir finden schon eine Lösung, versprochen. Ich denke darüber nach.«

»Wirklich versprochen?«

»Hoch und heilig, aber gib mir ein bisschen Zeit, um alles auf die Reihe zu kriegen, einverstanden? Verneble mir nicht noch zusätzlich das Hirn … Ich hab schon genug Sorgen im Moment, das kannst du dir gar nicht vorstellen! Von allen Seiten stürmt es auf mich ein, und ich habe niemanden, der mir hilft …«

»Na, siehst du! Du könntest mich gut brauchen!«

»Da bin ich mir nicht sicher, Choupette. Es sind ziemlich spezielle Sorgen …«

»Willst du etwa behaupten, ich wäre dafür nicht clever genug?«

»Aber nicht doch, reg dich nicht auf!«

»Ich reg mich nicht auf, aber ich schließe daraus, dass ich zu blöd für dich bin … Genau, wie ich dachte. Ich dreh hier vor lauter Löcher in die Luft gucken noch durch, und dann kannst du mich mit einer lebensgefährlichen Depression einweisen lassen!«

»Nicht doch, Josiane! Ich flehe dich an …«

Josiane besann sich. Marcel, ihr guter, dicker Marcel, musste fix und fertig sein, wenn er sie bei ihrem Vornamen nannte. Als sie weitersprach, klang ihr Tonfall sanfter.

»Einverstanden, ich mach erst mal Sendepause und hör auf zu jammern …«, willigte sie widerstrebend ein. »Aber du versprichst mir, darüber nachzudenken, ja? Du vergisst es doch nicht?«

»Ich verspreche es hoch und heilig … Ich mache mir Gedanken …«

»Und jetzt erzähl mir von deinen Sorgen.«

Er fuhr sich mit der Hand über den kahlen Schädel, dass sich die von Altersflecken übersäte Haut runzelte.

»Muss das wirklich jetzt sein?«, brummte er. »Ich würd mich gern einfach nur entspannen. Das Leben ist ziemlich anstrengend im Moment, und es wäre schön, wenn ich mal kurz verschnaufen könnte, weißt du…«

Sie nickte. Nahm sich vor, ihn später noch einmal darauf anzusprechen. Kam zu ihm herüber und setzte sich auf seinen Schoß. Legte die Arme um seinen Nacken. Schnupperte an seinem rechten Ohr, pustete pfeifend hinein… Mit einem tiefen Seufzer entspannte er sich, presste sie an sich, machte sich Gedanken über eine Anekdote aus dem Büro, die er ihr erzählen könnte, um ihr zu zeigen, dass er ihr Anliegen verstanden hatte, und…

»Du errätst nie, wer heute bei mir war!«

»Wenn ich es sowieso nicht errate, kannst du es mir ja auch gleich sagen, mein Knuddelbär«, flüsterte sie, während sie an seinem Ohrläppchen knabberte.

»Aber wenn ich dich nicht zappeln lasse, macht es keinen Spaß… Sag mal, hast du etwa abgenommen?«, fragte er und knetete ihre Taille. »Ich finde deine schönen Speckröllchen gar nicht mehr… Du machst doch hoffentlich keine Heuschrecken-Diät?«

»Nein…«

»Ich will nämlich nicht, dass du spitz und kantig wirst, mein kleines Rebhühnchen! Ich mag dich hübsch kugelig rund. Hörst du? Ich will weiter an dir rumknabbern und so neckisch naschen…«

»Ich dachte, wenn du keinen Job für mich hast, werde ich eben Topmodel!«

»Nur unter der Bedingung, dass ich der einzige Fotograf bin! Und dass ich dir unter den Rock schauen darf.«

Er ließ seinen Worten Taten folgen und schob eine Hand unter ihren Rock.

»Du bist mein König, mein Raubtier, mein tapferer Krieger… der Einzige, der mir an die Wäsche darf!«, kicherte Josiane lasziv.

Marcel wand sich vor Vergnügen und vergrub seine Nase zwischen den Brüsten seiner geliebten Choupette.

»Ist Junior in seinem Zimmer?«

»Wir dürfen ihn nicht stören, er lernt Englisch nach einer Methode, die ich für ihn gefunden habe … *Total Immersion*. Das dauert noch bis acht Uhr …«

»Springen wir ins Bett und sagen uns ein paar liebe Worte?«

»Spring los, mein Hengst!«

Und sie schlichen auf Zehenspitzen ins Schlafzimmer, wirbelten Tagesdecke, Rock und Hose durch die Luft, und ab ging die Post. Sie spielten die Schwebebahn und den Laternenpfahl, verknoteten die Beine, ließen das Häschen Männchen machen, schwebten zu den Sternen. Endlich sanken sie einander erschöpft und befriedigt in die Arme, beglückwünschten sich zu so viel sexuellem Elan, leckten sich die Lippen, rieben sich aneinander, schwollen an vor Glück und fielen wie zwei schlaffe Luftballons zurück in die Kissen.

Marcel schnurrte vor Behagen und zitierte die dreitausendsiebenhundert Jahre alten Verse, die in die Wände des Tempels der babylonischen Göttin Ishtar in Mesopotamien gemeißelt waren: »Möge der Wind wehen, möge der Hochwald erschauern! Möge meine Kraft fließen wie das Wasser des Flusses, möge mein Penis gespannt sein wie die Saite einer Harfe …«

»Wie reich deine Sprache ist, mein liebstes Dickerchen, genauso sprudelnd und kraftvoll wie deine spendable Angelrute«, sagte Josiane seufzend.

»O ja, ich hab immer noch Farbe auf dem Pinsel!«, rief Marcel. »Keine Spur von Ladehemmung …«

»Wenn eines sicher ist! Bei dir ist definitiv noch genug Dampf im Kessel, deine Fahne hängt nicht auf halbmast!«

»Was soll ich machen, mein Turteltäubchen, dein Körper macht mich poetisch. Er inspiriert mich, lässt mich im Tremolo singen, bringt meine Arpeggien zum Schwingen. An dem Tag, an dem mein kleiner Freund die Waffen streckt, bleibt mir nur noch der Strick …«

»Mal den Teufel nicht an die Wand, mein Liebster …«

»Ich bin nun mal nicht mehr der Jüngste, und bei der Vorstellung, dass dir irgendwann der Pfeffer fehlen könnte, gefriert mir das Blut in den Adern … Dann müsstest du ihn dir anderswo holen, und …«

Er dachte an den schneidigen Chaval, der seine Choupette schon einmal beglückt hatte. Ihm hätte es damals fast die Luft abgeschnürt, er war gelb angelaufen und durch die Gegend geschlurft wie das wandelnde Elend. Er lachte rachsüchtig und zog sie fest an sich, um sich zu vergewissern, dass niemand kommen und sie ihm wegnehmen würde.

»Ach! Frag mich lieber, wer heute in meinem Büro aufgetaucht ist...«

»Also, wer ist heute in deinem Büro aufgetaucht?«, wiederholte Josiane und zappelte vor Vergnügen unter dem Gewicht ihres königlichen Liebhabers, des Herrschers von Bengalen.

»Chaval. Bruno Chaval.«

»Was? Dieser pomadisierte Lump? Der sich von der Konkurrenz hat abwerben lassen und gedroht hat, uns zu ruinieren?«

»Ganz genau der. Nicht mehr der frischste Fisch im Teich, der Gute! Es geht ihm sogar ziemlich dreckig. Seine letzte Firma hat ihn gefeuert. Wollte mir nicht verraten, warum. Aber eins kann ich dir sagen: Der Kerl riecht drei Kilometer gegen den Wind nach Ärger. Der ist nicht koscher. Seine Augen gucken nach rechts und links, aber nie geradeaus. Er sucht einen Job und möchte, dass ich ihn wieder einstelle, notfalls auch ganz unten auf der Leiter. Er wäre sogar bereit, René zur Hand zu gehen!«

»Da ist was faul, mein Bärchen, der führt irgendwas im Schilde... Dieser Chaval hält sich für was Besseres, der würde sich nie für ein paar läppische Kröten verkaufen...«

»Stimmt, du kennst ihn ja gut, mein Turteltäubchen... Du hattest eine Zeit lang viel mit ihm zu tun, und das nicht bloß in der Senkrechten!«

»Das war ein Fehler... Wir alle machen mal Fehler. Damals warst du noch mit dem Zahnstocher verheiratet und hattest so viel Mumm in den Knochen wie ein Sack Schmutzwäsche... Also, was hast du ihm gesagt?«

»Dass ich nichts für ihn tun könne... dass er sich eine andere barmherzige Seele suchen soll... Und eine Stunde später sehe ich ihn, wie er um die Trompete rumscharwenzelt! Ich weiß nicht, worüber sie gesprochen haben, aber die hörten gar nicht mehr auf zu plaudern...«

»Ich sag dir, der endet irgendwann noch als Gigolo! Ist ja auch das Einzige, was ihm geblieben ist: in den Betten der Damen Männchen zu machen... Mit seiner schneidigen Haltung und seinen Lakritzaugen...«

»Das ist eine Rolle, die ich nie spielen könnte«, entgegnete Marcel seufzend und kitzelte sie.

Glücklich. Er war glücklich. Ihr Bad im Meer der Glückseligkeit hatte alle Sorgen von ihm abfallen lassen, und nun ruhte er entspannt neben seiner Frau und hätte noch stundenlang weiterplaudern können. Zwischen ihnen herrschte eine derart vollkommene Harmonie, dass er in Josianes Gesellschaft nie lange Trübsal blasen konnte; voller Wonne sog er den Duft ihres dichten, weichen Haars ein, schnupperte an ihren Kniekehlen, schmeckte den Schweiß auf ihrer Haut, vergrub seine Nase überall in ihrem weichen, fülligen Fleisch. Das Leben hatte ihm den Phönix der Frauen geschenkt, seine Orangenhälfte, und alle Kümmernisse verschwanden wie Kreidezeichen von einer Tafel.

Wenn er seine Choupette in den Armen hielt, vergaß er alles andere.

Dabei gab es mehr als genug, worüber er sich Gedanken machen musste.

Der Kopf schwirrte ihm von den sich auftürmenden Problemen. Er wusste nicht mehr, wo er anfangen sollte.

Er hatte sich immer auf seinen gesunden Menschenverstand verlassen, auf die alten Instinkte des Gassenjungen, auf seine Fähigkeit, sich allen Situationen anzupassen, und auf seinen bewundernswerten Geschäftssinn, der es ihm erlaubte, den einen übers Ohr zu hauen, um den anderen besser fertigzumachen, und sich so aus den gefährlichsten Situationen herauszulavieren. Marcel Grobz war kein Chorknabe. Er hatte nie eine Universität besucht, aber er war ein Naturtalent, wenn es darum ging, Situationen zu analysieren und in großen Zusammenhängen zu denken. Er verfügte über eine unfehlbare Intuition und wusste immer genau, welche Karte er ausspielen musste, sodass es ihm jedes Mal gelang, seine Gegner zu überrumpeln. Er schreckte vor nichts zurück: weder vor der ansehnlichen Provision, die er seinem Gegenüber in letzter Minute in die Hand drückte, noch vor dem Aufkündigen alter Bündnisse oder einer dreisten Lüge, die er mit rollenden Augen und im Brustton der Überzeugung vorbrachte. Er war ebenso kühl rechnender Kaufmann wie gerissener Stratege. Nie verlor er sich in wolkigen Mutmaßungen, es sei denn, er wollte seinen Gegner täuschen. Ihn glauben machen, er sei schwach, um ihn anschließend zu vernichten. Er beherrschte die Kunst der hinterhältigen Andeutung, der Falschinformation und des treuherzigen Abstreitens, um anschließend mit der ganzen Wucht eines römischen Generals aufzutrumpfen.

Er hatte erkannt, dass man mit Geld alles kaufen konnte, und so unterschrieb er bereitwillig Schecks, um sich Frieden zu erkaufen. Alles hat seinen Preis, und wenn der Preis angemessen war, legte er das Geld auf den Tisch. So hatte er auch den Waffenstillstand mit Henriette geschlossen. Sie will Kohle, sie kriegt Kohle! Ich stopf ihr das Zeug in den Rachen, damit sie endlich Ruhe gibt. Er war zuversichtlich, dass es ihm gelingen würde, das Geld wieder hereinzuholen, das er nun für eine mürrische, hartherzige Frau ausgab, die ihn immer nur ausgenutzt hatte. Was kümmerte ihn das schon! Er war blöd genug gewesen, sich einfangen zu lassen, jetzt musste er eben dafür bezahlen … Geld beherrschte alles, und er würde das Geld beherrschen. Würde sich nicht von diesem gierigen Herrn herumkommandieren lassen.

Aber in der letzten Zeit war das Geschäft immer schwieriger geworden. Für alle. In China gab es ernsthafte Probleme mit Standards und Qualität. Eigentlich müsste er dort ständig vor Ort sein, die Fließbänder überwachen, Kontrollmechanismen einführen, Tests einfordern. Mindestens zehn Tage pro Monat müsste er dort verbringen. Doch sein häusliches Glück führte dazu, dass er immer seltener nach China flog. Er vertraute seinen chinesischen Geschäftspartnern, und das war keine gute Idee. Ganz und gar keine gute Idee … Er brauchte eine effiziente rechte Hand. Einen jungen, ungebundenen Mann, den das Reisen nicht schreckte. Jedes Mal, wenn er versuchte, einen Stellvertreter einzustellen, erkundigte sich der Bewerber, noch bevor er überhaupt Platz nahm, nach der Zahl seiner Urlaubstage, der Überstundenvergütung, dem Spesenlimit und der Qualität der Krankenversicherung. Er protestierte, falls er zu häufig auf Dienstreise gehen oder nicht erster Klasse fliegen sollte. Dabei hatte ich selbst beim Fliegen immer die Knie unterm Kinn, als ich noch durch die Welt gereist bin, um überall meine Fabriken aufzubauen!, stöhnte er und wälzte das Problem hin und her, ohne eine Lösung zu finden. Früher, zu Zeiten des Zahnstochers, flog er ständig um den Globus. China, Russland, Ostblock, er lebte aus dem Koffer. Heute erschien ihm ja schon ein Tagestrip nach Sofia wie eine Weltreise! Doch seine Firma war hauptsächlich außerhalb von Frankreich gewachsen. Zwölftausend Menschen arbeiteten im Ausland für ihn, in Frankreich waren es vierhundert. Und genau da lag der Hase im Pfeffer!

Vor allem in China kam es immer wieder zu Problemen.

Die früher so niedrigen Lohnkosten stiegen jedes Jahr um zehn Prozent, und zahlreiche Unternehmer wichen auf andere Länder aus. Vietnam stand gerade hoch im Kurs. Aber dann musste man sich auch vor

Ort informieren! Die Sitten kennenlernen, die Sprache, wieder ganz von vorn anfangen, wieder alles von Neuem lernen!

Ein weiteres Problem in China war die Produktpiraterie. Direkt neben einer seiner Fabriken war ein anderes Werk eröffnet worden, das seine Modelle kopierte und sie günstig an europäische Konkurrenten verkaufte. Als er dagegen protestiert hatte, war er selbst vor Gericht gelandet: Angeblich sei er derjenige gewesen, der kopiert hatte! Nicht zu vergessen die strengen Anforderungen des französischen Zolls, der sich jeden Tag neue Sicherheitsvorschriften für aus China stammende Produkte einfallen ließ. Aus Angst vor Epidemien hatte man ihn verpflichtet, Paletten aus Karton oder behandeltem Holz herstellen zu lassen.

Die Krise machte auch den Chinesen zu schaffen. Viele Fabriken schlossen, weil die Aufträge ausblieben. Oder weil ihnen die unbezahlten Rechnungen aus Amerika das Genick brachen. Sie schlossen, ohne ihre eigenen Schulden zu zahlen. Die Inhaber verschwanden spurlos, und darauf zu hoffen, dass die chinesische Justiz sie wiederfand, war sinnlos.

Es wurde ihm einfach alles zu viel …

Er hatte versucht, in Russland Fuß zu fassen … Hatte eine Fabrik eröffnet, Prototypen hingeschickt, Geld investiert. Alles war verschwunden. Von einem Tag auf den anderen! Sogar die Pflanzen aus der Eingangshalle! Er hatte nichts mehr wiedergefunden, und als er zufällig dem Geschäftsführer begegnet war, den er eingestellt hatte, hatte dieser die Straßenseite gewechselt, um ihm aus dem Weg zu gehen. Allein auf sich gestellt, konnte er nicht kämpfen. Russland war der reinste Wilde Westen geworden. Hier herrschte Faustrecht.

Aber er konnte seinen Konzern auch nicht verkleinern: Nur die Großen überlebten. Die kleinen Unternehmen schlossen eines nach dem anderen.

Er merkte selbst, dass sein Blick nicht mehr so scharf war wie früher. Die Erschöpfung, das Alter, der Wunsch, einfach mal die Beine hochzulegen … An seinem nächsten Geburtstag würde er neunundsechzig Kerzen ausblasen. Er war kein junger Hüpfer mehr, selbst wenn er sich noch topfit fühlte …

Mit neunundsechzig ist man doch noch nicht alt, redete er sich immer wieder ein. Noch lange nicht. Er erinnerte sich an seinen Vater, als dieser in seinem Alter gewesen war, und verglich sich mit ihm. Eine kümmerliche, vertrocknete Aprikose war er gewesen! Das Gesicht gelb und faltig, die Lippen eingefallen, weil die Zähne fehlten, und die Augen eingesunken wie zwei schwarze Tränen. Während er selbst vor Leben und Kraft nur so strotzte. Auch wenn er beim Treppensteigen mittlerweile ins Schnaufen geriet… Letzte Woche hatte er kurz vor dem dritten Stock einen Schwächeanfall erlitten. Er hatte sich am Geländer festgeklammert, eine Hand auf sein Herz gepresst und sich auf die nächste Stufe hochgezogen.

Josiane hatte er nichts davon erzählt.

Ihm war schwindlig gewesen, sein Herz hatte sich verkrampft, er hatte einen seltsamen, stechenden Schmerz in der rechten Seite verspürt und mit erhobenem Bein ausgeharrt, bis er wieder Luft bekam. Als er schließlich weitergegangen war, hatte er die Stufen gezählt, damit sich das Schwindelgefühl legte. Nein! Er würde nicht zum Arzt gehen. Bei diesen Leuten kommt man kerngesund an und wird auf einer Bahre rausgetragen. Sein Vater war mit seiner runzligen Aprikosenhaut zweiundneunzig geworden, ohne je eine Arztpraxis von innen gesehen zu haben! Der einzige Mediziner, den aufzusuchen er bereit war, war sein Zahnarzt. Weil der mit ihm scherzte, weil er ein netter Kerl war, weil er sich mit Wein auskannte und weil schöne Frauen ihm den Atem raubten. Aber allen anderen ging er aus dem Weg, und deswegen fühlte er sich keinen Deut schlechter.

Wenn er mit Choupette im Bett war, zwickte sein Herz niemals. Und er kam auch nicht aus der Puste… Wog das nicht alle Elektrokardiogramme auf?

Und trotzdem…

Er brauchte einen Stellvertreter. Einen cleveren, gewitzten, energischen jungen Mann, der bereit war, Einsatz zu zeigen und zwei Wochen pro Monat auf Reisen zu sein. Die seltene Perle.

Er hatte gezögert, als Chaval ihn aufgesucht hatte…

Er hatte es Josiane nicht gesagt, aber… er hatte Chaval nicht rundheraus abgewiesen. Er hatte gesagt, kommen Sie später noch einmal wieder, ich weiß nicht, ob ich jemanden brauche, und vor allem weiß ich nicht, ob ich Ihnen vertrauen kann. Sein Gegenüber hatte protestiert, hatte Reue bekundet, hatte von einer Jugendsünde gesprochen, hatte ihn an die guten Dienste erinnert, die er ihm erwiesen habe – und es stimmte, der Kerl war nicht schlecht gewesen, bevor er den Kopf verloren und sich von der Konkurrenz hatte abwerben lassen! Er zögerte. Zögerte. Kann man einem Mann vertrauen, der einen schon einmal verraten hat? Kann man verzeihen und diesen Verrat als Jugendsünde abtun, ihn mit dem Ehrgeiz eines jungen Heißsporns entschuldigen, der nach immer mehr Macht und Geld gierte und es nicht abwarten konnte, bis seine Zeit endlich kam …

Dieser Chaval war nicht schlecht gewesen. Im Gegenteil, als sein Verkaufsleiter hatte er wirklich gute Arbeit geleistet. Er verfügte über ein gutes Gespür und konnte rechnen. Sogar Josiane hatte ihn damals protegiert. Doch das war jetzt vorbei. Sie würde Zeter und Mordio schreien, wenn sie erfuhr, dass Chaval zurückkehrte.

Und so kam es ihm natürlich gar nicht gelegen, dass Choupette wieder in der Firma mitarbeiten wollte.

Aber so was von überhaupt nicht gelegen …

Solch finsteren Gedanken hing Marcel nach, als Junior sich vor der Tür räusperte und gleich darauf anklopfte.

»Hmm, hmm. Darf ich reinkommen, oder störe ich? *May I come in or am I intruding?*«

»Was sagt er? Was sagt er?«, fragte Josiane, während sie sich hastig wieder anzog.

»Er sagt, er möchte reinkommen …«

»Eine Minute, mein Schatz«, rief Josiane, die in ihren Rock, ihre Bluse, ihre Strumpfhose schlüpfte und sich bemühte, ihren BH zuzuhaken. »Los, beeil dich«, rief sie Marcel zu.

»Seid ihr im Bett? Bekleidet oder unbekleidet?«, fragte Junior erneut.

»Ähm … Sag doch was! Du hast mich schließlich hergeschleift …«

»Als hätte ich dich vergewaltigt!«, lachte Marcel, der wieder in die Gegenwart zurückkehrte.

»Wir sind gleich so weit, Junior!«, rief Josiane und tastete fiebrig nach ihrem Slip, den sie zwischen den Laken vergessen hatte.

»Lasst euch Zeit, es liegt mir fern, euch zu drängen … *Take it easy, life without love is not worth living! And I know perfectly well how much you love each other …*«*

* »Lasst euch Zeit. Ohne Liebe ist das Leben nichts wert, und ich weiß ganz genau, wie sehr ihr einander liebt …«

»Oh, Marcel! Er ist mit seinem Englischkurs durch! Das ist doch nicht möglich! Verstehst du, was er sagt?«

»Ja, und es ist reizend … Er wünscht uns alles Glück der Welt!«

»Jetzt beeil dich doch! Ihn trifft noch der Schlag, wenn du wie eine fette Nacktschnecke im Bett liegen bleibst!«

Widerwillig stand Marcel auf und sah sich nach seinen Kleidern um.

»Das war gut, Choupette, so gut …«

»Ja, aber jetzt ist es vorbei. Jetzt wenden wir uns anderen Dingen zu und werden wieder anständige Leute.«

»Wenn es nach mir gegangen wäre, hätten wir ruhig noch ein bisschen im Bett bleiben können …«

»*Stay, father, stay … I know everything about human copulation, so don't bother for me …*«*

»Junior! Sprich Französisch! Sonst machst du deiner Mutter noch Kummer …«

»*Sorry, mother!* Mein Kopf ist nur so voll von englischen Wörtern. Du wirst stolz auf mich sein, ich habe das ganze Lehrbuch durchgearbeitet. Mir fehlt nur noch ein wenig Übung zu einem perfekten Akzent. Hortense wird verblüfft sein … Seid ihr mit euren Manövern fertig, kann ich reinkommen?«

»Na, meinetwegen, komm rein«, seufzte Josiane, und Junior trat ins Zimmer.

Baute sich am Fußende des Bettes auf und verkündete: »Tatsächlich, das riecht nach leidenschaftlicher Kopulation …«

Josiane sah ihn strafend an.

»Das war lediglich eine naturalistische Bemerkung, ich bitte um Verzeihung …«, entschuldigte er sich. »Aber sonst geht es euch gut?«

»Sehr gut, Junior!«, riefen seine auf frischer Tat ertappten Eltern wie aus einem Mund.

»Und was hat euch zu dieser Verschlingung der Leiber getrieben, ein natürlicher Drang oder der Wunsch, den Kopf von Sorgen zu befreien?«

»Beides, Junior, beides«, erklärte Marcel und zog sich hastig an.

»Hast du Ärger im Büro, Vater?«

* »Bleib, Vater, bleib. Ich weiß alles über menschliche Kopulation, also macht euch um mich keine Gedanken …«

Junior sah seinem Vater unverwandt in die Augen, und Marcel antwortete, ohne sich dessen überhaupt bewusst zu sein.

»Ach, weißt du, die Zeiten sind schwierig …«, gestand er. »Die Krise verschont niemanden, und ich schufte wie ein Ackergaul …«

»Dabei sind Möbel nicht das Gleiche wie Autos. Möbel sind günstiger, und in Krisenzeiten ziehen sich die Menschen gern in ihr gemütliches Zuhause zurück. Du brauchst nur den Fernseher einzuschalten, *daddy*, Einrichtungssendungen waren noch nie so beliebt wie heute.«

»Ich weiß, Junior …«

»Du hast dich auf eine interessante Nische spezialisiert: alles fürs Haus, und das für jeden Geldbeutel. Du hast gute Dekorateure, gute Lieferanten, ein gutes Filialnetz …«

»Schon, aber um zu überleben, muss man immer weiter wachsen, neue Fabriken gründen, kleinere, ins Trudeln geratene Unternehmen aufkaufen … und ich kann nicht überall sein! Ich müsste mich klonen … Und das hat noch keiner erfunden!«

Während er sprach, fixierte er die Augen seines Sohnes. Und sah darin seine Probleme und die Hoffnung auf eine Lösung. Juniors Blick beruhigte ihn. Er schöpfte daraus neue Kraft, neue Kreativität und neuen Kampfgeist. Und es war, als schlössen sie beide einen unsichtbaren Bund. Als erstarkte der Mann durch den Blick des Kindes, als fasste er neuen Mut.

»Man muss immer weiter und größer denken, *daddy* … Wer sich nicht weiterentwickelt, ist verloren.«

»Das ist mir klar, Sohnemann. Aber verstehst du, ich müsste mich vervielfältigen oder mein Leben im Flugzeug verbringen … Und dazu habe ich nicht die geringste Lust!«

»Du brauchst einen Partner. Das fehlt dir und macht dir zu schaffen.«

»Ich weiß, ich denke schon länger darüber nach.«

»Du wirst ihn finden. Gib die Hoffnung nicht auf.«

»Danke, Sohn … Meine großen Coups habe ich früher dank der Vorarbeit meiner Sachbearbeiter gelandet. Nimm zum Beispiel Holzhäuser, die wir aus Riga importieren … Sie haben die Firma einen Riesenschritt vorwärtsgebracht. Und ob du's glaubst oder nicht, das war die Idee eines anderen. Ich bin nur auf den fahrenden Zug aufgesprungen … Man hat sie mir auf dem Silbertablett serviert. Ich bräuchte Dutzende solcher Ideen. Und daran hapert es … Wir wissen alle vor lauter Arbeit nicht mehr, wo uns der Kopf steht. Wir haben keine Zeit mehr, in Ruhe nachzudenken, zu stöbern, Entwicklungen vorauszusehen.«

»Gib nicht auf. Zieh dich nicht aus China zurück, selbst wenn es dort Rückschläge gibt. Sie werden die Ersten sein, die wieder aufstehen. Ihr System ist so viel flexibler und geschmeidiger als das unsere. Wir sind ein altes Land, voller Verbote und Regulierungen. Sie hingegen leben mit Tempo eintausend, sie erfinden sich beständig neu … Wenn die Konjunktur wieder anzieht, werden sie die Weltwirtschaft mitziehen, und dann wirst du es nicht bereuen, dort geblieben zu sein …«

»Danke, Junior, du machst mir wieder Mut …«

»Schade, dass ich noch so klein bin … na ja, zumindest gemessen an den Standards unserer Gesellschaft … denn ich würde gern eine Weile mit dir zusammenarbeiten, um dir zu helfen. Ich bin sicher, wir beide wären ein fantastisches Team …«

»Du nimmst mir die Worte aus dem Mund, Junior …«

Josiane stand mit offenem Mund und weit aufgerissenen Augen daneben und lauschte dem Dialog von Vater und Sohn.

Stumm.

Wenn es noch eines Beweises bedurft hatte, dass sie von den beiden Männern in ihrem Leben endgültig abgehängt werden würde, da war er. Nicht eine Sekunde lang hatten sie sich zu ihr umgedreht, um sie in ihr Gespräch mit einzubeziehen! Sie hatten einander in die Augen geschaut und ein Gespräch unter Männern geführt, und wieder einmal verspürte sie das bittere Gefühl, nutzlos zu sein.

Als sie in Marcels Firma zu arbeiten begonnen hatte – bevor er sie zu seiner Madame Pompadour erwählte –, hatte sie versucht, Karriere zu machen. Ihre Position als Sekretärin hinter sich zu lassen, die sie nicht geringschätzte, das gewiss nicht, aber in der sie sich langweilte. Sie blieb bis spätabends im Büro, hielt den Laden im August am Laufen, war Ansprechpartnerin der Lieferanten und entwickelte neue Ideen, um der Firma neue Gewinnmöglichkeiten zu erschließen und ihre Produktpalette zu erweitern. Chaval oder auch andere ließen sie schuften, Unterlagen zusammenstellen, Budgets errechnen, und wenn der Moment gekommen war, Marcel Grobz das Ergebnis zu präsentieren, taten sie so, als wäre das alles auf ihrem Mist gewachsen. Und sie stand wie vom Donner gerührt daneben, stammelte, aber ich habe … das war doch meine … und Marcel hob nicht einmal eine Augenbraue, um ihr zuzuhören.

Sie war es, die die Holzhäuser aus Riga – diese wahre Goldgrube – in Lettland aufgespürt hatte. Hundert Quadratmeter große Häuser, für fünfundzwanzigtausend Euro importiert und für fünfzigtausend weiterverkauft, Lieferung und Montage inklusive. Mit wärmegedämmten Fenstern und aus neun Zentimeter dicken Holzbohlen gefertigt. Robuste Waldkiefer, die in über fünfzehnhundert Metern Höhe sehr langsam wächst und eine mittlere Rohdichte von siebenhundertfünfzig Kilo pro Kubikmeter aufweist – bei dem sonst üblichen Tannenholz sind es nur vierhundert Kilo. Sie konnte die Vorteile dieser Holzhäuser mit geschlossenen Augen herunterbeten. Ohne auch nur einmal auf Notizen zurückgreifen zu müssen. Sie hatte Chaval davon erzählt, und er hatte ihr gratuliert und ihr versprochen, dass sie dem Chef die Idee präsentieren dürfe, wenn es so weit war. Pustekuchen! Er hatte das ganze Lob eingestrichen. Wie immer. Und sie stand da, ausgebootet wie eine Anfängerin. Marcels Umsatz war dank der Holzhäuser aus Riga explodiert, und Chaval hatte als Belohnung für den Tipp eine hohe Bonuszahlung kassiert.

Das war lange her… Damals hatte sie sich das gefallen lassen. War nicht in der Lage gewesen, sich zu wehren. Kannte nichts anderes, als Ohrfeigen zu kassieren und sich zu Füßen ihres Peinigers zusammenzurollen. Eine üble Angewohnheit aus ihrer Kindheit. Josiane, die braucht nicht zur Schule zu gehen, es reicht, wenn sie lernt, mit dem Arsch zu wackeln! Meine Tochter ist erste Nuttensahne, sagte ihr Vater immer und streichelte ihren Hintern. Los, wackel, mein Mädchen, wackel. Frauen brauchen nichts im Kopf zu haben, wenn sie anständig blasen können, bringt das genauso viel Geld.

Und die ganze Familie hatte sich vor Lachen den Bauch gehalten und ihr Watte in den BH gesteckt, um die Kerle scharf zu machen. Ihre Onkel drängten sie in die Ecken, um ihr etwas »über das Leben beizubringen«, und ihre Tanten und ihre Mutter lachten höhnisch dazu. Übung macht den Meister, sagten sie, die wird sich später nicht lange zieren.

Sie hatte nicht die Kraft gehabt, sich zu wehren.

Aber diese Zeiten waren vorbei. Das hatte sie sich an dem Tag geschworen, als sie mit ihrem geliebten Kind auf dem Arm aus dem Krankenhaus gekommen war. Niemand würde sie je wieder an den Rand drängen.

Und jetzt ging es doch wieder los. Dass sie den Zügen beim Vorbeifahren zusah, während ihr der Kies ins Gesicht spritzte.

Sie musste reagieren.

Sie stand auf dem Abstellgleis …

Und diese Vorstellung gefiel ihr gar nicht.

Sie senkte den Kopf, dachte nach, fixierte einen Punkt im Zimmer, wählte einen Spalt zwischen den Gardinen und begann, ihn zu beschimpfen … das geht so nicht weiter, ich muss mir etwas einfallen lassen, was mich aus dieser Sackgasse herausbringt. Sonst gehe ich hier ein, ich werde altern, nur noch den beiden ihr Abendessen köcheln und ansonsten schweigend danebensitzen und zuhören, wie sie sich unterhalten. Und das ist doch keine Option in meinem Alter. Dreiundvierzig … da gehört man doch noch nicht zum alten Eisen! Da kann man noch einiges tun …

Aber wenn ich noch lange warte, bin ich für alles zu alt, selbst zum Blasen.

Tränen stiegen ihr in die Augen. Am liebsten hätte sie sich wieder hingelegt und wäre nie wieder aufgestanden. Sie wischte sich über die Wimpern und stemmte sich gegen die Flut finsterer Gedanken, die einen gegen die Wand schleudern.

Du hast es bis jetzt doch noch immer geschafft, meine Liebe, du hast es bis jetzt noch immer geschafft … Lass den Kopf nicht hängen, halt dich gerade, Brust raus, Bauch rein, und setz dein Hirn in Bewegung. Lass das Jammern … Diese beiden Kerle lieben dich. Du bist das Licht ihres Lebens. Aber sie können nicht anders. Das Testosteron ist einfach stärker.

Wehr dich, wehr dich … Finde einen neuen Weg. Geh nach Süden, wenn der Norden dich nicht durchlässt.

Und da fiel ihr etwas ein. Sie lächelte der Gardine zu: Sie würde Joséphine anrufen. Joséphine wusste immer einen Rat.

Sie würde ihr von ihrem Problem erzählen, und Joséphine würde ihr zuhören.

Gemeinsam würden sie eine Lösung finden.

Sie richtete sich auf. Ihre Nase war von den unterdrückten Tränen sicher rot angelaufen. Sie wollte kein Mitleid. Sie stand auf, huschte ins Bad, um sich das Gesicht zu pudern, klatschte in die Hände und rief: »Los, Jungs, zu Tisch, das Essen ist fertig!«

Serrurier wollte ein neues Buch.

Ständig rief er an. Joséphine sah die Nummer im Display ihres Telefons und ging nicht ran. Hörte die Nachricht ab: »Perfekt, perfekt… Sie sind sicher gerade bei der Arbeit. Arbeiten Sie, Joséphine, arbeiten Sie… Ich kann es kaum erwarten, etwas zu lesen…«

Und ihr Herzschlag setzte aus.

Schreiben. Schreiben.

Angst erfüllte sie. Ihren Bauch, wenn sie sich ihrem Computer näherte, ihren Kopf, wenn sie versuchte, sich eine Geschichte auszudenken, ihre Hände, die reglos auf der Tastatur lagen. Tagsüber Angst, nachts Angst. Angst, Angst, Angst.

Die demütige Königin war wie von selbst entstanden. Ich schrieb nicht, ich tat Iris einen Gefallen. Ich gehorchte ihren Befehlen. So, wie ich ihr immer gehorcht hatte… Das war vollkommen natürlich.

Und außerdem war es einfach. Dank meiner jahrelangen Forschungen stützte ich mich auf eine Epoche, die ich in- und auswendig kenne. Florine, Wilhelm, Isabeau, Étienne der Schwarze, Thibaut der Troubadour, Baudouin, Guibert der Fromme und Tancrède de Hauteville waren Bekannte; ich verlieh ihnen lediglich einen Körper, der mein Wissen lebendig werden ließ. Ich kannte die Schauplätze, die Truhen in den Burgen, die Kleider und den Schmuck, die Art zu reden, zu jagen, zu kämpfen, ich wusste, mit welchen Worten man sich an seinen Herrn oder seine Angebetete wandte, ich kannte den Geruch der Küchen und die Gerichte, die dort zubereitet wurden, kannte die Schrecken und die Gefahren, die Sehnsüchte und die Heldentaten.

Was, wenn ich ins zwölfte Jahrhundert zurückkehre?

Im Rahmen ihrer Tätigkeit beim CNRS war sie an der Herausgabe eines Sammelbands über die Rolle der Frauen während der Kreuzzüge beteiligt. Sie könnte die Geschichte einer dieser Frauen erzählen, die sich aufgemacht hatten, in den Krieg zu ziehen. Beeindruckende Frauen, die nichts fürchteten…

Sie spielte mit dem Gedanken und verwarf ihn wieder. Sie hatte keine Lust, bei ihrem Spezialgebiet zu bleiben. Nein, sie wollte ihren Kollegen, die so herablassend über sie herzogen und ihr Buch als Kitschroman abtaten, eine lange Nase drehen. »So viele verkaufte Exemplare! Wie trivial.

Sie schmeichelt den niederen Instinkten und präsentiert den Leuten billige Ramschgeschichten! Sie hat eine einträgliche Masche gefunden und beutet sie hemmungslos aus, wie erbärmlich!« Die Art und Weise, wie man sie bei ihrer Habilitationsprüfung behandelt hatte, hatte sie gedemütigt. Die Wunde schloss sich nicht. Im Stillen schwor sie sich, ihnen zu zeigen, dass sie auch etwas anderes schreiben konnte …

Eine Geschichte erfinden. Erfinden …

Und schon zitterte sie wieder vor Angst.

Abends sprach sie zu den Sternen, flehte ihren Vater an, ihr zu helfen. Suchte den kleinen Stern am Ende des Großen Wagens, rief Papa, Papa … Das Geld schmilzt dahin, ich muss mich wieder an die Arbeit machen. Gib mir eine Idee, wirf sie in meinen Kopf ein wie einen Brief in den Briefkasten, und ich werde arbeiten. Ich mag es, mir Mühe zu geben, es hat mir Spaß gemacht, mein erstes Buch zu schreiben, ich mochte die Stunden der Angst, der Recherchen und der Freude, die mir das Schreiben bescherte, ich flehe dich an, schick mir eine Idee. Ich bin keine Schriftstellerin, ich bin eine Anfängerin, die Glück gehabt hat. Allein schaffe ich es nicht …

Aber die Sterne blieben stumm.

Sie ging wieder hinein, legte sich ins Bett, die Füße gefühllos, die Hände eiskalt, und beim Einschlafen träumte sie, dass sie am nächsten Morgen Post vom Himmel in ihrem Kopf vorfinden würde.

Sie wandte sich wieder dem Buch zu, das sie als Herausgeberin betreute und das in einem Universitätsverlag erscheinen sollte. Korrektur lesen, ordnen, ein Vorwort zu den Beiträgen ihrer Kollegen schreiben. Damit fange ich an, sagte sie sich, und vielleicht verschwindet dann ja die Angst, und ich hole mit diesem Sammelband Schwung für mein eigenes Buch.

Jeden Tag setzte sie sich an ihren Schreibtisch.

Und jeden Tag fand sie tausend Ausreden, um nicht mit der Arbeit zu beginnen. Die Wohnung aufräumen, die Nebenkosten bezahlen, die Sozialversicherungsunterlagen ausfüllen, den Klempner anrufen, den Elektriker anrufen, mit dem Hund rausgehen, ihn bürsten, um den See joggen, einen von einem Kollegen verfassten Beitrag Korrektur lesen, den Kühlschrank auffüllen, sich die Zehennägel schneiden, ein neues Rezept ausprobieren, Zoé bei den Hausaufgaben helfen. Abends ging sie unzufrieden ins Bett, fand ihr Spiegelbild fett und hässlich und nahm sich fest vor, am nächsten Tag anzufangen … Morgen arbeite ich, ganz sicher. Ich schreibe endlich mein Vorwort, und ich fange mit einem eigenen Buch an. Ich trödle nicht länger herum und verschwende meine Zeit. Morgen …

Und am nächsten Tag war das Wetter so schön. Du Guesclin wies auf die Tür, und sie ging mit ihm zum Joggen. Sie rannte um den See und wartete darauf, dass die Idee plötzlich vor ihren Füßen auftauchte. Sie beschleunigte ihre Schritte, damit sich auch die Gedanken in ihrem Kopf beschleunigten. Außer Atem blieb sie stehen und krümmte sich vor Seitenstechen. Kehrte unverrichteter Dinge nach Hause zurück. Der Nachmittag brach an, Zoé würde bald heimkommen, sie würde ihr von ihrem Tag in der Schule erzählen, von Gaétans letzter Mail, würde sie fragen, glaubst du, Monsieur Sandoz hat eine Chance bei Iphigénie? Ich fände es gut, wenn sie Ja sagen würde … Oder sag, Maman, ich habe die beiden Schwulen getroffen, sie haben sich schon wieder gestritten! Die zwei zanken sich wirklich ständig! Es war wichtig, ihr zuzuhören, ich fange jetzt lieber nicht an, dann bleibt mir nicht genug Zeit, aber morgen, morgen mache ich mich ganz sicher an die Arbeit …

Morgen …

Sie wandte sich dem Buch über die Kreuzfahrerinnen zu. Geschichten von bewundernswerten Frauen, festgehalten in Prozessakten, den Berichten von Chronisten wie Jean de Joinville oder in Bildzeugnissen. Auf zehn Seiten sollte sie diese Frauen vorstellen und die Gemeinsamkeiten zwischen ihnen herausarbeiten.

Die Kreuzzüge des zwölften und dreizehnten Jahrhunderts waren regelrechte Pauschalreisen, mit festen Routen und Zwischenstationen. Es galt, zu seinen Wurzeln zurückzukehren, das Land seiner Ahnen zu bereisen, sein Kreuz auf sich zu nehmen wie einst Jesus, das leere Grab zu sehen, und dann würde Gott, der Apokalypse zufolge, die Tränen all jener trocknen, die diese Pilgerfahrt auf sich genommen hatten. Am Ende der Reise wartete die Freude. Äußere Reise und innere Reise. Man überwand seine Ängste, man schiffte sich ein ins Unbekannte.

Der erste Beitrag handelte von der Anziehungskraft des Orients auf diese Frauen, die niemals gereist waren, niemals ihr Dorf oder ihr Haus verlassen hatten und eine lange Seefahrt antraten, um neue Landschaften und unbekannte Zivilisationen zu entdecken.

Für sie war das eine Gelegenheit, ihrem Alltag zu entkommen. Ganz gleich, wie alt sie waren. Birgitta von Schweden hatte sich mit achtundsechzig auf den Weg gemacht. Frauen aus allen gesellschaftlichen Schichten waren davon betroffen. Sie setzten sich über das »Was werden die Leute sagen?« hinweg und gingen an Bord.

Joséphine notierte an den Rand: »Es bleibt festzustellen, dass die Frauen zu jener Zeit ihrem Ehemann nicht vollkommen untergeordnet waren. Sie waren stark und mutig. Sie sind nicht alle zu Hause geblieben, eingesperrt in ihren Keuschheitsgürtel! Noch so ein Klischee!«

Manche von ihnen kämpften an der Seite ihres Ehemannes, trugen Panzerhemd und Helm, schossen mit Pfeil und Bogen, bedienten Katapulte und kämpften auf dem Schlachtfeld. Anna Komnene, die Tochter des Kaisers von Konstantinopel, hielt solche Abenteuer in einem Bericht fest.

»Viele Damen nahmen das Kreuz, und viele Mädchen begleiteten ihren Vater. Es entstand damals eine Bewegung von Männern und Frauen, wie man sie seit Menschengedenken nicht gesehen hatte. Eine große Menge Waffenloser, zahlreicher als die Sandkörner und die Sterne, mit Palmzweigen in der Hand und Kreuzen auf der Schulter: Männer, Frauen und Kinder, die ihre Heimat verließen. Bei ihrem Anblick hätte man meinen können, es seien Flüsse, die von überall her zusammenströmten.«

Joséphine notierte weiter: »Der Bericht der Anna Komnene ist insofern interessant, als er sich auf den ersten Kreuzzug (1095–1099) bezieht. Sie ist die Erste, die die Anwesenheit von Frauen erwähnt …«

Und die Einzige.

Sie legte den Stift zur Seite und dachte nach.

Die Geschichte wurde meist von Männern geschrieben, die sich selbst in den Mittelpunkt stellten! Es muss ihnen zuwider gewesen sein, Seite an Seite mit schwachen Frauen zu reiten. Sie haben es vorgezogen, dieses Detail in den Berichten über ihre kriegerischen Heldentaten auszulassen …

Ein zweiter Aufsatz behandelte die Reisebedingungen.

Um auf einen Kreuzzug zu gehen, braucht es ein tapferes Herz, versiegelte Lippen und eine gut gefüllte Börse.

Ein tapferes Herz, da man bis ans Ziel seiner Reise gelangen musste. Manche Frauen gelobten, nach Jerusalem zu ziehen, doch von plötzlicher Furcht erfasst, gaben sie dieses Vorhaben wieder auf. So etwa Königin Johanna von Neapel, die einen Pilger bezahlte, damit er an ihrer Stelle reise. Man zeigte mit dem Finger auf sie.

Versiegelte Lippen bedeutete die Fähigkeit, Geheimnisse zu bewahren, vor den Muselmanen nicht zu prahlen und stets taktvoll zu bleiben.

Eine gefüllte Börse, denn die Reise war teuer. Das Bild der drei Börsen tauchte häufig auf, »eine voller Geduld, die zweite voller Glauben und die dritte voller Geld«.

Ein dritter Beitrag behandelte die politische Rolle der Frauen zur Zeit der Kreuzzüge.

Häufig vertraten sie ihren Ehemann an der Spitze der Königreiche, die diese im Orient gegründet hatten. Beteiligten sich an Kämpfen und zeichneten sich als geschickte Verhandlungsführerinnen aus. Es war eine Phase der Emanzipation der Frauen.

Ihre Kollegin erzählte die Geschichte der Margarete von der Provence, Königin von Frankreich und Gemahlin von Ludwig IX., genannt der Heilige. Sie war eine berühmte Schönheit, die ihren Mann begleitete und im Orient mehrere Kinder zur Welt brachte. Sie brachten die Dornenkrone, die der Kaiser von Konstantinopel verpfändet hatte, nach Paris in die 1248 geweihte Sainte-Chapelle.

Gemeinsam mit dem König führte sie eine Expedition ins Heilige Land an. Die gesamte königliche Familie ging im Hafen von Aigues-Mortes an Bord von drei Segelschiffen, der *Reine*, der *Demoiselle* und der *Montjoie*, deren Laderäume angefüllt waren mit Lebensmitteln, Getreide und Wein. Zweitausendfünfhundert Ritter, Knappen, Waffenknechte, achttausend Pferde. Der König und seine Frau verzichteten auf allen Luxus und kleideten sich wie einfache Pilger.

Als das Schiff in einem heftigen Sturm auf eine Sandbank lief, fragten ihre Dienerinnen: »Madame, was sollen wir mit Euren Kindern machen? Sollen wir sie wecken?« Daraufhin antwortete die Königin: »Ihr werdet sie nicht wecken und aus dem Bett holen, sondern Ihr werdet sie schlafend zu Gott gehen lassen.«

Beeindruckt von Margaretes Gottvertrauen, las Joséphine die Anekdote mehrmals hintereinander. Keine Panik, keine Zweifel. Sie vertraute auf Gott und legte ihr Schicksal in seine Hände.

Ihre eigenen, alltäglichen Ängste erschienen ihr plötzlich vollkommen unbedeutend und ihre nächtlichen Gebete zum Himmel frei von jeglicher Spiritualität.

In der ägyptischen Stadt Damiette spielte die Königin eine wichtige politische Rolle. Sie war schwanger und sollte die Stadt verteidigen, bis Verstärkung eintraf. Während der Belagerung brachte sie einen Sohn zur Welt, der Johann Tristan genannt wurde »wegen der schmerzlichen Zeiten, in die er hineingeboren wurde«. Vom Wochenbett aus beschwor sie die Kreuzfahrer: »Meine Herren, um der Liebe Gottes willen, lasst nicht zu, dass diese Stadt eingenommen wird, denn Ihr wisst, dass unser aller König sonst verloren wäre. Habt Erbarmen mit diesem kleinen, schwachen Geschöpf (ihrem Sohn Tristan), das hier liegt … Haltet durch, bis ich mich wieder von diesem Lager erhebe.«

Und schließlich erhob sie sich von ihrem Lager und beteiligte sich an der Verteidigung von Damiette, wobei sie das Verhalten eines wahren Feldherrn an den Tag legte.

Diese Frauen trotzten nicht nur Schlachten, Schmerzen, Kälte und Hunger, sondern beschimpften auch ihren Mann oder ihren Sohn, wenn dessen Mut wankte. Wie jene Mutter, die, empört über die Feigheit ihres Sohnes, diesen anschrie: »Du willst fliehen, mein Sohn? Nur zu, dann verkrieche dich in dem Bauch, der dich ausgetragen hat.«

Joséphine las und dachte nach.

Hatten sie denn niemals Angst?

Sicherlich zitterten sie, und trotzdem stürmten sie vorwärts.

Als verblasste der Schrecken, sobald man sich in Bewegung setzte.

Sie schrieb auf ein Blatt Papier: »Mit einem ersten großen Schritt über die eigene Angst hinwegsteigen. Losmarschieren … Schreiben, irgendwas, Hauptsache schreiben.«

Sie betrachtete diese Worte und wiederholte sie laut.

Ja, schon, dachte sie, aber im Mittelalter war die Welt auch noch weniger kompliziert. Man glaubte an Gott. Man war von einer Leidenschaft beseelt. Der Traum war schön, die Mission edel.

In jener Zeit galt Angst als Manifestation des Teufels. Man musste an Gott glauben, den Spender von Licht und Freude, um den Dämonen der Angst zu entgehen. Das verkündeten die Wüstenväter, jene Einsiedler, die sich aus der Welt zurückzogen, um die Botschaft des Evangeliums wiederzufinden. Ihre Lehre war klar und verständlich. Sie lehrten, was uns heute fehlt: Vertrauen, Freude, Risikobereitschaft und innere Gelassenheit. Wer glaubt, hat Vertrauen und handelt, wer auf der Seite des Teufels steht, ist traurig, hat eine »schwarze«, melancholische Seele.

Heutzutage lähmt uns die Angst. Heutzutage glauben wir an nichts mehr …

Wer spricht denn noch von Transzendenz? Der Glaube an Gott und an Nächstenliebe lässt die Schöngeister höhnisch auflachen.

Sie träumte vor sich hin, holte eine Tafel Milchschokolade mit ganzen Mandeln aus der Küche, kehrte an ihren Schreibtisch zurück, aß einen Riegel, zwei Riegel, drei Riegel Schokolade, las die Zeitung, streichelte den Bauch von Du Guesclin, der sich neben ihren Füßen auf den Rücken gedreht hatte. Weißt du, wie es geht, mein alter Hund? Weißt du es? Er kniff die Augen zusammen, sein Blick verlor sich in einem reglosen, fernen Vergnügen. Das ist dir völlig egal, was? Dein Napf ist voll, und wenn du zur Tür läufst, gehe ich mit dir spazieren …

Sie nahm noch einen Riegel, zwei Riegel, drei Riegel Schokolade, seufzte, öffnete eine Schublade und ließ den Rest darin verschwinden.

Wandte sich wieder dem Satz zu, den sie aufgeschrieben hatte. »Mit einem ersten großen Schritt über die eigene Angst hinwegsteigen. Losmarschieren … Schreiben, irgendwas, Hauptsache schreiben.«

Sie pfiff nach Du Guesclin und ging hinaus. Lief, lief durch Paris, horchte, schaute, suchte nach dem einen Detail, das ihr den Anstoß geben würde, ihr den Beginn einer Geschichte liefern würde, kehrte mit hängenden Schultern nach Hause zurück, kam an einem Handyladen vorbei, einer Bäckerei, einer Bank, einem Brillengeschäft, einer Modeboutique, sah in die Schaufenster, trödelte, trödelte. An der Ecke ihrer Straße bemerkte sie eine Frau. Eine korpulente Frau mit schönen Halsketten, einem Seidenkostüm unter ihrem halb geöffneten Pelzmantel, einer Chanel-Handtasche, rabenschwarz gefärbtem Haar und einer großen Sonnenbrille. Ausstaffiert wie für ein Rendezvous. Auf wen wartet sie? Ihren Mann? Ihren Liebhaber? Joséphine ließ Du Guesclin den Bürgersteig beschnüffeln und beobachtete die rundliche Frau, die fröhlich zu warten schien. Heiter. Sie lächelte den Vorübergehenden zu, wechselte mit dem einen oder anderen ein Wort. Redete über das Wetter, den Wetterbericht, den grauen Monat Februar. Sie musste hier im Viertel wohnen. Joséphine musterte sie genauer und sagte sich, aber ja doch, ich habe sie schon früher gesehen, ich kenne ihr Gesicht. Sie wartet jeden Abend an der Straßenecke …

Eine Frau kam aus der Bank. Nannte sie Maman. Sagte, entschuldige, dass ich zu spät bin, ein Kunde wollte einfach nicht gehen, er hat mir seine Lebensgeschichte erzählt, und ich habe es nicht übers Herz gebracht, ihn wegzuschicken … Erstaunlicherweise wirkte sie älter als ihre Mutter. Kurzes, bereits ergrauendes Haar, rotblaue Äderchen im ungeschminkten Gesicht und ein dicker Mantel, der sie plump und unförmig aussehen ließ. Beim Gehen hingen ihre Arme an ihrem Körper herab wie zwei Seelöwenflossen. Sie sah aus wie ein grobschlächtiger Teenager, der von Freunden Pummelchen genannt wird.

Arm in Arm setzten sich Mutter und Tochter in Bewegung und betraten das angrenzende Restaurant. Eine große, mit roten Blumen geschmückte Brasserie. Joséphine sah sie durch die Scheibe hindurch. Ein Kellner wies ihnen mit vertrauter Geste einen Tisch zu, »ihren« Tisch.

Sie nahmen Platz und studierten schweigend die Speisekarte. Die Mutter kommentierte, die Tochter stimmte zu, dann bestellte die Mutter, faltete eine Serviette auf und legte sie um den Hals ihrer Tochter, die sie widerspruchslos gewähren ließ. Anschließend nahm die Mutter ein Stück Brot, bestrich es mit Butter und hielt es ihrer Tochter hin, die den Mund öffnete wie ein Vögelchen, das gefüttert wird …

Joséphine beobachtete die Szene verblüfft. Und hingerissen.

Das ist der Beginn meiner Geschichte …

Die Geschichte einer einstmals hübschen, ansprechenden Tochter und einer Mutter, die nicht allein alt werden will und ihre Tochter mästet, um sie bei sich zu behalten …

Ja, das ist es.

Jeden Abend holt die Mutter ihre Tochter von der Arbeit ab. Sie geht mit ihr in ein Restaurant und stopft sie mit Essen voll. Das Mädchen isst und isst und wird immer dicker. Sie wird nie einen Freund haben, nie heiraten, niemals Kinder bekommen, sie wird ihr Leben lang bei ihrer Mutter bleiben.

Sie wird alt werden und doch immer ein kleines Mädchen bleiben, das von seiner Mutter gefüttert, frisiert und eingekleidet wird. Immer dicker und dicker …

Während die Mutter stets auf ihr Äußeres bedacht bleibt, adrett, freundlich zu allen, glücklich und zufrieden mit ihrem Leben …

»Ich habe eine Geschichte gefunden«, erzählte Joséphine Zoé aufgeregt, als sie an diesem Abend nach Hause kam.

Morgen fange ich an.

Nein, nicht morgen. Nachher. Sobald wir mit dem Abendessen fertig sind und Zoé in ihr Zimmer gegangen ist, um ihre Hausaufgaben zu machen. Ich nehme den Schwung mit und schreibe, irgendwas, Hauptsache, ich schreibe.

Beide in ihre Gedanken versunken, aßen sie schweigend zu Abend.

Wie wird meine Geschichte enden?, fragte sich Joséphine. Wird die Tochter an einem Schlaganfall sterben? Verliebt sie sich in einen Gast, der ebenfalls jeden Abend in das Restaurant kommt, weil er Junggeselle ist? Und die Mutter gerät außer sich …

Iphigénie klingelte an der Tür. Madame Cortès, Madame Cortès, Sie müssen sich um meine Petition kümmern, ich habe einen Brief vom Hausverwalter bekommen, in dem er mich auffordert, die Loge zu verlassen … Lassen Sie mich nicht im Stich. Joséphine starrte sie an, als erkenne sie sie nicht, und Iphigénie rief, Madame Cortès, Sie hören mir ja gar nicht zu, wo sind Sie denn gerade? Bei meinen beiden dicken Damen, hätte Joséphine am liebsten geantwortet, bitte, reißen Sie mich nicht von ihnen weg, ich werde sie verlieren, wenn Sie weiter auf mich einreden, sie werden sich in Luft auflösen.

»Setzen wir die Petition jetzt auf, Madame Cortès?«

»Jetzt gleich?«, fragte Joséphine.

»Wann, wenn nicht jetzt? Sie wissen doch genau, wie das läuft, Madame Cortès, wenn wir sie jetzt nicht schreiben, schreiben wir sie nie …«

Zoé aß ihren Joghurt auf, faltete ihre Serviette zusammen, warf sie in den Korb auf der Anrichte, rief, Getroffen!, räumte den Tisch ab und sagte, ich gehe in mein Zimmer und mache meine Hausaufgaben. Joséphine nahm Papier und Stift zur Hand, begann den Text der Petition zu verfassen und sagte den beiden dicken Damen Lebewohl, die um die Straßenecke bogen und verschwanden.

Iphigénie hatte recht: Wann, wenn nicht jetzt?

Sie hatte ihren wunden Punkt entdeckt. Diesen winzig kleinen wunden Punkt, der ihr stets ein Bein stellte und dafür sorgte, dass sie in ihrer Angst verharrte.

Es war das kleine Wörtchen »morgen«. Der Feind. Die Bremse.

Serrurier lud sie zum Mittagessen ein.
»Sie müssen ja arbeiten wie eine Besessene, Sie gehen nie ans Telefon …«
»Schön wär's …«
Sie gab sich innerlich einen Ruck, und mit den Gräten ihrer Seezunge normannischer Art spielend – sie hatten beide die Seezunge bestellt, es war das Tagesgericht –, stellte sie ihm die Frage, die ihr keine Ruhe ließ.
»Glauben Sie, dass ich eine Schriftstellerin bin?«
»Zweifeln Sie daran, Joséphine?«
»Ich denke manchmal, dass ich nicht …«
»Dass Sie nicht was?«
»Dass ich nicht brillant genug dafür bin, nicht intelligent genug …«
»Man braucht nicht intelligent zu sein, um zu schreiben …«
»Doch, doch …«
»Nein … Man muss empfindsam sein, beobachten, sich öffnen, in die Köpfe der Menschen eindringen, sich an ihre Stelle versetzen. Das haben Sie in Ihrem ersten Buch sehr gut gemacht. Und seinen großen Erfolg verdankt es …«
»Iris war da. Ohne sie …«
Er schüttelte den Kopf und ließ sein Besteck fallen, als verbrenne es ihm die Finger.
»Mein Gott, Sie können einem wirklich auf die Nerven gehen! Hören Sie endlich auf, sich bei jeder Gelegenheit runterzumachen! Ich werde das unter Strafe stellen. Ab jetzt kostet Sie jeder Verstoß hundert Euro …«
Joséphine lächelte entschuldigend.
»Das wird mir meine Angst auch nicht nehmen …«
»Schreiben Sie! Schreiben Sie irgendwas! Packen Sie die erstbeste Geschichte, die Ihnen in die Finger kommt, und fangen Sie an …«
»Leichter gesagt als getan … Ich habe es versucht, aber die Geschichte zerrinnt mir zwischen den Fingern, bevor ich auch nur das erste Wort aufschreiben kann …«
»Dann führen Sie ein Tagebuch, schreiben Sie jeden Tag etwas hinein … Ganz gleich, was. Zwingen Sie sich. Haben Sie schon einmal Tagebuch geführt?«
»Noch nie. Ich fand mich nicht interessant genug …«

»Hundert Euro … Sie werden mich noch reich machen!«

Er schalt den Kellner – wieder derselbe wie beim letzten Mal –, der rot und zitternd an ihrem Tisch stand, und erklärte, seine Seezunge sei trocken gewesen. »Fisch des Tages! Pah! Ihr Fisch war hundert Jahre alt!« Dann fuhr er fort: »Nicht einmal mit sechzehn? Dem Alter, in dem wir das Gefühl haben, alles, was uns passiert, sei so unglaublich wichtig … Wir verlieben uns in eine flüchtige Gestalt, einen Mann oder eine Frau im Bus, in einen Schauspieler oder eine Schauspielerin …«

»Ich habe mich nie in einen Schauspieler verliebt …«

»Niemals?«

»Sie erschienen mir immer zu weit weg, zu unerreichbar, und weil ich mich selbst so unscheinbar fand …«

»Hundert Euro. Wir sind schon bei zweihundert! Sie sollten dringend anfangen zu schreiben, und sei es nur, um Ihre Schulden bei mir bezahlen zu können … Meine Mutter war in Cary Grant verschossen! Fast hätte sie mich nach ihm benannt! Cary Serrurier, das hätte komisch geklungen, finden Sie nicht? Mein Vater hat sein Veto eingelegt und den Namen seines Großvaters durchgesetzt, Gaston. Das trifft sich übrigens gut, es war der Name eines berühmten Verlegers. Ich frage mich sogar, ob ich nicht nur wegen dieses Vornamens Verleger geworden bin. Es wäre interessant, den Zusammenhang zwischen dem Vornamen der Leute und ihrem Beruf zu untersuchen … Ob alle Arthurs wegen Rimbaud zum Dichter werden, alle …«

Joséphine hörte nicht mehr zu. Cary Grant. Das Tagebuch des Kleinen Mannes, das sie im Mülltonnenraum gefunden hatte! Das war eine fantastische Geschichte. Wo hatte sie das schwarze Heft hingeräumt? In eine Schublade ihres Schreibtischs … Da musste es immer noch liegen, ganz hinten, eingezwängt hinter den angebrochenen Schokoladentafeln!

Sie richtete sich auf und hätte Serrurier am liebsten geküsst. Aber sie würde ihm nicht erzählen, dass er ihr gerade einen riesigen Gefallen getan hatte, aus Angst, der Kleine Mann und Cary Grant könnten sich genauso in Luft auflösen wie die beiden dicken Damen.

Sie schaute auf ihre Uhr und rief: »Mein Gott! Ich muss dringend zur Uni, ich habe einen Termin. Ich arbeite an einem Sammelband, der in einem Universitätsverlag erscheinen soll …«

»So ein Büchlein, das sich fünfzehnhundertmal verkaufen wird? Verschwenden Sie Ihre Zeit nicht mit solchen Dingen! Arbeiten Sie lieber für mich. Zweihundert Euro, Joséphine, Sie schulden mir zweihundert Euro!«

Sie sah ihn mit unendlicher Zärtlichkeit an. Ihr Blick funkelte vor Dankbarkeit und Freude. Er fragte sich, was er gesagt haben mochte, um sie in diesen Zustand zu versetzen, fragte sich, ob sie etwa dabei war, sich in ihn zu verlieben, und bedeutete ihr mit einem Wink, sich schleunigst aus dem Staub zu machen.

Um acht Uhr morgens wurde Gary von einem Dudelsack geweckt, der unter seinem Fenster einen Hochzeitsmarsch spielte. Er packte ein Kissen und drückte es sich aufs Ohr, doch die schrillen Akkorde des Instruments zerfetzten ihm beinahe die Trommelfelle. Er stand auf, ging zum Fenster und entdeckte einen Mann im Kilt, der sich gegen ein paar Münzen von Touristen fotografieren ließ. Er verfluchte den Mann, seinen Kilt und den Dudelsack, rieb sich die Augen, ging zurück ins Bett und vergrub den Kopf unter den Kissen.

Aber es gelang ihm nicht, wieder einzuschlafen, und so beschloss er, aufzustehen und frühstücken zu gehen. Danach würde er Mrs. Howell anrufen …

Sie verabredete sich mit ihm zur Teezeit im Fruitmarket Gallery Café. Es ist gleich hinter dem Bahnhof, Sie können es gar nicht verfehlen. Dort stellen Künstler ihre Werke aus, man verkauft ihre Bücher, und es gibt wunderbares Essen. Ich mag diesen Ort sehr … Sie werden mich erkennen, ich bin eine kleine, etwas schmächtige Frau, und ich werde einen violetten Mantel und einen roten Schal tragen.

Er beschloss, ein wenig durch die Stadt zu schlendern. Durch seine Stadt, denn er war zur Hälfte Schotte. Alles erschien ihm schön, und jeden Moment würde sein Vater hinter einer Straßenecke hervorkommen und ihn in die Arme schließen.

Er ging zügig, ohne Ziel, und las die Geschichte der Stadt von den Mauern ihrer Häuser ab. Überall hingen Gedenktafeln, die an vergangene Schlachten und die Siege der Einwohner gegen die Besatzer erinnerten. Er gelangte in die Altstadt, lief die zahllosen Treppen auf und ab, die, zwischen den Häusern eingezwängt, als Gässchen dienten, ging die Royal Mile entlang und trat auf den Grassmarket, der ein allgemeiner Treffpunkt zu sein schien. Ein großer Platz, auf dem sich ein Pub an den anderen reihte und vor jedem die gleiche Speisekarte aushing: *Cullen skink, haggis, neeps, tatties*… Jeder alte Stein erzählte von den Auseinandersetzungen mit den Engländern, die schließlich endgültig gesiegt hatten, aber immer noch der Erzfeind blieben. Es war eine Beleidigung für jeden Schotten, ihn als Engländer zu bezeichnen. Und Gary spielte den französischen Touristen.

Mittags bestellte er in einem Pub *stovies* und ein Pint Bier. Er aß das mit klein geschnittenen Kartoffeln zubereitete gestampfte Fleisch, trank sein Bier, und während der Zeitpunkt seiner Verabredung näher rückte, spürte er, wie sich in seinem Magen ein Knoten bildete. In ein paar Stunden würde er alles wissen. Er konnte es kaum erwarten, zu hören, was Mrs. Howell ihm zu erzählen hatte.

Er hatte einen Vater, er hatte einen Vater… Sein Vater lebte, und er brauchte ihn.

Er würde nie wieder gedankenlos oder feige sein.

Nach dem Essen setzte er seinen Spaziergang fort und schlenderte nach Dean Village, wo er sich ins Mittelalter zurückversetzt fühlte. Ein silbrig schimmernder Fluss schlängelte sich unter bemoosten weißen Brücken dahin, die Häuser waren niedrig, und Büsche wucherten über alte steinerne Mauern. Er ging zurück in die Altstadt und betrat pünktlich das Fruitmarket Gallery Café. Er setzte sich an einen großen, runden, etwas abseits stehenden Tisch und ließ die Eingangstür nicht aus den Augen.

Sie kam herein. Eine kleine, zerbrechliche Frau, eingemummelt in einen dicken violetten Mantel und einen langen roten Schal. Sie erkannte ihn sofort, setzte sich ihm gegenüber und starrte ihn verblüfft an. Er war aufgestanden, um sie höflich zu begrüßen, und sie betrachtete ihn unverwandt. Das ist unglaublich, einfach unglaublich, murmelte sie vor sich hin, mir ist, als sähe ich deinen Vater, als er noch jung war… Mein Gott! Mein Gott! Und sie hob die Hände ans Gesicht. Sie hatte sich für dieses Treffen zurechtgemacht, hatte blauen Lidschatten auf ihre hellen Augen aufgetragen.

Sie bestellten Tee und zwei Stück Apfelkuchen mit Sahne.

Sie sagte immer noch nichts und musterte ihn kopfschüttelnd.

»Gary McCallum… Ich will auf der Stelle tot umfallen, wenn du nicht der Sohn deines Vaters bist!«

»Sehe ich ihm so ähnlich?«, fragte er gerührt.

»Er wird dich nicht verleugnen können, du bist ein McCallum, das ist sicher... Als ich dich gesehen habe, dachte ich für einen Moment, ich wäre wieder zwanzig Jahre alt. Als ich während der Bälle im Schloss tanzte... Ich hörte die Geigen und Flöten und den *caller*, der die Leute zum Tanz ruft... Die Männer trugen den Kilt ihres Clans und dazu eine schöne schwarze Jacke...«

»Erzählen Sie mir von ihm, Mrs. Howell, ich bin so ungeduldig...«

»Entschuldige, da sitze ich und starre dich an wie ein alter, stummer Stein. Es ist nur... Du weckst so viele alte Erinnerungen... Ich habe im Schloss gearbeitet, als ich jung war, ich weiß nicht, ob deine Mutter dir das gesagt hat...«

Gary nickte. Mehr als alles andere wollte er, dass sie ihm die Geschichte erzählte. Seine Geschichte.

»Alle Frauen aus meiner Familie haben im Schloss gearbeitet. Das war Tradition. Schon bei der Geburt wurde man als Zimmermädchen, Köchin, Dienstmagd, Amme oder Wäscherin verpflichtet... In jener Zeit gab es ein Heer von Bediensteten in Crichton, und ich habe genau das getan, was schon meine Mutter, meine Großmutter und meine Urgroßmutter getan hatten, ich bin in den Dienst der McCallums getreten. Es war das Jahr, in dem dein Vater, Duncan, geboren wurde. Sie veranstalteten ein rauschendes Fest. Wir haben uns alle gefreut. Hast du von dem Fluch gehört, der auf dem Schloss lastet?«

»Ich habe bei meinen Nachforschungen von der Geschichte gelesen...«

»Dann weißt du ja Bescheid... Wir waren alle betroffen, denn... verstehst du, die McCallums hatten die Angewohnheit, ihre Bediensteten zu schwängern, und wir alle sagten uns, dass in unseren Adern das Blut der McCallums floss. Dass auch wir den Fluch des Mönchs in uns trugen... Eine meiner Vorfahrinnen hat in den Ställen einen Bastard zur Welt gebracht. Sie ist bei der Geburt gestorben und hatte gerade noch Zeit, dem Kind ein Kreuz auf die Stirn zu zeichnen und ein Gebet zu sprechen, um den Fluch abzuwehren... Man lehnte sich nicht dagegen auf. Es war nun einmal so. Die Schlaueren trieben das Kind ab, die anderen behielten es... und nahmen ihren Dienst wieder auf. Ich war so dreist, mich ihnen zu widersetzen. Ich hatte mich in einen Engländer verliebt, Mr. Howell, und als der Vater deines Vaters davon erfuhr, hat er mich rausgeworfen. Ich hatte mich mit dem Erbfeind eingelassen, ich musste gehen. Ich bin dann zu Mr. Howell nach London gezogen und habe dort bis zu seinem Tod gelebt. Aber ich schweife ab, es ist ein wenig durcheinander, was ich dir da erzähle …«

»Nein, reden Sie weiter«, ermunterte Gary sie. Er begriff, dass es das erste Mal war, dass sich diese Frau im violetten Mantel jemandem anvertraute.

Sie lächelte ihn dankbar an und fuhr fort: »Nach dem Tod meines Mannes bin ich nach Edinburgh zurückgekommen. Ich vermisste die Stadt. Ich habe dieses kleine Haus gekauft, es in eine Pension umgewandelt und Zimmer an Studenten vermietet. So habe ich deine Mutter kennengelernt, Shirley … Sie war ein schönes junges Mädchen, aufsässig, mutig. Sie führte ein wildes Leben, und ich musste oft einschreiten, damit in ihrem Zimmer wieder Ruhe einkehrt. Sie war kein Kind von Traurigkeit, das kann man ohne Übertreibung sagen …«

Gary lächelte beim Gedanken daran, wie seine Mutter die kleine Pension von Mrs. Howell in Angst und Schrecken versetzt hatte.

»Als sie sich in deinen Vater verliebte, habe ich versucht, ihr zu sagen, dass dabei nichts Gutes herauskommen könne, dass das Blut der McCallums verdorben sei, aber natürlich hat sie nicht auf mich gehört. Sie hat immer nur das getan, was sie wollte, außerdem war sie verliebt, und gegen ein verliebtes Mädchen richtet man nichts aus … Zu allem Unglück hatte ich damals angefangen zu trinken. Die Rückkehr in die alte Heimat war schwierig gewesen, und ich stand mutterseelenallein da … Sogar meine Familie hatte sich von mir abgewandt! Du musst wissen, dass die Schotten die Engländer ganz und gar nicht mögen. Wenn du einen Schotten beleidigen willst, bezeichnest du ihn als Engländer!«

»So schlimm?«

Sie nickte und fuhr fort: »Man muss dazu sagen, dass die Engländer auch alles getan haben, um die stolzen Schotten zu demütigen. Wusstest du, dass auf den Wetterkarten im Fernsehen Schottland eine Zeit lang so winzig klein eingezeichnet war wie ein Stück Konfetti? Wenn beim Rugby England gegen Frankreich spielt, sind die Schotten immer für die Franzosen und gegen die Engländer … dieser Hass ist unausrottbar. Heute haben wir unser eigenes Parlament, wir erlassen unsere eigenen Gesetze, wir haben unser eigenes Geld, und manche träumen von vollständiger Unabhängigkeit … Mit meinem englischen Namen war ich hier sehr unbeliebt … Und sehr einsam. Also trank ich … Ich trank abends, um zu vergessen, dass ich so allein war … Auch dein Vater war allein. Er war hinter den Mädchen her, trieb sich in Pubs rum, jagte Damwild und fischte in den Flüssen. Hat nie gearbeitet! Nach und nach hat er alle Ländereien rings um das Schloss verkauft … Ich nehme dich nachher mit zum Schloss, und du wirst beeindruckt sein. Auch wenn mittlerweile nur noch das Gemäuer übrig ist. Alte, graue, wacklige Steine. Die Mauern sind baufällig, und ich frage mich, wie er noch da drin leben kann, ohne dass ihm ein Balken auf den Kopf fällt …«

»Hat er nie geheiratet?«

»Nie! Die Zeiten haben sich geändert, die Mädchen sind nicht mehr so gehorsam und unterwürfig wie früher. Sie studieren, sie arbeiten und reisen. Sie träumen nicht mehr davon, Schlossherrin zu werden …«

In ihrem bebenden Blick erkannte Gary eine schüchterne Bewunderung für diese Frauen, die das Joch der McCallums und ihresgleichen abstreiften. Sie trank einen Schluck Tee, aber den mit einer dicken Schicht Sahne bedeckten Apfelkuchen rührte sie nicht an. Sie hatte zarte, runzlige Finger, die sie im Kreis über den Tisch wandern ließ, als sammelte sie ihre zu Krümeln zerfallenen Erinnerungen zusammen.

»Er lebt immer noch wie seine Vorfahren, aber er hat nicht mehr ihr Vermögen. Vor Kurzem hat er erfahren, dass er Krebs hat. Der Arzt hat ihm verboten zu trinken und ihm geraten, sich behandeln zu lassen. Er hat sich geweigert. Er sitzt immer noch in Pubs herum, wo man ihm Bier ausgibt wie einem alten Clown, der zum Lokalkolorit beiträgt. Er singt schottische Lieder, brüllt herum … es ist traurig, weißt du, aber noch nicht das Schlimmste …

»Wird er sterben?«, fragte Gary und stemmte seine Ellbogen auf den Tisch, damit sie aufhörten zu zittern.

Sie nickte.

»Er wird sterben, und das Schloss der McCallums wird an seinen Cousin fallen … Einen Cousin zweiten Grades, der von Engländern abstammt. Er arbeitet in der Londoner City und hat nichts als Geld im Sinn. Er hat keinerlei Beziehung zur Heimat seiner Vorfahren. Das macht deinen Vater verrückt, er zappelt wie eine Fliege im Spinnennetz und wehrt sich vergeblich gegen das Schicksal …«

»Haben Sie mich deshalb herkommen lassen? Haben Sie deshalb gesagt, es sei dringend?«

»Ja, mein Junge … wenn er sich nicht zusammenreißt, wenn er nicht aufhört zu trinken, wird er sterben, und das Schloss wird verschwinden. Es wird dem Cousin in die Hände fallen, der daraus ein Hotel für reiche Amerikaner oder Russen machen wird … Das schönste Schloss weit und breit! Eine Schande für unser Land!«

»Sie reden wie eine echte Schottin!«

Sie lächelte schwach. Ihre Finger hörten auf, die Krumen zusammenzusuchen, und sie sah ihm direkt in die Augen.

»Man kann sich nicht selbst verleugnen … Wer als Schotte geboren wurde, bleibt es sein Leben lang.«

Gary richtete sich auf, er fühlte sich immer mehr wie ein Schotte.

»Also habe ich mir gedacht, wenn er dich sieht, wenn er sein eigenes Blut wiedererkennt, vielleicht … Aber ich bin mir nicht sicher. Die McCallums sind unberechenbar. Sie haben ein finsteres, finsteres Schicksal und nicht einen Funken Verstand …«

»Und wann werde ich ihn sehen?«, fragte Gary, der allmählich ungeduldig wurde.

Er sagte sich, dass er seinen Vater retten, ihn zur Vernunft bringen, ihn pflegen würde. Er stellte sich vor, wie er mit Duncan McCallum zusammen im Schloss wohnen und ihn und die Geschichte seines Landes immer besser kennenlernen würde. Mit einem Mal verspürte er den unbändigen Wunsch, Wurzeln zu haben, die Farben seines Clans zu tragen und seiner Familie Ehre zu machen. Und warum nicht aus dem Schloss ein großes Kulturzentrum machen, den Veranstaltungsort eines Festivals, wo die größten Musiker der Welt spielen würden? Seine Großmutter würde ihm sicher dabei helfen … Er würde weiterhin Klavier studieren können und Crichton Castle zu neuem Leben erwecken.

»Nachher … Ich bringe dich in den Pub, wo er all seine Abende verbringt … Neulich, nachdem du angerufen hattest, habe ich ihn dort gefunden und ihm gesagt, dass er einen Sohn hat. Einen hübschen Jungen, auf den er stolz sein würde, an den er die Fackel weiterreichen könnte. Und dass er dem Fluch des Engländers entgehen würde, der sein Schloss in ein Touristenhotel verwandeln will.«

»Und was hat er gesagt?«

»Er hat mir zugehört … ohne ein Wort zu sagen. Als er zu betrunken war, um allein nach Hause zu kommen, habe ich ihn zum Schloss gefahren und ihn in der Eingangshalle auf ein altes, durchgesessenes Sofa gelegt, auf dem er die meisten seiner Nächte beendet … Er wirkte weder glücklich noch verärgert, was beweist, dass er mich gehört hat und bereit ist, dich kennenzulernen …«

»Erinnert er sich an meine Mutter?«

Sie schüttelte den Kopf.

»Aber er erinnert sich daran, dass er einen Sohn hat …«

»Weiß er, dass ich Engländer bin?«

Und ein Enkel der Königin!

»Nein. Davon habe ich ihm nichts gesagt. Ich baue darauf, dass seine Selbstgefälligkeit, der Stolz, dich zu sehen und zu erkennen, dass er einen wundervollen Sohn hat, alles andere überwiegen wird …«

»Und was, wenn ich ein aufgeblasener, kümmerlicher Zwerg wäre?«, fragte Gary lächelnd.

»Dann hättest du nicht angerufen, mein Kleiner, dann hättest du gar nicht erst angerufen … Es lag so viel Flehen in deiner Stimme, als du mit mir gesprochen hast …«

»Wir haben doch kaum miteinander gesprochen …«

»Ja, aber ich habe gehört, was du mir nicht gesagt hast …«

Gary legte seine große Hand auf die winzig kleine Hand von Mrs. Howell, und ihre Augen wurden feucht.

»Wenn er doch nur …«, murmelte sie und blickte ins Leere, als wollte sie die Zukunft lesen.

Sie fuhr mit Gary in einem alten Auto, das Mühe hatte, die Anstiege zu bewältigen, zum Schloss. Gary schloss die Augen und öffnete sie wieder. Den Hals zum Horizont gereckt, blickte er aus dem Fenster. Er hatte sich dieses Schloss in den letzten Tagen so oft vorgestellt.

Und er wurde nicht enttäuscht.

Unversehens tauchte Crichton Castle hinter einer Wegbiegung auf. Gewaltig, majestätisch, arrogant. Mit seinen einst weißen, im Laufe der Jahre grau gewordenen und stellenweise mit Moos bedeckten Mauern ragte es vor ihm auf. Die Dächer waren eingestürzt, und Sträucher wuchsen durch das Gebälk in den Himmel.

»Wieso sind da so viele Mauern rings um das Schloss?«, fragte er neugierig. »So etwas habe ich noch nirgendwo sonst gesehen …«

Es sah aus, als hätte man das Schloss hinter fünf oder sechs Befestigungsringen errichtet.

Mrs. Howell seufzte.

»Das ist das Ergebnis der ganzen Bruderkriege der McCallums … Jedes Mal, wenn ein Vetter oder Verwandter sie bedrohte, zogen sie einen neuen Steinwall um das Schloss … Und trotzten, hinter ihren Mauern verschanzt, dem Feind.«

Sie parkten vor dem Haupteingang und gingen zu Fuß weiter. Passierten einen Mauerring nach dem anderen. Es wehte ein heftiger Wind, und Gary hatte das Gefühl, als würden seine Wangen gleich abfallen. Er lachte laut auf und drehte sich, drehte sich inmitten der grauen Steine im Kreis. Leb wohl, Gary Ward! Und willkommen, Gary McCallum. Er würde seinen Namen ändern, er würde ein neues Leben beginnen, er hatte in diesen alten, eingestürzten grauen Mauern alle Farben des Drachens wiedergefunden. Er wirbelte, wirbelte herum, ließ sich ins Gras fallen und lachte zu den tief hängenden trüben Wolken hinauf, die das Schloss mit einem finsteren Deckel zu überwölben schienen.

Er wollte alles sehen.

Sie öffneten die Eingangstür und beteten im Stillen, dass Duncan nicht auf dem Sofa liegen möge.

»Keine Angst … Um diese Zeit ist er schon im Pub und trinkt …«

Er rannte durch die Flure, wirbelte Staubwolken auf, öffnete schwere Türen, wischte Spinnennetze weg, sah lang gestreckte, verlassene Räume und an deren Rückwand hohe, vom Feuer geschwärzte Kamine. Es gab keine Möbel mehr, nur noch alte Rüstungen, deren Helme ihm nachzublicken schienen.

Als Mrs. Howell mit dem Kinn auf die Tür zum Zimmer seines Vaters wies, wich er zurück und sagte: »Nicht, bevor ich ihn gesehen habe …«

Und sie fuhren zurück in die Stadt.

Sie fanden ihn in der Bow Bar. Einem Pub mit großen Fenstern, dessen Fassade in Preußischblau gestrichen war. Gary ließ Mrs. Howell den Vortritt. Er hörte sein Herz in seiner Brust schlagen. Er folgte dem violetten Mantel und dem roten Schal. Die zinnoberrot gestrichene Holzdecke des Pubs und das orangegelbe Parkett blendeten ihn. Er blinzelte, die Farben machten ihn fast blind.

Sie ging auf einen Mann zu, der sich mit den Ellbogen auf der Theke abstützte und fast schon liegend über einem fast vollen Pint Bier hing. Sie klopfte ihm auf die Schulter und sagte: »Duncan McCallum!«

»*Yeah!*«, brüllte der Mann und drehte sich um.

Er war ein Riese, genauso breit wie hoch, mit tiefrotem, aufgedunsenem Gesicht. Seine Augen wirkten blutunterlaufen, und ihre Farbe war nicht zu erkennen. Seine Zähne waren vom Tabak gelb verfärbt, und einer der Schneidezähne fehlte. Sein Bauch quoll über einen alten blau-grünen Kilt, die schwarze Weste und die schwarze Jacke waren mit Flecken übersät, und an den Seiten seiner Kniestrümpfe hingen zwei lächerliche rote Troddeln. Ein alter Clown, hatte Mrs. Howell gesagt, ein alter Clown mit einer Narbe im Gesicht …

»*Hey!* Die Engländerin!«, rief Duncan McCallum. »Willst du mich schon wieder nach Hause bringen?«

Dann fiel sein Blick auf Gary und er brüllte erneut.

»Und du? Wer bist du?«

Gary räusperte sich, er brachte keinen Ton heraus.

»Bist du mit der alten Engländerin hier?«

»Ich … ich …«

»Er hat seine Zunge verschluckt, oder die Alte hat sie ihm abgeschnitten!«, rief Duncan McCallum und drehte sich zum Barkeeper um. »Man muss sich in Acht nehmen vor den Weibern, sogar vor den alten, die schneiden einem die Zunge ab, wenn nicht noch was ganz anderes!«

Er brach in dröhnendes Gelächter aus und hob sein Bierglas in Garys Richtung.

»Lass uns anstoßen, mein Junge, oder willst du weiter stumm in der Gegend rumstehen?«

Gary trat näher, und Mrs. Howell sagte leise: »Duncan, darf ich dir deinen Sohn Gary vorstellen … Du weißt doch noch, dass du einen Sohn hast?«

»Und ob ich das weiß, Alte! Du hast mich neulich abends dran erinnert, als ich zu besoffen war, um nach Hause zu kommen …«

Dann richtete er den Blick auf Gary, und seine Augen zogen sich zu Schlitzen zusammen wie zwei Schießscharten in einer Burgmauer. Er wandte sich erneut an den Barkeeper: »Ich hab nämlich einen Sohn, Ewan! Mein eigenes Fleisch und Blut! Was sagst du dazu?«

»Ich sage, das ist sehr gut, Duncan …«

»Ein McCallum … Wie heißt du, Sohn?«

»Gary …«

»Gary wie weiter?«

»Gary Ward, aber …«

»Dann bist du auch nicht mein Sohn … Die McCallums wechseln ihren Namen nicht wie Weiber bei der Heirat … Sie bleiben ihr Leben lang McCallums! Ward, Ward, das klingt wie ein englischer Name … Ich erinnere mich an eine Engländerin, die behauptet hat, ich hätte sie geschwängert, ein Mädel, das für alle die Beine breit gemacht hat, ist das deine Mutter?«

Gary wusste nicht, was er darauf antworten sollte.

»Er ist dein Sohn«, wiederholte Mrs. Howell mit sanfter, leiser Stimme.

»Wenn er Gary Ward heißt, habe ich nichts mit ihm zu schaffen!«

»Aber du hast ihn bei seiner Geburt nicht anerkannt! Wie soll er denn da heißen?«

»McCallum! Wie ich! Die ist ja vielleicht gut!«

Und er wandte sich an die anderen Männer im Pub, die vor ihrem Bier saßen und im Fernsehen ein Fußballspiel verfolgten.

»Hey, Leute! Anscheinend habe ich einen Sohn … Dürfte nicht der einzige sein, schätze ich! Der Samen der McCallums hat viele Frauen geschwängert! Sie waren ja auch gern bereit, sich von mir flachlegen zu lassen …«

Gary wurde rot und hatte nur noch einen Wunsch: von hier zu verschwinden. Mrs. Howell spürte seine Verzweiflung und hielt ihn am Ärmel zurück.

»Du hast einen Sohn, Duncan McCallum, und er steht hier vor dir … Hör auf, dich wie ein Säufer aufzuführen, und sprich mit ihm!«

»Halt die Schnauze, Alte! Hier bestimme ich, wie's läuft … Noch nie hat eine Frau für einen McCallum entschieden.«

Auch der letzte Satz war wieder für die übrigen Gäste bestimmt.

»Sei still, Duncan McCallum!«, befahl ihm Mrs. Howell. »Im Pub herumschreien, das kannst du, du Angeber, aber wenn du dich deiner Krankheit stellen sollst, benimmst du dich wie ein Waschlappen! Du bist ein Feigling und ein Großmaul. Du wirst sterben, also hör endlich auf mit deinem Theater!«

Da sank er in sich zusammen, warf ihr einen finsteren Blick zu und beugte sich über sein Bier. Er sagte kein Wort mehr.

»Sir«, sagte Gary leise und trat näher. »Lassen Sie uns hinsetzen und reden …«

Er lachte auf.

»Mich mit dir hinsetzen, Gary Ward? Ich habe noch nie mit einem Engländer angestoßen! Lass dir das gesagt sein und nimm die Hand von meinem Arm, sonst ramm ich dir meine Faust in die Visage! Soll ich dir erzählen, wie ich einmal in den Straßen von Moskau mit einem betrunkenen Russen gekämpft habe?«

Gary erstarrte mit erhobener Hand und warf Mrs. Howell einen flehenden Blick zu.

»Siehst du meine Narbe?«

Er reckte ihm seine Wange entgegen wie ein Gaukler, der seine Vorstellung anpreist.

»Dem anderen habe ich den ganzen Körper längs gestreift! Von oben bis unten! In Scheiben hab ich ihn geschnitten! Und er hat den Schwanz eingezogen und ist davongerannt, nachdem er mir dieses Souvenir hinterlassen hatte…«

»Du bist ein sturer Esel, Duncan McCallum. Du verdienst es nicht, einen Sohn zu haben… Komm, Gary, wir gehen.«

Sie nahm Gary bei der Hand, und sie gingen hinaus, mit klopfendem Herzen, aber würdevoll.

Draußen lehnten sie sich an die Wand des Pubs. Mrs. Howell nahm eine Zigarette aus der Tasche und zündete sie an. Sie rauchte mit zusammengekniffenen Augen und fing die Asche in ihrer Hand auf. Sie hielt die Zigarette aufrecht, damit sie möglichst langsam verbrannte, und wiederholte immer wieder, es tut mir leid, es tut mir leid, ich hätte dich nicht herkommen lassen sollen, das war keine gute Idee…

Gary wusste nicht mehr, was er denken sollte. Er betrachtete die rot glühende Zigarettenspitze, und sein Blick folgte den grauen Rauchkringeln. Die Begegnung war zu schnell vonstattengegangen, er erinnerte sich nicht mehr daran, was sein Vater gesagt hatte, und er spürte, wie das Weiß der Traurigkeit wieder von ihm Besitz ergriff.

»Wir kommen morgen wieder her«, sagte Mrs. Howell. »Dann hatte er Zeit, darüber nachzudenken, und wird sich nicht mehr so aufspielen. Es muss ein Schock für ihn gewesen sein, dich zu sehen… und für dich genauso, mein Kleiner. Es tut mir so leid…«

»Sie brauchen sich nicht zu entschuldigen, Mrs. Howell, wirklich nicht…«

Er betrachtete die preußischblau gestrichene Fassade, sie leuchtete nicht mehr so wie vorhin, als er den Pub betreten hatte. Er hatte das Gefühl, Stück für Stück in seine Einzelteile zu zerfallen.

Es war dumm von ihm gewesen, zu glauben, man könne einen Mann ändern. Noch dazu einen McCallum.

Er verabschiedete sich von Mrs. Howell und ging zurück in sein Hotel an der Princes Street.

Er würde am nächsten Tag nicht mehr herkommen …

Er würde von dem Dudelsack und dem Hochzeitsmarsch geweckt werden und mit dem ersten Zug zurück nach London fahren.

Sollten die McCallums doch zur Hölle fahren und ihr Schloss zur Ruine verfallen!

In dieser Nacht setzte Duncan McCallum seinem Leben ein Ende, indem er sich auf dem durchgesessenen Sofa in der Eingangshalle mit einem Revolver in den Mund schoss. So verkörperte er den alten Wahlspruch seiner Vorfahren: »Erst im Tode wandle ich mich.«

Zuvor hatte er noch einen Brief geschrieben und eingeworfen, in dem er Gary Ward, seinen Sohn aus seiner Beziehung zu Shirley Ward, zum alleinigen Erben von Crichton Castle bestimmte.

Es war beinahe Mitternacht, und Harrods lag verlassen da. Die schweren goldenen Kronleuchter waren erloschen, die Rolltreppen standen still, ein Heer von Putzfrauen hantierte mit Staubsauger und Wischtuch, und Hortense und Nicholas knieten auf dem Boden und betrachteten ihre Schaufenster. Ein Nachtwächter steckte in regelmäßigen Abständen den Kopf herein und fragte: *Still here?* Hortense nickte stumm.

Sie hatte umgesetzt, was sie sich in Paris ausgedacht hatte, nachdem sie mit Gary hundertmal durch die Straßen und über die Boulevards um die Place de l'Étoile gelaufen war. Manchmal beginnt man mit einer Idee und verliert sie unterwegs … Man erstickt den wunderbaren Funken, der die Fantasie entflammt hat. Sie jedoch hatte ihn nicht erstickt, und ihre Idee war, majestätisch und unverändert, Wirklichkeit geworden. Die von Zhao Lu fotografierten eleganten, makellosen Models waren von geradezu unverschämter Anmut und Klasse. Zarten Wolken gleich, schwebten die Details vor den riesigen Fotografien und verwandelten jede Gestalt in ein It-Girl.

»Fühlst du dich in der Lage, den Leuten morgen zu erklären, worin dieses *It* besteht, das du hier entwickelst?«, fragte Nicholas versonnen.

»Es ist das gewisse Etwas, das alles verändert … Manchmal nur ein kleines Detail, das du vollkommen unbewusst, unabsichtlich trägst und das dich mit Selbstvertrauen erfüllt, sodass es dir gleichgültig wird, wie du auf die anderen wirkst. Ein Detail, das nur dir gehört, das du erfunden, in deinen Look integriert hast … Ein Detail, das dich zu einem König oder einer Königin macht. Man hat es, oder man hat es nicht … Ich gebe ihnen nur Hinweise, damit sie es sich selbst aneignen können …«

»Und weißt du schon, was du morgen zur Eröffnung anziehen wirst?«

Hortense zuckte mit den Schultern.

»Natürlich! Ich bin mit diesem *It* zur Welt gekommen … Ein Nichts kleidet mich! Ich werde auf die Webseite gehen, wo man alles, was man will, für einen Abend ausleihen kann, und ich werde umwerfend aussehen!«

»Entschuldige!«, entgegnete Nicholas angesichts ihres unerschütterlichen Selbstvertrauens spöttisch. »Ich hatte vergessen, mit wem ich rede …«

Hortense drehte sich zu ihm um.

»Danke …«, sagte sie leise. »Ohne dich hätte ich das niemals geschafft …«

»*You're welcome, my dear!* Es war mir ein Vergnügen … Wir haben etwas Tolles auf die Beine gestellt!«

Ich wünschte, Gary wäre morgen Abend da. Dann würde er es verstehen … Er würde verstehen, dass man sich nicht in ein solches Unternehmen stürzen und gleichzeitig an einen Jungen denken kann, der einem den Kopf verdreht und die Arme, die Beine und den Mund noch dazu, der einen zum Glühen bringt. Wenn man etwas erschaffen will, darf man sich von niemandem ablenken lassen. Nur an das eine denken. Tag und Nacht. Jede Sekunde jeder Minute jeder Stunde eines jeden Tages. Durch seinen Kuss in jener Nacht in Paris wurde ich zu einem schwachen Mädchen, das sich in Träumereien verliert und sich an Armen festklammert, die es in gefährliche Regionen tragen … Piffpaffpuff! Ich streiche ihn aus meinem Kopf und denke nicht mehr an ihn! Ich habe ihm eine Einladung geschickt, aber er hat nicht darauf reagiert. Pech für ihn! Ich will einen fantastischen Vertrag ergattern, von Tom Ford engagiert, auf die Spitze des höchstens Wolkenkratzers der Welt katapultiert werden, ich will einen eigenen *corner* bei Barneys oder Bergdorf Goodman … und ich möchte, dass er morgen Abend dabei ist, dass er mir mit funkelnden Augen gratuliert. Er hat mich durch die Straßen von Paris begleitet, er war dabei, als wir Junior begegnet sind und ich meine Erleuchtung hatte! Er muss dabei sein!

Junior. Er wird kommen. Leider nicht allein! Marcel und Josiane begleiten ihn …

Sie fürchtete, die beiden könnten bei ihrer Eröffnung unangenehm auffallen. Wenn Marcel Grobz beschloss, elegant aufzutreten, musste man mit dem Schlimmsten rechnen! Am Tag seiner Hochzeit mit Henriette, ihrer Großmutter, hatte er ein apfelgrünes Lurexjackett und eine karierte Lederkrawatte getragen! Henriette wäre beinahe in Ohnmacht gefallen …

Nicholas murmelte etwas, was sie nicht sofort verstand. Etwas über die Hintergrundmusik, die ihre Inszenierung »einkleidete«.

»Ich glaube, du musst die Musik austauschen … Deine Schaufenster sind makellos, du kannst nicht das Bild und die Stimme von Amy Winehouse darüberlegen … Du bräuchtest so etwas wie Grace Kelly oder Fred Astaire.«

»Du bist irre!«

»Ich meine ein Lied mit Eleganz und Klasse, nicht den Song einer zugedröhnten, mit Tattoos vollgekleisterten Alkoholikerin, die in Fetzen durch die Gegend läuft …«

»Wir werden jetzt nicht in letzter Minute wieder alles umkrempeln …«

»Wenn ein großer Couturier seine Kollektion vorführt, krempelt er hinter den Kulissen alles noch einmal um, während das Publikum bereits im Saal sitzt und vor Ungeduld mit den Füßen stampft … Ein bisschen mehr Ehrgeiz, meine Liebe! Du willst den Himmel erobern, vergiss das nicht! Halt nicht in der vorletzten Etage an …«

»Und was schlägst du vor?«, fragte Hortense, geschmeichelt, weil er sie mit einem großen Couturier verglich.

»Ich dachte an ein altes Lied von Gershwin … Rod Stewart hat es für ein Album gecovert. Wir könnten diese Aufnahme verwenden … Ich kenne seinen Manager, ich kann das arrangieren.«

»Wen kennst du eigentlich nicht, Nicholas?«, gab sich Hortense mit einem Seufzen geschlagen.

»Es heißt *They can't take that away from me*. Im Original hat es Fred Astaire in einem alten, leicht verwackelten Schwarz-Weiß-Film gesungen …«

»Und wie geht es?«

Und da begann Nicholas inmitten der Fotos und der sanft bebenden Mobiles mit angedeuteten Tanzschritten zu singen.

The way you wear your hat …
The way you sip your tea …
The memory of all that …
No, no, they can't take that away from me.
The way your smile just beams …
The way you sing off key …
The way you haunt my dreams.
No, no, they can't take that away from me …

Eine dicke schwarze Frau mit Dreadlocks und einer roten Daunenjacke, die gerade, die Arme voller Tüten, draußen vorbeiging, bemerkte ihn und begann auf dem Bürgersteig zu tanzen und ihre Tüten zu schwingen. Dann winkte sie ihnen fröhlich zu und ging weiter.

Hortense betrachtete Nicholas. Ich mag diesen Mann, dachte sie, ich mag ihn wirklich. Zu schade, dass er einen so langen Oberkörper hat!

»Überredet!«, rief sie, um ihre aufsteigende Rührung zu bezwingen.

»Danke, Prinzessin! Ich kümmere mich morgen früh darum und besorge die Aufnahme …«

Darüber hinaus hatte er Geschmack, Ideen und Freude an der Arbeit. Aber einen langen Oberkörper!

Er hatte allen Journalisten, Stylisten und PR-Agentinnen in London, Paris, Mailand und New York eine Einladung geschickt und ein paar persönliche Worte dazugeschrieben. Für Anna Wintour, die sich jetzt, Ende Februar, in London aufhielt, hatte er geschrieben: »Für die Grande Dame der Mode, die vollkommene Eleganz und makellosen Stil verkörpert …«. Wenn sie nach diesem Kompliment nicht kommt, hat sie eine ganze Batterie Regenschirme verschluckt!, entschied Hortense.

Philippe würde natürlich da sein. Und der Finanzier, den er ihr vorgestellt hatte ... Dieser war eine richtige Klette. Er ließ ihr keine Ruhe mehr, ständig rief er an, um ihr etwas vorzuschlagen. Meine liebe Hortense, was halten Sie davon, wenn ... Hortense hörte zu und warf die Idee in den Müll. Er hatte angeboten, die Dekoration für sie zu transportieren. Er könne einen Lieferwagen mieten und eine Latzhose anziehen, es wäre so witzig, den Möbelpacker zu spielen! Obertrottel!, murmelte Hortense mit einem strahlenden Lächeln. Auch Jean das Pickelgesicht hatte seine Hilfe angeboten, aber sie hatte abgelehnt. Dabei hätte sie zwei zusätzliche Arme gut gebrauchen können! Fast hätte sie angenommen, doch sie hatte sich noch rechtzeitig besonnen: Er war einfach zu hässlich. Sie wollte nicht in seiner Begleitung gesehen werden. Sie wäre gezwungen gewesen, ihn zum Empfang anlässlich der Eröffnung einzuladen, und das hätte einen schlechten Eindruck gemacht.

Sie saugte an ihren von Nägeln, Nadeln und mehreren Leimschichten aufgerauten Fingerkuppen. Wer würde sonst noch kommen? Sie hatte weder von ihrer Mutter noch von Zoé etwas gehört. Aber sie würden kommen, das war klar. Ihre Mutter würde vor Stolz in Ohnmacht fallen, und Zoé würde sich aufplustern und allen erzählen, das ist meine Schwester, das ist meine Schwester ...

Auch Shirley würde kommen. Sie hatte sich ihren Lieferwagen ausgeliehen.

»Wozu brauchst du den denn?«, hatte Hortense gefragt.

»Ich klappere die Schlachthöfe ab, ich bereite ein Horrorspektakel für die Schule vor ... Ich belade ihn mit Knochen, bluttriefenden Schlachtabfällen, Industriegelatine, nur ekelhaftes Zeug. Ich werde ihnen zeigen, woraus ihre Fertigprodukte bestehen. Und wenn den Kids dann immer noch nicht übel wird, gebe ich auf und esse für den Rest meines Lebens nur noch Nuggets!«

»Mach ihn mir nicht schmutzig!«

»Keine Angst, ich lege ihn mit Plastikfolie aus.«

Hortense hatte ihr die Schlüssel hingehalten und das Gesicht verzogen.

»Und du bringst ihn mir pünktlich und ohne Beulen wieder zurück!«

»Versprochen!«

Shirleys drohende Miene verhieß einen aufziehenden Sturm.

Als sie sie gefragt hatte, weißt du, wo Gary steckt?, hatte Shirley »keine

Ahnung« geantwortet und die Schlüssel des Lieferwagens hin und her schwingen lassen.

Miss Farland würde kommen. Um sich in Szene zu setzen. Ich habe sie entdeckt, würde sie in die Runde posaunen, mir hat sie es zu verdanken, dass … und sie würde tonnenweise Gesülze über ihre eigenen Verdienste absondern. Wie lächerlich sie aussieht mit ihrem vampirroten Mund und ihren dürren Storchenbeinen. Sie hatte sich für die Eröffnung Botox spritzen lassen, und ihr Gesicht war prall wie ein Kinderpopo. Sie konnte nicht einmal mehr lächeln!

Sie hatte auch ein paar Mädchen von Saint Martins eingeladen. Um zu sehen, wie sie vor Neid gelb anliefen. Und ihre Dozenten.

Ihre Mitbewohner, bis auf Jean das Pickelgesicht. Er war sicher gekränkt, aber das war ihr egal.

Mal sehen, mal sehen, habe ich auch niemanden vergessen …?

Vielleicht würde die wieselgesichtige Charlotte Bradsburry vorbeischauen. Sie würde einen vernichtenden Artikel schreiben, der eine gute Werbung für sie bedeuten würde.

Agyness Deyn würde auch da sein. Nicholas kannte ihren Freund und hatte ihm das Versprechen abgerungen, seine Liebste mitzubringen … Wer Agyness sagt, sagt tobende Paparazzi. Ich muss nur aufpassen, dass sie mich nicht in den Schatten stellt, dachte Hortense, ich muss mich bemühen, auf den Fotos immer im Vordergrund zu stehen …

Seltsam, dass ihre Mutter nicht angerufen hatte, um ihr zu sagen, um wie viel Uhr sie und Zoé am Bahnhof Saint Pancras eintreffen würden. Das sah ihr gar nicht ähnlich.

»Bist du mit den Einladungen auf dem neuesten Stand?«, fragte Hortense.

»Ich habe alles abgehakt, und sie haben fast alle geantwortet«, sagte Nicholas.

»Vergiss nicht, dass ich der Star des Abends bin. Wenn du so eine Tussi siehst, die sich hier wichtigmacht, dann sieh zu, dass du sie schleunigst loswirst …«

»Verstanden, Prinzessin … Gehen wir etwas essen? Ich sterbe vor Hunger …«

»Glaubst du, wir können alles hierlassen?«

»Was meinst du damit?«

»Wird auch keiner mein Schaufenster verwüsten?«

»Bist du verrückt geworden?«
»Ich habe eine böse Vorahnung…«
»Soll das heißen, du hast jede Menge Feinde, die dir ans Leder wollen?«
»Ich möchte nicht, dass irgendein Konkurrent aus lauter Wut meine Kreationen mit roter Farbe bespritzt…«
»Ach was! Hier im Haus gibt es Sicherheitspersonal, und alles ist abgeschlossen.«
Widerstrebend begleitete Hortense ihn hinaus.
»Am liebsten würde ich heute Nacht hier schlafen…«
»Du enttäuschst mich, Hortense… Hast du etwa Angst?«
»Ich sagte doch, ich habe eine böse Vorahnung… Kann ich dein Handy haben, um meine Mutter anzurufen?«
»Hast du deins nicht dabei?«
»Doch, aber ich muss selbst bezahlen und du nicht. Du hast ein Firmenhandy…«
»Und wenn ich Nein sage…«
»Dann werde ich dich niemals in die Geheimnisse der Sexualität von Mann und Frau einweihen… und in deine Rolle in diesem erbarmungslosen Dschungel!«
Er reichte ihr sein Handy.

Joséphine wusste nicht, was sie tun sollte.
Sie würde nicht zu Hortenses Schaufenstereröffnung nach London fahren.
Sie hatte ihre Geschichte gefunden und wollte sie nicht mehr loslassen.
Sie hatte das schwarze Tagebuch des Kleinen Mannes aus der Schublade geholt, las es aufmerksam, machte sich dabei Notizen und ließ es in sich einfließen, damit eine Geschichte in ihr aufbrechen möge wie eine Knospe, mit deren Öffnen man jeden Morgen rechnet. Barfuß stürzt man nach draußen zu den Beeten, man betrachtet sie, man wartet, und dann geht man wieder hinein und sagt sich, morgen, morgen ist es ganz bestimmt so weit. Sie stand kurz davor, die Geburt ihres Romans mitzuerleben, und hatte nicht die geringste Lust, den Faden zu verlieren, indem sie nach London fuhr. Sie fürchtete, Cary und der Kleine Mann könnten genauso um eine Ecke verschwinden wie die beiden dicken Damen.

Jeden Abend betrachtete sie ihr Telefon und redete sich gut zu, ich muss sie anrufen, ich muss es ihr sagen … aber sie zitterte vor Angst.

Doch an diesem Abend, dem Abend vor der Eröffnung, um Schlag Mitternacht, konnte sie sich nicht länger davor drücken. Sie legte eine Hand aufs Telefon und …

Shirley hatte ihr erzählt, wie hart Hortense arbeitete.

Sie hatte ihr auch gesagt, dass Gary nicht dort sein werde, dass er zu seinem Vater nach Schottland gefahren sei und sie nicht wisse, wann er zurückkäme.

»Und wie geht es dir dabei?«

»Die Wahrheit? Es kotzt mich an, aber ich lenke mich ab … Ich habe einen Atemkurs belegt, ich fahre Fahrrad, ich besuche Schlachthöfe …«

»Bist du noch einmal nach Hampstead gefahren?«

»Nein … Ich meide kaltes Wasser. Hier in London ist es eisig.«

»Du solltest hinfahren …«

»Kommst du zur Vernissage deiner Tochter?«

»Ich fürchte nicht!«

Shirley hatte aufgeschrien.

»Joséphine, bist du das wirklich am anderen Ende der Leitung?«

»Ja …«

»Und du lässt nicht alles stehen und liegen, um herzukommen, dich vor Hortense in den Staub zu werfen und sie zu preisen?«

»Ich habe die Idee zu einem Buch, Shirley. Nicht zu einem Fachbuch, sondern zu einem von einer wahren Geschichte inspirierten Roman. Er handelt von der schwärmerischen Freundschaft zwischen einem französischen Jungen und einem amerikanischen Filmstar … Erinnerst du dich an das schwarze Notizheft, das ich im Müll gefunden habe? Ganz langsam rückt alles zusammen. Die Geschichte wächst in mir heran. Ich darf mich nicht ablenken lassen.«

»Na, sag mal … Jemand hat meine Freundin vertauscht! Ist das Serruriers guter Einfluss?«

Joséphine hatte verlegen gelacht.

»Nein. Das habe ich ganz allein beschlossen … Glaubst du, Hortense wird es mir übel nehmen?«

»Du hast es ihr noch gar nicht gesagt?«

»Ich traue mich nicht, ich sterbe vor Angst …«

»Das verstehe ich … Little Princess wird schäumen vor Wut!«
»Sie soll nicht glauben, ich würde sie nicht mehr lieben …«
»Ach was! Da bleibt noch viel Luft nach unten!«
»Und was soll ich jetzt tun?«
»Du greifst zum Telefon und rufst sie an … Sag mal, warst du nicht diejenige, die mir neulich mit ihrem ›wann, wenn nicht jetzt‹ auf die Nerven gegangen ist? Ein philosophischer Gedanke unserer lieben Iphigénie? Na, dann los, nimm dein Telefon und sag es ihr … Jetzt!«
»Du hast recht …«
Aber sie schaffte es nicht. Sie wird mich als schlechte Mutter beschimpfen, als herzlose, egoistische Mutter, ich werde sie verletzen, und das überlebe ich nicht. Ich liebe sie so sehr, es ist nur so … Ich habe Angst, meine Geschichte zu verlieren …

Sie wollte gerade Hortenses Nummer wählen, als das Telefon klingelte.
»Maman?«
»Ja, Liebes …«
»Alles in Ordnung? Deine Stimme klingt so komisch …«
Joséphine räusperte sich und antwortete, ja, ja, alles in Ordnung, hier ist alles in Ordnung …
»Um wie viel Uhr kommst du morgen an? Treffen wir uns bei Harrods?«
»Ähh …«
»Oh, Maman! Du wirst sehen, es ist wunderschön! Alles ist genauso geworden, wie ich es mir vorgestellt habe! Ich habe meine Idee hundertprozentig umgesetzt, ich bin keinen Millimeter davon abgewichen, ich habe Tag und Nacht gearbeitet! Du wirst beeindruckt sein.«
»Ähh …«
»Und Zoé? Hast du ihr eine Entschuldigung für die Schule geschrieben? Was hast du gesagt? Dass sie Mumps hat? Dass unsere Oma gestorben ist?«
»Ich habe gar nichts gesagt …«
»Also, wann kommt ihr? Ich nehme an, ihr übernachtet bei Shirley …«
»Hortense, mein Liebling, du weißt, wie sehr ich dich liebe, wie viel du mir bedeutest …«
»Oh, Maman! Lass das Gewäsch! Es ist nach Mitternacht, ich falle

um vor Müdigkeit ... Natürlich weiß ich, dass du mich liebst, und den ganzen Kram!«

»Und da bist du dir ganz sicher?«

»Mehr als sicher! Du mästest mich förmlich mit deiner Liebe!«

Joséphine registrierte ihre Wortwahl und fand sie nicht sehr schmeichelhaft. Sie fegte ihre letzten Skrupel hinweg.

»Ich werde nicht kommen ... Und Zoé auch nicht ...«

»Ach ...«

Es folgte ein langes Schweigen.

»Seid ihr krank?«

»Nein ...«

»Du bist nicht krank, aber du kommst nicht? Hast du dir ein Bein gebrochen, oder beide?«

»Nein ... Hortense, mein Liebes ...«

»*Cut the crap!* Los, raus mit der Sprache, verdammt noch mal!«

Verblüfft von der Heftigkeit ihrer Reaktion, hielt Joséphine das Telefon von ihrem Gesicht weg, schluckte und brachte schließlich heraus: »Ich komme nicht, weil ich endlich eine Idee für einen Roman habe, weil sie gerade dabei ist, sich zu entwickeln. Ich habe sie noch nicht ganz zu fassen bekommen, aber es kann nicht mehr lange dauern, und wenn ich jetzt wegfahre, laufe ich Gefahr, sie für immer zu verlieren ...«

»Aber das ist ja fantastisch! Ich freue mich wahnsinnig für dich! Warum hast du das denn nicht gleich gesagt?«

»Ich hatte Angst vor deiner Reaktion ...«

»Bist du verrückt? Als würde ich so etwas nicht verstehen ... Wenn du wüsstest, wie ich geschuftet habe ... Meine Finger bluten, meine Knie sind aufgeschürft, eines meiner Augen ist knallrot, ich schlafe nicht mehr, ich kann mich kaum noch auf den Beinen halten, aber es ist wunderschön!«

»Da bin ich mir sicher, Liebes«, sagte Joséphine erleichtert.

»Und wenn du auf die irrsinnige Idee gekommen wärst, mich zu besuchen, während ich gearbeitet habe, dann hätte ich dich aber so was von zum Teufel geschickt, das kannst du dir gar nicht vorstellen!«

Joséphine lachte vor Erleichterung laut auf.

»Mein wunderschönes kleines Mädchen, meine starke, brillante Tochter ...«

»Schon gut, Maman, das reicht! Nicholas wird ungeduldig, ich rufe von seinem Handy aus an, und ihm reicht's jetzt! Denkt morgen Abend an mich …«

»Wie lange sind deine Schaufenster denn zu sehen?«

»Einen Monat …«

»Ich werde versuchen zu kommen …«

»Mach dir keine Gedanken, schreib weiter, das ist super, du musst total glücklich sein! Ciao!«

Und damit legte sie auf.

Aufgewühlt hörte Joséphine das Freizeichen, legte das Telefon hin und hätte am liebsten mitten in der Wohnung Walzer getanzt.

Hortense war ihr nicht böse, Hortense war ihr nicht böse … Sie würde schreiben, schreiben, schreiben, morgen und übermorgen und alle Tage danach …

Sie konnte nicht mehr schlafen. Sie war zu aufgeregt.

Sie öffnete das Tagebuch des Kleinen Mannes und las da weiter, wo sie aufgehört hatte.

»28. Dezember 1962.

Jetzt weiß ich es … Das ist keine flüchtige Schwärmerei. Es ist eine Liebe, die mich verbrennen wird. Ich vermute, es musste so kommen. Ich laufe nicht verschreckt davon. Ich akzeptiere diese Liebe, die mir den Atem raubt. Jeden Abend warte ich darauf, dass er mich endlich auf ein Glas in sein Hotel einlädt, und jeden Abend wird er von jemand anderem eingeladen, und wenn ich dann nach Hause gehe, will ich nur noch eines: mich in mein Zimmer einschließen und weinen. Ich lerne nicht mehr, ich schlafe nicht mehr, ich esse nicht mehr, ich lebe nur noch für die Momente, die ich in seiner Nähe verbringe … Manchmal schwänze ich den Unterricht, um zum Set zurückzukehren. Und in weniger als sechs Monaten muss ich die Aufnahmeprüfung für die École Polytechnique ablegen! Meine Eltern wissen zum Glück nichts davon! Ich will nicht eine Minute seiner Gegenwart verpassen. Auch wenn er nicht mit mir spricht, wenigstens sehe ich ihn, atme die gleiche Luft wie er.

Es ist mir völlig egal, dass ich einen Mann liebe, weil es ›dieser‹ Mann ist. Ich liebe es, wenn er lächelt, wenn er lacht, wenn er mir das Leben erklärt. Ich würde alles für ihn tun … Nichts macht mir mehr Angst. Während der Weihnachtsfeiertage habe ich lange nachgedacht. Meine

Eltern und ich haben die Christmette besucht, und ich habe gebetet, gebetet, dass diese Liebe niemals enden möge, auch wenn sie nicht ›normal‹ ist. Wenn ich meine Eltern sehe, die eine ›normale‹ Liebe leben, verspüre ich nicht den geringsten Wunsch, ihnen ähnlich zu sein! Sie lachen nie, sie hören niemals Musik, ihre Lippen werden immer verkniffener … Zu Weihnachten haben sie mir Mathematik- und Physikbücher geschenkt! Er hat mir ein schönes Paar Manschettenknöpfe geschenkt, in einer wunderschönen Schachtel, anscheinend sind sie von einem berühmten englischen Schneider. Das hat mir seine Garderobiere gesagt.

Sie beobachtet mich aus dem Augenwinkel. Sie hat alles verstanden. Sie arbeitet schon lange mit ihm zusammen, und sie hat mich gewarnt. *To see him is to love him, to love him is never to know him**, pass auf, halte dich von ihm fern. Ich kann mich nicht von ihm fernhalten, habe ich zu ihr gesagt, und sie hat den Kopf geschüttelt und gesagt, dass ich leiden würde.

›Er zeigt dir nur das, was er dir zeigen will … und was er allen anderen auch zeigt. Er hat Cary Grant erfunden, diesen charmanten, unwiderstehlichen, eleganten, witzigen Mann, aber dahinter, mein Junge, dahinter steckt ein anderer Mann, und den kennt niemand … Dieser Mann kann Furcht einflößend sein. Das Schlimmste ist, dass er nicht einmal etwas dafür kann. Die Brutalität seines Lebens hat ihn dazu gemacht.‹

Und sie hat mich angeschaut, als schwebte ich in großer Gefahr.

Ich pfeif auf die Gefahr.

Wenn er mich ansieht, existiere ich und bin mutig.

Und ich kann einfach nicht glauben, dass er ein Monster sein soll …

Er ist zu … Ich müsste eigens ein Wort erfinden, um ihn zu beschreiben.

Nachdem er seinen echten Namen abgelegt hatte und zu Cary Grant geworden war, hat er sich als Erstes einen Hund gekauft, den er ›Archie Leach‹ genannt hat! Ist das zu fassen? Ein solcher Mann kann kein Monster sein! Ich habe Geneviève davon erzählt, und sie hat gesagt, ein Mann, der einem Hund seinen Namen gibt, ist merkwürdig! Einen Hund, den er an der Leine hält … und sie hat wieder ihre Mundwinkel hängen lassen.

* »Ihn zu sehen bedeutet, ihn zu lieben, ihn zu lieben bedeutet, ihn niemals zu kennen.«

Wenn ich etwas Gemeines über ihn höre, möchte ich ihn am liebsten sofort verteidigen. Die Leute sind so neidisch … Neulich sagte ein Setfotograf zu einem Beleuchter: ›Wusstest du, dass er in seiner ersten Zeit in New York als *escort boy* gearbeitet hat? Da ist es nicht mehr weit bis zum Gigolo. Und guck dir mal an, wie der bei allen seinen Charme versprüht. Wenn du mich fragst, fährt der Typ zweigleisig …‹ Ich hätte ihm am liebsten ins Gesicht gespuckt. Aber ich habe mich gerächt … Der Typ, der das gesagt hat, ist ein widerlicher Kerl. Er behandelt mich wie einen Hund. Er bellt ›Kaffee! Zucker! Orangensaft!‹, und er nennt mich nicht mal bei meinem Namen, er sagt jedes Mal he, du! Also habe ich abends, als er nach einem Kaffee gebellt hat, in seine Tasse gespuckt und sie ihm mit einem strahlenden Lächeln gegeben …«

Als Gary nach Hause kam, fand er Hortenses Einladung in der Post. Er betrachtete sie lange und beschloss hinzugehen.

Er wollte diese beiden Schaufenster sehen, die ihn aus Hortenses Herz verdrängt hatten. Und wehe, sie sind nicht verdammt gut, dann mache ich einen Aufstand!, nahm er sich vor, während er mit der Einladung in der erhobenen Hand wedelte.

Er ertappte sich dabei, wie er über diese Bemerkung lächelte, und sagte sich, dass seine Reise nach Schottland doch nicht vergebens gewesen sei. Er war aus dem weißen Nebel herausgetreten, der ihn erstickt hatte. Er war dicht an einen Abgrund herangetreten, aber er hatte sich nicht hineingestürzt. Er hatte das Gefühl, einen Sieg errungen zu haben. Er wusste nicht genau, gegen wen, aber er hatte gewonnen. Er fühlte sich ruhiger, gelassener, leichter. Hatte sich von einem Stück seiner selbst befreit, das ihn an seine Kindheit fesselte … Das ist es, dachte er zufrieden, während er sich im Flurspiegel betrachtete, ganz nah an ihn herantrat und sich übers Kinn strich, ich habe meine Vergangenheit abgestreift.

Endlich war er nicht mehr feige oder gedankenlos gewesen. Oder vielleicht doch … Aber es war ihm egal. Ich bin hingefahren, ich habe mich bewegt, er war es, der mich zurückgewiesen hat, ich habe mir nichts vorzuwerfen. Nun kann ich wieder feige und gedankenlos werden, wenn ich will!

Und jetzt: Kurs auf die schöne Hortense!

Doch als er, von Knightsbridge kommend, in die Brompton Road einbog, drängten sich die Menschen vor den Schaufenstern von Harrods, und er zögerte hineinzugehen.

Gerade noch rechtzeitig wich er zurück und suchte hinter einer Touristengruppe Schutz: Er hatte Marcel, Josiane und Junior auf dem Bürgersteig entdeckt. Junior hatte die Hände in den Taschen eines marineblauen Blazers mit einem zu seiner Krawatte passenden rot-grünen Wappen vergraben. Er wirkte fuchsteufelswild, seine roten Haare standen zu Berge, und er stürmte mit gerunzelter Stirn vorneweg. Seine Eltern riefen ihm nach, er solle auf sie warten, sie würden ihn noch verlieren.

»Dann verlaufe ich mich eben! Am besten laufe ich geradewegs in die Themse! Ich verspüre den unbändigen Drang, mich zu ertränken …«

»Aber das ist doch nicht schlimm, Junior! Das ist doch nicht schlimm«, sagte Marcel und versuchte den Ärmel seines Sohnes zu erwischen, der sich brüsk von ihm losriss.

»Für dich vielleicht nicht … Aber ich habe mich lächerlich gemacht! Sie wird mich nie wieder eines Blickes würdigen. Ich habe zehn Strafpunkte kassiert … Ich wurde wieder zum Zwerg degradiert!«

»Ach was, nicht doch! Nicht doch!«, versicherte Josiane, außer Atem, weil sie kaum hinter ihrem Kleinen herkam.

»O doch. Lächerlich. Das ist genau das richtige Wort …«

»Jetzt mach doch kein Drama daraus!«

»Ich werde daraus machen, was mir passt, aber Fakt ist: Ich habe gesprochen, und niemand hat mich verstanden. Sie sagten *what?*, sie sagten *pardon?*, und ich konnte meine schönsten englischen Sätze abspulen, wie ich wollte, die haben nix kapiert …«

»Das war jetzt wenigstens mal Französisch«, sagte Marcel und umschlang seinen Sohn mit seinen zwei mächtigen Armen.

Junior ließ sich gegen seinen Vater sinken und brach in Tränen aus.

»Was hat es mir gebracht, zwei Englischlehrbücher gleichzeitig zu lesen, das eine mit dem rechten Auge und das andere mit dem linken? Na, sag schon! Was hat es mir gebracht? Ich stand da wie das hässliche Entlein in einem Teich voller weißer Schwäne! Ich habe mich lächerlich gemacht, lächerlich …«

»Ach was! Dir fehlt noch der richtige Akzent, das ist alles. Das ist doch ganz normal. Die Leute in den Büchern schwatzen nun mal nicht wie die auf der Straße… Du wirst schon sehen, nach zwei Tagen hier parlierst du wie ein Gentleman, und sie werden dich fragen, ob du vielleicht zur königlichen Familie gehörst…«

Sie gingen an Gary vorbei, ohne ihn zu sehen.

Gary lächelte und beschloss, später wiederzukommen.

Er sah nach, wie spät es war – acht Uhr –, und rief seinen Freund Charly an, der gleich hinter dem berühmten Kaufhaus in der Basil Street wohnte.

Charly bereitete sich darauf vor, mit seiner Freundin Sheera Schluss zu machen, und drehte sich gerade einen Joint, um sich Mut zu machen. Gary sah ihm belustigt zu. Er hatte mit dem Kiffen aufgehört. Davon wurde er fürchterlich sentimental; dann konnte es passieren, dass er alte Lieder anstimmte und sich mit dem Ärmel die Tränen abwischte, dass er von seinem ersten Plüschbären mit dem eingerissenen Ohr schwadronierte oder dem erstbesten Dahergelaufenen seine Lebensgeschichte erzählte.

Sein Handy klingelte. Er sah nach, wer ihn anrief. Mrs. Howell! Es war ihr dritter Anruf. Er ging nicht ran. Er hatte keine Lust, sich zu rechtfertigen. Okay, es war nicht gerade die feine Art gewesen, einfach wegzufahren, ohne ihr etwas zu sagen, aber er wollte nichts mehr von seinem Vater, Schottland oder den Schotten hören. Ich brauche keinen Vater, ich brauche ein Klavier und Oliver… und bald die Juilliard School in New York! Vor seiner Abreise nach Schottland hatte er seine Bewerbungsunterlagen losgeschickt, und nun wartete er auf die Nachricht, ob er angenommen wurde oder nicht. Von jetzt an würde er nach vorn schauen. Er würde den Kurs wechseln. Er war ohne Vater aufgewachsen, da war er nicht der Einzige. Er würde auch in Zukunft ohne ihn auskommen. Er behielt das Bild seines Großvaters in Erinnerung, und wenn er mit einem Mann reden musste, würde er sich an Oliver wenden.

Er konnte es kaum erwarten, Oliver wiederzusehen. Er hatte seinen Agenten angerufen, der ihm gesagt hatte, dass er von einer Konzertreise im Ausland zurück sei und er ihn zu Hause erreichen könne. Er würde ihn anrufen, aber zuerst wollte er das Kapitel Schottland abschließen, indem er seiner Mutter von seiner Reise erzählte. Es musste sie verletzt haben, dass er sich heimlich nach Edinburgh davongemacht hatte wie ein Dieb. Tja, Gary Ward, du bist dabei, erwachsen zu werden, und du musst kitten, was du zerschlagen hast. Sie würde es verstehen. Sie verstand ihn immer.

Charly reichte ihm seinen geschwärzten Joint, und Gary nahm ihn.

»Ich versuche es noch einmal«, sagte er lächelnd, »aber wenn ich mich danach an deiner Schulter ausheule, setzt du mich in ein Taxi und verbietest mir, zu Harrods zu fahren …«

»Was willst du denn bei Harrods?«

»Die schöne Hortense treffen … Sie haben ihr zwei Schaufenster zu dekorieren gegeben, und heute ist ihr großer Abend! Die ganze Presse wird da sein …«

»Haha, dann riskierst du ja auch, Charlotte über den Weg zu laufen!«

»Ach ja, stimmt … Die hatte ich total vergessen!«

Charly hatte sich Hals über Kopf in Charlotte verliebt, als Gary sie ihm vorgestellt hatte. Er hatte sich größte Mühe gegeben, sie zu verführen, und als echter Gentleman Gary zuvor darüber informiert. Gary hatte nichts dagegen gehabt, denn er wusste, dass sein Freund kaum Chancen bei ihr hatte. Charlotte hasste pausbäckige blonde Männer, sie stand auf den großen, schlanken, dunklen Typ.

Er zog mehrmals an dem schwarz verfärbten Stummel und spürte, wie er euphorisch wurde.

»Mann, das tut gut! Das letzte Mal ist so lange her …«

»Mir macht das Mut … Ich sehe alles nicht mehr so dramatisch, wenn ich kiffe … und genau das brauche ich, um mit Sheera zu sprechen!«

»Sie sollte zumindest anerkennen, dass du persönlich mit ihr Schluss machst und dich nicht mit einer Mail oder einer SMS aus der Affäre ziehst … Schon allein deswegen sollte sie die Sache würdevoll und freundschaftlich über die Bühne bringen.«

»Kennst du Trennungen, bei denen die Abservierte würdevoll und freundschaftlich reagiert? Ich nicht.«

Gary brach in Gelächter aus und konnte gar nicht mehr aufhören.

»Wahnsinn, nicht genug damit, dass ich nicht heule, jetzt lach ich mich auch noch schief … Wo hast du dieses Gras her?«

»Von meinem Anarchistenonkel. Der baut das Zeug in seinem Gewächshaus an … Normalerweise verkauft er es. Aber mir gibt er es umsonst … Ich bin sein Lieblingsneffe.«

Gary schloss genießerisch die Augen.

Charly schaltete Musik ein. Ein altes Lied von Billie Holiday, die von verflossenen Lieben und Melancholie sang und dem davonziehenden Mann versprach, ihn auf ewig zu lieben.

»Schalt das aus!«, sagte Gary. »Sonst schaffst du es doch nie, mit ihr Schluss zu machen!«

»Im Gegenteil, das bringt mich in Stimmung ... Ich höre die Stimme dieser leidenden Frau und bleibe hart.«

Gary lachte und stellte erneut fest, dass Kiffen ihn von nun an glücklich und ausgelassen machte.

Er stand auf und verabschiedete sich von Charly.

»Und jetzt zu uns, Harrods!«

Als er ankam, war die Party zu Ende. Die Aushilfen räumten Tische ab, stellten Stühle weg und warfen Blumensträuße in den Müll. Die Gäste waren gegangen. Nur Hortense war noch da und saß erschöpft, den Kopf zwischen den Knien, auf dem Boden. Als Erstes sah er ein Paar schwarze Repettos, lange Beine, dann ein schwarzes Etuikleid von Azzedine Alaïa und einen voluminösen schwarz-weißen Seidenschal.

Er näherte sich lautlos und knurrte: *Hello, beauty!*

Sie hob den Kopf, sah ihn, lächelte ein wenig müde und sagte: »Du bist gekommen!«

»*Yeah!* Ich wollte meine Konkurrenten sehen ... Aber warum trägst du eine Sonnenbrille? Hast du geweint? Ist es nicht gut gelaufen?«

»Doch ... Im Gegenteil. Erfolg auf der ganzen Linie ... Aber ich habe ein eitriges Gerstenkorn am rechten Auge. Das muss die Müdigkeit sein, oder Jean das Pickelgesicht hat mir aus Wut darüber, dass ich ihn nicht eingeladen habe, einen Virus verpasst!«

»Wer ist das denn?«

»Ein Spasti. Und unser neuer Mitbewohner ...«

Gary deutete auf die im Dunkeln beleuchteten Schaufenster und sagte: »Wegen den beiden hast du mich also verlassen!«

»Wie findest du sie?«, fragte Hortense ängstlich.

Gary betrachtete die beiden Schaufenster eingehend, konzentrierte sich auf jede Gestalt, jedes Detail und nickte bewundernd.

»Fantastisch! Es ist genau so, wie du es in Paris schon im Kopf hattest, erinnerst du dich ...«

»Findest du wirklich?«

»Wieso? Zweifelst du etwa? Das wäre das erste Mal!«

»Ich bin zufrieden… ich habe mir so sehr gewünscht, dass du kommst!«

»Und ich bin gekommen…«

»Junior war auch da. Er spricht Englisch wie ein alter, gepuderter Herzog! Marcel hat jede Menge Fotos gemacht und mir gratuliert, bis mir fast die Ohren abgefallen sind. Er hat gesagt, wenn ich wollte, würde er bei Casamia eine Modelinie einführen, für die ich dann verantwortlich wäre…«

»Und…«

»Ich habe mich nicht getraut, es ihm zu sagen, aber was er verkauft, ist ein bisschen… billig… also habe ich etwas ausweichend geantwortet. Vor allem, weil…«

Sie griff nach ihrer Clutch, öffnete sie und breitete einen ganzen Schwung Visitenkarten vor ihm aus.

»Siehst du die ganzen Visitenkarten, die mir die Leute gegeben haben? Sie wollen mich alle treffen!«

Auf den ersten Blick zählte er ungefähr ein Dutzend.

»Sie fanden es großartig, Gary! Erinnert du dich an das Halstuch? Ich hatte dafür ein wunderschönes Modell von Vuitton genommen… und weißt du was? Es war ein Typ von Vuitton da, und er hat mir angeboten, am Design der nächsten Tücher mitzuarbeiten. Kannst du dir das vorstellen?«

Und sie buchstabierte: »V-U-I-T-T-O-N.«

»Und er war nicht der Einzige! Ich habe schon mindestens zwei Jobangebote in New York! Ist das nicht Wahnsinn? New York…«

»Das überrascht mich nicht… Es ist schön, es hat Stil… Ich bin stolz auf dich, Hortense, wirklich stolz auf dich.«

Hortense saß auf dem Boden, die Ellbogen auf die Knie gestützt und die Sonnenbrille auf die Nasenspitze vorgeschoben. Sie sah ihn an, er war groß, attraktiv, stark, großzügig. Er hörte ihr anders zu, er sah sie anders an, so, als bräuchten sie sich nicht mehr gegenseitig zu bekriegen. Als hätte er etwas sehr Wichtiges begriffen. In seiner Haltung lag eine Gelassenheit, eine männliche Selbstsicherheit, die sie an ihm bisher nicht gekannt hatte.

»Du hast dich verändert, Gary… Was ist passiert?«

Er lächelte sie an, streckte die Hand nach ihr aus und befahl: »Na, komm! Wir verschwinden! Ich lade dich zum Essen ein…«

»Aber ich muss …«

Gary zog verärgert eine Augenbraue hoch.

»Noch alles aufräumen …«, log Hortense.

Nicholas brachte Anna Wintour nach Hause. Warte auf mich, hatte er gesagt, ich komme zurück, und dann feiern wir unseren Erfolg! Denn es ist ein Erfolg, Prinzessin. Du wirst schon sehen, es wird Angebote hageln, und dann hast du die Qual der Wahl …«

Sie konnte ihn nicht einfach sitzenlassen! Wieder schaute sie zu Gary auf und sah das Drängen in seinen Augen. Er war zurückgekommen, er hatte seinen Stolz hinuntergeschluckt, er reichte ihr die Hand. Sie zögerte. Ihr Blick glitt von den Schaufenstern zu Nicholas' Regenmantel, den er in einer Ecke aufgehängt hatte, und ihr war, als beschwöre sie der makellose Burberry zu bleiben. Du setzt deine Karriere aufs Spiel, Hortense! Tu das nicht! Nicholas wird außer sich sein und nie wieder auch nur einen Finger für dich rühren. Sie richtete sich zu Gary auf, tauchte ein in seinen Blick, der sich verdunkelte, schwarz wurde. Wenn ich Nein sage, sehe ich ihn nie wieder … sie schwankte, schwankte. Ja aber … ich brauche Nicholas, noch brauche ich ihn. Ohne seine Hilfe, seine Beziehungen, seinen Sinn fürs Praktische wäre dieser Abend nicht so ein Erfolg geworden … Sie sind alle gekommen heute Abend, aber wenn ich ehrlich bin, muss ich zugeben, dass sie eher seinetwegen hier waren als meinetwegen. Nicholas hat einen Namen, einen aufstrebenden Namen, er öffnet mir tausend Türen. Ich bin noch völlig unbekannt … Sie kämpfte angstvoll mit sich und ließ den Kopf erneut zwischen ihre Beine sinken.

»Erzähl mir nicht, du müsstest die Reste vom Festessen wegräumen!«, bemerkte Gary spöttisch. »Dafür gibt es Personal … Hortense, sei ehrlich. Alle sind weg … Du hast hier nichts mehr zu tun. Wartest du auf jemanden?«

Sie schüttelte den Kopf. Unfähig zu antworten. Unfähig, sich zu entscheiden.

»Du wartest auf jemanden und traust dich nicht, es mir zu sagen …«

»Nein«, sagte Hortense leise, »nein …«

Sie log so schlecht, dass Gary verstand und zurückwich.

»Wenn das so ist, meine Liebe, dann lasse ich dich allein … Oder besser gesagt, ich lasse euch beide allein …«

Hortense zog die Nase kraus, unfähig, sich zu entscheiden. Hämmerte mit den Fäusten gegen ihren Kopf und dachte, immer das gleiche Problem, immer das gleiche Problem, immer musste man sich entscheiden! Sie hasste es, sich zu entscheiden, sie wollte alles.

Er ging Richtung Ausgang.

Sie starrte Garys Rücken an, seine alte Jacke vom Flohmarkt, seine schwarze Jeans, sein graues Langarmshirt, dessen Ärmel unter der Jacke hervorschauten, sein verwuscheltes Haar. Der Burberry in der Ecke wirkte steif und zufrieden, weil er den Sieg davongetragen hatte. Du hast dich richtig entschieden, Hortense, du hast noch alle Zeit der Welt, deine Liebe zu leben, dieser Junge wird auf dich warten, ihr seid zwanzig Jahre alt, euer Leben fängt gerade erst an. Ihr seid erst bei den Tonleitern … Er liebt dich? Na und? Das wird dich ganz sicher nicht in die erste Reihe katapultieren! Wer hat Stunden um Stunden damit verbracht, deine Schaufenster aufzubauen? Wer hat dir seine Kleider geliehen, dir sein Adressbuch geöffnet, jeden angerufen und von dir gesprochen, als wärst du der aufgehende Stern am Modehimmel? Nicholas würde alles für dich tun, denk nur daran, wie er dich in den Vordergrund gestellt hat, deine Qualitäten gerühmt hat, deinen Fleiß, du wärst beinahe rot geworden … In diesem Moment spricht er gerade mit Anna Wintour über dich. Er ist dabei, dir ein Praktikum bei der amerikanischen *Vogue* zu verschaffen, der Bibel der Mode, und du würdest ihn für einen derart schlampig gekleideten Jungen sitzen lassen? *No way!*

Hortense sah Gary nach. Er ging weg, immer weiter weg.

Sie ertrug es nicht.

»Warte! Warte auf mich! Ich komme!«, rief sie und stand auf.

Sie raffte ihre Perfecto und ihre Lanvin-Clutch an sich und holte ihn ein, als er auf den Bürgersteig der Brompton Road trat.

Er nahm ihre Hand und erklärte: »Ich habe mich umentschieden, wir gehen doch nicht essen … Wir gehen zu mir. Ich habe zu große Lust auf dich …«

»Aber ich habe Hunger!«

»Ich habe noch eine Pizza im Kühlschrank …«

Gary erwachte am frühen Morgen unter dem Federbett neben Hortense. Sie schlief auf dem Rücken, einen Arm nach hinten abgewinkelt.

Er küsste sie auf eine Brustwarze, und sie stöhnte leise, brummte, weiterschlafen, weiterschlafen! Ich bin tot!, und er lächelte. Er rückte von ihr ab, zog die Decke über sich, sie brummte, mir ist kalt, und zog die Decke wieder zu sich herüber, und er beschloss, allmählich aufzuwachen. Er hatte in dieser Nacht von seinem Vater geträumt. Er versuchte sich an den Traum zu erinnern, doch ihm fiel nur noch das Ende ein: Duncan McCallum saß auf einer Lichtung und streckte die Hand nach ihm aus …

Das Gras, das er am Abend zuvor geraucht hatte, machte ihn eindeutig sentimental.

Er verscheuchte seinen Traum und stand auf.

Er würde zu seiner Mutter fahren und mit ihr frühstücken.

Er schrieb eine Nachricht für Hortense, legte sie deutlich sichtbar auf seinen noch warmen Platz im Bett, und ging lautlos aus dem Zimmer.

Was habe ich mir da nur wieder eingebrockt?, dachte Shirley an diesem Morgen, während sie den schlafenden Mann in ihrem Bett betrachtete.

Sie sah die schwarze Jacke und die schwarze Hose, die zerknüllt auf dem Boden lagen. Stiefel und eine Unterhose. Sie hatten nicht miteinander geredet, sie hatten sich aufeinander gestürzt … Sie hatte ihn in ihr Schlafzimmer gezerrt, ihm die Jacke abgestreift, die schwarze Hose aufgeknöpft, hatte sich hastig ausgezogen und war mit ihm aufs Bett gefallen.

Die ganze Woche über war sie mit dem Lieferwagen durch die Stadt gefahren. Sie bereitete ihre Horrorsession in der Schule vor, fuhr von einem Schlachthof zum nächsten, schleppte schwere Kanister mit Gelatine, ganze Wannen voller Schlachtabfälle und Knochen und schrieb am Drehbuch des Horrorfilms, den sie ihren Schülern vorführen würde, um sie ein für alle Mal von diesem Industriefraß abzubringen, auf den sie so versessen waren. Sie hatte sich Nuggets als Beispiel vorgenommen … Zu Beginn präsentierte sie ihnen einen Nugget, hübsch und sauber in seiner Box. Ließ ihn in der Klasse herumgehen, bis sie schließlich mit honigsüßer Stimme hinzufügte: »Und wollt ihr jetzt wissen, was WIRKLICH in diesen Rechtecken steckt, die ihr so köstlich findet? Na gut! Ich werde es euch zeigen. Indem ich mich ganz genau an die Liste der Inhaltsstoffe halte, die ganz klein auf der Verpackung aufgedruckt ist und die ihr niemals lest …«

Die dreißig Jugendlichen musterten sie herausfordernd. Red nur, Alte, verhießen ihre Mienen, uns überzeugst du nicht … Sie krempelte die Ärmel hoch, steckte die Hände in die Behälter und hielt bluttriefende Gedärme in die Höhe, Lebern, Nieren, abgerissene Geflügelhäute, Rinderlungen, Schweine- und Rinderblasen, die sie zwischen den Fingern zusammendrückte, um die Exkremente herausspritzen zu lassen, Hühnerkrallen, Hahnenkämme, Schweinefüße und blutige Fasern, die sie mit literweise Gelatine und Klebstoff vermischte, ehe sie sie mit einem riesigen Mixer zerkleinerte, den ihr ein Abdecker geliehen hatte. Bei all dem tat sie so, als hielte sie sich genau an die Liste der Zutaten auf der Rückseite der Nugget-Schachtel. Die Jugendlichen sahen verblüfft zu, hörten das entsetzliche Geräusch zerreißender Haut und brechender Knochen, wurden weiß, grün, gelb im Gesicht, hielten eine Hand vor den Mund … Sie bestäubte das Ganze mit Puderzucker und rührte das ekelerregende Gemisch noch einmal mit dem Mixer durch. Das Ergebnis war eine glatte, klebrige, rosafarbene Masse, die sie in kleine Förmchen goss und mit einer hauptsächlich aus Farbstoffen bestehenden Soße bedeckte. Dabei warf sie hin und wieder einen Blick auf die Klasse … Manche lagen auf ihrem Tisch, andere hoben die Hand, um hinausgehen zu dürfen. Und der Gestank! Dieser Gestank war unerträglich. Der beißende Geruch von zerfetztem Fleisch und verunreinigtem Blut verstopfte ihre Nasen. Und das ist noch nicht alles, erklärte sie und bedachte die Schüler mit dem Blick eines Folterknechts. Sie goss Verdickungsmittel darüber und bestrich das Ganze mit einem von flüssigem Karamell triefenden Pinsel … Dann verkündete sie triumphierend: »So, das verschlingt ihr, wenn ihr diese Nuggets esst! Und eines solltet ihr wissen: Egal, ob es Hähnchen- oder Fischnuggets sind, die Grundlage ist die gleiche. Bestenfalls enthalten sie 0,07 Prozent echten Fisch oder echtes Hühnchen. Schlimmstenfalls 0,03 Prozent! Jetzt liegt es bei euch, zu entscheiden, ob ihr euch weiter vergiften wollt … Moderne Nahrungsmittel werden nicht mehr zubereitet, sondern industriell gefertigt. Und zwar genau so, wie ich es euch gerade demonstriert habe. Ich habe nichts davon erfunden. Alle Bestandteile sind in barbarischen Buchstaben- und Zahlenkombinationen auf dem Rücken der Verpackungen abgedruckt. Ihr habt die Wahl … verhaltet euch wie Schafe, dann endet ihr als Koteletts!«

Sie mochte ihren Slogan sehr und wurde nicht müde, ihn bei jeder sich bietenden Gelegenheit anzubringen.

Nur der Junge, der sie auf der Straße angesprochen hatte, sah sie mit einem strahlenden Lächeln an. Die anderen stürzten aus dem Klassenraum, um sich zu übergeben. Nachdem sie ihre Demonstration beendet hatte, winkte er ihr aus der ersten Reihe zu und hob den Daumen zum Zeichen des Sieges …

Sie hatte gewonnen. Die würden nicht so schnell wieder zu ihren Fisch- oder Hähnchenkarrees greifen.

Sie war erschöpft. Blutbespritzt.

Nach dem Ende des Spektakels zog sie ihre Schürze aus, räumte auf, wischte die Knochensplitter von ihrem Arbeitstisch, klappte ihn zusammen, stapelte Schüsseln und Gläser ineinander, legte den Mixer zurück in seinen Koffer und verließ wortlos den Raum.

Sie würde Hortense den Lieferwagen zurückbringen und dann nach Hause fahren.

Aber vorher ließ sie den Kopf aufs Lenkrad sinken und stellte sich eine Frage, eine ganz simple Frage: Warum war ich so brutal? Ich hätte ihnen das Gleiche auch schonender vorführen, jeden Schritt behutsam erklären können … Stattdessen habe ich sie k.o. geschlagen, sie niedergemetzelt, ich habe kiloweise Schlachtabfälle und Kanister mit Geliermittel geschwenkt, ich habe den Mixer aufheulen lassen, ich habe meine blutroten Hände gezeigt, ich habe ihnen nicht eine Sekunde Pause gegönnt … Immer diese Gewalt, die es mir nicht erlaubt, etwas in aller Ruhe zu tun. Ich verhalte mich immer so, als würde ich bedroht …

Als schwebte ich in Gefahr.

Sie brachte Hortense den Lieferwagen zurück, versprach ihr, zur Eröffnung zu kommen, und machte sich auf den Heimweg. Unterwegs dachte sie ununterbrochen an die Nugget-Szene.

Eines Tages würde sie wie diese wirklichkeitsfremden Spinner enden, die am Hyde Park Corner auf Kisten standen, das Ende der Welt und die Strafe Gottes prophezeiten, den Finger gen Himmel reckten und die Passanten anschrien. Immer brutaler, radikaler, verbitterter …

Und allein.

Allein mit den Karkassen von Batteriehühnern, denen man die Augen aussticht, damit sie nicht mehr wissen, ob es Tag oder Nacht ist, denen man die Flügel und die Füße abschneidet … Sie würde enden wie sie. Blind, mit abgeschnittenen Füßen und Flügeln. Würde wieder und wieder das gleiche Ei legen, den gleichen Vortrag halten, dem niemand mehr zuhörte …

Sie nahm ihr Fahrrad und fuhr in Richtung Hampstead.

Sie musste ihn wiedersehen.

Sie drehte mehrere Runden um die Teiche. Ging in den Pub, in dem sie sich geküsst hatten. Kurz bevor sie nach Paris gefahren war, um dort Weihnachten zu feiern.

Wartete. Trank ein Bier und schaute sich ein Kricketspiel im Fernsehen an.

Kehrte wieder zu den Teichen zurück und fuhr eine Weile umher.

Sah zu, wie in den Wohnungen, den Künstlerlofts, die sich im reglosen, schillernden Wasser spiegelten, die Lichter angingen. In einem dieser Lofts musste er wohnen …

Sie fröstelte. Beschloss, nach Hause zu fahren. Schwang sich wieder aufs Rad.

Rad fahren beruhigte sie. Sie dachte nach. Millionen Frauen auf dieser Welt sind allein, und sie spritzen auch nicht mit blutigen Rinderhälften in der Gegend herum. An einer Ampel blieb sie stehen. Betätigte die Bremsen wie einen an Oliver gerichteten Ruf. Bemerkte zwei einzelne Frauen am Steuer ihres Wagens. Siehst du, du bist nicht die Einzige, beruhige dich. Ja, aber ich will nicht mehr allein sein, ich will einen Mann, ich will mit einem Mann schlafen, unter einem Mann erschauern …

Unter einem Mann erschauern …

Die Hände des Mannes in Schwarz auf ihrer Haut … Seine großen, warmen Handflächen … Die eingebildete Gefahr bei jeder Begegnung … Der Atem, den sie anhielt, das langsame Begehren, das er ihr aufzwang, das Erschauern, wenn er in sie eindrang, seine Liebkosungen wie Schläge, die auf ihrer Haut erstarben und sie nur streiften, die kalkulierte Grausamkeit, die in seinen Augen funkelte, die sanften Bisse in ihr Fleisch, die geflüsterten Drohungen, die knappen Befehle, der Abgrund, der sich vor ihr auftat, die Warnungen, die sie ignorierte, die verheißene Strafe, der sie kühn ins Auge sah, die gleißende Lust, die darauf folgte … Er tat ihr nicht weh, er hielt sie auf Distanz, er täuschte Kälte vor, um sie zu entflammen, tastete die lange Furche ihres Rückens ab wie ein grober Pferdehändler, drückte ihren Nacken hinunter, zog an ihren Haaren, befingerte ihr Dekolleté, befühlte ihren Bauch. Sie ließ alles mit sich geschehen, um sich tiefer in diesen gefährlichen Raum hinabzustürzen, den er zwischen ihnen schuf. Mit klopfendem Herzen schritt sie vorwärts und malte sich das Schlimmste aus. Lernte unter seinen geschickten Fingern den plötzlichen Umschwung des Begehrens zu erkennen. Die Grenzen unablässig weiter ausdehnen, die Erregung, alle Schattierungen der Erregung, erschauern lassen. Sich dem allmächtigen Mann ausgeliefert spüren, so vermeintlich zerbrechlich, bis ihr beinahe schwarz vor Augen wurde.

Es war wie ein grelles Blitzlicht, das sie blendete und sie mit beiden Füßen am Boden festhielt. Versteinert, starr, mit zusammengebissenen Zähnen, unfähig, wieder auf ihr Rad zu steigen. Und weder dem gleichmäßigen Geräusch des Regens auf den Pflastersteinen noch dem lärmenden Verkehr gelang es, sie wieder in die Gegenwart zurückzuholen.

Sie behauptete, das alles vergessen zu haben ….

Das alles nicht mehr zu wollen …

Aber »das« fehlte ihr. So entsetzlich.

»Das« war ein Teil von ihr.

Dieser Mund, diese Hände, dieser Blick hatten lange die gebieterische Lust ihres Lebens ausgemacht.

Sie überquerte Piccadilly. Trat auf den Bürgersteig. Schickte sich an, ihr Haus zu betreten, das Fahrrad unter der Treppe im Flur abzustellen, da sah sie ihn.

Den breiten Rücken in einer schwarzen Jacke …

»Was machst du hier?«, fragte sie ohne ein Hallo, ein Wie geht's? oder sonst etwas.

Mit einem unwirschen Schulterzucken und einer Grimasse wie eine Kröte.

»Ich komme von einem Termin …«

Da stürzte sie sich auf ihn, küsste ihn, küsste ihn.

Und zog ihn wortlos in ihre Wohnung.

Und nun lag er in ihrem Bett.

Dieser Mann, den sie nie mehr wiedersehen durfte …

In was habe ich mich da nur reingeritten …

Sie füllte Wasser in den Wasserkocher.

Er schlief in ihrem Bett.

Sie ließ ihren Blick über die Teedosen gleiten. Ihre Hand griff nach dem »König der Earl Greys« von Fortnum & Mason.

Eine Huldigung an den König.

Sie konnte so sanft sein, wenn sie Tee zubereitete.

Sie hatten sich langsam geliebt, zärtlich. Er hatte ihren Kopf in beide Hände genommen und sie angesehen. Das ist gut, sagte er, so gut … Sie wollte nicht, dass er sie anschaute, sie wollte, dass er sie verbog, dass er sie biss, dass er ihr Drohungen zuflüsterte und den Abgrund öffnete … Sie grub ihre Zähne in seinen Hals, zerrte an seinen Lippen, er wich zurück, sagte scht, scht … Sie schlug ihn ins Kreuz, reckte ihren Bauch vor, damit er seine Faust hineinbohrte. Er nahm sie in die Arme, wiegte sie, wiederholte scht, scht … wie man es einem Baby vorsingt, um es zu beruhigen. Sie riss sich zusammen, versuchte, ihm in seinem langsam ansteigenden Begehren zu folgen, gab unterwegs auf …

Warum habe ich all diese Gewalt in mir?, fragte sie sich, während sie die Teekanne mit heißem Wasser ausspülte. Als müsste ich mir die Lust gewaltsam verschaffen, als hätte ich nur dann einen Anspruch auf sie, wenn ich sie mir erkämpfte, als wäre sie nicht »rechtmäßig« …

Mit einer Gabel zerteilte sie vorsichtig einen Muffin. Damit das Innere nicht herausgerissen wurde, damit es sich sanft löste und schön weich blieb.

Scht … scht …, murmelte der Mann und presste sie an sich, dass sie sich nicht mehr rühren konnte. Und streichelte ihr sacht über den Kopf.

Sie wehrte sich, sagte, nein, nein, nicht so, nicht so …

Überrascht hielt er inne. Sah sie mit seinem liebevollen Blick an, und sie wusste nicht mehr, mit wem sie zusammen war …

Nicht rechtmäßig, nicht rechtmäßig …

Gewalt. Ich bin es, die sie will, die danach verlangt, die den Mann zwingt, mir ein Messer an die Kehle zu halten …

Das Herz im Klammergriff der Gefahr. Den Schauer spüren, der unter der Haut entlangläuft … Ich habe mein Leben wie eine Kriminelle begonnen. Bin weggelaufen, habe in den Palastfluren merkwürdiges Kraut geraucht, von dem sich in meinem Kopf alles drehte, bin über die Mauern gesprungen, durch die Nacht gelaufen, habe getanzt wie eine Zugedröhnte, einen Jungen, zwei Jungen aufgegabelt, habe in einem schäbigen Auto gevögelt, während sich auf dem Rücksitz ein anderes Paar vergnügte. Keine Atempause. Die Iros einer Punkerin, die Sicherheitsnadeln in den zerrissenen T-Shirts, die Nietenstiefel, die Strumpfhosen mit Laufmaschen, die Zigarettenlöcher, Schnaps direkt aus der Flasche, die schwarzen Fingernägel, die von Kajal und zerfließender Wimperntusche verklebten Augen … Die schnellen Ficks, die Flüche, die gestreckten Mittelfinger, die Drogen, die man ausprobiert wie Pfefferminzbonbons. Der Vater, den man zurückstößt, weil man ihn für zu sanft, zu bescheiden hält, die Mutter, die man nicht küssen darf, und man sagt sich, ist nicht schlimm, sie ist doch eh nur ein Bild. Ein Bild, das man zerstört, um sich im Ansehen der anderen zu suhlen. Diese anderen, die einem ein verzerrtes Spiegelbild zurückwerfen. Aber irgendwann glaubt man an dieses Bild, irgendwann sagt man sich, dass man nichts Besseres verdient, dass man nichts wert ist … Mit zwanzig Jahren in die Arme von Duncan McCallum getrieben, diesem brutalen Schwein, das mich hinter eine Tür drückte, meinen Rock hochschob und … mich wegwarf wie ein ausgeweidetes Paket.

Erst Gary hat Sanftheit in mein Leben gebracht, den Stolz darauf, ein Kind zu haben, ein Baby, das ich beschützte, das meine Dämonen auf Distanz hielt. Bei ihm habe ich Zärtlichkeit gelernt. Was ich von einem Mann nicht ertrug, das schenkte ich meinem Jungen. Von der früheren Gewalt blieb mir nur noch die Kraft, mit der ich mein Kind, meine große Liebe, umhüllte.

Außer wenn der Mann in Schwarz …

Der Mann in ihrem Bett hatte sie geküsst, sie mit seinen so sanften, so femininen Händen gestreichelt, sie zärtlich genommen …

Nicht rechtmäßig, nicht rechtmäßig.

Sie wählte eine Orangenmarmelade, probierte … zu bitter kurz nach dem Aufwachen, nahm eine Beerenmarmelade von einem Regal, ein Tablett aus schwarz lackiertem Holz, stellte die Teekanne darauf, die Muffins, die Marmelade, ein wenig Butter, zwei weiße Servietten. Zwei kleine silberne Löffel und ein silbernes Messer. Das Silberbesteck ihrer

Mutter … Zu ihrem zwanzigsten Geburtstag hatte sie ihr ein Besteck geschenkt, in welches das Monogramm der Krone eingeprägt war.

Nicht rechtmäßig, nicht rechtmäßig …

Sie betrat das Schlafzimmer. Er hatte sich im Bett aufgerichtet und lächelte sie an.

»Ich bin froh, dich wiedergefunden zu haben …«

Bei diesem liebevollen Satz wurde ihr eiskalt, und sie stellte das Tablett ab.

»Ich auch«, antwortete sie und zwang sich, heiter zu wirken.

»Dann hast du den Mann aus Paris also vergessen?«

Sie antwortete nicht. Bestrich einen Muffin mit Butter und Marmelade und reichte ihn ihm mit einem etwas verkniffenen Lächeln. Er schlug das Laken zurück und forderte sie auf, sich neben ihn zu legen. Mit einem schroffen Kopfschütteln lehnte sie ab. Sie wollte ihm nicht zu nahe sein.

»Ich bleibe lieber hier und schaue dich an«, sagte sie unbeholfen.

Und ihr Blick fiel auf seine grazilen Hände. Seine Künstlerhände …

»Ist etwas nicht in Ordnung?«, fragte er und biss in seinen Muffin.

»Nein, nein!«, sagte sie hastig. »Es ist nur … ich habe dich gestern ein bisschen rabiat entführt.«

»Und dafür schämst du dich jetzt? Das brauchst du nicht. Es war himmlisch …«

Bei dem Wort »himmlisch« zuckte sie zusammen. Verdrängte es aus ihren Gedanken.

»Du hast gut daran getan«, fuhr er fort. »Wenn wir erst geredet hätten, wäre es nicht so ausgegangen … und das wäre doch schade …«

Er lächelte. Das herzliche Lächeln eines in sich ruhenden Mannes.

Sie verdrängte auch dieses Lächeln und wand sich auf der Bettkante, während sie den Tee einschenkte.

In diesem Moment hörten sie, wie sich ein Schlüssel in der Wohnungstür drehte, sie hörten Schritte, die Schlafzimmertür ging auf, und Gary platzte herein.

»Hallo! Ich habe Croissants mitgebracht … Ich bin durch halb London gefahren, um sie zu finden, sie sind noch warm … Sie sind zwar nicht so gut wie in Paris, aber …«

Sein Blick fiel auf das Bett. Er sah Oliver, mit nacktem Oberkörper, eine Tasse Tee in der Hand.

Er verstummte, zuckte zusammen, sah ihn an, sah seine Mutter an und schrie: »Nicht er, nicht er!«

Dann warf er die Croissants aufs Bett, rannte hinaus und knallte die Tür hinter sich zu.

Er rannte.

Rannte keuchend bis zu seiner Wohnung. Rempelte die Passanten auf Piccadilly, Saint James's Street, Pall Mall und Queen's Walk an, wäre beim Überqueren der Straße beinahe von einem Bus überfahren worden, wandte sich nach rechts, wandte sich nach links, suchte in seiner Tasche nach dem Schlüssel, öffnete seine Wohnungstür, schloss sie außer Atem hinter sich…

Presste den Rücken gegen den Türrahmen.

Weg, weg von hier…

Nach New York…

Dort würde er einen Klavierlehrer finden, dort würde er auf seine Ergebnisse warten, und wenn alles gut ging, würde er auf die Juilliard School gehen… Er würde ein neues Leben beginnen. Sein eigenes Leben. Dazu brauchte er niemanden…

Hortense war fort.

Sie hatte keine Nachricht dagelassen.

Er ließ sich auf einen Barhocker in der Küche sinken. Hielt das Gesicht unters Wasser. Trank direkt vom Wasserhahn, spritzte sich Wasser ins Gesicht, machte sich die Haare nass. Ließ das Wasser über seinen Nacken laufen. Trocknete sich mit einem Spültuch ab. Warf das Spültuch zusammengeknüllt auf den Boden.

Legte eine Jazz-CD ein. Dusko Goykovich. *In My Dreams.*

Er ging ins Internet und prüfte seinen Kontostand. Er hatte genug Geld, um wegzugehen. Heute Abend würde er seine Großmutter aufsuchen. Sie war gerade in London. Die Fahne wehte über dem Buckingham Palace. Eine Viertelstunde würde genügen. Er würde ihr erklären, dass er seine Abreise vorziehe. Sie würde seine Entscheidung gutheißen. Es war ihre Idee gewesen, dass er auf die Juilliard School gehen solle. Sie hatte ihn immer unterstützt. Wir zwei haben schon eine seltsame

Beziehung, dachte er, während er Bob Degen Klavier spielen hörte und das Stück auf dem Beckenrand mitspielte, ich respektiere sie, sie respektiert mich. Ein stillschweigendes Einvernehmen. Sie zeigt niemals ihre Gefühle, aber ich weiß, dass sie da ist. Unerschütterlich, majestätisch, reserviert.

Er wusste auch, dass sie sein Bankkonto kontrollierte und überprüfte, wofür er das Geld ausgab, das sie ihm jeden Monat überwies. Sie schätzte die Tatsache, dass er sparsam lebte und sein Geld nicht verschwendete. Dass er »Ich habe nur einen Körper« erwidert hatte, als man ihm zwei Hemden zum Preis von einem anbot, hatte ihr gefallen. Sie hatte laut aufgelacht, als er ihr davon erzählt hatte, und hätte sich beinahe auf die Schenkel geschlagen. Ihre Majestät lachte aus voller Kehle! Sie respektierte Geld. Mochte er ihr auch noch so oft erklären, dass das doch normal sei, dass dieses Geld ihm nicht gehöre und dass er, sobald er sein eigenes Geld verdienen würde, stolz wäre, zum ersten Mal im Restaurant selbst zu bezahlen. Und weißt du was, Großmutter, der erste Mensch, den ich einladen werde, das wirst du sein, sie lächelte belustigt, oder ich schenke dir eins von diesen Hütchen, die du so magst, in Blassgelb oder Rosa. *You're a good boy …*, sagte sie und nickte.

I'm a good boy, und ich verschwinde von hier.

Mit einem Mausklick reserviere ich einen Platz im Flieger für morgen Abend …

Klick, klick. Der Flug um neunzehn Uhr zehn nach New York …

Ein Schlagzeugsolo, und Mr. Gary Ward ging an Bord. Ein Platz in der Economy Class. Last Minute, reduzierte Preise, perfekt, perfekt!

Er würde seiner Mutter eine E-Mail schicken … Damit sie sich keine Sorgen machte. Oliver würde er nicht Bescheid sagen. Er brauchte niemanden …

Er wollte nicht wissen, wie er in Shirleys Bett gelandet war …

Ach was, dachte er, ich habe sie beim Vornamen genannt. Zum ersten Mal. Shirley, Shirley, wiederholte er. Guten Tag, Shirley! Wie geht's, Shirley?

Er zog sich aus, duschte, zog eine frische Unterhose an, machte sich einen schwarzen Kaffee, zwei dunkel gebräunte Scheiben Toast, Spiegeleier. Was für ein Abenteuer!, sagte er sich, während er zusah, wie der Bacon in der Pfanne knusprig briet, man macht einen Schritt aus der Kindheit hinaus, und schon wird man von einem Strudel außerordentlicher Ereignisse erfasst … Das ist erschreckend und aufregend zugleich. Es wird Tage geben mit und Tage ohne, Tage, an denen ich das Gefühl haben werde, an meinem Platz zu sein, und andere, an denen ich hinken und London vermissen werde … *Bye bye, Shirley! Bye bye, Duncan! Hello, Gary!*

Und Duskos Trompete antwortete ihm …

Er drehte die Baconscheiben um, fügte ein bisschen Butter hinzu, um sie schön golden anzubräunen, nahm Orangensaft aus dem Kühlschrank und trank direkt aus der Flasche. Mein Leben leben, wie es mir gefällt, von niemandem abhängig sein außer mir selbst … Er ließ den Gummi seiner Unterhose schnippen. Lächelte: Er hatte einen Ständer …

Die Nacht mit Hortense war umwerfend gewesen.

Er ließ den Bacon und die Eier auf seinen Teller gleiten.

Er würde Hortense mitnehmen … Sie hatte ihm erzählt, dass sie Jobangebote dort hatte. Sie hatte auch gesagt, Gary, ich glaube … ich glaube wirklich, ich li … Was glaubst du wirklich?, hatte Gary gefragt und schon geahnt, was folgen würde.

Aber sie hatte es nicht gesagt!

Hatte sich nur herangetastet. Sie machte Fortschritte …

Diese Nacht war verflucht gut gewesen, das konnte man nicht anders sagen … Verflucht gut! Ich rufe sie an, nachdem ich bei Großmutter war.

Er gab Ketchup auf seinen Teller, verschlang gierig seine Eier und die Toasts. Stürzte den schwarzen Kaffee hinunter. Schlug einen Purzelbaum auf dem »Hello Sunshine!«-Teppich im Wohnzimmer, einem albernen Teppich mit einer großen gelben Sonne vor einem mit silberglänzenden Sternen übersäten Himmel … Ein kitschiger Teppich, den er auf dem Camden Market gefunden hatte. Hortense fand ihn grauenvoll.

Er setzte sich an sein Klavier, versuchte nachzuspielen, was er gerade gehört hatte. Ein Klaviersolo, das ihn ausgeknockt hatte. Streichelte die weißen und schwarzen Tasten. Er würde in New York ein Klavier auftreiben müssen …

Hortense war aufgewacht. Hatte Garys Nachricht gelesen. Shirley war am Vorabend nicht zu Harrods gekommen. Es musste etwas Ernstes vorgefallen sein, wenn sie ihr Versprechen nicht gehalten hatte. Was für ein Abend!, dachte sie und kuschelte sich wieder in die Kissen, und was für ein Erfolg! Sie strampelte unter der Decke mit den Füßen und klatschte sich selbst Beifall. Bravo, Hortense, bravo, meine Liebe! Und auch bravo, Nicholas, räumte sie widerstrebend ein.

Nicholas!

Nicholas' Burberry durchbrach ihren Applaus.

Er platzte sicher vor Wut.

Sie musste schleunigst zu ihm und sich entschuldigen. Sie biss sich auf die Lippen, während sie fieberhaft überlegte, was sie ihm sagen sollte ... Lügen. Ich hasse es, zu lügen. Aber jetzt ... geht es nicht anders.

Sie zog ihr Alaïa-Kleid an, suchte ihre schwarzen Repettos unter dem Bett, bürstete ihr Haar, borgte sich Gary Zahnbürste aus und fuhr zu Liberty.

Er saß kühl und steif hinter seinem langen Schreibtisch. Winkte seine Assistentin hinaus. Ging nicht ans Telefon, das gerade klingelte, und sagte: »Ich höre ...«

»Ich konnte nicht anders ...«

»Ach?«, sagte er mit spöttischer Stimme.

»Mein Gerstenkorn ist aufgeplatzt, und gelber Eiter ist rausgelaufen, es hat gebrannt, ich konnte nichts mehr sehen, und da bin ich in Panik geraten und ins Krankenhaus gefahren. Ich habe drei Stunden gewartet, ehe sich ein Arzt für mich interessiert hat ... Er hat mir Antibiotika in den Hintern gespritzt, so ein Wahnsinnszeug, mit dem man todkranke Elefanten behandelt, und dann bin ich total groggy nach Hause gefahren.«

Sie nahm ihre Brille ab und zeigte ihm ihr verquollenes, rotes Auge.

»Hmm ...«, sagte Nicholas, räusperte sich und überlegte, ob sie diese Krankenhausgeschichte nicht einfach erfunden hatte. »Und du bist nicht auf den Gedanken gekommen, mich anzurufen?«

»Mein Akku war leer ...«

Sie hielt ihm ihr Handy hin. Er weigerte sich, es zu überprüfen. Sie seufzte erleichtert. Er hatte den Köder geschluckt.

»Und heute Morgen bin ich lieber gleich hergekommen, statt dich anzurufen ... Ich dachte mir, dass du ... ein bisschen verärgert sein musst.«

Sie trat neben seinen Stuhl, beugte sich zu ihm hinunter und flüsterte: »Danke, tausendmal danke ... Es war wundervoll! Und das habe ich nur dir zu verdanken ...«

Gereizt machte er sich von ihr los. Sie rieb sich das Auge, um ihn zu erweichen.

»Lass das!«, schrie er. »Du reibst dir noch Eiter ins Auge, dann bekommst du einen Abszess, und sie müssen dir das Auge rausnehmen! Ekelhaft!«

»Wärst du bereit, heute Abend mit einem ekelhaften Mädchen essen zu gehen?«, fragte sie, denn sie spürte, dass sie Oberwasser bekam.

»Heute Abend kann ich nicht …«

»Nicht einmal, wenn ich dich anflehe …«

»Ich esse mit Anna Wintour.«

»Nur ihr beide?«, fragte Hortense verblüfft.

»Nein … nicht direkt. Aber sie hat mich zu ihrer Dinnerparty im Ritz eingeladen. Und ich bin fest entschlossen hinzugehen …«

»Mit mir.«

»Du bist nicht eingeladen …«

»Dann behauptest du einfach, ich sei deine Freundin. Du wirst mich allen vorstellen …«

»Ein Mädchen mit einem eitrigen Auge, kommt überhaupt nicht infrage!«

»Ich werde den ganzen Abend über meine Sonnenbrille tragen.«

Er zögerte. Spielte mit dem Knoten seiner orangefarbenen Krawatte. Betrachtete ausgiebig seine Fingernägel.

»Sag ja«, flehte Hortense. »Sag Ja, und ich gehe sofort wieder zurück ins Krankenhaus und lass mir noch eine Spritze verpassen, um ein vorzeigbares Auge zu haben …«

Nicholas verdrehte die Augen.

»Hortense … Hortense … Der Mann, der dir widersteht, ist noch nicht geboren. Wir treffen uns um neun im Ritz. Ich warte in der Lobby auf dich … und mach dich hübsch! Ich will mich nicht für dich schämen!«

»Als könnte ich jemals nicht hübsch sein!«

Auf dem Heimweg tanzte sie durch die Gänge der U-Bahn-Station. Sie hatte sich nicht zu entscheiden brauchen, sie hatte alles. Mehr noch als alles! Einen Mann mit verlangendem Blick, eine Karriere, die sich strahlend vor ihr ausbreitete …

Mitleidig betrachtete sie die Leute um sich herum. Ihr Armen! Ihr armen, armen Geschöpfe! Spitzt die Ohren, dachte sie voller Zärtlichkeit, bald werdet ihr überall nur noch meinen Namen hören …

Beinahe hätte sie einer alten Frau über die Straße geholfen. Sie konnte sich gerade noch zurückhalten.

Jean das Pickelgesicht lag auf dem Sofa und döste vor dem eingeschalteten Fernseher.

Sie schlich auf Zehenspitzen durchs Wohnzimmer.

Ging in die Küche und machte sich einen Detox-Tee. Eine große Kanne, um die Müdigkeit des vergangenen Abends zu vertreiben. Anderthalb Liter Detox-Tee, und ich bin schön wie der junge Frühling, bereit, der Hohepriesterin gegenüberzutreten. Wie werde ich das anstellen? Ich muss sie beeindrucken, ohne eine Bedrohung darzustellen. Mich dezent kleiden. Mich dezent frisieren, mich dezent schminken. Und einzigartig sein …

Ich ruhe mich bis halb acht aus und mache mir Gedanken über mein Outfit, dann gehe ich unter die Dusche, wasche mir die Haare, schlüpfe in meine Klamotten und springe in ein Taxi, das mich zum Ritz bringt.

Sie nahm die Teekanne mit und vergaß ihre Lanvin-Clutch in der offenen Küche neben dem Wohnzimmer. Bloß nicht das Pickelgesicht aufwecken. Auf Zehenspitzen in mein Zimmer hochschleichen, mich aufs Bett legen und von meiner glorreichen Zukunft träumen …

Die vergangene Nacht noch einmal durchleben … Gary, Gary …

Sie gluckste vor Vergnügen.

Im Wohnzimmer öffnete Jean Martin ein Auge und sah Hortenses Ballerinas auf der Treppe verschwinden. Die anderen Jungs aus der WG waren zu ihrer Schaufenstereröffnung eingeladen worden, nur er nicht. Er verschränkte die Arme, vergrub das Kinn an seiner Brust und schnitt eine Grimasse. Dafür würde sie teuer bezahlen …

Sie würde bluten. Die Rechnung wurde länger und länger. Sie war dabei, ihr Leichentuch zu weben.

In der Lanvin-Clutch klingelte das Handy.

Er hörte es verwundert. Cruella Cortès hatte ihr Handy in der Küche vergessen.

In der kleinen Handtasche trudelten Jobangebote ein.

Er würde nicht aufstehen.

Um acht Uhr hörte er, wie sie unter die Dusche ging.

Das Handy klingelte noch ein paarmal.

Schließlich stand er doch auf, schnappte sich die Tasche, nahm das Handy heraus und hörte die Nachrichten ab.

Glückwünsche, Komplimente, zwei Einladungen zu einem Vorstellungsgespräch … Ein Typ von Vuitton und ein anderer.

Und dann noch eine Nachricht von einem Kerl namens Gary: »Hortense, meine Schöne, morgen Abend um neunzehn Uhr zehn fliege ich nach New York. Komm mit mir. Du hast mir erzählt, dass du dort Jobangebote hast. Ich habe mit meiner Großmutter gesprochen, ich komme gerade aus dem Palast, ha ha ha, sie finanziert mir eine Wohnung und das Studium! Ich gehe auf die Juilliard School, und du eroberst die Stadt. Das Leben gehört uns! Du brauchst nicht zurückzurufen … Denk einfach, Ja, und mach dich auf die Socken! Ich warte am Flughafen auf dich, ich habe ein Ticket für dich gekauft. Hortense, mach jetzt keinen Scheiß und komm. Und sperr die Ohren auf, hier kommt etwas, das ich nie, nie wieder sagen werde, es sei denn, du steigst mit mir in dieses Flugzeug: Hortense, I LOVE YOU!«

Der Junge hatte die letzten Worte geschrien und dann aufgelegt.

Jean Martin lächelte boshaft und löschte nacheinander alle Nachrichten.

Vierter Teil

Zwei Monate!

Zwei Monate war es her, seit sie mit Gaston Serrurier zu Mittag gegessen hatte.

Sie war aus dem Restaurant gerannt.

Sie zwar zwischen den Autos hindurchgerannt, war durch die Métrogänge gerannt, war während der Fahrt, an einen Klappsitz gelehnt, stehen geblieben, hatte es kaum erwarten können, nach Hause zu kommen und das schwarze Notizheft aufzuschlagen. Hatte es kaum erwarten können, auf diesen unbeholfenen Seiten erneut den Atem eines Heranwachsenden zu spüren, der die Liebe entdeckte und sich ihr ohne Wenn und Aber hingab. Seine Bemühungen, den Blick des geliebten Mannes aufzufangen, sein Herz, das einen Satz nach dem anderen machte, seine Verlegenheit, wenn er nicht wusste, wie er sich verhalten sollte …

Was hatte sie in diesen zwei Monaten getan? Sie hatte ein knappes Dutzend von Kollegen verfasste Kapitel Korrektur gelesen und ein zehnseitiges Vorwort zu dem Buch über die Frauen zur Zeit der Kreuzzüge geschrieben. Magere Ausbeute. Zehn Seiten in zwei Monaten, das waren fünf Seiten pro Monat! Stundenlang saß sie reglos vor ihrem Computer, griff nach einem Blatt Papier, kritzelte Worte wie »Leidenschaft«, »Feuer«, »Fieber«, »Rausch«, zeichnete haarige Insekten, Kreise, Vierecke, Du Guesclins rosa Nase oder sein milchiges Freibeuterauge, und ihre Hand tastete erneut nach dem schwarzen Heft in der Schublade. Nur ein paar Seiten, sagte sie sich, dann kehre ich wieder zurück zu den Kreuzzügen, den Katapulten, den Bogenschützen und den gepanzerten Frauen.

Sie las eine Seite und hielt erschreckt den Atem an. Der Kleine Mann öffnete rückhaltlos sein Herz. Am liebsten hätte sie ihn gewarnt. Vorsicht! Gib nicht alles, tritt einen Schritt zurück … Sie beugte sich über die Schrift, hielt nach den verkrüppelten Wortenden Ausschau, die ihr wie böse Omen erschienen. Gestutzte Flügel.

Er hatte keine Zeit gehabt, sich in die Lüfte aufzuschwingen.

Das Heft war im Müll gelandet. Keine Flügel mehr.

Und immer die gleiche Frage: Wer hatte das geschrieben? Ein Bewohner von Haus B, von Haus A? Wenn man in eine Wohnung zieht, achtet man auf Asbest, bleihaltige Farben, Termiten, die Zahl der Quadratmeter, die Energiebilanz, die Isolierung... Doch man überprüft nie den Zustand seiner Nachbarn. Ob sie angegriffen oder bei bester Gesundheit sind. Bei klarem Verstand oder von Geistern verfolgt. Man weiß nichts über sie. Ohne es zu wissen, hatte sie Seite an Seite mit zwei Verbrechern gelebt: Lefloc-Pignel und Van den Brock. Eigentümerversammlungen, Gespräche in der Eingangshalle, Guten Tag, Monsieur, Guten Tag, Madame, Frohe Weihnachten und ein glückliches neues Jahr. Was halten Sie davon, den Treppenläufer auszutauschen?

Was wusste sie über ihre neuen Nachbarn? Monsieur und Madame Boisson, Yves Léger und Manuel Lopez. Sie begegnete ihnen unten in der Halle oder im Aufzug. Sie grüßten einander. Monsieur Boisson, glatt und kühl, schlug seine Zeitung auf. Er schien seine Zunge verschluckt zu haben. Madame Boisson grüßte kurz angebunden, das aschgraue Haar zu einem straffen Knoten geschlungen, den Blusenkragen mit zwei Knöpfen geschlossen. Sie glich einer Urne. Sie trugen beide stets den gleichen Mantel. Wahrscheinlich kauften sie sie im Doppelpack. Einen beigefarbenen Mantel aus Damassé-Stoff im Winter und einen leichteren beigefarbenen Mantel, wenn der Frühling kam. Sie wirkten wie Bruder und Schwester. Jeden Sonntag kamen ihre beiden Söhne zum Mittagessen. Glatt gekämmtes Haar, steifer grauer Anzug, der eine albinoblond mit abstehenden roten Ohren, der andere traurig, mittelbraun, Knubbelnase und ausgewaschene blaue Augen. Das Leben schien einen großen Bogen um sie geschlagen zu haben. Eins, zwei, eins, zwei, stiegen sie die Treppe hinauf, hoben dabei die Knie sehr hoch, stets einen Regenschirm am Arm. Man hätte nicht sagen können, wie alt sie waren. Sie schienen geschlechtslos.

Monsieur Léger aus dem dritten Stock hatte immer große Zeichenmappen unter dem Arm. Er trug rosafarbene, violette oder wunderschöne elfenbeinfarbene Westen, die etwas spitz über seinem runden Bauch abstanden. Glitt dahin wie ein gereizter Schlittschuhläufer. Schimpfte, wenn das Licht ausging oder der etwas altersschwache Aufzug eine Weile brauchte, ehe er sich in Gang setzte. Sein sehr viel jüngerer Lebensgefährte pfiff vor sich hin, wenn er durch die Halle ging, begrüßte Iphigénie mit einem etwas theatralischen »Guten Tag, Madame«, und hielt älteren Leuten die Tür auf. Madame Pinarelli schien ihn zu mögen. Weder in Monsieur Boisson noch in Monsieur Léger fand sie etwas von dem arglosen Ungestüm des Kleinen Mannes wieder …

Zoé, Josiane, Iphigénie, Giuseppe und all die anderen rissen sie aus ihrer Versunkenheit.

Sie durchbrachen den ruhigen Strom ihrer Träumereien, erzählten ihr von ihren Stimmungen, ihren Leiden, ihren Enttäuschungen, den Wechselfällen ihres Lebens, die für Hortense nur ein Sammelsurium alberner Belanglosigkeiten gewesen wären. Doch Joséphine hörte zu. Sie konnte nicht anders.

Josiane saß im Wohnzimmer und aß jammernd von dem Apfelkuchen, den sie mitgebracht hatte. Selbst gebacken, hatte sie betont, als sie den Kuchen unter einem großen weißen Spültuch hervorgezogen hatte. Du Guesclin stand stocksteif vor ihr und lauerte darauf, dass ein Stück herunterfiel. Er dachte sicher, wenn er sich nicht bewegte, würde er unsichtbar werden und könnte Krümel stibitzen, ohne ihre Aufmerksamkeit zu erregen.

Am nächsten Tag, dem 6. Mai, feierte Junior seinen dritten Geburtstag, und Josiane hatte darauf verzichtet, einen Kindergeburtstag zu organisieren.

»Er hat doch keine Freunde! Ein Kindergeburtstag ohne Freunde ist wie ein Blumenstrauß ohne Blüten! Nur Stängel, eine triste Angelegenheit. Und ich lade ganz bestimmt nicht die beiden Brillenschlangen ein, die wir als Hauslehrer für ihn engagiert haben! Dabei hatte ich mir immer so schöne Feste mit Zauberern, Geschichtenerzählern, bunten Luftballons und putzigen kleinen Kerlchen vorgestellt, die überall herumlaufen!«

»Soll ich vorbeikommen?«, fragte Joséphine widerstrebend.

Josiane klagte weiter, ohne auf ihr Angebot einzugehen.

»Und was ist mit mir? Marcel braucht mich nicht mehr. Er kommt immer später nach Hause und redet fast nur noch mit Junior … Und Juniors Tage sind ausgefüllt mit Lernen. Mittags isst er ein Baguette und liest dabei ein Buch! Er bittet mich nicht mal, ihn abzuhören … Wahrscheinlich wäre ich dazu auch gar nicht in der Lage! Er wartet auf seinen Vater, und abends sitze ich zwischen meinen beiden Männern wie das fünfte Rad am Wagen. Ich bin zu überhaupt nichts mehr nütze, Jo … Mein Leben ist am Ende!«

»Aber nicht doch …«, beruhigte sie Joséphine. »Es ist nicht am Ende, es ist dabei, sich zu verändern. Das Leben steht niemals still, es verändert sich ständig, und du musst dich anpassen, wenn du nicht wie eine dicke Kuh auf der Wiese stehen und immer das gleiche Gras fressen willst!«

»Ich wäre gern eine dicke Kuh mit einem großen, leeren Nichts unter der Föhnfrisur …«, sagte Josiane seufzend und kaute, den Blick in die Ferne gerichtet, auf ihrem Apfelkuchen herum.

»Kannst du dir nicht eine Beschäftigung suchen, wieder arbeiten gehen?«

»Marcel will nicht, dass ich ins Büro zurückkomme … Ich merke, wie er sich innerlich dagegen sträubt. Neulich habe ich Ginette im Lager besucht, und was glaubst du, wer mir da über den Weg gelaufen ist? Das errätst du nie! Chaval! Schnüffelte da rum und spielte sich Gott weiß wie auf. Dabei wirkte er so was von zufrieden mit sich! Und es war auch nicht das erste Mal! Ich frage mich, ob Marcel ihn nicht wieder eingestellt hat. Er schwört, nein, aber ich finde es reichlich komisch, dass der sich ständig in der Firma rumtreibt …«

»Schau doch mal in die Stellenanzeigen …«

»Heutzutage? Bei der Arbeitslosigkeit! Da kann ich ja gleich Eiskunstläuferin werden wollen!«

»Mach eine Weiterbildung …«

»Ich kann nichts außer Sekretärin …«

»Du kannst sehr gut kochen …«

»Ich fang doch jetzt keine Bäckerlehre mehr an!«

»Und wieso nicht?«

»Du hast leicht reden«, murrte Josiane und spielte mit den Knöpfen ihrer rosa Bluse. »Und soll ich dir was sagen, Jo, ich bin eine echte Sofaqualle geworden. Eine fette Frau, die sich von ihrem Mann aushalten lässt. Früher war ich dürr wie ein Streichholz und konnte kämpfen …«

»Dann mach eine Diät!«, schlug Joséphine lächelnd vor.

Mutlos pustete Josiane gegen eine blonde Strähne, die ihr in die Augen hing.

»Ich dachte, mit Junior hätte ich eine Beschäftigung gefunden. Mutter sein ist ein schöner Zeitvertreib … Ich hatte so viele Träume! Und er hat sie mir alle genommen!«

»Such dir einen neuen Traum … Werde Astrologin, Ernährungsberaterin, eröffne einen Sandwichladen, entwirf Schmuck und verkauf ihn über Casamia. Du hast einen Mann, der dich unterstützen kann, du bist nicht allein, denk dir etwas aus … Aber sitz nicht den ganzen Tag nur rum und blas Trübsal!«

Josiane hatte aufgehört, an ihren Blusenknöpfen herumzufummeln.

»Du hast dich verändert, Joséphine«, brummte sie. »Du hörst den Leuten nicht mehr so zu wie früher … Du wirst genau wie alle anderen, egoistisch, hast keine Zeit mehr …«

Joséphine biss sich auf die Lippen, um eine Antwort zu unterdrücken. Auf ihrem Schreibtisch wartete das Tagebuch des Kleinen Mannes, und sie kannte nur einen Gedanken: es aufzuschlagen, in die Geschichte einzutauchen und einen roten Faden zu finden, um sie zu erzählen. Ich sollte zu WH Smith in der Rue de Rivoli gehen und eine Biografie über Cary Grant kaufen. Und wieder stellte sie sich die gleiche Frage: Warum war das Tagebuch im Müll gelandet? Hatte sein Verfasser ein neues Leben begonnen und wollte einen Schlussstrich unter seine Vergangenheit ziehen? Fürchtete er, das Heft könne in fremde Hände fallen und sein Geheimnis preisgeben?

»Ich geh dann mal wieder«, sagte Josiane, stand auf und strich ihren Rock glatt. »Ich merke doch, dass ich dich langweile …«

»Aber nein«, protestierte Joséphine, »bleib doch noch ein bisschen … Zoé kommt gleich nach Hause und …«

»Du hast Glück … Du hast wenigstens zwei …«

»Zwei?«, entgegnete Joséphine und fragte sich, was Josiane wohl meinte.

»Zwei Töchter … Hortense ist weg, aber du hast immer noch Zoé. Du bist nicht ganz allein … Ich hingegen …«

Josiane setzte sich wieder hin, dachte eine Weile nach, dann hellte sich ihre Miene auf, und sie sagte leise: »Und wenn ich noch ein Kind bekomme?«

»Noch ein Kind?«

»Ja … Kein Genie, sondern ein Kind, das sich an die normale Entwicklung hält, dem ich Schritt für Schritt folgen könnte … Ich muss mit

Marcel darüber reden, ich bin mir nicht sicher, ob er noch eins will, in seinem Alter … Und ich weiß auch nicht, ob Junior von der Vorstellung so begeistert wäre …«

Sie versank wieder in ihren Gedanken. Sah schon ein Baby an ihrer Brust, dem ein Milchfaden aus dem Mundwinkel lief. Es trank gierig, und sie schloss die Augen.

»Ja, natürlich … Ein zweites Kind … Das ich für mich behalte, ganz für mich allein.«

»Glaubst du wirklich, dass …«

Josiane beachtete sie gar nicht. Sie stand auf, umarmte Joséphine ganz fest, faltete ihr Spültuch zusammen, nahm ihre Kuchenform, dankte ihr zum Abschied und bat sie, ihren Anfall schlechter Laune zu entschuldigen. Und für das nächste Mal versprach sie ihr einen Schokoladenkuchen …

Uff!, dachte Joséphine, als sie die Wohnungstür hinter ihr schloss. Endlich allein …

Das Telefon klingelte. Giuseppe. Er machte sich Sorgen. Ich sehe dich gar nicht mehr, Joséphine, was ist los? Haben sie dich an der Universität gefressen? Sie lachte und kratzte sich am Kopf. Ich bin in Parigi, sollen wir heute Abend zusammen essen? Nein, sagte sie, nein, ich habe mein Vorwort noch nicht fertig, ich muss es in einer Woche abgeben … Zum Teufel mit deinem Vorwort! Ich habe ein kleines italienisches Restaurant in Saint-Germain entdeckt, ich lade dich ein. Na, komm schon, sag Ja! Ich habe dich schon viel zu lange nicht mehr gesehen … Sie sagte Nein. Hörte ein langes Schweigen. Sie war beunruhigt und fügte hinzu, später, später, wenn ich fertig bin … Aber dann bin ich wieder weg, *amore mio*! Und sie dachte, Pech gehabt! Sie konnte ihm nicht die Wahrheit sagen, ich gehe mit einem Buch schwanger, das in mir heranwächst und den ganzen Platz einnimmt, sonst hätte er tausend Fragen gestellt, auf die sie nicht antworten wollte, nicht antworten konnte. Also murmelte sie, tut mir leid, als hätte er sie bei einem Fehler erwischt … Er erkundigte sich nach den Mädchen. Sie seufzte erleichtert, dankbar für den Themenwechsel. Es geht ihnen gut, es geht ihnen gut.

Dann fiel ihr auf, dass sie schon lange nichts mehr von Hortense gehört hatte, nichts Richtiges, nur hastige E-Mails. Ich stecke bis zum

Hals in Arbeit! Keine Zeit! Alles in Ordnung. Ruf dich an, wenn ich einen Moment Luft habe!

Sie hatte niemals »Luft«.

Sie fragte sich, ob Hortense böse auf sie war.

»Na, Madame Cortès?«, ließ Iphigénie, die an der Tür ihrer Loge stand, nicht locker. »Worauf warten Sie noch, um unsere Petition unterschreiben zu lassen? Wir haben sie aufgesetzt, jetzt brauchen Sie nur noch auf den Knopf zu drücken und sie auszudrucken, und – hopp! – lassen wir sie im Haus rumgehen …«

»Lassen Sie uns noch die nächste Eigentümerversammlung abwarten. Der Hausverwalter wird Ihre Ablösung ansprechen müssen, und dann sehe ich ja, ob Ihnen tatsächlich Gefahr droht …«

»Was?«, rief Iphigénie, die Fäuste in die Hüften gestemmt, während ihre beiden Kinder, den mütterlichen Zorn fürchtend, hinter dem Vorhang verschwanden. »Sie glauben mir nicht? Sie glauben nicht, was ich Ihnen sage!«

»Doch, doch, natürlich … Ich möchte mich nur nicht Hals über Kopf in dieses …«

Cary Grant lächelte sie an. Sie fragte sich, wie sie dieses schelmische, heitere Lächeln beschreiben sollte. Sie suchte den passenden Begriff, er lag ihr auf der Zunge. Spöttisch, scherzend, schalkhaft, ironisch … Es gab ein Wort, ein anderes Wort.

»In dieses Abenteuer, sagen Sie es ruhig, Madame Cortès, Sie haben Bammel davor, stimmt's?«

»Aber nein, Iphigénie, warten Sie noch ein bisschen, und ich verspreche Ihnen, dass …«

»Versprechungen, leere Versprechungen!«

»Ich werde mich nicht drücken …«

»Haben Sie sich gemerkt, was ich gesagt habe?«

»Ja. ›Wann, wenn nicht jetzt …‹ Ich habe verstanden, Iphigénie.«

»Ich finde, es würde mehr Eindruck machen, wenn Sie bei der Versammlung gleich mit der unterschriebenen Petition ankämen.«

Verschmitzt! Ein leises, verschmitztes Lächeln …

Sie pfiff nach Du Guesclin, winkte Clara und Léo hinter dem Vorhang zu und verabschiedete sich mit einem leisen … verschmitzten Lächeln von Iphigénie.

Sie nahm das schwarze Notizbuch wieder zur Hand und öffnete es.

Schaltete den Wasserkocher ein, hielt das Heft in den aufsteigenden Dampf, fuhr mit der Messerklinge zwischen die Seiten, löste eine davon ab, schob ein Blatt Löschpapier dazwischen und wiederholte den Vorgang bei den folgenden Seiten, mit langsamer Beharrlichkeit, ohne jede Hast, aus Angst, Worte zu verlieren, kostbare Sätze auszulöschen …

Sie kam sich vor wie ein Ägyptologe, der sich über die Reste einer Mumie beugte.

Die Mumie einer verloschenen Liebe.

»4. Januar 1963.

Er hat mir endlich erzählt, wie er Cary Grant geworden ist.

Wir waren in seiner Suite … Er hatte mir ein Glas Champagner eingeschenkt. Es war ein anstrengender Tag gewesen. Er hatte eine Szene gedreht und war nicht zufrieden. Er fand, sie habe keinen richtigen Rhythmus; etwas stimmte mit dem Text nicht, er sollte umgeschrieben werden. Stanley Donen und Peter, der Drehbuchautor, rauften sich die Haare und versuchten ihn davon zu überzeugen, dass sie perfekt sei, aber er wiederholte, nein, so gehe das nicht, das Tempo stimme nicht. Und er schnippte im Takt mit den Fingern.

›Wenn die Leute ins Kino gehen, wollen sie vergessen. Das dreckige Geschirr im Spülbecken vergessen. Wir brauchen Rhythmus …‹

Er zitierte *Die Nacht vor der Hochzeit* als perfektes Beispiel für einen Film, dessen Rhythmus über die gesamte Länge durchgehalten wird.

Er wirkte außer sich vor Zorn. Ich habe mich nicht getraut, mich ihnen zu nähern.

Ich hatte schon wieder den Unterricht geschwänzt, um zu ihm zu fahren. Ich hörte, wie er redete, argumentierte, und ich bewunderte seine Entschlossenheit. Am liebsten hätte ich ihm Beifall geklatscht. Ich war sicher der Einzige. Die anderen verwünschten ihn im Stillen.

Die anderen … Sie reden hinter meinem Rücken, sie behaupten, ich sei in ihn verliebt, aber das ist mir egal. Ich zähle die Tage, die mich noch von seiner Abreise trennen und … ich will nicht daran denken!

Glück hüllt mich ein wie feiner Nebel. Ich bin vom idiotischsten Teenager auf der Welt zum strahlendsten Teenager der Welt geworden. Da ist etwas in meiner Brust, aber in meiner ganzen Brust, nicht nur in meinem Herzen … Ein Pochen. Es pocht die ganze Zeit. Und ich sage mir, du kannst nicht in ein Lächeln verliebt sein, in zwei Augen, in ein Grübchen im Kinn! Und dazu noch in einen Mann! Einen Mann! Unmöglich! Und trotzdem kann ich nicht anders: Wenn ich durch die Straßen laufe, habe ich das Gefühl, dass alles Traurige und Hässliche verfliegt, dass es den Menschen besser geht, dass die Tauben auf dem Bürgersteig lebende Wesen sind! Ich schaue die Leute an und würde sie am liebsten küssen. Sogar meine Eltern. Sogar Geneviève! Ich bin sehr viel netter zu ihr, ich bemerke ihren Schnurrbart gar nicht mehr…

Aber gut, zurück zu unserem Abend…

Wir waren in seiner Suite. Auf einem Couchtisch standen ein Eiskübel mit einer Flasche Champagner darin und zwei schöne Champagnerflöten. Zu Hause haben wir auch Champagnerflöten, aber Maman benutzt sie nie, weil sie Angst hat, wir könnten sie kaputt machen. Sie bleiben in ihrer Vitrine, und sie holt sie nur heraus, um sie zu spülen und wieder zurückzustellen.

Er ist unter die Dusche gegangen. Ich habe, ein wenig eingeschüchtert, auf ihn gewartet. Ich blieb auf der Sofakante sitzen. Ich wagte nicht, mich gegen die Rückenlehne sinken zu lassen. Ich hatte noch immer seine Auseinandersetzung mit dem Regisseur im Kopf, seinen Zorn.

Als er zurückkam, hatte er eine graue Hose und ein weißes Hemd an. Ein schönes Hemd, und er hatte die Ärmel hochgekrempelt… Er zog eine Augenbraue hoch und fragte, alles in Ordnung, *my boy*? Ich habe etwas dümmlich genickt. Ich spürte, dass er an die Szene zurückdachte, und ich hätte ihm gern gesagt, dass er recht hatte. Aber ich habe es nicht getan, das wäre anmaßend gewesen. Was verstehe ich denn schon von Filmen?

Er muss meine Gedanken gelesen haben, denn er sagte: ›Kennst du den Film *Sullivans Reisen*?‹

›Nein…‹

›Nun, wenn du die Gelegenheit dazu hast, sieh ihn dir an. Er stammt von Preston Sturges, einem großen Regisseur, und er zeigt genau das, was ich über das Kino denke…‹

›Und…‹

›Es ist die Geschichte eines brillanten Regisseurs, der mit leichten Komödien große Erfolge feiert. Eines Tages möchte er einen ernsthaften Film über die Armen und an den Rand Gedrängten machen. Es ist die Krise von 1929, und es gibt unzählige Landstreicher, die die Not auf die Straße getrieben hat. Er geht zu seinem Produzenten und verkündet ihm, dass er sich als Bettler verkleiden, Recherchen über das Leben dieser Menschen anstellen und daraus einen Film machen will. Der Produzent erwidert, das sei keine gute Idee. Das werde niemanden interessieren. Die Armen wüssten, was Armut sei, und wollten sie nicht noch auf der Leinwand sehen, bloß die in Seide gekleideten Reichen schwelgten in Fantasien über dieses Thema. Aber er lässt sich nicht davon abbringen, zieht hinaus auf die Straßen, mischt sich unter die Landstreicher, wird von der Polizei festgenommen und endet im Zuchthaus. Und dort zeigt man den Gefangenen eines Abends einen Film, eine seiner leichten, witzigen Komödien, und verblüfft hört unser Regisseur, wie seine Mitgefangenen in schallendes Gelächter ausbrechen, sich auf die Schenkel klopfen und darüber ihr trauriges Schicksal vergessen … Und er versteht, was der Produzent gemeint hat.‹

›Und Sie glauben, der Produzent hatte recht?‹

›Ja … Deshalb lege ich auch so großen Wert auf den Rhythmus. Ich möchte nicht in einem Film mitspielen, der zeigt, dass die Welt hässlich, dreckig und widerwärtig ist. Es ist Betrug, so etwas ›Unterhaltung‹ zu nennen … Es ist sehr viel schwieriger, das Gleiche anhand einer Komödie deutlich zu machen. Wirklich großen Filmen gelingt es, die Schäbigkeit der Welt zu zeigen, während sie die Leute gleichzeitig zum Lachen bringen. Wie *Sein oder Nichtsein* von Lubitsch oder *Der große Diktator* von Chaplin … aber das ist viel schwieriger! Es erfordert einen höllischen Rhythmus. Deshalb ist der Rhythmus so wichtig für einen Film, und deshalb darf man ihn nie verlieren.‹

Er redete in diesem Moment nicht mit mir, sondern mit sich selbst. Und ich begriff, mit welcher Ernsthaftigkeit er diesen Beruf ausübte, den er so leicht zu nehmen schien.

Ich habe ihn gefragt, wie er es geschafft hat, das zu werden, was er jetzt ist. Wie er den Mut aufgebracht hat, sich allem zu widersetzen und seine eigenen Entscheidungen zu treffen. Ich wollte wissen, wie er es geschafft hatte, und ich wollte wissen, wie ich es schaffen könnte. Ich fragte, wie wird man Cary Grant? Eine ziemlich blöde Frage eigentlich.

Er hat mich mit seinem gutmütigen Blick angesehen, jenem Blick, der einem geradewegs in die Augen dringt, und hat gefragt, interessiert dich das wirklich? Und ich habe gesagt: Ja, ja … als stünde ich am Rand eines Abgrunds und würde gleich hineinstürzen.

Er war achtundzwanzig Jahre alt, als er von New York nach Los Angeles zog … Er hatte genug davon, am Broadway zu versauern. Er wusste, dass die Leute bei Paramount neue Gesichter suchten. Sie brauchten neue Stars. Sie hatten schon Marlene Dietrich und Gary Cooper, aber Letzterer bereitete ihnen Kopfzerbrechen. Er war nach Afrika gegangen, um dort ein Jahr lang Urlaub zu machen, und schickte lakonische Telegramme, in denen er drohte, nie mehr zurückzukommen und in Rente zu gehen! Sie luden Archibald Leach zu Probeaufnahmen ein. Und am darauf folgenden Tag verkündete Schulberg ihm, er sei engagiert, aber er müsse seinen Namen ändern. Er wollte einen Namen, der wie Gary Cooper klang. Oder Clark Gable.

Mit seiner Freundin Fay Wray – die aus *King Kong* – und deren Mann haben sie sich eines Abends an den Tisch gesetzt und einen Namen gesucht … Sie kamen auf Cary Lockwood. Cary war ganz gut, aber von ›Lockwood‹ war er nicht sonderlich begeistert. Schulberg ging es genauso. Also gab er ihm eine Liste mit Namen, und auf der stand unter anderem auch ›Grant‹.

Und so wurde er von einem Tag auf den anderen zu Cary Grant. Leb wohl, Archibald Leach! Willkommen, Cary Grant! Er wurde geradezu besessen von Cary Grant. Er sollte perfekt sein. Stundenlang betrachtete er sich im Spiegel und versuchte jeden Quadratzentimeter Haut zu vervollkommnen. Er putzte sich die Zähne, bis sein Zahnfleisch blutete. Er hatte immer eine Zahnbürste in der Tasche, und sobald er eine Zigarette geraucht hatte, holte er sie hervor. Zu der Zeit rauchte er ein Päckchen pro Tag und hatte Angst, seine Zähne könnten gelb werden. Er machte Diät, stemmte Gewichte, reduzierte seinen Alkoholkonsum und imitierte die Schauspieler, die er bewunderte: Chaplin, Fairbanks, Rex Harrison, Fred Astaire. Er kopierte sie, stahl ihnen einzelne Details. Er hat mir zum Beispiel erzählt, dass er sich angewöhnte, die Hände in die Taschen zu stecken, um entspannt zu wirken, bloß war er so nervös, dass seine Hände ganz nass geschwitzt waren und er sie nicht mehr aus den Taschen herausbekam!

Wir haben so gelacht …

Ich liebe sein Lachen … Es ist gar kein richtiges Lachen, eher eine Art sarkastisches, unterdrücktes Prusten. Fast ein Quieken.

Soll ich es dir zeigen, *my boy*?, hat er gefragt. Und dann hat er mir vorgespielt, wie er mit in den Taschen feststeckenden Händen dastand!

Und die ganze Mühe fast umsonst, hat er hinzugefügt, denn über ihm schwebte immer noch das Maß aller Dinge in Sachen Eleganz: Gary Cooper, der ihn von oben herab behandelte und mit Nichtbeachtung strafte.

Ich habe den Eindruck, dass ein Schauspieler damals nicht besonders viel galt. Er war ein Dekorationsartikel, der in einen Film gestellt wurde. Ein hübscher Blumentopf. Man schliff ihre Nasen glatt, man schliff ihre Zähne glatt, man höhlte ihre Wangen aus, man zupfte ihr Kopfhaar, ihre Körperbehaarung, ihre Augenbrauen, man kleisterte ihnen schichtweise Make-up ins Gesicht, man verlobte sie, man verheiratete sie, man schrieb ihnen die Rollen vor, und wenn sie nicht mehr gefragt waren, ließ man sie fallen. Schauspieler hatten kein Wort mitzureden.

Er wollte nicht fallen gelassen werden, also perfektionierte er sich. Allein vor seinem Spiegel. Er erschuf Cary Grant. Er hatte immer ein kleines Notizbuch bei sich, in dem er die neuen Wörter aufschrieb, die er lernte: *avuncular, attrition, exacerbation*. Er arbeitete an seinem Akzent, seinen Gesten, seinem Auftreten, und es gelang ihm ziemlich gut. Bis auf das eine Mal, als Josef von Sternberg seinen Scheitel auf die andere Seite legte, ohne ihn zu fragen! Es war sein fünfter Film, und er war mittlerweile daran gewöhnt, den sorgfältig gezogenen Scheitel links zu tragen, doch kurz vor dem Dreh einer Szene griff Sternberg zu einem Kamm und kämmte ihm den Scheitel nach rechts! Er fand es furchtbar. Und er beteuert, dass Sternberg das nur gemacht habe, um ihn aus dem Konzept zu bringen.

›Man kann einem Schauspieler nichts Schlimmeres antun, kurz bevor man Action ruft! Aber ich habe mich gerächt: Von diesem Tag an habe ich den Scheitel immer rechts getragen, nur um ihn zu ärgern!‹

Der Film heißt *Blonde Venus*, mit Marlene Dietrich, und den habe ich auch nicht gesehen.

Ich glaube, ich werde eine Filmkur in der Cinémathèque machen. Ich weiß nicht, wie ich die Zeit finden soll, all diese Filme zu sehen! Ich werde die Zulassungsprüfung niemals bestehen, niemals, aber das ist mir egal!

Wir wurden durch einen Anruf unterbrochen. Jemand rief ihn aus Bristol an. Ich verstand, dass es um seine Mutter ging, und er antwortete: okay, okay. Er wirkte besorgt.

Er hat mir immer noch nicht von seiner Mutter erzählt, und ich wage nicht, ihn nach ihr zu fragen.

Wir schauten aus dem Fenster über die Dächer von Paris, und ich sagte, ich mag es, wenn Sie mir von Ihrem Leben erzählen, das macht mir Mut.

Er hat gelächelt, ein wenig müde gelächelt und gesagt, dass man nicht andere für sich leben lassen soll, sondern sein Leben selbst gestalten müsse. Ich hatte das Gefühl, dass er mir etwas sagen wollte, aber nicht wusste, wie.

Und so erzählte er weiter.

Bei Paramount nahm man ihn nicht ernst. Sie engagierten ihn wegen seines Aussehens. Er war nur Staffage. Die Hauptrollen wurden erst Gary Cooper angeboten, und wenn er ablehnte, gingen sie an George Raft oder Fred MacMurray. Er war bloß eine elegante Gestalt, die mit den Händen in den Taschen durch den Film schlenderte. Er verkörperte immer den gleichen Typ, groß, gut aussehend, elegant. Er war dreißig Jahre alt und wurde der Sache allmählich überdrüssig. Vor allem, da junge Schauspieler wie Marlon Brando nachrückten.

›Ich schaute mir die Schauspieler und Schauspielerinnen an, ich beobachtete sie, und ich lernte. Beim Spielen kommt es nicht auf Authentizität an, sondern auf den Rhythmus … Du musst dem Film deinen Rhythmus aufzwingen, dann reißt du das Publikum zu Begeisterungsstürmen hin. Aber man ließ mir nicht den Raum dafür …‹

Bis Cukor ihn an der Seite von Katharine Hepburn für einen Film namens *Sylvia Scarlett* engagierte. Den habe ich auch nicht gesehen. Mit diesem Film wurde er berühmt. Für alle anderen war er ein Misserfolg, außer für ihn! Er war fantastisch darin …

›Und weißt du, warum ich in dieser Rolle gut war, *my boy*? Weil ich gleichzeitig Archie Leach und Cary Grant sein konnte … Und mit einem Mal fühlte ich mich wohl. Ich war wie befreit. Mein ganzes Leben lang habe ich versucht, auf der Leinwand ich selbst zu sein, und mir ist klar geworden, dass es das Schwierigste auf der Welt ist … Weil man dafür Selbstvertrauen braucht. In diesem Film habe ich den Mut aufgebracht, die Augenbrauen hochzuziehen, Gesichtsausdrücke zu zeigen, Haltungen einzunehmen, die nur mir gehörten. Ich hatte meinen Stil geschaffen …‹

Von einem Tag auf den anderen wurde er zu einem bedeutenden

Schauspieler. Paramount wollte, dass er einen neuen Vertrag unterschrieb, weil der alte ausgelaufen war … und da tat er etwas Unglaubliches: Er lehnte ab und machte sich selbstständig. Ging dieses Risiko ein. Damals war das furchtbar kühn.

Er hatte die Energie des kleinen Archie wiedergefunden, des Straßenjungen, der sich mit vierzehn in Bristol einer Truppe von Wanderkomödianten angeschlossen hatte, der mit sechzehn in den Vereinigten Staaten von Bord gegangen war, der sich am Theater versucht hatte und nach Hollywood gekommen war, und dieser Mann war es, den er liebte, nicht die Marionette, die Paramount daraus gemacht hatte. Er schlug die Tür hinter sich zu.

›Wenn ich geblieben wäre, hätte man mich weiter als Staffage gesehen … Jetzt aber gab es zwei Möglichkeiten: Entweder ging ich unter und verschwand in der Versenkung, oder ich wurde endlich der Schauspieler, der ich sein wollte … Willst du auf diese Universität gehen, auf die du dich vorbereitest?‹

›Nein, eigentlich nicht … Aber es ist eine sehr gute Universität, die beste in ganz Frankreich.‹

›War das deine eigene Idee?‹

›Nein … Meine Eltern haben …‹

›Dann frag dich, was du selbst machen möchtest … denn nach allem, was du erzählst, muss ich dir leider sagen, dass du in deinem eigenen Leben nur Statist zu sein scheinst … Du entscheidest nichts, du nimmst einfach nur hin …‹

Damit hat er mich ein bisschen beleidigt.

›Sie haben doch auch lange einfach nur hingenommen …‹

›Und daher weiß ich, dass man das nicht tun soll! Dass irgendwann der Moment kommt, in dem man sein Leben selbst in die Hand nehmen und sich entscheiden muss.‹

Es klingt so einfach, wenn er redet …

Er hat mir wieder die Geschichte von dem Platz hinter dem Nebel erzählt.

Er hatte seinen Platz hinter dem Nebel gefunden.

Dieser Abend war zauberhaft.

Wir haben zusammen gegessen. Er hatte den Zimmerservice kommen lassen, und wir wurden bedient wie die Fürsten. Vom Salat isst er nur die wirklich schönen Blätter, die anderen lässt er liegen. Das hat mich umgehauen. Zu Hause essen wir alles, sogar die gelb verfärbten Blätter. Ich habe es genauso gemacht wie er und die nicht ganz so schönen Blätter zur Seite geschoben. Ich muss zugeben, es waren nicht viele. Ich hatte das Gefühl, im Luxus zu schwelgen. Ich glaube, nachdem ich das Hotel verlassen hatte, ging ich anders als vorher. Ich hatte die Hände in den Taschen und pfiff vor mich hin.

Als ich nach Hause kam, erwarteten mich meine Eltern in Schlafanzug und Morgenrock im Wohnzimmer. Mit finsterer Miene. Ich behauptete, ich sei mit Geneviève im Kino gewesen und der Film sei so gut gewesen, dass wir ihn uns zweimal hintereinander angeschaut hätten. Ich muss sie warnen. Damit sie sich nicht verplappert!

12. Januar 1963

Ich habe mit Geneviève gesprochen und ihr gesagt, dass ich den Abend mit IHM verbracht und sie als Alibi benutzt habe … Sie hat den Blick niedergeschlagen und gefragt, bist du verliebt? Spinnst du?, habe ich zurückgefragt. Da hat sie mir direkt in die Augen geschaut und gesagt, beweise es! Küss mich. Ich hatte wirklich keine Lust dazu, aber ich habe mich gezwungen, damit sie nicht petzt! Ich habe den leichten Flaum gespürt … Ich habe nur meine Lippen auf die ihren gelegt, ich habe weder gedrückt noch mit Zunge geküsst oder sonst irgendwas! Danach hat sie ihren Kopf an meine Brust gelegt, hat geseufzt und gesagt, jetzt sind wir verlobt! Und mir ist eiskalter Schweiß den Rücken runtergelaufen …«

»Maman, Maman«, rief Zoé, als sie aus der Schule zurückkam. »Wo bist du? Was machst du?«

»Ich lese das Tagebuch des Kleinen Mannes …«

»Aha … Und wie weit ist er?«

»Er hat gerade Geneviève geküsst …«

»Igitt! Wieso hat er das denn gemacht?«

Joséphine erklärte es ihr, und Zoé hörte, eine Wange in die Hand gestützt, zu. Indem Joséphine Zoé von dem Kleinen Mann erzählte, lernte sie ihn besser kennen. Sie schlüpfte in seinen Kopf. Sie urteilte nicht über ihn. Sie machte aus ihm eine Figur. Sie ließ sich von ihm durchdringen. Und sie dachte, genau so muss man schreiben. Die Figur verstehen lernen, Details anhäufen, alles reifen lassen, und eines Tages macht es klick, und sie erwacht zum Leben. Und dann brauche ich ihr nur noch zu folgen.

»Nervt es dich nicht, mit mir zu reden?«, fragte Zoé.

»Nein. Im Gegenteil, mit dir rede ich gern ... Das ist so, als würde ich mit mir selbst reden. Warum fragst du?«

»Weil du manchmal so schlecht gelaunt bist. Dann kommt es mir vor, als würde ich dich stören ... Du bist nicht mehr so wie früher. Früher konnte man dir egal was erzählen, und du hast immer zugehört ...«

»Du meinst, ich bin weniger verfügbar?«

»Mjaa ...«, sagte Zoé und lehnte sich an ihre Mutter.

»Ein echter Miesepeter?«

»Das Wort gefällt mir, ›Miesepeter‹ ... Ich schreibe es nachher in mein Heft ... Möchtest du gar nicht wissen, wer dein Kleiner Mann ist?«

»Doch, ich bin auf der Suche nach ihm ... Ich gehe die männlichen Hausbewohner durch ...«

»Und hast du ihn gefunden?«

»In Haus B wüsste ich niemanden außer Monsieur Dumas.«

»Der Mann, der sich das Gesicht weiß pudert?«

»Ja ...«

»Und in Haus A? Monsieur Merson? Er ist zu jung ... Pinarelli?«

»Er ist Mitte fünfzig ...«

»Behauptet er! Und sonst ... Monsieur Boisson? Nicht gerade ein fröhlicher Mensch. Ich kann mir nicht vorstellen, dass der mal in Cary Grant verliebt war! Und wenn es Monsieur Léger wäre ... Du weißt schon, der ältere der beiden Typen, die im Vierten in Gaétans Wohnung gezogen sind?«

»An den hatte ich auch schon gedacht ...«

»Und dann«, fügte Zoé geheimnisvoll hinzu, »wäre da noch Monsieur Sandoz ... Er hat beim Film gearbeitet, als er jung war. Das hat er mir erzählt. Vielleicht ist er es ja ... Deshalb ist er auch so traurig. Er hat seine große Liebe verloren.«

»Und jetzt soll er in Iphigénie verliebt sein? Das ergibt doch keinen Sinn, Zoé ...«

»Doch, doch ... Iphigénie ist eine echte Persönlichkeit. Sie hat einen starken Charakter. Er mag beeindruckende Menschen. Er ist immer ein kleiner Junge geblieben … Ach, Maman, wir könnten doch heute Abend *Charade* schauen, ich bin mit meinen Hausaufgaben schon durch …«

Und sie schauten *Charade*. Als Audrey Hepburn auf dem Bildschirm erschien, rief Zoé, mein Gott, wie schön sie ist! Sie hat bestimmt nie etwas gegessen, um so schlank zu bleiben … Ab sofort esse ich auch nichts mehr! Und sie wartete auf die Szene, in der Bartholomew, der von Walter Matthau gespielt wurde, sagte, diese Reinigung hier im Haus … Als ich letztes Mal 'ne Krawatte hingab, bekam ich nur 'nen Fleck wieder! Sie bog sich vor Lachen und knetete ihre Zehen.

Joséphines Gedanken schweiften ab. Sie sah zu, wie Audrey Hepburn Cary Grant unbeirrt nachstellte. Mit Anmut und Humor. Wie schaffte sie es, ihm ihre Liebe zu gestehen und dabei so unbefangen zu bleiben? Alles an dieser Frau war anmutig.

Sie hatte Bérengère Clavert auf der Straße getroffen. Besser gesagt, sie war von Bérengère Clavert geschnappt worden, die gerade von einem exklusiven Schlussverkauf bei Prada zu einem anderen bei Zadig & Voltaire hetzte.

»Ich bin völlig erledigt, meine Liebe! So ein Stress! Es ist einfach fantastisch, keinen Mann mehr im Haus zu haben … Jacques ist perfekt, er bezahlt alles und lässt mich ansonsten vollkommen in Ruhe. Ich gehe jeden Abend aus und amüsiere mich wie verrückt. Und was ist mit dir? Du siehst etwas schlapp aus … Immer noch in Philippe Dupin verliebt? Den solltest du dir aus dem Kopf schlagen … Er lebt immer noch mit dieser … du weißt schon, mit diesem Mädchen zusammen, das …«

»Ja, ja«, hatte Joséphine sie hastig unterbrochen, denn sie wollte nicht hören, was folgte.

»Sie wohnt bei ihm, und er schleppt sie überallhin mit! Kennst du sie?«

»Äh, nein …«

»Sie soll wohl ziemlich süß sein! Und jung noch dazu! Ich sage dir das nur, damit du nicht deine Zeit verschwendest … In unserem Alter darf man keine Zeit mehr verlieren! Also dann, mach's gut, ich muss noch jede Menge Boutiquen abklappern, diese Schlussverkäufe machen mich ganz verrückt!«

Sie hatte ihr eine Kusshand zugeworfen und war, sich in ihren Tüten verheddernd, in ein Taxi gesprungen.

Joséphine schwankte unablässig zwischen Glück und Trauer. Sie hatte nichts mehr von Philippe gehört. Manchmal war sie verzweifelt und sagte sich, er hat mich vergessen, er lebt mit einer anderen zusammen, dann wieder schöpfte sie neue Hoffnung und war sich beinahe sicher, dass er sie liebte. Ich werde zu ihm fahren, beschloss sie … Aber dann fuhr sie doch nicht. Sie hatte zu große Angst, Cary Grant und den Kleinen Mann zu verlieren.

Der Tag, an dem sie Bérengère begegnet war, hatte sie endgültig in tiefste Verzweiflung gestürzt.

Der Film ging zu Ende, und Zoé streckte sich.

»Also, ich kann den Kleinen Mann verstehen … Cary Grant war verdammt attraktiv, wenn auch etwas zu alt für meinen Geschmack …«

»Wenn man verliebt ist, achtet man nicht auf Details. Man liebt einfach, Punkt.«

Zoé zappte durch die Kanäle. Blieb bei einer alten Maigret-Verfilmung hängen, die im Hof des Gebäudes der Kriminalpolizei am Quai des Orfèvres 36 gedreht worden war, stellte den Ton ab und sagte: »Und wenn du Garibaldi fragst? Vielleicht hat er eine Akte über den Kleinen Mann … Du gibst ihm die fünf oder sechs Namen, die du im Sinn hast. Du weißt, wo er geboren ist, kennst sein Alter, den Beruf seines Vaters … Erinnere dich an Mademoiselle de Bassonnière und ihren Onkel, der hatte auch Akten über alle möglichen Leute …«

»Warum sollte es über ihn denn eine Akte geben?«

»Keine Ahnung … Aber es kostet ja nichts, ihn zu fragen.«

»Du hast recht, ich rufe ihn gleich morgen an … Aber jetzt ab ins Bett«, schloss Joséphine. »Du musst morgen zur Schule!«

Zoé beugte sich vor, streichelte Du Guesclin und rubbelte seine Ohren. Er schnaufte auf und wich zurück.

»Was ist denn los, mein Dickerchen?«, fragte Zoé. »Nein! Sind keine Donuts mehr im Kühlschrank?«, ahmte sie Homer Simpsons Stimme nach.

Sie ist fünfzehn Jahre alt, dachte Joséphine bei sich, sie schläft mit ihrem Freund, und sie spricht wie Homer Simpson.

Sie blieb in ihre Decke gewickelt auf dem Sofa liegen.

Garibaldi … Seit jenem schrecklichen Tag, als Philippe und sie zum Quai des Orfèvres 36 gerufen worden waren und von Iris' Tod erfahren hatten, hatte sie ihn nicht mehr gesehen. Sie zog die Decke fester um sich.

Fast neun Monate …

Zoé kam, sich das Haar bürstend, zurück, schmiegte sich an ihre Mutter, und Joséphine nahm sie in die Arme. Es war die Zeit für vertrauliche Gespräche. Zoé begann immer mit kleinen, belanglosen Dingen, ehe sie sich den ernsteren Themen zuwandte. Joséphine liebte diese innigen Momente mit ihrer Tochter und fragte sich, wie lange es noch dauern würde, bis Zoé sich ihr nicht mehr anvertrauen würde. Dieser Tag würde kommen, und sie fürchtete sich davor.

»Weißt du, Maman, Madame Choquart, meine Französischlehrerin, hat mich und die anderen Mädchen aus meiner Gruppe beiseitegenommen und uns gesagt, dass wir niemals naive Dummerchen werden dürften. Dass wir großartige Dinge erreichen könnten und dass man es sich im Leben zu leicht macht, wenn man sagt, ich hätte ja gekonnt, wenn ich gewollt hätte …«

Sie streckte ein Bein aus, kratzte sich an der Wade, zog es wieder an und kuschelte sich unter einen Deckenzipfel an Joséphine.

»Und dann hat sie noch gesagt, ich sehe euch an, und ihr seid alle so süß! Und deshalb warne ich euch: Ich will euch nicht in zehn Jahren als träge, depressive Frauen wiedersehen! Sie ist die tollste Lehrerin, die ich je hatte. Wenn ich sie sehe, denke ich immer, dass ich keine Angst vor dem Älterwerden haben muss, denn man kann weiße Haare haben, so wie sie, und trotzdem überhaupt nicht alt sein. Man ist alt, wenn man selbst traurig ist und die anderen traurig macht. Du zum Beispiel, du wirst niemals alt sein, weil du niemanden traurig machst …«

»Danke, das beruhigt mich …«

Joséphine wartete darauf, was noch kommen würde. Sie beugte sich vor und legte ihr Kinn auf Zoés Kopf, um sie zu ermuntern, ihr zu erzählen, was sie auf dem Herzen hatte.

»Weißt du, Maman, Gaétan …«

»Ja, mein Schatz …«

»Du hattest recht. Er hat mir endlich gesagt, was nicht in Ordnung war … Es hat ziemlich lange gedauert. Er wollte nicht darüber reden.«

»Und?«

»Aber ich warne dich, das ist megafies …«

»Keine Angst, ich beiße die Zähne zusammen …«

»Es geht um Domitille. Sie ist an der Schule erwischt worden …«

»Erwischt worden? Wobei denn?«

»Äh … Ich weiß nicht, ob ich dir das wirklich erzählen soll …«

»Na, komm schon, raus damit, meine Schöne, ich kann das verkraften.«

»Sie hat den Jungs auf dem Klo für fünf Euro einen geblasen …«

Joséphine zuckte zusammen.

»Das hat sie letztes Jahr auch schon in Paris gemacht, aber jetzt ist sie erwischt worden! Alle wissen Bescheid … Die ganze Schule, das ganze Viertel. In ihrer Familie herrscht totaler Ausnahmezustand. Ihre Oma hätte fast einen Herzinfarkt bekommen. Gaétan wusste schon lange davon, darum ging's ihm auch nicht gut und er hat kaum noch mit mir gesprochen. Er hatte Angst, dass alles rauskommt … und zack! Jetzt weiß es jeder! Aber auch wirklich jeder! Sogar die Bäckerin … Sie lacht immer, wenn sie ihnen die Baguettes gibt, und sagt, fünf Euro, oh, pardon … Darum will er nicht mehr zur Schule, und Charles-Henri, der Älteste, will unbedingt nach Paris aufs Internat. Du kannst dir vorstellen, was bei ihnen zu Hause für eine Stimmung herrscht!«

»O ja, das kann ich …«

»Ihr Großvater hat versucht, mit ihr zu reden … mit Domitille, meine ich, aber das Einzige, was sie gesagt hat, war, ist mir doch egal, ich fühle nichts, überhaupt nichts … Also, mir ist es lieber, jeden Tag etwas anderes zu fühlen als überhaupt nichts …«

»Der arme Gaétan!«

»Ich wusste, dass sie irgendwas mit Jungen macht, aber ich hätte nie gedacht, dass es das war!«

Im kleinen Haus der Mangeain-Dupuys in Saint-Aignan stand eine Aussprache an.

Madame Mangeain-Dupuy, die Großmutter, hatte im Wohnzimmer einen Familienrat einberufen. Isabelle Mangeain-Dupuy, Charles-Henri, Domitille und Gaétan saßen um den Tisch versammelt. Monsieur Mangeain-Dupuy, der Großvater, hatte es vorgezogen, dem Treffen fernzubleiben. Das sind Familienangelegenheiten, und du regelst solche Dinge ausgezeichnet, hatte er zu seiner Frau gesagt, heimlich erleichtert, dass er sich nicht damit würde befassen müssen.

»Es geht mir so was von an den Eierstöcken vorbei, was die Alte denkt«, hatte Domitille erklärt, als sie ihren Minirock auf einen wackligen Stuhl platziert hatte, »ich find's hier total zum Kotzen, ich will zurück nach Paris. Hier gibt's nur blöde Spießer, stocksteife kleine Arschlöcher, die sich wer weiß was drauf einbilden, wenn sie mal 'nen Joint geraucht haben …«

Sie hatte grelles, rot-schwarzes Make-up aufgetragen, die Kopfhörer ihres iPod im Ohr und zappelte auf ihrem Stuhl herum, weil sie hoffte, ihre Großmutter würde das Tattoo über ihrem Steißbein bemerken und tatsächlich an einem Herzstillstand sterben.

Charles-Henri hatte die Augen verdreht, und Gaétan hatte den Kopf gesenkt. Er wollte nicht wieder zurück in die Schule. Selbst wenn er dadurch ein Jahr verlor … Er wollte auch zurück nach Paris. Hier wussten die Leute alles über einen und zerrissen sich das Maul.

Isabelle Mangeain-Dupuy versuchte, gerade zu sitzen, und dachte an den Mann ihres Lebens. Er würde sie aus diesem ganzen Schlamassel hier herausholen, und sie würden glücklich zusammenleben … Wenn man verliebt ist, ist das Leben niemals traurig … Und sie war verliebt.

Gaétan sah das alberne kleine Lächeln auf den Lippen seiner Mutter und wusste, an wen sie dachte … An den letzten Kerl, den sie im Internet aufgegabelt hatte. Dieses Meetic ist eine echte Katastrophe, da beißen nur Idioten an! Oder vielleicht hat sie auch nur ein besonderes Händchen dafür, sich in solche Volltrottel zu verknallen. Der Neueste hieß Jean-Charles. Als er zum ersten Mal sein Foto gesehen hatte, sein perfektes Lächeln, sein gutmütiges, freundliches Gesicht, seine fröhlichen blauen Augen, da war er zuversichtlich gewesen … Endlich war sie an einen netten Mann geraten. Sie brauchte dringend einen netten Mann, der sie liebte und sich um sie kümmerte. Sie war nicht dafür geschaffen, allein zu leben.

Der Typ ließ sich »Carlito« nennen. Er fand, das hätte mehr Klasse als Jean-Charles. Und »Carlito« klang ja auch wirklich besser! Seine Mutter kannte ihn jetzt seit zwei Monaten, und er war dreimal aus dem Süden hochgekommen, um sie zu besuchen. Beim ersten Blick auf Carlitos T-Shirt waren Gaétans Illusionen verflogen. Ein violettes T-Shirt mit dem Spruch »Ich bin kein Gynäkologe, aber wenn Sie wollen, kann ich gern mal nachschauen«. Er hatte sich jedes Mal mit seinem Flachbildfernseher und seiner Wii im Haus eingenistet und war ohne Vorwarnung irgendwann wieder verschwunden. Wenn seine Mutter ihn anrief, erreichte sie nur den Anrufbeantworter. Als er sie eines Abends zum Sushi-Essen einladen wollte, war seine Kreditkarte geschluckt worden! Aber mach dir keine Sorgöön, hatte er gesagt, ich bin bald wieder flüssig! Er hatte Freunde da unten im Süden, die verschafften ihm Gelegenheitsjobs, wenn im April die Saison losging und die Touristen kamen … Aber die Saison hatte schon vor über einem Monat begonnen, und keiner seiner »allerbesten Freunde von früher« hatte bisher angerufen, um ihn einzustellen.

Er hatte sie in den Osterferien zu sich eingeladen. Sie waren alle zusammen hingefahren, bis auf Charles-Henri, dem sich die Nackenhaare sträubten, sobald Jean-Charles auf der Bildfläche erschien. Er hatte behauptet, er wohne in einer Wohnanlage mit Pool in Cannes. Sie waren in einem schäbigen, lang gestreckten Wohnblock mit kaputtem Aufzug und zerbeultem Planschbecken gelandet, der meilenweit vom Stadtzentrum entfernt lag. Wenn er redete, waren seine Wörter voll von komischen »ööö«s. Maman sagte, das sei nicht seine Schuld, das sei nun mal sein Akzent … Ich mag seinen Akzent nicht. Ich mag seine Prada-Brille nicht, die ist ja nicht mal echt. Na und? Ist doch scheißögaal. Wozu braucht man schon eine öchte? Hauptsache, die Markö stöht drauf!

Sein Lieblingswort war »wozu?«.

»Willst du eine Runde spazieren gehen?«, fragte Maman.

»Wozu?«

»Sollen wir schwimmen gehen?«

»Wozu?«

Aber das Schlimmste war, wenn er Auto fuhr. Wenn er nicht gerade »Ou, Mann, was für 'ne geile Karre!« schrie, überholte er und brüllte dabei, Platz da, Altöö, marsch zurück auf'n Friedhof! Am liebsten erzählte er die Geschichte, wie seine Freunde ihn einmal mitgenommen hatten, um die Stufen des Filmfestivals hinaufzusteigen. Jamel Debbouze war da gewesen! Obwohl … das wechselte, manchmal war es auch Marion Cotillard, Richard Gere, Schwarzenegger … Das Komischste war, wenn sie im Auto durch Cannes fuhren und er die Straßenschilder vorlas und verkündete, das ist der Boulevard Irgendwas, das ist der Privatstrand vom Grand Hôtel … Es fehlte nicht viel, und er hätte uns auch noch den Intermarché und das Multiplexkino präsentiert! Also, wenn Maman wieder mal sagt, dass sie traurig ist, weil wir aus Le Cannet zurück sind, und dass sie gern wieder hinfahren möchte, denke ich mir nur: Wozu?

Und wozu jetzt dieser Familienrat? Maman wird sich wieder nur Vorwürfe anhören müssen, aber davon wird's doch auch nicht besser. Manchmal verstehe ich Papa … Als er noch da war, hielt alles zusammen. Alles funktionierte, auch wenn es nicht immer lustig war. Ich hab die Nase voll, ich hab die Nase so was von voll. Ich möchte einfach nur normal sein und eine normale Familie haben …

Sie saßen alle um den Tisch, nur die Großmutter war stehen geblieben. Damit wir zu ihr aufschauen müssen, dachte Gaétan gereizt. Sie klopfte auf den Tisch und erklärte, dass es so nicht weitergehen könne. Dass sie umziehen würden, auf das großen Familienanwesen, und dass sie von nun an ihr Leben in die Hand nehmen und wieder für Zucht und Ordnung sorgen werde.

»Bisher habe ich nichts gesagt, aber Domitilles letzte Eskapaden zwingen mich zu handeln. Ich will nicht, dass der Name unserer Familie beschmutzt wird, und obwohl es dafür im Grunde schon zu spät ist, beabsichtige ich, dem allgemeinen Schlendrian in diesem Haus entgegenzuwirken …«

Sie fuhr mit einem Finger über den Tisch und hielt ihn in die Höhe, damit alle die Fettschicht sehen konnten, die sie von der Tischplatte gewischt hatte.

»Isabelle, du bist unfähig, einen Haushalt zu führen und deine Kinder zu erziehen … Ich werde euch Werte, Disziplin und gute Manieren beibringen. Das wird nicht leicht, aber trotz meines Alters und meiner angegriffenen Gesundheit bin ich bereit, dieses Kreuz auf mich zu nehmen. Um euretwillen. Ich will nicht, dass ihr als Gauner, Dirnen und Abschaum der Gesellschaft endet …«

Charles-Henri schien ihr zuzustimmen.

»Ich gehe nächstes Jahr sowieso nach Paris«, sagte er, »und mache ein Vorbereitungsjahr für eine Eliteuni … ich bleibe nicht hier.«

»Dein Großvater und ich werden dich dabei unterstützen. Du hast erkannt, dass Arbeit und Fleiß zu Erfolg führen, und ich gratuliere dir dazu …«

Charles-Henri nickte zufrieden.

»Was dich betrifft, Isabelle«, fuhr ihre Mutter fort, »du wirst dich zusammenreißen müssen … Ich schäme mich jedes Mal, wenn sich jemand nach dir erkundigt. Keine meiner Freundinnen hat eine Tochter wie dich. Ich weiß, dass du Furchtbares durchgemacht hast, aber wir alle haben Prüfungen zu bestehen, das ist nun einmal das Los der Welt. Es entschuldigt in keinster Weise dein Verhalten …«

»Aber ich …«, protestierte Isabelle Mangeain-Dupuy.

»Du trägst einen Namen, dem du gerecht werden musst. Du musst dich wieder fangen. Lernen, dich zu benehmen, wie es sich gehört. Deinen Kindern ein Vorbild zu sein …«

Mit diesen Worten richtete sie den Blick auf Domitille, die auf ihrem Stuhl hing und, demonstrativ Kaugummi kauend, auf ihre Stiefelspitzen starrte.

»Domitille, nimm diesen Kaugummi aus dem Mund und setz dich gerade hin!«

Domitille ignorierte sie und kaute nur umso energischer.

»Domitille, du wirst dich ändern müssen! Ob es dir gefällt oder nicht!«

Dann wandte sie sich Gaétan zu.

»Du, mein Kleiner … Dir habe ich nichts zu sagen. Deine Noten sind hervorragend, und deine Lehrer sind voll des Lobes über dich. Du wirst bei uns ein Umfeld vorfinden, das Fleiß und Strebsamkeit begünstigt …«

In der Stille, die auf dieses Kompliment folgte, erklang die leise, unsichere Stimme von Isabelle Mangeain-Dupuy: »Wir werden nicht zu euch ziehen …«

Ihre Mutter zuckte zusammen.

»Wie bitte?«

»Wir werden nicht zu euch ziehen. Wir bleiben hier. Oder irgendwo anders … Aber nicht bei euch …«

»Das kommt nicht infrage. Ich werde dich nicht dieses verkommene Leben weiterführen lassen.«

»Ich bin erwachsen, ich will so leben, wie es mir gefällt …«, murmelte Isabelle und wich dem Blick ihrer Mutter aus. »Ich war noch nie frei zu leben, wie ich es wollte …!«

»Einen schönen Nutzen ziehst du aus deiner Freiheit!«

»Du entscheidest alles für mich, ihr habt immer alles für mich entschieden … Ich weiß nicht einmal, wer ich bin. Und das in meinem Alter … Ich will ein guter Mensch werden. Ich will, dass man in mein Inneres schaut …«

»Und dazu gehst du im Internet auf Männerfang?«

»Wer hat dir das …?«

»Domitille. Deine Tochter.«

Domitille zuckte mit den Schultern und nahm ihr Kaugummikauen wieder auf.

»Ich will Männer kennenlernen, um zu herauszufinden, wer ich bin. Ich möchte, dass man mich um meinetwillen liebt … Ach, ich weiß doch auch nicht! Ich weiß überhaupt nichts mehr …«

In dem Blick, mit dem Madame Mangeain-Dupuy ihre sich fläzende Tochter betrachtete, funkelte boshafter Spott. Sie war eine kaltherzige Frau, die Pflichterfüllung zu ihrer Religion gemacht hatte. Die erwartete, von ihrer Tochter und ihren Enkelkindern zum Dank für ihre eigennützig gewährten Wohltaten vergöttert zu werden.

»Das Leben, mein Kind, besteht nicht darin, Männer kennenzulernen, wie du sagst. Das Leben ist ein langer Weg, den man mit Pflichtbewusstsein, Rechtschaffenheit und Anstand zurücklegt, aber diese schönen Tugenden scheinst du schon lange aus den Augen verloren zu haben …«

»Ich ziehe nicht zu euch«, wiederholte Isabelle Mangeain-Dupuy verstockt und wagte ihrer Mutter dabei nicht ins Gesicht zu sehen.

»Ich auch nicht!«, bekräftigte Domitille. »Hier langweile ich mich ja schon zu Tode, bei euch wäre alles noch viel mehr zum Kotzen …«

»Es wird euch nichts anderes übrig bleiben …«, erwiderte ihre Großmutter und schlug mit beiden Handflächen auf die Tischplatte, um anzuzeigen, dass die Diskussion damit beendet war.

Gaétan hörte ihnen niedergeschlagen zu. Irgendwann würde das alles vorbei sein … Irgendwann würde es doch endlich vorbei sein.

Am Tag nach ihrem Gespräch mit Zoé rief Joséphine Garibaldi an.

Sie hatte diesen Mann schätzen gelernt, sein zurückgegeltes schwarzes Haar, seine Augenbrauen, die aussahen wie zwei sich öffnende und schließende Regenschirme, sein sich in sämtliche Richtungen verziehendes Knautschgesicht. Er hatte die Ermittlungen zum Tod von Mademoiselle de Bassonnière und Iris mit Takt und Geschick geleitet. Als sie ihn in seinem Büro am Quai des Orfèvres 36 aufgesucht hatte, war es ihr vorgekommen, als hörte er ihr mit seinen Augen, seinen Ohren und … seiner Seele zu.

Er hatte seine Polizeimarke auf den Tisch gelegt, und ihre Seelen hatten miteinander gesprochen. Jenseits der Worte, in den Pausen, dem Zögern, dem Beben ihrer Stimmen. Sie hatten einander erkannt.

Denn hin und wieder geschieht es, dass die eigene Seele mit der eines Fremden spricht.

Seit Iris' Tod hatten sie einander nicht mehr gesehen. Aber sie wusste, dass sie ihn anrufen und um einen Gefallen bitten konnte.

Sie erkannte seine Stimme, als er abhob.

Sie fragte ihn, ob sie ihn störe. Er antwortete, dass er gerade zwischen zwei Fällen eine Pause in seinem Büro mache. Sie tauschten ein paar Belanglosigkeiten aus, dann erkundigte er sich, wie er ihr helfen könne. War sie wieder einem gefährlichen Mörder auf der Spur? Joséphine lächelte und verneinte, diesmal handle es sich um etwas anderes, eine sanftere, romantischere Geschichte.

»Von Van den Brock haben Sie übrigens nichts zu befürchten«, versicherte Garibaldi … »Er wartet im Gefängnis auf den Beginn seines Prozesses, und das kann noch eine ganze Weile dauern … Und danach wird er wahrscheinlich für viele Jahre hinter Gittern verschwinden.«

»Es ist seltsam, aber ich denke nie an Van den Brock …«

»Und was ist mit Luca Giambelli? Hat der sich noch einmal bei Ihnen gemeldet?«

Joséphine verneinte. Das Letzte, was sie von ihm gehört hatte, war, dass er sich wegen seiner Verhaltensstörung selbst in eine psychiatrische Klinik hatte einweisen lassen.

»Und da ist er auch immer noch«, antwortete Garibaldi. »Ich habe mich nach ihm erkundigt. Ihre Sicherheit liegt mir sehr am Herzen, Madame Cortès. Ich denke gern an unsere Zusammenarbeit zurück …«

»Ich auch«, antwortete Joséphine und spürte, wie ihre Ohren zu brennen begannen.

»Sie haben uns mit ihren klugen Anmerkungen sehr geholfen …«

»Sie übertreiben«, entgegnete Joséphine. »Sie waren es, der …«

»Sie verfügen über eine hervorragende Beobachtungsgabe, und aus Ihnen wäre sicher eine fantastische Polizistin geworden … Aber was kann ich denn heute für Sie tun?«

Joséphine erzählte ihm von dem schwarzen Tagebuch, das sie gefunden hatte, und seinem mysteriösen Verfasser.

»Ich habe ihn den Kleinen Mann getauft … Ich finde ihn sehr anrührend. Und auch Cary Grant mag ich sehr. Ich wusste gar nichts über sein Leben, dabei ist es faszinierend …«

Sie gestand ihm, dass sie daran dachte, aus der Begegnung der beiden Männer einen Roman zu machen. Der Regenwurm und der Star. Sie wusste noch nicht genau, wie sie es anstellen würde, aber es würde ihr helfen, herauszufinden, wer der Kleine Mann war, und mit ihm zu reden.

»Er dürfte inzwischen nicht mehr ganz jung sein«, merkte Garibaldi an.

»Nein … und das engt meine Suche schon ein wenig ein. Eigentlich war es Zoé, die mich auf die Idee gebracht hat, Sie anzurufen …«

»Welche Informationen haben Sie denn über diesen Mann?«

»Ich kenne sein Alter, seinen Geburtsort, den Beruf seines Vaters … Ich glaube, dass er bei uns im Haus wohnt oder zumindest häufig zu Besuch kommt. Ich kann Ihnen die Namen der Männer geben, die ich in Verdacht habe … Ich dachte … oder besser gesagt, Zoé meinte, dass Sie vielleicht nachforschen könnten. Ich weiß nicht, ob so etwas möglich ist …«

»Dazu müsste ich über einen Kollegen bei den Renseignements Généraux gehen«, sagte Garibaldi.

»Beim Nachrichtendienst?«, fragte Joséphine.

»Ja.«

»Ist das legal?«

Garibaldi zögerte, dann sagte er: »›Legal‹ ist nicht das richtige Wort … Sagen wir, man könnte es als einen Austausch von Gefälligkeiten bezeichnen …«

»Das bedeutet?«

Er ließ einen Moment verstreichen, ohne etwas zu erwidern.

»Sie müssen mir darauf nicht antworten …«

»Einen Moment, bitte …«

Sie hörte, wie eine Tür geöffnet wurde, dann eine Stimme, Garibaldis Antwort. Während sie wartete, ging sie im Wohnzimmer auf und ab. Du Guesclin hatte seine Leine geholt und sie vor ihre Füße fallen lassen. Sie lächelte und deutete auf das Telefon. Brachte die Leine zurück auf die kleine Kommode im Flur. Enttäuscht legte sich Du Guesclin mit einem Seufzen vor die Wohnungstür, die Schnauze auf die Vorderpfoten gebettet, den vorwurfsvollen Blick unverwandt auf sie gerichtet.

»Ich habe doch auch noch anderes zu tun, alter Doug!«, flüsterte sie ihm zu.

»Madame Cortès?«

»Ja, ich bin noch da…«

»Ich wurde unterbrochen… Also… Angenommen, ich hätte einem Kollegen beim Nachrichtendienst irgendwann einmal einen Gefallen getan… Angenommen, ich hätte mit ihm an einer Drogensache gearbeitet, zum Beispiel, und während einer Hausdurchsuchung bei einem Dealer hätte ich gesehen, wie er ein paar Geldbündel, die auf einem Tisch lagen, genommen und in seine Tasche gesteckt hat…«

»Ja…«, sagte Joséphine, die Garibaldis Gedankengang folgte.

»Angenommen, ich hätte ihm gesagt, ich würde die Sache vergessen, wenn er das Geld wieder zurücklegte, und angenommen, ich hätte ihm angeboten, ihm das Geld zu leihen, und er wäre mir dafür sehr dankbar gewesen…«

»Passiert so etwas oft, dass jemand…?«

»Ich sagte, ›angenommen‹…«

Joséphine trat den Rückzug an und entschuldigte sich.

»Sie brauchen sich nicht zu entschuldigen… Als Polizist verdient man nicht viel. Und man kommt häufig in Versuchung, Drogen oder Geld an sich zu nehmen, um seinen Lebensunterhalt aufzubessern. Drogen, um sie weiterzuverkaufen, und Geld, weil man gerade eine schwierige Zeit durchmacht, weil man mitten in einer Scheidung steckt oder weil man eine Wohnung gekauft hat und den Kredit nicht mehr bedienen kann…«

»Ist Ihnen so etwas schon einmal passiert?«

»Dass ich Drogen oder Geld gestohlen hätte? Nein, nie.«

»Nein, ich meinte… Haben Sie schon einmal einen Kollegen erwischt, der…«

»Das ist meine Sache, Madame Cortès. Sagen wir einfach, ich werde ein paar Kontakte spielen lassen und versuchen, anhand Ihrer Informationen den Mann zu finden…«

»Das wäre wunderbar!«, rief Joséphine. »Dann könnte ich ihn aufsuchen und…«

»Falls er überhaupt darüber reden will… Wenn er das Tagebuch in den Müll geworfen hat, heißt das doch, dass er seine Vergangenheit hinter sich lassen will…«

»Ich kann es auf jeden Fall versuchen …«

»Sie geben nicht so leicht auf, was, Madame Cortès …?«

Joséphine lächelte.

»Sie wirken so schüchtern, zurückhaltend, so wenig selbstsicher, aber in Wirklichkeit sind Sie eigensinnig und zäh …«

»Finden Sie das nicht ein bisschen übertrieben?«

»Das glaube ich nicht, nein. Sie verfügen über die Kühnheit der Schüchternen … Sagen Sie mir, welche Namen Sie im Sinn haben, und ich melde mich bei Ihnen, wenn ich etwas herausfinde …«

Joséphine dachte nach und zählte einige Kandidaten auf: »Monsieur Dumas … Er wohnt in Haus B, unter der gleichen Adresse wie ich … aber ich glaube nicht, dass er …«

»Warten Sie, lassen Sie mich ein Blatt Papier nehmen, damit ich mir das aufschreibe …«

Wieder wurden sie von einer Stimme unterbrochen, die Garibaldi um eine Information bat. Sie hörte ihn antworten und wartete, bis er fertig war, ehe sie weitersprach: »Monsieur Boisson …«

»Wie das Getränk?«

»Ja. Aber er ist staubtrocken! Ich glaube auch nicht, dass er es ist …«

»Hüten Sie sich vor erloschenem Feuer!«, sagte Garibaldi.

»Er wohnt in meinem Gebäudeteil, Haus A. Aber ich kann mir einfach nicht vorstellen, dass er so eine Liebesgeschichte erlebt haben soll wie der Kleine Mann … Er wirkt so furchtbar verschlossen und ist wahrscheinlich allergisch gegen jegliche Fantasie.«

»Wer sonst noch?«

»Monsieur Léger. Yves Léger. Er ist mit einem jüngeren Lebensgefährten in die Wohnung von Lefloc-Pignel eingezogen. Er trägt farbenfrohe Westen und große Zeichenmappen unter dem Arm … Er wirkt wenigstens lebendig.«

»Das klingt schon eher nach unserem Mann …«

»Das denke ich auch. Aber gut … Bloß weil er homosexuell ist, muss er noch lange nicht …«

»Das stimmt«, räumte Garibaldi ein.

»Und Monsieur Sandoz … Sie wissen schon, der Mann, der uns geholfen hat, die Loge von Iphigénie, der Concierge, zu renovieren … Ich weiß nicht, wo er wohnt, aber Iphigénie zufolge schummelt er bei seinem Alter und …«

»Da wäre er nicht der Einzige!«

»Ich bezweifle eher, dass er es ist…«

»Das werden wir ja sehen…«

»Und dann noch Monsieur Pinarelli… Ebenfalls aus meinem Haus. Aber bei ihm kann ich es mir eigentlich auch nicht vorstellen…«

Garibaldi lachte schallend auf.

»Also, im Grunde glauben Sie bei keinem der Männer, die Sie mir genannt haben, dass er es sein könnte!«

»Genau das ist ja mein Problem… Keiner scheint zu passen.«

»Und wenn es jemand anders wäre? Jemand, der dieses Tagebuch in die Mülltonnen Ihres Hauses geworfen hätte, damit man die Spur niemals zu ihm zurückverfolgen kann? Das hätte ich zumindest an seiner Stelle getan. Es erschiene mir sicherer, wenn ich etwas verschwinden lassen wollte…«

»Das wäre aber sehr ärgerlich…«

»Ich will Sie ja nicht entmutigen, aber das erscheint mir plausibler…«

»Sie haben sicher recht… aber andererseits war die Chance, dass jemand dieses Heft finden würde, verschwindend gering. Wenn Zoé nicht bei der Vorstellung, ihr schwarzes Notizheft nie wiederzusehen, in Tränen ausgebrochen wäre, hätte ich die Tonnen nicht durchsucht… Das ist ja nicht gerade meine übliche Abendbeschäftigung.«

»Sehr richtig…«

»Wie viele Leute in Paris durchwühlen denn schon die Mülltonnen, um das Notizheft ihrer Tochter wiederzufinden?«

»Ach, wissen Sie, es gibt sehr viele Leute in Paris, die in Mülltonnen wühlen…«, sagte er mit einem leisen Vorwurf in der Stimme.

»Ich weiß«, sagte Joséphine, »ich weiß… Aber ein kartoniertes Heft kann man nicht essen…«

»Verraten Sie mir, was Sie tun wollen, wenn Sie wissen, wer der Mann ist, Madame Cortès… Falls ich ihn für Sie ausfindig mache…«

»Ich würde ihn gern treffen, mit ihm reden, erfahren, was aus seinem Traum geworden ist. Beim Lesen habe ich Angst um ihn. Ich habe Angst, dass er furchtbar leiden wird. Und ich möchte endlich wissen, ob er seinen Platz hinter dem Nebel gefunden hat…«

Sie erzählte ihm die Geschichte von Archies Freund Fred und dem Wolkenkratzer. Sie hätte Garibaldi gern gefragt, ob er seinen Platz hinter dem Nebel gefunden hatte.

»Seine Bekanntschaft mit Cary Grant war ein Traum. Wenn Sie wüssten, welche Hoffnungen diese Begegnung in ihm geweckt hat … Ich brauche Details, um meine Geschichte lebendig werden zu lassen, und was das angeht, ist nichts hilfreicher als die Realität.«

»Genau das habe ich Ihnen ja bei unserer ersten Begegnung auch gesagt. Die Realität ist oft unglaublicher als jede Fiktion … Ich habe gerade so einen Fall abgeschlossen. Eine junge Frau wurde im Supermarkt von einem Mann getötet, den sie überhaupt nicht kannte. Er hat sie vor den Augen der Kassiererin erstochen. Als man den Mörder verhaftete, sagte er lediglich: ›Sie hatte es nicht verdient zu leben, sie war zu schön.‹ Würden Sie so etwas in einen Krimi schreiben?«

»Nein, völlig unmöglich«, sagte Joséphine kopfschüttelnd.

»Und damit hätten Sie recht! Das Motiv erschiene viel zu dürftig für ein Verbrechen.«

»Aber in meinem Fall handelt es sich nicht um ein Verbrechen. Im Gegenteil … Es ist die Geschichte einer Begegnung, und ich glaube, dass Begegnungen einen Menschen wachsen lassen.«

»Wenn man es schafft, sie anzunehmen … Viele Leute lassen schöne Begegnungen einfach verstreichen, aus Angst, sie könnten ihr Leben verändern und sie auf einen unbekannten Weg führen.«

Er machte eine kurze Pause und fügte dann hinzu: »Was berührt Sie denn so an dieser Geschichte?«

»Sie verleiht mir neuen Schwung, neuen Mut …«

»Ähnelt sie Ihrer eigenen Geschichte?«

»Nur dass ich niemals Cary Grant oder jemandem wie ihm begegnet bin! Ich habe nie jemanden getroffen, der mir Selbstvertrauen geschenkt hätte … Im Gegenteil.«

»Ach, was ich Ihnen noch sagen wollte … Ich habe Ihren Roman doch noch gelesen.«

»*Die demütige Königin*?«

»Ja. Und er ist verdammt gut … Ich, ein vierzigjähriger Bulle, der nie etwas anderes gelesen hatte als James Ellroy und seine düsteren, gequälten Romane! Ich lief mit Florine und all den anderen durch die Straßen, ich bin gegen einen Laternenpfahl gelaufen, ich habe meine RER-Station verpasst, ich bin zu spät zur Arbeit gekommen, ich wusste nicht mehr, wo ich wohne. Sie haben mich ganz einfach glücklich gemacht. Ich hätte nie gedacht, dass das überhaupt möglich wäre.«

»Oh!«, murmelte Joséphine verzückt. »Dann waren Sie das also, der die ganzen Exemplare gekauft hat?«

Er lachte. Ein schönes, großzügiges Lachen.

»Ihretwegen habe ich schlaflose Nächte verbracht. Sie haben Talent, Madame Cortès …«

»Ich zweifle so sehr daran … Wenn Sie wüssten, was ich für eine Angst habe … Ich möchte wieder schreiben, aber ich weiß nicht, wie ich es anstellen soll. Es ist so, als wäre ich mit einer Geschichte schwanger. Sie wächst, sie drängt, sie rührt sich in mir drin. Ich beachte meine Mitmenschen kaum noch …«

»Dabei hatte ich den Eindruck, dass sie gerade dafür eine ziemliche Begabung haben!«

»Sie würden mich nicht mehr wiedererkennen! Wenn jemand mit mir reden will, schicke ich ihn kurzerhand zum Teufel.«

»Das ist der Beginn Ihrer Unabhängigkeit …«

»Vielleicht … Ich hoffe nur, dass dabei auch etwas herauskommt.«

»Ich werde Ihnen helfen. Versprochen …«

»Danke«, flüsterte Joséphine. »Darf ich Ihnen noch etwas sagen?«

»Gern …«

»Als Iris … Als sie gestorben ist … Da kam es mir so vor, als hätte man mir ein Bein abgeschnitten, als würde ich nie wieder laufen können … Ich war gelähmt, taub, stumm. Seit ich dieses Tagebuch lese, ist es, als …«

Er blieb stumm. Wartete, dass sie ihre Worte wählte, diese Tatsache vielleicht sogar zum ersten Mal für sich selbst formulierte.

»Als wüchse mein Bein wieder nach, als könnte ich irgendwann wieder anfangen zu laufen … Auf beiden Beinen. Deshalb ist es so wichtig für mich …«

»Ich verstehe, und ich würde mich freuen, wenn ich Ihnen helfen könnte, das dürfen Sie mir glauben. Ich werde mein Möglichstes tun.«

»Und wie geht es Ihnen? Sind Sie glücklich?«

Das war das Dümmste, was sie einen Mann fragen konnte, den sie kaum kannte. Aber sie wusste nicht, wie sie ihm Danke sagen sollte, danke, dass Sie mir zugehört haben, danke, dass Sie mich verstehen, danke, dass Sie für mich da sind. Es ist das erste Mal, dass ich über Iris rede, und es fühlt sich ein bisschen so an, als wiche der Schmerz zurück und ließe mir wieder ein wenig Platz zum Atmen. Sie fürchtete, zu eindringlich, zu dramatisch zu klingen.

»Sie haben seitdem nichts mehr von sich hören lassen …«, antwortete er. »Ich habe mich oft gefragt, wie es Ihnen wohl geht …«

»Ich wollte lieber nicht darüber reden.«

Er räusperte sich, hustete, fiel in seinen Polizistenton zurück und wandte sich wieder ihrem eigentlichen Thema zu: »Na gut, Madame Cortès, ich fasse zusammen: Unser Mann war 1962 siebzehn Jahre alt, er ist in Mont-de-Marsan geboren, sein Vater hatte die École Polytechnique absolviert und war Direktor der Charbonnages de France, und er lebt unter der gleichen Adresse wie Sie …«

Joséphine bejahte.

»Ich muss jetzt Schluss machen«, sagte Garibaldi. »Sobald ich etwas in Erfahrung gebracht habe, rufe ich Sie an.«

Er verstummte. Sie wartete. Dann fügte er hinzu: »Ich rede gern mit Ihnen … Es ist, als gelangte man zum … Wesentlichen.«

Er hatte kurz gestockt, ehe er »Wesentlichen« gesagt hatte.

Glücklich über diese Vertrautheit zwischen ihnen legte sie auf.

Es war inspirierend, mit diesem Mann zu reden. Sie war nicht in ihn verliebt, aber wenn sie sich ihm anvertraute, richtete sie sich auf, sie entfaltete sich, ihr wuchsen Flügel. Wenn sie verliebt war, wusste sie nicht mehr, was sie sagen, wie sie sich verhalten sollte, sie fiel in sich zusammen wie ein großer, leerer Sack, der nicht aufrecht stehen kann.

Joséphine wählte Shirleys Nummer in London, um ihr von ihrem Gespräch mit Garibaldi zu erzählen. Versuchte ihr zu erklären, wie ihre beiden Seelen sich gemeinsam in die Lüfte aufgeschwungen hatten.

»Manchmal geschieht das auch mit dem Herzen …«, fügte sie hinzu.

»Und manchmal mit dem Körper«, versetzte Shirley. »Glaub mir, beim Sex kann man auch abheben!«

»Und wenn alles zusammenkommt, wenn Seele, Herz und Körper einander umfangen und sich in die Lüfte aufschwingen, dann ist es die große Liebe … Aber das passiert nicht oft.«

»Und dir ist es mit Philippe passiert?«, fragte Shirley.

»O ja!«

»Du Glückliche. Ich habe das Gefühl, dass ich mich immer nur an den Körper der Männer wende … Dass er das Einzige ist, was zu mir spricht. Wahrscheinlich habe ich gar kein Herz und keine Seele.«

»Weil du dich nicht gehen lassen willst. Etwas in dir sträubt sich dagegen. Du gibst dich nie vollständig hin. Du glaubst, es reicht, deinen Körper zu geben, dann droht dir keine Gefahr, und das ist in gewisser Weise auch nicht falsch. Aber du vergisst die Seele …«

»Ach, Unsinn«, schimpfte Shirley, »hör auf, mich zu analysieren …«

»Du hast ein negatives Bild von Männern und der Liebe. Während ich immer noch auf den Märchenprinzen warte, der auf seinem weißen Pferd angeritten kommt.«

»Ich nehme das Pferd und überlasse dir den Prinzen!«

»Glaubst du nicht an den Märchenprinzen?«

»Für mich klingt das eher nach Schauermärchen!«, versetzte Shirley und lachte.

»Märchenprinz bedeutet doch nicht, dass er perfekt sein muss«, beharrte Joséphine. »Es geht nicht um Kitsch, sondern um vollkommene Harmonie.«

»*Bullshit!* Von einem Mann brauche ich nur den Körper. Für den Rest, das Herz und die Seele, habe ich meinen Sohn, meine Freundinnen, die Bach-Kantaten, Bücher, die Bäume im Park, einen Sonnenuntergang, einen guten Tee, das Feuer im Kamin …«

»Das ist der Unterschied zwischen uns beiden!«

»Umso besser! Ich will mich nicht in klebrigen Gefühlen verfangen, vielen Dank!«

»Du klingst wie Hortense …«

»Hortense und ich, wir leben in der Realität. Du lebst in deinen Träumen! Im Traum umfängt dich der Märchenprinz und schwingt sich mit dir in die Lüfte, aber in der Wirklichkeit ist er verheiratet, schwört, dass er seine Frau nicht mehr anrührt und im Wohnzimmer auf der Couch schläft, und versetzt dich in einer Tour!«

An diesem Abend war Spaghetti-Party angesagt.

Hortense verabscheute sowohl die Spaghetti als auch die irreführende Verwendung des Wortes »Party« in diesem Zusammenhang.

Denn das war alles andere als ein fröhliches Beisammensein.

Eher erinnerte es an eine Versetzungsprüfung.

Einmal im Monat aßen sie zusammen zu Abend, redeten über das

Haus, die Kosten, die Gebühren, den Strom und die Heizung, über das Rauchverbot innerhalb des Hauses, die Instandhaltung der Terrasse, über die Schlüssel, die nicht liegen gelassen werden sollten, den Briefkasten, der regelmäßig geleert werden musste, über die Mülltrennung, das volle Programm. Die Nickelbrille auf die Nasenspitze vorgeschoben, arbeitete Peter eine strikte Tagesordnung ab, und jeder musste sich äußern und sagen, was seiner Ansicht nach nicht in Ordnung war. Oder feierlich Besserung geloben, nachdem man mit gesenktem Kopf die Strafpredigt des Meisters über sich hatte ergehen lassen.

Das war Peters großer Abend. Er verwaltete die Konten des Hauses, redete mit dem Besitzer, stellte die Liste der Mängel und Pflichten auf. Er war ein ambitionsloser kleiner Mann mit schmalen Schultern, der sich unversehens in Napoleon verwandelte. Unter seinem Dreispitz den Kopf hin und her wiegte. Sich auf die Brust klopfte. Den einen drohte, die anderen rügte und vorwurfsvoll mit dem Finger auf sie deutete. Hortense biss sich auf die Lippen, um angesichts dieser grotesken Situation nicht in Gelächter auszubrechen, denn sie alle zitterten vor Peter.

Sie verabscheute Ruperts von Käse und Crème fraîche verquollene Spaghetti, Toms plumpe Wortspiele und die diktatorischen Erlasse, die von Peters schmalen Lippen troffen.

Keiner kam ungeschoren davon.

Hortense, hast du dich um die *council tax* gekümmert? Ich weiß, dass du sie nicht zahlst, aber hast du bei deiner Schule die Bescheinigung angefordert, die dich davon befreit? Ja oder nein? Hast du diesen Monat deinen Anteil an den Fernsehgebühren bezahlt? Ich sehe doch nie fern, brummte Hortense, ihr klebt die ganze Zeit vor euren Fußballspielen. Hortense!, drohte Peter mit ausgestrecktem Finger. Schon gut, einverstanden, ich beteilige mich ... Blablabla die Heizung, blablabla die Putzfrau, blablabla, wer bezahlt dies, wer bezahlt das ... Glaubt ihr etwa, ich schwimme im Geld? Ich bin die Einzige in diesem Haus, die noch studiert, die ein knappes Budget hat, die von ihrer Mutter abhängig ist, und ihr glaubt gar nicht, wie mir das auf die Nerven geht!

Tom hatte die Füße auf den Couchtisch gelegt und wackelte mit seinen löchrigen Socken. Es stank, und Hortense rümpfte die Nase. Versetzte den Socken einen Tritt mit dem Absatz. Rupert aß Paprikachips und krümelte auf den Teppich. Kakerlakenalarm! Und Jean das Pickelgesicht hatte eine neue Eiterbeule am Kinn. Einen großen roten Furunkel. Als ich ihm gestern über den Weg gelaufen bin, war der noch nicht da. Der fehlte noch in seiner Sammlung! Dieser Kerl ist wirklich abstoßend. Und dann hat er in letzter Zeit auch noch so ein freudiges Glitzern in den Augen, wenn er mich anschaut. Sieht fast so aus, als jubilierte er innerlich … Was glaubt der denn? Dass ich vergesse, wie entstellt er ist, mich an ihn gewöhne und mit ihm rede wie mit einem normalen Menschen? Nicht mal im Traum, du armes Würstchen, halt den Film an und räum die Spulen weg! Sie hatte das Gefühl, als verfolgte er sie. Ständig war er hinter ihr. Wahrscheinlich ist er scharf auf mich. Hat die Nase voll davon, sich jeden Abend allein unter seiner Decke einen runterzuholen. Und dann dieser lächerliche schmale Schnurrbart!

Peter sprach von Ordnung, dass sie ihre Sachen gefälligst wegräumen sollten. Der kommt mir doch hoffentlich nicht schon wieder mit dem Tampon! Nein. Er sprach von den leeren Gläsern, den schmutzigen Tellern, den geplünderten Toastbrottüten, den Handys. Neulich hatte er sogar eines im Mülleimer gefunden. So oft, wie mein Handy klingelt! Ich könnte es genauso gut in einen Blumentopf stecken und darauf warten, dass es wächst! Das ist unglaublich! Mein Abend war ein voller Erfolg, aber es gab nicht ein konkretes Angebot. Niemand hat mich zurückgerufen. Blablabla, die ganzen Komplimente am Abend der Eröffnung, alles bloß heiße Luft … Ihr waren davon nur die Visitenkarten geblieben, die sie in einem alten Marmeladenglas auf ihrem Schreibtisch aufbewahrte. Sie musterte sie finster. Ob ihr Handy irgendwo in der Gegend herumlag oder nicht, machte da auch keinen Unterschied mehr …

Und Gary rief nicht an!

Nichts. Nicht die kleinste Nachricht. Zwei Monate tiefstes Schweigen.

Man räkelt sich benommen und leicht unter dem Körper eines Mannes, man seufzt, ausnahmsweise ist es ein schönes Gefühl, dieses Gewicht auf sich zu spüren, man seufzt lauter, lässt sich fallen …

Und er verdrückt sich wie ein Taschendieb!

Wahrscheinlich wartete er darauf, dass sie ihn anrief, dass sie sich ihm zu Füßen warf …

Da hast du dir die Falsche ausgesucht, mein Lieber! Sie würde garantiert nicht seine Nummer wählen und ihn anflehen, sie zurückzunehmen! Wie blöd ich war! Wenn ich bloß daran denke, dass ich seinetwegen fast Nicholas verloren hätte! Da sieht man mal wieder, Liebe macht dumm. Sie hatte geglaubt, einen Zeh auf jenen berühmten Kontinent zu setzen, den hirnlose Kühe Liebe nennen. Sie war zwei Millimeter davor gewesen, ihm zu sagen, ich liebe dich. Zwei Millimeter weiter, und sie hätte sich komplett zum Affen gemacht. Sie hatte in seinen Armen so laut geseufzt, dass ihr das Geständnis beinahe entschlüpft wäre. Nie wieder würde sie das sagen! Nie wieder wollte sie ihre unterwürfige, gebrochene Stimme diese Worte flüstern hören! Sie würde ihn nicht anrufen, weder ihn noch seine Mutter. So nach dem Motto, ich schleime mich bei der Mutter ein, um etwas vom Sohn zu hören. Mutter und Sohn dieses Buckingham-Palace-Clans sind für mich gestorben. Die lächerlichen Hütchen der Oma im Fernsehen lass ich mir zur Not noch gefallen, die Eskapaden der Prinzen, ihre frühe Glatze und ihre unglaublich dämlichen Freundinnen, meinetwegen … aber die beiden anderen streiche ich aus dem Spiel! Tolle Einstellung! Tolle Familie! Könige sind aufgeblasene Bauerntrampel. Wir haben gut daran getan, sie bei uns in Frankreich auf die Guillotine zu schicken. Die glauben, sie könnten sich alles erlauben, weil sie ein Zepter unterm Arm halten und sich in Hermelin kuscheln …

Hortense hatte ihr altes Leben wiederaufgenommen, dieses stinknormale Leben, das sich nicht von dem Millionen anderer Menschen unterschied. U-Bahn, Studium, Schlafen. Sie besuchte ihren Unterricht, ertrug die Verspätungen der defekten U-Bahnen, arbeitete, aß von Käse verklumpte Spaghetti, roch schmutzige Socken; sie hatte allen Schwung, alle Leidenschaft verloren. Alles widerte sie an.

Sie war ein Opfer ihrer geplatzten Träume.

Denn es gibt nichts Schlimmeres als platzende Träume. Sie klingen genauso wie ein platzender Reifen, ein entsetzliches Geräusch, das noch lange im Kopf nachhallt.

Pschtt …

Ihre Träume hatten pschtt gemacht. Sie hatte in ihren Schaufenstern eine elegante Frau in Szene gesetzt, eine Frau, die provoziert, weil sie sich von der Masse abhebt. Eine einzigartige, manchmal exzentrische Frau, aber immer schick und sich ihrer Wirkung auf Männer bewusst. Ein schöner Traum.

Doch er hatte nicht gefallen …

Also ballte sie die Fäuste, presste die Kiefer zusammen und wiederholte immer wieder, ich werde Designerin, ich werde Designerin, ich muss noch viel mehr lernen. Das ist mein erster Misserfolg, und es wird nicht der letzte sein. Aus Niederlagen lernt man. Welcher Trottel hat das gesagt? Er hatte recht … Ich muss weiterlernen. In die Geheimnisse der Stoffe eindringen zum Beispiel. Einen Stoffproduzenten finden, der mir einen Job gibt … Und wenn irgendjemand das Wort »Samt« in die Runde wirft, kann ich hundertdreißig verschiedene Vorschläge machen, und dann wird man mich bemerken … Man wird mich auswählen, um in einem großen Atelier zu arbeiten. Ich konzentriere mich fest, ganz fest, und dann wird es auch so kommen.

Ihre Freundin Laura – zumindest hatte sie geglaubt, dass Laura ihre Freundin sei – hatte ihr den Kopf gewaschen. Mein Gott, Hortense, denk doch mal nach, so läuft das im wirklichen Leben nicht, man wird nicht an einem Abend berühmt! Und warum nicht?, hatte Hortense geschrien. Wo steht geschrieben, dass das nicht geht? Nur Geduld, hatte Laura gesagt, du bist nicht die Einzige, die Erfolg haben will … Es ist eine gute Idee, dich intensiver mit Stoffen zu beschäftigen, hatte sie in leicht herablassendem Ton hinzugefügt. Ich kenne ein Mädchen, das genau das macht, sie lernt, Übergänge herzustellen, von Leder zu Filz und weiter zu Musselin, sie arbeitet an der jungen Linie von Galliano mit, ich kann sie dir vorstellen, wenn du möchtest …

Bis dahin war ja noch alles in Ordnung. Lauras Tonfall gefiel ihr zwar nicht besonders, aber immerhin schien sie mit ihr mitzufühlen.

Hortense war kurz davor, Danke zu sagen, das ist nett von dir, als die Schlange in süßlichem Ton ihre Giftzähne eingesetzt hatte.

»Hast du eigentlich von dieser Dreizehnjährigen gehört, der neuen Fashionqueen von New York?«

»Nein … Wieso hätte ich von der hören sollen?«

»Weil alle Welt von ihr spricht! Einfach unglaublich, was da abgeht!«

Sie hatte eine kleine Kunstpause gemacht. Hatte eine Haarsträhne zwischen ihren beringten Fingern gedreht. Auf die Tischplatte geklopft, als spielte sie die *Mondscheinsonate*.

»Sie heißt Tavi …«

Sie spielte ein paar Arpeggien. G, C, E, G, C, E, G, C, E.

»Sie hat ein Blog, das die gesamte Modewelt fasziniert … vier Millionen Leser! Alle reden nur von ihr … Ich kann dir die Adresse des Blogs geben, wenn du möchtest …«

A, C, E, A, C, E …

»Hmm …«

»Sie ist mit allen Spitzendesignern befreundet … Man hat sie mit Marc Jacobs, Alexander Wang und Yohji Yamamoto gesehen. Sie verkauft ihre T-Shirts für sündteures Geld und hat gerade ihren ersten Vertrag bei einem großen Label unterschrieben. Mit dreizehn! Kannst du dir das vorstellen?«

»Hmm …«, hatte Hortense wiederholt. Ihr Unterkiefer hing herunter, sie war von Neid zerfressen.

»Und sie ist so verdammt jung …«

Noch eine Kunstpause. A, D, F, A, D, F. Dann fuhr Laura fort: »Viel jünger als du! Vielleicht ist das der Grund, warum alle über sie reden. Sie hat vielleicht nicht so viel Talent wie du, aber sie ist jung …«

»Ja, genau!«, hatte Hortense gefaucht. »Sag doch, dass ich eine lächerliche alte Kuh bin! Von vorgestern! Dass mich deshalb keiner anruft!«

»Oh, aber … das habe ich doch gar nicht gesagt …«

»Nein, gesagt nicht, aber du hast es angedeutet … du bist die Königin der Heuchelei! Du traust dich nicht mal, einem deine Gehässigkeiten ins Gesicht zu sagen!«

»Wenn du das so siehst … Ich habe lediglich nach einer Erklärung gesucht, ich wollte dir helfen, das ist alles.«

Da hatte Hortense rotgesehen.

»Und was ist mit Suri Cruise?«, hatte sie gebrüllt. »Suri Cruise! Der Tochter von diesem Scientology-Zwerg und seiner Frau, von der kein Mensch mehr weiß, wer sie überhaupt ist! Die hast du vergessen! Mit drei Jahren ist sie schon eine Ikone! Sie stöckelt auf High Heels vor die Tür, und schon geht das Blitzlichtgewitter los! Nicht mehr lange, dann stellt sie alle Modegöttinnen in den Schatten! Und dann ist deine Dreizehnjährige die reinste Antiquität! Weißt du, was du bist, du miese Schlange, du bist passiv-aggressiv … Von solchen Leuten könnte ich kotzen!«

»Was bin ich?«, stammelte die Giftschlange verwirrt.

»Passiv-aggressiv … Das sind die Schlimmsten! Leute, die dich mit heuchlerischem Gewäsch einseifen, um danach mit einem strahlenden Lächeln ihre Zähne in dein Fleisch zu schlagen …«

»Aber ich …«

»Und weißt du, was ich mit Schlangen mache? Ich trete sie tot! Ich zerstampfe sie zu Brei, ich reiße ihnen die Giftzähne einzeln heraus, ich steche ihnen die Augen aus, ich …«

Die ganze Wut, die Enttäuschung, der Schmerz, die sie seit zwei Monaten zu unterdrücken versuchte, waren als hasserfüllte Galle hochgekommen, und nun war sie an der Reihe, ihr Gift zu verspritzen. Die Wut darüber, dass sie geglaubt hatte, den Gipfel zu erreichen, ihre Fahne aufzupflanzen und ihre Farben wehen zu lassen … Die Enttäuschung über ihr Telefon, das einfach nicht klingeln wollte, und der Schmerz darüber, dass Gary sie ignorierte und ihre wundervolle Liebesnacht für ihn nur eine schöne Gelegenheit zur Rache gewesen war. Gleichstand, meine schöne Hortense, dachte er sicher, während er sich in seinem Pianistenanzug in Positur warf.

Sie hatte Laura Cooper von der kurzen Liste ihrer Freundinnen gestrichen und sich mit dem Gedanken getröstet, dass die Schlange sich als Erstes auf ein Psychologielehrbuch stürzen würde, um herauszufinden, was »passiv-aggressiv« bedeutete. Viel Spaß bei der Lektüre, meine Liebe, mach dir Notizen, und falls wir uns noch mal begegnen, solltest du mir lieber aus dem Weg gehen!

Zum Glück blieb ihr immer noch Nicholas. Er hielt unverdrossen die Stellung. Zu langer Oberkörper, miserabler Liebhaber, aber selbstlos, kreativ, einfallsreich, großzügig, fleißig. Schöne Adjektive, die nur leider, leider seinen zu langen Oberkörper nicht verkürzten …

Er bemühte sich, sie von ihrer Enttäuschung abzulenken, indem er häufig mit ihr ausging. Stieß einen Pfiff aus, wenn sie sein Büro betrat. Lobte die lange Männerjacke, die sie mit einem Gürtel als Mantel über einem dunkelblauen Stretchjeanskleid trug. Gratulierte ihr zu diesem Einfall.

»Das war nicht meine Idee, ich habe sie aus der *ELLE* dieser Woche geklaut … Mir fällt überhaupt nichts mehr ein, ich bin erledigt.«

»Ach, Unsinn … Unsinn«, protestierte Nicholas. »Das kommt schon wieder. Da bin ich mir ganz sicher!«

Er räumte ein, dass er sich das auch nicht erklären könne. *Un-be-lie-va-ble!* Unglaublich, wiederholte er kopfschüttelnd. Er geriet in Rage über diese Leute, die einem das Blaue vom Himmel versprachen und dann auf dem Absatz kehrtmachten.

Er setzte Himmel und Hölle in Bewegung, um sie auf andere Gedanken zu bringen.

Sie wollte mit Stoffen arbeiten? Er würde ein Atelier finden, in dem sie ein Praktikum machen könnte.

Sie wollte Sport treiben, um sich abzureagieren? Er meldete sie in seinem Fitnessclub an, der über einen sehr schönen Pool verfügte. Es ist ein sehr nobler Club, sie nehmen nicht jeden, du musst es ihnen angetan haben …

Oder du hast ihnen gedroht, übersetzte Hortense, gerührt darüber, dass er sich solche Mühe gab, um wieder ein Lächeln auf ihre Lippen zu zaubern.

Er hatte sie in einen Club namens »Whisky Mist« mitgenommen, in dem sich die Londoner High Society drängte. Auf der Cocktailkarte stand unter anderem ein *Ibiza Mist* für zwölftausend Pfund.

»Fünfzehntausend Euro für ein Getränk!«, hatte Hortense verblüfft gerufen.

»Nicht für ein Getränk, für ein Konzept«, hatte Nicholas erklärt.

»Ein Konzept?«

»Ja … Du bestellst einen *Ibiza Mist*, und dann …«

Er imitierte einen Trommelwirbel.

»Verlässt du den Club, ein Bentley holt dich ab, bringt dich zum Flughafen, du fliegst nach Ibiza, und von da aus geht's mit dem Hubschrauber weiter auf eine Privatinsel mit eigenem Koch, Pool und Cocktail … Nett, was?«

»Gibt es viele solcher Konzepte?«

»Für fünfundzwanzigtausend Pfund fliegst du in eine von Hugh Hefners Villen in Miami. Mit Champagner, Pools, Jacuzzi, *bunnies* und hübschen jungen Männern im Überfluss! Ist das Leben nicht wunderbar?«

Hortense sah ihn an, den Blick in der Ferne verloren.

»Lächle, Hortense«, flehte er sie an, »lächle, ich mag es nicht, dich traurig zu sehen …«

Sie lächelte, und ihr klägliches, zögerliches Lächeln erinnerte an die verzerrte Miene einer armen Bettlerin.

Er nahm sie bei der Hand und zog sie zum VIP-Bereich,

»Das wird dir gefallen«, versprach er, »du wirst schon sehen … Nur Irre, die reinsten Karikaturen! Schau!«

Sie zog eine Augenbraue hoch. Kokslines auf einem Tisch, knutschende Paare, barbusige Frauen, knallende Champagnerkorken, Rufe, das Kreischen gekünstelter Freude und Erregung. Ausgelassene, lärmende, klapperdürre junge Frauen mit verrutschter Kleidung, unnatürliche Gerippe, geschminkt wie mit der Kelle eines Maurerlehrlings.

Mit einem Mal hatte sie sich fett gefühlt wie ein dickes Schwein.

»Na?«, hatte Nicholas triumphierend gerufen. »Das ist doch Fellini pur, findest du nicht?«

»Das macht mich nur noch trauriger.«

»Warte hier auf mich, ich hole uns etwas zu trinken … Was möchtest du?«

»Einen Orangensaft«, antwortete Hortense.

»O nein! Das nicht! So etwas gibt es hier nicht …«

»Dann ein Glas Wasser …«

»Cocktails, so viel du willst! Wir finden schon neue Träume und neue Projekte für dich … Vertrau mir, ich habe jede Menge Ideen.«

Sie dankte ihm und dachte, warum bin ich nicht in ihn verliebt? Warum denke ich an Gary?

Er entfernte sich, grüßte nach rechts und links, rief *Of course! I call you.* Er kennt jeden, und ich kenne niemanden. Ich bin Hortense Nobody. Zwei Jahre in London und immer noch eine Unbekannte.

Ein Typ war auf sie zugekommen und hatte sie angequatscht, während er durch einen langen Strohhalm von einer türkisblauen Flüssigkeit trank.

»Bist du nicht eine Freundin von Gary Ward?«

»Gary wer?«

»Habe ich dich nicht schon mit Gary Ward zusammen gesehen?«

»Wenn das eine Anmache sein soll, verzieh dich! Ich hab den Namen noch nie gehört …«

»Ach so! Ich dachte nur … Er ist nämlich …«

Sie hatte ihm den Rücken zugedreht und nach Nicholas Ausschau gehalten.

Er kam mit zwei quietschbunten Getränken in den erhobenen Händen zurück. Deutete auf eine Ecke, wo sie sich hinsetzen konnten. Hortense legte den Kopf an seine Schulter und fragte, ob er sie zu dick fand.

»Sag es mir ruhig, sei ehrlich, darauf kommt es jetzt auch nicht mehr an … Noch tiefer kann ich gar nicht mehr fallen.«

Und deshalb würde sie sich auch heute Abend garantiert nicht mit Spaghetti vollstopfen, von denen jeder einzelne Bissen sechshunderttausend Kalorien hatte.

»Isst du nichts, Hortense? Schmecken dir meine Nudeln nicht?«, fragte Rupert, der selbst gierig Pasta in sich hineinschaufelte, besorgt.

»Ich habe keinen Hunger …«

»Reiß dich doch mal ein bisschen zusammen«, schimpfte Peter. »Rupert gibt sich solche Mühe beim Kochen, und du zickst hier rum … Das ist nicht gut, Hortense, das ist wirklich nicht gut! Denk auch mal an die anderen! Es gibt nicht nur dich auf dieser Welt …«

»Ich wüsste nicht, wie ich der Dritten Welt helfen sollte, indem ich mich hier mäste …«

»Das sind keine gewöhnlichen Spaghetti. Rupert hat sie mit Liebe gekocht. Er war nicht verpflichtet, uns …«

»Ach, leck mich doch!«, schrie Hortense, schob ihren Teller auf dem Couchtisch zurück und stieß das Glas mit dem billigen Rotwein um. »Hör auf, mir ein schlechtes Gewissen einzureden, du Ayatollah!«

Sie floh in ihr Zimmer und brüllte, dass sie sie alle hasse. ALLE.

»Was hat sie denn?«, fragte Tom und legte seine löchrigen Socken wieder auf den Tisch. »Hat sie ein Problem?«

Peter nahm sich von dem geriebenen Käse nach und erklärte streng: »Sie dachte, nach ihrer Show bei Harrods würde sie massenweise Jobangebote bekommen, aber nichts da! *Niente!* Kein Wunder, dass unsere Prinzessin genervt ist … Aber das schadet nichts, dann sieht sie auch mal, wie es im richtigen Leben zugeht …«

Jean das Pickelgesicht lächelte still und erklärte, die Spaghetti seien köstlich, ob wohl noch etwas davon da sei?

Shirley verstand die Welt nicht mehr.

Sie sah zu, wie ihr Leben ihr entglitt, und schwankte, ob sie den Anblick mit einem Trümmerfeld oder dem Anbruch eines neuen Tages vergleichen sollte. Sie hatte das Gefühl, nichts von dem, was ihr geschah, beeinflussen zu können. Die Ereignisse stürmten auf sie ein. Um Ordnung zu schaffen.

Das Leben fegte ihr Glück hinweg. Jenes Glück, das sie sich in so vielen Jahren mühsam aufgebaut hatte. Und es bot ihr ein neues an, indem es ihr einen Mann vorstellte, dessen Bedienungsanleitung sie nicht kannte.

Noch vor sechs Monaten stand sie fest auf beiden Beinen, hatte die Hände in die Hüften gestemmt und war stolz auf sich. Brüstete sich beinahe … Sie hatte einen Sohn, einen hübschen, ausgeglichenen, ehrlichen, aufrechten, intelligenten, witzigen, zärtlichen Jungen, ihre große Liebe, ihr Komplize. Einen Körper, den sie in das eiskalte Wasser der Hampstead Ponds tauchen konnte, ohne dass er zu niesen oder zu husten begann. Eine Stiftung, in die sie ihre Zeit steckte und das Geld, das sie von ihrer Mutter bekam, jenes Geld, das sie so lange abgelehnt hatte … und Liebhaber, wenn sie den Drang verspürte, schwarze Dämonen auszutreiben. Dämonen, die aus einer Vergangenheit übrig geblieben waren, welche sie nicht recht verstand, aber die sie akzeptierte, indem sie sich sagte, ich bin nun einmal so, was soll's? Wir haben alle unsere Dämonen …

In wessen Brust kein kleines Teufelchen haust, der werfe den ersten Stein …

Sie hatte so lange gebraucht, um dieses Glück zu schaffen, es mit ihren eigenen Händen aufzubauen, es zu verstärken, es abzustützen, es mit Friesen, Girlanden und schönen, fest gefügten Balken zu schmücken … und nun versetzte das Leben diesem Bauwerk, das sie so sehr liebte, einfach einen Fußtritt.

Als dürfe das Glück nicht andauern.

Als wäre sei es nur eine Phase, eine Ruhepause, bevor man sich einer neuen Prüfung stellen müsse …

Alles hatte mit Garys Fragen nach seinem Vater angefangen. Eines Abends in ihrer Küche, neben der Spülmaschine. Sie hatte gespürt, wie das Leben neben sie trat, ihr eine Hand auf die Schulter legte und sagte, sieh dich vor, meine Schöne, das wird Ärger geben. Sie hatte den Schlag eingesteckt wie ein von zahlreichen Kämpfen gezeichneter Boxer. Hatte sich an den Gedanken gewöhnt. Hatte ihn gezähmt, hatte seine Dornen entfernt und eine schöne, glatte, langstielige, aufgeblühte, duftende Rose daraus gemacht. Das hatte Arbeit erfordert. Arbeit an sich selbst. Loslassen, verstehen, lächeln, loslassen, verstehen, lächeln.

Und wieder von vorn anfangen.

Dann diese Reise nach Schottland. Es hatte ihr nicht gefallen, dass sie durch eine Nachricht auf ihrem Anrufbeantworter davon erfahren hatte. Er hat angerufen, als er wusste, dass ich beschäftigt war, dass ich nicht rangehen konnte … Er ist geflohen. Vor mir geflohen.

Gary, der eines Morgens in ihre Wohnung geplatzt war … Die Croissanttüte, die er aufs Bett geworfen hatte, und sein Aufschrei. Nicht er! Nicht er!

Und schließlich seine überstürzte Abreise nach New York.

Diesmal hatte sie eine Mail bekommen. Sie hasste diese neue Technologie, die es den Männern ermöglichte, sich einfach aus dem Staub zu machen und dabei zu glauben, sie hätten ihre Pflicht erfüllt. Aus unserem Leben zu verschwinden und trotzdem noch gut dazustehen.

Garys Worte waren edel und schön.

Aber sie gefielen ihr nicht. Es gefiel ihr nicht, dass ihr Sohn mit ihr redete wie ein Mann.

»Shirley …«

Jetzt nannte er sie also schon beim Vornamen! Er hatte sie noch nie beim Vornamen genannt.

»Ich fliege nach New York. Dort werde ich abwarten, ob ich an der Juilliard School aufgenommen werde. Ich will nicht mehr hierbleiben. Hier ist zu viel passiert, was mir nicht gefallen hat …«

Was war das, dieses »zu viel«? Die Begegnung mit seinem Vater? Oliver in ihrem Bett? Eine Geschichte mit einem Mädchen? Ein weiterer Streit mit Hortense?

»Großmutter weiß Bescheid. Sie wird mich am Anfang unterstützen …«

Ach, mit Großmutter hatte er also gesprochen. Großmutter hatte ihr Einverständnis gegeben.

»Ich muss auf eigenen Beinen stehen. Du warst eine perfekte, bewundernswerte Mutter, Vater und Mutter in einem, du hast mich mit Weisheit, Feingefühl und Humor aufgezogen, und dafür werde ich dir immer dankbar sein … Deinetwegen bin ich der Mensch geworden, der ich heute bin, und dafür danke ich dir. Aber jetzt muss ich gehen, und du musst mich gehen lassen. Vertrau mir, Gary.«

Das war's! Abserviert in ein paar Zeilen.

Es gab noch ein PS.

»Sobald ich irgendwo untergekommen bin, schicke ich dir meine Adresse und eine Telefonnummer. Bis dahin kannst du mich per E-Mail erreichen. Ich sehe regelmäßig nach meinen Nachrichten. Mach dir keine Sorgen. *Take care …*«

Ende der Nachricht. Ende einer Epoche, in der sie glücklich gewesen war.

Glücklicher als mit jedem Mann.

Und was mache ich jetzt?, murmelte sie, während sie die Autos auf der Straße betrachtete, die Passanten unter ihren vom Wind umgedrehten Regenschirmen, den Eingang zur U-Bahn-Station, der die kleinen, gehetzten Ameisen aufsaugte. Peitschender Regen, peitschendes Leben.

Das Leben mag keinen Stillstand.

Und dann war Oliver auf der Bildfläche erschienen.

Der Gesichtsausdruck eines bescheidenen Königs, das Lächeln eines sanften Riesen …

Ein Lachen über mehrere Oktaven, das auf die Worte übergriff, ein Sturzbach fröhlicher Knurrlaute, es war unwiderstehlich. Man hörte ihn schon von Weitem lachen, man lächelte, man dachte, ein bisschen neidisch, sieh an, ein glücklicher Mann!

Seine Hände, die sie zärtlich und verheißungsvoll kneteten, Friede auf Erden den Männern und Frauen, die sich wohlgefallen …

Seine zärtlichen, aufmerksamen, beinahe respektvollen Küsse, während in ihrem tiefsten Inneren ein ungeduldiges Verlangen brodelte, eine alte Verletzung, die nur danach schrie, wieder geöffnet zu werden, aufs Neue zu bluten … Nicht so, nicht so … Unablässig drängten sich diese Worte in Olivers Küsse, in seine verwunderten, liebevollen Blicke, in seine Umarmungen, von denen sie etwas anderes erwartete, etwas anderes, das sie nicht auszusprechen wagte …

Das sie nicht aussprechen konnte.

Sie drehte sich im Kreis. Sie geriet in Rage. Sie verspürte den Drang, ihn zu verletzen, ihm Banderillas ins Fleisch zu stoßen, aber er streckte die Arme nach ihr aus, öffnete ihr sein Leben, damit sie ihren Platz darin fände.

Er forderte ihre Seele.

Und sie hatte ein Problem mit ihrer Seele.

Sie wollte sie mit niemandem teilen. Das war nicht ihre Schuld.

Sie hatte gelernt, sich zu verteidigen, zu treten und zu schlagen, aber sie hatte nie gelernt, sich hinzugeben. Wenn sie gab, zählte sie die Münzen so misstrauisch ab wie eine Krämerin, die das Wechselgeld herausgibt und nicht einen Penny anschreibt.

Sie ließ sich umarmen, auf das große Bett legen, versuchte mit aller Kraft, ihm zu folgen, seine Sprache zu sprechen. Stand wütend wieder auf, bürstete ihr Haar, bis ihr fast die Kopfhaut blutete, duschte glühend heiß, eisig kalt, rubbelte sich wütend mit dem Massagehandschuh ab, biss die Zähne zusammen, warf ihm finstere Blicke zu.

Er ging weg. Heute Abend würde er wiederkommen. Er würde sie ins Konzert ausführen, verschiedene Chopin-Préludes, auch die eine, du weißt schon, die du so gern magst, Opus 28, danach würden sie in diesem kleinen Restaurant in Primrose Hill essen, das er neulich abends entdeckt hatte, als er von einer Aufnahme nach Hause kam, und sie würden von den Hügeln aus auf London hinunterschauen und dazu einen guten alten französischen Wein trinken, Burgunder oder Bordeaux? Ich mag beide, schloss er und lachte sein mehrere Oktaven umfassendes Lachen.

Er atmete ihren Duft ein, bevor er ging. Ich muss an dir schnuppern, dich riechen, deinen leckeren Geruch … sie stieß ihn von sich und setzte ihn lachend vor die Tür, um ihre Verlegenheit zu überspielen.

Lehnte sich gegen die Tür. Verdrehte die Augen. Endlich allein! Was für eine Klette!

Fort, fort. Er hatte verstanden, dass sie ihn nicht liebte …

Er würde nicht wiederkommen.

Und sie verspürte den Drang, die Tür einzutreten und ihm die Treppe hinunter nachzulaufen.

Aber … dann liebe ich ihn ja doch, wunderte sie sich laut. Ist das Liebe? Ich meine, die richtige Liebe? Muss ich erst lernen zu lieben? Ihn zu lieben? Von diesem Nahkampf ablassen, aus dem ich mich unverletzt erhebe, und mich einer anderen, sehr viel bedrohlicheren Gefahr stellen? Der Gefahr, jemanden mit Leib und Seele zu lieben? Und meine Wut … Wird sie dabei auf ihre Kosten kommen? Wird sie endlich verschwinden? Muss ich mich von ihr befreien? Wie soll ich das machen?

Sie blieb auf dem Bürgersteig stehen, hoch aufgerichtet, vor dem Regen geschützt, den Rücken eng an das Schaufenster einer Waterstone's-Buchhandlung am Piccadilly gedrückt, betrachtete die Fußgänger und fragte sich, wie machen die das? Stellen sie sich all diese Fragen? Bin ich krank, gequält, verkorkst? Was hat mich so misstrauisch werden lassen? So widerstrebend …

Sie biss sich in die Finger, biss sich in die Hände, schlug sich mit den Fäusten gegen den Kopf und wiederholte unablässig, wieso? Wieso?

Ich muss mit Joséphine reden. Offen und ehrlich. Ich muss ihr gestehen, wie sich alles entwickelt hat. Dieser plötzliche Sonnenschein, hinter dem das Gewitter grollt.

Als Joséphine ihr von dem Zwiegespräch ihrer Seele mit diesem Inspecteur Garibaldi erzählt hatte, hatte sie laut aufgelacht, ein allzu brüskes Lachen, um aufrichtig zu sein, hatte den Märchenprinzen verspottet, sich an das Schauermärchen geklammert … Aber Joséphines Worte hatten eine Bresche in ihre Gewissheiten geschlagen.

Als das Telefon klingelte, war Joséphine gerade dabei, Du Guesclins rechtes Ohr zu säubern. Ohrenentzündung, hatte der Tierarzt diagnostiziert und das schmerzende Ohr des Hundes wieder losgelassen. Das muss täglich gereinigt werden. Also säuberte sie nun jeden Morgen und jeden Abend das Ohr mit einer antiseptischen Lösung und bestäubte es anschließend mit einem gelblichen, entzündungshemmenden Puder, der die rosige Ohrmuschel safranfarben einfärbte. Du Guesclin ließ die Prozedur stoisch über sich ergehen und fixierte sie mit seinem einzigen Auge, als wollte er sagen, na gut, weil du es bist … Sonst hätte ich schon längst gebissen!

Joséphine küsste ihren Hund auf die Schnauze und ging ans Telefon.

»Joséphine, ich muss mit dir reden, es ist dringend …«, sagte Shirley seufzend.

»Ist etwas passiert? Etwas Schlimmes?«, fragte Joséphine, als sie die ernste Stimme ihrer Freundin hörte.

»Gewissermaßen …«

»Dann setze ich mich lieber hin …«

Sie wählte einen Stuhl, von dem aus sie mit der Fußspitze den Bauch des auf dem Rücken liegenden Du Guesclin kraulen konnte, um sich für die Ohrreinigung zu entschuldigen.

»Na los, erzähl …«

»Ich glaube, ich habe mich verliebt …«

»Das ist ja wunderbar! Wie ist er?«, fragte Joséphine lächelnd.

»Das ist ja das Problem …«

»Aha …«, sagte Joséphine und dachte sogleich an den Mann in Schwarz. »Ist er brutal, unberechenbar, bedroht er dich?«

»Nein. Ganz im Gegenteil …«

»Du meinst, er ist sanft, freundlich, zuvorkommend, gut … Mit Händen, die sacht streicheln, Blicken, die dich einhüllen, Ohren, die dir zuhören, und einem Ausdruck in den Augen, der dich schweben lässt.«

»Genau so …«, entgegnete Shirley trübsinnig.

»Das ist doch fantastisch!«

»Das ist grauenvoll!«

»Du bist krank!«

»Das weiß ich schon lange … Und deshalb rufe ich ja an. Oh, Jo, hilf mir!«

Joséphine betrachtete den Küchentisch, der an eine Krankenstation erinnerte, die schmutzigen Wattebäusche, die geöffneten Fläschchen, die zerknüllten Papiertaschentücher. Doug hatte kein Fieber. Sie musste das Thermometer noch sauber machen.

»Du weißt, dass ich in solchen Dingen keine Expertin bin«, murmelte sie.

»Doch, natürlich … Du hast so schöne Dinge gesagt, als wir das letzte Mal miteinander telefoniert haben, und ich habe nur darüber gespottet. Du liebst mit ganzer Seele, von ganzem Herzen und mit deinem ganzen Körper. Und ich kann das nicht. Ich habe Angst, ihn an mich heranzulassen, ich habe Angst, dass er mich vereinnahmt, ich habe Angst …«

»Sprich weiter, wovor hast du Angst?«

»Ich habe Angst davor, meine Stärke zu verlieren … Die ich von Anfang an in mir hatte. Ich bin so hilflos, wenn er vor mir steht. So ist ein Mann doch nicht.«

»Nicht?«, wiederholte Joséphine verwundert.

»Ich verspüre den Drang, ihn zu beißen!«

»Weil er die andere Shirley anspricht, und die hast du schon vor langer Zeit aus den Augen verloren … Aber er hat sie sofort erkannt.«

»Und du auch?«

»Natürlich, und das ist der Grund, warum ich dich liebe …«

»Das verstehe ich nicht … Ich kenne diese andere nicht.«

»Denk daran, wie du warst, bevor das Leben dich gezwungen hat, eine Rolle zu spielen, such bei dem kleinen Mädchen, das du einmal warst … Man erfährt immer etwas, wenn man das kleine Mädchen befragt.«

»Du bist mir keine große Hilfe …«

»Weil du mir nicht zuhörst …«

»Ich mach mir solche Vorwürfe!«

»Weswegen?«

»Weil ich mich so lächerlich aufführe, weil ich in dieser Sache feststecke! Ich bin glücklich, und ich bin wütend. Ich hatte mir felsenfest geschworen, mich niemals zu verlieben …«

Joséphine lächelte.

»So etwas beschließt man nicht, Shirley, so etwas geschieht einfach …«

»Man ist aber nicht gezwungen, es geschehen zu lassen!«

»Ich fürchte, dafür ist es jetzt zu spät …«

»Glaubst du?«, fragte Shirley ängstlich.

Sie schwieg. Ratlos. Benommen. Als hätte sie einen Ziegelstein auf den Kopf bekommen.

Sie musste alles ändern. In ihrem Kopf, in ihrem Herzen, in ihrem Körper, um Platz zu schaffen für die Seele. Ihre Gewohnheiten ändern. Und Gewohnheiten ändert man nicht einfach, indem man sie aus dem Fenster wirft. Man muss sie aufribbeln, Masche für Masche. Darf keine Angst mehr davor haben, dass die Liebe über den Körper hinauswächst und zur wahren Liebe wird. Die das Herz, den Körper und die Seele umfängt.

Ich werde lernen, mich zu öffnen …

In der Hoffnung, dass dieses Öffnen nicht bloß ein Trick der Seele ist, um sich aus dem Staub zu machen.

Philippe blieb liegen, reglos, in Gedanken verloren. Neben ihm schlief Dottie, an der Bettkante zusammengekauert, und er hörte ihren leisen, gleichmäßigen Atem. Ihm schien, als machte ihn dieses Geräusch noch einsamer. Er dachte bei sich, dass er sein Leben lang einsam gewesen war. Dass er das immer normal gefunden hatte …

Dass er nie darunter gelitten hatte.

Doch nun, mitten in der Nacht, erschien ihm seine Einsamkeit plötzlich unerträglich.

Genauso unerträglich wie seine Freiheit.

Seine schöne Wohnung, seine Gemälde, seine Kunstwerke, sein Erfolg … Es war, als wäre das alles zu nichts nütze.

Als wäre sein Leben vollkommen sinnlos …

Unerträglich.

Etwas brach unvermittelt in ihm auf, ein gewaltiger Abgrund, vor dem ihm schwindelte, und ihm schien, als hörte sein Herz auf zu schlagen. Als stürzte er in die Tiefe und fiele, fiele endlos weiter.

Was nutzt es, zu leben, fragte er sich, wenn es nichts gibt, wofür man lebt? Wenn leben nur bedeutet, einen Tag an den anderen zu reihen und sich wie so viele Leute zu sagen, dass man gar nicht merkt, wie die Zeit vergeht… Blitzartig sah er das Bild eines glatten, flachen Lebens vor sich, das in hohem Tempo im Nichts verschwand, und ein anderes, voller Dellen und Unwägbarkeiten, in dem der Mensch darum kämpfte, sich auf den Beinen zu halten. Und eigenartigerweise war es das erste Bild, das ihn mit Entsetzen erfüllte…

Es war nicht das erste Mal, dass sich dieser Abgrund in ihm öffnete.

Das passierte ihm immer häufiger, immer nachts, immer mit Dotties leisem Atemgeräusch neben sich. Sonst hatte er sich immer hin und her gewälzt, manchmal hatte er sogar einen Arm nach Dottie ausgestreckt und sie zu sich herangezogen, vorsichtig, um sie nicht zu wecken, um nicht mit ihr reden zu müssen, um sich nur an ihr festzuhalten und, mit dem Gewicht ihres Körpers beschwert, erneut in den Schlaf hinabzusinken.

Doch diesmal war der Abgrund zu weit, zu tief, er konnte Dottie nicht mehr erreichen.

Er glitt hinab in die Tiefe.

Er wollte schreien, aber kein Laut kam über seine Lippen.

Blitzartig sah er den Kampf ums Überleben vor sich, sah den Mut, den dieser Kampf erfordert, und er fragte sich, ob er diesen Mut aufbringen würde. Er sah dieses endlose Rennen, das die Menschheit auf ihr Schicksal zuführt. Ich werde sterben, sagte er sich, ich werde sterben, und ich werde nichts getan haben, was auch nur ein Mindestmaß an Mut und Entschlossenheit erfordert hat. Ich werde nur gehorsam meinem Lebensweg gefolgt sein, so, wie er schon bei meiner Geburt vorgezeichnet war: Schule, ein erfolgreiches Studium, eine gute Ehe, ein hübsches Kind und dann…

Und dann… welche Entscheidung habe ich getroffen, die auch nur ein bisschen Mut erfordert hätte?

Keine.

Ich habe nie Mut bewiesen. Ich war ein Mann, der arbeitet, der Geld verdient, aber ich bin niemals ein Risiko eingegangen. Selbst in der Liebe bin ich kein Risiko eingegangen. Ich behaupte zwar zu lieben, doch das kostet mich kaum etwas.

Er spürte, wie eine Woge des Entsetzens sein Herz erfasste, und kalter Schweiß überzog seinen Körper.

Er hing am Rand des Abgrunds, und gleichzeitig fiel er, ohne sich irgendwo festhalten zu können.

Leise stand er auf, ging ins Bad, um ein Glas Wasser zu trinken, und erblickte sich selbst im Spiegel. Feuchte Schläfen, weit aufgerissene Augen, erfüllt von Angst, von einer angsteinflößenden Leere ... Ich wache gleich auf, ich habe einen Albtraum. Aber nein! Er war wach, denn er trank gerade ein großes Glas Wasser.

Mein Leben zieht vorbei, und ich lasse es einfach zu ...

Wieder erfasste ihn das Entsetzen. Mit Schrecken blickte er in eine Zukunft ähnlicher Nächte, ähnlicher Tage, eine Zukunft, in der nichts geschah, in der er nichts tat, und er wusste nicht, wie er dieser schaurigen Vision ein Ende machen sollte.

Er stützte sich mit beiden Händen auf dem Waschbecken ab und betrachtete den Mann im Spiegel. Und er hatte das Gefühl, einen Mann vor sich zu sehen, der nach und nach verblasste, immer farbloser wurde ...

Mit klopfendem Herzen wartete er, bis das erste Tageslicht durch die Vorhänge drang.

Die ersten Geräusche der Straße ...

Die ersten Geräusche aus der Küche. Annie machte das Frühstück, öffnete die Kühlschranktür, nahm die Milchflasche heraus, den Orangensaft, die Eier, die Butter, die verschiedenen Marmeladen, schlurfte in ihren mausgrauen Hausschuhen herum, deckte den Tisch, stellte Alexandres Müslischale hin ...

Dottie stand auf, zog geräuschlos einen Pullover über ihren rosa Schlafanzug, verließ das Zimmer und schloss leise die Tür hinter sich.

Sagte Becca im Flur Guten Morgen ...

Er würde auch aufstehen müssen.

Den Albtraum vergessen.

Er wusste, dass er den Albtraum nicht vergessen würde.

Er verbrachte den Morgen in seinem Büro. Traf sich zum Mittagessen mit seinem Freund Stanislas im Wolseley. Er erzählte ihm von seinem nächtlichen Schwindelgefühl. Offenbarte ihm, dass er sich unglücklich und nutzlos fühlte. Stanislas erwiderte, dass niemand auf Erden nutzlos sei und dass es, solange wir auf dieser Welt weilten, auch einen Grund dafür gab.

»Der Zufall existiert nicht, Philippe, es gibt immer für alles einen Grund.«

Stanislas bestellte einen zweiten starken Kaffee und fügte hinzu, dass er diesen Grund herausfinden müsse. Und wenn er ihn gefunden habe, werde er glücklich sein. Er werde sich nicht einmal mehr fragen, ob er glücklich sei. Es wäre selbstverständlich, und sein Streben nach Glück werde ihm belanglos, überflüssig, beinahe idiotisch erscheinen. Und er zitierte den Satz eines Heiligen: »Herr, lass mich in dieser Welt, solange du glaubst, ich könne dir von Nutzen sein.«

»Glaubst du an Gott?«, fragte Philippe nachdenklich.

»Nur, wenn es mir in den Kram passt«, antwortete Stanislas lächelnd.

Als er abends nach Hause kam, waren Dottie und Alexandre ins Schwimmbad gefahren, und Annie ruhte sich in ihrem Zimmer aus. Becca war in der Küche. Sie bereitete eine Kürbissuppe zu. Sie hatte den Kürbis ins Spülbecken gesetzt und überbrühte ihn, indem sie große Töpfe voll heißem Wasser darübergoss, damit seine Schale weicher wurde und sie ihn leichter schälen konnte.

»Sie können kochen, Becca?«, fragte Philippe und sah ihr dabei zu.

Sie stand sehr gerade, auf beiden Beinen, mit unerschütterlichem Selbstbewusstsein. In ihrem Lächeln bemerkte Philippe eine Spur von Herablassung und Ärger.

»Warum sollte ich denn nicht kochen können?«, entgegnete sie und goss einen weiteren Topf mit kochendem Wasser über den Kürbis. »Weil ich kein Haus habe?«

»Das habe ich damit nicht gemeint, Becca, das wissen Sie.«

Sie stellte den Topf zur Seite und wartete mit einem scharfen Messer in der Hand darauf, dass der Kürbis weich wurde.

»Geben Sie acht, dass Sie sich nicht schneiden«, fügte Philippe hastig hinzu.

»Und warum sollte ich mich schneiden?«, erwiderte Becca, noch immer auf ihren beiden Beinen stehend wie auf einem Berg, und sah ihm herausfordernd in die Augen.

Sie trug ein graues Kleid mit einem breiten Spitzenkragen und eine weiße Perlenkette.

Philippe weigerte sich, auf ihre Herausforderung einzugehen.
»Sie sind sehr elegant«, sagte er lächelnd.
»Danke«, entgegnete sie und verneigte sich, ohne das gereizte Funkeln in ihrem Blick auszuknipsen.

Sie musste ihre Hände beschäftigen, sonst würde ihr Herz wieder anfangen zu rasen. Und wenn es erst einmal losraste, riss es sie jedes Mal ins Unglück und zu finsteren Gedanken, bei denen sie am liebsten geweint hätte. Und wenn es etwas gab, was sie strikt ablehnte, dann war es Selbstmitleid. Sie fand sich recht belanglos, verglichen mit all den anderen Menschen auf der Welt, die sehr viel unglücklicher waren als sie selbst. Als sie an diesem Morgen aufgewacht war, hatte sie das kleine Radio eingeschaltet, das sie unter ihrem Kopfkissen aufbewahrte, um sich abzulenken, wenn sie wieder einmal nicht schlafen konnte, und sie hatte gehört, dass eine Milliarde Menschen auf der Welt Hunger litten. Und jedes Jahr kamen hundert Millionen hinzu … Sie hatte durch die weißen Gardinen hindurch in das trübe Morgengrauen geschaut und »Dieses verfluchte Leben!« vor sich hin gemurmelt. »Dieses verfluchte Geld!«

Sie hatte die Wohnung verlassen, war zu dem kleinen Bioladen an der Ecke gegangen und hatte einen Kürbis gekauft. Weil er rund, pausbackig und orange war, weil er die Welt ernähren würde. Sie würde eine Kürbissuppe für das Abendessen kochen. Sie würde ihre Hände beschäftigen … Auf all die Details der Zubereitung achten, um die Details des Unglücks zu vergessen.

Letzte Nacht hatte ihre große Liebe sie besucht.

Sie hatte die Arme ausgestreckt, sie dachte, er komme sie holen, und sie war willens, ihm zu folgen. Die Zukunft hielt nichts mehr für sie bereit, also konnte sie genauso gut gleich gehen. Es wäre wie in diesem Film mit Gene Tierney und Rex Harrison, wenn der Geist des geliebten, längst verstorbenen Mannes am Ende des Films die ergraute, zusammengeschrumpfte Mrs. Muir abholt und sie plötzlich wieder jung aussieht, wenn sie seine Hand nimmt und sie beide ins Licht davongehen … Schön wie ein junges Paar. Manchmal kam ihr toter Geliebter mitten in der Nacht. Weckte sie auf. Er war so, wie sie ihn gekannt hatte, jung, schön, schneidig. Er erinnerte sie daran, dass sie alt und allein war. Sie hatte das Gefühl zu ersticken, sie wollte sich von ihrem Körper befreien und sich in seine Arme stürzen …

Sie war alt, aber ihre Liebe war lebendig geblieben. Ihre vor langer Zeit entschwundene Liebe ... Ihre große Liebe, die sie tanzen, Sprünge vollführen, höher, immer höher hatte hinaufsteigen lassen. Sie sprang so hoch, wenn er sie anschaute ... Gemeinsam entwickelten sie wundervolle Choreografien, Sprünge, Entrechats, Fouettés, und das Leben wurde groß und schön, und sie hatte keine Angst davor, einmal alt und allein zu sein.

Und dann war er fortgegangen.

Es gab keinen Mann mehr, der sie in die Luft springen ließ. Keinen Mann mehr, der ihr Herz berührte und ein Gefühl darin aufkeimen ließ, eine Verbundenheit, das Bewusstsein, zu jemandem zu gehören. Seitdem hatte sie die schreckliche Gewissheit, ein Nichts zu sein ... Als er fortgegangen war, hatte sie der Schuss aus nächster Nähe getroffen. Peng! Sie war gestorben. Niemand hatte es bemerkt, aber sie, sie wusste, dass das Blut langsam aus ihr herausfloss. Es war eine unsichtbare Verletzung, eine Verletzung, der sie nicht ihre ganze Bedeutung beimessen durfte, wenn sie darüber sprach, denn so etwas passierte doch jedem. Also sprach sie nicht darüber.

Und das Blut war immer weiter aus ihr herausgeflossen.

Sehr aufrecht, sehr weiß, sehr zierlich stand sie da. Sie war auf der Straße gelandet. In einem Rollstuhl. Alt, unglücklich. Und so banal. Mit einem ganz banalen Allerweltsunglück. Nutzlos. Als müsste man jung sein und Sprünge vollführen können, um zu etwas nütze zu sein, um am Leben teilzuhaben, als müsste man die Taschen voller Pläne haben. Doch man lebt auch noch, wenn man alt ist und keine Sprünge mehr vollführt.

Sie glich dem Kürbis im Spülbecken. Sie war weich geworden und hatte sich widerspruchslos schälen lassen. Bis sie im Park Alexandre begegnet war ...

Letzte Nacht hatte ihre große Liebe sie besucht.

Er hatte ihr gesagt, dass er es gewesen sei, der ihr Alexandre und Philippe geschickt habe. Damit sie nicht mehr allein sei. Dass sie auf dieser Welt noch zu etwas nütze sein könne, dass sie nicht die Hoffnung aufgeben dürfe. Dass sie eine Frau mit einem großen Herzen sei und hoffen und kämpfen müsse. Die Hoffnung aufzugeben war feige. Die Hoffnung aufzugeben war so leicht. Es war die natürliche Neigung der Schwachen.

Und er war wieder gegangen, ohne sie mitzunehmen.

Sie seufzte und wischte sich mit dem Handrücken über die Augen.
Sie hatte keine Tränen mehr, aber sie hatte die Gewohnheit beibehalten, sich zu vergewissern, ob nicht doch noch eine oder zwei übrig waren, die wie trockene Kiesel herunterfallen und mit dem leisen Klirren kleiner Steinchen durchs Becken rollen würden.
Sie seufzte und knipste das gereizte Funkeln in ihrem Blick aus.
Drehte sich zu Philippe um und sagte: »Ich hatte heute Nacht einen merkwürdigen Traum …«
Sie nahm den Kürbis, hob ihn aus dem Becken und begann ihn zu schälen, wobei sie darauf achtete, ihr schönes graues Kleid nicht schmutzig zu machen. Sie wollte keine Schürze umbinden. Die erinnerten sie an die Frauen, die in den Obdachlosenheimen das Essen verteilten … Sie trugen Schürzen und schleuderten das Essen in Kellen, die bis zum Rand mit einem widerlichen Brei gefüllt waren, auf die Teller.
Die Schale war dick und hart. Das Messer rutschte ab und drang nicht ein. Noch so ein Verkäuferinnenmärchen, sagte sie sich. Kein Mensch wollte ihren argentinischen, auf gutem, organischem Mist gewachsenen Kürbis haben, also hat sie mich beschwatzt, indem sie mir etwas von kochendem Wasser erzählt hat. Und ich habe ihr geglaubt. Ich wollte ihr so gern glauben …
Philippe trat näher, nahm ein Schneidebrett, ein Messer und sagte, lassen Sie mich das machen, man braucht die kräftigen Hände eines Mannes, um einen Kürbis zu schälen.
»Haben Sie schon viele Kürbisse geschält?«, fragte Becca lächelnd.
»Das ist mein erster, aber ich werde ihn bezwingen …«
»Mit Ihren kräftigen Händen?«
»Ganz genau …«
Er schnitt ihn in schmale Streifen, die er auf das Brett legte, und plötzlich wurde es ganz einfach, die einzelnen Scheiben zu schälen. Man hielt sie fest in der Hand, und das Messer rutschte nicht mehr ab. Sie pflückten die Kerne ab, die am Messer klebten, an den Fingern klebten, probierten ein paar davon und schnitten die gleiche Grimasse.
»Und was jetzt?«, fragte er, stolz auf sein Werk.
»Jetzt legen wir die Scheiben in einen Topf und lassen sie in ein wenig Milch, gesalzener Butter und Schalotten zerfallen … Wir rühren und warten. Dabei hatte die Verkäuferin mir gesagt, wenn ich heißes Wasser darübergieße, würde die Schale weicher …«

»Und Sie haben ihr geglaubt …«

»Ich wollte ihr glauben …«

»Verkäufer behaupten egal was, um ihre Ware zu verkaufen …«

»Mein Traum war schuld daran, dass ich ihr glauben wollte.«

»War es ein trauriger Traum?«

»O nein! Und eigentlich war es auch gar kein Traum … Es war meine große Liebe, die zu mir zurückgekehrt ist. Manchmal kommt er nachts, er streift mich, er beugt sich über mich, und ich spüre ihn. Ich öffne ganz vorsichtig die Augen. Dann sitzt er neben mir und schaut mich voller Liebe und Reue an … Haben Sie den Film *Ein Gespenst auf Freiersfüßen* gesehen?«

»Ja, vor sehr langer Zeit … Bei einer Mankiewicz-Retrospektive im Quartier Latin.«

»Nun … So kommt er mich besuchen. Wie der Kapitän in dem Film …«

»Und Sie reden mit ihm?«

»Ja. Wie im Film. Wir reden über die gute alte Zeit. Wir reden auch über Sie … Er sagt, es sei sein Verdienst, dass ich Ihnen begegnet bin. Er hat sich schon immer gern wichtiggemacht, dachte gern, dass ich ohne ihn verloren wäre. In gewisser Weise hatte er damit ja auch recht … Ich höre ihm zu, und ich bin glücklich. Und ich warte darauf, dass er mich mitnimmt. Aber er geht immer allein wieder fort … Und ich bin traurig. Und dann gehe ich los und kaufe einen Kürbis, um daraus Suppe zu kochen …«

»Aber es gelingt Ihnen nicht, ihn zu schälen …«

»Vielleicht, weil ich noch an ihn dachte, weil ich mich nicht zu hundert Prozent auf das Schälen des Kürbisses konzentrierte … Solche Dinge erfordern sehr viel Aufmerksamkeit.«

Sie schüttelte den Kopf, um den Traum zu verscheuchen, und fügte mit einer leisen Stimme, aus der alle Herablassung, aller Ärger gewichen war, hinzu: »Ich weiß gar nicht, warum ich Ihnen das erzähle …«

»Weil es wichtig ist, weil es Sie ganz weich gemacht hat …«

»Vielleicht …«

»Wir alle haben unseren bösen Traum … Der uns mitten in der Nacht überfällt, wenn wir nicht mehr wachsam sind.«

Und dann tat er etwas Unglaubliches. Etwas, womit er nie gerechnet hätte. Später fragte er sich, wie er das hatte tun können. Wie er den Mut dazu aufgebracht hatte. Er setzte sich auf einen Stuhl, während Becca in einem großen Topf die Schalotten andünstete und sie mit einem Holzlöffel umrührte, damit sie sich gleichmäßig golden färbten.

Und erzählte ihr von seinem Albtraum.

»Ich habe heute Nacht auch geträumt, Becca. Außer dass es kein Traum war, denn ich war wach. Es war eher eine Angst, die mir die Eingeweide zusammenpresste …«

»Sie hatten Angst davor, alt und allein zu sein …«

»Und nutzlos. Es war furchtbar. Aber es ist kein Traum, eher eine Feststellung, und diese Feststellung erfüllt mich mit eisigem Schrecken …«

Er schaute zu ihr auf, als könnte sie ihn von diesem Traum heilen.

»Dann waren Sie also das Gespenst …«, sagte Becca, während sie mit dem Holzlöffel umrührte.

»Ein Gespenst in meinem eigenen Leben … Ein lebendes Gespenst. Es ist furchtbar, sich selbst als Gespenst zu sehen …«

Er erschauerte und zog die Schultern hoch.

»Und Dotties ganze Liebe kann Sie nicht heilen?«, fragte Becca, während sie die schmalen orangefarbenen Kürbisstreifen in den Topf gleiten ließ.

»Nein …«

»Das habe ich gewusst … Neben ihr sind Sie ganz blass. Sie liebt Sie, aber von ihrer Liebe kommt nichts bei Ihnen an …«

Sie fügte Salz und Pfeffer hinzu und rührte mit dem großen Holzlöffel um. Zerdrückte die Scheiben, die langsam zerfielen und in orangefarbenen Blasen gegen die Topfwand spritzten.

»Die Liebe verleiht Ihnen keine Farbe.«

»Dabei liebe ich eine Frau … Aber ich rühre mich nicht vom Fleck.«

»Warum nicht?«

»Ich weiß es nicht. Ich fühle mich alt … verbraucht.«

Sie schlug mit dem Löffelrücken auf den Herd und rief: »Sagen Sie das nicht! Sie wissen nicht, was es bedeutet, wirklich alt zu sein.«

»…«

»Dann hat man das Recht, sich nutzlos zu fühlen, weil niemand mehr einen beachtet, weil man keinerlei Bedeutung mehr hat. Niemand wartet darauf, dass Sie abends nach Hause kommen, dass Sie von Ihrem Tag erzählen, dass Sie Ihre Schuhe ausziehen und sich darüber beklagen, dass ihre Füße so eingezwängt waren … Aber vorher gibt es noch so viel zu tun. Sie haben nicht das Recht, sich zu beklagen.«

Sie sah ihn streng an.

»Es liegt nur an Ihnen, ob Sie etwas aus Ihrem Leben machen …«

»Und wie soll ich das anstellen?«, fragte er und schaute, neugierig geworden, zu ihr auf.

»Ich weiß es«, sagte Becca, ohne in ihrem Rühren innezuhalten. »Ich weiß vieles über Sie. Ich beobachte Sie … Ich sehe zu, wie Sie leben.«

»Ohne mir je etwas zu sagen …«

Sie lächelte verschmitzt.

»Es ist nicht gut, sofort mit allem herauszuplatzen. Man muss warten, bis der andere bereit ist, einem zuzuhören, sonst fallen die Worte ins Leere …«

»Werden Sie es mir eines Tages sagen?«

»Das werde ich … Versprochen.«

Sie legte den Löffel auf den Topf und drehte sich zu ihm um.

»Wo lebt die Frau, die Sie lieben?«

»In Paris …«

»Na dann … Fahren Sie nach Paris, und sagen Sie ihr, dass Sie sie lieben …«

»Das weiß sie …«

»Haben Sie es ihr gesagt?«

»Nein. Aber sie weiß es … und außerdem ist …«

Er verstummte, gebremst von der Schwere der Worte, die er aussprechen musste, um es ihr zu erklären. Sie ist die Schwester meiner Frau, Iris … Iris ist gestorben, und Joséphine ist mit ihr gestorben. Ich muss darauf warten, dass sie ins Leben zurückkehrt.

»Ist es kompliziert?«, erriet Becca, die dem Verlauf seiner Gedanken hinter der gerunzelten Stirn folgte.

»Ja …«

»Sie können nicht darüber reden?«

»Ich habe schon sehr viel geredet, finden Sie nicht? In meiner Familie redet man nicht … Niemals. Das gilt als schlechte Erziehung. Man behält die Dinge für sich. Man vergräbt sie tief in seinem Inneren und schließt sie dort ein. Und dann beginnt ein anderer an Ihrer

Stelle zu leben, der alles richtig macht, alles so, wie es sich gehört, ohne sich jemals zu beklagen … Ein anderer, der Sie früher oder später erstickt …«

Becca streckte die Hand aus, legte sie auf seine Hände, die verschränkt auf dem Tisch lagen. Eine durchscheinende, faltige Hand mit dicken, violetten Adern.

»Sie haben recht. Wir haben viel geredet … Es tut gut, zu reden. Mir hat es gutgetan … Vielleicht ist er deshalb heute Nacht gekommen. Damit wir beide miteinander reden … Er hat immer einen guten Grund, wenn er mich besucht.«

Die Kürbismasse bildete Blasen, die aus dem Topf spritzten und Flecken auf dem weißen Email des Herds hinterließen. Becca drehte sich um, stellte die Temperatur niedriger und wischte die Flecken mit einem Küchentuch weg.

Er blieb sitzen, die gefalteten Hände auf dem Tisch.

»So ein Kürbis riecht nicht nach viel, Becca …«

»Aber Sie werden sehen, er schmeckt herrlich. Einen Löffel Crème fraîche dazu … ein Gedicht … Früher habe ich oft Kürbis gekocht …«

Plötzliche Panik ließ sie daliegen wie gelähmt. Jetzt war sie ihm in jeder Beziehung ausgeliefert – ihre ganze Zukunft hing nur von ihm ab. Dennoch fühlte sie gleichzeitig auch heißes Verlangen nach diesem Mann. Sie wollte ihn in sich haben, er sollte sie besitzen, sie ganz ausfüllen, all ihre Widerstände überwinden.

Mit einem verzweifelten Stöhnen umarmte sie ihn und küsste ihn derart heftig, dass es beinahe wehtat. Er erwiderte ihren Kuss so, wie er geküsst werden wollte. Geduldig, zärtlich und lange.

Weit spreizte sie die Schenkel, und er drang in sie ein, während sie sich weiter küssten. Sie schlang die Beine um seinen Rücken, wollte ihn antreiben, sie brauchte es jetzt wild und schnell. Doch diesem Wunsch kam er nicht nach.

Stattdessen quälte er sie mit langsamen Stößen, wobei er weiter ihre Brustknospen reizte. Er ließ sie regelrecht um jeden wunderbaren kleinen Biss, um jeden kräftigen Stoß betteln. Und erst als sie sich damit abgefunden hatte, dass sie wohl ewig in diesem Zustand höchster Erregung und Lust verharren musste, gab er nach und schenkte ihr laute, ungebändigte Befriedigung.

Denise Trompet ließ das Buch auf ihre Knie sinken. *Eine fast perfekte Ehe* von Sherry Thomas. Das Ruckeln der Métro begleitete die Bewegungen der Körper der beiden Helden. Philippa Rowland und Lord Tremaine hatten einander wiedergefunden. Sie hatten endlich erkannt, dass sie einander liebten, dass sie füreinander geschaffen waren. Und das hatte ja auch lange genug gedauert! Aber jetzt gab es keinen Zweifel mehr. Von nun an würden sie zusammenleben und schöne Kinder bekommen. Die rebellische Philippa hörte auf, die Stolze zu spielen, und Lord Tremaine würde, von der Liebe besiegt, auf seine Rache verzichten.

Sie las die Szene noch einmal, genoss jedes einzelne Wort, und als ihr Blick auf die *»langsamen Stöße«* traf, die Philippa in einen *»Zustand höchster Erregung und Lust«* versetzten, wanderten ihre Gedanken unwillkürlich zu Bruno Chaval. Er kam in ihr Büro, setzte sich ihr gegenüber, legte eine Blume, eine Praline von Hédiard oder einen Zweig, den er von einem Strauch im Parc Monceau abgeknickt hatte, auf den Tisch und musterte sie mit kraftvollem, aufmerksamem Blick. Er fragte sie, wie es ihr gehe, ob sie gut geschlafen habe, was sie am Vorabend im Fernsehen gesehen habe, war es nicht zu voll in der Métro heute Morgen? Diese Menschenmassen müssen für ein zerbrechliches Geschöpf wie Sie doch unerträglich sein …

Er redete wie in ihrem Buch.

Sie sog seine Worte in sich auf, um keines davon zu vergessen und sie sich in Erinnerung rufen zu können, wenn er wieder fort war.

Er blieb nie lange, er sagte, Monsieur Grobz erwarte ihn in seinem Büro, und erhob sich mit einem letzten glühenden Blick. Ihr Herz begann zu rasen. Sie hatte Mühe, das Zittern ihrer Arme zu verbergen. Sie griff hastig nach einem Kuli oder einer Büroklammer, senkte den Kopf, um ihre brennenden Wangen zu verstecken und stammelte eine alberne Antwort. Es war genau wie in den Büchern, die sie immer las: *»Das Blut schoss ihr in den Kopf. Erst wurde ihr heiß, dann kalt. Die Luft schien auf einmal zum Schneiden dick, sodass Atmen unmöglich war. Er stand sehr gerade, die langen Beine nonchalant gekreuzt. Er sah aus wie Michelangelos Adam in all seiner Pracht, als wäre der von der Decke der Sixtinischen Kapelle gesprungen und hätte einen teuren Edelschneider beraubt. Ein Raubtierlächeln. Dunkelgrüne Augen wie Malachite aus dem Ural. Ihr Blick verweilte ein wenig zu lang auf der gebräunten Haut seines Halses. Das teure*

Hemd aus Batist betonte seine breiten Schultern und die muskulösen Arme. Und als er sich vorbeugte, um mit ihr zu reden, spürte sie seinen warmen Atem auf ihrem Haar …«

Sie schwankte jedes Mal, wenn er ihr Büro betrat. Wartete auf die sanfte Brise, die ihren Körper erwärmen würde.

Sie liebte ihn. Diese Erkenntnis war nicht mit der plötzlichen Wucht eines Sommergewitters über sie gekommen, sondern sanft und beharrlich wie ein Frühlingsregen. Sie litt Höllenqualen, wenn er sie verließ. Ihr ganzer Körper verzehrte sich nach ihm …

Im Büro nannten ihn alle Chaval, aber sie hatte seinen Vornamen herausgefunden. Er war wie ein süßes Geheimnis, das sie in ihrem Herzen einschloss. Bruno. Bruno Chaval. Bruno, Bruno, murmelte sie abends in ihrem Bett, wenn sie in ihrem kleinen Zimmer unter dem Dach einzuschlafen versuchte. Sie träumte davon, dass er sie in die Arme schloss, sie hochhob und sie auf ein weiches, flauschiges Lager legte, das mit einer dicken, von goldenen Posamenten gesäumten Tagesdecke aus königsblauem Samt bedeckt war. Sie erahnte *»die harte Schwellung, die sich unter seiner Hose abzeichnete, und wölbte ihre Weiblichkeit dem Körper des Mannes entgegen. Voll und ganz seinem Willen unterworfen, brachte sie ihm das Kostbarste und Wertvollste dar, was sie besaß.«*

Die Métro hielt an der Station Courcelles. Denise Trompet steckte das Buch zurück in die Handtasche, die sie fest unter den Arm geklemmt hielt, aus Angst, ein junger Taugenichts könne sie ihr entreißen, und stieg aus.

Glücklich und traurig zugleich durchschritt sie die Türen des Zuges. Glücklich darüber, sich für ein paar Sekunden in diese stürmische, leidenschaftliche Vereinigung hineinversetzt zu haben, und traurig, weil sie selbst nie dieses Verschmelzen der Sinne und Gefühle erlebt hatte. Sie würde niemals schöne Kinder bekommen, und Lord Tremaine würde niemals den Blick auf sie richten. Das Leben hatte es nicht so gewollt …

Du bist zweiundfünfzig Jahre alt, Denise, redete sie auf sich ein, während sie die Treppen hinaufstieg und ihre Dauerkarte in die Plastikhülle zurücksteckte. Sieh dich doch an, dein Körper ist schlaff, dein Gesicht faltig, du hast nichts, was einen Mann dazu bringen könnte, sich in dich zu verlieben. Die Zeiten, in denen du Männern gefallen konntest, sind lange vorbei. Vergiss diese beglückenden Gefühle. Sie sind nicht für dich bestimmt.

Das predigte sie sich jeden Abend, wenn sie sich in dem kleinen Bad ihrer Wohnung in der Rue de Pali-Kao im zwanzigsten Arrondissement auszog.

Und trotzdem kam er regelmäßig wieder.

Eines schönen Tages war er plötzlich aufgetaucht.

Mit seinem eindrucksvollen Auftreten hatte er einen kalten, trüben Wintermorgen erhellt, und eine Woge der Leidenschaft hatte ihren Verstand hinweggefegt. Ihr wurde heiß. Sie war nicht in der Lage, einen klaren Gedanken zu fassen, und ihr Herz raste. Die Luft schien auf einmal zum Schneiden dick, sodass Atmen unmöglich war. Vom ersten Augenblick an besaß er Macht über sie, eine Macht, die weit über alle Grenzen der Schicklichkeit hinausging.

Er hatte einen Termin bei Monsieur Grobz und hatte sich in der Tür geirrt. Als er seinen Irrtum bemerkt hatte, war er auf der Schwelle stehen geblieben und hatte sich wie ein wahrer Gentleman entschuldigt. Hatte sich verbeugt.

Sie hatte verstohlen seinen Duft nach Sandelholz und Zitrone eingeatmet – seit jeher der Inbegriff des Glücks für sie.

Sie hatte ihm gesagt, wo das Büro von Monsieur Grobz lag, und er war beinahe widerstrebend gegangen.

Und seitdem kam er immer wieder, legte ein Geschenk auf ihren Schreibtisch, strich um sie herum, berauschte sie mit seinem dezenten Duft nach Sandelholz und Zitrone. Wie in den Büchern!, seufzte sie. Genau wie in den Büchern! Die gleiche Haltung, der gleiche zarte, betörende Geruch, das gleiche über gebräunter Haut geöffnete Hemd, die gleiche subtile, grausame Zurückhaltung. Und ihr Leben wurde zu einem Roman.

»Sag mir, wem du gehörst, Denise.«

»Dir, Bruno, nur dir…«

»Deine Haut ist so weich… Warum hast du nie geheiratet?«

»Ich habe auf dich gewartet, Bruno…«

»Du hast auf mich gewartet, mein süßer, goldener Pfirsich?«

»Ja«, seufzte sie und schlug die Augen nieder. Durch die graue Chintzhose hindurch spürte sie eine Schwellung in seinem Schritt, die sie vor Verlangen erstarren ließ.

Und ihre Lippen verschmolzen in einem Rausch…

Er war arbeitssuchend, wie er sich schamhaft ausdrückte, und hoffte, wieder in die Firma zurückkehren zu können. Er hatte schon einmal bei ihnen gearbeitet, doch damals hatte er sie keines Blickes gewürdigt. Er hatte tausend Pläne, reiste, leitete Besprechungen, fuhr ein schönes Cabrio. Gehetzt, fast schon grob hatte er im schroffen Ton eines Vorarbeiters ein Dokument, eine Kopie, eine vergessene Rechnung eingefordert; sie zitterte vor so viel Männlichkeit, doch sie hatte nie einen Grund gehabt, aus dem Gleichgewicht zu geraten.

Er ignorierte sie.

Aber die Zeit und der Kummer darüber, keine Arbeit zu haben, hatten in ihm *»ein Tal der Tränen«* geschaffen. Er war nicht mehr der junge, forsche kaufmännische Angestellte, der durch die Flure wirbelte, sondern ein *»bleicher, zitternder Schatten, der nach einem Grund zu leben sucht«*. Er war sanfter geworden, und der Blick seiner dunkelgrünen Augen, dunkelgrün wie Malachit aus dem Ural, hatte sich auf sie gerichtet… Ich bin ein anderer Mann, Denise, sagte er manchmal, wie um sich zu entschuldigen, ich habe mich sehr verändert, wissen Sie, das Leben hat mich an meinen bescheidenen Platz zurückverwiesen, und sie musste an sich halten, um ihn nicht zu trösten. Wer war sie denn, dass sie sich einbildete, einem so attraktiven Mann gefallen zu können?

Und der Schmerz explodierte in ihr, scharf und zerstörerisch. Jene Art Schmerz, von der sie nie geglaubt hätte, dass sie ihn jemals verspüren würde. Sie wankte. Brunos Liebe war nicht für sie bestimmt. Er war wie ein Wunder. Und trotzdem stellte sie sich vor, wie er treu und verlässlich an ihrer Seite stehen würde, wie er sie genug lieben würde, um hinzunehmen, dass auch er von dem schändlichen Skandal beschmutzt wurde. Jenem Skandal, der einst ihre Familie zerstört hatte und auf allen Titelseiten ausgebreitet worden war …

Würde er sie genug lieben? Ach, wenn sie sich seiner Antwort doch nur sicher sein könnte …

Und ihr Herz wand sich in qualvollem Zweifel.

Dabei hatte ihr Leben so gut begonnen, damals vor zweiundfünfzig Jahren.

Sie wurde als einzige Tochter von Monsieur und Madame Trompet geboren, einem Metzgerehepaar aus Saint-Germain-en-Laye. Ein grüner, angenehmer, wohlhabender Vorort, wo sich die Leute sauber kleideten und ein ausgezeichnetes Französisch sprachen. Wo man »Guten Tag, Madame Trompet, wie geht es Ihnen?« sagte, wenn man den Laden betrat. »Was haben Sie denn Gutes heute Morgen? Mein Schwiegersohn, der Bankier, und seine Eltern kommen zum Abendessen, und wenn Sie noch etwas von diesem köstlichen Confit vom Cul-Noir-Schwein hätten, würde ich ein schönes Stück nehmen!«

Ihre Eltern, die ursprünglich aus der Auvergne stammten, besaßen eine weithin angesehene Metzgerei mit dem Namen »Zum goldenen Schwein«, wo es fertige Gerichte gab, gefüllten Kohl, Tripous, Rillettes von Gans und Ente, Terrinen, Geflügellebermousse, Würste aus Morteau und Montbéliard, rohen Schinken, feinen Kochschinken, einfache Schinkensülze, Petersilien-Schinken-Sülze, Crépinettes, Schweinskopfsülze, Galantinen, Weißwurst, Blutwurst, Salami, Mortadella, schöne Gänseleberpasteten für Weihnachten und alle möglichen weiteren Köstlichkeiten, die ihr Vater in seiner makellos weißen Schürze zubereitete, während ihre Mutter sie im Laden verkaufte, mit einem strahlenden Lächeln und in einer rosa Bluse, die ihre großen smaragdgrünen Augen, ihre perlmuttschimmernden Zähne, ihre goldene Haut und ihr kastanienbraunes Haar mit den rötlichen Reflexen zur Geltung brachte, das ihr in geschmeidigen Locken auf die schön gerundeten Schultern fiel. Die Männer verschlangen sie mit Blicken, und die Frauen schätzten sie, weil sie sich nicht aufspielte wie Brigitte Bardot.

Von überall her kamen die Leute, um bei Trompet einzukaufen. Lange hatte Gustave Trompet auf einen männlichen Erben gewartet, doch schließlich hatte er seine Hoffnungen auf seine Tochter übertragen, die kleine Denise, die in der Schule glänzende Noten schrieb. Er deutete mit dem Finger auf das Wappen seiner Heimat, der Auvergne, an der Tür des Ladens – eine rote Kirchenfahne mit grünem Saum auf goldenem Grund – und verkündete stolz wie einst sein Vorfahre Vercingetorix, meine kleine Denise wird den Laden einmal übernehmen, wir holen ihr aus Clermont-Ferrand einen guten Ehemann, der ordentlich anpacken kann, und zusammen werden sie unser Geschäft weiterführen.

Beim Gedanken an die Generation kleiner Metzger, die er ausbilden würde, rieb er sich voller Vorfreude die Hände. Madame Trompet strich währenddessen ihre rosa Bluse glatt, und Denise betrachtete dieses gütige Paar, das eine leuchtende Zukunft aus hehren Werten und Wohlstand für sie bereitete.

Wenn sie abends nach der Schule keine Hausaufgaben hatte, durfte sie sich hinter die Kasse setzen und das Wechselgeld herausgeben. Sie drückte auf die Tasten der Registrierkasse, hörte das Klacken der sich öffnenden Schublade, verkündete mit fester Stimme die geforderte Summe und streckte ihre kleine Hand aus, um die Scheine und Münzen entgegenzunehmen, die sie anschließend sorgfältig in die Schublade einsortierte. Zu ihrem dreizehnten Geburtstag bekam sie eine goldene Kette mit einem Anhänger in Form eines Schlüssels …

Denise hatte nicht die Schönheit ihrer Mutter, sondern das wenig reizvolle Äußere ihres Vaters geerbt, sein schütteres Haar, seine eng zusammenstehenden Augen, seine kleine, pummelige Gestalt. Das ist nicht schlimm, mein Freund, sagte die Mutter, so ist sie auch weniger Versuchungen ausgesetzt, ihr Ehemann wird ruhig schlafen können … und wir auch!

Die Zukunft versprach reich und glücklich zu werden, bis zu jenem verhängnisvollen Tag, als der Skandal losbrach. Ein Konkurrent, der Monsieur Trompet seinen Erfolg neidete, beschuldigt ihn, Fleisch ohne Rechnung gekauft zu haben. Und so wurde er an einem frühen Morgen des Jahres 1969 von Beamten der Abteilung für Wirtschaftsdelikte abgeführt. Kaum saß er den Polizisten gegenüber, gestand er alles. Ja, er hatte betrogen, ja, das war nicht gut, ja, er hatte gewusst, dass er damit gegen das Gesetz verstieß. In seinem Herzen war er kein Betrüger, er hatte lediglich ein bisschen Geld zur Seite legen wollen, um seinen Laden zu vergrößern und ihn noch schöner an seinen Schwiegersohn und seine Tochter übergeben zu können.

Was für ein Skandal! In allen lokalen und regionalen Zeitungen war darüber berichtet worden.

Die absurdesten Gerüchte gerieten über sie in Umlauf. Gefälschte Rechnungen, Steuerhinterziehung, das steht in der Zeitung, behaupteten die bösen Zungen, aber in Wahrheit ist alles noch viel schlimmer! Dann wurden die Stimmen leiser und murmelten einander die abscheulichsten Verleumdungen zu. Illegaler Fleischhandel schreiben sie, aber Sie haben ja keine Ahnung, um welche Art von Fleisch es dabei geht! Monsieur Trompet mag kleine Mädchen, und um dieses Laster zu finanzieren, brauchte er Geld, immer mehr Geld! Das Leben junger, unschuldiger Backfische ist teuer! Orgien, sage ich Ihnen, Orgien, wer weiß, ob nicht ab und zu auch Jungen dabei gewesen sind! Dabei wirkten diese Leute so anständig! Da sieht man mal wieder, die Kutte macht noch keinen Mönch und die weiße Schürze keinen respektablen Metzger. Madame Trompet hat vor all dem die Augen verschlossen, um ihren schönen Laden zu behalten, aber jetzt weiß man ja, woher die dunklen Ringe unter ihren Augen stammten. Die arme Frau hat sich jeden Abend die Augen aus dem Kopf geweint. Er soll sogar versucht haben, seine eigene Tochter zu verkaufen! Die kleine Denise. Das Laster kennt wirklich keine Grenzen.

Man zeigte mit dem Finger auf sie, bewarf sie mit Schmutz, sie gerieten in einen Strudel absurdester Unterstellungen. Sie mussten den schönen Laden verkaufen, um die Strafe zu bezahlen, und wegziehen.

Von einem Tag auf den anderen waren die Trompets ruiniert.

Sie zogen in eine Wohnung im zwanzigsten Arrondissement von Paris. Kauften einen arabischen Lebensmittelladen. Einen arabischen Lebensmittelladen! Bei diesen Worten brach Madame Trompet in Tränen aus. Sie, die einst Wohlstand gekannt hatten, elegante Kunden, schöne Autos, die in zweiter Reihe parkten, Schaufenster, die von Delikatessen überquollen. Wenn das keine Katastrophe war! Sie waren gezwungen, in einem Viertel voll pantoffeltragender Frauen, rotznasiger Kinder und Männern in Dschellaba zu leben, in einer Straße, die nach einem chinesischen Nest benannt war, einer Seitenstraße des Boulevard de Belleville. Métro-Station Couronnes.

Denise Trompet war vierzehn, als sich das Drama ereignete. Als sie eines Abends von der Schule nach Hause kam, warf sie den Schlüssel und die goldene Kette in den Rinnstein.

Ihre Eltern verboten ihr, sich mit Kindern aus ihrem Viertel anzufreunden oder die Nachbarn anzusprechen. Wir verkehren nicht mit diesen Leuten. Lasst uns nicht noch unsere Würde verlieren! Sie hatte auch keine große Lust, Kontakte zu knüpfen. Sie fühlte sich fremd in diesem Klein-Algier. Isoliert, geächtet, all ihrer Zukunftspläne beraubt, stürzte sie sich in kitschige Liebesromane und erträumte sich eine Welt aus Prinzen, Prinzessinnen und verhinderter Liebe. Atemlos las sie nachts mit einer Taschenlampe unter der Decke. Das half ihr, ihr Schicksal und den Niedergang ihrer Familie zu ertragen.

Denn der Skandal hatte auch Clermont-Ferrand erreicht. Die Familien ihres Vaters und ihrer Mutter brachen den Kontakt zu ihnen ab. Sie hatte weder Großvater noch Großmutter, weder Tanten noch Onkel, weder Cousins noch Cousinen mehr. Allein zu Weihnachten, allein in den großen Ferien. Unter ihren Decken verkrochen, während ihre Eltern die Türen verbarrikadierten, falls die »Ausländer« sie angreifen sollten …

Sie legte das Abitur ab und machte eine Ausbildung zur Buchhalterin, die sie als Beste abschloss. Den Kopf immer tief über die Zahlen oder die abenteuerlichen Schicksale ihrer Lieblingshelden gebeugt.

Ihre erste Stelle bekam sie in einem Büro in der Avenue de l'Opéra. Ihr Vater schöpfte neue Hoffnung. Avenue de l'Opéra, das ist ein gutes Viertel. Das Geschäftsviertel. Er malte sich aus, wie sich ein junger, dynamischer Manager in seine Tochter verlieben würde. »Ein gutes Viertel«, wiederholte ihre Mutter nickend. Sie würden ihren Laden in der Rue de Pali-Kao verkaufen, näher ans Stadtzentrum heranziehen und ein wenig von ihrem früheren Ansehen wiedererlangen.

Sonntagnachmittag gingen sie zu dritt auf dem Friedhof Père-Lachaise spazieren und lasen von den Grabsteinen das Leben jener illustren Unglücklichen ab, die dort begraben lagen. Siehst du, wir sind nicht die Einzigen, die zu Unrecht gelitten haben, sagte ihr Vater oft, auch wir werden eines Tages gerächt werden. Ich hoffe nur, das geschieht noch vor unserem Tod, entgegnete Madame Trompet schüchtern.

Doch das Grab kam schneller als die Rehabilitierung.

Kein Mann warf ein Auge auf Denise oder bat um ihre Hand. Jeden Morgen ging sie zur Arbeit, nahm die Métro an der Station Couronnes, schlug ihren Roman auf und tauchte ein in fesselnde Abenteuer. Kam abends nach Hause, ohne dass sich auch nur der Hauch einer Romanze angebahnt hätte. Ihr Vater verlor die Hoffnung. Ihre Mutter schüttelte den Kopf. Wenn sie doch nur meine Schönheit geerbt hätte, dachte sie, den Blick auf ihre Tochter gerichtet, dann ginge es uns längst wieder besser … Mit der Metzgerei konnten wir noch hoffen, sie unter die Haube zu bringen, aber ohne einen Franc in der Tasche wird sie niemand haben wollen. Und wir werden hier niemals wegkommen.

Madame Trompet sollte recht behalten.

Denise Trompet blieb unverheiratet und verlor im Laufe der Jahre auch noch das bisschen Glanz, das ihr die Jugend verliehen hatte. Ihre Eltern starben, als sie zweiundvierzig Jahre alt war, und sie blieb allein in der Rue de Pali-Kao zurück, von wo aus sie jeden Morgen an der Station Couronnes die Métro nahm.

Sie hatte die Stelle gewechselt. Hatte bei Casamia angefangen. So konnte sie ohne umzusteigen mit der Linie 2 durchfahren und sich ganz in ihr Buch versenken. Ihr Leben bestand aus zwei Hälften: auf der einen Seite die aufregenden Abenteuer ihrer Helden, die Schlösser, Himmelbetten und leidenschaftlichen Vereinigungen und auf der anderen ein Taschenrechner, Listen, Tabellen mit trockenen, grauen Zahlen. Manchmal dachte sie bei sich, dass sie zwei Leben habe: eines in Farbe auf der großen Leinwand und eines in Schwarz-Weiß.

Und sie wusste nicht mehr genau, welches davon das echte war.

»Na? Und?«, fragte Henriette und klopfte unter dem Tisch des Cafés, in dem sie sich häufig trafen, um die Fortschritte ihres gemeinsamen Projekts zu besprechen, ungeduldig mit dem Absatz auf den Boden. »Wie weit sind Sie mit der Trompete?«

»Es geht voran, es geht voran …«, brummte Chaval ohne große Begeisterung.

»Meine Güte! So lange, wie Sie sich schon an sie heranmachen, sollten Sie sie längst in Ihr Bett geschleift und um den Verstand gevögelt haben!«

»Sie motiviert mich nicht besonders …«

»Denken Sie nicht an sie! Denken Sie an das Geld! An die kleine Hortense, an ihren festen, runden Hintern, ihre hohen Brüste …«

»Madame Grobz! Wie reden Sie denn über Ihre Enkelin?«

»Mir bleibt ja gar nichts anderes übrig, wenn sie sich wie eine Dirne aufführt … Laster zieht Laster nach sich …«

»Haben Sie Neuigkeiten von ihr?«, fragte Chaval, der den Köder geschluckt hatte.

»Natürlich habe ich das! Und Sie sollten lieber einen Gang zulegen! Hortense wird nicht lange warten…«

»Alles an der Trompete ist weich und schlaff. Schon beim Gedanken daran, sie zu küssen, wird mir übel…«

»Denken Sie an das Geld, das Ihnen in den Schoß fallen wird, ohne dass Sie auch nur einen Finger dafür rühren müssen… Wir können Marcel nach Herzenslust ausnehmen, und er wird nichts davon bemerken. Er vertraut seiner Buchhalterin blind. Sie müssen wissen, was Sie wollen…«

Das ist es ja gerade, dachte Chaval, ich bin gar nicht mehr sicher, dass ich die Trompete überhaupt flachlegen will. Ich habe andere Pläne.

Aber das wagte er Henriette nicht zu gestehen.

Sie fixierte ihn mit ihrem stechenden Blick.

»Diese mit süßlichem Schwachsinn vollgestopften Frauen muss man mit Gewalt nehmen… Das ist Teil ihrer Fantasien. In diesen Romanen wird die Liebe nicht gepflückt, sondern mit Zähnen und Klauen entrissen!«

»Das ist doch wohl nicht Ihr Ernst!«

»Doch, doch… Um Sie bei Ihrer Mission zu unterstützen, habe ich eine beträchtliche Anzahl dieser abgeschmackten Bücher gelesen, und ich habe ihre Funktionsweise durchschaut. Die Heldinnen zittern vor dem Mann, in ihrer Vorstellung ist er feurig, draufgängerisch, brutal. Das körperliche Verlangen des Mannes erschreckt sie, aber ohne es sich selbst einzugestehen, verzehren sie sich danach, den Geschlechtsverkehr zu erleben. Das ist das ganze Prinzip! Dieser köstliche Schauer aus Angst und Verlangen… Vor, zurück, vor, zurück. Also muss man sie grob behandeln. Sie im Handstreich nehmen oder sie betrunken machen. Oft werden sie unter Alkoholeinfluss schwach…«

Chaval trank einen Schluck Pfefferminzsirup mit Wasser und sah sie nicht sonderlich überzeugt an. Da war ihm ja Lottospielen noch lieber.

»Haben Sie versucht, sie betrunken zu machen?«

»Ich traue mich nicht, mit ihr auszugehen. Damit würde ich auch noch den letzten Rest meines Rufs ruinieren… Was sollen die Leute denn von mir denken, wenn sie mich mit ihr zusammen sehen?«

»Sie werden denken, dass Sie geschäftlich mit ihr zu tun haben…

Und außerdem sind Sie nicht so bekannt, dass sie auf Schritt und Tritt von Paparazzi verfolgt werden, mein lieber Chaval …«

»Eben. Wenn einem sonst nichts mehr bleibt, dann fängt man an, es genau zu nehmen, dann sieht man sich besonders vor …«

»Dummes Zeug! Albernes Geschwätz! Wissen Sie, was Sie tun werden? Sie werden sie an einen eleganten, romantischen Ort einladen, in die Bar eines Luxushotels zum Beispiel. Wenn es dort einen offenen Kamin gäbe, in dem ein Feuer knistert, wäre das perfekt …«

»Ein Kaminfeuer im Mai?«

»Sie haben zu lange getrödelt! Mit Ihren ständigen Ausflüchten haben wir den ganzen Winter verstreichen lassen! Vergessen Sie das Feuer! Sie bestellen Champagner, Sie animieren sie zum Trinken, Sie legen eine Hand auf ihr Knie, streicheln es sanft, murmeln zärtliche Worte, Ihr Atem streift ihr Haar … Sie lieben es, wenn der Atem des Mannes ihr Haar streift, das ist mir auch aufgefallen, und beim Abschied beugen Sie sich über sie und werfen sie in einem wilden, leidenschaftlichen Kuss hintenüber … Sie brauchen sich dafür nur eine dunkle Ecke auszusuchen, einen Hauseingang, eine Sackgasse, dann sieht Sie auch niemand …«

»Und danach?«, fragte Chaval, den Mund zu einer angewiderten Grimasse verzogen.

»Das sehen Sie dann … Ich würde sagen, Sie müssen nicht gleich den Akt vollziehen. Sie können das Ganze auch langsam angehen lassen. Aber nicht zu langsam! Wir brauchen diese Zugangsdaten …«

»Und wie soll ich darankommen? Glauben Sie etwa, sie wird sie mir einfach so geben?«

»Sie müssen sie eben geschickt ausfragen. Was genau ihre Aufgaben im Büro sind, wo sie ihre kleinen Geheimnisse versteckt, die Firmengeheimnisse natürlich … Und sorgen Sie dafür, dass Ihr Atem währenddessen die ganze Zeit über ihren Körper streicht! Sie küssen sie zärtlich auf die Innenseite des Handgelenks, Sie seufzen, Sie nennen sie Ihr kleines Juwel, Ihre Libelle, wenn Sie wollen, stelle ich Ihnen eine Liste mit Kosenamen zusammen …«

»Nein …«, protestierte er. »Dann lieber die brutale, geheimnisvolle Masche … Das passt besser zu mir.«

»Wie Sie wollen! Hauptsache, Sie beschaffen diese Codes … Manche Frauen falten kleine Zettel und legen sie in ein Notizheft, eine Schublade, ein Seitenfach ihrer Handtasche. Oder sie schreiben sie hinten auf eine Unterlagenmappe. Umschmeicheln Sie sie, verdrehen Sie ihr den Kopf, und dann entreißen Sie ihr die magischen Zahlen …«

Chaval verzog zweifelnd das Gesicht.

Henriette wurde wütend.

»Was glauben Sie denn, was ich mit dem alten Grobz gemacht habe? Ich habe mich auch nicht geschont, mein guter Chaval. Niemand hat Erfolg, ohne sich die Hände schmutzig zu machen! Ich verlange wirklich nicht viel von Ihnen, nur diese Zugangscodes, und danach können Sie sie meinetwegen zum Teufel jagen. Denken Sie sich irgendeinen an den Haaren herbeigezogenen tugendhaften Vorwand aus. Den wird sie schon schlucken, sie ist ohnehin glücklich genug, dass Sie sie für ein paar Augenblicke ihrem tristen Altejungferndasein entrissen haben … Jetzt hat sie etwas, woran sie sich immer zurückerinnern kann! Sie haben damit sogar noch eine gute Tat vollbracht. Aber Sie hören mir ja gar nicht zu, Chaval, Sie hören mir nicht zu. Woran denken Sie, während ich mit Ihnen rede?«

»An die Trompete …«

Chaval log. Er dachte daran, dass es vielleicht noch einen anderen Weg gab, wieder auf die Beine zu kommen. Seit er Marcel Grobz' Firma betreten hatte, witterte er Morgenluft. Der Alte baute ab. Er schaffte die Arbeit nicht mehr allein. Er brauchte frisches Blut, einen schwungvollen, reisefreudigen Manager, der neue Ideen und Projekte aufspürte und sie mit Zahlen untermauerte. Und er, Chaval, zog es allemal vor, sich in Geschäfte zu stürzen als in das weiche, schlaffe Fleisch der Trompete. Es war nur eine Ahnung, noch keine Gewissheit. Aber bald würde er Klarheit haben … Während er sich in den Büros herumgetrieben hatte, war ihm zu Ohren gekommen, dass Casamia auf der Suche nach neuen Produkten war, die in den Katalog aufgenommen werden sollten. Man musste innovativ sein und unablässig seine Produktpalette erweitern. Die Konkurrenz mithilfe von Rabatten, Neuentdeckungen, frischen Angeboten schlagen. Er musste sich wieder unentbehrlich machen. Wie? Das wusste er noch nicht. Aber wenn er Marcel Grobz ein fix und fertig durchgeplantes Projekt auf den Schreibtisch legen könnte, würde dieser ihn unter Umständen wieder einstellen.

Hauptsache, Josiane bekam nichts davon mit. Josiane hatte ein Händchen für das Aufspüren von Innovationen, das hatte sie schon häufig unter Beweis gestellt. Und jedes Mal hatte er sich die Idee unter den

Nagel gerissen, sie als seine eigene ausgegeben und die Bonuszahlung und das Lob des Chefs eingestrichen. Falls sie jemals Wind davon bekommen sollte, dass er sich in der Firma herumtrieb, würde sie ihren geliebten Brummbären warnen … Statt die Trompete auszuschalten, sollte er lieber Josianes Misstrauen einschläfern. Sie anrufen, ihr einen Waffenstillstand anbieten, sie einlullen …

Verrückt, wie kompliziert sein Leben geworden war, seit er auf Henriettes Deal eingegangen war. Er wusste nicht mehr, wo ihm der Kopf stand. Jeden Abend plagte ihn Migräne. Seine Mutter musste ihm einen speziellen Tee machen und rieb ihm die Schläfen mit Tiger Balm ein.

»Chaval!«, donnerte Henriette und knallte ihr Knie so fest unter die Tischplatte, dass der ganze Tisch hüpfte. Er konnte gerade noch rechtzeitig seinen Minzsirup auffangen. »Sie antworten nicht! Ich spüre seit einer Weile, dass Sie mir etwas verheimlichen … Darf ich Sie daran erinnern, dass ich in einem Gespräch mit Marcel Grobz durchblicken lassen könnte, dass Sie ein widerlicher alter Lüstling sind, der mit Hortense geschlafen hat? Davon hat dieser naive Tropf garantiert nicht die leiseste Ahnung! Ich bin mir sicher, dass er Sie dann mit anderen Augen sehen würde, und dann ließe er Sie bestimmt nicht mehr in seinen Büros herumstreunen … Es wäre ein Leichtes für mich, das Gift des Zweifels in seine Adern zu träufeln.«

Verwundert hielt sie inne.

»Jetzt rede ich ja schon selbst wie in diesen Groschenromanen! Diese hirnlose Prosa ist ansteckend … Aber sehen Sie sich vor, ich habe Sie in der Hand, und ich würde nicht davor zurückschrecken, Ihnen zu schaden …«

Chaval bekam es mit der Angst zu tun. Natürlich würde sie das nicht. Und wenn er sich entscheiden musste, entweder die Trompete flachzulegen oder von dieser boshaften alten Elster verpfiffen zu werden, dann nähme er die Trompete.

Aber er zögerte …

Schließlich war ja auch beides möglich.

Einen Sonnenuntergang auf Montmartre, um die Trompete zu betören, an ihrem Ohrläppchen knabbern und dabei an Hortenses festen Hintern denken, Denise die Zugangscodes entlocken und sich anschließend seine Leutnantsstreifen zurückholen, indem er Marcel Grobz ein interessantes Projekt anbot.

Die Migräne grollte hinter seinen Schläfen.

Er sah auf die Uhr, es war erst halb drei. Zu früh, um nach Hause zu fahren und sich hinzulegen.

WQRX FM, 105,9, Classical Music, New York. The weather today, mostly clear in the morning, partly cloudy this afternoon, a few showers tonight, temperature around 60°F …

Acht Uhr. Der Radiowecker riss ihn aus dem Schlaf, und er warf den Arm zur Seite, um ihn auszuschalten. Öffnete die Augen. Sagte sich, wie jeden Morgen, ich bin in Manhattan, ich wohne in der 74th Street West, zwischen Amsterdam und Columbus, ich wurde an der Juilliard School aufgenommen, und ich bin der glücklichste Mensch der Welt …

Der Traum, den er in der Küche seiner Londoner Wohnung skizziert hatte, war Wirklichkeit geworden. Die Bewerbungsunterlagen, die er an die Juilliard School, 60 Lincoln Center Plaza, New York, NY 10023-6588, geschickt hatte, waren berücksichtigt, die CD, die er aufgenommen hatte – eine Fuge und ein Präludium aus Bachs *Wohltemperiertem Klavier* –, gehört und für gut befunden worden.

Er hatte in der großen Aula ein Vorspiel absolviert, das *Andante* aus der *Fünften Sinfonie* von Beethoven. Er wusste, dass seine Bewerbung ausgewählt worden war und er gute Chancen hatte, an der Schule angenommen zu werden, wenn er diese letzte Hürde überwand.

Und er war angenommen worden.

Im kommenden September würde er die erste Klasse der berühmten Juilliard School besuchen. *Imagine yourself*, hieß es in der Schulbroschüre, *motivated, innovative, disciplined, energetic, sophisticated, joyous, creative …* Er würde alles auf einmal sein. Motiviert, einfallsreich, diszipliniert, energisch, kultiviert, fröhlich und kreativ. Fröhlich!

Er machte draußen auf der Straße Luftsprünge. Ich bin angenommen worden, Leute, ich bin angenommen worden! *Hi, guys! I'm in, I'm in!* Ich, Gary Ward, ich traue meinen Augen nicht, ich traue meinen Fingern nicht, ich traue meinem armen Kopf nicht! Ich bin tatsächlich angenommen worden!

Start spreading the news … I want to be a part of it, New York, New York! If I can make it there, I'll make it anywhere!

Er war zur Levain Bakery gerannt und hatte sich das üppigste Frühstück seines Lebens gegönnt. Er wollte alles essen, was auf der Karte stand. Die *cookies*, die *crispy pizzas*, die *sweat breads*, die große Stadt und das große Leben. Er wollte die ganze Welt umarmen, den Fremden, die ihm entgegenkamen, verkünden, dass er jetzt ein seriöser Student war, ein Pianist, der bald berühmt sein würde, ein Künstler, mit dem zu rechnen war …

Start spreading the news …

Nachdem er die Zusage bekommen hatte, hatte ihm eine ältere Studentin die Schule gezeigt. Sie hatte ihm erklärt, wie die Juilliard School aufgebaut war und was man dort alles studieren konnte. Er war sprachlos gewesen. Es gab dort Kurse für alles, absolut alles. Theater, Ballett, Comedy, klassische Musik, Jazz, moderner Tanz, alle Bühnenkünste wurden dort unterrichtet, und es herrschte ein ständiges Summen wie in einem glücklichen Bienenkorb. In kleinen, sich wie Waben entlang der Flure aufreihenden Räumen spielten Studenten Klavier, Harfe, Kontrabass, Klarinette oder Geige, andere quälten sich in schwarzen Strumpfhosen an der Ballettstange, wieder andere mühten sich beim Stepptanz. Er hörte, wie Tenöre ihre Stimme in die Höhe schwangen, abrutschten, sich wieder fingen, er hörte Schauspielstudenten Verse deklamieren, Bogen über die Saiten knirschen, Fersen und Spitzen auf dem Holzboden klappern, er hatte das Gefühl, in einem riesigen Universum zu stehen, das sang, tanzte, improvisierte, liebte, litt, wieder von vorn begann …

Und er würde Teil dieses Universums sein …

I want to be a part of it! New York! New York!

Er erinnerte sich daran, mit welcher Angst er in New York angekommen war. Allein. Ganz allein. Hortense war nicht zum Flughafen gekommen. Er hatte bis zur letzten Minute, bis zum letzten Aufruf gewartet, ehe er ins Flugzeug gestiegen war; mit hängenden Schultern, den Blick zurück zur großen Abflughalle des Flughafens gerichtet, um sich zu vergewissern, dass sie nicht doch noch angerannt kam, Gary! Gary! Warte auf mich!, schrie und einen ihrer Absätze abbrach, weil sie so schnell rannte. Was soll das denn, hätte er dann gesagt, willst du mit diesen hohen rosa Absätzen etwa verreisen? Und dieser Strohhut mitten im Winter? Und diese apfelgrüne Lacklederhandtasche! Wie albern, Hortense!

Sie hätte das Kinn gereckt und etwas gesagt wie, meine Güte, das ist der neueste Lanvin-Look! Ich will als wunderschöne Frau aus dem Flieger steigen! Und er hätte gelacht, er hätte sie in die Arme geschlossen, der Hut wäre ihr vom Kopf geflogen, und sie hätten sich in der Warteschlange im Kreis gedreht, inmitten der Leute, die vor sich hin schimpften, weil sie zu spät kam und sich nicht einmal entschuldigte.

Doch sie war nicht in letzter Minute angekommen, mit einem Strohhut mitten im Winter und auf hohen rosa Absätzen.

Er hielt ihr Ticket in der Hand …

Er hatte es zusammengefaltet und in die Jackentasche gesteckt, und als er in seine kleine Wohnung in der 74th Street eingezogen war, hatte er als Allererstes das Ticket an die Küchenwand geklebt, um sich jeden Morgen beim Kaffeetrinken daran zu erinnern, dass sie nicht gekommen war …

Sie hatte es vorgezogen, in London zu bleiben.

If I can make it there, I'll make it anywhere …

Die ersten Tage waren hart gewesen.

Es war noch Winter. An jeder Straßenecke brannte der eisige Wind auf seinen Wangen, es regnete ununterbrochen, und oft genug geriet er in Schneeböen, die ihn in seiner schwarzen Jacke und seinem grauen T-Shirt zitternd an der Bürgersteigkante zurückließen. Die gelben Taxis spritzten ihn nass, die dick eingemummelten Passanten rempelten ihn an, der Busfahrer ließ ihn nicht mitfahren, weil er weder eine *MetroCard* noch Kleingeld hatte, er wurde zurück auf den Bürgersteig geschubst, seine Füße in den dünnen Lederschuhen waren nass, er schlug den Kragen seiner Jacke hoch, fröstelte und fragte sich, wie New York funktionierte, ob es in dieser Stadt überhaupt menschliche Wesen gab und warum sie ihn nicht wollte.

Er war losgezogen und hatte sich dicke Schuhe, einen Parka und eine Schapka mit Ohrenklappen gekauft, die er unter dem Kinn zusammenband, wenn der Sturm pfiff. Mit seiner großen roten Nase sah er aus wie ein Clown, aber das war ihm egal. Das Klima war alles andere als gemäßigt in dieser Stadt, und manchmal vermisste er den wohlerzogenen Londoner Nieselregen.

Alles hier war größer.

Größer, stärker, rauer, wilder und so viel aufregender …

Der Leiter der Abteilung Musik, der sie empfangen hatte, um ihnen zum Bestehen der Aufnahmeprüfung zu gratulieren, hatte sie gewarnt:

Die Studenten der Juilliard School müssen außergewöhnlich sein. Sie, meine Herrschaften, müssen beharrlich sein, fleißig, ausdauernd und kreativ. Sie werden sehr schnell erkennen, dass dieses Studium härter ist als alles, was Sie sich vorgestellt haben, und statt sich vor Angst zu verkriechen, werden Sie sich doppelt so viel Mühe geben und doppelt so hart arbeiten müssen. In New York gibt es immer jemanden, der ein bisschen früher aufgestanden ist als Sie, jemanden, der abends noch länger gearbeitet hat, jemanden, der etwas komponiert hat, worauf Sie nicht gekommen sind, und genau dieser Mensch ist es, den Sie auf der Ziellinie abfangen müssen. Um immer der Beste zu sein. Auf der Juilliard School genügt es nicht, Musik zu denken, man muss die Musik sein, sie mit Leidenschaft leben, und wenn Sie sich nicht dazu in der Lage fühlen, permanent über sich hinauszuwachsen, ohne sich je zu beklagen, dann überlassen Sie Ihren Platz einem anderen.

Er war in sein kleines Hotelzimmer im Amsterdam Inn in der Nähe des Lincoln Center zurückgekehrt und hatte sich vollständig angezogen aufs Bett gelegt.

Das würde er niemals schaffen …

Er würde nach London zurückkehren. Dort kannte er sich aus, dort hatte er seine Freunde, seine Mutter, seine Großmutter, er würde wieder Klavierunterricht nehmen, es gab dort sehr gute Schulen, wozu musste er unbedingt seine Wurzeln kappen und in diese Stadt voller Irrer kommen, die niemals schlief?

Mit Hortenses Flugticket in der Hand war er eingeschlafen, er würde es umtauschen und nach London zurückfliegen.

Am nächsten Tag machte er sich auf die Suche nach einer Wohnung. Er wollte kein Tourist mehr sein, er wollte ein Teil der Stadt werden. Und dazu brauchte er eine Adresse, seinen Namen auf dem Klingelschild, einen Gaszähler, einen Stromzähler, einen vollen Kühlschrank, Freunde und einen Eintrag in den *Yellow Pages*. Und eine *MetroCard*. Nie wieder würde er aus dem Bus geworfen werden! Er lernte die Strecken aller Linien auswendig. *Uptown, Downtown, East, West, Crosstown.* Er machte sich auch mit den U-Bahn-Linien vertraut, A, B, C, D, 1, 2, 3, die »local«- und die »express«-Züge. Einmal irrte er sich und fand sich in der Bronx wieder.

Er war bereit, früher aufzustehen als alle anderen, abends länger zu arbeiten, ein Stück zu komponieren, das noch niemals jemand komponiert hatte, und sie alle auf der Ziellinie abzufangen.

Er suchte in der Nähe der Juilliard School. Schlenderte durch die Straßen, schaute sich um, kaufte die Stadtteilzeitungen, die in den Lebensmittelläden, Bars und Boutiquen auslagen. Nahm einen Kuli aus der Tasche, kreiste die Anzeigen ein, die in sein Budget zu passen schienen, rief an. Besichtigte eine Wohnung, zehn, zwanzig, rümpfte die Nase, zuckte die Schultern und beschimpfte die Besitzer im Stillen als Halsabschneider. Kehrte entmutigt in sein Hotel zurück. Er würde nie etwas finden, zu teuer, zu hässlich, zu dreckig, zu klein. Man sagte ihm, er solle die Hoffnung nicht aufgeben, dank der Krise seien die Preise gesunken, er könne handeln. Er nahm sich erneut die Anzeigen vor, besichtigte erneut Wohnungen und fand schließlich eine in einem roten Backsteingebäude mit hohen grünen Fenstern in der 74th Street. Rot und Grün, das gefiel ihm. Die Wohnung war klein und dreckig, er würde den Teppichboden austauschen müssen, ein Schlafzimmer, ein Wohnzimmer, eine verlassene gelbe Yuccapalme, eine Kochnische, ein Bad von der Größe eines Kleiderschranks, im fünften Stock ohne Aufzug, aber die Fenster gingen auf die Straße und zwei grüne Bäume hinaus. Der Preis war angemessen. Er musste sich sofort entscheiden. Er unterschrieb, ohne zu verhandeln.

Riss den Teppich heraus. Kaufte einen neuen, apfelgrünen und klebte ihn auf das verrottete Parkett. Strich die Wände weiß. Schrubbte die Fensterrahmen, putzte die Scheiben, zerbrach eine davon. Ließ sie ersetzen. Vertrieb die Kakerlaken, indem er eine glühend heiße Flüssigkeit auf die Fußleisten und alle feuchten Stellen sprühte. Bekam etwas davon in die Augen und rannte zum nächsten Drugstore, um sich kühlende Tropfen zu kaufen. Stellte fest, dass er seine Schlüssel in der Wohnung vergessen hatte. Musste durchs Fenster der Nachbarin klettern.

Sie trug ein T-Shirt mit der Aufschrift »*I can't look at you and breathe at the same time*«*. Er nahm dies als ein Zeichen und küsste sie zum Dank.

Sie hieß Liz, hatte braune Augen, einen grün-blau gefärbten Pony, ein Zungenpiercing und einen großen, lachenden Mund.

Sie wurde seine Freundin.

* »Ich kann dich nicht anschauen und gleichzeitig atmen.«

Sie studierte Film an der Columbia University und zeigte ihm die Stadt. Die Galerien in Chelsea, die Arthousekinos in SoHo, die Jazzclubs im Village, die günstigen Restaurants, die Secondhand-Klamottenläden. *Thrift shops* nannte sie sie mit einer feuchten Aussprache. Ende Mai würde sie wegziehen, um ihr Glück in Hollywood zu versuchen, wo einer ihrer Onkel Filmproduzent war. *Too bad*, sagte sie und lachte mit ihrem großen Mund, *too bad*, aber es schien sie nicht allzu sehr zu bekümmern. Sie machte sich auf, die Filmwelt zu erobern, und das war doch jedes Opfer wert.

Er versuchte nicht, sie davon abzuhalten. Hin und wieder dachte er immer noch an Hortense.

An seine letzte Nacht mit Hortense …

Und wenn das passierte, konnte er nicht mehr atmen.

Er hatte einen Klavierladen gefunden, dessen Besitzer, er hieß Kloussov, ihn im Hinterzimmer auf gebrauchten Steinways spielen ließ. Dort lagen auch alte Partituren herum, Sonaten von Beethoven, Mozart, Schubert, Brahms, Chopin. Er stand frühmorgens auf, rannte zum Laden und setzte sich auf einen alten, durchgesessenen Klavierhocker. Er hielt sich für Glenn Gould, beugte sich über die Tasten und spielte, vor sich hin brummend, den ganzen Morgen. Der Besitzer saß hinter einem langen schwarzen Tisch am Eingang und beobachtete ihn beim Spielen. Er war ein dicker Herr mit rotem, kahlem Schädel, der tagein, tagaus eine große getupfte Fliege trug. Mit halb geschlossenen Augen lauschte er behaglich den über die Tasten laufenden Händen, rutschte auf seinem Stuhl hin und her, wippte, wurde von einer Art Veitstanz erfasst, sein Gesicht lief dunkelrot an, und Speicheltröpfchen flogen, wenn er sprach, da der Dampf in seinem Kopf durch seinen Mund entwich.

»Das ist gut, mein Junge … Du machst Fortschritte. Das Spielen lernt man durchs Spielen. Vergiss die Notenlehre und deinen Unterricht, öffne dein Herz ganz weit, lass es sich über das Klavier ergießen, bring die Saiten zum Weinen. Beim Klavierspielen zählen nicht die Finger und auch nicht die Übungen, die man dich jeden Tag absolvieren lässt. Was wirklich zählt, ist der Bauch, das Innere … Selbst wenn du zehn Finger an jeder Hand hättest, ohne ein Herz, das bereit ist, zu bluten, zu flüstern und zu explodieren, bringt dir die ganze Technik nichts … Man muss klingen, man muss seufzen, man muss in Rage geraten, das Herz mit seinen zehn Fingern zum Tanzen bringen. Nicht brav sein! Niemals brav sein!«

Er stand auf, bekam keine Luft mehr, rang nach Atem, hustete, zog ein langes Taschentuch aus der Tasche, wischte sich damit über Stirn, Nase und Kehle und befahl: »Und nun lass dein Herz wieder bluten …«

Gary legte die Finger auf die Tasten und spielte ein Impromptu von Schubert. Der alte Kloussov fiel zurück auf seinen Stuhl und schloss die Augen.

Es kamen nur selten Kunden, aber das schien ihn nicht zu stören. Gary fragte sich, wovon er lebte.

Mittags ging er zur Levain Bakery und aß *meat sandwiches*, seine Lieblingssorte war Putenbrust-Gurke-Gruyère-Dijonsenf auf frischem Baguette. Er aß gleich zwei davon hintereinander, und ihm lief dabei so viel Speichel aus dem Mund, dass das Mädchen hinter der Theke lachen musste. Er sah ihr zu, wie sie den Teig für die Cookies knetete, und wollte das auch lernen. Sie zeigte es ihm. Er lernte es so gut, dass sie ihm anbot, nachmittags bei ihr zu arbeiten. Sie brauchte eine Aushilfe zum Kneten. Sie würde ihn dafür bezahlen. Er hatte keine Arbeitserlaubnis, also zeigte sie ihm, wie er durch die Hintertür verschwinden konnte, falls jemand von der Ausländerbehörde auftauchen sollte. Aber uns passiert nichts, fügte sie hinzu, wir sind berühmt, wir waren schon bei Oprah Winfrey … Aha, sagte er und nahm sich vor, herauszufinden, wer diese Oprah Winfrey war, vor der sogar die Polizei Respekt hatte.

Allmählich nahmen seine Tage Struktur an. Klavier spielen, Teig kneten und abends Liz' breites Lachen und ihr grün-blauer Pony unter den weißen Laken. Der seltsame Knopf in ihrer Zunge, wenn sie sich küssten …

Er fand Freunde auf seiner täglichen Strecke.

Als er eines Tages vor Brooks Brothers in der 65th Street zwischen Broadway und Central Park West vorbeikam, sah er, dass es ein Angebot gab: Drei Hemden zum Preis von einem! Er überwand sich, auf der Juilliard würde er sie brauchen. Und dazu noch bügelfrei! Man ließ sie auf einem Kleiderbügel trocknen, und es gab keine Falten. Er ging hinein. Wählte zwei weiße und ein blau-weiß gestreiftes. Der Verkäufer hieß Jerome. Gary fragte ihn, warum er einen französischen Vornamen habe. Er antwortete, dass seine Mutter Fan von Jerome David Salinger gewesen sei. Ob er den *Fänger im Roggen* gelesen habe? Nein, antwortete Gary. Tja … das bedeutet, du weißt nicht, was gut ist, erklärte Jerome, der später zugab, dass alle seine Freunde ihn Jerry nannten. Und um noch eins draufzusetzen, erkundigte er sich, ob Gary den Maler Gustave Caillebotte kenne. Ja!, antwortete dieser stolz. Dann kennst du auch das Musée d'Orsay in Paris? Natürlich, dort ich bin oft gewesen, ich habe nämlich in Paris gelebt, sagte Gary, und er hatte das Gefühl, ein paar Punkte gutzumachen. Diesen Sommer, sagte der Junge, fliege ich nach Paris und gehe ins Musée d'Orsay, denn ich bin ein Riesenfan von Gustave Caillebotte, ich finde, sein Talent wird enorm unterschätzt … Alle reden immer von den Impressionisten, aber nie von ihm. Und er stürzte sich in ein Plädoyer für diesen Maler, den die Franzosen lange gering geschätzt hatten und der zu Lebzeiten nur in den Vereinigten Staaten erfolgreich gewesen war.

»Er hat einen unserer größten Maler beeinflusst … Edward Hopper … Und es war ein amerikanischer Sammler, der fast alle seine Gemälde gekauft hat. Kennst du *Straße in Paris, Regenwetter*? Ich bin total begeistert von diesem Bild …«

Gary nickte, um seinen neuen Bekannten nicht zu enttäuschen.

»Es hängt in einem Museum in Chicago. Ein Meisterwerk … Er war ein außergewöhnlicher Sammler. Als er starb, vermachte er dem Staat siebenundsechzig Bilder, Degas, Pissarros, Monets, Cézannes, aber der französische Staat hat sie abgelehnt! Man fand sie ›unwürdig‹. Kannst du dir das vorstellen? Was für eine Einstellung!«

Jerome wirkte empört.

Gary war beeindruckt, und Jerome wurde ein Freund.

Na ja … zumindest ein Kumpel, den er grüßte, wenn er morgens an dem Geschäft vorbeikam. Jerome saß auf einem Hocker hinter der Kasse und las ein Buch über den verkannten Caillebotte.

»Hi, Jerome!«, rief Gary und steckte den Kopf durch die Tür.

»Hi, Engländer!«

Und schon ging er weiter.

Wieder ein Orientierungspunkt mehr. Er fühlte sich immer weniger fremd in dieser Stadt.

Ein Stück weiter, im Pain Quotidien, gab es Barbie. Lakritzschwarz, klein, den Kopf voller *dreadlocks* mit bunten Perlen darin. Sonntagsmorgens sang sie im Chor der Elmendorf Reformed Church oben in Harlem. Sie bestand darauf, dass er kam und ihr zuhörte, und er versprach es … aber sonntagsmorgens schlief er aus. Er stellte seinen Wecker nicht und blieb bis halb zwölf im Bett.

Liz' fröhliches Lachen rüttelte ihn auf, damit er hinausging und die Sonntagsausgabe der *New York Times* holte. Sie lasen sie gemeinsam im Bett, mit einem Becher Kaffee und Cookies, und stritten sich um die »*Arts and Leisure*«-Seiten. Das war ein Ritual.

Barbie wartete jeden Sonntag in der Kirche auf ihn, und montags schmollte sie.

Schaute ihn nicht an, wenn sie ihm seine Croissants und Schokocroissants gab.

Reichte ihm mit gesenktem Kopf das Wechselgeld. Wandte sich dem nächsten Kunden zu.

Also kaufte er zwei Schokocroissants, wickelte eines davon in Seidenpapier, ging zurück und schenkte es ihr wie einen Blumenstrauß. Mit einer Verbeugung. Und zerknirschter Miene. Sie lächelte und senkte den Kopf, um ihr Lächeln zu verbergen. Sie hatte ihm verziehen.

Bis zum nächsten Sonntag …

»Willst du mich bekehren oder was?«, fragte er, den Mund voll Buttercroissant, während er seinen doppelten starken Kaffee trank.

Sie zuckte mit den Achseln und erwiderte, dass Gott ihn schon finden werde. Eines Tages werde Er in seinen Weg treten, und dann werde er jeden Sonntag kommen und mit ihr singen. Sie werde ihn ihren Eltern vorstellen. Die kannten keinen englischen Pianisten.

»Bin ich etwa ein exotisches Tier?«, fragte er und lächelte mit fettigen Lippen.

Einmal im Monat wechselte sie die Farbe ihrer Perlen, und wenn er es nicht bemerkte, schmollte sie schon wieder.

Barbie war ziemlich kompliziert.

Und eigentlich hieß sie ja Barbara.

Und dann war da noch der Park. Der Central Park. Er hatte sich einen Plan des Parks besorgt und ging jeden Tag darin spazieren, wenn er vom Klavierladen zurückkam.

Und jeden Tag entdeckte er etwas Neues.

Er war ein Resümee der ganzen Welt. Männer in Anzug und Krawatte, Frauen im Businesskostüm, fette Menschen in Bermudashorts, dürre Menschen in kurzen Hosen, Kinder in Schuluniform, Jogger, Bodybuilder, Rikschataxis, Baseballspieler, Boulespieler, fröhliche Matrosen, häkelnde Obdachlose, Karusselle, Zuckerwattestände, Saxofonisten, ein an seinem Handy klebender buddhistischer Mönch, Drachen und Hubschrauber am Himmel, Brücken, Seen, Inseln, uralte Eichen, Blockhütten, Holzbänke mit aufgeschraubten goldenen Plaketten: »Hier gab mir Karen einen Kuss, der mich unsterblich machte« oder »Umarmt das Leben voller Dankbarkeit, und das Leben wird es euch hundertfach vergelten« … Und Eichhörnchen. Hunderte von Eichhörnchen.

Sie huschten durch die Gitterzäune, hielten inne, um an Eicheln zu knabbern, jagten hintereinander her, zankten sich, rollten Getränkedosen umher, versuchten daraufzuklettern, fielen herunter, versuchten es aufs Neue … Nahmen die Dosen in beide Pfoten.

Sie hatten lange, schmale Pianistenfinger.

Das erste, dem er begegnete, war gerade dabei, einen kleinen Imbiss unter einem Baum zu vergraben. Er ging näher heran. Das Eichhörnchen grub unbeeindruckt weiter. Dann kletterte es erschöpft auf den Baum, setzte sich auf einen Ast und streckte alle viere von sich. Gary lachte schallend auf und fotografierte es.

Er würde jede Menge Freunde haben.

Samstag und Sonntag waren Feiertage für die Eichhörnchen, denn dann wurden sie zur Attraktion des Parks. Die Kinder rannten lachend hinter ihnen her und wichen erschreckt zurück, wenn sie plötzlich zu nahe kamen. Die Pärchen, die auf den weitläufigen Rasenflächen lagen, warfen ihnen Sandwichstückchen zu, und sie wanderten von Gruppe zu Gruppe, sammelten Nahrung und Komplimente ein, den Schwanz hochgereckt, den Blick immer wachsam. Sie rannten davon, versteckten ihre Beute in den Ästen der Bäume, im Gestrüpp, unter einem Blätterhaufen, kehrten zurück und bettelten weiter. Kleine, unermüdliche Schnorrer.

Samstags und sonntags waren sie die Könige. Touristen hielten ihnen Dollarscheine hin, um sie zu fotografieren, sie schnupperten daran und hüpften enttäuscht mit kleinen, verächtlichen Sprüngen davon, für wen hielt man sie denn?

Samstags und sonntags wussten sie nicht mehr, wo ihnen der Kopf stand, und sie häuften Vorräte für die ganze Woche an.

Aber montags …

Montags kamen sie hektisch von ihren Bäumen herunter und suchten ihre Freunde vom Wochenende. Verlassene Rasenflächen, keine Freunde mehr. Sie hüpften umher, stießen leise Rufe aus, ihre Köpfe drehten sich wie Blaulichter, sie warteten, warteten, bis sie schließlich mit hängendem Schwanz den Rückzug antraten und betrübt zurück auf die Bäume kletterten. Man liebte sie nicht mehr, sie gefielen nicht mehr. Von ihrem hohen Zufluchtsort herab belauerten sie die großen, grünen Flächen. Keine Baseballspieler mehr, keine Kinder, keine fliegenden Erdnüsse. Die Show war zu Ende. Sie hatten ausgedient. So war das Leben … Man glaubt, man werde ewig währen, und plötzlich ist man vergessen.

Und so verteilte er, wenn er montags von seinen langen Übungseinheiten auf dem durchgesessenen Klavierhocker zurückkam, Toastbrot und Cashewnüsse, um sie zu trösten. Sie fühlen sich auch manchmal einsam, dachte er. Und auch sie brauchen Freunde … Wir sind uns ähnlich, die kleinen Prachtschwanzratten und wir Menschen.

Er streckte die Hand nach ihnen aus. Suchte eines, das sich mit ihm anfreunden würde. Er suchte es unter all den Grauhörnchen. Ein schelmisches, furchtloses Kerlchen, das sein Freund sein würde …

Er dachte an die roten Eichhörnchen von Crichton Castle.

Mrs. Howell hatte nicht mehr versucht, ihn zu erreichen, und es war ihm egal.

Das schien ihm alles so weit entfernt. Als wären es die Erinnerungen eines anderen Mannes. Eines Mannes aus der Vergangenheit. Mit diesem Mann hatte er nichts mehr zu tun. Er ließ sich auf die Wiese fallen und warf seine letzten Erdnüsse ins Gras.

Er rief seine Großmutter an.

Alles in Ordnung, Großmutter, posaunte er, ich schlage mich wacker in der großen Stadt. Und ich gebe nicht dein ganzes Geld aus. Er sagte ihr nicht, dass er dieses Geld eigentlich gar nicht so gern mochte, aber er dachte es. Er musste zugeben, dass ihm ihre finanzielle Unterstützung eine große Hilfe war, aber er wusste auch, dass er ihr dieses Geld eines Tages bis auf den letzten Penny zurückzahlen würde.

»Du wärst stolz auf mich! Morgens übe ich Klavier, und nachmittags knete ich Teig …«

»Du hast noch keine Arbeitserlaubnis! Das ist illegal!«, rief seine Großmutter entsetzt.

»Ach … du weißt, dass man eine Erlaubnis braucht, um hier arbeiten zu dürfen! Mensch, Großmutter, du bist ja wirklich gut informiert. Immer auf dem neuesten Stand, was?«

»Während des Krieges habe ich auch Einschränkungen erlebt! Ich hatte eine Lebensmittelkarte, genau wie alle anderen … und ich gab sehr viel weniger Butter in meine Kuchen.«

»Und genau deshalb verehren dich deine Untertanen, Großmutter! Unter dem ganzen Protokoll schlägt dein Herz …«

Sie gluckste, ein leises, ruckartiges Lachen, das sie augenblicklich unterdrückte.

»Du könntest zur Grenze gebracht und ausgewiesen werden! Und dann war's das mit deiner Schule, deinen Plänen und deiner Zukunft …«

»Schon, aber es gibt da eine kleine, versteckte Tür zum Hof … Wenn sie kommen, nehme ich die Beine in die Hand und verschwinde!«

Sie räusperte sich und sagte, es ist lieb von dir, mich anzurufen. Meldest du dich auch ab und zu bei deiner Mutter?

Er brachte es noch nicht über sich, mit seiner Mutter zu reden, er schickte ihr Mails. Er erzählte ihr von seinem Alltag. Er fügte hinzu, dass er irgendwann auch wieder direkt mit ihr sprechen könne. Wenn er sich mit seiner Wut auseinandergesetzt hätte.

Er wusste nicht genau, warum er wütend war.

Er wusste nicht einmal, ob er auf sie wütend war.

Joséphine legte das Tagebuch des Kleinen Mannes nicht mehr aus der Hand.

Immer noch löste sie behutsam mit einem schmalen Messer die einzelnen Seiten über dem Dampf des Wasserkochers voneinander, wobei sie darauf achtete, dass die Tinte in dem feuchten Dunst nicht verwischte. Sorgfältig isolierte sie jede Seite und glättete sie zwischen zwei Blatt Löschpapier. Wartete, bis sie trocken war, ehe sie sich der nächsten zuwandte …

Die reinste Archäologenarbeit …

Anschließend entzifferte sie langsam die Schrift. Genoss jeden Satz. Betrachtete die Streichungen, die Tintenflecken, versuchte die durchgestrichenen Wörter zu lesen. Wenn der Kleine Mann Wörter ausstrich, konnte man kaum noch erkennen, was sich darunter verbarg. Sie zählte die wenigen Seiten, die ihr noch blieben, und sagte sich, dass es bald enden würde. Cary Grant würde das Flugzeug nach Los Angeles besteigen.

Sie würde allein zurückbleiben, genau wie der Kleine Mann …

Auch er spürte das Ende nahen. Sein Tonfall wurde wehmütig. Alles in ihm krümmte sich zusammen. Er zählte die Tage, er zählte die Stunden, er ging nicht mehr zum Unterricht, morgens wartete er, bis Cary Grant das Hotel verließ, folgte ihm, bemerkte den hochgeschlagenen Kragen seines weißen Regenmantels, seine blank polierten Schuhe, reichte ihm ein Sandwich, einen Kaffee, hielt sich abseits, ohne ihn jemals aus den Augen zu verlieren.

Es gab einen zweiten Abend im Hotel.

Diesmal sagte er Geneviève vorher Bescheid; sie würde ihm erneut als Alibi dienen. Er würde behaupten, sie seien zusammen ins Kino gegangen. Sie schmollte, du gehst nie mit mir ins Kino, ich verspreche dir, dass ich mit dir gehe, sobald er weg ist, wann ist er denn weg?

»Ich habe die Augen geschlossen, um die Frage nicht zu hören.«

Dieser Satz nahm eine ganze Seite ein. Darunter hatte er das Gesicht eines Mannes mit verbundenen Augen gemalt. Er sah aus wie ein zum Tode Verurteilter.

»Er hat mich wieder in seine Hotelsuite eingeladen. Ich war so überrascht, dass ich ihn gefragt habe: ›Warum verbringen Sie so viel Zeit mit mir? Sie sind ein großer Star, und ich bin ein Niemand …‹

›Natürlich bist du jemand. Du bist mein Freund.‹

Und er hat seine Hand auf die meine gelegt.

Er braucht mich nur anzulächeln, und schon verwandelt sich meine Angst in Zuversicht, meine Zurückhaltung verfliegt, und ich habe den Mut, ihm all die Fragen zu stellen, die ich mir stelle, wenn er nicht da ist.

Er möchte Geneviève kennenlernen. Ich musste unwillkürlich lächeln. Ich habe mir vorgestellt, wie die beiden einander gegenüberstehen. Sie mit ihrem braven Jungfrauengehabe, ihrem Flaum über der Lippe, ihrem roten, krausen, strohigen Haar. Und er so elegant, so lässig! Also habe ich gelacht und gesagt, o nein!, und er hat gefragt, warum denn nicht, *my boy*? Vertrau mir. Ich werde sie mir gründlich ansehen und dir sagen, ob du mit ihr glücklich sein kannst … Ich habe ein finsteres Gesicht gemacht und nichts mehr gesagt. Ich will mit ihm glücklich sein …

›Ich kenne mich mit der Ehe aus, weißt du! Ich war dreimal verheiratet. Aber jedes Mal hat mich meine Frau verlassen. Ich habe mich oft gefragt, wieso … Vielleicht sind meine Ehen wegen dem gescheitert, was ich mit meiner Mutter erlebt habe … Das wäre durchaus möglich. Aber vielleicht bin ich auch einfach nur furchtbar langweilig! Das Problem ist, wenn ich verheiratet bin, träume ich davon, Junggeselle zu sein, und wenn ich Junggeselle bin, träume ich davon, verheiratet zu sein …‹

Er ist aufgestanden und hat eine Platte von Cole Porter aufgelegt. Ein Lied namens *Night and Day*, und dann hat er uns beiden ein Glas Champagner eingeschenkt.

›Ich habe Cole Porter in einem meiner Filme gespielt. Ich glaube, ich war ziemlich schlecht, aber seine Musik liebe ich sehr!‹

Und da habe ich all meinen Mut zusammengenommen und ihm gesagt, dass alle es merkwürdig finden, dass wir beide Freunde sind. Dass sie sich am Set über mich und meine Zuneigung zu ihm lustig machen. Ich habe ganz schnell gesprochen, es war mir peinlich.

›Na und? Hörst du auf das, was die anderen sagen? Das darfst du nicht. Wenn du wüsstest, was ich schon alles über mich gehört habe!‹

Er muss mir meine Ahnungslosigkeit angesehen haben, denn er hat mir erklärt: ›Ich habe immer versucht, elegant zu sein, mich gut zu kleiden, ich hatte Erfolg, ich habe Frauen geliebt. Wunderbare Frauen … Und trotzdem weiß ich, dass viele Leute glauben, ich würde Männer lieben. Was soll ich dagegen machen?‹

Er hielt inne und breitete die Arme aus.

›Ich glaube, das ist das Los aller erfolgreichen Menschen. Die Leute reden alles Mögliche über sie. Ich weigere mich, mir von solchen Dingen die Laune verderben zu lassen. Und ich weigere mich, mir von solch hirnlosen Menschen vorschreiben zu lassen, wie ich zu leben habe. Sollen sie doch denken, was sie wollen. Sollen sie schreiben, was sie wollen! Für mich ist entscheidend, dass ich selbst weiß, wer ich bin … Was die anderen denken, ist mir vollkommen egal, und das sollte es dir auch sein …‹

Dann hat er das Lied noch einmal von vorn abgespielt, hat *night and day, you are the one, only you beneath the moon or under the sun* gesungen, hat ein paar Tanzschritte angedeutet und sich schließlich auf ein Sofa fallen lassen.

Er hat weitergeredet. Er war kaum zu bremsen … Er wirkte glücklich.

Vielleicht weil die Dreharbeiten bald zu Ende sind und er Dyan Cannon wiedersehen wird? Ich mag sie nicht. Sie hat zu viele Haare, zu viele Zähne, zu viel Make-up im Gesicht. Während der Woche, die sie in Paris verbracht hat, habe ich sie genau beobachtet, und ich kann sie definitiv nicht leiden. Außerdem tut sie immer so, als wäre er ihr Eigentum … Für wen hält die sich? Glaubt sie etwa, sie sei die Einzige, die ihn liebt? Ich finde das ziemlich arrogant und anmaßend von ihr.

Er hat mir erklärt, dass er nie etwas getan hat, um anderen zu gefallen. Er hat nie das Bedürfnis verspürt, sich zu rechtfertigen, sein Verhalten zu begründen. Sein Vorbild ist Ingrid Bergman.«

An den Rand hatte er das Gesicht von Ingrid Bergman mit kurzen Haaren gezeichnet. Es hatte nicht die geringste Ähnlichkeit mit ihr. Und daneben hatte er geschrieben:

»Nicht besonders! Muss besser werden. Und wenn ich auf die Kunstakademie ginge statt auf die École Polytechnique? Würde er mich interessanter finden, wenn ich ein Künstler würde?

›Sie ist eine faszinierende, eigensinnige, sanfte Frau, die immer den Mut hatte, ihren eigenen Weg zu gehen, und die sich gegen eine gehemmte, dumme und vor Angst schlotternde Gesellschaft durchsetzen musste! Ich habe sie immer unterstützt, gegen alles und jeden. Ich verabscheue Heuchelei …‹

Ich weiß nicht, was zwischen ihnen vorgefallen ist, aber er hat sie vehement verteidigt.

Ich habe noch einmal meinen Mut in beide Hände genommen und ihn nach seiner Mutter gefragt. Ich dachte mir, dass ich das tun könne, schließlich hatte er sie ja als Erster erwähnt …

Trotzdem wusste ich nicht so recht, wie ich meine Frage formulieren sollte.

›Wie war Ihre Mutter denn so?‹, fragte ich etwas unbeholfen.

›Sie war eine hinreißende Mutter… und ich war ein hinreißendes Baby!‹

Er lachte schallend auf. Mimte ein ›hinreißendes Baby‹, indem er eine hinreißende Grimasse schnitt.

›Sie zog mir Mädchenkleider an, mit schönen weißen Kragen, legte mir schöne lange Locken, die sie mit dem Eisen glättete, dass es mir die Ohren verbrannte! Ich glaube, ich war ihr Puppe… Sie hat mir beigebracht, mich ordentlich zu benehmen, korrekt zu reden, die Mütze zu heben, wenn ich auf der Straße jemandem begegnete, mir vor dem Essen die Hände zu waschen, Klavier zu spielen, Guten Tag zu sagen, Guten Abend, vielen Dank, wie geht es Ihnen…‹

Dann verstummte er plötzlich, und als er weitersprach, klang seine Stimme völlig verändert.

›Wir haben alle unsere Narben, *my boy*, manche liegen außen, sodass man sie sehen kann, andere liegen innen und sind unsichtbar, und das ist bei mir der Fall…‹

Die Geschichte von ihm und seiner Mutter ist unglaublich! Ich hatte Tränen in den Augen, als er sie mir erzählte. Ich dachte bei mir, dass ich wirklich nichts erlebt hatte, dass ich geradezu winzig war, verglichen mit ihm. Er hat sie mir Stück für Stück erzählt, ist dazwischen immer wieder aufgestanden, hat sich Champagner nachgeschenkt, hat die Platte noch einmal von vorn abspielen lassen, hat sich wieder hingesetzt, er konnte nicht einen Moment stillsitzen.

So, und jetzt muss ich mich konzentrieren, um nichts zu vergessen, denn solch eine Geschichte habe ich noch nie gehört.

Er war neun Jahre alt, als es passierte, damals lebte er mit seinem Vater und seiner Mutter in Bristol.

Seine Mutter, Elsie, hatte vor ihm ein Kind verloren. Einen Jungen, der im Alter von einem Jahr gestorben war. Sie glaubte, sie sei schuld an seinem Tod. Sie habe nicht genug auf ihn aufgepasst. Und als dann der kleine Archibald Alexander zur Welt kam, hatte sie so große Angst, ihn zu verlieren, dass sie ihn hütete wie ihren Augapfel. Sie hatte ständig Angst, dass ihm etwas zustoßen könnte. Sie vergötterte ihn, und er vergötterte sie. Sein Vater sagte, sie übertreibe, sie solle ihn loslassen, und sie stritten sich seinetwegen. Ununterbrochen. Außerdem hatten sie nicht viel Geld, und Elsie beklagte sich. Sein Vater arbeitete in einer Wäscherei, und sie blieb zu Hause bei dem kleinen Archie. Elias verdrückte sich in den Pub, um ihr Gejammer nicht länger zu hören.

Seine Mutter ging mit ihm ins Kino, wo sie sich schöne Filme anschauten.

Sein Vater trieb sich mit anderen Frauen herum.

Und dann, eines Tages, er ist neun Jahre alt, kommt er gegen fünf Uhr aus der Schule nach Hause, öffnet die Haustür und ruft nach seiner Mutter, wie er es jeden Tag tut. Er ruft, aber seine Mutter antwortet nicht. Das sieht ihr nicht ähnlich. Sie ist immer da, wenn er aus der Schule kommt. Er sucht sie im ganzen Haus und findet sie nicht. Sie ist verschwunden. Dabei hat sie morgens, als er gegangen ist, kein Wort davon gesagt. Auch tags zuvor nicht. Es stimmt schon, dass sie ein bisschen wunderlich geworden ist… Sie wäscht sich ständig die Hände, schließt sämtliche Türen ab, versteckt Essen hinter den Vorhängen, fragt, wo sind denn bloß meine Ballettschuhe geblieben?, obwohl er sie niemals hat tanzen sehen. Sie sitzt stundenlang reglos vor dem Kohlenofen und starrt in die Glut. Aber an diesem Morgen hat sie ihm einen Kuss gegeben, als er gegangen ist, und hat gesagt: Bis heute Abend.

Zwei seiner Cousins, die bei ihnen wohnen, kommen die Treppe heruntergestürmt. Er fragt sie, ob sie wissen, wo seine Mutter ist, und sie antworten, sie sei gestorben. Sie habe einen Herzinfarkt gehabt, und man habe sie sofort beerdigt. Und dann kommt sein Vater und sagt, seine Mutter sei ans Meer gefahren, um sich auszuruhen. Sie sei müde gewesen. Aber sie werde bald wieder zurückkommen.

Und er steht da am Fuß der Treppe und versucht zu begreifen, was man ihm sagt. Er weiß nicht, ob es wahr ist oder nicht. Er weiß nur, dass sie nicht mehr da ist.

Das Leben geht weiter, und darüber wird nicht mehr gesprochen.

›Plötzlich war da eine Leere in mir. Eine schreckliche Leere… von diesem Moment an war ich ständig traurig. Niemand hat sie mir gegenüber je wieder erwähnt. Und ich habe nicht nach Erklärungen gefragt. Es war einfach so. Sie war fort… Ich habe mich daran gewöhnt, dass sie nicht mehr da war. Ich habe mir gesagt, dass sie meinetwegen gegangen sei, und ich habe mich schuldig gefühlt. Ich weiß nicht, wieso, aber ich fühlte mich schuldig. Schuldig und verlassen.‹

Sein Vater war ebenfalls verschwunden. Er war in eine andere Stadt gezogen und lebte dort mit einer anderen Frau zusammen. Er hatte ihn seiner Großmutter anvertraut. Sie trank, schlug ihn und fesselte ihn an einen Heizkörper, wenn sie zum Trinken in den Pub ging. Er ist nie wieder zur Schule gegangen. Er trieb sich auf der Straße herum, klaute und machte allerhand Dummheiten. Und mit vierzehn Jahren schloss er sich der Akrobatentruppe von Mr. Pender an. Er hat sich eine neue Familie gesucht. Er lernte Sprünge zu vollführen, Kapriolen zu schlagen, sich zu verrenken, Grimassen zu schneiden, auf den Händen zu laufen und seinen Hut herumzureichen, um ein paar Pennys zu verdienen. Er reiste mit der Truppe nach Amerika, absolvierte eine Tournee, und als die anderen wieder nach England zurückkehrten, blieb er in New York.

Und dann, eines Tages, fast zwanzig Jahre später, als er bereits ein großer Star war, da bekam er einen Brief von einem Anwalt, der ihm mitteilte, dass sein Vater gestorben sei und seine Mutter in einer Irrenanstalt in der Nähe von Bristol lebte.

Das war wie ein Schlag in die Magengrube, hat er mir gesagt. Die Welt um ihn herum war zusammengebrochen.

Er war dreißig Jahre alt. Wenn er das Haus verließ, folgten ihm hundert Fotografen und hundert Journalisten. Er trug elegante Anzüge und Hemden, auf deren Brusttasche seine Initialen eingestickt waren, und spielte in erfolgreichen Filmen.

›Die ganze Welt kannte mich, nur meine Mutter nicht.‹

Sein Vater hatte seine Mutter in eine Irrenanstalt sperren lassen. Elias hatte eine andere Frau kennengelernt, er wollte mit ihr zusammenleben, aber er wollte keine teure Scheidung bezahlen. Also hatte er seine Frau verschwinden lassen. Mit einem Trick. Und niemand hat je nach ihr gefragt!

Er hat mir von dem Wiedersehen mit seiner Mutter erzählt. In dem kleinen, ärmlichen, leeren Zimmer in der Anstalt. Er hat mir nicht nur davon erzählt, er hat die Szene nachgespielt, er hat sie wieder aufs Neue durchlebt. Er imitierte beide Stimmen, die seiner Mutter und seine eigene.

›Ich bin auf sie zugestürzt, ich wollte sie in die Arme nehmen, doch sie hat ihren Ellbogen gehoben, um mich abzuwehren …

Wer sind Sie? Was wollen Sie von mir?, hat sie gerufen.

Mama, ich bin es! Archie!

Sie sind nicht mein Sohn, Sie sehen ihm nicht ähnlich, Sie haben nicht seine Stimme!

Doch, ich bin es, Mama, ich bin es! Ich bin nur erwachsen geworden!

Er berührte seine Brust, wiederholte Ich bin es! Ich bin es!

Sie wollte nicht, dass ich sie umarme. Es dauerte mehrere Besuche, bis ich mich ihr nähern durfte, weitere Besuche, bis sie einwilligte, die Anstalt zu verlassen und in ein kleines Haus zu ziehen, das ich für sie gekauft hatte … Sie erkannte mich nicht wieder. Sie erkannte in dem Mann, zu dem ich geworden war, den kleinen Archie nicht wieder.

Er lief auf und ab, setzte sich hin, stand wieder auf. Er wirkte am Boden zerstört.

›Kannst du dir das vorstellen, *my boy*?‹

Mit den Jahren wurde es besser zwischen ihnen, aber sie blieb immer ein wenig reserviert, als hätte sie nichts zu tun mit diesem Mann, der sich Cary Grant nannte. Das machte ihn verrückt.

›Ich habe den größten Teil meines Lebens damit verbracht, zwischen Archibald Leach und Cary Grant zu schwanken. Ich war mir nie sicher, welcher von ihnen ich wirklich war, und misstraute beiden.‹

Während er sprach, hatte er den Blick in die Ferne gerichtet, ein schwaches, verstörtes Leuchten glomm in seinen Augen. Er sprach leise, als legte er vor jemandem, den ich nicht sehen konnte, die Beichte ab. Ich muss zugeben, dass ich in diesem Moment Gänsehaut hatte. Ich habe mich gefragt, mit wem ich gerade zusammen war, ich war mir nicht sicher, ob es tatsächlich Cary Grant war. Und da fiel mir der Satz wieder ein, den seine Garderobiere zu mir gesagt hatte: *To see him is to love him, to love him is never to know him.*

›Und ich habe mir so sehr eine echte Beziehung zu ihr gewünscht … Ich habe mir gewünscht, dass wir miteinander reden, einander unsere kleinen Geheimnisse anvertrauen, dass sie mir sagt, dass sie mich liebt, dass sie glücklich ist, mich wiedergefunden zu haben … Ich habe mir gewünscht, dass sie stolz auf mich ist. O ja! Dass sie stolz auf mich ist!‹

Er hat geseufzt. Die Arme gehoben und sie wieder sinken lassen.

›Aber das haben wir nie geschafft, und Gott weiß, dass ich es versucht habe! Ich wollte, dass sie zu mir nach Amerika zieht, aber sie wollte nie weg aus Bristol. Ich machte ihr Geschenke, sie lehnte sie ab. Sie mochte die Vorstellung nicht, dass ich sie aushielt. Einmal habe ich ihr einen Pelzmantel geschenkt, sie hat ihn angeschaut und gesagt: Was willst du von mir?, und ich habe geantwortet: Nichts, gar nichts … Das ist nur, weil ich dich liebe, und sie hat so etwas gesagt wie: Ach, du schon wieder!, und dabei hat sie mich mit einer Handbewegung weggescheucht … Sie wollte den Mantel nicht behalten. Ein anderes Mal habe ich ihr eine Katze mitgebracht, einen ganz jungen, kleinen Kater. Bevor sie in die Anstalt gekommen ist, hatten wir zu Hause einen Kater. Er hieß Buttercup. Meine Mutter liebte ihn sehr. Als ich mit der Katze in einem Käfig ankam, hat sie mich angeschaut, als wäre ich verrückt.

Was ist das denn?

Erinnerst du dich an Buttercup? Er sieht ihm sehr ähnlich … Ich dachte, du würdest ihn mögen und er könnte dir Gesellschaft leisten … Er ist doch süß, findest du nicht?

Sie hat mir einen vernichtenden Blick zugeworfen.

Was soll dieses tuntige Ding?

Und dann hat sie die Katze im Nacken gepackt und sie ans andere Ende des Zimmers geschleudert.

Du musst wirklich verrückt sein, wenn du glaubst, ich wollte eine Katze!

Ich habe den kleinen Kater genommen und ihn zurück in den Käfig gesetzt. Sie sah mich zornig an.

Wie konntest du mir das nur antun? Wie konntest du mich in diese Irrenanstalt sperren? Wie konntest du mich vergessen?

Aber ich habe dich nicht vergessen! Ich habe überall nach dir gesucht! Niemand war verzweifelter als ich, als du weggegangen bist, Mama!

Und hör auf, mich Mama zu nennen! Nenn mich Elsie wie alle anderen auch!

Ich begann mich in ihrer Gegenwart unwohl zu fühlen. Ich wusste nicht mehr, was ich tun sollte. Ich rief sie jeden Sonntag an, und jedes Mal, kurz bevor ich zum Telefon griff, war meine Kehle trocken, wie zugeschnürt, ich bekam keinen Ton mehr heraus … Ich räusperte mich wie verrückt. Und sobald ich aufgelegt hatte, war meine Stimme auf einen Schlag wieder klar und normal … Das sagt doch alles, was, *my boy*?‹

Ich hörte ihm zu und wusste immer noch nicht, was ich sagen sollte.

Ich spielte mit dem Champagnerglas, drehte es zwischen meinen Händen. Es war ganz klebrig, weil ich so stark schwitzte. Die Platte war aus, und er hatte sie nicht wieder von Neuem abspielen lassen. Der Wind wehte durch das Fenster herein und bauschte die Vorhänge. Ich dachte, dass es ein Gewitter geben würde, und ich hatte keinen Regenschirm mitgenommen.

›Später, *my boy*, habe ich vieles begriffen … Ich habe begriffen, dass meine Eltern nicht selbst verantwortlich waren, sondern dass sie das Produkt ihrer Erziehung und der Fehler ihrer Eltern waren, und ich habe beschlossen, nur das Beste von ihnen in Erinnerung zu behalten. Alles andere zu vergessen … Weißt du, *my boy*, irgendwann präsentieren dir deine Eltern unweigerlich die Rechnung. Und dann ist es besser, zu bezahlen und ihnen zu verzeihen. Die Leute denken immer, verzeihen sei ein Zeichen von Schwäche, aber ich glaube genau das Gegenteil. Erst wenn du deinen Eltern verzeihst, wirst du wirklich stark.‹

Ich dachte an meine Eltern. Ich hatte ihnen niemals gesagt, dass ich sie liebte oder hasste. Sie waren meine Eltern. Punkt. Ich machte mir keine Gedanken über sie. Überhaupt reden wir nicht viel miteinander. Wir tun bloß so, als ob … Papa gibt mir den Kurs vor, und ich folge. Ich rebelliere nicht. Ich gehorche. Es ist so, als wäre ich nie älter geworden, als wäre ich immer noch der kleine Junge in kurzen Hosen.

›Es war eine furchtbare Zeit gewesen. Ich hatte das Gefühl, im Nebel umherzuirren. Ich hatte Hunger, mir war kalt, ich war allein. Ich stellte allen möglichen Unsinn an. Ich verstand nicht, warum sie mich verlassen hatte … Ich sagte mir, dass es gefährlich sei, jemanden zu lieben, weil dieser Mensch sich gegen mich wenden und mir einen Schlag ins Gesicht versetzen würde. Das hat mir bei meinen Beziehungen zu Frauen sicher nicht geholfen. Ich habe den Fehler begangen, zu glauben, jede Frau, die ich liebte, würde sich wie meine Mutter verhalten. Ich hatte immer Angst davor, dass sie mich verlassen würde.‹

Er schaute zu mir auf und wirkte erstaunt, mich zu sehen. Eine Sekunde zeigte sich so etwas wie Überraschung in seinem Blick. Das machte mich verlegen. Ich räusperte mich, hmm, hmm! Er lächelte und machte auch hmm, hmm! Und dann saßen wir beide einander schweigend gegenüber.

Nach einer Weile bin ich aufgestanden und habe leise gesagt, dass ich vielleicht besser gehen solle, es sei schon spät. Er hat mich nicht aufgehalten.

Ich war ein wenig benommen. Ich sagte mir, dass er mir vielleicht zu viel erzählt hatte, dass ich dieses ganze Vertrauen gar nicht wert sei. Dass er am nächsten Morgen bereuen würde, mir sein Herz ausgeschüttet zu haben …

Ich verließ das Hotel. Es war dunkel, es ging ein heftiger Wind, der Himmel war schwarz und bedrohlich. Der Portier hat mir einen Regenschirm hingehalten, aber ich habe abgelehnt. Ich habe meinen Kragen hochgeschlagen und bin in die Pariser Nacht hinausgegangen. Ich war zu traurig, um die Métro zu nehmen. Ich musste laufen. Musste über all das nachdenken, was er mir gesagt hatte.

Und dann brach das Gewitter los.

Ich hatte keinen Regenschirm, und als ich zu Hause ankam, war ich nass bis auf die Haut.«

Joséphine ließ das schwarze Heft sinken und dachte an ihre Mutter.

Auch sie hätte sich gewünscht, dass ihre Mutter sie anschaute, dass sie stolz auf sie war, dass sie kleine Geheimnisse miteinander teilten.

Doch das war nie geschehen.

Auch sie war der Auffassung, dass jemanden zu lieben gleichzeitig das Risiko bedeutete, einen Schlag ins Gesicht zu bekommen. Und sie hatte schon heftige Schläge einstecken müssen. Antoine hatte sie verlassen, um mit Mylène zusammenzuleben, Luca war in einem Sanatorium, Philippe turtelte in London mit Dottie herum.

Sie kämpfte nicht. Sie ließ sich berauben. So ist nun mal das Leben, sagte sie sich …

Sie blätterte ein paar Seiten zurück:

»Ich habe den Fehler begangen, zu glauben, jede Frau, die ich liebte, würde sich wie meine Mutter verhalten. Ich hatte immer Angst davor, dass sie mich verlassen würde.«

Henriette hatte sie in den Strudeln des Atlantiks zurückgelassen, als sie noch ein Kind war. Von den tosenden Wellen erfasst, hatte sie sich zwischen ihr und ihrer Schwester entschieden. Hatte sich entschieden, sie sterben zu lassen und Iris zu retten. Sie hatte das lange Zeit ganz normal gefunden.

Aller Erfolg von Cary Grant hatte den Schmerz des kleinen Archibald Leach nicht auslöschen können.

Aller Erfolg der *Demütigen Königin*, ihre Habilitation, ihr brillantes Studium, ihre Vorträge in der ganzen Welt vermochten nicht den Schmerz darüber auszulöschen, dass ihre Mutter sie nicht liebte, sie niemals lieben würde.

Cary Grant war immer der kleine neunjährige Junge geblieben, der seine Mutter im ganzen Haus suchte.

Sie war immer das kleine siebenjährige Mädchen geblieben, das zitternd am Strand des Atlantiks lag.

Sie schloss die Augen. Ließ die Stirn auf die Seiten des schwarzen Notizbuchs sinken und weinte.

Sie hatte ihrer Mutter verziehen. Ihre Mutter war es, die ihr nicht verzieh.

Kurz nach Iris' Tod hatte sie Henriette angerufen.

»Joséphine, es wäre besser, wenn du mich nicht mehr anrufst. Ich hatte eine Tochter, und die habe ich verloren …«

Und die Brandung war erneut über ihr zusammengeschlagen.

Von einer Mutter, die einen nicht liebt, erholt man sich nie. Man redet sich ein, man sei es nicht wert, geliebt zu werden, man sei überhaupt nichts wert.

Man rennt nicht nach London und wirft sich in die Arme des Mannes, der einen liebt.

Philippe liebte sie. Das wusste sie. Ihr Verstand wusste es, ihr Herz wusste es, aber ihr Körper weigerte sich, einen Schritt auf ihn zu zugehen. Sie schaffte es nicht, loszulaufen, die Beine unter die Arme zu nehmen, zu ihm zu eilen.

Sie blieb zitternd am Strand.

Iphigénie fuhr mit dem Staubsauger durch die Wohnung, stieß gegen die Tür ihres Arbeitszimmers, fragte, kann ich reinkommen oder störe ich? Joséphine richtete sich auf, wischte sich über die Augen, tat so, als beugte sie sich über ein Buch.

»Aber Madame Cortès! Weinen Sie?«

»Nein! Nein! Es ist nichts, Iphigénie, nur eine Allergie …«

»Sie weinen, Madame Cortès! Weinen Sie doch nicht! Was ist denn los?«

Iphigénie legte das Staubsaugerrohr weg, nahm Joséphine in die Arme und zog sie an ihre Schürze.

»Sie arbeiten zu viel! Sitzen hier die ganze Zeit über Ihren Büchern und Heften! Das ist doch kein Leben!«

Sie wiegte sie, wiederholte, das ist doch kein Leben, das ist doch kein Leben, warum weinen Sie denn, Madame Cortès?

Joséphine schniefte, putzte sich am Ärmel ihres Pullovers die Nase, sagte, es ist nichts, das geht schon wieder vorbei, machen Sie sich keine Gedanken, Iphigénie, ich habe nur gerade etwas unglaublich Trauriges gelesen …

»Ich sehe doch, wenn es Ihnen nicht gut geht, und jetzt geht es Ihnen überhaupt nicht gut! So habe ich Sie noch nie erlebt!«

»Es tut mir leid, Iphigénie.«

»Entschuldigen Sie sich nicht auch noch dafür! Jeder hat doch mal Kummer. Sie sind zu einsam, das ist alles! Sie sind zu einsam … Ich mache Ihnen jetzt erst mal einen Kaffee, wollen Sie einen Kaffee?

Ja, sagte Joséphine, ja.

Iphigénie betrachtete sie von der Tür aus, seufzte und ging mit ihrem ärgerlichen Trompetenschnauben davon, um ihr einen Kaffee zu machen. Sie kam mit einer großen Tasse und drei Stück Zucker in der Hand zurück.

»Wie viel Zucker nehmen Sie in Ihren Kaffee?«

»So viel Sie wollen …«, antwortete Joséphine lächelnd.

Iphigénie nickte und gab die drei Stück Zucker in die Tasse.

»Zucker ist gut für die Seele …«

Kopfschüttelnd rührte sie um.

»Ich fasse es nicht! Eine Frau wie Sie, und heult wie ein kleines Mädchen!«

»Tja …«, entgegnete Joséphine. »Iphigénie, was halten Sie davon, wenn wir uns über etwas Fröhlicheres unterhalten? Sonst fange ich gleich wieder an zu weinen, und das wäre doch schade, bei einem so guten Kaffee!«

Iphigénie warf sich stolz in die Brust und freute sich, weil ihr der Kaffee so gut gelungen war.

»Man muss das Wasser über das Pulver gießen, bevor es anfängt zu kochen … Das ist das Geheimnis.«

Joséphine trank unter Iphigénies wachsamem Blick. Iphigénie kam zweimal pro Woche zum Putzen hoch, und wenn sie wieder ging, blitzte die Wohnung vor Sauberkeit. Ich fühle mich wohl bei Ihnen, da mache ich es so wie bei mir selbst, wissen Sie … Das würde ich nicht bei allen machen!

»Sagen Sie, Madame Cortès, jetzt, wo wir beide schon eine Pause machen … Ich habe da über etwas nachgedacht … Erinnern Sie sich an unser Gespräch neulich über die Tatsache, dass wir Frauen immer an uns zweifeln, dass wir immer glauben, wir wären dumm und unfähig …?«

»Ja«, antwortete Joséphine und trank von ihrem viel zu süßen Kaffee.

»Tja, ich habe mir gedacht, wenn wir selbst an uns zweifeln, wenn wir immer glauben, wir würde es nie schaffen, wie sollen uns dann die anderen etwas zutrauen?«

»Ich habe nicht die leiseste Ahnung, Iphigénie.«

»Hören Sie mir gut zu … Wenn ich selbst nicht an mich glaube, wer soll es dann tun? Wenn ich nicht zu hundert Prozent hinter mir stehe, wer steht dann hinter mir? Man muss den Leuten zeigen, dass man total super ist, sonst merken sie es nicht …«

»Das ist nicht falsch, was Sie da sagen, Iphigénie, ganz und gar nicht falsch!«

»Ach! Sehen Sie!«

»Und darauf sind Sie ganz allein gekommen?«, fragte Joséphine und nippte an ihrem eindeutig viel zu süßen Kaffee.

»Ja. Und dabei war ich nicht mal auf der École Polytechnique wie der Herr aus dem zweiten Stock!«

Joséphine zuckte zusammen.

»École Polytechnique? Wer war auf der École Polytechnique?«

»Na … Monsieur Boisson. Wenn ich die Post sortiere, achte ich immer darauf, nichts durcheinanderzubringen, also lese ich ganz genau, was auf dem Umschlag steht, und ich habe gesehen, dass er Einladungen zu Ehemaligentreffen oder so etwas bekommt. Auf dem Umschlag steht der Name der Schule und der Ehemaligenvereinigung …«

»Monsieur Boisson war auf der École Polytechnique?«

»Ja, und ich nicht. Aber das hält mich nicht davon ab nachzudenken. Über das Leben und die ganz alltäglichen Dinge … Dazu braucht man sich bloß auf einen Stuhl zu setzen, wenn die Kinder im Bett sind, und sich zu fragen, warum eine Frau wie Sie, eine intelligente, gebildete

Frau, glaubt, sie sei nichts wert und jeder könne auf ihr herumtrampeln, wie er gerade lustig ist …«

»Monsieur Boisson? Er war auf der École Polytechnique«, wiederholte Joséphine. »Und seine Frau? Wie heißt seine Frau, Iphigénie?«

»Keine Ahnung. Ich mache die Briefe doch nicht auf! Glauben Sie das ja nicht! Ich lese nur, was draufsteht. Aber das ist doch nicht das Entscheidende, Madame Cortès, sondern das, was ich vorher zu Ihnen gesagt habe. Wenn Sie nicht selbst zu hundert Prozent hinter Ihnen stehen, wer dann? Denken Sie darüber nach …«

»Sie haben recht, Iphigénie. Ich werde darüber nachdenken …«

»Sie sind nämlich ein großartiger Mensch, Madame Cortès. Und Sie sind die Einzige, die das nicht weiß … Also schreiben Sie sich das gefälligst hinter die Ohren und sagen Sie sich jeden Abend vor dem Einschlafen: Ich bin eine großartige Frau, ich bin eine großartige Frau …«

»Glauben Sie, das funktioniert?«

»Versuchen Sie es doch einfach, Sie haben nichts zu verlieren. Und ich finde die Idee gar nicht so dumm. Aber ich war natürlich auch nicht auf der École Polytechnique!«

»Zum Glück nicht, Iphigénie! Sonst wären Sie jetzt nicht hier, um auf mich aufzupassen …«

»So, und von jetzt an will ich Sie nie wieder weinen sehen … Versprochen?«

»Versprochen …«, seufzte Joséphine.

Sie musste unbedingt mit Garibaldi reden.

Zehn Uhr morgens …

Josiane saß in ihrer großen Küche und betrachtete die Fensterscheiben. Sie hatte sie vorgestern geputzt, es hatte geregnet, sie könnte sie heute noch einmal putzen. Bei Franprix hatte sie Fensterreinigungstücher einer neuen Marke entdeckt, die wahre Wunder versprach. Oder sie könnte die Wasserhähne mit Kalkentferner bearbeiten. Die Siebe entkalken. Die Regale abstauben. Den Backofen putzen. Schon vor drei Tagen erledigt! Die Wohnzimmervorhänge abnehmen und in die Reinigung bringen? Ja, schon, aber … sie kamen doch gerade erst aus der Reinigung … Ah!, zuckte sie hoffnungsvoll zusammen, es ist schon eine Woche her, seit ich das Silber poliert habe! Damit wäre ich den ganzen Nachmittag über beschäftigt …

Sie stand auf, griff nach ihrer großen Schürze, band sie sich um die Hüften und öffnete die Schublade mit dem Silberbesteck. Es blitzte und funkelte.

Enttäuscht setzte sie sich wieder hin.

Zum Friseur gehen? Sich massieren lassen? Einen Schaufensterbummel machen? Fernsehen? Sie schüttelte den Kopf. Solche Beschäftigungen heiterten sie nicht auf. Ganz im Gegenteil! Sie verließ den Frisersalon schlecht gelaunt. Ließ die Tüten mit den gekauften Kleidern ungeöffnet liegen. Legte die Pullover und Röcke schließlich mitsamt den Etiketten in den Schrank und rührte sie nicht mehr an.

Vor dem Fernseher schlief sie ein.

Sie hatte es mit Stricken versucht …

Sie brauchte eine Aufgabe. Berge, die es zu besteigen galt, Probleme, die nach einer Lösung verlangten. Sie hatte mit dem Gedanken gespielt, Chinesisch oder Englisch zu lernen, doch ihr war schnell bewusst geworden, dass das auch nicht reichen würde. Sie sehnte sich nach praktischer Betätigung. Bewegung, ein konkretes Ziel, das sie erreichen musste …

Sie warf einen Blick auf das Kalbsragout mit feinem Gemüse, das in einem großen Kupfertopf auf dem Herd vor sich hin schmorte. Die Ofentür! Ich könnte sie ausbauen und den Zwischenraum zwischen den beiden Glasscheiben putzen. Der ist sicher fettig. Das muss ziemlich knifflig sein … Mit ein bisschen Glück brauche ich dafür einen halben Tag! Außerdem rückte das Mittagessen näher. Sie würde den Tisch decken, Junior dabei zusehen, wie er mit einem Buch in der Hand sein Kalbsragout verschlang, würde den Tisch abräumen, mit der Hand spülen, abtrocknen, sorgfältig den Waschbeckenrand reinigen …

Sie hörte nicht, wie ihr Sohn in die Küche kam. Er zog sich auf einen Hocker und riss sie aus ihren hausfraulichen Träumereien.

»Stimmt etwas nicht, liebste Mama? Ich sehe, du bist trübsinniger Stimmung … Ist dir melancholisch zumute?«

»Sagen wir, es könnte besser gehen, mein süßes Dickerchen.«

»Sollen wir beide ein wenig plaudern?«

»Ist dein Lehrer nicht da?«

»Ich habe ihn nach Hause geschickt, er hatte seine Hausaufgaben nicht gemacht … außerdem wird er seiner Rolle nicht gerecht. Die wichtigste Aufgabe eines Lehrers besteht darin, die Freude am Lernen und Wissen zu wecken …«

»Ach, Junior! Wie kannst du nur so über einen derart gebildeten Mann sprechen?«, empörte sich Josiane und sah ihn strafend an.

»Ich sage nichts als die reine Wahrheit, liebste Mama. Der Mann ist erschöpft. Wir müssen ihn austauschen. Er tritt schon seit einer Weile auf der Stelle. Wenn wir unsere Arbeiten zurückbekommen, sind meine Noten besser als die seinen …«

»Und der andere lässt auch nach?«

Junior hatte zwei Hauslehrer: den einen morgens, den anderen nachmittags. Zwei junge Männer, Absolventen von Eliteuniversitäten, die pünktlich eintrafen, um ihn zu unterrichten, mit Aktentaschen voller Bücher und Hefte, bunter Kulis und karierter Schreibblocks. Sie zogen im Flur ihren Mantel aus und betraten Juniors Zimmer, als wäre es ein Heiligtum. Mit Lampenfieber im Bauch. Sie putzten ihre Schuhe ab, zogen ihren Krawattenknoten fest, hüstelten, räusperten sich, klopften an und warteten auf den Befehl zum Eintreten. Das Kind schüchterte sie ein.

»Nein! Der schlägt sich wacker! Unsere Diskussionen sind faszinierend. Er spornt mit seinen Bemerkungen mein Gehirn an und gibt mir tausend Probleme auf. Er hat eine rasche Auffassungsgabe, ist belesen, hat ein ausgezeichnetes Gedächtnis und kann klar argumentieren. Wir haben viel Spaß zusammen … Aber lass uns nicht länger über mich reden, sag mir, was dich bedrückt …«

Josiane seufzte. Sie wusste nicht, ob sie ihrem Sohn die Wahrheit sagen oder sich mit Müdigkeit, dem Wetterumschwung oder einer vorübergehenden Grippe herausreden sollte. Sie spielte mit dem Gedanken, alles auf den Pollenflug zu schieben.

»Und versuch nicht, mir etwas zu verheimlichen, liebste Mama. Ich lese in dir wie in einem Buch … Du langweilst dich, habe ich recht? Du läufst durch die Wohnung und weißt nicht mehr, was du noch auf Hochglanz bringen sollst. Früher hattest du einen Beruf, du warst Teil der Firma, du gingst morgens aus dem Haus, mit strammem Schritt und stolzer Miene, und wenn du abends nach Hause kamst, schwirrte dir der Kopf vor lauter Plänen. Du hattest deinen Platz in der Gesellschaft. Aber jetzt sitzt du meinetwegen in der Wohnung fest, besorgst den Haushalt, gehst einkaufen, kochst und langweilst dich …«

»Genauso ist es, Junior«, antwortete Josiane, überrascht vom Scharfblick ihres Sohnes.

»Und warum gehst du nicht wieder zurück zu Casamia?«
»Dein Vater will das nicht. Er will, dass ich mich nur um dich kümmere!«
»Und das nervt dich …«
Verlegen sah sie ihn an.
»Ich liebe dich über alles, mein dickes Baby, aber wir müssen realistisch sein, du brauchst mich nicht mehr …«
»Ich habe mich zu schnell entwickelt …«
»Viel zu schnell …«
»Ich habe meine Aufgabe als Baby nicht erfüllt. Das weiß ich. Ich mache mir deswegen häufig Vorwürfe. Aber was soll ich machen, Maman, es ist so langweilig, ein Baby zu sein!«
»Keine Ahnung. Daran erinnere ich mich nicht mehr …«, antwortete Josiane lachend. »Es ist so lange her!«
»Also … Sag es mir … Es ist etwas heikel für mich, dich auszufragen. Du solltest mir helfen.«
»Also dachte ich …«, sagte Josiane, nicht sicher, ob sie ihm die Wahrheit gestehen konnte.
»Das du gern ein zweites Baby hättest …«
»Junior!«
»Und warum nicht? Du müsstest nur Papa davon überzeugen … Ich weiß nicht, ob er noch so große Lust darauf hat. Ihm macht das Alter allmählich zu schaffen …«
»Ganz genau, Mister Schlau …«
»Und du traust dich nicht, mit ihm darüber zu reden …«
»Er hat so viele Sorgen …«
»Du drehst dich im Kreis, und in deinem Kopf geht alles kreuz und quer. Nur düstere Vorstellungen!«
»Du liest meine Gedanken, mein Sohn …«
»Wir müssen uns also etwas einfallen lassen. Ein neues Leben für dich erfinden. Erfinden bedeutet, außerhalb der eingefahrenen Bahnen zu denken.«
»Und was heißt das?«, fragte Josiane, die nicht sicher war, zu verstehen, was er meinte.
»Dorthin gehen, wo dich niemand erwartet … Wissen erlangt man durch Erfahrung, alles andere ist nur Information. Wenige Menschen sind imstande, von den Vorurteilen der Umgebung abweichende Mei-

nungen gelassen auszusprechen; die meisten sind sogar unfähig, überhaupt zu solchen Meinungen zu gelangen. Aber du, Mutter, du kannst das …«

»Junior, könntest du dich bitte etwas verständlicher ausdrücken, das ist mir zu hoch …«

»Entschuldige, Mutter. Ich werde versuchen, deutlicher zu werden …«

Und er bat den Albert Einstein in ihm, zu schweigen und Junior Grobz reden zu lassen.

»Ich weiß, wieso Holzhacken so beliebt ist. Weil man bei dieser Tätigkeit den Erfolg sofort sieht. Ich verstehe, warum du so erpicht darauf bist, die Wohnung zu putzen, du möchtest dich nützlich fühlen und ein Ergebnis erzielen …«

»Aber ich fürchte, ich habe in meiner Küche mittlerweile alles geschrubbt, was es zu schrubben gibt!«

»Was würdest du denn gern machen, geliebte kleine Mama?«

»Genau das, was du gerade gesagt hast: Ich möchte mich nützlich fühlen. Früher war ich zu etwas gut … In der Firma, um ein Kind zu bekommen, aber jetzt hat mich das Kind überholt, und ich stehe da und weiß nicht, was ich tun soll …«

»Große Geister haben stets heftige Gegnerschaft in den Mittelmäßigen gefunden, und du scheust davor zurück, deine Wünsche auszusprechen … deshalb frage ich dich noch einmal, Mutter, was möchtest du gern machen?«

»Ich möchte wieder arbeiten gehen. Dein Vater braucht Hilfe. Casamia ist gewachsen, es ist zu einem gefräßigen Riesen geworden, der unablässig nach Innovationen verlangt, und ich spüre genau, dass seine Kraft nachlässt. Er schafft es nicht mehr allein. Ich möchte, dass er mir meinen Platz in der Firma wiedergibt. Dass er mich an die Spitze einer neuen Abteilung stellt, die …«

»… ›Zukunftsforschung und Innovationen‹ heißen würde, zum Beispiel?«

»Ich wäre perfekt für diesen Posten. Ich habe in der Vergangenheit bewiesen, dass ich so etwas kann. Keiner hat je etwas davon mitbekommen, weil ich mir immer alle Ideen habe klauen lassen, aber ich war die Beste, wenn es darum ging, neue Absatzmöglichkeiten zu erschließen … Ich liebte es, in den Entwicklungen anderer herumzustöbern, herauszufinden, was davon umsetzbar war und was nicht, was Gewinn bringen würde und was nicht … Solche Recherchen haben mir Spaß gemacht.«

»Dessen bin ich mir sicher, Mutter. Da spricht deine Intuition, und die Intuition hat oft recht. Der intuitive Geist ist ein göttliches Geschenk und der rationale Geist ein treuer Diener. Wir haben eine Gesellschaft geschaffen, die den Diener verehrt und das Geschenk vergessen hat … Es gibt wenige, die mit ihren eigenen Augen sehen und mit ihrem eigenen Herzen spüren. Mach dich auf die Suche! Finde Projekte und lege sie meinem Vater vor. Er wird erkennen, dass du recht hast, und dir den Posten geben, den du dir wünschst …«

»So einfach ist das nicht, Junior. Ich habe ja versucht, mit ihm zu reden, aber er will mir nicht zuhören. Er sagt, ja, ja, um mich zu beschwichtigen, aber er tut nichts, um mir zu helfen. Ich könnte mich natürlich auch bei einer anderen Firma bewerben, aber dann hätte ich das Gefühl, ihn zu verraten …«

»Alles ist relativ, Mutter. Leg deine Hand auf eine heiße Herdplatte, und eine Minute wird dir vorkommen wie eine Stunde. Setz dich eine Stunde lang zu einem hübschen Mädchen, und es wird dir scheinen, als dauerte es nur eine Minute. Das ist die Relativität. Entwickle ein neues, fix und fertig durchgeplantes Projekt und lege es auf seinen Schreibtisch, ohne ihm zu sagen, dass es von dir stammt. Dann wird er wissen wollen, wer dafür verantwortlich ist, und wird auf dich zukommen … All seine Zweifel werden vom Tisch gefegt, und ihm bleibt gar nichts anderes übrig, als sich zu fügen …«

»Junior, sogar beim Denken überstürzt du alles!«

Sie sah ihm in die Augen und versuchte zu begreifen, wie dieser dreijährige Junge solche Reden führen konnte, doch dann gab sie es auf. Sie würde es nie schaffen, ihren Sohn zu verstehen. Damit musste sie sich abfinden. Sie versuchte nicht einmal mehr, seine Eigentümlichkeit vor anderen zu verbergen. Erst neulich hatte sie mit Ginette darüber gesprochen … Und diese hatte ihr gesagt, akzeptiere ihn, wie er ist, akzeptiere dieses Geschenk des Himmels und hör auf, ihn ständig bremsen zu wollen. Er ist anders als die anderen, na und? Stell dir nur mal vor, wie die Welt aussähe, wenn wir alle gleich wären! Wir würden uns umbringen! So viele Eltern jammern, weil sie dumme, faule, ahnungslose Esel zu Hause haben. Du hast einen kleinen Einstein, pflege ihn und sporne ihn an. Versuch nicht, ihn mit dem gleichen Maß zu messen wie andere. Gleichheit ist eine dumme Vorstellung. Wir sind doch alle unterschiedlich …

Sie seufzte und rieb sich die Hände. Nahm den Dialog mit ihrem Sohn wieder auf.

»Du hast recht, Junior … Aber so ein Projekt muss ich erst einmal finden. Ich sitze hier einsam und allein in meiner Küche …«

»Wie hast du das denn früher gemacht?«

»Ich ging auf Fachmessen, Kongresse, Ausstellungen … Ich redete mit Architekten, Dekorateuren, unabhängigen Erfindern, ich sortierte die Ideen … Ich sagte mir, in diesem ganzen Durcheinander gibt es sicher Ansätze, die weiterzuverfolgen sich lohnen würde.«

»Und du hattest recht … Fantasie ist wichtiger als Wissen.«

»Aber wie soll ich mich auf die Suche nach diesen Eingebungen machen, wenn ich hier eingesperrt bin und auf dich aufpassen soll?«

»Ich werde dir helfen, Mutter. Ich begleite dich. Du brauchst nur zu behaupten, das diene meiner Ausbildung, und ich werde dich unterstützen. Wir werden zusammen auf Handelsmessen gehen, und wir werden neue Ideen aufstöbern, die wir Vater auf den Schreibtisch legen können …«

»Das würdest du für mich tun?«

»O ja! Und noch sehr viel mehr, wenn du mich darum bitten würdest! Ich liebe dich so sehr, meine kleine Mama. Du bist mein Fels, meine Wurzel, mein Ginkgoblatt … Ich will dir helfen. Nur dazu bin ich auf der Welt, vergiss das nicht.«

»Aber du hast uns doch schon so glücklich gemacht, Junior. Deine Geburt war ein Segen, ein Quell unendlicher Freude. Du hättest uns beide sehen sollen, wie wir auf Knien vor dem göttlichen Kindlein lagen, der Krönung unserer Liebe. Wir betrachteten dich wie einen Schatz … Du würdest unser Leben verändern. Und du hast es verändert …«

»Und du wirst sehen, es ist noch nicht vorbei. Gemeinsam werden wir Großes vollbringen! Es macht mir Spaß, mich vor Ort umzuschauen, neue Menschen kennenzulernen, die originelle Ideen haben, mit ihnen zu reden und ihre Einfälle in konkrete Produkte zu verwandeln. Allmählich beginnt mich das Studium innerhalb unserer vier Wände zu langweilen.«

»Du darfst dich dabei aber nicht zu sehr anstrengen. Du bist noch klein! Das vergisst du gern. Du machst auch keinen Mittagsschlaf mehr …«

»Unnötig, Mutter, unnötig. Ich schlafe nicht lange, sondern schnell … Schlaf ist Zeitverschwendung, eine Droge für Faulpelze.«

»Ich habe schon lange aufgegeben, herauszufinden, wie du funktionierst, Junior. Ich gestehe, ich bin vollkommen überfordert … aber ich bin sehr glücklich über unser Gespräch! Das ist eine schöne Gelegenheit, die das Leben mir da bietet …«

»Es gibt keine Zufälle, Mutter. Der Zufall ist Gottes Art, anonym zu bleiben. Er hat gesehen, dass du Trübsal bläst, und mich zu dir geschickt …«

»Und gemeinsam werden wir deinem Vater helfen … Er braucht uns so sehr, weißt du. Die Welt dreht sich so schnell heutzutage, und er will es zwar nicht einsehen, aber er wird allmählich alt …«

»Die Welt ist ein gefährlicher Ort. Nicht wegen der Menschen, die Böses tun, sondern wegen der Menschen, die danebenstehen und sie gewähren lassen …«

»Wir werden nicht zulassen, dass ihm jemand Böses tut, nicht wahr, Junior?«

»Versprochen, Maman! Ich mache mich sofort auf die Suche nach neuen Ideen und Projekten für Casamia, und du stellst eine Liste der Messen zusammen, auf denen wir uns umschauen können …«

»Abgemacht!«, rief Josiane. Sie stand auf und umarmte ihren Sohn. »Ach, Junior! Welch ein Glück ist es doch, dich zur Welt gebracht zu haben! Wie konnte ich bloß ein Kind wie dich bekommen? So ungebildet und beschränkt, wie ich bin. Es ist ein Rätsel …«

Junior lächelte und versetzte ihr einen Klaps auf die Schulter, um sie davon abzuhalten, noch länger darüber nachzugrübeln.

»Das Unverständlichste an der Welt ist, dass sie verständlich ist«, sagte er leise und überließ dem großen Albert Einstein wieder das Wort.

Am Tag nach ihrem Gespräch mit Iphigénie rief Joséphine Garibaldi an. Er war nicht in seinem Büro, und sie hinterließ eine Nachricht bei dem Kollegen, der den Anruf entgegengenommen hatte. Als sie ihren Namen buchstabierte, Joséphine C-O-R-T-È-S, stockte der Kollege kurz und sagte: »Ach, Sie sind das, Madame Cortès …«

Mit einem Anflug von Respekt und Zärtlichkeit in der Stimme. Als kenne er sie. Als hätte Garibaldi voller Zuneigung von ihr gesprochen. Und die Stimme wurde zur herzlichen Stimme eines Freundes. Er sagte

»Joséphine Cortès«, und ein wenig Licht fiel in Garibaldis kaltes, graues Büro.

»Er ist unterwegs … Ein großer Einsatz im Drogenmilieu. Wir sind Tag und Nacht vor Ort, wir wechseln uns ab. Aber ich sage ihm, dass Sie angerufen haben, dann er ruft Sie ganz sicher zurück …«

Joséphine dankte ihm und legte mit Tränen in den Augen auf.

Dann schalt sie sich für ihre Gefühlsduselei und rief sich zur Ordnung. Fang doch nicht bei jeder Kleinigkeit an zu heulen, du blöde Kuh! Garibaldi tut dir einen Gefallen, weil er dich mag, das ist alles! Was glaubst du denn? Dass er mit bebender Stimme von dir gesprochen hat? Sie seufzte. Diese Fähigkeit, alles zu spüren, alles zu empfinden, war anstrengend. Sich von einem Tonfall berühren zu lassen, von einer ironischen Bemerkung, einer hochgezogenen Augenbraue. Es gelang ihr nicht, Barrieren zwischen sich und den anderen zu errichten. Diesmal versuche ich es, nahm sie sich immer wieder vor, ich gehe gewappnet vor die Tür, in Helm und Rüstung, ich werde mir von niemandem ein Messer in den Körper rammen lassen. Doch es funktionierte nie … Ein Nichts genügte, um sie zu verletzen oder sie glücklich zu machen. Ein Nichts ließ sie verzagen oder erfüllte sie mit Hoffnung und Wärme. Ich bin ein riesiges Blatt Löschpapier, dachte sie, um sich ein Lächeln zu entlocken. Um sich dazu zu bringen, über sich selbst und ihre sentimentale Art zu lachen. Ein riesiges Blatt Löschpapier voller Flecken.

Sie dachte an ihre Tränen nach der Lektüre des Tagebuchs.

Sie hatte geweint, als sie die Passage las, in der Cary Grant über seine Mutter sprach.

Sie dachte an Iphigénies Bemerkung zurück: »Wenn Sie nicht an sich glauben, wie sollen die anderen dann an Sie glauben?«

Niemals würde sie das kleine, in den tosenden Wellen zurückgelassene Mädchen vergessen. Sie trug die Leiche einer Ertrunkenen in sich.

Sie hatte sich zu ihrer Mutter umgedreht, hatte es geschafft, sie zu erreichen, hatte gerufen, warte auf mich, warte auf mich, hatte sich an ihr festgeklammert, aber ihre Mutter hatte sie mit dem Ellbogen von sich gestoßen. Sie hatte es nicht gesagt, aber es war, als hörte sie die Worte ganz deutlich: Nicht du! Nicht du! Lass mich!

Lass mich deine Schwester retten.

Iris. Die Menschen liebten Iris. Sie konnten gar nichts dafür. Sie war ein kleines Mädchen, das alles Licht für sich beanspruchte. Das alle Blicke auf sich zog. Ohne das Geringste zu tun. Es war einfach so. Kinder wie sie haben alle Rechte, alle Macht. Weil sie die anderen träumen lassen, weil sie sie an einen anderen Ort mitnehmen. Iris zu lieben bedeutete, an ihrem Licht teilzuhaben, einen Strahl davon zu nehmen und eine kleine Kerze für sich selbst daraus zu machen ....

Iris gegenüber war sie machtlos.

Und so hatte sie im tosenden Wasser des Ozeans aufgegeben. Sie hatte die Augen geschlossen und sich den Wellen überlassen.

Und plötzlich hatte sie am Strand gelegen, ans Land geworfen von der Brandung. Auf festen Boden geschleudert, ohne dass sie das Geringste getan hätte. Schwankend, hustend, mit den Zähnen klappernd, war sie aus dem Wasser gekommen. Ganz allein. Ganz allein ... Ihr Vater hatte sie fortgetragen und ihre Mutter angeschrien, sie sei eine Kriminelle. Sie hörte die Worte, aber sie verstand sie nicht. Sie hatte ihn beruhigen wollen, ihn trösten, aber sie hatte nicht die Kraft dazu.

Das Leben war weitergegangen, und sie hatten nie wieder darüber gesprochen. Sie selbst wusste es nicht, fragte sich, hatte Maman nun recht oder doch Papa, und sie sagte sich, dass die Wahrheit auch vom Standpunkt abhing, den man einnahm.

So etwas passierte sicher vielen Leuten. Sie war keine Ausnahme. Man musste nicht gleich übertreiben. Und wir leben alle einfach weiter, tun weiter so, als würden wir leben ... und wissen gar nicht, dass wir nur so tun.

Sie sammelte kurze Augenblicke der Freude, kleine Stückchen vom Glück. Die großen Stücke konnte sie nicht schlucken. Sie war glücklich mit diesen kleinen Stückchen. Sie reichten ihr vollkommen.

Wie zu wissen, dass Garibaldi sie mochte ...

Sie verstand die Geschichte von Cary Grant und seiner Mutter.

Alle liebten ihn, alle fanden ihn toll, er war der größte Star Hollywoods, aber er war immer der kleine neunjährige Junge geblieben, der von seiner Mutter im Stich gelassen worden war. Archibald Leach beschwor seine Mutter, ihn anzuschauen. Doch Elsie sah Cary Grant und erkannte ihn nicht.

Sie hob den Ellbogen, wenn er sich ihr näherte …
Lehnte den Pelzmantel ab.
Schleuderte die Katze durchs Zimmer.
Verbot ihm, sie Mama zu nennen.
Weigerte sich, in ein schönes Haus in Los Angeles zu ziehen, in seine Nähe.
Wirkte abwesend, wenn er anrief.
Sagte, du bist nicht Archie, du bist nicht mein Sohn …
Er ließ nicht locker. Rief jeden Sonntag an, wo auch immer auf der Welt er sich gerade befand …
Mit zugeschnürter Kehle. Jedes Mal zitternd.
Nicht mehr wissend, wer er war …
Archie Leach, Cary Grant?
Er war erwachsen geworden, er hatte Erfolg, aber es war, als wäre das alles nur Fassade … Als gehörte es gar nicht zu ihm, sondern zu einer Figur namens Cary Grant.
Die er ganz allein geschaffen hatte.
Indem er sich im Spiegel beobachtete, indem er den Umfang seines Halses berechnete, die Größe seines Kragens, indem er die Hände in die Taschen steckte, indem er seinen Akzent korrigierte, indem er an seiner Mimik, seinen Grimassen, seinen Haltungen feilte, indem er gelehrte Wörter lernte, die er in ein Heft schrieb …
Er hatte es ganz allein geschafft.
Ganz allein …
Die Menschen, denen es gelingt, ihrer Kindheit zu entfliehen, sind immer Einzelgänger. Sie brauchen niemanden, sie gehen mit den Händen in den Taschen, ein bisschen schwankend, ein bisschen zitternd, ein bisschen sich räuspernd, aber sie gehen vorwärts.
Sie hob den Kopf. Dankte dem Kleinen Mann dafür, dass er ihr Cary Grants Geschichte erzählt hatte. Jedes Mal, wenn sie an den Sturm am Atlantik zurückdachte, fügte sie dem Puzzle ein weiteres Stück hinzu.
Cary Grant hatte ein neues Stück in das große Puzzle eingefügt. Einen kleinen Satz, den sie formuliert hatte, ohne sich dessen überhaupt bewusst zu sein: »Sie war aus dem Wasser gekommen … ganz allein.«

Ganz allein …

Sie dachte an ihre Töchter. An Antoines Tod …

Sie fragte sich, ob Hortense und Zoé Albträume hatten, wenn sie an Antoines Ende dachten.

Sie fragte sich, ob Zoé den Tod ihres Vaters vergessen wollte, wenn sie sich an sie schmiegte und wie ein kleines Mädchen redete, das sie nicht mehr war. Ob sie alles durcheinanderbrachte, Gaétan, die Nacht im Keller, die Arme ihrer Mutter, das Ohr ihres Kuscheltiers, an dem sie knabberte … Sie stand im Gleichgewicht, ein Fuß noch in der Kindheit, der andere in der Zukunft. Nicht sicher, welcher Seite sie sich zuneigen sollte. Sie zögerte.

Hortense hatte die Tür zur Kindheit schon lange hinter sich zugeschlagen. Sie schaute entschlossen nach vorn und strich alles aus ihrem Gedächtnis, was sie belasten könnte. Eine Art schützende Amnesie. Sie hatte einen Panzer um sich geschaffen. Wie lange würde sie dahinter noch in Sicherheit sein? Irgendwann kam immer der Moment, in dem der Panzer in Stücke flog …

Auch ich habe eine trockene Kehle, bevor ich mit Hortense rede. Ich kreise um das Telefon, bevor ich ihre Nummer wähle.

Auch ich habe Angst davor, dass sie mich zurückweist und mir die Katze ins Gesicht schleudert.

Dabei bin ich eine großartige Mutter …

Ich bin eine großartige Mutter.

Sie wählte Hortenses Nummer.

Sie war zu Hause. Fuchsteufelswild.

»Im Bad steht das Wasser drei Zentimeter hoch, und kein Mensch kümmert sich darum, ich hab die Nase voll von diesem Haus, so voll, das kannst du dir nicht vorstellen! Und weißt du was? Dieser beknackte Ayatollah …«

»Peter?«, ergänzte Joséphine fragend.

»Dieser Volltrottel! Er hat beschlossen, mich zu erziehen. Mir beizubringen, wie's im richtigen Leben zugeht! Er sagt, diesmal wäre ich an der Reihe, den Vermieter anzurufen und ihn anzuschreien … Er ist zum Moralapostel mutiert und belehrt mich in einer Tour. Ich ertrage ihn nicht mehr. Ich glaube, ich verschwinde hier … Neulich abends haben wir versucht, uns zu versöhnen. Wir waren zusammen aus, und weißt du, was er zu mir gesagt hat, als wir den Club betreten haben?«

»Nein«, antwortete Joséphine, erstaunt darüber, dass ihre Tochter so viel redete.

Hortense musste sehr zornig sein und hatte offensichtlich das Bedürfnis, ihrer Wut bei jemandem Luft zu machen.

»Die ganzen Kerle hier starren dich an, Hortense, hat er gesagt, aber du bleibst schön brav bei mir … und rührst dich nicht vom Fleck. Also ehrlich! Hält der mich etwa für sein Eigentum? Glaubt der, wir würden irgendwann ein Paar? Dieser Zwerg? Mit seiner Nickelbrille und seinem verklemmten Getue! Der ist doch krank, sag ich dir, total krank …«

»Hast du etwas von Gary gehört?«, fragte Joséphine.

»Nein. Wir sehen uns nicht mehr …«

»Das ist ja kein Wunder«, sagte Joséphine, die von Shirley wusste, dass Gary in New York war.

»Wie? Findest du das etwa normal? Jetzt verteidigst du ihn auch noch! Das ist ja wohl die Höhe! Ich sollte im Moment wirklich lieber im Bett bleiben und mir die Ohren zuhalten … Habt ihr euch alle verschworen oder was?«

»Hortense, Liebes, beruhige dich … Ich meinte doch nur, dass es kein Wunder ist, dass ihr euch nicht mehr seht, weil er in New York ist und du in London bist … Ich wollte wissen, ob ihr hin und wieder miteinander telefoniert …«

»In New York? Was treibt er denn in New York?«, fragte Hortense fassungslos.

»Er wohnt jetzt dort … Seit ungefähr zwei Monaten …«

»In New York? Gary?«

»Hat Shirley dir nichts davon gesagt?«

»Shirley sehe ich auch nicht mehr. Wegen Gary. Ich habe Mutter und Sohn aus meinem Wortschatz gestrichen …«

»Er ist von einem Tag auf den anderen geflogen …«

»Und warum?«

»Ähm … Ich weiß nicht … Es ist mir ein bisschen peinlich, vielleicht sollte Shirley dir das lieber selbst erzählen …«

»Maman! Jetzt stell dich nicht so an … Du ersparst mir nur unnötigen Zeitaufwand, wenn du es mir sagst!«

Also erzählte Joséphine ihr von Garys Reise nach Edinburgh, wo er nach seinem Vater gesucht hatte, von seiner Rückkehr nach London, von seinem unangekündigten morgendlichen Besuch in Shirleys Wohnung und …

»Er hat Shirley mit Oliver, seinem Klavierlehrer, im Bett erwischt …«

»Autsch! Das muss ja ein ziemlicher Schock für ihn gewesen sein!«

»Und seitdem redet er nicht mehr mit ihr. Ich glaube, er schreibt ihr Mails. Er ist nach New York geflogen, er wurde an der Juilliard School aufgenommen …«

»Das ist ja super!«

»Er hat eine Wohnung gemietet und scheint sich dort sehr wohlzufühlen …«

»Nach der Eröffnung meiner Schaufenster haben wir die Nacht zusammen verbracht, und am nächsten Morgen ist er gleich nach dem Aufstehen zu seiner Mutter gerannt. Es klang irgendwie dringend …«

»Er wollte ihr sicher von seiner Reise nach Schottland erzählen … Aber dazu ist er nicht mehr gekommen.«

»Und ich dachte, er wäre immer noch in London und würde mich einfach ignorieren …«

»Hat er dir denn nichts davon gesagt?«

»Nein. Kein Wort, keine SMS, nichts! Wir hatten die Nacht zusammen verbracht, Maman, eine traumhafte Nacht, und am nächsten Morgen verschwindet er einfach und rennt zu seiner …«

»Vielleicht hat er dir eine Nachricht hinterlassen, und du hast sie bloß nicht bekommen … So etwas kommt vor, weißt du.«

»Glaubst du wirklich?«

»Ja. Mir jedenfalls passiert so etwas … Die Leute behaupten, sie hätten mir eine SMS geschickt oder eine Nachricht hinterlassen, aber ich habe nichts bekommen.«

»Stimmt, in letzter Zeit habe ich tatsächlich nicht mehr viele Nachrichten auf meiner Mailbox! Ich dachte, es wäre einfach eine blöde Phase, ich habe den Kopf eingezogen und gewartet, dass es vorbeigeht … Das muss irgendein Problem bei Orange sein …«

»Gibt es in England auch Orange?«

»Ich bin bei Orange … Glaubst du, er hat mich angerufen, aber ich habe seine Nachricht nicht bekommen?«

»Er wäre nicht weggegangen, ohne dir Bescheid zu sagen … Vor allem nicht, nachdem er die Nacht mit dir verbracht hatte. Gary ist ein guter Junge.«

»Ich weiß, Maman, ich weiß ... Diese Nacht war so schön ... Alles daran war schön ...«

Überrascht hörte Joséphine, wie Hortenses Stimme brach. Sie tat so, als hätte sie nichts bemerkt.

»Schreib ihm eine E-Mail, Hortense ...«

»Ich denk darüber nach ... Warum rufst du überhaupt an?«

»Weil du mir fehlst, mein Liebling ... Es ist zu lange her, seit ich zum letzten Mal deine Stimme gehört habe. Jedes Mal, wenn ich anrufe, sagst du, dass du in Eile bist, dass du keine Zeit hast, und das tut mir weh ...«

»Ach, Maman, jetzt werd nicht sentimental ... dann reg ich mich nur auf, wimmle dich ab, und du bist erst recht traurig! Aber ich bin verdammt froh, mit dir zu reden ... Wie geht es mit deinem Buch voran? Hast du schon angefangen zu schreiben?«

Joséphine erzählte ihr die Geschichte vom Kleinen Mann und Cary Grant. Hortense entgegnete, das sei ja eine perfekte Geschichte für sie, da spritzen die Gefühle wie Blut durch die Gegend ... Sie sagte es ohne jede Gehässigkeit, lediglich im beiläufigen Ton einer Frau, die alle Gefühle auf Abstand hält, aus Angst von ihnen getroffen und versenkt zu werden.

Denise Trompet tanzte vor Freude durch ihr kleines Zimmer in der Rue de Pali-Kao. Sie betrachtete sich in dem mit weißen Muscheln verzierten Spiegel, den sie von einer Reise mit ihren Eltern nach Port-Navalo mitgebracht hatte. Ihr einziger Urlaub in fast dreißig Jahren. Sie machten den Laden nie zu, das hätte entgangenen Gewinn bedeutet. Aber in einem Sommer hatten sie es gewagt. Sie waren alle drei zusammen mit dem Bus nach Port-Navalo gefahren, einem ehemaligen Fischerhafen und Piratennest im Golf von Morbihan.

Sie hatten ihr diesen Spiegel geschenkt, Verheißung von Schönheit und Glück. Und ein kleines Schminktäschchen ... Du musst dich ein bisschen herausputzen, hatte ihre Mutter, betrübt darüber, ihre Tochter so reizlos zu sehen, gesagt.

Heute Abend würde sie sich herausputzen.

Heute Abend würde sie mit Bruno Chaval ausgehen.

Heute Abend würde er mit ihr nach Montmartre hinauffahren, um den Sonnenuntergang zu beobachten.

Heute Abend würde er sie in den Armen halten, und eng umschlungen würden sie zusehen, wie der strahlende Himmelsstern als flammende orange-rosa Scheibe hinter dem Horizont versank.

Sie wählte ein orange-rosa Kleid. Goldene Pumps. Eine goldene Handtasche. Schminkte sich in den warmen Farben der untergehenden Sonne. Toupierte erbittert ihr dünnes Haar, besprühte es mit Lack, warf den Kopf vornüber, um ihm mehr Volumen zu verleihen, und tanzte erneut durch ihr kleines Zimmer.

Sie hatten sich auf der Place du Tertre verabredet. Sie würden sich zwischen den Staffeleien der Maler und den bunten Cafémarkisen treffen. Er würde ihre Hand nehmen, den Arm um sie legen …

Heute Abend würden sich ihre Lippen berühren …

Am Abend zuvor hatte sie im Bett wieder einmal ihr Lieblingsbuch gelesen: *Eine fast perfekte Ehe*. Sie kannte lange Passagen davon auswendig. Mit geschlossenen Augen rief sie sich die Worte in Erinnerung, und eine sanfte Wärme erfasste ihren Körper:

»Aber kaum berührten seine Lippen die ihren, vergaß sie alles. Sie fühlte sich wie ein Kind, das zum ersten Mal ein Stück Zucker probiert und von der Süße ganz überwältigt ist. Sein Kuss war zart wie Baiser, sanft wie die ersten Takte der Mondscheinsonate und so lang ersehnt wie der erste Frühlingsregen nach einem trockenen Winter.

Fast schwindelig gab sie sich ganz hin. Bis es nicht mehr reichte, dass er sie nur küsste. Sie umfasste sein Gesicht und erwiderte den Kuss – nicht einfach leidenschaftlich, sondern fast verzweifelt, zitternd und wild.«

Heute Abend, heute Abend …

Sie rannte die Treppe hinunter und grüßte den arabischen Lebensmittelhändler, der den Laden ihrer Eltern übernommen hatte. Normalerweise würdigte sie ihn keines Blickes.

»Alles in Ordnung, Mademoiselle Trompet?«, rief er erstaunt.

»Alles bestens …«, antwortete sie und hüpfte wie eine Gazelle zum Eingang der Métro-Station.

Sie würde an der Station Anvers aussteigen und langsam die Stufen zur Basilika hinaufsteigen. Sie würde nicht die Seilbahn nehmen, um nicht den Geruch der in der kleinen Kabine zusammengepferchten Körper anzunehmen, sondern frisch, rosig und munter bei ihrem Liebsten anzukommen. Es würde ihr vorkommen wie eine langsame Prozession ins Glück. Sprosse um Sprosse würde sie die Leiter der Seligkeit erklimmen. Endlich, endlich! Heute Abend würde er sie küssen …

Sie bemerkte ihr Spiegelbild in einem Schaufenster und fand sich beinahe hübsch. Die Liebe, die Liebe, sang sie vor sich hin, das ist die beste Schönheitscreme … Der geheime Talisman, der den Mann dazu bringt, sich einem zuzuneigen, damit er Sie mit seinen Küssen berauscht und vor Ihnen auf die Knie sinkt. Ob er zu mir in die Rue de Pali-Kao ziehen will, oder müssen wir uns anderswo eine gemeinsame Wohnung suchen? Anderswo wäre besser. Schon, aber er hat keine Arbeit … Anfangs werden wir uns bescheiden müssen. Wir dürfen uns nicht in unnötige Ausgaben stürzen. Müssen sparen, einen Bausparvertrag abschließen, dann verkaufen wir die Wohnung in der Rue de Pali-Kao und kaufen eine andere, in einem schönen Viertel, die besser zu uns passt. Ich werde für zwei arbeiten, bis er eine neue Stelle gefunden hat. Er ist brillant. Er kann nicht das Erstbeste annehmen.

Sie schmiedete Pläne, stellte ein Budget auf, plante Umschläge für die diversen Ausgaben (Urlaub, Auto, Essen, Nebenkosten, Steuern, Sonstiges, Unvorhergesehenes, Notfälle, Katastrophen), überlegte, bereitete vor, richtete sich auf ein paar schwierige Monate ein, bevor sie sich endgültig irgendwo niederlassen könnten.

Und sie erklomm die Treppenstufen.

Verlangsamte ihre Schritte, um ihren inneren Aufruhr zu genießen.

Geriet unversehens in Panik … Was, wenn er nicht käme? Wenn er in letzter Minute absagte? Seine alte Mutter krank? Fühlte sich unwohl? Er sprach mit großer Zärtlichkeit von ihr. Er ging abends nie aus, um sie nicht allein zu lassen. Reichte ihr die Hausschuhe, das Bettjäckchen, den Kräutertee. Schaute im Fernsehen ihr Lieblingsprogramm. Er war ein vorbildlicher Sohn.

Sie würde warten.

Ich habe zweiundfünfzig Jahre gewartet, ich kann auch noch ein bisschen länger warten, bis mein Traum Wirklichkeit wird. Bruno Chaval, Madame Bruno Chaval, ich muss meine neue Unterschrift üben. Papa und Maman wären stolz auf mich …

Er wartete schon auf sie. Groß, wunderschön, oben an der Treppe. Lässig an eine Säule gelehnt, die für sie etwas Dorisches hatte. Er rührte sich nicht, und sie musste auf ihn zugehen. Er schaute auf sie herab und fragte: »Glücklich?«

»Ja«, seufzte sie, wurde rot und folgte ihm, als er sich von der Säule löste.

Sie gingen zur Basilika. Sie wünschte sich, er würde ihre Hand nehmen, aber er schien sehr auf Schicklichkeit bedacht zu sein und hielt einen respektablen Abstand zu ihr. Er wollte sie nicht durch eine verfängliche Geste kompromittieren.

Sie setzten sich auf die Stufen und betrachteten die Sonne, die am Horizont ihre Bahn beschloss.

»Heute Abend geht sie um einundzwanzig Uhr zwölf unter«, sagte die Trompete, die auf einem Abreißkalender nachgesehen hatte.

»Aha …«, entgegnete Chaval, während er sorgsam darauf achtete, dass sich ihre Ellbogen nicht berührten. »Und woher wissen Sie das?«

»Ich bin eine gebildete Frau«, sagte sie errötend. »Ich liebe Zahlen über alles … Ich kann Ihnen die Multiplikationstabellen rückwärts aufsagen und alle Grundrechenarten im Kopf ausführen, ganz ohne Stift und Papier. Ich habe einmal einen Wettbewerb von Lustucru-Teigwaren gewonnen …«

»Und was war der Preis?«

»Eine Reise nach Port-Navalo. Ich bin mit meinen Eltern hingefahren. Ich war so glücklich darüber, ihnen diese Reise schenken zu können. Drei Tage Nichtstun. Es war einfach herrlich! Kennen Sie Port-Navalo und den Golf von Morbihan? Der Ort liegt hundertzwanzig Kilometer von Nantes entfernt, hundertdreißig Kilometer von Quimper und vierhundertsechzig Kilometer von Paris …«

»Nein, da bin ich noch nie gewesen …«

Außerdem hasse ich Möwengeschrei und den Geruch von Seetang, dachte er und verzog angewidert das Gesicht.

Wir könnten unsere Hochzeitsreise dorthin machen, überlegte Denise Trompet errötend. Wir würden den Sonnenuntergang über dem Golf anschauen, während die Segelyachten in den Hafen zurückkehren. Die weißen Segel würden eingeholt werden, die gelben Öljacken würden Steuerräder halten und Luken schließen. Eine sanfte Meeresbrise würde über unsere fröstelnden Nacken streichen. Er würde mich mit seinem starken Arm an sich ziehen und flüstern: »Ich will nicht, dass du wegfliegst!« Er würde mich sehr ernst anschauen, und ich würde mich mit einem Seufzen an ihn schmiegen. Du wirst mich niemals verlieren, mein Liebster, schwor sie sich erschauernd.

Er wartete, bis es dunkel war, ehe er ein wenig näher rückte.

Als er ihr vorsichtig einen Arm und die Schultern legte, wurde ihr schwarz vor Augen.

Lange blieben sie reglos sitzen. Es waren nicht mehr viele Leute auf den Stufen. Ein paar Gitarrenspieler und verliebte Pärchen. Ich bin wie alle anderen, sagte sich Denise Trompet, endlich bin ich genau wie alle anderen.

»Glücklich?«, fragte Chaval wieder.

»Sie ahnen ja nicht …«, hauchte Denise mit einem seligen Seufzen.

»Und um wie viel Uhr geht die Sonne morgen unter?«

»Um einundzwanzig Uhr dreiundzwanzig …«

»Sie sind tatsächlich eine gebildete Frau«, sagte er und streifte flüchtig ihr Ohr.

Sie wäre vor Wonne beinahe gestorben.

Er zog sie ein wenig fester an sich und dachte dabei an den Körper der göttlichen Hortense.

»Bruno …«, murmelte Denise, allen Mut zusammennehmend.

»Ja?«

»Ich bin so …«

»Sagen Sie nichts, Denise, lassen Sie uns diesen friedvollen, schönen Augenblick still genießen …«

Sie schwieg und bemühte sich, die tausend Schattierungen ihres Glücks in ihr Herz einzubrennen.

Doch plötzlich schreckte er hoch wie eine Sprungfeder. Klopfte seine Taschen ab und rief: »Mein Gott! Meine Schlüssel! Sie sind weg!«

»Sind Sie sicher?«

»Vorhin in Ihrem Büro hatte ich sie noch … Ich weiß noch, dass ich sie in meiner Tasche gespürt habe, als ich mit Ihnen sprach …«

Sie riss sich aus der Umarmung dieses wundervollen Oberkörpers los, der von Bernini persönlich geschaffen worden zu sein schien, von diesen schwellenden Armmuskeln, die einem Seemann hätten gehören können, der tagein, tagaus die Segel hisste … Die heimtückische Frische seiner Haut machte sie verrückt. So verführerisch wie süße, noch dampfende Milch …

»Wir müssen sie holen! Ich kann meine Mutter nicht aufwecken, wenn ich spät nach Hause komme … Sie ist so schwach!«

»Aber wir haben uns gerade erst hingesetzt, und ich dachte …«

… dass er sie zum Essen einladen und in eines dieser Touristenrestaurants ausführen würde, die sie bei ihren sonntäglichen Spaziergängen mit ihren Eltern immer hatten träumen lassen. Wenn sie fröhlicher Stimmung waren, wenn sich ein Hoffnungsschimmer am Horizont ihres tristen Lebens abzeichnete, dann gingen sie nicht auf den Friedhof Père-Lachaise, sondern hinauf nach Montmartre. Sie hatte sich diesen Ausflug als eine heimliche Wallfahrt ausgemalt. Wollte Bruno und ihre Eltern in einem Gedanken vereinen …

»Los, wir gehen!«, befahl Chaval im Ton eines römischen Imperators, der es gewöhnt war, dass man ihm gehorchte. »Bring mich in dein Büro, damit ich meine Schlüssel holen kann, mein süßer, goldener Pfirsich.«

Das war ein Trick, den er sich ausgedacht hatte. Indem er zwischen »du« und »Sie« hin und her wechselte, brachte er sie um den Verstand … Und dann versetzte er ihr mit »mein süßer, goldener Pfirsich« den Gnadenstoß.

Er streckte die Hand aus, packte sie beim Mantelkragen und zog sie schroff an sich. Sie schrie auf, und schrie erneut, als er seine Zähne in das zarte Fleisch an ihrem Hals grub. Süßer Schmerz. Er presste sie noch fester an sich, begierig, sie richtig zu berühren, diese samtige Haut zu streicheln, den wundervollen Kurven ihres Körpers zu folgen …

Ja, ja, murmelte sie, und sie machten sich auf die Suche nach einem Taxi, um so schnell wie möglich zur Avenue Niel zu gelangen.

Er hatte einen Plan.

Seit es wieder wärmer geworden war, trug die Trompete ausgeschnittene Blusen, und in der welken Furche zwischen ihren Brüsten hatte er eine vergoldete Kette bemerkt, an der ein Schlüssel hing. Ein ganz schlichter flacher, grauer Schlüssel, der nicht zu den sonstigen goldenen Anhängern der Kette passte. Eines Abends hatte er bei Büroschluss beobachtet, wie sie verstohlen die Kette vom Hals genommen und mit dem Schlüssel eine Schublade abgeschlossen hatte.

Das musste ein wichtiger Schlüssel sein.

Und er wollte sich Gewissheit verschaffen.

Der schale Geruch der Trompete und der Anblick des Sonnenuntergangs zerrten an seinen Nerven. Er musste sich bewegen …

Es war nach zehn Uhr abends, als sie das Firmengelände betraten. In der Wohnung von René und Ginette brannte kein Licht. Sie schliefen sicher schon. Niemand würde sie stören.

Denise tippte den Code ein, um die Alarmanlage auszuschalten, und Chaval merkte sich die Kombination: 1214567. Das könnte ihm irgendwann von Nutzen sein.

Sie hatte einen Schlüsselbund aus der Handtasche genommen und öffnete nacheinander die Türen der Firma.

»Machen Sie kein Licht … Sonst glaubt noch jemand, hier würde eingebrochen …«

»Aber wir tun doch nichts Unrechtes!«, protestierte Denise.

»Ich weiß«, erklärte Chaval, »aber die anderen wissen es nicht. Stellen Sie sich nur einmal vor, jemand würde Alarm schlagen, das könnte fatale Folgen für Sie haben! Die Leute wittern schnell überall Böses …«

Sie erschauerte und war kurz davor kehrtzumachen.

Er spürte, wie sie wankte, und zog sie unvermittelt an sich.

»Wir tun nichts Unrechtes, mein süßer, goldener Pfirsich.«

Erregt vom Gedanken an seine bevorstehende Missetat, folgte er Denise zu ihrem Büro. Wie würde er es anstellen? Er spielte mit hohem Einsatz. Sie durfte auf keinen Fall glauben, dass es ihm nur um den Schlüssel ging. Ein Schauer durchlief ihn, und er spürte den Beginn einer Erektion. Er war kurz vor dem Ziel. Im Halbdunkel konnte er sie kaum erkennen und blendete Hortenses Gesicht über das der Trompete. Er dachte an Hortenses lange Beine, ihre kleinen Absätze, die auf den Asphalt einhämmerten, an den glühenden Schraubstock, der seinen Penis zermalmte. Ein leiser Aufschrei entfuhr ihm, und er presste die Trompete an sich. Riss brutal ihr Haar nach hinten und suchte ihren Mund.

»Nicht hier! Nicht jetzt!«, protestierte sie und wandte den Kopf ab.

»Sie verweigern sich mir? Obwohl ich mich seit Monaten nach Ihnen verzehre?«

»Nicht hier«, wiederholte sie und versuchte sich zu befreien.

»Du gehörst mir, Denise, du weißt es nicht, aber du gehörst mir …«

Er schob einen Finger zwischen ihre schlaffen Brüste, und sein Zeigefinger traf auf den kleinen Schlüssel, der dort ruhte.

Mit gespielter Überraschung betastete er ihn.

»Was ist das? Ein feindlicher Talisman, um mich von dir fernzuhalten? Ein subtiler Fingerzeig, der mir zu verstehen gibt, dass ich mich nicht weiter vorwagen soll? Dass mein Verlangen dich verletzt und kränkt? Warum hast du mir das nicht gleich gesagt? Warum hast du mit meinen Gefühlen gespielt? Ah! Du bist genau wie alle anderen Frauen! Kalt und berechnend … Du hast mich benutzt!«

Sie errötete und beteuerte, dem sei ganz und gar nicht so.

»Doch, doch«, beharrte er, »ich spüre genau, dass du dich meinen Liebkosungen entziehst … Es liegt an diesem Schlüssel, diesem Verräter! Er ist der Grund für mein Unglück …«

Er ließ seinen heißen Atem über Denises Busen gleiten, über ihren Nacken, ihre Ohren, atmete, atmete und versuchte sich an Henriettes Worte zu erinnern.

Kraftlos sank die Trompete an seine Brust. Er ließ sie abrupt los, wie betäubt von ihrem Verrat. Sie ließ sich mit hängenden Armen auf einen Stuhl fallen und stöhnte.

»Dann gehe ich jetzt, mein süßer, goldener Pfirsich. Ich glaubte, zwischen uns sei etwas möglich, doch du verweigerst dich mir.«

»Aber ich …«

»Dieser Schlüssel an deinem Hals ist das Symbol deiner Weigerung … Du bist feige, du sprichst nicht, aber dieser Schlüssel spricht für dich! Wer hat ihn dir gegeben? Wer?«

»Das ist der Schlüssel zu der Schublade, in der ich wichtige Unterlagen und Akten aufbewahre!«, schrie Denise auf. »Mehr nicht! Ich schwöre es Ihnen!«

»Der Schlüssel zu einer geheimen Schublade wacht über deine Tugend?«

»O nein! Nicht über die meine«, seufzte die Trompete. »Ich brauche keinen Schlüssel, das wissen Sie doch genau …«

Sie schreckte davor zurück, ihn zu duzen. Einen Traum duzt man nicht.

»Und warum stellt sich dieser Schlüssel dann meinen Küssen in den Weg?«

»Ich weiß es nicht, ich weiß es nicht«, beteuerte die Trompete panisch.

»Aber du weißt, dass er mich kränkt …«

»Dafür gibt es keinen Grund. Ich bewahre ihn dort auf, um ihn nicht zu verlieren. Das ist der Schlüssel zu meiner Schublade … Nichts anderes. Ich schwöre es Ihnen!«

Sie ließ ihren Worten Taten folgen und zeigte Chaval, dass der Schlüssel diese eine Schublade öffnete und mehr nicht.

»Die Schublade, in der du deine kleinen Geheimnisse aufbewahrst, die Dinge, die du vor mir verbirgst? Die Namen deiner Liebhaber zum Beispiel und ihre Telefonnummern …«

»O nein!«, versicherte die Trompete und wurde feuerrot. »Ich habe keinen Liebhaber …«

»Wer kann mir das garantieren?«

»Ich versichere es Ihnen …«

»Also wozu dann dieser Schlüssel? Ist er das Geschenk eines früheren Liebhabers? Eines Mannes, der dich begehrt hat, der nach dir verlangt und dich vielleicht sogar aufgeschlossen und leidenschaftlich besessen hat …«

Sie sah ihn verstört an und wusste nicht mehr, was sie sagen sollte.

»Aber ich … ich hatte noch nie einen Liebhaber. Sie sind mein erster …«

»Unmöglich! Das glaube ich dir nicht! Du verheimlichst mir etwas! Dieser Schlüssel verhöhnt mich, seit ich den ersten Blick auf dich geworfen habe. Er richtet sich zwischen uns auf und hindert mich daran, dich zu verschlingen. Gib ihn mir!«

Brutal hatte er seinen Befehl geäußert.

»Nein! Das kann ich nicht!«

»Dann … Leb wohl! Du wirst mich nicht mehr wiedersehen!«

Er drehte sich auf dem Absatz um und ging langsam zur Tür.

»Ich kann nicht, ich kann nicht«, wiederholte Denise Trompet, hin und her gerissen zwischen Pflichtgefühl und Liebe. Zwischen der Treue zu Marcel Grobz, der sie immer geschätzt hatte, und dem Wunsch, einem anderen zu gehören, der sie mit seiner blinden Eifersucht quälte.

Wie in ihren Romanen.

Sie erlebte gerade einen ihrer Romane …

Plötzlich wurde er wütend über ihre Sturheit. Fest griff er am Hals in ihre Bluse und riss sie dann vorn der Länge nach auf. Das Geräusch zerriss die Stille des dunklen Zimmers.

»So. Falls jetzt jemand fragt, kannst du ruhigen Gewissens behaupten, dass du mir keine Freiheiten gestattet hast!«

Verzweifelt rang sie nach Luft.

Wieder legte er sich auf sie, das Gefühl ihrer Haut auf der seinen war gleichzeitig schockierend neu und vertraut, als hätte er sie den ganzen Tag angestarrt und begehrt, und nun wäre es endlich Nacht, wäre die Sonne schließlich doch noch untergegangen …

Zu spät!

Sie versank in seiner gewaltsamen Umarmung, berauscht vom brutalen Kontakt seiner Haut. Er küsste sie. Sein Mund ließ einen Schauer von Küssen auf ihr Schlüsselbein herabregnen … Als seine Lippen das Tal ihrer Brüste erreichten, entschlüpfte ihr ein Stöhnen. Seufzend reichte sie ihm den verlangten Schlüssel. Sie wusste genau, dass es Wahnsinn war, aber sie wusste auch, dass sie ihm von diesem Tag an nie mehr etwas würde verweigern können.

»Nehmen Sie den Schlüssel … hier …« Denise gab sich geschlagen.

»Nein, ich will ihn nicht mehr …«

»Nehmen Sie ihn und vergewissern Sie sich selbst, dass ich Sie nicht belogen habe …«

»Das würdest du tun, im Namen unserer Liebe?« fragte Chaval und sah sie bedeutungsschwer an.

»Ja«, antwortete die Trompete tapfer. »Ich gebe Ihnen den Schlüssel. Als Beweis meiner Liebe zu Ihnen …«

Sie reichte ihm den Schlüssel, und er steckte ihn ein.

Er küsste sie bis hinauf zum Kinn, bis zu der weichen Stelle genau unter den Lippen. Dann zögerte er. Wich zurück …

»Sie haben mich warten lassen, deshalb werde ich Sie bestrafen … Ich werde Sie heute Abend nicht küssen und gebe Ihnen den Schlüssel erst morgen früh wieder zurück … Ich werde ihn die ganze Nacht hindurch befragen, und er wird mir seine Geheimnisse offenbaren.«

Sie spürte, wie sein zweifelndes, angstvolles Herz in seiner Brust raste. Was meinte er damit? Hatte sie ihn, ohne es zu wissen, gekränkt?

Er gestattete sich eine letzte zärtliche Geste, ließ die Finger durch ihr Haar gleiten und murmelte, die Lippen in ihren Nacken gepresst: »Ihr nachtschwarzes Haar, weich, glänzend und kühl wie Morgentau … Ich werde es wieder streicheln, wenn ich Ihnen verziehen habe …«

Es war schon fast lächerlich, wie gut seine Hand sich an ihrem Kopf anfühlte. Er ließ die Finger sanft zu ihrer Stirn gleiten, dann am Ohr hinab, ließ sie die Linie ihres Kinns nachziehen, schließlich sogar die Lippen …

Sie schloss die Augen und drehte das Gesicht zur Seite.

Morgen würde er wiederkommen. Morgen hätte er ihr verziehen …

Gleich morgen früh, nahm sich Chaval vor, lasse ich den Schlüssel nachmachen. Ich gebe ihn der alten Grobz zusammen mit dem Code für die Alarmanlage und sage ihr, in welcher Schublade sie suchen soll. Dann soll sie selbst sehen, wie sie zurechtkommt. Soll sie sich doch einen Vorwand ausdenken, um in der Firma herumzuschnüffeln … Ich habe meinen Part erfüllt. Und bekomme meinen Anteil.

Es war schon fast Mitternacht, als sie auf Zehenspitzen die Firma verließen.

Chaval begleitete Denise Trompet bis zur Métro-Station und gab sich immer noch kühl und gekränkt.

»Bestraft, du wirst bestraft«, flüsterte er und streifte ihr Haar mit seinem warmen Atem. Dabei sorgte er dafür, dass sein Hemd ein Stück aufklaffte und den Blick auf seinen kräftigen, gebräunten Oberkörper freigab. »Ich werde Sie erst morgen wiedersehen … Aber nur, wenn Sie jetzt brav sind! Laufen Sie schnell zu Ihrer Métro. Gehorchen Sie mir, ich will es so!«

Sie sah ihn voller Ergebenheit an, faltete die Hände, murmelte »Bis morgen« und rannte leichtfüßig wie ein junges Mädchen, um die letzte Métro zu erwischen, die sie in die Rue de Pali-Kao zurückbringen würde.

Er sah ihr nach, wie sie folgsam, glücklich darüber, ihm gehorchen zu dürfen, die Stufen hinunterrannte, und ein merkwürdiger Gedanke durchzuckte ihn. Es war so leicht gewesen, die Trompete zu täuschen. Ihr den Kopf zu verdrehen. Sie hatte seine angeblich verlorenen Schlüssel völlig vergessen. Er würde sich etwas ausdenken müssen. Aber das würde ihm nicht schwerfallen. Die Leichtgläubigkeit dieses Mädchens weckte in ihm den brutalen Wunsch, mit ihr zu spielen, sie zu manipulieren. Warum sollte er jetzt aufhören? Diese Frau könnte ihm von Nutzen sein, auch wenn er noch nicht wusste, wie. Er könnte sie für sich arbeiten lassen. Dann würde er auf beiden Seiten gewinnen … Er brauchte nur mit seinem Atem ihr Ohr zu streifen und sie »mein süßer, goldener Pfirsich zu nennen«, schon verlor sie den Kopf. Er wäre schön blöd, das nicht auszunutzen …

Wieder spürte er, wie sein Glied hart wurde …

Und diesmal hatte Hortense Cortès nichts damit zu tun.

Hortense hatte sich in ihrem Zimmer eingeschlossen und dachte nach.

Gary, weg, New York, ohne Bescheid zu sagen, nicht normal, überhaupt nicht normal. Da war doch was faul im Staate Dänemark. Sie würde in den Nachdenk-Modus schalten. Das Problem ein Stück von sich wegschieben und es eingehend mustern wie einen alten, zerfledderten Sitzsack.

Sie setzte sich im Schneidersitz auf ihr Bett, konzentrierte sich auf die dunkelrote Azalee, die auf dem Fensterbrett vor sich hin welkte – das einzige Erinnerungsstück an ihre Schaufenster –, und atmete. Nadi Shodhana. Eine Atemtechnik, die ihnen einer der Dozenten am Saint Martins College beigebracht hatte, damit sie lernten, sich auf ihre Arbeit zu konzentrieren. Nadi Shodhana erfüllte sie mit einer klaren Energie, einem wundervoll scharfen Bewusstsein, sie atmete, und es ward Licht.

Zusätzlich zu dieser speziellen Atmung hatte sie eine Strategie entwickelt, wenn sie nachdenken wollte.

Sie ging immer vom gleichen Prinzip aus: Ich bin Hortense Cortès, einzigartig, atemberaubend, intelligent, kühn, brillant, sexy, umwerfend, unglaublich. Nachdem sie dieses Prinzip definiert hatte, stellte sie ihre Frage auf die klarstmögliche Art und Weise.

An diesem Tag lautete das Thema ihrer Überlegungen: Warum hatte Gary Ward Hortense Cortès nicht Bescheid gesagt, dass er nach New York fliegen würde?

Wie hieß das faule Etwas?

Sie stellte mehrere Hypothesen auf.

1) Er war völlig durch den Wind, nachdem er Shirley und Oliver in einem Bett erwischt hatte … Er kam gerade aus Schottland zurück. Es konnte nicht gut gelaufen sein, sonst hätte er ihr davon erzählt. Er hätte seine Freude nicht in seiner Brust verschließen können, sie wäre aus allen Ritzen herausgesickert. *Guess what?*, hätte er gesagt. Ich habe

einen Vater. Er ist groß, er sieht gut aus, er ist außer sich vor Freude, mich wiedergefunden zu haben, wir haben zusammen Bier getrunken, und er hat mir einen Kilt mit dem Tartan seines Clans gegeben. Er wäre aufgestanden, hätte den Familienkilt angezogen und hätte auf seinem scheußlichen Teppich mit der großen gelben Sonne und dem Sternenhimmel einen Freudentanz aufgeführt. Aber er hatte keinen Kilt angezogen und keinen Freudentanz aufgeführt, also hatte er auch nichts Glockenklangwürdiges zu berichten, kommet, ihr Hirten, ihr Männer und Frau'n.

Hortense verschloss das rechte Nasenloch und atmete langsam aus. Sein Vater! Wozu musste er ihn auch unbedingt kennenlernen? Eltern halten einen doch nur auf, belasten einen, verpassen einem Zweifel, Schuldgefühle, lauter stinkendes Zeug.

Sie atmete wieder ein, immer noch durch das linke Nasenloch.

Er rennt zur Wohnung seiner Mutter, trifft auf Oliver, nackt, und Shirley nackt neben ihm. Oder auf ihm. Oder beide zu einem obszönen Knäuel verschlungen. Ein Balken kracht ihm auf den Kopf! Eine Mutter fickt nicht. Eine Mutter hat keine Brüste, keine Muschi und vor allem keinen Lover. Und erst recht nicht seinen geliebten Klavierlehrer.

Er knallt die Tür hinter sich zu und flieht. Er rennt wie von Sinnen, wird um ein Haar überfahren, weicht einem Bus aus, kommt atemlos zu Hause an, beugt sich über das Spülbecken, lässt kaltes Wasser über seinen Nacken laufen, richtet sich wieder auf und schreit: New York! New York!

Aber deswegen gleich den Atlantik zu überqueren, ohne ihr ein Wort zu sagen …

Da fehlte doch ein Puzzlestück.

Sie wechselte das Nasenloch, atmete ein, spürte, wie der Atem an ihren Schulterblättern entlangstrich, und wandte sich der zweiten Hypothese zu.

2) Gary erwischt Shirley und Oliver im Bett. Ihm kracht ein Balken auf den Kopf, er schwankt, er ist verletzt, er versucht, mich zu erreichen, ich gehe nicht ran, er hinterlässt eine Nachricht, wartet darauf, dass ich komme und ihm die Stirn verbinde, dass ich zum Flughafen stürze und mit ihm wegfliege. Ich rufe nicht zurück. Er ist enttäuscht, hasst mich wieder und fliegt einsam und allein nach New York. Gary liebt Attitü-

den. Er liebt es, stumm zu leiden und anschließend die Wundmale in seinen Handflächen zu präsentieren. Seitdem schmollt er. Er wartet darauf, dass ich ihn anrufe.

Das faule Etwas heißt Orange. Meine Mailbox funktioniert nicht richtig. Das würde auch erklären, warum ich nur noch so wenige Nachrichten bekomme.

Langsames Ausatmen. Wechsel des Nasenlochs. Verhaltenes Einatmen.

3) Oder …

Aber das … das sind lediglich haltlose Schlussfolgerungen, Spinnereien, Kaffeesatzleserei, unbewiesene Vorwürfe, paranoide Anwandlungen. Und mein Finger deutet anklagend auf den Ayatollah.

Um mich zu »bändigen« oder weil er eifersüchtig ist, hört er meine Mailbox ab und löscht die Nachrichten, eine nach der anderen. Gary sagt mir, dass er nach New York fliegt, fordert mich auf, mitzukommen … Und warum auch nicht? Diese verrückte Idee sähe ihm ähnlich. Diese verrückte, romantische Idee …

Peter hört: Hortense, meine Schöne, ich habe dir ein Ticket gekauft, um durch die Lüfte zu fliegen, komm schnell, vom Flugzeug aus sehen die Wolken so weich und weiß aus, ich liebe dich, los, beweg deinen Arsch. Der Ayatollah schäumt vor Eifersucht und löscht die Nachricht, alle Nachrichten, lässt mir nur ein paar unwichtige als magere Kost, um mein Misstrauen einzuschläfern.

Langsames Ausatmen. Wechsel des Nasenlochs. Langer Luftstrom, der erneut den Rücken hinabfließt, ins Gehirn aufsteigt, tausend Fenster zum Universum öffnet und sie vor den fauligen Winden warnt, die dort wehen. Nadi Shodhana ist ein mächtiger Leuchtturm, der die finsteren Winkel erhellt, üble Ausdünstungen und Feinde mit langem schwarzem Bart vertreibt.

Das faule Etwas heißt Peter und trägt eine kleine Nickelbrille.

Es gab ein, zwei Dinge über Peter, die sie ihrer Mutter nicht erzählt hatte, um sie nicht zu ängstigen.

Erstens: Sie hatte ihn eines Abends erwischt, wie er sich eine Line Koks reinzog. Es war fast Mitternacht, wahrscheinlich hatte er geglaubt, alle anderen würden schlafen. Er beugte sich über den Couchtisch und puderte sich fröhlich die Nase. Ach was, der Ayatollah macht sich locker, hatte sie gedacht, war auf Zehenspitzen zurück nach oben gehuscht, hatte sich auf ihr großes Bett gelegt und hatte diese Information sorgsam in ihrem Gedächtnis abgespeichert. Eines Tages würde sie ihr von Nutzen sein.

Zweitens: An jenem Abend, als Peter ihr befohlen hatte, schön brav an seiner Seite zu bleiben, war sie natürlich trotzdem weggegangen, und am Ende des Abends hatte sie drei SMS des Ayatollah entdeckt: »Wo bist du? Wenn ich dich finde, fick ich dich …«

Na super, ich werde von einem zugekoksten Ayatollah gestalkt.

Entspannung des gesamten Körpers durch ein langes, kraftvolles Ausatmen, reinigender Lebenshauch, erneutes Einatmen durch das rechte Nasenloch …

Beschlüsse.

Von nun an würde sie ihr Handy bewachen. Sie würde es nicht mehr überall herumliegen lassen, im Wohnzimmer, auf der Veranda, in der Küchenecke, auf dem Couchtisch vor dem Fernseher, auf der Ablage im Bad …

Von nun an würde sie es nicht mehr aus der Hand legen.

Und vor allem, vor allem würde sie aus diesem Haus ausziehen. Wie schade. Sie mochte das Viertel, ihr kleines Zimmer unter dem Dach, das Stück Himmel vor dem Gaubenfenster, den Platanenzweig, der gegen die Scheibe schlug, das französische Restaurant an der Ecke, die Kellnerin, die immer einen Teller Pot-au-feu für sie zurückhielt, sie mochte die auf drei Stufen balancierende Bushaltestelle, das Gässchengewirr, die Läden, in denen Spitze verkauft wurde, und die Kassiererin bei Tesco, die ein Auge zudrückte, wenn sie bei allem Kartoffeln eintippte …

Sie würde wegziehen.

Schluss mit Nadi Shodhana.

Sie würde sofort damit anfangen, die Anzeigen auf gumtree.com durchzusehen.

Und das entscheidende Wörtchen in diesem Satz war »sofort«.

Sie zog rosa Satinsandalen an, die sie auf dem Flohmarkt in der Brick Lane gekauft hatte. Wenn sie sich wie eine Prinzessin kleidete, würde sie auch einen Palast für sich finden.

Außerdem musste sie unbedingt einen Praktikumsplatz für den Sommer ergattern.

Piffpaffpuff, sie würde schon etwas finden.

Sie war Hortense Cortès, einzigartig, atemberaubend, intelligent, kühn, brillant, sexy, umwerfend, unglaublich.

»Und du hast nichts mehr von ihm gehört?«

Hortense und Shirley hatten sich am südlichen Themseufer verabredet, um bei Wagamama eine Schale chinesischer Nudeln zu essen. Das Wetter war schön, sie saßen draußen und ließen in der Sonne die Beine baumeln.

»Nur Mails … Er will nicht mit mir reden. Noch nicht. Nur Mails …«

»Und was schreibt er?«

»Dass das Leben schön ist, dass er in einem roten Backsteingebäude mit grünen Fenstern in der 74th Street West wohnt …«

»Hast du die genaue Adresse?«

»Nein. Wieso?«

»Nur so …«

»Irgendwo zwischen Amsterdam und Columbus …«

»Ein schönes Viertel?«

»Sehr schön. Vor seinen Fenstern stehen zwei Bäume.«

Ein Skateboardfahrer kam herangeglitten, bremste abrupt, sah einen Moment zu, wie sie ihre Nudeln aßen und rief *Eat the bankers!*, ehe er wütend weiterfuhr.

»Und was sonst noch?«

»Er hat einen Freund namens Jerome bei Brooks Brothers, eine Freundin, die ihm Schokocroissants verkauft, und eine andere mit grünen und blauen Haaren …«

»Schläft er mit ihr?«

»Das schreibt er nicht.«

Shirleys Stimme klang trübsinnig, und sie stocherte versonnen in ihren Currynudeln. Sie zitierte die Mails ihres Sohnes Wort für Wort. Hortense fragte sich, wie oft sie sie gelesen hatte. Hatte sie sie auswendig gelernt?

»Er liebt New York, es ist Frühling, ganze Flocken von Pollen fallen auf den Park herunter, es sieht aus wie Schnee, die Leute haben rote Augen, sie niesen, sie weinen, die Vögel singen nies-nies-nies, und er antwortet nein-nein-nein, weil er nicht niest und nicht weint, sondern fröhlich herumspringt. Er hat jede Menge Eichhörnchenfreunde. Montags sind sie traurig, weil sich niemand um sie kümmert …«

»Montags sind die Eichhörnchen im Central Park traurig?«, wunderte sich Hortense.

Shirley nickte, den Blick in der Ferne verloren.

»Ist das alles?«, hakte Hortense nach.

»Er spielt Klavier im Hinterzimmer eines Ladens, nachmittags arbeitet er in einer Bäckerei, er verdient seinen Lebensunterhalt. Mit einem Wort, er ist glücklich …«, sagte sie mit finsterer Stimme.

Hortense fiel ein Satz von Balzac ein, den ihre Mutter immer zitiert hatte, um sie und Zoé zum Lachen zu bringen: »Ha, sagte der Graf vergnügt, als er seine Frau traurig sah.« Shirley wirkte traurig darüber, zu wissen, dass ihr Sohn vergnügt war.

»Erwähnt er mich manchmal? Fragt er, wie es mir geht?«

»Nein.«

»Dann schläft er garantiert mit den grün-blauen Haaren. Aber das macht nichts, das liegt nur daran, dass ich weit weg bin …«

Es war eine unausgesprochene Regel zwischen ihnen. Sie verabredeten nie, wann sie einander wiedersehen würden, nicht einmal, ob sie sich überhaupt je wiedersehen würden. Gestanden einander niemals, dass sie sich etwas bedeuteten. Dass sie am liebsten den Kopf des anderen packen und ihn auf den Mund küssen würden, bis es wehtat. Aus Stolz. Sie waren stur. Sie verabschiedeten sich jedes Mal beiläufig voneinander, ein »Ist doch nicht schlimm, wenn ich dich morgen nicht wiedersehe« schwang in ihren Worten mit. Aber sie wussten es. Sie wussten es beide …

Also war das Mädchen mit dem grün-blauen Pony völlig unwichtig. Sie war ihr egal.

Ein kleiner, schmächtiger Mann ging an ihnen vorbei. Auf dem Rücken trug er eine Werbetafel für eine Hämorrhoidencreme. Hortense stieß Shirley mit dem Ellbogen an, doch Shirley lächelte nicht. Sie schien sich in einen alles überwältigenden Kummer eingemauert zu haben. Einen Kummer, dessen graue Mauern sie daran hinderten, einen kleinen Mann zu sehen, der fast unter einer Werbetafel für ein Mittel gegen brennende Arschlöcher zusammenbrach. Hortense verspürte den unbändigen Drang zu gehen. Die Bänder der rosa Satinsandalen schnitten ihr in die Knöchel, sie hätte sie nicht anbehalten sollen, um über den Asphalt zu laufen. Sie ließ die Beine baumeln, um ihre Knöchel zu entlasten.

»Maman hat mir das von Gary erzählt. Wie er dich und Oliver erwischt hat …«

»Oliver war nur der Tropfen, der das Fass zum Überlaufen gebracht hat. Gary hatte sich schon lange von mir abgewandt … Er entfernt sich von mir, und das ertrage ich nicht.«

»Das sieht man, du siehst schrecklich aus …«

»Ich fühle mich wie Ariadne im Labyrinth. Ich habe den Faden verloren …«

»Dein Faden, das war Gary, nicht wahr?«

»Tja …«

Shirley seufzte, saugte eine lange, gelbe Nudel ein.

»Es ist gefährlich, nur einen Faden im Leben zu haben«, sagte Hortense. »Wenn man ihn verliert, irrt man orientierungslos durchs Labyrinth …«

»Genau das ist es, ich irre orientierungslos durch das Labyrinth … Wie ist es mit Ariadne eigentlich ausgegangen?«

»›Als man dich auf deiner Insel einsam sterben ließ …‹, wenn ich mich recht erinnere.«

»Und genau das blüht mir auch …«

Hortense hatte Shirley noch nie so erlebt. Sie hatte braune Ringe unter den Augen, ihr Gesicht war bleich, und das Haar stand ihr in zerzausten, ungewaschenen Büscheln vom Kopf ab.

»Ich bin Witwe, Hortense, die Witwe meines Sohnes …«

»Was für ein Gedanke, seinen eigenen Sohn heiraten zu wollen!«

»Wir haben uns immer so gut verstanden …«

»Mag sein, aber das ist nicht normal … Du solltest lieber weiter mit Oliver rumvögeln. Das würde dir guttun. Es ist kein Verbrechen, neben seinem Sohn auch noch ein Liebesleben zu haben!«

»Ach! Oliver …«

Achselzuckend saugte Shirley eine zweite gelbe Nudel ein.

»Oliver ist ein ganz anderes Problem …«

»Du siehst überall Probleme, Shirley! Gary zufolge scheint dieser Typ doch ganz in Ordnung zu sein.«

»Ich weiß … Es ist nur …«

Sie seufzte erneut. Saugte eine dritte gelbe Nudel ein. Hortense hätte sie am liebsten bei den Schultern gepackt und geschüttelt.

»Möchtest du deine Nudeln allen Ernstes einzeln essen?«

»Ich möchte mein Geheimnis kennen …«

»Warum es bei dir nicht rund läuft?«

Shirley antwortete nicht.

»Ich möchte mein Geheimnis kennen …«, wiederholte sie verstockt.

»Du solltest was mit deinen Haaren machen, die sehen ziemlich traurig aus …«

»Nicht bloß meine Haare …«

»Reiß dich doch mal zusammen, Shirley! Das ist ja nicht zu fassen, bei dir wird man noch depressiv …«

»Ich habe keine Lust mehr, ich habe zu überhaupt nichts mehr Lust …«

»Dann spring in die Themse!«

»Daran habe ich auch schon gedacht …«

»Gut, ich geh dann mal. Mach's gut! Ich mag deprimierte Leute nicht. Außerdem soll das ansteckend sein …«

Shirley schien sie kaum zu hören. Sie saß da, mit ihrer Schale Nudeln in der Hand, und sah aus, als irrte sie orientierungslos durch ihr Labyrinth.

Hortense stand auf, legte drei Pfund auf den Tisch und ließ sie auf der Terrasse des Wagamama zurück, wo sie weiter ihre Nudeln einzeln einsaugte.

Shirley sah ihr nach, als sie ging. Groß, schlank, sich auf ihren hochhackigen rosa Sandalen in den Hüften wiegend. Ihre Handtasche durch die Luft schwingend, um jeden Gaffer abzuwehren, der sich ihr vielleicht nähern wollte. Garys langer Arm legte sich um Hortenses Schultern. Garys dunkler Schopf beugte sich über Hortenses lockiges Haar. Kopf an Kopf gingen sie davon. Sie sah wieder die kleine Küche in Courbevoie vor sich, wo Gary und Hortense die Schüsseln ausleckten, wenn sie ihren Schokoladenkuchen backte. Vor den Fenstern hingen kleine, weiße, in der Taille zusammengeschnürte Gardinen, die Scheiben waren beschlagen, in der Luft hing der sanfte, beruhigende Duft von Frischgebackenem, und eine Mozart-Sonate klang aus dem Radio. Sie setzten sich an den Tisch, Ellbogen an Ellbogen, sie waren zehn

Jahre alt, sie kamen aus der Schule, sie band ihnen ein Spültuch um den Hals, krempelte ihre Ärmel hoch, reichte jedem von ihnen eine große Salatschüssel, aus der sie die geschmolzene dunkle Schokolade gekratzt hatte, und sie leckten sie aus, fuhren mit den Fingern, den Händen, ihrer Zunge hinein und verschmierten sich das Gesicht bis hoch zu den Augen. Sie brach in Tränen aus. Heiße Tränen, die über ihre Wangen liefen und in die Schale mit gelben Nudeln tropften, Tränen, die nach Vergangenheit schmeckten.

Es war zu einer eigentümlichen, wunderbaren Gewohnheit geworden.

An manchen Abenden unter der Woche.

Becca erwartete ihn ohne Schürze in der Küche.

Philippe ging zu ihr.

Er fuhr sich mit der Hand durchs Haar und fragte, na, was zaubern wir heute Schönes?

Sie hatte Annie verkündet, dass sie sich von nun an um das Abendessen kümmern würde. Annie sollte stattdessen einen Nachmittagsschlaf halten und hübsche Deckchen besticken, die unter die Teller gelegt würden, bunte Kreise in allen Farben des Regenbogens. Annie war einverstanden. Sie hatte keine Lust mehr, nachmittags zu kochen. Ihre Beine waren schwer, sie musste sie auf einem niedrigen Hocker ausruhen.

Becca kaufte ein und breitete das Gemüse, das Fleisch, den Fisch, den Käse, die Gewürzgurken, die Erdbeeren und die Kirschen auf dem Tisch aus. Schlug ein Kochbuch auf, um das Menü zusammenzustellen. Sann über tausend ausgefallene Kombinationen nach. Hähnchen mit Erdbeeren? Kaninchen mit Steckrüben? Seezunge mit Karamell und Schokolade? Und warum eigentlich nicht? Das Leben ist trist, weil man es jeden Tag aufs Neue wiederholt. Man braucht bloß die Zutaten zu verändern, und schon beginnt es zu singen. Der Schlüssel drehte sich in der Wohnungstür, er rief *hello, hello!*, zog die Schuhe aus, das Jackett, die Krawatte, zog einen Pullover über, der fleckig werden durfte, und griff nach einer langen Schürze.

Er putzte, er schnitt, er wusch, er schälte, er entkernte, er rieb, er hobelte, er hackte, er füllte, er spickte, er höhlte aus, er rupfte, er überbrühte, er frikassierte, er gratinierte, er maskierte, er löschte ab, er ließ auf kleiner Flamme einkochen, er reduzierte, er quirlte, er schlug auf, er bestreute und …

Er redete.

Über alles und nichts. Manchmal über sich selbst.

Sie hörte zu, ein Auge auf die Lebensmittel gerichtet, das andere auf das Kochbuch.

Sie machten sich an die Arbeit.

Und bei diesem Tanz war sie es, die führte …

Er sagte, das erinnere ihn an seine Kindheit. Die große normannische Küche, die beinahe roten Kupferkessel, die entlang der Wände aufgereihten Töpfe, die alten Keramikkacheln, die Knoblauch- und Zwiebelkränze über den Fenstern, die kleinen, blau-weiß karierten Vorhänge. Er war ein Einzelkind und flüchtete sich in die Röcke von Marcelline, ihrer Köchin und Mädchen für alles.

Becca wählte die benötigten Utensilien, legte Eier und Mehl zurecht, Butter und Petersilie, die Zucchini, die Auberginen und die Chilis, öffnete eine Flasche Öl und kam zu dem Schluss, dass Kochen doch im Grunde ganz einfach war, nur die Franzosen machten daraus eine Staatsaffäre. Er protestierte, behauptete, in keiner anderen Sprache auf der Welt gebe es so viele Worte, um die Tischkultur zu preisen, denn so nennt sich das, meine liebe Becca. Blablabla, Rhabarberquark, antwortete sie, und er konterte mit Aurorasauce, Gribiche, Ravigote, Remoulade, Velouté, Escabèche, sie verschloss ihm den Mund mit einem Kulebjak, und er verstand nur Quak …

Sie frohlockte.

Sie lernte komplizierte französische Wörter, während sie in ihrem Kochbuch las.

Sie lernte, mit ihm zu reden, während sie die Butter anbräunen ließ und Knoblauchzehen in der Schale röstete.

Jeden Tag kamen sie einander näher.

Jedes Geständnis trug den Namen eines Gerichts.

Sie notierte sie auf Annies schwarzer Küchentafel.

Die Liste glich einem Abzählreim.

Sie erzählte von ihrem verlorenen Liebsten.

Der nachts zu ihr zurückkam.

Wenn alle anderen schliefen. Er wollte niemandem begegnen.

Sie nannte ihn einen blöden Trottel …

Er widersprach: »Das sagen Sie nicht zu ihm, Becca, Sie sind doch in ihn verliebt.«

»O ja! Ich habe ihn geliebt, und ich liebe ihn immer noch«, antwortete sie und biss sich auf den Finger. »Aber ich bin die Einzige, die ihn sieht, nachts ... Wie Mrs. Muir ihren Geist.«

»Ich bin auch ein Geist für die Frau, die ich liebe ...«

»Es liegt doch nur an Ihnen, Ihr weißes Gewand abzulegen ... Was halten Sie von einem Blumenkohlgratin für heute Abend? Mit einer Béchamelsauce. Eine weiße Sauce aus weißer Milch und hellem Käse zu einem weißen Gemüse, hätten Sie darauf Appetit?«

Er nickte.

Ohne die vertraulichen Plaudereien zu unterbrechen, machten sie sich an die Arbeit.

»Irgendwann werde ich nach Paris fahren ... Ich warte darauf, dass sie mich anruft, dass sie mir sagt, dass sie aus diesem Schatten herausgetreten ist ...«

»Und Schattenmorellen zum Dessert nach diesem Gemüsegericht aus der Familie der Kreuzblütler ...?«

»Sie haben sich Ihre Lektion gut gemerkt, meine liebe Becca ...«

»Dann merken Sie sich diese, Philippe: Vergeuden Sie nicht Ihre Zeit. Die Zeit vergeht so schnell ... Sie zerrinnt Ihnen zwischen den Fingern. Manchmal geht es nur um Sekunden, und diese Sekunden können später zu einer Ewigkeit werden.«

»Irgendwann wird sie mich anrufen, und dann springe ich in den Eurostar ...«

»Und an diesem Tag werden Sie der glücklichste aller verliebten Männer sein ...«

»Waren Sie sehr verliebt, Becca?«, wagte er zu fragen, während er sich ein Pflaster auf den Finger klebte. Er hatte sich beim Petersiliehacken geschnitten, überall auf der Arbeitsfläche war Rot.

»Oh, ja! Ich habe nicht eine Minute aufgehört, ihn zu lieben ... Bis er mich an dieser Kreuzung in Soho verließ. Ein Krankenwagen ist mit seinem Motorrad zusammengeprallt, das ist doch ironisch, finden Sie nicht? Er ist in drei Takten gegangen, im ersten hat er sich mit einem strahlenden Lächeln von mir verabschiedet, im zweiten hat er seinen Helm aufgesetzt, und im dritten verschwand er um die Straßenecke. Eins, zwei, drei, eins, zwei, drei, wie ein Tanzschritt ...«

Sie wiegte den Kopf hin und her, legte die Arme über dem Kopf zusammen und straffte ihren Körper.

»Ich habe ihn nie wiedergesehen. Niemals …«

»Nicht einmal im Krankenhaus?«

»Ich habe ihn nicht identifiziert, das überstieg meine Kräfte; ich wollte das schöne Bild des lebendigen, springenden Mannes behalten, der mir so lange Herzklopfen bereitet hatte. Er war mein Meister und meine Inspiration. Ich tanzte für ihn, um das zu verkörpern, was er vor seinem inneren Auge sah. Er ließ mich in die Lüfte aufsteigen, und ich konnte fliegen … Bis zu jenem schrecklichen Tag, als ich auf dem Boden zerschellte …«

»Und Sie haben nie wieder getanzt?«

»Ich hatte das Alter erreicht, die Bühne zu verlassen. Mit vierzig räumt man die Ballettschuhe weg, dann ist man alt …«

Sie wandte den Kopf ab, schaute aus dem Fenster, lächelte ernst.

»Ich war in meinem Leben schon mehrere Male alt …«

Dann drehte sie sich wieder zu ihm um und sah ihm in die Augen.

»Wir hatten beschlossen, eine Tanzschule zu eröffnen. Er war Choreograf, ich war sein Star. Aus der ganzen Welt kamen die Menschen, um seine Kreationen zu sehen. Ich habe im Royal Ballet getanzt, mein Lieber. Was glauben Sie, warum mir der Intendant der Königin nachts die Tür seines Gerätehäuschens öffnet? Er erinnert sich an mich. Er hat mich auf der Bühne tanzen sehen, er hat mir applaudiert …«

Sie verneigte sich und versank wimpernschlagend in den Knicks einer Ballerina.

»Wir hatten schöne Jahre zusammen, haben so schöne Choreografien entwickelt; er wollte nicht, dass wir tanzten, er wollte, dass man die Musik tanzen sah … Er hatte in Sankt Petersburg Komposition studiert, er war Russe, sein Vater war ein großer Pianist. Er isolierte jede einzelne Bewegung, als wäre sie eine Note. Er liebte alle Arten von Musik, das machte seinen Reichtum aus … Er umarmte die ganze Welt. Nach meinem Rückzug vom Royal Ballet wollte er eine Schule eröffnen, in der er Startänzer und Choreografen ausbilden würde. Eine Art Tanzakademie … Wir hatten das Geld aufgetrieben, Räumlichkeiten in Soho gefunden. Er war gerade auf dem Weg, den Mietvertrag zu unterschreiben, als er überfahren wurde …«

»Hatten Sie keine Kinder?«

»Das war mein zweites großes Unglück. Ich habe einen kleinen Jungen bei der Geburt verloren … Wir haben so viel zusammen geweint … Er sagte, weine nicht, er war ein Verkündigungsengel und hat den Weg für ein anderes Kind bereitet … Er hob den Blick zum Himmel, als betete er. Duschka, sagte er, weine nicht, weine nicht … Nachdem er von mir gegangen war, hatte ich keinen Grund mehr zu leben oder zu tanzen …«

»Und Sie sind untergegangen …«

»Ich bin wieder auf den Boden zurückgekehrt. Es war die Hölle …«

Sie lächelte, während sie die Milch in den Topf goss.

»Man sieht selbst nicht, wie man untergeht. Man glaubt zu schlafen, redet sich ein, es sei ein Albtraum … Man hört auf, die Miete zu zahlen, man vergisst zu essen, sich zu frisieren, einzuschlafen, aufzuwachen, bald hat man keinen Hunger mehr, keinen Durst mehr, die Kleider schlottern am Körper herunter, man wundert sich, dass man immer noch lebt. Freunde meiden einen. Wenn Sie Probleme haben, fürchten die Leute, Sie könnten sie damit infizieren. Unglück ist ansteckend … Oder vielleicht habe ich auch aufgegeben, weil ich Angst hatte, sie zu stören …«

In ihrem Blick lief der verblichene Film dieser schrecklichen Jahre ab. Philippe ahnte, dass sie sich konzentrierte, um die Bilder zu entziffern.

»Danach geht alles sehr schnell. Das Telefon klingelt nicht mehr, es wird abgestellt. Die Monate vergehen. Man sagt sich immer, dass dieses Leben, mit dem man nur noch durch einen dünnen Faden verbunden ist, doch irgendwann aufhören muss … Aber es endet nicht so, wie man glaubte.«

»Lassen Sie mich raten …«

»Jemand wie Sie, der immer behütet gelebt hat, kann das nicht erraten … Erst wenn man ohne Netz über das Seil geht, ist man wirklich in Gefahr.«

»Und mich lähmt gerade dieses Netz …«

»Weil Sie es so wollen … Denken Sie nach, Philippe. Das Netz ist außerhalb von Ihnen … Es liegt in Ihrer Hand, es zu zerreißen. Ich jedoch, ich war innerlich gefesselt.«

Er breitete die Arme aus, um anzudeuten, dass er nicht recht verstand. Der Blumenkohl kochte im sprudelnden Wasser. Sie stach mit einem Messer hinein, um zu prüfen, ob er gar war.

Er ließ nicht locker.

»Das müssen Sie mir erklären … Sie können nicht einfach etwas so Schwerwiegendes behaupten und sich dann mit einer Pirouette aus der Affäre ziehen.«

»Kommen Sie mit …«

Sie nahm ihn bei der Hand und führte ihn ins Wohnzimmer.

Ihr Blick richtete sich auf die vier majestätischen, auf Dinanderie-Vasen von Jean Dunand montierten Lampen und wanderte dann hoch zu den Bildern an den Wänden. Ein Selbstporträt von Van Dongen, ein Ölgemälde von Hans Hartung, eine Kohlezeichnung von Jean-François Millet, eine Komposition in Grau, Rot und Grün von Poliakoff. Sie blieb stumm. Er ließ sich in einen Sessel fallen und schüttelte den Kopf.

»Ich verstehe nicht, was Sie mir sagen wollen …«

»Ich habe auf der Straße viel gelernt. Ich habe gelernt, dass ganz einfache Dinge mich glücklich machen können. Der Unterschlupf beim Intendanten der Königin, eine schöne, warme Suppe, eine Decke, die ich in einer Mülltonne fand …«

»Diese Dinge, auf die Sie schweigend deuten, machen mich auch glücklich …«

»Diese Dinge mauern Sie ein, sie hindern Sie daran zu leben. Man kann sich bei Ihnen überhaupt nicht rühren. Sie sind umzingelt. Deshalb haben Sie diesen Albtraum … Geben Sie, und Sie werden sich besser fühlen.«

»Das ist mein ganzes Leben!«, protestierte Philippe.

Jeden Tag deutete sie auf einen neuen Gegenstand, ein Gemälde, einen Sessel, eine Zeichnung, ein Aquarell, eine bizarr geformte Uhr aus ziselierter Bronze, und jeden Tag sagte sie mit sanfter Stimme: »Sie glauben, das hier sei Ihr Leben, dabei ist es das, was Sie erstickt … Fangen Sie an, sich von diesem ganzen Wust aus Möbeln, Gemälden und Kunstwerken zu befreien, die Sie anhäufen, ohne sie überhaupt zu sehen … bei Ihnen gibt es zu viel Geld, Philippe, das ist nicht gut!«

»Glauben Sie wirklich?«, fragte er mit leiser, widerstrebender Stimme.

»Das wissen Sie doch selbst … Sie wissen es seit Langem. Ich höre zu, wenn Sie reden, aber ich höre vor allem das, was Sie nicht sagen … und was Sie nicht sagen, ist wichtiger als das, was Sie sagen.«

An diesem Tag waren sie in die Küche zurückgekehrt. Sie hatte den gekochten Blumenkohl mit Béchamelsauce bedeckt. Sie hatten ein

Stück Kalbfleisch und ein paar kleine weiße Zwiebeln gebraten und eine Flasche leichten Wein geöffnet.

Annie, Dottie und Alexandre hatten applaudiert. Sie verteilten Noten, während sie sich mit dem würdevollen Ernst gelehrter Gastronomen den Mund abwischten.

Er hörte sie nicht. Er dachte an Beccas Worte.

Und dann, eines schönen Tages im Mai …

War er in die Küche gegangen, wo Becca gerade Fenchel putzte, um ihn zu schmoren, hatte sich hinter sie gestellt, direkt vor das Fenster über dem Spülbecken. Sie hatte sich nicht umgedreht, sondern weiter die Fenchelknollen halbiert.

»Wissen Sie noch, was Sie neulich über meine vier Wohnzimmerlampen gesagt haben?«

»Wort für Wort.«

»Sind Sie immer noch dieser Meinung?«

»Mit einer dieser Lampen könnte man Dutzenden hungernder Menschen zu essen geben. Und Sie würden mit dreien davon immer noch genauso gut sehen!«

»Sie gehört Ihnen. Ich schenke sie Ihnen … Machen Sie damit, was Sie wollen.«

»Sie wissen genau, dass das so nicht funktioniert …«, hatte sie mit amüsierter Nachsicht in der Stimme erwidert. »Ich werde mich nicht mit meiner Lampe an die Straßenecke stellen und sie zu Essen und Decken zerhacken!«

»Dann schlagen Sie etwas vor, und lassen Sie es uns zusammen verwirklichen … Ich überlasse Ihnen meine Lampen und meine Gemälde. Nicht alle, aber genug, dass Sie damit etwas anfangen können …«

»Meinen Sie das ernst?«

»Ich habe lange darüber nachgedacht. Glauben Sie etwa, ich langweilte mich nicht in dieser schönen Wohnung? Glauben Sie, ich sähe die Not da draußen nicht? Denken Sie so schlecht über mich?«

»O nein … Das ganz bestimmt nicht, nein! Ich würde nicht hier bei Ihnen wohnen, wenn ich Sie für einen egoistischen Mistkerl hielte …«

»Also dann … schlagen Sie mir etwas vor …«

»Aber ich habe gar nichts Spezielles im Sinn. Ich habe einfach so dahergeredet, ohne nachzudenken …«

»Dann denken Sie jetzt nach …«

Sie blickte zur Küchendecke, trocknete sich die Hände am Spültuch ab, das über dem Backofengriff hing, und seufzte.

»Was genau wollen Sie, Philippe? Bei Ihnen weiß man nie, woran man ist …«

»Ich wünsche mir Frieden. Das friedvolle Bewusstsein, im Einklang mit mir selbst zu leben, zu etwas nütze zu sein, einen oder zwei Menschen glücklich zu machen, ich möchte mit Stolz sagen können, dass ich ein anständiges Leben führe … Und Sie können mir dabei helfen, Becca.«

Sie hörte ihm ernst und eindringlich zu. Ihre blauen Augen wirkten schwarz, ihr Blick war starr.

»Das würden Sie tun? Sie würden auf all diesen Plunder verzichten?«

»Ich glaube, ich bin dazu bereit … Aber gehen Sie es langsam an, überfordern Sie mich nicht …«

Joséphine war Monsieur Boisson in der Apotheke begegnet.

Er hatte in der Schlange gewartet, die Wimpern auf blasse Wangen gesenkt. Sie stand direkt hinter ihm. Du Guesclin wartete geduldig draußen vor der Tür; er bewachte den Einkaufstrolley. Deinetwegen stelle ich mich in die Schlange, wegen deines schmerzenden Ohrs, also bleibst du jetzt brav hier draußen und jaulst nicht!

Sie hatte das Rezept des Tierarztes in der Hand, als ihr der Nacken des Mannes vor ihr aufgefallen war. Sie liebte es, Männernacken zu betrachten. Sie behauptete, vom Nacken eines Mannes könne man seine Seele ablesen. Dieser Nacken hatte sie berührt. Der Nacken eines Besiegten, so schien es. Akkurat, geradezu mit dem Skalpell ausrasierter Haaransatz, stellenweise gerötete, gereizte Haut, zarte, durchscheinende Ohren, gesenkter Kopf. Der Mann hatte gehustet, ein rauer Husten, der ihm die Rippen zerriss; er hatte die Hand vor den Mund gehalten und sich zur Seite gedreht, und sie hatte Monsieur Boisson erkannt. Den Mund mit den verkniffenen, niemals lächelnden Lippen. Ganz kurz hatte sie der Impuls durchzuckt, ihm eine Hand auf die Schulter zu legen und zu sagen, wir kennen uns, Sie wissen es nicht, aber wir kennen uns … Sie sind schon seit mehreren Monaten Teil meines Lebens, ich lese von Ihren Qualen und Ihren Gefühlen … aber sie hatte sich zurückgehalten. Trotzdem war es merkwürdig, so dicht hinter dem Mann zu stehen, dessen Herz sie unter jedem Wort in dem schwarzen Notizbuch schlagen hörte. Sie hatte so oft den Wunsch verspürt, ihm einen Rat zu geben, ihn zu trösten.

Doch sie hatte sich damit begnügt, wortlos seinen Nacken anzustarren. Er hatte weitergehustet und sich hinter seiner Hand versteckt. Sie hatte zwei sehr schöne Manschettenknöpfe aus weißen Perlen bemerkt. Ein Geschenk von Cary Grant?

Dann war er an den Tresen vorgetreten. Er trug seinen beigefarbenen Mantel in der Frühling-Sommer-Version aus leichtem Stoff. Genau den gleichen wie Madame Boisson. Er hatte der Apothekerin ein Rezept gereicht, das so lang war wie drei Seiten eines Messbuchs; sie hatte ihn gefragt, ob er alles sofort brauche oder ob er nachmittags noch einmal wiederkommen könne. Er hatte gesagt, er wolle lieber warten, und hatte sich auf die Seite gestellt. Joséphine hatte seinen Blick aufgefangen, ihm zugelächelt... Er hatte sie verwundert angeschaut. Hatte seinen Kragen hochgeschlagen, als wollte er nicht gesehen werden. Ihr war aufgefallen, dass er sehr mager war, beinahe ausgezehrt.

Garibaldi hatte Iphigénies Aussage bestätigt.

Der Kleine Mann war Monsieur Boisson.

Er hatte ihr am Telefon die Akte vorgelesen, die ihm sein Kontaktmann beim Nachrichtendienst gegeben hatte.

»Da ist nicht viel, Madame Cortès. Meiner Ansicht nach wurde die Akte nur angelegt, weil er zwei Jahre lang der Regierung Balladur angehört hat und danach noch zwei Jahre der von Alain Juppé. Ich lese Ihnen einfach mal vor, was ich habe... Monsieur Boisson, Paul. Geboren am 8. Mai 1945 in Mont-de-Marsan. Vater geschäftsführender Direktor der Charbonnages de France. Mutter nicht berufstätig. Absolvent der École Polytechnique, Jahrgang 1964. Das bedeutet, dass er 1964 mit dem Studium begonnen hat...«

»Und wann hat er es abgeschlossen?«, hatte Joséphine gefragt.

»Juni 1967, und gleich im Anschluss bekam er eine Stelle bei den Charbonnages de France, zweifellos dank der guten Beziehungen seines Vaters. Nicht gerade ein Abenteurer, Ihr Mann! Er tritt, ohne zu murren, in die Fußstapfen seines Papas...«

»Er muss völlig verzweifelt gewesen sein...«

»Er hat nicht viel von sich reden gemacht. Keine Mitgliedschaft in einer politischen Partei, Vereinigung oder Gewerkschaft. Er besitzt nicht einmal einen Bibliotheksausweis! Hat der Typ die Nase voll vom Leben oder was?«

»Der Ärmste …«, hatte Joséphine mitfühlend gemurmelt.

»1973 begegnet er bei einem Alumnitreffen der École Polytechnique Antoine Brenner, dem aufgehenden Stern der UDR. Ein sehr attraktiver Mann … Groß, sportlich, elegant. Ihr Schützling mag gut aussehende Männer, was?«

Joséphine hatte nicht geantwortet.

»Er erregt Brenners Aufmerksamkeit, und die beiden sehen sich wieder. Sie arbeiten bei verschiedenen Projekten zusammen und scheinen sich recht nahezustehen, auch wenn sie sich weiterhin siezen und nicht privat miteinander verkehren. Als Antoine Brenner 1993 zum Umweltminister ernannt wird, holt er unseren Mann als seinen persönlichen Referenten an seine Seite. Monsieur Boisson verbringt zwei offenbar glückliche Jahre im Ministerium. Er scheint Brenner treu ergeben zu sein. Als Antoine Brenner 1995 in der neuen Regierung Juppé zum Beigeordneten Minister für Europäische Angelegenheiten ernannt wird, behält er Paul Boisson an seiner Seite. Anschließend trennen sich ihre Wege, und Monsieur Boisson wird … Und bitte lachen Sie jetzt nicht …«

»Ich bleibe todernst, versprochen …«

»Technischer Direktor der Gesellschaft Tama mit Sitz in Grenoble …«

»Daran ist doch nichts Witziges!«

»Spezialisiert auf die Herstellung von Seilbahnen zum Transport von Personen und Gütern …«

»Immer noch nicht witzig!«

»Ich übersetze: Die Firma stellt Skilifte für Wintersportorte her … Monsieur Boisson ist beim besten Willen kein Ehrgeizling und Intrigant! Der Wechsel von den goldenen Palästen der Republik zu stählernen Liften ist nicht gerade glanzvoll … und auf gar keinen Fall eine Beförderung.«

»Das wundert mich nicht, er ist ein Gefühlsmensch.«

»Apropos, kommen wir zu seinem Privatleben …«

»Seine Frau heißt Geneviève, nehme ich an.«

»Seine erste Frau. Mit zweiundzwanzig hat er Geneviève Lusigny geheiratet … Die zehn Jahre später an Leukämie verstarb. Die Ehe war kinderlos geblieben. 1978 wiederverheiratet mit Alice Gaucher, nicht berufstätig, mit ihr hat er zwei Söhne …«

»Die ich vom Sehen kenne …«

»Sonst ist da nichts weiter. Tristes Leben, triste Laufbahn, tristes Schicksal, alles trist … Er kann auch kein besonders lauter Nachbar sein. Es gibt nicht einmal eine Anzeige wegen nächtlicher Ruhestörung! Soll ich Ihnen etwas sagen, Madame Cortès? Ihr Kleiner Mann hat die drei Monate beim Dreh von *Charade* intensiv gelebt, und danach ist er in Winterschlaf gefallen … Mit siebzehn Jahren hat er sich aus dem Leben zurückgezogen! Ich wüsste nicht, wie Sie daraus einen Roman machen wollen.«

»Weil Sie weder sein Tagebuch noch die Biografie von Cary Grant gelesen haben …«

»Jedenfalls bin ich froh, dass ich Ihnen helfen konnte, und wenn Sie noch etwas brauchen sollten, zögern Sie nicht. Ich werde immer für Sie da sein.«

Joséphine hatte die Tropfen für Du Guesclin gekauft, war zurück in ihre Wohnung gegangen und hatte das Tagebuch aufgeschlagen. Hinter den zögerlichen Worten des Kleinen Mannes sah sie nun den gebeugten, zerbrechlichen Nacken von Monsieur Boisson, der in seinen Handschuh hustete.

»Heute, am 18. Januar, hat er Geburtstag. Er wird neunundfünfzig. Es gab ein Fest im Studio. Ein großer Kuchen mit zwanzig Kerzen. Zwanzig Kerzen! Denn, hat der Produzent in unserem Namen erklärt, Sie sind ein junger Mann, Cary, und Sie werden auch immer ein junger Mann bleiben! Er hat sich mit einer kurzen, sehr witzigen Rede bedankt. Als Erstes hat er gesagt, dass er nun das ehrwürdige Alter erreicht habe, in dem nicht mehr er den Frauen hinterherlaufe, sondern die Frauen ihm! Und dass das sehr angenehm sei … Alle haben gelacht. Er hat hinzugefügt, dass er mit fast sechzig immer noch genauso dumm sei wie früher und er sich wirklich frage, wie er überhaupt habe Karriere machen können! Erst kürzlich habe er die Rolle von Rex Harrison in *My Fair Lady* abgelehnt, nachdem er bereits die von James Mason in *Ein neuer Stern am Himmel* abgelehnt hatte, die von Gregory Peck in

Ein Herz und eine Krone, die von Humphrey Bogart in *Sabrina*, die von James Mason in *Lolita*, und den Rest verschweige ich lieber, sagte er, sonst werdet ihr mich noch für einen unglaublichen Trottel halten! Alle haben applaudiert und protestiert. Wieder einmal hatte er mit seinem Charme das Publikum erobert …

Seit er mir seine Geschichte erzählt hat, ist er nicht mehr derselbe. Es hat fast den Anschein, als ginge er mir aus dem Weg. Er winkt mir von Weitem zu, aber er sorgt immer dafür, dass er nicht mit mir allein ist. Ich habe mir den Kopf über ein Geschenk für ihn zerbrochen … und ich glaube, es ist das dämlichste Geschenk überhaupt geworden. Ich habe ihm einen Schal geschenkt. Einen schönen Kaschmirschal von Charvet … Dafür sind meine gesamten Ersparnisse draufgegangen.

Einen Schal!

Für einen Mann, der in Los Angeles lebt!

Die anderen aus dem Filmteam haben spöttisch gelächelt, als sie mein Geschenk gesehen haben.

Er hat sich bedankt, den Schal zusammengefaltet und ihn zurück in die Schachtel gelegt.

Ich habe eine Entschuldigung gestammelt. Er hat gelächelt und gesagt: *Don't worry, my boy!* Manchmal ist es auch in Hollywood kühl … Und ich werde ihn in Paris tragen.

Ich weiß, dass er bald abreisen wird. Ich habe es auf seinem Drehplan gesehen. Er hat nur noch zwei Drehtage …

Ich habe es endlich geschafft, mit ihm zu reden. Ich muss ein ziemlich trübsinniges Gesicht gemacht haben, denn er hat eine Hand auf die meine gelegt und gesagt: ›Hast du ein Problem, *my boy?* Geht es dir nicht gut?‹

›Sie reisen bald ab …‹

›Aber das ist doch kein Grund, traurig zu sein … Bist du wirklich traurig?‹

›Warum fragen Sie mich das?‹

›Das musst du nicht, *my boy* … Wenn ich zurückfliege, kehre ich in mein normales Leben zurück und du in das deine. Du stehst am Beginn eines langen Weges! Aber jetzt sieh nur, wozu du mich zwingst. Jetzt muss ich sogar noch ernst werden! Na, komm schon! Reiß dich zusammen!‹

Ich habe gespürt, wie sich mein Herz langsam zusammenzog.

›Sie reisen wirklich ab, nicht wahr?‹

Er hat verwundert eine Augenbraue hochgezogen, so wie er es auf der Leinwand immer tut. Es kam mir vor, als spielte er eine Rolle.

›Ja, ich reise ab, und du bleibst hier … Und unsere Freundschaft wird eine wunderbare Erinnerung bleiben … Für uns beide.‹

Ich muss ein ganz besonders unglückliches Gesicht gemacht haben, und das hat ihn wohl verärgert.

›*Come on, smile!*‹

›Ich will keine Erinnerung, ich bin noch zu jung für Erinnerungen … Ich will bei Ihnen bleiben. Nehmen Sie mich mit! Ich werde Ihr Sekretär sein, ich trage Ihre Koffer, ich fahre Ihr Auto, ich bügle Ihre Hemden, ich werde alles für Sie tun … Ich werde lernen, ich bin erst siebzehn, in meinem Alter lernt man schnell.‹

›Jetzt übertreib nicht … Es war eine schöne Begegnung, eine schöne Zeit … Verdirb doch nicht alles.‹

Ich hörte die Worte, und es war, als spränge ich in einen Abgrund, als fiele ich, fiele und suchte nach einem Baum, einer Wurzel, an der ich mich festklammern könnte, er reist ab, er reist ab, und ich bleibe hier. Und meine Zukunft? Ich werde auf die École Polytechnique gehen und heiraten. Wen auch immer, das ist mir jetzt auch egal. Ich werde Geneviève behalten, sie weiß wenigstens Bescheid, sie hat es erraten, so werde ich an ihr den Duft meiner entschwundenen Liebe atmen können. Ich könnte ihr wieder und wieder von der Zeit mit ihm erzählen, wie ich mit ihm geredet habe, mit ihm Champagner getrunken habe, mit ihm zusammen auf die Dächer von Paris hinuntergeschaut habe … Ich werde auf die École Polytechnique gehen und Geneviève heiraten. Weil er abreist und deswegen überhaupt nicht traurig ist, weil es ihn nicht zerreißt.

›*Come on, my boy!*‹, hat er gereizt wiederholt.

Ich hatte das Gefühl, einer schrecklichen Geschmacksverirrung erlegen zu sein, ich fühlte mich beinahe schmutzig.

Er ist mit seinem Fahrer weggegangen, um zurück ins Hotel zu fahren, und ich stand da wie ein Idiot, den Blick von Tränen verschleiert.

Ich habe mich selbst gehasst … Was für ein jämmerlicher Auftritt! Was für ein Mangel an Haltung!

Ich habe ihm nachgesehen. In diesem Moment wusste ich rein gar nichts mehr über ihn. Es schien, als hätte alles, was wir erlebt hatten, unsere vertrauten Gespräche, niemals existiert. Er blätterte die Seite um, wandte sich etwas anderem zu.

Zum ersten Mal fühlte ich mich wie das fünfte Rad am Wagen. Ich fühlte mich ins Abseits gestellt. Ich hatte das entsetzliche Gefühl, ausgedient zu haben.

Und das war furchtbar.

Vor dem Gehen bemerkte ich auf einem Tisch die Schachtel, in der der Schal gewesen war.

Der Schal lag immer noch drin…

23. Januar 1963. Der traurigste Tag meines Lebens. Ich weiß nicht, wie ich noch die Kraft finde, etwas zu schreiben…

Als ich von seiner Geburtstagsfeier zurückkam, gab es zu Hause ein Drama. Der Direktor meines Vorbereitungsjahres hatte meine Eltern angerufen, um sie über mein ständiges Fehlen zu informieren. Ihr Sohn lernt nicht, er bleibt dem Unterricht häufig ohne Entschuldigung, ohne triftige Begründung fern, wir können ihn nicht länger hierbehalten. Mein Vater war außer sich. Er biss die Zähne so fest zusammen, dass ich schon Angst hatte, er würde sie zermalmen. Maman weinte und sagte, ich sei erledigt, aus mir würde nie etwas Anständiges werden, ich müsse zur Armee! Sie haben mich in mein Zimmer eingeschlossen, und da habe ich zwei Tage gesessen, ohne herauszukommen, ohne mit jemandem zu reden, ohne telefonieren zu können. Und die ganze Zeit über dachte ich daran, dass es seine letzten beiden Tage in Paris waren! Das machte mich krank! Krank! Ich konnte nicht aus dem Fenster klettern, wir wohnen im sechsten Stock! Ich konnte überhaupt nichts tun.

Ich war gefangen.

Papa hat den Direktor aufgesucht. Ich weiß nicht, was er zu ihm gesagt hat, aber anscheinend gibt er mir eine letzte Chance. Tolle Chance!

Nach zwei Tagen durfte ich die Wohnung wieder verlassen, aber sie haben mir ausdrücklich verboten, noch einmal zum Studio zurückzukehren.

Ich wäre sowieso nicht hingegangen, ich wusste, dass die Dreharbeiten beendet waren.

Ich habe mich nur gefragt, ob er schon abgereist war oder ob er seinen

Aufenthalt in Paris noch ein wenig verlängert hatte. Ob er den Quai aux Fleurs entlangschlenderte. Das war sein Lieblingsspaziergang.

Also bin ich gestern Abend nach dem Unterricht zu seinem Hotel gerannt, ich bin gerannt, gerannt...

Der Portier hat mir gesagt, dass er bereits abgereist sei, aber er habe einen Brief für mich dagelassen. Er hat mir einen Umschlag mit dem Aufdruck des Hotels gegeben.

Ich habe ihn nicht sofort geöffnet.

Mein Herz klopfte zu stark...

Ich habe ihn abends in meinem Zimmer gelesen.

›Eines darfst du nie vergessen, *my boy*: Jeder ist für sein Leben selbst verantwortlich. Man darf die Schuld für seine Fehler nicht bei anderen suchen. Jeder ist seines Glückes Schmied, und manchmal ist man selbst das größte Hindernis auf dem Weg dahin. Du stehst am Anfang Deines Lebens, ich beinahe am Ende des meinen, und ich kann dir nur einen Rat geben: Horch auf die leise Stimme in dir, ehe du deinen Weg einschlägst... Und an dem Tag, an dem du diese leise Stimme hörst, folge ihr blind... Lass dich von niemandem von deinem Weg abbringen. Hab niemals Angst, das einzufordern, was dir am Herzen liegt.

Das wird für dich das Schwerste sein, denn du bist so sehr davon überzeugt, nichts wert zu sein, dass du dir eine leuchtende Zukunft nicht vorstellen kannst, eine Zukunft, die von dir geprägt ist... Du bist jung, du kannst dazulernen, du bist nicht gezwungen, das Schema deiner Eltern zu wiederholen.

Love you, my boy...‹

Ich habe den Brief mehrmals gelesen. Ich wollte nicht glauben, dass ich ihn nie mehr wiedersehen würde. Er gab mir nichts, keine Adresse, kein Postfach, keine Telefonnummer. Ich hatte keine Möglichkeit, ihn ausfindig zu machen.

Ich habe geweint, geweint...

Ich habe mir gesagt, dass mein Leben zu Ende sei.

Und ich glaube wirklich, dass es zu Ende ist.

25. Dezember 1963. *Charade* ist in den USA in die Kinos gekommen. Ich habe die Kritiken in den Zeitungen gelesen. Es ist ein Riesenerfolg.

Tausende Menschen standen ab sechs Uhr morgens vor der Radio City Music Hall an der 6th Avenue Schlange, um einen Platz zu ergattern. Es war kalt, es regnete, und sie warteten …

Ich habe auch ein Interview mit Stanley Donen gelesen, in dem er über ihn sprach. ›Es gibt keinen zweiten Schauspieler wie Cary Grant. Er ist einzigartig. In seinem Spiel gibt es nicht eine falsche Note. Wenn er Leichtigkeit und Selbstvertrauen ausstrahlt, wenn das alles so einfach wirkt, dann deshalb, weil er extrem konzentriert ist. Weil er alles vorbereitet hat … Man spürt bei ihm keinerlei Angst, wenn er spielt. Seine Drehbücher sind stets mit Tausenden von Anmerkungen versehen. Er plant jedes Detail, Minute für Minute. Die Details sind es, die ihn auszeichnen. Sein Talent ist keine Gabe Gottes, es ist das Ergebnis langer, harter Arbeit.‹

Ich hatte das Gefühl, dass er mir endgültig entglitt …

Und eine Bemerkung von Tony Curtis: ›Man lernt mehr, wenn man Cary Grant dabei zusieht, wie er eine Tasse Kaffee trinkt, als in sechs Monaten auf der Schauspielschule …‹

Was habe ich von ihm gelernt?

Was habe ich von ihm gelernt?«

Das waren die letzten Worte in diesem Tagebuch. Joséphine klappte es zu und dachte bei sich, dass sie viel von Cary Grant gelernt hatte.

Zoé hatte sich mit Emma, Pauline und Noémie in ihrem Zimmer eingeschlossen. Sie arbeiteten an einem Referat über Diderot, das sie am nächsten Morgen vor der Klasse und Madame Choquart halten sollten.

Sie wollte nicht versagen. Dafür mochte sie Madame Choquart zu sehr.

Sie lag auf ihrem Bett und dachte an Diderot.

Und an Gaétan.

Gaétan! Seit sie offen miteinander geredet hatten, war wieder alles in Ordnung zwischen ihnen. Sie stellte eine Liste mit »Ich will … und ich will nicht« auf. Das war ein Spiel. Je länger die Liste wurde, desto mehr hatte sie das Gefühl, dass ihre Liebe groß und stark war und ewig halten würde. Ich will nicht, dass unsere Liebe weniger wird. Ich will, dass es immer wie am Anfang bleibt, die Lieder im Kopf, das flatternde

Herz, die rosarote Brille in echt. Ich will nicht irgendwann genug davon haben. Ich will ihn so lange wie möglich lieben. Ich will keine Höhen und Tiefen. Ich will weiter in hunderttausend Meter Höhe schweben. *Twist and shout, come on, come on, baby now.* Ich will der Inbegriff der Liebe sein, so wie Johnny Depp und Vanessa Paradis, *in love* fürs ganze Leben.

Ihre Freundinnen kritzelten in ihre Lektürearbeitsblätter.

Sie hatten Diderot als Thema für ihre Gruppenarbeit gewählt und konzentrierten sich auf seinen Antikonformismus und seine scharfe Zunge.

Ich glaube, ich bin verrückt nach Diderot, dachte Zoé, während sie ihre Notizen durchlas. Er macht einfach jeden nieder. Er kritisiert Lully, Marivaux, beschimpft Racine als »hinterhältig, falsch, ehrgeizig, neidisch, boshaft«. Aber dann fügt er hinzu: »Noch in tausend Jahren wird er Tränen entlocken; er wird in allen Ländern der Erde bewundert werden. Er wird Menschlichkeit, Mitleiden, Empfindsamkeit einflößen; man wird fragen, wer er war, woher er kam, und man wird Frankreich um ihn beneiden. Einige haben durch ihn gelitten, die nicht mehr sind und die uns kaum noch kümmern; wir haben nichts mehr zu fürchten, weder von seinen Lastern noch von seinen Fehlern. Gewiss, es wäre besser gewesen, hätte die Natur zu dem Talent eines großen Mannes auch die Tugenden eines rechtschaffenen Mannes gefügt. Er ist ein Baum, der einige in seiner Nähe gepflanzte Bäume zum Verdorren brachte; der die Pflanzen erstickte, die zu seinen Füßen wuchsen; aber seinen Wipfel hat er hinauf zu den Wolken erhoben; seine Zweige haben sich in weite Fernen erstreckt; seinen Schatten hat er denen gespendet, die kamen, die kommen und die kommen werden, um an seinem majestätischen Stamm zu ruhen; er hat Früchte von erlesenem Geschmack hervorgebracht, die sich unablässig erneuern.«*

Sie liebte Diderots Sprache. Sie liebte Diderots Verwendung des Semikolons.

»Fangen wir mit den *Salons* an?«, fragte Emma.

»Ja … Fragonard?«

»Und ich zeige eine Abbildung, während Pauline redet …«

»›Das ist ein schönes und großes Kinderomelett‹«, las Pauline vor.

* *Rameaus Neffe.*

»›Es sind etwa hundert Kinder, alle ineinander verschlungen. Das ist flach, gelblich, überall von gleicher monotoner Farbe und flaumig gemalt. Die zwischen den Kindern verteilten Wolken sind ebenso gelblich und tragen dazu bei, den Vergleich vollkommen zu machen. Herr Fragonard, das ist entsetzlich langweilig. Ein schönes Omelett, recht weich, recht gelb und gut durchgebacken.‹ Das ist doch gemein«, schloss Pauline, die ein gutes Herz hatte und der es widerstrebte, andere zu kritisieren.

»Fragonard muss total frustriert gewesen sein.«

»Ich glaube, ich kaufe mir alle Bände der *Salons*, ich liebe jedes einzelne Wort daraus, jeden Satz, ich wünschte, es würde niemals enden, und es endet ja auch nie, weil es so ein gewaltiges Buch ist!«, rief Zoé.

»Ach, du und deine Bücher!«, spottete Emma. »Es scheint fast, als könntest du nie genug lesen …«

»Zoé kennt kein Maß«, sagte Noémie und zündete sich eine Zigarette an.

»Nicht in meinem Zimmer!«, schrie Zoé. »Maman will nicht, dass ich rauche!«

»Wir machen das Fenster auf …«

»Kann ich mir dann eine drehen?«, fragte Emma.

Zoé antwortete nicht. Allein gegen drei stand sie auf verlorenem Posten.

Gaétan hatte ihr eine lange Mail für heute Abend versprochen.

Diderot, Gaétan, eine lange Mail … Sie war das glücklichste Mädchen auf der ganzen Welt.

Nachdem ihre Freundinnen gegangen waren, öffnete sie das Fenster, zog eine frische Bluse an, betrachtete sich im Spiegel, und ihr gefiel, was sie sah. Das war ein gutes Zeichen. An einem Tag betrachtet man sich im Spiegel, tanzt und singt in eine Haarbürste, und am nächsten wirft man sich bloß einen Blick zu und fühlt sich wie ein gegrilltes Marshmallow.

Sie setzte sich an ihren Computer und öffnete ihr E-Mail-Postfach.

Gaétans Mail war die erste …

Bei ernsten Sachen schrieb er lieber, als zu reden. Er sagte, reden sei schwierig. Dabei sei man ja immer zu zweit, man sitze einander gegenüber, und der andere schaue einem dabei zu, wie man alles loswerde.

Aber beim Schreiben könne man sich vorstellen, man sei ganz allein, man rede nur mit sich selbst, und niemand höre einem dabei zu.

Auch er steckte mitten in den Abschlussprüfungen.

Heute Morgen war Erdkunde dran gewesen.

»Es ist nicht besonders gut gelaufen, aber das ist nicht schlimm. Erdkunde ist sowieso nicht mein Ding. Ich habe getan, was ich konnte, ich habe gelernt, ich habe mir nichts vorzuwerfen! Jetzt weiß ich, dass ich in der Lage bin, viel zu lernen, und das gefällt mir. Man ist ja mit wenig zufrieden. Ich kann es doch trotzdem zu etwas bringen, oder? Soll ich dir das andere auch noch erzählen? Okay … ich erzähle es dir. Als ich heute Morgen aufgestanden bin, war Maman schon auf; und bevor ich gegangen bin, hat sie mich gebeten, zu ihr zu kommen. Und da hat sie mir Sachen gesagt, die mich total durcheinandergebracht haben. Sachen, die sie mir nie vorher gesagt hat, die mich verändern, die … Einfach wow! Sie guckt mich so an, sie war gerade dabei, ihren Kaffee zu trinken, und sagt, dass sie nicht mehr will, dass ich mich um sie kümmere, dass es ihr gut geht, dass sie mich liebt, dass sie will, dass ich glücklich bin, und dass sie eben nicht glücklich sein kann, wenn ich es nicht bin. Und das ist klasse. Das ist so, als wäre ich von etwas befreit. Dass Maman mir das sagt, das ist wow, einfach nur wow! Ich kann es nicht erklären, es ist, als könnte ich jetzt richtig erwachsen werden. Das ist gigantisch. Klar hör ich jetzt nicht einfach auf, mir wegen Maman Sorgen zu machen. Aber nicht mehr so wie vorher, nicht, als wäre sie von mir abhängig … Auch wenn ich weiß, dass sie von mir abhängig ist. Charles-Henri ist nämlich voll auf dem Egotrip und geht bald weg, und Domitille auch. Sie kommt nächstes Jahr aufs Internat … Das steht fest. Sie sagt zwar, sie geht nicht und dass sie immer wieder abhauen will, aber gut, beschlossen ist beschlossen. Und dann bleiben nur noch Maman und ich. Und selbst wenn sie sagt, dass sie allein auf beiden Beinen stehen kann, weiß ich, dass sie mich immer brauchen wird … Sie schafft es nicht ganz allein, sie weiß das nicht, aber ich weiß es. Ich bin nicht nur für mein eigenes Leben verantwortlich. Wenn ich Maman allein lasse, ist sie erledigt.

Aber ich will zurück nach Paris. Ich halte es hier nicht mehr aus, meine Großeltern sitzen uns im Nacken, und die ganze Stadt guckt dich an, wenn du irgendwelche Dummheiten machst. Die Leute hier haben nichts anderes zu tun, als sich über die anderen das Maul zu zerreißen … Hämisch zu grinsen, wenn wir aus der Reihe tanzen. Und wir tanzen definitiv ziemlich oft aus der Reihe. Aber ehrlich, Zoé, es ist doch normal, Dummheiten zu machen, oder etwa nicht? Selbst wenn man erwachsen ist, wie Maman … Also werden wir zwei hier wegziehen. Wir kommen zurück nach Paris. Ich weiß nicht genau, wo wir hinsollen, denn Maman hat nicht viel Geld. Sie sagt, sie will als Verkäuferin in einer Boutique arbeiten, bei ihrer Erziehung ginge das. Sie sagt, dass sie Modeschmuck verkaufen könnte, zum Beispiel, oder Uhren. Sie mag Uhren sehr. Ich glaube, das beruhigt sie. Die Uhrwerke, meine ich … Also sucht sie sich eine Stelle als Uhrenverkäuferin, und wir beide mieten eine kleine Wohnung für uns. Und dann können wir uns sehen, und ich werde glücklich sein …«

Zoés Herz machte einen Satz. Er würde nach Paris kommen! *Twist and shout, come on, come on!* Sie würde ihn jeden Tag sehen. Sie könnten doch bei ihr wohnen. In Hortenses Zimmer … Oder in Mamans Arbeitszimmer, wenn Hortense da wäre. Hortense kam nicht mehr oft nach Hause. Ihr Leben spielte sich in London ab. Oder anderswo. Sie sagte oft, dass sie mit Paris durch sei …

Sie musste mit ihrer Mutter darüber reden.

Die Antwort lautete Nein.

Ein kategorisches Nein.

Ein Nein, wie Zoé es aus dem Mund ihrer Mutter noch nie gehört hatte.

»Das kommt nicht infrage, Zoé.«

»Aber die Wohnung ist zu groß für uns zwei …«

»Ich sagte Nein«, wiederholte Joséphine.

»Aber bei Madame Barthillet und Max hast du doch auch Ja gesagt …«

»Das ist lange her … Ich habe mich verändert.«

»Du bist egoistisch geworden!«

»Nein. Hör mir gut zu, Zoé … In meinem Kopf wächst ein Buch heran. Der Wunsch zu schreiben wird mit jedem Tag stärker, und ich brauche Platz, Ruhe, Leere, Einsamkeit …«

»Sie werden doch keinen Platz wegnehmen! Sie werden sich ganz klein machen. Seine Mutter will arbeiten, und er geht mit mir zur Schule … Bitte, Maman, sag doch Ja …«

»Nein, nein und nochmals nein … diese Zeiten sind vorbei!«

»Wo sollen sie denn hin?«, fragte Zoé, kurz davon, in Tränen auszubrechen.

»Ich weiß es nicht, und das ist auch nicht mein Problem. Dieses Buch will ich nicht opfern … Das ist wichtig für mich, Liebes. Sehr wichtig … Verstehst du das?«

Zoé schüttelte den Kopf. Sie verstand es nicht.

»Du kannst doch trotzdem schreiben …«

»Zoé … Du weißt nicht, wie das ist. Du weißt nicht, was ›schreiben‹ bedeutet. Das bedeutet, seine ganze Kraft, seine ganze Zeit, seine ganze Aufmerksamkeit auf eine einzige Sache zu richten. Die ganze Zeit nur an das eine zu denken. Sich nicht ablenken zu lassen, nicht eine Sekunde lang … Es bedeutet nicht, eine Inspiration zu haben und ein paar Notizen aufs Papier zu werfen, es bedeutet Arbeit, Arbeit, Arbeit, Ideen säen, warten, bis sie wachsen, und sie erst ernten, wenn sie reif sind. Nicht vorher, sonst reißt du die Wurzel mit heraus, und auch nicht zu spät, sonst sind sie verwelkt. Es bedeutet, wachsam zu sein, besessen, manisch … Unerträglich für seine Mitmenschen.«

»Und was ist mit mir?«

»Du bist Teil dieses Abenteuers. Aber sonst niemand, Zoé, sonst niemand …«

»Dann muss man also allein leben, wenn man schreibt, ganz allein …«

»Idealerweise sollte man das, natürlich. Aber ich habe dich, ich liebe dich mehr als alles andere auf der Welt, diese Liebe erfüllt mich mit Freude, mit Kraft, diese Liebe ist ein Teil von mir. Mit dir kann ich reden, du hörst mir zu, du verstehst mich … Aber sonst niemand, Zoé, sonst niemand …«

»Dann willst du die Geschichte vom Kleinen Mann also wirklich aufschreiben?«, fragte Zoé und ließ den Kopf hängen. Sie streckte die Waffen.

Joséphine nahm sie in die Arme und flüsterte: Ja, ich werde sie aufschreiben, ich werde sie aufschreiben.

»Und weißt du jetzt, wer der Kleine Mann ist?«, fragte Zoé weiter, das Kinn auf die Schulter ihrer Mutter gelegt.

Und Joséphine flüsterte erneut ja: Ich weiß es.

Sie würde zu ihm gehen, sie würde mit ihm reden, sie würde ihn um die Erlaubnis bitten, seine Geschichte zu erzählen. Sie würde ihm erklären, wie sie dank Cary Grant und dem schwarzen Tagebuch aus dem Nebel herausgefunden hatte, sie würde ihm von den stürmischen Wogen des Atlantiks erzählen, von Henriette und Lucien Plissonnier, dem Picknickkorb am Strand, Iris, dem Sonnenschirm, dem Drang zu wachsen, dem Drang, jemand anders zu werden, jemand, der mit beiden Beinen im Leben steht, der seinen Platz hinter dem Nebel gefunden hat.

Und dann würde sie Serrurier anrufen und ihm sagen …

Dass sie eine Idee habe, mehr noch als eine Idee …

Den Beginn eines Buchs. Ein ganzes Buch, das sich in ihrem Kopf zusammenfügte. Das sich Stück für Stück zusammensetzte.

Sie hatte auch schon den ersten Satz.

Doch den würde sie ihm nicht verraten.

Sie würde ihn für sich behalten. Damit die Worte ihre ganze Kraft behielten, damit sie ihr nicht zwischen den Fingern zerrannen.

»Mit jedermanns Worten schreiben wie niemand sonst.«*

Die Worte, die man schreiben will, darf man nicht aussprechen, sie müssen unverbraucht bleiben. Wenn man sie liest, muss man das Gefühl haben, dass sie zum ersten Mal verwendet werden, dass niemand je zuvor die Worte auf diese Weise zu Papier gebracht hat …

* Colette.

Fünfter Teil

Shirley legte den Adapter auf die Theke und erkundigte sich nach dem Preis.

Es war der letzte, der noch am Ständer gehangen hatte, und er trug weder ein Preisschild noch einen Strichcode. Die Verpackung sah abgenutzt aus, sie war an den Ecken angestoßen. Man hätte meinen können, ein Secondhand-Artikel.

Der Mann hinter der Theke trug ein schwarzes T-Shirt mit einem zähnefletschenden Wolfskopf darauf. Er ließ sich Zeit und musterte die Frau vor ihm; sein Blick glitt langsam über ihre Handtasche, ihre Uhr, die kleinen Brillantstecker an ihren Ohren, die Lederjacke, dann verkündete er: »Fünfzehn Pfund.«

»Fünfzehn Pfund für einen Adapter!«, rief Shirley.

»Fünfzehn Pfund«, wiederholte er.

Nicht das leiseste Funkeln glomm in seinem Blick. Er besaß einen Adapter, er bestimmte den Preis, wenn ihr das nicht passte, konnte sie ja wieder gehen. Shirley bemerkte den Kugelbauch, der sich unter seinem eng anliegenden Wolfskopf-T-Shirt wölbte. Es sah aus, als wäre er mit einem Bierfass schwanger.

»Haben Sie einen Katalog, damit ich den Preis überprüfen kann?«

»Fünfzehn Pfund …«

»Holen Sie mir Ihren Chef!«

»Ich bin der Chef …«

»Ein Betrüger sind Sie!«

»Fünfzehn Pfund …«

Shirley nahm den Adapter in die Hand, ließ ihn ein paarmal hochhüpfen, legte ihn zurück auf den Tresen und drehte sich auf dem Absatz um.

»Vergessen Sie's, Arschloch!«

Fünfzehn Pfund!, schäumte sie, als sie die Regent Street hinabging.

Fünfzehn Pfund, nachdem er mich von Kopf bis Fuß gemustert und sich gedacht hat, die nehm ich jetzt mal aus! Für wen hält der mich? Für eine geistig verwirrte Touristin, die ihren Föhn oder ihren Laptop einstecken will? Ich bin Engländerin, ich lebe in London, ich kenne die Preise, und der Typ kann mich mal! Ich brauche einen Adapter, um den Lockenstab anzuschließen, den mir meine französische Freundin zu Weihnachten geschenkt hat! Mein Lockenstab kostet dreißig Euro, der braucht keinen Adapter für fünfzehn Pfund! Sie machte große Schritten und hätte am liebsten sämtliche Männer geohrfeigt, die, so schien es ihr, mit der Arroganz allmächtiger Machos herumstolzierten. Sie verabscheute Allmacht. Sie verabscheute Befehle, die wie Erlasse auf den Kopf des wehrlosen Leibeigenen niederprasselten.

Dieser Mann hatte sie behandelt wie eine wehrlose Leibeigene.

Ihr Zorn kochte hoch, wurde zur glühenden Lava, drohte den Krater explodieren zu lassen und alles auf seinem Weg mitzureißen.

Der Vulkan ihres Zorns war an diesem Morgen erwacht …

Sie hatte im Büro ihrer Stiftung »Fight the fat« vorbeigeschaut und einen Bericht gelesen, der anhand von Zahlen nachwies, dass manche Babynahrung mehr Zucker, Fett und Salz enthielt als der Fraß, den man Erwachsenen vorsetzte. Man stopfte schon die Säuglinge voll, damit sie später klaglos all die Schweinereien aßen, die man ihnen geben würde.

Sie war in Verwünschungen ausgebrochen. Hatte rotgesehen. Knallrot. Gleißendes, blendendes Rot.

»Was unternehmen wir dagegen?«, hatte sie Betty, ihre Sekretärin und Assistentin, angeschrien.

»Wir machen eine Liste mit diesen Produkten, stellen sie auf unsere Webseite und verlinken sie mit allen anderen Verbraucherseiten«, hatte Betty geantwortet, die stets die Ruhe bewahrte und häufig Lösungen fand. »Die Information wird sich verbreiten. Man wird mit dem Finger auf sie zeigen, und sie kommen auf den Index.«

»Was für Dreckskerle! Was für miese Dreckskerle!«, schimpfte Shirley und raufte sich die Haare. »Die sind doch kriminell! Sie holen sich ihre Opfer schon in der Wiege! Und danach wundert man sich, dass die Zahl der Fettleibigen unaufhörlich steigt. Man sollte sie zwingen, ihren Dreck selbst zu fressen! Ich bin mir sicher, dass ihre Kinder diese kleinen Gläschen nicht zu essen bekommen!«

Sie musste sich beruhigen.

Sie durfte nicht zulassen, dass der Zorn sie zerfetzte.

Denn Zorn zerfetzt einen. Er zerstört nicht nur den Menschen, gegen den er sich richtet, sondern auch den, der ihn in sich trägt. Das wusste sie. Sie hatte es oft genug am eigenen Leib erlebt.

Sie wollte lernen, sich zu beherrschen. Sich von ihrem Zorn abzulenken, ihn auf eine Beschäftigung umzuleiten, die sie beruhigte.

Da war ihr der Lockenstab eingefallen … Sie hatte ihn an diesem Morgen wiedergefunden, als sie die Regale im Badezimmer aufgeräumt hatte. Noch völlig unbenutzt in seiner Geschenkpackung. Und Joséphines Karte: »Für meine schöne Freundin mit dem kurzen, manchmal lockigen Haar.«

Ich gehe jetzt runter und kaufe einen Adapter, ich konzentriere mich auf mein Haar, und ich relativiere.

Der Mann im Wolfskopf-T-Shirt hatte ihr den Rest gegeben. Sie zitterte vor Wut, sie wankte, am liebsten hätte sie geweint. Sie fand ihren Platz in dieser Welt nicht mehr.

Sie betrat einen Starbucks und bestellte einen Venti Caffè Mocha mit Vollmilch und Schlagsahne. 450 Kalorien, 13 Gramm ungesundes Fett, achter Platz der Junkfood-Rangliste 2009 des hochseriösen *Center for Science in the Public Interest*. Wenn ich mich schon umbringe, dann aber richtig!, dachte sie, als der Kaffee mit der tödlichen Milch näher kam.

»Krieg ich auch einen Strohhalm, oder kostet das extra?«, schrie sie das Mädchen an der Kasse an.

Was ist denn nur los mit mir? Ich bringe alles durcheinander, schalt sie sich, und es tat ihr leid, das arme Mädchen verletzt zu haben, das sicher kaum genug verdiente, um seine Miete zu bezahlen. Sie ist zwanzig Jahre alt und wirkt so müde, dass es für den Rest ihres Lebens reicht.

»Tut mir leid«, sagte sie leise, als die Serviererin ihr einen Strohhalm reichte. »Sie können nichts dafür. Ich bin wütend …«

»Macht nichts«, antwortete das Mädchen, »ich bin auch wütend …«

»… und Sie kriegen es ab.«

»Sie sind nicht die Erste und nicht die Letzte«, hatte das Mädchen resigniert erwidert. »Wenn Sie glauben, das Leben sei witzig, verraten Sie mir Ihr Rezept!«

Tja, dachte Shirley, während sie zu einem Tisch ging und sich hinsetzte, früher fand ich das Leben tatsächlich ziemlich witzig … Aber seit einiger Zeit sehe ich nur noch schwarz, das Leben brennt wie Salz in einer offenen Wunde. Es scheuert mich blank, entfernt alte Ablagerungen, zieht mir die Haut ab.

Warum heult man bei jeder Gelegenheit los? Wegen einer Sache, die gerade passiert ist, oder wegen einer alten Verletzung, die sich wieder öffnet und zu nässen beginnt?

Ihr ganzer Körper nässte. Seit sie den Brief ihrer Tante Eleonore bekommen hatte.

Das war vor zwei Tagen gewesen.

Morgens …

Sie hatte sich mit Oliver gestritten. Er hatte ihr das Frühstück ans Bett gebracht und sich dafür entschuldigt, dass der Toast ein wenig zu dunkel geraten war. Sie hatte das Tablett von sich geschoben.

»Hör auf, dich zu entschuldigen, hör auf, immer nett zu sein …«

»Ich bin nicht nett, ich bin aufmerksam …«

»Dann hör auf, aufmerksam zu sein. Ich ertrage das nicht mehr …«

»Shirley …«

»Hör auf!«, hatte sie mit Tränen in den Augen geschrien.

»Warum schreist du denn? Was habe ich getan?«

Er streckte die Arme nach ihr aus, sie stieß ihn zurück, er schüttelte den Kopf und sah sie traurig an.

»Und guck mich nicht an wie ein geprügelter Hund!«

»Ich verstehe dich nicht …«

»Du verstehst nie etwas! Du bist … Du bist …«

Sie stotterte, rang die Hände, um Wörter einzufangen, bekam sie nicht zu fassen, und der Zorn stieg in ihr hoch.

»Bist du müde? Hast du ein Problem?«

»Nein. Es geht mir sehr gut, ich ertrage dich nur einfach nicht mehr!«

»Aber gestern …«

»Geh! Geh weg!«

Er stand auf, nahm seine Jacke und öffnete die Tür.

Mit einem Satz war sie bei ihm und klammerte sich an seine Schultern.

»Nein, geh nicht! Lass mich nicht allein! Oh! Lass mich nicht allein! Alle lassen mich im Stich, ich bin ganz allein!«

Er packte sie bei den Schultern, drückte sie gegen die Wand und fragte mit harter Stimme: »Weißt du überhaupt, auf wen du wütend bist?«

Sie wandte den Kopf ab.

»Du weißt es nicht. Du richtest deine Wut gegen mich, aber ich kann nichts dafür … Also mach dich auf die Suche nach dem wahren Schuldigen und hör auf, mich zu beschimpfen …«

Sie sah ihm nach, wie er davonging. Er drehte sich nicht um. Er ging durch die Tür ohne einen letzten Blick, ohne eine letzte Geste, die ihr einen Hinweis darauf gegeben hätte, wie endgültig sein Abschied war. Ich werde ihn verlieren, dachte sie, ich werde ihn verlieren … Schluchzend ließ sie sich aufs Bett fallen, sie verstand überhaupt nichts mehr.

Und an jenem Morgen hatte sie den Brief ihrer Tante Eleonore bekommen.

Gestern habe ich alte Unterlagen sortiert, schrieb sie, das hatte ich mir schon seit Monaten vorgenommen, und das hier habe ich dabei gefunden. Ich weiß nicht, was du damit machen wirst, aber es gehört dir.

Zwei Schwarz-Weiß-Fotos und ein blauer Umschlag.

Das erste Foto zeigte ihren Vater in Bermuda-Shorts bei einem Ausflug mit Freunden am Ufer eines Sees. Er hatte seinen Wanderrucksack ins Gras gelegt, saß mit dem Rücken dagegen gelehnt und biss herzhaft in ein Sandwich. Das abgebissene Stück beulte seine linke Wange aus, und er lachte fröhlich. Breite Nase, breiter Mund, breites Lachen. Langes Haar, das ihm in die Augen fiel, lange, muskulöse Beine, grobe Wanderschuhe. Ein Halstuch. Sie las das Datum auf der Rückseite des Fotos; er war siebzehn. Das zweite Foto zeigte sie beide, sie und ihn, in einem Park in London. Im Hintergrund sah man Menschen in Liegestühlen, die lasen oder vor sich hin dösten. Sie musste etwas sechs Jahre alt sein und schaute zu dem Mann auf, der ihr einen Baum zeigte. Sie, ganz klein, mit zwei blonden Zöpfen, er riesengroß, in Tweed. Sie lebten im Palast, in der Wohnung des Lord Chamberlain. Er ging mit ihr in den Hyde Park, um ihr die Namen der Bäume und Blumen beizubringen; sie beobachteten die Eichhörnchen. Eines Tages hatten sie zwei Boxer gesehen, die hinter einem Eichhörnchen herjagten und es an einem Zaun in die Enge trieben, und während der eine ihm den Weg abschnitt, zerfleischte der zweite ihm die Kehle.

Shirley war von der Gewalt, die diese Szene ausstrahlte, fasziniert gewesen. Sie hatte einen langen Schauer gespürt, der ihre Beine hochjagte, in ihrem Bauch einen Looping drehte und schließlich in einem Feuerball explodierte. Sie hatte die Augen geschlossen, damit dieses herrliche Gefühl noch länger anhielt. Ihr Vater zog sie an der Hand weg und verbot ihr hinzusehen. Die Leute empörten sich und beschimpften den Besitzer. Er zuckte mit den Achseln und rief nach seinen Hunden, die das Eichhörnchen in Stücke rissen, ohne ihn zu beachten.

Jedes Mal, wenn ihr Vater mit ihr in den Park ging, beobachtete sie gespannt die herumlaufenden Hunde und hoffte auf eine neuerliche Hatz.

Und dann war da noch ein blauer Brief in einem schmalen, himmelblauen Umschlag gewesen.

Adressiert an Shirley Ward bei Mrs. Howell, Edinburgh.

Sie hatte die Schrift ihres Vaters wiedererkannt. Groß, rund, beinahe feminin.

Sie war lange reglos sitzen geblieben, ehe sie den Umschlag geöffnet hatte. Sie ahnte, dass sie ein Geheimnis in Händen hielt. Den Schlüssel zu ihrem eigenen Geheimnis. Sie hatte den Umschlag genommen und war in die Küche gegangen, um sich eine frische Tasse Tee zu machen, und während sie die Teekanne heiß ausspülte, hatte sie die Augen geschlossen und den Geist ihres Vaters heraufbeschworen. Die Jacke aus grobem, kratzigem Tuch, an die sie ihre Wange schmiegte, wenn er sie in den Armen hielt, den Geruch seiner Seife und des Eau de Toilette von Yardley, das er morgens nach dem Rasieren benutzte. Sie drückte den Kopf an seine Schulter. Erfand tausend Gefahren. Männer, die sie bedrohten, sie entführten, sie knebelten, sie misshandelten, sie in den Staub warfen. Sie gab vor zu weinen, er verstärkte seine Umarmung, und sie schloss die Augen.

Sie trank einen Schluck heißen Tee und öffnete den Umschlag. Der Brief war kurz nach ihrer Abreise nach Schottland geschrieben worden.

»Mein geliebtes kleines Mädchen,

ich habe dich nicht nach Edinburgh geschickt, um dich zu bestrafen. Ich habe nicht das Recht, dich zu bestrafen. Ich bin verantwortlich dafür, dass du seit deiner Geburt ein sehr eigenartiges Leben führst. Ein Leben, an dem ich allein die Schuld trage. Ich verstehe deinen Zorn, aber ich kann dir nicht erlauben, eine Person in Gefahr zu bringen, die dich zärtlich liebt …«

Er sprach von ihrer Mutter, die er nicht zu nennen wagte. Sogar beim Schreiben schüchterte ihn der Schatten ihrer Mutter ein. Sie hatte ein erstes Schluchzen unterdrückt.

»Wir haben ein eigenartiges Leben geführt, du und ich.«

Diesen Satz hatte er durchgestrichen. Wahrscheinlich hatte er geglaubt, sich zu wiederholen.

»Du warst ein wunderbares kleines Mädchen, und du bist zu einem bemerkenswerten jungen Mädchen herangewachsen. Ich bin stolz auf dich.«

Dann folgte eine größere Lücke. Er hatte ein paar Zeilen freigelassen. Als hätte er vorgehabt, sie später zu füllen. Ein Stück weiter unten hatte er weitergeschrieben.

»Ich möchte dir so vieles sagen, aber ich weiß nicht …

Wie soll ich dir etwas erklären, was ich selbst nicht verstehe?«

Wieder folgte eine Lücke.

Und dann diese schlichten Worte …

»Aber du sollst wissen, dass du mein geliebtes kleines Mädchen warst, bist und es immer sein wirst. Das kleine Mädchen, das ich in den Armen trug, wenn wir sonntagsabends von unseren Ausflügen aufs Land zurückkamen … Diese Momente liebte ich so sehr …«

Und die Erinnerung brach wie eine Lawine über sie herein.

Sie war noch klein, sie kehrten von einem der Landsitze der Königin zurück; sie lag in eine Reisedecke gewickelt auf der Rückbank des Autos. Sie betrachtete den Mond am dunklen Himmel, der ihr durch die Wolken hindurch zuzwinkerte. Als sie den Palast erreichten, hob sie den Blick zu dem großen, strengen Bauwerk, zu dem kleinen roten Lämpchen, das in ihrem Stockwerk ganz hinten links leuchtete. Er öffnete den Schlag und beugte sich über sie. Sie atmete seinen Geruch nach altem Tweed und Lavendel ein. Er legte eine Hand auf sie, um zu sehen, ob sie wach war. Sie gab vor zu schlafen, damit er sie hochhob und in ihr Bett trug. Zu dem kleinen roten Lämpchen in ihrer Wohnung.

Und er stieg langsam die Treppen hinauf…

Mit halb geschlossenen Augen ließ sie sich wiegen. Sie fragte sich, ob er manchmal vielleicht doch merkte, dass sie die Augen ein bisschen zu fest zukniff, als dass es echt sein könnte.

Zwei erfahrene Arme, geübt darin, einen schlafenden Körper aufzunehmen, gleichzeitig Kreuz und Nacken zu fassen, sorgfältig darauf zu achten, dass die Decke nicht herunterrutscht, sondern sie weiter warm umhüllt, aufzupassen, dass ihre baumelnden Beine nicht gegen einen Türrahmen schlagen. Sie schloss die Augen, spürte die kühlere Luft, die gedämpften, schweren Schritte ihres Vaters; sie stellte sich jede zurückgelegte Stufe vor, jede Flurecke, um die sie bogen, und jeder Schritt wiegte sie mit einem sanften Stoß, mit der beruhigenden Gewissheit, dass sie sicher in den Armen eines Riesen lag. Sie erzählte sich stumm ihre Lieblingsgeschichte, von der sie nie genug bekam: ein Wald, Schreie, Schüsse, Räuber und ihr Vater, der sie an sich drückte und stark und mutig voranschritt.

Sie zog den gespielten Schlaf in die Länge, seufzte, wenn er sie auf ihr Bett legte, stammelte Kinderworte, um ihn glauben zu machen, sie schliefe wirklich. Er strich ihr über die Stirn und sagte mit ernster, befehlender Stimme: »Schlaf jetzt.« Zitternd ließ sie sich die Kleider und Schuhe ausziehen, sich hin und her drehen, sich biegen wie eine Stoffpuppe, wie ein von Lust erfüllter Hampelmann…

Gott, wie sie ihn in diesen Momenten liebte! Er war nicht mehr der gehorsame Mann, der sich stets hinter der Königin hielt, der den Kopf neigte und rückwärts den Raum verließ, um Ihrer Majestät nicht den Rücken zuzuwenden.

Sie hatte ihm seine Allmacht wiedergegeben.

Während dieses langen, schwerfälligen Marschs durch die Palastflure wurde sie wieder zu einem zarten kleinen Mädchen, über das er herrschte; durch die halb geschlossenen Lider hindurch sah sie das stolze Lächeln auf seinen Lippen, das Lächeln, das ihr sagte, schlaf, mein Kind, schlaf, ich passe auf dich auf, ich beschütze dich! Sie liebten einander mit der gleichen Inbrunst. Er war für sie der stärkste Mann der Welt, sie war für ihn eine Prinzessin, die es zu bewachen galt. Sie schmückte sich mit seiner Kühnheit, er war ihr getreuer Ritter.

Sie hasste es, wenn er sich verneigte. Wenn er zu einem Schatten in den Palastfluren wurde …

Sie hasste den Vater, der hinter der Königin herging, den Vater, der kein Mann war, der sich damit begnügte, bloß ein Untertan zu sein.

Sie las noch einmal den Brief, den er niemals abgeschickt hatte.

Sie bekam keine Luft mehr, ihre Nase war rot, ihre Wangen glühten. Und es fühlte sich an, als platze ihr Herz.

Sie erinnerte sich …

Halt dich gerade!, hätte sie ihren Vater am liebsten angeschrien, sei ein Mann! Kein Lakai!

Doch sie sagte nichts.

Sie führte einen Guerillakrieg in den roten Fluren von Buckingham Palace.

Hätte er sich aufgerichtet, hätte er mich legitimiert …

Das also war mein Geheimnis …

Wie hatte sie das nur so lange übersehen können?

Sie hatte nicht nachgedacht. Nachdenken tat zu weh. Sie erzählte immer die gleiche Geschichte, von ihrer Mutter, die sie liebte, aber es nicht zeigen durfte. Sie behauptete, das habe ihr immer gereicht.

Aber in Wirklichkeit wünschte ich mir so sehr, dass sie es mir zeigte, dass sie es ihm zeigte. Also rächte ich mich, ich rächte ihn. Ich trat mit Getöse aus dem Schatten. Nur so konnte ich lieben … Zärtlichkeit, Sanftheit, liebkosende Blicke? Die wies ich zurück. Das war etwas für Untertanen.

Sie weinte, sie konnte gar nicht mehr aufhören zu weinen. Sie weinte um das kleine Mädchen, das sich die Stiefel ausziehen, die Füße abtrocknen, warme Socken anziehen und die Beine vor dem Feuer ausstrecken ließ, welches er angezündet hatte, damit sie sich aufwärmen konnte. Sie hätte alles darum gegeben, dass er den Kaminscheiten einen Fußtritt verpasste, dass er sie bei der Hand nahm, mit ihr durch die langen Palastflure ging, die Tür eintrat, sich im Zimmer seiner Geliebten aufbaute, der Mutter seines Kindes, und dass er ihr sagte, sie hat Hunger, ihr ist kalt, kümmere dich um sie … Sie ist auch deine Tochter.

Doch das tat er nicht.

Er kniete nieder, neigte den Kopf, trocknete ihre Füße, küsste ihre Füße, rückte sie näher ans Feuer heran. Legte eine Hand auf ihre Beine …

Seine Hand, von der sie jeden Zentimeter, jede Schwiele, jeden Nagel inniglich liebte, seine Hand, die ihr Haar streichelte, sie in die Ohren zwickte, wieder und wieder über ihre Stirn strich, um zu prüfen, ob sie Fieber hatte.

Sie hatte einen Abscheu gegen Zärtlichkeit und Freundlichkeit entwickelt, hatte diese Eigenschaften mit Feigheit gleichgesetzt und sich vulgären Rüpeln an den Hals geworfen.

Und ihr Verlangen war erwacht, entstellt von diesem Bild eines sich verneigenden Vaters.

Sie traf sich mit Männern, als zöge sie in den Krieg, leichten Herzens, freizügig, von diesem Verlangen getragen, das nur flüchtigen Sex, Sex wie unter Räubern erlaubte.

Sie hatte ihre Tante Eleonore besucht.

Zwischen Eleonore und ihr hatte immer eine dumpfe Spannung geherrscht, wie das hartnäckige Surren einer fetten Fliege.

Eleonore Ward war eine kräftige Frau mit Walkürenbusen und einem groben, von geplatzten Äderchen geröteten Gesicht. Sie hatte ihr Leben lang in der Fabrik gearbeitet. Hatte nie geheiratet. »Mir ist nie die passende Gelegenheit über den Weg gelaufen«, sagte sie immer seufzend. Wenn sie Weihnachten zusammen verbrachten, musterte sie sie und ihren Vater unwirsch, sagte, sie seien zu gelackt, wüssten nicht, was es bedeute, am Fließband zu stehen, in der stinkenden Luft, wüssten nichts von dem beißenden Geruch, der in der Kehle brennt, von dem ohrenbetäubenden Lärm und den Augen, die von selbst zufallen. Jeder Tag ist gleich, man weiß nicht, ob Montag, Dienstag, Mittwoch oder Donnerstag ist. Man ist einfach nur froh, wenn endlich der Freitag kommt, denn dann kann man den ganzen Samstag und den Sonntag durchschlafen.

Sie wohnte in Brixton, in Südlondon. In einem kleinen roten Backsteinhaus gegenüber einem Sozialblock. Sie hatte eine kleine Wohnung im Souterrain. Shirley besuchte sie nicht oft. Wenn sie eine Weile in diesem düsteren Untergeschoss verbracht hatte, war ihr immer, als bekäme sie keine Luft mehr, und sie musste schnell, schnell wieder raus.

Sie ging die wenigen Stufen hinunter, zwischen den Mülltonnen und den *recycling boxes* hindurch, die von Getränkedosen, Kartons und Flaschen überquollen. Ein Paradies für Ratten, dachte sie und achtete darauf, wo sie hintrat.

Eleonore öffnete ihr die Tür. Sie hatte weißes, an den Spitzen gelbliches Haar, das sie mit Nadeln festgesteckt hatte und das wie die Zweige eines Weihnachtsbaums abstand. Sie trug ein grünes Kleid, eine zitronengelbe Strickjacke, der man das Acryl von Weitem ansah, und eine Brille, die von einem Pflaster zusammengehalten wurde. Die Vorderseite der Strickjacke wies mehrere Zigarettenlöcher auf.

Shirley betrat die Wohnung durch eine kleine Küche, die in ein Wohnzimmer führte. Hinter den Fenstern bemerkte sie einen Garten. Sie wollte freundlich sein und sagte: »So ein Garten ist wirklich angenehm …«

»Das ist kein Garten, sie haben den Boden betoniert, damit keine Feuchtigkeit eindringt …«

Eleonore rieb sich die Nase und fügte hinzu: »Nett von dir, dass du mich besuchen kommst … Ich gehe nicht mehr oft vor die Tür. Ich bin wie die alten Leute, ich habe Angst. Wusstest du, dass sie mittlerweile schon innerhalb der Wohnungen Kameras aufhängen? Videoüberwachung … Um zukünftige Terroristen aufzuspüren …«

»Ich finde das ungeheuerlich, wir schaffen eine orwellsche Gesellschaft …«

»Was soll das denn sein?«

»George Orwell … Er hat einen Roman geschrieben, in dem er schildert, wozu es führen kann, wenn wir überall Überwachungskameras installieren …«

Eleonore zuckte mit den Schultern, als sie das Wort »Roman« hörte.

»Ich hatte vergessen, dass du eine Intellektuelle bist!«

»Ich bin keine Intellektuelle!«

»Du solltest dich mal reden hören!«

Eleonore war mit vierzehn von der Schule abgegangen. Sie hatte eine Stelle in der Jutefabrik in Dundee gefunden, der Heimatstadt ihrer Familie nördlich von Edinburgh. In ihrer Jugend fingen die Einwohner von Dundee in der Jutefabrik an oder zogen fort. Eine andere Möglichkeit gab es nicht. Wenn sie abends von der Arbeit kam, hustete sie Jutefasern aus und konnte nichts essen. Als ihr Bruder sich in London niedergelassen hatte, war sie zu ihm gezogen. Sie war seine ältere Schwester, sie musste sich um ihn kümmern. Er hatte studiert. Anschließend war er in eines der Leibregimenter der Königin, die Coldstream Guards, eingetreten. Anfangs war er in London stationiert gewesen, doch später hatte man ihn ins Ausland geschickt. Er hatte sich bei verschiedenen Kampfeinsätzen ausgezeichnet und sich den Ruf eines ehrlichen, verlässlichen und vertrauenswürdigen Mannes erworben. So war er in den Palastdienst gekommen und zum Privatsekretär der Queen geworden, dem *Principal Private Secretary*. Er war die Hoffnung und der ganze Stolz der Familie. Eleonore hatte Arbeit in einer anderen Fabrik gefunden, einer Näherei in Mile End. Sie arbeitete den ganzen Tag, und abends besorgte sie den Haushalt, kochte, wusch, bügelte. Als er in den Palast gezogen war, war sie in London geblieben. Sie wollte nicht zurück zu ihrer Familie. Sie hatte sich daran gewöhnt, allein zu leben. Er besuchte sie sonntags. Sie tranken Tee und lauschten dem Pendel der großen Standuhr. Er hatte hart dafür arbeiten müssen, mit dem Palastumfeld zu verschmelzen, hatte seinen Akzent abgelegt, seine schroffen Manieren verfeinert, hatte lernen müssen, die Etikette zu befolgen, sich zu verneigen.

»Ich finde es sehr gut, dass sie Kameras bei den Leuten zu Hause aufhängen! Wer nichts zu verbergen hat, hat ja auch nichts zu befürchten.«

»Aber das ist doch ungeheuerlich!«

»Das sagst du, weil du in einer feinen Gegend wohnst, weil du keine Angst haben musst, wenn du mit deinem Einkaufsnetz voller Lebensmittel nach Hause kommst! Wir hier sind alle dafür … Nur die Reichen haben's da mal wieder mit der Moral!«

Shirley beschloss, nicht weiter darüber zu diskutieren. Bei ihrem letzten Besuch hatten sie sich gestritten. Shirley hatte behauptet, ihr Vater sei Lord Chamberlain gewesen, ihre Tante hatte darauf erwidert, er sei doch bloß ein Privatsekretär gewesen. Ein Lakai, nicht mehr und nicht weniger! Man habe ihn wegen seines Gehorsams für diesen Posten ausgewählt. Wenn ich nur daran denke, dass ich mich für einen gehorsamen Mann abgerackert habe! Von gehorsam zu gefügig ist es nicht mehr weit!, hatte sie, den Blick starr auf die Teekanne gerichtet, geschimpft und die Hände wie eine Schale um die Tülle gelegt, aus Angst, sie könne tropfen und einen Fleck auf ihre Tischdecke machen.

»Papa war nicht gefügig, er war höflich und diskret!«, hatte Shirley protestiert.

»Ein Lakai! Ich hatte die Kraft, ich hatte den nötigen Biss! Aber mir hat ja keiner ein Studium bezahlt! Weil ich ein Mädchen war und Mädchen zu meiner Zeit nichts galten! Und was hat er aus seinem jahrelangen Studium gemacht? Na? Ein Diener ist er geworden! Was für eine Karriere!«

»Das stimmt nicht, das stimmt nicht«, hatte Shirley wiederholt, »er war der Lord Chamberlain, und alle haben ihn respektiert …«

Schließlich hatten sie beide schmollend dagesessen und eine bescheuerte Sendung im Fernsehen geschaut, und als Shirley gegangen war, hatte ihre Tante ihr die Wange hingehalten, ohne aufzustehen.

Eleonore bot ihr eine Tasse Tee und Kekse an; sie setzten sich an den Tisch. Sie erkundigte sich nach Gary. Sagte, es sei gut, dass die Jungen reisen, denn das Leben ging so schnell vorbei, und irgendwann saß man dann in einem Rattenloch mit betoniertem Garten.

»Danke für den Brief und die Fotos …«

Eleonore hob eine Hand über den Kopf, als wäre das nicht der Rede wert.

»Ich dachte mir, du könntest mehr damit anfangen als ich …«

»Sie kamen zu einem Zeitpunkt, als ich mir viele Fragen stellte …«

»Du kennst nicht zufällig eine gute Pediküre? Meine Füße bringen mich noch um … ich halte es nur noch in Pantoffeln aus!«

Das Zimmer lag im Dunkeln. Eleonore stand auf, um das Licht einzuschalten. Shirley bat sie, ihr von ihrem Vater zu erzählen. Bitte, Eleonore, es ist wichtig.

Sie antwortete, dass sie nicht viel wisse, er sei kein Mann gewesen, der sich anderen anvertraute.

»Und du im Übrigen auch nicht … Es war, als hätte jeder von euch beiden sein eigenes kleines Geheimnis, das ihr verbissen hütet. Ihr wart reserviert. Oder ich war euch nicht gut genug …«

Shirley ließ nicht locker.

»Was meinst du mit ›reserviert‹ und ›kleines Geheimnis‹?«

Eleonore seufzte, das sei kompliziert. Solche Dinge zu erklären, sei kompliziert… Es war eher so ein Gefühl, dein Vater und ich haben ja nie wirklich miteinander geredet.

»Er war ein guter Mann… Ein guter, gefügiger Mann, der den Mund nicht aufmachte.«

»Und ich, wie war ich?«

»Du warst ein böses Kind!«

»Böse?«

»Du bist immer gleich wütend geworden!«

»…«

»Ich verstand nicht, wieso. Ein vollkommen nichtiger Anlass, man sagte dir, ›tu dies nicht, tu das nicht‹, und schon fingst du an zu schreien. Du warst kein einfaches Kind, weißt du…«

Sie deutete anklagend mit dem Finger auf Shirley. Eine Weihnachtsbaumsträhne fiel herunter, und sie schob sie mit einem von Arthritis verformten Finger zurück.

»Kannst du mir ein Beispiel dafür nennen? So etwas einfach nur zu behaupten, ist leicht!«

»Tja, wenn du es unbedingt hören willst…«

»Ich will es wissen! Denk nach! Verdammt! Eleonore, du bist meine einzige Verwandte!«

»Ich erinnere mich an einen Tag… es regnete, wir waren zu dritt spazieren gegangen, und ich hatte dir hastig die Kapuze über den Kopf gezogen, damit du nicht nass wurdest. Du hast geschrien wie am Spieß. *Don't ever do that again! Ever! Nobody owns me. Nobody owns me!**, hast du geschrien. Dein Vater hat dich traurig angesehen und gesagt, das ist meine Schuld, Eleonore, das ist meine Schuld… Und ich fragte, wieso denn deine Schuld? Ist es deine Schuld, dass ihre Mutter im Kindbett gestorben ist? Ist es deine Schuld, dass du sie allein großziehst? Ist es deine Schuld, dass du im Palast vollkommen unmögliche Arbeitszeiten hast? Er war ein Mann, der sich alle Probleme der Welt aufbürdete… Er war viel zu gutmütig. Und was dich angeht, ich glaube, ich habe nie ein kleines Mädchen erlebt, das so voller Wut war wie du. Und dabei liebtest du ihn. Du hast ihn immer verteidigt… Niemand durfte deinen Papa auch nur im Geringsten kritisieren…«

»Ist das alles?«

* »Tu das nie wieder! Nie wieder! Ich gehöre niemandem! Niemandem!«

»Nun ja … Es war nicht angenehm! Bei jeder Kleinigkeit liefst du knallrot an und bekamst einen Tobsuchtsanfall! So einem Mädchen bin ich vorher und nachher nie wieder begegnet.«

Und dann wurde es Zeit für ihre Serie.

Eleonore hatte den Fernseher eingeschaltet, und Shirley war gegangen.

Sie hatte vier Fünfzigpfundscheine auf das Sideboard gelegt.

Im Nachhinein ist es leicht, sich an die Vergangenheit zu erinnern. Wenn niemand mehr da ist, um die Erinnerungen zu bestätigen.

Sie saß bei Starbucks, dachte an das kleine, wütende Mädchen zurück und beobachtete die Leute. Die Bedienung beugte sich über die Spülmaschine, räumte die Tassen und Teller ein, richtete sich wieder auf und wischte sich über die Stirn.

Shirley stand auf. Suchte den Blick des Mädchens, um sich zu verabschieden. Erwischte nur ihren Rücken. Ließ es bleiben.

Sie ging die Brewer Street entlang und hielt nach einem Haushaltswarenladen Ausschau. Entdeckte einen an der Shaftesbury Avenue. Ging hinein. Trat an einen Ständer, fand einen Adapter für 5,99 Pfund, legte ihn stolz an die Kasse, bezahlte und steckte ihn ein.

Henriette hatte sich zu einem Computerkurs in der Rue Rennequin angemeldet.

Sie ging nachmittags dorthin. Die Kurse fanden in einem Laden statt, in dem Computerzubehör verkauft und Broschüren gedruckt wurden. Nachmittags waren dort nur alte Leute, die tausendmal die gleichen Fragen stellten, ihre verbrauchten Finger und Augen über die Tastatur wandern ließen, vor sich hin brummten, das sei viel zu schwierig, und sich beschwerten. Sie zappelte nervös herum, ich hasse alte Leute, ich hasse alte Leute, ich werde niemals alt sein.

Sie wechselte in den Abendkurs. Dort waren die Schüler aufgeweckter, und sie würde schneller lernen. Es war eine Investition. Sie durfte ihr Geld nicht verschwenden.

Chaval hatte ihr den Schlüssel der Schublade gegeben, in der die Trompete die Zugangsdaten aufbewahrte. Und er hatte ihr den Code für die Alarmanlage verraten. Sie wusste, dass er ungefähr alle drei Monate gewechselt wurde. Sie durfte keine Zeit verlieren.

Sie wartete auf den Abend, an dem sie sich heimlich in die Firma schleichen könnte. Einen Abend, an dem Ginette und René nicht da wären … Wieder und wieder lief sie vor dem Gebäude in der Avenue Niel 75 vorbei und beobachtete ihr Kommen und Gehen. Sie fand heraus, dass sie jeden Donnerstag bei Ginettes Mutter zu Abend aßen. René schimpfte beim Einsteigen in den alten, grauen Renault, der im Hof geparkt stand. Deine Mutter, brummte er mürrisch, deine Mutter! Wir müssen sie doch nun wirklich nicht jeden verdammten Donnerstag besuchen! Ginette antwortete nicht. Sie setzte sich auf den Beifahrersitz, auf dem Schoß eine Schachtel mit einer schönen rosa Schleife darum, wie man sie in Konditoreien bekommt. Henriette stand hinter dem Tor verborgen und wartete.

Chaval entdeckte das Vergnügen, uneingeschränkt über eine hilflose Frau zu herrschen.

Er befahl, sie gehorchte, er drohte, sie zitterte, er lächelte, sie wurde schwach. Er machte sie mit seinen ständigen Launen verrückt, und sie warf sich ihm mit einer Ergebenheit zu Füßen, die in ihm den Drang weckte, sie zu misshandeln.

Er rührte sie nicht an, umarmte sie nicht, küsste sie nicht, er schob lediglich das weiße Hemd über seiner gebräunten Brust ein wenig auseinander, und schon schlug sie die Augen nieder. Ich dressiere sie, dachte er, ich dressiere sie, bis ich weiß, was ich mit ihr anstellen soll. So gefügig, wie die ist, sind alle Hoffnungen erlaubt.

Zu schade, dass sie alt und hässlich ist, sonst hätte ich sie auf den Strich geschickt. Obwohl … obwohl … Ein paar von den Alten sind ziemlich gut im Geschäft. Er hatte sich erkundigt. Eine von ihnen ging in der Nähe der Porte Dorée anschaffen. Er hatte sich mit ihr getroffen. Hatte sich von ihr einen blasen lassen und dabei die Augen geschlossen, um den faltigen Nacken nicht zu sehen, der sich an seinem Glied auf und ab bewegte. Während er seinen Hosenstall wieder zumachte, hatte er sie ausgefragt. Sie ließ sich die Pantherin nennen, nahm dreißig Euro für einen Blowjob, fünfzig für Geschlechtsverkehr. Aber sie war vor allem fürs Blasen bekannt. Sie bediene etwa ein Dutzend Freier pro Abend, hatte sie erklärt und in ein Papiertaschentuch gespuckt.

»Schluckst du nicht?«

»Sonst noch was? Soll ich es dir einpacken, damit du das Zeug mit nach Hause nehmen kannst?«

Er spielte mit dem Gedanken, die Trompete entsprechend abzurichten. Ein paar Überstunden nach Feierabend, um ihrem attraktiven, in finanziellen Nöten steckenden Liebsten unter die Arme zu greifen? Diese Vorstellung erregte ihn, und er streichelte sich, während er daran dachte. Nuttig angezogen, würde sie es vielleicht sogar schaffen, ihn scharf zu machen …

Dann dachte er an seinen Deal mit Henriette … Sie hatten noch nicht geklärt, wie hoch sein Anteil sein würde. Ein Fehler! Ein böser Fehler! Der Alten musste man den Brotkorb hochhängen. Freiwillig würde die nichts rausrücken. Aber fünfzig Prozent sollte er ohne Weiteres rausschlagen können …

Und das, ohne einen Finger krumm zu machen!

Henriette, die Trompete … Diese beiden Frauen würden ihn reich machen.

Endlich lächelte ihm das Leben wieder zu. Er erwachte aus seiner Lethargie. An diesem Morgen hatte er sich dabei ertappt, wie er im Bad vor sich hin gesungen hatte. Seine Mutter hatte ihn gehört und die Tür geöffnet.

»Alles in Ordnung, mein liebes Kind?«

»Ich habe Pläne, Maman, wundervolle Pläne, die uns reich machen werden … Bald hat dieses Hungerleiderdasein ein Ende! Dann kaufen wir uns ein schönes Auto und fahren sonntags ans Meer … Deauville, Trouville, wohin du willst …«

Voller Zuversicht hatte sie die Tür wieder geschlossen und war losgegangen, um eine Flasche Sekt zu kaufen, die sie abends in kleinen Schlückchen zusammen trinken würden. Das hatte ihn gerührt. Er liebte es, seine Mutter glücklich zu sehen …

Nur mit einer Unterhose bekleidet, hatte er sich vor den Spiegel gestellt. Hatte den Rücken durchgedrückt, eine Hand auf seinen flachen Bauch gelegt, hatte Bizeps, Trizeps und Quadrizeps angespannt. Was hat mich bloß geritten, so schlaff und träge zu werden? Bei meinem Aussehen liegt das Geld doch auf der Straße. Früher zweifelte ich nie, ich zitterte nie, ich wickelte alle um den Finger, und das Leben nahm Fahrt auf …

Ich jonglierte mit den Frauen und hatte Erfolg damit.

Widerstrebend hatte er den Blick von seinem Spiegelbild abgewandt, hatte sich auf dem Waschbeckenrand abgestützt und hatte nachgedacht …

Ich muss Josiane anrufen. Die langweilt sich mit ihrem Balg sicher zu Tode. Ich schmeichle ihr ein bisschen und versichere ihr, dass sie damals den besten Riecher von allen hatte. Dann geht ihr das Herz auf, und sie besorgt mir ein paar Projekte, die ich dem Alten vorlegen kann.

Und diesmal lege ich meinen Anteil von Anfang an fest.

Sie wird das letzte Rädchen in meinem Plan sein.

Mit Kevin Moreira dos Santos ging es bergab.

Seine Noten befanden sich im freien Fall. Die Drohung, ihn aufs Internat zu schicken, konkretisierte sich. Sein Vater hatte ihm abends zuvor beim Essen verkündet, dass er ab September zu den Augustinern nach Marne-la-Vallée käme.

»Wasn das fürn Quatsch?«, hatte er gefragt und seinen Teller zurückgeschoben.

»Das ist kein Quatsch, sondern eine Tatsache«, hatte sein Vater gesagt und mit seinem Opinel-Messer eine Scheibe Brot abgeschnitten, um sie in seine Suppe zu legen. »Sie lassen dich in die sechste Klasse gehen, unter der Bedingung, dass du den ganzen Sommer über Nachhilfe bekommst. Ich habe dich angemeldet. Die Sache ist erledigt, keine Diskussion mehr.«

Die Alte von oben hatte schlappgemacht. Sie war irgendwann ausgeflippt, als er angeblich unhöflich zu ihr gewesen war. Sie hatte sich auf ihrem Stuhl aufgerichtet und erklärt, das reicht, ich habe mir das lange genug angehört, ich werfe das Handtuch …

Er hatte sich totgelacht. Was redete die Alte fürn Blech? Was soll das heißen, ich werf das Handtuch, willst du in die Sauna oder was?

»Das bedeutet, dass ich verschwinde …«

»Dann war's das auch mit dem Computer«, hatte Kevin selbstgewiss erwidert und das Gummiband zwischen seinen Zähnen vibrieren lassen.

»Ich brauche deinen Computer nicht mehr, du aufgeblasene kleine Ratte. Ich kaufe mir einen eigenen. Ich habe gelernt, damit umzugehen. Dir bläst der Wind ins Gesicht, und für mich steht er günstig … Ich setze die Segel!«

Er hatte sie mit offenem Mund angestarrt.

Hatte sich das Gummiband gegen die Nase geschnippt und jämmerlich gequiekt.

»Da bist du platt, was?«

Ihm war keine scharfe Erwiderung eingefallen.

Und sie hatte noch einen draufgesetzt.

»Und vergiss eines nicht: Ich weiß, wie du dich auf Kosten deiner Mutter bereicherst. Also falls ich jemals deine Dienste benötigen sollte, wirst du gehorchen. Und zwar ohne Widerrede! Sonst verpfeife ich dich … Ist das klar?«

Verb, Subjekt, Ergänzung.

Das war klar.

Junior und Josiane hatten ihre Unterlagen auf dem Esszimmertisch ausgebreitet und tauschten Höflichkeiten aus, um auszuloten, wer von ihnen als Erster sprechen solle.

»Ich glaube, ich bin da auf etwas Fantastisches gestoßen«, sagte Junior. »Und du?«

»Ach, ein, zwei Kleinigkeiten, nichts Umwerfendes …«

»Na los, zeig es mir«, forderte Junior sie auf.

»Nein, du zuerst …«

»Nein, du …«

»Kommt überhaupt nicht infrage, du fängst an, Junior! Ich bin deine Mutter, und du hast mir zu gehorchen!«

Junior schwenkte eine orangefarbene Mappe und zog ein paar Unterlagen heraus.

»Eine begrünte Wand …«, erklärte er.

»Wasndas?«, wollte Josiane wissen und beugte sich darüber.

»Das habe ich auf der Seite jeunesinventeurs.org gefunden …«

»Du kannst mit dem Computer umgehen?«, fragte Josiane verblüfft.

»Ich bitte dich, Maman! Das ist doch kinderleicht!«

»Du bist ja auch noch ein Kind!«

»Also, bitte … Sollen wir unsere Energie noch lange mit fruchtlosen Diskussionen vergeuden, oder wollen wir uns jetzt beraten?«

»Schon gut, schon gut. Aber ich darf doch wohl noch überrascht sein …«

»Also noch einmal von vorn … Es gibt eine spezielle Webseite für junge Erfinder, wo sie jede Menge Ideen veröffentlichen …«

»Bloß dass die alle noch nicht verwirklicht wurden!«, rief Josiane dazwischen. »Und es dauert Jahre, bis aus einer Idee ein fertiges Produkt wird. So!«

»Du lässt mich nicht ausreden, liebste Mama … Ich habe diese Idee auf der Webseite der jungen Erfinder entdeckt, und DANACH habe ich recherchiert, ob sie bereits umgesetzt wurde. Und … Sie wurde … Von einem normannischen Industriellen im Ruhestand, Monsieur Legrand, eine Art Genie, der in seinem stillen Kämmerlein vor sich hin werkelt, erfindet, tüftelt, zum Patent anmeldet. Und es funktioniert! Er hat alle Probleme gelöst: das Gewicht, die Widerstandsfähigkeit, die Optik, das Einsäen. Er ist bereit, er erwartet eine größere Bestellung. Als ich ihn angerufen habe, stand er bereits in Kontakt mit Alinéa …«

»Als DU ihn angerufen hast?«

»Offen gestanden, Jean-Christophe hat die Fragen gestellt, aber wir hatten gemeinsam eine Strategie ausgearbeitet …«

Jean-Christophe war der Hauslehrer, der nachmittags kam und vor Juniors Augen Gnade gefunden hatte.

»Na, was hältst du davon?«, schloss Junior.

Josiane dachte nach. Das war eine verflixt gute Idee, aber …

»Eine begrünte Wand … Wie funktioniert so etwas?«

»Stell dir eine sehr, sehr dünne Luftmatratze mit kleinen Öffnungen vor …«

Josiane nickte.

»In dieses dünne Kissen packt man ein Bewässerungssystem, eine Schicht Erde, Samen … Die Samen keimen, und die Pflanzen wachsen durch die dafür vorgesehenen, etwa zehn bis zwanzig Zentimeter auseinanderliegenden Öffnungen und bilden auf diese Weise einen Blumen- oder Pflanzenteppich. Du befestigst deine begrünte Wand, wo immer du willst. Du kannst sie ins Wohnzimmer hängen, ins Schlafzimmer, in dein Arbeitszimmer, du kannst sie drinnen oder draußen anbringen …«

»Das ist ja fantastisch, Junior …«

»Dieser Mann besitzt Dutzende begrünter Wände, gleich zum Mitnehmen! Er hat sich verschiedene Themen ausgedacht: Vogesenwald, Tropenwald, Rosengarten, Lichtung, Palmenhain, Bambushain und so weiter …«

»Willst du damit sagen, dass wir sofort anfangen könnten?«

»Genau.«

»Aber wie hast du ihn davon überzeugt, nicht bei Alinéa zu unterschreiben?«

»Ich habe seine Beteiligung verdoppelt … Und er kannte Casamia.«

»Bleibt es für uns trotzdem noch interessant?«

»Auf jeden Fall …«

»Du bist unglaublich, mein Schatz …«

»Ich habe nur meine Neuronen ein bisschen arbeiten lassen! Wusstest du, dass wir mit hundert Millionen Neuronen geboren werden und dass ihre Zahl ab unserem ersten Geburtstag kontinuierlich abzunehmen beginnt, wenn wir sie nicht nutzen? Ich will kein einziges meiner Neuronen verlieren! Ich will sie alle nutzen … Ach, übrigens, liebste Mama, ich habe beschlossen, Klavier spielen zu lernen … Glaubst du, das könnte mir dabei helfen, Hortense zu erobern?«

»Äh …«

»Glaubst du immer noch, ich sei zu klein für sie?«

»Na ja …«

»Mein Gott, wie frustrierend! Immer setzt du mir Grenzen! Eine Mutter sollte ihr Kind anspornen und ihm nicht ständig die Flügel stutzen! Ich muss dir leider sagen, dass du eine kastrierende Mutter bist. Freud hat darüber …«

»Dieser Wiener kann mir mal den Buckel runterrutschen! Ich bin skeptisch, weil du siebzehn Jahre jünger bist als sie, und dieser Altersunterschied erscheint mir doch recht groß!«

»Na und? Was hat das schon zu bedeuten? Wenn ich zwanzig bin, wird sie siebenunddreißig sein, in der Blüte ihrer Jahre, schön und prall … Und dann werde ich sie heiraten.«

»Und wie kommst du darauf, dass sie Ja sagen wird?«

»Weil ich bis dahin brillant, reich und umwerfend sein werde. Mit mir wird sie sich niemals langweilen. Ein Mädchen wie Hortense muss man faszinieren … Man muss ihr den Kopf mit Ideen füllen. Als wir in London waren, haben wir uns gegenseitig geneckt, es war wie ein verliebtes Spiel zwischen uns, sie sagte *I'm a brain!* Und ich antwortete *I'm a brain, too*, und darüber musste sie lachen … Wir beide sind aus dem gleichen Holz geschnitzt. Unsere Hochzeitsreise machen wir in einem Heißluftballon, wir fliegen über die Mongolei und die Mandschurei, wir werden lange, safranfarbene Gewänder tragen, ich werde ihr Nerval vorlesen und …«

»Junior«, unterbrach ihn Josiane, »was hältst du davon, wenn wir uns wieder mit den begrünten Wänden beschäftigen?«

»Du bist absolut nicht romantisch, Mutter!«

Das Telefon klingelte. Josiane ging ran. Zuckte leicht zusammen und verzog unwillig das Gesicht. Junior zog eine Augenbraue hoch und fragte, wer der Störenfried sei. Er witterte Ärger. Einen übel gesinnten Zeitgenossen.

»Chaval ...«, flüsterte Josiane. »Er will mir ein Geschäft vorschlagen ...«

»Schalte den Lautsprecher ein«, sagte Junior.

Josiane gehorchte. Sie hörte zu, wie Chaval ihr eine Zusammenarbeit anbot und ihr ein Treffen vorschlug. Junior nickte. Josiane willigte ein. Dann legte sie auf.

»An diesem Mann ist etwas faul«, sagte Junior und fuhr sich mit den Fingern durch die roten Locken. »Ich wüsste zu gern, was es ist. Lass uns zusammen hingehen ...«

»Aber dann musst du dich wie ein Kleinkind verhalten ...«, entgegnete Josiane. »Sonst wird er misstrauisch ...«

»Versprochen.«

»Ich frage mich, was er von mir will ... Ich weiß, dass er sich in der Avenue Niel rumtreibt und versucht, seine frühere Stelle wiederzubekommen ... Er braucht mich, um Marcels Misstrauen zu zerstreuen.«

Junior antwortete nicht. Er konzentrierte sich voll und ganz auf die möglichen Gründe für Chavals Anruf, und seine Neuronen ratterten mit einer Million Umdrehungen pro Sekunde.

»Der hält mich wohl für komplett verblödet ...«, brummte Josiane und erinnerte sich an frühere Zeiten, als Chaval sie nach seiner Pfeife hatte tanzen lassen.

»Mach dir nichts draus, Maman, diesmal wird er blöd dastehen und nicht umgekehrt ...«

Sieben Uhr fünfundvierzig. Wie jeden Morgen steigt Marcel Grobz in seinen Wagen. Gilles, sein Fahrer, hat ihm die Tageszeitungen gekauft, damit er sie vor seinem ersten Termin im großen Casamia-Lager in Bry-sur-Marne durchsehen kann.

Nachdem Marcel Grobz den ersten chinesischen Möbelhersteller aufgekauft hatte, hatte er sein Unternehmen verändern und teilweise umsiedeln müssen. Die Firma war zu groß geworden für das Gebäude in der Avenue Niel. Der Vertrieb, die Strategieabteilung und die Lager, in denen die bestellte Ware bis zur Lieferung untergebracht war, wurden nach Bry-sur-Marne verlegt. In der Avenue Niel verblieben nur die Büros der wichtigsten Führungskräfte und ihrer Sekretärinnen, ein Besprechungsraum, die Rechtsabteilung und die Buchhaltung. Und das René unterstellte Lager, das eilige Lieferungen und den Umtausch abwickelte.

Neun Uhr. Treffen der Abteilungsleiter. Heute Morgen gibt Marcel Grobz sein Okay für die Strategie der kommenden Monate: Einkäufe, Budgets, Perspektiven. Zu den Prioritäten gehören: Beschleunigung des Zentralisierungsprozesses und der Umgang mit den Kunden. Marcel Grobz ist davon überzeugt, dass sie sich durch einen besonderen Kundenservice von ihren Konkurrenten abheben können. Keiner achtet mehr auf die Menschen, man behandelt sie wie Nummern, man lässt sie warten, sie stehen kurz vorm Herzinfarkt … Die aktuelle Krise muss uns unseren Kunden wieder näherbringen. Wir müssen uns bemühen, ihnen den besten Service und die besten Preise zu bieten.

Zwölf Uhr. Marcel Grobz geht nach unten in den Ausstellungsraum, um sich die neuen Produkte anzusehen. Er nimmt jeden Artikel in Augenschein, überprüft die Herkunft, liest die technischen Angaben. Gibt sie für den Versand in die Provinz, ins Ausland und nach Paris frei.

Dreizehn Uhr dreißig. Rückkehr in die Firmenzentrale in der Avenue Niel, nachdem er im Auto hastig ein Baguette mit Schinken und Gewürzgurken hinuntergeschlungen hat. Gilles hat eine Thermoskanne mit schwarzem Kaffee für ihn vorbereitet. Er öffnet den Gürtel an seiner Hose, zieht die Schuhe aus und schläft ein paar Minuten.

An der Porte d'Asnières angekommen, weckt Gilles ihn auf. Marcel schüttelt sich, fährt sich mit der Hand übers Gesicht, fragt, ob er nicht zu laut geschnarcht hat. Gilles lächelt und antwortet, das sei nicht schlimm …

Vierzehn Uhr fünfzehn. Marcel Grobz empfängt in seinem Büro die Verantwortliche für das Diversity Management, um die Vereinbarungen der *Mission Handicap* zu unterzeichnen, die die Einstellung einer bestimmten Anzahl behinderter Mitarbeiter vorschreibt.

Fünfzehn Uhr. Tägliche Telefonkonferenz mit dem Verantwortlichen für China, der Versicherung, dem Anwalt und einem Arzt. Kürzlich hat Casamia in China hergestellte Relaxsessel verkauft, und einige Kunden haben über Ausschlag geklagt, hervorgerufen durch eine mit Fungizid verunreinigte Lieferung. Marcel Grobz legt Wert darauf, dass jeder Kunde angehört und entschädigt wird. Sie haben schon fünfhundertvierundvierzig Beschwerden erhalten, und die Entschädigungssummen liegen je nach Fall zwischen dreihundert und zweitausend Euro.

Sechzehn Uhr. Termin mit dem Finanzausschuss. Prüfung der Filialen mit sinkenden Umsatzzahlen, Analyse der Möglichkeiten, sie wieder profitabel zu machen, ansonsten droht ihnen die Schließung. Marcel widerstrebt der Gedanke, Mitarbeiter zu entlassen. Lieber sagt er sich, dass sie schon neue Produkte finden werden, die die Verkaufszahlen wieder steigen lassen. Durchsicht der Unterlagen zu möglichen neuen Produkten. Lektüre der Testergebnisse. Umsatzprognosen. Diskussion mit den Verantwortlichen.

Siebzehn Uhr dreißig. Meeting mit den Investoren des Konzerns. Marcel ist zwar immer noch Mehrheitseigner, doch sie halten fünfunddreißig Prozent der Anteile an seiner Firma und haben ein Wörtchen mitzureden. Umsatzzahlen des laufenden Jahres. Operativer Gewinn. Planung der Vorgaben für die hundertzwanzig umsatzstärksten Filialen der Kette. Bei der angespannten Konjunkturlage besteht Marcel Grobz' vordringlichste Aufgabe darin, den Fortbestand und die finanzielle Gesundheit der Gruppe zu sichern. In Südeuropa werden manche Läden in den kommenden fünf Jahren voraussichtlich nicht genügend Umsatz erzielen, sie werden sie schließen müssen, es sei denn …

Und wieder sieht sich Marcel Grobz mit der Frage konfrontiert, welches neue Produkt die Verkaufszahlen ankurbeln könnte. In den Blicken der Finanziers erkennt er die Sorge angesichts der sich abzeichnenden Rezession, und er weiß nicht, was er ihnen antworten soll.

Neunzehn Uhr. Rückkehr in die Avenue Niel, wo er noch einmal in Ruhe über die Probleme dieses und des kommenden Tages nachdenkt. Die Entwicklung des E-Business, die zunehmende Bedeutung des Internets, der wachsende Hunger der Kunden nach Onlinekäufen. Abarbeiten der Unterschriftenmappe. Er ist allein. Ein grelles Licht fällt auf die Schreibtischoberfläche. Er fährt mit einem Finger über die Tischplatte, schaut ihn an und wischt ihn an seinem Ärmel ab. Er stützt das Kinn in eine Hand und starrt in den Spiegel gegenüber. Sieht einen korpulenten Mann mit schief sitzender Krawatte, zwei offenen Hemdknöpfen, einem über den Hosenbund quellenden Bauch, dicken Händen und einem roten Haarkranz, der sich um eine rosa Glatze zieht. Denkt nach. Lehnt sich in seinem Stuhl zurück, streckt sich. Sagt sich, dass er unbedingt ein bisschen Sport treiben müsste, abnehmen … Und dass er eine rechte Hand braucht. Er schafft die Arbeit nicht mehr allein. Er wird zu alt, hat nicht mehr genug Kraft.

Einundzwanzig Uhr. Marcel Grobz verlässt sein Büro und geht nach Hause.

Wieder ein Tag vergangen, ohne dass ich es gemerkt habe, sagt er sich mit einem Blick auf die Uhr. Und morgen geht es genauso weiter …

Er ist müde. Er fragt sich, wie lange er dieses Tempo noch durchhalten kann.

Er steigt keine Treppen mehr.

Er benutzt den Aufzug.

Der Brief war am Morgen mit der Post gekommen. Iphigénie hatte den Schriftzug des Hausverwalters erkannt und den Umschlag auf den Küchentisch gelegt. Sie bekam keine Luft mehr, hielt sich die Seite, und ihre Beine versagten ihr den Dienst. Sie fühlte sich, als wäre eine Herde Wildpferde über sie hinweggetrampelt.

Sie wartete die Mittagspause ab, briet Würstchen und wärmte das Kartoffelpüree für Clara und Léo auf. Sie kamen zum Mittagessen nach Hause. Das war billiger als die Schulkantine.

Sie öffnete den Brief so hastig, dass sie ihn fast zerriss.

Sie las ihn einmal, dann ein zweites Mal.

Die Herde Wildpferde trampelte erneut über ihren Körper hinweg.

Sie musste aus ihrer Loge ausziehen. Sie hatte drei Monate, um eine neue Stelle zu finden, denn der Podologe hatte sie nicht eingestellt. Und ein neues Zuhause. Um sie herum begann sich alles zu drehen.

Clara und Léo hörten auf, Eisenbahnschienen in das Püree zu zeichnen und fragten: »Was ist denn los, Maman?«

»Nichts, nichts …«

»Warum hast du dann Tränen in den Augen?«

Mylène Corbier reichte dem Zollbeamten in Roissy ihren Reisepass.

»Willkommen in Paris«, sagte der Zöllner und sah zu der hübschen Blondine auf, die sich hinter einer großen Sonnenbrille versteckte.

Sie wiegte den Kopf hin und her.

»Würden Sie bitte die Brille abnehmen?«

Sie gehorchte. Ihr rechtes Auge glich einer roten Rübe.

»Haben Sie die Tragfläche ins Auge bekommen?«, fragte er.

Sie seufzte.

»Schön wär's…«

Eine letzte Erinnerung an Mister Wei. Besser gesagt, an seinen Bodyguard. Er hatte sie zum Flughafen gefahren, um sicherzugehen, dass sie allein flog und nichts mitnahm. Sie hätte ja einen Koffer in einem Schließfach verstecken können. Bevor sie durch den Zoll ging, hatte er ihre Handtasche durchsuchen wollen. Sie hatte sich geweigert, denn in gebrauchten Papiertaschentüchern hatte sie ihre Diamantarmbänder und den Schmuck von Chaumet versteckt. Er hatte sie geschüttelt. Sie hatte sich gewehrt, war gestolpert und war gegen ein Metallgeländer geprallt. Er hatte die Schultern gezuckt und war gegangen, um kein Aufsehen zu erregen.

Sie hatte den Flug um dreizehn Uhr vierzig genommen, der um siebzehn Uhr vierzig in Roissy ankam. Elf Stunden Flugzeit. Elf Stunden, um ihr Scheitern Revue passieren zu lassen. Am Flugschalter in Shanghai hatte sich die Angestellte gewundert, dass sie ohne Gepäck flog. Die Angehörigen französischer Reisegruppen, die nach Hause zurückflogen, zeigten einander Fotos auf ihren Handys. Das Reinigungspersonal fegte diskret das kleinste Papierchen vom dem Boden weg. Terminal 2 blitzte vor Sauberkeit. Hier könnte man vom Boden essen, sagte sie sich und registrierte jedes Detail. Sie würde nie wieder zurückkommen. Ihre schöne Wohnung würde leer bleiben. Ihre Möbel würden verkauft werden. Was würde aus ihrer Pflegeserie werden? Mister Wei brauchte sie, um sie weiterzuentwickeln. Er würde vor Wut toben…

Der Zollbeamte gab ihr den Reisepass zurück, und sie ging ohne Umweg über die Gepäckausgabe hinaus.

Mister Wei hatte eingewilligt, ihr ihren Reisepass zurückzugeben, aber mehr auch nicht. Was brauchte sie denn schon, hatte er gebellt, um zu ihrer kranken Mutter zu fliegen? Lons-le-Saunier war nicht Paris… Da brauchte sie keine eleganten Kleider, hatte keine hohen Ausgaben. Du lässt alles hier, hatte er wütend geschimpft, dann bin ich sicher, dass du auch wieder zurückkommst. Ich muss dich daran hindern, Dummheiten zu machen… Bist du nicht glücklich hier? Denk an das ganze Geld, dass ich dich verdienen lasse. Deine schöne Wohnung, deine Möbel, dein Flachbildfernseher… Das hast du alles mir zu verdanken… Sie hatte den Kopf gesenkt. Ihre Finger hatten sich um ihren Reisepass geschlossen, als klammerten sie sich an ein Stück Freiheit. Zwei Jahre hatte sie in Shanghai geschuftet, und nun flog sie arm wie eine Kirchenmaus wieder nach Hause. Abgesehen von ihrem Schmuck hatte sie nur noch zehntausend Dollar in ihrem Sloggi-Miederhöschen verstecken können.

Sie hatte ihre Abreise im Flugzeug gefeiert. Unter dem Vorwand, sie habe Geburtstag, hatte sie einen großen Whisky bestellt. Die Stewardess hatte sie mit einem verschwörerischen Zwinkern gefragt, wie alt sie denn werde, und sie hatte »sechsunddreißig« geantwortet. Und das würde sie auch bleiben. Sie würde niemals zweiundvierzig werden. Die Stewardess hatte ihr sechsunddreißig in buntes Glanzpapier eingewickelte Bonbons gebracht und ihr alles Gute gewünscht.

Und was mache ich jetzt?, fragte sie sich, als sie sich in die Warteschlange für den Bus nach Paris einreihte. Kein Mensch erwartet mich … Weder in Paris noch in Lons-le-Saunier.

Sie würde sich eine Stelle als Maniküre oder Kosmetikerin suchen. Sie würde zu ihrem früheren Salon in Courbevoie gehen und fragen, ob sie nicht einen Job für sie hatten. Dort hatte sie Antoine Cortès kennengelernt. Er war nicht das große Los gewesen. Aber es würden andere kommen. Sie würde ihnen von ihrem Erfolg in China erzählen, das würde vielleicht ihr Interesse wecken.

Sie folgte den Touristen, die, ihre großen Koffer hinter sich herschleifend, in den Air-France-Bus stiegen, und begann leise vor sich hin zu singen. Sie sang mit rauer, sinnlicher Stimme und tastete nach den in ihrem Miederhöschen versteckten Scheinen.

Dottie ging in die Küche, wo Becca gerade das Abendessen vorbereitete. Sie hatte ihr Rezeptbuch auf der Seite mit den *crumbles* aufgeschlagen und studierte mit gerunzelter Stirn und mehlweißen Händen ein Rezept. Dottie fragte sich, ob es der passende Moment sei, um mit ihr zu reden.

»Ist Philippe nicht da?«

»Er ist mit Alexandre zum Zahnarzt gefahren …«

»Hat er gesagt, wann er wieder zurück ist?«

»Nein …«

»Kann ich mit dir reden, Becca?«

»Das ist gerade etwas ungünstig, ich versuche mich zum ersten Mal an Desserts … Ist es wichtig?«

»Ja.«

»Aha…«

Becca legte ein Messer zwischen die Seiten, um das Rezept nicht zu verlieren, schob die Äpfel, das Mehl und den Rohrzucker zurück, hielt die Hände wie zwei weiße Kerzenleuchter erhoben und sah Dottie mit ihren blauen Augen an.

»Dann raus mit der Sprache…«

Dottie nahm allen Mut zusammen und sagte: »Ich muss gehen, stimmt's?«

Die überraschten Kerzenleuchter rührten sich nicht.

»…«

»Er schaut mich nicht mehr an. Er redet nicht mehr mit mir. Er zieht mich nicht mehr an sich, wenn er nachts seinen Albtraum hat. Ich spüre seine Arme nicht mehr um mich… Früher war ich diejenige, die ihn beruhigte… Ich schmiegte mich an ihn und machte mich ganz schwer, um ihn am Boden zu halten, ich sagte mir, er braucht mich, für ein paar Stunden in der Nacht, da braucht er mich… und diese Stunden, Becca, reichten aus, um mich den ganzen lang Tag glücklich zu machen…«

Sie stockte kurz und fuhr leise fort: »Aber jetzt braucht er mich nicht mehr.«

»…«

»Dank dir ist er zur Ruhe gekommen, Becca. Ich bin überflüssig. Es ist nicht mein Verdienst, dass es ihm besser geht…«

»…«

»Ich hatte so gehofft, so sehr gehofft…«

»…«

»Ich liebe ihn, Becca. Ich liebe diesen Mann. Aber er hat mich nicht angelogen. Er hat nicht mit mir gespielt. Er hat nie behauptet, mich zu lieben… Oh, Becca… Ich bin so traurig…«

»…«

»Es ist diese andere Frau, nicht wahr? Es ist Joséphine…«

Becca hörte zu, wie nur sie allein es konnte. Mit ihren Ohren, ihren Augen, ihrem Herzen, ihrer Zärtlichkeit. Und ihren beiden zu weißen Kerzenleuchtern erhobenen Händen.

»Hast du Arbeit gefunden?«, fragte sie mit sanfter Stimme, in der nicht der Hauch eines Vorwurfs mitschwang.

»Ja…«

»Und du hast nichts davon gesagt …«

»Ich wollte hierbleiben …«

»Das habe ich geahnt … und er weiß es sicher auch. Er traut sich nicht, mit dir zu reden. Männer sind nicht gerade gut in Aussprachen, weißt du …«

»Hat er sie wiedergesehen?«

»Es liegt nicht nur an dieser Frau, Dottie … Er ist dabei, sich zu verändern. Und das tut er ganz allein … Er ist ein guter Mensch.«

»Das weiß ich, das weiß ich, oh, Becca …«

Sie brach in Tränen aus, und Becca breitete die Arme aus, wobei sie die Hände zur Seite wegstreckte, um sie nicht mit Mehl zu bestäuben.

Dottie ließ sich an ihre Brust sinken.

»Ich liebe ihn so sehr! Ich hatte gedacht, er würde sie schon irgendwann vergessen und sich an mich gewöhnen … Ich machte mich ganz leicht, um nicht mehr Platz wegzunehmen als eine Feder. Oh, ich weiß doch, dass ich nicht so gut bin wie sie, nicht so hübsch, so klug, so elegant … So weit bin ich noch nicht … Aber ich dachte, ich hätte eine Chance …«

Sie schniefte und löste sich aus Beccas Armen. Und unvermittelt explodierte sie, stieß einen Schrei aus, schlug auf den Tisch, schlug gegen die Schränke, schlug gegen den Kühlschrank, schlug auf die Stühle, auf die Äpfel, auf den Zucker und auf das Mehl.

»Warum entschuldige ich mich auch noch dafür? Ich verbringe meine ganze Zeit damit, mich zu entschuldigen! Warum rede ich mir ein, dass ich nichts wert sei? Dass ich ihm nicht das Wasser reichen könne! Dass es so großzügig von ihm sei, mich hier bei sich wohnen zu lassen und mir ein kleines Plätzchen in seinem Bett zu gewähren! Ich habe mich komplett verändert, um ihm zu gefallen. Komplett! Ich kenne mich mit Gemälden aus, kann mich gewählt ausdrücken, mit dem Fischbesteck umgehen, halte mich gerade, gehe im kleinen Schwarzen ins Konzert, applaudiere mit den Fingerspitzen, lächle höflich, und es genügt immer noch nicht! Was will er denn noch? Was denn noch? Er braucht es doch nur zu sagen, und ich würde es ihm geben! Ich würde alles dafür tun, dass er mich mitnimmt. Ich will, dass er mich liebt, Becca, ich will, dass er mich liebt!«

»So etwas kann man nicht erzwingen. Er mag dich sehr …«

»Aber er liebt mich nicht. Er liebt mich nicht …«

Becca hob die Äpfel auf, schob den Zucker und das Mehl zusammen, wusch sich die Hände und die Unterarme unter dem Wasserhahn und trocknete sie am Spültuch, das über dem Backofengriff hing.

»Dann muss ich also zurück nach Hause … Ganz allein … Oh, wenn ich nur daran denke … An diesen Moment, wenn ich in meiner kleinen Wohnung stehe, ohne ihn, ohne euch. Wenn ich abends beim Nachhausekommen das Licht einschalte, und es ist niemand da … Ich war hier so glücklich.«

Sie setzte sich hin und weinte still vor sich hin, mit hängenden Schultern, das Gesicht in den Händen vergraben.

Becca hätte ihr gern geholfen, aber sie wusste, dass man das Begehren nicht umlenken kann, und Philippes Begehren richtete sich nun einmal nicht auf Dottie.

Sie hielt ihr ein Messer hin.

»Hilf mir. Schäl die Äpfel und schneide sie in große Würfel … Wenn das Herz schwach wird, muss man seine Hände beschäftigen. Das ist das beste Mittel, um den Kummer zu bekämpfen.«

»Du wirst eine Zahnspange tragen müssen, macht dir das etwas aus?«, fragte Philippe Alexandre auf der Rückfahrt.

»Geht ja nicht anders …«, sagte Alexandre seufzend und musterte das Profil seines Vaters. »Hattest du früher eine Zahnspange?«

»Nein.«

»Und Maman?«

»Ich glaube nicht … Ich habe sie nie danach gefragt …«

»Gab es das damals bei euch noch nicht?«

»Du meinst, vor hundert Jahren?«

»So habe ich das nicht gemeint …«, protestierte Alexandre.

»Ich weiß. Das war ein Scherz …«

»Maman wird jetzt für immer jung bleiben …«

»Diese Vorstellung hätte ihr gefallen …«

»Was ist deine schönste Erinnerung an sie?«

»Der Tag, an dem du geboren wurdest …«

»Aha … und wie war das?«

»Deine Mutter und ich waren im Krankenhaus. Wir hatten die Matratze auf den Boden gelegt und haben die erste Nacht Arm in Arm verbracht. Du lagst zwischen uns. Wir haben gut aufgepasst, dass wir dich nicht erdrücken, wir rückten voneinander ab, um dir mehr Platz zu lassen, und trotzdem waren wir einander nie so nah. In jener Nacht habe ich erkannt, was ›glücklich sein‹ wirklich bedeutet.«

»So schön war das?«, fragte Alexandre.

»Ich habe mir gewünscht, diese Nacht würde niemals enden …«

»Soll das heißen, dass du nie wieder so glücklich sein wirst wie damals …«

»Das soll heißen, ich werde auf andere Weise glücklich sein … aber dieses Glück wird für immer der Gipfel allen Glücks bleiben …«

»Ich bin froh, dass ich ein Teil davon bin, auch wenn ich mich nicht mehr daran erinnern kann …«

»Vielleicht erinnerst du dich ja daran und weißt es nur nicht … Und was ist mit dir?«, fragte Philippe, mutig geworden. »Was war dein größtes Glück?«

Alexandre dachte nach. Er kaute auf seinem Hemdkragen herum. Das hatte er sich in letzter Zeit angewöhnt.

»Es gab mehrere, und sie waren alle völlig unterschiedlich …«

»Das letzte, zum Beispiel?«

»Das war, als ich Annabelle auf dem Heimweg von der Schule an der Ampel geküsst habe … Es war mein erster richtiger Kuss, und ich glaube, da habe ich mich auch wie der König der Welt gefühlt …«

Philippe sagte nichts. Er wartete darauf, dass Alexandre ihm verriet, wer Annabelle war.

»Als ich Phoebe geküsst habe, war das Gefühl nicht so intensiv, und mit Kris war es schön, aber noch anders … Glaubst du, mit meiner Spange werde ich noch küssen können? Wird dieser Eisenschrott an meinen Zähnen nicht stören?«

»Sie wird dich küssen für deine Art, ihr zuzuhören, sie anzuschauen, ihr Geschichten zu erzählen, wegen tausend anderer Dinge, die sie in dir sieht … und von denen du womöglich selbst nichts weißt …«

»Aha …«, entgegnete Alexandre verwirrt.

Er schwieg. Die Antwort seines Vaters hatte in seinem Kopf tausend Fragen aufgeworfen.

Philippe dachte bei sich, dass er noch nie ein so langes, intimes Gespräch mit seinem Sohn geführt hatte, und er war glücklich. Ein bisschen so wie damals, auf der Matratze im Krankenhaus, als er für eine Nacht der König der Welt gewesen war.

Hortense Cortès hasste sich.

Am liebsten hätte sie sich geohrfeigt, sich selbst an den Pranger gestellt, nie wieder mit sich geredet. Sich totgelacht über eine selten dämliche Nuss namens ... Hortense Cortès.

Sie hatte die Chance ihres Lebens vermasselt.

Und das war ganz allein ihre Schuld.

Nicholas hatte sie nach Paris zur Modenschau von Chanel mitgenommen. Chanel, hatte sie gekreischt. Ist das dein Ernst? Chanel? Karl Lagerfeld live auf der Bühne?

»Und die Gelegenheit, Anna Wintour zu treffen«, hatte Nicholas hinzugefügt und seine rosa und grapefruitfarbene Krawatte glatt gestrichen. »Ich bin zum Aftershow-Empfang eingeladen, und du kommst mit ...«

»Oh! Nicholas ...«, hatte Hortense gestammelt. »Nicholas, Nicholas ... Wie soll ich dir jemals danken?«

»Dank mir nicht. Ich protegiere dich, weil ich weiß, dass aus dir etwas werden kann, und früher oder später wird sich das für mich auszahlen ...«

»Lügner! Du machst das, weil du bis über beide Ohren in mich verliebt bist!«

»Sagte ich doch ...«

Um sieben Uhr zwölf nahmen sie den Eurostar nach Paris. Sie waren um fünf Uhr aufgestanden, um noch einmal kritisch zu prüfen, was sie anziehen wollten, und sich dem Anlass würdig zu erweisen. An der Gare du Nord sprangen sie in ein Taxi. Schnell! Schnell! Zum Grand Palais!

Ein Auge immer auf den Spiegel ihres blauen Shiseido-Puderdöschens gerichtet, fragte Hortense Nicholas zehnmal, wie sehe ich aus? Wie sehe ich aus?

Und zehnmal antwortete er: Hinreißend, einfach hinreißend ...

Sie fragte ihn ein elftes Mal.

Am Eingang des Grand Palais zeigten sie ihre Einladung vor.

Reihten sich in die Schlange ein, nahmen im großen Saal unter dem hohen Glasdach ihre Plätze ein und drehten den Kopf in sämtliche Richtungen, damit ihnen nur ja keine Einzelheit der Dekoration, keine einzige der anwesenden Berühmtheiten entging. Es waren so viele, dass Hortense den Versuch aufgab, sie alle zu erkennen. Die Modenschau war überwältigend. Die Dekoration stellte das Geschäft in der Rue Cambon dar, auf die Größe eines Musikpavillons geschrumpft. An den Wänden des Pavillons hingen riesige Nachbildungen von gesteppten Handtaschen, Knöpfen, Schleifen, Chanel-Hüten und Perlenketten. Alles in elegantem Weiß; makellos defilierten die Models auf dem Laufsteg.

Hortense hatte begeistert applaudiert.

Nicholas hatte sich zu ihr hinübergebeugt und geflüstert: »Zügle deine Begeisterung, meine Liebe, sonst glauben noch alle, ich hätte meine kleine Cousine vom Land mitgebracht…«

Sofort hatte sie eine blasierte Miene aufgesetzt, gegähnt und sich mit ihrer Einladungskarte Luft zugefächelt.

Während des Empfangs hatte sie so vehement ihre Ellbogen eingesetzt, dass sie sich fast die Haut abgeschürft hätte, um in die Nähe von Anna Wintour zu gelangen. Sie musste schnell handeln. Anna Wintour blieb nie lange, sie verkehrte nicht mit dem gemeinen Volk.

Hortense hatte die Sicherheitsschranke aus zwei Bodyguards durchbrochen. Hatte sich als Journalistin ausgegeben und gefragt: »Mich würde interessieren, ob Sie glauben, dass die Rezession einen Einfluss auf die Schauen dieser Pariser Fashion Week haben wird, oder, um mich deutlicher auszudrücken, ob die Finanzkrise nicht nur die Auftragsbücher der Häuser, sondern auch die Zuversicht und die Fantasie der Couturiers ruinieren kann.«

Sie war sehr stolz auf ihre Frage.

Anna Wintour hatte hinter ihrer großen Sonnenbrille den Blick auf sie gerichtet.

»Hmm… Lassen Sie mich überlegen… Ich werde Ihre Frage beantworten, wenn ich sicher bin, sie verstanden zu haben…«

Sie hatte sich weggedreht und ihren Bodyguards ein Zeichen gegeben, sie von dieser lästigen Person zu befreien.

Hortense war mit offenem Mund und einem dümmlichen Lächeln auf den Lippen zurückgeblieben. Abgebügelt. Sie war von Anna Wintour abgebügelt worden. Ihre Frage war idiotisch gewesen. Lang, anmaßend, geschraubt.

Sie hatte sich vor dem einzigen Menschen auf der Welt blamiert, den sie beeindrucken wollte. Genau das, sagte sie sich, bedeutete es nämlich, sich zu blamieren: liebenswürdiger, origineller, intelligenter erscheinen zu wollen, als man tatsächlich war, und vor aller Augen auf die Nase fallen.

Ende Mai rückte näher, Liz würde nach Los Angeles ziehen, und Gary war darüber nicht unglücklich. Sie gehörte zu den Mädchen, die ihre Unabhängigkeit einfordern, die sich weigern, sich von einem Mann dominieren zu lassen, die Blumensträuße in den Müll werfen und einem die gepiercte Zunge herausstrecken, wenn man ihnen die Tür aufhält, aber gleichzeitig sprach sie von ihnen nur noch als »wir«, als wären sie verheiratet, und hatte, das schlimmste Verbrechen überhaupt, ihre Zahnbürste neben die seine gestellt und ihr Pyjamaoberteil bei ihm deponiert.

Die Pyjamahose? Sie trug keine.

Er zählte die Tage, die ihn vom 27. Mai trennten.

An diesem Tag setzte er sie in ein Taxi zum Flughafen, schlug die Wagentür zu, wartete, bis das gelbe Taxi um die Ecke der 74th Street gebogen war, und stieß einen Freudenschrei aus, der mehr als einen Passanten dazu brachte, sich nach ihm umzudrehen.

Es war ein Freitag, und noch am selben Abend zog er mit Caillebotte – so nannte er Jerome inzwischen – los, um zu feiern. Im Village Vanguard lernte er eine wundervolle Frau kennen. Eine richtige Frau mit Krähenfüßen und großen, traurigen Augen. Eine müde, groß gewachsene Brünette, die Whisky pur trank und Sammelarmbänder trug. Er nahm sie mit nach Hause und landete mit ihr im Bett. Untermalt von Stöhnen und dem leisem Klirren der Anhänger. Gegen Mittag schlugen sie die Augen auf. Sie gefiel ihm sehr. Ihr Blick war von einer Traurigkeit verschleiert, die sie geheimnisvoll wirken ließ. Sie gestand ihm, dass sie ein paar Jahre älter war als er, und er entgegnete, das sei sehr gut so, er habe genug davon, jung zu sein. Sie schliefen bis vier Uhr nachmittags miteinander. Sie gefiel ihm immer besser. Er malte sich verruchte Küsse aus, Abendessen bei Kerzenschein, Gespräche über die Liebe und das Verlangen, die Freiheit und die Macht, seine Zwänge selbst zu wählen, über den Menschen, der alles weiß und nichts versteht, und über den Menschen, der nichts weiß und alles versteht … Bis sie ihren BH zuhakte und ihn bat, sie zu begleiten: Sie musste ihre Söhne vom Judokurs abholen. Er stürzte von Wolke sieben zurück auf die Erde.

Er sah sie nicht mehr wieder.

Er erinnerte sich noch an die Namen der beide Jungen: Paul und Simon.

Ein paar Tage später lud Caillebotte ihn zur Eröffnung einer Ausstellung der Barnes Foundation ins Metropolitan Museum of Art ein. Da werden jede Menge Impressionisten zu sehen sein, sagte er, und ihm fielen beinahe die Augen aus den Höhlen. Gary holte ihn bei Brooks Brothers ab, als der Laden schloss. Es war mild, die Wolken bildeten kleine Auslassungspunkte am Himmel, die Jogger zogen wie hingebungsvolle Verrückte ihre Kreise, und die Eichhörnchen widmeten sich ihren Geschäften. Plaudernd durchquerten sie den Park. Caillebotte konnte kaum stillhalten, er hüpfte nach links, er hüpfte nach rechts, er geriet immer mehr in Begeisterung, und Gary dämpfte seinen Enthusiasmus, indem er ihm verkündete, dass es im Südwesten Frankreichs einen Käse namens Caillebotte gebe. Caillebotte bedachte ihn mit einem vernichtenden Blick. Wie konnte er seinen Lieblingsmaler nur in einem Atemzug mit einem Schafskäse nennen? Seine Mundwinkel sanken zu einer verkniffenen Grimasse herab. Er wirkte zutiefst empört.

Gary entschuldigte sich, das Wetter war schön, er war zu Scherzen aufgelegt. Die Ausgelassenheit war mit ihm durchgegangen. Was für eine jämmerliche Freundschaft!, erwiderte Caillebotte darauf, reichte ihm seine Eintrittskarte und verkündete, dass sich ihre Wege an dieser Stelle trennen würden. Gary hatte nichts dagegen. Caillebotte begann ihm auf die Nerven zu gehen. Diese fiebrige Verehrung eines einzigen Malers verursachte ihm Klaustrophobie.

Pfeifend betrat er das Museum. Er war allein, er war frei, sein Haar war getrocknet, ohne zu Berge zu stehen, sein Hemdkragen lag flach an, das Leben war schön, was Hortense wohl gerade machte?

Vor einem herrlichen Matisse, dem *Rosa Marmortisch*, begegnete er einem merkwürdigen Mädchen. Er sah sie erst nur von hinten; sie hatte ihr langes Haar zu einem Pferdeschwanz zusammengebunden, und er verspürte den unbändigen Drang, sie in den Nacken zu beißen. Sie hatte einen langen, schmalen, biegsamen Hals und eine eigentümliche Art, ihn zu neigen, ihn zu strecken wie ein Insekt. Sie erinnerte ihn an eine behaarte Heuschrecke. Er war fasziniert. Er folgte ihr von Bild zu Bild, ohne den Blick von ihrem Nacken abzuwenden. Sie hieß Ann. Er trat näher heran. Erzählte ihr von Frankreich und vom Musée d'Orsay. Kratzte seine Erinnerungen zusammen, um sie zu beeindrucken. Wusste sie, dass Henri Émile Benoît Matisse am 31. Dezember 1869 in Le Cateau-Cambrésis geboren war? Es ist doch fürchterlich, an einem 31. Dezember geboren zu werden, man berechnet einem ein ganzes Jahr, das man überhaupt nicht gelebt hat. Wie ungerecht!

Sie kicherte. Und er sagte sich, die Sache sei geritzt. Wusste sie auch, dass Matisse als zwanzigjähriger Jurastudent …

»Genau wie ich«, unterbrach sie ihn. »Ich studiere Jura an der Columbia und schreibe eine Abschlussarbeit über die Verfassung der Vereinigten Staaten.«

»Nun … mit zwanzig hatte er eine Blinddarmentzündung, er musste operiert werden und konnte eine Woche lang nicht aufstehen. Um ihm die Zeit zu vertreiben – damals gab es noch keinen Fernseher –, schenkte seine Mutter ihm einen Kasten Buntstifte, und er begann damit herumzukritzeln. Er hat sein Jurastudium geschmissen und ist nach Paris auf die Kunsthochschule gegangen …«

»Ich zeichne sehr schlecht«, sagte sie, »also werde ich bei meinem Studium bleiben …«

Sie studierte Jura und bereitete sich auf ihr *bar exam* vor. Er lud sie zum Essen ein. Sie lehnte ab, sie musste lernen. Er begleitete sie zurück zum Campus der Columbia University an der 116th Street. Wenn sie den Arm hob, stieg ihm ein pfeffriger Vanilleduft in die Nase, der ihn betörte. Sie sahen sich wieder. Sie trug Converse in allen möglichen Farben und dazu passende Tops. Sie ging früh schlafen, trank keinen Alkohol, war Vegetarierin und liebte Tofu. Sie aß ihn gesalzen, gesüßt, mit Preiselbeermarmelade oder mit Mu-Err-Pilzen. Sie erzählte ihm die Geschichte der Vereinigten Staaten und ihrer Verfassung. Er wartete, bis sie Luft holen musste, um sie zu küssen.

Eines Tages gestand sie ihm, dass sie noch Jungfrau sei und sich nur ihrem Ehemann schenken würde. Sie gehöre der *»No sex before marriage«*-Bewegung an. Es gibt viele von uns. Keuschheit ist eine schöne Tugend, weißt du.

Er räumte ein, dass das ein Problem werden würde.

Er liebte ihren langen, schmalen Insektenhals und ihre großen, verschwommenen Augen immer noch genauso wie am Anfang. Auch wenn es manchmal geschah, dass er sie als eigenständige Elemente betrachtete … Er hätte sie gern ausgerissen und mit einer Nadel in einem Heft festgesteckt. Sie fand das nicht witzig.

Eines Abends ließ er sie Chopins *Nocturne in Es Dur* hören, der er immer mit geschlossenen Augen und in absoluter Stille lauschte. Er hatte sie aufgefordert, ganz besonders auf die rechte Hand zu achten, die Sopran spielte wie eine Stimme, die sich mühelos in die Höhe schwang, und auf den starken, kraftvollen Bass der linken Hand. Plötzlich unterbrach sie Chopin, um ihm zu erzählen, dass es 1787 nur dreizehn konföderierte Staaten und drei Millionen Amerikaner gegeben hatte. Das ist sehr wenig, verglichen mit den europäischen Ländern zum Beispiel …

Empört beschloss er, sie nie mehr wiederzusehen.

Er fand, Glenn Gould habe definitiv recht gehabt, als er behauptete: »Ich weiß nicht, wie das genaue Verhältnis tatsächlich aussieht, aber ich habe immer das intuitive Gefühl gehabt, dass man für jede Stunde, die man gemeinsam mit anderen Menschen zubringt, X Stunden allein sein muss. Wofür dieses X nun steht, weiß ich nicht; das können Zweisiebenachtel Stunden oder Siebenzweiachtel Stunden sein, aber es ist ein beträchtliches Verhältnis.«

Er würde damit aufhören, eine beträchtliche Menge an Zeit zu verlieren.

Joséphine öffnete die Glastür und trat hinaus auf den Balkon. Die Nacht war klar, hell erleuchtet von einem Mond, der so hübsch zu lächeln schien wie ein glückliches Mädchen. Der Mond lächelt oft, wenn er auf die Erde herabschaut. Man könnte meinen, er verspotte uns, wenn wir ihm nicht jene gelassene Gutmütigkeit zubilligten.

Sie musste zu den Sternen aufschauen und mit ihrem Vater reden. Tagsüber hatte sie in *Le Monde* einen Artikel über Patti Smith gelesen. Sie war über einen Satz von Pasolini gestolpert, den die Sängerin zitiert hatte: »Es ist nicht so, dass die Toten nicht redeten, wir sind es bloß nicht mehr gewöhnt, ihnen zuzuhören.« Patti Smith ging auf Friedhöfen spazieren und redete mit den Toten. Joséphine hatte die Zeitung sinken lassen und sich gesagt, dass sie es nicht mehr gewöhnt war, mit ihrem Vater zu reden.

Am selben Abend nahm sie ihr Federbett und setzte sich hinaus auf den Balkon, begleitet von Du Guesclin, der ihr nie von der Seite wich. Wohin sie auch ging, er folgte ihr. Er wartete auf sie vor der Toilettentür, vor der Badezimmertür, und wenn sie sich bewegte, um ein Fenster zu öffnen oder zu schließen, das Radio ein- oder auszuschalten, die Falte eines Vorhangs zu richten oder den Kühlschrank auszuwaschen, blieb er stets an ihrer Seite. Wahrscheinlich befürchtete er, sie könne ihn allein zurücklassen, und folgte ihr deshalb auf Schritt und Tritt.

»Soll ich dir was sagen, mein Dicker? Du wirst allmählich die reinste Klette …«

Er schaute sie mit so viel Liebe im Blick an, dass sie sofort bereute, ihn eine Klette genannt zu haben, und seine Ohren rubbelte. Er stöhnte auf, und sie entschuldigte sich. Sie hatte seine Ohrenentzündung vergessen. Die Entzündung hatte von einem Ohr auf das andere übergegriffen, und sie pflegte ihn unentwegt, reinigte die entzündete Ohrmuschel, gab Tropfen hinein und hielt ihn mit beiden Armen fest, damit er stillsaß und die Medizin in den Gehörgang rinnen konnte.

Am dunklen Himmel funkelten tausend Sterne, als unterhielten sie sich miteinander. Es war ein ohrenbetäubender Lichterlärm. Sie entdeckte den Großen Wagen, konzentrierte sich auf den letzten kleinen Stern am Ende der Deichsel und rief ihren Vater.

Sie musste immer eine Weile warten, bevor er antwortete …

Und das tat er, indem er kleine Blitze aussandte.

Sie dankte ihm dafür, dass er ihr das Tagebuch des Kleinen Mannes geschickt hatte.

»Ich habe etwas begriffen … Etwas Wichtiges … Erinnerst du dich an den Tag am Atlantik? Jenen Tag, als du mich hochgehoben, mich ganz fest an dich gedrückt und Henriette eine Kriminelle genannt hast? Ich habe begriffen, dass ich es an diesem Tag ganz allein aus dem Wasser herausgeschafft habe. Ganz allein, Papa … Niemand hat mir dabei geholfen, wieder festen Boden unter die Füße zu bekommen … Und auch danach bin ich mein Leben lang allein aus den tosenden Wellen herausgekommen. Aber das wusste ich nicht … Kannst du dir das vorstellen? Ich maß dem, was ich tat, überhaupt keine Bedeutung bei … Also konnte ich auch nicht stolz auf mich sein, mich trösten, Selbstvertrauen gewinnen …«

Sie glaubte zu sehen, wie der kleine Stern aufleuchtete und wieder verlosch. Lange Blitze, kurze Blitze, wie eine Botschaft in Morsezeichen.

»Jetzt habe ich nicht mehr so viel Angst … Weißt du noch, wie viel Angst ich hatte, als ich plötzlich mit Hortense und Zoé in der Wohnung in Courbevoie saß, ohne Geld, ohne Mann, ohne die leiseste Ahnung, wie es weitergehen würde? Ich hatte keine Lust mehr zu lesen, keine Lust mehr zu schreiben, keine Lust mehr zu lernen … Ich ließ mich einfach hin und her schubsen, vom Leben, von den Menschen, die mich schlecht behandelten, von den unbezahlten Rechnungen. Weißt du noch, wie ich mich dir abends auf dem Balkon in Courbevoie entgegenstreckte, wie ich auf ein Zeichen, eine Antwort von dir lauerte, und weißt du noch, wie du mit mir sprachst und mir Mut machtest? Es war ein Dialog zwischen uns beiden … Ich habe niemandem davon erzählt. Die Leute hätten mich für verrückt erklärt …«

Ihr schien, als hätte der kleine Stern aufgehört zu blinken und leuchte nun dauerhaft. Das machte ihr Mut.

»Inzwischen geht es mir besser, Papa … viel besser … Ich habe aufgehört, mich ständig im Kreis zu drehen, zu zweifeln, mich mit Iris zu vergleichen, zu glauben, ich sei unfähig. Ich habe eine neue Idee. Eine Idee für ein Buch. Es ist dabei, sich in mir zu schreiben. Ich füttere es, ich gieße es, ich sammle alles auf, was ich im Leben finde, all die winzig kleinen Details, die niemand sieht, die niemand haben will, und lasse sie in das Buch einfließen …«

Du Guesclin hörte die Alarmanlage eines Autos und begann zu bellen.

Sie streckte einen Arm aus der molligen, beruhigenden Wärme des Federbetts, packte ihn beim Nacken und rief ihn zur Ordnung.

»Du weckst noch alle auf!«

Er verstummte und fixierte einen Punkt in der Dunkelheit, auf allen vier Pfoten aufgerichtet, bereit, dem Feind an die Kehle zu gehen.

Joséphine schaute wieder hinauf in die dunkle Nacht. Ein glatter, weißer Schleier wehte über den Himmel wie eine lange Seidenschleppe und dämpfte den strahlenden Glanz der Sterne.

»Es tut mir gut, ein solches Projekt zu haben. Wenn ich abends zu Bett gehe, sage ich mir, dass ich etwas getan habe, dass ich meine Intelligenz und meine Fähigkeiten genutzt habe. Ich habe eine Geschichte gefunden … Die Geschichte vom Kleinen Mann und Cary Grant, die Geschichte davon, was das Leben uns an seinem Beginn mitgibt und was wir im Laufe der Jahre daraus machen. Der beharrliche Mut, mit dem Archibald Leach zu Cary Grant wurde, und das Zögern des Kleinen Mannes. Ich weiß nicht, ob ich es schaffen werde, aber ich werde es versuchen … Das macht mich glücklich. Verstehst du das?«

Sie wusste, dass er es verstand, auch wenn sie sich nicht sicher war, ob der kleine Stern noch funkelte. Er war an ihrer Seite. Er nahm sie in die Arme, legte seine Wange an die ihre.

Und ganz leise fragte er sie: »Was ist mit Philippe? Wo bleibt er bei all dem?«

»Philippe … Ich denke darüber nach, weißt du.«

»Und …«

»Ich werde dir sagen, was ich vorhabe, und du funkelst einfach nur ein bisschen, einverstanden?«

»Einverstanden.«

Es war ein merkwürdiges Gefühl, so mit ihm zu reden. Als er am Abend eines 13. Juli gestorben war, während in ganz Frankreich noch im kleinsten Dorf Knallkörper explodierten und fröhliche Bälle gefeiert wurden, da war sie kaum zehn Jahre alt gewesen. Beide trugen sie die Erinnerung an jenen Nachmittag am Atlantik in sich, aber sie redeten nie darüber. Dazu hätten sie furchtbare Sätze aussprechen müssen. Sätze, die anklagen, im Dreck wühlen, die Beteiligten beschmutzen. Also schwiegen sie. Er nahm sie bei der Hand, er führte sie, und gemeinsam gingen sie stumm ihres Weges. Er war es nicht mehr gewöhnt, zu reden, seine Zunge war in einem Knoten gefangen.

Der Tod hatte diesen Knoten gelöst.

Sie atmete tief durch und begann: »Ich fahre nach London … Ohne ihm vorher Bescheid zu sagen. Eines Abends werde ich wie ein Schatten vor seinem Haus herumschleichen. Es wird eine schöne, blaue Nacht sein, das Wohnzimmer ist erleuchtet, er sitzt da und liest, redet oder lacht, ich stelle ihn mir glücklich vor …«

»Und dann …«

»Dann stecke ich die Hand durch das Gitter, das den Park einschließt, sammle ein paar Steinchen auf und werfe sie gegen die Scheibe … Ganz leicht, ein Geräusch wie ein Sommerregen … Er wird das Fenster öffnen und sich in die Dunkelheit hinausbeugen, um zu sehen, wer so verrückt ist, kleine Steinchen an seine schönen, hell erleuchteten Fenster zu werfen …«

Sie hob ihr Gesicht in die Nacht und spielte ihm die Szene vor:

Er öffnet das Fenster und beugt sich hinaus auf die Straße. Auf dem Bürgersteig ist niemand zu sehen. Er schaut nach rechts, nach links, zögert. Er sieht die Straßenlaternen, ihren blassen Lichtkreis, die flachen Blumenschalen, in denen sich Farn und Geranien vermischen, sich sanft wiegen, zitternde Farbtupfer bilden.

Er blickt forschend in die Dunkelheit. Will die beiden Fensterflügel schon wieder schließen, als er eine leise Stimme hört: »Philippe ...«

Er beugt sich vor, sucht erneut, diesmal jedoch aufmerksamer, in allen schattigen Winkeln, an allen dunklen Stellen; sein prüfender Blick gleitet über die Baumgruppen und einzelnen Bäume, über den schwarzen Gitterzaun, der den kleinen Park umschließt, in die Lücken zwischen den Autos, die am Bürgersteig entlang parken. Er entdeckt eine Gestalt in der Dunkelheit. Einen weißen Regenmantel, eine Frau. Eine Frau, die er zu erkennen glaubt ... Er blinzelt, sagt sich, das ist nicht möglich, sie ist in Paris, sie reagiert nicht auf meine Briefe, auf die Blumen, die ich ihr schicke, und er fragt: »Bist du das, Joséphine?«

Sie schlägt den Kragen ihres weißen Regenmantels hoch, hält ihn mit beiden Händen zusammen. Sie zittert, seit sie seine Stimme gehört hat. Ihre Hände sind kalt, sie ist nervös. Sie schämt sich, weil sie unten auf der Straße steht und wartet. Weil sie beharrlich bleibt, wie eine Frau, die sich ihm aufdrängt. Doch plötzlich weicht die Scham. Eine bebende, überschäumende Freude zwingt sie, die Zähne zusammenzubeißen, aber trotzdem schafft sie es, zu lächeln, und haucht leise: »Ja.«

»Joséphine? Bist du das?«

Er kann es nicht glauben. Er hat zu lange gewartet, um sich vorstellen zu können, dass sie wirklich da sei. Er hat Geduld, Gelassenheit, Leichtigkeit gelernt, er hat gelernt, so vieles loszulassen, er sagt sich, dass es nicht möglich sei, er will das Fenster schon wieder schließen, doch dann beugt er sich noch einmal vor, um in die Dunkelheit hinauszuhorchen.

»Ich bin es«, wiederholt sie, krampfhaft den Mantelkragen umklammernd.

Er sagt sich, dass er nicht träumt. Oder ist er vielleicht verrückt? In diesem Moment liegt es allein bei ihm, ein vernünftiger Mann zu sein, ein Mann, der das Fenster wieder schließt und sich achselzuckend seinem hell erleuchteten Wohnzimmer zuwendet. Ein Mann, der nicht glaubt, dass eine Frau im Dunkeln auf ihn warten und Steinchen ans Fenster werfen könnte, um ihm zu sagen, dass sie den Ärmelkanal überquert hat, um zu ihm zu gelangen.

Er dreht sich um. Er sieht Becca und Alexandre in einer Ecke des

Wohnzimmers, sie sehen fern. Dottie ist am Nachmittag gegangen, sie hat ihm einen Zettel auf die Schlafzimmerkommode gelegt. Sie hat eine neue Stelle gefunden, sie zieht wieder zurück in ihre eigene Wohnung. Sie dankt ihm dafür, dass er sie bei sich aufgenommen hat. Sie wäre gern geblieben, aber sie weiß, ihr Platz ist nicht hier. Sie hat es eingesehen. Eine wehmütige Nachricht, aber eine Nachricht, die ihm mitteilt, dass sie geht. Die Worte erfüllen ihn nicht mit Traurigkeit, wenn er sie liest, sondern mit Erleichterung. Und mit Dankbarkeit dafür, dass sie ohne eine tränenreiche Szene gegangen ist.

Er geht eine letzte Wette ein, die Wette eines Verrückten, der an Steinchen werfende Erscheinungen glaubt, und ruft noch einmal hinaus in die finstere Nacht, hinunter auf den Bürgersteig, wo vielleicht überhaupt niemand steht: »Du bist gekommen …«

»Ich bin da …«

»Du? Bist du es wirklich?«

Er beugt sich über das Geländer. Sein ganzer Körper neigt sich vor, sucht sie, hält nach ihr Ausschau, bildet sie sich womöglich ein.

»Ich bin da«, sagt sie wieder. »Ich bin gekommen, um dir zu sagen, dass ich keine Angst mehr habe.«

Sie ist es tatsächlich, es ist ihre Stimme. Jetzt ist er sich sicher.

»Warte kurz, ich komme runter …«

»Ich warte auf dich …«

So war es schon immer, sie hat immer gewartet.

Selbst wenn sie sich dessen nicht bewusst war.

»Wird es so ablaufen, Papa? Du sagst ja gar nichts, dabei weißt du doch, was geschehen wird …«

»Ich bin kein Hellseher, Joséphine, ich kann dir nicht mehr Einzelheiten über das verraten, was dich erwartet …«

»Er wird nicht wollen, dass bei unserem Wiedersehen so viele Leute um uns sind, verstehst du … Er wird herunterkommen, und ich werde auf dem Bürgersteig auf ihn warten. Ich werde meinen hübschen Rock tragen, der so schön schwingt, wenn ich gehe, meinen weißen Strickpullover mit den großen schwarzen Punkten, Ballerinas, damit ich beim Gehen nicht stolpere, und meinen weißen Trenchcoat, den ich bis zum Kinn hochziehen kann, um mich ein bisschen darin zu verstecken. Mein Herz wird heftig klopfen. Im Dunkeln werde ich weniger Angst haben. Weniger Angst davor, rot zu werden oder verschwitzte Haare zu haben … Man kann sich noch so sehr einreden, man sei geheilt, man sei tapfer, man findet sich doch trotzdem immer ein bisschen unbeholfen … Er wird die Haustür öffnen, er wird zögernd die Stufen herunterkommen – er hat immer noch nicht begriffen, dass es wirklich wahr ist. Joséphine?, wird er fragen, Joséphine?, und ich werde langsam auf ihn zugehen. Ich werde auf ihn zugehen wie im Abspann eines Films. Er wird mich in die Arme nehmen, mich verrückt nennen, und er wird mich küssen … Ein warmer, langer, ruhiger Kuss, ein Wiedersehenskuss. Ich weiß es … Ich habe ihn nicht verloren, Papa, ich habe ihn wiedergefunden. Und ich werde nach London fahren … Ich bin mir jetzt ganz sicher. Es ist immer gut, etwas zu haben, was man sich vorstellen kann, was man mit klopfendem Herzen herbeisehnt. Es stimmt, dass einen dieses Etwas manchmal zu hoch hinaufträgt und man dann auf die Nase fällt … aber ich glaube ganz fest daran, dass er mich auf der obersten Stufe erwartet …«

Sie warf eine Kusshand in die Nacht, schlang die Arme um ihre Schultern, wiegte sich auf dem harten Balkonboden hin und her, suchte nach dem feinen Riss im Belag, kratzte mit dem Finger daran, und das beruhigte sie.

Der kleine Stern am Ende der Deichsel funkelte schwach. Er würde verschwinden. Sie beeilte sich, zu sagen, was sie noch auf dem Herzen hatte: »Aber vorher … vorher muss ich noch mit dem Kleinen Mann sprechen. Er ist alt geworden … Oh, nicht so alt … aber alt im Kopf, weil er aufgegeben hat. Er hat den Funken verlöschen lassen, der sein Leben entflammt hätte … Ich möchte, dass er mir erklärt, warum. Ich möchte verstehen, wie man sein Leben lang seinen Traum verdrängen kann, ohne jemals auch nur zu versuchen, ihn zu verwirklichen.«

»Dabei hättest du selbst doch um ein Haar genau das Gleiche getan«, sagte ihr Vater seufzend.

»Ich will, dass er mir davon erzählt … mit seinen eigenen Worten. Er soll wissen, dass er diese Geschichte nicht umsonst erlebt hat, dass sie mich aus den Fluten des Atlantiks gerettet hat und dass sie auch noch andere Menschen retten kann. Menschen, die Angst haben, die nichts wagen, Menschen, denen man tagein, tagaus einredet, es sei sinnlos, zu hoffen. Denn das ist es doch, was man uns einredet, nicht wahr? Menschen, die träumen, werden verspottet, sie werden ausgeschimpft, angeprangert, man stößt sie mit der Nase auf die Realität, man sagt ihnen, das Leben sei hässlich, es sei traurig, es gebe keine Zukunft, keinen Platz für Hoffnung. Und man versetzt ihnen einen Schlag auf den Kopf, um sicherzugehen, dass sie die Lektion auch lernen. Man erfindet Bedürfnisse für sie, die sie gar nicht haben, und zieht ihnen alles Geld aus der Tasche. Man hält sie gefangen. Man sperrt sie ein. Man verbietet ihnen zu träumen. Zu wachsen, sich wieder aufzurichten … Und doch … Und doch … Ohne Träume sind wir bloß armselige Menschengestalten mit kraftlosen Armen, ziellos umherrennenden Beinen, einem nach Luft schnappenden Mund und leeren Augen. Träume sind es, die uns Gott und den Sternen näher bringen, die uns größer, schöner, einzigartig machen … Ein Mensch ohne Träume ist klein. So klein und so nutzlos … Es tut weh, einen Menschen zu sehen, der nur den Alltag, die Realität des Alltäglichen kennt. Er gleicht einem Baum ohne Blätter. Man muss den Bäumen Blätter geben. Ihnen unzählige Blätter ankleben, damit ein großer und schöner Baum daraus wird. Und sei's drum, wenn ein paar Blätter abfallen, dann klebt man eben wieder neue an. Wieder und wieder, ohne sich entmutigen zu lassen … Denn im Traum atmen die Seelen. Im Traum entfaltet sich die Größe des Menschen. Heutzutage atmen die Menschen doch nicht mehr, sie ersticken. Sie haben die Träume aus ihrem Leben gestrichen, genau wie die Seele und Gott …«

Das war nicht mehr sie selbst, die da sprach, sondern ihr Vater. Er gab ihr die Worte ein, gab ihr Anlass zu glauben, zu hoffen, ermunterte sie, den Bäumen Blätter zu geben.

Pasolini hatte recht. Die Toten sprechen die ganze Zeit zu uns, wir nehmen uns bloß nicht die Zeit, ihnen zuzuhören …

Sie stand vor der Tür von Monsieur und Madame Boisson. Eine große, tannengrüne Tür mit zwei schönen Knäufen aus vergoldetem Kupfer. Ein länglicher Fußabstreifer mit grüner Kante. Sie würde klingeln. An der Tür des Kleinen Mannes. Iphigénie hatte ihr die Petition in die Hand gedrückt und gesagt, jetzt, Madame Cortès, jetzt sofort. Nicht morgen und nicht übermorgen … Sie hatte Iphigénie angeschaut, hatte immer noch gezögert, ich weiß nicht, ob ich bereit dafür bin, ich weiß nicht. Los! Los!, hatte Iphigénie gedrängt. Das ist doch ein Klacks. Sie zeigen ihnen den Brief des Hausverwalters, Sie zeigen ihnen den Text, den Sie aufgesetzt haben, und Sie fragen, ob sie unterschreiben wollen … Es reicht schon, wenn wir die Unterschriften aus Haus A zusammenbekommen, dann haben wir gewonnen, Madame Cortès. Was glaubt dieser Hausverwalter eigentlich? Meint der etwa, er könnte hier einfach so seine Entscheidungen durchdrücken? Mir nichts, dir nichts sein Betthäschen in meinen hübschen Hasenstall einquartieren? Und ich würde brav kuschen und mir das gefallen lassen? Na los, Madame Cortès, gehen Sie schon!«

»Jetzt, Iphigénie? Jetzt? Ich muss mich doch erst vorbereiten … Was soll ich ihnen denn sagen?«

»Erklären Sie ihnen das Problem, und wenn die Leute mit meiner Arbeit zufrieden sind, werden sie schon unterschreiben. Das ist doch nicht kompliziert … Ich habe mir nichts vorzuwerfen, ich bringe das Haus auf Hochglanz, ich wienere es, ich bohnere es, ich repariere die Treppenläuferstangen, ich wechsle die Glühbirnen aus, ich bringe allen die Post, ich nehme Einschreiben entgegen, ich gieße im Sommer die Pflanzen, ich wische die Regenpfützen weg, ich lasse die Sonne herein, ich stehe jeden Morgen um sechs Uhr auf, um die Mülltonnen rauszustellen, ich spritze sie mit dem Schlauch aus, ich stelle sie wieder zurück in den Müllraum, ich sage Bescheid, wenn irgendwo Wasser ausläuft, ich putze die Keller, und das wissen die auch alles, oder sie haben die Augen voller Scheiße! Tut mir leid, wenn ich ausfallend werde, aber manchmal habe ich einfach keine Lust mehr, meine Zunge im Zaum zu halten …«

»Es ist nur …«

Sie war noch nicht bereit, dem Kleinen Mann zu begegnen. Um die Petition kümmerte sie sich gern. Sie stand uneingeschränkt dahinter. Aber von Angesicht zu Angesicht Monsieur Boisson gegenüberzustehen, dem Protagonisten ihres Romans, davor schreckte sie zurück. Was, wenn er Nein sagte? Wenn er wütend wurde? Wenn er sagte, sie habe kein Recht gehabt, dieses Tagebuch zu lesen, dass er es gerade deshalb weggeworfen habe, um zu verhindern, dass es jemand liest? Mit welchem Recht stecken Sie Ihre Nase in mein Privatleben? Mit welchem Recht? Er würde sie wegschicken, zerstört, beraubt, mit leeren Händen und leerem Herzen. Und davon würde sie sich nicht erholen.

»Sie glauben nicht mehr daran, ist es das? Sie finden, ich sollte gehen, Sie finden es normal, dass ich weggeworfen werde wie eine Bananenschale?«

»Nein, Iphigénie, natürlich nicht…«

»Dann hopp, hopp! Gehen Sie schon! Ich komme auch mit, wenn Sie wollen, ich sage keinen Ton, ich stehe nur neben Ihnen, aufrecht wie Justitia…«

»O nein, bloß das nicht…«

Ich will allein gehen. Ich will seine Wohnung betreten, mich mit ihm hinsetzen, ruhig, ganz ruhig mit ihm reden. Ich will, dass er mir zuhört und mir dann sagt… dass er mir sagt… ja, Madame Cortès, erzählen Sie diese Geschichte, erzählen Sie meine Geschichte, aber verraten Sie nicht, dass ich es bin. Ich will nicht, dass mich jemand erkennt. Erfinden Sie einen anderen Mann, der sein Leben in eine andere Mülltonne geworfen hat…

»Was nun?«, drängte Iphigénie. »Gehen Sie?«

Sie hatte Ja gesagt, ja, ich gehe, dann werden wir ja sehen.

Dann werde ich ja sehen.

Sie hatte ihren Vater gerufen. Hatte ihn gebeten, sie zu begleiten. Kommst du mit mir? Lässt du mich nicht allein? Gib mir doch ein Zeichen, irgendwas, mach, dass eine Glühbirne kurz ausgeht, dass sich der Fernseher von allein einschaltet, dass der Fahrstuhlknopf zu blinken beginnt, dass im Treppenhaus ein Feuer ausbricht…

Aber es hatte kein Zeichen gegeben.

Sie hatte mit Monsieur und Madame Merson angefangen. Monsieur Merson war nicht zu Hause, aber die kurvenreiche Madame Merson hatte mit einer Zigarette im Mundwinkel gesagt, natürlich unterschreibe ich, Iphigénie ist klasse, ich finde es super, dass sie jede Woche die Haarfarbe wechselt, das hebt meine Laune…

Auch Pinarelli junior hatte unterschrieben. Die Concierge? Ist mir so was von egal, aber ihre Arbeit macht sie ordentlich, das muss man zugeben. Könnte ein bisschen mehr auf den Rippen vertragen, aber von einer Concierge verlangt man ja keinen Bauchtanz, was, Madame Cortès?

Yves Léger hatte ebenfalls unterschrieben. Er telefonierte gerade und hatte keine Zeit zu reden, wo soll ich unterschreiben, worum geht es genau? Die Concierge? Sie ist perfekt…

Blieben nur noch Monsieur und Madame Boisson. Iphigénie jubilierte, sehen Sie, sehen Sie? Ich hatte es Ihnen doch gesagt, ich bin superklasse, ich mache meinen Job besser als jeder andere, und wissen Sie was? Wenn wir alle Unterschriften von Haus A zusammenhaben, verlange ich eine Gehaltserhöhung. Zack, und immer drauf auf diesen blöden Hausverwalter, der seine Süße hier ins gemachte Nest setzen und in der Mittagspause zum Schäferstündchen vorbeikommen will. Denn darum geht es doch, Madame Cortès, nicht mehr und nicht weniger! Schäferstündchen in der Mittagspause!

»Zu Monsieur Boisson gehe ich morgen … Es ist schon spät, Iphigénie, Zeit fürs Abendessen. Sie wollen bestimmt gleich zu Tisch …«

»Ach, Quatsch, was geht Ihnen jetzt so kurz vor dem Ziel die Luft aus? Na los! Den Boissons habe ich erst neulich aus der Patsche geholfen. Ich habe ihr verstopftes Spülbecken repariert, da sind sie mir das doch wohl schuldig!«

Sie wartete, Gewehr bei Fuß. Begann sich zu ärgern.

»Ich bitte Sie, Madame Cortès, wir haben es fast geschafft!«

»Na gut, einverstanden«, seufzte Joséphine, die nicht weiter diskutieren wollte. »Ich gehe. Aber Sie warten unten auf mich, Sie bringen mich ganz durcheinander, wenn Sie mich so unter Druck setzen …«

»Zum Glück setze ich Sie unter Druck, Madame Cortès, Sie sind ja auch so schüchtern! Wovor haben Sie denn Angst? Ist es, weil er auf der École Polytechnique war? Sie haben doch auch etwas Langes und Kompliziertes studiert …«

»Ich gehe ja schon, aber warten Sie in Ihrer Loge auf mich …«

»Okay«, willigte Iphigénie ein und gab ihr übliches Trompetenschnauben von sich. »Aber irgendwie habe ich das ungute Gefühl, dass Sie mich im Regen stehen lassen wollen …«

»Nein, Iphigénie! Ich habe gesagt, ich gehe, also gehe ich auch …«

Iphigénie war nach unten gegangen und hatte auf der Treppe den Kopf verdreht, um sich zu vergewissern, dass sich Joséphine auch nur ja nicht drückte.

Der Augenblick der Wahrheit war gekommen. Der alles entscheidende Moment …

Der Moment, in dem Joséphine die Erlaubnis erhalten würde, dieses Buch, das sich in ihr entfaltete, zu schreiben oder auch nicht. Sie stand vor der großen grünen Tür mit den kupfernen Knäufen.

Sie klingelte.

Wartete.

Hörte eine Männerstimme, die fragte, was gibt's?

Antwortete, hier ist Madame Cortès aus dem fünften Stock.

Ein Auge drückte sich gegen den Spion.

Sie hörte das Drehen eines Schlüssels im Schloss, einmal, zweimal, dreimal, einen Riegel, zwei Riegel, einen Sperrbügel, noch einen Riegel …

Ein Mann öffnete.

»Monsieur Boisson?«

»Ja …«

»Ich muss mit Ihnen reden.«

Er räusperte sich. Er trug eine weinrote wollene Hausjacke mit einem ebenfalls weinroten geflochtenen Gürtel und ein graues Halstuch. Er war blass, die beinahe durchsichtige Haut spannte sich über den Knochen. Er stand in der halb geöffneten Tür und musterte sie.

»Es geht um die Concierge …«

»Meine Frau ist nicht da, sie kümmert sich um solche Dinge … Kommen Sie ein anderes Mal wieder.«

»Es ist wichtig, Monsieur Boisson, ich brauche nur eine Unterschrift von Ihnen. Alle anderen haben unterschrieben, es geht darum, eine Ungerechtigkeit wiedergutzumachen …«

»Aber …«

»Nur eine kleine Unterschrift, Monsieur Boisson.«

Sie sah ihn an. Das war also der Kleine Mann, der vor Freude durch die Métrogänge lief, weil er die Liebe entdeckte … Der Genevièves Damenbart küsste, den Unterricht schwänzte, mit Cary Grant Champagner trank, einen Kaschmirschal für einen Mann kaufte, der in der Sonne lebte, und diesen anflehte, ihn als Fahrer oder Mädchen für alles einzustellen.

Er führte sie ins Wohnzimmer, einen großen, tristen Raum mit gediegenen gedrechselten Möbeln. Eine Vitrine, in der sie Champagnerflöten bemerkte, säuberlich aufgereiht. Steife Sessel mit unbequemen Rückenlehnen und Orientteppiche auf einem versiegelten Parkettboden. Das Zimmer wirkte kalt und traurig. Eine Zeitung lag aufgeschlagen auf einem Sofa. Eine einzige Lampe erhellte das Zimmer. Sie musste ihn bei der Zeitungslektüre gestört haben.

»Meine Frau ist zu ihrer Schwester nach Lille gefahren … Ich bin allein, normalerweise ist aufgeräumt …«

»Aber hier ist es doch sehr ordentlich!«, entgegnete Joséphine. »Sie sollten einmal meine Wohnung sehen!«

Er lächelte nicht und erkundigte sich, was er für Iphigénie tun könne.

Er hörte sie an und sagte, ja, er sei sehr zufrieden mit der Concierge. Etwas weniger mit ihren Haaren. Er lächelte schwach, als wiederholte er etwas, wovon er selbst nicht überzeugt sei. Nicht sehr passend, so eine Concierge mit rotem, grünem, blauem oder gelbem Haar… aber abgesehen davon ist nichts gegen sie einzuwenden. Wo sollte er unterschreiben? Joséphine reichte ihm die Petition. Er las die übrigen Namen und setzte den seinen darunter. Gab ihr den Stift zurück. Begleitete sie zur Tür.

»Ich danke Ihnen, Monsieur Boisson, Sie helfen mit, eine Ungerechtigkeit wiedergutzumachen…«

Er antwortete nicht und schickte sich an, ihr die Tür zu öffnen.

Jetzt oder nie, dachte Joséphine. Seine Frau ist nicht da, er kann ungestört mit mir reden.

»Monsieur Boisson, hätten Sie noch einen Moment Zeit für mich?«

»Ich wollte mir gerade mein Abendessen warm machen. Meine Frau hat für mich vorgekocht…«

»Es ist wichtig, sehr wichtig…«

Er wirkte erstaunt.

»Gibt es noch ein anderes Problem im Haus?«

»Nein, es ist etwas heikler… Ich bitte Sie, Sie müssen mir zuhören… Es ist sehr wichtig für mich.«

Er lächelte peinlich berührt. Joséphines Drängen machte ihn verlegen.

»Ich kenne Sie überhaupt nicht…«

»Aber ich kenne Sie…«

Verwundert hob er den Kopf.

»Sind wir uns neulich in der Apotheke begegnet? Das waren doch Sie, nicht wahr?«

Joséphine nickte.

»So etwas nenne ich nicht jemanden kennen«, sagte er zurückhaltend.

»Und doch kenne ich Sie… Sehr viel besser, als Sie es sich vorstellen können…«

Er schien zu zögern, dann bedeutete er ihr mit einem Wink, ins Wohnzimmer zurückzukehren. Deutete auf einen Stuhl. Setzte sich selbst beinahe vorsichtig auf einen steifen Sessel. Faltete die Hände auf den Knien und forderte sie auf zu reden.

»Nun …«, begann Joséphine und errötete.

Sie erzählte ihm alles. Von Zoés Kummer, als ihr schwarzes Heft verschwunden war, von ihrer Suche in den Mülltonnen und der zufälligen Entdeckung des kleinen Notizbuchs. Er hob eine Hand vor den Mund und begann zu husten. Ein trockener, markerschütternder Husten, der in seinem Brustkorb dröhnte. Hastig griff er nach dem Glas Wasser, das auf einem Beistelltischchen stand, trank ein paar Schlucke, wischte sich mit einem weißen Taschentuch den Mund ab und winkte ihr, mit ihrem Bericht fortzufahren.

Er hatte Mühe, stillzusitzen, und sein Atem ging stoßweise.

»Ihre Aufzeichnungen sind wundervoll, Monsieur Boisson. Ich hatte das Gefühl, bei Ihnen zu sein. Ich hörte Sie beide reden, und das hat mich tief berührt, mehr, als Sie sich vorstellen können …«

»Sie übertreiben …«

»Ich war erschüttert. Sie müssen zugeben, dass das keine alltägliche Geschichte ist …«

»Und deshalb wollten Sie mit mir reden? Sie wollten wissen, wie ich aussehe?«

»Das wusste ich schon … ich bin Ihnen ein paarmal im Haus begegnet …«

»Stimmt … Und neulich in der Apotheke haben Sie mich so eindringlich gemustert! Das war mir sehr unangenehm …«

»Das tut mir leid, verzeihen Sie …«

»Niemand weiß von dieser Geschichte, Madame Cortès, niemand! Und ich erwarte, dass das auch so bleibt …«

»Ich werde Sie nicht bloßstellen, Monsieur Boisson. Ich wollte Ihnen lediglich sagen, dass Ihre Geschichte wundervoll ist … und dass sie mir sehr viel gebracht hat.«

Er sah sie verwundert an.

»Dabei ist es eine ziemlich traurige Geschichte …«

»Das hängt davon ab, wie man sie interpretiert …«

Er lächelte wehmütig.

»Es ist eine schöne Geschichte, die Geschichte einer wunderbaren Freundschaft«, sagte Joséphine.

»Die drei Monate gedauert hat …«

»Eine wunderbare Freundschaft mit einem außergewöhnlichen Mann …«

»Das stimmt. Er war außergewöhnlich …«

»Nur wenige Menschen haben so etwas erlebt …«

»Das stimmt ebenfalls.«

Sie spürte, dass sie Boden gutmachte. Dass er nachgiebiger wurde, je mehr er sich den Erinnerungen überließ.

»Ich war so jung …«

»Ich möchte Sie noch um etwas anderes bitten, Monsieur Boisson …«

»Ich finde Sie recht aufdringlich, Madame Cortès … Sie klingeln bei mir unter dem Vorwand einer Petition …«

»Das war kein Vorwand. Iphigénie ist wirklich in Gefahr …«

»Aber jetzt ist sie es nicht mehr, nicht wahr? Weil ich unterschrieben habe und alle übrigen Bewohner von Haus A ebenfalls … Bei der Eigentümerversammlung werden wir das endgültig mit dem Hausverwalter klären. Und die ist doch demnächst, nicht wahr?«

Er sagte ständig »nicht wahr«. Die Floskel gliederte seine Sätze.

»Ja. In zwei Wochen …«

»Dann werden wir uns jetzt voneinander verabschieden, Madame Cortès. Ich bitte Sie, mich nicht länger zu bedrängen. Ich bin müde, ich hatte einen anstrengenden Tag …«

Ein weiterer Hustenanfall unterbrach ihn mitten im Satz, und er hob das Taschentuch an seine Lippen. Trank einen weiteren Schluck Wasser. Joséphine wartete, bis er wieder Luft bekam, und fragte: »Darf ich morgen wiederkommen?«

»Ich will vor allem, dass Sie mir dieses Heft zurückgeben. Diesmal werde ich es verbrennen …«

»O nein! Das dürfen Sie nicht!«

»Ich bitte Sie, Madame Cortès, ich mache damit, was ich will. Es gehört mir …«

»Seit ich es gelesen und jede einzelne Zeile davon geliebt habe, gehört es Ihnen nicht mehr allein. Es gehört jetzt auch mir …«

»Sie übertreiben, Madame Cortès. Ich bitte Sie höflich, jetzt zu gehen … Und mir zu versprechen, mir dieses Heft zurückzugeben, damit ich damit verfahren kann, wie es mir beliebt …«

»O nein, Monsieur Boisson, tun Sie das nicht. Für mich ist das eine Frage von Leben oder Tod …«

Er zog spöttisch eine Augenbraue hoch.
»Ach, wirklich... Das klingt reichlich dramatisch.«
»Dieses Tagebuch hat mein Leben verändert. Bitte glauben Sie mir. Das ist nicht nur einfach so dahingesagt.«
»Ich bin müde, Madame Cortès, müde... Ich möchte jetzt gern zu Abend essen und dann ins Bett gehen.«
»Erst müssen Sie mir versprechen, mich noch einmal zu empfangen. Ich muss Sie um einen riesigen Gefallen bitten...«
»Noch eine Petition...«
»Nein, etwas sehr Spezielles.«
»Hören Sie, Madame Cortès, ich bin es leid, Ihnen immer wieder das Gleiche sagen zu müssen. Sie haben Ihre Unterschrift, also gehen Sie jetzt bitte!«
»Ich kann nicht...«
»Wie, Sie können nicht...?«
Er wirkte verärgert und schien es kaum erwarten zu können, dass sie endlich ging. Er war aufgestanden und wies ihr die Tür.
»Ich werde sterben, wenn Sie mich wegschicken...«
»Wollen Sie mich erpressen?«
»Nein, das ist die Wahrheit...«
Er breitete machtlos die Arme aus und wollte etwas sagen, als ihn ein neuerlicher Hustenanfall überkam. Er krümmte sich zusammen, schwankte und musste sich setzen. Mit einem Finger deutete er auf ein Fläschchen auf dem Tisch und murmelte: Dreißig Tropfen, geben Sie mir dreißig Tropfen davon in einem Glas Wasser. Sie nahm das Fläschchen, zählte dreißig Tropfen ab, goss Wasser hinzu und reichte ihm das Glas. Neben dem Fläschchen lag das Arztrezept mit seiner langen Liste von Medikamenten.
Nachdem er ausgetrunken hatte, gab er ihr erschöpft das leere Glas zurück.
»Lassen Sie mich doch bitte in Ruhe, Sie wühlen schreckliche Erinnerungen auf... Das tut mir nicht gut.«
»Seit ich Ihr Tagebuch gelesen habe, vergeht nicht ein Tag, an dem ich nicht an ihn denke, an Sie denke... Sie sind ein Teil meines Lebens geworden, das ist es, was Sie nicht verstehen. Ich kann Sie nicht in Ruhe lassen, bevor ich nicht mit Ihnen geredet habe... Sie brauchen auch nichts zu sagen, es reicht, wenn Sie schweigen und mir mit Gesten antworten.«

Er wirkte so schwach, so blass, dass man fast hätte meinen können, er sei aus Wachs. Als wäre alles Leben aus ihm gewichen.

»Monsieur Boisson, ich habe nicht übertrieben, als ich sagte, dass dieses Tagebuch mein Leben verändert hat … Sagen Sie nichts. Ich werde es Ihnen erklären …«

Und sie erzählte. Von jenem Tag am Atlantik, als sie beinahe gestorben wäre, wie sie es aus dem Wasser herausgeschafft hatte, wie sie ihr ganzes Leben lang allem hinterhergelaufen war, niemals Selbstvertrauen gekannt hatte, niemals sicher gewesen war, etwas gut zu machen. Sie erzählte ihm von Antoine, von Hortense und Zoé, von Iris, von Iris' Tod …

»Man hat mir gesagt, einer der vermeintlichen Täter habe in dieser Wohnung gelebt«, sagte er leise und hielt sich dabei die Brust.

»Das stimmt.«

Sie erzählte von ihrer Mutter, von Iris, von Iris' Schönheit, die sie selbst auslöschte, auch sie hielt sich für einen unbedeutenden Regenwurm, auch sie wusste nicht, dass sie auf eigenen Beinen stehen konnte … Bis ihr bei der Lektüre des Tagebuchs klar geworden war, dass sie es ganz allein aus dem Wasser herausgeschafft hatte. So wie Archibald Leach ganz allein zu Cary Grant geworden war. Sie erzählte von ihrem Buch, der *Demütigen Königin.*

»Nicht einmal bei meinem Buch konnte ich glauben, dass ich es wirklich selbst geschrieben hatte …«

»Meine Frau hat es gelesen … Es hat ihr sehr gut gefallen …«

Er wollte weitersprechen, aber er bekam keine Luft und umklammerte mit beiden Händen seine Brust.

»Reden Sie nicht. Sagen Sie nichts. Jetzt möchte ich Sie um einen Gefallen bitten, einen riesigen Gefallen … Ich warne Sie lieber vor, denn ich möchte nicht, dass Sie wieder einen Hustenanfall bekommen …«

Er hielt sich immer noch mit beiden Händen die Brust und rang mühsam nach Luft.

»Ich möchte anhand Ihrer Aufzeichnungen ein Buch schreiben. Ihre Geschichte erzählen, ich meine, die Geschichte eines jungen Mannes, der sich in einen Star verliebt, der ihm folgen, mit ihm zusammenleben will …«

»Aber das ist doch vollkommen uninteressant!«

»Nein. Was Cary Grant zu Ihnen sagt, was Sie empfinden … Das ist wundervoll. Es ist mitreißend, es ist hinreißend …«

Er betrachtete sie mit einem leisen Lächeln.

»Ich machte mich lächerlich, aber das war mir nicht bewusst …«

»Sie machten sich nicht lächerlich, Sie liebten ihn, und es ist so schön, wie Sie ihn liebten …«

»Stört es Sie, wenn ich mich hinlege? Im Sitzen bekomme ich keine Luft mehr.«

Er ging zu einem kleinen, grün-gelb gestreiften Napoléon-III-Sofa hinüber und legte sich hin. Bat sie, ihm zwei Tabletten und ein Glas Wasser zu geben. Schweißperlen bedeckten seine Stirn.

Sie wartete, bis er bequem lag und sein Glas ausgetrunken hatte. Ihr Blick wanderte durch das Wohnzimmer. Sie hatten nach dem Auszug der Van den Brocks nicht neu streichen lassen, die Wände waren hinter den Heizungsrohren schwarz verfärbt. Die Decke zeigte Risse. Alles wirkte vernachlässigt. Er bedeutete ihr, ihm eine Decke und ein Kissen zu geben, das er sich in den Nacken schob. Sein Atem wurde ruhiger, er schloss die Augen. Joséphine glaubte schon, er werde einschlafen … Sie wartete. Dachte, er hat nicht widersprochen, als ich ihm gesagt habe, dass ich anhand seiner Aufzeichnungen ein Buch schreiben wolle. Hat er mich wirklich gehört?

Er öffnete die Augen. Bedeutete ihr, ihren Stuhl näher heranzurücken.

»Wer sind Sie?«, fragte er und schaute sie verwundert und mit einem Anflug von Wohlwollen in den Augen an.

»Eine Frau …«

Er lächelte. Zog die Decke hoch bis unters Kinn.

»So ist es besser«, sagte er. »Es geht besser, wenn ich liege …«

»Haben Sie ihn niemals wiedergesehen?«, fragte Joséphine.

Er nickte seufzend.

»Doch. Lange danach habe ich ihn noch einmal wiedergesehen. Ich bin mit Geneviève nach Amerika geflogen … Sie werden lachen, es war unsere Hochzeitsreise! Wir hatten sie nicht sofort gemacht, sondern sie auf später verschoben … und ich bin mit ihr zu Cary Grant gefahren … Das ist lächerlich, nicht wahr? Ich habe sein Haus belagert. Wir hatten uns seine Adresse besorgt. Und dann standen wir vor dem Zaun seines Anwesens. Er hatte diese Dyan Cannon geheiratet …«

»Sie mochten Dyan Cannon nicht besonders …«

»Nein. Er hat sich übrigens auch wieder von ihr scheiden lassen!

Sie waren nicht lange verheiratet. Er hatte eine Tochter mit ihr, Jennifer … Ich wusste alles über ihn, weil in den Zeitungen darüber berichtet wurde. Das ist der Vorteil, wenn man sich in eine Berühmtheit verliebt … Man erfährt, wie es der Person geht, auch wenn sie selbst nichts von sich hören lassen will!«

»Ein Vorteil und ein Nachteil zugleich, denn es gelingt einem nicht, diese Person zu vergessen …«

»Aber ich wollte ihn ja gar nicht vergessen. Ich schnitt alles aus, was ich über ihn finden konnte. Und Geneviève ebenfalls … Wir haben große Alben mit Fotos und Zeitungsausschnitten zusammengestellt. Ich habe sie verbrannt, als ich meine zweite Frau geheiratet habe … Sie hätte den Gedanken nicht ertragen, während Geneviève … Geneviève …«

»Hat sie Sie sehr geliebt?«

»Wir waren nicht die Einzigen, die an jenem Tag auf ihn warteten. Aber das war mir egal, ich dachte, er wird mich sehen und er wird *Hello, my boy!* sagen, und ich werde glücklich sein … Geneviève stand neben mir, auch sie war furchtbar aufgeregt … Mit der Zeit war sie eine ebenso glühende Verehrerin von ihm geworden wie ich. Geneviève war großartig, und ich habe sie so erbärmlich behandelt. Sie war so eine wunderbare Frau, ich meine, sie hatte eine so schöne Seele …«

»Man spürt, dass Sie beide einander sehr nahestanden …«

»Das Wetter war schön an jenem Morgen, so schön wie immer in Kalifornien, wenn man den dichten Nebel am Horizont ignoriert. Wir haben lange gewartet, wir müssen so etwa zu zehnt gewesen sein. Irgendwann kam ein junger Mann angefahren, er hat gehupt, als müsste man ihm sofort aufmachen, als könnte er es nicht ertragen, zu warten. Er ist aus dem Wagen gestiegen und hat am Tor Sturm geläutet. Doch das Tor öffnete sich nicht. Der Butler musste beschäftigt sein … Also hat er geparkt und gewartet, genau wie wir. Ich dachte, er gäbe bloß vor, ein Bekannter von ihm zu sein, um vor uns dranzukommen, also bin ich näher ans Tor herangegangen, um ganz vorn zu stehen …«

Er war wieder zu dem jungen Mann geworden, der vor dem Anwesen von Cary Grant ungeduldig von einem Fuß auf den anderen trat. Seine Züge waren entspannt, er lächelte, hielt das Gesicht in die kalifornische Sonne.

»Nach etwa einer Stunde kam Cary herausgefahren. In einem schönen mandelgrünen Cabriolet mit silbernen Heckflossen und roten Lederbezügen. Damals baute man noch schöne Autos, es muss in den Siebzigern gewesen sein, 1972, glaube ich … Er winkte, sehr freundlich, muss ich sagen, hat uns zugelächelt, ein strahlendes, schönes Lächeln mit seinem Grübchen im Kinn und seinen warmen, sanften, guten Augen … Ich stand da, ich hatte mich ein Stückchen von Geneviève entfernt. Ich wollte, dass er mich ganz allein sähe, ich glaube, ich dachte sogar, es gäbe vielleicht eine Chance, dass er …«

»…«

»Dass er sagte, *Hello, my boy!* Was machst du denn hier? Was ist aus dir geworden? Komm mit … Und ich wäre ihm gefolgt! Ich hätte nicht eine Sekunde gezögert! Ich hätte Geneviève stehen lassen und wäre mit ihm gegangen! Das war mein Wunschtraum. Also habe ich so getan, als wäre ich nicht mit ihr zusammen da. Ich bin vorgetreten, er hat mich angeschaut, er hat gewinkt, er hat gesagt, *Hello, my boy,* was machst du denn da? Und ich glaubte, in Ohnmacht zu fallen … Ich sagte, Cary, Sie erkennen mich wieder, Sie wissen noch, wer ich bin? Ich hatte ihn zehn Jahre nicht gesehen! Und er erkannte mich wieder! Ich war völlig benommen, meine Füße schienen am Boden festgenagelt zu sein. Es dauerte ein paar Sekunden, aber für mich war es ein Jahr, zwei Jahre, zehn Jahre. Im Bruchteil einer Sekunde habe ich mein ganzes Leben vor mir gesehen, ich sagte mir, ich verlasse Paris, ich verlasse die Charbonnages de France, ich verlasse Geneviève, ich lasse das alles zurück und komme her, um bei ihm zu leben. Ich habe über die Mauer hinweg sein Anwesen gesehen, und ich dachte, das ist also mein neues Zuhause, das ist mein neues Leben, dieses Dachstück muss ausgebessert werden, da fehlt ein Ziegel … Ich war glücklich, so glücklich, es kam mir vor, als würde mein Herz gleich explodieren, als hätte es nicht mehr genug Platz in meiner Brust … Und da trat der ungeduldige junge Mann vor, Cary stieg aus dem Wagen, nahm ihn beim Arm, sagte, *Come on, my boy!* und noch andere Dinge, so etwas wie: Was machst du denn hier? Hat man dir nicht geöffnet? Baldini muss beschäftigt gewesen sein, wir haben ein Problem mit dem Pool … Er hat mich nicht gesehen! Er ist an mir vorbeigegangen, um den Arm des ungeduldigen jungen Mannes zu nehmen … Er hat mich gestreift. Ich habe seinen Ärmel an meinem Arm gespürt … Ich habe den Blick gesenkt, ich wollte ihm nicht in die Augen sehen, ich wollte nicht, dass sein Blick von mir abgleitet. Oder dass er mich mit einem einstudierten Lächeln anlächelt, einem Filmlächeln… Es war grauenvoll. Ich konnte mich nicht mehr hinters Steuer unseres Mietwagens setzen. Geneviève hat uns zurück zum Hotel gefahren. Ich war vollkommen kraftlos. Alle Energie, alles Leben, einfach alles war aus mir gewichen… Während der restlichen Ferien habe ich nur noch im Bett gelegen, ich wollte nichts mehr sehen, nichts mehr essen, nichts mehr unternehmen… Ich glaubte, ich sei tot.«

Ein langes, raues Stöhnen entrang sich seiner Brust, er begann wieder zu husten, zog sein Taschentuch hervor und spuckte hinein. Dann steckte er das Taschentuch wieder zurück.

»Und jetzt werde ich wirklich sterben, aber es ist mir egal, Sie können sich nicht vorstellen, wie egal mir das ist…«

»Nicht doch! Sie werden nicht sterben! Ich werde Ihnen helfen zu leben!«

Er lachte ein leises, nervöses Lachen.

»Sie sind reichlich anmaßend.«

»Nein. Ich habe etwas vor. Mit Ihnen, Cary Grant und mir…«

»Ich werde sterben. Der Arzt hat es mir gesagt. Lungenkrebs. Mir bleiben nur noch drei Monate. Bestenfalls sechs… Ich habe meiner Frau nichts davon erzählt. Es ist mir gleichgültig. Vollkommen gleichgültig. Ich habe mein Leben verpfuscht, und ich weiß nicht einmal, ob es meine eigene Schuld war… Ich war nicht gewappnet für diese Begegnung, nicht gewappnet dafür, mein Leben selbst in die Hand zu nehmen. Man hatte mir nur beigebracht zu gehorchen.«

»Wie so vielen Kindern Ihrer Generation…«

»Für ihn hätte ich allen Mut aufgebracht, aber für mich selbst hatte ich keinen. Ich wäre sein Diener gewesen, sein Fahrer, sein Sekretär, ich wollte bei ihm sein, die ganze Zeit… Seine Abreise aus Paris bedeutete das Ende. Das Ende meines Lebens. Ich war siebzehn Jahre alt… Idiotisch, nicht wahr? Mir blieben nur meine Erinnerungen und dieses kleine schwarze Heft, in dem ich heimlich las… Meine Frau, ich meine, meine zweite Frau, weiß nichts davon. Im Grunde weiß sie überhaupt nichts von mir. Ich weiß nicht einmal, ob sie sich Sorgen macht, wenn sie mich husten hört. Sie wirkten vorhin besorgter als sie… Vielleicht ist das der Grund, warum ich Ihnen davon erzählt habe. Und außerdem… ist es eine merkwürdige Vorstellung, dass eine Fremde Ihr intimstes Geheimnis kennt. Da läuft es einem schon ein wenig kalt den Rücken runter…«

Joséphine dachte an Garibaldi, an die Nachforschungen, die er über ihn angestellt hatte, und war nicht stolz auf sich.

»Das Leben spielt mir seltsame Streiche… Ich vertraue Unbekannten meine geheimsten Gedanken an, und für meine nächsten Verwandten bleibe ich ein Rätsel. Ist das nicht merkwürdig?«

Er lachte das leise Lachen eines Mannes, der seine Kräfte schont, um nicht zu husten.

»Es ist mir egal, dass ich sterben werde… Ich bin es leid, auf dieser Welt zu sein, bin es leid, allen etwas vorzumachen. Der Tod wird für mich eine Erlösung sein, das Ende einer Lüge. Ich habe mein Leben lang allen etwas vorgemacht. Nur Geneviève wusste, wer ich wirklich bin. Mit ihr habe ich viel verloren. Sie war meine einzige Freundin… Bei ihr brauchte ich mich nicht zu verstellen… Soll ich Ihnen etwas Schreckliches gestehen? Jetzt ist es mir auch egal, jetzt kann ich alles sagen… Geneviève und ich haben niemals miteinander geschlafen. Nicht ein einziges Mal…«

»…«

»Als sie starb, hat sie die Vergangenheit mit sich genommen. In gewisser Weise war ich erleichtert. Ich dachte, dass ich dieses Kapitel nun endlich abschließen könnte… Der Tod des letzten Zeugen! Bis auf Cary Grant, der immer noch am Leben war. Ich las in der Zeitung über ihn, er hatte sich aus dem Filmgeschäft zurückgezogen, er arbeitete für Fabergé, war Webeträger für einen Kosmetikkonzern… Und er hatte noch einmal geheiratet. Zum fünften Mal!«

»Aber Sie haben nie wieder jemanden geliebt?«

»Nie wieder. Ich habe mich auf meine Arbeit konzentriert. Ich habe einen Mann kennengelernt, der meine Karriere sehr unterstützt hat. Er hat mir geraten, wieder zu heiraten. Er behauptete, alleinstehende Männer wirkten nicht vertrauenerweckend. Also habe ich Alice geheiratet, meine jetzige Frau. Ich weiß nicht, wie ich es geschafft habe, zwei Kinder zu zeugen. Um zu sein wie alle anderen, nehme ich an. Das war alles, was mir im Leben noch blieb, so zu sein wie alle anderen… Ich habe zwei Söhne, die genauso blass und blutleer sind wie ich selbst. Die Leute sagen, sie seien mir ähnlich. Bei der Vorstellung gefriert mir das Blut in den Adern… Ich wollte nicht, dass sie irgendwann auf das Tagebuch stoßen. Ihr Vater, verliebt in einen Mann! Was für ein Schock! Meine Frau war mir, ehrlich gestanden, egal! Soll sie denken, was sie will, das ist mir gleichgültig … Sind Sie verheiratet?«

»Ich bin Witwe …«

»Oh! Verzeihen Sie …«

»Sie brauchen sich nicht zu entschuldigen … Ich bin geschieden und Witwe vom selben Mann. Ich weiß auch nicht, warum ich geheiratet habe … Ich war ein schüchternes, junges Mädchen, das glaubte, es habe nicht einmal das Recht zu atmen. Ich bin Ihnen sehr ähnlich. Deshalb möchte ich ja auch Ihre Geschichte aufschreiben, und ich möchte, dass Sie mir dabei helfen, indem Sie mir erzählen, was Sie nicht in das kleine schwarze Buch geschrieben haben …«

Er sah Joséphine an und reichte ihr die Hand. Sie griff danach; seine Hand war kalt, schmal und zart. Sie drückte sie, um sie ein wenig aufzuwärmen.

»Es ist zu spät«, sagte Monsieur Boisson, »es ist zu spät …«

Josiane und Junior gingen in Richtung Place Pereire. Sie waren um sechzehn Uhr mit Chaval im Royal Pereire verabredet.

Josiane hatte angekündigt, dass sie ihren dreijährigen Sohn mitbringen werde. Muss das sein?, hatte Chaval gefragt. Nicht verhandelbar, lautete Josianes Antwort.

Gemeinsam gingen sie die Rue de Courcelles entlang. Junior saß in seinem dunkelblauen MacLaren-Buggy, den Josiane, in einen langen rosafarbenen Pashmina-Schal gehüllt, mit geübter Hand vor sich herschob.

»Was sind wir doch für ein hübsches Gespann!«, frohlockte sie, als sie ihr Spiegelbild in einem Schaufenster erblickte.

»Das ist nur eine Ausnahme, vergiss das nicht«, sagte Junior, der in einer dicken himmelblauen Jacke steckte. Er starrte auf seine Halbstiefel, der linke mit einem majestätischen Löwen verziert, der rechte mit einem schmächtigen Tintenfisch. »Wie kann man Kindern nur derart schauderhafte Sachen anziehen, Mutter? Das ist eine Beleidigung ihrer Sensibilität …«

»Im Gegenteil, das weckt sie auf, das lehrt sie etwas über das Leben. Der Löwe und der Tintenfisch … Der Löwe frisst den Tintenfisch, aber der raffinierte, listige Tintenfisch versucht zu entkommen … Der eine verfügt über Macht, der andere über Cleverness. Wer wird gewinnen?«

Junior zog es vor, nicht darauf einzugehen, und wechselte das Thema.

»Vergiss nicht, was wir besprochen haben … Du lässt ihn kommen, du antwortest ausweichend auf seine Fragen, du hältst ihn hin, bis ich den Kontakt zu seinem Gehirn hergestellt habe und seine Gedanken lesen kann … Anfangs wird er noch nicht misstrauisch sein, da ist sein Geist noch offen, und ich kann mühelos in ihn eindringen. Erst wenn er darauf zu sprechen kommt, was er vorhat, werden sich seine Neuronen erhitzen und eine Barriere bilden. Dann wird es schwieriger … Wir brauchen nur einen Satz zu verabreden, den ich in Babysprache sage, um dich wissen zu lassen, dass ich den Kontakt hergestellt habe … Was hältst du von Tatamayabobo?«

»Tatamayabobo? Von mir aus, Chef!«

»Und wenn ich einmal drin bin, zeichne ich jedes Mal, wenn er lügt, einen dicken roten Strich an den Rand meines Buchs … Du brauchst nur beim Reden hin und wieder einen Blick darauf zu werfen, einverstanden?«

»Tatamayabobo, Junior! Dutzi-dutzi, bumm bumm, ich bin so glücklich, ich fass es nicht, ich lache Tränen, ich hüpfe vor Freude auf der Stelle! Ich bin die Großherzogin von Hohenzollern und fahre meinen kleinen Prinzen spazieren …«

Josiane genoss diese neue Vertrautheit mit ihrem Sohn. Sie zogen gemeinsam auf den Kriegspfad, um ihren Großen Bären vor der Gefahr zu retten.

»Perfekt, Mutter! Aber sieh dich vor, gleich bist du diejenige, die wieder zum Kind wird!«

Chaval erwartete sie bereits. Sonnenbrille, weit aufgeknöpftes Hemd, enge schwarze Jeans, schwarze Cowboystiefel, schmaler, sorgfältig ausrasierter Schnurrbart. Der Mann wirkte entspannt, erfolgreich. Er tätschelte sich mit frisch manikürter Hand den Hals. Josiane fragte sich, was hinter dieser aufreizenden Lässigkeit stecken mochte.

Sie schob den Buggy an die Seite, nahm Junior auf den Arm und setzte ihn an ihren Tisch.

»Kann so was in dem Alter schon sprechen?«, fragte Chaval und deutete mit dem Finger auf Junior.

»Keine ganzen Sätze, aber er spricht… Und er hat einen Namen, er heißt Junior!«

»Hey, Alter!«, konnte sich Junior nicht verkneifen und sah Chaval dabei direkt in die Augen. Auch ihm hatte es ganz und gar nicht gefallen, als »so was« bezeichnet zu werden.

Chaval zuckte zusammen.

»Hast du das gehört? Dein Kleiner ist ja irre!«

»In dem Alter plappern sie alles nach, was sie irgendwo aufschnappen…«, behauptete Josiane und kniff ihren Sohn unter dem Tisch in den Schenkel.

Junior packte das Buch, das seine Mutter ihm hinhielt, und verlangte nach Buntstiften. Buntifte, Buntifte… Josiane suchte sie in ihrer großen Handtasche. Er brüllte, dass er sie sofort haben wolle. Sie hatte ihn aufgefordert, sich wie ein Baby zu benehmen, also benahm er sich auch so. Diese Gören sind ja heutzutage so schlecht erzogen… Vom Nebentisch aus bedachte eine Frau Josiane mit einem finsteren Blick, der unverkennbar ihre Erziehungsmethoden missbilligte. Josiane reichte ihrem Sohn die Buntstifte, und er beruhigte sich.

Ein peinliches Schweigen machte sich breit. Chaval musterte Junior angewidert. Josiane zählte die verstreichenden Sekunden und wurde ungeduldig.

»Worauf wartest du noch, bis du mir was zu trinken spendierst? Dass die Fliegen ins Glas krabbeln?«

»Was willst du denn?«, fragte Chaval, der sich in Juniors Gegenwart unwohl fühlte.

Dieser Knirps hatte eine merkwürdige Art, ihn anzusehen. Seine Augen durchbohrten ihn wie zwei Schraubenzieher.

»Ich nehme einen Tee und einen Orangensaft für Junior…«

»Dann bekleckert der doch alles!«

»Nein. Er kann sehr ordentlich trinken…«

»Sag mal, ist das normal, dass er so rot ist?«

»Er malt, er konzentriert sich…«

Junior war dabei, in Chavals Gehirn einzudringen. Er hatte den Fornix überwunden und stockte am Septum pellucidum, einer dünnen, doppelten Membran zwischen den vorderen Teilen der beiden Hirnhälften. Vor Anstrengung wurde er knallrot, er drückte, drückte, als säße er auf seinem Töpfchen.

»Und diese roten Haare, ist das auch normal?«

»Ja, in Wirklichkeit ist er nämlich ein Clown ... Hast du das nicht gemerkt?«, antwortete Josiane gekränkt. »Ein roter Clown mit roten Wangen, roten Haaren und einer roten Nase ... und wenn du ihn an die Steckdose anschließt, blinkt er. An Weihnachten ist das total praktisch, da sparen wir uns die Lichterketten ... Manchmal vermiete ich ihn auch für Geburtstagspartys, hast du Interesse? Ich mache dir einen guten Preis ...«

»Tut mir leid«, trat Chaval den Rückzug an, »ich bin Kinder nicht gewöhnt.«

»Frag ich dich vielleicht, ob es normal ist, einen Streifen Scheiße unter der Nase zu haben?«

»Das ist keine Scheiße, sondern ein schmaler Schnurrbart!«

»Und bei Junior ist es genauso ... Er ist kein Clown, sondern mein geliebter Sohn, und jetzt hältst du gefälligst die Klappe! Wenn du die Leute weiter so von oben herab behandelst, obwohl du selbst kaum über die Tischkante gucken kannst, kommst du garantiert nicht in den Himmel, das kann ich dir versichern!«

»Kein Problem, ich habe schon anderswo reserviert ...«

Erfreut über die Zeit, die er durch das Wortgefecht zwischen Chaval und seiner Mutter gewonnen hatte, arbeitete Junior sich weiter vor, durchdrang das Septum pellucidum und den Balken und stellte endlich eine direkte Verbindung mit Chavals Gehirn her.

»Tatamayabobo!«, rief er, als er sein Ziel erreicht hatte.

Josiane klopfte ihre Föhnfrisur auf, fuhr sich mit der Zunge über die Lippen, zog würdevoll ihren rosa Pashmina-Schal zurecht und fragte: »Also, wolltest du dich mit mir treffen, um mein Kind kennenzulernen?«

»Nicht wirklich«, antwortete Chaval mit einem schmalen Lächeln, das seine linke Wange verzerrte. »Ich habe mich daran erinnert, wie gut du immer darin warst, interessante neue Produkte für Casamia ausfindig zu machen ... Ich will ehrlich zu dir sein, Josy ...«

Josy ... In Josianes Gehirn schrillten Alarmglocken los. Dieser Mann versuchte sie einzuwickeln, indem er den Kosenamen benutzte, den er ihr früher neben dem Kaffeeautomaten zugeflüstert hatte, um sie dazu zu bringen, in seine Arme zu sinken. Junior malte einen langen roten Strich in sein Buch.

»…ich würde sehr gern wieder zu Casamia zurückkommen. Ich glaube, dass Marcel jemanden braucht. Er schafft die Arbeit nicht mehr allein. Seine Kräfte lassen nach.«

Juniors Rat folgend, blieb Josiane stumm und ließ ihn reden.

»Er braucht einen dynamischen, cleveren, jederzeit verfügbaren Vertriebsleiter, und dieser seltene Glücksfall bin ich!«

»Und du brauchst mich, um dich bei ihm vorzustellen?«

»Ich wollte wissen, ob du mit dieser Idee einverstanden bist…«

»Darüber muss ich erst nachdenken«, sagte Josiane und schenkte sich ihren Lipton-Tee mit gelbem Etikett ein. »Es ist ja nicht unbedingt so, als hätte ich einen Narren an dir gefressen…«

»Ich weiß genau, dass Marcel mich niemals einstellen wird, wenn du dagegen bist…«

»Wer sagt mir, dass du dich geändert hast, Chaval? Dass du nicht mehr dieser miese Schuft bist, der versucht hat, uns zu vernichten, nachdem er bei der Konkurrenz angeheuert hatte?«

»Ich habe mich geändert. Ich bin ehrlich geworden. Ich achte jetzt auf meine Mitmenschen…«

Junior drückte mit aller Kraft auf den Stift und zeichnete drei lange rote Striche an den Rand seines Buchs.

»Ich nehme Rücksicht auf sie, respektiere sie…«

Rot, rot, rot.

»Ich mag deinen Mann sehr…«

»Niemand verlangt von dir, ihn zu mögen…«

»Ich möchte nicht, dass ihm etwas zustößt…«

Rot, rot, rot.

»Nicht einmal aus Versehen, verstehst du. Ich möchte nicht, dass er zum Beispiel einen Herzinfarkt bekommt, weil er überarbeitet ist… Aber das könnte passieren, wenn er weiterschuftet wie ein Irrer. Und das würde mir wirklich leidtun…«

Rot, rot. Juniors Finger wurden weiß, so fest umklammerte er seinen Stift.

»Also… du hilfst mir, wieder eingestellt zu werden, und im Gegenzug verspreche ich dir, auf ihn aufzupassen, ihn zu entlasten und ihn dir in guter Verfassung zu erhalten. Das ist doch ein fairer Deal, findest du nicht?«

Josiane spielte mit ihrem Teebeutel. Drückte ihn mit der Rückseite des Löffels gegen die Tasse, presste ihn aus, faltete ihn zusammen, faltete ihn wieder auf.

»Ich denke darüber nach …«

»Und du könntest mir noch mehr helfen, wenn du dich auf die Suche nach einem neuen Projekt machen würdest … Du hattest einen guten Riecher für so etwas, weißt du noch?«

»Ich weiß vor allem noch, dass du jedes Mal meine Idee geklaut und als deine eigene ausgegeben hast. Du hast mich abgezockt wie ein armes, ahnungsloses Schaf!«

»Ich brauche dich noch ein letztes Mal … Wenn du mir jetzt hilfst, werde ich es dir hundertfach zurückzahlen!«

Rot, rot, rot. Juniors kleines Buch überzog sich mit immer mehr roten Strichen.

»Aber ich brauche dich nicht, Chaval. Die Dinge haben sich geändert … Ich bin jetzt Marcels Frau.«

»Seid ihr verheiratet?«

»Nein, aber das macht keinen Unterschied …«

»Er könnte ein junges Ding kennenlernen und dich abservieren …«

Josiane lachte sarkastisch auf.

»Nicht mal im Traum!«

»Sei dir deiner Sache nicht zu sicher …«

»Ich bin mir ganz sicher, dass das niemals passieren wird. Ich bin nicht Henriette!«

»Henriette?« Chaval fuhr zusammen. »Wie kommst du denn auf Henriette?«

Rot, rot, rot. Heftig sabbernd malte Junior zornige Striche. Das ganze Buch war damit übersät. Dicke, breite Striemen, die an Lippenstiftspuren erinnerten. Die missbilligend dreinschauende Dame am Nebentisch beobachtete ihn unverhohlen. Dieses Kind ist wirklich eigenartig, flüsterte sie ihrem Freund zu. Hast du gesehen, wie er beim Malen sabbert? Und er malt Striche, nichts als rote Striche!

»Ich sage nur, dass ich nicht Henriette bin.«

»Was hat die denn mit mir zu tun?«, fragte Chaval und kratzte sich nervös an seinem schmalen Schnurrbart.

Rot, rot, rot.

»Die hat sich abservieren lassen … Aber dafür gab es auch einen ausgezeichneten Grund. Sie war böse, eine gehässige, vertrocknete alte

Schlange mit fest verschlossenem Keuschheitsgürtel. Eine Hexe auf ihrem Besen … Ich hingegen bin weich, zärtlich, verliebt, sinnlich, großzügig … Ein Sahnetörtchen. Und darum wird er mich niemals abservieren. Elementar, mein lieber Chaval!«

»Schon gut, schon gut«, seufzte Chaval beruhigt. »Aber zurück zu unserem Geschäft. Denk darüber nach. Denk an Marcels Gesundheit, vergiss deinen Groll gegen mich … Wir müssen die Vergangenheit hinter uns lassen. Uns auf die Zukunft konzentrieren …«

Er fuhr sich mit der Hand durchs Haar und strich sich anschließend über die im Hemdausschnitt sichtbare Brust. Josiane beobachtete ihn belustigt. Jetzt war er auf sie angewiesen. Er war ihr ausgeliefert, sein Kopf steckte in der Schlinge. Was für eine wundervolle Revanche an der Vergangenheit! Eine wundervolle Revanche für das arme Mädchen, das sie einst gewesen war …

»Wir müssen uns zusammentun … Um Marcel zu retten«, wiederholte er, und in seinem Blick spiegelte sich quälende Sorge. »Ich habe deinen Mann schätzen gelernt, weißt du …«

Junior malte immer mehr lange rote Striche. Seltsam, dachte Chaval, dieser Kleine ist garantiert zurückgeblieben. Kein Wunder bei den alten Eltern. So ein verkrüppelter Wurm. Ganz anders als meine Fee, meine langgliedrige Göttin mit den goldenen Augen, den geschmeidigen Locken, der lianengleichen Taille, der Vagina, die sich wie ein Fächer zusammenzieht und wieder entfaltet …

Da hob Junior den Kopf, sah Chaval starr in die Augen und sprach ein einziges, schlichtes Wort: »Hortense?«

Und Chavals Gehirn geriet in Wallung. Eine Hitzewelle durchflutete alle Furchen und Windungen. Sein Rückenmark entzündete sich. Chavals Gehirn stand in Flammen, und Junior glaubte schon, der Stift werde in seinen Fingern schmelzen. Er ließ ihn auf den Tisch fallen. Er hatte zwei intensive Hitzequellen ausgemacht: Henriette und Hortense. Aber während Henriette jene Region stimuliert hatte, die der Angst, dem Schrecken, der Gänsehaut vorbehalten war, hatte Hortenses Name die Region der Lust, der körperlichen Leidenschaft, der wild lodernden Sinnlichkeit berührt. Chaval fürchtete Henriette und brannte für Hortense.

Junior beschloss, seine Ermittlungen fortzuführen, konzentrierte sich mit aller Macht, drang in die Region der Sinnenlust ein und entdeckte dort ein eigenartig verzerrtes Bild von Hortense. Gemalt von Francis

Bacon. Zwei kleine, feste Brüste, ein flacher Bauch, lange, schlanke Beine und eine riesige Vagina – ein langer, roter, sich windender, sich krümmender Schlauch, in dem kleine, tiefrote, spiralförmige Schwämmchen trieben. Das Innere von Hortenses Vagina. Also hatte Chaval diesen langen, engen Korridor kennengelernt und ihn mit glühendem Eisen in eine Furche seines Gehirns eingebrannt. Juniors Körper krampfte sich vor Abscheu zusammen. Das war doch nicht möglich! Meine Hortense kann nicht mit diesem Abschaum kopuliert haben, mit dieser lüsternen, lasterhaften Missgeburt!

Er stieß einen langen Schrei aus und brach stöhnend auf dem Tisch zusammen, wieder und wieder schlug er mit der Stirn auf die Tischplatte und zerkratzte sich die Wangen. Panisch nahm seine Mutter ihn in die Arme, wiegte ihn, sang, was ist denn los, mein Baby, sag mir, was ist los … Junior konnte nicht sprechen, Kummer überwältigte ihn, er stieß leise Schreie aus, wehrte sich gegen ihre Umarmung und protestierte, Nein, o nein, nicht das! Josiane stand auf, klopfte ihm auf den Rücken, pustete ihm ins Haar, tupfte ihm die Schläfen ab. Nichts half, er krampfte sich zusammen, bekam keine Luft mehr, und dicke Tränen rannen über seine Wangen. Sie verabschiedete sich von Chaval, setzte ihren Sohn in seinen Buggy und entfernte sich, so schnell sie konnte.

Junior hatte sich keuchend im MacLaren-Buggy festschnallen lassen und war ausnahmsweise einmal froh, auf zwei Rädern nach Hause gefahren zu werden. Seine Beine fühlten sich an, als wären sie aus Watte.

Josiane wartete, bis sie um die Ecke der Avenue Niel gebogen waren, bevor sie sich zu ihrem Sohn hinunterbeugte.

»Was ist denn passiert, mein kleiner Liebling? Was hast du gesehen, das dir einen solchen Schrecken eingejagt hat?«

»Maman, Maman … Schnell, schnell, dein Handy, ich muss Hortense anrufen …«, stammelte Junior.

»Hortense? Was hat sie denn damit zu tun?«

»Maman, bitte, stell jetzt keine Fragen … Mein Herz blutet …«

»Beruhige dich, mein Schatz. Quäl dich doch nicht so …«

»Ich kann nicht, Maman, ich bin zu unglücklich … Ich zittere am ganzen Leib.«

»Aber warum denn, mein kleiner süßer Goldschatz, mein Augenstern?«

»Oh, Maman! In Chavals Gehirn habe ich Hortense gesehen …«

»Hortense?«

»Hortenses Vagina, wie einen langen, roten Gummischlauch … Er hat sie angefasst, Maman, er ist mit seinem widerwärtigen Organ in sie eingedrungen … Oh, Maman, ich hasse diesen Mann!«

»Junior, beruhige dich. Das ist lange her …«

»Eben, sie war noch so jung, so zart. Warum hat sie das zugelassen?«

»Ich weiß es nicht, mein Liebling … Weißt du, wir alle tun hin und wieder Dinge, auf die wir später nicht stolz sind … Sie wollte sich beweisen, dass sie einen Mann verführen kann, einen echten Mann …«

»Wann war das? Kannst du dich daran erinnern?«

»Kurz vor deiner Geburt …«

Von wilder Hoffnung erfasst, richtete Junior sich auf.

»Dann kannte sie mich noch nicht …«

»Nein.«

»Deswegen … Heute würde sie das nicht mehr tun!«

»Ganz sicher nicht. Woran ich mich erinnere, ist, dass sie ihn fix und fertig gemacht hat. Er war danach nie mehr derselbe … Er hatte nur noch Knetmasse im Kopf. Aber sag mir, mein Schätzchen, was hast du im Gehirn dieser erbärmlichen Kreatur noch gesehen?«

»Dieser Mann ist gefährlich, Mutter«, beteuerte Junior, der allmählich wieder zu sich kam. »Von dem wenden sich sogar Hyänen mit Grausen ab. Er schmiedet mit Henriettes Hilfe ein Komplott gegen Papa. Irgendwelche Machenschaften mit geheimen Zahlen. Er fährt zweigleisig. Er will in die Firma zurückkehren und sich dort ein sicheres Plätzchen schaffen, und gleichzeitig spinnt er mit Henriette Intrigen … Es geht um Geld, das habe ich in einem Winkel seines Gehirns gesehen, eine Art Einbruch mit Zahlenkombinationen, Bankkonten und einer Trompete …«

»Einer Trompete?«, rief Josiane verwundert.

»Ja, Mutter, ich schwöre dir, da war eine Trompete … Und eine Dschellaba!«

»Eine Dschellaba! Gehört er zu Al Kaida?«

»Ich weiß es nicht, Mutter, ich weiß es nicht …«

Er erholte sich allmählich wieder von seinem Schock. Hortense hatte sich geändert, er verzieh ihr ihre Jugendsünde. Hortense war eine unersättliche Eroberin. Chaval war für sie ein Sprungbrett gewesen. Mehr nicht … Mit einem Schlag begriff er, dass es noch eine ganze Weile dauern würde, bevor er sich eine Zukunft mit ihr vorstellen konnte. Und er würde lernen müssen, sich zu schützen. Doch, sagte er sich, das Leben ist wie ein Fahrrad, man muss sich vorwärtsbewegen, um das Gleichgewicht nicht zu verlieren.*

»Trotzdem …«, murmelte er leise und schaute zu seiner Mutter auf. »Verliebt sein tut weh, Maman. Tut das immer so weh?«

»Das hängt davon ab, auf wen du ein Auge geworfen hast, mein Kind. Hortense kann einem schon Kopfschmerzen bereiten … Aber jetzt musst du sie vergessen und dich ganz auf das Wohl deines Vaters konzentrieren. Was sollen wir tun, Junior? Das alles ist ziemlich verworren …«

Junior saß in seinem Buggy und starrte auf seine Füße. Rieb sie gegeneinander. Ein majestätischer Löwe und ein schmächtiger Tintenfisch. Hortense und Chaval. Der Löwe würde den schmächtigen Tintenfisch fressen. Ihn in einem Happen verschlingen.

»Mit Hortense haben wir eine Trumpfkarte in der Hand. Sie wird Chaval betören und ihn zum Reden bringen … Ihr wird er nicht widerstehen. Er wird ihr seine Pläne gestehen. Wir müssen uns so schnell wie möglich mit ihr in Verbindung setzen. Das Schuljahr ist zu Ende, sie kommt sicher nach Frankreich zurück. Wir werden Kriegsrat halten, und sie wird uns dabei helfen, die Schuldigen zu entlarven. Denn sie sind mindestens zu zweit … Chaval und Henriette. Da bin ich mir inzwischen sicher. Chaval, Henriette … und vielleicht ein Helfershelfer …«

Josiane streichelte seinen Kopf und fuhr mit den Fingern vorsichtig zwischen die zerwühlten roten Locken.

»Was würden wir nur ohne dich machen, mein Kleiner?«

»Mutter, ich bin erschöpft. Ich glaube, ich werde ein Nickerchen machen …«

Er ließ das Kinn auf die himmelblaue Jacke sinken und schlief, vom Geräusch der Buggyräder gewiegt, ein.

Shirley Ward liebte den Regen.

Sie liebte den Londoner Juniregen. Den Regen der frühen Junimorgen, wenn der Tag anbricht, die Blätter an den Bäumen erschauern, die

* Ein Zitat des großen Albert Einstein.

Zweige sich sanft wiegen, das Sonnenlicht sich zwischen die Tropfen schiebt und unter dem zögernden Regen kleine Feuer entzündet. Dann muss man die Augen zusammenkneifen, einen Punkt hinter der Scheibe fixieren, um sicher zu sein, den Regen auch tatsächlich fallen zu sehen, warten, warten, bis man schließlich die beinahe unsichtbaren senkrechten Regenstriche erkennt, und sich sagen, dass die Bürgersteige nass sein werden, dass man einen Regenschirm oder einen Hut mitnehmen muss, wenn man hinausgeht …

Shirley Ward mochte keine Regenschirme. Sie fand sie steif, anmaßend, gefährlich.

Shirley Ward mochte Regenhüte. Sie besaß eine ganze Sammlung davon. Aus Wachstuch, aus Baumwolle, aus Filz, aus gehäkelter Wolle. Sie stapelte sie in einem großen Korb im Eingangsflur und wählte einen davon aus, ehe sie nach draußen ging. Sie knetete ihn lange in den Händen, bevor sie ihn aufsetzte. Zog ein paar blonde Strähnen hervor, damit sie einen Lichtkranz um ihr Gesicht bildeten. Noch einen Hauch Lippenstift, und alles war erledigt. Sie wurde Frau, sie wurde schön. Sie ging mit weit ausgreifenden Schritten durch den Regen, ging durch die Straßen von London, ignorierte rote Ampeln und Passanten. Wenn es aufhörte zu regnen, faltete sie den Hut zusammen, rollte ihn zu einer Kugel, steckte ihn in die Tasche, zerzauste ihr Haar und reckte die Nase in die Sonne.

Es ist besser, Regen und Regenhüte zu lieben, wenn man in London wohnt.

Die sanfte Liebkosung des Regens, die bleiche Wärme der Sonne, den Duft der erschauernden grünen Blätter, die Tropfen, die man mit dem Handrücken wegwischt, die Hand, die man geistesabwesend ableckt und sich dabei fast wundert, dass sie nicht salzig schmeckt … Shirley Ward liebte den Regen, sie liebte Regenhüte, und sie liebte die großen Bäume im Hyde Park. An diesem Morgen würde sie im Park spazieren gehen.

Sie würde ihre Wohnung verlassen.

Seit zehn Tagen war sie schon nicht mehr vor die Tür gegangen.

Zehn Tage, in denen sie tausend Gedanken und Erinnerungen gewälzt hatte, die ruckelnd wie die beschleunigten Bilder eines Stummfilms an ihr vorbeizogen.

Zehn Tage im Schlafanzug, in denen sie sich von Salzmandeln, trockenen Aprikosen und Bitterorangenmarmelade ernährt hatte, eine Teekanne oder eine Flasche Whisky immer in Reichweite.

Den Whisky trank sie abends. Ab neunzehn Uhr. Nicht früher. Sie wollte vor sich selbst nicht als Säuferin dastehen. Er war ihre Belohnung. Sie trank ihn auf Eis. Ließ die Eiswürfel in dem geschliffenen Glas klirren. Sie erinnerten sie daran, dass sie noch lebendig war, tatsächlich lebendig, und dass sie mit all den Erinnerungen würde leben müssen, die sie eine nach der anderen aus ihrem Gedächtnis herausgelöst hatte.

Denn bei Erinnerungen hat man die Wahl. Entweder man ignoriert sie und beginnt jeden Tag, als wäre er etwas vollkommen Neues, oder aber man holt sie nacheinander hervor, sieht ihnen ins Gesicht und identifiziert sie ... Man wühlt sich durch das Dunkel, um das Licht zu finden.

Sie bewegte das Glas und lauschte dem Klang der Eiswürfel. Immer brach alles unvermittelt über sie herein, sangen sie, Freude, Kummer, belanglose Lappalien. Sie radelte gemütlich durch die Stadt, dann unversehens ein Ruck ...

Ihr Sohn ging weg ...

Sie lernte einen Mann kennen.

Einen Mann, der die Tür zur Vergangenheit öffnete.

Die Eiswürfel im Glas waren verstummt. Sie stand auf, ging in die Küche, öffnete den Kühlschrank. Sie brauchte den Klang der Eiswürfel, um die Klage der Vergangenheit zu hören. Sie kehrte zurück in den Sessel, schlug ein Pyjamabein über das andere und ließ es baumeln. Die Eiswürfel wechselten die Oktave, sie klangen unbeschwerter.

Ihr Vater kehrte zurück ...

Die roten Flure von Buckingham Palace. Die Teppiche, über die man lautlos schritt, die Worte, die man flüsterte, niemals die Stimme erheben, laut zu reden ist ja so vulgär! Über seine Herzensqualen zu sprechen ist ja so vulgär ... *Never explain, never complain.*

Und ihr Zorn angesichts der verschlossenen Tür und des gebeugten Rückens.

Sie blieb noch einen Tag im Schlafanzug und noch einen. Sie wollte verstehen. Sie musste verstehen.

Sie ließ ihre langen Beine baumeln. Wechselte den Platz. Setzte sich in den großen Ledersessel beim Fenster. Sah zu, wie die Schatten der Autos und der Bäume über die Zimmerdecke tanzten.

Es dämmerte …

Sie nahm die Whiskyflasche, schenkte sich noch ein Glas ein, stand auf, aß eine trockene Aprikose, eine Mandel. Stellte die nackten Füße ganz flach auf den Boden, spürte die Astlöcher im Holz und drückte den Fuß noch fester gegen das Parkett.

Den Zorn besänftigen … Sie kannte ihren Zorn jetzt. Konnte ihn beschreiben. Mit Erinnerungen. Farben. Konnte ihm ins Gesicht sehen und ihn zurück in die Vergangenheit schicken.

Die Tage vergingen. An manchen Morgen regnete es, und sie kniff die Augen zusammen, um sicherzugehen. An anderen Morgen schien die Sonne, dicke Strahlen fielen auf ihr Bett und kitzelten ihre Beine. Sie sagte, *Hello, sunshine!*, und streckte einen Arm, ein Bein aus. Machte sich einen Tee, einen Zwieback mit Bitterorangenmarmelade, ging zurück ins Bett, stellte das Tablett auf ihren Schoß und redete mit dem Zwieback. Hätte der Lord Chamberlain etwas anders machen können? Was hätte er denn anders machen können? Er war ein hilfloser, schwacher Mann, er hatte geschrieben: »Wie soll ich dir etwas erklären, was ich selbst nicht verstehe?«

Muss man denn alles erklären und alles verstehen, um zu lieben?

Sie folgte dem Lauf der Sonne vor den beiden hohen Fenstern. Ich muss lernen, mit diesem Zorn zu leben, sagte sie sich. Ich brauche ihn nur noch zu zähmen, muss ihm den Marsch blasen, wenn er sich zu weit vorwagt …

Die Whiskystunde rückte näher, sie stand auf, löste die Eiswürfel aus ihrer Schale, gab sie ins Glas, ließ sie leise klirren, lauschte ihrem Lied, lauschte dem Regen, wippte mit einem Fuß, dann mit dem anderen.

Am zehnten Tag senkte sich, zart wie der Regen, Frieden auf sie herab.

Scheint, als hätte sich die schwere See beruhigt, dachte sie verwundert und ließ sich ein großes Bad ein. Sie wusste nicht genau, was sie begriffen, was sie gelernt hatte. Sie wusste nur, dass heute der erste Tag ihres neuen Lebens war. Sie würde die Rechnung für die Vergangenheit übernehmen und bezahlen.

Sie lächelte, als sie einen Flakon Badesalz ins Wasser leerte, es war alles noch ein bisschen verschwommen, aber wollte sie es wirklich kristallklar vor Augen haben? Sie wollte doch bloß lachen und ihr Bad nehmen. Sie legte den Trauermarsch von Chopin ein und ließ sich ins Wasser gleiten.

Morgen würde sie hinaus in die Stadt gehen.

Sie würde ihren Regenhut aufsetzen, sie würde ein paar blonde Strähnen darunter hervorziehen, würde Lippenstift auftragen, und dann würde sie durch die Straßen spazieren, durch die Parks, an den Teichen entlang, so wie früher …

Glaub ja nicht, damit wäre alles geklärt, meine Liebe, du hast deine düsteren Gedanken noch nicht überwunden.

Sie rief Oliver an.

Fragte ihn, ob er sich mit ihr im Spaniards Inn treffen könne, ihrem Pub in Hampstead. Sie ließ ihr Fahrrad unabgeschlossen im Garten stehen und ging hinein. Aufgewühlt, ängstlich. Sie hatte ihren düsteren Gedanken Schranken auferlegt.

Es saß im hinteren Teil des dunklen Schankraums, ein Bier vor sich, die dichten Locken ungekämmt. Ein großer gelb-grüner Wanderrucksack stand auf dem Stuhl. Er stand auf und presste seine Lippen so fest auf die ihren, dass sie in diesem Kuss zu verschwinden glaubte. Die Wirtin, eine große, hagere Frau mit hochroten Wangen und kaum Haaren auf dem Kopf, hatte Musik eingeschaltet, um die Stille auszufüllen. Es war Madness.

»Geht es dir besser?«, fragte er.

Sie antwortete nicht. Die Frage missfiel ihr. Was glaubte er denn? Dass sie krank sei und sich pflegen müsse? Sie löste sich von ihm und drehte den Kopf zur Seite, damit er das gereizte Funkeln in ihren Augen nicht bemerkte.

Sie blieben stehen, einander gegenüber, mit hängenden Armen, wie zwei unbeholfene Debütanten.

»Ein bisschen klischeehaft, wie wir hier stehen, findest du nicht?«, fügte er hinzu.

Und sie lächelte traurig.

»Dann soll ich also nicht gehen?«, fragte er mit seinem breiten Holzfällerlächeln.

Sie hörte die Zärtlichkeit in seiner Stimme. Hörte die Fügsamkeit.

Wie sie ihn darum beneidete, so stark, so unkompliziert lieben zu können, ohne Geister, die einen an den Füßen zerrten …

Er breitete die Arme aus.

Vorsichtig schmiegte sie sich an ihn.

»Glaubst du, du wirst mich eines Tages lieben können?«

»Und gleich wieder so dramatisch.« Sie seufzte und schaute zu ihm auf. »Siehst du nicht, dass ich dabei bin, mein Herz an dich zu hängen? Und das ist schon ein großer Fortschritt, weißt du …«

»Nein, das ist es ja gerade. Ich weiß es nicht. Ich weiß nicht das Geringste über dich. Das habe ich in den letzten Tagen ständig gedacht …«

»Ich wusste selbst nichts über mich. Erst du hast mich gezwungen, genauer hinzusehen …«

»Du solltest mir dankbar sein …«

»Das weiß ich noch nicht … Ich bin müde, so müde …«

»Du bist zurückgekommen, und darüber bin ich glücklich … Ich war mir nicht sicher, ob du zurückkommen würdest …«

»Und was hättest du dann gemacht?«

»Nichts. Es ist deine Entscheidung, Shirley …«

Sie lehnte sich an ihn und rührte sich nicht mehr. Sparte die Kräfte auf für spätere Kämpfe. Er beugte sich vor und küsste sie, hielt ihre Arme fest, damit sie sich nicht wehrte. Nach zehn Tagen, in denen sie sich in ihren Kummer und ihren Zorn verbissen hatte, erschien ihr dieser Kuss so sanft, so zärtlich, dass sie ihn sich als Ruhepause zugestand. Küss mich, dachte sie, küss mich und erlöse mich davon, ständig denken zu müssen, ich will an nichts mehr denken, ich will in die Gegenwart zurückkehren, deinen Mund auf meinem spüren, deine festen, geschmeidigen Lippen spüren, die meine auseinanderschieben, und sei's drum, wenn es nur ein Kuss sein soll, eine vorübergehende Leidenschaft, ich nehme ihn, und ich genieße ihn. Sie küssten sich lange, kunstvoll, ließen sich Zeit, und sie dachte, sie dachte, dass dieser Kuss eher einem glücklichen Ringen glich als dem Eingeständnis einer Niederlage. Er zog sie noch fester an sich, erdrückte sie mit seinem vertrauensvollen Gewicht, umschlang sie mit seinen Armen wie einen schweren Baumstamm, atmete ihren Duft ein, schob sie ein Stück von sich, zog sie wieder an sich, tätschelte ihren Kopf, flüsterte, tss … tss … und küsste sie erneut, als befänden sie sich nicht in einem englischen Pub, sondern in einem großen, aufgeschlagenen Bett.

Sie lauerte darauf, dass der Zorn sich in ihr regte.
Sie wusste, dass er nicht einfach so verschwinden würde.
Sie stand erst am Beginn einer langen Heilung.

Henriette wartete, bis René und Ginette ins Auto stiegen, bis Ginette ihren Gurt angelegt und die Kuchenschachtel sicher auf ihrem Schoß verstaut hatte. Mit der rosa Schleife spielte, die die Konditorin gebunden hatte. Rückwärtsgang, Vorwärtsgang, Tor öffnen, Tor schließen. Sie fuhren zum Abendessen zu Ginettes Mutter. Sie würden zusammen essen und *Wer wird Millionär?* schauen. Der Weg war frei.

Sie musste noch warten, bis es ein bisschen dunkler wurde, bis sie mit der Dämmerung verschmolz, jener ungewissen Dunkelheit, in der alle Katzen grau sind … Sie wartete auf der Terrasse des Cafés gegenüber den Büros von Casamia. Sie hatte alle Zeit der Welt. Und sie wollte die Zeit genießen, die ihr noch blieb, bevor sie zum Angriff überging.

Ich will ihm wehtun, dachte sie, während sie den gepflasterten Hof auf der anderen Straßenseite betrachtete, jenen gepflasterten Hof, der einst ihr Reich gewesen war. Wenn sie ihn betrat, krümmten sich die Rücken, man fürchtete sie. Ich liebte es, die Furcht von ihren gesenkten Nacken abzulesen. Die Furcht in Marcels Augen zu sehen, der nicht wusste, wie er die Ketten abstreifen sollte, die ich mit fester Hand hielt. Oh, er denkt, er hätte mich verdrängt … Er hat geglaubt, er könne mich einfach durch sein Flittchen ersetzen! Und jetzt stolziert er mit Kind und Frau am Arm herum … So läuft das aber nicht. Ich will jeden Monat meinen Zehnten von seinem Gewinn abzweigen. Alles, was sich in diesen Büros befindet, gehört mir. Das war mein Tresor, meine Altersvorsorge. Er hat mich mit einem Federstrich vor die Tür gesetzt, indem er meinen Namen aus seinem neuen Konzern getilgt hat. Ich wurde betrogen. Und dafür wird er büßen. Zu wissen, dass die Rache so nah war, ließ sie in einem seltsamen Behagen erschauern. Der Speichel kehrte in ihren ausgedörrten Mund zurück, das Blut pochte in ihren Schläfen, ein rosiger Hauch überzog ihre bleichen Wangen. Rache! Rache! Ich werde langsam anfangen, erst nur ein paar hundert Euro abbuchen, aber dann lege ich einen Zahn zu und lasse seine Konten tanzen. Er kontrolliert sie nie, und die Trompete ist anderweitig beschäftigt. Mit den Bilanzen aus Peking, Sofia, Mailand und sonst wo. Bilanzen in mehreren Sprachen, über mehrere Banken verteilt, sie weiß nicht mehr, wo ihr der Kopf steht. Die Privatkonten überprüft sie nicht. Sie sagt sich, das sei seine Sache. Und er ... Für ihn reichen die vierundzwanzig Stunden des Tages nicht, um alles zu schaffen, er lässt die Zügel schleifen. Dieser Mann ist überfordert, er schwindet dahin, hat keine Kraft mehr. Ich hingegen, ich bin immer noch rüstig und unersättlich, mein Rachedurst erfüllt mich mit neuer Energie ... Ich lerne, mit dem Computer umzugehen, ich gehe auf Google, ich tippe, ich übe, ich öffne Safari, ich logge mich in mein Konto ein, ich kontrolliere meine Investments. Ich habe gelernt, und ich lerne noch immer mehr. Ich errichte meine Firma im Dunkeln. Chaval muss wachsam bleiben, er muss die Trompete ausfragen, er muss mich warnen, wenn Gefahr im Anzug ist. Das wird die nächste Herausforderung sein. Es ist eine Frage der Ehre. Ich mache nur eine Ungerechtigkeit wieder gut ...

Geld ist Wärme, es fühlt sich gut an, es pocht, Geld ist es, das einen mit Begehren erfüllt, wenn die Haut grau wird und die Lippen weiß. Geld zu stehlen ist so, als werfe man seine Angel in ruhigem Gewässer aus. Das Warten schenkt eine ebenso große Befriedigung wie der Fang selbst ... Das wissen diejenigen nicht, die ihr Geld so schändlich misshandeln. Sie glauben, es sei zum Ausgeben da, sie denken nur an den Rausch. Sie denken nicht an diesen kurzen Moment des Wartens, an diesen köstlichen Schauer, wenn der Fisch kurz davor ist, anzubeißen, wenn er den Köder umkreist ... Welche Freuden sie sich damit versagen! Dieses Geld, das auf mich wartet, ist mein Verehrer, mein feuriger Geliebter, meine Erlösung. Ich werde wieder zur Frau, zu einer allmächtigen Frau!

So träumte sie vor sich hin und warf gelegentlich einen Blick auf die Uhr. Sie beobachtete, wie das Tageslicht schwand. Die schmalen Lippen zusammenpressend und die Hände fest um ihre Handtasche mit den Schlüsseln und dem Code der Alarmanlage geklammert.

Sie stand auf.

Es war so weit.

Sie überquerte die Straße, ging durch die kleine Tür links neben dem großen Tor. Klack-klack-klack, überquerte sie den gepflasterten Hof. Tippte den Zugangscode ein. Schlich durch die Flure. Dort herrschte eine eigentümliche Stille. Wie in einer Geisterstadt. Sie öffnete die Tür zu Denise Trompets Büro. Sah den Schreibtisch. Griff nach dem kleinen Schlüssel. Öffnete die Schublade. Durchsuchte die Mappen. Las die Etiketten. Sie brannte, sie brannte. Hielt einen Moment inne, um keinen Fehler zu machen, weder Unordnung noch eine Spur zu hinterlassen. Sie hatte Handschuhe angezogen. Entdeckte eine Mappe mit der Aufschrift »Marcel Grobz – Privat«, auf der ein Bleistiftspitzer lag. Öffnete sie. Da waren die Zugangscodes. In großen, mit rotem Filzschrift geschriebenen Ziffern. »Private Zugangsdaten« hatte die Trompete in ihrer gewissenhaften Schrift vermerkt. Sie nahm sie und legte sie auf den Kopierer. Der Lichtstrahl glitt über sie hinweg. Die Maschine spuckte ein bedrucktes Blatt Papier aus. Sie legte die Mappe zurück, legte den Bleistiftspitzer wieder schön gerade auf das Etikett. Schloss die Schublade, die Bürotür. Schaltete die Alarmanlage wieder ein. Schloss die Türen ab. Klack-klack-klack, überquerte sie den gepflasterten Hof. Tauchte für einen Moment ein in den Schatten der Glyzinie, um sich zu vergewissern, dass niemand sie gesehen hatte. Atmete den Duft der Blüten, und vor Glück weitete sich ihr Herz.

Sie entwischte durch die kleine Tür neben dem Tor.

Ein Kinderspiel …

Sie war beinahe enttäuscht.

Offenbar gewöhnte man sich an die Gefahr, an den Wagemut.

Gleich heute Abend würde sie ihren ersten Raubzug unternehmen. Eine erste Rate abbuchen …

»Mir scheint, wir haben da eine Kleinigkeit vergessen, Madame Grobz«, sagte Chaval, der neben Henriette kniete.

Er hatte sich mit ihr in der Kirche Saint-Étienne verabredet, in der kleinen Seitenkapelle der Heiligen Jungfrau. Sie waren allein. Die Kirche war leer. Kerzen brannten, Boten stummer Wünsche, die zum Himmel aufstiegen, und verwelkte Gladiolenzweige kitzelten die nackten Füße der Jungfrau Maria. Jemand sollte diese Blumen austauschen, dachte Chaval, der nun, da er bald reich sein würde, plötzlich großzügig gestimmt war.

»Es hat doch alles geklappt wie am Schnürchen … was wollen Sie denn noch?«, fragte Henriette Grobz mit gesenktem Kopf, die Hände gefaltet, als betete sie.

»Wir haben vergessen, die Höhe meines Anteils festzulegen …«

»Ihres Anteils?«, rief Henriette empört und zuckte unter ihrem großen, flachen Hut zusammen.

»Ja, Madame, meines Anteils. Mir scheint, dass ich einen nicht unerheblichen Beitrag zu dem geleistet habe, was Ihnen demnächst zufließen wird …«

»Sie haben doch kaum etwas gemacht!«

»Wie, ich habe kaum etwas gemacht? Wer hat Ihnen den Schlüssel der Schublade gegeben? Wer hat die brave Trompete vom rechten Weg abgebracht? Wer passt auf, dass alles gut geht? Ich, ich und nochmals ich.«

»Und wer ist in die Büros eingebrochen? Wer schaltet den Computer ein und überweist die Euros von einem Konto aufs andere? Wer geht das Risiko ein, dabei erwischt zu werden? Ich, ich und nochmals ich!«

»Ganz, wie ich sagte, wir sind ein Team … Zwei Komplizen. Wenn der eine den Pakt bricht, kommt der andere in Teufels Küche …«

»Hüten Sie Ihre Zunge, Chaval! Vergessen Sie nicht, wo Sie sich befinden …«

»Ich sage es gern noch einmal. Wir sitzen beide im selben Boot. Sie richten ohne mich genauso wenig aus wie ich ohne Sie. Also lassen Sie uns Seite an Seite marschieren, brüderlich und gleichberechtigt, und das Geld teilen … Fifty-fifty. Das ist mein letztes Wort …«

Henriette blieb die Luft weg, und sie drehte Chaval ihr wutverzerrtes Gesicht zu.

»Schämen Sie sich gar nicht? Eine arme Frau zu erpressen?«

»Und was ist mit meinem Gewissen? Haben Sie daran schon einmal gedacht? Wie viel ist mein Gewissen wert? Mindestens fünfzig Prozent, würde ich sagen …«

»Ihr Gewissen!«, stammelte Henriette außer sich. »Das ist keinen Pfifferling wert … Das ist faul wie ein Stück Aas und rührt sich erst, wenn man ihm auf den Schwanz tritt … Und das ist noch höflich ausgedrückt!«

»Drücken Sie sich höflich aus, wenn Ihnen das Spaß macht, Verehrteste, aber meine Forderung steht.«

»Ich weigere mich, Ihnen die Hälfte meiner Einkünfte abzugeben …«

»Unserer Einkünfte«, korrigierte Chaval sie höhnisch, hocherfreut darüber, dass es ihm gelungen war, sie in Rage zu bringen.

Die Alte geriet ins Schwimmen, sie erstickte vor Wut, sie hatte nicht damit gerechnet, dass er gierig werden würde. Er beugte sich zu ihr hinüber und murmelte mit träger, süßlicher Stimme: »Sie haben keine andere Wahl ... und versuchen Sie ja nicht, mich übers Ohr zu hauen. Ich werde das überprüfen. Ich habe auch einen Schlüssel. Ich habe ihn zweimal nachmachen lassen. Ich bin doch nicht blöd ... Und wer den Schlüssel hat, der hat die Codes ... Haben Sie wirklich geglaubt, ich würde Sie einfach gewähren lassen? Den alten Marcel ausnehmen und mich noch dazu? Mir ein paar hundert Euro überlassen, damit ich Hortense ein Parfüm kaufen und sie zum Essen in ein schickes Restaurant einladen kann? Mir hin und wieder ein Almosen geben?«

Ja, dachte Henriette zähneknirschend. Genau das hatte ich vor. Ihm hin und wieder ein paar Münzen zuzuwerfen, um ihn bei der Stange zu halten.

»Mein Gott, sind Sie naiv ... Ich werde jede einzelne Überweisung von diesem Konto genau im Blick haben. Aber jetzt muss ich los, Verehrteste, ich will mir eine Jacke kaufen, die ich bei Armani gesehen habe, und danach gehe ich zu meinem Mercedes-Händler und bestelle ein Cabrio ... Kennen Sie den SLK 350 Sport? Nicht? Jetzt, wo Sie mit dem Internet umgehen können, sollten Sie es sich mal ansehen ... Es ist umwerfend. Supermotor und klare Linien! Ich weiß noch nicht, ob ich es in Dunkelgrau oder Schwarz nehmen soll. Ich kann mich nicht entscheiden. Davon habe ich so lange geträumt ... Ich möchte mit meiner alten Mutter nach Deauville fahren, über die Strandpromenade spazieren, Austern essen, durch den Sand laufen ... Sie ist so alt wie Sie, hat nicht mehr lange zu leben, und bis dahin will ich sie verwöhnen. Ich liebe meine alte Mutter sehr ...«

»Niemals! Niemals! Niemals!«, keifte Henriette mit zornerfüllter Stimme. »Sie bekommen keinen Anteil, Chaval. Ich bin bereit, Sie für Ihre Mühen zu entschädigen. Ihnen eine pauschale Vermittlungsgebühr zu zahlen, aber mehr auch nicht ... Die Zeiten, in denen ich von einem Mann abhängig war, sind vorbei. Und auf gar keinen Fall will ich von Ihnen abhängig sein.«

»Das werden wir ja sehen, Madame, das werden wir ja sehen ... Denken Sie in Ruhe über das nach, was ich gesagt habe. Sollten Sie Ihre Meinung nicht ändern, werde ich der Trompete alles gestehen und Ihnen die ganze Schuld zuschieben. Ich werde behaupten, ich hätte das alles nur für sie getan, um mich ihrer Liebe würdig zu erweisen. Ich werde alles auf Sie abwälzen. Und sie wird es mir abkaufen ... Sie wird dafür sorgen, dass Marcel Grobz die Zugangsdaten ändert und alles wieder in Ordnung kommt. Sie liebt mich, das arme Ding, sie ist verrückt nach mir! Sie würde alles für mich tun … Denken Sie darüber nach, Madame Grobz … Wir treffen uns morgen um die gleiche Zeit wieder hier …«

Mit diesen Worten stand er auf. Verabschiedete sich von Henriette Grobz und beugte flüchtig vor der Heiligen Jungfrau das Knie.

Die frische, milde Luft legte sich wie eine Liebkosung auf sein Gesicht, als er vor die Kirche trat.

Nach seinem Treffen mit Josiane war er zu dem Schluss gekommen, dass er die Hoffnung, von Marcel Grobz eingestellt zu werden, vergessen konnte. Josiane würde nie das Kriegsbeil begraben. Jetzt blieben ihm nur noch Henriettes krumme Touren, um seinen Lebensunterhalt zu bestreiten. Er würde wieder auf die Beine kommen, sich eine neue Garderobe zusammenstellen, sich in Form bringen, ans Meer fahren und die Seeluft atmen, sich in einem Fitnessstudio anmelden, Gewichte stemmen, und wenn er erst einmal wieder in alter Frische erstrahlte, würde er weitersehen. Warum sollte er sich einen Job suchen? Bald würde er zwei Frauen haben, die für ihn arbeiteten. Er würde sich nicht mehr selbst abrackern müssen. Er würde das gestohlene Geld investieren. Oder eine eigene Firma gründen … Darüber konnte er sich in aller Ruhe Gedanken machen.

Es eilte nicht.

Tags zuvor hatte er einen Blick auf Marcels Konten geworfen. Er wäre beinahe hintenübergefallen! Er hatte die Augen zusammenkneifen müssen, um die Stellen vor dem Komma zu zählen. Hatte zu Bleistift und Papier gegriffen. Abgeschrieben. Zusammengerechnet. Sich gekniffen, sich gesagt, dass er nicht träumte. Es waren Hunderttausende von Euro! Sofort hatte er den Gedanken an Arbeit verworfen. Er würde sich ganz gemütlich von der Alten mästen lassen. Sie würde heimlich die Beträge von einem Konto aufs andere transferieren und ihm die Hälfte weiterüberweisen.

So würde das ablaufen …

Er legte einen Zwischenstopp bei Hédiard ein. Er würde Gänsestopfleber und eine schöne Flasche Weißwein kaufen. Dazu ein Poilâne-Brot, um es zu toasten und eine Scheibe Stopfleber daraufzulegen. Gans oder doch lieber Ente? Wofür würde er sich entscheiden? Wieder hatte er die

Qual der Wahl ... Und er würde einen schönen Gladiolenstrauß für die Jungfrau Maria kaufen.

Nicht, weil er plötzlich fromm geworden war.

Er wollte bloß nichts dem Zufall überlassen.

Hortense lag auf ihrem Bett, träumte vor sich hin und ließ ihre Fußknöchel kreisen. Rechts herum, links herum. Das lockerte die Muskeln und stärkte die Gelenke. Sie war den ganzen Tag durch die Gegend gelaufen und hatte sich Wohnungen angeschaut. Alle waren entweder zu hässlich oder zu teuer. Sie verlor allmählich die Hoffnung.

Sie hielt die Noten ihres zweiten Jahres am Saint Martins College in Händen. Ein Durchschnitt von siebenundachtzig Prozent. Das war mehr als Sehr gut. Sehr gut begann bei achtzig Prozent. An den Rand hatte ihr Tutor nur ein einziges Wort geschrieben: »Bemerkenswert«, versehen mit einem Ausrufezeichen. Ihr Abschlussprojekt – Entwerfen Sie einen Artikel für eine Modehauskette des günstigen Preissegments – war zum besten Projekt des Jahres gewählt worden. Die Idee dazu war ihr gekommen, als sie in der U-Bahn das Comeback des Reißverschlusses bemerkt hatte. Sie waren überall, an Taschen, Schuhen, Jacken, Handschuhen, Schals, Mützen. Er war das modische Detail der Saison. Und da hatte sie sich gesagt, warum nicht ein todschickes Kleines Schwarzes, das um einen langen Reißverschluss herum entworfen wird? *The zip dress!* Ein langer Reißverschluss vorn und ein langer Reißverschluss am Rücken. Der Reißverschluss würde dem Kleinen Schwarzen einen verruchten Touch verleihen. Zwei vollkommen gerade Stoffbahnen. Man kann das Material und die Länge variieren. Man könnte es vorn offen tragen oder hinten oder komplett hochgeschlossen. Streng oder verführerisch. Es müsste ein Stretchstoff sein, der sich eng um den Körper schmiegt, oder etwas fließender bei einem Modell für kräftigere Frauen. Ein Kleines Schwarzes, das zu einem lächerlichen Preis hergestellt und für neununddreißig Pfund verkauft wird. Ideal für eine Kette wie H & M. Sie war zu Adele gerannt, die in der Nähe ihrer Wohnung einen Secondhandladen hatte. Hatte das Modell für sie aufgezeichnet, und Adele hatte es im Handumdrehen genäht. Du wirst es noch weit bringen, Kleines, hatte Adele gesagt. Das hoffe ich doch!, hatte Hortense erwidert.

Sie hatte kaum mit der Wimper gezuckt, als sie ihre Noten und die schmeichelhaften Bemerkungen ihrer Dozenten gelesen hatte, die ihr eine große Zukunft voraussagten, wenn sie so weitermache. Perfekt, dachte sie mit einem Blick auf ihre Füße, aber ich habe immer noch keinen Praktikumsplatz für diesen Sommer … Und den werde ich auch nicht finden, wenn ich noch länger im Bett herumliege und meine Füße kreisen lasse. Ich sollte mich anziehen, rausgehen, mich in Szene setzen … Praktikumsplätze findet man nicht am Schwarzen Brett der Schule oder in Zeitungsannoncen, die ergattert man, indem man sich auf Partys herumtreibt, in Bars oder Nachtclubs, und ich liege hier auf meinem Bett und starre meine Füße an! Mir fehlt der Biss …

Nicholas hatte ihr angeboten, bei Liberty zu arbeiten, aber sie hatte abgelehnt. Ich will etwas Größeres, etwas Exotischeres. Einen kleinen Ausflug über die englischen Grenzen hinaus, nach Mailand, Paris, New York … Außerdem will ich dir nicht ständig dankbar sein müssen … Wie du meinst, hatte er gesagt, aber wenn du nichts anderes findest … Er schien sich seiner Sache sehr sicher zu sein. Sicher, sie den ganzen Sommer über an seiner Seite zu halten. Diese gelassene, besitzergreifende Haltung hatte ihr missfallen.

Ihr ganzes Leben missfiel ihr im Moment. Sie hätte nicht sagen können, wieso. Ihr fehlte das Feuer. Vielleicht war sie auch nur erschöpft … Oder … Sie wusste es nicht, und sie hatte auch keine Lust, genauer zu erforschen, woran es lag.

So lag sie auf ihrem Bett, ließ die Fußknöchel kreisen und überlegte, wie sie die langen Ferienwochen ausfüllen sollte, die sich vor ihr ausbreiteten, als ihr Handy klingelte. Es war Anastasia, eine Kommilitonin. Sie war gerade mit einem Freund im Sketch, der neuesten In-Disco, und fragte, ob sie auch kommen wolle.

»Hast du deine Noten bekommen?«

»Ja«, antwortete Hortense und betrachtete ihre Zehennägel, von denen der Lack absplitterte.

»Bist du zufrieden?«

»Siebenundachtzig Prozent … Und mein Kleines Schwarzes ist das bestes Projekt des Jahres …«

»Dann komm doch her! Wir feiern!«

»Okay …«

Sie stand auf. Öffnete ihren Kleiderschrank. Hätte sich am liebsten gleich wieder hingelegt. Was ist denn nur los mit mir? Was ist los? Fuhr mit einer Hand über die Kleiderbügel mit den Jeans, Kleidern, Jacken, dem Mantel, einer langen weißen Bluse. Strich darüber. Bemerkte ganz hinten, ganz schmal auf einem Bügel, die kleine Jeansjacke, die Gary ihr eines Tages in Camden gekauft hatte. Sie waren durch die Straßen geschlendert und an einem Secondhandladen vorbeigekommen. Die Jacke hing im Schaufenster. Verwaschenes Blau, schmal, abgewetzt, die Jacke eines kleinen Mädchens, das noch mit Puppen spielt. Dreißig Pfund. Hortenses Blick hatte sich daran festgesaugt. Sie wollte sie haben. Diese Jacke war für sie bestimmt. Sie hatte ihr Portemonnaie geöffnet und ausgerechnet, dass sie nicht genug Geld hatte. Sie hatte ihren Anteil an der Stromrechnung noch nicht bezahlt. Neunzig Pfund … Sie hatte die Jacke mit Blicken liebkost, hatte den Kopf abgewandt und war weitergegangen, das Bild der schmalen, kurzen Jacke tief in ihr Gedächtnis eingebrannt. Sie ist wie für mich geschaffen, seit Monaten suche ich schon danach, sie ist genau das, was ich will … Sie hatte so fest daran gedacht, dass sie gestolpert war. Gary hatte sie aufgefangen. Hey, hatte er gesagt, bleib bei mir, ich will dich nicht verlieren! Er hatte ihren Arm genommen. Sie hatte sich gegen ihn sinken lassen.

Sie hatten irgendwo angehalten, um eine Pizza zu essen. Gary hatte gesagt, bestell mir eine Vier Jahreszeiten mit extra viel Käse, ich sterbe vor Hunger, ich gehe nur schnell aufs Klo. Sie hatte ihm nachgesehen. Sie mochte seinen Rücken, seinen Gang, die Art, wie er einen Bogen um die Tische und die Leute schlug, als beachtete er sie gar nicht. Ich mag diesen Mann, weil er niemanden braucht. Ich mag diesen Mann, weil er nicht versucht, anderen zu gefallen. Weil er einfach irgendwas anzieht und es trotzdem schafft, elegant auszusehen. Ich mag elegante Menschen, die ihre Wirkung nicht im Voraus planen, die nicht stundenlang vor dem Spiegel stehen, oh, ich hätte so hübsch ausgesehen in dieser knappen Jeansjacke, ich hätte sie zu roten High Heels und einem schwarzen Kleid getragen oder zu einer engen schwarzen Hose und Repettos. Sie wünschte sie sich so sehr! Sie konnte kaum noch atmen. Aber wenn sie ihren Anteil an der Stromrechnung nicht bezahlte, würde der Ayatollah ihr wieder die Leviten lesen und ihr das Leben zur Hölle machen …

Sie hatte zwei Pizzas mit extra viel Käse und zwei Kaffee bestellt. Hatte eine kleine, verlassene Jacke in einem Schaufenster auf die Papiertischdecke gezeichnet. Hatte ihr zwei Arme gegeben, die sich ihr entgegenstreckten … Sie war genau richtig ausgewaschen. Und der Kragen? Sie hatte sie lange genug betrachtet, um den Kragen zu sehen … Perfekt. Und die Manschetten auch. Die Manschetten waren perfekt … Man konnte sie hockrempeln.

Ich bin es leid, nie genug Geld zu haben, hatte sie geknurrt, ihren Bleistift hingelegt, das bemalte Stück aus der Tischdecke gerissen, es zu Konfetti zerpflückt und die Schnipsel auf den Boden fallen lassen.

Wo blieb Gary nur? Gab es eine Schlange auf dem Klo? Und wenn sie ihm einfach seinen Schal klaute …

Er war mit einer braunen Papiertüte in der Hand zurückgekommen und hatte sie auf den Tisch gelegt. Das habe ich auf dem Klo gefunden, hatte er gesagt, sieh mal nach, was drin ist. Sag mal, geht's noch?, hatte sie achselzuckend erwidert. Ich hab die Pizzas und zwei Kaffee bestellt. Klar geht's, los, schau rein … Angewidert hatte sie die Tüte mit den Fingerspitzen geöffnet. Es war die kleine Jeansjacke. Ihr waren Tränen in die Augen gestiegen.

»Oh, Gary … Woher wusstest du …?«

»Glaubst du, sie steht dir?«

Sie hatte sie angezogen.

»Ist sie nicht ein bisschen zu klein?«, hatte er gefragt.

»Sie ist perfekt! Ich verbiete dir, etwas Negatives über meine Jacke zu sagen!«

Sie hatte sie den ganzen Nachmittag und die ganze Nacht über anbehalten.

Und wochenlang hatte sie sie ständig getragen.

Sie griff nach der Jeansjacke. Vergrub die Nase darin. Erinnerte sich an jenen Tag. Sie waren Hand in Hand über das Kopfsteinpflaster von Camden geschlendert. Hatten die Auslagen nach einem kuriosen Gegenstand durchforstet. Einem alten Flugzeugpropeller oder einem Schiffsmodell. Gary suchte ein Geburtstagsgeschenk für einen Freund. Wie hieß er noch mal? Sie erinnerte sich nicht mehr. Aber sie erinnerte sich an die blanken, rutschigen Pflastersteine, an ihre Hand in Garys Hand und an die kleine Jeansjacke, die an den Schultern ein wenig spannte. Sie fragte sich, was er wohl gerade machte. Warum ruft er nicht an? Warum müssen wir uns immer streiten? Sie nahm das schwarze Reißverschlusskleid. Sie hatte einen Prototyp davon nähen lassen, nur für sich allein. Aus eng anliegendem Stretchstoff. So eng, dass sie kaum noch Luft bekam. Sie zog es an. Bürstete ihr langes Haar, schminkte sich zwei lange, schwarze Striche, die ihre grünen Augen betonten, weiß, sehr weiß der Teint, rot, knallrot der Mund. Zog ihre hochhackigen rosa Sandalen an. Was noch?, fragte sie sich und schaute prüfend in den Spiegel. Das kleine Detail, das alles in den Schatten stellen würde. Wo bist du, kleines Detail? Sie krempelte die Ärmel der Jacke hoch, wählte ein Paar schwarze Lederhandschuhe, die das Handgelenk freiließen. Steckte eine große Brosche von Topshop an den Jackenkragen. Sie trat einen Schritt zurück. Perfekt.

Nahm eine große Umhängetasche. Schwang sie vor und zurück, um die Wirkung zu prüfen. Mehr als perfekt.

Einen langen schwarz-weißen Schal. Eine Sonnenbrille.

Auf zu ruhmreichen Ufern!

Sie sprang in ein Taxi und ließ sich vor dem Sketch absetzen. Grüßte den Türsteher, der sie an der Schlange vorbeiließ und sie mit einem *Hi, honey!* begrüßte! Immer noch so schön und sexy! Sie schenkte ihm ein perfektes Lächeln, jenes katzenhafte Lächeln, das einen auf der Stelle tot umfallen ließ. Er hatte recht, sie war schön, sie war sexy, das spürte sie beim Gehen, alles war perfekt, heute Abend war alles perfekt, bis auf die Tatsache, dass ihr Herz immer noch schwer war. Schwer und leer zugleich. Ich habe einen Durchschnitt von siebenundachtzig Prozent, und ich habe das Projekt des Jahres entworfen, sagte sie sich, um ihre Laune zu verbessern, und mit einem energischen Hüftschwung passierte sie die Tür, als wollte sie sich von diesem zu schweren oder zu leeren Herzen befreien.

Im Eingang stieß sie mit einem Mann zusammen. Er entschuldigte sich. Fragte, kennen wir uns? Bisschen alt, der Spruch, was?, entgegnete sie. Er lächelte. Musterte sie in aller Seelenruhe von Kopf bis Fuß. Lächelte wieder, ein flüchtiges, knappes Lächeln.

»Ich mag Ihren Look … War das alles Ihre Idee?«

Sie sah ihn verwirrt an.

»Ich meine … Das schwarze Kleid, vorn ein Reißverschluss, hinten ein Reißverschluss, die zu kurze Jeansjacke, die gerafften Handschuhe, die Brosche, der lange Schal …«

Sie riss die Augen auf.

»Ja, klar … Das Kleid habe ich selbst entworfen … Für H & M«, log sie dreist. »Sie haben es bei mir in Auftrag gegeben … Und jetzt soll es das Highlight ihrer Winterkollektion werden.«

Er musterte sie respektvoll.

»Dafür sind Sie aber noch ziemlich jung …«

»Na und?«

»Sie haben recht … Das war idiotisch von mir …«

»Allerdings …«

»Ich leite die Designabteilung von Banana Republic. Ihr Stil gefällt mir … Ich schlage Ihnen einen Deal vor. Sie kommen zwei Monate zu Banana, entwickeln neue Ideen, und ich bezahle Sie dafür. Und zwar sehr gut …«

»Haben Sie eine Karte?«

»Ja …«

Er reichte ihr eine Visitenkarte. Sie las seinen Namen, seinen Titel, Banana Republic.

»Kann ich die behalten?«

»Sie haben mir noch nicht geantwortet …«

»Ich habe einen Agenten, rufen Sie ihn an, er nennt Ihnen meine Konditionen.«

»Geben Sie mir seinen Namen und seine Nummer? Ich rufe ihn gleich morgen früh an. Sie müssten im Juli anfangen. Haben Sie da Zeit?«

Sie nannte ihm Nicholas' Namen und seine Handynummer. Ihr blieb gerade noch genug Zeit, um ihn vorzuwarnen.

»Er kümmert sich um meine Verträge …«

»Haben Sie Zeit, etwas mit mir zu trinken?«

Hortense überlegte. Der Mann wirkte ehrlich, und die Visitenkarte sah seriös aus.

»Meine Freundin wartet auf mich. Ich sage ihr kurz Bescheid und treffe Sie dann in der Bar, okay?«

Sie ging davon, vergewisserte sich, dass er ihr nicht nachsah, schwenkte in Richtung Toiletten ab, schloss sich ein und rief Nicholas an.

»Ich habe ein Jobangebot für diesen Sommer! Endlich, ich habe etwas gefunden! Zwei Monate bei Banana Republic, und ich soll Kleider entwerfen! Nicht im Keller Kisten aufräumen und Etiketten kleben, sondern neue Ideen für ihre Kollektion entwickeln! Ist das nicht super, Nico? Und dabei hatte ich überhaupt keine Lust, heute Abend auszugehen! Um ein Haar wäre ich zu Hause geblieben …«

Er forderte mehr Details.

»Mehr weiß ich auch nicht. Ich habe ihm gesagt, dass du mein Agent bist, und er ruft dich morgen früh an, um über das Honorar, die Konditionen und den ganzen Rest zu sprechen. Du rufst mich an, sobald du aufgelegt hast, versprochen? Kneif mich, kneif mich, ich kann es einfach nicht glauben!«

»Siehst du, meine Schöne, es gab keinen Grund, deprimiert zu sein ... Ich habe dir ja gesagt, in der Modebranche kann sich von einer Minute auf die andere alles ändern ...«

»Warten wir ab, bis der Vertrag unterschrieben ist ... Verkauf mich als den aufgehenden Stern, mach ihm den Mund schön wässrig ...«

»Du kannst dich auf mich verlassen!«

Sie ging zurück zu dem Mann in die Bar. Er hieß Frank Cook. Er war groß, mager, mit fein geschnittenen Zügen, ergrauenden Schläfen und dem scharfen Blick eines gerissenen Geschäftsmanns. Er musste um die vierzig, fünfundvierzig sein. Er trug einen Ehering und ein marineblaues Leinensakko.

»Ich habe nicht viel Zeit, ich bin verabredet«, sagte Hortense, als sie sich auf den Barhocker setzte. Einen hohen roten Hocker mit herzförmiger Rückenlehne.

Der Mann war von ihrem selbstsicheren Auftreten beeindruckt und bestellte eine Flasche Champagner.

»Haben Sie schon einmal für eine große Firma gearbeitet?«

»Ich bin vielleicht jung, aber ich habe schon viel Erfahrung. Mein letzter Auftraggeber war Harrods. Ich habe zwei Schaufenster für sie gestaltet, mein Thema war das Detail in der Mode ... Ich habe alles selbst entwickelt, alles inszeniert, es war wundervoll. Mein Name stand ganz groß auf den Schaufenstern. Hortense Cortès. Sie waren zwei Monate zu sehen, und ich habe eine Menge Jobangebote bekommen ... Ich bin gerade dabei, sie mit meinem Agenten durchzusehen ...«

»Harrods!«, rief der Mann. »Da muss ich meine Preisvorstellung wohl nach oben korrigieren ...«

Ein spöttisches, aber wohlwollendes Funkeln glomm in seinen Augen auf.

»Das sollten Sie«, entgegnete Hortense. »Ich arbeite nicht für Peanuts ...«

»Davon gehe ich aus ... Sie wirken nicht wie ein Mädchen, das man umsonst bekommt ...«

»Mich bekommt man überhaupt nicht!«

»Entschuldigen Sie … Waren Sie schon einmal in New York?«

»Nein, wieso?«

»Weil unsere Büros in New York sind, und wenn wir uns einig werden, werden Sie dort arbeiten … in unserer Designabteilung im Herzen von Manhattan.«

New York. Es fühlte sich an wie ein Schlag in die Magengrube. Halt suchend ließ sie sich gegen die Lehne des Barhockers sinken. Sie bekam keine Luft mehr.

»Hatten Sie nicht etwas von Champagner gesagt?«

Sie musste etwas trinken, um den Knoten zu lockern, der ihr die Brust zusammenschnürte. New York. New York. Central Park, Gary. Montags sind die Eichhörnchen traurig …

»Hey, Barkeeper!«, rief er dem Mann zu, der hinter der Theke hin und her eilte. »Wo bleibt unser Champagner?«

Der Barkeeper erwiderte, kommt sofort, und es dauerte nicht lange, bis er eine Flasche und zwei Gläser vor Hortense und Frank Cook hinstellte.

»Trinken wir auf unseren Erfolg?«, fragte der Mann und schenkte ihnen ein.

»Wir trinken auf meinen Erfolg …«, korrigierte ihn Hortense, die sich fragte, ob sie nicht träumte.

Ihr Herz war nicht mehr schwer, und leer war es auch nicht mehr.

Es war mittlerweile zu einer Gewohnheit geworden. Dienstags- und donnerstagsnachmittags besuchte Joséphine Monsieur Boisson in dem großen Wohnzimmer mit den traurigen, gedrechselten Möbeln. Um vierzehn Uhr ging Madame Boisson zu ihrer Bridgerunde, dann war der Weg frei. Joséphine klingelte, und Monsieur Boisson ließ sie ein. Er hatte ein Tablett mit Getränken vorbereitet. Weißwein, Ananassaft, roter Martini. Sich selbst schenkte er einen alten Bourbon ein. Eine merkwürdige Marke, die er »mein kleiner Gelber« nannte.

»Wenn meine Frau zu Hause ist, darf ich nicht trinken. Sie sagt, dafür gebe es eigene Zeiten, und ich habe nie gewagt, sie zu fragen, welche Zeiten das sind …«

Er lächelte. Sah sie an.

»Es ist fast fünfzig Jahre her, seit ich zum letzten Mal gelächelt habe!«, fügte er hinzu.

»Wie schade …«

»In Ihrer Gegenwart fühle ich mich leicht, ich verspüre den Drang, Unsinn zu reden, eine Zigarette zu rauchen, meinen kleinen Gelben zu trinken …«

Er legte sich auf das gestreifte Napoléon-III-Sofa, nahm sein Glas kleinen Gelben, seine Tabletten, mischte Bourbon und Medikamente, schwankte ein wenig, klemmte sich ein kleines Kissen in den Nacken und redete. Er redete über seine Kindheit, über seine Eltern, über das Wohnzimmer seiner Eltern und die Möbel, die er geerbt hatte und die er nicht mochte. Joséphine war überrascht, mit welcher Offenheit er sich ihr anvertraute. Er schien sogar echtes Vergnügen daran zu finden.

»Na los, fragen Sie mich alles, was Ihnen einfällt … Was wollen Sie wissen?«

»Was für ein Mensch waren Sie mit siebzehn?«

»Ein trauriger Kleinbürger. Spießig. In marineblauem Blazer, grauer Hose, Krawatte und Wollpullovern, die meine Mutter für mich strickte … Scheußliche Pullover. Dunkelblau oder grau. Sie können sich nicht vorstellen, wie Frankreich, wie die ganze Welt in jenen Jahren war … Na ja, zumindest in der Vorstellung, die ich mir in meinem engen, abgeschotteten Zuhause davon machte … Ich glaube, es gab Menschen, die eine Menge Spaß hatten, aber von meinem Wohnzimmer aus betrachtet, war alles trist und verkrampft! Ganz anders als heute. Frankreich lebte immer noch wie im neunzehnten Jahrhundert. Wir hatten ein großes Radiogerät im Esszimmer, und beim Essen hörten wir Nachrichten. Ich durfte nicht reden. Ich hörte zu. Ich fragte mich, was das alles mit mir zu tun hatte. Ich hatte das Gefühl, vollkommen belanglos zu sein. Ich hatte weder eigene Gedanken noch eine eigene Meinung. Ich war eine Art dressierter Affe, ich wiederholte, was meine Eltern sagten, und das war nicht sehr lustig … Kurz zuvor waren die Verträge von Évian unterzeichnet worden, und der Algerienkrieg ging zu Ende. Ich wusste nicht, ob das gut war oder nicht … Pompidou war Premierminister, und General de Gaulle wäre in Petit-Clamart beinahe ermordet worden … Ich erinnere mich an den Namen von Bastien-Thiry, dem Organisator des Attentats, einem vehementen Gegner der algerischen Unabhängigkeit. Er wurde am 11. März 1963 durch ein Erschießungskommando hingerichtet. Der General hatte es abgelehnt, ihn zu begnadigen. Meine Eltern waren glühende Gaullisten, sie fanden, dass der General richtig entschieden habe. Bastien-Thiry trug die Verantwortung für das Attentat, er war schuldig. Der Kulturminister hieß André Malraux. Er schickte die Mona Lisa durch die ganze Welt. Mein Vater sagte, das koste die französischen Steuerzahler Millionen … Der Vietnamkrieg hatte noch nicht begonnen, John F. Kennedy war Präsident der Vereinigten Staaten und Jacky eine Ikone. Die Frauen trugen stolz ihren berühmten kleinen Hut und schmale, sehr enge Röcke. In jener Zeit waren die Frauen entweder Mütter oder Sekretärinnen. Sie trugen Miederhöschen, und die Büstenhalter waren so spitz wie Granaten. Lyndon B. Johnson war Vizepräsident. Es war auch die Zeit der Kubakrise. Chruschtschow zog bei der UN-Vollversammlung in New York seinen Schuh aus und hämmerte damit aufs Rednerpult … Wir haben es im Fernsehen gesehen. In Schwarz-Weiß, mit ruckelndem Bild. Wir steckten mitten im Kalten Krieg, und die ganze Welt hielt den Atem an. In der Schule erzählte man uns von einem weltweiten Konflikt, von einem Atomkrieg, man redete uns ein, wir müssten uns auf das Schlimmste gefasst machen. Teenager gab es nicht, Jeans gab es nicht, die Jugendlichen hörten die gleiche Musik wie ihre Eltern: Brassens, Brel, Aznavour, Trenet, Piaf. In den Zeitungen tauchten die ersten Anzeigen für Nylonstrumpfhosen auf, und meine Mutter sagte, das sei abstoßend! Warum? Ich weiß es nicht … Alles Neue war abstoßend! Meine Eltern lasen den *Figaro*, *Paris Match* und *Jours de France*. Als Kind durfte ich *Mickymaus* lesen, danach nichts mehr … Es war eine Welt, die sich ausschließlich an Erwachsene richtete. Taschengeld existierte kaum, Jugendliche verfügten über keinerlei Kaufkraft. Wir gehorchten. Unseren Lehrern, unseren Eltern … Und doch geriet allmählich alles ins Schwingen. Es herrschte ein wilder Lebenshunger und zugleich der Eindruck, dass sich ohnehin nie etwas ändern würde. Die Menschen rauchten wie die Schlote, man wusste nicht, dass das gesundheitsschädlich war. Ich stopfte Kréma-Bonbons, Boules de Coco und Car en sac in mich hinein. Wenn Freunde meiner Eltern zu Besuch kamen, legten sie Schallplatten auf, 33er hießen die … Es gab auch 45er. Ich hatte mir eine Platte von Ray Charles gekauft, *Hit the Road, Jack*, nur um meine Eltern auf die Palme zu bringen! Meine Mutter behauptete, Ray Charles sei ein verdienstvoller Neger, weil er blind war! Ich lauschte, hinter der Tür versteckt. Manchmal tanzten sie auch … die Frauen trugen hochtoupierte Frisuren, Twinsets und Pfennigabsätze. Mein Vater hatte einen Panhard gekauft. Sonntags fuhren wir im Auto die Champs-Élysées hinunter. Malraux hatte damit begonnen, die dunklen Fassaden der Pariser Gebäude reinigen zu lassen, und die Leute waren empört! Ich war hin und her gerissen zwischen der konservativen Welt meiner Eltern und der neuen Welt, die ich heraufziehen spürte, aber zu der ich nicht gehörte. Johnny Hallyday war ein Idol, die Leute summten *Retiens la nuit*, Claude François sang *Belles, belles, belles*, die Beatles feierten mit *Love me do* Triumphe und traten mit Trini Lopez vor Sylvie Vartan im Olympia auf. Ich durfte nicht hingehen … Ich hörte in meinem Zimmer ganz leise *Salut les Copains*. Mein Transistorradio versteckte ich hinter einem riesigen Lateinwörterbuch, falls meine Mutter hereinkommen sollte. Maman hörte *Ça va bouillir!* mit Zappy Max auf Radio Luxembourg, aber das hätte sie um nichts in der Welt zugegeben! Im Kino schauten wir *West Side Story*, *Lawrence von Arabien*, *Jules und Jim*. Truffauts Dreiecksgeschichte galt als subversiv! Es waren die Jahre von Brigitte Bardot, ich fand sie so schön. Sorglos und unbeschwert. Sie war frei, sagte ich mir, frei und glücklich, sie hatte zahllose Liebhaber und lief splitternackt herum, und dann habe ich erfahren, dass sie einen Selbstmordversuch unternommen hatte … Marilyn war am 5. August 1962 gestorben. Ich erinnere mich noch daran, es war ein Schock … Sie war sexy und traurig zugleich. Ich glaube, das war der Grund, warum die Menschen sie so verehrten. Ich erlebte das alles sehr intensiv, aber aus der Ferne … Die Schwingungen des Lebens da draußen reichten nicht bis in unser Wohnzimmer. Ich war ein Einzelkind, und ich erstickte … Ich war ein hervorragender Schüler, hatte mein Abitur mit Auszeichnung bestanden, und Papa hatte verkündet, dass ich auf die École Polytechnique gehen sollte. Genau wie er … Ich hatte keine Freundin, und auf Partys stand ich immer am Rand … Ich erinnere mich an meine erste Überraschungsparty, ein Freund hatte mich auf seiner Solex mitgenommen, es regnete in Strömen, und als wir ankamen, war ich klitschnass! Die erste Platte, die ich beim Hereinkommen hörte, war *I Get Around* von den Beach Boys, und ich wollte unheimlich gern tanzen. Aber ich habe mich nicht getraut … Ich sagte Ihnen ja bereits, ich war ein Feigling … Und dann hat mir ein Freund meiner Eltern angeboten, ein Praktikum bei den Dreharbeiten von *Charade* zu machen, ich weiß bis heute nicht, warum meine Eltern Ja gesagt haben. Ich glaube, meine Mutter mochte Audrey Hepburn sehr, sie fand sie elegant, vornehm, hinreißend. Sie wär gerne so gewesen wie sie … und so bin ich ihm begegnet.«

Joséphine hörte zu. Sie hatte einen dicken weißen Schreibblock gekauft und machte sich Notizen. Sie wollte alles wissen. Bis ins kleinste Detail. Sie hatte sich Cary Grants Lektion gemerkt: »Es braucht mindestens fünfhundert kleine Details, um einen guten Eindruck zu machen«, und sie wollte Hunderte von Details, damit ihre Geschichte und ihre Figuren lebendig wurden. Damit man das Gefühl bekam, sie vor sich zu sehen. Sie wusste, dass man eine Geschichte mit Einzelheiten füllen musste, damit sie Hand und Fuß bekam. Keine abstrakten Wörter, hatte Simenon gesagt, ausschließlich Konkretes. Sie hatte seine Memoiren gelesen. Darin erklärte er, wie er jede Figur konstruierte, indem er immer mehr Details zusammenfügte. Waren die Figuren erst einmal konstruiert, entwickelte sich die Geschichte wie durch Zauberhand. Die Geschichte muss aus dem Inneren der Figuren erwachsen, sie darf nicht von außen aufgezwungen werden. Sie verließ sich darauf, dass Monsieur Boisson ihr genügend Details verraten würde, damit der Kleine Mann lebendig wurde.

Er redete. Auf dem Sofa liegend, die Füße hochgelagert, im Nacken ein Kissen, das er immer wieder auffing, wenn es herunterfiel. Das Tablett mit der Flasche Bourbon, seinen Tropfen und seinen Tabletten in Reichweite. Er mischte Wasser, Tabletten und Alkohol und erinnerte dabei an einen kränklichen Teenager, der im Verborgenen trinkt, ohne dass seine Eltern etwas davon merken … Sie betrachtete das spärliche Haar in seinem Nacken, seine durchscheinende Haut. Seine Zerbrechlichkeit rührte sie. Ein Satz von Stendhal kam ihr in den Sinn: »Man muss das Leben schütteln, sonst zehrt es uns aus.« Monsieur Boisson wirkte ausgezehrt. Wie ein Fischgerippe …

Oft hatte sie den Eindruck, dass er ganz in die Vergangenheit zurückkehrte und sie auf ihrem Wohnzimmerstuhl vergaß. Dann schloss er die Augen und war wieder im Filmstudio, in Cary Grants Hotelsuite, auf dem Balkon, von dem aus sie auf Paris hinunterschauten. Sie wartete einen Moment, dann brachte sie ihn mit sanfter Stimme wieder zum Reden:

»Erzählte er Ihnen von seiner Heimat, von seinen Zeitgenossen, von Regisseuren, anderen Schauspielern oder Schauspielerinnen?«

Nicht immer antwortete er auf ihre Fragen. Er verharrte in seinem Traum und sprach zu sich selbst.

»Manchmal, wenn ich nach einer Begegnung mit ihm abends nach Hause kam, war ich vor Glück so benommen, dass ich nicht mehr die Kraft aufbrachte, in mein kleines schwarzes Heft zu schreiben … Und ich schrieb auch nur hinein, was mit mir zu tun hatte. Alles andere war mir gleichgültig. Ich glaube, ich war eifersüchtig auf alles, was ihn umgab. Ich schämte mich dafür, so linkisch zu sein. Ich erinnere mich an einen Abend, das habe ich nicht aufgeschrieben, da hat er mich zu einer Party mitgenommen. Möchtest du die Leute aus der Filmbranche kennenlernen?, hatte er mich lächelnd gefragt. Na, dann komm, ich zeige sie dir … Und plötzlich stand ich in einer großen Wohnung in der Rue de Rivoli. Einer sehr großen, sehr weißen Wohnung, deren Wände mit Gemälden und Kunstbüchern bedeckt waren. Ich war der einzige Jüngere. Die Leute sprachen Englisch. Sie waren sehr gut gekleidet, die Frauen trugen Cocktailkleider, die Männer Krawatte, Weste und Lackschuhe. Sie tranken viel und lachten laut. Sie redeten über die Liebe wie über ein höchst bedeutsames philosophisches Thema und wiederholten ununterbrochen Sex, Sex, Sex. Sie spotteten über bürgerliche Konventionen, über diese absurden Besitzansprüche, die sich entwickelten, sobald man jemanden liebt, und ich fühlte mich angesprochen. Es war, als brüllten sie mir ins Gesicht, wie dumm und naiv ich doch sei. Ich beobachtete sie. Sie tranken, rauchten, sprachen über Maler, die ich nicht kannte, über Jazzplatten, über Theaterstücke. Eine der Frauen lachte jedes Mal, wenn ich etwas sagte. Sie hatte mich mit Cary hereinkommen sehen und mich auf Anhieb reizend gefunden. Sie hieß Magali und sagte, sie sei Schauspielerin. Eine Brünette mit halblangem Haar, zwei dicken, langen schwarzen Eyelinerstrichen und einem grünen Paillettenpullover. Sie erzählte von Paris, Rom und New York, sie schien viel herumgekommen zu sein. Sie kannte jede Menge Leute im Filmgeschäft und bot mir an, mir zu helfen, wenn ich ein weiteres Praktikum machen wolle … Ich sagte, ja, ja, ich wünschte mir, zu sein wie sie, so unbefangen und weltgewandt. Sie gab mir das Gefühl, dass sie sich wirklich für mich interessierte, und ich fühlte mich sehr interessant. Geschafft, dachte ich! Ich bin wie diese Leute, ich gehöre zu ihrer Welt. Das Herz klopfte mir bis zum Hals. Ich stellte mir eine leuchtende Zukunft in ihrer Mitte vor. Eine Zukunft, in der ich auch eigenwillig und selbstsicher auftreten könnte. In der ich auch eine unumstößliche Meinung zu allem und jedem haben würde … Und dann … betrat ein Mann die große, weiße Wohnung, und alle Blicke richteten sich auf ihn. Cary hat mir später erzählt, dass es ein Filmproduzent gewesen sei, ein ziemlich wichtiger Typ, was er sagte, war in Hollywood Gesetz. Alle haben sich um ihn gedrängt. Niemand redete mehr mit mir. Sie liefen an mir vorbei, rempelten mich an, ohne sich zu entschuldigen, ohne mir in die Augen zu sehen. Ich war wieder unsichtbar geworden. Und da habe ich mich gefragt, was mache ich eigentlich hier? Ein dicker, bärtiger Mann hat sich neben mich gesetzt, er hat mich gefragt, wie alt ich sei, was ich studiere, wo ich mich in zehn Jahren sähe. Ich kam nicht dazu, ihm zu antworten, da war er auch schon wieder weg, um sich etwas zu trinken zu holen. Zehn Minuten später kam er wieder und fragte mich erneut, wie alt ich sei, was ich studiere und wo ich mich in zehn Jahren sähe … Kurzum, ich war es mehr und mehr leid. Ich habe Cary nichts gesagt, ich habe einfach nur meinen Mantel genommen und bin gegangen. Ich musste zu Fuß nach Hause gehen, die letzte Métro war schon weg … Dieser Abend war fürchterlich. An diesem Abend habe ich begriffen, dass ich niemals zu seiner Welt gehören würde. Wir haben danach nie wieder darüber geredet, und er hat mich nie mehr zu einer Party mitgenommen … Aber mir war es ohnehin lieber, wenn wir allein waren. In seiner Gegenwart fühlte ich mich nie dumm und naiv … Selbst wenn wir nicht redeten, wenn wir nur schweigend nebeneinandersaßen … Das passierte immer häufiger, und wenn ich mich darüber wunderte, gab er mir einen Klaps auf die Schulter und rief, aber man hat doch nicht immer Lust zu reden, *my boy*!«

»Er hatte recht, finden Sie nicht?«

»Er konnte stundenlang dasitzen, ohne zu reden. Er und Howard Hughes verbrachten ganze Abende schweigend. Er kam bei ihm an, trank etwas, rauchte und las ein Buch, ohne auch nur ein Wort an ihn zu richten! Wenn sie redeten, dann war es Howard Hughes, der ihm Ratschläge gab. Er sagte ihm, dass er eine viel zu hohe Meinung von den Frauen habe, dass sie nicht ihn liebten, sondern nur hinter seinem Geld und seinem Ruhm her seien. Ich glaube, er hat sich Männern immer näher gefühlt als Frauen. Aber darüber sprach er nicht mit mir, er dachte sicher, ich sei noch zu jung dafür. Jedenfalls war er ein sehr viel komplizierterer Mensch, als er es sich anmerken ließ …«

»Das ist doch genau das, was Ihnen seine Garderobiere gesagt hat, erinnern Sie sich? ›Ihn zu sehen bedeutet, ihn zu lieben, und ihn zu lieben bedeutet, ihn niemals zu kennen …‹«

»Je länger ich ihn kannte, desto weniger wusste ich, wer er war, und desto mehr liebte ich ihn ... Und ich verlor immer mehr den Boden unter den Füßen. Eines Tages gestand er mir, dass es in Hollywood jemanden gebe, der ihn hasste. Das war Frank Sinatra ...«

»Und warum?«

»Sie hatten einen Film zusammen gedreht. *Stolz und Leidenschaft* von Stanley Kramer. Die Dreharbeiten hatten im April 1956 begonnen, und am Ende der ersten Woche war Cary bis über beide Ohren in seine Partnerin Sophia Loren verliebt. Und sie auch in ihn. Sie war kaum zweiundzwanzig, er dreißig Jahre älter, außerdem war sie mit Carlo Ponti liiert. Das hat Cary jedoch nicht aufgehalten! Er hat ihr einen Heiratsantrag gemacht. Sie hat nicht sofort abgelehnt ... Sie waren verrückt nacheinander. Bei Kussszenen konnten sie einfach nicht aufhören. Der Regisseur schrie, Cut, Cut!, und sie küssten sich einfach weiter. Frank Sinatra raste vor Eifersucht! Er hatte sich ebenfalls in die schöne Sophia verknallt und wollte sie ins Bett bekommen. Deshalb hat er überall herumerzählt, Cary sei in Wahrheit homosexuell ... und sie hat ihn vor allen anderen beschimpft, halt gefälligst die Klappe, du italienisches Arschloch, und Sinatra ist wutschnaubend vom Set verschwunden. Er hat das gesamte Team stehen lassen und ist nie mehr zurückgekommen ... Cary musste während der restlichen Dreharbeiten mit einem Kleiderbügel reden, der Sinatra darstellte! Das hat er mir in seiner großen Hotelsuite erzählt und dabei gelacht, und ich weiß nicht, wieso mir das so furchtbar peinlich war. Ich dachte, vielleicht hatte Sinatra ja recht, und Cary zog wirklich Männer vor ... Aber er hat immer wieder geheiratet! Fünfmal insgesamt!«

»Das hat nichts zu bedeuten«, entgegnete Joséphine. »In Hollywood war Homosexualität verpönt ... Viele Schauspieler gingen deshalb Scheinehen ein.«

»Das weiß ich, und ich glaube, ich wusste es auch damals schon ... Auch wenn ich sehr unschuldig war, gab es Dinge, die mich irritierten. Seine lange Freundschaft mit Randolph Scott zum Beispiel. Sie haben immerhin zehn Jahre zusammengewohnt und waren unzertrennlich ... Er hat ihn bei seiner ersten Ehe mit Virginia Cherrill sogar auf die Hochzeitsreise mitgenommen! Aber ich glaube, ich wollte es überhaupt nicht wissen. Es war schon schlimm genug für mich, mir einzugestehen, dass ich einen Mann liebte, aber einen Mann, der ›anders war‹, wie man damals sagte, das hätte mich in einen Abgrund gestürzt … Mir waren die Momente lieber, in denen wir zusammen lachten. Er war ein sehr witziger Mann. Jede Kleinigkeit verwandelte er in eine Komödie. Er sagte immer, man müsse das Leben anlächeln, damit es zurücklächelt. Und er hatte ein ganz besonderes Talent dafür … Wenn ich mich über meine Eltern beklagte, schüttelte er mich. Hör auf zu jammern!, sagte er. Sonst ziehst du noch alles Unglück an, das da draußen herumschwirrt … Er lenkte mich ab. Er brachte mir bei, elegant zu sein. Sein eigener Lehrmeister war der große Fred Astaire gewesen. Er behauptete, es gebe keinen eleganteren Mann als ihn. Fred Astaire putzte seine Schuhe mit Erde aus dem Central Park, Spucke und Ohrenschmalz! Cary machte alles genauso wie er. Er bestellte seine Anzüge bei einem Schneider in der Londoner Savile Row, nahm sie aus ihrer Hülle, zerknüllte sie und warf sie durchs Zimmer. Sie müssen leben, sie müssen sich abnutzen, ich will nicht, dass sie ganz neu aussehen, das wirkt provinziell! Das war auch etwas, was er von Fred Astaire gelernt hatte. Also spielten wir mit den funkelnagelneuen Anzügen Ball. Wir ließen sie durchs Zimmer fliegen, wir stürzten uns auf sie, wir packten sie, wir zerknautschten sie, wir warfen sie auf den Boden, und zum Schluss gratulierten wir uns erschöpft dazu, wie wir diese anmaßenden Anzüge malträtiert hatten … Denen haben wir's gezeigt, was, *my boy*? Die werden nie wieder arrogant daherkommen! Er besaß diese ganz besondere Kunst, das Leben leicht erscheinen zu lassen. Wenn ich zu meinen Eltern in ihre düstere Wohnung zurückkehrte, kam es mir immer vor, als legte ich mich in einen Sarg … Ich stellte mir Unmengen von Fragen. Ich wusste nicht mehr, wo ich stand, in welche Welt ich gehörte. Zu Hause spielte ich meine Rolle als Mustersohn, und mit Cary entdeckte ich das Leben. Das war brutal, wissen Sie. Alles war brutal an dieser Geschichte … Und das Ende! Mein Gott! Dieser Umschlag, den mir der Hotelportier gegeben hat … Ich habe niemals einen Brief so gelesen wie diesen! Den Brief des Mannes, den ich liebte … Eine regelrechte Zeremonie. Ich weiß nicht, wie man den Brief eines Menschen, den man liebt, anders lesen kann … Oder man ist seiner Liebe nicht würdig! Nichts sollte mich bei meiner Lektüre stören. Manche Leute lesen Liebesbriefe, während sie gleichzeitig telefonieren, sich mit Freunden unterhalten, ein Fußballspiel schauen, sich etwas zu trinken einschenken, in einen Hähnchenschenkel beißen, sie legen den Brief beiseite, nehmen ihn wieder zur

Hand, lesen ihn mit einer abscheulichen Gleichgültigkeit … Ich habe mich andächtig auf diesen Brief konzentriert. Allein in meinem Zimmer … Kein Geräusch, nichts, was mich ablenken könnte. Ich habe jedes Wort, jeden Satz gelesen … Zu viele Emotionen stiegen von meinem Herzen in meine Augen …«

Sein rechter Arm war vom Sofa gerutscht und hing herunter. Er hatte die Beine angewinkelt.

»Nach diesem Brief war ich verzweifelt. Ich habe die Aufnahmeprüfung für die École Polytechnique abgelegt und bestanden. Ich habe mein Studium absolviert wie in einem Traum, einem Albtraum. Das Einzige, was mich noch mit ihm verband, war Geneviève. Wir haben geheiratet … und den Rest kennen Sie. Ich habe sie unglücklich gemacht … Und es war mir nicht einmal bewusst. Für mich gab es nichts außer meinem Schmerz und dem Gefühl, dass mir mein Leben zwischen den Fingern zerronnen war und ich den Rest meiner Tage als lebender Toter zubringen würde …«

Er griff nach dem Glas mit dem »kleinen Gelben«, trank einen Schluck und nahm zwei Tabletten.

»Sie nehmen zu viele Tabletten …«

»Ja, aber sie lindern den Husten … So kann ich mit Ihnen reden. In diese wundervollen Erinnerungen eintauchen … Das Leben ist so schnell vergangen. Ich war siebzehn Jahre alt, und plötzlich bin ich fünfundsechzig … Mein Leben ist einfach so verflogen …«

Er schnippte mit den Fingern.

»Und ich habe nichts daraus gemacht. Leere Jahre. Ich erinnere mich an nichts. Doch, an Genevièves Damenbart und ihre wehmütige Miene, wenn sie mir zuhörte … An unsere Hochzeitsreise nach Kalifornien und an diesen kurzen Augenblick, in dem ich wieder lebendig wurde …«

»Und Ihre Kinder … Empfinden Sie für die denn überhaupt nichts?«

»Ich habe mich gewundert, dass es mir gelungen war, sie zu zeugen. Aber abgesehen von diesem Gefühl der Überraschung, nein … Ich sah zu, wie der Bauch meiner Frau immer runder wurde, und es kam mir so absurd vor. Ich sollte das bewirkt haben? Und dann wurden sie geboren … Ich erinnere mich, dass sie bei den Geburten sehr gelitten hat. Ich konnte das nicht nachvollziehen. Ich fragte sie, was ist das denn für ein Schmerz? Und sie hätte mich beinahe mit Blicken ermordet. Aber es stimmt doch … Wir Männer können uns nicht vorstellen, wie das ist … Als man sie mir auf der Entbindungsstation zum ersten Mal zeigte … das war, als stammten sie gar nicht von mir, als seien sie völlig abstrakt. Und sie sind niemals konkret geworden. Ich habe sie immer aus der Ferne betrachtet … Als Babys fand ich sie recht hässlich, und später haben sie nichts getan, um mich zu bezaubern, mich ihnen näher zu bringen …«

»Aber es war doch Ihre Aufgabe, den beiden näher zu kommen!«, rief Joséphine empört. »So ein Baby ist etwas Wunderbares …«

»Finden Sie? Mich hat das niemals berührt … Furchtbar, nicht wahr? Aber so war es nun mal … Ich empfand nichts. Für niemanden. Ich weiß nicht, was Sie aus dem machen wollen, was ich Ihnen erzähle. Ich bin wirklich keine interessante Figur. Sie werden eine Menge Talent brauchen …«

Es wurde Zeit zu gehen. Seine Frau würde bald zurückkommen …

Er schaute auf die Uhr. Joséphine stand auf. Verstaute den Schreibblock und ihren Stift. Brachte das Tablett zurück in die Küche. Spülte die Gläser, trocknete sie ab und räumte die Flaschen weg, damit seine Frau nichts bemerkte.

Er sah ihr dabei zu und atmete ruhig. Sagte, mir ist schwindlig, ich glaube, ich ruhe mich ein wenig aus …

Leise schloss sie die Tür hinter sich und ließ ihn mit seinen Erinnerungen allein, die immer weiterliefen wie eine alte Kamera, die einen Film auf ein weißes Laken projizierte.

Sie kam ein andermal wieder, und sie setzten ihr Gespräch fort. Er wusste immer, wo er beim letzten Mal stehen geblieben war. Was seine Gefühle anging, so verfügte er über ein ausgezeichnetes Gedächtnis. Als hätte er sie in Ordnern abgeheftet und hole sie nun wieder hervor. Er musste sein Leben damit verbracht haben, sich zu erinnern.

Sie kam wieder, aber sie verspürte immer weniger Lust, sich ihm in dem trostlosen Wohnzimmer gegenüberzusetzen. Sie nahm ihren Block und ihren Stift heraus und machte sich nur wenig Notizen. Er trank seinen »kleinen Gelben«, und manchmal holte er auch eine Zigarette hervor. Eine Camel.

»Monsieur Boisson! Sie sollten nicht rauchen!«

»Was macht das denn jetzt noch für einen Unterschied …«

Er nahm eine lange Zigarettenspitze und ein vergoldetes Feuerzeug, zündete die Zigarette an und stieß einen wohligen Seufzer aus. Gefolgt von einem Hustenanfall.

»Sehen Sie, das tut Ihnen nicht gut …«

»Das ist das einzige Vergnügen, das mir noch bleibt«, sagte er und wirkte dabei wie ein verärgerter Buchhalter. »Habe ich Ihnen schon erzählt, wie Cary LSD genommen hat?«

»Nein!«

»… Im Rahmen einer Psychotherapie. Er wollte an seiner Kindheit arbeiten, an der Beziehung zu seinen Eltern und ihren Auswirkungen auf seine zahlreichen Ehen. Er glaubte, die Halluzinationen, die durch diese Droge ausgelöst werden, könnten ihm dabei helfen, schmerzhafte Erinnerungen wieder hervorzuholen und auszutreiben. Das galt damals als eine hervorragende Methode und war erlaubt. Vor ihm hatten es schon so berühmte Zeitgenossen wie Aldous Huxley und Anaïs Nin ausprobiert. Er versicherte, bei ihm habe es wahre Wunder gewirkt, es sei wie eine Wiedergeburt gewesen. Während dieser eigenartigen Sitzungen hatte er gelernt, die Verantwortung für sein Handeln zu übernehmen, nicht anderen die Schuld dafür zuzuschieben, er hatte Dinge über sich erfahren, die er sich unter anderen Umständen niemals eingestanden hätte … Er behauptete, der Blick ins eigene Innere erfordere Mut, es sei ein konstituierender Akt. Er hatte vor nichts Angst …«

Leiser Neid schwang in seinem Tonfall mit. Es klang wie: Dieser Glückspilz. Im Gegensatz zu mir hatte er nie Angst.

Genau das ist es, was mich an ihm stört, dachte Joséphine und drückte die Spitze ihres Stifts fest auf das Papier.

Der leicht verbitterte Ton in diesem Halbsatz, der Ton eines Mannes, der einen anderen um seine Freiheit beneidet und ihm, statt seinem Beispiel zu folgen, deswegen grollt. Aus seinen Worten klangen weder Großzügigkeit noch Bewunderung heraus. In seinem tiefsten Inneren verurteilte Monsieur Boisson die Verwendung von LSD, er verurteilte die fünf Ehen, die engen Freundschaften mit Männern. Er verurteilte alles Rätselhafte an Cary Grant.

Weil Cary Grant sich ihm entzogen hatte.

Weil er ihm vor dem Tor seines Anwesens in Los Angeles einen anderen Kleinen Mann vorgezogen hatte.

An diesem Tag war Monsieur Boisson zu einem verbitterten Menschen geworden.

Er sagte es nicht, aber er verriet sich trotzdem. Durch einen Tonfall, einen Gedankenfetzen, eine unterdrückte Klage.

»Es ist klüger, ein winziges Licht anzuzünden, als sich über die Dunkelheit zu beklagen«, fiel Joséphine ein Satz von Laotse ein. Monsieur Boisson hatte nie ein kleines Licht angezündet … Sein Leben war ohne Licht und Wärme verstrichen. Und die Schuld dafür suchte er in seiner Kindheit, in seiner Erziehung, bei seinen Eltern. Niemals bei seiner eigenen Feigheit.

Mehr Großherzigkeit, mehr Einsicht, weniger Selbstmitleid wären ihr lieber gewesen. Nicht diese ewige Leier eines Regenwurms, der sich in einen Stern verliebt und diesem vorwirft, dass er zu hoch über ihm funkelt … Sie kaute auf der Kappe ihres Stifts herum und wartete ungeduldig darauf, dass es Zeit wurde, wieder nach oben zu gehen.

Je länger sie Monsieur Boisson zuhörte, desto klarer wurde ihr, dass ihr eigener Kleiner Mann, der Kleine Mann ihres Romans, großzügiger sein würde, weniger ichbezogen, dass er etwas anderes aus dieser wundervollen Beziehung bewahrt haben würde als dieses ewige Vergleichen, dieses ewige Jammern, dieses ewige Lamento, dass er nun mal kein Glück gehabt habe.

Je länger sie ihm zuhörte, desto weniger wollte sie von ihm hören.

Je länger sie ihm zuhörte, desto lieber mochte sie Cary Grant.

Madame Boisson würde bald nach Hause kommen.

Sie würden schweigend zu Abend essen. Sie würden fernsehen, Seite an Seite, jeder in seinem Sessel, ohne ein Wort zu wechseln, und dann würden sie schlafen gehen.

Und bald würde er sterben.

Ohne je etwas an seinem Leben verändert zu haben oder auch nur das geringste Risiko eingegangen zu sein …

Die Trompete ließ sich nicht davon abbringen: Jemand war in ihre Schublade eingebrochen.

»Was denn für eine Schublade?«, fragte Chaval, der ihr gegenüber am Tisch saß. Er hatte sie in ein Restaurant in der Rue Poulbot 5, gleich neben der Place du Tertre, eingeladen.

Nicht freiwillig. Sie hatte ihm keine Wahl gelassen. Hatte ihn nachmittags angerufen. Ich sehe Sie kaum noch, hatte sie gejammert, Sie vernachlässigen mich, was habe ich getan, um diese plötzliche Missachtung zu verdienen? Nichts, meine Liebe, hatte er geantwortet, nichts, ich bin beschäftigt, das ist alles, meine arme Mutter wird immer schwächer, die Untätigkeit belastet mich, die Zeit vergeht … Die Menschen sagen, die Zeit gehe dahin, und die Zeit sagt, die Menschen gehen dahin. Leid ist ein Hund, der nur die Armen beißt … Er hatte geseufzt, um das gewaltige Ausmaß seiner Qualen zu unterstreichen und seinen abrupten Sinneswandel zu rechtfertigen. Sie hatte nicht lockergelassen. Sie brauchte seine Hilfe. Etwas machte ihrem Gewissen zu schaffen, sie musste mit einem klugen Mann darüber reden. Chaval hatte die Ohren gespitzt. Bezog sich dieses Etwas auf die Firma? Ja, hatte sie ins Telefon geflüstert. Sofort hatte er sie eingeladen, sich mit ihm im Restaurant »La Butte en vigne« zu treffen, wenn die Glocken der Basilika acht läuteten.

»Was denn für eine Schublade?« wiederholte Chaval, der nicht verstehen wollte und doch nur zu gut verstand.

»Die Schublade an meinem Schreibtisch … die, in der ich die wichtigen Unterlagen aufbewahre. Die geheimen Zugangsdaten zu Monsieur Grobz' Privatkonten. Das ist die Mappe, die durchsucht wurde, ich bin mir ganz sicher.«

»Ach was!«, widersprach Chaval. »Das ist unmöglich … René und Ginette passen doch auf, und es gibt eine Alarmanlage …«

»In meine Schublade wurde eingebrochen«, wiederholte die Trompete, mit leerem Blick auf die Speisekarte starrend, das kleine Kinn eigensinnig vorgeschoben. »Ich bin mir ganz sicher …«

»Sie lesen zu viele Bücher über Komplotte, Menschenraub und Entführung … Sie müssen Ihre glühende Fantasie bremsen«, beschied er sie und wischte ihre Worte mit dem Handrücken beiseite. »Lesen Sie lieber die Zollverwaltungsrichtlinien, das rückt Ihnen den Kopf wieder zurecht!«

»Sie glauben, ich bilde mir das alles nur ein …«

»Ich glaube das nicht, ich bin mir sicher! Mein Gott, beruhigen Sie sich!«

Dann fügte er in sanfterem Ton hinzu: »Hast du schon gewählt, mein süßer, goldener Pirsich?«

Sie ließ den Blick über die Karte gleiten, ohne etwas zu lesen, und beharrte: »Ich bin mir ganz sicher … Ich lege immer einen Bleistiftspitzer auf das O von Grobz … Und als ich heute Morgen die Schublade geöffnet habe, lag der Spitzer auf dem A von Marcel. Er kann sich ja nicht von selbst verschoben haben!«

»Such dir eine Vorspeise und ein Hauptgericht aus, mein süßer, goldener Pfirsich! Vergiss die Arbeit … Es ist nicht sehr schmeichelhaft für mich, dass du deine Bürosorgen an diesen zauberhaften Ort mitbringst, an dem ich dich mit sanften Worten betören wollte! Sieh nur, wie jämmerlich du dreinschaust! Glaubst du etwa, das ist angenehm für mich?«

Gereizt klappte er die Speisekarte zu.

Denise Trompet ließ den Kopf hängen. Zwang sich, die Speisekarte zu lesen. Lächelte, als sie eine Vorspeise entdeckte, die *»œufs à la couille d'âne«* hieß. Ließ die Schultern heruntersacken, seufzte.

»Das hört sich alles sehr gut an …«

»Und das ist es auch! Hast du gewählt?«

»Noch nicht …«

Jeden Morgen, wenn sie ins Büro kam, nahm sie den kleinen Schlüssel vom Hals und öffnete die Schublade, um die Mappen herauszunehmen, die sie brauchte. Jeden Morgen kontrollierte sie, ob der schwarze Spitzer mit den zwei Öffnungen noch auf dem O von Marcel Grobz lag, und jeden Morgen war sie beruhigt. Die panische Angst vor einem Diebstahl, die Angst, eines Vergehens oder Verbrechens bezichtigt, gar wegen Unterschlagung angeklagt zu werden, verflog. Sie setzte sich hin und atmete beruhigt auf: Sie würde nicht noch einmal die gleiche Schmach durchleben müssen wie damals, als das »Goldene Schwein« geschlossen worden war, und das Wappen der Auvergne, eine rote Kirchenfahne mit grünem Saum auf goldenem Grund, würde kein weiteres Mal befleckt werden.

Hilflos hob sie den Kopf und versuchte sich zu rechtfertigen: »Sie verstehen nicht, was ich als Kind durchlitten habe … Die Schande, die mit glühendem Eisen in meine Stirn gebrannt wurde … Ich will so etwas nie wieder erleben. Nie wieder!«

Ihren Wangen röteten sich, ihr Blick wurde eigentümlich starr und wild. Chaval musterte sie besorgt.

»Aber das hat doch nichts zu bedeuten! Die Putzfrau ist mit ihrem Staubsauger zu fest gegen den Schreibtisch gestoßen, oder sie wollte ihn verrücken, um ein Stück Papier aufzuheben …«

»Das ist unmöglich! Er wiegt eine Tonne! Niemand kann ihn verrücken! Monsieur Grobz lacht immer darüber und nennt ihn mein Fort Knox…«

»Dann haben Sie die Schublade vielleicht zu fest aufgezogen…«

»Auch nicht möglich! Ich passe immer sehr gut auf…«

»Sie sind offenbar fest entschlossen, uns den Abend zu verderben, Denise!«, sagte er streng und wandte das Gesicht ab.

Die dicken grauen Fugen zwischen den groben Mauersteinen erinnerten ihn an ein Gefängnis, und am liebsten wäre er aufgesprungen und geflohen.

»O nein!«, entschuldigte sie sich hastig. »Ich freue mich so, dass Sie mich hierher eingeladen haben…«

»Dann lassen Sie uns nicht mehr darüber reden, einverstanden? Hören Sie auf mit diesen Kindereien. Haben Sie etwas gefunden?«

Sie senkte gehorsam den Kopf, nannte aufs Geratewohl eine *Salade limousine* mit Kastanien und einen Rinderschmorbraten.

»Wunderbar«, pfiff Chaval. »Dann können wir ja jetzt bestellen…«

Er winkte den Kellner heran und strich mit dem Daumennagel seinen schmalen Schnurrbart glatt. Nervös, gereizt. Meine fünfzig Prozent sind sauer verdient, sagte er sich beim Gedanken an Henriette, während sein Blick über das bebende Dekolleté der Trompete und die dünne Perlenkette glitt, die schwer auf dem schlaffen Fleisch ruhte und einen roten Abdruck darauf hinterließ. Henriette hatte seine Bedingungen schließlich akzeptiert. Es war kein leichtes Spiel gewesen, sie hatte sich zu Füßen der Jungfrau Maria und der frischen Gladiolen, die er beim Hereinkommen in die Vase gestellt hatte, erbittert gewehrt. Hatte gekämpft wie der Geizhals um seine Schatulle. Hatte abscheulich gequiekt und am ganzen Leib gezittert, Sie rauben mich aus, Sie morden eine alte, notleidende Frau, eine mittellose Bettlerin, der schon alles genommen wurde. In diesem Märtyrerton ging es noch eine ganze Weile weiter, während Chaval sie mit kaltem Blick musterte.

»Und versuchen Sie nicht, mich zu betrügen! Ich habe Sie im Auge«, hatte er gesagt und war aufgestanden. »Alle zwei Wochen überweisen Sie mir meinen Anteil, ich lasse Ihnen meine Bankverbindung zukommen.«

Er hatte sich auf dem Absatz seiner Cowboystiefel umgedreht und war gegangen. Hatte eine weinende Alte sitzenlassen, um sich einer misstrauischen Jungfer zuzuwenden.

Womit habe ich das bloß verdient?, stöhnte er stumm und kniff die schmalen Lippen zusammen.

Ihm gegenüber mühte sich die Trompete, ein fröhliches Gesicht zu machen und ihre Ängste zu vergessen. Sie trug ein grauenvolles Kleid aus einem alten Vorhangstoff, der aussah, als hätte man ihn von den Fenstern eines verfallenen Schlosses abgenommen. Die Keulenärmel verliehen ihr den Anschein einer traurigen Pute. Das verschwitzte dünne Haar klebte ihr an den Schläfen. Die hat ja heute Abend überall Flecken, dachte er angewidert. Das ist die Aufregung, sie sieht sich schon in Ketten liegen, in einem finsteren Verlies, wo die Ratten an ihren Fersen knabbern. Stumm und verstockt zerknüllte sie ihre Serviette. Chaval konnte ihre Gedanken hören. Die Schublade, die Mappen, der Bleistiftspitzer, das O in Grobz, das A in Marcel, das »Goldene Schwein«, das zu grunzen begann und sie an das schändliche Verhalten ihres Vaters erinnerte, das Leid ihrer Mutter, das Exil in der Rue de Pali-Kao, all das drängte ins Gedächtnis dieses armen Mädchens zurück.

»Ich finde Sie heute sehr still«, sagte er und musterte sie wie ein verärgerter Grundschullehrer.

»Verzeihen Sie, ich bin nicht ganz ich selbst ... Ich habe solche Angst davor, dass sich die Szenen aus meiner Kindheit wiederholen! Oh, das würde ich nicht überleben! Ich würde es nicht überleben! Verstehen Sie? Sie wissen nicht, wie das ist, wenn die Leute mit dem Finger auf einen zeigen, wenn ihre Blicke Sie beschmutzen, Sie kennen nicht das Tuscheln hinter Ihrem Rücken, die Beschuldigungen ... Sie sind zu vornehm, um so etwas je erlebt zu haben ...«

»Hören Sie doch endlich auf, sich etwas zurechtzuspinnen, Denise ...«

Der Sommelier präsentierte ihm die Weinkarte, und Chaval studierte die Liste der Anbaugebiete. Am besten nehme ich einen mit viel Alkohol und Sonne, der wird sie zum Schweigen bringen. Er deutete auf einen spanischen Wein mit vierzehn Prozent Alkohol, und der Sommelier verneigte sich langsam, verwundert über diese Wahl.

»Eine herrliche Rebe ...«

»Ich weiß, was ich tun werde«, erwachte Denise Trompet plötzlich aus ihrer schmerzlichen Lethargie. »Ich werde Monsieur Grobz sagen, er soll die Zugangscodes für seine Konten ändern ... Das ist es! Ich werde ihm sagen, das solle man ohnehin regelmäßig tun, bei der heutigen Onlinekriminalität sei das eine unumgängliche Vorsichtsmaßnahme. Er wird auf mich hören, er wird mir sogar sagen, ich solle die neuen Zahlen selbst aussuchen, er hat ja so viel um die Ohren in letzter Zeit… Der arme Mann weiß vor lauter Arbeit gar nicht mehr, wo ihm der Kopf steht…«

Chavals Gedanken rasten. Was für eine interessante Information!, sagte er sich, während er Denises schlaffes, vor Erregung zitterndes Kinn betrachtete. Sie genießt also das volle Vertrauen des Alten! Sie kann die Zugangsdaten ändern… Welche Waffe sie mir da ahnungslos in die Hand gibt! Ich lasse die alte Grobz noch ein bisschen mit den Konten spielen, dann rede ich der Trompete ein, es sei an der Zeit, die Kombination zu ändern. Und die neuen Codes behalte ich für mich… Ich werde ihr auch raten, den Code der Alarmanlage zu wechseln. Dann ist Henriette weg vom Fenster. Und ich bekomme hundert Prozent, Mercedes-Cabrios und Mädchen, die sich von mir flachlegen lassen… zarte Dessous, biegsames Fleisch, leise, wollüstige Schreie, wilde Stöße…

Beim Gedanken an diese leuchtende Zukunft warf er sich in die Brust.

Aber zuvor musste er die Gefahr abwenden, die der Trompete keine Ruhe ließ.

»Da Sie nicht aufhören, sich zu quälen, Denise, will ich Ihnen die Wahrheit gestehen… Ich war es, der Ihre Schublade durchsucht hat…«

»Sie!«

»Ja, mein süßer, goldener Pfirsich… ich war es, oder besser gesagt, mein Dämon… Erinnern Sie sich an den Abend, als ich Ihnen Ihren Schlüssel abgenommen habe?«

»Ja…«, stammelte die Trompete erschreckt.

»An diesem Abend glaubte ich, dass Sie mich anlügen… Dass Sie in diesem Schreibtisch zärtliche Briefe verstecken, Liebesschwüre eines Rivalen, der Ihnen zu Füßen liegt. Nachdem Sie an jenem Abend zart und leichtfüßig in den Tiefen der Métro entschwunden waren, habe ich in einem Hotel übernachtet, um meine geliebte Mutter nicht aufzuwecken. Aber geschlafen, nein…«

Er stieß ein langes, gequältes Seufzen aus.

»Ich habe in dieser Nacht kein Auge zugetan. Jedes Mal, wenn mich der Schlaf übermannte, schreckte ich wieder hoch und sah vor mir einen Rivalen, der mich verspottete, über meine keuschen Träume, meine glühenden Sehnsüchte lachte … Und da habe ich ein Verbrechen begangen. Ich habe den Schlüssel nachmachen lassen, und ich habe mir vorgenommen, eines Abends diese Schublade zu besuchen …«

Die Trompete erschauerte. Das war ja so romantisch, so rührend. Dieser schneidige, attraktive Mann, dieses Objekt all ihrer Träume und Begierden, glaubte allen Ernstes, ein anderer versuche ihm ihre Gunst streitig zu machen …

Ihre Hand zitterte und sie sagte leise: »Dann lieben Sie mich ja …«

»Ob ich Sie liebe?«, rief Chaval mit gespielter Empörung. »Ich liebe Sie nicht, ich verehre Sie, Sie sind meine Madonna, meine unbezähmbare Jungfrau, mein pochender Schmerz …«

Zum ersten Mal in ihrem Leben fühlte sich Denise einer Ohnmacht nahe. Er würde sie um ihre Hand bitten … Und wenn sie ihn noch länger abwies, wenn sie noch länger ihren finsteren Gedanken nachhing, die ihn immer weiter von ihr forttrieben, dann würde sich sein ganzer Zorn über ihr entladen. Er würde gehen und die Tür hinter sich zuschlagen, und sie würde in ihrem Zimmer Zuflucht suchen und mit dem Kopf gegen die Wand schlagen, bis sie einstürzte …

»Oh, Bruno … Sagen Sie nicht, Sie …«

»Doch … Denise, ich liebe Sie, ich will Sie, ich begehre Sie, ich brenne für Sie in erbarmungslosem Feuer, und ich habe diese schändliche Lade durchsucht, um Ihnen den Beweis für Ihren Verrat präsentieren zu können. Die Eifersucht ist eine unersättliche Gebieterin. Sie hält Sie in festem Griff, bedrängt Sie, gräbt in Ihrem Inneren einen Sturzbach aus schwarzem Schlamm … Ich habe mich von diesem Schlamm mitreißen lassen. Ich habe eine Hand in den Morast gesteckt und die Schublade geöffnet …«

Er hob seine lange, weiße Hand mit den frisch manikürten Fingern. Drehte sie vor Denises tränennassen Augen.

»Nichts habe ich gefunden! Das war meine Strafe. Ich war doppelt niederträchtig. Ich habe an Ihnen gezweifelt, und ich habe Sie verstört, indem ich den Bleistiftspitzer verschob … Können Sie mir verzeihen, mein geliebter Engel?«

»Bruno … Oh, Bruno …!«

Sie spürte, wie ein lauer Zephir über ihren Körper strich, sie keuchte, hob eine Hand an ihre Brust. Alles drehte sich um sie, und sie klammerte sich an die Tischkante, um nicht zu fallen.

Chaval griff nach ihrer Hand und hob sie an die Lippen.

Kaum berührten Brunos Lippen ihre Haut, vergaß sie alles. Sie fühlte sich wie ein Kind, das zum ersten Mal ein Stück Zucker probiert und von der Süße ganz überwältigt ist.

»Können Sie dem Dämon verzeihen, der in meinem Herzen umgeht?«

»Sie sind mein Engel …«

»Ich habe gelitten, Denise, ich habe so sehr gelitten … Glauben Sie mir das?«

Sie nickte schwach.

»Und Sie sind mir nicht böse?«

Sie schüttelte den Kopf und riss sich mit schier übermenschlicher Kraft zusammen.

»Sie lieben mich! Sie lieben mich! Sagen Sie es mir noch einmal … Ich kann es gar nicht oft genug hören.«

Er sah sie wortlos an, und sie fasste dieses Schweigen als eine neuerliche Liebeserklärung auf.

»Oh, Bruno, ich werde alles für Sie tun … Alles, um Sie zu beruhigen und Ihnen Ihren Mannesstolz wiederzugeben. Ich werde arbeiten, ich werde putzen gehen, ich werde Freudenmädchen, Wasserträgerin, Tagelöhnerin, Akrobatin, ich werde Feuer spucken, ich werde Ihre Trittleiter zum Ruhm sein, der Fußabstreifer, an dem Sie Ihre geflügelten Füße abwischen, Ihre demütige Magd, ich werde sein, was immer Sie wollen … sprechen Sie! Ich werde Ihnen gehorchen …«

Teufel noch eins, dachte Chaval. Die alte Jungfer geht ja ab! Ein dumpfes Grollen entrang sich seiner Kehle.

»Meinen Sie wirklich ernst, was Sie da sagen, meine Geliebte?«

»Das tue ich, und ich verspreche, Ihnen mein Leben lang eine treue und ergebene Ehefrau zu sein …«

Bei dem Wort »Ehefrau« zuckte er zurück. Was war das denn? Mir scheint, Sie überstürzen da etwas, Teuerste … Ich muss dringend auf die Bremse treten, sonst steckt mein Kopf bald in der Schlinge …

Doch er fand die Bremse nicht, und die von glühendem Fieber erfasste Trompete verschlang ihn den ganzen Abend mit Blicken, ohne ihren Salat und den Rinderschmorbraten anzurühren.

Nachdem sie die »Butte en vigne« verlassen hatten, presste sie sich bei der ersten Straßenlaterne an ihn, warf ihre schlaffe Brust zurück und bot ihm ihre faltigen Lippen dar. Die Wirkung des spanischen Weins hatte Chavals Hoffnungen weit übertroffen.

»Komm, komm«, flüsterte sie und umschlang ihn mit gierigen Armen. »Trag mich zu meinem Lager und lass uns den Moment vergessen, lass uns alles vergessen ... Ich will unter deinen Liebkosungen erschauern ... Ich will jeden Quadratzentimeter deiner Haut anbeten und mit meiner glühenden Feuchte bedecken.«

Verschreckt begleitete er sie zurück in die Rue de Pali-Kao.

Sie konnte kaum noch stehen und redete wirr.

Sie wimmerte schwach, als er sich von ihr lösen wollte. Drängte sich mit ihrem ganzen Körper an ihn. Bleib bei mir, flehte sie, nimm mich, stöhnte erneut und klebte an ihm wie ein schwerer, schlaffer Blutegel. Er versuchte sich zu wehren. Sie fing ihn wieder ein und stammelte an seinem Ohr ...

Komm in mich, dring in meinen erwartungsvollen Körper ein, lass mich stöhnen, lass mich erschauern, durchbohre meine Jungfräulichkeit mit deinem glühenden Speer ...

Sie schlang ihren Körper um den seinen, rieb sich an ihm, röchelte, stieß leise Schreie aus, seufzte, wand sich. Er wusste nicht, was er mit diesem brünstigen Körper anfangen sollte, der sich auf ihn warf. Er dachte an die Schublade, an den Schlüssel, sagte sich, dass es nicht schaden könne, sie ein für alle Mal an den Marterpfahl der Lust zu fesseln, sodass sie die geschändete Lade endgültig vergaß.

Er folgte ihr in die Wohnung, warf sie aufs Bett, löschte das Licht, drückte ihr ein Kissen aufs Gesicht und öffnete, ohne auch nur einen Gedanken daran zu verschwenden, dass sie noch Jungfrau war, mit einem harten Stoß einen verbotenen Gang zwischen ihren Lenden ...

Er dachte an den Schlüssel, er dachte an das Geld, er dachte an die hundert Prozent, die bald ihm gehören würden, er dachte an das rauchgraue Mercedes-Cabrio, an die roten Sitze, an die Slips der Mädchen, die sich daran reiben würden … Es einer alten Jungfer, die unter einem Kissen zappelte, mal ordentlich zu besorgen, war dafür doch nicht zu viel verlangt!

Er wurde wieder zu dem fatalen, brutalen, vor Arroganz und Lebenskraft nur so strotzenden, wie eine gespannte Armbrust vibrierenden Mann, der er früher einmal gewesen war …

Bevor Hortenses Glut das Feuer aus seinen Lenden gestohlen hatte …

Doch kaum kam ihm der Namen seiner Angebeteten in den Sinn, da schrumpfte sein Glied abrupt zusammen, wurde weich und schlaff und baumelte kläglich zwischen den Schenkeln der Trompete, die unter ihrem Kissen lustvoll japste und die Englein singen hörte …

Hortense Cortès packte ihre Koffer. Sie verließ London.

Hortense Cortès schwang sich in den Himmel auf, und der Himmel kannte keine Grenzen.

Hortense Cortès wusste ganz genau, wie viel Luft sie verdrängte, und sie berauschte sich an ihrem Kielwasser.

Hortense Cortès redete von sich selbst nur noch in der dritten Person.

Der Juni ging zu Ende, die Schule schloss ihre Pforten, der Vertrag mit Banana Republic war unterschrieben. Nicholas hatte seine Agentenrolle perfekt gespielt. Er hatte einen unglaublichen Vertrag für sie ausgehandelt: fünftausend Dollar pro Woche, eine Wohnung an der Central Park South in einem Gebäude mit Doorman und Fenstern zum Park und einen Zweimonatsvertrag, den sie auf Wunsch jederzeit verlängern konnte.

Sie würde am 8. Juli anfangen. Um zehn Uhr morgens. In der 42nd Street 107 E, in unmittelbarer Nähe der Grand Central Station und der Park Avenue.

Sie hätte am liebsten laut gesungen, E-Gitarre gespielt, wäre barfuß über einen roten Teppich gelaufen, hätte nach einer Melodie von Cole Porter getanzt, unter einem durchlöcherten Regenschirm Schutz gesucht, in eine Pralinenschachtel gegriffen, eine Prise Salz auf den Schwanz eines bunten Vogels gestreut, Goldfische adoptiert, Japanisch gelernt …

Doch ehe sie nach New York, New York flog, fuhr sie erst einmal zurück nach Paris. Paris …

Gerade lange genug, um ihre Mutter und ihre Schwester zu umarmen, durch die Straßen zu schlendern, sich in Straßencafés zu setzen, die Passanten zu beobachten und tausend Details zu zeichnen, die sie weiterentwickeln würde, wenn sie erst einmal in den Büros von Banana Republic in Manhattan saß. In keiner anderen Stadt der Welt verfügen die Mädchen über so viel Fantasie, Gespür und Chic wie in Paris. Sie würde hier eine Erscheinung, dort eine Silhouette stibitzen, tausend Bilder speichern und dann, vor Ideen sprühend, in den Flieger nach New York steigen.

Vor sich hin singend, packte sie ihren Koffer und ließ dabei ihr Handy nicht aus den Augen.

Großmütig hatte sie dem Ayatollah zwei Monatsmieten im Voraus bezahlt und ihm verkündet, dass sie ausziehe. Sie verließ dieses Haus. Sie hatte den Jackpot geknackt ... Schau mich gut an, du eitles, mickriges Kerlchen, denn du wirst mich nie wiedersehen! Nie wieder! In der Zeitung, ja, aber das ist auch alles! Nie wieder wirst du mich mit unbezahlten Rechnungen, kleinlichen Abrechnungen und deiner Zwergenlibido verfolgen!

Er war bleich geworden.

»Du verlässt mich?«

O ja ... hatte sie gezischt, dann kannst du nicht mehr mit meinem Handy herumspielen und meine Nachrichten löschen, du wirst dich langweilen! Er hatte protestiert, bei allen Göttern und Heiligen geschworen, dass er so etwas nie, niemals gewagt hätte!

»Das glaubst du mir doch, Hortense, nicht wahr?«

Er wirkte aufrichtig ...

»Aber wenn du es nicht warst, wer war es dann?«

»Ich weiß es nicht, aber ich war es nicht ...«

»Wenn du es nicht tatest, dann tat es dein Bruder!«, sang Hortense nach der Fabel von La Fontaine. »Das Pickelgesicht? Der stinkende Fettwanst? Der andere Irre mit seinen Käsespaghetti? Wie auch immer, mir kann's egal sein! Piffpaffpuff, ich verschwinde hier, und ich werde dich nie wiedersehen! Weder dich noch die anderen ...«

»Aber wo willst du denn hin?«

»Ganz gleich, wohin, Hauptsache, du bist nicht da!«

»Ich liebe dich, Hortense, ich wünsche mir so sehr, du würdest mich ansehen ...«

»Komisch, ich kratz ja schon mit meinen Augen am Boden, aber ich sehe dich einfach nicht …«

»Dann empfindest du also gar nichts für mich?«

»Einen gewaltigen Abscheu gegen deinen Rattencharakter …«

Und als er ein letztes Mal versuchte, sie zurückzuhalten, als er versprach, sie nie wieder mit *council tax*, Gas, Strom und Käsespaghetti zu nerven, da schloss sie den Reißverschluss ihrer großen Reisetasche und schubste ihn aus dem Zimmer.

Sie kam an der Gare du Nord an, nahm ein Taxi und gab dem Fahrer zehn Euro Trinkgeld, damit er ihr die Koffer zum Aufzug trug. Sie warf mit Geld nur so um sich. Fünftausend Dollar pro Woche! Zwanzigtausend im Monat! Vierzigtausend in zwei Monaten! Und wenn ich fantastische Arbeit abliefere, verlange ich das Doppelte, das Dreifache! Ich bin die Königin der Welt, und Leonardo DiCaprio ist ein Dreck dagegen!

Sie klingelte mit triumphierendem Finger. Ihre Mutter öffnete. Sie verspürte den Impuls, sie zu küssen, und küsste sie.

»Maman! Maman! Du ahnst ja nicht, was passiert ist!«

Sie breitete die Arme aus, wirbelte im Kreis herum, ließ sich auf das rote Sofa fallen.

Sie erzählte.

Sie erzählte es Joséphine …

Sie erzählte es Zoé …

Sie erzählte es Josiane und Junior, als sie sie besuchte.

Junior hatte sie angerufen.

»Hortense, ich muss dich sehen, es ist dringend. Ich brauche dich!«

»Du brauchst mich, Krümel?«

»Ja … Komm heute Abend zu uns zum Essen. Und komm allein … Es geht um eine Verschwörung!«

»Eine Verschwörung!«

»*Yes, mylady!* Und vergiss nicht, *I'm a brain …*«

»*I'm a brain, too …*«

Als sie ankam, saßen Josiane und Junior am Küchentisch, die Stirn gerunzelt, die Mienen finster. Marcel war noch nicht aus dem Büro zurück.

»Er kommt immer später nach Hause«, sagte Josiane seufzend. »Die Sorgen plagen ihn …«

Sie küsste Josiane. Gab Junior einen Kuss auf das rote Haar… Wusstest du, dass Vivaldi auch rote Haare hatte, Krümel?

Er antwortete nicht.

Die Lage musste ernst sein.

Sie setzte sich hin und hörte zu.

»Nun«, begann Junior, gekleidet wie ein englischer Lord in seinem Schloss in Sussex, das Haar glatt gekämmt, den Scheitel streng gezogen und eine Fliege um den Hals, die sein halbes Kinn verdeckte. »Mutter und ich haben allen Anlass zu der Befürchtung, dass jemand meinem Vater Böses will…«

Er berichtete ihr von dem Treffen mit Chaval im Royal Pereire und von der Erkundung seiner Gehirnwindungen, bei der er folgende Begriffe entdeckt hatte: »Henriette«, »geheime Zahlenkombination«, »Einbruch«, »Bankkonten«, »Trompete«, »Hortense« und »Dschellaba«…

»Was deine Anwesenheit in der Großhirnrinde dieses abscheulichen Subjekts betrifft, so verzeihe ich dir… Ich werde dir nicht sagen, in welcher Gestalt du dort auftauchst, um dich nicht zu verletzen, aber ich muss gestehen, dass es nicht sehr schmeichelhaft ist, und ich kann dir versichern, dass du in meinem Gehirn in sehr viel erleseneren Bildern abgespeichert bist…«

»Danke, Krümel…«

»Maman hat mir von der Sache mit Chaval erzählt. Ich betrachte das als eine lässliche Jugendsünde…«

»Ich war noch sehr jung, das stimmt!«

»Aber was den Rest angeht, sind wir ratlos, und deshalb brauchen wir deine Hilfe…«

»Ich verstehe nur Bahnhof«, sagte Hortense. »Willst du etwa behaupten, du könntest im Gehirn fremder Leute lesen?«

»Ja. Es ist nicht leicht, aber ich schaffe es. Wenn ich mich ganz fürchterlich anstrenge. Wir alle senden Wellen aus, und wir alle haben einen Radioempfänger in unserem Kopf. Wir nutzen ihn nur nicht, weil wir nichts von den wundervollen Fähigkeiten unseres Gehirns ahnen… Es genügt also, dass ich meine Frequenz auf Chavals Frequenz einstelle, und schon dringe ich in seinen Kopf ein und lese seine Gedanken…«

»Verstehe«, murmelte Hortense. »Das ist ja ein ziemlich praktischer Trick…«

»Das ist kein Trick, sondern Wissenschaft, ein physikalisches Phänomen …«

»Entschuldige …«

»Maman und ich haben die Puzzlestücke, die ich in Chavals Gehirn gesehen habe, zusammengesetzt, und Folgendes haben wir bisher entschlüsselt: Chaval und Henriette haben die geheimen Zugangscodes für Vaters Bankkonten gestohlen und wollen ihn ausrauben … Das ergibt doch Sinn, findest du nicht?«

»Ja …«, räumte Hortense ein. »Bist du sicher, dass Henriette an der Verschwörung beteiligt ist?«

»Vollkommen sicher …«

»Dabei hat sie doch alles, was sie braucht … Marcel war bei ihrer Scheidung mehr als großzügig.«

»Der Geizige hat niemals genug, Hortense, merk dir das … Der Geizige liebt sein Gold, nicht das, was er damit macht. Er liebt es wie einen lebendigen, warmen Menschen. Außerdem ist sie von einem Hass zerfressen, der sie unersättlich macht. Ich bedaure das sehr, musst du wissen, es gefällt mir nicht, die menschliche Seele derart schwarz zu sehen … Wir müssen also diesen Diebstahl verhindern …«

»Indem ihr die Zugangscodes ändert …«

»Natürlich! Darauf sind wir auch als Erstes gekommen …«

Er quittierte Hortenses Bemerkung mit einem enttäuschten Achselzucken.

»Aber das genügt nicht«, fuhr er fort. »Wir müssen das Übel an der Wurzel packen und herausfinden, wie Chaval und Henriette sich die Codes beschafft haben. Wir haben natürlich eine Vermutung, aber wir brauchen noch die Bestätigung … Und du bist die Einzige, die sie uns beschaffen kann.«

»Und was ist das für eine Vermutung?«

»In Papas Firma arbeitet eine Frau, sie ist die Leiterin der Buchhaltung und heißt Denise Trompet …«

»Daher die Trompete«, sagte Hortense.

»Aha! Du steigst in meinem Ansehen! Wir glauben, dass die Trompete und Denise Trompet ein und dieselbe Person sind. Aber das ist gerade das Problem … Was hat Denise Trompet mit dieser undurchsichtigen Geschichte zu tun? Maman kennt sie sehr gut, und sie versichert, dass sie die ehrlichste Person auf der ganzen Welt ist … Außerdem verehrt sie meinen Vater geradezu wie einen Gott. Wurde sie manipuliert? Haben Henriette und Chaval hinter ihrem Rücken gehandelt? Oder mit ihrem Wissen? Das ist das Puzzlestück, das uns noch fehlt …«

»Ich will ihr nichts unterstellen, wenn sie unschuldig ist«, sagte Josiane, die Arme vor der Brust verschränkt. »Das wäre fürchterlich. Und ich kann mir Denise Trompet einfach nicht als Betrügerin vorstellen. Sie ist eine loyale, gewissenhafte Frau mit untadeligem Berufsethos. Sie arbeitet seit zwanzig Jahren in der Firma und hat nie auch nur einen Fehler gemacht. Ihre Buchhaltung ist ein Muster an Transparenz. Marcel verlässt sich voll und ganz auf sie … Aber in Chavals Kopf steckt nun mal eine Trompete … Junior hat sie gesehen. Und damit kann nur sie gemeint sein …«

»Erstaunlich, diese Gabe«, sagte Hortense und musterte Junior. »Ich bin wirklich beeindruckt, du bist ein Genie, ein Virtuose … Ich verneige mich vor dir, verehrter Meister!«

Junior wurde rot, und sein Gesicht überzog sich mit hektischen Flecken. Er widerstand dem Drang, sich zu kratzen. Er war vom Krümel zum Verehrten Meister aufgestiegen.

»Und was erwartet ihr jetzt von mir?«, wollte Hortense wissen.

»Dass du mit Chaval etwas trinken gehst und ihm die Würmer aus der Nase ziehst …«

»Dass ich … was?«, rief Hortense.

»Dass du ihn zum Reden bringst …«

»Einfach so! Ich rufe ihn an, sage, hey, ich würd dich gern sehen, und er kommt gleich angerannt? Ihr seid ja optimistisch …«

»Nein! Du hast einen unauslöschlichen Eindruck bei ihm hinterlassen … Aber das ist ja auch kein Wunder. Jeder Mann, der in deine Nähe kommt, liebste Hortense, entbrennt in verzehrender Leidenschaft oder Liebe zu dir, nenn es, wie du willst. Und Chaval erst recht … Seit du ihn verlassen hast, vegetiert er dahin, das habe ich in der dritten Frontalspalte seiner linken Hemisphäre gesehen …«

»Zusammen mit der Dschellaba …«

»Nein, ein Stück darüber …«

»Wenn du das sagst …«

»In deiner Gegenwart zerfließt dieser Mann geradezu, er verliert die Kontrolle über sein Gehirn … Es wird ein Kinderspiel sein, ihm ein Geständnis zu entlocken!«

»Du glaubst im Ernst, er wird mir alles beichten?«

»Ich glaube, er wird vor dir gut dastehen wollen, er wird dir sagen, dass er etwas in Aussicht hat und bald im Geld schwimmen wird. In dem Moment lässt du ganz beiläufig den Namen der Trompete fallen, und dann siehst du ja, wie er reagiert …«

»Und woher sollte ich etwas von der Trompete wissen?«

»Du machst es genauso wie die Polizei … Du behauptest, die Trompete habe Marcel alles gebeichtet, und Marcel überlege jetzt, wie er ihn bestrafen soll … Du sagst, du könntest das einfach nicht glauben und wolltest es aus seinem Mund hören, denn trotz allem hegtest du für ihn immer noch eine gewisse Achtung und sogar eine gewisse Zuneigung … Daraufhin bekommt er es mit der Angst zu tun, er wirft sich vor dir auf die Knie, und wir haben den fehlenden Beweis …«

»Hmm …«, sagte Hortense. »Glaubt ihr wirklich, dass es so leicht sein wird?«

»Ich glaube, für dich ist nichts unmöglich«, sagte Junior. »Du brauchst dir auf dem Weg zu dem Treffen nur zu sagen, Chaval wird mit mir reden, er wird mir alles beichten, und dann wird es genau so kommen …«

Hortense dachte hastig nach. Es kostete sie ja nichts, mit diesem Wurm, der früher einmal ihr Liebhaber gewesen war, einen Kaffee zu trinken … Und wenn sie dadurch Marcel, Josiane und Junior helfen konnte … Das Leben war ihr gegenüber großzügig, und sie verspürte Lust, etwas davon abzugeben.

Sie wunderte sich über ihre Reaktion. Bin ich etwa dabei, mich zu verändern?, fragte sie sich besorgt.

»Wenn ich das tue … Wenn ich Chaval entlarve … Kann ich dich dann im Gegenzug um einen Gefallen bitten?«

»Kein Problem …«, antwortete Junior, hocherfreut darüber, dass die Angelegenheit geklärt war. »Mutter! So serviere uns doch eine Erfrischung … Ist das eine Hitze heute! Da braten einem ja die Eier in der Hose …«

»Hör auf, zu reden wie dein Vater!«, schimpfte Josiane, die auf ihre Ausdrucksweise achtete, seit sie Mutter war, und sehr darauf bedacht war, dass ihr Sohn es ihr gleichtat.

Junior ignorierte sie, beugte sich zur schönen Hortense vor und fragte: »Was kann ich für dich tun?«

»Ich will, dass du in Garys Gehirn eindringst und mir sagst, was du da siehst…«

Junior war nicht begeistert.

»Interessiert es dich so sehr, was in Garys Kopf vorgeht?«

Hortense bedachte ihn mit einem verführerischen Lächeln.

»Jetzt bist du es, der mich enttäuscht, Junior… Ich hätte dich für scharfsinniger gehalten…«

»Ich weiß, dass du ihn in New York treffen willst, und jetzt fragst du dich, wie es um seine Gefühle bestellt ist, damit du keine Abfuhr kassierst…«

»Genau so ist es…«

»Aber erst muss ich dir noch etwas sagen, Hortense…«

Josiane, die spürte, dass ihre Gegenwart ihrem Sohn peinlich war, schützte einen Anruf vor, um das Zimmer zu verlassen.

Junior richtete sich auf, schaute Hortense tief in die Augen und verkündete: »In siebzehn Jahren werden wir beide heiraten…«

Hortense kicherte belustigt.

»Wir heiraten?«

»Ja, du bist die Frau meines Lebens… Mit dir an meiner Seite werde ich Großes vollbringen. Du allein besitzt die nötige geistige Freiheit, um den akrobatischen Sprüngen meines Geistes zu folgen…«

»Ich fühle mich sehr geschmeichelt…«

»Jetzt bin ich noch zu klein…«

Er ließ den Kopf in seine Hände sinken. Schwieg einen Moment, auf dem Küchentisch zusammengesunken…

»Oh, wie schwer lastet dieser Kinderkörper auf mir! Ich kann es kaum erwarten, lange Arme und lange, haarige Beine zu haben! In diesem Babypanzer bin ich zur Untätigkeit verdammt… Aber in siebzehn Jahren werde ich ein Mann sein, und dann bitte ich dich um deine Hand… Ich bin bereit, mich zu gedulden, und ich gestehe dir zu, dich bis dahin zu zerstreuen, zu reisen, ja sogar zärtliche Gefühle für andere Jungen zu hegen…«

»Wie großzügig von dir, Krümel!«, spottete Hortense.

»Aber in siebzehn Jahren bitte ich dich, mir eine Chance zu geben… Ich will nicht, dass du mir einen Gefallen tust, ich möchte lediglich, dass du einwilligst, mit mir essen zu gehen, in ein Konzert, ins Kino, auf die Chinesische Mauer, in die Gärten der Alhambra, und dass du, sollte tatsächlich ein Gefühl zwischen uns aufkeimen, dieses nicht unterdrückst … Das ist alles.«

»Hör zu, Junior, lass uns in siebzehn Jahren noch einmal darüber reden … Was du da sagst, klingt für mich alles ein bisschen bizarr, aber von mir aus … Jetzt möchte ich lediglich, dass du einen kleinen Ausflug in Garys Gehirn unternimmst …«

»Dazu brauche ich ein Foto …«

»Wir haben noch die Bilder von letztem Weihnachten«, sagte Josiane, die hinter der Küchentür gelauscht hatte und auf Zehenspitzen wieder hereingekommen war.

»Perfekt«, sagte Junior. »Dann werde ich mich in mein Zimmer zurückziehen, mich konzentrieren und dir anschließend sagen, was ich sehe … Aber du sollst wissen, Hortense, dass dies eine großherzige, noble Geste meinerseits ist … Es bedeutet nicht, dass ich auf dich verzichte!«

»Ich bitte dich, Junior, das meinst du doch nicht ernst! In siebzehn Jahren bin ich ein altes, vertrocknetes Hutzelweib!«

»Du wirst niemals ein altes, vertrocknetes Hutzelweib sein! Und ich werde dein Ehemann sein …«

»Hast du das in meinem Gehirn gelesen?«, fragte sie nervös.

»Ich werde dir nichts verraten, denn wer die Überraschung, das Mysterium raubt, der tötet das Verlangen, und ich will, dass du dich nach mir verzehrst … Dass du dich über alle Verbote, alle Vorurteile hinwegsetzt und wir beide ein überwältigendes Paar werden … Wir können es schaffen, Hortense! Hab Vertrauen zu mir, und hab Vertrauen zu dir selbst …«

»Oh«, rief Hortense, »was das angeht, macht mir so schnell keiner was vor!«

»Und genau das liebe ich an dir … Unter anderem!«

»Sag mal, findest du nicht, dass dein Kleiner langsam größenwahnsinnig wird?«, wandte sich Hortense an Josiane.

Josiane zuckte mit den Achseln. Juniors Liebeswahn beunruhigte sie nicht. Sie hatte sich an die Schrullen ihres Sohnes gewöhnt. Das Wichtigste war jetzt, Marcel zu retten. Sie beobachtete Hortense, ihr engelhaftes, grausames Lächeln, ihre runden Schultern, ihre schmalen Hüften, ihr mit einer Nadel hochgestecktes volles Haar, sie lauschte dem Gespräch zwischen Hortense und Junior, und sie sagte sich, dass es das Leben doch immer wieder fertigbrachte, einen zu überraschen, dass es geduldig abwartete, um einem dann besser an die Gurgel gehen zu können, und dass man das wohl einfach hinnehmen und sich fügen musste …

Die Geschichte vom Kleinen Mann und Cary Grant wuchs in Joséphines Kopf heran.

Manchmal schwoll sie so stark an, dass sie nach draußen auf die Straße gehen und frische Luft atmen musste, um ihren armen, mit einem kaum vorstellbaren Sammelsurium aus Wörtern, Gefühlen, Orten, Situationen, Geräuschen und Gerüchen vollgestopften Kopf durchzulüften …

Sie schnappte sich Du Gueslins Leine, und gemeinsam liefen sie los, durch die Straßen von Paris. Sie schritt zügig aus, und der Rhythmus ihrer Schritte bestimmte ihre Gedanken. Du Gueslin lief voraus und bahnte ihnen einen Weg durch die Passanten.

Sie lief und lief, und nach und nach fand alles seinen Platz wie auf einer Theaterbühne, auf der sie als Regisseur fungierte.

In der linken Ecke der Kleine Mann …

Ihr war noch kein Name für ihn eingefallen …

Sie stellt ihn sich linkisch und gehemmt vor, in einem dunkelgrauen Strickpullover, einem weißen Hemd, einer marineblauen Krawatte und einer langen grauen Flanellhose. Mit geröteten Nasenflügeln, glänzender Stirn und feinen Haaren am Kinn. Seine Augen sind hell, beinahe durchscheinend. Er zittert, zaudert, zagt und zappelt sich ein Auftreten zusammen. Alles an ihm ist schief und krumm.

Monsieur und Madame Boisson hatten die Rolle der Eltern des Kleinen Mannes übernommen. Kalt, steif und mit dem gelassenen Egoismus jener Menschen, die sich niemals Fragen stellen und reglos zusehen, wie das Leben an ihnen vorbeizieht.

Ihre Wohnung diente ihr als Rahmen, die in der Vitrine eingeschlossenen Champagnergläser, die Teppiche, die man nur mit Vorsicht betreten darf, das Tablett mit den Flaschen, das sonntagmittags zum Aperitif hervorgeholt wird, wenn Verwandte oder Freunde zu Besuch kommen, das kleine Kissen, das sich Madame Boisson ins Kreuz schiebt, um es bequemer zu haben, das klobige Radiogerät, an dem sie verfolgen, was in der Welt vor sich geht: die Reden des General de Gaulle, die Direktwahl des Präsidenten der Republik, das Ende des Algerienkriegs, der Tod von Édith Piaf, Henri Tisots Imitationen des Generals, die Weihe von Papst Johannes XXIII., der Tour-de-France-Sieg von Eddy Merckx, der Bau der Berliner Mauer, der erste schwarze Student an einer amerikanischen Universität, das Recht der Frauen, ohne Einwilligung ihres Mannes zu arbeiten …

Der Kleine Mann sagt sich, dass die Welt dabei ist, sich zu verändern, auch wenn sich bei ihm zu Hause nichts ändert. Monsieur und Madame Boisson schütteln den Kopf und behaupten, Frankreich stehe am Abgrund, alles gehe den Bach runter, und der Platz einer Frau sei ganz sicher nicht in einem Büro! Wer soll sich denn dann um die Kinder kümmern?

Ihr Kleiner Mann hat keine Ähnlichkeit mit Monsieur Boisson.

Mit jedem Tag entfernt er sich weiter von ihm. Er entwickelt neue Eigenschaften und wächst. Joséphine macht ihn weicher, verleiht ihm Anflüge von Mut, eine aufrichtige Neugier, die großherzige Natur eines Jungen, der lernen möchte. Er bereitet sich nicht mehr auf die Aufnahme an der École Polytechnique vor, sondern studiert Geschichte … Sie überträgt ihre eigenen Ängste auf ihn, ihren Minderwertigkeitskomplex, ihre unbeholfene Art. Er errötet wie sie, gerät leicht aus der Fassung, beginnt zu stottern.

Neben dem Kleinen Mann in der linken Ecke der Bühne steht Geneviève. Joséphine mag Geneviève sehr. Sie blättert in *Modes et Travaux*, um sie einzukleiden, zieht an ihrem krausen Haar, um ihr eine Frisur zu schenken, dreht ihr Lockenwickler ein, epiliert ihren Damenbart, erfindet für sie einen Gang … Aber Geneviève bleibt schüchtern, linkisch, zurückhaltend.

Auf der rechten Seite der Bühne Cary Grant und sein Umfeld. Seine Eltern. Sein Vater, der im Pub trinkt und herumgrölt, den Mädchen auf den Hintern schlägt, ein rotgesichtiger, brutaler Mann, der einen starken Ammoniakgeruch verströmt, wenn er abends von der Arbeit nach Hause kommt, und dessen Finger von den Chemikalien, mit denen er zu tun hat, ganz zerfressen sind … Seine Mutter, zart, kultiviert, mit einem raschelnden Spitzenkragen und langen, schlanken Händen, die sich darüber beklagt, dass am Ende des Monats kein Geld mehr da ist, und einen Schal mit Kaschmirdruck vor der Brust zusammenzieht. Sie klaubt Münzen zusammen, um ihrem Sohn Klavierstunden zu bezahlen und einen Gentleman aus ihm zu machen. Sie lehrt ihn gute Manieren. Sein Vater bringt ihm das Fluchen bei. Wenn seine Eltern sich abends streiten, verkriecht sich der kleine Cary unter dem Tisch und hält sich die Ohren zu, um sie nicht zu hören. Er redet sich ein, es sei seine Schuld. Er sei der Grund für ihre ständigen Auseinandersetzungen. Und wenn sein Vater abends nicht nach Hause kommt, glaubt er, er sei tot, und weint in seinem Bett ... Er ist hin und her gerissen zwischen den Träumen seiner Mutter und den anfeuernden Rufen seines Vaters, der ihn zwingt, sich in den Pubs zu prügeln, damit ein Mann aus ihm wird, ein richtiger Mann. Er weiß nicht mehr, wer er ist. Er ist bereits gespalten ... Joséphine fügt den Nieselregen in den Straßen von Bristol hinzu, die Hafenkais, wo er abends spazieren geht, um zu sehen, wie die Schiffe in Richtung Meer auslaufen, er träumt von Amerika und sieht manchmal berühmte Passagiere an Bord gehen. Eines Abends begegnet er Douglas Fairbanks, der sich nach Hollywood einschifft ...

Irgendwann wird er auch Filme drehen ...

Joséphine hatte vier schwarze Moleskine-Notizbücher gekauft. Jedes mit zweihundertvierzig weißen Seiten. Eines für Cary Grant, eines für den Kleinen Mann, eines für die Nebenfiguren und das letzte für Sonstiges. Sie hatte auch alle Bücher gekauft, die je über Cary Grant erschienen waren. Mit gelbem Textmarker unterstrich sie Details, die sie verwenden könnte, mit grünem Textmarker die Worte des Schauspielers, die sie übernehmen wollte, mit rosa Textmarker die biografischen Stationen, die sie beibehalten musste. Sie legte Karteikarten an, überprüfte, ordnete ... Stundenlang schloss sie sich in ihrem Zimmer ein und arbeitete.

Ihr Arbeitszimmer glich einer Schreinerwerkstatt. Alles Werkzeug lag an seinem Platz: Computer, Karteikarten, Papier, Notizbücher, Kulis und Bleistifte, Hefter, Spitzer, Radiergummis, Schere, Fotos und ein Radio, das auf TSF Jazz eingestellt war.

Die Musik war für Du Guesclin, der zusammengerollt unter dem Schreibtisch lag, den Kopf auf ihre Füße gebettet. Wenn das Telefon klingelte, hob er, verärgert über die Störung, den Kopf ...

Die Figuren entwickelten sich, und Stück für Stück nahm die Geschichte Gestalt an.

Sie brauchte Geduld, musste warten, bis sich alles zusammenfügte, durfte nichts überstürzen. Musste die Stille oder das, was sie für die Stille hielt, ihr Werk verrichten und die Lücken ausfüllen lassen. Manchmal wurde sie ungeduldig … Aber bald würde alles bereit sein. Bald wären Figuren vollendet, von Kopf bis Fuß eingekleidet, die Räume eingerichtet, dann könnte sie dreimal klopfen …

Und die Geschichte würde beginnen.

»Na?«, fragte Gaston Serrurier am Telefon. »Wir haben Ende Juni. Geht es mit dem Buch voran?«

»Ich errichte gerade das Fundament«, antwortete Joséphine.

Hortense und Zoé waren fort, um ein wenig zu shoppen und in Straßencafés herumzuhängen, der Tag hatte gerade erst begonnen. Sie hatte sie gebeten, nicht vor fünf Uhr nach Hause zu kommen. Und falls ihr doch nach Hause kommt, dann lasst ihr mich gefälligst in Ruhe arbeiten. Wehe, eine von euch spricht mich an!

»Wann bekomme ich etwas zu lesen?«, fragte Serrurier.

»Ach du je! So weit bin ich noch nicht! Ich bin gerade dabei, die Figuren zu entwickeln …«

»Aber Sie haben eine Geschichte?«

»Ja, und die wird mir diesmal nicht entwischen, da bin ich mir ganz sicher …«

Sie hatte die beiden dicken Damen auf der Straße wiedergesehen. Sie war immer noch davon überzeugt, dass sie eine fantastische Erzählung abgeben würden. Aber vorerst ließ sie sie beiseite. Die Mutter mit ihrem üppigen Busen, der weit ausgeschnittenen Seidenkreppbluse und dem unauslöschlichen, rot lackierten Lächeln und die Tochter, eingezwängt in ihr dunkelblaues Gabardinekostüm wie in eine dicke Winterjacke. Oder, dachte sie, während sie in der Bäckerei anstand, ich nehme sie in die Familie des Kleinen Mannes auf. Ja, genau! Eine dicke Tante und ihre dicke Tochter, die Cousine des Kleinen Mannes, die sonntagmittags zum Essen kommen … Der Kleine Mann beobachtet sie ängstlich. Er fragt sich, ob seine Verwandten ihn nicht auch mit einem Happs verschlingen werden. Damit hätte ich einen Nebenstrang …

Sie notierte den Gedanken in ihrem »Sonstiges«-Notizbuch und ließ ihn reifen.

»Und wann haben Sie vor, mit dem Schreiben anzufangen?«, hakte Serrurier nach.

»Ich weiß es nicht … Das entscheide nicht ich, sondern die Figuren. Wenn sie fertig sind, wenn ich alle Elemente an Ort und Stelle gebracht habe, dann erwachen sie zum Leben, und die Geschichte startet …«

»Sie reden wie ein Automechaniker!«

»Wie ein Automechaniker oder wie ein Zimmermann, der den wichtigsten Balken setzt …«

»Hätten Sie Zeit, mit mir zu Mittag zu essen? Ich habe im Moment ziemlich viel um die Ohren, aber ich könnte mir einen Termin freischaufeln …«

»Nein, ich kann nicht. Ich habe mir feste Arbeitszeiten gesetzt. Es ist so, als ginge ich wieder zur Schule …«

»Sie haben recht. Wer sich auf die Inspiration verlässt, kommt nie über die erste Seite hinaus … Auf Wiederhören also, und halten Sie mich auf dem Laufenden …«

Joséphine legte begeistert auf. Sie hatte ein Mittagessen mit Gaston Serrurier ausgeschlagen! Dem Mann, der ihr seinen Zigarrenqualm in die Nase blies, ohne dass sie mit der Wimper zuckte!

Sie ging zum Spiegel und schaute sich an. Dabei hatte sie sich äußerlich nicht verändert … Die gleichen gutmütigen runden Wangen, das gleiche mittelbraune Haar, mittelbraune Augen, alles mittelbraun. Ich bin die typische Durchschnittsfranzösin … An mir ist nichts Besonderes, was die Blicke auf sich zieht, und es ist mir so was von egal! Mein Kopf summt, und tausend Ideen beflügeln mich.

Sie hatte Serrurier nicht angelogen. Sie hielt sich tatsächlich an feste Arbeitszeiten. Arbeitete von elf Uhr morgens bis fünf Uhr nachmittags. Dann ging sie mit Du Guesclin spazieren. Einen Kuli um den Hals, ein Notizbuch in der Tasche. Der kleinste Anstoß genügte, damit ihr eine Idee durch den Kopf schoss.

»Ist doch wahr!«, sagte ein Teenager mit Baseballkappe zu seiner Freundin. »Warum müssen immer alle über die anderen herziehen? Man hat doch auch nie gehört, dass sich ein Kamel über den Höcker des anderen lustig gemacht hätte!«

Sie blieb stehen und schrieb das auf. Verspürte den Drang, dem Jungen die Baseballkappe vom Kopf zu nehmen und ihn zu küssen. Ihm zu sagen, ich schreibe gerade ein Buch, darf ich Ihnen diesen Satz stehlen? Worum geht es denn in Ihrem Buch?, würde er fragen … Ich weiß es noch nicht genau, aber …

Die Geschichte handelt davon, wie man seinen Platz hinter dem Nebel findet … Wir alle haben, ohne es zu wissen, einen Platz hinter dem Nebel. Es ist die Geschichte zweier Männer. Der eine heißt Cary Grant, er hat sein Leben lang hart dafür gearbeitet, hinter den Nebel zu gelangen, und der andere ist an der Startlinie hängen geblieben … Es ist die Geschichte davon, wieso manche den Mut aufbringen, den Nebel zu durchdringen, und andere es gar nicht erst versuchen …

Sie pfiff nach Du Guesclin und ging weiter.

Wenn Antoine sie nicht für Mylène und die Krokodile verlassen hätte, wenn Iris nicht auf die Idee gekommen wäre, eine Schriftstellerin sein zu wollen, wenn sie sie nicht gezwungen hätte, das Buch an ihrer Stelle zu schreiben, dann hätte sie niemals ihren Platz hinter dem Nebel gefunden … Es waren all diese Wechselfälle des Lebens, die sie zu dem gemacht hatten, was sie war. Manchmal auch gegen ihren Willen …

Nachdenklich kehrte sie nach Hause zurück …

Monsieur Boisson hatte an ihrer Tür geklingelt.

Er langweilte sich. Er hatte Gefallen an ihren Besuchen gefunden. Es gibt noch so vieles, was ich Ihnen nicht erzählt habe, sagte er. Er pries seine Erinnerungen an wie ein Teppichhändler. Sein heller, harter Blick richtete sich auf sie. Er verlangte nach ihrer Anwesenheit. Er wollte wieder der Mittelpunkt der Welt sein. Seine Lippen verzogen sich zu einem wütenden, herrischen Schmollen, sein spitzes, langes Kinn verhieß, dass er mehr Respekt verdiente. Er forderte Aufmerksamkeit wie jemand, der weiß, dass er über allen anderen steht. Arroganz sprach aus seinem Ansinnen. »Das sind Sie mir schuldig«, klang darin mit … und Joséphine verspürte den Drang, zu erwidern, ich bin Ihnen überhaupt nichts schuldig, Sie haben das schwarze Heft in den Müll geworfen, Sie haben sich dafür geschämt, Sie wollten nicht, dass es ihr Bild beschmutzt. Und ich bin diejenige, die eine schöne Geschichte daraus machen will … Diese Geschichte gehört Ihnen nicht mehr, hätte sie am liebsten hinzugefügt, sie gehört jetzt mir.

Stattdessen antwortete sie, dass sie beschäftigt sei, dass sie an ihrem Buch arbeite und dass das ihre ganze Zeit in Anspruch nehme. Er blieb im Türrahmen stehen und ließ nicht locker.

»Sie haben mich benutzt … Jetzt brauchen Sie mich nicht mehr und werfen mich einfach weg! Das ist nicht die feine Art, wirklich nicht …«

Sie schämte sich ein wenig. Dachte, dass er nicht unrecht habe. Wollte schon nachgeben, sagen, einverstanden, ich komme morgen.

Da fügte er in jammerndem Ton hinzu: »Ich habe nicht mehr lange zu leben ... Und das wissen Sie ganz genau ...«

Sie verspürte den unbändigen Drang, ihm die Tür vor der Nase zuzuschlagen. Sie wagte nicht, ihm die Wahrheit zu sagen: Ich will Sie nicht mehr sehen, weil mein eigener Kleiner Mann, der in mir heranwächst, so viel anrührender, offener, großherziger ist als Sie ... und ich möchte nicht, dass Sie auf ihn abfärben. Er ist noch so anfällig ...

Zoé und Hortense kamen die Treppe hochgelaufen. Der Aufzug ist kaputt! Der Aufzug ist kaputt! Sie musterten Monsieur Boisson, der zurücktrat, um sie vorbeizulassen, und schleppenden Schrittes wieder nach unten ging.

Joséphine schloss die Wohnungstür, und Zoé fragte: »Der sah ja total enttäuscht aus ... Was hast du mit ihm gemacht?«

»Ich habe ihm gesagt, dass ich keine Zeit habe, mit ihm zu reden, weil ich arbeite, und jetzt ist er wütend ...«

»Wow! Maman!«, rief Zoé. »Das hast du geschafft! Ich erkenne dich nicht wieder! Hast du einen Löwen gefrühstückt oder was?«

Sie wimmelte Iphigénie ab, die zweimal am Tag nachfragte, sind Sie auch sicher, dass ich meine Loge behalten kann, Madame Cortès? Sind Sie ganz sicher?

»Ja doch, Iphigénie, wir haben auf der Eigentümerversammlung darüber abgestimmt ... Der Verwalter war sanft wie ein Lämmchen. Sie haben nichts mehr zu befürchten!«

»Davon bin ich erst überzeugt, wenn ich einen offiziellen Brief von ihm bekomme«, brummte sie. »Es wäre wirklich zu blöd, wenn ...«

Joséphine schloss behutsam die Tür.

Hortense bereitete sich auf ihre Abreise nach New York vor und fragte, wo ihre Lieblingsjeans abgeblieben sei ... Wollte wissen, ob ihre Kreditkarte in New York funktionierte, und soll ich jetzt mein Handy mitnehmen oder nicht? Was für ein Wetter herrscht im Sommer in New York? Gibt es da überall Klimaanlagen oder nicht?

Ich habe keine Zeit, antwortete Joséphine unentwegt, ich habe keine Zeit! Sieh zu, wie du klarkommst! Du bist doch jetzt erwachsen, Hortense!

Zoé saß im Schneidersitz auf einem Küchenstuhl und aß ein Nutellabrot.

»Oh, mein Gott!«, sagte sie mit Homer-Simpson-Stimme. »Ich erkenne Maman nicht wieder! Sie schickt alle Welt zum Teufel!«

Eines Abends hatte Mylène angerufen. Ich bin wieder zurück in Frankreich, Madame Cortès, ich habe es in China nicht mehr ausgehalten …

Sie hatte eine Stelle in einem kleinen Salon in Courbevoie gefunden, in meinem alten Salon, Madame Cortès, erinnern Sie sich? Da, wo ich Hortense immer die Nägel gemacht habe, als sie noch klein war …

Ja, so hat sie auch Antoine kennengelernt, dachte Joséphine. Und für sie hat er mich dann verlassen.

Sie sah wieder die Szene in der Küche in Courbevoie vor sich. Sie wusste, dass Antoine eine Geliebte hatte. Beim Kartoffelschälen hatte sie es ihm gesagt. Sie hatte sich geschnitten und geblutet …

An diesem Tag glaubte ich, vor Kummer und Angst zu sterben.

Und als er die Mädchen abgeholt hatte, um mit ihnen in Urlaub zu fahren. Der erste Urlaub, den sie nicht zusammen verbrachten … Er fuhr mit den Mädchen und Mylène.

Mylènes Ellbogen, der aus dem Fenster des Beifahrersitzes herausschaute …

Sie sah das rote Dreieck vor sich, das sie gemalt hatte …

Den Balkon, von dem aus sie dem Wagen nachgeblickt hatte, der mit ihren beiden Töchtern, ihrem Mann und der Geliebten ihres Mannes davonfuhr. An jenem Tag war sie auf dem Balkon ihrer Wohnung in Courbevoie zusammengebrochen und hatte geschrien …

Man verflucht die Prüfung, denn wenn sie einem widerfährt, weiß man nicht, dass sie einen wachsen lässt und weiterbringen wird. Man will es nicht wissen. Der Schmerz ist zu groß, als dass man ihm etwas Positives abgewinnen könnte. Erst wenn der Schmerz abgeklungen ist, dreht man sich um und sieht verblüfft, welch weiten Weg er einen hat zurücklegen lassen. Dank Antoines Auszug habe ich ein neues Leben begonnen … Erst da habe ich begriffen, dass ich auf eigenen Beinen stehen kann. Vorher existierte ich nicht, ich war die Frau von …

Wenn Mylène nicht in ihrer rosa Manikürenbluse aufgetaucht wäre, wäre ich immer noch die nette Madame Cortès, die beim CNRS arbeitet und von niemandem respektiert wird.

Mylène wollte wissen, ob Joséphine mit ihren ganzen Beziehungen ihr nicht eine Stelle in einem eleganteren Salon verschaffen könne.

»Sie kennen doch sicher solche schicken, teuren Läden, in denen sich die reichen Damen verwöhnen lassen … Ich langweile mich in meinem kleinen Salon in Courbevoie. In China war ich eine erfolgreiche Geschäftsfrau, ich habe viel Geld verdient, wissen Sie, und jetzt stehe ich hier wieder in meiner rosa Bluse, poliere Nägel und mache Haarverlängerungen! Sie müssen zugeben, dass das nicht gerade aufregend ist.«

»Nein, ich kenne keinen Salon …«

»Ah …«, sagte Mylène enttäuscht. »Und ich dachte …«

»Es tut mir leid, dass ich Ihnen nicht helfen kann.«

»Hmm … Und sagen Sie, Madame Cortès, Sie wissen nicht zufällig jemanden, der eine Chaumet-Garnitur kaufen möchte? Der Schmuck ist echt, ich habe ihn in Paris gekauft, ich dachte, das wäre eine gute Möglichkeit, mein Geld anzulegen … Ich habe es geschafft, ihn aus China rauszuschmuggeln, und würde ihn gern verkaufen. Ich brauche Geld …«

Joséphine wiederholte nein, sie wisse niemanden.

Mylène zögerte. Sie wollte gern noch ein wenig plaudern.

Joséphine legte auf. Die Mädchen fragten, wer war das? Wer war das?

»Mylène Corbier … Sie wollte, dass ich ihr einen Job besorge …«

»Die hat ja Nerven!«, sagte Hortense. »Wenn ich daran denke, was sie sich alles geleistet hat!«

»Stimmt …«, räumte Joséphine ein.

»Diese Frau ist ja so was von dreist!«

»Aber Maman hat einfach aufgelegt!«, rief Zoé. »O mein Gott! Jemand hat meine Mutter vertauscht!«

Hortense drehte sich zu Joséphine um.

»Langsam fängt man an, es mit dir auszuhalten …«, bemerkte sie. Dann wandte sie sich an Zoé: »Und du hör auf, ständig Nutella zu essen! Das ist ungesund, und man bekommt davon Pickel!«

»Kann sein, aber es ist gut für meine Nerven …«

Zoé sah, wie ihre Mutter sich veränderte, und machte sich Sorgen.

Was, wenn sie mich bald nicht mehr lieb hat?

Wenn dieses Buch den ganzen Raum einnimmt und für mich kein Platz mehr bleibt?

Zum Glück gab es noch Gaétan …

Er war für einen Tag nach Paris gekommen, um sich an einer Schule anzumelden.

Seine Mutter suchte eine Wohnung. Sie hatte eine Stelle als Verkäuferin in einem Uhrenladen in der Rue de la Paix gefunden und schien regelrecht zu strahlen. Hoffentlich bleibt das auch so, sagte er besorgt, hoffentlich bleibt das auch so. Wir werden in einer winzigen Einzimmerwohnung leben und nur Reis und Nudeln essen, sagte er, wir werden nicht viel Geld haben, aber das ist nicht schlimm.

Sie hatten sich wiedergesehen.

Er hatte sich mit ihr in der Nähe der Gare Montparnasse verabredet.

Er wartete schon, als sie kam, groß und in einem weiten violetten Sweatshirt mit Reißverschluss. Er war schon wieder gewachsen … Sie hatte ihn nicht wiedererkannt. Er war auf sie zugekommen, hatte sie geküsst. Die ganze Luft war aus ihr gewichen wie aus einem roten Luftballon, an dem jemand den kleinen Knoten löst, und sie hatte gespürt, wie sie zu schweben begann! Sie schwebte hinauf auf die Tour Montparnasse, von wo aus er auf Paris hinunterschauen wollte, sie schwebte in den Aufzug, der so schnell hochfährt, dass es einem die Ohren verschließt, sie schwebte in das riesige Schokoladen-Himbeer-Eis, das sie sich geteilt hatten, sie schwebte durch ihr abruptes Lachen, ihren schüchternen Blick … Sie schwebte hinauf nach Montmartre mit seinen Läden voller bunter, gepunkteter und gestreifter Stoffe und Bänder, sie schwebte durch die Gärten des Palais-Royal, wo sie ihre müden Füße im Brunnen gebadet hatten, schwebte durch den Wirbel aus Kiwis und Orangen, die sie im »Paradis du fruit« im Forum des Halles gegessen hatten. Mit ihm ging es im Höllentempo durch Paris. Seine endlos langen Beine stiegen die Rolltreppen der Métro hinauf wie die eines Riesen, und sie rannte winzig klein hinter ihm her. Er ist genau so, wie ich ihn mir vorgestellt habe, zärtlich, witzig, lieb, mutig, lächelnd. Sie hatten über das kommende Jahr gesprochen, über alles, was sie dann unternehmen wollten, die Orte, an denen sie spazieren gehen würden. Er zeigte ihr die Stadt, als gehörte sie ihnen. Sie hörte ihm zu, konnte nie genug bekommen, schaute zu ihm auf. Mehr, hätte sie gern gesagt, gib mir mehr Pläne. Mehr Küsse … Sie waren gerannt, damit er seinen Zug nicht verpasste, sie hatte ihn geküsst, und dreißig Sekunden bevor der Zug losfuhr, war sie eingestiegen und hatte gefragt, dann ist es also sicher? Wir sehen uns ganz bestimmt im September? Er hatte sie geküsst, hatte gesagt, sicher, ganz sicher, und sie war wieder ausgestiegen und hatte gehört, wie sich der Zug in Bewegung setzte.

Falls dieses Buch ihre Mutter auffressen würde, wäre sie wenigstens nicht allein, Gaétan wäre bei ihr.

Und sie biss in ihr Nutellabrot.

Becca war sehr beschäftigt.

Sie verließ morgens früh das Haus und kam erst spätabends wieder. Sie weigerte sich zu sagen, wohin sie ging, und wenn Philippe oder Alexandre sie fragten, antwortete sie *Not your business!* Wenn es etwas zu erzählen gibt, werde ich es euch sagen, aber im Moment ist es sinnlos …

Annie war in die Küche zurückgekehrt und klagte über ihre schmerzenden Beine. Sie würde bald nach Frankreich fahren, um drei Wochen bei ihrer Familie zu verbringen, und hatte schon einen Termin bei einem Phlebologen.

»Ich habe das Gefühl, dass sich mein Körper verändert«, sagte sie oft, und blickte auf ihre Beine hinab, als wären sie zwei von ihr losgelöste Gegenstände.

»Wir sind alle dabei, uns zu verändern«, antwortete Philippe geheimnisvoll.

Alexandre plante seine Ferien. Er würde einen Monat in Portugal verbringen, bei einem Freund, dessen Eltern ein Haus in Porto hatten. Er breitete große Europakarten auf dem Boden aus, um die Stadt zu suchen, in die er reisen würde. Berechnete Entfernungen und die Teilstrecken, die sie mit dem Auto zurücklegen würden … Wir halten hier und hier und hier … Annie behauptete, er sei noch zu jung, um ohne seinen Vater zu verreisen. Philippe entgegnete, dass ihm keinerlei Gefahr drohe.

»Er muss auch lernen, allein zurechtzukommen … Und außerdem, überlegen Sie doch mal, Annie, er ist ja nicht sich selbst überlassen. Ich kenne die Eltern seines Freundes, und sie sind sehr nett …«

Sie brummte, dass er das doch gar nicht wissen könne. Er habe sie ein paarmal bei den Elternversammlungen der französischen Schule getroffen, so etwas nenne sie nicht »kennen«. Außerdem, fügte sie hinzu, sei Alexandre noch klein …

»Er ist nicht mehr klein! Er ist fünfzehneinhalb …«
»Die Welt ist gefährlich geworden!«
»Ach, Annie, hören Sie auf, sich vor allem zu fürchten!«
»Warum begleiten Sie ihn nicht?«
»Erstens bin ich nicht eingeladen, und zweitens finde ich es sehr gut, dass er einen Monat lang sein eigenes Leben lebt …«
»Ich hoffe bloß, dass ihm nichts passiert …«, seufzte sie, und ihre Miene verhieß dabei nichts Gutes.

Abends aßen sie zusammen in der Küche.
Becca verlor kein Wort darüber, was sie tagsüber getan hatte. Annie behauptete, ihre Porreetarte sei versalzen …
Alexandre fragte, ob jemand etwas von Dottie gehört habe und warum sie überhaupt ausgezogen sei. Er vermisse sie …
Philippe antwortete, dass sie einen Job gefunden habe, und das sei auch sehr gut so, gib mir bitte ein Stück Brot, Alex!
Dann war er also gar nicht richtig verliebt, dachte Alexandre und beobachtete seinen Vater, er sieht ja nicht mal traurig aus … Er wirkt sogar fröhlicher als vorher. Vielleicht war ihm ihre Anwesenheit lästig. Vielleicht ist er in eine andere verliebt … Wie ich. Ich habe jeden Tag eine andere Freundin, ich schaffe es einfach nicht, nur eine zu lieben. Ja, schon, aber er ist älter als ich, er sollte mittlerweile wissen, was er will … Weiß man genau, was man will, wenn man alt wird, oder muss man warten, bis man im Sterben liegt, um das zu wissen? Wann werde ich wissen, dass ich jemanden wirklich und für immer liebe? Soll ich Salika anlügen, wenn sie mich fragt, ob ich sie liebe? Und sieht man es einem an, wenn man lügt? Sieht man dann aus wie einer dieser Gebrauchtwagenhändler im Fernsehen? Aber jetzt wirkte sein Vater glücklich, und das war ja schließlich das Wichtigste. Dottie war eines Tages mit jener überschwänglichen Fröhlichkeit ausgezogen, die doch traurig wirkt, weil sie so gezwungen ist. Sie hatte ihren kleinen rosa-violetten Koffer genommen, ihnen viel Glück gewünscht und dabei den Koffergriff geknetet und mit den Anhängern gespielt. Er mochte Dottie. Sie hatte ihm beigebracht, wie man Backgammon spielt und heimlich Orangensaft mit einem Schuss Wodka trinkt …

Und dann, eines Abends, redete Becca.

Sie wartete, bis sie und Philippe allein im Wohnzimmer waren. Die hohen Fenster waren zum Park hin geöffnet. Die Nacht war mild und ruhig. Philippe hatte ein Abendessen abgesagt. Er hatte keine Lust auszugehen.

»Ich gehe nicht mehr gern aus. Ich verspüre immer weniger den Wunsch, andere Leute zu sehen … Ist das schlimm, Doktor Becca? Werde ich als alter Trottel enden?«

Becca hatte eine verschmitzte Miene aufgesetzt und gesagt, dass ihr das sehr gelegen komme. Ihr Projekt war ausgereift, jetzt konnte sie darüber sprechen.

»Ich bin fündig geworden … Im Nordosten von London … Eine kleine Kirche mit leer stehendem Nebengebäude … Der Pfarrer hat eingewilligt, uns die Räume zu überlassen … Ich habe lange gesucht. Ich wollte eine Gegend finden, in der es sich auch wirklich lohnt, eine Unterkunft zu eröffnen.«

»Und was genau planen Sie?«

»Ein Obdachlosenheim für alleinstehende Frauen. Sie leiden am meisten da draußen auf der Straße. Wenn sie jung sind, werden sie geschlagen, bestohlen und vergewaltigt. Wenn sie alt sind, werden sie verprügelt. Man schlägt ihnen die Zähne aus. Sie können sich nicht wehren … Wir werden mit etwa fünfzehn Betten anfangen, und wenn alles gut geht, bauen wir den Platz weiter aus … Und wir werden Essen ausgeben. Ein warmes Mittagessen und ein warmes Abendessen. Aber gutes Essen, nicht diesen schlabbrigen, geschmacklosen Fraß, den sie einem sonst auf Pappteller klatschen. Ich möchte, dass es frisches Obst und Gemüse gibt. Richtiges Fleisch, kein verdorbenes … Ich möchte, dass die Leute am Tisch bedient werden, sie sollen nicht anstehen wie Nummern. Ich möchte weiße Tischdecken haben. In meinem Kopf habe ich alles schon vorbereitet. Hören Sie mir überhaupt zu?«

»Ja, Becca, ich höre«, sagte Philippe lächelnd.

Becca ereiferte sich immer mehr, sie breitete ihr Vorhaben aus wie ein Dombaumeister die Pläne der Kreuzrippen, der Lehrgerüste, der Pfeiler, der Mittel- und Seitengänge.

»Ich möchte einen Ort schaffen, wo sich die obdachlosen Frauen geborgen fühlen. Eine Art Zuhause. Kein kaltes, anonymes Heim, wo man jeden Abend das Zimmer und das Bett wechselt … Ich will auch nicht, dass sie in ein Reservat gesteckt werden, als wären sie exotische Tiere. Ich möchte, dass sie die Gelegenheit haben, sogenannte… ›normale‹ Frauen zu treffen.«

Sie stockte kurz bei dem Wort »normal« und verstummte.

»Reden Sie weiter, Becca«, ermunterte sie Philippe.

»Ich wünsche mir einen Austausch mit diesen Frauen. Und dass es nicht bei reiner Wohltätigkeit bleibt… Sie sollen dort Kurse besuchen können, malen und zeichnen lernen, tanzen, töpfern, Klavier spielen, Yoga, kochen. Mir hat das Kochen sehr geholfen… Und sie sollen für ihre Arbeit belohnt werden, wenn sie etwas herstellen. Man könnte sie zum Beispiel für das Essen bezahlen lassen, indem sie einen selbst gebackenen Kuchen beisteuern, einen selbst gestrickten Schal oder eine selbst getöpferte Tonfigur spenden. Das ist sicher utopisch, aber ich würde es gern versuchen… Und wenn ich klein anfange, bin ich auch nicht enttäuscht, wenn alles zusammenbricht.«

»Und was wäre meine Aufgabe, abgesehen davon, dass ich Ihnen das Geld gebe, um Ihr Zentrum zu eröffnen?«

»Sie brauche ich für die Buchhaltung und die Organisation. Es wird eine Menge Arbeit erfordern, so viele Menschen zusammenleben zu lassen…«

»Ich arbeite ohnehin nur halbtags. Dann werde ich morgens ins Büro gehen und die Nachmittage bei Ihnen verbringen.«

»Außerdem wäre es gut, den Frauen Arbeit zu besorgen… Wieder Menschen aus ihnen zu machen, die sich selbst annehmen können. Die sich zu verhalten wissen, einen einfachen Job erledigen können, nichts Besonderes, aber immerhin einen Job. So wäre die Unterkunft nur eine Etappe in ihrem Leben… Wenn Sie nachts draußen im Regen geschlafen haben, wenn Sie von Leuten gestört wurden, die sich prügeln oder einander lauthals beschimpfen, dann wissen Sie nicht mehr, wie Sie auftreten sollen, wie man sich anderen Menschen gegenüber benimmt, Sie verlieren Ihre guten Manieren und Ihre Ausdrucksfähigkeit… Sie fühlen sich schmutzig… Wir beide könnten das alles zusammen machen… Ich werde einen Mann brauchen, der für Ordnung sorgt.«

»Sie meinen, ich muss die Muskeln spielen lassen?«

»Nicht unbedingt… Wissen Sie, die Leute spüren Autorität, Sie müssen gar nicht handgreiflich werden!«

»Ich bin sehr froh über dieses Projekt, Becca, wirklich sehr froh… Wann fangen wir an?«

»Äh… sobald das Geld dafür da ist.«

»Sie haben schon eine gewisse Vorstellung, nehme ich an…«

»Ja«, sagte sie. »Pfarrer Green und ich haben ein Budget aufgestellt, hier bitte…«

Sie zeigte ihm die Zahlen für einen Monat, sechs Monate, ein Jahr…

»Es wäre schön, wenn wir von einem Jahr ausgehen könnten.«

Philippe betrachtete die Zahlen. Becca hatte gute Arbeit geleistet. Die Planung war klar, aussagekräftig, detailliert. Sie musterte ihn besorgt.

»Sie werden doch jetzt keinen Rückzieher machen, oder?«

Er lächelte. Nein! Nie im Leben…

»Das heißt«, fügte Becca hinzu, »wenn wir diesen Sommer alles vorbereiten, können wir im September loslegen…«

Philippe ließ Vertreter von Sotheby's und Christie's kommen.

Er bot ihnen ein *Butterfly Painting* von Damien Hirst mit einem geschätzten Wert von achthunderttausend Dollar und einen Kerzenleuchter von David Hammons an, der auf eine Million dreihunderttausend Dollar geschätzt wurde.

Sotheby's wurde mit dem Verkauf beauftragt.

Dann rief er seinen Freund Simon Lee, einen angesehenen Londoner Kunsthändler, an, um ihm ein *Centerfold* von Cindy Sherman zu verkaufen.

Und er stellte Becca einen Scheck aus.

Sie musste sich hinsetzen, als sie den Betrag sah.

»Das ist zu viel! Viel zu viel!«

»Wenn ich Ihr Projekt richtig gelesen habe, werden Sie auch viel Geld brauchen… Sie werden Zimmer, Toiletten, Duschen, eine Heizung, eine komplette Küche einbauen müssen… Das wird teuer.«

»Aber den Scheck nicht auf meinen Namen«, sagte Becca, »sondern auf den unserer Stiftung… Wir müssen einen Namen für sie finden und ein Konto eröffnen.«

Sie stockte kurz, dann rief sie: »Meine Güte, Philippe, sind Sie sich darüber im Klaren, was für ein wundervolles Geschenk Sie all diesen Leuten machen werden…?«

»Wenn Sie wüssten, wie gut ich mich dabei fühle! Früher steckte mein Brustkorb in einem Schraubstock, ich bekam kaum Luft … Und jetzt ist er weg. Ist Ihnen das aufgefallen? Ich atme wieder, ich atme!«

Er klopfte sich auf die Rippen und lächelte.

»Mein Leben hat sich im letzten Jahr von Grund auf geändert, und ich habe es kaum bemerkt … Ich dachte, ich stünde still, dabei war ich dabei, mich langsam zu verwandeln … Ich muss furchtbar anstrengend gewesen sein!«

»Das ist oft so. Man verändert sich, ohne es zu bemerken …«

»Wissen Sie, dass ich dank Ihnen sogar ein ausgesprochen gutes Geschäft mache?«, fragte er verschmitzt.

»Ach ja?«

»Jetzt ist der richtige Moment, um zu verkaufen, der Markt hat kräftig angezogen, aber das wird nicht lange dauern … Der Kunstmarkt ist bloß noch ein Markt. Das Wort ›Kunst‹ ist daraus verschwunden … Das letzte Jahr war schwierig, aber jetzt haben die Spekulationen wieder begonnen. Die Auktionen brechen sämtliche Rekorde. Die Kunst ist zum Zufluchtswert eines Milieus geworden, das sich von der realen Welt vollkommen gelöst hat.«

»Aber können sich die Künstler denn nicht dagegen wehren? Dagegen protestieren?«

»Einige berühmte Künstler haben mittlerweile angefangen, in großen Mengen zu produzieren, um die Nachfrage zu befriedigen. Richard Prince zum Beispiel, kennen Sie den?«

Becca schüttelte den Kopf.

»Ich habe keine Ahnung von moderner Kunst.«

»Ein *Nurse Painting* von Richard Prince, das 2004 für sechzigtausend Dollar verkauft wurde, hat im Mai 2008 bei Sotheby's in New York neun Millionen Dollar eingebracht! Daraufhin hat Richard Prince begonnen, Fließbandarbeit abzuliefern. Seine Werke sind einfallsloser, stereotyper geworden. Viele berühmte Künstler haben es ihm gleichgetan, auf Kosten von Kreativität und Qualität … Und gleichzeitig geraten die Galerien, die sich tatsächlich bemühen, junge Künstler zu entdecken, ins Schlingern. Ihnen geht das Geld aus …«

»Ihr Traum ist davongeflogen … Mit all diesen Dollars …«

»Ja. Ein Traum, der nur aus Dollars besteht, ist ein Albtraum … Als Kind habe ich davon geträumt, in ein Gemälde einzutauchen, als Erwachsener träume ich davon, daraus wieder herauszukommen …«

Und er erzählte ihr von seiner ersten aufwühlenden Begegnung mit einem Gemälde von Caravaggio in Rom.

Becca hörte ihm zu und sammelte die Scherben seines zerbrochenen Traums ein.

Sie zeigte Philippe die Kirche und das daran angrenzende kleine Gebäude am Murray Grove. Ein rotes Backsteinensemble, umgeben von einem Garten und zwei großen Platanen. Die Räume waren weitläufig, Kreuzgewölbe bildeten die Decken, der Boden war mit großen, hellen Steinplatten ausgelegt.

In dem großen, leeren Bau stellte sie sich die Küche vor, die Zimmer, die Duschen, den Speisesaal, das Fernsehzimmer, Bücherregale, den Platz für das Klavier, Vorhänge … Sie öffnete Türen und möblierte jeden Raum mit ihren Plänen.

Pfarrer Green gesellte sich zu ihnen. Er war ein kräftiger Mann mit wachem Blick und spitzer Nase. Mit weißem Haar und ziegelrotem Gesicht. Er glich seiner Kirche. Er dankte Philippe für seine Großzügigkeit, und Philippe sagte, dass er dieses Wort nie wieder hören wolle.

Er entdeckte einen kleineren Raum im ersten Stock und beschloss, daraus sein Büro zu machen. Jemand hatte in Großbuchstaben folgenden Satz an die Wand geschrieben: »Wenn der Mensch den letzten Baum gefällt, den letzten Wassertropfen vergiftet, das letzte Tier getötet und den letzten Fisch gefangen hat, wird er erkennen, dass man Geld nicht essen kann.«

Er beschloss, den Satz an seiner Bürowand stehen zu lassen.

Auf dem Heimweg hakte sich Becca bei ihm unter und erklärte, dass sie glücklich sei.

»Ich habe meinen Platz gefunden … Es kommt mir vor, als hätte ich mein ganzes Leben lang danach gesucht. Merkwürdig, nicht? Es ist, als hätte ich all die Jahre nur gelebt, um in dieser kleinen Kirche anzukommen … Was, glauben Sie, hat das zu bedeuten?«

»Das ist ein sehr persönlicher Gedanke …«, bemerkte Philippe und drückte ihren Arm. »Nur Sie allein wissen, was in Ihnen vorgeht … Oft sagt man ja, der Weg sei das eigentliche Ziel …«

»Ich sprudle über vor Glück, und ich muss es einfach allen mitteilen …«

Er schaute sie an. Ein strahlendes Leuchten erhellte ihr Gesicht.
»Und was ist mit Ihnen?«, fragte sie. »Sind Sie glücklich?«
»Eigenartig«, entgegnete er, »diese Frage stelle ich mir gar nicht …«

Hortense kam absichtlich gut zwanzig Minuten zu spät zu ihrer Verabredung mit Chaval.

»Sechzehn Uhr bei Mariage neben der Salle Pleyel …«, hatte sie ihm am Telefon gesagt. »Du wirst mich erkennen, ich werde das schönste Mädchen der Welt sein!«

Er ist garantiert eine Viertelstunde zu früh gekommen, hat sich schon zehnmal übers Revers gestrichen, seinen Schnurrbart geglättet und sein Spiegelbild in einem kleinen Löffel geprüft wie eine eitle Frau … Nach einer halben Stunde Warten ist er so nervös, dass ich ihn um den kleinen Finger wickeln kann wie eine kaputte Sprungfeder.

Doch sie brauchte Chaval nicht zu wickeln, er zerfloss freiwillig in Schlaufen, Schleifen und Arabesken, seine Augen rollten Loopings, sein Lächeln – das verzerrte Lächeln schmerzlichen Begehrens – wand sich wie eine Wendeltreppe. Das Unglück eines Mannes färbt immer auf seine äußere Erscheinung ab, und Chaval konnte sich nicht mehr aufrecht halten. Er war wieder zu einem schlaffen, kriechenden Wesen mit hängenden Zügen geworden.

Hortenses Anblick brachte sein Blut in Wallung. Sein ganzer Körper wurde von einem unkontrollierbaren nervösen Zucken erfasst.

Sie war noch schöner, als er sie in Erinnerung hatte. Er erhob sich von seinem Stuhl. Seine Beine zitterten und versagten ihm beinahe den Dienst. Er betrachtete sie von Kopf bis Fuß, und es war, als schlügen ihm Granatsplitter ins Gesicht. Ihm stockte der Atem. Seine Augen traten aus den Höhlen. Dieses Mädchen habe ich einmal gehabt, dachte er bei sich, ich hielt sie unter meinen Lenden, an meinem Schwanz, ich habe sie unter mir zermalmt, geknetet, ich habe ihre Brüste und das zarte Fleisch an ihrem Bauch geleckt. Er fühlte sich wie geköpft. Von einer Kugel niedergestreckt. Er konnte nicht mehr klar denken. Er verspürte den unbändigen Drang, sie an sich zu reißen, und krallte seine Finger in das weiße Tischtuch.

»Ich freue mich, dich zu sehen«, sage sie und ließ sich auf den hellen Korbstuhl fallen.

»Und ich erst …«, presste er hervor.

Sein Mund war trocken, pelzig, voller Gips.
»Ich dachte, ich träume, als du angerufen hast…«
»Gut, dass du deine Handynummer nicht gewechselt hast!«
»Und als ich dich gerade gesehen habe… Da… Da…«
Er stotterte. Hortense fand ihn jämmerlich und sagte sich, dass die Angelegenheit schnell erledigt sein dürfte. Der Mann hatte sich nicht mehr im Griff. Sie war beinahe enttäuscht, sie würde Junior nichts Aufregendes zu berichten haben. Enttäuscht, aber auch erleichtert. Sie war nicht davon überzeugt, dass Juniors List wirklich der richtige Weg war. Sie fühlte sich nicht wohl beim Gedanken, den Polizisten zu spielen und etwas Falsches zu behaupten, um die Wahrheit aufzudecken. Sie zog es vor, ihrem Instinkt zu vertrauen, der ihr zuflüsterte, dass sich Chaval eher mit der Hoffnung auf Sex ködern lassen würde. Sie kannte diesen Mann.
Sie streckte die langen, bloßen Arme aus, reckte ihm ihre kleinen Brüste entgegen und sagte: »Ich habe an dich gedacht und mich gefragt, was wohl aus dir geworden ist… Was du so treibst. Es ist so lange her…«
Ihm blieb vor Freude die Luft weg. Sie hatte an ihn gedacht! Sie hatte ihn nicht völlig vergessen! Er fragte sich, ob er nicht träume, und wiederholte die immergleichen albernen Worte, die Worte eines Verliebten, der sein Glück herausstammelt.
»Du hast an mich gedacht! Du hast an mich gedacht! Mein Gott! Du hast an mich gedacht…«
»Was überrascht dich denn daran so? Du warst mein erster Mann. Und seine erste Liebe vergisst man nie…«
»Ich war deine erste Liebe, deine erste Liebe… und du hast es mir nie gesagt! Deine erste Liebe…«
»Muss man so etwas denn sagen?«, entgegnete Hortense geziert und spielte mit ihrem Haar.
»Und ich habe nichts davon gewusst! Mein Gott! Wie dumm ich war!«
»Dann verstehst du also nichts von der Sprache verliebter Frauen?«
Er starrte sie hilflos an. Seine Hände zitterten.
»Du bist genau wie alle anderen Männer, dir reicht das, was du hörst und siehst. Du gräbst nicht tiefer! Manchmal verstecken wir die Wahrheit hinter einer Lüge, den Diamanten unter dem Schlamm…«

Sie wirkte gekränkt, weil er sie missverstanden hatte. Drehte den Kopf zur Seite und schaute in den hinteren Teil des Raums, denn sie wusste, dass das ihr hübscheres Profil war.

»Verzeih mir, Hortense, bitte, verzeih mir …«

Mein Gott, ist dieses Gefasel nervig! Ich sehe lieber zu, dass ich den Sack zumache, sonst stirbt der noch in meinen Armen!

Sie lächelte und schüttelte erneut ihr volles Haar.

»Ich verzeihe dir … Das ist vorbei. Vergangenheit …«

Chaval erschauerte und sah sie an wie ein geprügelter Hund. O nein! Diese Vergangenheit war noch nicht vorbei, er wollte sie wieder in die Arme nehmen, sie an sich ziehen, sie um Verzeihung anflehen dafür, dass er so blind, so taub, so dumm gewesen war. Er war zu allem bereit, um ihre Gunst zurückzugewinnen. Er streckte den Arm aus, griff nach ihrer Hand. Sie überließ sie ihm mit einer großmütigen, verzeihenden Geste. Er umklammerte sie und versprach ihr, dass er sich nie, niemals wieder dazu hinreißen lassen würde, an ihr zu zweifeln.

»Du hast mich völlig um den Verstand gebracht, Hortense …«

Sie streichelte seine Hand und sagte, ist doch nicht schlimm, mach dir nichts draus.

»Das ist so ein komisches Gefühl, weißt du«, sprach Chaval weiter und schmachtete sie mit feuchten Augen an.

Wie grauenvoll! Der fängt doch jetzt nicht noch an zu heulen!, dachte Hortense. Dieser Kerl ist echt widerlich.

»Ich hatte mich daran gewöhnt, in der Vergangenheitsform an dich zu denken … Ich dachte, ich würde dich niemals wiedersehen …«

»Warum denn nicht?«

»Du bist so überstürzt verschwunden …«

»Alles, was ich tue, tue ich überstürzt«, räumte sie ein, »das liegt an meinem Alter …«

Peng, damit habe ich ihn daran erinnert, dass er älter ist als ich. Dass er in den Vierzigern rumsumpft. Und schon liegt er wieder schlotternd vor mir auf den Knien.

»Außerdem arbeite ich viel … Ich habe einen Vertrag bei Banana Republic in New York ergattert, in einer Woche fliege ich.«

»Du gehst nach New York?«

»Um die Wahrheit zu sagen, war mein Anruf nicht ganz uneigennützig …«

»Wenn ich dir einen Gefallen tun kann …«

»Ich wollte wissen, ob du die Firma kennst … Wo liegen ihre Stärken? Was ist ihre Zielgruppe? Teenager oder eher reifere Frauen? Soll ich lässige Klamotten zeichnen oder lieber Abendgarderobe? Wenn du mir dabei helfen könntest …«

Dem Gegenüber schmeicheln, damit er sich vor Stolz aufbläht und seine Verteidigung bröckelt … Hortense wusste, dass dieses Rezept unfehlbar war. Vor allem bei einem Mann wie Chaval. Er sog das Kompliment auf wie den Rauch einer verbotenen Zigarette und schwoll vor Wichtigkeit an.

»Ich kenne die Marke nicht näher, aber ich kann mich informieren …«

»Das würdest du für mich tun?«

»Ich würde alles für dich tun, Hortense …«

»Danke, das werde ich mir merken … Du bist ein Schatz …«

Sie sagte es mit einem Hauch von Zärtlichkeit in der Stimme, und Chaval fühlte sich zu ihrem tapferen Ritter geschlagen. Mein Gott! Mein Gott! Wie lange habe ich einfach nur rumgesessen, ohne nachzudenken? Ohne brillante Pläne zu schmieden? Mein Hunger war weg, meine Gier. Hortense brauchte bloß diesen Teesalon zu betreten, ihre Handtasche auf den Tisch zu werfen und mich anzulächeln, schon glühen mein Kopf und meine Kehle. Ich hatte vergessen, was eine echte Frau ist, eine gefährliche Frau, eine hochmütige Frau, die mich vor Herausforderungen stellt und einen Abgrund vor meinen Füßen aufklaffen lässt. Er verspürte den Drang, sich in diesen Abgrund zu stürzen. Er vergaß seine Prinzipien, vergaß alle Vorsicht und kannte nur noch einen Gedanken: Hortense von seinen Plänen und dem hübschen Vermögen zu erzählen, das ihn erwartete.

»Und was ist mit dir?«, fragte Hortense. »Was treibst du so im Moment?«

»Ich bin an einer großen Sache dran«, verkündete er stolz.

»Aha …«, sagte Hortense und heuchelte Desinteresse.

Gekränkt sagte sich Chaval, dass sie ihm wohl nicht glaube. Und wie alle, die meinen, sie hätten das erhoffte Vermögen schon in der Tasche, preschte er Hals über Kopf los, übersprang alle Hindernisse, die ihm die Vernunft in den Weg gestellt hätte, wenn er auch nur einmal nachgedacht hätte, und stürmte mit gezücktem Säbel zum Angriff.

»Glaubst du mir nicht?«

»O doch …«, entgegnete Hortense, während ihre Miene verriet, dass sie ihm nicht ein einziges Wort davon abnahm.

»Und ich werde bald sehr reich sein! Möchtest du einen Beweis? Ich habe erst gestern ein Mercedes-Cabrio bestellt, das allerneueste Modell …«

»So reich!«, versetzte Hortense kühl und studierte die Dessertkarte.

Sie tat, als könnte sie sich nicht zwischen einem Karamellflan mit Himbeeren und der Spezialität des Hauses, einer Sahnecremetorte mit Obst, entscheiden. Bat ihn um Rat.

»Ich sehe schon, du nimmst mich nicht ernst …«

»Hast du schon etwas ausgesucht? Oder willst du gar nichts … Ich kann mich immer noch nicht entscheiden. Hier schmeckt alles so lecker.«

»Du glaubst wohl, mit mir sei nichts mehr los … das schmerzt mich, Hortense!«

»Nicht doch … Aber ich will ehrlich zu dir sein. Ich habe mit Marcel gesprochen, und ich hatte den Eindruck, die Konjunktur sei im Moment ziemlich schwierig. Das hat er selbst gesagt. Und ihr beide seid doch in der gleichen Branche oder nicht?«

»Und genau da täuschst du dich, meine Schöne … Ich mache jetzt in Finanzen. Hochfinanz! Ich spekuliere …«

»Mit deinem Geld?«

»Sagen wir, mit Geld …«

»Und davon wirst du reich?«

»Sehr reich …«

»Ich will dir nicht verschweigen, dass mich das interessiert, ich möchte nämlich ein eigenes Label gründen, und dazu brauche ich finanzielle Mittel … Ich brauche einen zahlungskräftigen Investor, der mich unterstützt …«

»Er steht vor dir! Ich bin dein Mann!«

»Hör zu, Bruno …«

Er hörte seinen Vornamen aus Hortenses Mund und wurde wieder butterweich. Als sie noch zusammen waren, hatte sie ihn immer nur Chaval genannt. Zärtlichkeit war zwischen ihnen kein Thema. Sex und Kohle, mehr nicht! Ist das klar?, hatte sie ihn zusammengestaucht, als er es eines Tages gewagt hatte, ihr zu gestehen, dass er verrückt nach ihr war …

»Hör zu, Bruno«, wiederholte sie und gurrte die beiden Silben, rollte sie in ihrem Mund, benetzte damit ihre Lippen. »Ich meine es ernst, ich rede nicht einfach so daher …«

»Ich erst recht nicht!«

»Ich würde dir wirklich gern glauben … Aber ich habe die Nase voll von Leuten, die sich groß aufspielen, und wenn du sie dann um eine kleine Unterstützung bittest, machen sie sich dünn … Große Töne spucken kann jeder, aber an den Taten erkennt man einen Mann!«

Sie hatte eine Idee, wie sie Chaval die Würmer aus der Nase ziehen würde.

»Denkst du dabei an jemand Bestimmten?«, fragte er.

»Ja. Jemanden, den du kennst … Und ich bin stocksauer auf ihn!«

»Sag mir, wer es ist, und ich bringe ihn um«, sagte er, nur halb im Scherz.

»Ich schwöre dir, wenn ich einen Weg wüsste, ihm sein Geld zu klauen, würde ich es ohne Skrupel tun. Er würde es ja nicht einmal merken! Der hat Kohle ohne Ende! Ich habe es so satt, arm zu sein, Bruno … Ich habe so viele Ideen, so viele Pläne … Aber ich kann sie nicht umsetzen! Und niemand will mir helfen … Dieses Jahr habe ich als Klassenbeste abgeschlossen, und ich habe mehrere Modelle entworfen, die großen Marken angeboten werden. Aber das bringt mir nichts ein! Nicht einen Euro! Und wenn ich dann einen Typen, der gar nicht mehr weiß, wohin mit seinem ganzen Geld, bitte, mir ein bisschen was zu leihen … Zu ›leihen‹, wohlgemerkt, ich würde ihm ja alles bis auf den letzten Cent zurückzahlen … tja, da sagt er Nein! Behauptet, ich sei noch zu jung, ich steckte ja noch halb in den Windeln! Ich hasse ihn, glaub mir, ich hasse ihn!«

»Beruhige dich«, sagte Chaval. Plötzlich sah er sich als Retter in der Not.

»Was nutzen mir meine ganzen Ideen, wenn ich kein Geld habe, um sie umzusetzen …«

Zornig schlug sie auf den Tisch.

»Ich werde dir helfen, wart's nur ab … Ich werde dir helfen …«

Sie seufzte gereizt. Der Kellner kam an den Tisch, um ihre Bestellung aufzunehmen. Sie bestellte matt ein Stück Obsttorte und einen Rauchtee. Er notierte das Gewünschte und ging wieder.

»Ich will nicht als Kellner enden, so wie der da«, knurrte Hortense, laut genug, dass Chaval sie hörte.

»Warte …«, sagte Chaval. »Warte …«

Er war derart aufgewühlt, dass er überhaupt nicht auf den Gedanken kam, sie könnte ihn hinters Licht führen. Mit der ganzen Selbstgefälligkeit des einstigen Schönlings sagte er sich, dass sie zu ihm zurückgekehrt sei, dass sie ihn brauche, dass sie sich nach seinen Umarmungen sehnte, er parfümierte sich mit diesem Gedanken, atmete ihn ein, berauschte sich daran. In seinem Kopf verschwamm alles. Er musste Gewissheit haben und fragte sie rundheraus: »Wen hast du um Geld gebeten?«

»Wozu soll das gut sein? Du kannst doch eh nichts daran ändern … Aber ich bin so sauer auf ihn, das kannst du dir gar nicht vorstellen!«

»Ich kenne ihn, hast du gesagt.«

»Und wie du ihn kennst …«

»Es ist nicht zufällig Marcel Grobz?«, säuselte Chaval mit Verschwörermiene.

»Wie hast du das erraten?«, rief Hortense. »Ich bin beeindruckt, Bruno, ich bin beeindruckt! Und dabei hat er behauptet, du seist am Ende, erledigt, reif für den Müll! Dass er dich nicht mal mehr als Fußabstreifer einstellen würde!«

»Das hat er gesagt?«

»Wortwörtlich!«

»Das wird er mir büßen!«

»Aber ich habe ihm nicht geglaubt«, ergänzte Hortense verführerisch wie eine Katze, die die Milch aufleckt, die sie kurz zuvor mit der Pfote umgeworfen hat. »Der Beweis? Ich sitze hier und habe dich um Informationen über Banana Republic gebeten …«

»Das wird dem Alten noch leidtun!«

Er beugte sich vor und winkte sie näher heran. Sie streckte unter dem Tisch ein Bein aus, ihr Oberschenkel streifte den von Chaval, und er verlor vollends den Kopf.

»Er ist der Typ, den ich im Visier habe! Dank ihm werde ich steinreich!«

»Wie soll das denn funktionieren?«, fragte Hortense.

»Ich habe es geschafft, mir die Zugangsdaten zu seinen Konten zu besorgen, und zweige davon Geld ab … Damit habe ich die Anzahlung für meinen Mercedes geleistet. Und ich hatte sowieso schon überlegt, mit diesem Geld eine eigene Firma zu gründen. Tja! Die Entscheidung steht: Ich mache es mit dir zusammen! Das wird deine Rache, meine

Schöne … Ich bin also am Ende, erledigt, reif für den Müll! Der wird schon sehen, was ich mit seinem Müll mache! Ich … Ich … Ich kippe ihm seinen Müll über den Kopf!«

Hortense sah ihn aufmunternd an. Nicht sofort akzeptieren, ihn ein bisschen zappeln lassen, damit er weiterredete und ihr auch noch die Einzelheiten seines Vorhabens verriet.

»Du bist ein Schatz, Bruno …«

Sie betonte das Wort »Schatz«, verstärkte den Druck ihres Schenkels, sah, wie er rot wurde.

»… aber das ist zu gefährlich. Sie werden dich erwischen! Und das würde mir leidtun …«

»Ach was!«, protestierte Chaval gereizt. »Das ist alles abgesichert! Ich gehe überhaupt kein Risiko ein, sondern Henriette! Sie bucht das Geld ab und überweist mir die Hälfte davon. Ich tauche nirgendwo auf …«

»Sie hat dir die Zugangsdaten der Konten gegeben?«, rief Hortense und tat, als könnte sie es nicht glauben.

»Nein, das war eine andere … Ein armes Ding, das bis über beide Ohren in mich verliebt ist … Von ihr habe ich die Daten. Und sie hat es nicht einmal gemerkt … Sie arbeitet bei Casamia und heißt Denise Trompet. Aber wir nennen sie nur die Trompete …«

Da haben wir's ja, dachte Hortense. Junior ist wirklich gut! Blieb nur noch diese mysteriöse Dschellaba.

»Hast du mit ihr geschlafen?«, fragte Hortense und setzte das klägliche Gesicht einer betrogenen Frau auf.

Sie senkte den Kopf, um ihren Schmerz zu verbergen.

»Nicht doch, mein Herz, ich habe nicht mit ihr geschlafen, ich habe sie mit Blicken verführt, nur mit Blicken, das schwöre ich! Und ich habe mich von ihr getrennt …«

»Was soll ich dazu sagen?«, seufzte Hortense. »Ich weiß doch, dass dir keine Frau widerstehen kann … Ich am allerwenigsten …«

»Das mit der Trompete war ein Kinderspiel!«

Er erzählte ihr alles, wobei er sich selbst ins vorteilhafteste Licht rückte. Er lästerte verächtlich über die Trompete, spottete über ihre Vorhangkleider, ihr schlaffes, fades Fleisch, redete Henriettes Rolle klein, ereiferte sich und fügte seiner Beute ein paar Nullen hinzu.

»Ich bin reich, Hortense, reich … Such nicht länger, du hast deinen Investor gefunden …«

»Das ist toll«, sagte Hortense und schüttelte den Kopf. »Einfach großartig ... aber was, wenn Marcel etwas bemerkt ...?«

»Er vertraut der Trompete blind, und das arme Ding ist verrückt nach mir. Ich habe alles in der Hand ...«

Er begann Pläne zu schmieden. Sprach von den Kleidern, die sie entwerfen würde, schlug vor, sie erst übers Internet zu verkaufen, das ist die Zukunft, meine Schöne, das ist die Zukunft. So können wir anfangs schneller wachsen. Danach eröffnen wir auch Läden, aber erst danach ...

»Wart's nur ab, zusammen werden wir viel Geld verdienen ...«

Hortense zögerte immer noch. Sie wollte auf keinen Fall begeistert wirken. Sie musste herausfinden, ob er noch etwas anderes plante. Und das Geheimnis dieser Dschellaba lüften.

»Glaubst du wirklich?«

»Bist du nun sauer auf Marcel oder nicht?«

»Ich hasse ihn ...«

»Dann denk darüber nach ... Wir haben alle Zeit der Welt ... und während du nachdenkst, zapfe ich weiter Geld ab. Aktion, Reaktion, Aktion, Reaktion!«, sagte Chaval und säuberte sich mit dem Daumennagel die Zähne.

Sehr gut, dachte Hortense. Die Fassade bröckelt, und der Kerl zeigt langsam sein wahres Gesicht.

»Du hast recht, ich werde darüber nachdenken ... aber wir reden mit niemandem darüber, nicht wahr?«, drängte sie. »Wir müssen sehr vorsichtig sein ...«

»Das ist doch selbstverständlich. Für wie bescheuert hältst du mich? Mit wem sollte ich denn darüber reden?«

»Na, mit Henriette zum Beispiel. Sag ihr auf keinen Fall, dass wir uns getroffen haben ...«

»Versprochen!«

Er legte die Ellbogen auf den Tisch, sah sie an und schüttelte den Kopf.

»Wenn mir vor drei Monaten jemand gesagt hätte, dass ich bald reich sein würde und die Frau zurückgewinne, die ich liebe!«

»Das Glück ist immer mit den Mutigen ...«

»Was hast du heute Abend vor? Wir könnten ...«

»Oh, das tut mir leid! Ich habe meiner Mutter und meiner Schwester versprochen, heute Abend mit ihnen zu essen, ich habe sie kaum gesehen, seit ich aus London zurück bin … Aber ein andermal gern, einverstanden?«

Sie nahm seine Hand, zärtlich wie eine dankbare Frau, die bereit ist, ihre Schuld zurückzuzahlen.

»Na gut, meinetwegen …«, antwortete er großmütig. »Aber ich verlange alle weiteren Abende bis zu deiner Abreise! Da fällt mir ein … Ich könnte dich doch in New York besuchen, was meinst du? Wäre das nicht fantastisch? Wir würden zusammen aufs Rockefeller Center steigen, die Fifth Avenue entlangspazieren, in einem Luxushotel übernachten …«

»Das wäre ein Traum, Bruno!«, antwortete Hortense und streichelte sanft seine Finger.

Und dir soll der Arsch abfaulen, du blöder Trottel!, dachte sie.

Am selben Abend aß Hortense bei Josiane und Marcel zu Abend.

Marcel war früh von der Arbeit heimgekommen. Er hatte ein Bad genommen und dabei Luis Mariano gehört, hatte die ersten Noten von *Mexico*, Meeeeexiiiiicoooo, mitgesungen, einen Morgenrock mit fliederfarbenen Samtaufschlägen angezogen, seine rot behaarte Brust mit Eau de Toilette besprengt und sich glücklich zu Tisch gesetzt. Er freute sich auf einen ruhigen, friedvollen Abend, er würde die in Cognac geschmorten Kalbsnierchen essen, die Josiane zubereitet hatte, eine gute Zigarre rauchen und dabei seine Frau und seinen Sohn mit Blicken streicheln … Diesen Moment des Tages mochte er am liebsten, doch solche Momente waren selten geworden.

Sich am Bauch kratzend, setzte er sich hin, erklärte, dass er ein komplett aufgezäumtes Pferd verschlingen könne, und tunkte ein Stück Brot in die Nierchensauce.

Die Sonne neigte sich über dem Parc Monceau, und in der Ferne hörte man den hellen Klang einer Flöte, der durch eine erstaunliche Stille perlte, als stünde alles Leben plötzlich still. Er vergaß die Uhrzeit, er vergaß seinen Tag, er vergaß all seine Sorgen. Es ist Sommer, sagte er sich, ich kann gleich aufstehen, oben ohne mit meiner Choupette rausgehen, ihr im Bett was vorsingen, den Nebel aus meinem Kopf vertreiben …

Josiane räumte die Teller weg. Junior verlangte ein Kastanieneis. Und Makronen …

Marcel öffnete seine Zigarrenschachtel. Wählte eine Zigarre aus.

Schnupperte daran. Rollte sie zwischen den Fingern. Rülpste. Entschuldigte sich bei Hortense. Senkte den Kopf, sah sie alle an und seufzte.

»Ach, könnten doch nur alle Tage so sein … Ohne Probleme, ohne Wolken über meinem Kopf, eingehüllt in die wärmende Liebe der Meinen. Ich will nie wieder etwas über die Firma hören … na ja, wenigstens nicht bis morgen früh …«

»Tja, aber das ist es gerade …«, sagte Josiane und setzte sich zurück an den Tisch. »Wir müssen reden, mein Dickerchen! Uns juckt da so einiges, deinen Sohn und mich … Wir sind schon kurz vorm Hautausschlag.«

»Nicht heute Abend, Choupette, nicht heute Abend … Ich fühle mich wohl, ich entspanne … Mein Cholesterinspiegel sinkt, mein Herzmuskel entspannt sich, und ich möchte dir Süßholz ins Ohr raspeln …«

Er beugte sich vor und zwickte sie munter in die Seite.

Sie rückte von ihm weg und verkündete dramatisch: »Es ist was faul, Marcel, so faul, fauler geht's nicht mehr!«

Als Erstes erzählte Josiane ihm von ihrem Treffen mit Chaval im Royal Pereire. Dann erklärte Junior seinem Vater, was er in Chavals Kopf gesehen hatte. Und zum Schluss berichtete Hortense von ihrer Verabredung. Marcel hörte zu, streifte die Zigarrenasche ab und biss die Kiefer zusammen.

»Bei der Geschichte zieht's einem die Schuhe aus«, schloss Josiane, »aber wir haben garantiert nichts davon erfunden …«

»Seid ihr sicher, dass ihr euch das nicht nur einbildet?«, fragte Marcel, ehe er die Havanna wieder zwischen die Lippen nahm.

»Chaval hat mir alles erklärt«, sagte Hortense. »Du brauchst ja nur die Abbuchungen von deinen Privatkonten zu kontrollieren … Dann hast du den Beweis!«

Marcel räumte ein, dass das in der Tat ein Beweis wäre.

»Diese Frau wird uns nie in Ruhe lassen, mein großer, starker Bär! Sie wird uns bis in alle Ewigkeit hassen. Sie erträgt es nicht, dass sie abserviert wurde. Ich habe es dir schon tausendmal gesagt, du bist zu gut zu ihr … Statt sie milde zu stimmen, verletzt du sie mit deiner Großzügigkeit nur.«

»Ich habe doch bloß versucht, sie anständig zu behandeln. Ich wollte nicht, dass sie irgendwann am Bettelstab endet …«

»Stärke ist das Einzige, was sie respektiert! Mit deiner Großzügigkeit demütigst du sie, und sie wird nur noch giftiger …«

»Maman hat recht«, sagte Junior. »Du musst ein für alle Mal auf den Tisch hauen, zeig ihr, dass du auch anders kannst … Sie hat alles, was sie will, sie hat die Wohnung behalten, du zahlst ihr Unterhalt, du polsterst das Bankkonto für ihre Rente auf, aber in ihrer Gier glaubt sie immer, sie bekäme nicht genug. Hör auf, so spendabel zu sein! Es gibt keinen Grund, warum sie bei der Bank in der Liste deiner privaten Konten auftauchen soll. Das ist absurd …«

»Das war doch für ihre Rente …«, erklärte Marcel. »Ich weiß, was es heißt, arm zu sein. Ich weiß, wie es ist, wenn nachts die Panik kommt, wenn einem die Angst in die Eingeweide fährt, wenn man sich nicht mehr traut, die Post aufzumachen, und in seinem Portemonnaie nach den letzten Münzen kramt. Ich wollte nicht, dass sie sich Sorgen macht …«

»Diese Frau hat den ganzen Tag nichts anderes zu tun, als Rachepläne zu schmieden«, sagte Junior. »Dreh ihr den Geldhahn zu, dann bleibt ihr nichts anderes übrig, als zu arbeiten wie alle anderen auch …«

»In ihrem Alter!«, rief Marcel. »Das kann sie nicht!«

»Sie ist zäher, als du glaubst! Sie ist eine hinterhältige Schlange, aber sie steckt noch voller Energie …«

»Ich kann sie doch nicht einfach auf die Straße setzen …«, brummte Marcel vor sich hin und zog an seiner Zigarre.

»Sie würde keine Sekunde zögern, wenn es umgekehrt wäre!«, schimpfte Josiane.

»Ich weiß, ich weiß … Und ich bin ihre ewigen Intrigen leid … Wird sie denn nie damit aufhören?«

»Niemals!«, rief Josiane. »Die wird noch auf unserem Grab weitertanzen!«

»Ich hatte gehofft, sie würde sich irgendwann beruhigen … Kann sie denn nicht das Gleiche machen wie alle anderen Frauen in ihrem Alter? Bridge spielen, stricken, ins Konzert gehen, ein Herbarium anlegen, mit einem alten Verehrer Tee trinken, Proust und Chateaubriand lesen, Klavierspielen lernen, Klarinette lernen, einen Stepptanzkurs machen! Was weiß denn ich? Ich reiß mir ein Bein aus, damit es ihr gut geht, und sie spuckt mir ins Gesicht!«

Er ereiferte sich, um den Schmerz darüber zu verbergen, dass eine

Frau, die er einmal geliebt hatte, ihn immer noch mit ihrem Hass verfolgte. Eine Frau, die er umworben, in seinem Herzen getragen und verehrt hatte.

Er hob die Arme, ließ sie wieder sinken, entrüstete sich zunehmend, spuckte ein Stück Tabak aus, schnaufte, wurde knallrot, wurde kalkweiß, und diese hektischen Regungen ließen seine gewaltige Enttäuschung darüber erahnen, erneut Opfer ihrer Geringschätzung geworden zu sein.

»Hör auf, dich in Rage zu reden und dir vorzustellen, wie es anders sein könnte, Vater! Du wirst Henriette nicht ändern. Dich zu hassen, ist ihr ganzer Lebensinhalt geworden … Es ist ihr einziger Zeitvertreib. Und sie sprüht noch vor Lebenskraft …«

»Das hat sie uns gerade erst wieder bewiesen …«, ergänzte Josiane. »Du musst sie ein für alle Mal aus unserem Leben vertreiben. Fang damit an, ihr den Unterhalt zu kürzen, und vor allem, vor allem musst du ihr Privatkonto auflösen. Ihr seid geschieden … Vor Gericht wurde ein Urteil gesprochen. Du hältst dich strikt an die Vorgaben des Gesetzes, das reicht …«

»Aber ich werde sie nicht anzeigen … Das könnte ich niemals«, sagte Marcel und schüttelte den Kopf.

Die Flöte war verstummt, und er hoffte, sie würde wieder weiterspielen und mit ihrem Klang den Schmerz lindern, den er verspürte. Er mochte die Vorstellung nicht, gegen Henriette Krieg führen zu müssen. Er betrachtete seine Frau und seinen Sohn. Sie hatten recht. Man heilt eine hasserfüllte Frau nicht mit Almosen. Man muss hart zuschlagen, damit die Schlange sich krümmt und stirbt. Dass sie mir mein Geld wegnimmt, ist mir egal, aber sollte sie jemals mein Glück antasten, würde ich verrückt.

»Bestell sie her. Und auch Chaval … Überrumple sie. Sag ihnen, dass du die Bullen informiert hast, dass Ermittlungen eingeleitet wurden, dass sie ins Gefängnis kommen, was weiß ich. Sag irgendwas, aber mach ihnen Angst. Eine solche Heidenangst, dass sie es ein für alle Mal kapieren … Du kannst den Leuten doch Angst machen, wenn es sein muss, nicht wahr, mein Bärchen?«

Marcel seufzte.

»Ich verbringe meine ganze Zeit mit Kämpfen … Ich bin müde.«

»Aber es wäre Feigheit, sie nicht zu bestrafen«, erwiderte Junior mit erhobenem Zeigefinger, als verkündete er eine Weisheit von Marc Aurel.

»Und Denise Trompet?«, fragte Marcel.

»Sie hat nichts damit zu tun«, antwortete Josiane. »Und sie wird nichts davon erfahren. Das ist nicht nötig … Sie ist eine ehrliche Haut, da bin ich mir ganz sicher. Chaval hat sie ausgenutzt. Und ich will dir noch etwas sagen, mein Bärchen … Du schaffst die Arbeit nicht mehr allein, du bist müde. Lass mich in die Firma zurückkommen. Junior braucht mich hier nicht. Ich habe nichts zu tun und langweile mich. Ich rotiere durch die Wohnung wie ein wild gewordener Kreisel. Du suchst eine rechte Hand? Ich werde deine rechte Hand sein … Und aufpassen. Junior und ich haben auch schon mit der Arbeit angefangen und ein neues Produkt aufgetrieben, eine fantastische Sache. Du brauchst nur noch zu unterschreiben, dann ist der Deal geritzt!«

»Aber Junior ist noch viel zu klein, um allein zu bleiben!«, rief Marcel mit einem Blick auf seinen Sohn, der kerzengerade am Ende des Tisches saß.

»Maman könnte halbtags arbeiten«, schlug Junior vor. »Morgens kümmert sie sich um mich, und nachmittags geht sie ins Büro. Sie muss ihre grauen Zellen auf Touren bringen … Und ich habe nachmittags Unterricht bei Jean-Christophe. Dieser Mann ist hochgebildet, er bringt mir herrliche Dinge bei. Mit ihm mache ich große Fortschritte …«

»Das sehe ich, mein Sohn! Du beeindruckst mich jeden Tag mehr …«

»Und außerdem«, fuhr Junior fort, »möchte ich selbst gern die Entwicklung deiner Firma mitverfolgen. Das interessiert mich. Die Welt verändert sich, und du hast vielleicht nicht mehr die Kraft, dich den großen Umwälzungen anzupassen, die uns bevorstehen … Es kommen gewaltige Erschütterungen auf uns zu, Vater.«

»Woher weißt du das?«

»Ich weiß es, vertrau mir … Du kannst nicht so weitermachen wie bisher. Irgendwann fällst du tot um, und dann wären Maman und ich sehr traurig … Schwarze Vögel würden über unseren Köpfen kreisen, und wir würden uns ganz klein machen, damit sie uns nicht verschlingen …«

Marcel atmete geräuschvoll aus. Er schüttelte den Kopf wie ein Pferd, das vor dem Hindernis verweigert, weil es nicht mehr die Kraft zum Sprung hat. Hortense lauschte den Worten von Mutter und Kind. Sie beide verband der Wunsch, Marcel zu beschützen. Wider Willen war sie beinahe gerührt und unterdrückte ein Seufzen.

»Ihr habt recht«, sagte Marcel schließlich. »Ich bestelle Chaval und Henriette her. Ich werde dafür sorgen, dass Chaval auf Nimmerwiedersehen verschwindet. Ich werde ihm sagen, dass er auf der schwarzen Liste steht und nie wieder einen Job bekommen wird, dann ist der Kerl erledigt … Was Henriette angeht, der lasse ich die Wohnung und ihren Unterhalt, und das war's. Soll sie zusehen, wie sie klarkommt …«

»Und damit bist du immer noch sehr großzügig, mein Dickerchen …«

»Ach, das ist idiotisch, weißt du, aber ich hatte das Gefühl, ich müsste für mein Glück bezahlen … Ich war wie diese Hunde, die zu lange an der Leine gehalten werden und sich irgendwann an die Kette gewöhnen, die ihnen ins Rückgrat schneidet. Ich habe so lange unter der Fuchtel dieser Frau gelebt, dass mir das Sklavendasein zur Gewohnheit geworden ist … Aber ich verspreche euch, ich werde reagieren. Hortense ist meine Zeugin. Ich danke dir, meine Schöne, für das, was du für uns getan hast … Du bist ja doch ein braves Mädchen.«

Hortense antwortete nicht. Sie war nicht gerade begeistert davon, als braves Mädchen bezeichnet zu werden, aber sie verstand, was er damit ausdrücken wollte.

Marcel schob mit dem Kreuz seinen Stuhl zurück und stand auf.

»Dann gibt es also Krieg! Und ich werde keine Skrupel kennen …«

Sie nickten.

»Perfekt«, sagte Marcel. »Dann ist die Sache ja geklärt. Ich habe zwei neue Partner und kann mir in Zukunft in aller Seelenruhe die Nasenhaare zupfen! Aber jetzt gehen wir zwei erst mal ins Bett und feiern deine Einstellung, Choupette!«

Josiane hob den Kopf.

»Und du wirst auch nicht wieder schwach werden?«, fragte sie. »Versprich es mir!«

»Ich werde unerbittlich sein … Grausam und blutrünstig!«

»Und du lässt mich an deiner Seite arbeiten …«

»Du wirst meine zweite Hälfte sein, im Bett und im Büro!«

»Ohne mir Vorwürfe zu machen oder mir ein schlechtes Gewissen einzureden?«

»Und du bekommst das Gehalt eines Finanzministers!«

»Und was ist mit mir?«, schaltete sich Junior ein. »Bekomme ich auch einen Platz in deiner Firma?«

»Wir drei werden ein Triumvirat bilden!«

Josiane kicherte vor Glück und streckte die Arme nach ihm aus.

Mit weit ausgreifender Geste umarmte er sie, zog sie hoch, drückte sie an sich und führte sie mit einem glücklichen Schnauben ins Schlafzimmer.

»Die sind süß, die beiden«, sagte Hortense, als sie ihnen nachsah, wie sie durch den Flur davonwankten.

Marcel entblößte Josianes Schulter, knetete sie und knabberte an ihr, und Josiane protestierte, warte noch ein bisschen, warte, sie sehen uns zu!

»Sie sind zwei große Kinder…«, sagte Junior. »Ich liebe sie von ganzem Herzen. Als ich noch klein war, drückte ich mein Ohr an ihre Schlafzimmertür und hörte ihr lustvolles Stöhnen. Ich werde dir Freude bereiten können, meine Schöne, ich habe durch die geschlossene Tür hindurch gelernt…«

»Hast du in Garys Kopf geschaut?«, fragte Hortense, die es vorzog, das Thema zu wechseln.

»Ja…«

»Und? Sei lieb, Junior, spann mich nicht auf die Folter…«

»Bist du verliebt?«

»Das geht dich nichts an! Sag mir, was du gesehen hast…«

»Ich habe vieles gesehen. Ein Flugticket auf deinen Namen an einer Tafel in seiner Küche. Hortense Cortès. London–New York. Es ist ein paar Monate alt. Er hat es immer noch… und wenn er wütend ist, wirft er mit Dartpfeilen danach!«

»Er wollte mich mitnehmen«, flüsterte Hortense.

»Das scheint mir einleuchtend…«

»Er hat mich angerufen, und ich habe seine Nachricht nicht bekommen… Maman hatte recht. Das Handy funktioniert nicht richtig…«

»In deinem Fall solltest du jedoch nicht Orange verfluchen, sondern einen hässlichen, von schwerer Akne entstellten Jungen… Ich sehe sein ganzes Gesicht mit Pusteln übersät.«

»Jean das Pickelgesicht!«

»Er hat Garys Nachricht gelöscht. Und noch viele andere.«

»Und ich hatte den Ayatollah in Verdacht… Dann war er das also. Und was siehst du sonst noch, außer dem Flugticket?«

»Ich sehe eine Hütte mitten in einem Park. Es ist ziemlich merkwürdig, denn die Hütte liegt recht abgeschieden, aber ringsum sind unglaublich viele Menschen … Seen, Wolkenkratzer, gelbe Taxis, Fahrradrikschas, Eichhörnchen … Gary ist oft dort. Es ist sein Zufluchtsort. Er hört das Adagio aus einem Bach-Konzert und übt es, indem er auf einer imaginären Tastatur spielt.«

»Ist er allein?«

»Ja. In der Hütte ist er allein. Er unterhält sich mit den Eichhörnchen und spielt Klavier … Ich sehe eine Knetmaschine und ein Schloss …«

»Ein Schloss im Central Park?«

»Nein, ein Schloss an einem einsamen Ort, wo die Männer Röcke tragen …«

»Das ist in Schottland! Das ist sein Vater! Er ist nach Schottland gefahren, um seinen Vater zu suchen! Hey, du bist ja wirklich verdammt gut …«

»Ein sehr schönes, verfallenes Schloss. Es gibt viel zu tun … Die Maschikulis fallen ab, und der Turm wankt …«

»Erzähl mir mehr von der Hütte.«

»Sie liegt im Park … Am Ende eines schmalen weißen Kieswegs. Nicht leicht zu finden … Man muss ein Stück laufen. Man geht über eine kleine Brücke aus schmalen, grauen Holzbrettern … Der Weg führt auf und ab und schlängelt sich … Im Inneren der Hütte hat man das Gefühl, ganz allein auf der Welt zu sein, man wähnt sich auf dem Gipfel des Himalaja … Eine runde, nach allen Seiten hin offene Holzhütte …«

»Und du bist dir sicher, dass er da allein ist?«

»Er hört Musik und füttert die Eichhörnchen …«

»Denkt er an mich?«

»Ich sehe nur Gegenstände, Hortense … Keine Gefühle …«

»Hast du dich noch nie geirrt?«

»Diese Gabe ist noch ganz frisch. Ich bin durch Zufall darauf gekommen … Beim Studium der Wellen und ihrer Übertragung ist mir bewusst geworden, dass auch der Mensch magnetische Wellen aussenden und darüber kommunizieren kann … Meine Technik ist noch nicht ganz ausgereift. Wusstest du, dass der Durchmesser eines Transistors 1948 ungefähr ein Hundertstel von dem eines menschlichen Haares betrug? Eine phänomenale Reduzierung verglichen mit den ersten Transistoren, die ungefähr den Durchmesser einer Vitaminpille hatten …«

»Vielen Dank, Junior«, fiel ihm Hortense ins Wort. »Das genügt mir … Jetzt komme ich allein zurecht. Und für die Dschellaba in Chavals Kopf hast du immer noch keine Erklärung gefunden?«

»Nein, ich habe nicht die leiseste Ahnung, was das bedeuten soll … Ich muss noch viel besser werden.«

»Dann sehen wir uns also in siebzehn Jahren wieder?«, fragte Hortense, um ihn in die Wirklichkeit zurückzuholen.

»Einverstanden«, seufzte er. »Aber ich rufe dich an, wenn du in New York bist, um zu hören, wie es dir geht.«

Sie küsste ihn auf die roten Locken und ging.

Als Hortense nach Hause kam, sah sie Licht im Arbeitszimmer ihrer Mutter. Sie öffnete die Tür. Joséphine saß auf dem Boden, vor sich eine Vielzahl kleiner roter, blauer, weißer und gelber Karteikarten, die sie in Spalten angeordnet hatte. Sie nahm eine davon in die Hand, legte sie ab, nahm eine weitere und schob sie zwischen zwei andere … Du Guesclin beobachtete sie reglos, die Schnauze auf seine Pfoten gebettet.

»Was machst du da?«

»Ich arbeite.«

»An deinem Buch?«

»Ja.«

»Und was sollen die ganzen Karteikarten?«

»Die roten stehen für Cary Grant, die gelben für den Kleinen Mann, die weißen für Dialogauszüge, die ich aus den Büchern über Cary Grant herausgeschrieben habe, und die blauen für Orte, die ich beschreiben muss, und die Nebenfiguren …«

»Raffiniert!«

»Wenn in meinem Kopf erst einmal alles ganz klar ist, brauche ich nur noch zu schreiben … und das kommt dann von ganz allein! Pass auf! Tritt nicht drauf!«

Du Guesclin knurrte. Er bewachte Joséphines Werk und warnte, dass er zubeißen würde, sollte jemand das kunstvolle Arrangement durcheinanderbringen. Hortense ließ sich auf das Sofa in der Zimmerecke fallen. Sie streifte ihre Schuhe ab und streckte sich.

»Oh, was für ein Tag! Ich bin nur rumgelaufen!«

»Wo kommst du denn gerade her?«

»Das hatte ich dir doch gesagt, Maman … Hast du das vergessen? Ich war bei Josiane und Marcel zum Abendessen …«

»Entschuldige. Im Moment vergesse ich alles … War es schön?«

»Ja … Junior ist wirklich erstaunlich! Er will mich heiraten. Das ist seine neueste Marotte …«

»Ach was!«

»Und er kann Gedanken lesen … Er behauptet, er hätte Funkwellen in seinem Kopf … Er wollte mir eine Vorlesung über die Größe von Transistoren halten, aber ich habe kein Wort davon verstanden.«

»Was hat er denn gelesen und in wessen Gedanken?«

Hortense zögerte. Sie wollte ihrer Mutter lieber nichts von Henriettes Machenschaften erzählen. Seit Iris' Beerdigung war Henriette aus ihrem Leben verschwunden. Aber im Grunde hatte sie ja auch nie wirklich dazugehört. Ich weiß noch, dass sich Zoé früher immer darüber beklagte, dass wir keine Familie hätten. Ich fand, das machte das Leben einfacher. Ich habe Gruppen schon immer gehasst … Sie rauben dem Individuum seinen Charakter und verwandeln es in ein blökendes Schaf.

»Dass Marcel seine Firma umstrukturieren muss … Er hat seinem Vater alles erklärt, und der war so begeistert, dass er ihn vom Fleck weg engagiert hat! Und Josiane auch …«

»Das freut mich für Josiane, sie langweilt sich zu Hause … Als ich sie das letzte Mal gesehen habe, wollte sie aus lauter Verzweiflung ein zweites Baby … Ich fand das nicht sehr vernünftig.«

Joséphine rieb sich die Nasenflügel. Früher konnte ich diese Geste nicht ausstehen, dachte Hortense. Sie hat mich deprimiert, weil sie mich daran erinnerte, dass das Leben hart war, dass wir kein Geld hatten, dass Papa uns verlassen hatte und Maman traurig war.

»Sag, mein Schatz, wir hatten noch gar keine Zeit, uns richtig zu unterhalten. Dieses Jobangebot in New York, ist das auch seriös?«

»Total seriös.«

»Bist du sicher?«

»Hast du Angst, ich könnte in die Hände von Drogen- oder Mädchenhändlern fallen?«

»Du gehst weg, und ich weiß gar nichts darüber … Wo wirst du wohnen? Wer hat dich eingestellt? Wer ist dieser Mann, dieser …«

»Frank Cook …«

»Ich kenne ihn nicht. Was, wenn dir etwas zustößt?«

»Mir wird nichts zustoßen, und er ist vertrauenswürdig … Nicholas, mein englischer Freund … erinnerst du dich an ihn?«

Joséphine nickte.

»Er hat mit ihm gesprochen, er hat meinen Vertrag mit ihm ausgehandelt und sich nach ihm erkundigt… Ich bekomme eine Wohnung, eine Adresse, eine Telefonnummer. Du kannst mich anrufen. Du kannst mich sogar besuchen kommen, wenn du willst… Ich habe ein Gästezimmer. Alles ist gut. Außerdem habe ich Philippe gebeten, sich ein bisschen umzuhören, und er hat mir versichert, dass alles in Ordnung ist… Bist du jetzt beruhigt?«

Philippes Namen zu hören, brachte Joséphine aus der Fassung. Ihr Herz raste.

»Du hast mit Philippe gesprochen?«, stammelte sie.

»Ja, klar… Wir treffen uns oft zum Mittagessen, er gibt mir Tipps, er war derjenige, der einen Sponsor für meine Schaufenster gefunden hat…«

»Aha…«

Hortense betrachtete ihre Mutter. Sie hatte die Hände ineinander verschlungen und zupfte nervös an den losen Häutchen an ihren Nägeln.

»Na los, raus mit der Sprache, Maman! Frag doch einfach, was du wissen willst. Du platzt ja gleich…«

»Nein, nein…«

»Doch… du weißt ganz genau, dass du nichts verbergen kannst! In dir liest man wie in einem offenen Buch…«

Joséphine lächelte entschuldigend.

»Bin ich so leicht zu durchschauen?«, fragte sie.

»Na, Mata Hari bist du nicht gerade! Also… Was willst du wissen?«

»Geht es ihm gut?«, fragte Joséphine verschämt.

»Ist das alles?«

»Äh… Na ja…«

»Dann hör mir jetzt mal gut zu: Es geht ihm gut, er lebt allein, er ist attraktiv, intelligent, brillant und frei wie ein Vogel… aber du solltest die Gelegenheit nutzen, denn ein Mann wie er weckt Begehrlichkeiten.«

»Dottie…«

»Sie ist wieder zurück in ihre Wohnung gezogen, und wenn du mich fragst, war er kein bisschen in sie verliebt… Er hat ihr einfach aus der Klemme geholfen, als sie Hilfe brauchte…«

»Redet er über mich? Fragt er, wie es mir geht?«

»Nein…«

»Ist das ein schlechtes Zeichen?«

»Nicht unbedingt … Er ist ein kultivierter Mann und denkt sich sicher, dass ich deine Tochter bin und nicht als Briefkasten dienen sollte. Und außerdem seid ihr alt genug, um allein klarzukommen …«

»Früher schickte er mir Blumen, Bücher, Karten mit geheimnisvollen kurzen Botschaften … Auf die letzte hatte er einen Satz von Camus geschrieben: ›Charme bedeutet, ein Ja zur Antwort zu erhalten, ohne überhaupt eine Frage gestellt zu haben …‹«

»Und was hast du darauf geantwortet?«

»Ich habe ihm nicht geantwortet …«, gestand Joséphine.

»Du hast nicht geantwortet?«, brauste Hortense auf. »Ich bitte dich, Maman … Was willst du denn noch? Dass er in Ketten vor dir im Staub kriecht?«

»Ich wusste, dass er mit jemandem zusammenlebte, und …«

»Wenn du nie antwortest, wird er mit Sicherheit irgendwann das Interesse verlieren! Der Mann ist doch kein Heiliger … Du bist echt zum Verzweifeln! Du hast ja vielleicht alle möglichen Unidiplome, aber was die Liebe angeht, bist du eine absolute Doppelnull!«

»Ich bin noch Anfängerin auf diesem Gebiet, Hortense, ich bin darin nicht so gewandt wie du … Ich habe mein ganzes Leben mit Büchern verbracht …«

»Aber jetzt, wo Dottie sich verzogen hat, wirst du ihm doch hoffentlich antworten?«

»Nein … Ich habe mir etwas ausgedacht …«

»Los, raus damit, ich fürchte das Schlimmste!«

Hortense lehnte sich gegen die Sofakissen und machte sich auf eine von Kitsch triefende, schmalzige Geschichte gefasst.

»Ich habe mir gedacht, dass ich eines Abends unten vor seinem Fenster stehen werde und … du wirst mich auslachen …«

»Nein! Los, erzähl schon!«

»Ich werde Steinchen werfen und … Er wird das Fenster öffnen und herausschauen, und dann werde ich ganz leise sagen, ich bin's, ich bin's, und er wird herunterkommen …«

»Mein Gott, ist das lächerlich!«

»Ich wusste, dass du das sagen würdest …«

Joséphine ließ den Kopf hängen. Hortense richtete sich auf einem Ellbogen auf.

»Warum so kompliziert, wenn es auch einfach geht? Ruf ihn an, und ihr verabredet euch … Wir leben in der Zeit von Internet, *speed dating* und Handy! Cyrano und sein Balkon sind passé! Und dem hat es ja auch kein Glück gebracht! An deiner Stelle würde ich mich nicht so anstellen …«

»Im Dunkeln werde ich weniger Angst haben … Und wenn er nicht herunterkommt, werde ich mir sagen, dass es nicht unbedingt daran gelegen haben muss, dass er nicht mit mir reden will, sondern dass er mich vielleicht einfach nicht gesehen hat, und dann werde ich weniger traurig sein …«

»O Mann, Maman! Und das in deinem Alter! Du solltest eigentlich weiter sein!«

»Wer verliebt ist, ist nun einmal dumm, ganz gleich, wie alt er ist!«

»Nicht zwangsläufig …«

»Sieh dir nur Shirley an! Sie hielt sich für so stark und unverwundbar … Aber seit sie Oliver kennengelernt hat, weiß sie nicht mehr, woran sie ist. Sie macht einen Schritt nach vorn und einen zurück. Sie ruft mich an und erzählt mir davon. Sie stirbt vor Angst bei dem Gedanken, er könnte gehen, und stirbt vor Angst bei dem Gedanken, er könnte bleiben … Sie weiß nicht mehr, wie sie heißt, sie isst Bonbons, und sie schüttet riesige Milkshakes in sich hinein! Wir sind alle gleich, Hortense, sogar du! Du weißt es nicht, besser gesagt, du tust so, als wüsstest du es nicht. Aber du wirst es erleben … Eines Tages wird dein Herz in sämtliche Richtungen tanzen, und du wirst niemandem davon erzählen können, weil du dich so sehr dafür schämst!«

»Niemals! Niemals!«, rief Hortense. »Ich hasse diese ewig zitternden, unterwürfigen Frauen. Ich will erst Erfolg haben, und was mit der Liebe ist, das sehen wir später …«

»Aber du hast doch Erfolg, Liebes, alles, was du anfasst, wird ein Erfolg … Du bist gerade zwanzig Jahre alt und hast den Vertrag des Jahrhunderts unterschrieben!«

»Übertreib mal nicht! Das ist nur Banana Republic! Ich will sehr viel höher hinaus!«

»Aber das ist doch schon sehr gut! Ist dir bewusst, dass du in einer Woche mehr Geld verdienen wirst als ich in einem ganzen Monat, und das, nachdem ich jahrelang studiert habe! Dass du von dem leben können wirst, was du liebst, von deiner Leidenschaft! Das ist es, wovon jeder

Mensch träumt, und du verwirklichst diesen Traum schon mit zwanzig!«

»Ja … mag sein … Von deiner Warte aus betrachtet hast du sicher recht … aber ich will sehr viel mehr! Und ich werde es bekommen!«

»Mach nicht den gleichen Fehler wie Shirley. Sie wollte die Liebe ignorieren, und jetzt ist sie mit einem Schlag über sie hereingebrochen. Lass auch Platz für Gefühle. Du wirst lernen, dass es schön ist, wegen eines Mannes zu zittern, an ihn zu denken, wacklige Knie und feuchte Hände zu haben …«

»Igitt! Igitt! Gib mir ein Deo, schnell! Sag mal, Maman, bist du ganz sicher, dass du meine Mutter bist? Manchmal frage ich mich das wirklich …«

»Wenn es etwas in meinem Leben gibt, was ich mit Bestimmtheit weiß, mein Schatz, dann ist es das!«

»Dann werde ich mich wohl damit abfinden müssen …«

Joséphine schaute sie an. Und doch ist sie meine Tochter, dachte sie. Ich liebe sie, ich liebe die Tatsache, dass sie anders ist als ich, ich lerne von ihrer Unerschrockenheit, ich lerne von ihrer Kühnheit, von ihrer Hartnäckigkeit, von ihrem wilden Hunger nach Leben … Und ich weiß, dass tief in ihrem Inneren ein Herz schlägt, auch wenn sie es nicht hören will. Sie streckte die Hand nach ihr aus und sagte: »Ich liebe dich, mein Schatz, ich liebe dich von ganzem Herzen. Und diese Liebe zu dir erfüllt mich mit Freude und Kraft. Dank dir, dank unserer Unterschiede habe ich viel gelernt …«

Hortense warf ihr ein Kissen ins Gesicht und erklärte: »Ich liebe dich auch, Maman, und jetzt reicht's!«

Ein Auto erwartete Hortense am Flughafen JFK in New York.

Ein Fahrer mit einer Mütze auf dem Kopf und einem Schild in der Hand, auf dem geschrieben stand: »Miss Hortense Cortès. Banana Republic.«

Zeit wird's, dachte Hortense, als sie ihn entdeckte, diese Reise war ein Albtraum … Nächstes Mal verlange ich einen Platz in der ersten Klasse. Was sage ich? Einen Platz? Eine ganze Reihe …

Sie war zwei Stunden zu früh in Roissy angekommen. Hatte eine Leibesvisitation und eine gründliche Durchsuchung ihres gesamten Gepäcks über sich ergehen lassen. Hatte ihre Schuhe, ihr Dutzend Halsketten, ihre zwei Dutzend Armreifen, ihre großen Ohrringe und ihren iPod ablegen müssen. Soll ich meinen Lippenstift auch noch abwischen?, hatte sie den Mann, der sie kontrollierte, gereizt gefragt. Daraufhin war er mit doppelter Gründlichkeit zu Werke gegangen. Beinahe hätte sie ihr Flugzeug verpasst.

Sie hatte es gerade noch rechtzeitig an Bord geschafft, ohne in den Duty-Free-Läden verbeischauen zu können, wo sie sich mit Parfüm von Hermès und Serge Lutens und Shiseido-Puder in der blauen Dose hatte eindecken wollen. Der Riemen ihrer rosa Sandale war gerissen, und sie war hinkend in der Kabine angekommen.

Das Flugzeug war zum Bersten voll mit Kindern, die pausenlos herumkreischten und in den Gängen Fangen spielten. Sie stellte einem davon ein Bein, sodass es hinfiel. Es gab Tränen und großes Geschrei. Mit blutender Nase und blutenden Lippen hatte sich der Junge hochgerappelt und anklagend mit dem Finger auf sie gedeutet. Seine Mutter ging auf sie los und beschuldigte sie, einen Mordanschlag auf ihr Kind, ihr geliebtes Fleisch und Blut, verübt zu haben. Bösse Frau! Bösse Frau!, brüllte der Junge. Sie streckte ihm die Zunge raus, woraufhin er ihr das Gesicht zerkratzte, dass sie blutete. Sie stürzte sich auf das Kind und verpasste ihm eine Ohrfeige. Eine Stewardess musste sie trennen … und desinfizierte die Wunde.

Das Fertigessen kam eiskalt aus dem Gefrierschrank. Sie bat um einen Eispickel, um ihr Fleisch schneiden zu können. Es gab Luftlöcher, und ihr knallte eine Golftasche auf den Kopf. Dem Mann neben ihr wurde schlecht, und er erbrach seinen kalten Kabeljau. Sie musste den Platz wechseln und fand sich neben einem Mormonen wieder, der mit seinen drei Frauen und sieben Kindern reiste! Ein kleines Mädchen schaute sie an und fragte, wie viele Mamas hast du? Ich habe drei, und das ist super! Und wie viele Brüder und Schwestern hast du? Ich habe nämlich sechs, und Weihnachten kommen noch zwei! Der Prophet hat gesagt, die Leute müssen sich vermehren, um die Erde zu bevölkern und sie zu einem besseren Ort zu machen … Und was machst du, um die Erde zu bevölkern und sie zu einem besseren Ort zu machen? Ich habe gerade meiner einzigen Mutter und meiner einzigen Schwester die Kehle durchgeschnitten. Ich kann neugierige Mädchen nämlich nicht ausstehen, und sie sind mir mit ihrer ewigen Fragerei auf die Nerven gegangen! Das kleine Mädchen war in Tränen ausgebrochen, und sie hatte erneut den Platz wechseln müssen!

Sie hatte die Reise auf einem Sitz neben den Toiletten beendet, wo die Wartenden ihr die Ellbogen in die Seite rammten und sie die ganze Zeit den muffigen Klogeruch in der Nase hatte.

Eine Stunde stand sie in der Schlange, ehe sie durch den Zoll war, während eine Art Feldwebel Befehle brüllte …

Eine Stunde musste sie warten, ehe sie endlich ihr Gepäck bekam …

Und dann die prüfend hochgezogene Augenbraue des amerikanischen Zollbeamten, der sie fragte, was sie mit all den Koffern vorhabe.

»Ich mache Konfetti daraus! Das wird *die* neue Mode!«

»Please, miss … Be serious!«

»Ernsthaft? Ich bin eine Agentin von Bin Laden und transportiere Waffen …«

Das fand er überhaupt nicht witzig und führte sie in eine abgetrennte Box, um sie zusammen mit zwei zwielichtigen Kollegen, die sie gegen die Wand drückten, zu verhören. Sie musste Frank Cooks Namen nennen. Und erst nachdem dieser eine halbe Stunde mit den zwielichtigen Gestalten verhandelt hatte, ließen sie sie wieder gehen. Sie lernte, dass die Ordnungskräfte in Amerika keinen Spaß verstehen, und ließ sich das eine Lehre sein.

So war sie erleichtert, zu sehen, dass sie erwartet wurde und man sie endlich behandelte, wie sie es verdiente, als sie Frank Cooks Fahrer und sein Schild entdeckte.

Sie bat den Typen mit der Mütze, ein Foto von ihr und der Limousine zu machen, und schickte es ihrer Mutter, damit sie sich keine Sorgen machte.

Bequem auf der Rückbank ausgestreckt, sah sie die New Yorker Vororte vorbeiziehen und sagte sich, dass sie auch nicht anders aussahen als die Vororte im Rest der Welt. Autobahnkreuze aus grauem Beton, kleine Häuser, kleine, kahle Gärten, von Gitterzäunen umschlossene Baseballfelder, zerrupfte Hecken, herumlungernde Gestalten, riesige Werbeplakate für Tampons und Softdrinks. In der Limousine herrschte eine Eiseskälte, und sie verstand, was »air condition« bedeutet. Sie fragte den Fahrer, ob er schon mal etwas von der globalen Erwärmung gehört habe und dass es ganz sinnvoll sein könne, Energie zu sparen. Er warf ihr im Rückspiegel einen verständnislosen Blick zu.

Sie fuhren durch einen Tunnel und gelangten nach Manhattan.

Ihr erstes Bild von der Stadt war ein kleiner schwarzer Junge, der auf dem Bürgersteig saß und sich im Schatten eines Baumes zusammenkauerte. Er umschlang seine mageren Beinchen, die aus beigen Shorts lugten, und schwankte in der Hitze.

New York! New York!, sang sie vor sich hin, und ohne es zu merken, sang sie weiter: Gary! Gary! Sie verstummte verblüfft. Was habe ich gerade gesagt? Und sie rief sich zur Ordnung. Ich werde ganz bestimmt nicht sofort zu ihm hinstürzen! Ich werde warten, bis die Zeit reif ist… Und ich werde mich ganz bestimmt nicht unter seinen Fenstern herumtreiben wie meine Mutter unter denen von Philippe…

Garantiert nicht!

Die Limousine war abgebogen und fuhr nun am Wasser entlang. Hinter den getönten Scheiben betrachtete Hortense die Stadt und wusste auf Anhieb, dass sie sie lieben würde. Sie hörte wütendes Hupen, ließ den Blick über die Spitzen der Wolkenkratzer gleiten, die sich vom blauen Himmel abhoben, sah ein vor Anker liegendes Kriegsschiff, verlassene Lagerhallen, Kräne und Ampeln, die über den Kreuzungen baumelten. Die Limousine kam ihr vor wie ein Schiff, das durch die Wellen pflügt, und sie überließ sich dem Ruckeln der Straße.

Endlich hielt der Fahrer vor einem Gebäude mit majestätischem Eingang. Ein breiter weißer Baldachin schob sich zur Straße vor. Er bedeutete ihr, schon hineinzugehen, er würde sich um ihr Gepäck kümmern.

Ein Doorman in blauer Uniform stand hinter einem langen Tresen aus weißem Holz.

Er stellte sich vor. José Luis. Sie stellte sich vor. Hortense.

»*Nice to meet you, Hortense…*«

»*Nice to meet you, José Luis…*«

Sie hatte das Gefühl, ein Teil der Stadt zu sein.

Er nannte ihr das Stockwerk und die Nummer ihres Apartments und reichte ihr einen Schlüsselbund.

Die Wohnung gefiel ihr auf Anhieb. Groß, hell, modern. Im vierzehnten Stock. Ein riesiges Wohn-Esszimmer, eine schmale Küche, die an ein Labor erinnerte, und zwei weitläufige Schlafzimmer mit dazugehörigem Bad.

Frank Cook wusste, wie man Leute behandelt, mit denen man zusammenarbeitet.

Ein Mobiliar wie in einem Luxushotel. Ein langes, beigefarbenes Sofa, beigefarbene Sessel, ein runder Glastisch und vier rote, mit glänzendem Skaileder bezogene Stühle. Die Wände waren weiß, geschmückt mit Stichen, die die Ankunft der Pilgerväter an der Ostküste darstellten, den Bau der ersten Stadt, Plymouth, Feldarbeit, Gebete, gemeinsame Mahlzeiten. Diese Pilgerväter schienen keine fröhlichen Gesellen zu sein. Die meisten von ihnen waren streng dreinblickende alte Männer mit weißem Bart.

Ein Luxusapartment mit Blick auf den Park und unzählige Wolkenkratzer am Horizont. Sie fühlte sich wie eine Prinzessin, wie eine Primaballerina, wie Coco Chanel, und am liebsten hätte sie ihre Stifte, Zeichenblöcke und Farben herausgeholt und sofort mit der Arbeit angefangen.

Auf dem runden Glastisch erwartete sie eine Nachricht: »Hoffe, Sie hatten eine angenehme Reise. Hole Sie gegen sieben Uhr zum Abendessen ab…«

Perfekt, dachte sie. Genug Zeit, um meine Sachen auszupacken, zu duschen und mir einen Kaffee zu machen. Sie war nicht müde, im Gegenteil, sie war furchtbar aufgekratzt und konnte nicht eine Sekunde stillsitzen.

Sie öffnete den Kühlschrank und fand ein Glas *peanut butter*, eine Flasche Orangensaft, eine Tüte Toastbrot, zwei Zitronen und ein Päckchen *Land O'Lakes*-Butter mit einer kleinen lächelnden Indianerin auf der Verpackung. Die kleine Indianerin stand vor einer quietschgrünen Prärie und einem quietschblauen See. Sie wirkte freundlich und sanft. Zwei große schwarze Augen, eine Feder auf dem Kopf, zwei schwarze geflochtene Zöpfe, ein türkisfarbenes Stirnband und ein wie aus dem Ei gepelltes Squaw-Kleid. Hortense zwinkerte ihr zu und sagte, *Nice to meet you*, kleine Indianerin! Sie war in der Stimmung, Unsinn zu reden. Sie schaltete den Fernseher ein. Es liefen gerade Lokalnachrichten. Die Journalisten sprachen unglaublich schnell, und sie verstand kein Wort. Sie schaute die gesamten Nachrichten. Was für einen komischen Akzent diese Amerikaner hatten. Einen näselnden Akzent, der das Trommelfell durchbohrte. Sie verspürte den Impuls, ihnen die Polypen herauszureißen, und schaltete den Fernseher aus.

Um Punkt sieben holte Frank Cook sie ab.

Er erkundigte sich, ob sie irgendetwas brauche.

»Einen riesigen Hamburger und eine Cola!«, antwortete sie und schaute ihm direkt in die Augen.

Er fuhr mit ihr zu PJ Clarke's an der Ecke Third Avenue und 55th Street. Die älteste Bar von New York, ein zweistöckiger roter Ziegelbau von 1898, das beste Chili und saftige Hamburger, die in kleinen, von Pommes und zuckersüßen frittierten Zwiebelringen überquellenden Körbchen serviert wurden. In einer alten Jukebox liefen alte Platten. Die Mädchen hatten blendend weiße Zähne und blonde Föhnfrisuren, und die Männer tranken Bier aus hohen Gläsern und krempelten die Ärmel hoch. Die Tischdecken waren rot-weiß kariert, die Servietten ebenfalls, und rote Lampenschirme verbreiteten ein sanftes Licht.

Sie beschloss, dass das ihre Kantine werden sollte.

Sie fing jeden Morgen um Punkt zehn Uhr an.

Frank Cook hatte ihr ihren Platz im Großraumbüro gezeigt. Ein großer Zeichentisch am Fenster, Lineale, Bleistifte, ein Geodreieck, ein Zirkel, Radiergummis, bunte Filzstifte, Aquarellfarben, Gouachefarben, dickes weißes Zeichenpapier, Karoblöcke. Etwa zehn junge Leute entwarfen hier Modelle, die in die Schneiderei gehen und später in den Läden hängen würden. Sie hatte keinerlei Vorgaben, abgesehen davon, Modelle zu entwerfen, die den Erfolg der Kollektion sichern würden.

»Lassen Sie Ihrer Kreativität freien Lauf, zeichnen Sie, erfinden Sie … Ich sortiere anschließend aus!«, hatte er gesagt, nachdem er sie den anderen Jungen und Mädchen vorgestellt hatte, die genau wie sie Entwürfe zeichneten und Farbkombinationen ausprobierten.

Da war Sally, eine freundliche Lesbe, die Accessoires entwarf und sie mit Blicken verschlang. Am ersten Tag bot sie ihr an, zusammen zu Mittag zu essen. Dann für sie einkaufen zu gehen und ihre Wohnung zu putzen. Hortense antwortete ihr sehr freundlich, dass sie nicht auf Frauen stehe, besser gesagt, ergänzte sie, als sie den Schatten bemerkte, der sich über Sallys blaue Augen legte, ich möchte nicht mit einer Frau schlafen, ich wüsste nicht, was ich mit ihrem Körper anstellen, wie herum ich ihn drehen sollte! Das werde ich alles übernehmen!, entgegnete Sally. Ich bringe dich schon dazu, deine Meinung zu ändern. Sie dankte ihr sehr höflich und fügte hinzu, dass das nichts zwischen ihnen ändere und sie immer noch zusammen zu Mittag essen könnten.

»Ich habe nichts gegen Lesben«, fuhr sie fort, um ihrer Abfuhr die Schärfe zu nehmen. »Und ich finde, die Leute sollten Männer oder Frauen heiraten können, wie es ihnen gefällt. Die Liebe sollte alles erlauben. Und wenn sich jemand in eine gewöhnliche Straßenkatze verliebt, mein Gott! Dann soll er sie eben heiraten … Mich würde das nicht stören.«

Das Beispiel schien schlecht gewählt zu sein, denn Sally wurde wütend.

»Oh, ich verstehe, du glaubst wohl, du wärst was Besseres … Die Leute wollen ja immer jemanden, mit dem sie sich vergleichen können, um sich überlegen zu fühlen … Das beruhigt sie, dann fühlen sie sich wichtiger.«

Hortense gab es auf, sich zu rechtfertigen, und griff wieder zu ihren Buntstiften.

Hiroshi, ein Japaner, der unter der Hitze litt. Er verbrachte seine gesamte Freizeit unter der Dusche. Er ertrug nicht den geringsten Körpergeruch. Er enthaarte sich die Brust und die Schultern und fragte Hortense, was sie von seiner Körperbehaarung und seiner Reinlichkeit hielt. Hortense erklärte, sie möge es, wenn Männer einen ganz leichten Körpergeruch hätten. Einen ganz zarten, ganz persönlichen Geruch, damit du, wenn du mit geschlossenen Augen die Nase an ihrem Hals vergräbst, sofort weißt, mit wem du es zu tun hast … Einen ganz schwachen, sauberen Geruch, fügte sie hastig hinzu, als er sie angewidert musterte.

Er wandte den Kopf ab.

Paul, ein bleicher, weizenblonder Belgier, der die ganze Zeit aß und sich dabei anhörte wie ein Abfallzerkleinerer. Sein Schreibtisch war mit Thunfischbröckchen, Baconkrümeln, Tomaten- und Gurkenscheiben übersät. Er hatte immer eine riesige Popcornbox in Reichweite und griff mit beiden Händen hinein, als wollte er sie waschen. Er schnitt sich mit seinem Teppichmesser in die Finger, wischte sich anschließend über die Stirn und hatte breite rote Striemen im ganzen Gesicht...

Sie beschloss, sich von ihm fernzuhalten.

Sylvana, eine Rumänin mit langem, glänzend schwarzem Haar, die von den anderen Pocahontas genannt wurde. Sie stand nur auf alte Männer, sehr alte, sehr nette Männer.

»Wer gefällt dir besser«, fragte sie, während sie ein perlenbesetztes T-Shirt zeichnete, »Robert Redford oder Clint Eastwood?«

»Keiner von beiden!«, antwortete Hortense.

»Mein Traummann war Lincoln«, fuhr Sylvana fort, »aber der ist tot...«

»Also, wenn schon tot«, schaltete sich Sally ein, »dann würde ich die Garbo nehmen...«

Julian, ein großer, melancholischer, dunkler Typ, der Bücher schrieb. Er konnte sich nicht entscheiden, ob er Designer oder Schriftsteller werden sollte, und wollte unbedingt, dass Hortense seine Erzählungen las.

»Hast du schon mal mit einem Schriftsteller geschlafen?«, fragte er und saugte an der Spitze seines Stifts.

»Ich hasse neugierige Leute...«

»Nun! Du solltest mit mir schlafen, und wenn ich dann später berühmt bin, kannst du damit angeben, dass du mich gekannt hast und mich vielleicht sogar zu einer meiner Erzählungen inspiriert hast... Du könntest sogar behaupten, du seist meine Muse gewesen!«

»Ist schon mal was von dir veröffentlich worden?«, fragte Hortense.

»Einmal... in einer Literaturzeitschrift...«

»Und hat dir das Geld gebracht?«

»Ja. Ein bisschen... Aber nicht genug, um davon zu leben... deshalb entwerfe ich Kleider.«

»Ich gehe nur mit erfolgreichen Männern aus«, sagte Hortense, um seinen Fragen ein Ende zu machen. »Also, vergiss mich lieber!«

»Wie du meinst...«

Am nächsten Morgen versuchte er es erneut.

»Hast du einen Freund? Einen richtigen Freund, meine ich...«

Hortense wiederholte, dass sie es hasse, wenn man ihr persönliche

Fragen stelle. Das wäre so, als steckte ihr jemand die Hand in den Slip. Sie weigere sich, solche Fragen zu beantworten.

»Du willst frei und ungebunden bleiben?«, bemerkte Julian, während er seinen Bleistift spitzte.

»Ja …«

»Aber eines Tages wirst du es wissen …«

»Was werde ich wissen?«

»Eines Tages wirst du den Jungen finden, dem du gehören möchtest …«

»So ein Blödsinn!«, erwiderte Hortense.

»Nein. Du wirst den Ort, die Dinge und den Jungen finden … Alles wird zusammenkommen. Und du wirst dir sagen, hier ist mein Platz. Denn alles wird sich zusammenfügen, und eine leise Stimme in deinem Inneren wird es dir verraten …«

»Hast du das Mädchen denn schon gefunden, dem du gehören willst?«

»Nein, aber ich weiß, dass es eines Tages ganz klar sein wird. Und an dem Tag werde ich auch wissen, ob ich schreiben oder entwerfen will …«

Wenn sie genug hatte von all den Fragen, wenn sie nichts als die Stille in ihrem Kopf und die Geräusche von New York hören wollte, ging sie zu PJ Clarke's und aß einen Hamburger. Dann wurde sie mit einem Schlag ruhiger. Sie hatte das Gefühl, dass ihr nichts Böses widerfahren könne. Und sie hatte auch das Gefühl, wirklich ein Teil dieser Stadt zu sein. Es war ein schickes Lokal. Die Kellner trugen lange, weiße Schürzen und eine Fliege, sie nannten sie *Honey!*, sagten *Enjoy*, wenn sie das Körbchen mit ihren Pommes und eine Portion Rahmspinat auf den Tisch stellten. Sie hörte die alten Platten aus der Jukebox und verscheuchte all die lästigen Fragen aus ihrem Kopf.

Zoé rief an.

»Na, hast du dich mit Gary getroffen?«

»Noch nicht … Ich habe zu viel Arbeit!«

»Lügnerin! Du hast Angst!«

»Nein, ich habe keine Angst …«

»Doch. Du hast Angst, sonst wärst du einfach zu ihm hingefahren …

Du kennst seine Adresse, du hättest unten vor seinem Haus gestanden, und du hättest auf den Klingelknopf gedrückt. Er hat garantiert seinen Namen neben die Klingel geschrieben. Gary Ward. Also! Du drückst auf Gary Ward, und alles ist gut …«

»Hör auf, Zoé!«

»Also hast du Angst … Nach außen hin machst du einen auf Terroristin, aber innen drin stirbst du vor Angst!«

»Hast du nichts Besseres zu tun, als mir am Telefon auf die Nerven zu gehen?«

»Ist doch egal, es kostet ja nichts! Außerdem bin ich ganz allein … Meine Freundinnen sind alle in Urlaub gefahren, und ich langweile mich …«

»Fährst du nicht weg?«

»Erst im August. Zu Emma nach Étretat. Und ich werde Gaétan sehen, er wird nämlich auch da sein! Das hat gesessen, was? Ich habe keine Angst!«

Nicholas fragte: »Na, hast du sie schon?«

»Was denn?«

»Die geniale Idee, die dich aus der Masse hervorhebt, die dir ein eigenes Büro verschafft, damit du in Ruhe arbeiten kannst …«

»So etwas existiert nicht! Das passiert nur im Film!«

»Das bedeutet nur, dass du DIE Idee noch nicht gefunden hast!«

»Hör auf, mich unter Druck zu setzen, sonst komme ich nie darauf! Außerdem gibt es hier überhaupt keine Einzelbüros für die Genies. Wir sitzen alle zusammen und reden beim Arbeiten. Die reden übrigens ununterbrochen. Das geht mir so was von auf die Nerven!«

»Ich vertrau dir, *sweetie*. London vermisst dich …«

Aber sie vermisste London nicht.

Sie liebte alles hier. Ihren morgendlichen Weg zur Arbeit. Das gelbe Taxi, das sie nahm, wenn es zu heiß war und sie an der roten Ampel vor Schweiß zerfloss, während sie mit der Spitze ihrer Repetto-Ballerinas den weichen Asphalt betastete. Das Chrysler Building, das Citicorp Center, die Buden an den Straßenecken, an denen Hotdogs und Obst verkauft wurden, die Saxofonspieler, die Münzen einforderten, indem sie sich beim Spielen schier verrenkten, die Straßenhändler, die Taschen von Chanel oder Gucci zu fünfzig Dollar verkauften, die Pakistanis, die lange, bunte Schals auf dem Bürgersteig ausbreiteten und sie hastig wieder zusammenrafften, sobald Polizei auftauchte.

Und sogar die warme schwarze Brühe, die sich Kaffee schimpfte und doch nur nach warmem Wasser schmeckte …

In dem großen Büro an der 42nd Street kaute sie stumm auf ihrem Haar herum und zeichnete.

Sie hatte ihre Skizzenhefte aus Paris mitgebracht. Hatte Kleidungsstücke vorbereitet, Kostüme, schmal geschnittene schwarze Kleider, kurze Pullis in Trapezlinie, die den Nabel freiließen, und längere Pullis in Trapezlinie für diejenigen, die ihren Nabel nicht zeigen wollten. Frank Cook sah sich ihre Zeichnungen an. Von jedem Stück fertigen wir zwei Versionen an, erklärte Hortense, eine für gertenschlanke Frauen und eine für nicht ganz so gertenschlanke Frauen!

Er runzelte die Stirn. »Weiter!«, forderte er sie auf. »Weiter!«

»Dann wird die nicht ganz so gertenschlanke Frau das Modell für gertenschlanke Frauen sehen, beide Versionen kaufen und Diät machen! Frauen lieben es, Diät zu machen und sich vorzustellen, sie seien schlank, auch wenn sie es gar nicht sind …«

Frank war einverstanden, und es ging los.

Ständig fiel ihr etwas Neues ein.

Sie brauchte nur durch die Straßen von New York zu schlendern, die Sirenen der Krankenwagen zu hören, die Rufe der Fahrradkuriere, die geradewegs auf sie zurasten, den silberglänzenden Bus zu sehen, die Fahnen, die an den Hotels und Museen flatterten, die abgerundeten Parkuhren, die Glasfassaden. In dieser Stadt drang die Energie geradewegs aus dem Boden, setzte sich in den Füßen fest, stieg hinauf in den Rücken, in den Kopf und mündete in einen sprudelnden Ideengeysir.

Sie sagte sich, dass sie nie wieder von hier fortgehen könnte.

New York war ihre Stadt.

Sie dachte an das, was Julian immer sagte: Eines Tages wirst du den Ort, die Dinge und den Jungen finden … Alles wird sich zusammenfügen. Und du wirst dir sagen, hier ist mein Platz.

Und da ließ sie ihren Stift sinken und dachte an Gary.

Eines Abends küsste sie einen Jungen. Er hieß José. Eine wundervolle Kombination aus dunkler Haut und leuchtend grünen Augen. Er trug weiße Leinenanzüge, steckte beim Gehen die Hände in die Taschen und wiegte sich in den Hüften.

»Du gehst nicht«, sagte Hortense zu ihm, »du tanzt Rumba!«

Er stammte aus Puerto Rico und wollte Schauspieler werden. Er erzählte ihr, wie sich die Frauen auf seiner Insel, ob alt oder jung, arm oder hässlich, stets bemühten, schöne Kleider zu tragen. Er nahm ihre Hand und fügte hinzu, dass die Kinder bunte Bänder in den Haaren trugen, dass sie auf der Straße tanzten und dass Regenbogen aufleuchteten, wenn man sie mit Wasser besprengte.

Das inspirierte Hortense zu einem Brillenentwurf, und sie war ihm dankbar.

Sie hatten am Broadway zu Abend gegessen und spazierten die Seventh Avenue entlang.

Er erzählte ihr noch mehr von seiner Insel und von Barceloneta, wo seine Familie lebte. Sie mochte die Os und die As in seinem Mund und die Silben, die aus seiner Kehle strömten. Sie bekam Lust zu tanzen, und sie gingen tanzen.

Er begleitete sie zu Fuß nach Hause. Sie schlug ihm vor, mit hochzukommen und sich die Wolkenkratzer anzusehen.

Sie mochte nicht, wie sich seine spitze Nase an ihren Mund drängte, und setzte ihn vor die Tür. Und legte sich ins Bett, ohne sich abzuschminken. Das mochte sie auch nicht, aber sie war zu müde.

Am frühen Morgen rief Zoé an und fragte: »Und…? Und…? Hast du Gary getroffen?«

»Nichts und… Du gehst mir auf die Nerven!«

»Ha, ha… Du hast Angst! Du hast Angst! Meine furchtlose Schwester kneift vor einem Jungen, der Klavier spielt und mit Eichhörnchen redet…«

Sie legte kommentarlos auf.

Sie schminkte sich ab. Zündete eine Duftkerze an, die sie auf einem Regal entdeckt hatte. Öffnete die Kühlschranktür und fand sich Auge in Auge mit der kleinen Indianerin von der *Land O'Lakes*-Butter wieder.

»Was hältst du von der ganzen Sache?«

Die kleine Indianerin lächelte und schwieg.

Am nächsten Tag skizzierte sie eine psychedelische Brille und nannte sie »Barcelonita«.

Eines Abends rief Zoé an und sagte: »Du Guesclin hat sich übergeben, was soll ich machen?«

»Frag Maman. Ich bin kein Tierarzt … Du solltest doch längst schlafen!«

»Maman ist nicht da … Sie ist vor zwei Tagen nach London gefahren. Sie hat gesagt, sie wolle Steinchen werfen … Findest du nicht, dass sie sich in letzter Zeit komisch benimmt?«

»Bist du ganz allein zu Hause?«

»Nein, Shirley ist da … Aber sie ist ausgegangen. Sie ist für eine Woche mit Oliver nach Paris gekommen. Und als Maman nach London gefahren ist, ist sie hiergeblieben, um auf mich aufzupassen, weil Maman mich nicht allein lassen wollte …«

»Ach, Shirley ist da …«

»Ja, und sie ist total glücklich, weil Gary sie angerufen hat … Anscheinend haben sie schon seit Monaten nicht mehr miteinander gesprochen! Und darum sieht sie das Leben gerade in Rosarot. Sie ist total witzig! Wir essen Pizza und Eis!«

»Shirley gibt dir Pizza und Eis zu essen?«

»Ich sag doch, die schwebt im Moment auf Wolke sieben … Sie hat Gary erzählt, dass du in New York bist! Jetzt musst du ihn anrufen. Sonst wird es ganz schrecklich, Hortense, dann glaubt er noch, dass du ihn nicht liebst …«

»Kannst du mal lockerlassen, Zoélinchen? Du gehst mir ganz schön auf den Keks, weißt du das?«

»Das ist doch nur, weil … ich fände es gut, wenn ihr zusammen wärt … dann hätten wir Gaétan und Zoé und Gary und Hortense. Ist dir schon aufgefallen, dass die Namen unserer Freunde beide mit G anfangen? Das ist doch ein Zeichen …«

»Hör auf! Hör auf! Oder ich geh dir gleich an die Gurgel!«

»Kannst du nicht! Kannst du nicht! Und ich kann sagen, was ich will! Sag, Hortense, glaubst du, Maman ist nach London gefahren, um Steinchen an Philippes Fenster zu werfen?«

Als Hortense am nächsten Morgen ins Büro kam, wartete Frank Cook schon auf sie. Er bat sie, ihn zu begleiten. Er wollte mit ihr die verschiedenen Banana-Republic-Läden besuchen. Sie solle ihm sagen, was sie von den Schaufenstern, der Anordnung der Artikel und der Atmosphäre in den Geschäften hielt. Hortense folgte ihm und stieg mit ihm in die große, klimatisierte Limousine.

»Damit kenne ich mich aber nicht aus, wissen Sie …«

»Mag sein, aber Sie haben ein gutes Gespür und Ideen … Ich brauche den Blick von außen. Sie haben für Harrods gearbeitet. Ich habe mich erkundigt, ihre Schaufenster waren fantastisch, Sie haben ein Konzept vorgeschlagen und es umgesetzt, und ich möchte, dass Sie hier genau das Gleiche machen …«

»Aber da hatte ich auch reichlich Zeit, mir Gedanken zu machen, jetzt bin ich ein bisschen überrumpelt …«

»Ich verlange ja keinen ausgefeilten Bericht von Ihnen, Sie sollen mir nur sagen, was Ihnen spontan dazu einfällt …«

Sie besuchten alle Läden. Hortense sagte ihm ihre Meinung.

Er lud sie auf einen Kaffee ein und hörte ihr zu. Dann fuhr er sie zurück ins Büro.

»Und? Und?«, wollte Sylvana wissen. »Was hat er gesagt?«

»Nichts. Er hat überhaupt nichts gesagt. Er hat zugehört. Wir waren überall, und ich habe ihm genau das gesagt, was ich dachte … Diese Läden sind tot! Da drin herrscht kein Leben, keine Bewegung, man hat das Gefühl, in ein Museum zu kommen. Die Verkäuferinnen sehen aus wie Wachsfiguren und sind so furchtbar gediegen. Man hat Angst, sie zu stören. Die Kleider hängen an Bügeln, die T-Shirts und Pullover schön gefaltet, die Jacken alle in einer Reihe … Man muss Leben da hineinbringen, den Leuten Lust darauf machen, alles zu kaufen, ihnen fertige Outfits präsentieren, die ein ganz kleines bisschen verrückt sind, gerade genug, um sie träumen zu lassen. Die Amerikaner lieben es, wenn man sie von Kopf bis Fuß einkleidet … In Europa kreiert jedes Mädchen seinen eigenen Look, aber hier wollen die Mädchen eine Uniform, um genauso auszusehen wie ihre Freundin oder ihre Vorgesetzte. In Europa willst du dich von den anderen abheben, hier willst du aussehen wie sie …«

»Wow!«, sagte Sylvana. »Wie kommst du nur immer auf diese Ideen?«

»Keine Ahnung, aber was ich weiß, ist, dass ich meine Preise erhöhen werde … Was ich ihm heute Morgen erzählt habe, ist Gold wert …«

Eines Sonntagmorgens ging sie in den Central Park.

Das Wetter war schön. Die Grasflächen waren übersät mit Menschen auf Picknickdecken. Sie telefonierten, aßen Wassermelonen, spielten Computerspiele auf ihren Laptops. Die Pärchen saßen Rücken an Rücken. Mädchen feilten sich die Nägel und erzählten einander Geschichten aus dem Büro, ein Stück weiter hatte eine ihre Jeans hochgekrempelt, machte Bauchgymnastik und lackierte sich dabei die Zehennägel.

Kinder spielten Ball …

Andere Baseball …

Eines von ihnen trug ein T-Shirt mit dem Aufdruck »Eltern (gebraucht) abzugeben«.

Hortense sah von Kopf bis Fuß weiß gekleidete Boulespieler. Sie warfen große Kugeln aus dunklem Holz auf ein makellos gepflegtes Rasenstück und redeten mit gedämpfter Stimme, unter ihren weißen Hüten vor der Sonne geschützt. Sie bückten sich elegant nach ihren Kugeln und warfen sie so beiläufig, als gäbe es keinen Einsatz und keinen Wettbewerb.

So british …, dachte sie und bewunderte ihre nonchalante Art.

Und dann dachte sie an Gary. Sie wollte es sich nicht eingestehen, aber sie hielt nach der kleinen grauen Holzbrücke und dem weißen Kiesweg Ausschau.

Als die Sonne über dem Park zu sinken begann, ging sie nach Hause. Sie duschte. Bestellte Sushi und legte eine *Mad Men*-DVD ein, sie hatte das Ende der dritten Staffel noch nicht gesehen.

Don Draper gefiel ihr sehr.

Auch *so british …*

Es war drei Uhr morgens, als sie den Fernseher ausschaltete.

Sie fragte sich, wo diese verdammte Brücke war …

Zoé weckte sie mitten in der Nacht.

»Du schon wieder?«

»Diesmal ist es ernst … Maman hat angerufen. Sie war mit Philippe in einer Kirche. Sie war außer sich vor Glück. Sie hat gesagt, sie sei glücklich, so glücklich, und ich solle es als Erste erfahren. Glaubst du, sie werden heiraten?«

»Zoé! Hast du mal auf die Uhr gesehen? Hier ist es sechs Uhr morgens!«

»Huch! Da habe ich mich verrechnet!«

»ICH HABE GESCHLAFEN!«

»Aber jetzt sag schon, Hortense, was hat das zu bedeuten, dass sie aus einer Kirche anruft?«

»Das ist mir so was von egal, Zoé! Lass mich schlafen! Ich muss morgen arbeiten!«

»Ich habe mit der Arbeit an einem Buch begonnen«, sagte Joséphine in Philippes Armen.

Sie saßen an eine Platane gelehnt auf der kleinen Rasenfläche vor der Kirche.

»Das schreibst du hier …«

»Und dann ist da ja auch noch Zoé …«

»Sie kann auf die französische Schule gehen …«

»Sie hat einen Freund …«

»Ich kaufe ihr ein Jahresticket für den Eurostar, dann kann sie ihn besuchen, so oft sie will … und er kommt hierher …«

»Und Du Guesclin?«

»Mit dem gehen wir im Park Gassi … Die Londoner Parks sind sehr schön …«

»Und die Uni? Ich kann doch nicht einfach alles stehen und liegen lassen …«

»Paris ist nur zwei Stunden von London entfernt, Joséphine! Das ist ein Katzensprung … Hör auf mit diesem ewigen Nein … Sag endlich Ja …«

Sie schaute zu ihm auf. Küsste ihn.

Er verstärkte seine Umarmung.

»Hast du noch viele solcher Fragen?«

»Es ist nur …«

»Willst du dein Leben allein beenden?«

»Nein …«

»Was würdest du denn machen, so ganz allein? Hast du mir nicht selbst gesagt, dass das Leben ein Walzer sei und man mit ihm tanzen müsse?«, fragte er, die Lippen an Joséphines Haar. »Aber zum Walzertanzen gehören zwei …«

»Ja …«

»Dann tanze Walzer mit mir, Joséphine, wir haben schon viel zu lange gewartet …«

Eines Abends, es musste etwa Anfang August sein, kam Hortense nach Hause. Sie hatte Julians Einladung zum Essen ausgeschlagen, der ihr seine neueste Erzählung vorlesen wollte.

Es war die Geschichte eines Mädchens, das in seiner Kindheit Schlimmes erlitten hatte und seine Liebhaber mit einem Buttermesser erstach. Hortense war nicht sicher, ob sie das wirklich hören wollte. Sie hatte höflich abgelehnt.

Es war sehr heiß, das Thermometer zeigte 88 Grad Fahrenheit und 99 Prozent Luftfeuchtigkeit an. Sie hatte eigentlich vom Büro aus zu Fuß nach Hause gehen wollen, aber nach drei Blocks hatte sie ein Taxi herangewinkt.

Sie hatte geduscht und sich mit einer gepressten Zitrone, Honig und einem Krug Eiswürfel auf die Couch gelegt. Hatte ein Buch über Matisse aufgeschlagen, um die Farben zu studieren und eine »Obstsalat«-Kollektion für das kommende Jahr zu entwickeln.

Sie blätterte die Seiten um, hörte Miles Davis im Radio, nippte an ihrem Zitronensaft und genoss die Farben von Matisse. Das wird ein wundervoller Abend, sagte sie sich und prostete den Pilgervätern zu, die sie von der Wand aus mit strenger Miene musterten. Ich habe mir ein bisschen Ruhe verdient, sagte sie ihnen, ich arbeite ununterbrochen! Heute Abend werde ich einfach nichts tun …

Nichts tun …

Sie kuschelte sich tiefer in das beigefarbene Sofa, hob ein Bein, streckte sich, hob das andere …

Erstarrte mit einem Bein in der Luft.

Kaum merklich hatte sie ein Unwohlsein beschlichen. Ihr Herz zog sich zusammen, sie bekam keine Luft mehr. Sie glaubte, es liege an ihrer Haltung, und wand sich auf dem Sofa hin und her, doch dann hörte sie, wie sich ihr Herzschlag verstärkte. Ihr Herz bebte, und erneut erklang das Lied aus der Limousine, das New York und Gary miteinander verband … New York, New York, Gary, Gary … Die Worte dröhnten wie Paukenschläge.

Sie richtete sich auf und sagte laut: »Ich muss ihn sehen …«

Ich muss ihn unbedingt sehen!

Zoé hat recht! Er weiß, dass ich in New York bin, er weiß, dass ich seine Adresse habe, er wird glauben, ich wollte ihn nicht sehen!

ICH WILL IHN SEHEN!

Neulich abends hatte ich keine Lust, die Spitznase zu küssen. Dabei war er gar nicht übel, aber je näher ich ihm kam, desto mehr dachte ich, aber er ist nicht Gary, er ist nicht Gary! Und ich hatte eine wahnsinnige Lust, Gary zu küssen.

Gary zu küssen!

Sie trank einen Schluck Zitronensaft, schob alles auf die Hitze, ich habe auf dem Heimweg einen Hitzschlag bekommen. Ich bin nicht ich selbst. Aber das Lied setzte wieder ein, und diesmal gab es kein New York, New York mehr, es gab nur noch Gary, Gary, laut, so unglaublich laut … Es dröhnte in ihrem Kopf, in ihrer Brust, in ihren Beinen.

Sie bekam keine Luft mehr.

Sie warf sich nach hinten und kam wieder zu Atem.

»Okay«, sagte sie laut zu sich selbst. »Ich gebe es zu, ich habe Angst davor, ihn zu sehen, ich habe Angst davor, mich zu verlieben, und ich fürchte, jetzt ist es so weit! Ich habe mich verliebt …«

Ich habe mich in Gary verliebt.

Sie setzte sich in den Schneidersitz und zupfte an ihren Zehen. Das Unwohlsein wandelte sich zu Angst. Die Zeit drängte.

»Na gut«, sagte sie, »ich gehe zu ihm … Morgen ist Montag, ich nehme mir die Zeit, ich überlege mir eine Ausrede, um nicht ins Büro zu gehen, ich behaupte, ich wolle in Ruhe arbeiten und dazu müsse ich allein sein, und dann gehe ich zu ihm in seine Hütte im Central Park.

Ich tue so, als wäre ich einfach nur spazieren gegangen und rein zufällig auf ihn gestoßen.

Ich finde ihn wie durch Zufall in seiner Hütte.

Wie durch Zufall …

Ich werde den weißen Kiesweg entlanggehen, über die Brücke aus grauen Bohlen, und ich betrete seine Hütte.«

Am liebsten hätte sie Junior angerufen und ihn gefragt, wo diese verdammte graue Brücke war. Junior! Junior! Konzentriere dich und sag mir, wo diese Brücke ist!

Sie rief nicht an.

Sie würde allein hingehen. Sie würde Junior nicht stören …

Sie hörte, wie sich ihr Herzschlag verlangsamte, bis es wieder ganz normal schlug.

Sie konnte den nächsten Tag kaum abwarten …

Um halb eins klingelte ihr Handy.
Sie stand auf und ging ran.
Es war Junior.
»Du hast mich gerufen, Hortense?«
»Nein …«
»Doch, du hast mich gerufen. Ich habe mich auf deine Frequenz eingestellt und dich gehört …«
»Du hast dich auf meine Frequenz eingestellt?«
»Ja. Ich werde immer besser darin! Ich sehe deinen Schreibtisch, ich sehe deine Kollegen, Julian gefällt mir …«
»Es geht aber nicht um Julian, Junior …«
»Das weiß ich … Es geht um Gary, nicht wahr?«
»Ja«, antwortete Hortense beinahe widerstrebend. »Ich hatte heute Abend eine Art Panikattacke. Ich habe mir gesagt, dass ich ihn unbedingt sehen muss, und dabei habe ich auch an dich gedacht, das stimmt …«
»Du hättest mich anrufen sollen!«
»Ich habe mich nicht getraut …«
»Geh zu ihm, Hortense! Na, los! Sonst wirst du noch krank … Ich sehe eine fette gelbe Krankheit mit jeder Menge Eiter! Psychosomatisch …«
»Bist du sicher?«
»Ich habe lange nachgedacht, Hortense. Er ist ein netter Kerl, und du wirst mit ihm glücklich sein. Im Grunde liebst du ihn schon lange … Aber den Jungen mit der spitzen Nase mochte ich nicht.«
»Den hast du auch gesehen?«
»Ja …«
»Junior! Hör auf, in meinem Kopf zu lesen! Das ist wirklich unangenehm!«
»Oh, es funktioniert auch nicht immer … Nur wenn du gerade an mich denkst, dann bekomme ich eine Frequenz. Aber wenn du überhaupt nicht an mich denkst, schaffe ich es nicht.«
»Zum Glück!«
»Also, gehst du zu ihm?«
»Ja. Morgen ist Montag …«
»Das ist gut …«
Sie schwiegen lange. Sie hörte seinen Atem. Er wollte ihr noch etwas sagen.

»Hat Marcel mit Chaval und Henriette gesprochen?«, fragte Hortense, um das Schweigen zu brechen.

»Ja, und es war grandios! Die Ereignisse haben sich überschlagen. Die Welt dreht sich immer schneller. Wir werden uns festhalten müssen. Die angekündigten Veränderungen zeichnen sich ab. Deshalb dürfen wir auch keine Zeit verlieren …«

»Und? Jetzt erzähl schon!«

»Henriette hat keinen Cent mehr! Mein Vater war unerbittlich. Er hat sie sogar aus der Wohnung geworfen. Er hat gemerkt, dass der Mietvertrag ausläuft, und hat ihn nicht verlängert. Er hat ihr nur ihren monatlichen Unterhalt gelassen. Und weißt du, was sie gemacht hat? Sie ist als Concierge in die Loge gezogen!«

»Als Concierge!«

»Ich sagte dir doch, sie ist zäh und steckt noch voller Leben! Das Concierge-Ehepaar hat gekündigt, weil sein Sohn irgendwo außerhalb von Paris zur Schule gehen wird und sie in seiner Nähe sein wollen, und sie hat sich gesagt, dass die Loge ein idealer Weg sei, um Geld zu sparen. Freie Unterkunft, Heizung und Telefon inbegriffen, und sämtliche Hausbewohner als potenzielle Erpressungsopfer! Ich kann dir versichern, dass sie in dem Haus eine Schreckensherrschaft errichten wird. Soll ich dir etwas sagen? Diese Frau nötigt mir tatsächlich Bewunderung ab.«

»Und Chaval?«

»Chaval ist am Boden zerstört. Er hat seine Mutter verloren und den Verstand gleich dazu!«

»Ist sie gestorben?«

»Sie wurde in der Avenue de la Grande Armée von einem Auto überfahren! Von einem Diplomatensohn, der eine rote Ampel übersehen hatte. Chaval vergießt immer noch bittere Tränen … Als Vater ihn zu sich bestellt hat, um ihm zu sagen, dass er erledigt ist, hat er überhaupt nicht reagiert. Anscheinend hat er weinend auf seinem Stuhl gesessen und um Verzeihung gebeten! Ein Waschlappen! Ein richtiger Waschlappen!«

»Und die Trompete?«

»Sie hat ihn aufgenommen, und er wohnt jetzt bei ihr … Sie sprüht vor Glück und ist sogar beinahe hübsch geworden. Sie hat Papa ein Foto gezeigt: Chaval steht in einer Dschellaba in der Rue de Pali-Kao und hält sie im Arm!«

»Das also war die Dschellaba!«

»Das traurige Ende eines Ritters von der traurigen Gestalt!«

»Das ist ja wirklich alles rasend schnell gegangen!«

»Die Zeiten beschleunigen sich, Hortense. Wir stehen vor dem Übergang in eine neue Welt. Wart's nur ab … Uns stehen noch einige Überraschungen bevor. Alles wird sich in einem höllischen Tempo entwickeln … Und deshalb musst du dich auch ändern und dir eingestehen, dass du in Gary verliebt bist …«

»Ich habe Angst, Junior, ich sterbe vor Angst …«

»Du musst deine Angst überwinden. Sonst wirst du immer die Gleiche bleiben und dich ständig wiederholen … Und dann ist es vorbei mit dir. Du willst dich doch nicht ständig wiederholen, liebste Hortense … Du hast nie vor etwas Angst, also fürchte dich auch nicht davor, dich hinzugeben. Lerne zu lieben, du wirst sehen, es ist wunderbar …«

Nun war Hortense diejenige, die schwieg. Sie strich ihr zerwühltes Haar glatt, knickte gedankenverloren die Seite eines Buchs um und fragte schließlich: »Und wie geht das, Junior? Wie geht das?«

»Als Erstes suchst du die graue Brücke und gehst zu der Hütte … Und danach läuft alles von selbst, du wirst schon sehen …«

»Aber wo ist denn diese verdammte Hütte? Ich bin neulich im Park spazieren gegangen und habe sie nicht gefunden …«

»Das ist ganz einfach. Ich habe auf Google Earth nachgesehen und den Weg gefunden. Du nimmst den Parkeingang gegenüber von deinem Haus … Dann gehst du die große Allee entlang, und nach fünfhundert Metern siehst du einen Kiosk, an dem Schmalzgebäck und Getränke verkauft werden. Da biegst du nach links ab und gehst geradeaus weiter … Bis zu einem großen grünen Schild mit der Aufschrift »*Chess and checkers*« … Du wendest dich nach rechts, und dann siehst du auch schon die kleine Holzbrücke. Danach geht es immer geradeaus.«

»Aber du stellst dich nicht auf meine Frequenz ein, versprochen? Dann wüsste ich nicht mehr, was ich machen soll. Es wird auch so schon schwer genug …«

»Versprochen. Hör einfach auf, an mich zu denken … Wenn du ganz fest an mich denkst, dann gleichen sich unsere Frequenzen an!«

Am Montagmorgen bereitete sie sich vor.

Sie duschte, wusch sich die Haare, ließ sie trocknen und sprühte sie mit einer Lotion ein, die sie glänzen ließ. Als sie den Kopf schüttelte, schimmerten sie wie eine Wolke aus Lichtstaub. Sie zog einen braunen Lidstrich dicht über ihren Wimpern, trug etwas dunkelbraune Wimperntusche auf, ein wenig Puder, einen Hauch rosa Rouge und eine Spur Johannisbeerrot auf die Lippen. Schlüpfte in ihr schwarzes Kleid. Es hatte ihr schon einmal Glück gebracht, als sie Frank Cook kennengelernt hatte, es würde ihr auch diesmal Glück bringen. Sie kreuzte die Finger. Schaute zum Himmel auf und flehte ihn an, sie zu beschützen. Sie glaubte nicht unbedingt daran, aber einen Versuch war es wert.

Zog eine Sandale aus apfelgrünem Eidechsenleder an, die sie am Vortag gekauft hatte. Fragte sich, wo die zweite abgeblieben war, und hüpfte suchend auf einem Bein durchs Zimmer. Ging auf die Knie, tastete unter ihrem Bett herum, wirbelte Staubflocken auf, nieste, tastete weiter und fand sie schließlich.

Pustete den Staub vom Leder.

Richtete sich auf und stellte sich vor den Spiegel. Mein Gott! Mein Gott! Wenn mein Herz so weiterhämmert, wird unsere Romanze nicht lange dauern. Dann lande ich auf einer Bahre im Krankenhaus.

Wird er mich genug lieben, um mich auf der Bahre zu umarmen?

Gary…

Und sie ließ die Arme an ihrem Körper herabhängen.

Garys Lächeln…

Ein einzigartiges Lächeln, einzigartig wie sein Rücken in einer Menschenmenge…

Das Lächeln eines selbstsicheren, aber niemals überheblichen Mannes… Eine Selbstsicherheit, die sich aus Vertrauen zu sich selbst speiste, nicht aus Arroganz…

Das Lächeln eines großzügigen Mannes, der die ganze Welt umarmt und sie einem dann zu Füßen legt… Nur für einen allein. Als wäre man die Einzige, die es verdiente, dass man ihr die Welt zu Füßen legt.

Als wäre man die Einzige, die absolut Einzige, die über dieser Welt schwebte…

Ein Lächeln, wie man ihm nur zwei-, dreimal im Leben begegnet. Man dreht sich um und weiß, dass man diesen Mann niemals vergessen wird…

Um ein Haar hätte sie diesen Mann und sein Lächeln vergessen.

Sie schlug sich mit ihrer Clutch gegen den Kopf und beschimpfte sich als blöde Kuh und Vollidiotin.

Nahm ihre große Sonnenbrille, einen rosa Musselinschal mit weißen Tupfen, straffte die Schultern, atmete dreimal tief durch, wünschte sich Glück und verließ die Wohnung.

Der Doorman sah sie vorbeigehen und rief ihr zu: *Have a good day!*

Sie rief eine Antwort und hörte, wie ihre Stimme zitterte.

Sie betrat den Park über den Zugang gegenüber ihrer Wohnung.

Ging bis zu dem Kiosk, an dem Softdrinks und Schmalzgebäck verkauft wurden.

Wandte sich nach links. Ging geradeaus. Sah das grüne Schild mit der Aufschrift »*Chess and checkers*«... Wandte sich nach rechts und ging immer weiter. Blieb stehen, um sich zu vergewissern, dass ihre Nase nicht glänzte und die Wimperntusche nicht zerlief, klappte mit einem Ruck das blaue Puderdöschen zu, fuhr sich mit der Zunge über die Lippen, hob den Kopf... und ihr stockte der Atem. Etwa zehn Meter vor ihr lag die kleine, graue Holzbrücke.

Sie ging über die Brücke und sah die Hütte.

Eine Hütte aus grauen Rundhölzern mit einem von Zweigen und Laub überwucherten Dach. Eine nach allen Seiten hin offene Hütte.

Sie ging näher heran und sah ihn.

Er saß auf einer Bank, beugte sich zu einem Eichhörnchen hinunter und hielt ihm eine Erdnuss hin.

Das Eichhörnchen sah sie und rannte weg.

Gary drehte sich um.

»Hortense!«

Im ersten Moment wirkte er überrascht. Dann verfinsterte sich seine Miene, und er fragte: »Was machst du hier?«

»Ich bin zufällig vorbeigekommen...«

Er musterte sie spöttisch.

»Du bist zufällig vorbeigekommen?«

»Ich bin zufällig vorbeigekommen und habe mir gedacht, ich schau mal rein... Ich gehe sehr oft im Park spazieren, ich wohne ganz in der Nähe... An der Central Park South.«

»Seit einem Monat. Ich weiß.«

Ein Vorwurf klang aus seiner Stimme. Ein Vorwurf, der sagte, du bist seit einem Monat hier und hast nicht versucht, mich zu erreichen …

»Ich weiß, was du denkst«, sagte Hortense.

»Wow, du bist gut …«

»Da hast du recht …«

Sie sah ihn an, nahm die Sonnenbrille ab, schaute ihm tief in die Augen und sagte, jedes Wort betonend, damit es in seinen Kopf eindrang und er verstand: »Hör mir gut zu, Gary … Als du aus London weggegangen bist, habe ich deine Nachricht nicht bekommen. Niemals. Das musst du mir glauben … Ich habe erst später erfahren, dass du mich mitnehmen wolltest … Und ich war sehr traurig, weil ich glaubte, du wärst geflogen, ohne mir ein Wort davon zu sagen … Ich war sauer auf dich, sehr sauer … Und lange …«

Er spielte mit den Erdnüssen, die noch in der Packung waren, zerdrückte sie mit den Fingern, zerbröselte sie zu Staub und warf sie auf den Boden.

»Ich weiß, dass du mir ein Flugticket gekauft hattest … Aber das weiß ich erst seit Kurzem. Ich war so sauer, dass es eine Weile gedauert hat, bis ich dir verziehen habe. Ich sagte mir, dass wir uns bekriegen, dass wir beide uns immer nur bekriegen, und auf einmal hatte ich keine Lust mehr, dich zu bekriegen …«

Er zerdrückte eine Erdnuss und schälte sie mit den Zähnen. Knackte eine zweite und sagte schließlich: »Also hast du beschlossen, dass der Krieg jetzt zu Ende ist, und dir gesagt, dann besuche ich doch mal den alten Gary, er ist sicher bei seinen Kumpels im Park …«

»So ungefähr … Deine Mutter hat mir von den Eichhörnchen erzählt, die montags traurig sind …«

»Und dann hast du ganz zufällig die Hütte gefunden …«

»Nein. Ich habe danach gesucht …«

»Und was genau suchst du, Hortense?«

Zorn schwang in seiner Stimme mit. Er scharrte mit der Schuhspitze über den Boden und vergrub die Fäuste in den Taschen.

Sie lehnte sich gegen die hölzerne Brüstung der Hütte, legte ihre Handtasche zur Seite und sagte: »Ich habe mich gefragt, wie es sich wohl anfühlt, von dir umarmt zu werden …«

Er zuckte mit den Schultern und streckte die Beine aus, als käme es überhaupt nicht infrage, aufzustehen, um sie zu küssen.

Hortense ging auf ihn zu. Kniete neben ihm nieder. Achtete darauf, ihn nicht zu berühren. Und fügte hinzu: »Ich wollte sagen, von einem Pianisten der Juilliard School umarmt zu werden. Der berühmten Juilliard School in New York …«

Gary wandte ihr den Kopf zu und brummte: »Ich kann dir versichern, dass das auch nicht anders ist, als von irgendjemandem sonst umarmt zu werden …«

»Das glaubst du … Aber ich zum Beispiel, ich weiß das nicht … Weil ich noch nie von einem Pianisten der berühmten Juilliard School in New York umarmt wurde …«

»Hör auf, Hortense, das ist doch Quatsch …«

»Vielleicht … Aber solange ich es nicht ausprobiert habe, kann ich es nicht wissen … Und es kostet doch nichts, es einmal auszuprobieren, oder?«

Wieder zuckte er mit den Schultern. Sein Blick wich dem ihren aus. Verkniffen, feindselig, misstrauisch saß er da.

»Was erwartest du von mir?«, fragte Hortense. »Soll ich mich vor deinen Füßen im Staub wälzen?«

»Nein«, antwortete er mit einem unfreiwilligen Lächeln. »Dafür hast du ein zu schönes Kleid an, und dein Haar glänzt …«

»Ah, das ist dir aufgefallen? Dann bist du also nicht ganz sauer?«

»Ich war auch ziemlich sauer auf dich …«

»Dann lass uns doch Frieden schließen, immerhin sind wir beide reingelegt worden …«

»Du hast leicht reden!«, brummte er. »Du vergisst schnell, ich nicht!«

Hortense stand auf.

»Dann habe ich wohl Pech gehabt!«, sagte sie. »Jetzt werde ich nie erfahren, wie ein Student der Juilliard School küsst!«

Sie setzte ihre Sonnenbrille auf, griff nach ihrer Clutch, ließ einen Arm nach hinten hängen und tat, als wollte sie gehen. Wandte sich dem Park zu, und immer noch zog sie einen Arm hinter sich her, falls er seine Meinung ändern sollte, als ginge sie immer so, lässig, einen Arm nach hinten gestreckt …

Sie war kurz davor, die Grenze zu überschreiten, die die schattige Hütte vom grellen Sonnenschein des Parks trennte, als sie spürte, wie Garys Hand ihren Arm packte, wie Garys Arm sie an seinen Körper zog und wie Garys Lippen sich auf die ihren pressten.

Er küsste sie, er küsste sie, und sie ließ sich mit einem Seufzen gegen ihn sinken.

Legte ihren Kopf in die Kuhle an seiner Schulter, spielte mit seinem Hemdkragen, hob den Kopf, lächelte ihn an und sagte: »Du hattest recht … Es ist gar nichts Besonderes, von einem Studenten der Juilliard School umarmt zu werden.«

Überrascht und wütend ließ er sie los.

»Was soll das heißen, ›nichts Besonderes‹?«

»Na ja! Das Übliche eben … Ich glaube sogar, mir ist der Gary aus Paris oder London lieber …«

»Aha …«

Er musterte sie einen Moment schweigend, wieder misstrauisch, fragte sich, ob sie scherzte oder es ernst meinte. Sie summte vor sich hin, spielte mit seinen Hemdknöpfen und machte ein etwas enttäuschtes Gesicht.

»Du machst mich noch wahnsinnig, Hortense Cortès«, schrie er plötzlich, »du wirst mich komplett wahnsinnig machen!« Dann zog er sie ganz fest an sich und küsste sie, als hinge sein Leben davon ab.

Das graue Eichhörnchen saß auf der Schwelle der Hütte, knabberte seine Erdnuss und beobachtete sie.

Und wahrscheinlich dachte es gerade, dass die Montage im Central Park doch nicht so traurig waren …

Bibliografie

Bücher über Cary Grant:

Marc Eliot, *Cary Grant. A biography*, New York: Harmony Books, 2004.

Graham McCann, *Cary Grant. A class apart*, London: Fourth Estate, 1996.

Bill Royce, *Cary Grant, the wizard of Beverly Grove*, Beverly Hills: Cool Titles, 2006.

Alle Sätze, die ich Cary Grant in diesem Roman in den Mund lege, stammen tatsächlich von ihm selbst und wurden diesen drei Büchern entnommen.

Zum Mittelalter:

Danielle Régnier-Bohler (Hg.), *Croisades et pèlerinages. Récits, chroniques et voyages en Terre sainte. XIIe-XVIe siècle*, Paris: Robert Laffont, 1997.

Georges Duby, Michelle Perrot (Hg.), *Geschichte der Frauen*, Bd. 2: *Mittelalter*, Frankfurt/Main: Campus, 1993.

Régine Pernoud, *Frauen zur Zeit der Kreuzzüge*, aus dem Frz. von Lieselotte Lüdicke, Freiburg im Breisgau: Herder, 1995.

Anthony Bridge, *Les Croisades*, Paris: Denoël, 1980.

Georges Duby, *Frauen im zwölften Jahrhundert*, Bd. 1–3, aus dem Frz. von Grete Osterwald, Frankfurt/Main: S. Fischer, 1997-1998.

Und schließlich noch …

Sherry Thomas, *Eine fast perfekte Ehe*, erschienen in der Reihe »Historical Gold«, Cora Verlag, aus dem Engl. von Alexandra Hinrichsen, 2009.

Virginie Ledret, *Les Pintades à Londres*, Paris: Livre de Poche, 2008.

Le Guide du routard (England und Schottland).

André Maurois, *Lord Byron. Don Juan oder das Leben Byrons*, aus dem Frz. von Hans A. Neunzig, München: Nymphenburger Verlag, 1988.

Die Zitate von Albert Einstein, der oft durch Juniors Mund spricht, stammen aus seinen Büchern.

Und – *last but not least!* – die letzte Szene des Buchs ist eine Hommage an Cary Grant in dem Film *Ich war eine männliche Kriegsbraut* von Howard Hawks …

Danke, Cary und Rosalind!

Danksagung

Ein Schriftsteller ist eine Wand mit zwei großen Ohren und einem Zyklopenauge.

Schreiben, das bedeutet zuzuhören, zu beobachten, zu schnuppern, zu einem Kastanienbaum, einem Lampenschirm oder einem Spinnennetz zu werden. Die Ohren zu spitzen, den Blick zu schärfen, die Nase zu recken, in seinem Inneren Leere zu schaffen, damit das Leben hineinströmen und seine Ablagerungen anschwemmen kann …

Sich selbst zu vergessen, um zu all den Figuren zu werden, dem Lachen und den Tränen, den Hoffnungen und Sehnsüchten, ganz tief hinabzutauchen und ein Goldstück zu finden …

Es in die Geschichte einzubauen und wieder abzutauchen …

Wenn ich schreibe, breite ich die Arme ganz weit aus und verschlinge das Leben …

Ich überquere Meere und Gebirge, spüre winzigen Details nach, lese kiloweise Sekundärliteratur, höre zu …

Euch allen, die ihr mich mit Einzelheiten, Farben, Bemerkungen, Zärtlichkeit, Wärme, Wirbelstürmen und lauen Lüftchen gefüttert habt, danke!

Patricia … und der Quai aux Fleurs!

Réjane, Michel, immer für mich da …

Huguette … Hut ab!

Thierry, mein Schutzengel …

Marie, Designerin in London …

Andy, künftiger Lord Chamberlain …

Dom … der sich in einigen Details wiedererkennen wird.

Lydie, Laurence, Marie, Fatiha, Dominique, Jean, Thierry und ihre von Informationen nur so wimmelnden Mails …

Jacqueline, die Igel von den Straßen aufsammelt und sie gesund pflegt…
Aude und ihre langen türkischen Zigaretten in einer Hülle….
Sophie, die mir seltene Bücher und Cupcakes aus London schickt…
François, der geniale Erfinder…
Béatrice und ihre Yogakurse…
Sarah, die mir Diderot auf einem Silbertablett präsentiert und überwältigende Mails schreibt…
Samantha…
Roberta…
Und all eure Nachrichten auf meiner Webseite, die mich reisen lassen, zum Lachen bringen, in mir den Wunsch wecken, euch ganz fest zu umarmen und für euch zu steppen…

Danke, Hugues und Alvisé in London…
Maggy und Marianne in New York! »*I'm a brain! You're a brain!*«
Danke, Michel… und seinen Details eines gestrengen Polizisten!
Fabrice…
Bruno und die CDs von Glenn Gould… immer noch.
Jean-Christophe, dieser gebildete, sorgfältige, hingebungsvolle Mann…
Béatrice, die mich durch die Kunstgalerien von Paris, London und New York geführt hat…
Sharon in Edinburgh…
Richard und Jean-Éric in China…
Michael Enneser und sein Obdachlosenasyl in New York.
Louis und unsere langen Gespräche über das Leben und das Schreinern.

Ein Kuss für Romain, *Daddy doux*, George und Laurent…

Ich danke Cary Grant dafür, dass er mir ein bisschen von seinem Leben und seiner Quintessenz geliehen hat…
Élisabeth, die mir alles über die Kreuzzüge beibrachte…
Lise, die mich in die verschlungenen Wege der Habilitation und die Intrigen des CNRS einführte…
Pierre, dem Wunderbaren, der seinen scharfen Blick auf mich gerichtet hat…
Octavie, meiner so lieben, so scharfsinnigen Freundin…
Danke, Clément, mein wunderschöner Sohn… Danke, Chacha, meine wunderschöne Tochter.

Danke, Coco, gute Fee meines Hauses … Sie sind mein treues und großherziges Fundament, und ich küsse Ihre Nase, Ihre Stirn und Ihr Kinn!

Und noch ein bisschen Musik:

Glenn Gould joue Bach, CD-Box, erschienen bei Columbia.
Russian Romantic Songs, Kaia Urb, Harmonia Mundi.
Brazilian Sketches, Jim Tomlinson, Candid Productions.
Petite messe solennelle von Rossini, Harmonia Mundi.
Ballads, Enrico Pieranunzi, Marc Johnson, Joey Baron, Cam Jazz.
Mare nostrum, Paolo Fresu, Richard Galliano, Jan Lundgren, Blue Note.
In my dreams und *Samba Tzigane*, Dusko Goykovitch, Enja.

Diese CDs habe ich beim Schreiben ständig gehört …
Genau wie TSF Jazz (89.9) und Radio Classique (101.1) …
Und Chaussette/Du Guesclin auch!

Katherine Pancol

Die gelben Augen der Krokodile

Roman

624 Seiten, btb 74498
Aus dem Französischen von Nathalie Lemmens

Der Start der Erfolgstrilogie aus Frankreich

Joséphine, Ehefrau, Mutter und Historikerin mit Fachgebiet Mittelalter, glaubt, sie stünde auf der sicheren Seite des Lebens. Doch dann zerbricht alles: Ihr Mann betrügt sie, ihre Tochter rebelliert, und die Bank macht Druck. Da kommt ihr das ungewöhnliche Angebot ihrer schönen Schwester Iris gar nicht mal so ungelegen. Diese hatte einen Verleger angeschwindelt, an einem schwülstigen historischen Roman zu arbeiten. Jetzt soll Joséphine dieses Buch schreiben, die das Geld auch gut gebrauchen kann, weil sie das mit der Scheidung, den beiden Töchtern und dem Alleinsein schaffen muss. Womit keiner rechnen konnte: Der Roman wird zu einem absoluten Bestseller, und das Leben der beiden Schwestern steht plötzlich Kopf.

»Lustig bissig und so leicht erzählt wie ein französischer Film.«
Brigitte

Katherine Pancol

Der langsame Walzer der Schildkröten

Roman

672 Seiten, btb 74697
Aus dem Französischen von Nathalie Lemmens

Teil 2 der erfolgreichen Romantrilogie aus Frankreich

Nach dem Überraschungserfolg ihres Romans tritt die bescheidene Joséphine endlich aus dem Schatten ihrer schönen Schwester Iris: Ihre Geldsorgen sind passé, sie zieht in ein nobles Viertel von Paris und ermöglicht ihrer Tochter die Ausbildung an einer renommierten Modeschule in London. Trotz des Erfolgs spürt Joséphine, dass etwas in ihrem Leben fehlt: die Liebe. Der charmante Monsieur Lefloc-Pignel hat ihr den Kopf verdreht. Doch geht es ihm genauso, oder hat er nur Augen für Joséphines Schwester?

»Leseglück für Hirn und Herz mit viel französischem Hauptstadtflair.«
Grazia